Michel Faber

Das karmesinrote Blütenblatt

Michel Faber

Das karmesinrote Blütenblatt

Roman

Aus dem Englischen
von Hans-Ulrich Möhring
und Claus Varrelmann

List

Die Originalausgabe erschien 2002 unter dem Titel
The Crimson Petal and the White
bei Canongate Books, Edinburgh

Wir danken Giovanni Bandini für die Übersetzung des Gedichts
The Owl and the Pussycat (Der Kauz und die Muschikatz)
von Edward Lear.

List Verlag
List ist ein Verlag des Verlagshauses
Ullstein Heyne List GmbH & Co. KG

3. Auflage 2003

Printed in Germany
Gesetzt aus der Aldus bei
Franzis print & media GmbH, München
Druck und Bindung: Bercker, Kevelaer

ISBN 3-471-77560-9

Für Eva, mit Liebe und Dank

Begehrt sind die Mädchen, die bieder sind
Vom Herz bis zum Lippenpaar fein,
Rein, wie vom Herz zu den Blätterspitzen
Die Lilie weiß ist und rein.

Begehrt sind die Mädchen mit treuem Herz,
Man begehrt sie als Mütter und Frauen,
Deren liebendem Arm sich Stärkste und Schwächste
Gleich unbesorgt anvertrauen.

Gescheite Mädchen sind wenig nutz,
Die Mädchen mit Geist und Verstand,
Doch ach, für die sorgenden Heimchen am Herd
Gibt es stetig Bedarf im Land.

nach »The Girls that are Wanted«
J. H. Gray (um 1880)

Inhalt

Teil 1

Die Straßen

Eins

Pass auf, wo du hintrittst! Du musst einen klaren Kopf behalten, wirst ihn noch brauchen. Die Stadt, in die ich dich bringe, ist riesengroß und labyrinthisch, und du bist hier noch nie gewesen. Du hast vielleicht andere Geschichten gelesen und bildest dir jetzt ein, sie gut zu kennen, aber diese Geschichten wollten dir schmeicheln, indem sie dich als alten Freund begrüßten und so taten, als wärst du hier heimisch. In Wirklichkeit bist du ein Fremder aus einer völlig anderen Zeit und Welt.

Anfangs, als du auf mich aufmerksam wurdest und den Entschluss fasstest, mit mir zu kommen, dachtest du wahrscheinlich, es würde nicht lange dauern, und du würdest dich zu Hause fühlen. Jetzt, wo du tatsächlich hier bist, ist die Luft bitterkalt, und du stolperst an meiner Hand in völliger Finsternis über ein holperiges Pflaster und erkennst nichts. Du schaust nach links und nach rechts, die Augen vor einem eisigen Wind zusammengekniffen, und dir wird klar, dass du in einer unbekannten Straße mit unbeleuchteten Häusern voll unbekannter Leute gelandet bist.

Und doch ist deine Wahl nicht blind gerade auf mich gefallen. Bestimmte Erwartungen waren geweckt. Tun wir nicht herum: Du hofftest, ich würde all die geheimen Wünsche befriedigen, die du nicht auszusprechen wagst, oder dich wenigstens gut unterhalten. Jetzt zweifelst du, ob du mich noch festhalten sollst, und bist versucht loszulassen. Als du die Hand nach mir ausstrecktest, konntest du mein Format noch nicht richtig einschätzen und hattest auch nicht erwartet, dass ich dich so fest packen würde, so prompt. Graupeln nadeln deine Backen, scharfe kleine Geschosse, die so kalt sind, dass sie sich heiß anfühlen, wie Glutteilchen im Wind. Deine Ohren fangen zu brennen an. Doch du hast dich verleiten lassen, und jetzt ist es zu spät, noch umzukehren.

Der aschgraue, fast schwarze Ton der Nachtstunde erinnert an noch nicht zerfallene, gerade nicht mehr zu lesende Seiten eines verbrannten Manuskripts. Du tappst weiter hinter mir her, umhüllt vom Dunst deines eigenen Atems. Die Pflastersteine sind nass und glitschig, die Luft ist frostig und riecht säuerlich nach Spirituosen und langsam verrottendem Mist. Du hörst von irgendwo nahebei gedämpfte betrunkene Stimmen, doch das wenige, was du verstehst, klingt nicht nach den sorgfältig gewählten Eingangsworten eines großen romantischen Dramas, und du hoffst bei Gott, dass die Stimmen nicht näher kommen.

Die Hauptpersonen in dieser Geschichte, mit denen du gern intime Bekanntschaft schließen möchtest, sind nicht in der Nähe. Sie erwarten dich nicht; du bedeutest ihnen nichts. Wenn du meinst, dass sie aus ihren warmen Betten steigen und meilenweit fahren, um dich kennen zu lernen, irrst du dich.

Du magst dich daher fragen: Warum habe ich dich hierher gebracht? Warum werden dir die Leute nicht gleich vorgestellt, denen du hier zu begegnen glaubtest? Die Antwort ist einfach: Ihre Diener hätten dich nicht zur Tür hereingelassen.

Was dir fehlt, sind die richtigen Beziehungen, und eben deshalb habe ich dich hergebracht: damit du langsam Beziehungen knüpfst. Du musst von einer nichtswürdigen Person mit einer nahezu nichtswürdigen Person bekannt gemacht werden und von dieser mit wieder einer anderen und so weiter und so fort, bis du zu guter Letzt über die Schwelle treten kannst, fast zur Familie gehörig.

Aus diesem Grund habe ich dich in die Church Lane im Pfarrbezirk St. Giles mitgenommen: Ich habe genau die richtige Person für dich gefunden.

Ich muss dich jedoch darauf hinweisen, dass ich dich ganz unten einführe, am allertiefsten Punkt. Der Prunk des Bedford Square und des British Museum mag nur wenige hundert Meter entfernt sein, doch zwischen dort und hier verläuft die New Oxford Street wie ein breiter Fluss, über den man nicht hinwegschwimmen kann, und du bist auf der falschen Seite. Der Prince of Wales, das kann ich dir versichern, hat nie im Leben einem Bewohner dieser Straße die Hand geschüttelt oder irgendjemandem auch nur im Vorbeifahren zugenickt, ja, er hat nicht einmal im Schutze der Nacht ein paar Prostituierte Probe gelegen. Denn obwohl die Church Lane mehr Huren beherbergt als nahezu jede andere Straße in London, haben sie nicht das Kaliber, das für Gentlemen taugt. Für Connaisseurs ist eine Frau schließlich mehr als ein Stück Frischfleisch, und man kann nicht im Ernst von ihnen verlangen, dass sie die vielen Unannehmlichkeiten entschuldigen: schmutzige Betten, schäbige Ausstattung, kalte Kamine und keine Droschken, die vor der Tür bereitstehen.

Kurzum, dies ist eine vollkommen andere Welt, in der Wohlstand so unerreichbar weit weg ist wie die Sterne, ein utopischer Traum. Die Church Lane ist eine von diesen Straßen, wo selbst die Katzen ausgezehrt und hohläugig sind, wo man Männer, die sich als Arbeiter ausgeben, niemals arbeiten sieht und wo so genannte Wäscherinnen selten waschen. Wohltäter der Menschheit können hier niemandem wohl tun und müssen mit Verzweiflung im Herzen und Scheiße an den Schuhen wieder abziehen. Eine Musterherberge für die unterstützungswürdigen Armen, vor zwanzig Jahren mit großem philanthropischen Trara eröffnet, ist bereits in die Hände des Gunstgewerbes gefallen und furchtbar heruntergekommen. Die anderen, antiquierteren Häuser verströmen ungeachtet der Tatsache, dass sie zwei oder sogar drei Stockwerke hoch sind, eine unterirdische Atmosphäre, als ob sie im Zuge einer Ausgrabung freigelegt worden wären, die verfallenden Überreste einer untergegangenen Zivilisation. Jahrhundertealte Gebäude stützen sich auf die Krücken eiserner Rohrleitungen, ihre Wunden und Gebrechen sind mit Putz überpflastert, sie sind mit Wäscheleinen behangen und mit vermoderndem Holz geflickt. Die Dächer sind ein wildes Schachtelwerk, die oberen Fenster gesprungen und schwarz wie das Mauerwerk, und der Himmel darüber wirkt dichter als Luft, eine Kuppel ähnlich dem Glasdach einer Fabrik oder eines Bahnhofs: früher einmal hell und durchsichtig, jetzt von Schmutz verkleistert.

Da du jedoch um zehn vor drei in einer eiskalten Novembernacht hier eingetroffen bist, hält deine Schaulust sich in Grenzen. Deine vordringliche Sorge ist, wie du der Kälte und der Dunkelheit entfliehen und endlich dorthin gelangen kannst, wohin du mit einem Griff nach mir umgehend zu gelangen meintest: hinein.

Außer der bleichen Gasbeleuchtung von den Straßenlaternen an den entlegenen Ecken erblickst du in der Church Lane keinerlei Licht, doch das liegt daran, dass deine Augen stärkere Anzeichen menschlicher Nachtwachheit gewohnt sind als den schwachen Schein zweier Kerzen hinter einer schmierigen Fensterscheibe. Du kommst aus einer Welt, wo die Dunkelheit mit einem Schalterdruck vertrieben wird, doch das ist nicht das einzige Spiel, das es im Leben geben kann. Weitaus ungünstigere Kräfteverhältnisse sind denkbar.

Komm mit in die Stube hinauf, wo dieses schwache Licht brennt. Du musst dich durch die Hintertür dieses Hauses schieben, dann geht es einen bedrückend engen Flur entlang, der nach einem langsam durchfaulenden Teppich und besudelter Bettwäsche riecht. Komm, ich helfe dir, der Kälte zu entfliehen. Ich kenne den Weg.

Gib auf diesen Stufen Acht, manche von ihnen sind morsch. Ich weiß, welche; vertraue mir. Du bist jetzt so weit gekommen, was spricht dagegen, noch ein kleines Stück weiter zu gehen? Geduld ist eine Tugend und wird reich belohnt.

Hier werde ich dich natürlich – habe ich das nicht erwähnt? – verlassen. Ja, leider. Doch ich gebe dich in gute Hände, in ganz hervorragende Hände. Hier, in diesem winzigen Raum im Obergeschoss, wo das schwache Licht brennt, wirst du deiner ersten Kontaktperson begegnen.

Sie ist ein liebes Ding; du wirst sie mögen. Und wenn nicht, ist es auch nicht schlimm. Sobald sie dich auf die richtige Bahn gebracht hat, kannst du sie kurzerhand sitzen lassen. In den fünf Jahren, die sie sich schon allein in der Welt durchschlägt, ist sie niemals auch nur in Rufweite der vornehmen Damen und Herren gekommen, unter denen du später verkehren wirst. Gefesselt an diese elende Behausung arbeitet und lebt sie in der Church Lane und wird sicherlich auch hier sterben.

Wie so viele Frauen der Unterschicht, besonders Prostituierte, heißt sie Caroline, und du triffst sie dabei an, wie sie breitbeinig über einer großen irdenen Schüssel hockt, die ein lauwarmes Gemisch aus Wasser, Alaun und Zinkvitriol enthält. Mit Hilfe eines Tupfers, den sie sich aus einem Holzlöffel und altem Verbandszeug notdürftig selbst gebastelt hat, versucht sie, zu vergiften, auszuwischen oder sonstwie unschädlich zu machen, was erst Minuten vorher von einem Mann, den du knapp verpasst hast, in sie abgegeben wurde. Mit jedem Mal, das Carolines Tupfer sich voll saugt, wird das Wasser schmutziger – ein sicheres Zeichen, glaubt sie, dass der Samen des Mannes darin herumschwimmt und nicht mehr in ihr.

Während sie sich mit dem Saum ihres Unterhemds abtrocknet, bemerkt sie, dass ihre zwei Kerzen trüber werden; eine ist nur noch ein flackerndes Dochtende. Wird sie neue anzünden?

Nun, das hängt davon ab, wie weit die Nacht schon fortgeschritten ist, und Caroline hat keine Uhr. Nur wenige Leute in der Church Lane haben eine. Nur wenige könnten die Jahreszahl angeben, ja, viele wissen nicht einmal, dass achtzehneinhalb Jahrhunderte vergangen sind, seitdem ein jüdischer Unruhestifter wegen Erregung öffentlichen Ärgernisses an den Galgen gehängt wurde. Dies ist eine Straße, wo die Leute nicht zu einer festen Stunde zu Bett gehen, sondern dann, wenn der Gin Wirkung zeitigt oder wenn die Erschöpfung keinen weiteren Gewaltausbruch mehr zulässt. Dies ist eine Straße, wo die Leute aufwachen, wenn das Opium im Zuckerwasser ihrer kleinen Kinder aufhört, die armen Wichte zu betäuben. Dies ist eine Straße, wo die schwächeren Seelen ins Bett kriechen, sobald die Sonne sinkt, und wach daliegend den Ratten lauschen. Dies ist eine Straße, wo die Glocken der Kirche und die Fanfaren des Staats nur leise, allzu leise hindringen.

Carolines Uhr ist der schmutzige Himmel und seine phosphoreszierenden Lichter. Die Worte »drei Uhr« mögen ihr nichts sagen, doch die Beziehung des Mondes zu den Häusern gegenüber versteht sie vollkommen. Am Fenster stehend versucht sie einen Moment lang, durch den auf den Scheiben gefrorenen Ruß zu spähen, dann zieht sie den Riegel hoch und stößt es auf. Ein lautes Knacken ertönt, und sie befürchtet schon, dass sie das Glas zerbrochen hat, doch es ist nur das abplatzende Eis. In kleinen Scherben klirrt es unten auf die Straße.

Derselbe Wind, der die Scheiben vereist hat, greift jetzt auch Carolines halb nackten Körper an und will unbedingt die Schweißschicht auf ihrer Gänsehautbrust in schillernden Raureif verwandeln. Sie rafft die ausgefransten Kragenenden ihres losen Hemdes mit der Faust zusammen, hält sie sich fest an die Kehle und fühlt dabei, wie eine Brustwarze an ihrem Unterarm hart wird.

Draußen ist es fast völlig finster, denn die nächste Straßenlaterne steht ein halbes Dutzend Häuser entfernt. Das Kopfsteinpflaster der Church Lane ist nicht mehr weiß vom Schnee, der Graupel hat große Matschklumpen und Glitschbahnen hinterlassen, die im Gaslicht gelblich schimmern und wie monströse Samenergüsse aussehen. Alles andere ist schwarz.

Die Welt dort draußen kommt dir menschenleer vor, während du mit angehaltenem Atem hinter dem Mädchen stehst. Aber Caroline weiß, dass wahrscheinlich noch andere Mädchen wie sie wach sind, desgleichen diverse Fledderer, Nachtwächter und Diebe wie auch ein naher Apotheker, der aufhat für den Fall, dass jemand Laudanum braucht. Es sind noch Betrunkene auf den Straßen, mitten im Singen eingenickt oder gerade im Begriff zu erfrieren, und jawohl, es kann sogar sein, dass sich noch ein Lüstling auf der Suche nach einem billigen Mädchen herumtreibt.

Caroline überlegt, ob sie sich anziehen, ihr Schultertuch umlegen und hinausgehen soll, um hier in der Nachbarschaft ihr Glück zu versuchen. Sie ist knapp bei Kasse, denn sie hat den größten Teil des Tages verschlafen und dann einem interessierten Kunden die kalte Schulter gezeigt, weil ihr sein Aussehen nicht behagte: irgendwie syphverdächtig, fand sie. Jetzt reut es sie, dass sie ihn abgewimmelt hat. Sie müsste eigentlich langsam gelernt haben, dass es keinen Zweck hat, auf den perfekten Mann zu warten.

Dennoch, wenn sie jetzt wieder loszieht, bedeutet das, dass sie zwei neue Kerzen anzünden muss, ihre letzten. Auch das widrige Wetter will bedacht sein: Bei dem ganzen Herumgewälze im Bett steigt die Temperatur, und wenn man dann in die Kälte hinausgeht, ist die Wärme mit einem Schlag weg. Auf die Weise, hat ihr einmal ein Medizinstudent erklärt, während er sich die Hosen anzog, hole man sich eine Lungenentzündung. Caroline hat einen gehörigen Respekt vor einer Lungenentzündung, obwohl sie die mit Cholera verwechselt und meint, wenn sie tüchtig mit Gin und Bromid gurgelt, hätte sie gute Überlebenschancen.

Vor Jack the Ripper muss sie keine Angst haben; es ist noch fast vierzehn Jahre hin, bis er auf den Plan tritt, und bis dahin wird sie eines mehr oder weniger natürlichen Todes gestorben sein. Mit St. Giles wird er sich ohnehin nicht abgeben. Wie ich schon sagte, führe ich dich ganz unten ein.

Ein besonders scharfer Windstoß überzeugt Caroline davon, das Fenster zu schließen und sich wieder in dem kastenartigen Zimmer einzuigeln, das ihr nicht gehört und das sie im Grunde auch nicht gemietet hat. Da sie kein faules Luder sein will, versucht sie, so weit möglich, sich vorzustellen, wie sie mit einem geheimnisvollen Ausdruck im Gesicht draußen herumgeht, versucht, das Bild eines erwünschten Freiers vor sich erstehen zu lassen, der aus dem Dunkeln tritt und sie schön nennt. Die Wahrscheinlichkeit ist gering.

Caroline reibt sich mit ihren Haaren das Gesicht, denn sie hat eine so dichte, dunkle Haarfülle, dass selbst die rohesten Männer mitunter nicht anders können, als bewundernd darüber zu streichen. Die Haare sind seidig und fühlen sich an ihren Wangen und Lidern warm und wohlig an. Doch als sie die Hände wegnimmt, sieht sie, dass eine der Kerzen in ihrer Wachslache ertrunken ist und die andere nur noch mühsam die flammende Spitze darüber reckt. Der Tag ist vorbei, muss sie zugeben, und der Tagesverdienst eingenommen.

In einer Ecke des ansonsten leeren Zimmers steht das durchhängende Bett und erinnert, zerwühlt und vom Bettzeug halb entblößt, an ein verbundenes Körperteil, das unklugerweise für eine raue Dreckarbeit hergenommen wurde. Es ist jetzt endlich an der Zeit, dass sie dieses Bett zum Schlafen benutzt. Vorsichtig schiebt Caroline sich zwischen die Laken und Decken, wobei sie darauf achtet, das schleimige untere Laken nicht mit den Hacken ihrer Stiefel zu zerreißen. Die Stiefel wird sie später ausziehen, wenn ihr wärmer ist und sie den Gedanken aushalten kann, die langen Reihen der Schließen aufzuhaken.

Die verbliebene Kerzenflamme ertrinkt, bevor sie sich zur Seite lehnen und sie ausblasen kann, und Caroline lässt den Kopf auf ein nach Alkohol und Stirnschweiß riechendes Kissen zurücksinken.

Du kannst jetzt aus deinem Versteck herauskommen. Mach es dir bequem, denn der Raum ist vollkommen finster und wird es bis Sonnenaufgang bleiben. Du könntest es, wenn du wolltest, sogar wagen, dich neben Caroline auszustrecken, denn wenn sie einmal schläft, dann wie eine Tote. Sie wird dich gar nicht bemerken – solange du es unterlässt, sie zu befummeln.

Ja, alles in Ordnung. Sie schläft. Heb die Decken und leg dich dazu. Wenn du eine Frau bist, macht es nichts: Frauen schlafen in dieser Epoche sehr häufig zusammen in einem Bett. Wenn du ein Mann bist, macht es noch weniger: vor dir sind schon Hunderte hier gewesen.

Bis zum Morgengrauen dauert es noch ein Weilchen, doch obwohl Caroline neben dir weiterschläft und es im Zimmer außerhalb des Bettes kaum über Null ist, solltest du lieber aufstehen.

Doch, ich habe durchaus Verständnis dafür, dass du einen langen und strapaziösen Weg vor dir hast, aber Caroline wird demnächst recht unsanft geweckt werden, und es wäre besser, du würdest in der Situation nicht direkt neben ihr liegen.

Nutze die Gelegenheit, dir diesen Raum einzuprägen: die deprimierende Enge, den von Nässe aufgeworfenen Holzfußboden und die von Kerzenruß geschwärzte Decke, den Geruch nach Wachs und Sperma und altem Schweiß. Du wirst dir das alles genau merken müssen, sonst vergisst du es, sobald du in andere, bessere Räume aufsteigst, die nach Potpourri, Lammbraten und Zigarrenrauch riechen, große, hohe Räume, schmuckvoll wie die Muster ihrer Tapeten. Horch auf das Rascheln und Trappeln hinter den Fußleisten, auf Carolines leises, halb belustigtes Wimmern im Traum …

Ein ohrenbetäubendes Kreischen und hartes Schmettern von etwas Großem aus Metall und Holz auf Stein reißt Caroline jäh aus dem Schlaf. Zu Tode erschrocken springt sie aus dem Bett, und das Bettzeug fliegt in die Luft wie ein flatternder Vogelschwarm. Das Kreischen und Krachen geht noch ein paar Sekunden und wird dann von dem nicht ganz so furchtbaren Lärm eines wiehernden Pferdes und menschlicher Flüche abgelöst.

Wie fast alle anderen Bewohner der Church Lane hängt Caroline jetzt am Fenster. Aufgeregt und verwirrt späht sie in die graue Nacht hinaus und versucht zu erkennen, was passiert ist. Vor ihrem Haus ist nichts zu sehen, aber ein Stück weiter, kurz vor der Ecke mit der Laterne, liegt immer noch schaukelnd und berstend das Wrack einer Hansom-Droschke auf der Straße, deren Kutscher gerade dabei ist, sein verängstigtes Pferd loszuschneiden.

Da die Dunkelheit und die Entfernung ihre Sicht behindern, würde Caroline sich gern weiter aus dem Fenster lehnen, doch der eisig aufwehende Wind treibt sie in die Stube zurück. Sie fängt an, hektisch nach ihren Sachen zu suchen, unter dem am Boden liegenden Bettzeug, unter dem Bett oder wo der letzte Kunde sie sonst mit dem Fuß hingeschoben haben mag. (Sie braucht im Grunde eine Brille. Sie wird niemals eine besitzen. Von Zeit zu Zeit taucht eine auf den Straßenmärkten auf, und sie probiert sie aus, doch selbst wenn man von den Kratzern absieht, ist sie nie richtig für ihre Augen.)

Bis sie eingemummt und nunmehr hellwach wieder ans Fenster zurückgekehrt ist, haben sich die Ereignisse bemerkenswert rasch entwickelt. Mehrere Polizisten stehen mit Laternen um das Wrack herum. Ein großer Sack oder vielleicht auch ein menschlicher Körper wird in einen Wagen verfrachtet. Der Kutscher lehnt sämtliche Aufforderungen ab, dazuzusteigen. Stattdessen umkreist er sein umgekipptes Gefährt und zerrt an diesem Teil und an jenem, wie um zu prüfen, ob es noch weiter auseinander fallen kann. Sein Pferd steht wieder und beschnüffelt friedlich die Hinterpartien der beiden Stuten vor dem Polizeiwagen.

Nach wenigen Minuten ist alles getan, was getan werden kann. Die Lebenden und die Toten sind abgezockelt, und der fahle Schein der langsam über St Giles aufgehenden Sonne erhellt nur noch die verunglückte Droschke. Gesplitterte Radspeichen und Glasscherben an den Fensterrahmen starren still, wie aus Stein gemeißelt.

Während du Caroline über die Schulter guckst, denkst du vielleicht, dass es nichts mehr zu sehen gibt, doch sie bleibt wie hypnotisiert stehen, die Ellbogen auf dem Fensterbrett, die Schultern unbewegt. Sie betrachtet nicht mehr das Wrack; ihre Aufmerksamkeit ist auf die Hausfassaden gegenüber gerichtet.

In allen Fenstern dort drüben sind Gesichter zu sehen, stumme Kindergesichter, einzeln umrahmt oder in kleinen Gruppen. Sie erinnern an angestaubtes Konfekt in einem pleite gegangenen Warenhaus, wie sie da auf das Wrack hinabstarren, warten. Auf einmal, als hätten sie die Anzahl der Sekunden vorher abgesprochen, die nach dem Verschwinden des Kutschers hinter der nächsten Ecke verstreichen müssen, sind die ganzen kleinen weißen Gesichter weg.

Im Erdgeschoss fliegt eine Haustür auf, und zwei Knirpse stürmen heraus, flink wie Ratten. Einer ist nur mit Vaters Stiefeln, zerlumpten Kniehosen und einem großen Wickeltuch bekleidet, der andere läuft barfuß in Nachthemd und Überzieher. Ihre Hände und Füße sind braun und hart wie Hundepfoten, ihre kindlichen Züge sind von Misshandlungen entstellt.

Was sie wollen, sind die Überreste der Droschke, und um sie zu bekommen, gehen sie alles andere als zimperlich zu Werke und machen sich mit kindlichem Eifer über das lädierte Fahrzeug her. Ihre kleinen Hände reißen Speichen aus dem gesplitterten oberen Rad und benutzen sie als Meißel und Brechstangen. Metallene Beschläge und Aufsätze lösen sich knallend und werden Stück für Stück abgerissen; an Lampen und Knäufen wird geschlagen, gezerrt und gedreht.

Mehr Kinder kommen aus anderen düsteren Hauseingängen gerannt und wollen auch ihren Anteil haben. Wer Ärmel hat, krempelt sie hoch, wer keine hat, macht sich unverzüglich an die Arbeit. Trotz ihrer kräftigen Hände und finster gerunzelten Stirnen ist keiner von ihnen älter als acht oder neun, denn obwohl mittlerweile jeder halbwegs gesunde Bewohner der Church Lane wach ist, kommen nur diese jüngeren Kinder dafür in Frage, die Droschke zu fleddern. Alle anderen sind entweder betrunken oder rüsten sich gerade für einen langen Arbeitstag und den langen Weg dorthin, wo es Arbeit gibt.

Schon bald ist die Droschke von nicht unterstützungswürdigen Armen umlagert, und alle legen sich ins Zeug, um etwas von

Wert abzukriegen. Praktisch alles ist von Wert, denn ein Ding wie die Droschke ist etwas für Leute, die viele Stufen über ihnen stehen. Der Korpus besteht aus so seltenen Materialien wie Eisen, Messing, gutem trockenem Holz, Leder, Glas, Filz, Draht und Seil. Selbst aus der Füllung in den Sitzen lässt sich ein Kissen nähen, das unendlich viel besser ist als ein zusammengerollter Kartoffelsack. Ohne etwas zu sagen und unter Einsatz dessen, was jeder an Werkzeug und Schuhwerk zur Verfügung hat, hämmern und stemmen, biegen und treten die Kinder, dass der Lärm an der rauen Luft widerhallt und das Gerippe des Hansom auf den Pflastersteinen wackelt.

Sie wissen, dass sie wahrscheinlich wenig Zeit haben, doch am Ende ist es weniger als erwartet. Kaum mehr als fünfzehn Minuten nach dem Angriff der ersten Knirpse auf das Wrack biegt ein schwerer zweispänniger Bierwagen um die Ecke und rumpelt die Gasse herauf. Geladen hat er nichts außer dem Kutscher und drei muskelbepackten Genossen.

Die meisten der Kinder rennen sofort mit ihrem erbeuteten Bruch auf dem Arm nach Hause. Die frechsten machen noch ein paar Sekunden weiter, bis die zornigen Schreie »Haut ab!« und »Diebe!« auch sie in die Flucht schlagen. Als der Rollwagen endlich neben dem Wrack zum Stehen kommt, ist die Church Lane wieder leer, die Fassaden unschuldig und grau, die Fenster voller Gesichter.

Die vier Männer steigen ab und gehen langsam um die Droschke herum, in Uhrzeigerrichtung und dagegen, sie spannen die starken Hände, straffen die fleischigen Schultern. Dann packen sie auf das Zeichen des Kutschers hin an den vier Ecken des Wracks an und laden es mit einem ächzenden Hauruck auf den Bierwagen. Seiner beiden Räder beraubt bleibt es mehr oder weniger aufrecht liegen.

Mit dem Aufsammeln der kleineren Bruchstücke wird keine Zeit vertan. Dampf schnaubend setzen sich die Pferde nach ein paar Peitschenschlägen in Bewegung, und die drei Helfer springen auf und halten sich an der zerschundenen Droschke fest. Der Kutscher droht den Aasgeiern hinter den Fenstern noch einmal kurz mit der Faust und brüllt: »Das war mein ganzes *Leben*!«, dann springt auch er auf den davonfahrenden Wagen.

Seine melodramatische Geste beeindruckt niemanden. In den Augen der Leute in der Church Lane hat er Glück gehabt, dass er mit dem Leben davongekommen ist, und sollte dankbar sein. Denn als der Bierwagen davonpoltert, kommt zwischen den Pflastersteinen eine verästelte dunkle Blutspur zum Vorschein wie ein kriechendes rotes Unkraut.

Von dort, wo du stehst, kannst du gut erkennen, wie Caroline ein Schauder des Abscheus überläuft: Sie kann nicht gut Blut sehen, konnte es noch nie. Einen Moment lang sieht es so aus, als wollte sie vom Fenster zurücktreten, doch dann schüttelt sie sich heftig, um die Gänsehaut zu vertreiben, und beugt sich wieder vor.

Der Rollwagen ist weg, und hier und da gehen in den Häusern Türen auf und Gestalten kommen heraus. Diesmal sind es keine Kinder, sondern Erwachsene – das heißt hartgesottene Seelen, die das zehnte Lebensjahr überschritten haben. Die einen Augenblick Zeit haben – der Plakatkleber, der Straßenkehrer und der Bursche, der Windrädchen aus Papier verkauft – bleiben kurz stehen und betrachten das vergossene Blut; die anderen hasten vorbei, während sie Tücher oder Schals um ihre dürren Hälse wickeln und noch am letzten Frühstücksknust würgen. Für diejenigen, die in den Fabriken und den Werkstätten der modernen Sklaventreiber arbeiten, bedeutet jede Verspätung die sofortige Entlassung, und auch diejenigen, die eine Gelegenheitsarbeit für den Tag suchen, müssen sich sputen, auch wenn sie höchstwahrscheinlich zu den fünfzig gehören werden, die unverrichteter Dinge wieder abziehen müssen, nachdem der Kräftigste genommen wurde.

Caroline schüttelt sich erneut, diesmal vor der Kälte einer fernen Erinnerung. Sie war nämlich selbst einmal eine von ihnen, eine Sklavin, die jeden Morgen in die graue Dämmerung hinauseilte und jeden Abend vor Erschöpfung weinte. Wenn sie zu viel getrunken hat und zu fest schläft, kann es ihr heute noch passieren, dass die nie ganz ausgerottete Macht der Gewohnheit sie rechtzeitig für die Fabrik aufweckt. Innerlich gehetzt und kaum bei Bewusstsein wälzt sie dann ihren Körper aus dem Bett auf den blanken Fußboden, wie sie es früher immer machte. Erst wenn sie zum Stuhl gekrochen ist, wo ihr Baumwollkittel bereithängen sollte, und dort keinen Kittel findet, erinnert sie sich, wer und was sie geworden ist, und kriecht in ihr warmes Bett zurück.

Heute jedoch hat der Unfall sie dermaßen wachgerüttelt, dass im Augenblick jeder Versuch weiterzuschlafen zum Scheitern verurteilt ist. Sie kann es ja noch mal am Nachmittag probieren – ach was, sie *muss* es dann probieren, damit das Risiko geringer ist, in der Nacht neben irgendeinem schnarchenden Idioten wegzurüsseln. Ein schlichter Fick ist eine Sache, aber lass ein Mal einen Mann bei dir übernachten, und er denkt, das nächste Mal kann er seinen Hund und seine Tauben mitbringen.

Pflichten, Pflichten. Genug Schlaf bekommen, Haarekämmen nicht vergessen, sich nach jedem Mann waschen: Das sind die Sachen, in denen sie sich keinerlei Nachlässigkeit leisten darf. Verglichen mit den Zwängen, denen sie früher genau wie alle anderen Fabriksklaven unterlag, sind sie halb so wild. Was die Arbeit betrifft, na ja … sie ist nicht so schmutzig wie die Fabrik, sie ist nicht so gefährlich und sie ist nicht so langweilig. Um den Preis ihrer unsterblichen Seele hat sie sich das Recht verdient, an einem Werktagmorgen lange in den Tag hinein zu schlafen und aufzustehen, wann es ihr verdammt noch mal passt.

Caroline stellt sich ans Fenster und beobachtet, wie Nellie Griffiths und die alte Mrs Mulvaney die Straße hinunter zur Marmeladenfabrik trotten. Arme, hässliche Muttchen: Den lieben langen Tag rackern sie sich in der glühenden Hitze für einen Hungerlohn ab, und wenn sie am Abend nach Hause kommen, werden sie von einem betrunkenen Ehemann von einer Wand zur anderen geprügelt. Wenn das dabei herauskommt, dass man »ehrbar« ist, und Caroline als »gefallen« gilt …! Wozu hat Gott Fotzen gemacht, wenn nicht dazu, Frauen solche Schufterei zu ersparen?

In einer kleinen Hinsicht allerdings beneidet Caroline diese Frauen doch und verspürt einen gewissen Sehnsuchtsschmerz. Nellie und Mrs Mulvaney haben beide Kinder, und Caroline hatte auch einmal ein Kind, und das ist ihr gestorben, und jetzt wird sie kein zweites mehr haben. Und ihr Kind war durchaus kein unehelicher Balg: Es war der Sohn eines sich liebenden Ehepaares in einem schönen Dörfchen in North Yorkshire, Dinge, die in

Carolines Welt alle nicht mehr existieren. Vielleicht könnte in ihrem vermurksten Inneren sowieso kein Kind mehr wachsen, und das ganze Spülen mit Alaun und Zinkvitriol ist so sinnlos wie Beten.

Ihr Sohn wäre mittlerweile acht Jahre alt, wenn er am Leben geblieben wäre – und er hätte am Leben bleiben können, wenn Caroline nicht aus Grassington Village weggegangen wäre. Doch die frisch verwitwete Caroline beschloss, mit ihrem Sohn nach London zu ziehen, weil es in dem Kreisstädtchen Skipton keine anständige Arbeit für eine Frau mit dürftiger Schulbildung gab und sie den Gedanken nicht ertragen konnte, ihrer Schwiegermutter auf der Tasche zu liegen.

Also bestiegen Caroline und ihr Sohn zusammen einen Zug in ein neues Leben, und statt nach Leeds oder Manchester zu gehen, schlechte und gefährliche Städte, wie sie Grund zu vermuten hatte, besorgte sie sich Fahrkarten in die Hauptstadt der zivilisierten Welt. In ihre provinzielle kleine Haube hatte sie sich mit Nadeln acht Pfund geheftet, eine sehr ansehnliche Summe Geldes, genug, um monatelang Essen und Unterkunft zahlen zu können. Der Gedanke daran hätte sie eigentlich beruhigen sollen, doch stattdessen hatte sie den ganzen Weg nach London Kopfschmerzen, als ob das kolossale Gewicht dieser Banknoten ihr schwer auf den Nacken drückte. Sie wünschte, sie hätte dieses Vermögen auf der Stelle ausgeben können, dann wäre sie die Angst losgewesen, es zu verlieren.

Wenige Tage nach ihrer Ankunft in der Weltstadt wurde ihr Hilfe bei ihrem Dilemma angeboten. In einem renommierten Konfektionsbetrieb war man von ihrem Benehmen so beeindruckt, dass man ihr den Auftrag erteilte, bei sich zu Hause Westen und Hosen zu nähen. Die Bedingungen sahen so aus, dass die Firma ihr alles notwendige Material zur Verfügung stellte, aber den Betrag von fünf Pfund als Sicherheit einbehielt. Als Caroline sich die Bemerkung erlaubte, fünf Pfund erschienen ihr recht viel verlangt, war der Mann, der sie einstellte, ganz ihrer Meinung und versicherte ihr, er habe den Betrag nicht festgesetzt. Zweifellos sei der Chef, sein Vorgesetzter, von dem unehrlichen Gebaren der Leute enttäuscht worden, die er in weniger strengen Zeiten beschäftigt habe: Ellenweise sei Tuch von bester Qualität gestohlen und auf Straßenmärkten verhökert worden, nur um irgendwann zerschlissen an irgendwelchen Gassenbengeln zu hängen. Ein ernüchterndes Bild für jeden Geschäftsmann von großzügigem und vertrauensvollem Wesen, dem würde Caroline gewiss zustimmen, nicht wahr?

Caroline stimmte schließlich zu; sie war eine ehrenwerte Frau, ihr Sohn war kein Gassenbengel, und sie erachtete sich für eine Bürgerin derselben Welt, die ihr Arbeitgeber vor Ungemach zu schützen suchte. Also händigte sie dem Mann die fünf Pfund aus und trat ihre berufliche Laufbahn als Fertigerin von Westen und Hosen an.

Die Arbeit erwies sich als leidlich einfach und (schien ihr) gut bezahlt. In manchen Wochen verdiente sie sechs Shilling und mehr, obwohl davon die Kosten für Baumwolle, Kohlen zum Bügeln und Kerzen abgezogen werden mussten. Sie sparte nicht bei Kerzen, denn sie war entschlossen, keine von diesen halb blinden Näherinnen zu werden, die am Abend tief über ihre Arbeit gekrümmt am Fenster saßen; sie bemitleidete die im »Lied vom Hemd« gerühmten Hemdennäherinnen ähnlich, wie ein respektabler Ladenbesitzer vielleicht einen abgerissenen Straßenhändler bemitleidet. Wenn sie sich ihres sozialen Abstiegs auch deutlich bewusst war, machte sie das doch nicht unzufrieden: Es gab genug zu essen für sie und ihren Jungen, ihr Quartier in der Chitty Street war sauber und ordentlich, und ohne Ehemann hatte Caroline freie Hand, sich ihr Geld klug einzuteilen.

Dann kam der Winter, und natürlich wurde der Junge krank. Ihn zu pflegen kostete Caroline wertvolle Zeit, vor allem in den hellen Tagesstunden, und als er schließlich einigermaßen wiederhergestellt war, blieb ihr nichts anderes übrig, als ihn zur Mithilfe zu verpflichten.

»Du musst jetzt mein großer tapferer Mann sein«, erklärte sie ihm mit Schamesröte im Gesicht, die Augen abgewandt und auf die einzige Kerze gerichtet, die ihnen bei ihrer düsteren Heimarbeit Licht spendete. Keine Werbung, die sie in späteren Jahren aussprechen sollte, konnte schändlicher sein als diese.

Und so wurden Mutter und Sohn Arbeitskollegen. An Carolines Beine gelehnt faltete und bügelte das Kind die Kleidungsstücke, die sie genäht hatte. Um daraus möglichst ein Spiel zu machen, erzählte sie ihm, er solle sich eine lange Schlange nackter, zitternder Herren vorstellen, die auf ihre Hosen warteten. Doch sie fiel mit der Arbeit immer mehr zurück, und ihr schläfriger Sohn fiel immer öfter mit dem Oberkörper nach vorn, so dass sie, damit er sich (oder das Material) nicht mit dem Bügeleisen verbrannte, seinen Hemdrücken an ihrem Kleid feststecken musste.

Diese unheilige Allianz währte nicht sehr lange. Irgendwann, Dutzende von Westen im Rückstand, wurden die Rucke an Carolines Röcken so häufig, dass es zuletzt offensichtlich war: Der Junge war nicht bloß todmüde – er war todkrank.

So begab sie sich zu ihrem Auftraggeber, um sich ihre Kaution zurückzuholen. Sie verließ das Büro mit zwei Pfund und drei Shilling und einer rasenden, ohnmächtigen Wut, die einen Monat anhielt.

Das Geld reichte nur wenig länger, und sobald es ihrem Sohn dank ärztlicher Betreuung gesundheitlich minimal besser ging, nahm Caroline Arbeit in einer ausbeuterischen Hutfabrik an, wo sie quadratische Stücke Tuch auf dampfende Eisenköpfe presste. Den ganzen Tag lang reichte sie dunkle, glänzende, sengend heiße Hüte in einer Schlange von Arbeiterinnen weiter wie Essensteller in einer extrem dampfigen Küche. Ihr Sohn (verzeih diese Unpersönlichkeit: Caroline spricht seinen Namen nicht mehr aus) verbrachte seine Tage mit einem bunten Ball und Spielsachen aus Bristol eingesperrt in ihrem schäbigen neuen Quartier, sich selbst überlassen in seinem kränklichen Zustand und seinem vaterlosen Elend. Er quengelte ständig und jammerte wegen jeder Kleinigkeit, als legte er es darauf an, dass ihr der Geduldsfaden riss.

Eines Nachts gegen Ende des Winters fing er dann zu husten und zu keuchen an wie ein toller junger Terrier. Es war eine Nacht ganz ähnlich wie jetzt: bitterkalt und eklig nass. Da sie befürchtete, kein Arzt werde sich bereit finden, sie zu solcher Stunde und bei solchem Wetter unbezahlt in ihre Unterkunft zu begleiten, ersann Caroline einen Plan. Gewiss, sie hatte von Ärzten gehört, die gutherzige Überzeugungstäter waren und sich geradewegs in die Elendsviertel begaben, um ihren altangestammten Feind, die Krankheit, zu bekämpfen, doch in ihrer ganzen Zeit in London war Caroline kein derartiger Arzt begegnet, und daher hielt sie es für besser, es zuerst mit einer List zu versuchen. Sie zog ihre besten Sachen an (das Oberteil aus Filz, den sie aus der Fabrik gestohlen hatte) und schleifte ihren Jungen mit auf die Straße hinaus.

Ihr ganzer Plan sah so aus, dass sie dem nächsten Arzt weismachen wollte, sie sei neu in London und habe noch keinen Hausarzt, und jetzt sei sie den ganzen Abend im Theater gewesen und habe erst erkannt, dass ihr Sohn krank war, als das Kindermädchen bei ihrer Heimkehr völlig aufgelöst gewesen sei, und da habe sie sofort eine Droschke gerufen, und Geld spiele bei ihr keine Rolle.

»Und wenn der Doktor uns wegschickt?«, fragte das Kind und traf damit, wie immer, genau ins Schwarze ihrer größten Angst.

»Geh schneller!«, war alles, was sie erwidern konnte.

Als sie endlich ein Haus gefunden hatten, an dem draußen die ovale Lampe brannte, keuchte der Junge schon dermaßen, dass Caroline fast von Sinnen war und ihre Hände unkontrolliert zitterten, weil sie den Drang kaum mehr beherrschen konnte, seine kleine Kehle aufzureißen und ihm Luft zu verschaffen. Stattdessen läutete sie an der Tür des Arztes.

Nach ein oder zwei Minuten kam ein Mann im Nachthemd an die Tür, der nicht im Geringsten wie einer der Ärzte aussah, die Caroline bisher kennen gelernt hatte, und auch nicht wie einer roch.

»Sir«, sprach sie ihn an und gab sich dabei alle Mühe, sowohl die Verzweiflung als auch das ländliche Schnarren in der Stimme nicht durchklingen zu lassen. »Mein Sohn braucht dringend einen Arzt!«

Er musterte sie von Kopf bis Fuß, registrierte ihr veraltetes einfarbiges Kleid, den Frost auf ihren Wangen, den Schmutz an ihren Stiefeln. Dann winkte er sie herein, und während er grinsend seine breite Hand auf die bebende Schulter des Jungen legte, sagte er:

»Na, das ist doch mal ein glücklicher Zufall. *Ich* brauche dringend eine Frau.«

Fünf Jahre später stößt sich Caroline, als sie verschlafen durch ihr Zimmer tappt, die Zehen an der irdenen Schüssel und fühlt sich bemüßigt, ein wenig aufzuräumen. Vorsichtig gießt sie die abgestandene empfängnisverhütende Bouillon in den Nachttopf um und beobachtet dabei, wie sich der fortpflanzungsfähige Keimschleim eines Mannes mit ihrer Pisse verbindet. Sie wuchtet den vollen Topf auf ihr Fensterbrett und stößt das Fenster auf. Diesmal platzt kein Eis ab, und die Luft ist still. Sie würde die Brühe am liebsten in hohem Bogen ausschütten, doch der Mann vom Gesundheitsamt schnüffelt neuerdings in der Gegend herum und weist alle Welt nachdrücklich darauf hin, dass wir im neunzehnten Jahrhundert leben, nicht mehr im achtzehnten. Es wurde sogar mit Wohnungsverweis gedroht. Die Church Lane ist voll von irischen Katholiken, allesamt gehässige Klatschmäuler, und Caroline will sich nicht zu allem anderen noch von ihnen beschuldigen lassen, dass sie Cholera verbreitet.

Daher neigt sie langsam den Nachttopf und lässt das Gemisch still und heimlich das Mauerwerk hinunterrieseln. Eine Weile wird die Hauswand aussehen, als ob der Herrgott persönlich sich daran erleichtert hätte, dann aber wird sich das Problem auf die eine oder andere Art erledigen, bevor die Nachbarn aufwachen – entweder wird die Sonne die Spur wegtrocknen, oder frischer Schnee wird sie abwaschen.

Caroline hat auf einmal Hunger, einen richtigen Heißhunger, und das, obwohl sie normalerweise erst sehr viel später wach wird. Das ist ihr schon früher aufgefallen: Wenn man zu früh aufwacht, ist man völlig ausgehungert, aber wenn man später aufwacht, hat sich der Hunger gegeben, und noch später ist er dann wieder da. Triebe und Bedürfnisse müssen während des Schlafs steigen und fallen, so dass sie eine Zeit lang vor der Tür des Bewusstseins lautstark auf Befriedigung dringen und sich dann vorübergehend verziehen. Eine Grüblerin nannte ihr Mann sie immer. Zu viel Schulbildung hätte ihr womöglich mehr geschadet als genützt.

Carolines Eingeweide geben ein Grunzen wie ein Schweinchen von sich. Sie lacht und beschließt, Eppie mit einem frühmorgendlichen Abstecher ins Mother's Finest zu überraschen. Da wird seine hässliche Visage ein breites Grinsen bekommen, und sie eine Pie in den Bauch.

Im kalten Licht des Tages können die Sachen, die sie sich hastig übergeworfen hat, um sich die verunglückte Droschke anzuschauen, nicht bestehen. Grobe Hände haben den Stoff zerknautscht, schmutzige Schuhe sind auf die Säume getreten, es sind sogar Blutsprenkel darauf, die der alte Färber Leo mit seinen krätzigen Schienbeinen hinterlassen hat. Caroline zieht sich aus und probiert es aufs Neue mit einem ausladenden blaugrau gestreiften Kleid und einem engen schwarzen Mieder frisch aus dem Schrank.

Sich anzuziehen ist für Caroline ein viel einfacheres Geschäft als für die meisten Frauen, die du im Verlauf dieser Geschichte noch kennen lernen wirst. Sie hat raffinierte kleine Veränderungen an all ihren Kleidungsstücken vorgenommen. Schließen sind, der Mode zum Trotz, an Stellen versetzt worden, wo sie gut hinkommt, und jede Schicht verdeckt Vereinfachungen in der Schicht darunter. (Siehst du, die Arbeit als Näherin hat sich am Schluss doch noch bezahlt gemacht!)

Gesicht und Haare, auf die Caroline ein bisschen mehr Aufmerksamkeit verwendet, werden eingehend in einem kleinen Handspiegel inspiziert, den sie umgekehrt an die Wand gehängt hat. Für neunundzwanzig ist sie noch ganz gut in Schuss. Ein paar blasse Narben auf Stirn und Kinn. Ein schwarzer Zahn, der überhaupt nicht wehtut und den man am besten in Ruhe lässt. Augen ein wenig blutunterlaufen, aber groß und gefühlvoll wie bei einem Hund, der einen guten Herrn gehabt hat. Anständige Lippen. Augenbrauen nicht schlechter als andere auch. Und natürlich ihre üppige Haarpracht. Mit einer Drahtbürste entfilzt sie den Pony, verteilt ihn locker über die Stirn und schiebt ihn mit dem Handrücken hoch, dass er knapp über den Augen abschließt. Zu ungeduldig und zu hungrig, um sich noch weiter zu kämmen, windet sie die restlichen Haare zu einem hohen Knoten, steckt ihn fest und stülpt dann einen indigoblauen Hut über das Ganze. Sie pudert ihr Gesicht und legt Rouge auf, nicht um zu vertuschen, dass sie alt, hässlich oder verfallen ist, denn all das trifft auf sie noch nicht zu, sondern weil ihr sonnenloses Dasein sie blass gemacht hat und sie gern etwas Farbe hätte – sich selbst zu Gefallen, nicht ihren Kunden.

Während sie jetzt ihr Schultertuch umlegt und ihr Kleid vorne glatt streicht, ähnelt sie einer gut situierten Frau, so wie es ihr niemals möglich gewesen wäre, als sie sich noch um ihrer Tugend willen im Dampf der Hutfabrik abrackerte und litt. Wobei eine *echte* Dame in weniger als fünf Minuten natürlich nicht einmal einen Strumpfhalter befestigen, ja, sich ohne den Beistand einer Zofe gar nicht vollständig ankleiden könnte. Caroline weiß sehr genau, dass sie eine billige Imitation ist, hält sich aber für eine verflucht gute, zumal wenn man berücksichtigt, wie wenig Aufwand sie dafür treibt.

Sie schlüpft aus dem Zimmer wie ein schöner Schmetterling, der einer Hülle aus getrocknetem Schleim entsteigt. Geh verstohlen hinter ihr her! Wohlgemerkt, an besonders aufregende Orte kommst du noch nicht, da musst du dich noch ein Weilchen gedulden.

Auf dem Flur und der Treppe sind sämtliche Kerzen der letzten Nacht erloschen. Neue werden erst dann angezündet, wenn die Mädchen am Nachmittag die ersten Männer anschleppen, daher hat Caroline auf dem Weg nach unten nicht eben viel Licht. Auf den Flur fällt ein Fleckchen Sonnenschein aus ihrem Zimmer, das sie offen gelassen hat, damit sich der Geruch gleichmäßiger im Haus verteilt, doch die eng gewendelte Treppe in dem fensterlosen Schacht ist erdrückend düster. Caroline hat sich schon öfter gedacht, dass diese geradezu Platzangst verursachende Spirale sich eigentlich nicht sehr von einem Schornstein unterscheidet. Vielleicht werden eines Tages die untersten Stufen Feuer fangen, während sie gerade auf dem Weg nach unten ist, und der Treppenschacht wird die Flammen wie ein Schornstein nach oben saugen, so dass zwar dem Rest des Hauses nichts passiert, sie aber mitsamt der dunklen Wendeltreppe in einem mächtigen Rauch- und Funkenstoß zum Dach hinausschießt. Nicht schade drum, werden manche sagen.

Das Erste, was Caroline sieht, als sie in das Licht der Eingangsdiele tritt, ist Colonel Leek in seinem Rollstuhl. Obwohl er ganz dicht am Fuß der Treppe postiert ist, blickt er zur Haustür, den Rücken zu Caroline gekehrt, und sie hofft, dass er wenigstens diesen einen Morgen einmal schläft.

»Denkst wohl, ich schlafe, was, Mädel?«, höhnt er prompt.

»Nie im Leben«, lacht sie, obwohl es viel zu früh am Tag ist, als dass sie überzeugend lügen könnte. Sie quetscht sich am Colonel vorbei und lässt sich von ihm kurz prüfend betatschen, um nicht unhöflich zu erscheinen, denn er vergisst nie eine Beleidigung.

Colonel Leek ist der Onkel der Vermieterin, ein schmerbäuchiger Mann mit einer Statur wie ein Kanonenofen, der die Wärme mit Mänteln, Schals und Decken eindämmt, sich mit Klatsch einheizt und durch eine Stummelpfeife Rauch ausstößt. Unter seinen vielen schützenden Schichten trägt Colonel Leek immer noch seine Armeeuniform mit sämtlichen Orden, obwohl er sich über Letztere ein Taschentuch hat nähen lassen, damit sie sich nirgends verhaken. Im letzten Krieg, in den er zog, musste der Colonel die Chance, auf rebellierende Inder zu ballern, mit einer Kugel im Rückgrat bezahlen, und danach nahm sich eine Nichte seiner an und setzte ihn als ihren »Zöllner« ein, als sie die leeren Räume ihres Hauses an Prostituierte abtrat.

Colonel Leek versieht seinen Dienst mit eiserner Konsequenz, doch seine wahre Leidenschaft ist und bleibt der Krieg, der Krieg und andere Ausbrüche von Gewalt und Verheerung. Wenn er die Tageszeitung liest, lassen ihn frohe Ereignisse und stolze Errungenschaften kalt, doch sobald er auf irgendein Unglück stößt, kann er nicht mehr an sich halten. Es kommt des Öfteren vor, dass Caroline mitten in der Arbeit plötzlich einem Kunden lauter ins Ohr flöten muss, um den Lärm einer heiser von unten heraufgeschrienen Meldung zu übertönen, wie zum Beispiel:

»Sechstausend Tataren überfallen die Amurprovinz, vor fuffzehn Jahren erst den Chinesen abgetrotzt!«

Jetzt heftet der Colonel seine blutunterlaufenen Augen auf Caroline und flüstert bedeutungsvoll: »*Manche Leute* verschlafen die Katastrophe nicht. *Manche Leute* wissen, was los ist.«

»Meinste die Droschke heut Morgen?«, mutmaßt Caroline, die seine Sinnesart mittlerweile ganz gut kennt.

»Ich hab's *gesehen*«, triumphiert der Colonel und unternimmt eine Anstrengung, seinen ewig schwärenden Hintern ein wenig anzuheben. »Tod und Totalschaden.« Er fällt auf die Kissen zurück. »Aber das war nur der *Anfang*. Ein kleiner Vorgeschmack auf das, was im Anzug ist. Die besondere Erscheinungsform. Aber überall! überall! Katastrophe!«

»Ach, komm, lass mich gehen, Colonel! Ich fall um, wenn ich nich bald was zu essen krieg.«

Der alte Mann blickt auf seinen in Decken gewickelten Schoß, als ob dieser eine aufgeschlagene Zeitung wäre, hebt periskopartig den Zeigefinger und rezitiert:

»Verheerendes Zugunglück bei Bishop's Itchington. Schießpulverexplosion auf dem Regent's Canal. Untergang eines Dampfers vor dem Golf von Biscaya. Die *Cospatrick* auf halber Strecke nach Neuseeland ein flammendes Inferno, vierhundertsechzig Ertrunkene, vor wenigen Tagen erst. Denk da mal drüber nach! Das sind *Zeichen*. Der Strudel der großen Katastrophe. Und im Zentrum davon – was, hä? Was, hä?«

Caroline denkt ein paar Sekunden darüber nach, doch sie hat keine Ahnung, was, hä. Von den drei Frauen, die Mrs Leeks Haus als Wohn- und Arbeitsstätte nutzen, mag sie als Einzige den Alten irgendwie leiden, aber letztlich doch nicht genug, um für seine hirnverbrannten Prophezeiungen auf ein herzhaftes Frühstück zu verzichten.

»Bis später, Colonel!«, ruft sie, während sie auf die Straße hinausrauscht. Die Tür fliegt auf und wieder zu, und er bleibt allein zurück.

Jetzt mach dich bereit! Es wird nicht mehr sehr lange dauern, bis Caroline dich in die Gesellschaft einer Person mit geringfügig besseren Aussichten bringt. Schau, wie ihr Mieder schwillt, während sie tief die Luft eines neuen Tages einatmet. Warte ab, bis sie die Kotsituation sondiert hat und weiß, wie sie unbesudelten Fußes durch die Church Lane kommt. Dann geh vorsichtig hinter ihr her in Richtung Arthur Street, möglichst flott vorbei an den Unglückszeichen, die von der Droschke zurückgeblieben sind: erst am Blut, dann an einer langen Spur aus Sitzfüllung und Holzsplittern. Vielleicht begleiten sie dich sogar bis zur Taverne The Mother's Finest, wo seit Tagesanbruch heiße Pies serviert werden und niemand dich fragen wird, ob du die überfahrene Frau gekannt hast.

Zwei

Ueberall auf den blanken Bürgersteigen der Greek Street sind die Ladenbesitzer schon eifrig zugange, die zweite Welle der Frühaufsteher. Natürlich sehen sie sich selbst als die erste Welle. Die trostlose Prozession der Fabrik- und Werkstättenlöhner, die Caroline von ihrem Fenster aus sah, war zwar vor nicht ganz einer Stunde nur wenige hundert Meter von hier entfernt, hätte aber genauso gut in einem anderen Land in einer anderen Zeit sein können. Die Zivilisation fängt in der Greek Street an. Willkommen in der wirklichen Welt.

Dass sie so früh schon auf den Beinen sind, spricht in den Augen der Ladenbesitzer für einen stoischen Heldenmut, von dem faulere Sterbliche sich gar keinen Begriff machen können. Falls irgendein Lebewesen früher als sie herumwuselt, kann es sich dabei nur um ein Nagetier oder ein Insekt handeln, das den Fallen und Giften bedauerlicherweise entkommen ist.

Dabei sind sie keineswegs grausam, diese fleißigen Männer. Viele von ihnen sind bessere Menschen als die Leute, deretwegen du hergekommen bist, die hochmögenden Hauptakteure, deren Bekanntschaft zu machen du kaum erwarten kannst. Es ist nur so, dass die Ladenbesitzer der Greek Street sich nicht für die schattenhaften Kreaturen interessieren, die tatsächlich mit der Herstellung der von ihnen verkauften Waren beschäftigt sind. Die Welt ist über die traute ländliche Überschaubarkeit hinausgewachsen, und jetzt herrscht das moderne Zeitalter: Eine Bestellung für fünfzig Stück Teerseife wird aufgegeben, und ein paar Tage später fährt ein Wagen vor, und die Bestellung wird geliefert. Wieso es diese Seife gibt, ist keine Frage, die sich ein moderner Mensch stellt. Alles in dieser Welt entspringt fix und fertig dem Schoß eines menschenfreundlichen Ungeheuers namens Industrie, ein niemals abreißender Strom von Gebrauchsgegenständen – von klassierter Qualität, von perfekter Gleichförmigkeit – aus einem hinter Rauchschwaden verborgenen Füllhorn.

Du magst einwenden, dass die Dreckwolken aus den Fabrikschornsteinen von Hammersmith und Lambeth, die die ganze Stadt einheitlich einschwärzen, eine bescheidene Erinnerung daran sind, wo die Fülle tatsächlich herkommt. Doch Bescheidenheit ist keine Eigenschaft des modernen Menschen, und verdreckte Luft ist gut genug zum Atmen, ihr einziger Nachteil ist die Rußschicht, die sich auf den Schaufenstern absetzt.

Aber was hat es für einen Zweck, seufzen die Ladenbesitzer, sich nach verflossenen Zeiten zurückzusehnen? Das Maschinenzeitalter ist da, die Welt wird nie wieder sauber sein, aber ach, welch reiche Entschädigung!

Sie sind schon dabei, in Schweiß zu geraten, ihren einzigen Schweiß des Tages, denn die Läden aufzumachen ist anstrengende Arbeit. Mit Schwämmen und lauwarmem Wasser wischen sie den gräulichen Raureif von den Scheiben und fegen die Brühe mit steifen Besen in den Rinnstein. Auf die Zehen gestellt und die Arme gereckt entfernen sie die Platten, Bleche, Eisenstangen und Holzpfosten, die ihre Waren über Nacht gesichert haben. In der ganzen Straße klappern Schlüssel in Schlüssellöchern und wird in jedem Laden der schmucke metallene Türschutz hochgezogen.

Die Männer haben es jetzt eilig für den Fall, dass jemand mit Geld vorbeikommt und lieber bei einem ganz als bei einem nur halb geöffneten Laden guckt. Passanten sind zu dieser Morgenstunde rar und oftmals wunderlich, aber Leute aller Art können sich in die Greek Street verirren, und es ist nicht zu sagen, wem der Beutel locker sitzt.

Eine Unmenge von Produkten wird Caroline auf ihrem Weg zum Mother's Finest angeboten, zum Teil auf recht aufdringliche Weise, denn die Ladenbesitzer sind nunmehr eifrig bestrebt, die verlockendsten Waren aus ihren aufgesperrten Schatzkammern auszuwählen und draußen auf den Bürgersteigen aufzubauen. Da es mit dem keuschen Verschluss von Fenstern und Türen jetzt vorbei ist, sehen sie offenbar keinen Sinn mehr darin, noch sonst irgendwelche Zurückhaltung zu üben. Kästen mit Büchern werden Caroline in den Weg geschoben und einige der Bände schamlos aufgeblättert, damit man ihre Farbtafeln sieht. Ausgestopfte Kleiderpuppen strecken ihre vernähten Hände aus und flehen Caroline an, ihnen die Kleider vom Leib wegzukaufen. Dicht verhangene Fenster entblößen sich unvorhergesehen.

»Morgen, Madam!«, schreit mehr als einer der Männer der vorbeieilenden Caroline zu. Sie wissen alle, dass sie keine vornehme Dame ist – deutlich erkennbar schon daran, dass sie um diese Zeit überhaupt schon auf ist –, aber sie sind auch nicht gerade vornehme Geschäftsleute und können es sich nicht leisten, Kundschaft zu verprellen. Wohl wissend, um wie viele Stufen sie unter den großen Kaufleuten in der Regent Street stehen, verkaufen sie ihre Brötchen und Bücher, ihre Hemden und Hauben genauso gern an eine Hure wie an sonst jemanden.

Tatsächlich besteht eine Wesensverwandtschaft zwischen Caroline und den Ladenbesitzern der Greek Street, die sie umwerben: Vieles von dem, was sie zu verhökern hoffen, ist alles andere als jungfräulich. Hier findest du Bücher mit rupfigen Seitenrändern vom Papiermesser des Vorbesitzers, dort stehen aus der Mode gekommene und deswegen ausrangierte Möbel, immer noch todschick, immer noch tipptopp und natürlich vor allem billig – Einladungen an jedermann, der sozial ein wenig gefallen ist, noch ein bisschen tiefer zu fallen. Eine angenehm weiche Landung, meine Damen und Herren! Hier gibt es Betten, in denen schon andere geschlafen haben – die saubersten Leute der Welt, Sir, die allersaubersten. (Oder vielleicht auch ein unglücklicher Kranker, dessen Siechtum noch in der Matratze steckt. In derlei morbiden Phantasien ergehen sich die Opfer von Bankrott, Betrug oder Ausschweifung, die sich plötzlich nicht mehr in der Lage sehen, ihre Wohnung frisch aus der Regent Street zu möblieren.)

Von noch viel zweifelhafterer Qualität sind die Kleidungsstücke. Nicht nur sind sie alle Konfektionsware (das heißt für niemand Bestimmten angefertigt), sondern manche von ihnen sind sogar *bereits getragen* – und keineswegs nur einmal. Die Ladenbesitzer werden das natürlich bestreiten; sie geben sich gern der Vorstellung hin, dass die Trödler der Petticoat Lane in der Rangordnung so tief unter ihnen stehen wie die Kaufleute der Regent Street über ihnen.

Doch genug von diesen Männern. Du bist in Gefahr, Caroline aus den Augen zu verlieren, denn der Hunger treibt sie, schneller zu gehen. Du bist bereits verunsichert, weil du auf einmal zwei Frauen vor dir siehst, beide wohlgeformt, beide mit schwarzen Miedern, beide mit großen Schleifen, die beim Gehen auf ihren Hinterteilen wippen. Welche Farbe hatte Carolines Rock noch mal? Blaugraue Streifen. Bleib ihr an den Fersen! Die *andere* Hure, wer sie auch sein mag, wird dich mit niemandem bekannt machen, den zu kennen sich für dich lohnt.

Caroline hat ihr Ziel fast erreicht. Ihre Augen sind bereits auf das baumelnde Holzschild von The Mother's Finest geheftet, das abblätternde Gemälde eines vollbusigen Mädchens und ihrer hässlichen Mama. Ein letztes Hindernis – ein Stapel Zeitungen, der direkt vor ihr über den Bürgersteig schlittert –, und schon wittert sie den unwiderstehlichen Geruch von heißen Pies und frisch gezapftem Bier und stößt die alte blaue Tür auf mit ihrem gerahmten Leitspruch: TÜR BITTE NICHT ZUKNALLEN, TRINKER SCHLAFEN. (Der Wirt lacht gern und mag es, wenn andere mitlachen. Als er seinerzeit das Schild anbrachte, las er es Caroline so oft vor, dass sie beinahe im Glauben war, er hätte ihr das Lesen beigebracht. Schon bald jedoch verwechselte sie »bitte« mit »nicht« und »Trinker« mit »schlafen«.)

Tritt hinter Caroline ein, und du wirst feststellen, dass es hier überhaupt keine schlafenden Trinker gibt. Das Mother's Finest gehört nicht zu den Kaschemmen der übelsten Sorte und verfährt trotz seines neckischen Leitspruchs nach dem Prinzip, Säufer vor die Tür zu setzen, sobald Gefahr droht, dass sie randalieren oder sich übergeben. Es ist eine von den rustikalen, gut geschrubbten Kneipen, überall Messing und notdürftig gebeiztes Holz, mit verschiedenen Bierfässern zur Dekoration an der Decke (obwohl nicht mehr als eine Biersorte ausgeschenkt wird) und einer Sammlung von Untersetzern und Flaschenstöpseln an der Wand hinter der Theke.

Von den neunundvierzig Augen im Raum heben sich bei Caro-

lines Eintreten nur acht oder zehn, denn im Augenblick ist ernsthaftes Trinken und Grummeln angesagt. Die paar, die sie anschauen, tun das eben lange genug, um zu konstatieren, wer oder wenigstens *was* sie ist, und wenden sich dann wieder mit stierem Blick dem goldenen Schaum auf ihrem herben braunen Ale zu. Später am Abend kann es sein, dass sie auf Caroline scharf sind, aber zu dieser brummschädeligen Morgenstunde ist die Vorstellung, für körperliche Betätigung Geld zu bezahlen, wenig verlockend.

Es sind kümmerliche Typen, die um diese Tageszeit die Ellbogen auf die Tische im Mother's Finest stützen, keine ausgesprochenen Nichtsnutze, aber auf jeden Fall nicht nutz zu viel. Die Knöpfe an ihren Jacken und Hemden sind fest angenäht, die gestrickten Schals um ihre Hälse sehen aus, als wären sie unlängst noch gewaschen worden, und die Stiefel an ihren Füßen sind robust, zwar nicht gerade glänzend, aber auch nicht schlimmer als stumpf. Die Mehrheit dieser Männer ist noch nicht lange arbeitslos, und die meisten von ihnen sind mit Frauen verheiratet, die noch nicht an ihnen verzweifelt sind. Carolines Gegenwart hier empört oder erstaunt sie in keiner Weise. Du hast noch einen sehr weiten Weg vor dir, bis du ein Etablissement betrittst, wo nur Männer zugelassen sind.

»Hallo, Caddie«, grüßt der Wirt und hebt eine bierglänzende haarige Pranke. »Hat dich der Hahn geweckt?«

»Kein Gedanke, Eppie«, erwidert Caroline. »Der Geruch von deinen Pies und dei'm Ale.«

Der Wortwechsel ist reine Formsache, denn er füllt bereits einen Krug für sie und winkt seiner Frau, die Pie zu bringen. Von den anwesenden Gästen kann allein Caroline auf Pump essen und trinken, weil sie die Einzige ist, bei der er sich darauf verlassen kann, dass sie später bezahlt. Welcher Mann, dessen Anwesenheit in einem Wirtshaus um diese Tageszeit seine Arbeitslosigkeit verrät, könnte von sich behaupten, dass er am Abend Geld haben wird, auch wenn er im Augenblick blank ist? Mit dem Verlust ihrer Tugend hat Caroline den Respekt gewonnen, den sie am dringendsten nötig hat.

Das soll nicht heißen, dass sie mit Geld umgehen kann. Wie die meisten Prostituierten verprasst sie ihren Lohn, sobald sie damit allein ist. Außer Essen und Unterkunft leistet sie sich leckere Konditorstückchen, Getränke, Schokoladen, manchmal Kleider, Speiseeis im Sommer, Besuche an warmen Orten im Winter, ganz egal, ob es Tavernen, Varietés, Kuriositätenkabinette oder Theater sind, Hauptsache, sie kommt aus der Kälte heraus. O ja, und sie leistet sich die Zutaten für ihre Spülung, ferner Brennholz und Kerzen und jeden Sonntag eine Wunderkerze, ein bescheidenes Feuerwerk, das sie seit Kindertagen liebt und das sie spät nachts in ihrem Zimmer anzündet wie ein Papist eine Votivkerze. Keines dieser Laster ist besonders kostspielig, nicht verglichen mit dem Glücksspiel eines Mannes oder der Arznei für ein Kind, und doch behält Caroline nie einen Shilling übrig. Ein Kleid von der Stange, eine Wunderkerze, eine Leckerei, eine billige Vergnügung … wie können solche Sachen so viel Geld verbrauchen? Es muss noch andere Ausgaben geben, aber der Teufel soll sie holen, wenn sie wüsste, welche das wären. Ach, was soll's: Ihr Einkommen fließt, deshalb sitzt sie nie lange auf dem Trocknen.

Caroline verschlingt ihre Pie mit einem selbstvergessenen Appetit, den sie unanständig gefunden hätte, als sie noch eine ehrbare Ehefrau in Yorkshire war. Für das labbrige Machwerk aus Mehl, Schafshaxe, Ochsenschwanz und heißer Soße, das sie in der Hand hält, braucht sie weder Messer noch Gabel. Sie kaut mit offenem Mund, um kühlende Luft hereinzulassen. Wenig später leckt sie sich die Hand ab.

»Danke, Eppie, genau das hab ich gebraucht.« Sie trinkt ihr Bier aus, steht auf und schüttelt die Krümel von ihren Röcken. Die Wirtsfrau wird hinter ihr auffegen und ein säuerliches Gesicht dazu ziehen. Caroline haucht einen Abschiedskuss in die Luft und geht.

Draußen ist die zivilisierte Welt immer noch nicht aufgewacht. Die Ladenbesitzer legen weiter ihre Waren aus, und Diebe, Plakatkleber, Bettler und Botenjungen schauen zu. Es sind keine Frauen zu sehen außer zwei schwarz verschleierten Blumenverkäuferinnen, die einen zischelnden Revierkampf austragen. Die Verliererin schiebt ihren Karren näher zum Standplatz der Brauereipferde hinüber, den dunklen Rücken tief über ihr Sortiment an zweifelhaften Sträußchen gebeugt.

Caroline ist es nicht gewohnt, so früh auf der Straße zu sein, und fühlt sich beinahe erdrückt von der schieren Masse Tag, die noch zu durchleben ist. Sie überlegt, ob sie, einfach zum Zeitvertreib, jemandem ihren Körper anbieten sollte, doch ihr ist klar, dass sie sich höchstwahrscheinlich nicht dazu aufraffen wird, es sei denn, die Gelegenheit fällt ihr sozusagen in den Schoß. Es drängt noch nicht sehr. Kerzen kann sie jederzeit bekommen. Warum sich mit Geldsorgen belasten, wenn sie in zwanzig Minuten mehr verdienen kann als früher an einem Tag?

Sie weiß, es ist Faulheit und moralische Schwäche, die sie davon abhalten, etwas zurückzulegen, wie sie es eigentlich tun sollte. Wenn sie die Jahre über sparsam gewesen wäre, könnte ihre alte Haube inzwischen platzend voll mit Banknoten sein, so viel verdient sie mit ihrem Gewerbe, aber sie hat das Talent zur Sparsamkeit verloren. Da sie kein Kind und keine unsterbliche Seele mehr zu hüten hat, sieht sie keinen Sinn darin, Münzen in der Hoffnung zu horten, sie eines Tages gegen buntes Papier einzutauschen. Jeder Lebenszweck, jedes Verantwortungsgefühl, ja, überhaupt jede vorstellbare Zukunft wurden ihr durch den Tod erst ihres Mannes und dann ihres Sohnes genommen. Diese beiden hatten Carolines Leben zu einer *Geschichte* gemacht, hatten ihm anscheinend einen Anfang, eine Mitte und ein Ende gegeben. Heute gleicht ihr Leben eher einer Zeitung: ziellos, rein aktuell, eine Ansammlung bedeutungsloser Ereignisse, die Colonel Leek herunterbeten kann, auch wenn kein Mensch zuhört. Gemessen am Nutzen, den sie für die Gesellschaft hat – keinen, außer dass sie die eine oder andere Spermaladung abfängt, mit der ansonsten eine ehrbare Ehefrau belästigt worden wäre –, könnte sie genauso gut tot sein. Doch sie lebt und ist, allen Widernissen zum Trotz, glücklich. In dem Punkt ist sie gegenüber der jungen Frau, die du gleich kennen lernen wirst, deutlich im Vorteil.

»Shush?«

Auf dem Rückweg die Greek Street hinunter hat Caroline vor einer engen, düsteren Schreibwarenhandlung angehalten, denn dort im Laden steht – kann das wirklich sein? –, ja, es ist Shush oder Sugar, wie sie normalerweise genannt wird. Selbst im Halbdunkel – *vor allem* im Halbdunkel – ist dieser lange Körper nicht zu verkennen: spindeldürr, flachbrüstig und knochig wie ein schwindsüchtiger junger Mann, dazu Hände, die für Frauenhandschuhe fast zu groß sind. Immer dieselbe erste Reaktion auf Sugar: die peinliche Überraschung, einen hochgewachsenen, hageren Jungen vom Hals bis zu den Knöcheln in Frauenkleider gehüllt zu sehen, und beim Blick in das Gesicht dieses sonderbaren Wesens dann die Erkenntnis, dass dieser Junge weiblichen Geschlechts ist.

Beim Klang ihres Spitznamens dreht sich die Frau um, einen Packen weißes Schreibpapier an ihr dunkelgrünes Mieder gepresst. Aha, es steckt also doch ein Busen in diesem Mieder. Vielleicht nicht groß genug, um ein Kind zu stillen, aber genug für den Geschmack einer bestimmten Sorte Mann. Und niemand sonst hat solche rotgoldenen Haare wie Sugar oder so eine leuchtend blasse Haut. Allein an ihren Augen könnte man ihr Geschlecht erkennen, selbst wenn sie wie eine arabische Odaliske verschleiert und sonst nichts von ihr zu sehen wäre. Es sind nackte Augen, die da unter weichen Stirnfransen hervorschauen, schimmernd wie geschälte Früchte. Es sind Augen, die alles versprechen.

»Caddie?«

Die schattenhafte Frau führt einen grünen Handschuh an die Stirn und blinzelt in das von der Straße einfallende Licht. Caroline winkt, bevor ihr klar wird, dass ihre Freundin geblendet ist. Ihr winkender Arm zerhackt das Licht, das auf die Reihen voll gekramter Regale strahlt, und Sugar kneift die Augen noch angestrengter zusammen. Ihr Kopf pendelt auf dem langen Hals hin und her, bemüht zu erspähen, wer da über den Wirrwarr von Federkielen, Bleistiften und Füllfederhaltern hinweg ihren Namen gerufen hat. Schüchtern – denn sie hat keinerlei Kaufabsichten – betritt Caroline den Laden.

»Caddie!«

Als sie ihre alte Freundin erkennt, leuchtet im Gesicht der jüngeren Frau ein Ausdruck auf, den schon viele Männer unwiderstehlich gefunden haben: überschwängliche Dankbarkeit dafür, dass sie die Gnade eines solchen Wiedersehens erleben darf. Sie stürzt auf Caroline zu, umarmt sie und küsst sie, derweil der Schreibwarenhändler hinter dem Tresen das Gesicht verzieht.

Was ihn unangenehm berührt, ist weniger die öffentliche Gefühlsbekundung als sein verletzter Stolz: Während er Sugar bedient hat, hat er sie für eine Dame gehalten und sich ihr gegenüber recht unterwürfig benommen, und jetzt macht ihm die Gewöhnlichkeit ihrer Bekannten klar, dass er sich geirrt hat.

»Wär's das dann, Madam?«, humpft er griesgrämig und fegt wichtigtuerisch mit einem kleinen Flederwisch über ein Fach voller Tintenfässchen.

»O ja, danke sehr«, sagt Sugar mit ihren süß geflöteten Vokalen und ihren überdeutlich artikulierten Konsonanten. »Nur, bitte … wenn Sie so freundlich wären … ob Sie vielleicht etwas hätten, damit es sich ein bisschen leichter tragen lässt?« Und sie legt ihm den Packen Papier, leicht knittrig von der innigen Umarmung, in die Hände. Mit finsterer Miene schlägt er den Kauf in Nadelstreifenpapier ein und knotet aus Bindfaden einen Tragegriff darum. Mit einem schmeichelnden Dankeschön nimmt Sugar das Paket in Empfang, nicht ohne zum Zeichen ihrer Bewunderung und Anerkennung zärtlich mit den Fingern darüber zu streichen. Dann kehrt sie ihm den Rücken zu und fasst ihre Freundin am Arm.

Draußen in der Sonne taxieren Caroline und Sugar sich gegenseitig, ohne dass es die andere merken soll. Es ist Monate her, seit sie sich das letzte Mal gesehen haben. In so einer Zeit kann das Aussehen einer Frau irreparabel verfallen: die Haut von Pocken zerfressen, Haarausfall durch rheumatisches Fieber, die Augen blutrot, die Lippen nach einer Messerwunde schief verheilt. Aber weder Caroline noch Sugar weist nennenswerte Verschleißerscheinungen auf. Das Leben ist gut zu ihnen gewesen oder wenigstens sparsam mit Grausamkeiten.

Shushs Lippen, bemerkt die ältere Frau, sind bleich und spröde, aber waren sie das nicht schon immer? In Sugars ärmeren Tagen, vor dem Umzug in schickere Verhältnisse, wohnten sie und Caroline drei Türen voneinander in St. Giles, und schon damals kam es gelegentlich vor, dass ein Kunde an die falsche Tür klopfte und nach dem »Mädchen mit den trockenen Lippen« fragte. Caroline weiß auch, dass unter Sugars Handschuhen mit ihren Händen etwas nicht stimmt, nichts Ernstes, aber ein unschönes Hautleiden, das die Männer ebenfalls stets bereitwilligst verziehen haben, wie es scheint. Warum die Männer derartige Makel bei Sugar tolerieren, ist Caroline nach wie vor ein Rätsel. Eigentlich gibt es kein einziges körperliches Merkmal, von dem sie ehrlich behaupten könnte, dass Sugar ihr darin überlegen wäre.

Es muss mehr an ihr dran sein, als man auf den ersten Blick meint.

»Du siehst verdammt gut aus«, sagt Caroline.

»Es geht mir miserabel«, sagt Sugar leise. »Gottverflucht sei Gott und seine ganze abscheuliche, dreckige Schöpfung!« Ihr Gesicht und ihre Stimme sind ruhig; sie könnte über das Wetter reden. Ihre nussbraunen Augen strahlen gute Laune aus – jedenfalls scheint es so. »Von mir aus können die apokalyptischen Reiter jeden Tag kommen, was?«

Caroline fragt sich, ob sie einen Witz nicht versteht, einen von der Sorte, über die Sugar jetzt, wo sie in die Silver Street umgesiedelt ist, mit gebildeten Männern lacht. Früher brachte Sugar einen oft zum Lachen, damals in der Church Lane. Bei der Erinnerung an ihre Paradenummer – bei allen Huren sehr beliebt – muss Caroline immer noch schmunzeln. Na ja, sehr gut erinnert sie sich nicht mehr daran; die Schauspielerei war nicht alles, es gab noch Wörter, Hunderte, und die Wörter waren das Allerbeste. Sugar machte vor, wie sie einen unsichtbaren Mann verführte, wie sie ihn mit einer Stimme anbettelte, die fast hysterisch vor Geilheit war. »Ach, *bitte*, lass mich doch deine Eier streicheln, sie sind so *wunderschön* – wie … wie ein *Hundehaufen*. Und ach, dieser *Hundehaufen* klebt so hinreißend unter deinem …« Deinem was? Shush hatte so ein gutes Wort dafür. Ein Wort, bei dem man sich fast in die Hose machte. Aber Caroline hat das Wort vergessen, und jetzt ist nicht der Augenblick, danach zu fragen.

Die Tatsache, dass Sugar eine so viel begehrtere und gesuchtere Hure ist als sie, war ihr immer ein Rätsel, aber so ist es nun einmal, und zwar, nach dem Klatsch unter den Kolleginnen zu urteilen, in letzter Zeit mehr denn je. Es kann keinen Zweifel daran geben, dass für die Umsiedlung von Mrs Castaway und ihren Mädchen von St. Giles in die Silver Street – einen Katzensprung von der breitesten, reichsten, prunkvollsten Hauptstraße in London entfernt – ebenso sehr die Nachfrage nach Sugar wie der Ehrgeiz der Puffmutter verantwortlich war.

Was die Frage aufwirft: Was macht Sugar hier in einem ramschigen Schreibwarenladen in der Greek Street, wenn sie jetzt so nahe bei den herrlichen Geschäften des West End wohnt? Warum sich der Gefahr aussetzen, die Säume dieses schönen grünen Kleides auf Fahrbahnen zu besudeln, wo niemand es eilig hat, die Pferdescheiße aufzukehren? Ja, warum überhaupt sich die Mühe machen, vor Mittag aus dem Bett zu kriechen (das Caroline sich als ein königliches Luxusbett vorstellt)?

Doch als Caroline fragt: »Na, wieso machste dir den Weg hier zu uns rüber?«, lächelt Sugar nur mit ihren weißlichen Lippen, die trocken wie Schmetterlingsflügel sind.

»Ich war … eine Freundin besuchen«, antwortet sie. »Die ganze Nacht.«

»So, so, eine Freundin«, feixt Caroline.

»Doch, wirklich«, sagt Sugar ernst. »Eine alte Freundin.«

»Und, wie geht's ihr?«, fragt Caroline, neugierig auf einen Namen.

Sugar schließt für eine Sekunde die Augen. Ihre Wimpern sind dicht und voll, ungewöhnlich für eine Rothaarige.

»Sie ist … entschlafen. Ich habe Abschied von ihr genommen.«

Sie sind ein kurioses Paar, Caroline und Sugar, wie sie so zusammen die Straße entlangschlendern: die ältere Frau feinknochig, mit rundem Gesicht und üppigem Busen, so adrett und wohlgeformt im Vergleich zu ihrer Begleiterin, einem langen, schlanken Geschöpf in einem moosfarbenen Kleid aus *peau de soie*. Obwohl sie keinen nennenswerten Busen hat, diese Sugar, und Knochen, die unter dem Stoff ihres Mieders alarmierend hervorstehen, bewegt sie sich dennoch mit mehr innerer Sicherheit, mehr weiblichem Stolz als Caroline. Sie hält den Kopf hoch, und sie scheint mit ihrer Kleidung vollkommen eins zu sein, als ob sie ihr eigenes Fell und Gefieder trüge.

Caroline fragt sich, ob es dieses animalische In-sich-Ruhen ist, das Männer so attraktiv finden. Das und die teure Garderobe. Doch sie irrt sich: ausschlaggebend ist Sugars Talent, mit Männern wie dem, den du in Kürze kennen lernen wirst, geistreich zu konversieren. Das und die Tatsache, dass sie niemals »nein« sagt.

Jetzt erkundigt sich Sugar bei Caroline: »Wie weit von zu Hause willst du heute anfangen?«

»Nich hier«, entgegnet die ältere Frau stirnrunzelnd und deutet hinter sich in Richtung St. Giles. »Crown Street vielleicht.«

»Wirklich?«, fragt Sugar besorgt. »Vor ein paar Monaten ist es für dich um den Soho Square doch ganz gut gelaufen, oder?« (Da siehst du noch einen Grund, warum Sugar in ihrem Beruf so erfolgreich ist: Auch die minder interessanten Kleinigkeiten aus dem Leben anderer Leute bleiben ihr im Gedächtnis.)

»Hab den Schneid verlorn«, sagt Caroline mit einem Seufzer. »Das war'n guter Tag, als ich dich damals getroffen hab und ganz aus'm Häuschen war wegen dem Soho Square. Zwei Spitzenkunden hintereinander abgeschleppt, und ich denk mir: Das is von nu an der Fleck für mich! Aber es war bloß Anfängerglück, Shush. Ich gehör einfach nich so weit in die guten Gegenden. Ich sollt meine Grenzen kennen.«

»Quatsch«, sagt Sugar. »Die merken den Unterschied gar nicht, die meisten von diesen Männern. Zieh ein schwarzes Kleid an, hol tief Luft, blas die Backen auf, und sie halten dich für die Königin.«

Caroline grinst skeptisch. Ihrer Erfahrung nach ist die große blasierte Welt nicht so leicht zu beeindrucken.

»Die durchschaun mich, Shush. Du kannst aus'm Kieselstein kein Diamanten schleifen.«

»Oh, ich denke doch«, widerspricht Sugar, plötzlich ernst geworden. »Es hängt bloß davon ab, wer ihn kauft.«

Caroline seufzt. »Kann sein, aber wenn ich in *mei'm* Teil der Stadt bleib, merk ich, dass mehr gekauft und weniger abgelehnt wird. Immer wenn ich mein Glück weiter westlich als die Crown Street versuch, wird's 'ne Quälerei.« Sie späht die Greek Street hinauf in Richtung Soho Square, als ob alles, was jenseits der Judenschule und des Armenhauses liegt, zu hoch und zu steil für sie wäre. »Klar, ich krieg Ausländer, keine Frage, und Jungs vom Lande, von denen krieg ich auch welche, die wo's nich besser wissen, als ewig mit dir mitzulatschen. Du hältst sie den ganzen Weg über am Reden: ›Ach ja, und was bringt einen Mann wie dich nach London?‹, und eh sie sich's versehn, sind sie in der Church Lane und könn nu nich mehr den Schwanz einziehn. Sie krieg'n ihr Stück Fleisch, zahlen dich anständig und verbuchen's als Lehrgeld. Aber dann gibt's auch die andern, die wo dich ständig anmaulen: ›Isses noch weit, isses noch weit, sind wir noch nich da? Dass du mir ja keine von diesen Altstadtschlampen bist!‹ Wenn sie dir so kommen, dann kannste sie manchmal noch in ’ne Gasse bugsiern und zum Straßenfick rumkriegen, aber manchmal lassen sie dich auch auf halbem Weg stinksauer stehn und bäffen dich an: ›Geh gefälligst bei deinesgleichen anschaffen!‹ Ich sag dir, Shush, das haut so was von rein, wenn die so kommen. Du fühlst dich so mies, du willst bloß noch heimgehn und heulen …«

»Nein, nein«, widerspricht Sugar kopfschüttelnd. »So darfst du das nicht sehen. Du hast *sie* mies gemacht, so sieht's aus. Sie dachten, sie wären Graf Koks persönlich, und du hast ihnen gezeigt, dass sie gar nicht so viel hermachen, wie sie dachten. Wenn ihre Großmächtigkeit für alle offensichtlich wäre, wie käme dann eine Frau wie du dazu, sie überhaupt anzusprechen? Ich sag dir eines: *Sie* sind es, die heimgehen und heulen – aufgeblasene bibbernde Würmchen. Ha!«

Die Frauen lachen gemeinsam, Caroline aber nur kurz.

»Na, egal, wie's für sie is«, meint sie, »mich bringt's richtig zum Flennen. Und auch noch in der Öffentlichkeit.«

Sugar nimmt Carolines Hand, so dass sich ein grauer und ein grüner Handschuh verschränken, und sagt: »Komm mit zum Trafalgar Square, Caddie! Wir kaufen uns ein Konditorstückchen, füttern die Tauben – und gucken uns den Leichenbestatterball an!«

Sie lachen erneut. Der »Leichenbestatterball« ist ein alter Witz zwischen ihnen, und Witze sind das, was sich aus der Zeit vor drei Jahren, als sie noch Nachbarinnen waren und täglich zusammengluckten, am zähesten gehalten hat.

Bald schon spazieren sie durch ein Labyrinth von Straßen, an denen sie beide kein Interesse haben, Straßen, die sie nur als die Reviere von Bordellen und Animierlokalen anderer Frauen kennen, Straßen, die bereits von Stadtplanern mit dem Traum eines breiten, nach dem Earl of Shaftesbury benannten Boulevards zum Abriss bestimmt sind. Beim Überschreiten der unsichtbaren Grenze zwischen St. Anne und St. Martin-in-the-Fields erblicken sie keinerlei Anzeichen von Heiligen und auch keine Felder, sofern man nicht die von Baumreihen gesäumte Rasenfläche des

Leicester Square dafür gelten lassen will. Vielmehr halten sie die Augen offen nach der Konditorei, in der sie bei ihrem letzten Treffen waren.

»War sie nich hier?« (Geschäfte kommen und gehen so rasch in diesen modernen Zeiten.)

»Nein, weiter.«

Londons Konditoreien (oder »Patisserien«, wie sie sich neuerdings gern betiteln) – muffige, kleine Läden, die wie aufgehübschte Eisenwarenhandlungen aussehen und ein Sortiment breiter, flacher Gebilde feilbieten, die nach französischen Torten benannt sind – mögen für Franzosen auf Englandreise ein Gräuel sein, doch Frankreich ist weit weg auf der anderen Seite eines Kanals, und die Patisserie in der Green Street ist für solche wie Caroline ausländisch genug. Als Sugar mit ihr durch die Tür tritt, leuchten ihre Augen vor Wonne auf.

»Zwei von denen, bitte«, sagt Sugar und deutet auf die pappigsten, süßesten, fettesten Sahneteilchen in der Auslage. »Und die da auch. Noch mal zwei – ja, zwei von beiden.« Die beiden kichern, das Gefühl ihrer verschworenen Frauengemeinschaft macht sie kühn. Einen großen Teil ihres Lebens über müssen sie tunlichst jedes Wort und jede Geste vermeiden, die der ach so sensiblen Schwellung männlichen Stolzes abträglich sein könnten. Wie erleichternd, die ewige Rücksichtnahme einmal sein zu lassen!

»Beide in eine Tüte, Mädamms?« Der Konditor, dem klar ist, dass sie so wenig feine Damen sind, wie er Franzose ist, grinst schmierlappig.

»O ja, bitte.«

Caroline nimmt die beiden steifen Papiertüten vorsichtig in die Hand und vergleicht die vier sahnigen Batzen darin, um zu beschließen, welchen sie als Ersten verzehrt. Nachdem er sein Geld bekommen hat, verabschiedet der Konditor sie mit einem fröhlichen »Bong schur«. Wenn Prostituierte zwei Stückchen pro Nase kaufen, dann nichts wie her mit den Prostituierten! Feingebäck bleibt nicht endlos frisch und wartet, bis die tugendhaften Kundinnen kommen, und der Zuckerguss fängt schon zu schwitzen an. »Beehren Sie mich bald wieder, Mädamms!«

Und weiter geht's zum nächsten Vergnügen. Der Zeitpunkt ist

gut gewählt, denn als sie sich dem Trafalgar Square nähern, fängt das lustige Schauspiel gerade an. Der ihren Blicken verborgene Monumentalbau des Bahnhofs Charing Cross hat seinen größten Schwall Fahrgäste für den Tag ausgestoßen, und diese Menschenflut ergießt sich jetzt in die Straßen. Hunderte von Büroangestellten in düsteren schwarzen Anzügen wälzen sich heran, eine wogende Einheitsmasse mit Kurs auf die Schreibstuben, die sie verschlucken werden. Ihre Menge und ihre Hast lassen sie lächerlich erscheinen, und dennoch haben sie alle tiefernste, unbewegte Mienen, als ob ihre Gedanken auf ein höheres Ziel gerichtet wären – was sie noch komischer macht.

»Der Leichenbestatterball, der Leichenbestatterball!«, jubelt Caroline wie ein Kind. Der Witz ist schon lange abgedroschen, doch sie liebt ihn, gerade weil er altgewohnt ist.

Sugar ist nicht so billig zu unterhalten; sie wittert in jeder Gewohnheit die Falle. Einen alten Witz erzählen, ein altes Lied singen, das sind für sie Eingeständnisse der Niederlage, des Einknickens vor dem Schicksal. Vom Himmel schauen die Parzen herab, und wenn sie solche Dinge hören, murmeln sie untereinander: Aha, *die da* ist mit ihrem Los zufrieden, es zu ändern würde sie nur verwirren. Nun denn, Sugar ist entschlossen, sich nicht so zu verhalten. Die Parzen können herabschauen, wann sie wollen, und werden sie jederzeit abseits der großen Herde finden, bereit für die Berührung des verwandelnden Zauberstabs.

Deshalb können diese wimmelnden Büroangestellten vor ihr keine Leichenbestatter mehr sein – aber was dann? (Die banale Wahrheit ist natürlich, dass sie Büroangestellte sind – aber damit ist nichts anzufangen: Ohne die Hilfe der Phantasie ist noch nie jemand in ein besseres Leben entflohen.) Also … sind sie eine gigantische Abendgesellschaft, die aus einem Luxushotel evakuiert wird, das sind sie! Soeben wurde Alarm geschlagen: Feuer! Überschwemmung! Rette sich, wer kann! Sugar blickt verstohlen zu Caroline hinunter und fragt sich, ob sie ihr diese neue Idee mitteilen soll. Doch das Grinsen der älteren Frau kommt ihr einfältig vor, und Sugar entscheidet sich dagegen. Soll Caroline doch ihre geliebten Leichenbestatter behalten.

Die Angestellten sind jetzt überall, sie drängen sich aus den Omnibussen und strömen in alle Richtungen davon, mit Bindfaden verschnürte Brotzeitpakete in der Hand. Und ständig kommen weitere Omnibusse angeklappert, auf deren langen Außenbänken neue Angestellte sitzen und im Wind zittern.

»Ich wünschte, 's würde regnen«, meint Caroline und grinst süffisant bei der Erinnerung, wie sie und Sugar sich das letzte Mal irgendwo untergestellt hatten und vor Freude quietschten, als die Omnibusse die Büroangestellten durch einen gnadenlosen Wolkenbruch kutschierten. Die drinnen saßen blieben verschont, doch die Unglücklichen auf den Obersitzen duckten sich jämmerlich unter ein lückenhaftes Dach sich gegenseitig behindernder Schirme. »Mann, is das toll!«, jauchzte sie damals. Jetzt faltet sie wie zum Gebet die Hände und wünscht sich, der Himmel möge seine Schleusen öffnen, damit sie dieses tolle Schauspiel noch einmal genießen darf. Heute jedoch bleibt der Himmel zu.

Im freundlichen Sonnenschein wird das Straßentreiben alsbald noch reger, ein wildes Durcheinander von Fußgängern und Fahrzeugen, die kaum einen Unterschied zwischen Fahrbahn und Bürgersteig machen. Langsam, als ob Bauern große Heuwagen durch eine Herde von Schafen lenken, schieben sich die jüdischen Kommissionäre in ihren protzigen Broughams durch die Horden der Angestellten. Ihnen zur Seite sitzen stolz die Damen des Geldadels, zitternde Schoßhündchen auf dem Schoß. Großhändler, den Kopf sichtlich höher gehalten als die Einzelhändler, steigen aus Droschken und schaffen sich mit einem Schwung ihrer Spazierstöcke freie Bahn.

Am besten jedoch lässt sich das Ausmaß des Aufmarschs auf dem Trafalgar Square selbst überblicken, wo die Scharen der hierhin und dorthin schwärmenden Bürohengste wie eine große, um Nelson versammelte Armee wirken. Sugar und Caroline müssen sich nur den Weg dorthin bahnen, die Konditorstückchen und das Papierpaket hoch erhoben. Trotz des Andrangs der Leiber machen bei jedem Schritt Männer für sie Platz und weichen zur Seite, manche mit ahnungsloser Ritterlichkeit, andere mit wissendem Abscheu.

Mit einem Mal scheinen Caroline und Sugar allen Platz der Welt zu haben. Sie lehnen sich gegen den Sockel eines der steinernen Löwen, essen mit zurückgelegten Köpfen ihre Teilchen, lecken sich Sahneflecken von den Handschuhen. Nach den herrschenden Benimmregeln könnten sie genauso gut Ejakulatspritzer auflecken. Eine anständige Frau würde Backwaren nur vom Teller in einem Hotel essen oder wenigstens in einem Kaufhaus – obwohl natürlich die Gefahr groß ist, in so einer aller Welt zugänglichen Lokalität neben Gott weiß wem zu sitzen.

Doch auf dem Trafalgar Square fallen anstößige Manieren weniger auf, er wird schließlich reichlich von Ausländern frequentiert und noch reichlicher von Tauben, und wer kann schon unter so viel Pöbel und flatterndem Federvieh die guten Sitten aufs i-Tüpfelchen wahren? Die Leute, die sich um solche Dinge sorgen (Lady Constance Bridgelow ist eine davon, doch du bist noch weit davon entfernt, ihre Bekanntschaft zu machen), werden dir sagen, dass diese elenden Kreaturen (womit sie wohl die Tauben meint, möglicherweise aber auch die Ausländer) seit einigen Jahren durch die offizielle Duldung einer Bude, die Papiertütchen mit Vogelfutter für einen halben Penny das Stück verkauft, auch noch zu ihrem Treiben ermutigt werden. Sugar und Caroline, die inzwischen ihre Sahneteilchen verzehrt haben, kaufen sich an dieser Bude ein Tütchen mit Körnern, und jede lacht über den drolligen Anblick, den die andere bietet, wenn die Vögel sie umschwärmen.

Es war Carolines Idee. Der Strom der Angestellten verläuft sich in die Botschaften, Banken, Ämter und Schreibstuben, und überhaupt sind sie ihr bereits langweilig geworden. (Bevor sie vom Pfad der Tugend abkam, konnte Caroline stundenlang völlig versunken an einer Stickerei arbeiten oder das langsame Blinzeln eines Babys beobachten; heutzutage kann sie nur noch mit Mühe bei der Sache bleiben, wenn sich ein Orgasmus – nicht ihrer, zugegeben – in einer ihrer Körperöffnungen ereignet.)

Und Sugar, was amüsiert sie? Sie betrachtet Caroline mit dem wohlwollenden Lächeln einer Mutter, die nicht ganz glauben mag, was für simple Dinge ihr Töchterlein erfreuen, doch von den beiden ist Caroline die Mutter und Sugar ein Mädchen von nicht einmal zwanzig Jahren. Wenn es ihr keinen besonderen Spaß macht, einem Schwarm unmanierlicher Vögel Körner hinzuwerfen, was dann? Tja, um das zu erfahren, musst du tiefer in sie eindringen, als es bisher irgendjemandem gelungen ist.

Einfachere Fragen kann ich dir beantworten. Wie alt ist Sugar? Neunzehn. Wie lange ist sie schon Prostituierte? Sechs Jahre. Rechne nach, und das Ergebnis ist bestürzend, zumal wenn du berücksichtigst, dass die Mädchen in der Zeit meistens erst mit fünfzehn oder sechzehn pubertieren. Ja, doch andererseits war Sugar schon immer frühreif – und außergewöhnlich. Schon als blutige Anfängerin in ihrem Gewerbe stach sie von der allgemeinen Verkommenheit in St. Giles ab, ein stilles und ernstes Kind inmitten von rohem Gelächter und betrunkener Tollerei.

»Die is 'ne eigene Marke, die Sugar«, sagten die anderen Huren. »Die wird's noch mal weit bringen.« Und das hat sie. Bis in die Silver Street hat sie es gebracht, ein Paradies im Vergleich zur Church Lane. Doch wenn sie sich einbilden, dass sie die Regent Street unter einem Parasol auf und ab scharwenzelt, irren sie sich. Sie ist fast immer drinnen, eingeschlossen in ihrem Zimmer, allein. Die anderen Huren der Silver Street, die in benachbarten Häusern arbeiten, finden es empörend, wie wenig Rendezvous Sugar hat: eines am Tag, manchmal gar keines. Wofür hält sie sich? Es gibt Gerüchte, wonach sie von einem Mann fünf Shilling verlangt und von einem anderen zwei Guineen. Was bezweckt sie damit?

In einem Punkt sind sich alle einig: Das Mädchen hat seltsame Angewohnheiten. Sie sitzt die ganze Nacht wach, auch wenn keine Männer mehr zu erwarten sind. Was *macht* sie bloß da oben im Lampenschein, wenn sie nicht schläft? Außerdem isst sie komische Sachen – jemand hat sie mal eine rohe Tomate essen sehen. Nach jedem Essen putzt sie sich die Zähne mit Zahnpulver und spült dann mit einem Mundwasser nach, das sie in einer Flasche kauft. Sie trägt kein Rouge auf, sondern lässt ihre Wangen abschreckend bleich, und sie trinkt niemals starke Sachen, außer wenn ein Mann sie dazu zwingt (und selbst dann wird sie, wenn sie ihn dazu bringen kann, sich kurz einmal umzudrehen, ihren Schluck häufig ausspucken oder ihr Glas in eine Vase leeren). Und was trinkt sie dann? Tee, Kakao, Wasser – und zwar, danach zu urteilen, wie ihre Lippen immer schuppen, in winzig kleinen Mengen.

Seltsam? Bah, das ist noch gar nichts, werden dir die anderen Huren sagen. Sugar kann nicht nur lesen und schreiben, es macht ihr sogar *Spaß*. Wie sehr ihr Ruf als Liebesdienerin sich auch unter den Lebemännern der Stadt verbreiten mag, er kann sich nicht mit dem Ruf vergleichen, den sie unter den anderen Prostituierten hat als »die, wo die ganzen Bücher liest«. Und keineswegs nur Groschenromane – *dicke* Bücher mit mehr Seiten, als selbst die Schlaueste in der Church Lane jemals schaffen könnte. »Du wirst noch ma blind werden, wirst schon sehen«, warnen ihre Kolleginnen sie immer wieder, oder: »Denkst du denn nie: Genug is genug, das is jetzt mein letztes?« Aber Sugar hat nie genug. Seit sie ins West End gezogen ist, hat Sugar es sich zur Gewohnheit gemacht, durch den Hyde Park zu spazieren, über die Serpentine nach Knightsbridge, wo sie häufig zwei georgianische Häuser am Trevor Square besucht, die zwar ein wenig wie hochklassige Bordelle aussehen, in Wirklichkeit jedoch eine Leihbücherei sind. Sie kauft sich außerdem Zeitungen und Zeitschriften, selbst solche, in denen kaum Bilder sind, selbst solche, auf denen steht, dass sie nur für Herren bestimmt sind.

Doch am meisten Geld gibt sie für ihre Garderobe aus. Selbst nach den Maßstäben des West End ist die Qualität von Sugars Kleidern bemerkenswert; in St. Giles war sie unfassbar. Statt ein abgelegtes altes Stück von einem Fleischerhaken in der Petticoat Lane zu kaufen oder eine passable Imitation der neuesten Mode in einem halbseidenen Laden in Soho, verfolgt sie die Strategie, jedes Six-Pence-Stück zu sparen, bis sie sich etwas leisten kann, das so aussieht, als ob der feinste Damenschneider es eigens für sie angefertigt haben könnte. Solche Illusionen sind zwar in den großen Kaufhäusern im Angebot, aber nicht für billiges Geld. Allein schon die Namen der Stoffe – geköperte Levantine, samtiger Satin und Algerine, in den Farben Lucine, Granat und Rauchjade – sind so exotisch, dass andere Huren ganz glasige Augen bekommen, wenn Sugar sie beschreibt. »Was du dir für 'ne Mühe machst«, bemerkte eine von ihnen einmal, »für Sachen, die dir'n Mann in fünf Minuten vom Leib reißt und drauf rumtrampelt!« Aber Sugars Männer bleiben wesentlich länger als fünf Minuten in ihrem Zimmer. Manche bleiben Stunden, und wenn Sugar heraustritt, sieht sie aus, als hätte sie sich überhaupt nicht entkleidet. Was *macht* sie mit ihnen da drin?

»Reden«, lautet ihre Antwort, wenn irgendjemand so kühn ist, danach zu fragen. Es ist eine ironische Antwort, begleitet von einem ernsten Lächeln, doch es ist nicht die ganze Wahrheit. Sobald sie sich auf einen Freier eingelassen hat, macht sie alles mit. Wenn ihre Möse gewünscht ist, kann er sie haben, auch wenn Mund und Rektum ihr lieber sind: weniger Schweinerei und hinterher ein ruhigeres Gefühl. Ihre rauchige Stimme hat sie davon, dass ihr als Fünfzehnjährige einmal eine Messerspitze ein klein bisschen zu fest an die Kehle gedrückt wurde – von einem der wenigen Freier, die sie nicht zufrieden zu stellen vermochte.

Doch was Sugar zu bieten hat, ist mehr als schlichte Unterwürfigkeit und Hemmungslosigkeit. Unterwürfigkeit und Hemmungslosigkeit sind billig zu haben. Jede Menge zahnloser Vetteln tun alles, was ein Mann verlangt, wenn sie nur ein paar Pennys für Gin bekommen. Was Sugar zu einer Rarität macht, ist, dass sie alles tut, was die verzweifeltste Gossenschlampe tun würde, dabei aber ein kindliches Unschuldslächeln aufsetzt. Es gibt in Sugars Gewerbe keine seltenere Kostbarkeit als ein jungfräulich aussehendes Mädchen, das einen Schwall von Unflat über sich ergehen lassen kann und nach Rosen duftend daraus ersteht, die Augen so freundlich wie die eines Spaniels, das Lächeln so weiß wie die Absolution. Die Männer kommen immer wieder und verlangen namentlich nach ihr, denn jeder ist überzeugt, dass es Sugar genauso sehr nach seiner speziellen Perversion gelüstet wie ihn selbst. Die anderen Prostituierten können nur widerwillig bewundernd den Kopf darüber schütteln, wie sie die Männer um den Finger wickelt.

Lässt eine von ihnen Anzeichen von Abneigung erkennen, dann versucht Sugar, sie für sich einzunehmen. Dabei ist ihr phänomenales Gedächtnis von Nutzen: Sie kann sich, scheint es, an alles erinnern, was jemals ein Mensch zu ihr gesagt hat. »Na, wie ist es deiner Schwester in Australien ergangen?«, fragt sie zum Beispiel eine alte Bekannte ein Jahr nach ihrer letzten Begegnung. »Hat dieser O'Sullivan in Brisbane sie geheiratet oder nicht?« Und ihre Augen werden so von Mitgefühl erfüllt sein oder wenigstens so sehr den Eindruck erwecken, dass selbst die skeptischste Nutte gerührt ist.

Nicht minder von Nutzen ist Sugars hervorragendes Gedächtnis im Umgang mit ihren Freiern. Musik, heißt es, besänftigt eine wilde Brust, doch Sugar hat eine wirksamere Methode entdeckt, einen viehischen Mann friedlich zu stimmen: Sie merkt sich seine Ansichten über die Gewerkschaften oder über die unbestreitbaren Vorzüge von schwarzem Schnupftabak gegenüber braunem. »Natürlich erinnere ich mich an dich!«, beteuert sie dem widerlichen Gorilla, der zwei Jahre zuvor ihre Brustwarzen so brutal verdrehte, dass sie vor Schmerz beinahe ohnmächtig geworden wäre. »Du bist doch der Mann, der fest der Meinung ist, dass der Brand in der Tooley Street von den zaristischen Juden gelegt wurde!« Noch ein paar solcher Gedächtnisleistungen, und er lobt sie in den Himmel.

Wirklich schade, dass Sugars Gehirn nicht in einem Männerkopf auf die Welt kam und sich stattdessen beengt und behindert im zierlichen Schädel eines Mädchens krümmen muss. Was für einen Beitrag hätte sie zum britischen Empire leisten können!

»Ent*schul*digung, meine Damen!«

Caroline und Sugar fahren herum und sehen sich einem Mann mit einem Stativ und einem Photoapparat gegenüber, der unweit hinter ihnen auf dem Trafalgar Square seinem Hobby frönt. Er ist eine einschüchternde Erscheinung mit dunklen Augenbrauen, einem Bart à la Trollope und einem Schottenmantel, und die Frauen verstehen ihn so, dass er sie aus der Bahn seines stativgestützten Zyklopenauges haben will.

»Aber nein, nein, *nein*, meine Damen!«, protestiert er, als sie zur Seite treten. »Es wäre mir eine Ehre! Eine große Ehre, Ihr Bild für alle Zeit festhalten zu dürfen!«

Sie sehen sich an und wechseln ein Grinsen: wieder einer von diesen komischen Kauzen, diesen Amateurphotographen mit ihrem geradezu fanatischen Eifer. Ein Mann, der charismatisch genug ist, um die Tauben vom Himmel herab in die von ihm gewünschte Aufstellung zu locken – oder wenigstens großzügig genug, um glücklichen Passanten eine Halfpenny-Tüte mit Vogelfutter zu spendieren. Noch besser, wenn sie schon selbst welches haben!

»Ich bin Ihnen überaus dankbar, meine Damen. Wenn Sie sich vielleicht noch ein *klein* wenig weiter auseinander stellen könnten …!«

Sie kichern und zappeln, umschwirrt von Tauben, die sich auf ihre Hüte setzen, sich an ihre ausgestreckten Arme krallen, sich auf ihren Schultern niederlassen, überall, wo die Körner gelandet sind. Trotz des wilden Geflatters so dicht an ihren Augen geben sie sich alle Mühe, nicht zu blinzeln, und hoffen, dass im entscheidenden Moment das Licht vorteilhaft auf sie fällt.

Der Kopf des Photographen bewegt sich unter seinem schwarzen Tuch hin und her, er spannt den ganzen Körper an, dann kommt das erlösende Zucken. Im Innern seiner Kamera entsteht ein chemisches Abbild von Sugar und Caroline.

»Tausend Dank, meine Damen«, sagt er schließlich, und sie wissen, dass sie damit verabschiedet sind: Nicht auf Wiedersehen soll das heißen, sondern Lebewohl. Er hat alles von ihnen, was er will.

»Haste gehört, was er gesagt hat?«, fragt Caroline, während sie dem Mann nachschauen, der mit seinen Trophäen in Richtung Charing Cross abzieht. »Für alle Zeit. *Alle Zeit.* Das kann doch nich sein, oder?«

»Ich weiß nicht«, meint Sugar nachdenklich. »Ich bin mal im Atelier eines Photographen gewesen, und ich habe neben ihm in der Dunkelkammer gestanden, während er die Bilder zum Vorschein gebracht hat.« Sie kann sich noch gut erinnern, wie sie in dem roten Licht den Atem anhielt und zusah, als in dem flachen Chemikalienbad die Bilder auftauchten, wie Stigmata, wie Geistererscheinungen. Sie überlegt, ob sie Caroline das alles erzählen soll, doch sieht ein, dass sie der älteren Frau dazu jedes Wort erklären müsste. »Sie kommen aus einem Bad«, sagt sie, »und eins kann ich dir sagen: sie *stinken.* Was so stinkt, kann nicht ewig halten, da bin ich mir sicher.« Ihr dichter Pony verbirgt ihr Stirnrunzeln: Sie ist sich keineswegs sicher.

Sie fragt sich, ob die von ihr im Salon des Photographen aufgenommenen Bilder ewig halten werden, und hofft, sie tun es nicht. Damals, als die Sache gemacht wurde, hatte sie keinerlei Skrupel und posierte nackt neben Topfpflanzen, in Strümpfen vor einem Himmelbett und bis zur Hüfte in einer Wanne mit lauwarmem Wasser. Sie musste nicht einmal jemanden anfassen! In letzter Zeit jedoch nagt die Reue an ihr – seit einer ihrer Kunden ihr einmal ein abgegriffenes Photo eines beklommen wirkenden nackten Mädchens unter die Nase hielt und verlangte,

Sugar möge genau die gleiche Pose mit genau der gleichen Handbürste einnehmen, von der er vorausdenkend eine mitgebracht hatte. Damals begriff Sugar, was es heißt, dauerhaft als Sugar oder Lotty oder Lucy oder sonst wer auf einer rechteckigen Karte festgebannt zu sein, die man jedem Fremden nach Belieben zeigen kann. Welche Schändungen sie auch in der Privatsphäre ihres Schlafzimmers routinemäßig über sich ergehen lassen mag, sie fallen von ihr ab, sobald sie vorbei sind, und wenn der Schweiß angetrocknet ist, sind sie schon halb vergessen. Aber chemisch auf einen Zeitpunkt fixiert und in alle Ewigkeit von Hand zu Hand weitergereicht zu werden: *Das* ist eine Nacktheit, die sich nie wieder bekleiden lässt.

Du wärst, wenn ich dir Photos von Sugar zeigen würde, wahrscheinlich der Meinung, sie hätte sich die Sorgen sparen können. Aber die sind doch entzückend, würdest du sagen, harmlos, niedlich, ja sogar eigentümlich würdevoll! Nur ein Jahrhundert und ein bisschen was später – oder sagen wir, elf Dutzend Jahre später –, und sie sind zur unbeschränkten Reproduktion geeignet, ohne dass jemand auf den Gedanken käme, sie könnten empfängliche Gemüter verderben oder zu irgendetwas verleiten. Vielleicht verleiht ihnen der große Entschärfer einstiger Ungeheuerlichkeiten, das Coffee-table Book, sogar noch einen künstlerischen Heiligenschein. *Unbekannte Prostituierte, um 1875*, könnte die Bildunterschrift lauten, und was könnte anonymer sein? Doch damit würdest du den Grund für Sugars Scham verkennen.

»Aber denk doch ma«, sagt Caroline. »Da gib's noch'n Bild von dir, wenn du schon hundert Jahre tot bist. Und wenn ich'n Gesicht zieh, dann hab ich das Gesicht für immer … Da gruselt's mich richtig bei.«

Sugar streicht versonnen über den Rand ihres Pakets und überlegt, wie sie das Gespräch in weniger vergiftete Gewässer lenkt. Sie blickt über den Platz auf die National Gallery, und die unangenehme Erinnerung an den Mann mit der Handbürste verblasst.

»Was ist mit gemalten Porträts?«, fragt sie, denn ihr ist Carolines übertriebene Bewunderung für einen Kunststudenten eingefallen, der ihr einmal statt der Bezahlung eine Landschaftsskizze andrehte, angeblich von den Yorkshire Dales. »Gruselt es dich bei denen nicht?«

»Das is was anderes«, meint Caroline. »Die sind … na ja … von Königen und so Leuten.«

Sugar lässt ein hämisches Glucksen aus ihrem enzyklopädischen Repertoire von Lachern hören. »Es gibt ein Porträt von Kitty Bell, weißt du nicht mehr? Gemalt von diesem geilen alten Bock von der Royal Academy, der sich in sie vergafft hatte. Es hing sogar in einer Ausstellung, Kitty und ich sind es uns ansehen gegangen. ›Blumenverkäuferin‹ hieß es.«

»Oh, da hast du Recht – die Schlampe.«

Sugar schürzt die Lippen. »Reiner Neid. Denk doch mal, Caddie, wenn du einen Künstler hättest, der dich anbettelt, dein Porträt malen zu dürfen. *Du* sitzt still, *er* arbeitet, und am Ende dann gibt er dir ein Gemälde in Öl, das wie … wie ein Spiegelbild von dir an dem Tag in deinem Leben ist, wo du am schönsten warst.«

Caroline leckt nachdenklich das Innere der Konditortüte ab, halb verführt von dem Vorstellungsbild, das Sugar ihr gemalt hat, halb misstrauisch, dass sie veräppelt wird. Aber Spott beiseite, Sugar ist ehrlich der Meinung, dass Caroline ein gutes Modell für ein Gemälde abgäbe: Das kleine, hübsche Gesicht und der rundliche Körper der älteren Frau sind für den breiten Geschmack viel pittoresker als ihre eigene knochige Figur. Sie stellt sich vor, wie Caddies Schultern aus einem Abendkleid hervorschwellen, glatt und makellos und pfirsichzart, und vergleicht dieses rosige Bild mit ihrem eigenen bleichen Oberkörper, bei dem die Schlüsselbeine vom sommersprossigen Brustkasten abstehen wie die Griffe eines Bratrostes. Freilich, der Modetypus der siebziger Jahre entwickelt sich immer mehr in Richtung Sylphe, doch was Mode ist und was eine Frau in ihrem Herzen für fraulich hält, kann durchaus zweierlei sein. Jede Graphikhandlung ist bis obenhin voll von »Carolines«, und ihr Gesicht ist überall, von der Seifenverpackung bis hin zu den Steinreliefs an öffentlichen Gebäuden – beweist das nicht, dass Caroline dem Ideal nahe kommt? Sugar glaubt es jedenfalls. Oh, sie hat natürlich in Journalen von den Präraffaeliten gelesen, aber weiter reichen ihre Kenntnisse nicht; sie würde Burne-Jones oder Rossetti nicht erkennen, auch wenn sie auf sie drauffallen würden. (Statistisch gesehen eine sehr unwahrscheinliche Kollision: zwei Maler, zweihunderttausend Prostituierte.)

Caroline hat einen Sahnefleck am Kinn, als ihr Gesicht aus der Papiertüte hervorkommt. Sie hat ein wenig von der Phantasie gekostet, die Muse eines Künstlers zu sein und für den Ruhm ihres höchsteigenen gemalten Porträts das schnöde Geld weit von sich zu weisen, und beschlossen, sie nicht zu schlucken.

»Nee, danke«, sagt sie im Mit-mir-nicht-Ton. »Wenn ich was gelernt hab, dann das: Wenn du dich auf Sachen einlässt, wo du nich verstehst, dann ziehn sie dir das Fell über die Ohren, bevor du überhaupt weißt, was los is.«

Sugar wirft ihre zerknüllte Tüte auf den Boden und schüttelt sich die Krümel und das Vogelfutter von den Röcken. »Gehen wir?«, schlägt sie vor, und dabei streckt sie die Hand aus und wischt Caroline behutsam den Sahnefleck vom Kinn. Die ältere Frau zuckt ein wenig zurück, denn eine solche unerwartete körperliche Intimität außerhalb der Arbeitszeit ist sie nicht gewohnt.

Es ist halb neun. Der Leichenbestatterball ist vorbei, und die Straßen sind wieder nur mehr spärlich belebt. Erst die Arbeitssklaven der Hinterhofwerkstätten und Fabriken, jetzt die Büroangestellten: Die Stadt schluckt Heerscharen von Arbeitskräften und ist immer noch nicht zufrieden. Den ganzen Tag lang werden neue Schübe aus ganz England eintreffen, aus der ganzen Welt. Und heute Nacht wird die Themse den unerwünschten Überschuss hinwegraffen.

Caroline reißt gähnend den Mund auf, so dass man einen schwarzen Zahn unter den weißen erkennt, und Sugar lässt sich von dem Gähnen anstecken, wobei sie sich jedoch züchtig die Hand vorhält.

»Mann, ich könnt auf der Stelle umfallen und schlafen wie tot«, erklärt die ältere Frau.

»Ich auch«, meint Sugar.

»Ich bin früh geweckt wor'n. In der Church Lane is 'ne Droschke zu Bruch gegangen, nich weiter von mei'm Fenster weg als …« (sie zeigt auf König George) »als die Statue da drü'm.«

»Gab es Verletzte?«

»Ich glaub, 'ne Frau is tot. Die Polente hat 'ne Leiche weggeschafft, mit Röcken.«

Sugar überlegt, ob sie Caddie damit amüsieren soll, dass sie ihr die wortwörtliche Umsetzung ihrer fehlerhaften Grammatik beschreibt: eine Prozession ernster, schnauzbärtiger Polizisten, unter deren strengen Mänteln schmucke raschelnde Röcke hervorschauen. Stattdessen fragt sie: »Jemand, den du kennst?«

Caroline blinzelt verwirrt. Der Gedanke ist ihr noch gar nicht gekommen.

»Mensch, keine Ahnung! Stell dir vor, es wär …« Sie verzieht das Gesicht, während sie überlegt, ob eine ihrer Prostituiertenfreundinnen um die frühe Zeit auf der Straße hätte sein können. »Ich geh ma besser nach Hause.«

»Ich auch«, sagt Sugar. »Oder Mrs Castaway könnte ihr Renommee verlieren.« Und ein Lächeln erscheint, das solche wie Caroline nicht verstehen können.

Sie umarmen sich kurz, und wie jedes Mal, wenn sie das tun, überrascht es Caroline, wie linkisch und zaghaft Sugar ist, wie unbeholfen und steif sich der Körper des Mädchens, berühmt für seine Gefügigkeit in den Händen der Männer, in den Armen einer Freundin anfühlt. Das schwere Papierpaket, das in Sugars Faust baumelt, stößt hart wie ein Holzklotz an Carolines Schenkel.

»Komm mich ma besuchen!«, sagt Caroline und gibt Sugar wieder frei.

»Mach ich«, verspricht Sugar, und dabei tritt doch noch ein Hauch Farbe in ihr Gesicht.

Wem folgen? Nicht Caroline – sie wird dich nur dorthin zurückbringen, wo du hergekommen bist, und das war nun wirklich eine miese Umgebung. Bleib fürs Erste bei Sugar. Du wirst es nicht bereuen.

Sugar vertut keine Zeit damit, Caroline hinterherzuschauen, sondern verlässt umgehend den Platz. Hastig, wie von Schurken verfolgt, die sie erdrosseln wollen, lenkt sie ihre Schritte zum Haymarket.

»Ich bring dich schneller hin, Missie!«, ruft ein Kutscher von einem der Hoteldroschkenstände herüber, und sein rüder Ton macht deutlich, dass er ihre adrette Fassade durchschaut hat.

»Auf mei'm Pferd darfste auch noch reiten!«, johlt er hinter ihr her, als sie ihn ignoriert, was andere Kutscher in der Reihe mit schallendem Gelächter quittieren. Selbst ihre Pferde schnauben.

Sugar geht mit unbewegtem Gesicht und kerzengeradem Rücken den Bürgersteig entlang. Die anderen Leute auf den Straßen existieren nicht für sie. Die um den Kaffeestand herumlungernden Männer treten vor ihr zurück, damit ihr schwingendes Paket ihnen nicht ans Knie knallt. Ein Plakatkleber rückt seinen Eimer näher an die Säule, wo er gerade etwas anschlägt, weil er befürchtet, sie könnte seine Leimbrühe über das Pflaster kippen. Ein verschlafen dreinblickender Herr – frisch aus Amerika eingetroffen, nach seinem Hut und seiner Hose zu urteilen – begutachtet sie vom Kopf bis zu den eilenden Füßen; seine Ahnungslosigkeit wird am Abend verfliegen, wenn Huren scharenweise in den Haymarket einfallen und ihm alle paar Schritte lockende Angebote machen.

»Bitte um Verzeihung, Ma'am«, murmelt er, als Sugar an ihm vorbeifegt.

Sugars Weg führt die Great Windmill Street hinauf, vorbei an St. Peter, wo sich später die besten Kinderprostituierten versammeln werden, vorbei an den Argyll Rooms, wo jetzt noch die Crème der männlichen Aristokratie betrunken vor sich hinschnarcht, bunt durchmischt mit schlafenden, champagnerbefeuchteten Huren. Zielsicher biegt sie um Ecken, huscht durch Passagen, überquert verkehrsreiche Straßen und blickt dabei kaum nach links oder rechts, ähnlich einer Katze mit einer ganz bestimmten Absicht im Kopf.

Sie hält nicht eher inne, als bis sie am Golden Square angekommen ist, wo die Dachspitze und die rauchenden Schornsteinkappen von Mrs Castaways Bordell und der spärliche Verkehr auf der Silver Street schon zu sehen sind. Doch als sie nur noch wenige Meter vor sich hat, kann sie sich plötzlich nicht überwinden, die letzten paar Schritte zu gehen und an die Tür ihres eigenen Hauses zu klopfen. Sie schwitzt unter der grünen Seide, und zwar nicht nur von der Eile, sondern auch vor frischem Kummer. Sie biegt ab, nimmt ihr Paket fest an die Brust und schlendert auf die Regent Street zu.

Auf den steinernen Stufen der Kirche Our Lady of the Assumption in der Warwick Street liegt ein kleines Kind ungewissen Geschlechts in eine blassgelbe Decke gewickelt, auf der geschmolzener Raureif glitzert. Im fahlen Sonnenlicht leuchtet die Rotzglocke auf den Lippen des Kindes wie roher Eidotter, und angewidert schaut Sugar weg. Ob lebend oder tot, dieses Kind ist verloren: Man kann niemanden auf dieser Welt retten außer sich selbst. Gott treibt seinen Schabernack damit, so viel Essen, Wärme und Liebe, dass es gerade mal für hundert Menschen reichen würde, an eine wimmelnde, drängelnde Masse von Millionen auszugeben. Ein Laib Brot und ein Fisch, aufzuteilen unter fünftausend arme Schlucker – das ist sein lustigster Streich.

Sugar hat die Straße schon überquert, als eine Stimme sie stocken lässt, ein dünnes, pfeifendes Quäken, das alles und nichts bedeuten könnte. Als sie sich umdreht, sieht sie, dass das Kind lebt und wach ist und ihr aus seinem Knäuel schmutziger Wolle heraus winkt. Die trutzige Fassade der Kirche, neue rote Ziegel ohne Fenster im unteren Bereich und Gucklöcher in der dunklen verschlossenen Tür, drückt deutlich ihre entschlossene Abwehr von antikatholischen Randalierern und bedürftigen Kindern aus.

Sugar zögert. Sie wippt auf den Fußballen und fühlt dabei, wie der Schweiß in ihren Stiefeln zwischen den Zehen kribbelt und heiß wird. Es widerstrebt ihr zutiefst, umzukehren, wenn sie sich einmal entschieden hat, vorwärts zu gehen. Sie hat diese Straße jetzt überquert, und es gibt kein Zurück mehr. Außerdem ist es aussichtslos: Sie könnte hundert Männer am Tag ficken und die ganzen Einnahmen an Not leidende Kinder geben und würde letztlich doch nichts damit ausrichten.

Als ihr Herz in der Brust weich zu werden beginnt, holt sie schließlich eine Münze aus ihrem Retikül und wirft sie über die Straße. Sie trifft genau, und der Shilling landet auf der blassgelben Decke. Sie wendet sich wieder ab, immer noch im Unklaren über das Geschlecht des Kindes. Es spielt keine Rolle. In einem Tag oder einer Woche oder einem Monat wird das Kind tot und vergessen sein, in die Kloaken von London hinuntergespült wie ein Stück Kot. Gottverflucht sei Gott und seine ganze abscheuliche, dreckige Schöpfung!

Sugar geht weiter, den Blick fest auf den Glanz der Regent Street gerichtet, der durch den Schleier vor ihren brennenden Augen dringt. Sie braucht Schlaf. Und ja, wenn sie die Wahrheit sagen soll, wenn du es wirklich wissen musst, sie leidet, sie leidet so sehr, dass es eine Erlösung für sie wäre zu sterben – oder zu töten. Beides wäre ihr recht. Hauptsache, ein radikaler Schlag, der sie aus allem herausreißt.

Schuld daran ist nicht etwa Carolines Gesellschaft. Caroline ist, wie du bereits weißt, bedeutungslos; sie macht keinen Kummer.

Nein, was Sugar so über die Maßen mitgenommen hat, ist dies: dass sie gestern den ganzen Tag und noch die ganze Nacht bei einer sterbenden Freundin namens Elizabeth in einem stinkenden Loch in Seven Dials gewacht hat und sich dabei geduldig und gütig geben musste. Wie lange Elizabeth zum Sterben brauchte und dabei die ganze Zeit über Sugars Hand nicht losließ! Und was hatte sie für eine klamme, kalte, krallenartige Hand, die ganzen Stunden lang! Bei dem Gedanken schwitzen Sugars Hände jetzt noch mehr in ihren Handschuhen, und sie jucken und scheuern an dem gepuderten Futter.

Doch eine gefallene Frau zu sein hat auch seine kleinen Vorteile, und einen davon nutzt sie jetzt aus. Die Regeln für die Straßenkleidung sind eindeutig, wenigstens für all jene, die sie verstehen: Männer können Handschuhe tragen oder nicht, wie es ihnen passt; arme, verwahrloste Frauen dürfen keine tragen (der Gedanke allein ist absurd!), sonst kommt wahrscheinlich die Polizei und will wissen, wo sie die herhaben; ehrbaren Frauen aus der Unterschicht, vor allem wenn sie kleine Kinder auf dem Arm haben, sieht man es nach, wenn sie keine tragen; aber vornehme Damen müssen jederzeit welche tragen, bis sie wohlbehalten zur Tür herein sind. Sugar ist wie eine Dame gekleidet, deshalb darf sie ihre Extremitäten unter keinen Umständen in der Öffentlichkeit entblößen.

Trotzdem zupft sich Sugar im Gehen Handschuhspitze für Handschuhspitze, Finger für Finger das weiche grüne Leder von den Händen. Unverhüllt glänzt ihre schwitzende weiße Haut im Sonnenschein. Mit einem tiefen Seufzer der Erleichterung, nicht von dem zu unterscheiden, den sie benutzt, wenn ein Mann alles mit ihr gemacht hat, wozu er imstande ist, beugt und streckt sie ihre fein gesprungenen und schuppenden Finger an der kühlen Luft.

Tritt jetzt mit Sugar in die große offene Schneise, die grandiose Weite der Regent Street! Bewundere die sich in den Nebel der architektonischen Unendlichkeit erstreckenden Palastgebäude mit ihren Wabenmustern aus Tausenden von identisch geformten Fenstern Reihe um Reihe, die vom Schnee geräumte glasglatt wirkende breite Fahrbahn! Dies alles ist eine deutliche Absichtserklärung: die Proklamation, dass in der herrlichen Zukunft, die uns bevorsteht, Gegenden wie St. Giles und Soho mit ihrem engen Gassengewirr, ihren windschiefen Kästen und ihren modrigen, zerfallenden Winkeln, in denen der Abschaum der Gesellschaft nistet, hinweggefegt und ersetzt werden von einem neuen London, das ganz und gar wie die Regent Street ist, luftig, regelmäßig und sauber.

Auf dem »Stretch«, dem Stück zwischen Oxford Circus und Piccadilly Circus, herrscht zu dieser Vormittagsstunde schon ein reges Treiben – nicht das aberwitzige Verkehrsgewühl wie im Sommer während der Saison, aber genug, um dich zu beeindrucken. Droschken trotten auf und ab, dunkel gekleidete Herren mit buschigen Bärten stürmen vor ihnen über die Straße, Werbetafelträger patrouillieren an den Straßenrändern, und dort drüben stehen drei Straßenkehrer um einen Gully und rammen mit energischen Besenstößen den versammelten Brei aus Schneematsch, Schmutz und Pferdemist durch das Gitter. In dem Moment klirrt eine Equipage an ihnen vorbei, voll besetzt mit Geschäftsleuten aus der Provinz, und hinterlässt eine dampfende Kette von Pferdeäpfeln.

Ein Omnibus wird gezügelt, und ein halbes Dutzend Fahrgäste steigen aus. Einer davon, ein korrekt gekleideter Mann von durchschnittlicher Statur, hat es über Gebühr eilig und tritt beinahe in die frische Scheiße. Er taumelt im letzten Moment zurück wie ein Straßenclown, der für ein wieherndes Publikum in Seven Dials Faxen macht. Vor Verlegenheit reißt er sich den Hut vom Kopf und stelzt weiter, als ob er auf Eiern ginge. Auffällig an ihm ist, wie seine zum Vorschein gekommenen Haare auf seinem Kopf sitzen oder, genauer gesagt, herumhüpfen. Von der Stirn abwärts sieht er schrecklich ernst, ja geradezu bang aus, als ob er zu spät zur Arbeit käme und mit einer Rüge rechnen müsste, doch von der Stirn aufwärts ist er die reinste Witznummer mit seinem hin- und herwippenden Schopf goldener Locken, der aussieht wie ein kleines Pelztier, das vom Himmel auf den Kopf eines Mannes gefallen und jetzt entschlossen ist, seinen Platz um keinen Preis zu verlassen.

Sugar grinst und freut sich, dass ihr doch noch etwas Lustiges begegnet, dann drückt sie wieder ihr Papierpaket an sich und fängt an, den Stretch hinunterzuflanieren. Nur noch ein paar Minuten hier am Pflasterstrand des London von morgen, und sie wird so weit sein, nach Hause gehen zu können.

Du kannst Sugar jetzt sich selbst überlassen. Sie möchte allein gehen, anonym. Sie hat den Mann mit dem kuriosen Haarschopf schon vergessen, den du für einen zufälligen Passanten gehalten hast, einen belanglosen Tupfer Lokalkolorit, der dich nur davon ablenkt, die Leute ausfindig zu machen, deretwegen du hier bist. Hör auf, vor dich hinzuträumen! Überquere den prunkvollen Rubikon der Regent Street, ohne zum Opfer des Verkehrs oder der Misthaufen zu werden, und hänge dich diesem drolligen Mann an die Fersen!

Wie du es auch anstellst, lass ihn nicht in der Menge untertauchen, denn er ist in Wirklichkeit ein sehr wichtiger Mann, und er wird dich weiter bringen, als du dir vorstellen kannst.

Drei

William Rackham, designierter Leiter der Rackham Perfumeries, aber derzeit eine ziemliche Enttäuschung, bedarf seiner Meinung nach dringendst eines neuen Hutes. Deshalb ist er so in Eile. Und deshalb solltest du lieber aufhören, die sanft wippende Turnüre der davonschreitenden Sugar anzustarren, ihre scharfen Schulterblätter und ihre Wespentaille und die orangeroten Strähnen, die unter ihrem Hütchen hervorflattern, und stattdessen William Rackham nachlaufen.

Du zögerst. Sugar ist auf dem Weg nach Hause in ein Bordell, das den höchst merkwürdigen Namen »Mrs Castaway« führt. Du würdest ein solches Haus gern einmal von innen sehen, nicht wahr? Warum solltest du dir die Attraktionen dort entgehen lassen, bloß um diesen Fremden zu verfolgen, diesen ... Mann? Zugegeben, sein hüpfender goldener Haarbusch war komisch, aber ansonsten war er nicht besonders interessant, schon gar nicht verglichen mit dieser Frau, die du gerade erst richtig kennen lernst.

Aber William Rackham ist designiert zum Leiter der Rackham Perfumeries. Leiter der Rackham Perfumeries! Wenn du weiterkommen willst, kannst du es dir nicht erlauben, in der Gesellschaft von Huren herumzuhängen. Du musst dich aufraffen und ein außerordentliches Interesse an der Frage entwickeln, warum William Rackham seiner Meinung nach dringendst eines neuen Hutes bedarf. Ich werde dir helfen, so gut ich kann.

Seinen alten Hut hält er beim Gehen in der Hand, denn er geht lieber barhäuptig in einer Welt Hut tragender Männer, als ihn noch eine Minute länger aufzuhaben, so sehr schämt er sich seiner unmodischen Höhe und seiner abgestoßenen Krempe. Natürlich werden die Leute ihn mitleidig anstarren, ob er den Hut nun aufhat oder nicht, genau wie sie ihn im Omnibus angestarrt haben … Bilden sie sich tatsächlich ein, ihr höhnisches Grinsen bliebe ihm unbemerkt? O Gott! Wie konnte es nur dazu kommen? Das Leben hat sich gegen ihn verschworen … doch nein, er hat nicht das Recht, eine derart allumfassende Beschuldigung zu erheben … Sagen wir lieber, dass gewisse *unfreundliche Elemente* in seinem Leben sich gegen ihn verschworen haben, und er ist sich noch nicht darüber im Klaren, wie er den Sieg gegen sie davontragen soll.

Letzten Endes jedoch wird er triumphieren; er *muss* triumphieren, weil sein Glück, so glaubt er, im Hinblick auf größere Dinge von wesentlicher Bedeutung ist. Nicht dass er es unbedingt verdient hätte, glücklicher als andere Menschen zu sein, gar nicht. Nein, sein Schicksal ist vielmehr eine Art … eine Art *Angelpunkt*, von dem vieles andere abhängt, und falls er durch ein Missgeschick zermalmt werden sollte, würde zugleich mit ihm etwas Höheres scheitern, und darauf kann es das Leben nicht abgesehen haben.

William Rackham ist in die Stadt gekommen …

(Hörst du noch zu?)

William Rackham ist in die Stadt gekommen, weil er weiß, dass er in der Regent Street seiner Demütigung ein Ende bereiten kann, indem er sich einen neuen Hut kauft. Was nicht heißen soll, dass er sich nicht einen genauso guten Hut bei Whiteley in Bayswater kaufen und sich damit die Fahrt sparen könnte, aber er hat einen tieferen Beweggrund, hierher zu kommen, beziehungsweise zwei tiefere Beweggründe. Erstens wäre es ihm unangenehm, bei Whiteley gesehen zu werden, denn auf den Abendgesellschaften, zu denen er früher immer eingeladen wurde, sind ihm abfällige Äußerungen dahingehend zu Ohren gekommen, es sei hoffnungslos vulgär. (Das Kaufhaus, das er jetzt ansteuert, ist natürlich nicht minder vulgär, aber die Wahrscheinlichkeit ist geringer, dass er dort jemanden trifft, den er kennt.) Zweitens möchte er ein wachsames Auge auf Clara haben, die Zofe seiner Frau.

Warum? Ach, das ist eine unerquickliche und komplizierte Geschichte. Nachdem er sich kürzlich gezwungen sah, ein paar Rechnungen über die Ausgaben seines Haushalts anzustellen, ist William Rackham zu dem Schluss gelangt, dass seine Dienstboten ihn bestehlen, und zwar nicht nur hin und wieder um eine Kerze oder einen Streifen Speck, sondern in einem ungeheuerlichen Ausmaß. Ohne Frage nutzen sie die Krankheit seiner Frau und seine eigene Unlust, sich mit seiner leidigen Finanzsituation auseinander zu setzen, schamlos aus, aber sie sind verdammt schief gewickelt, wenn sie meinen, dass er nichts merkt. Verdammt schief gewickelt!

Als daher seine Frau gestern Nachmittag Clara dargestellt hatte, was diese ihr am nächsten Morgen in London besorgen solle, witterte William (der an der Tür gelauscht hatte) Habgier. Während er oben im Schatten der Galerie beobachtete, wie Clara die Treppe hinunterging, kam es ihm so vor, als könnte er in ihrem stämmigen Körper schon Veruntreuungspläne köcheln sehen.

»Ich würde Clara mein Leben anvertrauen«, widersprach Agnes mit typischer Übertreibung, als er ihr unter vier Augen seine Bedenken mitteilte.

»Mag sein«, entgegnete er. »Aber ich würde ihr nicht mein Geld anvertrauen.« Ein kurzes peinliches Schweigen trat ein, in dem in Agnes' Gesicht leise die Versuchung zuckte, ihn darauf hinzuweisen, dass das Geld nicht ihm, sondern seinem Vater gehörte und dass sie wesentlich mehr davon hätten, wenn er nur auf die Forderungen seines Vaters eingehen wollte. Doch sie beherrschte sich, und William fühlte sich bemüßigt, sie mit einem Kompromiss zu belohnen. Clara sollte der eigentliche Einkauf überlassen bleiben, doch William wollte sie, rein »zufällig«, in die Stadt begleiten.

Und aus diesem Grund sind Herr und Zofe zusammen im Omnibus von Notting Hill hereingefahren. Eine Droschke wäre »natürlich völlig undenkbar« gewesen – nicht (was die Dienerin hoffentlich verstand, wie Rackham sich dachte) weil Droschken heutzutage seinen Geldbeutel allzu sehr strapazieren, sondern weil die Leute reden könnten.

Falsch gedacht. Die Dienerin sah darin selbstverständlich ein weiteres Zeugnis für den Abstieg ihres Herrn in der Welt. (Sie hatte auch bemerkt, wie abgetragen und unmodern sein Hut geworden war, womit sie allerdings der *einzige* Mensch war, der das bemerkte, denn vor Scham hat er alle seine modebewussteren Freunde gemieden.) Jede Veränderung in der Haushaltsführung, einerlei wie geringfügig, und jedes Drängen auf Sparsamkeit, einerlei wie vernünftig, fasst Clara als einen Beweis mehr dafür auf, dass William Rackham unter dem Stiefel seines Vaters zerquetscht wird wie eine Schnecke.

In ihrer Freude über diese Demütigung kommt es ihr gar nicht in den Sinn, dass er, wenn er nicht aus seiner Zwangslage gerettet wird, irgendwann nicht mehr imstande sein könnte, sie weiterzubeschäftigen. Ihr Augenmerk ist auf andere Dinge gerichtet. Sie hat zum Beispiel einen feigen Rückzug in der Angelegenheit des Kutschers registriert, dessen Einstellung seit Jahren angekündigt wird, aber der bis heute nicht aufgetaucht ist. Neuerdings scheint es eine unausgesprochene Übereinkunft zu geben, dass diese viel beschriene Einstellung nicht mehr zu erwähnen sei. Aber Clara vergisst so etwas nicht! Und wie war das mit Tilly, dem Hausmädchen für unten? Nach ihrer Entlassung wegen Schwangerschaft ist sie nie ersetzt worden, was dazu geführt hat, dass Janey viel mehr tun muss, als eigentlich zu den Pflichten einer Scheuermagd gehört. Rackham sagt, es sei nur vorübergehend, aber die Monate vergehen, und nichts geschieht. Gute Zofen wie Clara mögen ja schwer zu finden sein, aber Hausmädchen gibt es doch gewiss wie Sand am Meer. Rackham könnte innerhalb einer Stunde eins finden, wenn er bereit wäre, es zu bezahlen.

Alles in allem ist es eine skandalöse Situation, die Clara nach besten Kräften meistert – das heißt, indem sie ihr Missfallen spürbar werden lässt, wo und wie sie nur kann, und nur vor offener Unverschämtheit Halt macht.

Daher auch der gequälte Ausdruck auf ihrem Gesicht, den sie im Omnibus den ganzen Weg nach London hinein beibehielt, ein Ausdruck, den der gebeutelte Rackham erst bemerkte, als die Pferde das Gefährt durch den Marble Arch zogen. Vielleicht kränkeln ja *alle* Mitglieder des weiblichen Geschlechts, dachte er, denn er vermutete, die Dienerin müsse irgendwelche Beschwerden haben.

Vielleicht (versuchte er sich zu beruhigen) *ist meine arme kranke Agnes gar nicht so ungewöhnlich.*

William ist absichtlich früh in die Stadt aufgebrochen, damit ihm nach seiner Heimkehr noch reichlich Zeit bleibt, die lange gemiedenen Fortschrittsberichte und Geschäftsbücher der Rackham Perfumeries zu studieren. (Oder sie wenigstens aus den Umschlägen zu nehmen, in denen sein Vater sie geschickt hat.) Morgen wird er dann (vielleicht) die Lavendelfelder besuchen, und sei es nur, um dort gesehen zu werden und zu erreichen, dass dem alten Mann davon Meldung gemacht wird. Es würde wahrscheinlich nichts schaden, den Landarbeitern ein paar einschlägige Fragen zu stellen, sofern ihm welche einfallen. Die Dokumente zu lesen wäre dafür zweifellos von Nutzen – sofern ihn das nicht vorher zum Wahnsinn treibt.

Irrenhaus oder Armenhaus: Sind damit seine Alternativen erschöpft? Bleibt ihm gar kein anderer Ausweg, als ... als seinem eigenen Vater ein falsches Bild von sich vorzuspiegeln und Begeisterung für eine verhasste Sache zu heucheln? Wie um alles in ... Nein, er darf sich die vollen Konsequenzen gar nicht erst überlegen: das ist der Fluch des höheren Intellekts. Er muss die Anforderungen des Tages eine nach der anderen in Angriff nehmen. Einen neuen Hut kaufen. Clara im Auge behalten. Nach Hause fahren und sich endlich an diese Papiere setzen.

William Rackham bildet sich nicht ein, die Leitung des Familienunternehmens an einem Tage zu meistern, keineswegs. Seine Ziele sind bescheiden. Wenn er *ein bisschen* Interesse zeigt, wird sein Vater vielleicht ein bisschen mehr Geld springen lassen. Wie lange kann es denn schon dauern, ein paar Papiere zu lesen? Einen Nachmittag darauf zu verschwenden sollte eigentlich reichen, oder? Sicher, in Cambridge hat er einst in einer Studentenzeitschrift die hehre Überzeugung verkündet: »Jeder Tag, den man mit Dingen vertut, die keine Nahrung für die Seele sind, ist ein verlorener und verhunzter Tag, den man in die Gosse des Schicksals wirft.« Aber wie sein neuer Haarschnitt beweist, kann das Studentenleben nicht ewig währen. Er hat es immerhin nach Kräften in die Länge gestreckt.

Jetzt also eilt William mehr oder weniger kopflos und in der Sonne blinzelnd die Regent Street hinunter, die Beine noch steif von der langen Omnibusfahrt. Neben ihm schwingt der verabscheuungswürdige Hut, den er nur mit den Handschuhspitzen hält, ein paar Meter vor ihm geht seine verabscheute Dienerin, und dicht hinter ihm folgt sein Schatten. Scheue dich nicht, ihm genauso dicht zu folgen wie dieser Schatten, denn er ist fest entschlossen, niemals zurückzublicken.

Dort vorne gedenkt er seiner Not ein Ende zu setzen, dort in dem großen Gebäude, dessen prachtvolles magisches Inneres von tausend Lichtern strahlt. Einen neuen Hut zu kaufen dürfte nicht viel länger als eine Stunde dauern, und Clara sollte noch schneller fertig sein, das möchte er ihr geraten haben. Schnurstracks rein, Besorgungen erledigen, schnurstracks wieder raus, so wird es gehen. Mittag wieder zu Hause.

Der Blick, den William Rackham auf die imposante Glasfront des Kaufhauses Billington & Joy hat, ist heute nicht von den Menschenmassen verstellt, durch die er Agnes hindurchmanövrieren musste, als er das letzte Mal hier war. Dutzende von Schaufenstern, riesig im Vergleich zu den bescheidenen Scheiben der meisten anderen Geschäfte, zeugen von den gewaltigen Ausmaßen und der Modernität des Hauses. Durch jedes Fenster blickt man auf ein Schaugehäuse, in dem zum Zwecke der öffentlichen Bewunderung (die Möglichkeit, etwas zu kaufen, wird nicht angedeutet) eine Fülle von Industrieprodukten ausgestellt ist. Durch gemalte Trompe-l'œils ihrer Umgebung in den Räumen eines modernen Hauses werden sie raffiniert zur Geltung gebracht. Clara geht gerade am Esszimmerschaufenster vorbei, durch eine dicke Glasscheibe getrennt von dem reich mit Tafelsilber, Porzellan und weingefüllten Gläsern gedeckten Tisch. In der gemalten Kulisse hinter dem Tisch brennt eine wirklichkeitsgetreue Flamme in einem Kamin, und an der Seite ragen zwei künstliche Hände mit weißen Manschetten und dem schmalen Ansatz eines schwarzen Ärmels durch einen Schlitz in einem echten Vorhang und halten einen Braten aus Pappmaché.

So eindrucksvoll sind diese Auslagen, so abwechslungsreich, dass der davon abgelenkte William stolpert und beinahe hinschlägt. Haken, dazu gedacht, Hunde anzubinden, ragen auf Knöchelhöhe aus der Wand und stellen ihm ein Bein. Nur gut, dass Clara auf seine Anweisung hin schon kurz vor ihm durch die große weiße Flügeltür von Billington & Joy getreten ist. Wie hätte sie innerlich gejubelt, wenn er hingefallen wäre!

Drinnen hält William nach ihr Ausschau, doch in dem Wunderland der gespiegelten Lichterpracht ist sie bereits nicht mehr zu sehen. Überall sind Glas und Kristall, und alle paar Meter hängen Spiegel, die den Sternenhimmel der Gaskronleuchter noch vervielfachen. Was nicht aus Glas oder Kristall ist, ist dermaßen blank geputzt, dass es genauso aussieht: der Fußboden blinkt, die lackierten Tresen schimmern, selbst die Frisuren des Personals glänzen von Makassaröl, und obendrein blendet die schiere Masse des Warenangebots das Auge.

Wohlgemerkt, außer vielen eleganten und unentbehrlichen Dingen verkauft Billington & Joy auch magnetische Bürsten, die Kopfschmerzen mit Übelkeit und Erbrechen in fünf Minuten heilen sollen, galvanische Batterien, die Leben spendende Impulse abgeben sollen, und glasierte Trinkbecher, aus denen einem das Gesicht der Königin in Basrelief finster entgegenblickt, doch selbst diese Artikel scheinen schon den Status ausgefallener Museumsexponate zu haben, die einzig und allein Staunen erregen sollen. Die Gesamtwirkung erinnert in der Tat so stark an die Weltausstellung im Kristallpalast, der das Kaufhaus nachempfunden ist, dass *einige* Besucher sich vor lauter Ehrfurcht nicht trauen, irgendetwas zu kaufen, weil sie die Auslagen nicht ruinieren wollen. Die Tatsache, dass keine Preise angebracht sind, verstärkt ihre Scheu noch, denn sie haben Angst, sich zu erkundigen und feststellen zu müssen, dass sie finanziell überfordert sind.

Daher wird weniger verkauft, als verkauft werden könnte – aber immerhin wird nicht viel gestohlen. Für die Strolche und Diebe aus der Church Lane ist Billington & Joy das Paradies – das heißt, nicht für ihresgleichen gedacht. Sie könnten eher hoffen, durch ein Nadelöhr zu kommen als durch seine große weiße Tür.

Was Bruchschäden betrifft, so bleiben auch die zerbrechlichsten Auslagen monatelang heil, weil selbst Kinder aus wohlhabenden Familien hier selten hereinkommen, und wenn, dann werden sie streng an der Hand genommen. Ein noch entscheidenderer Faktor ist die Entwicklung der Damenmode, der es zu danken ist, dass modisch gekleidete Kundinnen sich durch ein Geschäft bewegen können, ohne etwas umzustoßen. Ja, man könnte durchaus behaupten, dass Billington & Joy und andere Kaufhäuser von seiner Art mit ihrer rasanten Expansion den Untergang der Krinoline feiern. Die moderne Frau hat eine schnittige Form bekommen, damit sie ungehindert Geld ausgeben kann.

Bevor er die Treppe zur Hutabteilung hinaufsteigt, schaut William sich noch einmal nach Clara um. Obwohl sie höchstens ein Dutzend Schritte vor ihm war, ist sie ihm entwischt wie eine Maus. So weit er sehen kann, ist das Einzige, was Ähnlichkeit mit einer Dienerin hat, die Puppe des Serviermädchens hinter dem Schaufenstervorhang, und auch diese Ähnlichkeit beschränkt sich auf die körperlosen, an Metallständern angebrachten Gipsarme, die abrupt an den Ellbogen enden.

Claras Auftrag, den sie unbeaufsichtigt erledigen soll, während William Rackham seinen neuen Hut aussucht, besteht darin, für ihre Herrin achtzehn Yard ockergelber Seide samt passender Borten zu kaufen, aus denen ein Kleid geschneidert werden soll, sobald Mrs Rackham sich gesundheitlich disponiert fühlt, sich an das Schnittmuster und die Maschine zu setzen. Clara gefällt dieser Auftrag außerordentlich. Er verschafft ihr nicht nur den Kitzel, sagen zu können: »Also, guter Mann, ich brauche achtzehn Yard davon«, und das viele Geld mit sich zu führen, sondern sie hat vor, sich darüber hinaus einen kleinen Betrug zu erlauben, indem sie noch einen Einkauf tätigt – scheinbar für ihre Herrin. Das ist das Schöne daran, für die Rackhams zu arbeiten: *Er* zahlt, hat aber keine Lust, sich damit zu beschäftigen, wofür er zahlt, *sie* hat Wünsche, aber keine Vorstellung, was sie kosten dürfen, und die Abrechnungen verschwinden in der Kluft zwischen den beiden. Und es gibt keine Haushälterin! Das ist das Allerbequemste daran. Früher gab es einmal eine Haushälterin, eine korpulente Schottin, an die Mrs Rackham sich wie eine Klette hängte, bis es in Tränen endete. Danach war das Thema tabu.

»Wir beide können den Haushalt sehr gut auch alleine führen, nicht wahr, Clara?« *O ja, Ma'am. Aber sicher können wir das!*

Clara beschloss bereits gestern, als sie den Stoffeinkauf für das Kleid mit Mrs Rackham besprach (»Die Preise in letzter Zeit,

Ma'am – Sie würden es nicht glauben!«), eine Kleinigkeit für sich mitzubesorgen. Eine Figur, wenn du es unbedingt wissen musst.

Clara hasst ihre hausbackene Dienstbotenkleidung inbrünstig, und sie weiß nur zu gut, dass sie dieses Jahr zu Weihnachten genau das gleiche Geschenkpaket erhalten wird wie letzte Weihnachten. Jedes Jahr dieselbe Beleidigung! Sieben Yard schwarzer Merino von doppelter Breite, zwei Yard Leinen und ein gestreifter Rock. Genau was man braucht, um eine neue Garnitur zu nähen – so eine Überraschung aber auch! Hol der Teufel William Rackham und seine Knauserigkeit! Was ihm auch zustoßen mag, er hat es verdient!

Das ganze Jahr über rackert sie sich ab, damit ihre Herrin schön aussieht, bricht sich die Fingernägel an den Schließen von Mrs Rackhams Korsetten und muss auch noch Bewunderung heucheln, und was ist nach fünf Jahren für sie das Ergebnis? Ihr eigener Körper legt in der Mitte zu, und der Kummer gräbt ihr Furchen ins Gesicht. Sie besitzt nichts, was einen Mann bewegen könnte, sich nach ihr umzuschauen. Bis jetzt, heißt das. Das Herz schlägt ihr bis in die Kehle, als sie zur Miederwarenabteilung zurückeilt, um dort hinter einen Vorhang zu schlüpfen und ihren illegalen Einkauf mitsamt Verpackung in ihre geräumige Unterhose zu stopfen.

Obwohl er unter anderem deshalb darauf bestand, Clara heute zu begleiten, weil er genau eine solche Hinterhältigkeit befürchtete, kann William nicht das Geringste dagegen tun. Da er seinen Geist nicht mit Geldangelegenheiten beschmutzen möchte, wird er nur bestätigen können, dass Clara tatsächlich wie verabredet mit einem großen Paket im Arm aus dem Geschäft gekommen ist. Der Diebstahl, den sie gerade begeht und den man in strengeren Haushalten als dem der Rackhams sofort entdecken und unbarmherzig bestrafen würde, wird unbemerkt bleiben.

All seinem Verdruss über die zarte Konstitution seiner Gattin zum Trotz hat William immer noch nicht ganz begriffen, wie sehr Agnes mit jedem Monat ihres abgeschlossenen Daseins den Bezug zur Welt draußen verliert. Er würde zum Beispiel niemals vermuten, dass sie es fertig bringen könnte, sich beim Kauf von achtzehn Yard Stoff auf die Preisangabe einer Dienerin zu verlassen. Er ist sogar noch erleichtert, dass sie sich keine Kleider mehr schneidern lässt, weil dieser Luxus ihn in der Vergangenheit ein Vermögen gekostet hat – ein völlig verschwendetes Vermögen zudem, wenn man bedenkt, einen wie geringen Teil ihres Lebens Agnes außerhalb des Bettes verbringt.

Glücklicherweise scheint Agnes sich damit abgefunden zu haben. Sie bemüht sich, den Tausch ihrer Schneiderin gegen ein mechanisches Spielzeug nicht als gesellschaftliche Schande erscheinen zu lassen, indem sie vornehme Langeweile als Entschuldigung vorschiebt. Der Ennui der Rekonvaleszenz lasse sich, sagt sie, mit einer unterhaltsamen (um ja nicht zu sagen, Geld sparenden) Erfindung wie der Nähmaschine sehr viel angenehmer vertreiben. Wie dem auch sei, sie ist eine moderne Frau, und Maschinen sind ein Teil des modernen Lebens – verkündet jedenfalls Williams Vater immer.

Sie macht gute Miene zum bösen Spiel, William weiß das. In ihren zänkischeren Zeiten lässt Agnes ihn wissen, wie demütigend es ist, die Fassade der vornehmen Langeweile aufrechtzuerhalten, wo doch jedermann sehen kann, dass sie haushalten muss. Ob er nicht seinen Vater mit irgendeiner Geste – einem Brief oder sonst etwas – versöhnlich stimmen und so alles wieder ins Lot bringen könne? Dann könne das Haus endlich einen Kutscher bekommen, und sie könne – aber nein, William will nichts davon hören. Rackham senior sei ein halsstarriger alter Mann, und nachdem es ihm nicht gelungen sei, seinen Erstgeborenen unter Druck zu setzen, setze er jetzt William unter Druck. Wenn Agnes meine, sie leide, dann solle sie mal einen Gedanken daran verschwenden, was ihr Gatte durchmachen müsse!

Worauf Agnes sich ein gequältes Lächeln abringt und erwidert, die silberglänzende Singer sei wirklich eine amüsante Neuerwerbung, und es sei wohl das Beste, wenn sie sich jetzt wieder daran setze.

Agnes' Bereitschaft an ihrer Garderobe zu sparen, stimmt William durchaus zufrieden, aber weniger zufrieden ist er damit, dass er seinen neuen Hut bei Billington & Joy kaufen und ihn auf der Stelle bezahlen muss wie eine Tüte heiße Maronen oder einmal Schuhputzen, statt ihn bei einem renommierten Hutmacher maßanfertigen und den Preis auf ein Jahreskonto setzen zu lassen. Was denn, ein Gentleman von Format geht alle paar Tage zu seinem Hutmacher, bloß um sich den Hut aufbügeln zu lassen! Wie konnte es so weit kommen? Knappheit an allen Ecken und Enden und Schande in kleinen Raten, und das einem Mann, der von Rechts wegen reich sein müsste! Stimmt es etwa nicht, dass bei Billington & Joy die Regale voll sind von Parfüms, Seifen und Kosmetika der Firma Rackham? Der Name Rackham ist überall! Und trotzdem muss er, William Rackham, der Erbe des Rackhamvermögens, an Hutständen warten, bis andere Männer Hüte zurücksetzen, die er anprobieren möchte! Kann denn der Allmächtige oder das Göttliche Prinzip oder was sonst übrig geblieben ist, nachdem die Wissenschaft die Augiasställe des Universums ausgemistet hat, nicht einsehen, dass hier etwas nicht seine Richtigkeit hat?

Aber falls es das einsieht, nimmt es trotzdem keine Rücksicht auf ihn.

Um viertel vor elf treffen sich William Rackham und Clara draußen vor dem Kaufhaus. Clara hält ein großes, knisterndes Paket an den Busen gepresst und geht steifer als sonst. William hat sich seinen neuen Hut fest auf den Kopf gedrückt; sein alter ist in das verborgene Lager gewandert, wohin die ausrangierten Hüte, Schirme, Hauben, Handschuhe und tausend anderen verwaisten Gebrauchsgegenstände verbannt werden. Wo kommen sie zu guter Letzt hin? Zu christlichen Missionen in Borneo vielleicht oder in einen großen Brennofen. Mit Sicherheit nicht nach St. Giles in die Church Lane.

»Mir ist gerade eingefallen«, sagt William und blickt streng in die Augen der Dienerin (denn er ist genauso groß wie sie), »dass ich noch etwas anderes zu erledigen habe. In der Stadt, meine ich. Ich halte es deshalb für das Beste, wenn Sie allein zurückfahren.«

»Wie Sie wünschen, Sir.« Clara neigt halbwegs unterwürfig den Kopf, aber dennoch meint William, den Hauch einer hintergründigen Mokanz zu entdecken, als hätte sie ihn in Verdacht zu lügen. (Dieses eine Mal hat sie ihn in gar keinem Verdacht: Sie genießt nur die erfreuliche Aussicht, dass das versteckte Päckchen nicht auf dem ganzen Heimweg im Omnibus an ihrem juckenden Hintern scheuert.)

»Sie werden das nicht verlieren, nicht wahr?«, sagt William und deutet auf Agnes' riesiges Seidenbündel.

»Nein, Sir«, versichert ihm Clara.

William nestelt seine Uhr aus der Westentasche und schaut ostentativ nach der Zeit, damit er einen Vorwand hat, die lästige Zimtzicke nicht ansehen zu müssen, die als engste Vertraute seiner Frau 21 Pfund im Jahr von ihm bezieht.

»Gut, dann machen Sie dalli«, sagt er, und »Ja, Sir«, erwidert sie und macht dalli, wenn auch mit verzwungenen Trippelschritten, als kostete es sie Mühe, nicht zu furzen. Aber William bemerkt es nicht. Als er viel später am Tag Clara mit einer Taille durchs Haus huschen sieht, die sie vorher nicht hatte, bemerkt er auch das nicht.

Das war nicht immer so. Früher war William Rackham ein Mann, der kleine, ja winzige Unterschiede in der Kleidung und im persönlichen Auftreten sehr genau registrierte. In seiner besten Studentenzeit war er ein ziemlicher Dandy, der einen Spazierstock mit silbernem Griff und eine schulterlange goldene Mähne zur Schau trug. Damals war es völlig normal für ihn, eine halbe Stunde zwischen den Blumenvasen in seinen Privaträumen herumzutrödeln und eine bestimmte Blume für ein bestimmtes Knopfloch auszuwählen. Noch länger konnte es dauern, Seidenkrawatten von einer Farbe auf Westen von einer anderen abzustimmen, und die Hosen, die er am innigsten liebte, waren dunkelblau mit malvenfarbenen Karos. Zu einem denkwürdigen Anlass beauftragte er seinen Schneider, ein Westenknopfloch zu versetzen, um zu verhindern, dass ein lästiger Knopf indiskret unter dem Mantel hervorlugte. »Einen Viertelzoll nach rechts, nicht mehr, nicht weniger«, sagte er, und wenn es nicht genauso geworden wäre, hätte der Kerl was erleben können.

In der Zeit war William stolz darauf, Stillosigkeiten in der Kleidung zu ahnden, die zu erkennen nur wenige überhaupt den nötigen Geschmack hatten. Mittlerweile steht es so schlecht um ihn, dass ihm Stillosigkeiten unterlaufen, die alle, sogar seine Dienstboten, nur allzu deutlich erkennen.

Nervös tastet William nach seinem Kopf, um sich zu vergewissern, dass alles noch sitzt, wie es soll. Das tut es, doch er hat guten Grund zur Sorge. Vor einer Stunde noch bot sich ihm in einem Spiegel ein derart schockierender Anblick, dass er ihn einfach nicht aus dem Gedächtnis tilgen kann. Erst da wurde ihm die Anarchie bewusst, die auf seinem Schädel ausgebrochen war, nachdem er in der Regent Street seinen alten Hut so überstürzt vom Kopf gerissen hatte.

Früher einmal waren Williams Haare sein größter Stolz: Seine ganze Kindheit über waren sie weich und goldbronzen, in den höchsten Flötentönen bewundert von Tanten und Passantinnen auf der Straße. Als Student in Cambridge trug er sie lang, bis auf die Schultern, ohne Öl zurückgebürstet. Damals war er schlank, und seine wallende Lockenpracht kaschierte die Birnenform seines Kopfes. Außerdem standen lange Haare für Shelley, Liszt, Garibaldi, Baudelaire, Individualismus – so die Richtung.

Doch wenn hinter seinem Entschluss vor ein paar Tagen, sich die langen Locken kürzer schneiden zu lassen, die Absicht stand, in die Anonymität zurückzutreten, dann ist das schrecklich danebengegangen. Im Spiegel vorhin sah er, was seine Haare der radikalen Schur zum Trotz taten: Dem öligen Joch entfleucht erhoben sie sich in offener Rebellion gegen ihn. Gott im Himmel, wie viele Zeugen haben ihn in diesem Zustand gesehen, einen Clown mit einem lächerlich abstehenden welligen Busch auf dem Kopf! Um dort in der Hutabteilung von Billington & Joy nicht vor Scham im Boden zu versinken, stülpte William seinem Wuschelkopf den nächsten Hut über, der ihm in die Hand fiel. Und das war dann der Hut, den er trotz vieler weiterer zaghafter Anproben schlussendlich kaufte.

Danach hat er die widerspenstige Haarfülle nach Kräften wieder mit Öl heruntergekämmt, aber hat sie ihre Lektion gelernt? Er befühlt sie nervös mit den Fingerspitzen, streicht sie unter der Hutkrempe glatt. Seine buschigen Koteletten prickeln. »Ich will sie haben wie Matthew Arnold«, erklärte er seinem Friseur, doch stattdessen bekam er den Wilden Mann von Borneo. Was hat er getan? Er war davon überzeugt (na ja, fast), ein unauffälliges neues Äußeres werde seinen Schritt voran in das letzte Viertel des Jahrhunderts beflügeln, doch wieso stellen sich seine Haare quer?

Während er ungefähr in Richtung Themse geht, hält William Ausschau nach einer Gasse, in der er, unbemerkt von urteilenden Augen, noch einmal mit dem Kamm durch seine Haare fahren kann. Er hat für einen Vormittag genug gegen die guten Sitten verstoßen.

Schließlich bietet sich eine geeignet erscheinende Gasse an, eine Gasse, die so schmal ist, dass man sie nicht einmal eines Namens gewürdigt hat. William huscht augenblicklich hinein. Im Schummerlicht zwischen den schmutzigen Mauern, nur wenige Schritte von der Jermyn Street entfernt, muss er aufpassen, dass er nicht in irgendeinen von Maden wimmelnden Unrat tritt, während er sich mit dem Elfenbeinkamm energisch striegelt.

Eine Stimme hinter ihm – ein hässlicher, näselnder Ton – lässt ihn zusammenzucken.

»Wie wär's mit uns zweien, guter Herr?«

William fährt herum. Eine kleine Hure mit mausgrauen Haaren, bestimmt vierzig oder noch älter und in ein altes Tischtuch gewickelt, wie es aussieht, watschelt aus dem Halbdunkel auf ihn zu. Was zum Teufel macht sie in diesem Stadtteil, so dicht bei den Palästen und den besten Hotels?

Sprachlos vor Ekel weicht William zurück. Mit vier hastigen Schritten ist er wieder in der Sonne. Kribbelnder Schweiß ist auf der Kopfhaut ausgebrochen, die er gerade gekämmt hat, und wider alle Vernunft bildet er sich ein, dass sein Haar aufspringt und den Hut in die Luft schießt wie einen Korken.

Minuten später, unweit des Trafalgar Square, kommt William Rackham an einer Konditorei vorbei. Er stellt fest, dass er nichts gegen eine kleine Gaumenfreude hätte.

Sicher, wenn er gern speisen möchte, sollte er sich eigentlich ins Albion oder ins London oder ins Wellington begeben, wo wahrscheinlich schon seine alten Freunde aus Studententagen sitzen und sich gerade die erste Zigarre des Tages anzünden – das heißt, wenn sie nicht noch in den Armen ihrer Geliebten schlafen. Aber William ist nicht in der Stimmung, eines dieser Hotels aufzusuchen. Gleichzeitig ist ihm unwohl bei dem Gedanken, ein Konditorstückchen auf dem Trafalgar Square zu verzehren, weil er dort von einer wichtigen Bekanntschaft erspäht und fürderhin für alle Zeit geschnitten werden könnte.

Ach, noch einmal ein sorgloser Student sein! Ist es wirklich schon zwölf Jahre her, dass er in der Gesellschaft seiner lachenden, furchtlosen Kommilitonen alle erdenklichen verwegenen Sachen machte, ohne dass je einer seinen Status angezweifelt hätte? Ging er nicht in den Wirtshäusern der Arbeiter ein und aus, wo es keine Trennwände zwischen den Klassen gab, und trank dort zwischen zahnlosen alten Schachteln und Saufbolden bis zum Umfallen? Kaufte er nicht Austern an Straßenständen und warf sie sich einfach in den Mund? Zwinkerte er nicht promenierenden Matronen kess zu, nur um sie ein wenig zu schockieren? Sang er nicht schlüpfrige Lieder mit einem lauteren und gefühlvolleren Bariton als alle seine Freunde und tanzte dazu barhäuptig auf der Waterloo Bridge?

Ja, mein Schatz hat Reize, mein Schatz hat Allüren,
Tut, dass sie nicht hängen, die Kinnwülste schnüren,
Rot die Haare und rot die Nase desgleichen,
Aus den Röcken tun üble Winde entweichen …

Ha, das könnte er heute noch singen!

Alle in der Patisserie sind ganz Ohr. »Ja, das da bitte«, murmelt er sotto voce. Er wagt es, jawohl, er wagt es (das Konditorstückchen, nicht das schlüpfrige Lied), und sei es nur aus Nostalgie nach seinem alten, abgelegten Ich.

Und so nimmt William sein Schokolade-Kirsch-Stückchen mit auf den Platz und beißt beklommen hinein. Seine untere Leibeshälfte beginnt jetzt erst allmählich auf das Angebot der billigen Nutte zu reagieren, und da sie inzwischen längst auf und davon ist (und ohnehin nie in Frage gekommen wäre), liebäugelt er mit drei französischen Mädchen, die ausgelassen zwischen den Tauben herumtollen.

»*Moi aussi! Moi aussi!*«, kreischen sie, denn es ist ein Photograph in der Nähe, der vorgibt, Aufnahmen von anderen Dingen als ihnen zu machen. Sie sind hübsch, ihre Kleider sind hübsch, sie bewegen sich hübsch, aber William kann ihnen nicht die Aufmerksamkeit widmen, die sie verdient hätten. Stattdessen schwelgt er in der leuchtenden Erinnerung an das Photo, das vor einer Woche von ihm aufgenommen wurde, unmittelbar bevor er sich seine Locken stutzen ließ. Das letzte Photo mit anderen Worten von dem alten (dem *jungen*) William Rackham.

Dieses Photo ist bereits zu Hause in einer Schublade verschwunden, als wäre es Pornographie. Doch das Bild ist ihm scharf im Gedächtnis geblieben: Er ist darauf immer noch ein schneidiger Cambridgianer, ganz der flotte Studiosus mit der kanariengelben Weste, die zu tragen sich selbst die derzeitige Generation von Stutzern nicht trauen würde. Auch der Gesichtsausdruck ist ein Relikt der Vergangenheit, insofern als er auch *den* nicht mehr trägt; es ist der Ausdruck, den er, entgegen den Hoffnungen seines Vaters, im Downing College annahm: heitere Verachtung für die Alltags- und Arbeitswelt.

Das Schwierige daran war, dem Photographen den Grund für die altmodische Kleidung zu erklären, nämlich dass dieses Bild aufzufassen sei als ... (wie sollte man es ausdrücken?) als ein nachträgliches historisches Dokument, eine Wiederholung der Vergangenheit. (Die Mühe hätte er sich sparen können: Die Wände im Vorzimmer des Photographen hingen voll von angewelkten Debütantinnen in wieder ausgegrabenen glorreichen Ballkleidern, tonnenförmigen alten Männern, in schlanke Uniformen gezwängt, und einer Vielzahl anderer wiederbelebter Träume.)

»*Moi aussi! O maman!*«

Unterdessen erhält auf dem Trafalgar Square ein weißseidenes Mädchen von vielleicht neun Jahren die Erlaubnis, für den Mann mit der Kamera zu posieren. Ein rascher Wurf Körner, und sie ist mit Tauben übersät, gerade rechtzeitig für die Belichtung. Sie quietscht aufgeregt und erweckt damit den Neid ihrer Gefährtinnen.

»*Et moi maintenant, moi aussi!*«

Ein anderes Mädchen meldet sich lautstark als Nächstes, und William langweilt sich bereits. Sein Konditorstückchen hat er aufgegessen, und so zieht er sich die Handschuhe wieder an und setzt seinen Weg zum St. James's Park fort. Wenn ein solches entzückendes Schauspiel ihn schon so schnell langweilt, wie, fragt er sich düster, soll er es dann *jemals* aushalten, der Leiter der Rackham Perfumeries zu sein?

Wie fatal, dass sein Vater das nicht begreifen kann! Nachdem er damit reich geworden ist, dass er vierzig Jahre lang jeden Tag von acht Uhr morgens bis acht Uhr abends immer die gleiche Arbeit gemacht hat, ist dem alten Mann jedes natürliche Gefühl des Abscheus abhanden gekommen, das eine solche eintönige Schufterei einer feineren Seele einflößt. Für Henry Calder Rackham ist selbst der unlängst eingeführte arbeitsfreie Samstagnachmittag eine schändliche Vergeudung von Arbeitszeit.

Gut, Henry Calder Rackhams Engagement für die Firma gestaltet sich nicht mehr so anstrengend wie in früheren Jahren, sondern findet eher am Schreibtisch statt. Er ist zwar immer noch kerngesund, keine Frage, aber mit Rücksicht auf Williams Heiratspläne war eine Veränderung geboten. Eine bessere Adresse, eine respektable sitzende Tätigkeit, ein paar Unterstützungsangebote an Mitglieder des Adels, die finanziell gerade ein wenig in der Klemme waren: Ohne diese Gesten von Rackham seniors Seite hätte sein Sohn niemals die Hand von Agnes Unwin gewonnen. Wäre der Alte immer noch in Kammgarnjacke und Stiefeln die Lavendelfelder auf- und abgestapft, hätte es keinen Sinn gehabt, Lord Unwin auch nur zu fragen, ob Agnes noch frei sei.

Stattdessen war Rackham senior zum Zeitpunkt der Heiratsverhandlungen dazu übergegangen, sein Unternehmen von einem überaus präsentablen Haus aus »zu überwachen«, zugegebenermaßen in Bayswater gelegen, aber *sehr nahe* bei Kensington, und sein Sohn William war ein *so* vielversprechender junger Mann, der sicherlich einmal Herausragendes leisten würde in ... nun ja, dem einen oder anderen Fach.

Oh, es galt natürlich als ausgemacht, dass der jüngere Rackham eines Tages die Leitung der Rackham Perfumeries übernehmen würde, aber zweifellos dergestalt, dass er die Zügel so gut wie unsichtbar in der Hand halten und die Öffentlichkeit nur seine anderen, höheren Errungenschaften sehen würde. Zu der Zeit, als er um Agnes' Hand anhielt, war William zwar schon lange aus der Universität heraus, hatte sich irgendwie aber immer noch die leuchtende studentische Aura unendlicher Zukunftsaussichten und den spritzigen Charme des genießenden Müßiggängers bewahrt. Alles nur Fassade? Wie kannst du es wagen! Noch jetzt ist William jederzeit auf dem Laufenden über die neuesten Entwicklungen in der Zoologie, Bildhauerei, Politik, Malerei, Archäologie, Literatur ... in allem eigentlich, was in den besseren Monatszeitschriften besprochen wird. (Nein, er wird *kein einziges* seiner Abonnements kündigen – keines, hörst du!)

Wie aber soll er es auf irgendeinem dieser Gebiete zu etwas bringen (hadert William vor sich hin, während er auf seiner Lieblingsbank im St. James's Park Platz nimmt), wenn er praktisch dazu erpresst wird, ein Spießerleben voll Mühe und Plage zu führen? Wie kann man im Ernst von ihm erwarten ...?

Aber ich will dich davor retten, in William Rackhams Bewusstseinsstrom zu ertrinken, dieser fauligen, von Selbstmitleid schwach aufgerührten Altwasserbrühe. Letztlich geht es nur ums Geld: wie viel, nicht genug, wann das nächste kommt, wo es hinfließt, wie es sich festhalten lässt und so weiter.

Die nackten Fakten sehen so aus: Rackham senior hat es langsam satt, die Rackham Perfumeries zu leiten, mehr als satt. Sein Erstgeborener Henry ist als Nachfolger nicht zu gebrauchen, weil er sich schon von klein auf Gott verschrieben hat. Er ist ein ganz anständiger Kerl und als anspruchsloser Junggeselle keine große finanzielle Belastung – andererseits, wenn er wirklich eine kirchliche Laufbahn ins Auge fasst, dann lässt er sich verdammt lange Zeit damit. Aber sei's drum, der jüngere Sohn, William, wird schon halbwegs taugen. Wie Henry lässt er kein rechtes Talent zu irgendetwas erkennen, aber er hat kostspielige Neigungen, eine anspruchsvolle Frau und einen nicht zu kleinen Haushalt – alles Dinge, die heftig an der Brust väterlicher Großzügigkeit saugen. Nachdem strenge Ermahnungen nicht die gewünschte Wirkung gezeigt haben, versucht Rackham senior jetzt Rackham juniors zaudernde Schritte zur Leitung des Unternehmens dadurch zu beschleunigen, dass er langsam und stetig die Zuwendungen an William heruntersetzt. Jeden Monat setzt er sie etwas mehr herunter und beschneidet auf diese Weise den Lebensstil, den sein Sohn gewohnt ist.

Schon jetzt hat William die Zahl seiner Dienstboten von neun auf sechs senken müssen, Reisen ins Ausland gehören der Vergangenheit an, Fahrten mit der Droschke sind mittlerweile wenn nicht ein Luxus, so doch jedenfalls längst nicht mehr selbstverständlich. William muss darauf verzichten, abgenutzte oder veraltete Besitztümer umgehend zu ersetzen, und der Traum, einen männlichen Diener einzustellen – der wahre Gradmesser des Wohlstands –, ist und bleibt mehr denn je ein Traum.

Was William am meisten ärgert, ist die *Unnötigkeit* seines Leidens in Anbetracht des vorhandenen Familienkapitals. Wenn sein Vater nur die Firma mit allem Drum und Dran verkaufen würde, wäre der dabei herausspringende Betrag so gigantisch, dass die Rackhams für Generationen davon leben könnten. Wofür hat der Alte denn die ganzen Jahre über gearbeitet, wenn nicht dafür?

Das Bestreben, noch mehr Geld zu verdienen, wenn schon mehr als genug da ist, ist William, der sich als Sozialist versteht, tief zuwider. Zudem würde sich, wenn Rackham senior verkaufen und den Erlös anlegen würde, das Geld von selbst vermehren, ja, es könnte sogar sein, dass es niemals ausgeht und die Familie irgendwann zu den Altreichen zählt. Und wenn es sentimentale Anhänglichkeit an das Unternehmen ist, was den Alten daran hindert zu verkaufen, warum muss dann ausgerechnet William die Last der Firmenleitung aufgebürdet bekommen? Warum nicht einen fähigen und vertrauenswürdigen Burschen ernennen, der sich in den Rackham Perfumeries hochgearbeitet hat?

In seiner Bitterkeit sucht William sein Heil in einer von ihm selbst entwickelten politischen Philosophie, einem Gedankengebäude, von dem er hofft, dass die englische Gesellschaft eines Tages danach organisiert werden könnte. (Es könnte als »Rackhamismus« in die Geschichte eingehen.) Es handelt sich um eine Theorie, mit der er seit über einem Jahrzehnt spielt (in letzter Zeit in verschärfter Form) und die vorsieht, dass das »ungerechtfertigte Kapital«, wie er es nennt, abgeschafft und durch die so genannte »Zufallsgerechtigkeit« ersetzt wird. Demnach dürfte ein Mann, sobald er ein so großes Vermögen angehäuft hat, dass er damit seinen Haushalt (definiert als eine Familie von bis zu zehn Personen, mit nicht mehr als zehn Dienstboten) auf Dauer unterhalten kann, keine weiteren Reichtümer mehr ansammeln. Spekulative Investitionen in argentinische Goldminen und dergleichen wären verboten, stattdessen würden Investitionen in sichere und solide Objekte staatlich gelenkt, so dass dauerhafte, wenn auch unspektakuläre Erträge gesichert wären. Alle überschüssigen Einkünfte der reichsten Männer würden in die öffentlichen Kassen fließen, zwecks Verteilung an die gesellschaftlich Benachteiligten, die Mittel- und Obdachlosen.

Ein revolutionäres Konzept, dessen ist er sich durchaus bewusst, und für viele sicher erschreckend, denn es würde die gegenwärtigen Unterschiede zwischen den Klassen abbauen; es gäbe keine Aristokratie im heutigen Sinne mehr. Und das wäre in Williams Augen eine verdammt gute Sache, denn er hat es satt, daran erinnert zu werden, dass das Downing College beileibe nicht Corpus Christi war und dass er zudem von Glück sagen kann, überhaupt hineingekommen zu sein.

Das wären sie also: die Gedanken (gekürzt um etliche Wiederholungen), die William Rackham durch den Kopf gehen, während er auf seiner Bank im St. James's Park sitzt. Falls du es vor Langeweile nicht mehr aushältst, kann ich dir nur das Versprechen geben, dass sehr bald schon Fickszenen kommen werden, von Wahnsinn, Entführung und gewaltsamem Tod ganz zu schweigen.

Indessen wird Rackham vom Klang seines eigenen Namens unsanft aus seinen Grübeleien gerissen.

»Bill!«

»Großer Gott, ja: Bill!«

William blickt auf, den Kopf immer noch mit schwammigen Ideen zugemüllt, so dass er das plötzliche Erscheinen seiner zwei besten Freunde Bodley und Ashwell, seiner unzertrennlichen Kumpane aus Cambridge, nur mit verdattertem Glotzen quittieren kann.

»Jetzt ist's nicht mehr lange hin, Bill«, ruft Bodley, »dann gibt's wieder ordentlich was zu feiern!«

»Feiern? Was denn?«, fragt William.

»Alles, Bill! Die ganzen gesegneten Weihnachtsbacchanalien! Wunderbare Jungfrauengeburten auf Heu und auf Stroh! Dampfende Puddingberge! Gallonen Portwein! Und ehe du's dich versiehst, schon wieder ein Jahr zu Bett gebracht!«

»Auf dass denn 1874 gut gestopft schnarche«, grinst Ashwell, »derweil schon ein saftiges junges 1875 bebend in der Tür steht und darauf wartet, der gleichen Behandlung teilhaftig zu werden.«

(Sie sind sich sehr ähnlich, er und Bodley, in ihrer alterslosen Studiosenart. Makellos gekleidet, aufgekratzt und phlegmatisch zugleich, Gesichter wie geleckt und Hüte auf dem Kopf, die besser sind als alles, was Billington & Joy verkauft. Sie sind sich in der Tat dermaßen ähnlich, dass William sie schon in volltrunkenem Zustand mit Bashley und Oddwell angesprochen hat. Aber Ashwell lässt sich von Bodley an seinen dünneren Koteletten, etwas weniger rosigen Backen und einem kleineren Schmerbauch unterscheiden.)

»Wir haben dich ja seit *Äonen* nicht mehr gesehen, Bill. Was treibst du so? Außer dir sämtliche Haare absäbeln zu lassen?«

Bodley und Ashwell lassen sich neben William auf die Bank plumpsen, dann beugen sie sich vor und stützen mit übertriebener Aufmerksamkeit das Kinn und die gefalteten Hände auf den Knauf ihrer Spazierstöcke. Sie sehen aus wie fratzenhafte Wasserspeier links und rechts an einem Turm.

»Agnes geht's nicht so gut«, antwortet Rackham, »und dann soll ich noch diese verdammte Firma übernehmen.«

Jetzt ist es heraus. Bodley und Ashwell versuchen ihn zu verführen, das Leben auf die leichte Schulter zu nehmen; sie müssten eigentlich merken, dass er dazu nicht in der Stimmung ist. Oder wenigstens, dass es größerer Verführungsanstrengungen bedürfte.

»Gib nur Acht, dass die Firma *dich* nicht übernimmt«, warnt Ashwell. »Nicht auszudenken, wenn du auf einmal rumfaseln würdest über ... ach, was weiß ich ... Pflanzenzucht.«

»Keine Bange«, meint William bangend.

»Da ist es doch viel besser, ein schönes junges *Pflänzchen* zu *züchtigen*«, knurrt Bodley mit theatralischer Verruchtheit und blickt dann Lob heischend Rackham und Ashwell an.

»Schwach, Bodley, sehr schwach«, sagt Ashwell.

»Kann sein«, schnaubt Bodley. »Aber du hast schon für Schlechteres gutes Geld bezahlt.«

»Jedenfalls, Bill«, setzt Ashwell wieder an, »Pornographie mal beiseite, du darfst nicht zulassen, dass Agnes dich derart vom großen Strom des Lebens fern hält. Dass du dich bloß wegen einer Frau so sehr abhärmst ... das ist gefährlich. Am Ende führt das noch zu ... äh ... was ist das Wort, das ich suche, Bodley?«

»Liebe, Ashwell. Nie was mit am Hut gehabt.«

Ein mattes Lächeln zuckt über Williams Gesicht. Nur weiter, Freunde, weiter!

»Im Ernst, Bill, du darfst dieses Problem mit Agnes nicht zu einem Familienfluch werden lassen. Du weißt schon, wie in diesen grässlichen altmodischen Romanen, wo das wirrköpfige Frauenzimmer eine Szene nach der andern macht. Du musst dir darüber im Klaren sein, dass du nicht der einzige Mann in dieser Lage bist: Verrückte Frauen gibt es *massenweise* – die halbe Weiberschaft von London hat einen Sprung in der Schüssel. Verdammt noch mal, Bill, du bist ein freier Mann! Es ist Schwachsinn, wenn du dich verkriechst wie ein alter Dachs.«

»London außerhalb der Saison ist auch so schon langweilig genug«, wirft Ashwell ein. »Wenn schon verfaulen, dann stilvoll.«

»Und wie«, fragt William, »geht die Verfaulung bei euch voran?«

»Oh, wir haben alle Hände voll zu tun«, schwärmt Ashwell, »mit einem einfach süperben neuen Buch, größtenteils *mein* Werk.« (Lautes Prusten von Bodley.) »Bodley poliert nur den Stil ein bisschen auf. Der Titel lautet *Vom Nutzen des Gebets.*«

»Da hängt ein Riesenhaufen Arbeit dran. Wir fragen Scharen von Glaubenseiferern aus und bringen sie dazu, uns ehrlich zu sagen, ob sie von ihrem Beten je einen Nutzen gehabt haben.«

»Damit meinen wir nicht irgendwelchen nebulösen Blödsinn wie ›Mut‹ oder ›Trost‹, wir meinen greifbare *Resultate* wie ein neues Haus, Mutter von Taubheit geheilt, Angreifer vom Blitz erschlagen et cetera.«

»Wir sind wahnsinnig gründlich, wenn ich das mal sagen darf. Außer Hunderten von *individuellen* Bitten untersuchen wir auch die *allgemeinen, formelhaften* Gebete, die viele Tausende jahrelang Nacht für Nacht sprechen. Du weißt schon, Zeug wie Errettung vom Übel, Friede auf Erden, Bekehrung der Juden und so weiter. Der eindeutige Schluss lautet, dass schiere Masse und Beharrlichkeit genauso wenig bringen.«

»Wenn wir das alles durchsortiert haben, wollen wir mit ein paar von den Kirchenoberen reden – oder ihnen wenigstens eine briefliche Äußerung entlocken – und ihre Meinung erfahren. Wir wollen allen deutlich zeigen, dass dieses Buch eine unparteiische, streng wissenschaftliche Untersuchung ist, offen für Kommentare oder Kritik von Seiten ihrer … äh … Opfer.«

»Wir wollen Christus in die Pfanne hauen«, unterbricht Bodley und rammt dazu seinen Stock in die feuchte Erde.

»Wir haben ein paar köstliche Funde gemacht«, sagt Ashwell. »Herrlich verrückte Leute. Wir haben mit einem Pfaffen in Bath geredet (wunderbar, die Stadt mal wieder zu sehen, famoses Bier da), und er hat uns erzählt, er betet darum, dass das Wirtshaus bei ihm um die Ecke abbrennt.«

»›Oder sonst wie zugrunde geht.‹«

»Meinte, Gott sei wohl noch dabei, den richtigen Zeitpunkt zu beschließen.«

»Vollkommen überzeugt, dass er eines Tages erhört werden wird.«

»Drei Jahre betet er schon darum – jede Nacht!«

Beide Männer stoßen in sarkastischer Ekstase ihre Stöcke auf den Boden.

»Meint ihr denn«, gibt William zu bedenken, »ihr habt die leiseste Chance, einen Verleger zu finden?« Er ist jetzt besserer Laune, beinahe verführt, aber kann dennoch nicht anders, als den Spielverderber zu machen und die rauen Realitäten der Welt zu erwähnen. Bodley und Ashwell grinsen sich nur wissend an.

»Aber ja doch. Selbstverständlich. Es herrscht heutzutage eine geradezu ungeheure Nachfrage nach Büchern, die die Grundfesten unserer Gesellschaft zerstören.«

»Das gilt auch für Romane«, sagt Ashwell und zwinkert William bedeutungsvoll zu. »Merk dir das gut, falls du immer noch vorhast, auf dem Gebiet etwas zu produzieren.«

»Aber ernsthaft, Bill, du musst dich wirklich öfter blicken lassen. Wir haben dich schon ewig nicht mehr an einem der alten Stammplätze gesehen.«

»Musst deinen schlechten Ruf wahren.«

»Musst am Ball bleiben.«

»Darfst dich nicht vom Lauf der Zeit abhängen lassen.«

»Was meinst du damit?«, fragt der betroffene William. Sein traumatischer Haarschnitt hat unter dem Goldblond vorzeitig ergraute Strähnen zum Vorschein gebracht, deshalb ist er hellhörig für jede Erwähnung des vorrückenden Alters.

»Pubertierende *Mädchen*, William. Die Zeit holt sie ein. Sie bleiben nicht ewig reif. Ein halbes Jahr macht da einen Riesenunterschied. Überhaupt, du hast bereits ein paar Mädchen verpasst, die längst Legende sind, Bill – *Legende*!«

»Um nur ein Beispiel zu nennen: Lucy Fitzroy.«

»O ja – allmächtiger Gott, ja!«

Wie auf ein verabredetes Signal hin springen die beiden Männer von der Bank auf.

»Lucy Fitzroy«, beginnt Ashwell in der Art einer Varieteánsage, »war ein neues Mädchen bei Madame Georgina in der Finchley Road, wo Züchtigung groß geschrieben wird.« Zur Verdeutlichung schlägt sich Ashwell mit dem Stock mehrmals fest auf die Wade. »*Nieder,* Fleisch! *Auf,* Fleisch! *Nieder!*«

»Immer sachte, Ashwell!« Bodley legt seinem Freund mahnend eine Hand auf den Arm. »Vergiss nicht, nur ein Lord kann humpeln und gleichzeitig distinguiert aussehen.«

»Nun, wie du vielleicht weißt, stecken Bodley und ich gelegentlich die Nase bei Madame Georgina rein, um zu prüfen, welchen Kalibers die Mädchen sind, die da die Peitsche schwingen. Und Ende letzten Jahres sind wir auf eine absolute Wuchtbrumme gestoßen, die uns von der Puffmutter als Lucy Fitzroy vorgestellt wurde, illegitime Tochter von Lord Fitzroy. Da muss sie ja das Reiten im Blut haben.«

»Bestimmt alles Quatsch, aber das *Mädchen* schien davon überzeugt zu sein! Vierzehn Jahre alt, glatt und stramm wie ein Baby, und ein *grandioser* Stolz. Sie war in voller Reitmontur – stand ihr großartig – und kam *seitlich* die Treppe herunter, so etwa, ein Stiefel, dann der andere, als ob sie von den Stufen *absteigen* würde. Dabei hatte sie eine *sehr* kurze und ausgesprochen *tückische* Reitpeitsche in der Hand, und auf ihren Wangen sah man diese kleinen roten Flecken brennen – ganz echt, ich schwör's. Und Madame Georgina erzählte uns, dass das Mädchen immer, wenn ein Mann zu ihr hinaufgeschickt wird, einfach so auf dem Treppenpodest wartet, und wenn der arme Tropf nahe genug herankommt, wutsch!, fetzt sie ihm mit der Peitsche eins auf die Backe und zeigt dann damit aufs Bett und sagt –«

»Liebe Güte!«, ruft Ashwell aus, der zufällig in die Richtung von Bodleys Stock geschaut hat. »Allmächtiger Gott! Und wer, würdet ihr sagen, ist *das*?« Er schirmt mit einer Hand die Augen ab und späht angestrengt zum anderen Ende des St. James's Park hinüber. Bodley nimmt neben ihm Aufstellung und späht genauso.

»Es ist Henry«, verkündet er hocherfreut.

»Ja, ja, er ist es – und Mrs Fox!«

»Natürlich.«

Die beiden wenden sich William wieder zu und verbeugen sich würdevoll.

»Du musst uns entschuldigen, Bill.«

»Ja, wir wollen Henry piesacken gehen.«

»Meinen Segen habt ihr«, sagt William mit einem affektierten Lächeln.

»Er meidet uns, meidet uns wie die Pest, seit ... äh ... wie soll ich das ausdrücken ...?«

»Seit sein höchstpersönlicher Engel auf das Ende seines Bettes herniedergeschwebt ist.«

»Genau. Na, wie dem auch sei, wir müssen zusehen, dass wir ihn einholen, bevor er uns davonrennt.«

»Oh, das kann er nicht machen, nicht mit Mrs Fox im Schlepptau. Sie würde tot umfallen! Die zwei haben keine Chance, das sage ich dir.«

»Auf bald, Willy.«

Und damit setzen sie im Laufschritt ihren Opfern nach. Trotz ihrer feinen Kleidung schlagen sie ein derart furioses Tempo an, dass sie mit den Armen rudern müssen, um nicht das Gleichgewicht zu verlieren, gänzlich unbekümmert um den Eindruck, den sie auf etwaige Zuschauer machen; ja, sie übertreiben ihr groteskes Gehopse noch zu ihrer eigenen Belustigung. Zurück bleiben zwei lange, feuchte, dunkelgrüne Spuren im Gras und ein ziemlich perplexer William Rackham.

Es ist schon immer Bodleys und Ashwells Art gewesen, Gespräche Knall auf Fall zu beginnen und zu beenden, und wenn man sich in ihrer Gesellschaft wohl fühlen will, muss man mit ihnen knallen und fallen. Während William sie durch den Park flitzen sieht, legt sich wieder der Druck der Mutlosigkeit auf seine Schultern. Er hat mangels Übung den Nerv und den Schwung für diese Art von Geplänkel verloren, für diese Form von Exhibitionismus. Könnte er überhaupt so schnell rennen wie seine Freunde jetzt? Es ist, als sähe er seinen eigenen Körper durch den Park davoneilen, ein jüngeres, flinkeres Ich.

Könnte er vielleicht aufspringen und ihnen folgen? Nein, es

ist zu spät. An Einholen ist nicht mehr zu denken. Sie sind dunkle, fliehende Flecken am hellen Horizont. William lässt sich auf die Bank zurücksinken, und seine von Bodley und Ashwell kurzzeitig aufgerührten Gedanken fallen in ihre vorherige Stagnation zurück.

Was ihn am meisten ärgert, ist die *Unnötigkeit* seines Leidens in Anbetracht des vorhandenen Familienkapitals. Wenn sein Vater nur die Firma verkaufen würde …

Aber das hast du alles schon einmal gehört. Das Beste wäre, du würdest William für vielleicht zehn Minuten sich selbst überlassen. Während sein Gehirn sich in dieser Zeit mit einer gedanklichen Algenschicht überzieht, wird der Rest von ihm den Einfluss all dessen empfinden, was ihm an diesem Vormittag zugestoßen ist: das Angebot der billigen Hure, der Anblick der französischen Mädchen auf dem Trafalgar Square, Bodleys und Ashwells Gerede von Bordellen, ihr frotzelndes Werben um ihn, gefolgt von ihrem Davonrennen, und (im Lauf der letzten Stunde etwa) das Promenieren einer Reihe schöner junger Damen durch den St. James's Park.

Ein starkes Gebräu, das Ganze. Sobald er hinreichend berauscht ist, wird William sich von seinem Platz erheben und seinen Begierden folgen, und zwar auf dem Pfad, der ihn in letzter Konsequenz zu Sugar führen wird.

Vier

Solange du darauf wartest, dass William den Hintern hochbekommt, musst du nicht unverwandt auf seinen Schoß starren. Wie wär's, wenn du dir stattdessen einige der Objekte seiner Begierde anschaust? Deswegen sind sie schließlich in den St. James's Park gekommen: um angeschaut zu werden.

Falls du dich ein wenig für Mode interessierst, ist dieses kein schlechtes Jahr für deinen Besuch hier. Die Geschichte frönt sonderbarer Launen in der Art, wie sie die Frauen anzieht: Manchmal nimmt sie sich den Schwan zum Vorbild, manchmal kurioserweise die Pute. In diesem Jahr haben sich die ungewöhnlich eleganten Kleider- und Frisurenmoden für Damen, deren schüchterne Anfänge aus den frühen siebziger Jahren datieren, allgemein durchgesetzt – wenigstens unter denen, die sie sich leisten können. Sie werden sich halten, bis William Rackham ein sehr alter Mann ist, und bis dahin wird er der Schönheit überdrüssig sein und ihr nicht nachtrauern, wenn sie langsam verschwindet.

Die Damen, die an diesem sonnigen Novembermittag durch den St. James's Park flanieren, werden bis zum Ende ihres Jahrhunderts keine großen Veränderungen an sich vornehmen müssen. Sie taugen so, wie sie sind, zur Verwendung in den Gemälden von Tissot, der Sensation der Siebziger, aber sie könnten noch zwanzig Jahre später bei Munch Revue passieren (auch wenn er vielleicht ein paar Kleinigkeiten korrigieren würde). Erst ein Krieg wird sie schließlich zum Umbruch zwingen.

Es sind nicht nur die Kleider und Frisuren, die dieses Aussehen definieren. Es ist ein Flair, ein bestimmtes Auftreten, ein Ausdruck von verschwiegener Klugheit, von ausländischer *hauteur* und geheimnisvoller Melancholie. Selbst in diesen bunten Anfangstagen der Mode umgibt etwas leicht Unheimliches die Frauen, die wie Dryaden in ihren Herbstkleidern über diese taufeuchten Wiesen gleiten, als wollten sie das Fin de siècle vor der Zeit heraufbeschwören. Das Bild der schönen Dämonin, der gespenstischen Frau von jenseits des Grabes, wird hier bereits kultiviert – trotz der Tatsache, dass die meisten dieser Frauen Gesellschaftsnudeln mit keinerlei dämonischen Gedanken in ihren Spatzenhirnen sind. Die geisterhafte Aura, die sie ausstrahlen, ist lediglich die Folge enger Korsetts. Ätherisch sind sie nur insofern, als sie, von ihrer Atemnot her gesehen, genauso gut den Äther des Mount Everest einatmen könnten.

Ehrlich gesagt waren einige von diesen Frauen in Krinolinen besser aufgehoben. So hilflos, wie sie in diesen Drahtkäfigen steckten, war wenigstens deutlich, dass sie als verhätschelte kleine Mädchen behandelt werden wollten, während die gegenwärtige Fasson, *la ligne* und das damit einhergehende kontinentale Selbstbewusstsein vortäuschen zu müssen, eine Sinnlichkeit suggeriert, die sie nicht besitzen.

In moralischer Hinsicht ist es eine merkwürdige Zeit, für Beobachtete und Beobachter gleichermaßen: Die Mode hat das Wiedererscheinen des Körpers bewerkstelligt, die Moral dagegen besteht weiterhin auf ihrer völligen Unkenntnis von dergleichen. Das Korsett mit Kürasstaille umschließt Busen und Bauch eng, die Vorderseite des Rocks klebt am Becken und hängt gerade herab, so dass ein starker Windstoß ausreicht, um das Vorhandensein von Beinen zu enthüllen, und die Turnüre hinten vergrößert das verborgene Gesäß. Dennoch darf sich kein ehrbarer Mann unterstehen, an das Fleisch zu denken, und keine ehrbare Frau darf sich bewusst sein, es zu haben. Sollte ein ungezügelter Wilder aus einem barbarischen Randgebiet des Empire sich jetzt zufällig in den St. James's Park verirren und einer dieser Damen ein Kompliment zu den appetitlichen Formen ihres Fleisches machen, so wäre deren Reaktion höchstwahrscheinlich weder Freude noch Verachtung, sondern augenblicklicher Bewusstseinsverlust.

Auch ohne die tätige Mitwirkung unzivilisierter Kolonisten bedarf es nicht sehr viel, um eine moderne Frau in Ohnmacht zu versetzen: Gnadenlos eng taillierte Mieder stellen von der Natur nicht dünn gedachte Frauen vor größere Probleme, als sie das Streben nach Schönheit aufwirft. Und es ist festzuhalten, dass etliche der geisterhaften Damen, die da durch den St. James's Park schweben, heute Morgen beim Aufstehen nicht minder mollig waren als die Grazien der vorherigen Generation, dann jedoch aus ihren weiten Nachthemden schlüpften, um die tägliche Folterung durch die Zofe über sich ergehen zu lassen. Auch wenn (wie inzwischen zunehmend der Fall) keine wirklichen Schnüre mehr zu ziehen sind, gibt es doch zwangsläufig noch Lederriemen zuzuschnallen und Metallschließen zuzuhaken, die der Trägerin den Atem nehmen, ihren Brustkasten bleibend verformen und ihr eine rote Nase machen, die häufig gepudert werden muss. Und auf den höheren Absätzen der wadenhohen Stiefel, die jetzt modern sind, erfordert selbst das Gehen mehr Geschick als früher.

Und dennoch, sie *sind* schön, diese auf gertenschlank getrimmten fülligen englischen Mädchen, und warum sollten sie sich das nicht etwas kosten lassen? Da ist es nur gerecht, wenn anderen Leuten bei ihrem Anblick der Atem wegbleibt, eingeschnürt, wie sie selber sind.

Und William, wie steht es mit ihm? All diese attraktiv gekleideten Frauen, die seine Parkbank umwandeln (wenn auch mit einem gewissen Abstand) – haben sie ihn weich geklopft und reif gemacht für ein nacktes Exemplar? Beinahe.

Er bebrütet seine finanzielle Demütigung schon so lange, dass er sich zu einer Metapher inspiriert fühlt: Er sieht sich als ein ruhelos auf und ab gehendes Raubtier, eingesperrt in einem Käfig aus verschlungenen £-Symbolen in Sterlingsilber, etwa in der Form: ££££££££££££££££££££££. Ach, wenn er doch nur hinausspringen könnte!

Die nächste junge Dame gleitet von hinten an ihm vorbei, diesmal sehr dicht an seiner Bank. Die Schulterblätter stehen von ihrem satinverhüllten Rücken ab, die Hüften unter ihrer Sanduhrtaille schwingen fast unmerklich, ihre Rosshaarturnüre schaukelt sanft im Rhythmus ihres Gangs. Williams finanzielle

Impotenz verlagert ihre Stoßrichtung: War sie vorher eine Herausforderung an seine Findigkeit, so wird sie jetzt eine Herausforderung an sein Geschlecht. Bevor die junge Dame in Satin zwanzig Schritte weitergegangen ist, ist William bereits davon überzeugt, dass etwas Wichtiges – etwas *Essentielles* – über das Leben bewiesen wäre, wenn er nur mit einer Frau nach Gutdünken verfahren könnte.

Und so verwandeln sich die Spaziergängerinnen im St. James' Park unwissentlich in Sirenen, und jeder leuchtende Körper weckt den Gedanken an seinen gesellschaftlichen Schatten, die Prostituierte. Und tief in der Hose vergraben macht ein blinder kleiner Penis keinen Unterschied zwischen einer Hure und einer Dame, außer dass die Hure frei verfügbar ist: keine zornigen Ehrenretter, mit denen man sich duellieren muss, kein Gesetz auf ihrer Seite, keine Zeugen, keine Beschwerden. Als daher William Rackham von einer Erektion heimgesucht wird, ist sein erster Impuls, damit sofort zur erstbesten Hure zu gehen.

Absurderweise jedoch ist er zu stolz auf die frisch ersonnene Metapher für seine finanzielle Gefangenschaft – den Käfig aus kunstvoll getriebenen Sterlingsymbolen –, um sie so schnell wieder fahren zu lassen. Die Hoffnungslosigkeit seiner Misere, ihre tragische Ungerechtigkeit, hat etwas Großes, ja geradezu Erhebendes. Gefesselt und gescheitert kann er König Lear sein; ein triumphaler Höhepunkt kann ihn zum Narren machen. Und so beschwört Williams Einbildungskraft Bilder von seinem Käfig herauf, die immer Furcht erregender sind, gr£ß£er und gr£ß£er und gr£ß£er. Und im Gegenzug entwirft seine Geilheit immer plastischere Szenarien von sexueller Eroberung und Rache. Abwechselnd zwingt er die Welt mit hartem Stoß zur Untertänigkeit und duckt sich in jämmerlicher Verzweiflung unter ihren Stiefel – jedes Mal grausamer, jedes Mal kriecherischer.

Zuletzt springt er von seinem Platz auf. Er ist sich jetzt vollkommen sicher, dass nichts anderes seinen inneren Aufruhr stillen kann – *nichts* anderes, hörst du? – als die rücksichtslose Unterwerfung von zwei sehr jungen Huren gleichzeitig. Nicht nur das, er weiß zudem verdammt genau, wo er zwei für diesen Zweck hervorragend geeignete Mädchen finden kann. Er wird sich sofort dort hinbegeben, und den Letzten soll der Teufel holen! (Nur eine Redensart, du verstehst.)

Lästigerweise hat die strategische Umverteilung des Blutes in Williams Organen keinerlei Auswirkung auf die Erdumdrehung, und so muss er bei seiner Rückkehr ins Stadtzentrum feststellen, dass in London Mittagszeit ist und sich die Büroangestellten in Massen auf den Straßen drängen. William und seine Männlichkeit müssen rüde Rempeleien von einer hungrigen Menschenmenge erdulden, einem dunklen Meer von Kanzlisten und Kontoristen und sonstigen Nichtsen, das ihn mitzureißen droht, wenn er dagegen anzuschwimmen versucht. Also stellt er sich dicht an eine Wand, schaut zu und hofft, das Meer möge sich bald vor ihm teilen.

Au contraire. Das Gebäude, an das er sich drückt, ausgewiesen nur durch die Messinglettern COMPTON, HESPERUS & DILL, reißt mit einem Mal seine Tore auf, und ein weiterer Strom von Angestellten schiebt ihn zur Seite.

Das ist der letzte Strohhalm: Ohne weitere Rücksicht auf sein schon wesentlich weniger beißendes Gewissen hebt William die Hand über die Menge und winkt eine Droschke herbei. Was schert es ihn, dass er sich am Morgen noch die Fahrt mit der Droschke verkniffen hat? Er wird bald ein reicher Mann und dieses ganze Grämen wegen geringfügiger Ausgaben nur eine düstere Erinnerung sein.

»Drury Lane«, befiehlt er, als er den Tritt eines schwankenden Hansom besteigt. Kaum ist er mit seinem neuen Hut an die niedrige Decke gestoßen, da wirft ihn der Ruck des anziehenden Pferdes schon nach hinten auf seinen Sitz.

Egal. Er ist auf dem Weg in die Drury Lane, wo es (wie Bodley und Ashwell ihm immer wieder vorhalten) gute billige Bordelle in Hülle und Fülle gibt. Na ja, billige Bordelle wenigstens. Bodley und Ashwell mischen sich ganz gern einmal unters Volk, nicht weil es ihnen an Geld mangelt, sondern weil es ihnen Spaß macht, in raschem Wechsel die billigsten und die teuersten Huren zu konsumieren.

»Edler Wein und gewöhnliches Bier«, pflegt Bodley zu sagen. »Im Streben nach Genuss haben beide ihren Platz.«

Auf diesem Abstecher in die Drury Lane interessiert William

sich nur für Mädchen von der Sorte »gewöhnliches Bier« – was sich ganz gut trifft, denn etwas Besseres kann er sich im Moment gar nicht leisten. Die zwei Mädchen, die ihm konkret vorschweben … nun, um ehrlich zu sein, kennt er sie in Wirklichkeit gar nicht, doch er erinnert sich, über sie in den *Londoner Lustbarkeiten – Tipps und Hinweise für Kenner und solche, die es werden wollen* gelesen zu haben. Es kommt ihm schrecklich lange her vor, dass er dieses Nachschlagewerk regelmäßig zu Rate gezogen hat (weiß er überhaupt, wo es zurzeit liegt? in der untersten Schublade seines Schreibtischs vielleicht?), doch zwei sehr »neue« Mädchen, ihres zarten Alters wegen in den Führer aufgenommen, sind ihm deutlich im Gedächtnis geblieben.

»Es ist wirklich unglaublich«, hat Ashwell mehr als einmal räsoniert. »All diese Tausende von Leibern im Angebot, und trotzdem ist es höllisch schwer, ein wahrhaft saftiges junges Ding zu finden.«

»Die *wirklich* jungen sind alle bettelarm, das ist das Problem.« (Bodleys Entgegnung.) »Bis sie aufblühen, haben sie schon die Krätze gehabt, die Schneidezähne fehlen, sie haben Schorf in den Haaren … Doch wenn du eine kleine alabasterne Aphrodite haben willst, musst du erst warten, bis sie eine gefallene Frau geworden ist.«

»Eine Schande ist das. Dennoch, man darf die Hoffnung niemals aufgeben. In den neuesten *Londoner Lustbarkeiten* habe ich gerade was von zwei Mädchen in der Drury Lane gelesen …«

William versucht sich an die Namen der Mädchen oder den der Puffmutter zu erinnern, versucht die Textseite im Führer vor sich erstehen zu lassen, doch nichts kommt. Nur die Hausnummer – die hat sich ihm dank der schlichten Eselsbrücke eingeprägt, dass sie aus Tag und Monat seiner Geburt zusammengesetzt ist.

Die Tür des Bordells geht auf, kaum dass William Rackham an der Klingel gezogen hat. Der Empfangsraum ist düster und die Puffmutter alt. Ganz in Violett sitzt sie wie eine Zwergin auf einem Sofa, die unglaublich runzligen Hände im Schoß gefaltet. William hat nicht den Hauch einer Erinnerung, wie sie oder eine aus ihrem Stall heißen könnte, und so erwähnt er die *Londoner*

Lustbarkeiten und fragt einfach nach den beiden Mädchen – dem Paar.

Die roten Augen der Alten, die in einer honigartigen, mehr als tränendicken Flüssigkeit zu schwimmen scheinen, fixieren William mit einem Blick mitfühlender Ratlosigkeit. Sie lächelt breit, so dass ihre makellosen Zahnreihen durchblitzen, doch ihre gepuderte Stirn kräuselt sich. Sie legt die Hände flach zusammen und tippt sich damit leicht an die Nase. Eine dicke graue Katze schleicht hinter dem Sofa hervor, erblickt William, zieht sich wieder zurück.

Da plötzlich reißt sie aufgeregt die Hände auseinander und hält sie geöffnet hoch, als ob gleich in jede eine Antwort vom Himmel fiele oder wenigstens durch die Decke.

»Ach so! Die beiden Mädchen!«, ruft sie aus. »Die *Zwillinge*!«

William nickt. Er kann sich nicht erinnern, dass sie in den *Londoner Lustbarkeiten* als Zwillinge firmiert hätten; zweifellos ist ihre erste Jugendblüte dahin, und zusätzliche Lockungen sind nötig geworden. Die Puffmutter schließt zufrieden lächelnd die Augen, und ihre speckigen Lider glänzen.

»Claire und Alice, Sir. Das hätte ich gleich wissen müssen – ein Mann wie Sie, Sir, der will bestimmt meine besten Mädchen, meine ganz speziellen.« In Akzent und Ausdrucksweise hört sie sich ein wenig ausländisch an, was Mutmaßungen darüber erschwert, wie gut oder schlecht ihre Kinderstube sein mag. »Ich mache, dass sie sofort bereit sind, Sie zu empfangen.«

Sie steht auf, ohne dadurch nennenswert größer zu werden, begleitet von Unmengen dunkler Seide, die mit ihr vom Sofa rauschen, und tut so, als wollte sie ihn direkt zur Treppe geleiten. Dann jedoch hält sie theatralisch inne und schlägt die Augen zum Fußboden nieder, als wäre es ihr peinlich, die Worte über die Lippen zu bringen: »Mit Verlaub, Sir, um Sie hinterher nicht damit belästigen zu müssen …?« Und sie schaut wieder zu ihm auf, die Augen verklebt mit glasiger Flüssigkeit.

»Natürlich«, sagt William und starrt volle fünf Sekunden lang in ihre grässlich grinsende Fratze, bevor er ihr auf die Sprünge hilft. »Und … wie hoch *ist* der Preis, Madam?«

»Ach, ja, entschuldigen Sie! Zehn Shilling, wenn's recht ist.«

Sie verbeugt sich, als William ihr die Münzen reicht, und zieht dann an einem der drei schlanken Seile, die neben dem Treppengeländer baumeln.

»Einen kleinen Moment, Sir, länger wird's nicht dauern. Machen Sie es sich kurz noch auf einer von den Chaiselongues bequem – und wenn Sie rauchen möchten, bitte.«

Die Sorte von Bordell ist es also, denkt William Rackham, doch jetzt ist es zu spät für einen Rückzieher, und so oder so verlangt es ihn nach Befriedigung.

Aus keinem anderen Grund, als um den Blick auf eine Zigarre zu richten statt auf das hässliche Gesicht der Puffmutter, setzt William sich auf eine Chaiselongue und raucht, während er darauf wartet, dass sein Vorgänger zum Schluss kommt. Bestimmt gibt es noch eine Hintertreppe, über die der Kerl sich davonmachen wird, und dann wird man die schmutzigen Laken wechseln, und dann ... William zieht missmutig an seiner Zigarre, als hätte er sich soeben eine Eintrittskarte für eine drittklassige Zaubervorführung gekauft, in der die Ärmel des Zauberers von Requisiten durchhängen und es unter den Bühnenbrettern penetrant nach Kaninchen riecht.

Während William vor sich hinbrütet, will ich dir von Claire und Alice erzählen. Sie sind Bordellmädchen im eigentlichsten und schlechtesten Sinne, das heißt, sie kamen als unschuldige Kinder nach London und wurden von einer Puffmutter mit einem uralten Trick auf die schiefe Bahn gebracht. Die Frau passte sie am Bahnhof ab, bot ihnen in der Furcht erregenden unbekannten Großstadt ein Quartier für die Nacht an und stahl ihnen dann ihr Geld und ihre Sachen. Mittel- und wehrlos wurden sie daraufhin unter die anderen Mädchen des Hauses eingereiht, die auf ähnliche Weise hereingelegt oder auch von Eltern oder Vormündern verkauft worden waren. Für schmucke neue Kleider und zwei Mahlzeiten am Tag arbeiten sie seither in diesem Etablissement, am Hintereingang bewacht von einem Aufpasser und vorne von der Puffmutter, und haben nicht einmal eine Ahnung, für wie viel oder wenig sie ihr Fleisch zu Markte tragen.

Schließlich ist es so weit, und William Rackham wird nach oben gebeten. Claire und Alice logieren, wie er bei seinem Eintreten feststellt, in einem kleinen, quadratischen Zimmer mit langen roten Vorhängen ringsherum, die bis auf die morschen Fußleisten fallen. Auch das einzige Fenster versteckt sich hinter einer dieser Wandverkleidungen, so dass die enge kleine Stube weniger von der Sonne als von Kerzen beleuchtet wird; außerdem riecht sie nach Gelbsucht und ist überheizt. Platt gedrückte Samtkissen liegen auf dem fadenscheinigen persischen Teppich verstreut, und über dem großen Rokokobett hängt in einem kitschigen Zierrahmen die Photographie einer nackten Frau, die im Atelier einen Maibaum umtanzt. Claire und Alice sitzen gemeinsam in schlichten weißen Unterkleidern auf dem Bett, die hübschen kleinen Hände im Schoß gefaltet.

»Herzlich willkommen«, begrüßen sie ihn unisono.

Doch ob unisono oder nicht, es ist offensichtlich, dass sie keine Zwillinge sind. Genau genommen sind sie nicht einmal Mädchen, wie William sich vergewissert, als er Alice ihres Unterkleides entledigt. Die Unterseiten ihrer Brüste heben sich nicht mehr von den Rippen ab, sondern liegen platt auf. Das Rosa ihrer haarlosen Vulva weist einen verräterischen Schatten auf, und ihre Lippen sind keine Rosenknospe mehr, sondern eine voll aufgeblühte Rose.

Schlimmer ist, dass sie sich wie alle anderen mittelmäßigen Huren bewegt. Ein bisschen hündchenartige Neugier wäre ja ganz nett, aber bei dieser antrainierten Unterwürfigkeit (als ob ein zahmer Labrador sich auf den Rücken wälzt) vergeht einem die Lust. Verdammt noch mal! Kriegt man denn *niemals* etwas Besonderes für sein Geld? Muss man immer erst ein Vermögen berappen, damit sich erfüllt, was man erhofft? Hat die moderne Welt kein anderes Bestreben, als Ideale zu enttäuschen und Zynismus zu erzeugen?

Während Alice anfängt, in der stickigen Hitze ihren Körper um ihn zu schlingen, verspürt William plötzlich den Wunsch, aus dem Haus zu fliehen, auch wenn damit das Geld zum Fenster hinausgeworfen ist. Er weicht kurz zurück und macht Anstalten, sich der Umarmung zu entwinden, doch seine Erektion stellt sich dagegen. Also beschließt er, es zu nehmen, wie es kommt: Er zieht auch Claire das Unterkleid aus und stellt dabei fest, dass sie jünger als Alice ist und kegelförmige Brüste mit zierlichen, wie eingefasst wirkenden Warzen von der Farbe rosiger Hyazinthen hat.

Ermutigt durch diesen Anblick macht William sich nicht ohne eine gewisse Leidenschaft an die Sache, denn nur mit Leidenschaft kann er seine Sorgen und Enttäuschungen vertreiben. Es wird sich bestimmt eine Antwort finden, eine Lösung für seine Leiden, wenn er nur die Widerstände des Fleisches brechen kann. Er fickt mit einer derart wütenden Vehemenz, dass er zeitweise völlig vergisst, was er da tut, ähnlich wie es einem rasenden Kämpfer passieren kann, der blind wird für seine Gegner. Doch für ihn sind das die besten Momente.

Abgesehen von solchen transzendentalen Aussetzern jedoch ist er nicht zufrieden. Die Mädchen taugen nichts: Sie bewegen sich nicht so, wie er will, sie haben die falsche Form, die falsche Größe, das falsche Fleisch, sie knicken unter ihm ein, wenn sie sein Gewicht tragen sollen, sie wanken, wenn sie fest stehen sollen, sie zucken zusammen und stellen sich an, und dabei sind sie, was er auch tut, gottserbärmlich still. Einen großen, zu großen Teil der Zeit hat William das Gefühl, mit seinem eigenen Schnaufen allein im Zimmer zu sein, allein mit dem leicht absurden Geräusch eines Kissens, das sein Fuß über den Teppich schrubbt, dem monotonen Singsang der Sprungfedern, dem komischen Öch-öch seines allergischen Hustens.

Die Schuld daran trifft einzig und allein Claire und Alice. Hat er früher nicht die göttlichsten, die köstlichsten Zeiten mit Prostituierten verbracht? Besonders in Paris. Ah, Paris! *Das* waren noch Weiber damals, die wussten, wie man einen Mann zufrieden stellt! Während William sich schwer diesen trübseligen englischen Mädchen auflädt, die Brust an Brust gequetscht unter ihm liegen, kommen ihm unwillkürlich selige Erinnerungen. Insbesondere an das eine Mal, als er auf eigene Faust in die Rue St. Aquine spazierte und Bodley, Ashwell und die anderen im Cul-de-Sac weitertrinken ließ. Durch irgendeinen kuriosen Zufall, weiß Gott wie (denn er war voll bis zum Stehkragen), landete er in einem Raum voll *außerordentlich* freundlicher Huren. (Gibt es etwas Erfreulicheres als das Lachen beschwipster junger Frauen?) Jedenfalls erfand William, animiert von ihrer hemmungslosen Vulgarität, ein urkomisches erotisches Spiel. Die Mädchen mussten sich im Kreis um ihn herumsetzen, die Beine gespreizt, und er warf sacht und sorgfältig gezielt Münzen nach ihren Schlitzen. Wenn die Münze stecken blieb, so die Spielregel, durfte das Mädchen sie behalten.

Was es in dieser außergewöhnlichen Nacht zu sehen und zu hören gab, ist in den langen Jahren seither nicht verblasst: Noch heute kann er das ekstatische Gegacker hören und die Schreie von allen Seiten: »*Ici, monsieur! Ici!*« Ach, sich vorzustellen, dass diese Mädchen wahrscheinlich in diesem Moment faul in der Rue St. Aquine herumliegen, während *er* sich hier abrackert, viele hundert Meilen von ihnen entfernt, um diesen langweiligen englischen Vogelscheuchen eine Unze Begeisterung abzupressen.

»Jetzt legt euch mal ins Zeug!«, fordert er Claire und Alice auf, während er ihre geknautschten Leiber auseinander schiebt und dabei bemerkt, dass auf beiden feuchten Oberkörpern die rötlichen Rippenabdrücke des anderen zu sehen sind. Er dreht sie herum, ein ums andere Mal, als hoffte er, eine von früheren Kunden noch nicht entdeckte Öffnung zu finden. Seine Geilheit hat sich nachgerade verselbständigt; mit einer Stimme, die er kaum als seine eigene erkennt, verlangt er immer größere Freiheiten, und die Mädchen gehorchen wie Ausgeburten seines klebrigen Traums.

Er weiß daher kaum, was er sagt, als er schließlich Alice bei den Handgelenken packt und ihr den Befehl gibt, der viele Leben verändern wird.

Das Mädchen schüttelt den Kopf.

»Das mach ich nich. Tut mir Leid.«

William lässt ihre Handgelenke los, erst das eine, dann das andere. Mit der ersten befreiten Hand streicht Alice sich nervös eine Haarlocke hinters Ohr. William wischt sie ihr wieder ins Gesicht.

»Was soll das heißen, du machst das nicht?« Er blickt von Alice zu Claire, die sich verstohlen ihr Nachthemd über die Schultern streift, weil sie spürt, dass die Tortur vorbei ist.

»Ich auch nich.«

In sprachloser Empörung stützt William die Hände auf die nackten Knie. Sein Blut schießt mit einem Mal von unten nach oben, und Wangen und Hals laufen rot an.

»Wir würden's ja machen, wenn's ging«, sagt Alice und nimmt wieder ihre Position neben Claire auf der Bettkante ein. »Aber's geht nich.«

William greift nach seiner Hose, als träumte er.

»Ziemlich willkürlich«, sagt er, »gerade *da* eine Grenze zu ziehen statt … na ja, irgendwo anders.«

»Tut mir schrecklich Leid«, erwidert die Ältere (denn das ist sie offensichtlich). »Und Claire tut's bestimmt auch Leid. Das hat nix mit dir zu tun, wirklich. Das wür'n wir für niemand machen, Ehrenwort. Das würd uns runterholen, Ehrenwort, richtig runterholen, und dann wärn wir für dich kein' Pfifferling mehr wert.«

»Ach was«, drängt William, der einen Hoffnungsschimmer erblickt, »dafür wäre ich euch nicht böse, bestimmt nicht. Darauf käme es gar nicht an. Und hinterher müsstet ihr sonst nichts mehr machen, nur diese eine Sache, und mit geschlossenen Augen, wenn ihr wollt.«

Die Gesichter der Mädchen sind inzwischen vor Verlegenheit hässlich verzerrt.

»Komm, bitte«, bettelt Alice, »mach kein Druck! Wir können's nich machen, das is nu ma so, und wenn wir dich damit beleidigen, tut's uns sehr Leid. Ich kann dir höchstens 'nen Namen geben, den Namen von einer, wo das machen würde, was du willst.«

William, der sich verärgert anzieht und gerade dabei ist, sich nach einem verlorenen Strumpfband umzuschauen, zweifelt, ob er richtig gehört hat.

»*Was* sagst du?«

»Ich kann dir eine sagen, wo dir das machen würde.«

»Ach ja?« Seine stocksteife Sitzhaltung zeigt an, dass er vor Wut über diesen ganzen Hurennepp gleich explodiert. »Irgendeine Schlampe mit Syphilis in Bishopsgate?«

Alice wirkt ehrlich betroffen.

»Nich doch! Richtig'n *erstklassiges* Mädchen in 'nem *ganz* guten Haus – in der Silver Street, gar nich weit vom Stretch. Mrs Castaway is die Besitzerin, und man sagt, das Mädchen wär das beste Mädchen im Haus. Sie is die leibliche Tochter von der Besitzerin, und sie heißt Sugar.«

William ist inzwischen wieder voll angekleidet und Herr seiner selbst: Er könnte ein Philanthrop oder ein Pastor sein, der sie dazu bewegen möchte, nach einem besseren Leben zu trachten.

»Wenn … wenn dieses Mädchen so erstklassig ist«, wendet er ein, »warum sollte sie dann bereit sein … so etwas zu machen?«

»'s gibt *nix*, was Sugar nich macht. *Gar nix.* Das könn dir alle sagen, dass besondere Vorlieben, wo'n normales Mädchen nich befriedigen kann, dass Sugar die befriedigt.«

William stößt ein unwirsches und misstrauisches Knurren aus, doch in Wahrheit erregt ihn der Name.

»Na schön«, lächelt er matt. »Dann bin ich dir überaus dankbar für deinen guten Rat.«

»Na, ich hoff ma, da wirste Grund zu haben«, erwidert Alice.

Draußen in der stinkenden Gasse hinter dem Bordell ballt William die Fäuste. Sein Zorn richtet sich nicht auf Claire und Alice. Er vergibt ihnen und hat sie schon halb vergessen, weggeräumt wie unerwünschtes Gerümpel auf einen dunklen Dachspeicher, den er niemals wieder aufsuchen wird. Doch seine Verstimmung hält an.

Ich dulde kein Nein, ruft er aus – nun ja, beinahe. Er hört die Worte lautstark im Kopf und hält sie nur deshalb auf der Zungenspitze zurück, weil er befürchtet, ungehobelte Passanten könnten ihn verspotten, wenn er in einer Seitengasse der Drury Lane »Ich dulde kein Nein!« verkündet.

Es ist William sonnenklar, dass er sich auf der Stelle in die Silver Street begeben und dort nach Sugar fragen muss. Nichts könnte einfacher sein. *Er* ist in der Stadt; *sie* ist in der Stadt. Jetzt oder nie! Er muss nicht einmal Geld für eine Droschke hinauswerfen; er wird den Omnibus auf der Oxford Street nehmen und dann den nächsten die Regent Street hinunter, und er ist beinahe da!

Rackham schreitet aus, ist im Nu in der New Oxford Street, und als wäre das Universum von seiner Entschlusskraft beeindruckt – ach was, *eingeschüchtert* –, kommt fast augenblicklich ein Omnibus angefahren, so dass er zusteigen kann, ohne im Schritt innezuhalten.

Mrs Castaway. Sugar! Her mit Sugar, und keine Ausflüchte!

Doch als William dann im Omnibus Platz genommen hat und das statische Straßenbild draußen vor den rußfleckigen Fenstern zu einem bewegten Panorama wird, lässt seine Entschlusskraft nach. Als Erstes muss er beim Entrichten des Fahrgelds daran denken, wie viel er bereits für seinen neuen Hut ausgegeben hat (ganz zu schweigen von den geringeren Unkosten für Alice und … wie hieß die andere noch gleich?). Wer kann sagen, was diese Sugar kosten wird? In den Straßen um den Golden Square sind die Häuser von gemischter Qualität, manche pompös, andere heruntergekommen. *Was tun, wenn dieses Mädchen mehr verlangt, als er bei sich hat?*

William beäugt die ihm gegenübersitzenden Passagiere – dösende alte Knacker und aufgetakelte Matronen – und macht die Entdeckung, wie handgreiflich real sie im Vergleich zu der verschwommenen Welt jenseits der Fensterscheibe wirken. Hat er letztlich eine andere Wahl, als auf seinem Platz sitzen zu bleiben, ein Fahrgast unter anderen Fahrgästen, bis die Omnibuspferde ihn zurück nach Notting Hill gezogen haben?

Und sollte er nicht ohnehin zusehen, dass er nach Hause kommt? Die Pflichten, die ihn dort erwarten, sind äußerst dringend und haben seine Aufmerksamkeit um einiges mehr verdient als dieser heimliche Funke der Lust, der in ihm glüht. Diese Sugar, wer oder was sie auch sein mag, kann ihn nur ärmer machen, ein paar Stunden pflichtbewusster Studierarbeit dagegen könnten ihn gut und gern vor dem Ruin retten.

William starrt blind vor sich hin, tief in Gedanken versunken. Plötzlich bemerkt er, dass eine alte Dame mit einem Dörrpflaumengesicht seinem Blick begegnet. *Was für ein unmanierlicher Flegel Sie doch sind!*, scheint sie zu denken. Gemaßregelt senkt er das Haupt und bleibt stoisch sitzen, als der Omnibus am Regent Circus vorbeirasselt. Er hat seine Ausschweifung für den Tag gehabt; er hat sich als Mann bewiesen. Jetzt lässt er sich zurücksinken, schließt die Augen und döst die restliche Fahrt über vor sich hin.

»Ecke Chepstow Villaaas!«, schmettert der Schaffner. Mit einem Ruck erwacht William wieder zum Leben. Die Welt draußen ist grüner geworden, die Häuser spärlicher. Im sonnigen Nachmittagsglanz liegt das verschlafene Notting Hill. London ist vorbei.

Blinzelnd und benommen steigt William dicht hinter einer Dame aus, die er nicht kennt, ja, er rennt beinahe gegen sie, weil ihre schwarzbraun gestreiften Röcke seinen Schritt hemmen.

Unter günstigeren Umständen fände er sie vielleicht reizvoll, doch sie wohnt zu sehr in der Nähe, und er schmachtet immer noch nach Sugar.

»Entschuldigung, Madam«, sagt er, und mit ein paar schnellen Schritten um sie herum erlöst er sich von ihrem Schneckentempo.

Sie funkelt ihn an, als hätte er ihr etwas angetan, aber William findet, dass eine zweite Entschuldigung übertrieben wäre. Es muss eine Grenze dafür geben, wie viel Rücksicht man als Mann auf die heikle Fortbewegung der holden Weiblichkeit nimmt.

Im Sturmschritt eilt William an dem langen schmiedeeisernen Zaun des Parks vorbei, zu dessen privaten Schlüsselbesitzern er zählt. Wo dieser Schlüssel sein könnte, hat er vergessen; er neigt derzeit dazu, die blassen Blumen, Nadelbäume und Marmorbrunnen, die so entzückend hinter den verschnörkelten Gitterstäben glitzern, zu übersehen. Oh, gewiss, am Anfang, als Agnes noch gesund war, ging er gelegentlich mit ihr in diesem Park frische Luft schnappen, um ihr zu beweisen, was für ein idyllisches Fleckchen Notting Hill trotz allem sein kann, aber heute …

Er verlangsamt seine Schritte, denn das schmucke Haus direkt vor ihm ist das Haus der Familie Rackham – sein eigenes Haus sozusagen –, in dem ihn seine problematische Frau, sein undankbares Gesinde und ein Stapel unlesbarer geschäftlicher Dokumente erwarten, von denen (empörenderweise!) seine gesamte Zukunft abhängt. Er holt tief Atem und geht darauf zu.

Doch schon stellt sich ihm ein Hindernis in den Weg, bevor er auch nur einen Fuß auf sein Grundstück gesetzt hat. Vor dem Tor sitzt ein Hund – zugegeben, ein ziemlich kleiner Hund – in straffer Habachtstellung, als wollte er seine Dienste als Torhüter anbieten. Er wackelt mit dem Schwanz und nickt mit dem Kopf, als William näher tritt. Er ist natürlich eine Promenadenmischung. Alle ordentlichen Hunde halten sich in den Häusern auf.

»Hau ab!«, knurrt William, doch der Hund weicht nicht von der Stelle.

»*Hau ab!*«, knurrt William abermals, doch das Vieh ist stur oder verwirrt oder dumm. Wer weiß schon, was in einem Hundehirn vorgeht? (Dabei hat William in seiner Zeit in Cambridge sogar einmal eine Monographie veröffentlicht, die den Titel trug:

Caninae und la Canaille: Wie man sie auseinander hält. Ein Teil davon stammte allerdings von Bodley.) William zieht das Tor auf und zwängt sich hastig durch den Spalt, wobei er den Körper des Hundes mit dem großen Gitterflügel beiseite drückt.

Das ausgesperrte Tier nimmt ihm die Abfuhr übel. Es springt am Tor hoch, kratzt mit den Pfoten an den schmiedeeisernen Schnörkeln und bellt aus Leibeskräften, während William den steilen Pfad zu seiner Haustür hinaufgeht.

Diese letzten paar Schritte auf seinem Heimweg ermüden ihn mehr als alle anderen vorher. Der Rasen zu beiden Seiten des Pfades ist seit Monaten nicht mehr gemäht worden. Seine private Zufahrt führt zu einem Kutschenschuppen ohne Kutsche und einem Pferdestall ohne Pferde und gemahnt ihn nur an die vor ihm liegende Sisyphusarbeit.

Und die ganze Zeit über bellt der Hund unablässig weiter.

Es sollte niemals nötig sein, eine Türklingel öfter als einmal zu ziehen, vor allem nicht die eigene. Grundsätze wie dieser sollten dem Personal verdammt noch mal auf die Daumen tätowiert werden, damit sie sie nie mehr vergessen. Dennoch hat William die Hand schon zum dritten Mal am Klingelzug, als endlich Lettys Gesicht in der Tür erscheint.

»Gu'n Tag, Mr Rackham«, strahlt sie.

Er streift sie beim Eintreten, verzichtet aber darauf, ihr eine Standpauke zu halten, damit sie ihm nicht mit dem Einwand kommt, schuld sei nur die schwere Last ihrer neuen Pflichten. (Eine Klage, die niemals von Letty kommen könnte, weshalb William gut daran täte, ihre Schafsgeduld als solche zu nehmen und sie nicht mit Claras widerwilligem Kleinbeigeben zu verwechseln.)

Während Rackham zur Treppe stapft, verflüchtigt sich Lettys Lächeln: Sie hat ihren Herrn schon wieder enttäuscht. Er hat sie so gelobt, als Tilly entlassen wurde, doch seitdem ... Sie beißt sich auf die Lippe und schließt die Haustür, so sacht sie kann.

Tatsächlich hat sie keine Chance, William zufrieden zu stimmen. Ihr neuer Status hat zur Folge, dass sie von einem Menschen, wenngleich auf niedriger Stufe, zu einem wandelnden wunden Punkt geworden ist. Es lässt sich schlicht nicht bestreiten, dass er vor Tillys Entlassung ein Hausmädchen für oben *und* eins für unten hatte, und jetzt hat er nur noch eines. Das ist, wie Rackham weiß, ein elementares soziales Rechenexempel, das selbst ein Kind verstehen würde – was soll er da von Lettys fröhlichem Gegrinse halten? Sie ist entweder dümmer als ein Kind, oder sie verstellt sich.

Jedes Mal, wenn William mit ihr spricht, fallen ihm seine aufmunternden Worte ein, mit denen er ihr anfangs erklärte, wie von nun an alles geregelt sein würde – seine Behauptung, es wäre eine besondere Ehre für sie, dass er sie mit einem ganzen Pfund mehr Lohn »befördert« hatte, weil »diese unverschämte Tilly« nichts getan habe, was Letty allein nicht besser tun könne. Schließlich sei das Haus mittlerweile viel leichter in Schuss zu halten, da der Herr selten zu Hause sei und die Herrin selten das Bett verlasse, nicht wahr? (So ein Quatsch! Aber Letty schien das alles brav zu schlucken, und trotz seiner Erleichterung verachtete William sie dafür.)

Dies also ist der Grund, weshalb William jetzt darauf verzichtet, von ihr eine Erklärung für ihr verspätetes Erscheinen an der Tür zu verlangen.

(Würdest *du* dich vielleicht für die Erklärung interessieren? Nein, sie war nicht dabei, ein Nickerchen zu machen oder zu tratschen oder aus der Speisekammer zu stehlen. Die Sache ist einfach die, dass ein Hausmädchen, das von der Klingel an die Tür gerufen wird, während sie gerade einen Kamin sauber macht, sich erst noch die Hände waschen, die Ärmel herunterkrempeln und zwei Stockwerke hinuntergehen muss, was alles in weniger als zwei Minuten nicht zu schaffen ist.)

Doch wenn man unserem Rackham die Gelegenheit lässt, sich einen Moment zu besinnen, dann ist er eigentlich kein unvernünftiger Mann. In seinem bekümmerten Herzen weiß er ganz genau, dass man prompte Bedienung nur erwarten kann, wenn das Haus bis oben hin mit Dienstboten voll ist und alle sehr wenig zu tun haben. Letty hält sich unter den gegebenen Umständen ganz leidlich, und wenigstens hat sie immer ein Lächeln für ihn.

Er wird sie wahrscheinlich behalten, wenn die Dinge erst einmal besser stehen.

In der Zwischenzeit hat er sich fast schon an die langsame Bedienung gewöhnt. Neuerdings hat er es sogar über sich gebracht, solche niederen Arbeiten zu verrichten wie einen Vorhang aufziehen, ein Fenster öffnen oder Holz aufs Feuer legen. Wo Not am Mann ist, muss jeder mit anpacken.

Gerade ist er dabei, in seinem Rauchzimmer mehr Holz aufs Feuer zu legen. Er hat nach Clara gerufen, doch auch bei ihr dauert es, bis sie kommt, und er möchte es dringend wärmer haben. Deshalb hat er ein Reisigbündel auf die Flammen geworfen. Das ist gar nicht so schwer. Im Gegenteil, es ist so leicht, dass er sich fragt, warum die verdammten Dienstboten es nicht wesentlich öfter machen, verdammt!

Als Clara endlich auftaucht, thront er in seinem Lieblingssessel, den Kopf müde auf dem Lehnenschoner abgelegt, zur Beruhigung der Nerven eine Zigarre im Mund. Die Hände des Mädchens sind züchtig vor ihrer neuen Zwanzig-Zoll-Taille gefaltet, und sie sieht ganz so aus, als ob sie etwas zu verbergen hätte.

»Ja, Sir?« Ihr Ton ist kühl und ein wenig trotzig. Sie hat sich bereits eine pfiffige Antwort auf die anklagende Frage »Woher kommt diese Taille auf einmal?« zurechtgelegt, eine ziemlich weitschweifige Geschichte um eine nicht existierende Nichte.

Doch William erkundigt sich lediglich: »Wie geht es Mrs Rackham heute?«, und wendet den Blick ab.

Clara verschränkt die Hände hinter dem Rücken wie ein Schulkind, das ein Gedicht aufsagen soll.

»Nichts Ungewöhnliches, Sir. Sie hat ein Buch gelesen. Sie hat eine Zeitschrift gelesen. Sie hat ein wenig gestickt. Sie hat sich einmal eine Tasse Kakao bringen lassen. Ansonsten ist sie bei bester Gesundheit.«

»Bei bester Gesundheit.« William zieht die Brauen hoch und blickt dabei ungefähr in die Richtung der schlecht abgestaubten Bücherschränke. Kein Wunder, dass Agnes erklärt, sie würde Clara ihr Leben anvertrauen. Die beiden stecken unter einer Decke und reden sich gegenseitig von Frau zu Frau ein, der Niedergang des Hauses Rackham sei nicht die Schuld der Herrin – denn ist sie nicht eine vornehme Dame bei bester Gesundheit? –, sondern einzig und allein der Willensschwäche ihres Gatten anzulasten, seinem Zurückschrecken vor dem ihm bestimmten Los. O nein, der kleinen, kerngesunden Frau dort oben hat nie etwas gefehlt, und trotzdem hört ihr grausamer und lascher Mann nicht auf, rund um die Uhr Berichte über ihr Verhalten zu verlangen. William kann sich Agnes in diesem Moment vorstellen, wie sie diese Lüge ihrerseits dadurch zu stützen versucht, dass sie mit unschuldigem Kameengesicht im Bett sitzt und ein Buch von der Art wie *Einführung in die großen Denker für junge Damen* liest, während er, der Schurke, hier unten in seinem fettigen Sessel hängt.

»Sonst noch was?«, fragt er säuerlich.

»Sie sagt, sie wünscht heute keinen Arztbesuch, Sir.«

William zwickt das Ende einer zweiten Zigarre ab und wirft es in den Kamin.

»Doktor Curlew wird heute kommen wie immer.«

»Sehr wohl, Sir. Aber Sie sind ein rückgratloser Trottel, und das ist das Einzige, was Ihre Frau krank macht.« Nein, sicher, diesen letzten Satz sagt Clara nicht. Wenigstens nicht laut.

Die verbleibende Zeit vor dem Abendessen vertreibt sich William mit einem Buch. Warum nicht? Es hat doch keinen Zweck, mit der Lektüre der Rackhamschen Geschäftsunterlagen anzufangen, wenn er in Kürze ins Speisezimmer gerufen wird, oder?

Das Buch, zu dem er greift, heißt *Die Abenteuer eines passionierten Weltenbummlers oder In achtzig Jungfern um die Welt*, und er macht keine Anstalten, es zu verstecken oder auch nur den Titel zuzuhalten, als Letty den Raum betritt, um das Feuer zu schüren. Sie kann kaum ihren eigenen Namen schreiben, so dass komplizierte Worte wie »phänomenale Euter« und »rammelnde Rute« Mysterien für sie sind.

Du siehst sie zusammen dort im Rauchzimmer, William und Letty, und du fragst dich, ob dies jetzt eine Szene aus einem moralisierenden Drama wird, eine Geschichte von Verführung und Untergang à la Samuel Richardson, denn Letty ist ein Dienstmädchen, das sich weder wehren kann noch vom Gesetz geschützt wird in einer Situation, wo sie mit ihrem Herrn allein in einem Zimmer ist und dieser sich aufreizende Schriften zu Gemüte führt. Dennoch versieht sie ihre Pflichten und verlässt unbehelligt den Raum, denn für den abgelenkten William ist sie in diesem Augenblick lediglich das Mittel, durch das seine Lampen angezündet werden, nicht lebendiger als die Drähte und Schalter, die deine anzünden.

William liest sein Buch nonchalant weiter, so wie Männer sich gern geben, wenn sie Pornographie goutieren. Seiner Selbsteinschätzung nach bietet er äußerlich ein Bild vollendet gespielter Bildungsbeflissenheit, wie er da in seinem Sessel sitzt, doch in seinem Innern tobt ein hitziges kleines Feuer und verwandelt die Worte, die er ruhigen Blickes überfliegt, in das schwelende Zunderholz anatomischer Einzelteile.

»Es ist angerichtet, Sir«, teilt eine Dienerin ihm mit, und er klappt sein Buch zu und presst es auf seinen Schoß, halb um seinen Trieb anzustacheln und halb um ihn zu unterdrücken.

»Ich komme gleich.«

An seinem Platz am Kopfende des langen Mahagoniesstischs kostet William den ersten Bissen einer neuen exzellenten Mahlzeit der Köchin (aber ach, wie lange werden die Mahlzeiten noch exzellent bleiben?). Sie ist wirklich eine Perle, das einzige weibliche Wesen im Haus, dessen Wert vom allerersten Tag an niemals in Zweifel gestanden hat. Ihr mitzuteilen, dass sie künftig nicht mehr ganz so viele Lendenstücke bekommen kann, wird schwierig sein. Zumal es von Rechts wegen Sache der Hausherrin wäre, solche Entscheidungen zu übermitteln.

William starrt die ganze Länge des Tisches hinunter, über die schimmernde weiße Tischtuchbahn zum leeren anderen Ende. Wie immer sind Besteck, Gläser und blitzblanke Teller für Mrs Rackham mitgedeckt, sollte sie sich doch wohl genug fühlen, um zu erscheinen. In der Küche liegt immer noch der größte Teil eines warmen und saftigen Hühnchens, den sie haben könnte, wenn sie wollte. William hat einen Schenkel verzehrt, mehr nicht.

Nicht lange nach dem Essen trifft Doktor Curlew im Hause Rackham ein. William, der es sich wieder im Rauchzimmer gemütlich gemacht hat, blickt auf seine Uhr, um zu messen, wie viel Zeit zwischen dem Läuten der Türglocke und dem Öffnen der Tür vergeht.

Besser, denkt er. Besser.

Das Knarren des Geländers zeigt an, dass Doktor Curlew die Treppe zu Agnes' Zimmer emporsteigt. Dann wird eine stille Viertelstunde vom Abend wegoperiert.

Hinterher sucht der Arzt William im Rauchzimmer auf, wie er es regelmäßig jede Woche macht. Er schreitet schnurstracks zu einem bestimmten Sessel, von dem er weiß, dass es der festeste und am besten gefederte ist. Schlaffheit jeglicher Art ist ihm zuwider.

Mit seiner ungewöhnlich hochgewachsenen und doch nicht knochigen Statur ist er eine imposante Erscheinung, so als ob sein Körper sich mit der Zeit ausgedehnt hätte, um Platz zu schaffen für das Anwachsen der Erfahrung im Innern. Das lange Gesicht mit den starken Brauen, die dunklen Augen, der makellos exakte Schnitt von Bart, Haupthaar und Schnurrbart und die streng elegante Art, sich zu kleiden, machen ihn zu einem distinguierteren Typ Mann, als Rackham einer ist.

Er ist überdies ein Meister seines Fachs mit einer langen Liste von Initialen hinter dem Namen. So kann er, um nur ein Beispiel zu nennen, zum Zwecke anatomischer Studien in zehn Minuten ein schwangeres Kaninchen sezieren und es, wenn nötig, ziemlich perfekt wieder zusammennähen. Er genießt, wenigstens unter praktischen Ärzten, den Ruf, so etwas wie ein Experte für Frauenleiden zu sein.

Während er nachdenklich eine von Williams Zigarren pafft, spricht er ein paar Minuten über dieses Thema, soweit es die Frau seines Gastgebers betrifft. Die Atmosphäre ist schwer von Rauch und Alkohol, und es ist dir zu verzeihen, wenn du den Ausführungen des guten Doktors nicht ganz folgen kannst, aber sei so gut und raffe dich jetzt auf, dir sein Resümee anzuhören:

»Ich gebe zu, dass sie im Augenblick bei einigermaßen klarem Verstand ist und keine große Last darstellt. Ich vermute, dass die Besserung der Zeit des Monats zu verdanken ist. Ich bin auf jeden Fall nicht der Meinung, dass wir uns in dem falschen Glauben wiegen sollten, es würde keinen Rückfall mehr geben, im Gegenteil, ich rechne sehr bald schon mit einem. Bei jedem Besuch erkenne ich deutlicher, wie viel Anstrengung es sie kostet, die Fassung zu bewahren. Es ist wie ein Brechreiz, der sich letztlich nicht unterdrücken lässt. Das ist kein gedeihlicher Zustand … für *niemanden.*« Hier macht Curlew eine Pause, damit William deutlich begreift, worauf er hinauswill. »Ich muss betonen, mein lieber Rackham, dass Sie weiterhin die unverkennbaren Symptome seelischer Anspannung erkennen lassen.«

William verzieht das Gesicht. »Vielleicht versuche ich nur, eine gewisse einheitliche Stimmung in der Familie zu wahren, Herr Doktor.«

Curlew runzelt ungeduldig die Stirn und nimmt sein übergeschlagenes Bein herunter. Er kennt William gut genug, um auf Förmlichkeiten zu verzichten. »Sie dürfen damit nicht spaßen«, sagt er und beugt sich näher heran. »Sie sollten doch wissen, dass die Geisteskrankheit beim Mann nichts Naturbedingtes ist. Jeder Mann hat seinen Zerreißpunkt. Sobald das Leiden unerträglich wird, schlägt der Wahnsinn zu, und wohlgemerkt, ich sage *schlägt zu*, denn häufig kommt er ganz plötzlich, und er ist *nicht* heilbar. Sie und ich, wir haben keine Gebärmutter, die man herausnehmen kann, wenn der Spaß vorbei ist – um Gottes willen, vergessen Sie das nicht!«

William schaut zur Decke auf und sucht eine Möglichkeit, die Tirade abzukürzen.

»Ich glaube nicht, dass die fortgesetzte Anwesenheit meiner Frau in diesem Haus mich in allernächster Zeit zum Wahnsinn treiben wird, Doktor Curlew. Vielleicht ist die Anspannung, die Sie bemerken, lediglich … Müdigkeit.«

»Mein lieber Rackham«, seufzt der Arzt, als könnte er hinter der tapferen Lüge die schreckliche Wahrheit erkennen. »Ich verstehe, natürlich verstehe ich, dass die Einweisung Ihrer Frau in eine Anstalt Ihnen Schmerzen und Schuldgefühle bereiten würde. Aber Sie müssen mir vertrauen: Ich habe schon andere Männer mit derselben Entscheidung ringen sehen. Und sobald sie sie getroffen haben, fehlen ihnen die Worte, so erleichtert sind sie.«

»Nun ja, ganz scheinen ihnen die Worte nicht zu fehlen«, wendet William sardonisch ein, »wenn sie Ihnen noch davon Meldung machen können.«

Doktor Curlew kneift missbilligend die Augen zusammen. Zu schlau für ihr eigenes Wohlergehen, diese Männer mit literarischen Flausen im Kopf. Haare können sie spalten, aber was direkt vor ihrer Nase ist, sehen sie nicht.

»Denken Sie über meine Worte nach«, sagt der Arzt und erhebt sich aus dem Sessel.

»Oh, das werde ich, das werde ich«, versichert William ihm und erhebt sich gleichfalls. Die beiden geben sich die Hand, ohne damit ein Einvernehmen zu besiegeln, und William drückt fester und fester, um zu beweisen, dass er nicht der schwächere Mann ist.

Doch genug davon. Irgendwann muss einmal Schluss damit sein, dass William für alle, die ihn beobachten, eine Enttäuschung ist. Er ist nicht so rückgratlos, wie alle Welt meint! Eingedenk seines früheren Entschlusses geht er endlich die Treppe zu seinem Arbeitszimmer hoch, wo die Unterlagen der Rackham Perfumeries liegen und auf ihn warten. Es ist Zeit, den Stier bei den Hörnern zu packen.

An seinem Schreibtisch fasst William die braunen Umschläge an den geschlossenen Enden und schüttet den Inhalt aus. Mit den nunmehr ausgestreut vor ihm liegenden Dokumenten gedenkt er so zu verfahren, dass er sie eins nach dem anderen ohne bestimmte Reihenfolge zur Hand nimmt und sie so rasch wie möglich überfliegt. Was er braucht, ist nicht mehr als ein ungefährer Eindruck davon, wie der Betrieb läuft. Eine Ahnung ist besser als nichts. Fatal wäre es, sich in den Einzelheiten zu verlieren: Besser alles mit nur halbem Verständnis lesen, aber dafür das Wesentliche erfassen. An der Universität hat er sich schon durch viel Schlimmeres gebissen, was?

William nimmt das oberste Papier vom ersten Haufen und studiert es mit missmutigem Blick und der ungeduldigen Erwartung, dass es deutlich erklärt, was Sache ist. Eine abschreckende Dichte von Wörtern ist das … Wer hätte gedacht, dass der Alte so viele Wörter auf Lager hat? Viele davon auch noch falsch geschrieben – wie peinlich! Aber das ist noch nicht das Schlimmste: Wie ist es möglich, dass so viele Substantive so wenige Bilder wachrufen? Wie können so viele Verben so wenige unternehmenswerte Handlungen bezeichnen? Einfach unglaublich. Doch er kämpft sich weiter voran.

Zehn Zeilen tiefer und halb durch die elfte bleibt Williams Auge bei dem interessanten Wort »Säfte« hängen. Er gerät ins Nachdenken über diese Frau in der Silver Street, Sugar, und stellt sich vor, wie sie bei seiner Forderung nach Luft schnappen wird, vielleicht. Pah, soll sie doch nach Luft schnappen, solange sie ihm nur zu Willen ist! Was ist sie schließlich anderes als –

Aber er schweift von seiner vorliegenden Aufgabe ab. Tief durchatmend fängt er noch einmal von vorne an, und diesmal liest er sich innerlich jedes Wort deutlich vor.

Verwendb. Stecklinge 15% weniger als Vorjahr. Viele nicht verwurz. und eingegangen. 4 Gros von Copley bestellt. Nur 60 von den 80 Morgen 1. Güte.

?Mehr 1. Güte von Copley kaufen. ?Rackhams guter Name. Erste Gallonen entscheiden.

Darrhaus braucht neues Dach – ?Samstagnachmittag, wenn Arbeiter mitmachen. Gerüchte über Gewerksch.ackitator.

Dünger 2% teurer.

An diesem Punkt lässt William die Seite zwischen den Knien hindurch auf den Boden flattern. Diese Auflistung schmuddeliger Winkelzüge, diese intime Beschäftigung mit Dünger – er hält es nicht aus – er will damit nichts zu tun haben.

Doch es gibt kein Entrinnen. Sein Vater hat ihm erklärt, falls er kein Wirtschaftsimperium leiten möchte, stehe es ihm frei, sich anderswo eine Anstellung zu suchen – entweder das oder alle Welt mit einem plötzlichen Erfolg in einer von diesen »eines Gentlemans würdigen« Betätigungen überraschen, von denen er immer rede.

Von der Erinnerung gepeinigt rüstet sich William zum nächsten Angriff auf die Rackhamschen Firmenpapiere. Vielleicht ist die Schwierigkeit weniger der Inhalt als der kryptische Kurzstil seines Vaters. Und wenn es schon so ein zusammenhangloses Geschreibsel sein muss, wäre es dann *bitte schön* möglich, schwarze Tinte zu verwenden statt blassblauer oder hellbrauner? Würde anständige Tinte den alten Knicker vielleicht neun Penny mehr pro Gallone kosten?

William wühlt sich durch den Papierberg, und ganz unten findet er ein substantielleres Schriftstück, wie es scheint, als stabile Broschüre gebunden. Zu seinem Erstaunen handelt es sich um die *Londoner Lustbarkeiten – Tipps und Hinweise für Kenner und solche, die es werden wollen*. Also da hat sich das Ding versteckt!

Er legt es sich auf den Schoß, dreht es herum und schlägt es auf. Die Tasche im hinteren Deckel enthält immer noch ein halbes Dutzend Kondome aus Tierdarm. Sie sind mittlerweile vertrocknet, die armen welken Dinger, wie gepresste Blätter oder Blumen. In seiner Glanzzeit in Frankreich gehörten sie zu seinem Tagesbedarf. Die Huren schworen darauf, und bei aller Freundlichkeit ließen sie doch keine Ausflüchte zu. »*Mieux pour nous, mieux pour vous.*« Ah, die Mädchen damals, die Zeiten! Weit weg und lange her.

William lässt die Seiten unter dem Daumen durchschnellen. Er überschlägt den Abschnitt »Spitzbeine« (Straßenmädchen) und schaut flüchtig die »Hachsen« durch (die billigsten Bordelle). »Beste Schwanzstücke« am Ende des Buches übersteigt seine Möglichkeiten, denn darunter sind die Etablissements aufgeführt, in denen erwartet wird, dass man zu allem anderen noch teure Weine bestellt. Dankenswerterweise ist Mrs Castaways Haus unter »Entrecôte« verzeichnet (mittlere Preisklasse).

Das Etablissement dieser guten Frau bietet Schönheit zuhauf, als da wären Miss Lester, Miss Howlett und Miss Sugar. Diese Damen trifft man ab dem späteren Nachmittag zu Hause an. Nach sechs halten sie im Allgemeinen im »Fireside« Einkehr, einem unprätentiösen, aber gastlichen Wirtshaus für Nachtschwärmer, und gehen mit jedem passenden Kavalier zu einem einvernehmlich bestimmten Zeitpunkt mit.

Miss Lester ist von mittlerer Statur und hat …

William verweilt nicht bei Miss Lester, sondern blättert gleich weiter zu:

Wir dürfen vermuten, dass »Sugar« nicht der Name ist, auf den unsere dritte Dame getauft wurde, doch es ist der Name, dessen sie sich heute erfreut, sollte es einen Herrn gelüsten, ihr weitere täuflische Besprengungen zukommen zu lassen. Sie ist eine hingebungsvolle Spenderin sämtlicher bekannter Lüste. Ihr einziges Bestreben ist es, den anspruchsvollen Connaisseur zufrieden zu stellen und seine Erwartungen weit zu übertreffen. Sie rühmt sich feuerroter Locken, die zu Zeiten über den ganzen Rücken fallen, haselnussbrauner Augen von seltener Intensität und (trotz einer gewissen Eckigkeit) einer durchaus anmutigen

Haltung. Besonders versiert ist sie in der Kunst der Konversation und ganz unbedingt eine würdige Gesprächspartnerin für jeden wahren Gentleman. Ihr einziger Nachteil, der jedoch für manche durchaus ein pikanter Anreiz sein mag, ist, dass ihr Busen kaum größer ist als der eines Kindes. Sie verlangt 15s., doch für eine Guinee vollbringt sie wahre Wunder.

William tastet nach der Uhr in seiner Westentasche und nimmt sie in die Hand. Lange starrt er darauf, dann schließt er seine warmen Finger darum und hält das tickende goldene Ding in der Faust.

»Ich mache mich lieber wieder an die Arbeit«, sagt er sich.

Doch Stunden später schleicht Letty, alarmiert von einem lauten, rätselhaften Schnarchen in der nächtlichen Stille, auf Zehenspitzen ins Arbeitszimmer und findet William schlafend auf seinem Stuhl vor.

»Mr Rackham?«, flüstert sie ganz leise. »Mr Rackham?«

Er schnarcht weiter. Seine großen blassen Hände hängen schlaff an den Seiten herab, und seine goldenen Haare stehen wirr in alle Richtungen wie bei einem Straßenjungen. Ratlos schleicht Letty wieder hinaus. Offensichtlich hat ihr Herr heute zu viel gearbeitet.

Fünf

Am Abend darauf steigt William in der Silver Street aus einer Droschke. Er ist bereit, über die Schwelle seines Schicksals zu schreiten und sich zu nehmen, was dahinter liegen mag. Sofort stellen sich ihm die ersten Schwierigkeiten in den Weg.

»Weiß ich leider nich genau, wo das sein soll«, teilt der Kutscher ihm mit, als William ihn nach dem Weg zu Mrs Castaway fragt. »Ir'ndwo hintenraus in ei'm von den Häusern hier, nehm ich ma an.« Und dabei lässt er seine Peitsche über die ganze verkehrsreiche Durchgangsstraße schweifen, in der ein breites Spektrum von Menschen aller Klassen zu sehen ist, aber keine riesigen Werbeplakate für Mrs Castaway oder Männer mit Tafeln hinten und vorne, auf denen steht: »Zu Sugar hier entlang!« William dreht sich wieder zum Kutscher um und will sich beschweren, doch dieser Schuft fährt bereits an, nachdem er einen großzügigeren Fahrpreis eingestrichen hat, als ihm eigentlich zusteht.

Verdammt noch mal! Kriegt man denn *niemals* etwas für sein Geld? Muss man immer erst ein Vermögen berappen …? Doch nein, das alles hat William schon einmal gedacht. Sinnlos, es wieder zu denken. Sugar wartet ganz in der Nähe auf ihn: Er muss nichts weiter tun, als sich nach ihr erkundigen.

Die Silver Street wimmelt von Hausierern, Karren schiebenden Straßenverkäufern und neugierigen Passanten, die östlich vom Stretch herumspazieren. William hält die Hand an die Stirn, um die am ehesten in Frage kommenden Häuser zu begutachten, doch bevor er sich entschließen kann, wird er von einem kleinen Bengel angesprochen, der Zigarren verkauft.

»Beste Zigarren, Sir, Stück für zwei Penny, echte Hawanners, Anzünder für umsonst.«

William wirft einen Blick steil nach unten auf das halbe Dutzend armseliger Glimmstängel in den schmierigen Händen des Jungen. Die Wahrscheinlichkeit, dass es sich tatsächlich um aus Kuba geschmuggelte Havannas handelt und sie nicht aus einem gestohlenen Zigarrenetui stammen, ist denkbar gering.

»Ich brauche keine Zigarren. Ich gebe dir zwei Penny, wenn du mir sagst, wo ich das Haus von Mrs Castaway finde.«

Das hutzlige Gesicht des Jungen verzerrt sich vor Enttäuschung darüber, dass er nicht mit dieser lukrativen Auskunft dienen kann. Zwei Penny für nichts, wenn er nur eine Ahnung hätte! Er öffnet den Mund, um eine Lüge zu sagen.

»Schon gut, schon gut«, sagt William. Kleine Kinder machen ihn immer beklommen, vor allem wenn sie etwas von ihm wollen. »Hier hast du einen Penny.« Die Münze wechselt den Besitzer.

»Gott segne Sie, Sir.«

Verstimmt von diesem Wortwechsel setzt William an, einen Pfeife rauchenden Fußgänger anzusprechen, doch dann verlässt ihn der Mut, und er weicht zurück. Er kann schlecht sämtliche Passanten nach dem Weg zu einem Freudenhaus fragen: Wofür werden sie ihn halten? In Cambridge seinerzeit oder in Frankreich, als er noch ein Junggeselle ohne Verpflichtungen in der Welt war, da hätte er seine Frage herausgeschrien, dass alle es gehört hätten, und zwar ohne den leisesten Anflug von Röte auf den Wangen. Furchtlos war er damals, jawohl! Ach, was haben die Not und die Sorgen der Ehe mit ihm gemacht! Er eilt den Bürgersteig entlang und überfliegt mit den Augen die beleuchteten Hausfassaden nach Hinweisen. In den *Londoner Lustbarkeiten* stand bei Mrs Castaway keine genaue Adresse, was wohl heißen soll, dass es entweder jedem wirklichen Kenner bekannt sein muss oder dass die Silver Street eine unscheinbare Straße ist, wo ein derart illustres Etablissement wie das von Mrs Castaway leuchtend absticht wie eine Perle an einer blanken Kette. Nichts dergleichen ist der Fall.

In einem Hauseingang erspäht er eine junge Frau, die auf ihn den Eindruck einer Hure macht, obwohl sie ein Kind auf dem Arm hat.

»Wissen Sie, wo das Haus von Mrs Castaway ist?«, fragt er sie nach einem kurzen Blickwechsel.

»Nie gehört, Sir.«

William geht weiter, bevor sie noch mehr sagen kann, und bleibt dann unter einer Straßenlaterne stehen, um auf seine Uhr zu schauen. Es ist kurz vor sechs. Jawohl, er weiß, was er tun wird! Er wird ins Fireside gehen und hoffen, dass Sugar dort auftaucht, wie sie es »im Allgemeinen« macht. Und wenn nicht, wird jemand dort bestimmt wissen, wo das Haus von Mrs Castaway ist. Ruhig Blut, Rackham, ein vernünftiger Kopf kann alle Probleme lösen.

Er begibt sich geradewegs zum nächsten Wirtshaus und späht zum Schild hinauf. Pech gehabt. Er geht ein paar Dutzend Schritte weiter zur nächsten Schenke an der nächsten Ecke. Abermals Pech. Er begeht den Fehler, stehen zu bleiben und sich am Hinterkopf zu kratzen, und sofort macht sich ein Straßenverkäufer mit einem prall gefüllten Tornister an ihn heran. Ein fröhlich dreinblickender alter Schlawiner, dessen in Wollhandschuhen steckende Faust von Bleistiften starrt.

»Prima Bleier, Sir!«, ruft er und bleckt dabei ein Pferdegebiss mit schwarz geränderten Zähnen, die beinahe so aussehen, als hätte er in seinen müßigen Momenten an ihnen herumgekritzelt. »Blei'm siebenmal länger spitz als die normale Sorte.«

»Nein, danke«, sagt William. »Ich gebe Ihnen sechs Penny, wenn Sie mir sagen, wo das Fireside ist.«

»Das Fireside?«, wiederholt der Trödler, gleichzeitig grinsend und stirnrunzelnd. »Hab ich scho ma gehört, hab ich ganz sicher scho ma gehört.« Er steckt die Bleistifte in seine Manteltasche und zieht einen großen blanken Blechteller aus seinem Tornister, ein glänzendes Oval ähnlich einem kleinen römischen Gladiatorenschild, und wackelt damit hin und her, damit das Laternenlicht ihn günstig trifft. »Ich stöber ma mein Gehirn durch, Sir, und derweil können Sie 'nen Blick auf dies Teetablett hier werfen, lupenreines Silber.«

»Ich brauche kein Teetablett«, sagt Rackham, »und schon gar keines aus –«

»Ihre Mutter dann, Sir. Denken Sie nur, was die bei so'm Tablett für leuchtende Augen kriegen würde.«

»Ich habe keine Mutter«, versetzt William gereizt.

»Jeder Mensch hat 'ne Mutter, Sir«, grinst der Trödler, als wollte er einen ahnungslosen Schwachkopf über die Geheimnisse der Fortpflanzung aufklären.

William ist sprachlos vor Entrüstung. Schlimm genug, dass dieser hässliche Gauner meint, es mit jemandem zu tun zu haben, dem er den Krempel in seinem schmierigen Tornister andrehen könnte, aber erwartet er vielleicht auch noch eine Darstellung der Rackhamschen Familiengeschichte?

»Ich mach Ihnen'n Angebot«, charmiert der Alte. »Ich geb noch'n Taschenkamm zu. Allerbestes Britanniametall.«

»Ich *habe* einen Taschenkamm«, erklärt William, woraufhin der Trödler infamerweise ungläubig eine dünne Augenbraue hochzieht. »Was ich *nicht* habe«, faucht er, wobei die Kopfhaut unter seinem widerspenstigen Haarschopf nervös zu prickeln anfängt, »ist eine zuverlässige Wegbeschreibung zum Fireside.«

»Bin noch am Nachdenken, Sir, bin noch am Nachdenken«, versichert ihm der alte Halunke, und dabei stopft er das Teetablett in seinen Sack zurück und wühlt mit dem Arm bis zur Achsel in dessen Tiefen herum.

Doch was ist das? Liebe Güte, es fängt an zu regnen! Große schwere Tropfen stürzen vom Himmel und schlagen so fest auf die Schultern von Williams Mantel, dass sie gegen sein Kinn und in seine Ohren spritzen, und dabei fällt ihm auf, dass er in seinem Eifer, an sein Ziel zu kommen, einen fast neuen Parapluie in der Droschke liegen gelassen hat, den der Kutscher jetzt in seiner freien Zeit verkaufen kann. Schlagartig verdüstert sich Williams Stimmung vollends. Das ist sein Schicksal, wie Gott es will: der Regen, der verlorene Schirm, die abweisende Fassade einer Straße, die er nicht kennt, der Spott von Fremden, die halsstarrige Grausamkeit seines Vaters, das verflixte Ziehen in der Schulter, weil er die halbe Nacht auf seinem Stuhl geschlafen hat …

(Als wahrhaft moderner Mensch ist William Rackham, wie man vielleicht sagen könnte, ein abergläubischer atheistischer Christ, das heißt, er glaubt an einen Gott, der, wenngleich er nicht mehr dafür verantwortlich sein mag, die Sonne aufgehen zu lassen, die Königin zu schützen oder das täglich Brot zu geben, dennoch der Hauptverdächtige ist, wenn irgendetwas im Leben schief geht.)

Ein zweiter Straßenverkäufer tritt auf William zu, angezogen von dem Geruch unerfüllter Wünsche. »Das Fireside!«, ruft er und drängt den anderen Trödler mit dem Ellbogen beiseite. Er hat eine schlabberige graue Jacke und Cordhosen an, eine ausgefranste Melone auf dem Kopf und einen leidenden Blick im Gesicht. »Da kann ich Ihn' weiterhelfen, Sir!«

William beäugt kurz den Kram, den der Bursche feil hat: Hundehalsbänder, von denen er ein ganzes Dutzend aufgereiht an seinem schäbigen grauen Ärmel trägt. Verdammt noch mal, muss er jetzt vielleicht ein Hundehalsband kaufen, bloß damit er die richtige Auskunft bekommt?

Aber »Hier lang, Sir«, sagt der Mann. »Immer die Richtung, bis ans Ende der Silver Street. Dann sehn Se schon die Lion Brewery: das ist die New Street. Sie biegen nach ...«, er ballt abwechselnd die Fäuste, um sich an den Unterschied zwischen rechts und links zu erinnern, und dabei rutschen ihm die Hundehalsbänder bis über sein starkknochiges Handgelenk, »... rechts, bis Se zur Husband Street komm. Und da isses.«

»Danke, sehr freundlich«, sagt William und gibt ihm die sechs Penny.

Der Hundehalsbandverkäufer tippt an seine Melone und verschwindet, doch sein glückloser Kollege, der gerade einen kleinen schwarzen Gegenstand aus seinem Rucksack geangelt hat, harrt weiter aus.

»Sie sehn mir nach'm Geschäftsmann aus, Sir«, flötet er. »Kann ich Sie v'leicht für'n Tagebuch interessiern? Es ist für 1875, Sir, was jetzt schnell wie 'ne Lokomotive auf uns zugebraust kommt. Es hat hinten'n Kalender, 'n Goldband zum Einmerken und auch sonst alles drin, was Sie in 'nem Tagebuch finden möchten, Sir.«

William ignoriert den Mann und schreitet die Silver Street hinauf.

»Prima Schere, wo Se sich alles mit abschneiden könn, was überhängt!«, brüllt der Kerl hinter ihm her.

Die Unverschämtheit gleitet an William ab wie der Regen. Nichts kann ihn jetzt beleidigen; seine Laune hat sich gehoben;

er ist endlich auf der richtigen Spur. Die Welt zeigt ihm doch noch ihr freundliches Gesicht. Die Lichter leuchten heller, und er hört Musik beziehungsweise vom Wind verwehte musikalische Fetzen. Aus der einen Richtung kommen die Schreie der Hausierer, aus der anderen Sturzwellen aufgeregten Geplappers. Er sieht die gerafften Röcke von Frauen blitzen, die im Gaslicht durch den Nieselregen eilen, er riecht Braten, Wein und sogar Parfüm. Türen gehen auf und zu, auf und zu, und jedes Mal dringt ein Schwall Musik heraus, ein rotgelber Schein ausgelassener Geselligkeit, eine Rauchwolke. Er wird bekommen, was er will, da ist er sich jetzt sicher: Gott hat nachgegeben. Gestern wurde William Rackham von zwei Schlampen in der Drury Lane gedemütigt, heute Abend wird er am Abgrund der Niederlage den Sieg erringen.

Ja, aber was ist, wenn auch Sugar nein sagen sollte?

Dann bring ich sie um, ist sein erster Gedanke.

Sofort überkommt ihn Scham. Was für ein roher, unwürdiger Impuls! Hat ihn der Stachel seines Leids schon derart tief nach unten getrieben? So tief, dass er an Mord denkt? Er ist von Natur eine sanfte, mitfühlende Seele: Wenn dieses Mädchen, diese Sugar, nein sagt, dann soll sie eben, und Schwamm drüber.

Wenn sie nein sagt, was soll er dann tun? Was *kann* er tun? Wo kann er die Frau finden, die tut, was er verlangt? Es kommt für ihn nicht in Frage, durch die Straßen von St. Giles zu stromern – irgendein Schurke wird ihm eine über den Schädel ziehen. Auch sollte er nicht einmal daran denken, sich nach Einbruch der Dunkelheit in den Parks herumzutreiben, wo alternde Dryaden auf die widerlichsten Laster spezialisiert sind – und auf die widerlichsten Krankheiten. Nein, was er braucht, ist die Hingabe einer Frau, wie sie sich für seine gesellschaftliche Stellung geziemt, in einer gemütlichen und geschmackvollen Umgebung – *das* immerhin hat seine Demütigung in der Drury Lane ihn gelehrt.

Er biegt um die Ecke der New Street und erblickt erfreut die Lion Brewery genau an der angegebenen Stelle. Im Kopf ist er schon dabei, seine eigene Sugar im Voraus zu erfinden, ehe er die echte überhaupt kennen gelernt hat: Er stellt sie sich großäugig vor, ein wenig furchtsam, aber gezwungen, sich zu unterwerfen.

William gibt dieses Bild nach unten an seinen Penis weiter, und er schwillt in freudiger Erwartung.

In der Husband Street angekommen sieht er, dass sie ein fragwürdiges Pflaster ist, ein ungesundes Pflaster, aber wenigstens geht es dort fröhlich zu. So scheint es ihm jedenfalls. Alles lächelt, die Huren kichern, und selbst die zahnlose alte Bettlerin dort drüben grinst, während sie einen voll gespeichelten Apfel zerlutscht.

Da ist es: The Fireside. Ist es vielleicht doch zu weit unter seiner Würde? Sollte er umkehren, solange er noch kann? Der Abstand zwischen seiner heftig pumpenden Brust und dem rötlich angeleuchteten Wirtshausschild an seinem eisernen Spieß verringert sich zusehends, und er nimmt sich vor, erst dann zu urteilen, wenn er sieht, wie es innen drin bestellt ist.

»*Ach, förn der lüben Hoimat!*«, singt da eine laute Stimme erschreckend dicht an Williams linkem Ohr. »*Auf wüldem, wüldem Möör!*«

Er dreht den Kopf und erkennt, dass ihn ein fliegender Notenverkäufer abgefangen hat, der militant weitersingt: »*Wie klagte da der Söömann laut! Er fürchtete sich söhr!* Spielt die werte Gattin Klavier, Sir?«

William versucht den Notenhändler beiseite zu schieben, doch der Bursche gibt nicht so rasch auf. Hinkend vertritt er William den Weg und drückt seinen umgehängten klapprigen Holzkasten mit Liedern heraus wie einen tief ausgeschnittenen vollen Busen.

»Die Gattin spielt also *nich* Klavier, Sir?«

»Schon seit Jahren nicht mehr«, erwidert Rackham und ärgert sich, in einem solchen Moment an Agnes erinnert zu werden.

»Mit dem Lied kommt se sofort wieder in Laune, Sir«, drängt der Notenverkäufer weiter und setzt abrupt sein Lied fort:

»*Gott schütze moine Mutter!*
Ühr brücht das Hörz, o wöh!
Hört sü, dass üch das Önde fand
Hür ün dör tüfen Söö!

Hübsch, nich, Sir? Brandneue Melodie, Sir. Heißt ›Der schiffbrüchige Seemann‹.«

William hat sich unterdessen näher an das Ziel seiner Wünsche herangeschoben, doch dieser lästige Bursche ist einfach rückwärts mitgehumpelt. Unmittelbar vor dem Eingang des Fireside blickt William ihm scharf in die Augen und sagt:

»Brandneue Melodie? So ein Quatsch! Es ist ›Das Herz einer Mutter‹, bloß mit einem anderen Text.«

»Nee, Sir«, widerspricht der Mann entschieden und schwenkt dabei ein pastellgelbes Blatt, passend mit nautischen Motiven verziert, vor Williams Gesicht. ›Vollkommen anders. Nehmen Se's mit nach Hause, Sir, da wer'n Se schon sehn.«

»Ich will es nicht mit nach Hause nehmen«, versetzt William. »Ich will hier ins Fireside, und zwar *ohne* Ihre Begleitung, Sir, und die Musik *dort* genießen – unentgeltlich, wie ich hinzufügen möchte.«

Bei diesen Worten tritt der Verkäufer theatralisch zur Seite und verbeugt sich grinsend. Doch geschlagen gibt er sich immer noch nicht.

»Wenn Se da drin ein Lied hör'n, Sir, das Ihn' besonders gut gefällt, dann sag'n Se mir Bescheid, Sir, ja? Ich hab's bestimmt.« Und damit entschwindet er, erfüllt von dem festen Vorsatz, in der Ausübung seines unentbehrlichen Gewerbes die nächste Stunde, das nächste Jahr, die nächsten zehn Jahrhunderte nach Kräften zu nutzen.

William Rackham schließt die Faust um den Messingziergriff an der Tür des Fireside und zieht sie mit einem tiefen Atemzug auf. Augenblicklich schlagen ihm der Geruch von gutem Bier und das Gebrabbel freundlicher Stimmen entgegen, und beim Eintreten fühlt er, wie sein kaltes Gesicht in der Wärme zu kribbeln beginnt, die von Kronleuchtern und – ja, genau wie der Name verheißt – einem lodernden Kaminfeuer ausstrahlt. Und welch eine Überraschung! Die Gäste sind keineswegs Gesindel! Im Gegenteil, manche sind sogar elegant gekleidet! Es ist eine der Schenken, wie sie bestimmte bessere Leute mit Freuden ausfindig machen, ein gut gehütetes Geheimnis inmitten von Armut, ein Treffpunkt für die Eingeweihten. Die Stammgäste, von denen viele ganz offensichtlich nicht in der näheren Umgebung der Husband Street zu Hause sind, drehen sich kurz nach William um und setzen gleich wieder ihre Unterhaltung fort. Sie sind heiter, aber nicht betrunken; dies ist keine Kneipe, wo die Leute still vor sich hin trinken und darauf warten, dass der Alkohol seine Wirkung tut. William seufzt erleichtert, nimmt den Hut ab und tritt in den Kreis seiner Standes- und Gesinnungsgenossen.

»Die Löhner schleichen müd herbei«, begrüßt ihn eine Tenorstimme, *»Gehüllt in Lumpenallerlei …«*

Der Sänger steht auf einem schmalen Bühnenstreifen am hinteren Ende der Gaststube, fast verhüllt von den Rauchwolken über den dicht besetzten Tischen. Zum schwarzen Frack trägt er einen kunstlos geknoteten roten Schal um den Hals, der das Halstuch eines Arbeiters symbolisieren soll. In Mitleid heischender Pose singt er zu einer reich verzierten Klavierbegleitung.

»Die Elenden legen zum Nachtgeschnauf
Am Boden sich auf dünne Heusäcke drauf,
Statt einem drei oder vier zuhauf
Im Armenhaus nachts in London.«

Das gedämpfte Klirren eines am Boden zersplitternden Glases löst Gelächter und das aufgeregte Kläffen eines Hundes aus. Eine Bardame in der Einheitstracht des Hauses eilt mit ärgerlichem Kopfschütteln hinter der Theke hervor.

Die Theke des Fireside ist ein ergötzlicher Anblick: vollbusige Frauen, die emsig aus Flaschen und Zapfhähnen einschenken und deren rüschige Rückseiten man in den riesigen Spiegeln an der Wand hinter ihnen bewundern kann. Über ihren Köpfen hängen fast bis an die Decke hundert Handzettel, Drucke und Plakate bunt durcheinander und werben für alle möglichen Ale-, Stout- und Porterbiere.

William muss sich nicht selbst einen Sitzplatz suchen, denn eine lächelnde Kellnerin winkt ihm, ihr zu folgen, und platziert ihn an einen Tisch, wo noch mindestens zwei andere sitzen können – offenbar trinkt hier niemand allein. Schmunzelnd gibt William seine Bestellung auf, und sie flitzt davon, um ihm das Verlangte zu bringen.

Munterer Laden hier, denkt Rackham und vergisst für einen Moment sogar, warum er hergekommen ist. Ein bisschen sehr warm allerdings. Während der Sänger vor sich hin schmettert und das rubato klimpernde Klavier in den Gelächterwellen halb untergeht, bemüht sich William um Abhilfe, indem er die Handschuhe auszieht, den Mantel aufknöpft und sich die Haare zurückstreicht. Sein Tisch steht direkt neben einer eisernen Säule, und an dieser Säule hängt ein Zettel mit der Aufschrift: »DIE HERREN WERDEN AUSDRÜCKLICH GEBETEN, KEINE ZIGARREN AUF DEN TISCH ZU LEGEN UND NICHT DIE LÜSTER ALS ANZÜNDER ZU NEHMEN, SONDERN DIE ZU DIESEM ZWECK ANGEBRACHTEN GASLAMPEN.« William hat nicht das Bedürfnis zu rauchen, aber trotzdem steigt Dunst von ihm auf, denn seine feuchte Kleidung fängt an zu dampfen. Ihm prickelt die Haut vor Schweiß, und seine großen Ohren sind, wie er wohl weiß, knallrot. Wie dankbar ist er, als die Kellnerin mit einem großen Glas Bier in der Hand wieder angeeilt kommt. Sie muss ihm seinen Durst angesehen haben, die Gute!

»Famos!«, ruft er über das Lied hinweg und reckt dann den Hals, um zu schauen, warum das Singen immer lauter wird: Sind noch mehr Tenöre auf der Bühne, als er dachte? Nein, keineswegs, es sind die Stammgäste des Fireside, die mit einstimmen.

»*Unflätig brüllend, Leib an Leib*«, singen sie inbrünstig, während sie sich zwischendurch die Kehlen mit Bier befeuchten,

> »*So grölen sie von Wein und Weib.*
> *Das ist ihr müder Zeitvertreib*
> *Im Armenhaus nachts in London.*«

Du, der du wie William das Fireside zum ersten Mal besuchst, fragst dich vielleicht: Wie können diese Zecher derart frohgemut von solchen Gräueln singen? Sieh, wie sie zum harten Schicksal der Notleidenden mit den Füßen den Takt klopfen und mit den Köpfen nicken – sind sie denn innerlich völlig ungerührt? Aber nein, ganz und gar nicht! Sie knien geradezu vor dem Altar des Mitleids! Aber was soll man machen? Hier im Fireside kann man niemandem die Schuld geben (höchstens vielleicht Gott in seiner unendlichen Weisheit). In eine nette Melodie verpackt erhält die Armut ihren Ehrenplatz unter allen anderen besungenen Katastrophen: den militärischen Niederlagen, den Schiffbrüchen, den gebrochenen Herzen – dem Tode selbst.

Ein wenig nervös schaut William sich im Fireside nach weiblicher Kundschaft um. Es sind reichlich Frauen da, aber alle scheinen vergeben zu sein. Vielleicht ist Sugar ja eine davon, ein Wurm im Schnabel eines frühen Vogels. (Oder sollte es andersherum sein?) Er sondiert die Menge ein zweites Mal, begutachtet die Leiber so eingehend, wie er das durch den Zigarrenrauchdunst hindurch und was sonst noch im Weg ist vermag. Nichts, was er sieht, passt auf die Beschreibung von Sugar, selbst wenn man eine gewisse Tendenz zur Übertreibung bei den *Londoner Lustbarkeiten* berücksichtigt.

William nimmt lieber an, dass Sugar noch nicht da ist. Das ist gut; seine Ohren haben inzwischen aufgehört zu brennen und müssten eigentlich (so Gott will) zu dem Zeitpunkt, wo er einen guten Eindruck machen muss, wieder blass sein. Er nimmt einen Schluck von seinem Ale und findet es so sehr nach seinem Geschmack, dass er es flugs hinunterstürzt und umgehend ein zweites Glas bestellt. Die Kellnerin hat einen hübschen Körper; er hofft, dass der von Sugar wenigstens halb so erfreulich ist, wenn er ihn entblättert.

»Danke, danke«, ruft er augenzwinkernd, doch sie ist bereits fort, jemand anderen bedienen. *Così fan tutti*, hä? William lehnt sich zurück und lauscht dem nächsten Lied des Tenors.

»Bald werde ich Moorhuhn und Kapaun
Und köstliche Cocktails genießen,
Gebratene Schweine mit Äpfeln im Maul
Und durchs Arschloch gerammten Spießen …«

Die Stammgäste im Fireside glucksen: Dies ist der neueste Gassenhauer, den die Notenverkäufer von Seven Dials unters Volk bringen.

»Meinen Pudding werden vier Männer tragen,
So riesengroß wird er sein!
Doch heut gibt's nur Brot und Bier für den Magen,
Denn mein Schiff läuft erst morgen ein!«

»Oh!«, fällt das Publikum ein, *»mein Schiff läuft erst morgen ein,*

Die Ankunft zieht sich noch hin.
Mein Schiff läuft erst morgen ein,
Doch dann fließt Champagner und Gin.
Läuft mein Schiff erst ein, dann geht es mir fein,
Weil ich wunschlos glücklich bin.
Doch mein Schiff läuft erst – mein Schiff läuft erst -
Mein Schiff läuft erst morgen ein!«

William kichert. Nicht schlecht, nicht schlecht! Wieso hat er vorher noch nie vom Fireside gehört? Ob Bodley und Ashwell es kennen? Und wenn nicht, wie würde er es ihnen beschreiben?

Nun … es ist natürlich ein paar Stufen unter der Spitzenklasse – mehr als ein paar Stufen. Aber es ist um etliches besser als einige der erbärmlichen Läden, in die Bodley und Ashwell ihn schon geschleift haben. (»Das ist die Kneipe, Bill, ich bin fast sicher!« »*Fast* sicher?« »Na ja, um ganz sicher zu sein, müsste ich mich auf den Boden legen und die Decke studieren.«) Im Fireside sind *allzu* gewöhnliche Dinge verpönt: Man sieht nirgends einen Zinnkrug, sondern nur gutes Glas, und das Bier ist hell und schäumend. Die Fußböden sind gefliest statt aus Holz, und es gibt keine falschen Marmoroberflächen. Am bezeichnendsten ist, dass es im Unterschied zu den Lokalen des gemeinen Volks nicht unbegrenzt geöffnet hat, sondern ordentlich um Mitternacht schließt. Was Rackham gut zupass kommt: Umso kürzer wird er auf sein süßes Aschenputtel warten müssen.

»Dann fühlt meine Frau sich wohl wie 'ne Sau,
Statt Millie nennt sie sich Octavia.
Mit Krach ist's vorbei und mit Prügelei,
Wohnen wir erst todschick in Belgravia.
Wir mästen uns rund und treiben es bunt,
Ach, könnt es doch schon so weit sein!
Leider warte ich noch hier im letzten Loch,
Denn mein Schiff läuft erst morgen ein.«

Jetzt kommt der Refrain, und die Stammgäste singen ihn mit Begeisterung. William summt lediglich mit, denn er will keine Aufmerksamkeit erregen. (Ha, aber sang er nicht einst schlüpfrige Lieder mit einem lauteren und gefühlvolleren Bariton als … Oh, entschuldige, das hast du bereits gehört.)

Als das Lied aus ist, klatscht William mit den anderen Beifall. Es gibt ein größeres Hin und Her, denn etliche Gäste stehen auf und gehen, während andere zur Tür hineindrängen. Über sein Bierglas gebeugt versucht Rackham alles zu verfolgen, was Röcke trägt, weil er hofft, das Mädchen mit den »haselnussbraunen Augen von seltener Intensität« zu erspähen. Doch seine eigenen Augen müssen intensiver sein, als er denkt, denn als sein Blick kurz auf ein Trio noch zu habender junger Frauen fällt, erheben sich alle drei von ihren Sitzen.

Er schaut weg, doch es ist zu spät: Sie halten direkt auf ihn zu, eine taft- und tüllbewehrte Phalanx. Sie lächeln – wobei sie zu viel Gebiss zeigen. Eigentlich haben sie von allem zu viel: zu viel Haar, das unter ihren allzu aufgeputzten Hütchen vorquillt, zu viel Puder auf ihren Wangen, zu viele Schleifen auf ihren Kleidern und allzu weite Kolumbinenärmel, die um ihre krallenden rosigen Hände schlenkern.

»Guten Abend, Sir, dürfen wir uns setzen?«

William kann sie nicht so abweisen wie vorhin den Notenverkäufer, das lassen die Regeln des Anstands – oder die Regeln der Anatomie – nicht zu. Er lächelt und neigt das Haupt und nimmt dabei seinen neuen Hut auf den Schoß, damit sich niemand darauf setzt. Eine der Huren schwingt sich auf den frei gewordenen Platz, und ihre beiden Gefährtinnen quetschen sich gemeinsam auf den dritten Stuhl.

»Habe die Ehre, Sir.«

Sie sind ganz hübsch, obwohl sie William besser gefallen würden, wenn sie nicht wie für eine Opernloge aufgedonnert wären und wenn ihr geballter Geruch nicht ganz so stechend wäre. Derart dicht zusammengedrängt riechen sie wie ein Karren voll Schnittblumen an einem feuchten Tag. William fragt sich, ob dafür wohl ein Rackham-Parfüm verantwortlich ist. Wenn ja, dann hat sein Vater noch mehr Sünden auf dem Gewissen als Geiz.

Immerhin, sagt er sich, sind diese Mädchen ansehnlicher als der Durchschnitt, schön drall und in keiner Weise verunstaltet – möglicherweise teurer als Sugar. Sie haben nur einfach … etwas

Erdrückendes an sich, wie sie ihn da auf engstem Raum umlagern.

»So'n schmucker Mann sollte doch nich allein sitzen.«

»So'n Mann sollte 'ne schöne Frau am Arm haben – oder gleich drei.«

Das dritte Mädchen schnaubt nur, übertrumpft vom Witz der anderen beiden.

William vermeidet es, ihren Blicken offen zu begegnen, denn er befürchtet, in diesen leuchtenden Augen die Anmaßung, die Frechheit von Subalternen zu finden, die ihrem Herrn das Heft aus der Hand nehmen wollen. Sugar wird sich nicht so benehmen, oder? Er will es ihr nicht geraten haben.

»Ihr schmeichelt mir, meine Damen«, sagt William. Er wendet den Blick ab, hofft auf Rettung.

Die ihm am nächsten sitzende Hure beugt sich noch näher heran, spitzt dicht vor seinem Mund die Lippen und flüstert vernehmlich:

»Du wartest doch nich auf 'nen andern Herrn, nich wahr?«

»Nein«, antwortet William und streicht sich nervös über den Hinterkopf. Sieht er mit seinem albernen Haarbusch vielleicht aus wie ein Sodomit? Hätte er die Haare lieber lang lassen sollen? Oder sollte er sie sich noch kürzer schneiden lassen? Gott, muss er sich etwa eine Glatze rasieren, bevor dieser schmähliche Wildwuchs gebändigt ist? »Ich warte auf ein Mädchen namens Sugar.«

Alle drei Huren spielen mit lebhafter Mimik und Gestik die Beleidigten und Enttäuschten.

»Bin ich dir nich gut genug, Süßer?« »Ach, mir bricht das Herz!«, und so weiter.

Rackham geht nicht darauf ein, sondern blickt weiter unverwandt zur Tür und hofft, den übrigen Gästen des Fireside damit klar zu machen, dass diese Frauen nicht zu ihm gehören. Je weiter er sich jedoch wegbeugt, umso näher drängen sie sich an ihn heran.

»Sugar, hä?«

»Bist'n echter Kenner, was?«

Rohes Gelächter erschallt von einem Tisch in der Nähe, und William zuckt zusammen. Der Tenor macht gerade eine Pause;

amüsiert man sich jetzt im Fireside über die Demütigung des glücklosen Rackham? William lässt den Blick über die Menge schweifen und erspäht die Gäste, die lachen – aber sie sitzen mit dem Rücken zu ihm. Sie lachen über jemand anders.

»Was magst du denn für besondere Sachen?«, fragt eine der Huren munter, als wollte sie wissen, wie er seinen Tee trinkt. »Na, komm schon, schöner Mann, kannst es mir ruhig sagen. Sprich in Rätseln, ich versteh's schon.«

»Nich nötig«, erklärt die am nächsten Sitzende. »Ich seh's ihm an den Augen an, was er will.« Ihre Gefährtinnen wenden sich ihr gespannt zu. Sie macht eine theatralische Kunstpause und prahlt dann einfach: »Und zwar ein … gewisses Etwas, das ich hab. Ein *geheimes* Etwas.«

Alle drei brechen daraufhin mit weit offenen Mündern in schamloses Gelächter aus, und binnen kurzem hat ihre Heiterkeit nahezu hysterische Formen angenommen.

»Also, was is es nu, was er will?«, würgt eine heraus, aber die Bescheidwisserin, von einem Kicheranfall nach dem anderen geschüttelt, hat Mühe zu antworten.

»Hmpfff … hihi … hm-hmpf …« Sie wischt sich die Augen. »Du, du! Du böses, *böses* Mädchen! Dass du dich überhaupt fragen traust! Ein Geheimnis is'n Geheimnis, nich, Süßer?«

William hat wieder knallrote Ohren bekommen und windet sich auf seinem Stuhl.

»Also wirklich«, murmelt er. »Das muss doch jetzt nicht sein.«

»Ganz recht, ganz recht, Schatzi«, sagt die Gescholtene, und zum Ergötzen der beiden anderen tut sie so, als lugte sie verstohlen in Williams verborgenes Herz und bekäme von dem, was sie da sehen muss, einen furchtbaren Schreck. »O Gott, *nein*!«, stößt sie entsetzt hervor und hält sich mit schlaffen Fingern den offenen Mund zu. »V'leicht isses doch besser, wenn du auf Sugar wartest.«

»Beachte sie gar nich!«, sagt eine der anderen. »Die red't den ganzen Tag nix als Mist. Komm, Süßer, warum willste's nich ma mit *mir* probiern?« Sie streicht sich mit den Fingerspitzen die Kehle. »Da würd'ste keine zweite Wahl kriegen, das versprech ich dir. Ich bin minnestens so gut wie die Castaway-Weiber.«

William wirft erneut einen sehnsüchtigen Blick zur Tür. Wenn er jetzt aufspringt und aus dem Fireside stürmt, wird dann die ganze Kneipe, Mann, Frau und Tier, vor Schadenfreude johlen?

»Komm«, sagt eines der Mädchen und verschränkt die Arme auf dem Tisch, so dass sie (so gut das mit ihrem modisch eng anliegenden Mieder geht) ihren Busen mit den Unterarmen anhebt. »Komm, erzähl uns was von dir!« Der Schalk ist mit einem Mal aus ihrem Gesicht gewichen; sie wirkt beinahe ehrerbietig.

»Lass mich raten«, sagt die eine, die einen eher schüchternen Eindruck gemacht hat »Schriftsteller.«

Dieser Schuss ins Blaue trifft William wie ein Schlag ins Gesicht – oder wie eine Liebkosung. Was bleibt ihm anderes übrig, als sich zu dem Mädchen umzudrehen und beeindruckt »Ja« zu sagen?

»Bestimmt'n ganz außergewöhnliches Leben«, meint die Bescheidwisserin.

Alle drei Huren sind jetzt ernst und geben sich alle Mühe, ihren rüden Angriff auf seine Würde wieder gutzumachen.

»Ich schreibe«, erläutert William, »für die besseren Monatsjournale. Ich bin Kritiker – und Romancier.«

»Toll. Wie heißt'n so eins von dein' Büchern?«

William wählt unter den vielen aus, die er eines Tages zu verfassen gedenkt.

»*Der Sturz des Königs Mammon*«, sagt er.

Zwei der Mädchen grinsen bloß, doch die Schüchterne bewegt die Lippen wie ein Fisch und probiert still, ob sie einen so exotischen Titel zu wiederholen vermag. Keine der Huren lässt eine Bemerkung darüber fallen, dass das Fireside von Kritikern und Möchtegern-Romanciers förmlich überlaufen ist.

»Hunt heiße ich«, saugt William sich aus den Fingern. »George W. Hunt.« Innerlich windet er sich vor Scham und fühlt sich wie ein Wurm im Schatten des höhnenden Vaters, ein Schwindler. *Geh nach Hause und beschäftige dich mit den Düngerpreisen!*, lautet der beißende Befehl, doch William bringt die Stimme mit einem großen Schluck Ale zum Verstummen.

Die dreisteste der Huren verengt nachdenklich die Augen, als wäre ihr etwas ein Rätsel.

»Und Mr Hunt will Sugar«, sagt sie. »Und zwar *nur* Sugar. Also was, ja, was mag Mr Hunt … wollen? Hmmmm?«

Ihre Freundin neben ihr gibt blitzschnell Antwort.

»V'leicht will er mit ihr über Bücher reden.«

»Klar.«

»V'leicht hat Georgie sonst keine Freunde, mit denen er kritikastern kann.«

»Trauriges Leben.«

Der belagerte Rackham lächelt stoisch. Es kommt ihm so vor, als hätte schon seit längerem niemand mehr das Fireside betreten.

»Schönes Wetter heute«, bemerkt die zurückhaltendste der Huren aus heiterem Himmel. »Gar nich so schlecht für November.«

»Wenn dir Schnee und Regen gefällt«, brummelt eine der anderen und zieht gelangweilt an den Falten ihres Kleides, so dass sie aufrecht stehen wie kleine Berggipfel aus Serge.

»Besondere Vorlieben hat er, unser Mr Hunt, vergiss nich.«

»Schon alles für Weihnachten eingekauft, Süßer?«

»Haste nich Lust, schon vorher'n Geschenk auszupacken?« Rosige Finger zupfen lockend an einem Schultertuch, und William blickt wieder zur Tür.

»V'leicht kommt se gar nich«, gibt die vorlauteste Hure zu bedenken. »Sugar, mein ich.«

»Schhh, hör auf, ihn zu triezen!«

»Bei mir biste besser aufgehoben, Schatzi. Ich kenn mich'n bisschen mit Littratur aus. Bei mir warn schon die ganzen großen Namen. Charles Dickens war schon bei mir.«

»Is der nich tot?«

»Nich der Teil, an dem *ich* gelutscht hab, Herzchen.«

»Minnestens fünf Jahre is der schon tot. Du hast ja kein' Dunst.«

»Er war's, wenn ich's dir sag. Ich hab nich behauptet, dass es vorige Woche war, oder?« Sie zieht pathetisch die Nase hoch. »Ich war noch'n ganz kleines Würmchen.«

Die anderen gackern. Auf einmal werden alle drei wie auf ein verabredetes Zeichen hin wieder ernst und lehnen sich vor, den Kopf charmant zur Seite geneigt. Sie sehen aus wie die falschen »Zwillinge« von gestern, nur dass noch eine Schwester dazugekommen ist, ein ungenießbares drittes Sahneteilchen.

»Wir alle drei zum Preis von einer«, sagt die Bescheidwisserin und leckt sich die Lippen. »Wie wär das?«

»Schreck –«, stammelt Rackham, »schrecklich verlockend, keine Frage. Aber ihr müsst verstehen …«

In dem Moment schwingt die Tür des Fireside auf, und eine unbegleitete Frau tritt ein. Ein Hauch frischer Luft weht mit herein, dazu das Heulen des Unwetters draußen, das von der zuklappenden Tür abgeschnitten wird wie ein Schrei, den eine Hand erstickt. Der Zigarrenrauchdunst teilt sich kurz und vermischt sich dann mit dem Geruch des Regens.

Die Frau ist ganz in Schwarz gekleidet – nein, Dunkelgrün. Grün, das von dem Regenguss dunkel geworden ist. Ihre Schultern sind klatschnass, ihr Mieder klebt förmlich an ihren abstehenden Schlüsselbeinen, und ihre dünnen Arme sehen aus wie von scheckigen Algen überzogen. Noch nicht aufgesaugte Wassertropfen funkeln auf ihrem schlichten Kapotthütchen und auf dem daran hängenden hauchdünnen grauen Schleier. Ihre üppige Haarpracht, im Augenblick nicht flammend rot, sondern nur schwarz mit rötlichen Tönen wie fast ausgeglühte Asche, ist zerzaust, und einzelne lose Locken triefen.

Ein unwilliges Zittern durchfährt sie, wie man es von Hunden kennt, dann fasst sie sich wieder. Mit einer raschen Drehung zur Theke ruft sie dem Wirt einen Gruß zu, der im allgemeinen Gesprächslärm untergeht, und hebt die Arme, um ihren Schleier zu lüften. Scharfe Schulterblätter bewegen sich unter dem nassen Stoff, als sie ihr Gesicht enthüllt, das allerdings noch von Rackham abgewandt ist. Über den ganzen Rücken zieht sich die Nässe wie eine lange Zunge oder ein Pfeil, der nach unten auf ihre Röcke zeigt.

»Wer ist das?«, fragt William.

Die drei Huren seufzen wie aus einem Munde.

»Das isse, Süßer.«

»Ran an den Speck, Mr Hunt. Viel Spaß beim Kritikastern.«

Sugar hat sich umgedreht und schaut sich nach einem Sitzplatz um. Die dreisteste Hure, die Bescheidwisserin, steht auf und winkt ihr, an Williams Tisch zu kommen.

»Sugarlein! Hierher! Hier wartet … Mr Hunt auf dich.«

Sugar schreitet direkt zu Williams Tisch, als ob dieser von

Anfang an ihr Ziel gewesen wäre. Obwohl sie zweifellos dem Zuruf der Hure folgt, nimmt sie diese gar nicht zur Kenntnis und hat nur Augen für Rackham. Als sie fast auf Armeslänge herangetreten ist, betrachtet sie William ruhig mit den in den *Londoner Lustbarkeiten* angepriesenen haselnussbraunen Augen, die geradezu golden wirken – wenigstens unter den Lichtverhältnissen im Fireside.

»Guten Abend, Mr Hunt.« Ihre Stimme ist nicht besonders feminin, sogar ein wenig heiser, aber gänzlich frei von dem derben Ton der unteren Klassen. »Ich möchte Sie und Ihre Freundinnen nicht stören.«

»Wir wollten eh grade gehn«, erklärt die Bescheidwisserin und erhebt sich, wobei sie ihre Gefährtinnen wie an Fäden mit in die Höhe zieht. »Auf *dich* isser scharf.« Und damit raffen die drei ihre Taftmassen zusammen und ziehen sich zurück.

Du kannst es dir sparen, hinter ihnen herzuschauen, sie sind Personen ohne jede Bedeutung (nehmen die denn gar kein Ende?) und haben ausgedient. William starrt die Frau an, deretwegen er gekommen ist, und kann sich nicht entscheiden, ob ihr Gesicht unausstehlich fehlerhaft ist (Mund zu breit, Augen zu weit auseinander, trockene Haut, Sommersprossen) oder das schönste, das er je gesehen hat. Mit jeder Sekunde fühlt er sich der Entscheidung näher.

Auf sein Ersuchen hin nimmt Sugar neben ihm Platz, und dabei quietschen ihre nassen Röcke leise, und ihr Oberkörper riecht nach frischem Regen und frischem Schweiß. Sie ist gelaufen, wie es scheint – etwas, das eine achtbare Frau unter gar keinen Umständen tun würde. Doch die leichte Röte, die ihre Wangen dadurch gewonnen haben, ist verdammt attraktiv, und sie riecht göttlich. Mehrere Haarlocken haben sich aus ihrem kunstvoll hindrapierten Pony gelöst und baumeln ihr vor den Augen. Lässig schiebt sie sie über die dichten Augenbrauen zurück; sie trägt Handschuhe. Mit einem Lächeln reklamiert sie Williams Verständnis dafür, dass gewisse Folgen leider nicht ausbleiben, wenn etwas nicht ganz nach Plan gelaufen ist.

Der Zustand, in dem sie sich befindet, ist sicherlich nicht eben damenhaft, doch in jeder anderen Hinsicht spricht alles für eine überraschend gute Kinderstube. Aber … wo wäre diese Kinderstube gewesen? Sie könnte eine Tochter aus einem ausländischen Adelshaus sein, vertrieben von einem unerwarteten Aufstand, im strömenden Regen durch mitternächtliche Wälder gehetzt, erhobenen Hauptes, königlich noch mit wild fliegenden Locken, die Schultern gestrafft, während ein verwundeter Diener sie mit seinem pelzgefütterten Mantel zu bedecken sucht … (Sieh es William bitte möglichst nach, wenn er hier seiner Phantasie ein wenig die Zügel schießen lässt. Er hat in den frühen Sechzigern, als er sich eigentlich den Niederlagen der Hethiter widmen sollte, einen Haufen pikanter französischer Romane gelesen.)

Sugar beginnt zu dampfen, ein schwacher Dunstschleier steigt von ihrer Kapotte und den äußersten Haarkringeln auf. Sie legt leicht den Kopf zur Seite, als wollte sie fragen: Und nun? Ihr Hals, bemerkt William, ist so lang, dass er deutlich über den hohen Kragen ihres Mieders hinausragt. Sie hat einen Adamsapfel wie ein Mann. Ja, jetzt hat er sich entschieden: Sie ist das schönste Wesen, das er je gesehen hat.

Zu seiner Verwirrung macht ihr Benehmen ihn befangen; sie wirkt *dermaßen* wie eine Dame, dass er sich schwer vorstellen kann, wie er sie aus dieser Höhe in den Schmutz ziehen soll. Ihr langer, geschmeidiger Körper, so betörend er ist, kompliziert die Angelegenheit noch mehr, denn sie trägt ihre Kleidung wie eine zweite Haut, bei der sich der Gedanke verbietet, sie auszuziehen.

Er fasst sein Dilemma in die folgenden Worte: »Ich weiß nicht, ob ich diese Ehre verdiene.«

Sugar beugt sich leicht vor, und als machte sie eine Bemerkung über einen gemeinsamen Bekannten, der gerade hereingekommen ist, sagt sie: »Keine Angst, Sir. Sie haben die richtige Wahl getroffen. Ich mache alles, was Sie von mir verlangen.«

Ein kurzer gemurmelter Wortwechsel in einem lauten, überfüllten Wirtshaus, doch war jemals ein Eheversprechen eindeutiger?

Eine Kellnerin kommt und bringt das Getränk, das Sugar an der Theke bestellt hat. Farblos, durchsichtig und fast ohne Blasen, wie es ist, kann es kein Bier sein. Und wenn es Gin ist, das Lieblingsgetränk aller Huren, dann kann William es nicht riechen. Könnte es möglicherweise … Wasser sein?

»Wie soll ich Sie nennen?«, erkundigt sich William und stützt dabei das Kinn auf seine verschränkten Hände, wie er es früher als Student immer machte. »Sie müssen doch noch einen anderen Namen haben als …«

Sie lächelt. Ihre Lippen sind ungewöhnlich trocken, wie weiße Baumrinde. Wieso kommt ihm das schön statt hässlich vor? Er begreift es nicht.

»Sugar ist mein ganzer Name, Mr Hunt. Es sei denn, Sie würden mir gern einen anderen Namen geben.«

»Nein, nein«, versichert William ihr. »Lassen wir's bei Sugar.«

»Was ist schon ein Name?«, bemerkt sie und zieht eine volle Braue hoch. Kann es sein, dass sie Shakespeare zitiert? Bestimmt ein Zufall, aber wie süß sie riecht!

Der Tenor des Fireside hat wieder zu schmettern begonnen. William hat das Gefühl, dass das Lokal wärmer und freundlicher wird; die Lichter scheinen goldener zu brennen, die Schatten gewinnen ein satteres Dunkelbraun, und man hat den Eindruck, dass alle in der großen Stube mit leuchtenden Augen eine Begleitperson anlächeln. Die Tür geht jetzt häufig auf, und immer elegantere Gäste treten ein. Ihr lautstarkes Eintreffen, das allgemeine Geplapper und der Gesang, der sich darüber zu erheben sucht, steigern sich zu einem solchen Radau, dass William und Sugar ihre Köpfe dicht zusammenstecken müssen, um sich unterhalten zu können.

Während er ihr in die Augen blickt, die so groß und glänzend sind, dass er sein Gesicht darin gespiegelt sieht, entdeckt William Rackham die lange entbehrte Lust daran wieder, William Rackham zu sein. Es gibt ein Idealkonstrukt von Eigenschaften, alkoholinspiriert und leicht zerbrechlich, das er als sein *wahres* Ich ausgibt, völlig verschieden von dem dicker werdenden physischen Kloß, den er jeden Morgen im Spiegel sieht. Der Spiegel kann nicht lügen, und doch tut er es, er tut es! Er kann nicht die flammengleichen Triebe wiedergeben, die im Innern der verzweifelten Seele eingesperrt sind. Denn *eigentlich* wäre es William bestimmt, ein Keats zu sein, ein Bulwer-Lytton oder sogar ein Chatterton, doch stattdessen verwandelt er sich zusehends, äußerlich zumindest, in eine plumpe Kopie seines eigenen Vaters. Die Augenblicke sind mehr als rar, in denen er ein gebanntes Publikum mit dem Glanz seiner jugendlichen Ambitionen blenden kann.

Er und Sugar unterhalten sich, und Rackham erwacht zum Leben. Er ist die ganzen letzten Jahre über tot gewesen, tot! Erst jetzt kann er zugeben, dass er im Verborgenen gelebt hat, ängstlich verkrochen vor allen lohnenden Bekanntschaften, heitere Gesellschaft bewusst meidend. Eigentlich jede Gesellschaft, in der er sich versucht oder aufgefordert fühlen könnte ... nein, sagen wir es lieber so: Was bei einem goldgelockten Jüngling himmelstürmende Verheißung ist, lässt sich bei einem Mann mit ergrauenden Koteletten und dem Ansatz zum Dreifachkinn als leeres Gerede verspotten. Seit langem schon begnügt William sich mit seinen inneren Monologen, seinen Phantasien auf Parkbänken und auf der Toilette, wo er vor eventuell kichernden und gähnenden Zuhörern sicher ist.

In Sugars Gesellschaft jedoch ist das anders: Er hört sich selbst reden und stellt erleichtert fest, dass seine Stimme immer noch verzaubern kann. Umflort von dem feinen Schleier des von ihr aufsteigenden Dampfes legt Rackham los: flüssig, charmant und geistreich, witzig und voll Empfindsamkeit. Er stellt sich vor, dass sein Gesicht jugendfrisch strahlt, dass seine Haare sich von selbst legen und locker fallen wie die von Swinburne.

Sugar ihrerseits verhält sich tadellos; sie ist betont respektvoll, auf dezente Art gut gelaunt, gedankenvoll und schmeichelnd. Es könnte sogar sein, denkt sich William, dass sie ihn mag. Ihr Lachen ist auf jeden Fall nicht gekünstelt, und das Funkeln in ihren Augen – das gleiche Funkeln, das er vor langer Zeit in Agnes hervorrief – lässt sich nicht simulieren.

Und zu Williams Überraschung und tiefer Befriedigung unterhalten er und Sugar sich tatsächlich über Bücher, genau wie die Huren boshaft prophezeit haben. Herrje, das Mädchen ist ein Phänomen! Sie verfügt über erstaunliche literarische Kenntnisse, es mangelt ihr nur an Latein, Griechisch und dem instinktiven Verständnis eines Mannes dafür, was Größe hat und was nicht. Rein in Seiten gerechnet scheint sie insgesamt beinahe so viel gelesen zu haben wie er (auch wenn manches davon zwangsläufig der alberne Schnickschnack für und von Frauen ist, Romane über furchtsame Gouvernanten und dergleichen). Dennoch kennt sie sich gut mit vielen der Autoren aus, die er in hohen Ehren hält – und sie vergöttert Swift! Swift, sein Lieblingsschriftsteller! Für die meisten ihres Geschlechts – leider auch Agnes – ist Swift der Name einer Marke von Hustenpastillen oder ein Vogel, der Mauersegler, den sie ausgestopft auf ihren Hüten tragen. Aber Sugar … Sugar kann sogar »Houyhnhnms« richtig aussprechen, und mein Gott, wie entzückend sie ihren Mund dabei formt! Und Smollett! Sie hat *Peregrine Pickle* gelesen, und nicht nur das, sie kann geistvoll darüber diskutieren, bestimmt so geistvoll, wie er es in ihrem Alter vermocht hätte. (Wie alt ist sie eigentlich? Nein, er wagt nicht, nachzufragen.)

»Aber das ist doch nicht möglich!«, protestiert sie zaghaft, als er bekennt, dass er James Thomsons *Nachtstadt des Grauens* noch nicht gelesen hat, ein volles Jahr nach Erscheinen. »Wie schrecklich viel Sie zu tun haben müssen, Mr Hunt, dass Ihnen ein solcher Genuss so lange vorenthalten bleibt!«

Rackham zermartert sein Gehirn nach Erinnerungen an die Rezensionen.

»War er nicht der Sohn eines Seemanns?«, rät er ins Blaue.

»Ein Waisenkind, ein Waisenkind!«, begeistert sie sich, als ob dies das Größte auf der Welt wäre. »Wurde später Militärschulmeister. Doch das Gedicht ist ein Wunder, Mr Hunt, ein Wunder!«

»Ich werde unbedingt danach trachten, mir die Zeit zu nehmen … nein, ich *werde* mir die Zeit nehmen, es zu lesen«, sagt er, aber sie beugt sich dicht an sein Ohr und erspart ihm die Mühe:

»*Augen voll Glut*«, rezitiert sie in kehligem Flüsterton, aber doch laut genug, um das Singen und Schwadronieren ringsherum zu übertönen,

»Funkelten, sprühend von hungriger Wut;
Der raue und dumpfe Atem der Gier
Drang heiß aus dem Schlund des Todes zu mir;
Mit Knochenfingern, scharfklauig und kalt,
Wurde nach mir aus den Büschen gekrallt:
  Doch ich ging meinen Gang.
  Wer nicht hofft, wird nicht bang.«

Atemlos vor Erregung schlägt sie die Augen nieder.

»Bemerkenswert«, kommentiert William, »dass so eine schöne junge Frau derart bittere Verse bevorzugt.«

Sugar lächelt traurig.

»Das Leben kann bitter sein«, sagt sie. »Vor allem wenn Menschen, die einen verstehen – so wie Sie, Sir –, so schwer zu finden sind.«

William ist versucht, ihr zu beteuern, dass seiner Meinung nach die *Londoner Lustbarkeiten* ihre Vorzüge nicht annähernd hoch genug gepriesen haben, doch er kann sich nicht dazu überwinden. Stattdessen reden sie und reden: über Wahrheit und Schönheit, über Shakespeares Werke und darüber, ob sich heutzutage eine sinnvolle Unterscheidung treffen lässt zwischen einem kleinen Hut und einer Haube.

»Schauen Sie!«, sagt Sugar und schiebt ihre Kapotte mit beiden Händen auf dem Kopf weit nach vorn. »Jetzt ist es ein Hut! Und schauen Sie jetzt …!« Sie schiebt die Kopfbedeckung weit zurück. »Jetzt ist es eine Haube!«

»Zauberei!«, grinst William. Und das ist es in der Tat.

Nach dieser kleinen Demonstration der Absurdität der Mode sind Sugars Haare noch zerzauster als vorher. Ihr dichter Pony, inzwischen getrocknet, ist nach vorn gefallen und behindert ihre Sicht. William starrt sie halb schaudernd, halb bewundernd an, als sie die Unterlippe so weit vorschiebt, wie es geht, und einen Luftstoß nach oben bläst. Goldrote Locken wehen ihr aus der Stirn, als würde ein Vorhang vor ihren Augen weggezogen, ihren fast schockierend weit auseinander stehenden Augen, ihren *wunderschön* weit auseinander stehenden Augen.

»Mir ist, als ob wir ein Liebespaar wären«, sagt er zu ihr und rechnet damit, dass sie ihn auslacht.

Stattdessen sagt sie ganz ernst: »Ach, Mr Hunt, ich fühle mich außerordentlich geschmeichelt, dass mir eine solche Behandlung zuteil wird.«

Die letzten Worte hängen eine Weile in der rauchigen Luft und erinnern William daran, warum er heute Abend hergekommen und warum er gerade auf Sugar verfallen ist. Eine solche Behandlung, jawohl! Er hält sich vor, wie er danach gelechzt hat – ach was, immer noch lechzt, verdammt noch mal! –, mit einer Frau auf eine ganz bestimmte Art zu verfahren. Kann er *das* jetzt noch von ihr verlangen? Ihm fällt ein, wie sie vorhin gesagt hat, sie werde alles tun, alles, was er von ihr verlange, und noch einmal labt er sich an der köstlichen Feierlichkeit ihres Versprechens …

»Vielleicht«, schlägt er vor, »wäre es an der Zeit, dass Sie mich mit nach Hause nehmen und … mich Ihrer Familie vorstellen.«

Sugar antwortet mit einem langsamen Nicken, die Augen halb geschlossen. Sie weiß, wann schlichte, wortlose Einwilligung gefordert ist.

Es ist ohnehin gleich Sperrstunde. Darauf hätte Rackham auch kommen können, ohne auf die Uhr zu schauen, denn auf der Bühne des Fireside lässt der Sänger die letzten beschwipsten Gäste an seiner aus voller Brust überströmenden Empfindung teilhaben. Die Gäste begleiten sein Schmettern mit einem halbwegs einstimmigen Grölen und schließen so einen bierseligen Bruderbund, während die Kellnerinnen leere Gläser aus erschlaffenden Händen ziehen. Es ist ein altes Lied in aufrüttelnden Knittelversen, das praktisch überall (in England, versteht sich) zur Sperrstunde in den Schenken gesungen wird:

»Eichenkern sind unsre Schiffe,
Kernig unsre Jungs an Bord:
Wir sind alle Zeit
Bereit, ja, bereit,
Wir kämpfen und wir siegen fort und fort!«

»Letzte Bestellungen, bitte sehr, Damen und Herren!«

William und Sugar rappeln sich von ihren Plätzen auf; ihre Glieder sind ganz steif vom vielen Reden. Rackham merkt, dass sein Geschlechtsteil sich zur Ruhe begeben hat, doch ein schwaches galvanisches Kitzeln zwischen den Beinen gibt ihm das beruhigende Gefühl, dass die Betäubung recht bald vergehen wird. Auf jeden Fall hat er es nicht mehr wahnsinnig eilig, Heldentaten der Wollust zu vollbringen: Er hat sie immer noch nicht gefragt, ob sie Flaubert gelesen hat …

Sugar wendet sich zum Gehen. Nachdem das Regenwasser an ihrem Kleid im Laufe des Abends völlig verdampft ist, erscheint sie in hellerem Farbton, ganz grün und hellgrau. Doch durch das lange Sitzen haben ihre nassen Röcke wüste Falten bekommen, rohe Dreiecke, die nach oben auf ihr verborgenes Gesäß zeigen, und dass sie sich dessen nicht bewusst ist, erfüllt Rackham mit sonderbaren Beschützergefühlen, und er wünscht sich, er könnte Letty dazu anstellen, Sugars Röcke zu bügeln und hübsch zu machen, bevor er sie ihr endgültig auszieht. Von diesen zärtlichen Empfindungen befangen gemacht, stolpert er ihr durch das Fireside hinterher, vorbei an abgeräumten Tischen und leeren Stühlen. Wann sind diese ganzen Leute gegangen? Er hat ihren Aufbruch gar nicht mitbekommen. Wie viel hat er getrunken? Sugar geht aufrecht wie eine Lanze und steuert ohne ein Wort schnurstracks auf den Ausgang zu. Er beeilt sich, mit ihr Schritt zu halten, und atmet tief die Luft ein, die hereinkommt, als sie die Tür aufmacht.

Draußen auf der Straße regnet es nicht mehr. Die Gaslampen leuchten, die Bürgersteige glänzen, und die meisten Trödler haben sich zur Nachtruhe begeben. Hier und da lungern Frauen, die nicht so schön sind wie Sugar, unter gelblichen Laternen herum, missmutig, gewöhnlich und um Kundschaft verlegen.

»Ist es weit?«, erkundigt sich Rackham, als sie zusammen um die Ecke in die Silver Street einbiegen.

»Nein, nein«, antwortet Sugar, die zwei Schritte vor ihm dahinschwebt, eine Hand fast mütterlich zurückgestreckt und mit den Fingern wackelnd, als erwartete sie, dass er zufasst wie ein kleines Kind. »Nahe, ganz nahe.«

Sechs

Nur drei Worte, von der richtigen Person im richtigen Augenblick gesprochen, können bewirken, dass die Verliebtheit mit wunderbarer Geschwindigkeit aufblüht und hervorsprießt wie ein rosa Knubbel aus der sich aufrollenden Vorhaut. Dabei müssen diese drei magischen Worte gar nicht einmal »Ich liebe dich« lauten. Im Falle von Miss Sugar und George W. Hunt, die auf dunklen, regennassen Straßen Seite an Seite unter Gaslaternen und einem leer geregneten Himmel dahingehen, lauten die drei magischen Worte einfach: »Gehen Sie vorsichtig!«

Es ist Sugar, die sie ausspricht; sie hat ihren Begleiter an der Hand genommen und lenkt ihn näher zu sich heran, weg von der sahnigen Kotzepfütze dort auf dem Pflaster. (Die Pfütze ist wahrscheinlich braun, doch durch das Gaslicht bekommt sie einen Stich ins Gelbliche.) William registriert alles gleichzeitig: die Kotze, die von seinem langen Schatten überlagert wird, seine Füße, die über die Säume von Sugars Röcken stolpern, so dass er beinahe hinfällt, das sanfte Ziehen an seiner Hand, das leise Gewirr fremder Stimmen in der Nähe, die ernüchternde Kälte der Luft nach der alkoholschweren Wärme im Fireside – und diese drei Worte: »Gehen Sie vorsichtig!«

Von jemand anders als Sugar gesprochen wären diese Worte eine Warnung oder sogar eine Drohung. Doch ihrer schlanken Kehle entsteigend, moduliert von ihrem Mund und ihrer Zunge und ihren Lippen, sind sie weder noch. Sie sind *eine Aufforderung, sich sicher zu fühlen,* ein gemurmeltes Willkommen in einer zauberischen Umarmung, die alles Unheil abwehrt, eine liebevolle Beschwörung, sich an der Frau festzuhalten, die den Weg kennt. William entzieht ihr seine Hand, weil er sich sorgt, eine ehrenwerte Person aus seiner Bekanntschaft könnte ihm zufällig über den Weg laufen, und sei es zu dieser späten und unwahrscheinlichen Stunde. Doch seine losgemachte Hand kribbelt, denn selbst durch das Leder seiner Handschuhe hält das Gefühl ihres Griffs an – stark wie der Händedruck eines kecken jungen Mannes.

Gehen Sie vorsichtig! Die Worte hallen immer noch in seinem Kopf nach. Ihre Stimme … rauchig, gewiss … aber so musikalisch hingehaucht, ein unvollkommenes, aber wonnevolles weibliches Arpeggio, eine Weise, gespielt auf der *flûte d'amour*. Wie muss sich eine solche Stimme im Crescendo der Leidenschaft anhören?

Sugar hat ihre Schritte beschleunigt und gleitet jetzt in einem Tempo über die dunklen Pflastersteine, das er sich für den Tag vorbehalten würde. Unter ihren Röcken muss sie auf beklagenswert unweibliche Art ausschreiten, um genauso schnell zu sein wie er. Nun gut, zugegeben, er ist nicht gerade der Größte, aber seine Beine sind sicherlich nicht kürzer als normal, und wenn man die wachstumsgehemmten unteren Klassen in die Rechnung mit einbezieht, könnten dann seine Beine nicht womöglich sogar länger als der Durchschnitt sein? Aber was ist das für ein Geräusch? Er ist doch nicht etwa … außer Atem? Allmächtiger Gott, er darf jetzt nicht außer Atem sein! Das macht das viele Bier, das er getrunken hat, jawohl, und obendrein noch die Erschöpfung, unter der er in letzter Zeit leidet. Als Sugar ihm mit einer fast unmerklichen Geste winkt, ihr in eine dunkle, enge Sackgasse zu folgen, dreht er schnell noch einmal den Kopf in die frischere Luft zurück und atmet tief ein, um gegen seine Mattheit anzukämpfen.

Vielleicht beeilt sich das Mädchen so, weil sie befürchtet, dass er ungeduldig wird oder dass er davor zurückschreckt, ihr in einen dunklen Durchgang von ungewisser Länge zu folgen, in dem sich Gott weiß was herumtreibt. Doch William hat schon viele Freudenhäuser in genauso dunklen und engen Gassen wie dieser hier betreten; er ist zu seiner Zeit so tiefe steinerne Treppenschächte hinabgestiegen, dass er sich schon zu fragen begann, ob das Boudoir seiner Auserwählten geradewegs in einen von Bazalgettes großen Abwasserkanälen hineingebuddelt worden war. Nein, er ist nicht übermäßig heikel und keiner von der klaustrophobischen Sorte, obwohl ihm natürlich helle, luftige Bordelle lieber sind (wem nicht?). Aber er ist von Sugar derart hingerissen, dass er ihr, ehrlich gesagt, bereitwillig in die stinkendste Kloake folgen würde.

Oder vielleicht doch nicht? Hat er völlig den Verstand verloren? Dieses Mädchen ist nichts weiter als eine ...

»Hier lang.«

Er hastet hinter ihr her, folgt den Worten wie einer Duftspur. Ach Gott, sie hat die Stimme eines Engels, die ihm mit ihrem süßen Flüstern den Weg durch das Dunkel weist. Er würde diesem Flüstern auch dann folgen, wenn gar kein Körper damit verbunden wäre. Doch Sugar ist mehr als ein Flüstern – sie ist eine Frau mit einem Hirn im Kopf! Er kennt keinen Menschen, der ihr im Entferntesten gleicht, von sich selbst abgesehen. Wie er denkt sie, dass Tennyson in letzter Zeit nicht viel zuwege bringt, und wie er glaubt sie, dass Transatlantikkabel und Dynamit die Welt viel mehr verändern werden als Schliemanns Wiederentdeckung Trojas, auch wenn noch so viel Theater darum gemacht wird. Und was hat sie für einen Mund, eine Kehle! »Alles, was Sie von mir verlangen« – das hat sie ihm versprochen.

»Wir sind da«, sagt sie jetzt.

Aber wo ist »da«? Er schaut sich um, versucht sich zu orientieren. Wo ist die Silver Street? Ist Mrs Castaways Adresse schon wieder eine der Falschmeldungen in den *Londoner Lustbarkeiten?* Doch nein, sind das nicht die Lichter der Silver Street, die dort auf der anderen Seite dieses bescheidenen georgianischen Hauses leuchten? Dies hier ist bloß der Hintereingang, stimmt's? Das Haus macht erst mal keinen schlechten Eindruck, solide und ohne Anzeichen von Verfall, obwohl das im Dunkeln schwer zu sagen ist. Doch seine Umrisse zeichnen sich gerade und symmetrisch vor den Lichtern der Silver Street im Hintergrund ab, einem milchigen Leuchtschleier um Giebel und Dachspitzen, der aussieht wie eine ... wie war das Wort noch mal? Eine Aurora? Eine Aura? Die eine ist spiritistischer Blödsinn, die andere ein wissenschaftliches Phänomen, aber welche? … Aur-Aur-Aur … Das schäumende Ale im Fireside hat die Stimme seines Gehirns nahezu ausgeschaltet und bewirkt, dass er innerlich stottert.

»Zu Hause«, hört er Sugar sagen.

Auf ein kompliziertes Klopfen hin – ein verabredetes Zeichen – geht vor Sugar und ihrem Begleiter die Tür zum schummrigen Flur von Mrs Castaways Etablissement auf. William rechnet damit, dass ein bärbeißiger Aufpasser die Hand am inneren Türknauf hat, ein höhnisch grinsender, stoppelbärtiger Affe wie der Kerl, der ihn in der Drury Lane zur Hintertür hinausgelassen hat, doch er irrt sich. Stattdessen steht dort, gute achtzehn Zoll unter seiner Blickhöhe, ein kleiner blauäugiger Junge, der so unschuldig aussieht wie ein Hirtenbub aus einer Weihnachtsszene.

»Hallo, Christopher«, grüßt Sugar.

»Kommen Sie bitte mit ins vordere Zimmer, Sir«, sagt der Junge förmlich seinen vorgeschriebenen Text auf, wobei er Sugar einen kindlichen Verschwörerblick zuwirft. Fasziniert lässt William sich in das düstere, aber aufwändig tapezierte Vestibül führen, wo eine Tür offen steht, aus der Licht und Wärme dringen. Der Junge läuft voraus und verschwindet in dem hellen Schein.

»Doch nicht etwa Ihrer, oder?«, erkundigt sich William bei Sugar.

»Natürlich nicht«, erwidert sie, die Augenbrauen in gespielter Empörung hochgezogen, ein breites Grinsen auf den Lippen. »Ich bin ledig.«

Im Halbdunkel des Vestibüls lässt das aus der Tür vor ihnen fallende Licht Sugars Mund merkwürdig hervortreten, indem es ihren rauen, abblätternden Lippen einen rein weißen Ton verleiht. William möchte diese Schwanenlippen um den Schaft seines Schwanzes fühlen. Noch dringender jedoch möchte er seine Blase entleeren – nein, nicht in ihren Mund, irgendwohin – und sich dann schlafen legen.

Während er den Salon betritt, ist ihm, als träumte er bereits. Hinten in einer Ecke sitzt eine nicht näher zu erkennende weibliche Gestalt, das Gesicht abgewandt, aufsteigenden Rauch über den Haaren. Irgendwo spielt zaghaft ein Violoncello klagende

Töne und bricht dann mit einem asthmatischen Kratzen ab. Die Wände oberhalb der Lambrisleiste sind in einem grellen Pfirsichton gestrichen und mit Unmengen von gerahmten Miniaturen behängt, die unteren Teile sind mit einer Ziertapete beklebt, auf der sich Erdbeeren, Dornen und rote Rosen verschlingen. Und in der Mitte des Salons, direkt unter einem bombastischen Bronzelüster, sitzt Mrs Castaway.

Sie ist alt oder hat sich schlecht gehalten oder beides. Obwohl sie Straßenkleidung trägt, Hut und was sonst dazugehört, hat sie offensichtlich nicht vor auszugehen, so wie sie da breit wie ein Richter hinter einem schmalen Schreibtisch sitzt. Die Tischplatte ist von Papierschnipseln übersät, Ausschnitten aus Zeitschriften. Eine überdimensionale Schneiderschere klappert in ihrer Hand und schneidet einen hauchdünnen Papierstreifen ab, der sich über ihre Knöchel ringelt und ihr in den Schoß fällt. Sie blickt auf, hört zu Ehren der Ankunft ihres Gastes auf zu schnippeln. Vorsichtig befreit sie ihre Finger aus der Schere und legt das glänzende Metallding zur Seite.

Vom Kopf bis zu den Rocksäumen ist sie vollständig in einer einzigen Farbe gekleidet, Scharlachrot, was William noch nie im Leben an einer englischen Frau gesehen hat. Auch auf ihrem Mund prangt diese Farbe und in den hundert winzigen Fältchen um ihre Lippen, so dass ihr Begrüßungslächeln unangenehm an eine pelzige rote Raupe erinnert, die auf einen Reiz reagiert.

Zuerst hat William den Eindruck, dass sie verrückt sein muss, eine übergeschnappte alte Hexe, die sich aus einem inneren Zwang heraus als bizarre Verkörperung der scharlachroten Hure Babylon zurechtmacht, doch dann bemerkt er eine gewisse Würde an ihr, eine Selbstkontrolle, die ihn zu der Vermutung neigen lässt, dass ihre Aufmachung ein hintersinniger Witz ist. Sie wäre nicht die erste Puffmutter, die er kennen lernt, mit einem ausgeprägten Sinn für Ironie. Außerdem (fällt ihm jetzt auf) wird das Scharlachrot von *einem* abweichenden Farbton aufgelockert, dem des zurückgesteckten Schleiers an ihrem Hut. Dieser Schleier hat genau die gleiche Farbe wie das Markenzeichen der Rackham Perfumeries, die altrosa Rose.

»Willkommen bei Mrs Castaway, Sir«, sagt sie, und ihre weißen Zähne scheinen hinter den knallroten Lippen wie an einem

Radkranz umzulaufen. »*Ich* bin Mrs Castaway, und das sind meine Mädchen.« Sie macht mit der Hand eine vage Geste, doch William kann die Augen noch nicht von ihr nehmen. »Die Benutzung des Zimmers oben wird Sie fünf Shilling kosten, doch dafür, was dort geschieht und wie lange es dauert, müssen Sie und Sugar einen Preis abmachen. Wenn Sie wünschen, wird Ihnen guter Wein aufs Zimmer gebracht, für zusätzliche zwei Shilling.«

»Wein, warum nicht?«, sagt William. Er hat zwar weiß Gott genug getrunken, aber er will bei der Puffmutter keinen geizigen Eindruck machen. Während er stolpernd vortritt, um zu bezahlen (welcher Trottel hat genau dort, wo man auftreten muss, die Teppichkante platziert?), wirft er einen analytischeren Blick auf den Körper der Alten und kommt zu dem Schluss, dass sie ein hässlicher Vogel ist. Und um Hässlichkeit zu sehen, ist er nicht hergekommen.

Von Mrs Castaways Bann befreit kann William jetzt den übrigen Raum in Augenschein nehmen. Dass der Anblick ihn schwindlig macht, liegt nicht, wie er sich vergewissert, an seiner Betrunkenheit: Der ganze Salon bietet tatsächlich einen grotesken Anblick. Die gerahmten Drucke, bemerkt er jetzt, stellen alle Maria Magdalena dar: ein buntes Sortiment halb nackter, halb bekleideter Versionen in reuiger oder sonstiger Pose, manche gemalt von frommen Christen, andere boshafte Karikaturen mit deutlich pornographischer Absicht. Dutzende Reproduktionen desselben Ausdrucks von trauriger Duldsamkeit, von Verleugnung des sündigen Fleisches, von Ergebung an einen Gott, der alle anderen Männer überflüssig macht. Maria Magdalena in voller Farbe, auf katholischen Gebetszetteln; Maria Magdalena in Schwarzweiß, aus protestantischen Zeitschriften; Maria Magdalena mit Heiligenschein und ohne; Maria Magdalena, so groß wie die Titelseite eines Groschenblatts; Maria Magdalena, so winzig wie die Miniatur in einem Medaillon. Man kommt sich vor wie bei Billington & Joy!

Im Lehnstuhl am Kamin sitzt, immer noch völlig unbeteiligt, die junge Frau, die William später als Amy Howlett kennen lernen soll. Sie ist eine dralle Person mit dunklen Augen und Schmollmund, rabenschwarzen Haaren und einer Figur wie … na, eigentlich ganz ähnlich wie Agnes, gehüllt in ein schickes, wiewohl strenges schwarz-weiß-silbernes Kleid. Er kann jetzt ihr Gesicht sehen; sie raucht schockierenderweise eine Zigarette, sogar ohne eine skandalmildernde Spitze, und falls sie auch nur im Entferntesten ahnt, dass man als Mann, in England zumindest, unter Umständen häufiger einen Penis in einem Frauenmund sieht als eine Zigarette, dann verrät sie das mit keiner Miene. Stattdessen zieht sie mit gerunzelter Stirn, die Augen auf den kleinen glimmenden Zylinder aus Reispapier und Tabak zwischen ihren hübschen Fingern gerichtet. Mit trotziger Nonchalance beäugt sie Rackham durch eine Rauchwolke, als wollte sie sagen: »Na und?«

Perplex schaut William ausweichend zum Kamin und erblickt dort den blank polierten Hals eines Violoncellos, das über die Lehne eines zum Feuer gewandten Sessels ragt. Auch ein Frauenhals ist zu sehen sowie ein Schopf mausgrauer, spinnwebdünner Haare.

»Spielen Sie ruhig weiter, Miss Lester«, sagt Mrs Castaway. »Ich bin sicher, der Herr weiß künstlerische Darbietungen zu würdigen.«

Miss Lester verdreht den Kopf und hält über die Sessellehne hinweg nach William Ausschau, die Backe auf dem Lehnenschoner, die Stirn in Falten gezogen, die Augen tief in den Höhlen liegend. Aber festzustellen, wo um alles in der Welt er stecken könnte, kostet sie zu viel Mühe, und sie wendet sich wieder dem Feuer zu. Das schwermütige Sägen des Cellos hebt aufs Neue an.

Gerade als ihm die Frage kommt, was diese absonderlichen Leute mit seinem bewusstlosen Körper machen würden, wenn er auf den Boden fiele, fühlt William zu seiner großen Erleichterung Sugars Hand in seine schlüpfen. Sie drückt einmal kurz zum Zeichen, dass er mitkommen soll.

Beim Treppensteigen merkt William, dass seine Ohren brennen und Schweiß auf seiner Stirn prickelt. Seine Blase schmerzt bei jedem Schritt, sein Gleichgewicht ist nicht das beste, nur mit ständigem angestrengten Zwinkern gelingt es ihm, den aufziehenden Nebel vor seinen Augen zu vertreiben. Für sein sexuelles Bravourstück wird die Zeit knapp.

»Mein Zimmer ist das erste oben«, flüstert Sugar an seiner Seite. Sie leuchtet mit einer Kerze voraus; ihre Haltung ist gerade wie eine Eins, und ihr Arm hält die Wachsstange ohne ein Zittern. Das leiser werdende Tönen des Cellos gibt die Melodie zum Rhythmus ihrer Schritte ab.

William blickt zurück nach unten, um sicherzugehen, dass er außer Hörweite ist, und murmelt: »Ihre Mrs Castaway ist wohl ein bisschen verkehrt herum im Kopf.«

Er hat die Behauptung der »Zwillinge« in der Drury Lane ganz vergessen, Mrs Castaway sei Sugars Mutter, und wenn man ihn daran erinnerte, würde er sie wahrscheinlich ohnehin als Hurengeschwätz abtun.

»Verkehrt herum? Das kann man wohl sagen!«, pflichtet Sugar mit einem Lächeln bei, wobei sie mit ihren Röcken über die letzten Stufen streicht und auf das Treppenpodest tritt. »Sie müssen sie sich als eine Art Janus in rotem Taft vorstellen und diese Tür als ... nun, als die Tür, durch die Sie am liebsten treten möchten.« Sie macht besagte Tür weit auf und winkt ihn über die Schwelle herein.

William torkelt hinter ihr her, blinzelt sich den Schweiß aus den Augen. Wenn er sie doch bloß für ein kleines Weilchen abstellen könnte, wie eine Maschine, damit er die Gelegenheit hätte, sich das Gesicht zu waschen, sich mit dem Kamm durch die Haare zu fahren, seine schmerzende Blase zu leeren. Glücklicherweise ist Sugars Schlafgemach hell und luftig, frei von dem wachsigen Geruch, der ihm in der Drury Lane so zuwider war. Es ist höher als die meisten Obergeschossräume, hat Gas- statt Kerzenbeleuchtung, und obwohl noch Glut im Kamin ist, dringt irgendwoher auch ein wunderbarer Hauch frischer, eiskalter Luft herein.

Sobald er Mantel und Weste abgelegt hat, schreitet William zum Bett, einem extrabreiten Möbel mit allerlei Ergänzungen, das viel imposanter ist als sein eigenes zu Hause (gemeint ist das, in dem er schläft, nicht das Ehebett im einstigen gemeinsamen Schlafzimmer, das mit den Jahren Agnes' Privatgemach geworden ist). Sugars Bett hat einen Aufsatz mit einem Himmel aus grüner Seide, einem Baldachin wie für einen König. Die Vorhänge sind ein Stück weit offen und mit goldenen Schnüren gerafft, und rund um die Bettstelle läuft unten ein prächtiger Volant in einem (leider) unpassenden ... wie soll man sagen? ... Minzeton. Eine Schande. Er blickt durch den Raum zu Sugar hinüber, die immer noch an der Tür steht und zögert, die Handschuhe auszuziehen, weil sie auf seine Billigung oder seinen Zungenhieb wartet. Er lächelt zum Zeichen, dass sie sich keine Sorgen machen muss; er wird über den minzegrünen Volant hinwegsehen. Es ist eine winzige Geschmacksverirrung, ein bedauerlicher Notbehelf, zweifellos dem Haus aus Sparsamkeitsgründen aufgezwungen. Selbst darin sind Sugar und er in gewissem Sinne seelenverwandt. O je, man denke nur an den beschämenden Hut, den er aufgehabt hätte, wenn sie sich wenige Tage früher kennen gelernt hätten!

»Alles zu Ihrer Zufriedenheit, Mr Hunt?«

»Bestimmt«, er grinst und kneift vielsagend die Augen zusammen, »sehr bald schon.«

Er lehnt sich auf die Matratze zurück, prüft mit den Ellbogen ihre Festigkeit und Weichheit. Dreißig Sekunden später schläft er tief.

Im Zimmer einer Prostituierten einzuschlafen, wenn man nicht die Prostituierte selbst ist, ist im Allgemeinen entweder unmöglich oder unstatthaft. Es hat in der Vergangenheit Fälle gegeben, in denen Rackham barsch in die Hand genommen und zum Orgasmus oder, wenn sich das als nicht praktikabel erwies, zur Hintertür des Bordells gebracht und in die kalte Nacht hinausgestoßen wurde, auf den Weg in sein eigenes Bett, auch wenn dieses Bett noch so weit entfernt war.

Doch jetzt schläft Rackham weiter.

Sugar schläft nicht bei ihm. Sie sitzt an einem Schreibpult nahe beim Fenster, voll angekleidet (allerdings hat sie ihre Handschuhe ausgezogen), und schreibt. Ihre gesprungenen und schuppenden Finger fassen den Federhalter fest. Leise kratzend fährt er über die Seite eines Journals, das einer Geschäftskladde gleicht, mit langen stillen Pausen zwischen einzelnen Worten.

Rackham schnarcht.

Kurz vor Tagesanbruch wacht Rackham auf. Er liegt lang auf dem Rücken, der Kopf ist, nicht von Kissen gestützt, in die weiche Oberschicht des unaufgeschlagenen Bettes gesunken. Er verrenkt den Hals weiter nach hinten und schaut zum Kopfende des Bettes. Erschreckenderweise starrt ihn von dort ein Mann an, ein

Kerl mit wildem Blick und zerrauften Haaren, der über das Bettzeug hinweg die Hände nach ihm ausstreckt in dem Bestreben (so scheint es), grauenhafte Taten zu begehen.

William fährt ruckartig hoch, und der Fremde desgleichen. Des Rätsels Lösung: das ganze Bettende ist ein riesiger Spiegel.

Die Bettvorhänge sind rundherum zugezogen worden und hüllen ihn ein. Nur gut, denn zu seiner Schande und Bestürzung muss er feststellen, dass seine Hosen völlig von Urin durchweicht sind. Das hat ihn geweckt: nicht die Entleerung der Blase per se, die schon vor Stunden geschehen sein muss, sondern ein grässliches Jucken in seiner klebrig feuchten Leistengegend. Er lugt abermals in den Spiegel und macht im Geiste eine Inventur des Schadens. Er hat sich anscheinend nicht übergeben, und übel ist ihm auch nicht mehr. Der Schädel brummt erheblich weniger, als er erwartet hat. (Das Ale im Fireside muss ihm bekommen sein – oder vielleicht ist er noch betrunken … Wie spät ist es? Warum zum Teufel ist er nicht vor die Tür gesetzt worden?) Seine Haare haben sich wieder selbständig gemacht und stehen ihm vom Kopf ab wie fettige Schafswolle. Er wühlt in einer Hosentasche nach seinem Kamm, bekommt nur einen Batzen patschnasser Unterwäsche zu fassen.

Allmächtiger Gott, wie soll er aus dieser Sache wieder herauskommen?

Er kriecht ans Fußende des Bettes und lugt durch einen Spalt zwischen den Vorhängen. Direkt davor steht ein Eisengestell, in dem ein zinnerner Eiskübel hängt. Am Rand lehnt der Hals einer vollen Weinflasche, in die der Korken samt Korkenzieher zurückgesteckt wurde. Auf dem Fußboden liegt außer Reichweite die Weste, in der sich seine Uhr befindet. Er kann sogar die silberne Kette sehen, die aus der ausgebeulten Uhrtasche hängt. (Wenn er jetzt in Frankreich wäre, würde er diese Kette nicht sehen, das muss er zugeben.)

Wo ist Sugar? Er hält den Atem an, lauscht angestrengt. Außer einem nicht näher identifizierbaren Kratzen hört er nur ein plötzliches Geräusch vom Kamin, das darauf hindeutet, dass ein wackliger Aufbau halb verbrannter Kohlen und Glut eingebrochen ist.

Nur eine Wand ist durch den Schlitz im Bettbehang zu sehen. Zum Glück ist es die mit dem Fenster, was ihm wertvolle Hinweise auf die Tages- beziehungsweise Nachtzeit gibt. Die Scheiben sind fast vollständig von einer dicken Eisschicht überfroren, die sich über viele Stunden gebildet haben muss. Dahinter ist der Himmel schwarz und dunkelblau, jedenfalls wirkt er so im Kontrast zu dem immer noch hell erleuchteten Zimmer. Die Vorhänge regen sich fast unmerklich: trotz der Eiseskälte hat Sugar das Fenster einen winzigen Spalt offen gelassen. Aber wo ist sie? William beugt sich weiter vor, schiebt den Stoff mit der Nase beiseite und lugt mit einem Auge hinaus.

Sugars Zimmer ist … gemütlich. Die Wände sind schlicht getüncht, einheitlich fleischrosa, ganz anders als der geschmacklos überladene Salon unten. Ein paar kleine gerahmte Drucke, von der Sonne ausgebleicht, hängen in strategischen Abständen an den Wänden. Die Einrichtung ist passabel und besteht aus einer frisch aufgepolsterten Couch, zwei nicht ganz zueinander passenden Sesseln und (er schiebt sein Gesicht noch weiter vor) einem Schreibpult, ausgestattet mit Federhaltern, Tintenfass und (er blinzelt ungläubig) Sugar selbst, vornübergebeugt, in Gedanken versunken.

»Äh … entschuldigen Sie bitte«, räuspert er sich.

Sie blickt auf, senkt den Federhalter und lächelt – ein entwaffnendes, warmherziges Lächeln. Er sieht ihr an, dass sie hundemüde ist.

»Guten Morgen, Mr Hunt«, sagt sie.

»O Gott …«, stöhnt er und fährt sich verlegen durch die Haare. »Wie … wie spät ist es?«

Sie blickt auf eine Uhr außerhalb seines Gesichtsfeldes. Ihre Haare, fällt ihm mit einem Mal auf, sind eine wahre Pracht, die reinste Korona aus rotgoldenen Locken. Sie hat sich die Mühe gemacht, sie zu bürsten und zu frisieren, während er schlief.

»Halb sechs.« Sie spitzt schalkhaft die Lippen. »Falls sonst noch Leute auf sind, werden sie von Ihrer Manneskraft sehr beeindruckt sein.«

William setzt an, aus dem Bett zu steigen, dann erstarrt er und wird rot.

»Ich … ich weiß nicht, wie ich Ihnen das sagen soll. Ich … ich habe … auf höchst bedauerliche, höchst beschämende Weise die … äh … Kontrolle verloren.«

»Oh, ich weiß«, sagt sie gleichmütig und erhebt sich. »Keine Sorge, ich kümmere mich darum.«

Sie geht zum Kamin hinüber, wo ein Kessel auf einem Rost über der Glut sanft vor sich hin köchelt. Sie gießt das dampfende Wasser in funkelndem Bogen in eine irdene Schüssel, in der dem Geräusch nach zu urteilen bereits etwas drin ist, und bringt sie ans Bett. Die Haut ihrer Hände, bemerkt er, ist trocken und rissig, wie sich abschälende Rinde, doch die Finger sind edel geformt. Michelangelofinger, geschlagen mit einem fremdartigen Leiden.

»Ziehen Sie bitte Ihre nassen Sachen aus, Mr Hunt«, sagt sie, während sie sich auf den Boden kniet, so dass ihre Röcke sich malerisch um sie herum drapieren. Die Schüssel ist fast randvoll mit einer schäumenden Flüssigkeit, in der ein Meerschwamm schwimmt wie eine gepellte Kartoffel. Offenbar hat Sugar bereits für diesen Moment Vorsorge getroffen.

»W-wirklich, Miss Sugar«, stammelt William. »Das ist mehr als … Ich kann unmöglich von Ihnen erwarten –«

Sie schaut mit halb geschlossenen Augen zu ihm auf, schüttelt langsam den Kopf, bewegt lautlos die vorgeschobenen Lippen und macht beruhigend »sch-sch«.

Gemeinsam gelingt es ihnen, ihn der Hosen und Unterhosen zu entledigen. Der beißende Gestank alter, warmer Pisse steigt dicht vor Sugars Nase auf, doch sie zuckt nicht einmal mit der Wimper. Nach ihrem unbewegten Blick, ihrer glatten Stirn und ihrem verstohlenen Lächeln zu urteilen, könnte der üble Geruch genauso gut Parfüm sein.

»Legen Sie sich zurück, Mr Hunt!«, gurrt sie. »Das haben wir bald behoben.«

Mit äußerster Behutsamkeit wäscht sie ihn, während er völlig verdattert auf dem Bett liegt. Eine leichte Berührung ihrer rauhäutigen Knöchel reicht aus, und er spreizt die Beine weiter, damit sie besser mit dem warmen, seifigen Schwamm dazwischen tupfen kann. Sie runzelt mitfühlend die Stirn, als sie die wunden Stellen in den Spalten sieht.

»Mein Ärmster«, murmelt sie.

Die Bettlaken unter ihm sind durchnässt, und mit einem Stups bittet sie ihn, höher zu rutschen. Dann wischt und tupft sie ihn mit einem um die Hand gewickelten Flanelltuch trocken. Nichts entgeht ihrer Aufmerksamkeit, nicht einmal das kitzlige Loch seines Bauchnabels. Sie drückt seinen Penis sanft in ihrer weichen Flanellhand, ganz langsam Stückchen für Stückchen, als ob seine gewaltige Länge fraglos eine gewisse Geduld erforderte.

»Wirklich, Miss Sugar ...«, setzt er abermals an, aber er weiß eigentlich nicht, was er sagen will.

»Die Miss ist nicht nötig«, erklärt sie und wirft das Tuch zur Seite. »Sugar tut's.« Dann senkt sie ihr Gesicht auf seinen parfümierten Bauch und küsst seinen Nabel. Er stößt einen Überraschungslaut aus, als einer ihrer Knöchel sich zwischen seine gepuderten Arschbacken schiebt und sacht zu bohren beginnt. Gleich darauf legt sie sich mit der Wange auf seinen Schenkel, so dass sich ihre Haare über seinen Bauch verteilen, und nimmt sein Geschlechtsteil ganz in den Mund. Als das geschehen ist, bleibt sie still liegen, lutscht nicht und leckt nicht, liegt einfach nur still, als wollte sie ihn behüten. Unterdessen massiert sie seinen After und streichelt dazu mit der freien Hand seinen Bauch. Sein Pimmel wird an ihrer Zunge hart, und als er im warmen Nest ihres Mundes zu voller Größe geschwollen ist, fängt sie ruhig, fast geistesabwesend zu lutschen an, so wie ein Kind seinen Daumen lutscht.

»Nein«, stöhnt William, aber er meint natürlich das Gegenteil.

Minute um Minute liegt sie auf seinem Schenkel, melkt ihn und schiebt dabei geschickt ihren Mittelfinger in seinen After, tiefer und tiefer, am Schließmuskel vorbei. Als er kommt, fühlt sie die Kontraktionen zuerst an ihrem Finger und presst dann die Lippen fest um seinen Schwanz, aus dem der warme Schleim in ihren Schlund spritzt. Sie schluckt, lutscht, schluckt abermals. Langsam zieht sie den Finger heraus, lutscht aber weiter, lutscht und lutscht, bis es nichts mehr zu lutschen gibt.

Später besprechen die beiden die Frage der Vergütung.

Am Horizont über Soho graut trübe der Morgen. Die ersten Pferde trappeln mit klingelndem Geschirr über das Pflaster der Silver Street. In Sugars Zimmer werfen die Gaslampen den typischen unwirklichen Schein, den künstliches Licht beim Aufziehen der natürlichen Dämmerung verbreitet. Ein feiner Dunstschleier entsteigt einem dunklen Bündel Männerkleidung, das auf einem Ständer neben dem Feuer hängt.

Der Besitzer der Hosen und die Besitzerin des Kleiderständers sind in einem höflichen Disput darüber begriffen, was die Ausscheidungen der Nacht in toto wert sind. Rackham ist geneigt, großzügig zu sein; er befürchtet, ihr schlafenderweise zur Last gefallen zu sein.

»Ein Mann braucht seinen Schlaf«, wendet Sugar ein. »Und es wäre grausam gewesen, dich in so einem Zustand auf die Straße zu setzen. Außerdem habe ich mich nutzbringend beschäftigt, während ich gewartet habe.«

»Du hast gewartet?«

»Natürlich habe ich gewartet. Du bist ein sehr interessanter Mann, George.«

»Interessant?« William traut seinen Ohren kaum.

Sie lächelt und zeigt ihre perlweißen Zähne. Ihre Lippen sind jetzt rot, nicht mehr so trocken. »Sehr interessant.«

»Trotzdem sollte ich dich für die Zeit bezahlen, die ich hier wie ein betrunkener Narr gelegen habe. Und für meine schändliche … Inkontinenz. Auch wenn sie unbeabsichtigt war.«

»Wie du wünschst«, gibt sie gnädig nach.

Aber Rackham kann die Ereignisse der Nacht nicht in separate Dienstleistungen zerlegen; sie so zu kategorisieren würde sie irgendwie billiger machen. Stattdessen zieht er linkisch ein paar Münzen aus seiner Börse, schwere, wertvolle Münzen, wie sie einige der Bürger dieser Stadt – die Bewohner der Church Lane zum Beispiel – noch nie zu Gesicht bekommen haben.

»Ich … ist das genug?«, fragt er, während er ihr die Silberlinge in die Hand drückt.

»Genau richtig«, erwidert sie und schließt die Hand. »Ein kleiner Zuschlag« (sie zwinkert) »für das Schlafen eingeschlossen.«

Draußen wird irgendetwas Wuchtiges zum Hintereingang eines Ladens geliefert. Müde Männerstimmen rufen: »Eins, zwei, drei!«, gefolgt von einem kettenrasselnden Bums. William tritt ans Fenster, nackt von der Taille abwärts, und versucht durch die vereisten Scheiben zu erspähen, was dort vorgeht, doch er kann es nicht erkennen.

»Übrigens«, sinniert er, »ich habe dich gar nicht nackt gesehen.«

»Das nächste Mal«, sagt Sugar.

Er weiß, dass er sich nach Hause begeben sollte, doch er will nicht weg. Außerdem sind seine Hosen womöglich noch nicht trocken. Um ein paar Minuten mehr herauszuschinden, begutachtet er kritischen Blicks die Drucke an Sugars Wänden und schlendert an ihnen vorbei wie in einer Ausstellung in der Royal Academy. Es sind pornographische Bilder, die vornehme Herren des achtzehnten Jahrhunderts (die Großväter seines Vaters sozusagen) dabei zeigen, wie sie gemütlich die Nutten ihrer Zeit ficken. Die Männer sind liebenswürdige Pinsel, rotbackig und dick; die Frauen sind ebenfalls füllig und haben Raffaelbrüste, Puffärmel und Schafsgesichter. Phalli, die doppelt so groß sind wie seiner, dringen in abnorm aufgestülpte Vaginas ein, und doch ist der Effekt nicht erotischer als eine Bibelillustration. Nach Rackhams Urteil sind diese Bilder (wie lautet das richtige Wort?) … *schwach.*

»Sie gefallen dir nicht, stimmt's?« Sugars rauchige Stimme an seiner Schulter.

»Nicht besonders. Sie sind eher mittelmäßig, finde ich.«

»Oh, da hast du sicherlich Recht«, sagt sie und schlingt einen Arm um seine Taille. »Sie hängen schon ewig da. Sie sind geschmacklos. Ich glaube, ich weiß das richtige Wort für sie: schwach.«

Er starrt sie mit offenem Mund an. Sind seine Gedanken vor ihr so nackt wie seine Beine und Genitalien?

»Ich werde etwas Besseres dafür hinhängen«, verspricht sie in leicht bedrücktem Ton, »falls ich mir das je leisten kann.« Dann wendet sie sich ab, wie entmutigt von der gähnenden Kluft, die sie davon trennt, sich erstklassige pornographische Drucke leisten zu können.

Urplötzlich tritt Rackham ein viel plastischeres Bild vor Augen, eine Erinnerung an Sugar, wie er sie vorhin unmittelbar nach dem Aufwachen sah: vorgebeugt am Schreibpult kritzelnd, um halb sechs in der Frühe. Die Erkenntnis ihrer Armut versetzt seinem Herzen einen Stich – was kann sie da gemacht haben? Irgendeine Sklavenarbeit, aber welche? Gibt es so etwas wie Akkordschreibarbeit? Er hat noch nie etwas davon gelesen (das wäre gewiss einen Artikel in einer der Monatszeitschriften wert,

Überschrift ungefähr: *Empörende Missstände im Herzen unserer schönen Stadt!)*, aber warum sonst sollte ein Mädchen mitten in der Nacht über einem Schreibheft sitzen? Verdient sie nicht genug als … als Prostituierte, um Leib und Seele zusammenzuhalten? Vielleicht muss sie sich unter Wert verkaufen; vielleicht verschmähen die meisten Männer sie wegen ihrer kleinen Brüste, ihres Hautleidens, ihres männlichen Verstandes. Na, selber schuld, denkt Rackham. *Honi soit qui mal y pense!*

Ein solches Mitleid wie jetzt für Sugar könnte er niemals für die »Zwillinge« aus der Drury Lane empfinden, noch viel weniger für die miesen Schlampen, die sich in dunklen Gassen an ihn heranmachen wollen; diese Kreaturen sind nicht von dem Dreck zu trennen, der sie umgibt, wie Ratten. Ratten rühren einem nicht das Herz. Aber Sugar – diese kluge, schöne junge Frau, die seine schlechte Meinung von Matthew Arnold teilt und noch viele andere Sachen – spätnachts über einer tintenbefleckten Kladde schuften zu sehen, bereitet ihm Gewissensbisse. Wenn die Geschäftsbücher der Rackham Perfumeries für einen Mann seines Temperaments eine grausame Plackerei sind, wie muss dann dieses Mädchen, kaum der Pubertät entwachsen und das ganze Leben noch vor sich, unter dem aufgezwungenen Geschreibsel leiden? Wie schwierig das Leben doch für die Menschen ist, die Besseres verdient hätten!

»Ich muss gehen«, sagt er und streicht mit der Hand über ihre Wange. »Aber vorher habe … ich dir *noch* etwas zu geben.«

»Oh?« Sie zieht die Augenbrauen hoch, fasst seine liebkosende Hand.

»Auf dem Bett.« Ob Erklärung oder Befehl, ihre Reaktion ist dieselbe: Voll bekleidet und gestiefelt kriecht sie knielings auf das Bett. William krabbelt hinterher, rafft die weichen Massen ihrer Röcke zusammen und wirft ihr den ganzen grünen Seidenwust über den Rücken. Der Rosshaarhöcker ihrer Turnüre macht den Haufen derart aberwitzig groß, dass von ihr im Bettspiegel kaum etwas zu erkennen ist.

»Ich kann dein Gesicht nicht sehen«, sagt er.

Während er ihr die Pantalettes vom Hintern zieht, reckt sie den Kopf in die Höhe, wie bestrebt, einen großen lamarckschen Evolutionsschritt zu vollziehen: das Kinn leicht zitternd, den

Mund vor Anstrengung aufgeklappt. Über den zerknautschten Stoffberg hinweg sieht er das alles und mehr im Spiegel.

Ihre Fotze ist eng und überraschend trocken. Das Fleisch dieses Mädchens braucht unbedingt mehr Flüssigkeit, scheint es ihm; vielleicht fehlt es ihrer Ernährung an öligen Speisen oder an einem wesentlichen Nährstoff. Wie merkwürdig, dass es sich vorhin, als sie ihn im Mund hatte, anfühlte, als ob sie gar keine Zähne hätte, während jetzt in ihrer Vagina der zarte Kopf seines Pimmels von reibeisenartigen Hautfalten gescheuert wird. Doch er rammelt gegen die Drangsal an, die ihn ein- oder zweimal schmerzlich zusammenzucken lässt, bis sein Organ und ihres sich schließlich perfekt zusammenfinden und er wie eine Lokomotive kommt.

Minuten später, als er seine heißen, klammen Hosen schon wieder angezogen hat und Sugar noch eine weitere Münze zusteckt, befällt ihn plötzlich die bange Ahnung, er könnte sie niemals wieder sehen. (Durchaus nicht ohne Grund: War da nicht dieses Mädchen in Paris – die eine, die es gern richtig grob hatte –, die ihm verheißungsvoll »*A demain!*« zurief und am nächsten Morgen verschwunden war?)

»Wirst du morgen hier sein?«, fragt er.

Ihre Stirn legt sich in Falten, als ob er soeben ihr Gespräch im Fireside über das Thema Tod, Schicksal und Seele neu entfacht hätte. »So Gott will«, meint sie mit dem Anflug eines Lächelns.

Er steht jetzt auf ihrer Türschwelle, zögernd, obwohl er weiß, dass er sich zum Narren macht, wenn er noch länger bleibt.

»Na dann, auf Wiedersehen, George.« Sie küsst ihn auf die Backe, die Lippen trocken wie Papier, der Atem süß wie parfümierte Seife.

»Ja … ich … aber … aber ich muss dir sagen … der Name George Hunt. Er … ich schäme mich, dir das zu sagen, aber … er ist erfunden. Eine Notlüge. Um mir diese aufdringlichen Weiber im Fireside vom Leib zu halten.«

»Ein Mann muss seinen Namen hüten«, pflichtet Sugar ihm bei.

»Diskretion ist eine viel geschmähte Tugend«, sagt Rackham. »Du musst mir nichts erzählen.«

»William«, stößt er sogleich hervor. »Ich heiße William.«

Sie nickt und nimmt die intime Eröffnung mit stummer Huld entgegen.

»Allerdings«, fährt er fort, »wäre ich überaus dankbar, wenn du in gemischter Gesellschaft stets von mir als Mr Hunt sprechen würdest.«

Sie macht den Mund auf, um zu antworten, und muss mit dem Handrücken ein Gähnen unterdrücken. *Entschuldige bitte, ich bin so schrecklich müde,* flehen ihre Augen, während sie abermals nickt. »Ganz, wie du wünschst.«

»Aber nenne mich bitte William – hier.«

»William«, wiederholt sie. »William.«

Rackham lächelt, und er hat dieses zufriedene Strahlen immer noch im Gesicht, als er sechzig Sekunden später allein draußen auf der Straße steht, um zwei Guineen ärmer, Pferdeschnauben zur Linken im Ohr, stechende Schneeflocken im Gesicht. Ein steifer Wind macht ihn darauf aufmerksam, dass seine Hosen noch mehr Zeit vor dem Feuer nötig gehabt hätten; der Geruch von Kot zu seinen Füßen gemahnt ihn daran, dass der süße Duft einer Frau nur allzu rasch ausgelöscht werden kann.

Selbstverständlich ist dies nicht das erste Mal, dass William Rackham zügig auf die Straße expediert wird, sobald sein Stelldichein mit einer Prostituierten zum Abschluss gebracht ist. Doch es ist sicherlich das erste Mal, dass er mit dem Gefühl tiefer Zufriedenheit an diesem kritischen Punkt ankommt, dass es ihm um keinen Penny Leid tut, den er ausgegeben hat, dass er keinen Augenblick des Erlebnisses missen möchte. Gott, was für eine Nacht! Nichts ist gelaufen, wie er es sich vorgestellt hatte, und doch hat alles seine kühnsten Träume übertroffen. Wer würde das für möglich halten! Er möchte gern irgendjemandem die ganze aufregende Geschichte erzählen, möchte nach Hause eilen und … na ja, vielleicht lieber nicht.

Es schneit immer spärlicher und hört plötzlich ganz auf, doch die schmale Straße ist ziemlich zugig, und William beginnt zu zittern. Trotzdem kann er sich nur widerwillig vom Schauplatz dieses bemerkenswerten Abenteuers losreißen: Es kann noch nicht vorbei sein! Den Kopf nach hinten verdreht, starrt er die Rückseite von Mrs Castaways Haus hinauf und fragt sich, welches der Fenster wohl Sugars ist. Ungefähr auf halber Höhe bewegt sich etwas hinter einem hell erleuchteten Fenster: eine vorbeigehende Silhouette. Doch es ist nicht Sugar, es ist ein Kind mit einer schweren Last, die es langsam und stockend unsichtbare Stufen hinaufschleppt.

»'zeihung, guter Herr«, sagt eine Stimme hinter ihm.

Erschrocken zuckt William zusammen und wirbelt herum, um zu sehen, wer es wagt, seine Träumereien zu stören.

Es ist eine schmutzige alte Vettel mit einem rostigen Eimer in der Hand, das dunkle Gesicht wie von der Themse angefressenes Treibholz, die Haarzotteln von dem darüber gezogenen fadenscheinigen Tuch nicht zu unterscheiden, der Rücken krumm wie eine in ölige schwarze Lumpen gewickelte Sichel. Ihre freie Hand baumelt ein oder zwei Zoll über dem Boden, und ihre gichtigen Finger machen dicht an seinen Hosenbeinen krallende Bewegungen, als würden sie diese gern streicheln.

»'zeihung, guter Herr«, sagt sie nochmals mit einer uralten, geschlechtslosen Stimme, die aus einem Abszess im Innern ihrer schmutzverkrusteten Kleidung zu kommen scheint. Sie riecht hochgradig widerlich. William tritt zur Seite.

Augenblicklich watschelt sie vorwärts und langt genau an die Stelle, wo er gerade gestanden hat, oder sehr in die Nähe. Mit ihren schwarzen Klauen klaubt sie vorsichtig, damit er nicht zerbröckelt, einen großen Hundehaufen auf und befördert ihn in ihren Eimer, der bereits zu einem Viertel mit Kot derselben Art gefüllt und für die Gerberei in Bermondsey bestimmt ist, wo der Inhalt zum Beizen von Maroquin- oder Glacéleder benutzt wird. Rackham starrt auf sie nieder, und die Alte hält seinen fassungslosen Blick fälschlich für Mitleid; sie schaut zu ihm auf und fragt sich, ob die acht Penny, die sie für ihren Eimer zu bekommen hofft, durch ein frühmorgendliches Gottesgeschenk noch aufgebessert werden können.

»'n halben Penny für'n Knust, guter Herr?«

Von Ekel förmlich galvanisiert fingert Rackham in seiner Börse herum und wirft ihr eine Münze hin. Sie hütet sich, seine behandschuhte Hand zu fassen und sie zu küssen. Sie erfüllt ihm lieber seinen unausgesprochenen Wunsch und entschwindet in die ersten Strahlen der Sonne.

Es klopft an der Tür zu Sugars Zimmer. Sie öffnet, die Miene möglichst auf »still zufrieden« getrimmt für den Fall, dass Mr Hunt – William –, Herr Großkotz oder wie er sonst heißen mag, ein Strumpfband vergessen hat oder doch noch schnell ihren Busen begrapschen will. *Mir ist plötzlich eingefallen, dass ich deine Brüste noch nicht gesehen habe.*

Doch nein, es ist nicht Mr Hunt.

»Schon auf, Christopher?«

In Dampf gehüllt steht der Junge hinter dem großen Kübel mit frischem heißen Wasser, den er zu ihr heraufgetragen hat. Er ist nur notdürftig bekleidet, sein blonder Wuschelkopf ist ungekämmt, und er hat Schlaf in den Augenwinkeln.

»Hab dein Licht gesehn«, sagt er.

Wie lieb von dem Jungen, so fürsorglich daran zu denken, was sie braucht! Es sei denn, er will sich einfach nur einer lästigen Pflicht entledigen.

»Aber hast du denn nicht geschlafen?«

»Amy hat mich geweckt«, schnieft er und bewegt seine kleinen rosigen Finger, damit wieder Blut hineinfließt. Der stumpfgraue eiserne Kübel geht ihm bis zu den Knien, und der Randumfang, schätzt Sugar, müsste ungefähr seiner Größe entsprechen.

»So früh schon? Wofür weckt sie dich?«

»Für gar nix. Sie schreit im Schlaf.«

»Wirklich?« In der Regel macht Amy sich viel früher als Sugar von ihrem letzten Kunden frei und steht am nächsten Tag nicht vor Mittag auf. »Das habe ich noch nie gehört.«

»Sie schreit leise«, erklärt Christopher und zieht die Stirn kraus. »Aber ich lieg d'rekt dran. An ihrm Mund, mein ich.«

»Wirklich?« So wie Amy redet, wenn sie wach ist, möchte man kaum glauben, dass sie ihren Sohn bei sich im Bett duldet. »Ich dachte, du hättest dein eigenes kleines Kämmerchen, wo du schläfst.«

»Hab ich auch. Aber ich komm raus, wenn Amy fertig is, und pack mich zu ihr. Wenn sie schläft, hat sie nix gegen. Da hat sie gar nix wogegen.«

»Sie hat gegen nichts etwas, Christopher.«

»Sag ich doch.«

Sugar seufzt, nimmt den Kübel und trägt ihn mit einer Haltung in ihr Zimmer, die anerkennend ausdrückt, wie schwer er ist. Was für ein kleiner Engel! Sie hatte sich damit abgefunden, zu dieser außerplanmäßigen Stunde selbst hinunter in den Kesselraum zu gehen, da zu dem Zeitpunkt, wo William – Mr Hunt –, Prinz Hosenpisser endlich abzog, kein Lebenszeichen mehr im Haus zu hören war. Sie hatte schon die Sitzbadewanne und diverse andere notwendige Accessoires aus ihrem Versteck im Kleiderschrank hervorgeschleift und wollte sich gerade überreden, das Wasser holen zu gehen, als Christopher kam und klopfte.

»Ich bin dir wirklich dankbar«, beteuert sie, während sie den Inhalt des Kübels in die Wanne kippt.

»Bin ich ja für da«, sagt er achselzuckend. »Muss mein Unterhalt verdienen.«

Sugar dreht sich nach ihm um, wie er da auf dem Flur steht, und bemerkt die offensichtlichen Spuren seines Kampfes mit dem Kübel, den er viel zu voll viel zu viele Stufen hinaufgeschleppt hat, damit er nur ja nicht noch einmal gehen muss. Auf seinen Unterarmen sind krebsrote Halbmonde abgedrückt, und seine nackten Füße und die Hosenbeine sind nass und dampfen von dem vergossenen heißen Wasser.

»Du bist der Mann im Haus«, lobt sie ihn, doch dabei vergisst sie, dass er Schmeicheleien nicht vertragen kann. Mit einem ärgerlichen Zucken wendet er sich ab und läuft die Treppe hinunter.

Tut mir Leid, denkt sie, aber andererseits kann eine Frau nur so und so viele Stunden am Stück auf alle Bedürfnisse und Vorlieben männlicher Wesen achten. Im trüben Licht des Morgengrauens findet Sugar das verzeihlich.

Zum ersten Mal seit dreiunddreißig Stunden zieht sie sich vollständig aus. Ihr grünes Kleid riecht nach Zigarrenrauch, Bier und Schweiß. Ihr Korsett hat Farbflecken vom Mieder bekommen, das anscheinend nicht im Regen getragen werden darf. Ihr Kamisol stinkt, ihre Pantalettes sind über und über vom Schnodder männlicher Ekstase besudelt. Sie wirft alles auf einen Haufen und steigt nackt in die Wanne. Erst die langen Beine, dann der malträtierte Hintern, schließlich dann der unterentwickelte Busen, den diese geifernden Schweine, die Dreckfetzen wie die *Londoner Lust-*

barkeiten verzapfen, bei ihren Kommentaren niemals auslassen – alles versinkt im Schaum.

Raues Gelächter, Schwatzen und das Scheppern und Rumsen von Warenlieferungen vor ihrem Fenster werden lauter. Es könnte schwer werden zu schlafen, doch wahrscheinlich wird sie in der Ruhepause einnicken, die immer zwischen dem Aufmachen der Läden und dem Erscheinen der Kunden eintritt. Ihr Bewusstsein zerfasert bereits; sie muss aufpassen, dass sie nicht sitzend in der Wanne einschläft. Sie ist mittlerweile so müde, dass sie nicht einmal mehr weiß, ob sie ihr vorbeugendes Ritual schon vollzogen hat oder nicht.

Schwere Locken lösen sich aus ihrem aufgehenden Chignon und fallen ihr über den nassen Rücken, so dass die Haarnadeln im Wasser landen, als sie sich nach Anzeichen dafür umschaut, ob sie nun daran gedacht oder es vergessen hat. Die Schüssel mit dem Verhütungsmittel steht noch dort, wo sie sie hingestellt hat, und ja, jetzt weiß sie es wieder, sie *hat* sie benutzt. Gott sei's gedankt! Sie kann sich zwar nicht mehr wirklich daran erinnern, dass sie den Tupfer eingeführt hat, aber dort liegt er (nicht mit Stoff umwickelt wie der von Caroline, sondern mit einem richtigen Meerschwamm vorne dran) triefend nass neben der Schüssel.

Wie viele hundert Male hat sie diese Zeremonie verrichtet? Wie viele Schwämme und Tupfer hat sie verbraucht? Wie viele Male hat sie dieses Hexengebräu bereitet und mit blinder Präzision die Zutaten abgemessen? Sicher, in ihrer Zeit in der Church Lane war die Mischung noch leicht anders; heute gibt sie zu dem Alaun und dem Zinkvitriol noch etwas *Sal aeratus* hinzu, doppeltkohlensaures Natron. Doch im Wesentlichen ist es dieselbe Brühe, über der sie nahezu jede Nacht kauert, seit sie mit sechzehn zu bluten begonnen hat.

Eine entscheidende Haarnadel rutscht heraus, und der Rest ihrer hüftlangen Haare droht in das lauwarme Wasser zu sinken. Zitternd stemmt sie sich hoch und stellt sich leicht vorgebeugt über den Schaum, die Hände auf den Schenkeln. Endlich, endlich kann sie das letzte bisschen Urin loswerden, so wenig und doch so schmerzhaft, das vor dem Bad einfach nicht kommen wollte. Das gelbe Rinnsal tröpfelt in die Seifenlauge, schreibt dunklen

Unsinn in den weißen Schaum. Ist es nur Pisse, was da aus ihr rinnt? Könnte tatsächlich noch etwas anderes in ihr drin sein? Manchmal spaziert sie die Straße entlang, eine gute halbe Stunde nach der Spülung, und auf einmal merkt sie, wie ein Samenschwall ihre Unterhosen voll sudelt. Was mag Gott oder die Kraft der Natur oder was sonst das Universum zusammenhalten soll damit bezwecken, dass es derart schwierig ist, innen sauber zu sein? Was mag im großen Schöpfungsplan an Pisse, Scheiße oder dem Rohstoff zur Erzeugung eines weiteren aufgeblasenen kleinen Mannes so einzigartig kostbar sein, dass das Zeug sich so hartnäckig in ihrem Inneren festsetzen darf?

»Gottverflucht sei Gott«, flüstert sie, während sie ihre Beckenmuskeln rhythmisch anspannt und entspannt, »und seine ganze abscheuliche, dreckige Schöpfung!«

Wie als Antwort auf ihr Geriesel im Badewasser prasselt es plötzlich an die eisigen Scheiben, und dann kommt das sanfte Rauschen des Regens und übertönt den Lärm der Menschen und Pferde. Sugar steigt aus der Wanne und trocknet sich mit einem frischen weißen Handtuch ab, während die Eisschicht auf dem Fenster knistert, milchig wird und abgleitet, so dass sich vor dem heller werdenden Himmel die Umrisse der Hausdächer abzeichnen. Das Feuer im Kamin ist ausgegangen, und schlotternd zieht sie sich ihr Nachthemd über den Kopf, halb tot vor Erschöpfung. Doch ihre Geduld mit diesem Dingsbums – ach ja, »nenne mich bitte William« – ist reich belohnt worden: So viel Geld hätte sie sonst mit drei Kunden verdient. Wohlgemerkt, sie ist nicht raffgierig; sie hätte gern darauf verzichtet, am Schluss auch noch gefickt zu werden.

Dann schlurft sie – ja, ja, *ja* – zu ihrem Bett.

Unwillig knurrend zieht sie mit einem Ruck die Vorhänge zurück. Ihr Spiegelbild zeigt eine zornige junge Frau, die bereit ist, jeden zu ermorden, der sich ihr in den Weg stellt. Mit einem erneuten Knurren packt sie die voll gesabberten Laken und versucht sie von der Matratze zu zerren, doch sie hat keine Kraft mehr. Also gibt sie sich geschlagen, löscht die Lichter und kriecht in eine trockene Ecke des Bettes gleich neben dem Spiegel, zieht sich eine Decke über den Leib und stößt einen Laut der Erleichterung aus.

Ein paar Sekunden liegt sie noch wach und lauscht auf den Platzregen. Dann schließt sie die Augen, und wie üblich flieht die Seele aus ihrem Körper in das dunkle Unbekannte, ohne zu merken, dass sie diesmal in eine andere Richtung flieht. Unten auf der Erde bleiben ihre schmutzige Badewanne und ihr nasses Bett zurück, eingeschlossen in einem verfallenden Gebäude unter vielen anderen in dieser riesengroßen, labyrinthischen Stadt. Am Morgen wird dies alles darauf warten, sie wieder einzusaugen. Doch es gibt eine größere Wirklichkeit: die Wirklichkeit der Träume. Und in diesen Fluchtträumen ist Sugars altes Leben schon zu Ende, wie ein Kapitel in einem Buch.

Teil 2

Das anrüchige Haus

Sieben

Frisch eingekleidet und duselig im Kopf, weil er zu wenig geschlafen hat, steht der Erbe der Rackham Perfumeries in seinem Salon, starrt in den Regen hinaus und fragt sich, ob das, was er fühlt, Liebe ist. Der Regen hat ihn völlig durchnässt, der Kutscher, der ihn nach Hause gefahren hat, hat ihm zu viel abverlangt, erst beim vierten Ziehen der Türglocke wurde ihm aufgemacht, es hat ewig gedauert, bis sein Badewasser fertig war, und jetzt lässt man ihn auf sein Frühstück warten – doch nichts von alledem ist von Belang. Dort draußen, denkt er, wartet die Frau des Lebens.

Er zieht fester an der Quaste, und die Vorhänge teilen sich weiter – so weit, wie es geht. Doch der wolkenbruchartige Regen, der ihn aus der Stadt den ganzen Weg bis Notting Hill begleitet hat, lässt herzlich wenig Sonnenlicht durch, und so dringt nur ein fahles Hellgrau zur Verandatür herein und legt sich wie eine Staubschicht über den von Lampen erleuchteten Salon. Halb zehn, und immer noch die Lampen an! Aber das macht nichts. Der Regen ist schön: Wie schön Regen sein kann! Nicht zu vergessen der ganze Unrat, den er von den Straßen schwemmt! Und nicht zu vergessen noch etwas: Nur wenige Meilen südöstlich von hier, unter diesem selben Himmel zu Hause und aller Wahrscheinlichkeit nach noch ins Bett gekuschelt, liegt ein ungezogener Engel namens Sugar. Und in *ihr* liegt *sein* Same, silbrig glänzend an der Innenwand ihrer Gebärmutter.

Während er eine Zigarette anzündet und sie sich zwischen die gespitzten Lippen steckt, fühlt er sich in dem Entschluss bestärkt, den er traf, kaum dass er das Haus von Mrs Castaway verlassen hatte: Er muss Sugar ganz für sich allein haben. Ein eitler Traum? Keineswegs. Er muss nur reich sein, und Geld, viel Geld harrt seiner, wenn er es sich zu nehmen weiß.

Ein Rauchschleier auf seiner Seite der Scheibe, ein Regenpanorama auf der anderen. Er stellt sich die Metropole aus großer Höhe betrachtet vor, ganz und gar eingesponnen nicht nur in das glitzernde Netz des Regens, sondern auch in *sein* Netz, das Netz seines ihm bestimmten Schicksals. Ja, an diesem strahlenden grauen Tag wird er das Rackham-Imperium in die Hand nehmen, während Sugar schläft. Soll sie nur schlafen, bis die Zeit reif ist, dass er an einem Faden zieht und sie weckt.

Undeutliche Geräusche werden anderswo im Haus laut, nicht erkennbar als Schritte und Stimmen, kaum hörbar bei dem Geprassel des Platzregens. Regenwetter macht Dienstboten nervös, hat William schon früher festgestellt, und zwar so häufig, dass er zeitweise mit dem Gedanken gespielt hat, einen amüsanten Artikel für den *Punch* darüber zu schreiben: »Die Dienerschaft und das Wetter«. Die dummen Geschöpfe rennen ziellos hin und her, stehen ein paar Momente ganz still und hetzen dann ruckartig los, um plötzlich unter der Treppe oder in einem Korridor zu verschwinden – genau wie kleine Katzen. Possierlich … aber sie lassen ihn heute Morgen dermaßen lange auf sein Frühstück warten, dass er den Artikel fast schon geschrieben haben könnte.

Ein leichtes Schwindelgefühl, zweifellos vom Hunger, veranlasst ihn, sich in den nächsten Sessel zu setzen. Er starrt durch seinen Tabakrauch auf den blank polierten Fußboden und bemerkt, dass durch die anhaltend und heftig vom Regen gepeitschte Verandatür Wasser ins Zimmer gelaufen ist. Es windet sich in einem feinen Rinnsal zentimeterweise über die Fußbodendielen auf ihn zu, hat aber noch einen langen Weg vor sich, denn immer wieder stockt es zitternd und muss auf den nächsten Windstoß warten. Da er nichts Besseres zu tun hat, beobachtet William gebannt sein Heranrücken und schließt mit sich selbst eine Wette darüber ab, ob das Rinnsal zu dem Zeitpunkt, wo Letty hereinkommt und verkündet, das Frühstück sei serviert, die Spitze seines linken Pantoffels erreicht haben wird. Wenn nicht, dann … was wird er dann tun? Er wird Letty freundlich begrüßen. Und wenn doch … dann wird er sie maßregeln. Sie hat somit ihr Schicksal selbst in der Hand.

Doch als schließlich die Tür aufgeht, kommt nicht Letty herein, sondern Clara.

»Wenn es Ihnen recht ist, Sir«, sagt sie (und schafft es, dabei auf ihre reizende Art zu verstehen zu geben, dass es sie nicht im Geringsten schert, ob es ihm recht ist), »wird Mrs Rackham heute Morgen das Frühstück mit Ihnen einnehmen.«

»Ja, ich … was?«

»Mrs Rackham, Sir …«

»Meine – Frau?«

Sie schaut ihn an, als ob er schwachsinnig wäre. Welche andere Mrs Rackham könnte gemeint sein?

»Ja, Sir.«

»Demnach … befindet sie sich wohl?«

»Ich kann keinerlei Anzeichen von Unwohlsein an ihr entdecken, Sir.«

William lässt sich das durch den Kopf gehen, während die vergessen vor sich hin glimmende Zigarette ihm die Finger anzusengen droht.

»Großartig!«, sagt er. »Was für eine erfreuliche Überraschung.«

Und so nimmt William an einem für zwei Personen gedeckten Tisch Platz und wartet darauf, dass der leere Stuhl ihm gegenüber besetzt wird. Er pustet auf sein verbranntes zartes Fleisch, schlenkert mit der Hand. Er würde gern seine Finger in eiskalten Wein oder Wasser tunken, doch es gibt nur Tee sowie ein Kännchen mit Milch, die er (und … Agnes?) gleich brauchen werden.

Das Esszimmer, gebaut für eine Familie von biblischer Kopfzahl, wirkt unfreundlich riesig. Zum Ausgleich hat irgendjemand vom Personal das Feuer zu sehr geschürt, so dass die Wärme sich unter dem Tisch staut, eingeschlossen von der schweren Leinentischdecke. Sie hätten lieber ihr bisschen Gehirnschmalz darauf verwenden sollen, die Vorhänge weiter aufzuziehen: besonders hell ist es nicht hier drin.

Letty kommt und bringt eine Platte mit Toast und Milchbrötchen. Sie sieht gehetzt aus, das arme Ding. Ganz anders als vor einigen Monaten, als er ihr eröffnete, sie werde ein Pfund mehr im Jahr verdienen, »weil Tilly nicht mehr bei uns ist«. Damals war von Stirnrunzeln noch nichts zu sehen! Aber er weiß, wo das Problem liegt: Agnes als Herrin des Hauses hätte genau festlegen sollen, welche Aufgaben an welches Dienstmädchen delegiert werden, und sie hat nichts dergleichen getan. Stattdessen scheint das Gesinde die neuen Pflichten selbst unter sich aufgeteilt zu haben.

»Alles in Ordnung, Letty?«, brummelt er, während sie ihm eine Tasse Tee einschenkt.

»Ja, Mr Rackham.« Eine Haarlocke hat sich bei ihr gelöst, und eine der weißen Manschetten sitzt ein Stück niedriger als die andere. Er beschließt, es unbeanstandet zu lassen.

»Seien Sie so gut und dämpfen Sie das Feuer ein wenig, Letty!«, seufzt er, als sie die Toastscheiben in den Ständer sortiert hat und sich anschickt zu gehen. »Sonst werden wir alle gleich in Flammen aufgehen.«

Letty blinzelt begriffsstutzig. Da sie einen Großteil ihrer Zeit durch zugige Korridore eilen muss und ihre Schlafstube in der Mansarde liegt, hat sie nicht übermäßig unter Wärme zu leiden. Ihr lausiger kleiner Kamin hat die Tendenz zu verstopfen, was die Stube noch kälter macht, und die neu hinzugekommenen Pflichten lassen ihr keine Zeit, den Zug auszukratzen.

William tupft sich mit der Serviette die Stirn, während das Mädchen sich kniend an die Arbeit macht. Warum hat Agnes sich ausgerechnet diesen Morgen ausgesucht, um ihm beim Frühstück Gesellschaft zu leisten? Hat ihr gestörter Geist ihr auf einmal hellseherische Gaben verliehen? Hat sie ihn und Sugar in delicto erblickt? Sie hat doch weiß Gott so manchen Ehebruch friedlich durchschlummert, ist es jetzt also das Nachglühen seiner Begeisterung, das sie spürt? Ja, das muss es sein: Seine Begeisterung wirkt im Haus wie die statische Aufladung vor einem Gewitter, und Agnes ist davon stimuliert worden. Eben noch lag sie bewusstlos in ihrem stillen, verdunkelten Krankenzimmer, da klappten plötzlich, animiert von dem elektrischen Wandel in der Atmosphäre, ihre Augen auf wie die einer Puppe.

Verstohlen lüftet William den Deckel der Butterdose und schabt sich ein Kleckschen von dem goldenen Fett ab, um seinen Fingern Linderung zu verschaffen.

Lassen wir William jetzt allein, und folgen wir Letty aus dem Esszimmer. Sie selbst ist nicht von Bedeutung, doch auf dem Weg in den langen unterirdischen Durchgang zur Küche erblickt sie Agnes, die gerade die Treppe herunterkommt – und Agnes ist eine der Personen, deretwegen du hergekommen bist. Es ist sehr viel besser, du hast Gelegenheit, sie jetzt zu beobachten, bevor sie sich für ihren Gatten gerüstet hat.

Hier also siehst du Agnes Rackham vorsichtig eine Wendeltreppe hinabsteigen, siehst, wie sie flach atmet, die Stirn in Falten legt, sich auf die Lippe beißt. Zögernd vertraut sie ihr Gewicht einer mit Teppich ausgelegten Stufe nach der anderen an und hält sich dabei krampfhaft mit einer weißknöcheligen Hand am Geländer fest, während die andere auf ihrem Brustbein liegt, knapp unter dem Mandarinkragen ihres Morgenrocks. Er ist aus preußischblauem Samt, dieser Rock, und so großzügig geschnitten im Vergleich zu ihrem zierlichen Körper, dass sie ständig in Gefahr ist, mit den Spitzen ihrer weichen grauen Hausschuhe am Saum hängen zu bleiben und kopfüber zu fallen.

Du überlegst, ob du sie schon einmal irgendwo gesehen hast, und die Antwort ist: ja. Sie ist ein hochviktorianisches Ideal, die Vollkommenheit selbst, als William sie seinerzeit heiratete, und jetzt, wo die Siebziger halb vorbei sind, ein klitzekleines bisschen angestaubt. Die Formen und Posen, die heute modern sind, sind nicht die ihren, dennoch ist und bleibt Agnes ein Ideal; ihre Allgegenwart lässt sich nicht über Nacht auslöschen. Sie ziert tausend Gemälde, zehntausend alte Postkarten, hunderttausend Seifendosen. Sie ist das Inbild porzellanpuppiger Weiblichkeit, eins fünfundfünfzig groß, blaue Augen, glattes, feines blondes Haar, ein Mund wie eine kleine rosige Vulva, unberührt.

»Guten Morgen, Letty.« Sie bleibt am Geländer stehen, um diese Worte zu sagen. In Anbetracht der schweren Prüfung, gleich ihrem Gatten zu begegnen, muss sie nicht auch noch bei diesem gefährlichen Abstieg das Schicksal herausfordern, indem sie gleichzeitig den Mund und die Füße bewegt.

William springt beflissen auf, als seine Frau das Zimmer betritt.

»Agnes, Liebling!«, ruft er aus und zieht ihr eilig den Stuhl zurück.

»Keine Umstände bitte, William«, erwidert sie.

Damit beginnt der Kampf, der alte Kampf darum, wer von ihnen einen höheren Anspruch darauf hat, als normal zu gelten. Es gibt einen Standard, dem alle vernünftigen Menschen genügen müssen: Wer von ihnen bleibt merklicher dahinter zurück? Wen wird der unparteiische Richter, der unsichtbar über der Kluft zwischen ihnen thront, für unzulänglicher erklären? Der Startschuss ist abgefeuert worden.

Nachdem er seiner Gattin auf ihren Platz geholfen hat, schreitet William steif zu seinem eigenen Stuhl zurück. Sie sitzen sich in einer solchen Totenstille gegenüber, dass sie draußen auf dem Flur erregte Frauenstimmen zischen hören können. Es geht um irgendwelche Zustände der Köchin und darum, welche der Zischerinnen (Letty und Clara?) mehr Arme hat.

Agnes bestreicht sich ruhig ein Milchbrötchen mit Butter, ohne sich um den Wirbel ihretwegen zu kümmern. Sie beißt ab, vergewissert sich, dass das Teil aus Brotresten gebacken wurde, legt es auf den Teller zurück. Auf ein Stück Teekuchen, noch gut warm von der umhüllenden Serviette, hat sie mehr Appetit.

Ein oder zwei Minuten später erscheint eine schwitzende Letty am Tisch der Rackhams.

»Bittschön, die Herrschaften«, säuselt sie und knickst so gut, wie sie das mit zwei großen, schwer beladenen Tabletts fertig bringt, die sie auf je einem zitternden Arm balanciert.

»Danke, Letty«, sagt Agnes und lehnt sich zurück, um die Reaktion ihres Mannes auf die Fülle der Speisen zu beobachten, die eine nach der anderen auf den Tisch geladen werden: ein *richtiges* Frühstück, wie es nur serviert wird, wenn die Herrin des Hauses den nötigen Anstoß dazu gibt.

Eier noch dampfend warm, Speckstreifen so kross, dass man Butter damit streichen könnte, Würstchen rundherum so gleichmäßig gebraten, dass man keinen Absatz sieht, Pilze braun wie Lehm, Rouladen, Beignets, Nierchen zur Vollkommenheit gegrillt: Dies alles und mehr wird vor den Rackhams aufgefahren.

»Na, ich hoffe, du hast heute einen guten Appetit, meine Liebe«, flachst William.

»O ja«, versichert Agnes ihm.

»Demnach geht es dir gut?«

»Durchaus, danke.« Sie köpft ein Ei: Das Innere ist safrangelb und so weich, wie man es sich nur wünschen kann.

»Du siehst jedenfalls sehr gut aus«, bemerkt William.

»Danke.« Sie sucht die Wände nach einer Eingebung ab, worüber sie reden könnte. Und obwohl von ihrem Platz aus kein Fenster zu sehen ist, denkt sie an den Regen, der die ganze Nacht an ihr Fenster im Obergeschoss gerauscht ist und ihr Gesellschaft geleistet hat. »Das Wetter muss schuld sein«, grübelt sie, »dass es mir so gut geht. Es ist sehr merkwürdiges Wetter, findest du nicht?«

»Mmm«, pflichtet William ihr bei. »Sehr nass, aber gar nicht so kalt. Nicht wahr?«

»Stimmt, die Gefrierlichkeit ist weg. Falls es so ein Wort wie Gefrierlichkeit gibt.« (Wie erleichternd! Auf dem feuchten Fundament des Wetters entsteht ein karges Gesprächsgebäude.)

»Nun, meine Liebe, falls es ein solches Wort nicht gibt, hast du der englischen Sprache soeben einen guten Dienst erwiesen.«

Agnes lächelt, doch bedauerlicherweise blickt William gerade in diesem Moment auf den Tisch, um zu ermitteln, ob seine Roulade Rind oder Lamm ist. Deshalb hält sie das Lächeln, bis er wieder aufschaut und es bemerkt – wobei nun ihre Lippen zwar noch in genau derselben Form sind, aber trotzdem auf ungreifbare Weise etwas fehlt.

»Ich nehme an, du hast die … Meinungsverschiedenheit vorhin gehört«, bemerkt William und deutet vage in die Richtung, aus der das Zischen gekommen ist.

»Ich habe nichts gehört, Liebling. Nur den lauten Regen.«

»Ich denke, jetzt, wo Tilly weg ist, fehlt es den Dienstboten an klaren Richtlinien, wer was zu tun hat.«

»Die Ärmste. Ich habe sie gern gehabt.«

»Sie erwarten diese Richtlinien von *dir*, meine Liebe.«

»Ach, William«, seufzt sie. »Es ist alles so kompliziert und beschwerlich. Sie wissen ganz genau, was zu tun ist. Können sie das nicht unter sich ausmachen?« Dann lächelt sie abermals, denn günstigerweise ist ihr eine nützliche Erinnerung aus ihrer gemeinsamen Vergangenheit gekommen. »Hast du nicht genau darüber früher immer geredet: Sozialismus?«

William verzieht ärgerlich den Mund. Sozialismus ist etwas anderes, als die Dienstboten wursteln zu lassen, bis die Anarchie perfekt ist. Aber egal, egal: An einem Tag wie diesem lohnt es sich nicht, darüber ein Wort zu verlieren. Schon bald wird die Dienstbotenfrage, wenigstens in William Rackhams Haus, mit aller wünschenswerten Deutlichkeit gelöst sein.

Ein unmittelbareres Problem: Das Gespräch flaut ab. William zermartert sich das Gehirn nach einem Thema, das seine Gattin interessieren könnte, doch er findet nur Sugar in seinem Kopf, Sugar in sämtlichen Ecken und Winkeln. Er muss doch in den drei oder vier Wochen, seit er das letzte Mal mit Agnes gefrühstückt hat, *irgendjemandem* begegnet sein, den sie beide kennen!

»Neu-neulich sind mir Bodley und Ashwell über den Weg gelaufen, am … Dienstag, glaube ich, war's.«

Agnes neigt den Kopf zur Seite und gibt sich Mühe, Aufmerksamkeit und Interesse zu zeigen. Sie verabscheut Bodley und Ashwell, doch dies ist eine wertvolle Gelegenheit, für die kommende Londoner Saison zu üben, denn da wird sie nicht darum herumkommen, sehr viel mit Leuten zu reden, die sie verabscheut, und Interesse an ihnen zu heucheln.

»Aha«, sagt sie. »Was tut sich so bei ihnen?«

»Sie haben ein Buch geschrieben«, antwortet William. »Es geht ums Beten, um den Nutzen des Gebets. Ich denke, es wird einen ziemlichen Wirbel machen.«

»Das werden sie bestimmt genießen.« Agnes sucht sich ein paar Pilze aus und legt sie sorgfältig auf einer Scheibe Toast in Formation. Das verzehrt kleine Häppchen Zeit, doch eine unverdaubare Ewigkeit bleibt.

»Henry ist uns letzten Sonntag nicht besuchen gekommen«, bemerkt sie, »und die Woche davor auch nicht.« Sie wartet kurz ab, ob ihr Mann den Faden aufnimmt, dann fügt sie hinzu: »Ich mag ihn sehr, du nicht?«

William kneift unbehaglich die Augen zusammen. Was bezweckt sie damit, über seinen Bruder zu reden, als ob er ein amüsanter Zeitgenosse wäre, den sie auf einer Gesellschaft kennen gelernt haben? Oder will sie damit sagen, dass Henry ihr mehr am Herzen liegt als ihm?

»Unsere Tür ist immer für ihn offen, meine Liebe«, sagt er. »Vielleicht sind wir ihm nicht fromm genug.«

Agnes seufzt. »Ich bin so fromm«, erklärt sie, »wie es mir unter den Umständen möglich ist.«

William hütet sich, das Thema weiterzuverfolgen; das kann zu nichts Gutem führen. Stattdessen verspeist er sein Würstchen, solange es noch warm ist. In seiner Phantasie liegt eine nackte Frau mit flammend roten Haaren bäuchlings auf einem Bett, und auf ihren roten Schamlippen glitzert weißer Samen. Ihm fällt ein, dass er ihre Brüste noch nicht gesehen hat. Immer tiefer in seine Gedankenwelt versinkend, sucht er sie dazu zu bewegen, den Oberkörper zu ihm herumzudrehen, doch nichts geschieht – bis Agnes das Schweigen bricht.

»Ich frage mich …« Sie führt nervös eine Hand an die Stirn, besinnt sich jedoch und streicht sich damit über die Wange. »Wenn dieses Wetter immer so weitergehen würde … der Regen, meine ich … dann würde der Regen normal werden und ein trockener Himmel etwas Außergewöhnliches, nicht wahr?«

Ihr Gatte starrt sie an zum Beweis seines guten Willens, ihr so viel Zeit zu geben, wie sie braucht, um wieder in sinnvollen Sätzen zu reden.

»Ich meine«, fährt sie tief Luft holend fort, »was ich mir vorstelle, ist … die ganze Welt könnte sich vollkommen … *einstellen* auf ständigen Regen, und wenn dann einmal ein trockener Tag käme, dann würden E-Ehepaare … wenn sie so wie wir jetzt beim Frühstück sitzen … dann würden sie das se-sehr seltsam finden.«

William runzelt die Stirn, hört eine Sekunde auf, sein Würstchen zu kauen, und verkneift sich dann den Kommentar. Er schneidet sich den nächsten Bissen ab. Im Schummerlicht des regenverhangenen Esszimmers kratzt ein Silbermesser auf Porzellan.

»Mmm«, sagt er. Das Brummen kann alles und nichts bedeuten, Zustimmung, Befremden, eine Warnung, einen Mund voll Würstchen – was Agnes darin hören mag.

»Sprich doch weiter, Liebling«, drängt sie ihn zaghaft.

Wieder zermartert William sich das Gehirn nach Neuigkeiten von gemeinsamen Bekannten.

»Doktor Curlew …«, setzt er an, doch dieses Thema ist bei Agnes nicht eben die klügste Wahl, und so wechselt er es möglichst geschmeidig. »Doktor Curlew hat mir letztens von seiner Tochter Emmeline erzählt. Sie … sie möchte sich keinesfalls wieder verheiraten, sagt er.«

»Ach ja? Was möchte sie dann?«

»Sie widmet fast ihre ganze Zeit dem Verein zur Rettung gefallener Frauen.«

»Das heißt, sie arbeitet?« Missbilligung wirkt auf Agnes' Stimme wie das belebende Tonikum, das ihr sonst dringend fehlt.

»Tja, schon, man wird es wohl kaum anders nennen können …«

»Natürlich nicht.«

»… denn auch wenn es ein Wohltätigkeitsverein ist und sie das freiwillig macht, erwartet man doch von ihr, dass sie … na ja, dass sie tut, was verlangt wird. So wie Curlew es beschreibt, verbringt sie ganze Tage im Heim oder sogar auf den Straßen, und wenn sie ihn hinterher besucht, stinken ihre Sachen regelrecht.«

»Das ist kaum verwunderlich – igitt!«

»Sie haben allerdings, muss man gerechtigkeitshalber sagen, beachtliche Erfolge zu vermelden, wenigstens behauptet das der Doktor.«

Agnes lugt sehnsüchtig über seine Schulter, als hoffte sie, eine riesengroße Vater- oder Muttergestalt werde hereingestürmt kommen und wieder für Sitte und Anstand sorgen.

»Also, *wirklich*, William!«, sagt sie schaudernd. »Was für ein Gesprächsthema! Und noch dazu am *Frühstückstisch*!«

»Hm, ja …« Ihr Gatte nickt entschuldigend. »Das ist wohl wahr … hm.« Und er nimmt einen Schluck von seinem Tee. »Und dennoch … Und dennoch ist es ein Übel, dem wir ins Auge sehen müssen, meinst du nicht auch? Die ganze Nation. Ohne Ausflüchte.«

»Was?« Agnes hofft verzweifelt, das Thema werde verschwinden, wenn sie nur gründlich genug den Faden verliert. »Was für ein Übel?«

»Prostitution.« Er spricht das Wort deutlich aus und blickt ihr direkt in die Augen, obwohl er verdammt noch mal *weiß*, dass er brutal ist. Im Hintergrund sieht ein gutmütigerer William Rackham ohnmächtig zu, wie seine Frau von diesem einen lang gezogenen Wort, dessen vier glatte Silben mittendrin mit t-Widerhaken versehen sind, durchbohrt wird. Agnes schnappt nach Luft, und ihr Kameengesicht wird weiß.

»Weißt du«, piepst sie, »als ich heute Morgen aus dem Fenster sah, da wippten die Rosensträucher … also ihre Zweige … so auf und nieder … wie wenn ein Schirm auf- und zugeht, auf und zu, auf und …« Sie presst fest die Lippen zusammen, als wollte sie die Gefahr unendlicher Wiederholung hinunterschlucken. »Ich dachte … das heißt, wenn ich sage, ich dachte, dann heißt das nicht, dass ich das tatsächlich *glaubte* … aber sie *sahen aus*, als ob sie im Boden versinken wollten. Wie große grüne Insekten, die mit den Flügeln schlagen, während sie in einen Treibsand aus Gras hinabgesaugt werden.« Nach dieser denkwürdigen Betrachtung setzt sie sich manierlich zurecht und faltet die Hände im Schoß wie ein Kind, das soeben ein Gedicht aufgesagt hat, so gut es kann.

»Geht es dir wirklich gut, meine Liebe?«

»Durchaus, danke, William.«

Eine Pause, dann fährt William unbeirrt fort.

»Die Frage lautet: *Ist sittliche Besserung die Lösung?* Ist sie überhaupt möglich? O ja, der Frauenrettungsverein mag behaupten, dass einige von diesen Mädchen jetzt ein ehrbares Leben führen, aber wer kann das schon sicher wissen? Die Versuchung ist eine mächtige Kraft. Wenn eine gebesserte Sünderin ganz genau weiß, dass sie an einem Abend so viel verdienen kann wie eine Näherin in einem ganzen Monat, wie standhaft wird sie dann an der ehrlichen Arbeit festhalten? Kannst du dir vorstellen, Agnes, für einen Hungerlohn einen großen Berg Kattunhemden zu nähen, wenn du gleichzeitig nur dein eigenes Hemd ein paar Minuten lang ausziehen müsstest …?«

»William, *bitte*!«

Er verspürt einen leisen Gewissensbiss. Agnes' Finger haben die Tischdecke gepackt, zerknüllen das Leinen.

»Tut mir Leid, Liebling. Verzeih mir. Ich vergesse immer wieder deine Unpässlichkeit.«

Agnes nimmt diese Entschuldigung mit einem Lippenzucken entgegen, das ein Lächeln sein könnte – oder Betroffenheit.

»Lass uns bitte von etwas anderem sprechen!«, sagt sie beinahe flüsternd. »Komm, ich schenke dir Tee nach.«

Bevor er einwenden kann, für diese Arbeit solle doch lieber ein Mädchen gerufen werden, hat sie den Henkel der Teekanne in die Faust genommen und diese mit wackelndem Handgelenk hochgehoben. Er setzt an, helfend aufzuspringen, doch sie steht bereits, die zierliche Gestalt verkrümmt, um die schwere Porzellankanne halten zu können.

»Heute ist ein besonderer Tag«, sagt sie, während sie sich über Williams Teetasse beugt. »Ich habe vor« (sie gießt langsam), »die Köpfe zusammenzustecken – mit der Köchin, meine ich – und dir deine Lieblingstorte zu backen, die Schokoladenkirschtorte, die du schon *so* lange nicht mehr gehabt hast.«

William ist gerührt, zutiefst gerührt.

»O Aggie«, sagt er. »Das wäre einfach wunderbar.«

Der Anblick, wie sie da steht, so klein und zerbrechlich, und ihm Tee einschenkt, überwältigt ihn plötzlich. Wie abscheulich, wie ungerecht hat er sie behandelt! Nicht nur heute Morgen, sondern die ganze Zeit schon, seit sie angefangen hat, Aversionen gegen ihn zu hegen. Ist es wirklich ihre Schuld, dass sie sich von seiner Liebe abgestoßen fühlt, dass sie ihn wie ein Vieh behandelt und ihn damit letzten Endes zu einem Vieh gemacht hat? Er hätte einsehen müssen, dass sie eine Blume ist, der es nicht bestimmt ist, sich zu öffnen, eine Treibhauskreation, aber deswegen um nichts weniger schön, um nichts weniger besitzenswert. Er hätte sie bewundern, sie loben, für sie sorgen und sie am Ende des Tages in Frieden lassen sollen. Fast zu Tränen gerührt, streckt er seine Hand über den Tisch hinweg aus.

Abrupt fängt Agnes' Arm mit mechanischer Heftigkeit zu zittern an, und der Schnabel der Teekanne klappert laut gegen den Rand von Williams Tasse. Im nächsten Augenblick ist die Tasse von der Untertasse gesprungen, und das Weiß der Tischdecke wird blitzartig von einem braunen Fleck gefressen.

William fährt vom Stuhl auf, doch Agnes' Hand ist bereits aus dem Kannenhenkel geglitten, und sie taumelt mit entsetztem Blick vom Tisch zurück. Die Schultern, um die er einen tröstenden Arm zu legen versucht, scheinen sich zusammenzukrampfen und einzuschrumpfen, und mit einem würgenden Schrei fällt sie zu Boden. Oder sinkt auf den Teppich, wenn du willst. Auf welche Weise sie auch dort ankommt, sie landet ohne einen Aufschlag, und ihre glasigen blauen Augen sind offen.

William starrt ungläubig auf sie nieder, obwohl dies nicht das erste Mal ist, dass sie lang gestreckt zu seinen Füßen liegt. Ihm ist ganz schlecht vor Sorge und auch vor Hass, denn er hat sie in Verdacht, ihren Zusammenbruch vorsätzlich betrieben zu haben. Sie wiederum starrt zu ihm empor, absonderlich ruhig jetzt, wo sie nicht weiterfallen kann. Ihre Frisur ist immer noch adrett, ihr Körper ist hindrapiert wie zum Schlafen. Flache Atemzüge heben ihren Busen und lassen erkennen, dass der Körper unter dem blauen Morgenrock reifer ist, als die zierliche Statur vermuten lässt.

»Es war ein Fehler von mir, heute aufzustehen«, sinniert sie leblos, und ihr Blick wandert von ihrem Mann zu den Stuckrosetten an der Decke. »Ich dachte, es ginge, doch es geht nicht.«

Zufällig – wenigstens für die Rackhams – betritt in diesem Augenblick Janey das Zimmer, weil sie geschickt wurde, den Frühstückstisch abzuräumen.

»Janey!«, schnauzt William. »Laufen Sie zu Doktor Curlew und sagen Sie ihm, er soll sofort kommen!«

Das Mädchen knickst und will schon gehorchen, doch da ertönt vom Fußboden die Stimme ihrer Herrin und lässt sie abrupt innehalten.

»Janey kann nicht gehen«, widerspricht die hingestreckte Mrs Rackham, leicht krächzend wegen des Teppichstaubs. »Sie wird in der Küche gebraucht. Und Letty wird gerade mit den Betten zu tun haben. Janey, sag Beatrice, sie soll gehen! Sie ist die Einzige, die wir erübrigen können.«

»Ja, Ma'am.«

»Und ruf mir Clara!«

»Ja, Ma'am.« Ohne auf ein Wort vom Herrn zu warten, eilt das Mädchen davon.

William Rackham tritt neben seiner Frau von einem Fuß auf den anderen und beugt und streckt hilflos die Finger. Früher, als Agnes' Krankheit noch neu war, hob er sie immer vom Boden auf und trug sie auf dem Arm von Zimmer zu Zimmer. Heute weiß er, dass es nicht ausreicht, sie einfach auf den Arm zu nehmen. Er räuspert sich, möchte ihr irgendwie gern seine Reue wie auch seine Vergebung demonstrieren.

»Du hast dich doch nicht etwa verletzt, meine Liebe, oder? Ich meine, an den Knochen? Hätte ich überhaupt nach Doktor Curlew schicken sollen, was meinst du? Ich habe es getan, ohne nachzudenken, vor … vor Aufregung. Aber ich möchte fast behaupten, dass du gar keinen Arzt mehr brauchst. Oder?« Er hält es ihr hin: ein verlockendes Angebot, das sie nach Belieben annehmen oder ablehnen kann.

»Sehr freundlich von dir, dass du der Meinung bist«, entgegnet sie matt. »Aber jetzt ist es zu spät.«

»Unsinn. Ich kann das Mädchen zurückrufen.«

»Kommt gar nicht in Frage. Es ist schon schlimm genug, was aus diesem Haushalt geworden ist, da musst du nicht auch noch in Hausschuhen hinter einer Dienerin herjagen.«

Und sie wendet den Kopf von ihm ab und blickt zur Tür, durch die Hilfe kommen wird.

Sekunden später erscheint Clara. Sie wirft einen Blick auf ihren Herrn, dann einen auf Mrs Rackham. Es ist nur natürlich, es so zu sehen, natürlich, eine Verbindung zwischen dem stehenden Mann und der liegenden Frau herzustellen. Doch William entdeckt noch etwas anderes in Claras Blick, ein anklagendes Funkeln, das ihn empört: Er hat noch nie im Leben einen Menschen geschlagen! Und falls er es jemals tun sollte, dann, bei Gott, wäre dieses unverschämte kleine Biest wahrscheinlich die Erste!

Clara jedoch kümmert sich schon nicht mehr um ihn. Sie zieht Agnes auf die Füße (oder erhebt sich Agnes aus eigener Kraft? – die Sache geschieht mit bemerkenswert wenig Getue), und Schulter an Schulter gehen die beiden Frauen aus dem Zimmer.

Wem sollen wir jetzt folgen? William oder Agnes? Dem Herrn oder der Herrin? An diesem folgenschweren Tag dem Herrn.

Agnes' Zusammenbruch ist ungeachtet seiner Dramatik nicht von großer Bedeutung; es ist nicht das erste Mal, dass sie zusammenbricht, und es wird auch nicht das letzte Mal sein.

William hingegen begibt sich schnurstracks in sein Arbeitszimmer, und sobald er dort Platz genommen hat, tut er etwas, das er noch nie zuvor getan hat. Er liest die Papiere seines Vaters, er liest sie noch einmal, und dann denkt er darüber nach, den Blick nach draußen auf den Regen gerichtet, bis er sie zu verstehen beginnt. Die Ereignisse haben ihn wachgerüttelt, hellwach; er ist bereit. Die Blätter mit der Geschichte der Rackham Perfumeries leuchten vor ihm auf dem Schreibtisch, geädert von senkrechten Schattenlinien: am Fenster herabrinnenden Regenfäden. Er liest, den Federhalter gezückt. Dies ist der Tag, der stürmische, der bedeutsame Tag, an dem er seine widerspenstige Zukunft an die Kandare nehmen wird.

Furchtlos öffnet er seinen Geist der Mathematik des Düngers, der Arithmetik der Anbaufläche, dem empfindlichen Gleichgewicht zwischen Destillation und Verdünnung. Falls er auf ein Wort stößt, das ihm keinen Sinn gibt, stöbert er es in den Nachschlagewerken auf, mit denen ihn sein Vater in weiser Voraussicht versehen hat, Büchern wie *Lexikon des einträglichen Pflanzenbaus* und *Agronomische Enzyklopädie der Parfüme und Essenzen.* Seit letzter Nacht ist Unkenntnis, was die inneren Zusammenhänge der Rackham Perfumeries betrifft, ein Luxus, den er sich nicht mehr leisten kann.

Natürlich möchte er Agnes gern von ihrem Leiden erlösen. Mit jeder neuen Sparmaßnahme – wieder eine Dienerin weniger, wieder ein kostspieliger Genuss versagt – verschlechtert sich ihr Zustand. Ein Kutscher und eine Kutsche wären ihrer Gesundheit förderlicher als Curlews ganze Arzneien.

Doch Agnes ist nicht der eigentliche Grund, weshalb er angestrengt die verschmierte und verblasste Handschrift seines Vaters zu entziffern sucht, weshalb er die ungehobelte provinzielle Rechtschreibung und das ungehobelte provinzielle Denken seines Vaters toleriert und sich den Kopf über die Feinheiten des Vorgangs zerbricht, mit dem trockenen Blättern Saft abgepresst wird. Der eigentliche Grund ist der: Wenn er Sugar ganz für sich allein haben will, wird ihn dieses Privileg einiges kosten. Ein kleines Vermögen wahrscheinlich, das er einzig und allein mit einem *großen* Vermögen in der Hinterhand aufbringen kann.

Er hält in seiner Arbeit inne, reibt sich die brennenden Augen, die fehlenden Schlaf einklagen. Er blättert in der handgeschriebenen Abhandlung zurück, die sein Vater zu seiner Aufklärung verfasst hat, und liest ein oder zwei Absätze noch einmal. Da fehlt ein Verbindungsglied im Lebenszyklus des Lavendels, wie sein Vater ihn darstellt (sofern Lebenszyklus die korrekte Bezeichnung für das ist, was mit einer Blume geschieht, nachdem sie geschnitten wurde). Hier auf dieser Seite wird erklärt, das frisch gefilterte Öl besitze einen unerwünschten »Destilliergeruch«; auf der nächsten Seite ist der Geruch anscheinend verschwunden, ohne dass über das Wie des Vorgangs ein Wort verloren wird. William fährt sich mit der Hand durchs Haar, fühlt, dass es ihm vom Kopf absteht, ignoriert das Gefühl.

Destilliergeruch – quo vadis?, notiert er am Rand, fest entschlossen, über diese Tortur nicht den Humor zu verlieren.

Unten im Esszimmer hat Janey ihrerseits eine wichtige Aufgabe zugewiesen bekommen. Sie soll, wie Miss Tillotson sich ausgedrückt hat, alle Spuren der »Katastrophe« auf dem Frühstückstisch beseitigen. Weil doch bloß immer alle auf ihr herumtrampeln, hat Janey sich nicht zu fragen getraut, was das Wort eigentlich bedeutet (sie dachte immer, es hätte was mit der Marine zu tun), und sich mit Eimer und Mopp für das Schlimmste gerüstet, die Schürze schwer von Lumpen und Bürsten. Was sie vorfindet, ist ein stehen gelassenes, aber absolut wunderbar aussehendes Frühstück sowie bei näherem Hinschauen eine ausgegossene Teetasse. Kein Dreck am Boden. Nur das, was Janey selbst an der Unterseite ihres Eimers mitgebracht hat: ein paar Erdkrümel von den teppichlosen unteren Regionen des Hauses.

Zögernd greift das Mädchen nach einem Stück kaltem Speck, einem von dreien, die noch auf der silbernen Platte glänzen. Sie nimmt es zwischen ihre derben Finger und knabbert daran. Diebstahl. Doch der Zorn Gottes zeigt keinerlei Neigung, über ihr Haupt zu kommen, und so wird sie kühner und verspeist den ganzen Streifen. Er schmeckt so köstlich, dass sie am liebsten ihrem Bruder einen mit der Post nach Hause schicken würde. Als Nächstes ein Milchbrötchen, hinuntergespült mit einem Schluck zu lange gezogenem Tee. Mrs Rackhams unverzehrte Nierchen lässt sie liegen, weil sie nicht recht weiß, was das ist. Ihre normale Kost besteht aus dem, was die Köchin für sie zuträglich findet.

In der Schlechtigkeit, die ihr alle nachsagen, lässt Janey ihren müden Körper vorsichtig auf Mrs Rackhams Stuhl nieder. Obwohl sie erst neunzehn ist, sehen ihre dicken Krampfaderbeine wie Rollbraten aus, und jede Gelegenheit, sie auszuruhen, ist wie ein Segen. Ihre Hände sind krebsrot und bilden einen krassen Kontrast zu dem weißen Porzellan, als sie ihren Finger in den Henkel der Tasse ihrer Herrin steckt. Schüchtern spreizt sie den kleinen Finger ab, um auszuprobieren, ob das beim Heben der Tasse einen Unterschied macht.

Aber damit ist Gottes Geduld nun doch erschöpft. Eine Glocke ertönt, und sie springt auf.

»Kommen Sie rein, Letty!«, sagt Rackham, doch er irrt sich: Es ist schon wieder Clara. Was wird hier eigentlich gespielt? Haben die Dienstboten das Haus ins totale Chaos gestürzt, während er hier arbeitet? Doch dann erinnert er sich: Er selbst hat Letty erst vor einer Viertelstunde auf eine Besorgung zum Schreibwarenhändler geschickt.

»Ich nehme an, Doktor Curlew ist gekommen.«

Wieder falsch. Clara teilt ihm mit, Beatrice und der Herr Doktor seien noch nicht aufgetaucht, dafür jedoch seien Mr Bodley und Mr Ashwell zu Besuch gekommen. Sie wollten (zitiert Clara mit unverhohlener Verachtung) ihn zum Duell herausfordern, wobei sie einander zu sekundieren gedächten und Rackham die Wahl der Waffen überließen.

»Ich werde sie gleich begrüßen«, erklärt er. »Sagen Sie ihnen, sie sollen es sich derweil gemütlich machen.«

Wenn es etwas gibt, worauf man sich bei Bodley und Ashwell verlassen kann, dann darauf, dass sie es sich gemütlich machen. Als William in seiner Arbeit an einen Punkt kommt, der sich für eine Verschnaufpause anbietet, und sich nach unten begibt, lümmeln sie in den Sesseln des Rauchzimmers und wetteifern mit schlappen Tritten um das Vorrecht, die Füße auf dem kahlen Schädel eines ausgestopften Tigerfells abzulegen.

»*Ave, Rackhamus!*«, grüßt Ashwell nach alter Scholarenmanier.

»Lieber Himmel, Bill!«, ruft Bodley aus. »Deine Augen sehen

ja schlimmer aus als meine! Hast du die ganze Nacht durchgebumst?«

»Ja, aber jetzt fange ich ein neues Leben an«, schießt Rackham zurück. Er ist bereit! An einem Tag wie heute mag Gott ihm kommen, womit er will – zu wenig Schlaf, verbrannte Finger, Agnes am Boden, massenweise triste Dokumente durchzuackern, das Gewitzel seiner unverheirateten Freunde –, er wird sich das Leuchten seines Triumphs davon nicht verdüstern lassen.

Es hilft, dass er in Bodleys und Ashwells Gesellschaft auf alle Ewigkeit ein Junggeselle ehrenhalber ist. Was sie betrifft, existiert Agnes so lange nicht, wie William sie nicht erwähnt. Gewiss ist ihre Existenz hier im Haus der Rackhams schwieriger zu leugnen als auf den Straßen von London oder Paris, denn überall hat sie ihre Marken gesetzt. Die Lehnenschoner auf den Sesseln hat sie gehäkelt, die Tischdecken sind mit ihren Stickereien verziert, und unter jeder Vase, jedem Leuchter und jedem Stück Nippes liegt mit hoher Wahrscheinlichkeit ein fein gewirktes Spitzendeckchen oder ein von Mrs Rackhams Handarbeit verschöntes Set. Selbst das Zigarrenkästchen aus Zedernholz hat seinen kleinen bestickten Überzug (in fünf Garnfarben und mit seidenen Troddeln) Agnes zu verdanken. Aber William (»Zigarre, Bodley?«) hat sich längst daran gewöhnt, dass die Schmuckwut seiner Frau sich an jeder freien Fläche austobt, und nimmt es überhaupt nicht mehr wahr.

In gewisser Weise ist dieses Verhalten von Bodley und Ashwell – dass sie Mrs Rackhams Existenz leugnen – eher rücksichtsvoll als brutal. Man lässt die Ehe taktvollerweise so lange ruhen als nötig, wie einen Invaliden, dessen Genesung nicht übereilt betrieben werden darf. William ist ihnen dankbar, ganz ehrlich, für ihre Bereitschaft, die drei weisen Affen zu spielen (gut, zwei) und nichts Böses zu sehen, nichts Böses zu hören und … na ja, er weiß nicht, ob sie Böses über Agnes sagen, wenn sie in anderer Gesellschaft sind. Er hofft nicht.

»Aber eins musst du uns verraten«, sagt Ashwell, nachdem sie ein paar Minuten lang schwadroniert und geraucht haben. »Du musst uns das Geheimnis von Mrs Fox verraten. Heraus damit, Bill: Was hat sie für besondere Tugenden? Außer Tugendhaftigkeit, meine ich.«

Einwurf von Bodley: »Kann eine Frau, die mit Prostituierten arbeitet, tugendhaft sein?«

»Das wird die Grundvoraussetzung sein, hmm?«, meint Ashwell. »Für eine auf dem Gebiet tätige Frau.«

»Aber der Kontakt mit dem Laster verdirbt einen!«, wendet Bodley ein. »Hast du das nicht auch schon bemerkt?«

William schnippt seine Zigarre in den Kamin. »Ich bin sicher, Mrs Fox ist gegen alles Übel gefeit. Gottes Abgesandte mit Hütchen. Das ist der Eindruck, den Henry mir gleich am ersten Tag ihrer Bekanntschaft vermittelt hat. Na ja, vermutlich nicht *buchstäblich* am ersten Tag, so oft besucht er mich auch wieder nicht.« William lehnt sich in seinem Sessel zurück und starrt an die Decke, wie um verflossene Gespräche, die noch dort oben schweben könnten, besser zu erkennen. »›Sie ist so *gut*, William‹, hat er in einem fort gesagt. ›So unglaublich gut. Glücklich der Mann, der diese Heilige einmal zu seiner Frau machen kann.‹«

»Ja, aber was hält er davon, dass sie mit Huren verkehrt?«

»Das hat er mir nicht gesagt. Ich kann mir nicht vorstellen, dass es ihm sehr gefällt.«

»Der arme Henry. Der dunkle Schatten der Sünde schiebt sich zwischen ihn und seine Liebe.«

William droht scherzhaft mit dem Finger. »Na, na, Bodley, du weißt, dass Henry furchtbar verletzt wäre, wenn er dieses Wort in Verbindung mit seinen Gefühlen für Mrs Fox hören würde.«

»Welches Wort? Sünde?«

»Ach was, Liebe!«, wehrt William ab. »Jede Andeutung, er könnte in Mrs Emmeline Fox verliebt sein ...«

»Aaach, das ist so offensichtlich wie die Nase in seinem Gesicht«, mufft Ashwell. »Was denkt er denn, was sie so oft zusammenführt? Der unwiderstehliche Charme von Streitgesprächen über das richtige Bibelverständnis?«

»Ja, ja, genau das!«, ruft William aus. »Vergiss nicht, dass sie beide *rasend* fromm sind. Das kleinste Gemunkel um Reform oder Verfehlung der Kirche, hier in England oder im Ausland, ist für sie von *unerhörtem* Interesse.« (»Warum wollen sie dann nichts von unserem neuen Buch wissen?«, murmelt Bodley.) »Und wie Henry Mrs Fox' Arbeit im Frauenrettungsverein beschreibt, tut sie das alles Gott zu Gefallen. Du weißt schon: um Seelen in die Herde zurückzubringen …«

»Nein, nein, altes Haus«, verbessert ihn Bodley. »Seelen in den *Schoß, Schafe* in die Herde.«

»Was Henry betrifft«, fährt William unbeirrt fort, »so ist er immer noch ganz versessen darauf, Pastor zu werden. Oder heißt es Vikar oder Rektor oder Kurat? Je genauer er mir die Unterschiede erklärt, umso weniger kann ich die Begriffe auseinander halten.«

»Pfründe«, sagt Bodley augenzwinkernd, »und wie viel du davon privat einstreichen kannst.«

Ashwell schnaubt und zieht aus einer Innentasche seines Jacketts ein zerquetschtes, in Seidenpapier gewickeltes Stück Türkischen Honig. »Ein Irrsinn«, murmelt er, nachdem er davon abgebissen und den Rest wieder eingesteckt hat. »Ein Prachtexemplar von Mann wie Henry – bester Ruderer in unserer Clique, erstklassiger Schwimmer, ich sehe ihn immer noch mit nacktem Oberkörper durch den Midsummer Common laufen. Was hat er davon, neben einer kränkelnden Witwe herzuschlurfen? Erzähl mir bloß nicht, es ist wegen ihrer schneeweißen Seele – einen brünstigen Mann rieche ich zehn Meilen gegen den Wind.«

»Aber wie hält er sie nur aus?«, stöhnt Bodley. »Sie sieht aus wie ein Windhund! Dieses lange, ledrige Gesicht und diese faltige Stirn – und ständig so *schrecklich* wachsam, genau wie ein Hund, der auf Befehle lauert.«

»Mach halblang!«, beschwichtigt ihn William. »Meinst du nicht, dass du zu viel Wert auf körperliche Schönheit legst?«

»Ja, aber zum Donner, William, würdest *du* eine Witwe heiraten, die wie ein Hund aussieht?«

»Aber Henry hat gar nicht die *Absicht*, Emmeline Fox zu heiraten!«

»Uuuh! Skandalös!«, gebärdet sich Bodley und klatscht sich die Hände an die Backen.

»Ich verbürge mich dafür«, verkündet William, »dass mein Bruder von Mrs Fox nicht mehr will als Konversation.«

»O *ja*!«, feixt Ashwell und zieht sich, vom Eifer erhitzt, das Jackett aus. »Konversation! Konversation auf gemeinsamen Spaziergängen im Park oder in schnuckeligen Londoner Teestuben oder am Meer, und ständig schauen sie sich tief in die Augen. Mir ist sogar zu Ohren gekommen, dass sie eine Bootspartie auf der Themse gemacht haben – zweifellos um *Thessalonicher 2* zu diskutieren.«

»Zweifellos«, beharrt William.

Ashwell zuckt die Achseln. »Und diesen verrückten Wunsch, Pastor zu werden, wie lange hat er den schon?«

»Puh, seit vielen Jahren.«

»In Cambridge habe ich nie was davon mitgekriegt – du, Bodley?«

»Wovon?« Bodley durchwühlt die Taschen von Ashwells abgelegtem Jackett nach dem Türkischen Honig.

»Vater hatte sich das Thema ein für alle Mal verbeten«, erläutert William. »Deshalb hegte Henry den Wunsch im Geheimen – auch wenn er ihn vor *mir* nicht besonders geheim hielt, sehr zu meinem Leidwesen. Er war schon immer fürchterlich fromm, auch als wir noch klein waren. Ständig hat er sich darüber beklagt, dass in unserer Familie nur einmal am Tag gebetet wurde und nicht zweimal.«

»Er hätte Gott danken sollen«, gibt Bodley zu bedenken. (»Zweimal am Tag!«, wirft Ashwell ein.) »Bei *uns* zu Hause wurde zweimal am Tag gebetet. Das hat mich zum Atheisten gemacht. Einmal am Tag stachelt die Frömmigkeit an und hat zur Folge, dass arme Spinner wie Henry Pfaffen werden wollen.«

»Für meinen Vater war es jedenfalls eine große Enttäuschung«, sagt William. »Er war so lange der festen Überzeugung, dass Henry, der edle Träger seines Namens, die Firma übernehmen würde. Aber stattdessen« (er blickt ihnen fest in die Augen) »werde ich das tun.«

Bodley und Ashwell verschlägt es sichtlich die Sprache, so erstaunt sind sie, dass er auf diese Weise über die Rackham Perfumeries redet, gewöhnlich ein weiteres Tabuthema. Sollen sie ruhig staunen! Vielleicht beginnen sie langsam zu ahnen, dass sich seit gestern ein Wandel mit ihm vollzogen hat.

Er würde ihnen natürlich liebend gern von Sugar erzählen, ihr Lob singen und (ja, zugegeben) sich ein bisschen für die letzten Jahre revanchieren, in denen das Leben von Bodley und Ashwell im Vergleich zu seinem immer so fidel wirkte. Aber er kann sich ihre Reaktion nur zu gut vorstellen: »Na, dann wollen wir diese Sugar mal ausprobieren!« Und was könnte er dann tun? Alles zurücknehmen? Das Mädchen plötzlich zum Schein schlecht machen wie ein stammelnder alter Bauer, der einen plündernden Soldaten davon zu überzeugen versucht, dass seine Tochter es gar nicht wert ist, vergewaltigt zu werden? Aussichtslos. Für solche wie Bodley und Ashwell sind alle Schätze der Weiblichkeit Gemeineigentum.

»Sagt mal«, erkundigt er sich stattdessen, »habt ihr irgendwas Neues über dieses phantastische Mädchen gehört, das ihr mir letztens beschrieben habt?«

»Welches phantastische Mädchen?«

»Na, die Temperamentvolle – mit der Reitpeitsche –, die angeblich die uneheliche Tochter von Lord Soundso ist ...«

»Lucy Fitzroy!«, stoßen Bodley und Ashwell gleichzeitig hervor.

»Ja, allerdings, merkwürdiger Zufall, dass du sie erwähnst«, sagt Ashwell. Die beiden wenden sich einander zu und ziehen jeder eine Augenbraue hoch, ihr Signal, ins wechselweise Fabulieren zu verfallen.

»Ja, verdammt merkwürdiger Zufall.«

»Wir haben die Meldung über sie, na, kaum drei Stunden, nachdem wir dir von ihr erzählt hatten, bekommen, stimmt's, Bodley?«

»Zwei und dreiviertel Stunden, höchstens.«

»Die Meldung?«, drängt William. »Was für eine Meldung?«

»Keine sehr erbauliche Geschichte«, sagt Ashwell. »Einer von Lucys Bewunderern hat offenbar sensibel auf sie reagiert.«

»Sensibel?«, wiederholt William, den seine Gefühle für Sugar dazu veranlassen, den Ausdruck positiv zu interpretieren.

»Ja«, bestätigt Bodley. »Mit ihrer eigenen Reitpeitsche.«

»Ganz übel geprügelt hat er sie.«

»Besonders um den Mund herum und auf die Backen.«

»Wie ich höre, ist ihr die Schlagfreudigkeit ziemlich vergangen.«

Bodley bemerkt, dass seine Zigarre ausgegangen ist, nimmt sie aus den Lippen und schätzt kurz ihre mögliche Ergiebigkeit ab, bevor er sie ins Feuer wirft.

»Na ja, wie du dir denken kannst«, sagt er, »macht sich Madame Georgina keine allzu großen Hoffnungen. Selbst wenn sie bereit ist zu warten, wird es Narben geben.«

Ashwell zupft sich mit niedergeschlagenen Augen Fusseln von der Hose. »Armes Ding«, klagt er.

»Tja«, feixt Bodley, »der Herr schlägt alle seine Feinde auf die Backen.«

Ashwell und Rackham verziehen beide angewidert das Gesicht. »Bodley!«, ruft einer von ihnen. »Das ist das *Letzte*!«

Bodley grinst über die Schelte und wird rot wie ein Schulbub.

In dem Moment fliegt die Tür des Rauchzimmers auf, und eine keuchende und völlig aufgelöste Janey platzt herein.

»'tsch-tsch-tschuldigung«, stottert sie und schwankt auf den Zehenspitzen in der Tür, als ob eine große Schlammflut gegen ihren Rücken anbrandete und sich an ihr vorbei in diese verräucherte männliche Domäne zu ergießen drohte.

»Was *gibt's* denn, Janey?« (Das Mädchen schaut *Bodley* an, zum Donnerwetter! Weiß sie nicht mal, wer ihr Herr ist?)

»Sir – bittschön – ich meine –« Janey macht in einem fort nervöse Knicksbewegungen, die eher so aussehen, als müsste sie dringend pinkeln. »Ach, Sir – Ihre Tochter – sie – sie is ganz *blutig*, Mr Rackham!«

»Meine Tochter? Ganz blutig? Großer Gott, wieso? Wo ganz blutig?«

Janey duckt sich, halb von Sinnen vor Angst und Aufregung.

»Überall, Sir!«, jammert sie.

»Dann … äh …«, druckst William, den es verwirrt, dass man mit diesem Notfall gerade zu *ihm* kommt statt zu sonst jemandem. »Wieso ist … äh … wie heißt sie noch mal gleich …?«

Janey, die sich angeklagt fühlt, ist dem Wahnsinn nahe. »Das Kinderfrollen is nich *da*, Sir! Sie is Doktor Curlew holen gegangen. Und Miss Playfair kann ich nich finden, sie muss auch aus sein, und Miss Tillotson, die will nich –«

»Ja, ja, ich verstehe schon.« Die soziale Demütigung brennt Rackham auf den Schultern wie dem Herakles das tödliche Nessoshemd. Es führt kein Weg daran vorbei, dass im Augenblick zu wenige Dienstboten in seinem Haus sind, und die wenigen, die er noch hat, sind für einen derartigen Notfall die falschen, und um das Maß der Schande voll zu machen, hat er eine Frau, die leider zu nichts zu gebrauchen ist. Also muss er – Gäste hin oder her – sich bequemen, diese Sache selbst in die Hand zu nehmen.

»Freunde, es tut mir furchtbar Leid …«, beginnt er, aber Ashwell spürt Williams Dilemma und meistert die Situation, indem er der schluchzenden Janey den Befehl gibt:

»Na, stehen Sie hier nicht einfach rum, Janey! Bringen Sie das Kind her!«

»Jawohl!«, stimmt Bodley bei. »Genau so was braucht es an einem verregneten Morgen: Dramatik, Blutvergießen – und weiblichen Charme.«

Auf ein Nicken von William hin rennt das Dienstmädchen los, und ja, *jetzt* hören sie es: das tierische Geheul eines Kindes. Zuerst gedämpft, dann (vermutlich als die Tür zum Kinderzimmer geöffnet wird) deutlich vernehmbar, selbst über den Regen hinweg. Während das Kind die Treppe heruntergebracht wird, erklingt das Heulen immer lauter, bis es schließlich extrem laut ist und begleitet wird von einem Diskant ängstlicher Flüstertöne und Beschwichtigungslaute.

»*Bitte*, Miss Sophie«, wimmert Janey, während sie Williams und Agnes' eingeborenes Kind in das Rauchzimmer bugsiert. »*Bitte!*« Aber Miss Sophie Rackham lässt sich nicht bewegen, im Geringsten leiser zu schreien.

Trotz des ganzen Radaus bist du neugierig geworden: William ein Vater, na so was! Die ganze Zeit warst du mit ihm zusammen, unter den intimsten Umständen, und hattest keine Ahnung! Wie sieht seine Tochter aus? Wie alt ist sie? Drei? Sechs? Du kannst es nicht erkennen. Ihre Gesichtszüge sind von Blut überlaufen und vom Weinen verzerrt. Unter ihrem blutbefleckten Schürzenkleidchen macht irgendetwas eine Beule, die Sophie durch den Stoff hindurch mit einer blutigen Hand umklammert und festzuhalten versucht, doch zwei schlaffe Stoffpuppenbeine sind bereits herausgerutscht, und die grob vernähten Füße baumeln herab. Sophie krallt verzweifelt danach, um die Beine wieder hochzuraffen, und die ganze Zeit kreischt sie wie am Spieß. Blut rinnt ihr übers Gesicht und quillt in Blasen aus ihrem wilden Busch blonder Haare auf den Perserteppich und ihre bleichen, nackten Zehen.

»Was zum Donner!«, stößt William hervor, doch Bodley ist bereits aus seinem Sessel gesprungen, hat Janey beiseite gewinkt und sich vor dem schrecklich aussehenden Mädchen hingekniet. Sanft nimmt er ihren Hinterkopf in die Hände.

»W-was hat sie, Bodley?«

Ein kurzes, bedrückendes Schweigen, dann verkündet Bodley gewichtig: »Ich fürchte, es ist … Epistaxis! Eine proboszidifere Hämorrhagie! Rasch, Kind: Wer soll das Sorgerecht für die Puppe bekommen?«

Erleichtert und verärgert zugleich lässt William sich in seinen Sessel zurückfallen. »Bodley!«, sucht er Sophies nicht abreißendes Heulen zu übertönen. »Das ist nicht zum Lachen. Ein Kind ist ein zartes Wesen!«

»Blödsinn!«, fertigt der immer noch vor der Kleinen kniende Bodley ihn ab. »Ein Klaps auf die Nase, nicht wahr? Wie hast du dir den geholt, hmm? Sophie?« Sie schreit weiter, und so zupft er an den Beinen ihrer Puppe, um ihre Aufmerksamkeit zu bekommen. Ermutigt von ihrer Reaktion hebt er ihr Schürzenkleidchen an und bringt ihr Spielzeug zum Vorschein.

»Na, na, Sophie«, mahnt er, »du musst deinen kleinen Freund absetzen. Du erschreckst ihn ja zu Tode!« Augenblicklich sinkt die Lautstärke von Sophies Plärren merklich, und Bodley findet Gehör. »So wie du weinst, muss er denken, dass er bald ein Waisenkind wird – ganz allein und verlassen! Komm, leg ihn hin – oder nein, gib ihn *mir* mal kurz! Schau, seine Augen sind ganz groß vor Angst.« Die Puppe, ein Hindubub mit der gestickten Aufschrift »Twinings« über der Brust, hat in der Tat große Augen, und sein schokoladenbrauner Biskuitporzellankopf wirkt bestürzend lebensecht im Vergleich zu seinem schlaffen Stoffkörper, einem weichen Hanfskelett umwickelt mit Baumwolllappen, die von einem Arbeitskittel oder halblangen Unterhosen stammen dürften. Sophie blickt ihrem Kuli ins Gesicht, erkennt seine Angst – und händigt ihn dem Herrn aus.

»Also«, fährt Bodley fort, »jetzt musst du ihm beweisen, dass dir wirklich nichts fehlt, und mit dem ganzen Blut im Gesicht geht das natürlich nicht.« (Sophies Heulen ist zu einem Schniefen abgeklungen, obwohl ihre Nase immer noch rötliche Blasen produziert.) »Ashwell, gib mir mal dein Taschentuch!«

»*Mein* Taschentuch?«

»Hab ein Einsehen, Ashwell. Meines ist noch modern.« Ohne Sophie aus den Augen zu lassen und in einem Arm ihre Puppe, streckt er den anderen Arm hinter sich und wackelt ungeduldig mit den Fingern, bis das Taschentuch ausgehändigt wird. Dann macht er sich so energisch daran, Sophies Gesicht zu reiben und zu tupfen, dass sie hin und her schwankt. Bei seinen Wischbemühungen erspäht er aus dem Augenwinkel Janey und spornt sie in einem singsangartigen Oberlehrerton an:

»Auf, bewegen Sie sich, Janey! Ich werde demnächst einen nassen Lappen brauchen, sehen Sie das nicht?«

Das Dienstmädchen glotzt nur verdattert und rührt sich nicht.

»Nasser Lappen«, erläutert Bodley geduldig. »Zwei Teile Lappen, ein Teil Wasser.«

Ein Nicken von William gestattet es Janey, diesem Auftrag nachzukommen, während das Taschentuch schon die Gesichtszüge seines einzigen Kindes zu entschleiern beginnt. Die Kleine zieht jetzt nur noch die Nase hoch; sie vertraut dem Fremden instinktiv und hebt im Takt zu seinen Streichbewegungen über ihr Gesicht den Kopf.

»Schau!«, lenkt Bodley ihre Aufmerksamkeit auf den Hindububen. »Er fühlt sich schon viel besser, siehst du?«

Sophie nickt, während noch die letzten Tränen aus ihren riesengroßen rot geränderten Augen kullern, und streckt die Arme nach ihrer Puppe aus.

»Na schön«, meint Bodley. »Aber pass gut auf, dass du ihn nicht blutig machst!« Er nimmt eine Falte ihres Schürzenkleidchens zwischen zwei Finger und hält es hoch, damit sie sehen kann, wie nass es ist. Anstandslos lässt sie sich von ihm das bedenkliche Kleidungsstück über den Kopf ziehen, und mit einer flinken Handbewegung hat er sie davon befreit.

»Na, siehst du«, sagt er zärtlich.

Janey kommt mit dem nassen Waschlappen zurück und tut so, als wollte sie Sophies Gesicht damit abwischen, doch Bodley nimmt ihr den Lappen aus der Hand und macht es selber. Jetzt, wo ihre Züge kenntlich und ihre Backen nicht mehr so aufgedunsen sind, erweist sich Sophie Rackham als ein nicht besonders hübsches, ernst blickendes Kind, ganz gewiss kein Modell für

Pears' Seifenwerbung – genauso wenig wie für Rackhams. Ihre großen Augen sind taubenblau, aber vorquellend und freudlos, und ihre blonden Lockenhaare hängen schlaff herab. Sie hat etwas von dem zahmen Haustier eines kürzlich verstorbenen Kindes: Es wird weiter geduldet, gefüttert und gelegentlich sogar freundlich getätschelt, doch es hat nicht die geringste Daseinsberechtigung.

»Dein kleiner Freund hat einen Fleck bekommen. Wir müssen ihn abwaschen«, sagt Bodley zu ihr. »Jede Sekunde zählt.«

Sie legt ihre winzige Hand auf seine, und gemeinsam reiben sie an dem Blutfleck auf dem Rücken des Inders herum. Für diesen sympathischen Fremden würde sie alles tun, alles.

»Ich kannte einmal eine Puppe, die Preiselbeersoße über die ganzen Haare bekam«, erzählt er ihr, »und es wurde erst bemerkt, als es schon viel zu spät war. Zu dem Zeitpunkt war das Zeug hart wie Teer, was zur Folge hatte, dass ihr die Haare abrasiert werden mussten und sie eine Lungenentzündung bekam.«

Sophie beäugt ihn sorgenvoll, zu schüchtern, um die Frage zu stellen.

»Nein, sie ist nicht dran gestorben«, beruhigt Bodley sie. »Aber sie war und blieb von dem Tage an gänzlich kahl am Kopf.« Und er zieht seine Augenbrauen hoch, so weit es nur geht, und macht einen Schmollmund, um seine gespielte Entrüstung darüber auszudrücken, dass jemand außer den Augenbrauen keine Haare mehr am Kopf behält. Sophie kichert.

Dieses Kichern und die Schreie, mit denen sie hereinkam, sind die einzigen Laute, die du hier, im Rauchzimmer ihres Vaters, von ihr hören wirst. Das Kinderfräulein erklärt ihr immer, dass sie nichts weiß, aber sie weiß durchaus, dass man artige Kinder weder sieht noch hört. Sie hat ohnehin schon einen Aufstand gemacht, für den sie zweifellos eine Strafe bekommen wird; sie muss jetzt so schnell wie möglich still und unsichtbar werden, damit die Strafe nicht gar so schlimm ausfällt.

Doch obwohl Sophie jetzt stumm die Schultern hochzieht, um weniger Raum einzunehmen, muss William darüber staunen, wie groß sie geworden ist. Es kommt ihm vor wie letzte Woche, dass Sophie noch ein neugeborenes Baby war und fernab in ihrem Bettchen schlief, während anderswo im Haus Agnes schluchzend und mit Fieber darnieder lag. So was, sie ist nicht mal ein Kleinkind mehr, sie ist … wie soll man sagen? … ein Mädchen! Doch wie ist es möglich, dass er den Übergang gar nicht mitbekommen hat? Es ist nicht so, als ob er sie nicht oft genug sehen würde, um ihr Heranwachsen zu registrieren – er sieht sie, na … mehrmals die Woche! Aber irgendwie ist sie ihm noch nie so … *alt* vorgekommen! Großer Gott! Jetzt fällt ihm auch der Tag wieder ein, an dem sein Vater der kleinen Sophie diese grässliche Puppe gab, ein Ding, das er von einer Geschäftsreise nach Indien mitgebracht hatte, ein Twinings-Maskottchen, das eigentlich auf einem mit Tee gefüllten Blechelefanten reiten sollte. War das nicht auch der Tag, an dem sein Vater lauthals vor der versammelten Dienerschaft erklärte, William müsse langsam anfangen, sich beim Parfümhandel »dahinter zu klemmen«? Ja! Und dieses Kind, dieses hausbacken aussehende Mädchen mit Blut an den Füßen, diese unbemerkt dem Säuglingsalter entwachsene Göre, die ihm jetzt den Rücken zukehrt und mit seinem alten Kumpan Philip Bodley herumalbert … *sie* ist die lebende Verkörperung der Jahre seither: Jahre versteckter Drohungen und aufgezwungener Sparmaßnahmen. Wie gern wäre er einer von diesen Vätern aus den Damenjournalen, einer, der sein lachendes Goldstück wie eine Trophäe in die Luft hebt, angehimmelt von seinem liebenden Weib! Aber er hat kein liebendes Weib mehr, und seine Tochter ist von Trübsal gezeichnet.

Er räuspert sich. »Janey«, sagt er, »meinen Sie nicht, dass Mr Bodley langsam genug getan hat?«

Wem jetzt folgen? Janey, schlage ich vor. Mr Bodley und Mr Ashwell wollen ohnehin aufbrechen, und William wird anschließend sogleich wieder sein Studium der Rackhamschen Firmenpapiere aufnehmen. Er wird sich stundenlang kaum bewegen, und sofern du nicht vor Neugier platzt, die Kosten von ungewebter Dundee-Jute als billigem Ersatz für richtige Watte oder die Geheimnisse der Herstellung von Potpourri-Duftkissen gegen Migräne zu erfahren, wirst du wahrscheinlich besser unterhalten, wenn du dich zu Janey und Sophie gesellst, die im Kinderzimmer sitzen und darauf warten, dass Beatrice zurückkommt.

Janey kauert neben Sophie auf dem Fußboden und hält sich den Unterleib, denn sie hat die furchtbarsten Bauchschmerzen, die sie je im Leben hatte. Es müssen die Bissen sein, die sie vom Frühstück der Rackhams gemopst hat … ihre Strafe von Gott, ein Fleischspieß mitten durch die Eingeweide. Sie schaukelt hin und her, die Arme um die Knie geschlungen, Sophies blutgetränktes Schürzenkleidchen gefaltet auf dem Schoß. Was um alles in der Welt soll sie damit anfangen? Wird sie jetzt von der Köchin bestraft, weil sie die Küche verlassen hat? Wird sie vom Kinderfräulein bestraft, weil sie zugelassen hat, dass dem Kind der Herrschaft etwas zustößt? Bestraft von Miss Playfair, weil sie auf die Schreie hin zu Sophie gestürmt ist, statt das Esszimmer fertig zu putzen? Bestraft von Miss Tillotson, weil … weil Miss Tillotson sicher auch heute wieder einen Grund finden wird, sie zu bestrafen? Wie ist ihr das alles passiert, diese ganzen blutigen Pannen und unerledigten Pflichten, und sie die Schuldige, und tausend Mädchen, die Schlange stehen, um ihren Platz einzunehmen? Ach, bitte, Mr Rackham soll sie nicht entlassen! Wo könnte sie hingehen? Zu Hause ist zu weit weg, und es regnet so doll! Sie wird auf der Straße enden, jawohl, das wird sie! Ihre Ehre ist alles, was sie noch hat, aber sie *weiß*, dass sie nicht tapfer genug ist, dafür zu hungern! Aber nein, bitte, nein: Sie wird noch fleißiger für die Rackhams arbeiten, ja, das wird sie, fleißiger, als sie je zuvor gearbeitet hat, sie braucht nur ein bisschen mehr Zeit, um zu begreifen, worin ihre neuen Pflichten eigentlich bestehen.

»Wer war der Mann?«

Janey dreht sich nach dem ungewohnten Geräusch von Sophie Rackhams Stimme um. Sie kneift die Augen zusammen und versucht, nicht auf Sophies Bristoler Kreisel zu gucken, der vor den Röcken des kleinen Mädchens auf dem Fußboden tanzt, denn sie fürchtet, davon könnte ihr noch übler werden.

»'zeihung, Miss Sophie?«

»Wer war der Mann?«, wiederholt das Kind, während der Kreisel sich wie betrunken zur Seite lehnt.

»Was für'n Mann, Miss Sophie?« Janeys Stimme klingt vor Schmerz ganz gepresst.

»Der nette.«

Janey kann sich an keinen netten Mann erinnern.

»Ich hab da niemand gekannt, ich hab die noch nie gesehn«, beteuert sie. »Außer Mr Rackham.«

Sophie dreht ihren Kreisel aufs Neue. »Er ist mein Vater, haben Sie das gewusst?«, sagt sie, wobei sie die Stirn kraus zieht. Es drängt sie, Janey ein wenig aufzuklären; ihrer Meinung nach haben auch Dienstboten es verdient, über dies und das belehrt zu werden. »Und *sein* Vater, der Vater von meinem Vater, ist ein furchtbar wichtiger Mann. Er hat einen langen Bart, und er fährt nach Indien, Liv'pool, überall. Er ist derselbe Rackham, der auf der Seife und dem Parfüm drauf ist.«

Janey nimmt als Seife, was die Köchin ihr wöchentlich an Resten aus der Küche zuteilt, und sie hat noch nie im Leben eine Flasche Parfüm gesehen. Sie lächelt und nickt unter Qualen und tut so, als verstünde sie.

»Der nette Mann«, probiert Sophie es noch einmal. »Ist der vorher noch nie hier im Haus gewesen?«

»Ich weiß nich, Miss Rackham.«

»Wieso nicht?«

»Weil ... früher hab ich immer nur gespült und geschrubbt. Jetzt helf ich auch in der Küche – und ich trag manchmal das Essen raus und ... und andere Sachen. Aber sonst ... sonst bin ich im Haus noch nich groß rumgekommen.«

»Ich auch nicht.« Es ist aufregend und ein wenig genierlich, diese ungehörige Kumpanei mit dem niedrigsten Dienstmädchen. Die kleine Sophie schaut Janey direkt ins Gesicht und fragt sich, ob jetzt, wo sie ein derart intimes Geständnis ausgetauscht haben, irgendetwas Ungewöhnliches geschehen wird. Dies könnte ein besonderer Tag werden, der Beginn eines neuen Lebens. Na klar, auf die Weise fangen Freundschaften in Märchenbüchern immer an! Sophie macht die Augen so weit auf, wie sie kann, und lächelt zum Zeichen, dass sie der Dienerin gestattet, ihr Herz auszuschütten, ihr (vielleicht) ein heimliches Rendezvous nach der Schlafenszeit vorzuschlagen.

Janey lächelt zurück, käseweiß im Gesicht, auf den Fersen schaukelnd. Sie öffnet die Lippen, um etwas zu sagen, da fällt sie plötzlich vor auf die Knie und speit einen gelblichen Schwall auf den Boden des Kinderzimmers. Sie würgt einmal, zweimal, den Mund wie zum Schreien aufgerissen, dann speit sie abermals.

Galle, zu lange gezogener Tee, die Schleimsuppe zum Frühstück und schimmernde Speckstückchen verlaufen auf den gebohnerten Dielen zu einer großen Pfütze.

Sekunden später geht die Kinderzimmertür auf: Beatrice ist endlich zurückgekommen. Im Rest des Hauses ist überall die normale Ordnung wieder eingekehrt, als hätte jemand einen Zauberstab geschwenkt: Doktor Curlew steigt die Treppe zu Mrs Rackhams Schlafzimmer empor, Mr Rackhams alte Kommilitonen sind gegangen, Letty ist vom Schreibwarenhändler zurück, der Regen lässt nach. Nur hier im Kinderzimmer – wo von Rechts wegen alles immer musterhaft in Ordnung sein sollte – gibt es Grund zur Klage: ein grauenhafter Gestank, Sophie unordentlich, zerzaust, barfuß, die Scheuermagd auf Händen und Knien über einer Pfütze Erbrochenem mitten im Zimmer, die sie nur blödsinnig anstarrt, ohne Eimer oder Mopp zur Hand zu haben, und – ja, was ist das? Sophies Schürzenkleidchen, ganz mit Blut besudelt!

Vor Zorn richtet sich Beatrice Cleave hoch auf und entfesselt die ganze Macht ihres Basiliskenblicks gegen das Rackhamkind, diesen Nagel zu ihrem Sarg, das sündhafte Geschöpf, das man nicht mal fünf Minuten allein lassen kann, die nutzlose Tochter des unverdienten Erben eines unwürdigen Vermögens. Unter dem Druck dieses Blicks duckt sich die kleine Sophie und zeigt mit einem zitternden, murkeligen Finger auf Janey.

»*Sie* war's gewesen.«

Beatrice verzieht das Gesicht, doch beschließt, den Krieg gegen den Sprachgebrauch des Kindes später weiterzuführen und erst einmal ein paar andere Merkwürdigkeiten aufzuklären.

»Also«, sagt sie und stemmt die Hände in die Hüften, während im selben Moment die ersten Sonnenstrahlen durch das Kinderzimmerfenster schimmern und der Kotzepfütze einen silbernen und goldenen Glanz verleihen. »Von Anfang an …!«

Acht

Bevor wir jedoch fortfahren … Entschuldige, falls ich dich falsch einschätzen sollte, aber die Art, wie du das Haus der Rackhams betrachtest – die blitzblanken Treppen und das Dienstbotengewusel auf den Fluren und die überladenen Zimmer mit der Gasbeleuchtung –, weckt bei mir den Eindruck, dass du es für sehr alt hältst. Im Gegenteil, es ist recht neu. So neu, dass, wenn William zum Beispiel beschließt, das Rinnsal, das bei Regen durch die Verandatür in den Salon fließt, endgültig nicht mehr hinzunehmen, er nur die Empfehlungskarte des Zimmermanns aufstöbern muss, der ihm die Dichtheit garantiert hat.

In Henry Calder Rackhams Kindheit, als Notting Hill noch ein Bauerndorf im Pfarrbezirk Kensington war, weideten Kühe an der Stelle, wo du fünfzig Jahre später William und Agnes bei ihrem verunglückten Versuch, gemeinsam zu frühstücken, beobachtet hast. Porto Bello war ein Landgut, desgleichen Notting Barn. Wormword Scrubs war, wie der Name sagt, Buschwerk, und in Shepherds Bush konnte man tatsächlich Schafhirten antreffen. Die Rohstoffe für das Esszimmer der Rackhams lagen und standen damals noch unberührt in Steinbrüchen und Wäldern, und Williams lediger Vater war viel zu beschäftigt mit seinen Fabriken und seinen Ländereien, um einen ernsthaften Gedanken an die Unterbringung, ja überhaupt erst die Zeugung eines Erben zu verschwenden.

Die ganzen Jahre vor seiner Ehe wohnte Henry Calder Rackham in einem recht pompösen Haus in Westbourne, aber scherzte gern (zumal im Gespräch mit starrköpfigen Snobs, deren

Freundschaft er nicht gewinnen konnte), sein wahres Zuhause sei Paddington Station, denn »jeden Tag, wo man nicht selber hingeht und guckt, was die Arbeiter treiben, kann einem sein Unternehmen vor die Hunde gehen«. Arbeit ist für Henry Calder Rackham niemals ein schmutziges Wort gewesen, obwohl ihm das verblüffenderweise niemals die Ergebenheit seiner Beschäftigten eingebracht hat. In denjenigen, die in seinen Fabriken schuften, löst der Anblick, wie er im schwarzen Anzug und Zylinder die eisernen Laufstege über ihren Köpfen entlangtigert, alles andere als Solidarität aus. Aber vielleicht ist er ja im Herzen ein Biedermann vom Lande … allerdings scheinen die Arbeiter auf seinen Lavendelfeldern auch keine rechte Zuneigung für ihn zu empfinden. Könnte es sein, dass sie dem Irrtum aufsitzen, die robuste Arbeitskleidung, die er bei seinen Abstechern zu ihnen trägt, sei nur Verstellung und gar nicht seine bevorzugte Kluft?

Ein weiterer Punkt, der seines Erachtens zu wenig anerkannt wird, ist sein leidenschaftliches Naturell. Klatschmäuler in Stadt und Land pflegten zu munkeln, er werde eher ein mechanisches Quetschwerk freien als eine Frau aus Fleisch und Blut. Man stelle sich daher ihre Überraschung vor, als er eines schönen Tages eine verdammt gut aussehende Frau heiratete! Völlig von den Socken waren sie jedes Mal, wenn er sie öffentlich vorführte.

Doch wie sehr sie auch vom Auftauchen seiner Frau überrumpelt waren, so wenig erstaunte sie neun Jahre später ihr Verschwinden. Tatsächlich schien ihr Ehebruch allgemein bekannt gewesen zu sein, bevor er, der Betroffene, davon Wind bekam; höchst ärgerliche Angelegenheit. Dann gab es endlose Spekulationen darüber, ob er sie verstoßen oder ob sie sich freiwillig davongemacht hatte. Was spielte das für eine Rolle? Sie hatte sich aus seinem Leben verflüchtigt und zwei kleine Jungen zurückgelassen. Doch als selbst in seiner Trauer praktisch denkender Mann stellte er eine zusätzliche Kraft für alle anfallenden Dienste ein, die vorher die Mutter seiner Söhne geleistet hatte, und wandte sich wieder seiner Arbeit zu.

Jahre vergingen, die Jungen wuchsen ohne irgendwelche nachteiligen Folgen auf, und das Unternehmen florierte, bis Rackham senior sich eines Tages Gedanken darüber machen musste, wo der junge Henry, sein Erbe, einmal wohnen sollte. Zu dem Zeitpunkt, in den fünfziger Jahren, waren die besten Teile von Notting Hill schon nicht mehr ländlich. In den Töpfersiedlungen im Westen trieben sich immer noch Zigeuner und Schweineherden herum, und die verunglückten Versuche, den halben Pfarrbezirk in eine Rennbahn umzuwandeln, hatten die ganze Gegend in Mitleidenschaft gezogen, doch manches sprach dafür, dass die Häuser um den Ladbroke Square herum einmal ein begehrtes Wohngebiet werden konnten. Und gegen Ende der sechziger Jahre war daraus dann tatsächlich ein Pflaster geworden, wo bedeutende Männer, die nicht unbedingt zur *aller*besten Gesellschaft gehörten, mit Anstand leben konnten. Außerdem war es von dort nicht weit zur Eisenbahn, mit der Henry der Jüngere bestimmt häufig fahren musste, wenn er erst einmal die Leitung des Unternehmens in die Hand genommen hatte.

Also kaufte Henry senior seinem Erben ein großes, schmuckes Haus in der Straße Chepstow Villas, kaum zehn Jahre alt und in tadellosem Zustand. Wo William, der zweite Sohn, eines Tages wohnen würde … na, darüber sollte sich der Junge selber mal Gedanken machen.

Jetzt ist die Zukunft von einst Gegenwart geworden, und mit dem Rackhamschen Imperium hat es einen anderen Verlauf genommen als erwartet. Henry senior hat seinen Teil getan, und mehr als das: Er hat sich mit einer Mischung aus robustem Charme und diskretem Geldverleih in der feinen Gesellschaft eingenistet und zählt Richter, Peers und sonstige hochgeborene Herren zu seinen Freunden. Doch Henry junior, sein Erstgeborener, lebt wie ein Mönch in einer mickrigen Kate nahe Brick Field, während William, der die beste Erziehung genossen hat, die mit Geld zu haben war, sich damit begnügt, das Haus in den Chepstow Villas zu bewohnen und dort den Gentleman zu spielen, ohne dass er selbst die Mittel dazu hätte. Es ist Jahre her, seit der Junge die Universität verlassen hat, und nach wie vor hat er keinen eigenen Penny zu seinem Lebensunterhalt beigetragen! Meint William vielleicht, das geht ewig so weiter, dass sein alter Vater die Last der Verantwortung trägt, während er unveröffentlichte Gedichte zu seinem Privatvergnügen schreibt? Höchste Zeit, dass er merkt, dass das Rackhamsche R selbst in die Eisenverzierungen des Zauns, der ihn umgibt, eingearbeitet ist.

Das Haus weist deutliche Spuren der Vernachlässigung auf. Der Garten ist eine Schande, vor allem direkt vor dem Haus und hinter der Küche. Es gibt keine Kutsche und kein Pferd im Stall. Das winzige Kutscherhäuschen, in dem noch nie ein Kutscher gewohnt hat und das von William während einer kurzlebigen Begeisterung für Malerei in ein Atelier umgemodelt wurde, steht inzwischen wieder unbenutzt leer. Die niedrigen Gewächshäuser liegen da wie gläserne Särge und quellen über von allen möglichen nichtsnutzigen Unkräutern, die auch ohne Gärtner gut gedeihen. Alles sehr bedauerlich, aber nur natürlich: Um William zu kurieren, hat Henry senior eine Reihe einschneidender Maßnahmen über den Haushalt verhängt, und infolgedessen ist alles Dienstbotenblut von den äußeren Gliedern abgezogen und dem angegriffenen Herzen zugeführt worden.

Innen gibt es eigentlich nichts, was irgendjemanden außer einen Ausländer wie dich beeindrucken würde. Du bewunderst vielleicht die vielen hohen Räume, die dunklen polierten Böden, die Hunderte von Möbelstücken, der Stolz der Antiquitätenhandlungen deiner Zeit, und am meisten Eindruck auf dich dürfte wohl die stumme Geschäftigkeit des Hauspersonals machen. Dies alles gilt hier als die pure Selbstverständlichkeit. Für den schrumpfenden Bekanntenkreis der Rackhams ist das Haus gezeichnet: Es riecht nach abgesagten Soireen, trostlosen Gartenfesten, Erinnerungen an Agnes und die Scherben beim Abendessen, verlegenem Abschiednehmen, dem bedrückten Abzug der Gäste. Es riecht nach ausgestorbenen Räumen, die Tische brechend voll mit Delikatessen, nach leeren Fußböden, die von den schweren Schritten eines allein gelassenen Gastgebers widerhallen. Nein, es gibt keinen Grund, warum irgendjemand noch einmal die Rackhams aufsuchen sollte, nicht nach allem, was vorgefallen ist.

In Agnes Rackhams Schlafzimmer sind die dicken Vorhänge fast immer zugezogen, ein Detail, das Schnüfflern, die von den Pembridge Mews herüberäugen, nicht verborgen bleibt. Diese zugezogenen Vorhänge haben im Innern unerfreuliche Konsequenzen: Agnes' Zimmer muss den ganzen hellen Tag über künstlich beleuchtet werden und riecht sehr stark nach verbranntem Kerzenwachs (sie traut Gas nicht). Und zu den seltenen Gelegenheiten, bei denen sie sich vor die Tür wagt und die Kerzen gelöscht werden (sie fürchtet nämlich, das Haus könnte abbrennen), ist das Zimmer bei ihrer Rückkehr dunkel wie ein Grab.

So finden wir es an dem Morgen vor, als Agnes von ihrem tapferen Versuch zu einem ehelichen Frühstück zurückkehrt. Schwer atmend von dem langen Treppensteigen, kommen sie und ihre Zofe vor der Tür an. Clara kann nicht gleichzeitig eine Kerze halten und ihre Herrin stützen, und so drückt sie die Tür mit dem Ellbogen auf, und die beiden wanken in das Dunkel hinein, in dem sie zunächst einmal orientierungslos sind. Zufällig wird genau in dem Moment, wo die Zimmertür aufgeht, unten die Haustür zugeschlagen, so dass Agnes ausnahmsweise hört, wie ihr Gatte aus dem Haus geht. Wohin?, fragt sie sich, während sie in das Zimmer geführt wird, das sie mit einem Mal nicht mehr wiedererkennt.

Das große weiße Bett ist nicht zu verkennen, aber was ist das dort in der Ecke? Ein halb mit Verbandszeug umwickeltes Skelett? Und daneben … ein großer Hund?

Clara zündet eine Öllampe an, und die mysteriösen Gestalten klären sich auf: eine eiserne Schneiderpuppe, mit Stoffstreifen behängt, und, in Bereitschaft stehend wie ein versilberter Dobermann, die Nähmaschine.

»Geben Sie mir die Hände, Mrs Rackham.«

Agnes schlurft gehorsam heran, aber nicht wie eine alte Frau – eher wie ein Kind, das nach einem Albtraum wieder ins Bett gebracht wird.

»Jetzt wird alles wieder gut, Mrs Rackham.« Clara schlägt die Bettdecken zurück. »Sie können ein friedliches Nickerchen machen.« Zum Singsang dieser und anderer gedankenlos dahingesagter Beruhigungsformeln zieht Clara ihre Herrin aus und bringt sie zu Bett. Dann reicht sie Agnes ihre Lieblingsbürste, und diese beginnt automatisch, sich das Haar zu bürsten, weil sie sich sorgt, es könnte durch ihren Sturz in Unordnung geraten sein.

»Wie sehe ich aus?«

Clara, die gerade den Morgenrock ihrer Herrin auf Kissenbezuggröße zusammenlegt, hält inne, um ihr Urteil abzugeben.

»Wunderschön«, sagt sie lächelnd, »Ma'am.«

Ihr Lächeln ist unehrlich. Das ist es immer, und Agnes weiß das. Aber es wird ohne inneren Widerwillen in treuer Pflichterfüllung dargeboten und verbirgt keine hinterhältigen Absichten, und Agnes weiß auch das und ist dankbar dafür. Zwischen ihr und ihrer Zofe besteht Einvernehmen darüber, dass Clara als Gegenleistung für eine Lebensstellung jede Laune befriedigt, jedes Fiasko mit durchsteht, ohne sich je zu beschweren. Von Tagesanbruch bis Mitternacht steht sie bereit, Trost zu spenden, und wenn es ganz dick kommt, auch einmal zu anderen Zeiten. Ihr kann Agnes alles anvertrauen, was sie ihr anvertrauen möchte, und sei es noch so idiotisch, und wenn sie es eine Stunde später wieder vergessen soll, dann wischt sie es vollständig aus ihrem Gedächtnis wie achtlos verschüttete Milch.

Vor allen Dingen jedoch unterstützt sie ihre Herrin nach Kräften darin, sich sämtlichen Befehlen der beiden bösen Männer zu widersetzen, sprich, Doktor Curlew und William Rackham.

Agnes verschafft das Leben mit Clara die Möglichkeit, mit einer wohlgesonnenen Vertrauten vollkommen gefahrlos ein gesellschaftliches Übungsprogramm zu absolvieren. Mit Claras Hilfe wird sie die feinen Umgangsformen neu erlernen, die sie für die Londoner Saison dringend benötigt. Zum Beispiel muss Clara manchmal diese oder jene Dame darstellen, und zusammen spielen sie einzelne Szenen durch, damit Agnes ihre Antworten üben kann. Claras schauspielerische Fähigkeiten halten sich zwar in Grenzen, doch das macht Agnes nichts aus. Eine allzu wirklichkeitsnahe Imitation könnte sie nervlich zu sehr mitnehmen.

Aufgebaut durch das Gefühl weicher, ordentlicher Haare auf dem Kopf, legt sie jetzt die Bürste hin und lehnt sich in die Kissen zurück.

»Clara, mein neues Toilettenbuch«, befiehlt sie leise. Die Dienerin reicht ihr das Bändchen, und Agnes schlägt das Kapitel auf mit dem Titel »Wie Sie sich des Feindes erwehren«, wobei der Feind in diesem Falle das Alter ist. Bestrebt, den Anweisungen des Textes so genau wie möglich zu gehorchen, reibt sie sich Wangen und Schläfen, obwohl sie es schwierig findet, »gegenläufig zu der Richtung, welche die Falten zu nehmen drohen«, zu reiben, weil sie noch keine Falten hat. »Wechseln Sie die Hände im

Falle der Ermüdung«, sagt das Buch – und müde ist sie unbedingt. Aber wie soll sie die Hände wechseln, wo sie doch nur zwei hat? Und woher soll sie wissen, ob sie vorschriftsmäßig verfährt, mit dem richtigen Maß an »festem, sanftem Druck«? Und welche Konsequenzen hat es, dass sie keine Creme benutzt, wie die Verfasserin empfiehlt? Bücher gehen nie auf die Sachen ein, die man wirklich wissen muss.

Zu erschöpft, um mit ihren Verrichtungen fortzufahren, blättert sie weiter und schaut, was als Nächstes kommt.

Die Gesichtshaut runzelt sich aus dem gleichen Grund und nach dem gleichen Gesetz wie die Haut eines Apfels. Mit der Austrocknung der Säfte schrumpft das Fruchtfleisch unter der Haut und zieht sich zusammen …

Agnes klappt das Buch auf der Stelle zu.

»Nehmen Sie es weg, Clara!«, sagt sie.

»Ja, Ma'am.« Clara weiß, was sie zu tun hat: Es gibt einen speziellen Raum weiter hinten auf dem Flur, wohin unerwünschte Dinge wandern.

Als Nächstes wirft Agnes einen verstohlenen Blick auf die Nähmaschine.

Clara entgeht nichts. »Vielleicht, Ma'am«, sagt sie, »könnten wir mit Ihrem neuen Kleid weitermachen? Das Schwierigste haben wir schon geschafft, nicht wahr, Ma'am?«

Agnes' Gesicht leuchtet auf. Welch ein Segen, dass es doch etwas zu tun gibt, etwas, womit man die Zeit ausfüllen kann – gerade jetzt. Schließlich hat sie nicht vergessen, dass sie sehr bald schon Doktor Curlew empfangen muss.

Warum, um der Liebe Gottes willen, hat sie Williams Angebot zurückgewiesen, Beatrice von dem Gang zu ihm abzuhalten? Er war dazu bereit – bereit, durch das Haus zu stürmen, auf die Straße hinaus, wenn es sein musste, und den Auftrag rückgängig zu machen. Und sie hat das abgelehnt! Wahnsinn! Aber wie sie da am Boden lag, hatte sie einen kurzen Moment lang eine berauschende Macht über ihn, die Macht, den zur Versöhnung ausgestreckten Ölzweig abzuschlagen. Sich derart gegen ihn zu stellen – nun gut, zu seinen Füßen liegend – war für sie eine Art Rache.

Agnes starrt das halb fertige Kleid an, stellt sich ihren Körper darin vor, umschlossen wie von einer seidenen Rüstung. Schüchtern lächelt sie Clara an und erhält ein Lächeln zurück.

»Ja«, sagt sie, »ich glaube schon, dass es mir gut genug geht, um weiterzumachen.«

Minuten später übertönt das Surren der Nähmaschine das Ticken der Uhr. Immer wenn sie einen Saum oder einen Einschlag fertig haben, unterbrechen die beiden Frauen ihre Arbeit, nehmen das Kleid von der Maschine, ziehen es der Puppe über. Wieder und wieder wird das geschlechtslose Gestell neu bekleidet, und jedes Mal wirkt es ein wenig aparter geformt, ein wenig weiblicher.

»Wir zaubern!«, gluckst Mrs Rackham fröhlich und vergisst dabei beinahe, dass Doktor Curlew zu ihr unterwegs ist, den Arztkoffer in der schwingenden Faust.

Doch ihr Nähen ist mehr als ein bloßer Zeitvertreib. Sie braucht wenigstens noch vier Kleider, wenn sie sich irgendwelche Hoffnungen darauf machen will, im nächsten Jahr an der Londoner Saison teilzunehmen, und bei Gott, im nächsten Jahr *wird* sie teilnehmen. Denn wenn irgendetwas Agnes' Glauben an ihre geistige Gesundheit erschüttert hat, dann die Tatsache, dass sie in diesem Jahr außerstande war, sich an der Saison zu beteiligen. Und wenn irgendetwas ihr diesen Glauben zurückgeben kann, dann ist es die Wiedergutmachung dieses Versäumnisses.

Es stimmt, dass sie von Geburt an darauf getrimmt wurde, sich in nichts anderem hervorzutun als darin, in der Öffentlichkeit hübsch auszusehen. Aber das ist nicht der Grund, weshalb sie diese prächtigen Kleider anfertigt, diese raffinierten Kreationen, in denen sie über das Parkett anderer Leute zu rauschen hofft. An der Saison teilzunehmen ist für sie *das* Kriterium, das zweifelsfrei beweisen wird, dass sie nicht geisteskrank ist. Denn da sie nicht sicher weiß, wo die Grenze zwischen gesund und krank genau anzusetzen ist, hat Agnes selbst einen Trennstrich gezogen. Wenn sie es nur schafft, auf der richtigen Seite dieses Strichs zu bleiben, wird sie gesund sein, erst in den Augen der Welt, dann in denen ihres Mannes und zuletzt sogar in denen von Doktor Curlew.

Und in ihren eigenen Augen? In ihren eigenen Augen ist sie weder das eine noch das andere, da ist sie einfach Agnes … Agnes Pigott, wenn's recht ist. Schau ihr ins Herz, und du wirst ein reizendes Bildchen sehen, ein Bild wie auf einem Gebetszettel, auf dem die Kindheit der Jungfrau Maria dargestellt ist. Es ist Agnes, aber nicht wie wir sie kennen: Es ist eine Agnes, die alterslos, wandellos, makellos ist, keine Stieftochter eines Unwin, keine Ehefrau eines Rackham. Ihre Haare sind seidiger, ihre Kleider sind rüschiger, ihr Busen ist gänzlich geschwunden, die allererste Saison steht ihr noch bevor.

Agnes seufzt. In Wirklichkeit sind mehr Jahre, als sie sich erinnern mag, seit ihrer ersten Saison vergangen, und ihre Wünsche für die nächste sind bescheiden. Ihr Traum, sich unter den oberen Zehntausend zu bewegen, der ihr als Lord Unwins Stieftochter ohne weiteres erreichbar erschien, ist verblasst, seit ihr klar geworden ist, dass William, falls er überhaupt eine Zukunft hat, niemals der berühmte Schriftsteller sein wird, als den sie ihn in ihrer Phantasie einmal sah. Er wird der Leiter eines Parfümunternehmens sein – wenn er sich endlich dazu aufrafft, die Verantwortung zu übernehmen –, und falls er dann sehr, sehr reich wird, kann es sein, dass er im gesellschaftlichen Fixsternhimmel langsam nach oben steigt. Doch bis dahin sind die unteren Regionen der vornehmen Gesellschaft das Äußerste, worauf die Rackhams hoffen können. Agnes weiß das. Es gefällt ihr nicht, aber sie weiß es, und sie ist entschlossen, das Beste daraus zu machen.

Worauf also spekuliert sie? Sie hat nicht den Wunsch, von Männern für schön erachtet zu werden. Solche Dinge bringen letzten Endes nur Unglück. Genauso wenig hofft sie auf die Bewunderung anderer Frauen; von ihnen erwartet sie lediglich vordergründige höfliche Kenntnisnahme und gehässigen Klatsch hinter ihrem Rücken. Ehrlich gesagt stellt sie sich gar nicht vor, in der nächsten Saison überhaupt *irgendwelchen* Verkehr zu pflegen, im Gegenteil, sie beabsichtigt, die ganze Zeit nur dahinzuschweben, kaum jemanden wahrzunehmen, nur die nichts sagendsten Formeln von sich zu geben und sich nichts anzuhören, was mehr als die oberflächlichste Aufmerksamkeit erfordert. Dies, so hat sie aus vergangenen Erfahrungen gelernt, ist bei weitem die sicherste Strategie. Mehr als alles andere ersehnt sie das

Glück, außerhalb der engen Grenzen ihres eigenen Schlafzimmers toleriert zu werden, schöner gekleidet als in ihre viel befleckten, viel gewaschenen Nachthemden.

»Wissen Sie was, Ma'am«, sagt Clara, »Mrs Whymper wird grün vor Neid werden, wenn sie Sie in diesem Kleid sieht. Ich habe ihre Zofe in der Stadt getroffen, und sie hat gesagt, Mrs Whymper würde für ihr Leben gern diese Mode tragen, aber sie ist dafür zu dick geworden.«

Agnes lacht kindisch, obwohl sie sich bewusst ist, dass dies mit ziemlicher Sicherheit eine Lüge ist. (Clara erfindet immer solche Sachen.) Es geht ihr mit jeder Minute besser; der Schmerz zieht aus ihrem Kopf ab; eventuell wird sie Clara sogar bitten, die Vorhänge aufzuziehen …

Doch da klopft es an der Tür.

Clara hat keine Wahl, als ihren Teil des Kleides zu Boden gleiten und ihre Herrin in einem Wust Seide sitzen zu lassen. Sie steht auf und eilt mit einem entschuldigenden Lächeln zur Tür, um den Arzt einzulassen. Ein langer Schatten ergießt sich ins Zimmer.

»Guten Tag, Mrs Rackham«, grüßt der Arzt und tritt zügig ein. Die parfümierte Atmosphäre dieses weiblichen Sanktuariums wird von seinem unverwechselbaren Geruch verdorben und von seiner langen Gestalt verdrängt. Er stellt seinen Koffer neben Agnes' Bett auf den Boden und setzt sich mit einem Nicken, das Clara gilt, auf den Rand der Matratze. Dieses Nicken bedeutet, dass Clara entlassen ist; dieses Nicken ist ein Befehl.

Beim Anblick der hinausgehenden Clara weiß Agnes, die ihren Stuhl von der Nähmaschine weg- und zu dem Arzt herumgerückt hat, dass die Falle zugeschnappt ist, aber sie kann nicht anders, als trotzdem noch einmal dagegen anzuzappeln.

»Es tut mir Leid, dass Sie sich den weiten Weg machen mussten«, sagt sie. »Denn bedauerlicherweise – das heißt bedauerlich für *Sie,* nicht für mich – geht es mir inzwischen wieder recht gut. Wie Sie ja sehen können.«

Der Herr Doktor gibt keine Antwort.

»Es war sicher gut gemeint von meinem Mann, Sie rufen zu lassen …«

Die Stirn des Arztes legt sich in Falten. Er ist nicht der Mann, der eine Unstimmigkeit ohne Nachfragen hinnimmt. »Ach, aber

Ihr Mann gab mir zu verstehen, dass Sie selbst darauf bestanden, mich rufen zu lassen.«

»Ja, nun, es tut mir wirklich sehr Leid«, sagt Agnes und bemerkt dabei mit Entsetzen seine Gewohnheit, bei allem, was sie sagt, den Kopf leicht schief zu legen, als wollte er sich keinesfalls auch nur eine einzige ihrer absurden Lügen entgehen lassen. »Ich vermute, dass ich da in dem Moment des Unwohlseins das … das Schlimmste befürchtete. Auf jeden Fall habe ich mich inzwischen völlig davon erholt.«

Doktor Curlew legt seinen adrett gestutzten Bart auf seine verschränkten Hände.

»Sie machen mir einen sehr blassen Eindruck, Mrs Rackham, wenn ich das bemerken darf.«

Agnes versucht, ihre wachsende Panik mit einem affektierten halben Lächeln zu kaschieren. »Ach, aber das könnte auch Gesichtspuder sein, nicht wahr?«

Doktor Curlew blickt konsterniert. Agnes kennt diesen Blick sehr gut, der für ihr Gefühl der infamste, impertinenteste Blick in seinem ganzen Repertoire ist.

»Aber hatte ich Ihnen nicht«, sagt er, »vom Gebrauch von Kosmetika abgeraten, Ihrer Haut wegen?«

Agnes seufzt. »Ja, Herr Doktor, das hatten Sie.«

»Überhaupt, ich dachte –«

»– sie wären alle beseitigt worden, ja«, ergänzt sie.

»Demnach …«

»Demnach«, gibt sie klein bei, »kann es kein Puder auf meinem Gesicht sein.«

Der Arzt drückt die Fingerspitzen in seinen Bart und atmet tief ein.

»Bitte, Mrs Rackham«, redet er ihr zu. »Ich weiß, dass es Ihnen nicht gefällt, sich untersuchen zu lassen. Aber was Ihnen gefällt und was gut für Sie ist, ist nicht immer dasselbe. Die negative Entwicklung einer ansonsten nur halb so schlimmen Krankheit lässt sich in vielen Fällen abwenden, wenn man sofort entsprechende Maßnahmen ergreift.«

Agnes lehnt sich auf ihrem Stuhl zurück, lässt die Augen zufallen. Alles, was sie ins Feld führen kann, hat schon viele Male versagt. *Ich bin zu müde, um mich untersuchen zu lassen.* »Zu müde? Dann müssen Sie krank sein.« *Ich bin zu krank, um mich untersuchen zu lassen.* »Aber die Untersuchung wird zur Folge haben, dass es Ihnen wieder besser geht.« *Sie untersuchen mich jede Woche. Was kann es schaden, ein einziges Mal damit auszusetzen?* »Das kann nicht Ihr Ernst sein! Nur eine Wahnsinnige würde freiwillig ihre Gesundheit verfallen lassen.« *Ich bin keine Wahnsinnige!* »Natürlich nicht. Deshalb bemühe ich mich ja um Ihre Einwilligung, statt Ihre Wünsche gar nicht zu beachten, wie ich es bei einer Anstaltspatientin tun würde.« *Aber ich bin zu müde …* Und so weiter.

Ist sie wahnsinnig, nur weil sie das Gefühl hat, dass Doktor Curlew sie tyrannisiert? Dass er sich Freiheiten herausnimmt, die einem Hausarzt nicht zustehen? Sie ist der Welt dort draußen so entfremdet – sind ihr grundlegende Veränderungen in der Art entgangen, wie Ärzte mit ihren Patienten verfahren? Wird selbst die Königin von *ihrem* Leibarzt tyrannisiert und bedroht? Dann würde sie ihn doch bestimmt entlassen, oder? Wie wunderbar das wäre, Doktor Curlew sagen zu können, dass sie seiner Dienste nicht mehr bedarf, dass er *entlassen* ist.

Stattdessen fügt sie sich, wie immer, und nimmt ihre Position auf dem Bett ein. Der Herr Doktor hat die Vorhänge aufgezogen, damit die Sonne sein Werk bescheinen kann. Agnes richtet ihre Aufmerksamkeit auf eine Gruppe gelöschter Kerzen und zählt die hart gewordenen Wachstropfen an den Schäften. Sie verzählt sich, fängt noch einmal an, verzählt sich wieder und versucht dabei die ganze Zeit, das elektrische Angstgefühl zu ignorieren, das ihren Körper von den Zehen bis zu den Haarwurzeln durchströmt, als Doktor Curlew jetzt den Morgenrock über ihren Beinen hochhebt.

Unterdessen steht William Rackham erst klopfend und dann läutend vor der Tür von Mrs Castaways Bordell und wartet ungeduldig darauf, dass man ihm öffnet. Nasse Windböen zerren an seinen Hosenbeinen, aufgetakelte Nutten beäugen ihn im Vorbeifegen. Seine Kopfhaut kribbelt von dem vielen Öl, das er sich durch die Haare gekämmt hat. Eine Minute vergeht. Herrje, das ist ja so schlimm wie bei ihm zu Hause!

Nach einer weiteren Minute ein Schließgeräusch. In einem

schmalen Spalt erscheint ein spähendes Frauenauge, das misstrauisch funkelt.

»Sugar ist nicht frei.« Die unfreundliche Stimme von Amy Howlett. »Vielleicht mögen Sie später noch mal vorbeischauen.«

»Ich möchte mit Ihrer … Mrs Castaway sprechen«, erklärt William. »In einer rein geschäftlichen Angelegenheit.«

»Andere Angelegenheiten gibt's hier nicht«, höhnt die Hure, »als geschäftliche.«

Angewidert von der Vorstellung, dass ein Mann eine derart zynische Kreatur küssen und umarmen könnte, probiert William es noch einmal: »Ich möchte betonen, dass … diese Sache für Mrs Castaway bestimmt von großem Interesse ist.«

Daraufhin schwingt die Tür weit auf, aber Miss Howlett hat ihm bereits den Rücken zugekehrt.

In Mrs Castaways Salon ist alles noch ziemlich genauso wie bei Williams … *Mr Hunts* letztem Besuch. Wie beim ersten Mal fällt sein Blick auf die Unmenge von Magdalenenbildern an den Wänden, das lodernde Feuer und die scharlachrot gekleidete Mrs Castaway an ihrem Schreibtisch. Von Miss Lester und ihrem Cello ist diesmal keine Spur; ihr Sessel ist leer. Amy Howlett latscht an ihren Platz zurück, lässt sich mit einem *Wusch!* ihrer zerknitterten Röcke nieder und beobachtet hämisch, wie er näher tritt. Mit herabhängenden Armen und zurückgelegtem Kopf zieht sie an einer Zigarette und macht dann einen verblüffenden Trick: Sie öffnet die Lippen, zieht den an der Zungenspitze klebenden Glimmstängel weit zurück, so dass sie ihn beinahe verschluckt, und klemmt dann die immer noch brennende Zigarette zwischen den Zähnen fest. Sie zieht erneut. Sie zuckt nicht mit der Wimper.

»Ich hoffe sehr, Sie verzeihen Amy ihre Manieren«, seufzt Mrs Castaway, während sie William bedeutet, in einem Sessel Platz zu nehmen. »Einige unserer Gäste sind von ihrer Art außerordentlich angetan.«

Amy feixt.

»Es ist bestimmt nicht beleidigend gemeint, Mr … Mr …« Sein Name will ihr nicht einfallen, und sie verzichtet darauf, sich noch weiter in gutem Benehmen zu üben, und wendet achselzuckend den Blick ab.

»Hunt«, sagt William. »George W. Hunt.«

Mrs Castaway verengt die Augen, so dass das blutunterlaufene Weiße fast gänzlich verschwindet und nur die dunklen Knöpfe durchschimmern wie angelutschte Lakritzbonbons. Sie ist voluminöser, als er sie in Erinnerung hatte, imposanter.

»Also, was können wir für Sie tun, Mr Hunt?«, fragt sie mit flötenden Vokalen, bei denen sich ihr angemalter Mund in tausend Falten legt. »Wir hatten Sie noch nicht so bald zurückerwartet.«

William holt tief Luft, beugt sich vor und beginnt, sein Angebot zu unterbreiten. Er spricht ernst, rasch, nervös. Sein Mr Hunt ist ein scheuer Mann, aber ein reicher. Die Quelle seines Reichtums? Nun, er ist ein eher im Hintergrund agierender, um nicht zu sagen stiller Teilhaber an einem riesigen Verlagsunternehmen, Bruttoeinnahmen 20 000 Pfund im Jahr, so viele Titel, dass man sie gar nicht alle aufführen kann, darunter aber Werke von Macaulay, Kenelm Digby, Le Fanu und William Ainsworth. Ach ja, zufällig hat er eine Verabredung mit seinem alten Freund Wilkie – Wilkie Collins – in … (er zieht seine silberne Uhr heraus) vier Stunden. Aber zuerst …

Er vertritt seine Sache wortreich, wobei er darauf achtet, außer den Argumenten auch Fragen zu stellen. Fragen zu stellen (das betont Henry Calder Rackham in den Briefen, die William eben erst gelesen hat, immer wieder) ist unerlässlich, wenn man einen potentiellen Geschäftspartner weich kneten will. *Stell Fragen,* rät der Alte, *zeig Sümpatie für die Schwierigkeiten des Andern, mit dem du ins Geschäft kommen willst, und dann demonstrir ihm, dass du die Lösung hast.* Worte strömen von Williams Lippen, und vor lauter Eifer tritt ihm Schweiß auf die Stirn. *Lass kein Schweigen aufkommen, wo der Andere dann seine Skruhpel anmelden kann,* ist ein weiterer Punkt, den der Alte herausstellt. William lässt kein Schweigen aufkommen. *Schau dem Andern in die Augen.* William schaut Mrs Castaway in die Augen und hat, je länger er redet, zunehmend das Gefühl, dass er sie überzeugen kann. Immer offener legt sie ihm die Zahlen dar, und sie nickt bedächtig, als er ihr erklärt, um wie viel er die Gesamtsumme aufzustocken gedenkt.

»Also«, fasst er schließlich zusammen. »Ich werde Sugars einziger Kunde: Wären Sie damit einverstanden?«

Worauf Mrs Castaway entgegnet: »Tut mir Leid, Mr Hunt. Nein.«

Schockiert schaut William Amy Howlett an, als rechnete er damit, sie werde zu seiner Verteidigung beispringen. Amy jedoch lümmelt in ihrem Sessel und pult sich die Fingernägel, wobei ihre sonst so scharf blickenden Augen gemütlich schielen.

»Aber warum denn nicht?«, ruft er und dämpft sofort die Stimme, weil er befürchtet, ein versteckter Schläger könnte ihn am Schlafittchen packen. »Ich wüsste nicht, was dagegen sprechen sollte.« (Was würde Henry Calder Rackham raten? *Wiederhol dem Andern, was er dir grade gesagt hat.)* »Sie haben mir gesagt, dass Sugar an einem normalen Abend ein oder zwei, höchstens drei Herren empfängt. Jetzt biete ich an, Ihnen den Betrag, den diese drei Besuche einbringen würden, in voller Höhe zu erstatten. Sugar wird von mir bekommen, was sie für angemessen hält. Der Profit für Sie bleibt der gleiche, nur dass er von einem Mann kommt statt von mehreren.«

Statt sich in verspäteter Einsicht die runzlige Hand an die Stirn zu schlagen, reagiert Mrs Castaway auf Williams Ansinnen in einer Weise, die seine Nerven ziemlich strapaziert. Sie fängt an, in einer ihrer Schreibtischschubladen zu wühlen, und holt einen Stapel kreuz und quer liegender Papiere hervor. Dann steckt sie die Finger in den Griff ihrer großen Messingschere und klappt sie probehalber auf und zu.

»Diese Dinge sind komplizierter, als Sie vielleicht denken, Mr Hunt«, murmelt sie, während sie die Papiere vor sich auf dem Tisch ausbreitet. Ihre Augen flackern zwischen William und der Aufgabe hin und her, der sie sich offensichtlich gern wieder zuwenden würde. »Zunächst einmal sind wir ein kleines Haus, so dass uns schon rein rechnerisch Nachteile entstünden. Wenn ein Drittel des Angebots, dessen wir uns rühmen, auf Dauer nicht verfügbar ist –«

Das Läuten der Türglocke lässt sie beide zusammenzucken.

Amy Howlett blickt stöhnend zur Decke. »Wo ist dieser Bengel schon wieder?«, murrt sie und steht dann mit einem Ruck aus dem Sessel auf.

»Mr Hunt, ich bitte vielmals um Entschuldigung«, sagt Mrs Castaway, als Amy abermals abtrottet, um die Arbeit des noch schlafenden Christopher zu machen. »Eine unserer kleinen

Regeln hier besagt, dass kein Herr jemals von einem anderen Herrn gesehen werden darf. Wenn Sie daher so freundlich wären, nur für einen *kurzen* Moment dort« (sie deutet mit der Schere) »in das Nebenzimmer zu treten …«

Sie nickt ihm mütterlich zu, und er gehorcht.

»Der Schmerz«, erklärt Doktor Curlew indessen, »ist ganz allein eine Folge des Widerstands.«

Er wischt sich die Finger mit einem weißen Taschentuch ab, steckt es ein, bückt sich, um es ein zweites Mal zu versuchen. Bei dieser Mrs Rackham muss er hart arbeiten für sein Honorar.

Nicht Sugar, nicht Sugar, du Dreckskerl, du Schwein!, denkt William, während er im Nebenzimmer vor sich hin leidet, das Ohr an die Tür gepresst. *Sie ist nicht verfügbar. Du hast es dir anders überlegt. Du kriegst ihn nicht hoch.*

»… früh am Tag …«, hört er Mrs Castaway sagen.

»… Sugar …«, lautet die männliche Erwiderung.

William sträuben sich vor Empörung die Nackenhaare. Er ist versucht, aus seinem Versteck zu stürzen und auf seinen Rivalen loszugehen, ihn unangespitzt in den Boden zu rammen.

»… kein Mangel an reizvollen Alternativen …«

Sein Herz schlägt heftig. Seine Zukunft, fühlt er, steht auf Messers Schneide zwischen Rettung und Absturz. Wie kann das sein? Vor zwei Tagen gab es noch gar keine Sugar. Und jetzt steht er hier mit geballten Fäusten und ist drauf und dran, ihretwegen jemanden umzubringen!

Aber wie es scheint, ist Blutvergießen denn doch nicht nötig. Der Mann im Salon hat sich mit Miss Howlett abspeisen lassen. Geschieht ihm recht, dem Dreckskerl. William hofft, sie peitscht ihn, bis er halb tot ist, für seine Unverschämtheit, nach Sugar zu fragen.

»… gut, kein Wein … verstehe, dass Sie in Eile sind … wie tausendundeine Nacht in wenige Minuten gedrängt …«

William hört die Musik, die den Handel besiegelt. Merkwürdig, dass eine Unterhaltung durch die geschlossene Tür hindurch so gut wie unverständlich sein kann, während das Klimpern von Münzen so deutlich zu vernehmen ist!

»Mr Hunt?«

Gott sei Dank.

Erst jetzt bemerkt William, in was für einem Raum er sich versteckt: in einer winzigen Krankenstube, gut bestückt mit Verbandszeug und Arzneigläsern. Des Weiteren erblickt er Flaschen mit hochprozentigem Inhalt, Abortivmittel mit einem kindlichen Totenkopf darauf sowie wohlriechende Antiseptika, hergestellt von … hergestellt von … (er schaut genauer hin, um vielleicht das Markenzeichen der Rose oder das ornamentale R zu entdecken) … Beechams.

»Mr Hunt?«

»Mrs Rackham?«

Meilen entfernt auf ihrem Bett wälzt sich Agnes Rackham auf die Seite, damit Doktor Curlew tiefer in sie hineinfassen kann.

»Gut«, murmelt er, ganz in seine Sache vertieft. »Danke.« Er versucht, Agnes' Gebärmutter zu finden, die seines Wissens genau zehn Zentimeter von der äußeren Öffnung entfernt liegen sollte. Da sein Mittelfinger genau zehn Zentimeter lang ist (er hat nachgemessen), verdutzt es ihn, dass er keinen Erfolg hat.

»Sie deuteten … Komplikationen an, die ich nicht berücksichtigt hätte?«, erinnert William Mrs Castaway.

»Viele, viele«, seufzt diese. Ärgerlicherweise ist sie schon wieder emsig mit ihren Ausschneidebildchen zugange und schnippelt an Blättern herum, die von Williams Sitzplatz aus wie herausgerissene Buchseiten aussehen. »Und eine weitere ist mir gerade eingefallen: Unser Haus hat zwar nicht gerade eine Vereinbarung, aber doch so etwas wie … ein Verhältnis gegenseitiger Rücksichtnahme mit dem Fireside. Sie kennen das Fireside? O ja, natürlich.« Sie nimmt wieder die Augen von ihm und schneidet mit der Schere eine geschlängelte Linie. »Gerade Sie, Mr Hunt, die Sie Sugars Vorzüge so zu schätzen wissen, Sie werden verstehen, dass sie für das Fireside eine Attraktion darstellt, eine Zugnummer, wenn Sie so wollen. Wenigstens scheinen die Besitzer das so zu sehen. Also tun wir ihnen einen Gefallen, der zwar nicht genau auf Heller und Pfennig messbar ist, aber der dennoch einen Wert hat. Wenn nun Sugar … verschwinden würde, Mr Hunt, und wäre der Grund noch so schmeichelhaft, dann würde sich das Fireside bestimmt um einen Vorteil gebracht fühlen, verstehen Sie?«

Eine winzige menschliche Figur ist entstanden, blank weiß auf Williams Seite, stahlstichgrau auf Mrs Castaways.

Sie ist verrückt, denkt er, während er eine Heilige mit Glorienschein, aus einem papistischen Bilderbuch herausgerissen, auf den Tisch flattern sieht. Wie kann man mit einer Irren verhandeln? Könnte er sie vielleicht eher überzeugen, wenn er ihr seinen richtigen Namen enthüllte? Wer würde wohl auf eine Irre, die Bücher ihrer Magdalenen wegen zerschneidet, mehr Eindruck machen: der echte Erbe eines namhaften Parfümherstellers oder der unechte Teilhaber an einem renommierten Verlagshaus? Und worauf zum Teufel will sie mit dem Fireside hinaus? Auf eine schlichte Bestechung, oder soll er vielleicht den ganzen verdammten Laden kaufen?

Bring den Andern irgendwie dazu, nur ein einziges Mal das Wort ja zu sagen – diesen Satz hat sein Vater mehrmals mit grüner Tinte unterstrichen. *Alles andere sind nur Dettais.*

»Madam, das sind doch sicherlich nur Details«, erklärt er. »Könnten wir nicht …« (eine glückliche Eingebung) »könnten wir nicht Sugar selbst nach unten bitten? Schließlich geht es hierbei um *ihre* Zukunft – bei allem gebührenden Respekt für die von Ihnen angesprochenen Fragen, Madam …«

Mrs Castaway nimmt das nächste Stück Papier zur Hand. Es trägt auf der leeren Rückseite den unverkennbaren Stempel einer Leihbücherei.

»Mr Hunt, es gibt noch etwas, das Sie nicht berücksichtigt haben. Die Möglichkeit nämlich, dass Sugar – verzeihen Sie, ich möchte Ihnen nicht zu nahe treten –, dass Sugar *Abwechslung* bevorzugen könnte.«

William geht nicht darauf ein. Ihm ist klar, dass Entrüstung ihn nicht weiterbringt.

»Madam, ich bitte Sie – ich beschwöre Sie –, lassen Sie Sugar für sich selbst sprechen!«

Rück sie raus, rück sie raus!, denkt er und blickt dabei fest in die Augen der Puffmutter. Er hat sich noch niemals etwas dermaßen glühend gewünscht; die Glut seines Wunsches erstaunt ihn. Wenn er diesen einen Wunsch erfüllt bekommt, wird er Gott um nichts anderes mehr bitten, gar nichts, solange er lebt.

Mrs Castaway zieht ihre Finger aus der Schere, schiebt ihren Stuhl zurück, erhebt sich. Von der Decke baumeln drei seidene Schnüre; sie zieht an einer. Wen ruft sie? Einen Schläger, der ihn hinausschmeißt? Oder Sugar? Mrs Castaways Augen verraten nichts.

Allmächtiger Gott, das ist ein ganzes Ende schwieriger, als seinerzeit Agnes' Hand zu bekommen, denkt William. Wenn nur diese verrückte alte Kupplerin bereit wäre, es mit ihm zu wagen, so wie Lord Unwin es seinerzeit tat!

Während er hier in Mrs Castaways Bordell sitzt und darauf wartet, dass Sugar erscheint oder ein breitschultriger Aufpasser, geht ihm durch den Kopf, wie er von dem angesäuselten alten Aristokraten ins Rauchzimmer gebeten wurde und dort beim Portwein den Kontrakt der Vermählung von Agnes Unwin an William Rackham, Esquire, verlesen bekam. Die juristischen Formalitäten, entsinnt er sich, waren ihm zu hoch, und als Lord Unwin fertig war und verschmitzt so etwas fragte wie: »Na, ist das genehm?«, wusste er daher nicht, was er sagen sollte. »Das heißt, sie gehört *dir,* Gott steh dir bei«, übersetzte Lord Unwin ihm und schenkte ihm nach.

Da, ein Schatten auf der Treppe! Ist es …? Ja! Sie ist es! In einem blauen geköperten Morgenrock und Hausschuhen, die Haare offen und ungekämmt, noch ganz verschlafen, die Ärmste, und mit dunklen Wasserflecken an der Brust ihres Rocks. Sein Herz, das eben noch Mordgedanken gegen Mrs Castaway hegte, fließt auf einmal vor Zärtlichkeit über.

»George, na so was!«, sagt Sugar leise und hält auf halber Treppe kurz inne. »Welche Freude, dich so bald schon wieder zu sehen!« Sie deutet entschuldigend auf ihr *Déshabillé*. Ein Zug auf der Treppe weht ihr ein paar Haarsträhnen über die Wangen und den nackten Hals. Warum ist ihm vorher gar nicht aufgefallen, wie unnormal dünn dieser Hals ist? Und ihre Lippen: Sie sind so blass und trocken, wie feine Spitze – sie trinkt nicht genug! Wie gern würde er ihr Salbe in die Lippen reiben, während sie seine Finger küsste …!

»Mr Hunt hat dir einen Vorschlag zu machen, Sugar«, sagt Mrs Castaway. »Mr Hunt?«

Alte Hexe! Sie hat Sugar nicht einmal aufgefordert, sich zu setzen – als ob sein Angebot so aberwitzig wäre, dass das Mädchen garantiert nein sagt, bevor sie die Treppe ganz heruntergestiegen ist. Aber ein Blick geht zwischen ihm und Sugar hin und her, der ihm Mut macht; es ist ein Blick, der sagt: *Wir kennen uns, nicht wahr, du und ich?*

Höflich bittet er sie, Platz zu nehmen, und sie setzt sich in Miss Lesters Sessel. Er wiederholt seine kleine Rede, doch diesmal, entbunden der verhassten Notwendigkeit, sich an Mrs Castaway zu wenden, spricht er Sugar direkt an (ihre Augen sind immer noch schläfrig; sie leckt sich die Lippen mit einer spitzen roten Zunge, mit derselben Zunge, die … Konzentrier dich, Rackham!). Er spricht weniger nervös als vorher. Als er die Mären wiederholt, die er um George W. Hunt gesponnen hat, wechselt er mit ihr ein heimliches Lächeln zum Zeichen ihres Einvernehmens in einer Sache, die bereits Teil ihrer intimen Geschichte ist. Doch als es ans Rechnen geht, ist er bestimmt und genau. Aus Gründen der Diplomatie erwähnt er Mrs Castaways Bedenken und nimmt sie in seine Darstellung auf. Alle, versichert er nachdrücklich, werden davon profitieren, niemandem werden die geringsten Unannehmlichkeiten entstehen.

»Aber eins haben Sie noch nicht gesagt«, wendet die Alte quer durchs Zimmer ein: »Was werden Sie Sugar zahlen?«

William verzieht das Gesicht. Die Frage erscheint ihm äußerst taktlos – und zudem geht sie das gar nichts an. Das ist doch hier kein billiger Puff!

»Ich werde ihr zahlen«, antwortet er, »was sie glücklich macht.« Und dabei nickt er Sugar fast unmerklich zu, um ihr zu zeigen, dass es ihm ernst damit ist

Sugar blinzelt einige Male, streicht sich mit der Hand durch den widerspenstigen Busch ihrer rotgelben Haare. Nach dem Trommelfeuer der Fakten und Zahlen ist sie ein wenig benommen, als ob es heute nach dem Aufwachen als Erstes eine Diskussion von John Stuart Mills *Grundsätzen der politischen Ökonomie* gegeben hätte statt eines gekochten Eis. Schließlich öffnet sie den Mund, um sich zu äußern.

»Na gut, George«, sagt sie mit einem schelmischen Lächeln. »Ich bin einverstanden.«

Ja! Sie hat ja gesagt! Rackham kann kaum mehr an sich halten. Doch er muss, er muss. Kindische Begeisterung würde ihm schlecht zu Gesicht stehen; er muss schließlich den respektablen Verleger spielen.

Und so beobachtet er, den Kopf über Mrs Castaways Schreibtisch geneigt, wie diese den Vertrag aufsetzt *an diesem vierundzwanzigsten November des Jahres 1874*. Reine Zeit- und Tintenverschwendung. Wenn sie wüsste, dass er alles unterschreiben würde, sogar ein Blatt Papier, auf dem nur dieses eine Wort stünde: Alles! Aber sie will es ausführlicher haben. Er liest, was ihr in einer höchst eleganten und sicheren Schrift (das muss er ihr lassen) aus der Feder fließt … *nachstehend »das Haus« genannt* … Allmächtiger Gott! Sie will ihn ausnehmen, das ist ihm sonnenklar … aber was soll's? Gemessen an dem Reichtum, der ihm bald gehören wird, erreicht ihre Habgier nur liliputanische Ausmaße.

Und überhaupt, falls er beschließen sollte, vertragsbrüchig zu werden, was könnte sie schon dagegen tun? Einen imaginären Mann vor den Hurengerichtshof zerren? Vor der Regina wird verhandelt der Fall »Castaway« gegen »Hunt«? Hör mit dem Geschreibsel auf, Frau, und lass Platz für die Unterschriften!

Im Rückblick betrachtet war dagegen der Kontrakt über Agnes' Hand ausgesprochen laisser-faire und stellte viel weniger Ansprüche an ihn als dieser hier. Bei einem Ehevertrag sollte man eigentlich ein gewisses Maß an elterlicher Fürsorge erwarten, doch Lord Unwin legte für Agnes (wenn William jetzt darüber nachdenkt) herzlich wenig davon an den Tag. Als Mitgift bekam sie kein großes Vermögen – nichts, was eine junge Frau nicht in ein oder zwei Jahren verjubeln konnte –, und William wurde kein Datum für die Erlangung wirtschaftlicher Unabhängigkeit gesetzt. Unerwähnt blieb auch der Umfang der eleganten Garderobe, den William seiner Frau dauerhaft garantieren musste, und auf welche Weise Agnes' Lebensstil sichergestellt werden sollte. Was Lord Unwin betraf, so hatte man den Eindruck, dass sein zukünftiger Schwiegersohn über Agnes' Kleidung, ihren Schmuck, ihre Bücher, ihre Dienerschaft frei verfügen konnte.

Ohne es direkt auszusprechen, wollte er sie los sein, zweifellos deshalb, weil er bereits wusste (der listige alte Suffkopp!), welches Gift an der geistigen Gesundheit seiner Stieftochter zehrte.

Das Schlagen einer Tür tönt von fern durchs Haus: Miss Howletts Kunde geht. William wirft einen Seitenblick auf Sugar, doch sie ist tief im Sessel versunken, den Kopf in die Armbeuge geschmiegt, die Augen geschlossen. Der Ärmel ihres Morgenrocks ist zurückgerutscht und entblößt das weiße Fleisch ihres Unterarms, blau gefleckt von Fingerabdrücken. Bestimmt seine – *oder etwa nicht?* Mit einem Schock erkennt er, dass dieser Vertrag nicht nur das Vertrauen dieser Frauen in ihn voraussetzt, sondern auch sein Vertrauen in sie. Was sollte sie davon abhalten, hinter seinem Rücken den normalen Geschäftsbetrieb weiterlaufen zu lassen? Nichts, es sei denn, er befleißigt sich, unberechenbar zu sein und sie nie wissen zu lassen, zu welcher Stunde er auftauchen wird … Verrückt, er muss verrückt sein – und doch zuckt ein Lächeln in seinen Mundwinkeln, als er schwungvoll einen falschen Namen unter diesen Handel mit einer Puffmutter und einer Hure setzt.

»Es ist mir eine große Freude«, sagt er und fördert die zehn Guineen zutage, die ihm der Verkauf einiger von Agnes' schon seit langem nicht mehr benutzten Besitztümern eingebracht hat, »unsere Vereinbarung feierlich zu besiegeln.«

Mrs Castaway nimmt das Geld entgegen, und ihr Gesicht wirkt mit einem Mal uralt und müde.

»Ich bin sicher, Sie können sich größere Freuden vorstellen, als Ihren Namen unter ein Schriftstück zu setzen, Mr Hunt«, sagt sie. »Wach auf, Sugarlein!«

Agnes starrt die kleinen Elfenbeinknäufe am Nachtschränkchen an und vermerkt sorgfältig sämtliche winzigen Kerben und Kratzer in jedem einzelnen. Der Kopf des Arztes wirft einen Schatten über ihr Gesicht; seine Finger sind nicht mehr in ihr drin.

»Ich fürchte, es ist nicht alles so, wie es sein soll.«

Die Worte erreichen Agnes wie eine zufällig mitgehörte Bemerkung vom Zugbahnsteig gegenüber. Während ihre Augen zuklappen und der Schweiß auf ihrem Gesicht glänzt, fängt sie an, einen Traum zu träumen, den sie schon viele Male im Schlafen geträumt hat, aber noch nie zuvor im Wachen. Den Traum von der Fahrt …

Doch Doktor Curlew sagt etwas und versucht, sie zurückzuholen. Sanft, aber fest drückt er eine Stelle an Mrs Rackhams nacktem Unterleib.

»Fühlen Sie diese Stelle hier? wo ich hindrücke? Dorthin ist Ihre Gebärmutter gerutscht, viel höher, als sie eigentlich sein sollte, nämlich eher … hier.« Sein Finger gleitet nach unten zu dem Büschel blonder Haare, auf das Agnes in ihrem ganzen Leben vielleicht zwanzigmal einen Blick geworfen hat, jedes Mal von Scham erfüllt. Diesmal jedoch gibt es keinen Grund zur Scham, denn der Finger des Arztes gleitet (wie sie in ihrem Traum erkennt) nicht über ihren Körper, sondern über eine Oberfläche ein Stück weiter weg: eine Fensterscheibe vielleicht. Sie sitzt in einem Zug, und während der Zug vom Bahnhof abfährt, legt jemand draußen auf dem Bahnsteig seinen Finger an das Fenster ihres Abteils.

Agnes schließt die Augen.

Oben in Sugars Zimmer zieht William die Nadeln aus seinem Kragen, während Sugar zu seinen Füßen kniet. Sie rubbelt mit dem Gesicht über seinen Hosenschlitz.

»R-r-r-r-r«, schnurrt sie.

Die Knöpfe von Williams Hemd sind steif; er hat sein bestes Stück angezogen, um Mrs Castaway zu beeindrucken. Während er sich abmüht, es aufzuknöpfen, blickt er zum Schreibpult hinüber, das wie beim vorigen Mal mit Papieren überhäuft ist. Es sind männlich aussehende Papiere, keine zart getönten Reispapierblätter und Briefumschläge mit Blumenmustern, kein gebundenes Buch mit Kochrezepten und Moralpredigten, illustriert mit artigen Aquarellen, keine Rätsel oder Denksportaufgaben aus der Boulevardpresse. Nein, diese Papiere liegen in unordentlichen Haufen zwischen Kerzenstummeln auf Sugars Tisch, bekritzelt und bekleckst, zerknittert. Und obendrauf eine Broschüre mit dicht gedrucktem Text, die Ränder voll geschmiert mit Glossen in Ausziehtusche.

»Was es auch sein mag, woran du da sitzt, ich sehe, dass es keine leichte Arbeit ist«, bemerkt er.

»Nichts, was einen Mann interessieren könnte«, raunt sie und krallt sanft beide Hände in seine Hinterbacken. »Komm, nimm mich!«

Die Bettdraperien sind bereits zurückgebunden, wie Theatervorhänge. Im Spiegel am Kopfende beobachtet William, wie sein stolperndes Ebenbild zu den zerknautschten Laken geführt wird, die immer noch nach ihm und Sugar riechen.

»Mein Fötzchen saftet schon nach dir, George«, flüstert sie.

»Nein, du musst mich wirklich William nennen«, sagt er. »Und lass dir bitte nochmals versichern: Du musst überhaupt keiner anderen Arbeit mehr nachgehen außer …«

»Mmm, ja«, sagt sie und zieht ihn neben sich aufs Bett. Sie hebt den weichen, lockeren Stoff ihres Morgenrocks hoch und wirft ihn über Williams Kopf; er zappelt, doch sie hüllt ihn fest ein und presst ihn an ihren Bauch. Sein Atem ist heiß und feucht auf ihrem Fleisch, sie fühlt, wie er sich nach oben wühlt, auf das Licht an ihrem Hals zu.

»Ooh, noch nicht«, säuselt sie und hält ihn durch den Stoff zurück. »Meine Brüste brennen nach dir.«

Er beginnt zu lecken – sanft, Gott sei Dank. Es gab schon Männer, die nach ihren Brustwarzen schnappten, als ob sie in einem Fass nach Äpfeln tauchten. Der hier hat weiche Lippen, seine Zunge ist zart, seine Zähne sind kaum zu spüren. Harmlos, wie ein Mann nur sein kann, und jede Menge Geld in der Tasche. Wenn er ihren Namen auf einem Vertrag haben will, na schön, warum nicht?

Aber heiliger Bimbam, sie muss unbedingt verhindern, dass er sieht, was auf ihrem Schreibpult liegt. Sie war überhaupt nicht vorbereitet, als ihre Mutter vorhin so früh an der Klingel zog. Tot für die Welt war sie da, träumend in ihrem Kissen vergraben. Wie hätte sie in ihrem verschlafenen Zustand daran denken sollen, die Sachen wegzuräumen? Sich nach unten zu schleifen, ohne sich den Hals zu brechen, war das Äußerste, wozu sie imstande war. Und weshalb? Sie konnte doch wirklich nicht ahnen, dass sie deshalb gerufen wurde, um einem Mann ewige Treue zu geloben …

Trotzdem, in Zukunft muss sie besser aufpassen: Sie darf ihre Papiere nicht derart offen liegen lassen und riskieren, dass er darin herumschnüffelt. Was liegt eigentlich im Moment ganz oben? Sie versucht sich darauf zu besinnen, während sie ihren Morgenrock lüftet, um ihrem Freier ein bisschen Sauerstoff zu gönnen … Könnte es etwa diese widerliche kleine Broschüre sein, in der es darum geht …? O Gott, ja! Ihr wird ganz schwach bei der Vorstellung, in was er womöglich seine Nase gesteckt hätte, wenn sie ihn nicht weggelotst hätte.

Auf ihrem Schreibpult liegt aufgeklappt eine medizinische Abhandlung, die sie aus dem Lesesaal der Bücherei am Trevor Square gestohlen hat. Der Text selbst würde ihn nicht sonderlich überraschen, dergleichen muss er unzählige Male gesehen haben:

Eine Frau kann nicht ernstlich des Denkens pflegen, ohne in ihrem Amte als Gebärerin und Mutter von Kindern Schaden zu nehmen. Allzu oft ist die »intellektuelle« Frau eine im Jugendalter zu Krankhaftigkeit neigende, ja geradezu zwitterhafte Person, die bei entsprechender Gegensteuerung eine gesunde Ehefrau hätte werden können.

Verschließen wir daher unsere Ohren den Sirenenstimmen, die uns ein gewisses Maß an geistiger Arbeit seitens der Frau für den Preis einer elenden, schwächlichen und kränklichen Rasse andienen möchten. Gesunde, tüchtige Frauenschöße befördern die Zukunft mehr als irgendwelche weiblichen Schreibereien.

Nein, es ist nicht der Text, es sind Sugars handgeschriebene Kommentare am Rand, die ihr neuer Wohltäter um keinen Preis sehen darf: *Aufgeblasener Blödmann!* hier, *Tyrannei!* dort, *Falsch, falsch, falsch!* da drüben und in zornig verschmierter Tusche unter die Schlussfolgerung gekritzelt: *Das werden wir ja sehen, du syphilitischer alter Sack! Bald kommt ein neues Jahrhundert, da werden du und deinesgleichen tot sein! TOT!*

Während Doktor Curlew die Fächer seines Koffers nach der Blutegeldose durchstöbert, erspäht er unter dem Bett seiner Patientin das Titelblatt einer Zeitschrift, die von ihm nicht gutgeheißen wird. (Es ist die *London Periodical Review,* die Agnes mit der ganz und gar unschuldigen Absicht liest zu erfahren, was sie von den neuen Gemälden zu halten hat, die sie nicht hat sehen können, von den neuen Gedichten, die sie nicht gelesen hat, und von der jüngeren Zeitgeschichte, von der sie nichts mitkriegt, für den Fall, dass sie in der nächsten Saison in die Verlegenheit kommt, eine Meinung dazu äußern zu müssen.)

»Verzeihen Sie, Mrs Rackham«, sagt er und merkt dabei immer noch nicht, dass sie ihn nicht mehr hört. Er hat den Stein des Anstoßes in der Hand und hält ihn hoch, damit ihre geschlossenen Augen ihn erkennen können. »Ist das Ihre Zeitschrift?«

Er wartet nicht auf eine Antwort; keine Ausrede könnte ihn von seinen mahnenden Worten abbringen. Es hätte auch nichts geändert, wenn es sich nicht um die *London Periodical Review* gehandelt hätte, sondern um Mrs Henry Woods *Der Schatten von Ashlydyat* oder einen ähnlichen Mist. Übermäßig spannende Lektüre, übermäßig anstrengende Lektüre, übermäßig aufwühlende Lektüre, zu viel Waschen, zu viel Sonne, enge Korsette, Speiseeis, Spargel, Fußwärmer: Diese Dinge und viele andere mehr sind Ursachen von Gebärmutterproblemen. Aber keine Bange, er hat ein Heilmittel.

Doktor Curlew begutachtet kurz die weiße Hautstelle hinter Agnes' linkem Ohr und setzt dann mit größter Präzision den ersten Blutegel dort an. Agnes sucht sich gerade diesen unpassenden Moment aus, um sich aus ihrem Traum hinauszuwagen und zu sehen, ob die wirkliche Welt in der Zwischenzeit wieder sicher geworden ist. Sie erblickt den Blutegel, der im Zangengriff durch die Luft auf sie zukommt. Bevor sie in die Bewusstlosigkeit zurücksinken kann, hat sie schon die kalte Berührung des Instruments hinterm Ohr gefühlt, und obwohl sie nicht fühlt, wie der Blutegel zu saugen beginnt, stellt sie sich dennoch eine wässrige Blutspirale vor, die durch ihre Eingeweide zum Kopf emportreibt wie ein roter Wurm in einem zähflüssigen Medium. Doch dann ist sie in ihren Traum zurückgekehrt, und als Doktor Curlew den zweiten Blutegel ansetzt, ist der Passagierzug bereits wieder angefahren.

Sachte drehen die Hände des Arztes ihren Kopf auf dem Kissen um hundertachtzig Grad, denn der Vorgang muss auf der anderen Seite wiederholt werden.

»Entschuldigung, Mrs Rackham.«

Agnes rührt sich nicht; ihre Fahrt ist zum Ende vorgesprungen. Zwei alte Männer tragen ihre Bahre von der Endstation tief im Herzen der ländlichen Gefilde bis vor die Tore des Klosters zur guten Gesundheit. Eine Nonne eilt herbei, um das Tor zu öffnen, ein riesiges Eisentor, umrauscht von Efeu und Stockrosen. Die alten Männer setzen die Bahre behutsam im sonnigen Gras ab und ziehen die Mützen. Die Nonne kniet sich neben Agnes hin und legt ihr eine kühle Hand auf die Stirn.

»Liebes, liebes Kind«, sagt sie mit zärtlichem Tadel in der Stimme. »Was sollen wir nur mit dir machen?«

Nach vollbrachter Liebestat kann William seine Eroberung genauer in Augenschein nehmen und sie in allen reizenden Einzelheiten studieren. Sie liegt in seinen Arm gekuschelt, die Wimpern unbewegt, und scheint zu schlafen. Er fährt ihr mit den Fingern durch die Haare, bewundert die vielen unerwarteten, im Rot verborgenen Farben, die er darin entdeckt: Streifen von purem Gold, blonde Stellen, Strähnen von dunklem Kastanienbraun. So etwas wie ihre Haut hat er noch nie gesehen: Auf jedem Glied und auf ihren Hüften und ihrem Bauch sind … wie soll er das nennen? Tigerstreifen. Geometrische Wirbelmuster aus abblätternder trockener Haut im Wechsel mit gerötetem Fleisch. Sie sind symmetrisch, wie von einem akribischen Ästheten oder einem afrikanischen Wilden ausgeführt. (Wenn Doktor Curlew hier wäre, könnte er William und natürlich auch gleich Sugar darüber belehren, dass sie eine ungewöhnliche Form der Schuppenflechte hat, die an manchen Stellen die diagnostische Grenze zu einem selteneren und spektakuläreren Leiden überschreitet, der so genannten Fischschuppenkrankheit. Er würde vielleicht teure Salben verschreiben, die gegen die Risse in Sugars Händen oder die schuppigen Streifen an ihren Schenkeln nicht mehr ausrichten würden als das billige Öl, das sie ohnehin schon benutzt.) In Williams Augen sind die Muster betörend, ein echtes Wahrzeichen ihrer animalischen Natur. Sie riecht auch wie ein Tier – oder wie er sich vorstellt, dass ein Tier riecht, denn er ist kein großer Tierfreund. Ihr Geschlechtsteil verströmt wilde Düfte, in ihren Schamhaaren glitzern Schweiß und Sperma.

Er hebt leicht den Kopf, um einen besseren Blick auf ihre Brüste zu haben. Auf dem Rücken liegend sind sie beinahe flach, doch ihre Brustwarzen sind voll und unverkennbar weiblich. (Und wenn sie umgedreht ist, kriegt er durchaus genug zu fassen.) Tatsächlich entzückt ihn jeder Zentimeter an ihr; es ist fast, als wäre sie zu keinem anderen Zweck gemacht, als ihn zum Orgasmus zu bringen.

Er drückt ihre Schultern, um sie so weit wach zu bekommen, dass er ihr eine Frage stellen kann, die ihm schon seit fast einer Stunde durch den Kopf geht.

»Sugar?«

»Mmm?«

»Sag mal … m-magst du mich leiden?«

Sie lacht kehlig, presst mit einer Kopfdrehung die Stirn an seine Wange und reibt dagegen.

»Ach, William, jaaa«, haucht sie. »Du bist doch mein Retter, nicht wahr? Mein Held …« Sie umschließt seine Genitalien mit ihrer rauen Hand. »Ich kann mein Glück noch kaum glauben.«

Er streckt sich, schließt wohlig die Augen. Sie nagt heimlich an ihren schuppenden Lippen und sorgt sich wegen des keilförmigen Hautfetzchens, das beinahe, aber noch nicht ganz abgehen will. Sie muss es in Ruhe lassen, oder es wird bluten. Wie viel wird sie diesmal von ihm verlangen? Seine große, weiche Hand liegt auf ihrer Brust, sein Herz pocht an ihrem scharfkantigen Schulterblatt. Auf seinem Gesicht ein Ausdruck von Glück. Ihr kommt plötzlich der Gedanke – nein, eigentlich hatte sie den Verdacht schon, als sie ihm zum ersten Mal in die Augen sah –, dass er trotz seiner zur Schau gestellten Tabulosigkeit im Grunde ein kleiner Junge ist, der sich nach einem warmen Bettchen und unschuldigem Schlaf sehnt. Wenn sie ihm nur die fettigen goldenen Locken aus der verschwitzten Stirn streicht, wird er ihr dafür alles geben, was sie will.

Er atmet jetzt tief, beinahe bewusstlos, da ertönt an der Tür ein leises, zögerndes Klopfen.

»Was zum Teufel?«, schreckt er auf.

Doch Sugar kennt dieses Klopfen.

»Christopher!«, ruft sie halblaut. »Was gibt's?«

»Tut mir sehr Leid«, kommt die Stimme des Jungen durchs Schlüsselloch. »Aber ich soll dem Herrn was ausrichten. Von Mrs Castaway. Er soll dran denken – falls er's irgendwie vergessen hat –, dass er 'ne Verabredung hat. Mit 'nem Herrn Wilkie Collins.«

William dreht sich zu Sugar um und grinst verlegen.

»Die Pflicht ruft«, sagt er.

Einige Stunden später fühlt Agnes Rackham, wie Claras kleine Frauenhände sie mechanisch durch das Bettzeug hindurch streicheln, doch sie ist zu tief in ihren Traum verstrickt, um sie zu erkennen.

Nachdem der Traum zu seinem himmlischen Schluss gekommen ist, hat er wieder ganz von vorn angefangen. Sie ist auf dem Weg zum Kloster zur guten Gesundheit. Ein Zugabteil ist eigens für sie hergerichtet worden, damit es ihrem Zimmer so genau wie möglich gleicht. Sie liegt auf einem schmalen Bett am Fenster, und an den Wänden sind richtige Tapeten und gerahmte Porträts ihrer Mutter und ihres Vaters.

Sie stemmt sich vom Kissen hoch, um auf das bunte Treiben am Bahnsteig hinauszuschauen: Fahrgäste eilen hin und her, Gepäckjungen taumeln unter schweren Koffern, Tauben flattern in das Kuppeldach hoch oben, und auf dem hintersten Bahnsteig zur Straße stampfen ungeduldig die Droschkenpferde. Der unangenehme Kerl, der mit dem Finger an ihr Fenster geklopft hat, ist fort, und an seiner Stelle kommt ein lächelnder alter Stationsvorsteher angeschlendert und ruft ihr durch die Scheibe zu:

»Alles in Ordnung, Miss?«

»Ja, danke«, erwidert sie und lässt sich in das Kissen zurücksinken. Draußen ertönt ein Pfiff, und fast ohne einen Ruck rollt der Zug an.

Ungefähr noch eine Stunde später durchwühlt William Rackham, nachdem er sich wieder in sein Arbeitszimmer zurückgezogen hat, die Schubladen seines Schreibtischs und erkennt mit einer gewissen Frappiertheit, dass es keine Rackham-Papiere mehr gibt, die er noch nicht gelesen hat. Er hat sie endlich alle durchgeackert; er hat ihre Essenz ausgesogen. Ein großes, in Leder gebundenes Notizbuch liegt aufgeklappt vor ihm, und darin stehen, in seiner leicht eckigen Schrift, etliche unbeantwortete Fragen. Er wird dafür sorgen, dass er recht bald Antwort auf diese Fragen bekommt.

Aufgekratzt von Madeira und Stolz auf seine Leistung reißt er die braune Verpackung von einem unangebrochenen Paket mit Kopfbögen der Rackham Perfumeries, zieht ein Blatt heraus, platziert es sorgfältig auf dem Schreibtisch, hindert es mit dem Ellbogen am Verrutschen, tunkt die Feder in die Tinte und schreibt unter dem Firmenzeichen der Rose:

Lieber Vater!

Neun

Komm jetzt mit mir, weg von den schmutzigen Londoner Straßen, weg von Zimmern, in denen es nach Furcht und Tücke stinkt, weg von zynisch gefälschten Verträgen. Es gibt noch Liebe. Komm mit zur Kirche!

Es ist ein kalter, aber sonniger Sonntagmorgen, vier Monate später. Durch die reine und klare Luft zieht nur ein feiner Regenduft und hier und da ein fliegender Spatz. Auf dem ganzen Weg zur Kirche ist das nasse, dunkle Gras mit winzigen hellen Knospen betupft, die schon bald Narzissen sein werden. Reifere Blüten finden sich –

(Was? Sugar? Wieso denkst du an Sugar? Um sie musst du dir keine Gedanken mehr machen; sie ist jetzt wohl versorgt. Und auch Williams wegen brauchst du dich nicht zu beunruhigen. Es ist alles in bester Ordnung, das kann ich dir versichern. Eine Reihe von zunehmend herzlicher werdenden Briefen sind zwischen Vater und Sohn hin- und hergegangen; der Machtwechsel ging reibungslos vonstatten. Sicher, anfangs war der alte Mann ein ungläubiger Thomas und sah in Williams detaillierten Auslassungen über das Rackhamsche Unternehmen, die Pflichten seines Leiters und die genaue Art, wie William diese Pflichten wahrzunehmen gedachte, nichts weiter als eine Masche, um ihm das nötige Kleingeld für ein opulentes Weihnachtsfest abzuluchsen. Bald jedoch war er davon überzeugt, dass sich eine Geburt ereignet hatte, die kaum weniger wunderbar war als seinerzeit die des Heilands: der Advent von William Rackham, dem Großindustriellen. Mittlerweile ist alles eitel Sonnenschein, und Williams

Demütigungen gehören der Vergangenheit an, also halten wir uns nicht länger damit auf.)

Wie gesagt, reifere Blüten finden sich im Innern der Kirche: in Vasen aus grauem Glas und auf den Hüten einiger Kirchgängerinnen. Und nicht nur Blumen, sondern auch ausgestopfte Vögel und Schmetterlinge gehören zum Kopfputz der anwesenden modebewussteren Damen. Während sie aus den Bänken treten und sich gen Ausgang schieben, beäugen alle die Kleider und Hüte der anderen, und nur diese wunderliche Emmeline Fox geht ungeschmückt. Sie trägt den Kopf so hoch, als ob sie schön wäre, und hält ihren Körper, als ob sie kräftig wäre. An ihrer Seite geht wie immer Henry Rackham, der Mann, der von Rechts wegen *der* Rackham der Rackham Perfumeries hätte sein sollen, der aber (wie inzwischen jedermann weiß) dieses Anspruchs jetzt ein für alle Mal verlustig gegangen ist.

Henry ist eine stattliche Erscheinung, größer als der Durchschnitt – na, jedenfalls größer als sein Bruder –, mit blaueren Augen und festerem Kinn. Im Unterschied zu seinem Bruder sitzen ihm seine nicht minder goldenen Haare auch sittsamer am Kopf und ist seine Bauchpartie straff. In früheren Jahren, bevor es offensichtlich wurde, dass er nicht die Absicht hegte, von seinem Geburtsrecht Gebrauch zu machen, hatten ihn eine ganze Reihe heiratsfähiger junger Damen aufs Korn genommen, die ihn alle für einen anständigen, wenngleich übertrieben ernsten Mann erachteten, die alle zu verstehen gaben, der Erbe einer großen Firma werde einer aufopferungsvollen Gattin bedürfen, und die sich alle aus dem Staub machten, sobald er verächtlich von Geld zu reden begann. Eine dieser Damen (heute hier in der Kirche zugegen, frisch verheiratet mit Arthur Gillow, dem Eisschrankfabrikanten) küsste ihn sogar auf die Stirn, um zu sehen, ob ihn das von seiner Schüchternheit kuriere.

Das ist nicht die Liebe, von der ich gesprochen habe. Die Liebe, von der ich gesprochen habe, ist echt. Es ist die Liebe zweier befreundeter Seelen zu ihrem Gott – und zueinander.

Henry hat gleich den Vorraum seiner Kirche erreicht – na ja, es ist nicht wirklich *seine* Kirche, sondern leider nur die Kirche, in die er geht – und zieht die von draußen hereinwehende frische Luft ein. Er interessiert sich nicht für Parfüm oder nur insofern, als ihm auffällt, dass es in diesen Mauern mit jeder Woche mehr zu werden scheint. Heute strömen die Düfte genauso stark von den Damen aus, die (in Hörweite des Pfarrers) von biblischen Dingen sprechen, wie von denen weiter weg, die sich über die kommende Londoner Saison unterhalten.

Ihm und Mrs Fox widerstrebt es, nach dem Gottesdienst noch lange herumzustehen und mit den anderen Kirchgängern von Notting Hill ein Schwätzchen zu halten. Sie geben dem Pfarrer die Hand, Henry belobigt ihn für seine Widerlegung des Darwinismus, und weg sind sie. Die Klatschmäuler blicken ihnen hinterher, doch da sie nun schon seit Monaten jeden Sonntag derart geschnitten werden, ist ihnen die Sache keine Bemerkung mehr wert. Es ist schon genug über Henry Rackham und Mrs Fox gelästert worden, und wenn keiner von ihnen anbeißen will, obwohl alle sich die größte Mühe geben, so *deutlich* wie möglich zu flüstern, tja, was hat es dann für einen Zweck?

Henry und Mrs Fox gehen vorsichtig den steilen Kiesweg hinunter, der zum Friedhof führt, wobei sie beide einen zusammengerollten Schirm als Spazierstock benutzen, statt sich beieinander einzuhaken. Am Fuß des Hangs macht der Weg eine scharfe Krümmung und verläuft eine Weile am Friedhof entlang, ehe er sich mit der Hauptstraße vereinigt. Das ist der Weg, den sie nehmen, zur Rechten buttergelbe Grabsteine, zur Linken Nadelbäume mit schwarzen Stämmen.

»Wie schön dieser Morgen ist!«, sagt Emmeline Fox. (Nein, sie meint es wirklich! Nein, sie macht *nicht* bloß Konversation! Die Zeit, die du auf den Straßen und in anrüchigen Häusern verbracht hast, hat dich verdorben. Es ist ein schöner Sonntagmorgen, und diese Frau bringt einfach ihre Freude darüber zum Ausdruck.) Sie ist voll der Liebe zu Gottes Schöpfung, zum Überlaufen voll. Die Herrlichkeiten Gottes sind überreich, endlos; sie dringen von allen Seiten in sie ein … (Was hast du bloß für Gedanken? Du bist *eindeutig* zu lange in schlechter Gesellschaft gewesen!)

»Schön, ja«, pflichtet Henry Rackham ihr bei. Er schaut sich um und lädt die Herrlichkeit der Natur dazu ein, in ihn einzuströmen, doch die Natur ziert sich. Er späht angestrengt in das grünlich getönte Licht und würde gern dasselbe empfinden wie seine verzückte Begleiterin.

Das Problem ist, dass zwar die Sonne durch die Bäume fällt wie auf Dyce' Gemälde *George Herbert in Bemerton*, ihn dies aber nicht halb so sehr beeindruckt wie die Steppnähte an Mrs Fox' Mieder. Und obwohl muntere kleine Spatzen durch die Blätter huschen und über das Pflaster hüpfen, kommen sie nicht gegen die Grazie an, mit der Mrs Fox ihres Weges geht. Und was das herabstrahlende Licht betrifft, so ist dieses Phänomen am schönsten auf ihrem Gesicht zu bewundern.

Wie gut sie aussieht! Sie kleidet sich wie ein Engel – ein Engel in grauer Serge. Auch wenn er sich noch so sehr vornimmt, die Lilien auf dem Felde zu schauen, sie sind für ihn zu gewöhnlich und grell, er kann sie nicht Mrs Fox' schlichter Eleganz vorziehen. Auch ihre Stimme ist tief und musikalisch wie … wie ein leise gespieltes Fagott, so viel angenehmer als das Gezwitscher von Spatzen oder anderen Frauen.

»Hören Sie mir noch zu, Henry?«, fragt sie plötzlich.

Er errötet. »Sprechen Sie weiter, Mrs Fox. Ich habe nur … das Wunder von Gottes Schöpfung bestaunt.«

Mrs Fox hakt den Griff ihres Schirms an ihrem Gürtel ein, damit sie ihre beiden in Handschuhe gehüllten Hände an die Stirn führen kann. Der steile Abstieg hat sie ins Schwitzen gebracht, und sie tupft sich die Haut unter ihren dichten gekräuselten Fransen.

»Ich sagte nur gerade«, fährt sie fort, »dass ich wünschte, diese ganze Streiterei über unsere Ursprünge würde mal ein Ende nehmen – ganz gleich, was für eines.«

»Verzeihen Sie, Mrs Fox, aber was meinen Sie mit ›ganz gleich, was für eines‹?« Die Fragen, die Henry ihr stellt, sind immer sanft im Ton, weil er sie nicht verletzen will.

»Ach«, seufzt sie, »wenn doch nur ein für alle Mal entschieden werden könnte, von wem wir abstammen: von Adam oder von Mr Darwins Affen.«

Henry bleibt wie angewurzelt stehen. Jedes Mal, wenn sie zusammen sind, gerade wenn er am wenigsten damit rechnet, lässt sie eine derartige Bemerkung los.

»Aber meine liebe Mrs Fox, das kann doch nicht Ihr Ernst sein!«

Sie blickt ihn von der Seite an, leckt sich die Lippen, aber sagt kein Wort zu seiner Beruhigung.

»Meine liebe Mrs Fox«, beginnt er abermals und blinzelt dabei die sonnengesprenkelte Straße vor ihnen an. »Der Unterschied zwischen dem Glauben an die eine Abstammung und dem an die andere ist doch der Unterschied … na ja, zwischen Rechtgläubigkeit und Atheismus!«

»Ach, Henry, das stimmt nicht, *wirklich* nicht.« Ihre Stimme ist jetzt ungeduldig und leidenschaftlich, und er stellt sich darauf ein, dass sie gleich über ihre Arbeit im Frauenrettungsverein reden wird. »Wenn Sie doch nur die Unglücklichen kennen lernen könnten, unter denen ich arbeite! Da würden Sie einsehen, dass der Streit, der in unseren Kirchen und Rathäusern tobt, ihnen gar nichts bedeutet. Das Ganze ist für sie nur ein kleinliches Gezanke zwischen feinen Pinkeln der einen und der anderen Sorte. ›Ich weiß Bescheid, Miss‹, sagen sie. ›Wir sollen uns aussuchen, wer unsere Großeltern waren: zwei Affen oder zwei nackte Naivlinge in so einem Garten.‹ Und dann lachen sie, denn eines erscheint ihnen so lächerlich wie das andere.«

»In *ihren* Augen mag das vielleicht sein, aber nicht in den Augen Gottes.«

»Ja, aber Henry, sehen Sie denn nicht, dass diese Menschen Gott nicht dadurch näher kommen, dass sie uns streiten sehen? Wir müssen uns damit abfinden, dass es ihnen egal ist, woher das Leben stammt. Viel dringender müssen wir uns damit auseinander setzen, dass sie unseren Glauben verachten, *sie*, Henry, die einst das Rückgrat der Kirche waren, in den Tagen, als die Welt noch nicht von Städten und Fabriken verschandelt war. Es macht mich so traurig, wenn ich daran denke, wie sie damals schlicht und fromm das Land bestellten … Schauen Sie, dort!«

Sie deutet auf eine etwas entfernte Wiese, die bei näherem Hinsehen ein Platz emsiger Betriebsamkeit ist. Winzige Arbeiter sind dort zu sehen, Wagenladungen von Bauholz und Erde und eine riesengroße Maschine von rätselhafter Funktion.

»Wieder ein Haus, vermute ich«, seufzt Mrs Fox. Sie kehrt dem Anblick den Rücken zu und lehnt sich mit ihrer Turnüre an einen Zauntritt. »Erst kommen die Häuser, dann die Geschäfte und am Schluss dann …« (sie verdreht die Augen über die Schnödheit des Wirtschaftsdenkens) »der Große Versorger.« Mit ihren Handschuhen reibt sie sich zitternd ihre dünnen Arme. »Aber ich nehme an, Ihr Vater wird zufrieden sein.«

»Mein ... Vater?« Henry fällt es schwer, ihr zu folgen; der einzige Vater, an den er regelmäßig denkt, befindet sich im Himmel.

»Ja«, hilft Mrs Fox ihm auf die Sprünge. »Mehr Häuser, mehr Leute – mehr Absatz, ja?«

Henry lehnt sich sachte gegen den Zauntritt unmittelbar neben ihrem. Obwohl ihm die Verbindung mit dem Erzprofitmacher, von dem er den Namen hat, unbehaglich ist, fühlt er sich genötigt, ihn zu verteidigen.

»Mein Vater hat die Natur genauso gern wie andere Leute auch«, gibt er zu bedenken. »Ich bin sicher, dass es ihm nicht gefällt, wenn sie immer mehr geplündert wird. Überhaupt, vielleicht haben Sie es noch gar nicht gehört: Er ist als Leiter des Unternehmens zurückgetreten, und William hat seinen Platz eingenommen.«

»Ach? Ist er krank?«

Im Zweifel, welchen Rackham sie meint, erwidert Henry: »Mein Vater ist gesund wie ein Pferd. Was William betrifft, weiß ich nicht, was über ihn gekommen ist.«

Mrs Fox schmunzelt. Die unversöhnlichen Wesensunterschiede zwischen Henry und seinem Bruder sind für sie ein Quell heimlichen Vergnügens. »Wie überaus unerwartet«, erklärt sie. »Ich habe Ihren Bruder immer für einen Mann gehalten, der viele Pläne im Kopf hat, aber keinen rechten Antrieb, sie zu verwirklichen.«

Henry errötet abermals, weiß er doch genau, dass er mit einem Liederjan verschwistert ist, einem Taugenichts. Was hat denn *er*, Henry, im Leben erreicht? Rümpft Mrs Fox auch über ihn die Nase, weil er es nicht schafft, sein Schicksal in die Hand zu nehmen? (Und wieso reden die Leute eigentlich ständig davon, ihre Nase wäre lang? Sie hat die perfekte Länge für ihr Gesicht!)

Sie lehnt immer noch am Zauntritt, den Kopf zurückgelegt, die Augen geschlossen, so dicht neben ihm, dass er sie atmen hört und den Atem aus ihren leicht geöffneten Lippen kommen sieht. Er ergeht sich in einer Phantasie, für die er sich sofort verachtet, aber in der er sich dennoch ergeht. Er stellt sich vor, ein Pfarrer zu sein und in der satten dunklen Erde eines Pfarrgartens zu graben, neben ihm, golden im Sonnenschein, Emmeline, einen Baumsetzling pflanzbereit in der Hand. »Sag mir, wann«, fordert sie ihn auf.

Mit Mühe reißt er sich aus diesem wonnevollen Tagtraum heraus und konzentriert sich auf die Wirklichkeit. Mrs Fox' Miene hat sich verändert. Sie wirkt jetzt weniger energisch als vorher – beinahe niedergeschlagen. Ein einfacher gradueller Wechsel des Gesichtsausdrucks, etwas unendlich Normales in der Geschichte der Menschheit, und doch zerreißt es ihm fast das Herz.

»Sie sehen traurig aus«, bringt er schließlich über die Lippen.

»Ach, Henry«, klagt sie. »Was angefangen hat, ist nicht mehr aufzuhalten. Das wissen Sie doch auch, nicht wahr?«

»A-angefangen?«

»Der Fortschritt. Der Triumph der Maschine. Wir fahren mit dem Schnellzug ins zwanzigste Jahrhundert. Die Vergangenheit lässt sich nicht zurückholen.«

Henry grübelt eine Weile darüber nach, aber stellt fest, dass ihn Vergangenheit und Zukunft als abstrakte Größen wenig interessieren. Nur zwei Dinge leuchten hell in seinem Gehirn: die Phantasie, mit Mrs Fox den Pfarrgarten umzugraben, und der heftige Wunsch, die Bedrückung von ihr zu nehmen.

»Vielleicht sehen wir die Vergangenheit mit allzu großer Befangenheit«, erklärt er und vergeht fast vor Scham über seinen unbeabsichtigten Reim. »Zu eng, wollte ich sagen. Ihr entnehmen wir doch zum Beispiel auch unsere Verhaltensnormen. Meinen Sie nicht, dass wir die bewahren können, wenn wir wollen?«

»Ach, das ist nur ein frommer Wunsch. Die moderne Welt bringt die Menschen vom rechten Weg ab, auf jede erdenkliche Weise.«

Wieder wird er rot, denn er denkt an ihre Herde von Prostituierten, doch sie meint mehr als das.

»Vorige Woche«, sagt sie, »war ich in der Stadt. Ich wollte eine unglückliche Familie besuchen, die ich schon einmal besucht hatte, und sie ein weiteres Mal dazu anhalten, auf die Worte ihres Erlösers zu hören. Ich war müde, ich hatte keine Lust, weit zu Fuß zu gehen. Bevor ich's mich versah, saß ich in der Untergrundbahn, gezogen von einer Lokomotive, gebannt von dem

Wechsel von Dunkel und Licht, und raste zum Preis von sechs Penny durch die Erde. Ich sprach mit keinem Menschen; ich hätte ebenso gut ein Gespenst sein können. Ich genoss es so sehr, dass ich meine Haltestelle verpasste und nicht dazu kam, die Familie zu besuchen.«

»Ich … ich muss gestehen, dass ich nicht ganz verstehe, worauf Sie hinauswollen.«

»So wird unsere Welt enden, Henry! Wir stellen uns in unserer Verblendung vor, dass die Endzeit eingeleitet wird von einem riesigen Antichrist, der eine blutige Streitaxt schwingt. Der Antichrist sind unsere eigenen *Begierden*, Henry. Mit meinen sechs Penny kaufte ich mich von jederlei Verantwortung frei, von der Verantwortung für das Wohlergehen der armen, schmutzigen Kerle, die diese Bahn mit ihrer Sklavenarbeit gegraben haben, für die irrsinnige Summe, die dafür ausgegeben wurde, für die Vergewaltigung der Erde, die eigentlich fest unter meinen Füßen ruhen sollte. Ich saß in meinem Bahnwagen, sah staunend die dunklen Tunnel vorbeiflitzen und hatte nicht die blasseste Ahnung, wo ich war, hatte für nichts anderes mehr Sinn als für mein eigenes Vergnügen. Ich hörte auf, in irgendeinem wesentlichen Sinne Gottes Geschöpf zu sein.«

»Sie sind sehr streng gegen sich selbst. Eine einzige Fahrt mit der Untergrundbahn wird doch das Jüngste Gericht nicht beschleunigen.«

»Da bin ich nicht so sicher«, sagt sie, und ein Lächeln zieht an ihren Lippen. »Ich denke, wir bewegen uns auf eine *höchst* merkwürdige Zeit zu. Eine Zeit, in der alle unsere moralischen Entscheidungen von unserer Fortschrittsbegeisterung kompliziert und beeinträchtigt werden.« Sie blickt zum Himmel auf, als wollte sie das kurz mit Gott abgleichen. »Ich sehe die Welt im Chaos versinken, während wir nur untätig zuschauen und nicht wissen, was wir dagegen hätten unternehmen sollen oder können.«

»Sie arbeiten doch für Ihren Verein!«

»Weil ich *irgendetwas* tun muss, solange ich noch kann. Jede Seele ist immer noch unendlich kostbar.«

Henry versucht sich zu erinnern, wie sie an diesen Punkt gekommen sind. Obgleich er voll und ganz ihrer Meinung ist, was die Kostbarkeit jeder Seele betrifft, ist seine Aufmerksamkeit im Moment doch leider davon in Anspruch genommen, dass die Zauntritte, an denen er und Mrs Fox lehnen, kalt und feucht sind und dass Mrs Fox vor dieser Empfindung von ihrer Turnüre geschützt wird, er hingegen nicht. Höflich schlägt er vor, weiterzugehen.

»Verzeihen Sie, Henry«, sagt sie und setzt sich mit einem steifen Ruck in Bewegung. »Bin ich schon wieder schuld, dass wir uns verspäten? Mein Körper schlägt irgendwo Wurzeln, und derweil schweifen meine Gedanken herum.«

»Ganz und gar nicht! Außerdem war ich selbst ein bisschen müde.«

»Das ist lieb von Ihnen, Henry«, sagt sie und schreitet jetzt wieder zielstrebiger aus. »Und wissen Sie, was ich über Darwin gesagt habe, war wirklich ernst gemeint. Die Kirche hat sich schließlich schon früher geirrt – in wissenschaftlichen Fragen, meine ich. Hat sie nicht einst behauptet, die Sonne drehe sich um die Erde? Und hat Leute hinrichten lassen, wenn sie anderer Meinung waren? Heute steht in jedem Schulbuch, dass die Erde sich um die Sonne dreht. Ist das wirklich von Belang? Es würde mich nicht wundern, wenn die Frauen, unter denen ich tätig bin, nach wie vor das Gegenteil glauben. Es ist nicht meine Sache, sie über Kosmologie zu belehren oder über die Abstammung des Menschen. Ich kämpfe dafür, sie vor dem Tod ihrer Leiber und Seelen zu bewahren!« Im Gehen presst sie eine zierliche Faust an die Brust. »Oh, wenn Sie doch nur den Zustand moralischer Anarchie kennen lernen könnten, in dem diese Frauen leben …!«

Zu seiner Schande würde Henry *für sein Leben gern* den Zustand moralischer Anarchie kennen lernen, in dem Mrs Fox' Prostituierte leben. Ach, die Verworfenheit, der sie ausgesetzt sein muss! Er kann sich gerade noch bremsen, ihr Fragen zu stellen, die unter dem Mäntelchen des Interesses an den hygienischen Verhältnissen nach Einblick in etwas ganz anderes gieren. Manchmal muss er richtig die Zähne zusammenbeißen, um sich die Aufforderung zu verkneifen, sie möge ausführlicher werden.

Eines ist merkwürdig: Selbst wenn er sich fest unter Kontrolle hat und sich mit Mrs Fox auf einer moralisch blütenweißen Ebene unterhält, lenkt *sie* das Gespräch – zweifellos in aller Unschuld – in sinnlichere Regionen.

Vor gar nicht langer Zeit zum Beispiel schlenderten er und Mrs Fox an der Serpentine einher und diskutierten über das Leben nach dem Tode.

»Wissen Sie, Henry«, sagte sie, »mir kommen oft Zweifel, dass es eine Hölle gibt. Der Tod selbst ist schon so grausam. Oh, ich meine nicht den Tod, den Sie und ich wahrscheinlich sterben werden, sondern die Art von Tod, den die unglücklichen Frauen, unter denen ich tätig bin, so häufig erleiden. Nach unserer kirchlichen Lehre müssen wir glauben, dass sie in die Hölle kommen, aber was *ist* die Hölle für Menschen wie sie? Wenn ich eine Frau an einer scheußlichen Krankheit sterben sehe, und es tut ihr um jede Minute bitterlich Leid, die sie auf dieser Erde verbracht hat, dann frage ich mich, ob sie nicht das Schlimmste schon durchgemacht hat.«

»Aber die Gerechten müssen doch ihren Lohn haben!«, wandte er ein, denn ihre häretischen Ansichten machten ihm Sorgen, nicht weil er fürchtete, Gott könnte ihr zürnen (Gott würde unbedingt ihre guten Absichten erkennen), sondern wegen der Möglichkeit, dass der Zorn der Kirche über ihr reizendes Haupt kam.

»Ist der Himmel nicht Lohn genug«, versetzte sie ihrerseits, »ohne dass man noch unbedingt die Verdammten bestraft wissen muss?«

»Selbstverständlich, selbstverständlich«, versicherte er hastig. »Ich meinte damit nicht, dass *ich* Sünder leiden sehen möchte. Aber es gibt Gerechte, die das möchten, und sicherlich kann es nicht angehen, dass irgendwelche der Seelen im Himmel einen heimlichen Groll hegen …«

Emmeline beugte sich gerade ein wenig über den Uferrand der Serpentine vor und winkte einer dicken, grauen Ente, die daraufhin unter Wasser tauchte.

»Ich kann mir nicht vorstellen, dass unsere auferstandenen Seelen die Fähigkeit haben werden, Groll zu empfinden«, sagte sie.

»Dann eben ein Gefühl … der Ungerechtigkeit.«

Sie lächelte, und die Wellenspiegelungen des Sees ließen ihr Gesicht aufleuchten.

»Das wären ziemlich sonderbare Gefühle für auferstandene Seelen.« Und sie streckte einen in Seide gehüllten Arm über das

Wasser aus und wackelte mit den Fingern, um die Aufmerksamkeit der Ente oder sonst eines Wesens dort unten zu erregen.

»Aber … sie müssen fähig sein, *irgendetwas* zu fühlen …«, beharrte Henry. »Wir sind keine Orientalen, die damit rechnen, dass sie sich in ihrer Gottheit auflösen wie ein Rauchwölkchen.« Sie schien jedoch nicht mehr zuzuhören, starrte vielmehr auf das funkelnde Wasser und wartete darauf, dass die Ente wieder auftauchte. Er räusperte sich. »Was meinen *Sie* denn, Mrs Fox? Was werden die Seelen im Himmel fühlen?«

»Oh«, antwortete Emmeline, und dabei verlieh der flirrende Schatten unter der Hutkrempe ihren Augen einen geheimnisvollen Ausdruck und ließ ihre feucht geleckten Lippen erglänzen wie die Blätter auf dem Wasser, »ich würde meinen … Liebe. Die wunderbarste … unendliche … vollkommene … Liebe.«

So machte sie es immer! Mit wenigen Worten und einem ganz bestimmten Ton drang sie mühelos durch seinen platonischen Panzer, und er konnte sich vor unreinen Gedanken nicht mehr retten. Alle möglichen grellen Bilder zuckten ihm durch den Kopf wie *tableaux vivants*: wie Mrs Fox' Röcke an den Zweigen eines Baumes hängen blieben und ihr heruntergerissen wurden; wie Mrs Fox von einem entarteten Wüstling angefallen wurde, dem es gelang, ihre Brust zu entblößen, bevor Henry ihn niederschlagen konnte; wie Mrs Fox' Kleidung Feuer fing, was ihn zu promptem Handeln zwang; wie Mrs Fox des Nachts zu seinem Haus geschlafwandelt kam und er ihre Würde mit seinem eigenen Morgenmantel wiederherstellen musste.

Sobald er einmal solchermaßen erregt war, begannen die Einflüsterungen der Lüsternheit. Er drängte dann Mrs Fox dazu, ihre Tätigkeit unter den gefallenen Frauen zu beschreiben, und war sich dabei deutlich bewusst, dass es außer den Dingen, die er gern wissen wollte, auch andere gab, die er sich lieber nur *vorstellte*.

»Was … was haben diese armen Geschöpfe an?«, fragte er sie bei einer solchen Gelegenheit, als sie im St. James's Park spazieren gingen.

»Mehr oder weniger die neueste Mode«, erwiderte sie, ohne Verdacht zu schöpfen. »Manche machen sich auch gern etwas altmodischer zurecht. Ich habe etliche gesehen, die immer noch das Haar in der Mitte gescheitelt tragen, ohne Pony. Im Großen und Ganzen würde ich vermuten, dass sie in den Farben ein paar Monate hinterher sind, auch wenn ich kaum geeignet bin, solche Dinge zu beurteilen. Warum fragen Sie?«

»Ihre Aufmachung … Ist sie nicht … unzüchtig?«

»Unzüchtig?«

»Ist es nicht so, dass sie … ihre Körper zur Schau stellen?«

Sie schwieg eine Weile und dachte ernstlich über die Frage nach. Schließlich erwiderte sie: »Vermutlich ja. Aber es liegt weniger an der Aufmachung als an ihrem ganzen Gebaren. Ein Kleid, das an mir vielleicht vollkommen anständig aussehen würde, könnte aus ihnen die reinste Isebel machen. Die Art, wie sie stehen, sitzen, sich bewegen, gehen, das alles kann in höchstem Maße unanständig sein.«

Wie, fragte sich Henry, mochte eine Hure sitzen, dass es so schändlich verschieden war von dem Verfahren, mit dem eine anständige Frau das bewerkstelligte? Wie mochte sie stehen und wie sich bewegen? Glücklicherweise wurde er in der Situation damals vor sich selbst gerettet (wenn es auch eine recht dubiose Rettung war), und zwar von Bodley und Ashwell, die durch den Park auf sie zugerannt kamen.

Jetzt, an diesem schönen Sonntagmorgen, an dem überall ringsherum das wunderbare Gottesgeschenk des Frühlings lacht, ist Henry Rackham unter seiner steifen Kleidung abermals in Aufruhr. Mrs Fox hat den Ausruf getan: »Oh, wenn Sie doch nur den Zustand moralischer Anarchie kennen lernen könnten, in dem diese Frauen leben …!«, und er möchte unbedingt mehr über diesen Zustand erfahren. Also bittet er sie um nähere Ausführungen, und sie kommt der Bitte nach.

Während sie weiterbummeln, erzählt sie eine von ihren Frauenvereinsgeschichten. (In diesen Geschichten kommen niemals unbekleidete Körper vor, niemals fleischliche Intimitäten, und dennoch lauscht er mit glühenden Ohren.) Sie spricht von einer Begebenheit vor gar nicht langer Zeit, als sie und ihre Vereinsschwestern Zutritt in ein öffentliches Haus erhielten und dort ein Mädchen vorfanden, das offensichtlich nicht mehr lange zu leben hatte. Als Mrs Fox sich besorgt über den Gesundheitszustand des Mädchens äußerte, gab die Bordellwirtin zurück, das

Mädchen befinde sich in guten Händen – in besseren Händen als beim Arzt –, und um die Wahrheit zu sagen, Mrs Fox sehe selber nicht besonders gesund aus. Ob sie sich vielleicht in einem der freien Zimmer hinlegen wolle?

»Ich muss zugeben, dass mich ihre Verdrehtheit bestürzte.«

»Aber wirklich!«, entrüstet sich Henry. »So ein hinterlistiges und unsittliches Angebot!«

»Nein, nein, nicht *deswegen* war ich bestürzt. Nein, sondern wegen ihrer Ablehnung der Medizin. Was für ein wildes Durcheinander muss in den Köpfen dieser Menschen herrschen: Gott und Ärzte sind schlecht, Prostitution ist gut!«

Henry knurrt zustimmend. In seinem Kopf ersteht gerade die Vision eines wilden Durcheinanders ganz anderer Art: ein wimmelnder Haufen nackter rosiger Frauen, die kreuz und quer umherspringen wie Frösche im Teich.

»Finden Sie, dass ich krank aussehe?«, fragt Mrs Fox plötzlich.

»Keineswegs!«, ruft er aus.

»Na, jedenfalls«, sagt sie, »macht es mich *hier drin* krank« (Hand auf die Brust), »wenn ich an die armen Mädchen denke, die sich in den Klauen dieses bösen Weibes befinden, und wenn ich mir vorstelle, wie grausam sie wohl behandelt werden.«

Henry, der nach Kräften versucht, sich *nicht* vorzustellen, wie diese armen Mädchen behandelt werden könnten, bemerkt zu seiner Erleichterung, dass ihnen auf der Union Street eine Ablenkung entgegenkommt.

»Schauen Sie mal, Mrs Fox«, sagt er. »Ist das nicht jemand, den wir kennen?«

Eine kleine, mollige Frau, kostbar gekleidet in Violett mit schwarzem Besatz – dem letzten Zeichen der Trauer –, bewegt sich auf sie zu. Ein Busch gefärbter Federn, die für einen ganzen Vogel ausreichen würden, wippt auf ihrem Hut auf und ab, und ihr Parasol ist von kontinentalen Ausmaßen.

»*Sie* kennen sie vielleicht«, meint Mrs Fox. »Ich bin ihr gewiss noch nie begegnet.«

(Um genau zu sein, kommen ihnen *zwei* Frauen entgegen, aber die Dienerin ist nicht von Bedeutung und keines Namens wert.)

»Guten Morgen, Lady Bridgelow«, sagt Henry, sobald die Frau nahe genug ist. Als Erwiderung zieht sie eine violett behandschuhte Hand aus ihrem schwarzen Muff und macht eine affektierte Geste.

»Auch Ihnen einen guten Morgen, Mr Rackham.« Mit leicht zusammengekniffenen Augen mustert sie Mrs Fox. »Ich glaube nicht, dass ich mit Ihrer Begleiterin bekannt bin.«

»Darf ich vorstellen: Mrs Emmeline Fox.«

»*Enchanté*.« Die Dame nickt, lächelt, und ohne Zögern stöckeln sie und ihre Zofe vorbei, dass die schwarzen Stiefel auf den Pflastersteinen klappern.

Henry wartet, bis sie außer Hörweite sind, dann wendet er sich Mrs Fox zu und sagt: »Das war beleidigend.« Seine Stimme klingt ganz gepresst vor Ärger.

»Ich bin sicher, ich werd's überleben, Henry. Vergessen Sie nicht, ich bin es gewohnt, dass man mir die Tür vor der Nase zuschlägt und mir wüste Beschimpfungen an den Kopf wirft. Sehen Sie! Wir sind an der William Street angekommen. Was meinen Sie, ist das ein Wink der Vorsehung, rechts abzubiegen und Ihren Bruder zu besuchen?«

Henry runzelt die Stirn. Wie immer ist ihm unwohl dabei, wenn er sie kokette Bemerkungen machen hört, die urteilsfreudigere Seelen als Blasphemie auffassen könnten.

»Ich vermute, dass Lady Bridgelow gerade von William kommt.«

»Mit Sicherheit nicht von der Kirche«, bemerkt Mrs Fox. »Aber klären Sie mich auf, Henry: Ich wusste gar nicht, dass Ihr Bruder zu den Leuten gehört, die von der Aristokratie eines Besuchs gewürdigt werden.«

»Na ja, sie sind gewissermaßen Nachbarn.« (Jetzt fällt es ihm wieder ein: William hat ihm eine Menge über diese Person erzählt, als ob er sich schrecklich für sie interessieren müsste.)

»Nachbarn? Zwischen ihnen sind doch bestimmt ein Dutzend andere Häuser.«

»Ja, aber …« Henry versucht angestrengt, sich an das letzte Gespräch zu erinnern, das er mit seinem Bruder hatte. Es ging unter anderem um Selbstmord, war es nicht so? »Ach so, ja: William ist der Einzige, der ihr keinen Vorwurf daraus macht, dass ihr Mann Hand an sich gelegt hat.«

»Hand an sich gelegt?«

»Ja, er hat sich, glaube ich, erschossen.«

»Der arme Mann. Hätte er sich nicht einfach von ihr scheiden lassen können?«

»Mrs Fox!«

Ein vor dem Tor zu William Rackhams Besitz postierter kleiner Hund, eine Promenadenmischung, hebt hoffnungsvoll den Kopf und fängt dann an, sein Geschlechtsteil zu lecken, offenbar in der irrigen Meinung befangen, dass er sich damit Respekt verschafft.

»Nicht hinschauen, Mrs Fox!«, mahnt Henry, während er ihr das Tor aufhält.

Emmeline dreht sich um, sieht aber nur einen Hund, der sie mit großen braunen Augen flehend anschaut, während das Tor vor ihm zuschlägt. *Armes Ding,* denkt sie.

»Könnte er William gehören?«, fragt sie, als sie zusammen den Anweg hinaufgehen.

»Soweit ich weiß, besitzt William keine Haustiere.«

»Vielleicht hat er sich den Hund seit unserem letzten Besuch zugelegt.«

»In dem Fall kann ich mir nicht vorstellen, dass er sich für eine Promenadenmischung entschieden hätte.«

Henry steht vor der Haustür seines Bruders (vor der Tür mit dem verschnörkelten Messing-R, die seine eigene sein könnte) und zieht die Glocke. Noch bevor der Zug ausgeschwungen ist, merkt er, dass sich seit seinem letzten Besuch vor etlichen Wochen, ohne Mrs Fox, im Hause Rackham vieles verändert hat. Vielleicht liegt es an dem goldenen Glanz, den das Messing-R vom energischen Polieren bekommen hat. Vielleicht liegt es daran, dass es Sekunden und nicht mehr Minuten dauert, bis die Tür geöffnet wird, oder daran, dass Letty sie so beflissen begrüßt, als ob sie gerade frisch mit Diensteifer gestrichen worden wäre. Hinter ihr in der Empfangsdiele funkelt alles blitzblank und staubfrei.

»Hereinspaziert, hereinspaziert!«, ruft William Rackham auf halber Treppe und winkt gut gelaunt. Henry erkennt ihn kaum wieder: Ein dunkles Gekräusel sprießt auf Williams Oberlippe und Kinn, und das Haupthaar ist noch kürzer geschnitten und liegt dicht am Schädel an. Statt Sonntagskleidung trägt er einen

Alltagsanzug ohne das Jackett, dazu einen knöchellangen Morgenrock mit gestepptem Revers. An seinen Extremitäten fallen ein Vergrößerungsglas, eine Zigarre und höchst ungewöhnliche zweifarbige Schuhe ins Auge. Doch die auffälligste Veränderung an ihm ist sein strahlendes Lachen.

Damit beginnt der große Rundgang. Gib Acht, dass du nicht auf dem frisch gewachsten Fußboden ausrutschst!

»Hier lang, hier lang!«

Unter der kundigen Führung des Hausherrn bekommen Bruder Henry und seine Begleiterin alles gezeigt. Die melancholische Atmosphäre im Hause Rackham, die sonst in den Räumen hing wie ein typischer Geruch, ist ausgetrieben. Alle Fenster wurden ausgetauscht, die alten Trittstufen im Garten sind entfernt, im Salon sind neue Glastürflügel eingesetzt. Das ganze Haus riecht nach Farbe, Tapetenkleister und frischer Luft. Zu Henrys Entsetzen sind immer noch drei Arbeiter im Flur tätig und kleben unter den kritischen Augen von Agnes, die zur Überwachung der Sache ihr Bett verlassen hat, die letzten Bahnen der neuen Tapete an.

Ob Henry nicht bemerkt habe, dass der Zaun um das Anwesen herum nicht mehr rostig braun sei, sondern mittlerweile frisch rosé? Nein? Ha! Ha! Lebt in seiner eigenen Welt, mein guter Bruder, wie immer! Und das Anwesen selbst, wie steht's damit? Ein ziemlicher Unterschied, was? Der Gärtner heiße Shears – wahrhaftig! Absolut köstlich, nicht wahr? Die Schere! Ha! Ha! Kleiner Kerl, aber das reinste Arbeitstier: genau der richtige Mann, um die unbändige Wildnis um die Gewächshäuser herum wieder unter die Herrschaft des Menschen zu bringen.

Aber das Haus und seine Umgebung sind nicht das Einzige, worauf sich der Erneuerungswille richtet. Es gibt noch viele andere Gebiete, auf denen William Rackham klar Schiff machen beziehungsweise machen lassen muss. Die Dienerschaft zum Beispiel.

Alles, was da im Argen lag, ist bereinigt worden. Janey ist ihrer zusätzlichen Pflichten entbunden worden und als schlichte Scheuermagd, die sie jetzt wieder ist, bestimmt überglücklich, nur noch für Schrubber, Lumpen und Bürsten zuständig zu sein. Eine neue Küchenhilfe ist eingestellt worden, die überdies Letty bei einigen ihrer Pflichten zur Hand gehen soll, damit diese sich aufmerksamer um das Wohl der Besucher und der Familie kümmern kann. Außerdem soll noch ein weiteres Hausmädchen dazukommen. William hat jetzt das weibliche Personal einigermaßen komplett, mehr kann er nicht einstellen, solange er nicht in einem wesentlich größeren Haus wohnt (die Zukunft, die Zukunft!). Er könnte noch eine männliche Kraft einstellen, aber er ist sich nicht schlüssig, auf was für einem Posten. Der Gärtner ist eine imposante Neuerwerbung und zudem dringend notwendig, aber die Vorstellung eines Leibdieners behagt ihm nicht besonders. Ein Kutscher? Hmm ... ja, aber mit dem möchte er warten, bis er sich tatsächlich eine Kutsche zulegt. Und wer weiß? Vielleicht legt er sich ja gar keine Kutsche zu. Er ist heutzutage viel zu beschäftigt, um seine Zeit damit zu verschwenden, dass er protzend in der Gegend herumfährt. Na ja, wenn Agnes in der kommenden Saison Bedarf hat, schafft er dann vielleicht eine Kutsche für sie an.

Wohlgemerkt, das Prestige, dass man mit männlichen Dienern gewinnt, ist mit nichts zu vergleichen. Weibliche Dienstboten sind etwas anderes: Jeder kleine Ladenbesitzer und jede pfennigfuchsende Hausfrau können sich ein oder zwei leisten. Trotzdem, der Gärtner ist ein hervorragender Anfang, nicht wahr? So werden die Rasenflächen doch noch vor der endgültigen Anarchie gerettet.

Ja, William Rackham ist ein anderer Mensch, das ist deutlich. Er macht jetzt den Eindruck, einer von denen zu sein, für die der Tag nie lang genug ist: ein Vierundzwanzigstundenmann. Ist die reinste Herkulesarbeit, dieses Parfümgeschäft, aber irgendwer muss es ja machen, jetzt wo der alte Herr von der Bühne abtritt. (Was? Nein, Vater geht's gut, das war nur eine Redensart.) Aber es ist ein Heidenaufwand, das wollte er damit sagen, und beschäftigt einen sieben Tage die Woche. (Zieh nicht so ein finsteres Gesicht, lieber Bruder! Auch das ist nur so dahingesagt. Überhaupt, wie war's in der Kirche? Wäre liebend gern gegangen, aber musste leider diese Arbeiter beaufsichtigen. Was? Der Sonntag? Sicher doch, sicher. Aber es haben bloß noch die letzten paar Bahnen gefehlt, und die Leute baten darum, heute kommen zu dürfen und die Sache vom Hals zu haben. Würde mich nicht wundern, wenn es Juden wären.)

Um die Vorhaltungen seines Bruders abzubiegen, stimmt William eine Lobeshymne auf Parfüm an, auf das Wunder seines geheimnisvollen Wirkens. Düfte (erläutert er) reizen unsere Geruchsnerven in ganz feiner und exakter Weise, darin Tönen ähnlich. Es gibt eine Geruchsoktave, genau wie es die Oktave in der Musik gibt. Die Kopfnote ist der erste, stechendste Geruch, der aus dem Taschentuch aufsteigt; die Mittelnote, auch Herznote genannt, verleiht dem Dufteindruck Fülle und Festigkeit; und wenn dann die volatileren Substanzen verflogen sind, bleibt die nachhallende Basisnote zurück, der Fond. Und was ist diese Basisnote, Bruderherz? Lavendel, siehst du wohl!

Leutselig spielt William für Henry und Mrs Fox den Gastgeber. Tee und Kuchen werden serviert, pünktlich auf die Minute und perfekt präsentiert. Und während seine Gäste anerkennende Töne von sich geben, beurteilt er sie im Vergleich zu sich selbst.

Von Mrs Fox denkt er: *Bodley hat Recht, sie hat wirklich ein Gesicht wie ein Windhund. Ich frage mich, ob sie so krank ist, wie sie aussieht.*

Und von seinem Bruder Henry: *Wie unwohl er sich zu fühlen scheint, als ob er Furunkel am Hintern hätte. Komisch, dass es sich so entwickelt hat, wo von uns beiden doch sonst immer Henry derjenige war, der die bessere Figur gemacht hat ... Aber hier, an diesem schönen Sonntagnachmittag, bin ich es auf einmal, der ihm zeigt, wie ein Mann sein Leben meistert und es seinem Willen unterwirft.*

»Vielen Dank euch beiden für diesen Besuch«, sagt er zu ihnen, als die Zeit für ihren Aufbruch gekommen ist.

Mrs Fox, die sich gedankenlos das Henry zustehende Recht herausnimmt, zuerst zu sprechen, erwidert: »Keine Ursache, Mr Rackham. Die Energie, mit der Sie die Renovierung Ihres Hauses vorantreiben, ist wirklich ... verblüffend. Die Welt hat solche Energie dringend nötig – vor allem auf anderen Gebieten.«

»Zu gütig«, sagt William.

»Ja, zu gütig«, kommt das Echo von Agnes, die diese drei Worte den ungefähr zwanzig hinzufügt, die sie insgesamt zur Unterhaltung beigetragen hat. Auch wenn sie aufs Schönste herausgeputzt ist, in Taubenblau und Schwarz, hat sie die Fähigkeit, Umgang mit der Welt zu pflegen, noch nicht ganz wiedererlangt.

»Ich hoffe«, bemerkt William, während er die Gäste in Lettys Obhut übergibt, »ihr habt für den Rest des Tages noch allerlei Vergnügliches vor.«

Pikiert über diese Unterstellung, er und Mrs Fox könnten den heiligen Feiertag zu selbstsüchtigen Vergnügungen missbrauchen, versetzt Henry: »Ich bin sicher, Mrs Fox und ich werden ihn so … geziemend wie möglich verbringen.«

Und damit werden Henry und Mrs Fox hinausgeleitet.

Stille senkt sich über das Haus, das heißt, so viel Stille, wie es geben kann, wenn die Tapezierer im Flur ihre Gerätschaften zusammenpacken. William, ein wenig heiser nach seinem großen Auftritt, zündet sich eine Zigarette an. Agnes sitzt in seiner Nähe und starrt mit leerem Blick auf ein Plätzchen, das sie nicht essen wird. Sie spürt bereits, dass ihr die Ceroxalattablette, die sie zu ihrem Tee geschluckt hat, nicht bekommt.

Nach gut fünf Minuten sagt sie: »Dann ist also Sonntag?«

»Ja, Liebling.«

»Ich dachte, es wäre Samstag.«

»Sonntag, Liebling.«

Wieder folgt eine lange Pause. Verstohlen kratzt Agnes sich an ihren Handgelenken, die sich noch nicht wieder an die engen Ärmel der Tageskleidung und an andere Stoffe als Baumwolle gewöhnt haben. Sie verschränkt die Hände, um zu verhindern, dass sie weiterkratzt. Dann:

»Sind sie wirklich Juden?«

»Wer, Liebling?«

»Die Arbeiter heute hier.«

»Bei dem Zuschlag, den ich ihnen zahle«, schnaubt William, »möchte man es fast meinen. Aber du weißt ja, wie ungern ich mein braves Frauchen auf irgendetwas warten lasse, das sie verdient hat.«

Agnes senkt verwirrt den Kopf und spielt mit ihren winzigen Fingern. An ihren neuen Gatten wird sie sich erst noch gewöhnen müssen. Und wenn sie in diesem Jahr an der Saison teilnehmen will, wird sie sich besser merken müssen, was für ein Tag ist.

Nachdem er sich von Mrs Fox verabschiedet und ihr noch nachgeschaut hat, kehrt Henry in sein eigenes bescheidenes Domizil am Gorham Place zurück, hinter dem es bald mit den Töpfersiedlungen und Schweinepferchen losgeht. Die Begegnung mit William hat ihn in Rage gebracht, trotz Mrs Fox' vernünftigem Rat zum Abschied, er solle mit seinem Bruder wegen dessen vulgären und ehrfurchtslosen Verhaltens nicht zu hart ins Gericht gehen. »Er ist einfach ein Junge mit einem neuen Spielzeug«, redete sie ihm gut zu, und zweifellos hat sie Recht, aber dennoch … wie peinlich! Und wie erleichternd, zu sich nach Hause zurückzukommen, in sein kleines Asyl, wo sich nie etwas ändert und alles schlicht und zweckmäßig ist und nirgends ein Diener zu sehen ist (außer ihm, dem Diener Gottes).

In Wahrheit ist Henrys Haus schon leicht schäbig, nicht nur bescheiden. Es gehört zu den kleinsten im ganzen Bezirk, hat als Grundstück nur einen winzigen Garten nach hinten hinaus sowie ein Schlafzimmer, dessen gegenüberliegende Wände ein Mann mit den Fingerspitzen berühren kann, wenn er die Arme in Christuspose ausstreckt. Es ist auch undicht und zugig, und nachts kommt öfter der Geruch von kochendem Schweinefett durch die Fenster herein, aber das hat Henry noch nie gestört. Die große Masse der Menschheit lebt unter viel schlimmeren Bedingungen.

Auf jeden Fall misstraut er zu großer Bequemlichkeit – sie erzeugt Gedankenlosigkeit. Vor seinem Kamin kniend baut er Anmachholz auf, zündet es an und schaufelt dann eines nach dem anderen Kohlenstücke darauf. Auf die Weise wird er daran erinnert, was er von Gottes Erde nimmt und dass jeder Zweig und jedes Stück Kohle ein Privileg ist, ein Vorteil, den er gegenüber den Unglücklichen hat, die ihr kurzes Leben zitternd in einem feuchten Kellerloch verbringen. Um der widerspenstigen Flamme aufzuhelfen, zerknüllt er ein paar Seiten von alten Nummern der *London Illustrated News*, auf denen Stiche von Eisenbahnunfällen, eleganten Schlittschuhläufern und Negerpotentaten auf Staatsbesuch zu sehen sind, und wirft sie dazu. Ein Artikel, der das Wunder der Elektrizität preist, krumpelt in seiner Faust; er hat ihn gelesen und hält nichts davon. »Professor Gallup erstaunte das Publikum mit Geschichten von einer Zukunft, in der wir kaum in der Lage sein werden, Tag und Nacht zu unterscheiden, und in der alles, was wir tun, auf elektrische Geräte angewiesen sein wird.« Eine Vision der Hölle.

Sobald das Feuer warm wird, kommt Henrys Katze aus irgendeinem verborgenen Winkel ins Zimmer geschlichen. Er nennt sie einfach Mieze, weil er darauf bedacht ist, sie nicht zu sehr wie einen Menschen zu behandeln, oder vielleicht auch, um den Schlag ihres unvermeidlichen Verlusts schon vorab zu dämpfen. Sie legt sich auf den aschegeschwärzten Läufer und lässt sich von ihrem Herrn die flauschige Flanke kraulen.

Schon bald widmet sich Henry seiner gewohnten Sonntagnachmittagsbeschäftigung. Während Mieze im Wohnzimmer schläft, sitzt er nebenan im Arbeitszimmer und liest die Bibel. Bedauerlicherweise sind die Wände, die sein *Sanctum sanctorum* von der Außenwelt abschirmen, dünn, und wahre Stille ist ein seltenes Glück. Das Leben geht weiter und hat keine Skrupel, ihn das wissen zu lassen.

Bei jedem Geräusch, das verrät, dass jemand in der Nähe den Feiertag anders als in der gottgewollten Weise zubringt, runzelt Henry missbilligend die Stirn. Er tut am Tag des Herrn nichts anderes, als zweimal zur Kirche zu gehen, seinen Bruder zu besuchen, sich mit Mrs Fox zu unterhalten (falls sich die Gelegenheit ergibt) und erbauliche Schriften zu lesen. Aber horch, dort hinter dem Fenster! Sind das nicht Geräusche, wie wenn ein großer Gegenstand auf einen Wagen geladen wird, mit geschrienen Anweisungen dazu? Und ist das nicht das aufgeregte Bellen eines Hundes, angestachelt von der Pfeife seines Besitzers? Und horch, was ist das? Hat da nicht ein Kind »Hopsa!« gebrüllt? Ist denn die ganze Welt ein Mob von Sonntagsarbeitern und Amüsiersüchtigen geworden, die hinter seinem Bruder William her in einen Nebel des Hedonismus hineintanzen?

Für Henry ist der Feiertag etwas viel Tieferes als eine Gehorsamsprobe. Wie so viele von Gottes Gesetzen wirkt er von außen streng und willkürlich, doch in Wirklichkeit ist er so gütig und weise wie die Fürsorge einer Mutter. (Nicht dass Henry sehr deutliche Erinnerungen an irgendeine Mutterliebe hätte, wo doch seine eigene Mutter aus seiner Kindheit verschwunden ist wie ein Schneemann in einer Regennacht, aber er hat darüber gelesen.) Die hektische Betriebsamkeit des modernen Lebens gestattet uns keinen Augenblick Frieden; nur indem wir das vierte Gebot halten, sind wir mit umschlungen in der seligen Umarmung der Stille. Und es soll keiner sagen, Henry wäre zu sehr Stubengelehrter und könnte nicht den Drang nachfühlen, mit einem Hund zu laufen oder einen Ball zu treten. Er ist ein Mann, der einst als Mutprobe im Dezember voll bekleidet durch die Cam schwamm, der ruderte wie der Teufel, der focht wie ein Wilder und der im Geländelauf den Eindruck machte, von Dampf getrieben zu sein. Doch was haben ihm solche Kraftübungen eingebracht? Versilberte Trophäen mit seinem Namen darauf, viele durchgelaufene Schuhe, die Bewunderung von Kumpanen, die er lieber vergessen würde. Den festen Händedruck von Bodley als Gratulation zu einer vorzüglichen Kricketpartie. (»Erstklassiger Sportler, dieser Rackham! Ein grässlicher Langweiler, sobald er anfängt, über die Übel der Welt zu räsonieren, aber wenn man ihn davon abbringt, ist er ein prima Kerl, wie es keinen besseren gibt!«) Henry hofft, Gott wird ihm verzeihen, dass er sich mit albernen Spielen abgegeben hat, während England brannte, und dass er sich die Freundschaft von Gotteslästerern hat gefallen lassen. Jetzt liest er die Bibel und murmelt dabei nachdrücklich vor sich hin, bis die vereinte Stärke seiner und Gottes Stimme den Radau der Sabbatbrecher übertönt.

Die Woche über ist Henry immer noch ein rastloser Mann. Er hackt Holz in kleinere Scheite, als er müsste, er marschiert zu Mrs Fox' Straße in Bayswater für den Fall, dass sie genau in dem Moment aus dem Haus tritt, in dem er dort vorbeikommt, und danach geht er zum Hyde Park und noch weiter; es macht ihm gar nichts aus, ohne besonderen Anlass den ganzen Weg bis zum Kensal Green Cemetery zurückzulegen. Doch am Sonntag, da ruht er, und er liest die Bibel, und er möchte, dass alle Männer und Frauen gefälligst das Gleiche tun.

Überlassen wir Henry jetzt seinem Buch *Nehemia* und gesellen wir uns wieder zu William in seinem fleißigen Bienenhaus. Er spaziert über sein gründlich auf Vordermann gebrachtes Anwesen und raucht dabei eine Pfeife – ach nein, das ist gar nicht William, nicht wahr? Das ist ein anderer kurzhaariger Mann von mittlerer Größe: Shears, der Gärtner. Wo ist dann William? Die

Arbeiter sind fort, und Mrs Rackham hat sich nach oben zurückgezogen. Wo ist der Herr des Hauses? In die Stadt gefahren, wenn du Letty fragst.

Sonntage im Herzen Londons können recht unterhaltsam sein, jedenfalls lebendiger als in Notting Hill. Wir treffen William beim Spaziergang in den Embankment Gardens an, wo er einer bunten Schar ehrfurchtsloser Gesellen beim Spielen zusieht. Den Stadtverordnungen zum Trotz machen Leute Bootspartien auf der Themse, angeln, spielen Fußball, lassen Tauben fliegen. Er hat an ihrem Treiben nicht teil, sondern zieht lediglich eine gerade Bahn mitten hindurch, doch sie erheitern ihn im Vorbeigehen. Niemand könnte ihn versehentlich für einen von diesen armen Malochern halten, die ihren einzigen freien Tag mit anstrengenden Vergnügungen füllen. Er unterscheidet sich deutlich durch seine feine Kleidung und seinen zielstrebigen Schritt.

Was für ein drolliger Zirkus die Welt doch ist!, denkt er, während er hier die Possen der Taubenzüchter beobachtet und dort die Bemühungen der Wochenendstutzer, mit ihren kichernden Angebeteten auf die dunklen Wasser der Themse hinauszurudern. Er hat nach langer Zeit die einfache Freude wieder entdeckt, ein Spektakel zu genießen statt immer nur (wie soll er es nennen?) ein … ein Introspektakel (hervorragend, ja, das muss er irgendwo zum Besten geben).

Schluss mit den Grübeleien! Lieber den Blick nach außen richten! Ausgezeichnete Vorsätze für jeden Mann, vor allem für einen, dessen Bank ihm seit kurzem keine Steine mehr in den Weg legt, sondern ihm die Straße ebnet, wo sie nur kann. Mitzuerleben, wie seine Schulden sich verflüchtigen und sein Kapital sich vermehrt, Null für Null und Morgen für Morgen, hat Williams Aufmerksamkeit von sich selbst abgezogen. Oder genauer gesagt, er sucht sich nicht mehr in sich selbst, sondern beobachtet stattdessen, wie William Rackham, der Leiter der Rackham Perfumeries, dies tut und das tut, Dinge bewirkt, Tatsachen schafft.

Auf einem anderen Spazierweg in Williams Nähe fährt ein Mann auf einem Veloziped, Schweiß auf der Stirn, die im Sonnenlicht glänzt, die Augen mit starrer Konzentration vor sich auf den Weg gerichtet. Er trägt die Mütze fest auf den Kopf gedrückt, damit sie nicht wegweht, und unter dem Schirm flattert ein albernes Strähnchen im Wind. Armer verblendeter Kerl! Er wäre besser beraten, wenn er sich die Haare kurz schneiden ließe, wie der Leiter der Rackham Perfumeries es getan hat. Lange Haare sind ein Modefimmel aus einer vergangenen Zeit: Die Frisur von morgen sieht so aus.

Im Gehen fasst William an seine Koteletten; sie verbinden sich gefällig mit seinem frisch gewachsenen Bart, der im Unterschied zu seinem Haupthaar nicht blond ist, sondern dunkelbraun. Es ist nicht Eitelkeit, was ihm den Blick in den Spiegel inzwischen zur Freude macht; was ihm gefällt, eher in einem abstrakt ästhetischen Sinne, ist die Sattheit des Brauns. Es müssten gar keine Haare sein, es könnte sich auch um Tabak, Baumrinde oder einen frischen Farbanstrich handeln.

Ein Fußball rollt vor ihm auf den Weg, und ohne sich zu bedenken, schießt er ihn mit einem forschen Tritt zu den Spielern zurück. Die Schuhe kann er sich mittlerweile putzen lassen, so oft er Lust hat.

Es freut ihn auch, dass die Polizei sich mit Kleingeld und Freibier hat bestechen lassen, ein paar Schenken vom Sonntagsverbot auszunehmen, denn er stellt fest, dass er vom Gehen Durst bekommen hat. Vielleicht hätte er sich eine Droschke zur Abfüllfabrik nehmen sollen, statt diesen Umweg durch den Park zu machen, aber das Wetter war so herrlich, dass es ihm schändlich vorkam, es nicht auszunutzen. Ein weiterer Grund ist seine Verdauung: Er hat sich zu Mittag etwas übergessen, und so ein Verdauungsspaziergang wird die Darmentleerung beschleunigen.

Wenn es etwas gibt, das er an diesem Nachmittag nicht will, dann in Sugars Armen zu liegen, während unter dem Bett ein Nachttopf mit seinen Fäkalien vor sich hin stinkt. (Könnte er in ihrem Zimmer ein Wasserklosett einbauen lassen? Ah, die Zukunft, die Zukunft!)

Die letzte halbe Meile zur Abfüllfabrik ist eine halbe Meile zu viel: Er winkt sich eine Droschke. Unsinnig, sich völlig zu verausgaben, und außerdem liegt die Fabrik in einer eher unschönen Umgebung. Zu beiden Seiten trostlose Mietverschläge für Händlerkarren, und überall auf der Straße schleimige Überreste von Früchten und Gemüsen, die nicht einmal mehr für die Aasgeier taugen.

Inmitten des ganzen Drecks und Elends jedoch verbirgt sich diese Perle, eine kleine Festung erfinderischen Fleißes, hinter einer unscheinbaren Fassade rußgeschwärzter roter Ziegel. Als Rackham der Ältere kürzlich Rackham den Jüngeren auf eine Besichtigungstour aller drei Rackhamfabriken mitnahm, erregte diese Abfüllanlage am meisten Williams Interesse. Sobald man die täuschende äußere Tarnung hinter sich gelassen hatte, tat sich ein magisches Inneres auf: eine Miniaturausgabe des Kristallpalastes aus Glas und Metall, in ständiger Bewegung wie ein Karussell. Das Ganze besaß einen übermenschlichen Reiz, der zu seiner Überraschung mit den höchsten ästhetischen Prinzipien durchaus nicht unvereinbar war. Seit jenem ersten Besuch neulich lässt William die Frage keine Ruhe, wie der Anblick wohl wirken mag, wenn alle Arbeiter weg sind und die Maschinen stillstehen.

Als er schließlich vor dem mächtigen Eisentor der Fabrik angekommen ist, steckt er gespannt den Schlüssel ins Loch. Noch ein paar Schritte, und er steckt einen zweiten Schlüssel in die große Flügeltür.

Seine Fabrik ist weitläufig, dunkel und still wie eine Kirche. Jetzt, ohne seinen Vater an der Seite und nicht abgelenkt von den Arbeitern und dem Dampf, begreift er zum ersten Mal das Ausmaß dessen, was er geerbt hat. Ehrfürchtigen Schritts durchquert er die marktplatzgroße, sägemehlbestreute Halle, blickt zu den großen Galerien hinauf, betrachtet die abschüssigen Rinnen und Rutschen für die Flakons, die säulenartigen Rohre vom Ofen bis zur Decke, die dunklen Gitter und glänzenden Tische, die ganzen riesigen Kunstwerke zu Ehren des Parfüms. Welche Schönheit liegt doch in den gleichmäßigen Mustern der Nieten, in der exakten Geometrie von Stahlträger und Querstück, in den Tausenden von bereitstehenden Glasfläschchen! Was für ein Spielplatz wäre dies für ihn gewesen, als er ein Junge war! Doch sein Vater nahm damals immer nur Henry mit, niemals William. Und was hielt der kleine Henry von diesem Palast, der Krone des für ihn errichteten Imperiums? William kann sich nicht erinnern, dass sein Bruder den Besuch jemals erwähnt hätte. Zweifellos galt Henrys Streben schon damals Heiligtümern einer anderen Art.

»Aah, ich hab solche Hoffnungen in den Jungen gesetzt«, gestand Williams Vater, als er und William hier zusammen herumgingen. »Hirn und Mumm hatte er reichlich, und ich dachte mir, aus dem wird bestimmt mal ein richtiger … na ja, jedenfalls was Besseres als ein Pfaffe.«

Vielleicht ein nutzbringenderes Destillat von Henrys frommem Gemüt, was?, wollte William sagen, doch dann besann er sich darauf, dass sein Vater mit Metaphern nichts anfangen konnte, und ließ es. Diplomatische Plattitüden erschienen ihm angebrachter.

»Lass gut sein, Vater. Jeder muss seinen eigenen Weg gehen. Es wird schon das Beste so sein, was? Auf die Zukunft!« Und er legte seinem Vater die Hand auf den Rücken, eine derart seltene und kühne Geste der Vertraulichkeit, dass sie beide nicht so recht wussten, wie sie sich verhalten sollten. Zum Glück machte sich der alte Mann immer noch Vorwürfe deswegen, dass er seinen Sohn zu einem kärglichen Weihnachtsfest verdonnert hatte, das er ihm eigentlich hätte ersparen können, und so klopfte er William seinerseits auf die Schulter.

Jetzt, ohne väterliche Begleitung, spaziert William auf den Hof hinter seiner Fabrik hinaus und begutachtet die Kohlenberge, die großen, schweren Fuhrwagen, auf denen Zaumzeug und Zügel achtlos hingeworfen liegen. Er streckt vorsichtig eine Hand aus wie nach einem Denkmal in einem öffentlichen Park und berührt mit seinem Handschuh einen Stapel packfertiger Kisten. Schade, dass am Sonntag alles brachliegen muss. Nein, nein, William zweifelt nicht daran, dass die Arbeiter einen Tag in der Woche Ruhe und Religion brauchen, aber schade ist es trotzdem. Da kommt ihm die Idee zu einer Novelle. Sie heißt »Die ehrfurchtslosen Automaten« und handelt davon, dass ein Erfinder mechanische Männer für die sonntägliche Fabrikarbeit entwickelt. Am Schluss kommen mechanische Pfarrer in die Fabrik getuckert und überzeugen die mechanischen Männer davon, den Feiertag zu heiligen. Ha!

Plötzlich erschrickt William von einem lauten Krach hinter ihm. Er fährt herum, entdeckt aber nur (sobald er die Augen auf den Boden gerichtet hat) einen kleinen Hund, der hinter einem schlampig gestapelten Haufen Brennholz hervorkommt. Er sieht ganz wie der Hund aus, der sich bei ihm vor dem Haus herumtreibt, nur dass es eine Hündin ist.

Das Tier ist William gleichgültig, aber er macht sich Sorgen, es könnte Schaden an seinem Besitz anrichten. Deshalb hebt er einen der zahlreich herumliegenden Schürhaken auf und schwenkt ihn drohend. Der Hund flieht in einer Wolke aus Sägemehl und Schmutz. Williams Befriedigung über dieses Ergebnis verwandelt sich in Verdruss, als er erkennt, dass er mit seinem gewissenhaften Abschließen sämtlicher Türen und Tore dem widerrechtlichen Eindringling keinen Fluchtweg gelassen hat.

Nach einem Blick auf seine Uhr befindet William, dass er Hunger hat, und begibt sich zum Haupttor zurück. Er hofft halb, dass das Hundevieh schon dort wartet und sich widerstandslos vertreiben lässt, doch es ist nirgends zu sehen, und mit einem unguten Gefühl dreht er den Schlüssel im Schloss und schließt es ein.

In ihrer Obergeschossstube im Haus von Mrs Castaway schreibt Sugar an ihrem Roman. Im Nebenraum führt Amy Howlett den Stiel eines chinesischen Fächers in den After eines Lehrers ein, der jeden Sonntag eigens zu diesem Behufe kommt. Unten spielt Christopher mit Katy Lester Rommé, wobei ein weicher Stoß gebügelter Bettlaken als Ablagefläche dient. Mrs Castaway ist dösend auf ihren Schreibtisch gesunken, und die glänzende Leimschicht auf ihrem Album erstarrt langsam zu einer matten Lasur. Der von der Silver Street heraufönende Lärm ist so gedämpft, dass Sugar das erregte Gebrabbel des Lehrers hören kann. Sie bemüht sich, die Worte zu verstehen, doch ihr Sinn dringt nicht mit durch die Wand.

Sugar stützt ihr Kinn auf die Knöchel der Hand, die den Schreibstift hält. Zwischen ihren in Seide gehüllten Ellbogen schimmert ein unvollendeter Satz auf der Seite. Die Heldin ihres Romans hat soeben einem Mann die Kehle durchgeschnitten. Das Problem ist jetzt, in welcher Weise das Blut aus der Wunde fließt. *Quillt* ist ein zu geruhsames Wort; bei *trieft* assoziiert man Achtlosigkeit; *spritzt* kommt nicht in Frage, weil sie das Wort schon ein paar Zeilen vorher in einem anderen Kontext gebraucht hat. *Ergießt* lässt sich so verstehen, dass der Mann ein gewisses Maß an Kontrolle darüber hat, was eindeutig nicht der Fall ist; *rieselt* ist zu lasch für die Brutalität der Verletzung, die sie ihm zugefügt hat. Sugar schließt die Augen und beobachtet, wie im schaurigen Theater ihrer Phantasie das Blut aus dem aufgeschlitzten Hals kommt. Als Mrs Castaways warnende Glocke ertönt, zuckt sie erschrocken zusammen.

Hastig kontrolliert sie ihr Zimmer. Alles ist sauber und ordentlich. Alle ihre Papiere sind weggeräumt, bis auf das eine Blatt auf dem Schreibpult.

Speit aus, schreibt sie, nachdem sie von der saumseligen Vorsehung endlich das benötigte Wort erhalten hat: Die Kehle speit das Blut aus. Die Spitze der Feder ist getrocknet, und ihr tintenloses Gekrakel endet in einem dicken Klecks, doch sie wird es später besser lesbar machen. Jetzt ab in den Schrank damit! Es bleibt ihr gerade noch Zeit, rasch zu pissen und sofort den Topf aus dem Fenster zu leeren: Ihr Mr Hunt ist empfindlich gegen üble Gerüche, hat sie festgestellt.

Stunden später, *viele* Stunden später, erwacht William Rackham aus traumlosem Schlaf in einem warmen, duftigen Bett. Er fühlt sich träge und behaglich, wenn auch im Unklaren darüber, wo er ist und wie spät es sein könnte. Über ihm brennt eine Gaslampe, ein diffuser Lichtfleck hinter zartem Stoff, und durch das Fenster sieht er nur Dunkelheit. Ein papiernes Rascheln macht ihm bewusst, dass er nicht allein ist.

»Was zum Teufel?«, brummt er.

Neben ihm im Bett ein Körper. Er hebt den Kopf und erblickt Sugar, die mit den Kissen im Rücken sitzt und anscheinend *The London Journal* liest. Sie trägt ein Kamisol und hat Tintenflecken an den Fingern, doch ansonsten sieht sie genauso aus wie vor dem Einschlafen.

»Wie spät ist es?«

Sie beugt sich aus dem Bett und bietet ihm den Anblick ihres Gesäßes. Ihre Fischschuppenmuster überziehen das Fleisch beider Hinterbacken wie Narben von tausend Geißelungen, aber in vollkommener Symmetrie, als ob sie ihr von einem geistesgestörten Ästheten beigebracht worden wären.

Sie wälzt sich zu ihm zurück und reicht ihm seine Weste, aus deren ausgebeulter Tasche die Uhrkette hängt.

»Allmächtiger Gott!«, sagt er, als er aufs Ziffernblatt schaut. »Es ist zehn Uhr. Nachts!«

Sie zieht einen Schmollmund und streicht ihm mit einer schuppenden Tintenhand über die Backe.

»Du arbeitest zu viel«, flötet sie. »So sieht's aus. Du bekommst nicht genug Schlaf.«

Rackham blinzelt benommen und streicht sich durchs Haar, erschrocken darüber (bevor er sich erinnert), wie wenig er noch auf dem Kopf hat.

»Ich – ich muss nach Hause«, erklärt er.

Sugar hebt ein langes nacktes Bein und stellt den Fuß auf das andere Knie, so dass er ihre Möse sehen kann.

»Ich hoffe«, lächelt sie, »dass dies hier dein zweites Zuhause ist.«

Im Hause Rackham schlagen mehrere Uhren elf. Alle sind im Bett außer hier und da einer Dienerin, die noch damit zu tun hat, die letzten Reste Schmutz, Hobelspäne und andere Spuren männlicher Arbeit zu beseitigen. Es war ein lauter Sonntag, aber jetzt ist endlich Stille eingekehrt.

Agnes Rackham sitzt noch wach im Bett, ganz im Dunkeln, bis auf ein Fensterrechteck aus Mondlicht, das über ihren Knien liegt wie eine leuchtende Decke, und fragt sich, ob Gott zornig ist. Wenn ja, dann hofft sie, dass er zornig auf William ist, nicht auf sie. Wenn sie eher gewusst hätte, dass Sonntag war, hätte sie sich angestrengter bemüht, nichts zu tun – oder jedenfalls so wenig wie möglich.

Der Salm, den sie zu Abend gegessen hat, liegt ihr schwer im Magen. Er war eigentlich für William gedacht, aber der kam nicht zum Abendessen nach Hause, und deshalb wollte Letty das schimmernde Ding schon in die Küche zurückbringen, wo die Köchin es püriert und irgendetwas zum Frühstück daraus gemacht hätte – Pasteten oder etwas in der Art. Doch weil Agnes es schändlich fand, den makellosen Fischleib derart zu vergeuden, aß sie ihn auf. Auch wenn der Salm eher klein war, erwies er sich doch als zu groß für sie, und trotzdem konnte sie nicht aufhören. Sie wollte das Gerippe sauber auf der Platte sehen. Jetzt liegt sie da und hat Bauchweh. Völlerei. An einem Sonntag.

Wo ist William? In der Anfangszeit ihrer Ehe ging er kaum jemals aus. Dann gewöhnte er sich an, auszugehen und betrunken heimzukehren. In letzter Zeit geht er aus und kehrt nüchtern heim. Aber wo geht er hin? Was gibt es dort draußen in der Kälte zu *tun,* wenn die Geschäfte geschlossen sind? Die Saison hat noch nicht einmal angefangen …

Es muss irgendwelche komplizierten Maschinen geben, die die englische Zivilisation am Laufen halten und um die sich die Männer kümmern müssen. Nichts geschieht von selbst; selbst eine einfache Wanduhr bleibt stehen, wenn man sie nur vor sich hin ticken lässt. Die Gesellschaft als Ganze würde stehen bleiben, vermutet sie, wenn die Männer sie nicht fortwährend ölen, aufziehen, reparieren würden.

Es läutet an der Tür. Er ist da! Agnes stellt sich vor, wie Letty, die Lampe voraus, lossaust, die frisch gereinigten Stufen hinunter und über die neuen Teppiche im Flur, um ihrem Herrn die Tür zu öffnen. Es ist so still, dass sie die Stimme ihres Gatten in der Diele hören kann: nicht die Worte, aber den Ton und die Stimmung. Er klingt gut gelaunt und energisch und dabei nüchtern wie ein Geistlicher. Jetzt sind er und Letty auf der Treppe, und William sagt: »Schnell wieder ins Bett mit Ihnen, Sie Ärmste!« Offensichtlich will er kein Abendessen mehr haben – ein Glück, denn seine gierige Frau hat den Salm aufgegessen.

Agnes kann den Wandel nicht begreifen, der mit ihm vorgegangen ist. Vor wenigen Monaten erst hätte seine späte Heimkehr allerlei Stolpern und Schimpfen auf der Treppe bedeutet. Und was ist mit den Wutausbrüchen, die er jedes Mal bekam, wenn sie Geld oder seinen Vater erwähnte? Vollkommen verschwunden, als ob sie nur ein böser Traum gewesen wären. Rackham der Ältere und Rackham der Jüngere sind auf einmal dicke Freunde, und sie, Agnes, ist wieder wohlhabend und hat außer ihrer schlechten Gesundheit keinen Mangel zu beklagen.

Sie hört, ja fühlt beinahe, wie seine Schritte an ihrer Tür vorbeigehen. Das ist nicht ungewöhnlich; sie haben seit Jahren nicht mehr miteinander geschlafen. Dennoch ist die Furcht, er könnte heute Nacht ihre unausgesprochene Abmachung brechen und ihr Schlafzimmer betreten, einen Moment lang so stechend wie eh und je. Dabei muss sie zugeben, dass er sich in letzter Zeit gut betragen hat, fast so charmant wie in seinen besten Zeiten. Er zieht sie in allen Angelegenheiten zu Rate, sagt kaum jemals etwas Brutales, und erst gestern verkündete er, sie müsse ihre Kleider nicht selbst nähen, falls die Nähmaschine ihren Unterhaltungswert für sie verloren habe: Sie könne sie gern wieder anfertigen lassen, wie früher.

Doch es ist *gut für sie,* die Kleider selber zu nähen, das weiß sie. Es erzieht sie zur Selbstdisziplin, und die Finger bleiben beweglich, und es ist nicht so ermüdend wie die Stickerei. Apropos Stickerei: Wenn jetzt mehr Geld da ist, könnte sie dann nicht eine Helferin für die Arbeit an ihrer gestickten Kopie von Landseers *Monarch of the Glen* anstellen? Vollendet würde das Bild furchtbar imposant aussehen, aber es drückt ihr Gewissen schon so lange, dass sie gar nicht daran denken kann, ohne an die schlimmsten Monate ihrer Krankheit erinnert zu werden. Der Hirsch ist zum größten Teil fertig, desgleichen die interessanteren Partien der Landschaft, nur bei dem Gedanken an den ganzen Himmel und die Berge schwindet ihr der Mut. Könnte das nicht jemand anders für sie machen? Eine von diesen Näherinnen vielleicht, die in den Damenjournalen inserieren? *(ELSPETH, erledigt Wollstickereien etc. zu moderaten Preisen. Zuschriften an die Redaktion.)* Ja, sie wird das Thema morgen William gegenüber ansprechen.

Agnes tun vor Übermüdung die Augen weh. Sie betrachtet das Fenstermuster auf ihrer Daunendecke. Der Schatten des Fensterkreuzes, der das helle Rechteck in vier Felder zerteilt, kommt ihr plötzlich wie ein christliches Kreuz vor. Ist es ein Zeichen? Ist Gott ihr böse, weil sie diesen Arbeitern, diesen Tapezierern, Anweisungen gegeben hat? Sie hat nur gesprochen; sie hat selbst keinen Finger krumm gemacht! Und wenn sie nichts gesagt hätte, hätten sie die Lambrisleiste auf falscher Höhe angebracht! Und überhaupt, da wusste sie noch gar nicht, dass Sonntag war!

Nervös geworden schlüpft sie aus dem Bett und zieht den Vorhang zu, womit sie das Kreuz auslöscht und den Raum in vollkommenes Dunkel taucht. Sie springt unter die Decke zurück, zieht sie bis zum Hals hoch und versucht so zu tun, als wäre sie wieder in ihrem alten Haus, in ihrer unschuldigen Kindheit. Da jetzt nichts Gegenteiliges mehr zu sehen ist, müsste sie sich eigentlich ohne Schwierigkeiten vorstellen können, dass sich seit der Zeit, als sie noch geborgen im Schoß ihrer Familie schlief, nichts geändert hat.

Doch selbst in der vollkommenen Finsternis wird die Erinnerung an ihr altes Zuhause von der Wirklichkeit verdorben. Wie sehr sie sich auch bemüht, sie kann sich nicht in ihre Kindheit zurückversetzen, wie sie hätte sein *sollen;* sie kann Lord Unwin nicht aus ihrem Gedächtnis tilgen und ihren leiblichen Vater an seine Stelle setzen. Immer wenn sie versucht, sich das Gesicht ihres Vaters vors innere Auge zu holen, will die bekannte Photographie nicht lebendig werden, und stattdessen erscheint ihr Stiefvater vor ihr, düster schweigend und höhnisch grinsend.

Sie erstickt ein ängstliches Schluchzen und greift nach einem Kissen von Williams Seite des Bettes, zieht es sich an die Brust. Sie drückt es fest und begräbt ihr Gesicht in dem zart parfümierten Linnen.

Alle Lichter im Haus sind jetzt gelöscht, außer einem in Williams Arbeitszimmer. Außer William liegen alle im Haus in den Federn, wie Puppen in einem Puppenhaus. Wenn das Haus der Rackhams ein solches Spielzeug wäre und du das Dach abnehmen und hineinlugen könntest, würdest du William in Hemdsärmeln am Schreibtisch über seiner Korrespondenz sitzen sehen: nichts von Interesse für dich, glaub mir. In einem anderen Kämmerlein, am hinteren Ende des Flurs, würdest du einen Kinderkörper in ein Bettchen gekuschelt sehen, das ein wenig zu klein für ihn ist: Sophie Rackham, die bislang noch nicht von Bedeutung ist. In wieder einem anderen Kämmerlein würdest du Agnes erblicken, in weißes Bettzeug gemummt, aus dem nur ihr blonder Kopf herausschaut wie ein halb in Sahne versunkener Tortenrest. Und im Innern des Daches, das du umgedreht in der Hand hast, würden die Dienstboten in ihren kleinen Mansardenstuben samt ihren spärlichen Habseligkeiten zwischen den Dachbalken kullern.

William lässt die mitternächtliche Kerze noch ein wenig länger brennen, bevor er sein Geschäftsbuch zuklappt und seine kurzen Gliedmaßen streckt. Er ist zufrieden: wieder ein langweiliger Sonntag abgehakt, mit so viel Genuss und so wenig Religion wie möglich. Er entledigt sich seiner Straßenkleidung, zieht sein Nachthemd an, löscht das Licht und steigt ins Bett. Wenige Minuten später schnarcht er leise vor sich hin.

Auch Agnes ist eingeschlafen. Eine kleine, nach oben gedrehte Hand rutscht vom Kissen und gleitet auf die Bettkante zu. Und jetzt bewegt sich auch eine von Williams Händen im Schlaf auf die Kante *seines* Bettes zu, in Agnes' Richtung. Kurz darauf haben ihre Hände genau die gleiche Position, und wenn dies wirklich ein Puppenhaus wäre, könnten wir uns vorstellen, nicht nur das Dach, sondern auch einige der Innenwände zu entfernen, die zwei Betten zusammenzuschieben und die Hände des Paares zu verhaken wie den Verschluss eines Halsbands.

Doch da beginnt William Rackham zu träumen und wälzt sich auf die andere Seite herum.

Zehn

Agnes Rackhams Schlafzimmer, in dem nie die Fenster geöffnet werden und die Tür immer zu ist, füllt sich jede Nacht mit ihrem Atem. Einer nach dem anderen tröpfeln ihre Atemstöße vom Kissen auf den Fußboden, und dort sammeln sie sich und häufen sich auf wie unsichtbare Federn, bis sie sich an die Decke schmiegen und mit jeder Stunde dichter werden.

Es ist jetzt Morgen, und du kannst kaum glauben, dass du in einem Schlafzimmer bist; es fühlt sich eher an wie die kleinste Fabrik der Welt, in der die ganze Nacht hindurch gearbeitet wurde, und zwar allein daran, Sauerstoff in Kohlendioxid umzuwandeln. Du wendest dich instinktiv den Vorhängen zu: Sie sind zugezogen und so bewegungslos, als wären sie modelliert. Ein pfeildünner Sonnenstrahl stößt durch einen winzigen Schlitz in das Dunkel hinein. Er fällt auf Agnes' Tagebuch, das auf der Seite von gestern aufgeschlagen ist, und beleuchtet eine einzelne Zeile in ihrer Handschrift.

Muss wirklich mehr nach draußen, ermahnt sie sich in winzigen indigoblauen Buchstaben, die du nur mit Anstrengung entziffern kannst.

Du schaust zum Bett hinüber in der Erwartung, dass ihr Körper dort noch kuschelig unter der Daunendecke liegt. Sie ist fort.

Agnes Rackham hat eine neue Gewohnheit. Wenn sie es nur irgendwie einrichten kann, geht sie jeden Morgen auf der Straße vor ihrem Haus allein spazieren. Sie will gesund werden, und wenn es sie umbringt.

Die Saison rückt näher, und es bleibt ihr nur noch schrecklich wenig Zeit, um bestimmte unerlässliche Fähigkeiten zurückzugewinnen – zum Beispiel ohne Hilfe größere Entfernungen zu gehen, als sie in ihrem Haus zurücklegen muss. Sich in der feinen Gesellschaft zu bewegen ist nichts, was man von selbst kann; man muss dafür üben. Ein halbes Dutzend Runden durch einen Tanzsaal können sich aneinander gelegt zu einer guten Meile addieren.

Deshalb unternimmt Agnes Spaziergänge. Und erstaunlicherweise heißt Doktor Curlew ihre Entscheidung gut, denn er meint, ihr mangele es an Blutkörperchen. Unbeanstandet wird sie daher mehrere Morgen in der Woche von Clara zum Gartentor geleitet, von wo aus sie mit dem Parasol in der Hand ganz alleine hinaus auf den Bürgersteig tattert, nicht ohne besorgt auf der verlassenen Pflasterstraße nach Hufschlag zu lauschen.

Der Hund, der sich am Gartentor der Rackhams häuslich niedergelassen hat, begrüßt sie fast jedes Mal, doch Agnes hat keine Angst vor ihm. Er hat ihr noch nie Anlass dazu gegeben, hat sie kein einziges Mal angebellt. Immer wenn sie an ihm vorbeischleicht, gefasst auf die *wütenden* Windstöße, die ihre Röcke flattern lassen und an ihrem Schirm zerren, versichert der Hund ihr mit eifrigem Schwanzwedeln oder einem gutmütigen Gähnen, dass er freundlich ist. Er erinnert sie an einen überdimensionalen Sonntagsbraten, so pummelig mit seinem dunkelbraunen Fleisch, und er hat gutmütigere Augen als sonst jemand, den sie kennt. Zugegeben, einmal hätte sie sich fast die Stiefel an seinem Haufen schmutzig gemacht und war von ihm angewidert, doch sie ließ sich ihren Ekel nicht anmerken, um ihn nicht zu verletzen – oder gegen sich aufzubringen. Ein andermal sah sie ihn ein Teil von sich lecken, das rot wie ein abgehäuteter Finger war, doch sie erkannte das Organ nicht und hielt es für ein besonderes Anhängsel, das Hunde haben, eine Art Flosse oder Stachel, und das sich im Falle dieses Hundes schmerzhaft entzündet hatte. Mit einem verlegenen mitleidigen Lächeln rauschte sie an ihm vorbei.

Was Geschöpfe der menschlichen Art angeht, so begegnet Agnes sehr wenigen. Notting Hill ist zwar nicht annähernd mehr so ruhig und beschaulich, wie es einmal war, doch genauso wenig ist es schon ein Teil der Metropole. Wenn man sich die Straßen sorgfältig aussucht, kann man sich darauf konzentrieren, einen Fuß vor den anderen zu setzen, und hat nicht die zusätzliche Beschwernis, auf andere Fußgänger achten zu müssen. Die Kensington Park Road ist die belebteste Durchgangsstraße, denn dort fährt der Omnibus. Sie meidet sie, wenn möglich.

Jeden Morgen geht sie ein Stückchen weiter. Jeden Tag wird sie ein bisschen kräftiger. Fünf neue Kleider sind fertig, ein sechstes ist in Arbeit. Der Garten sieht dank Shears ausnehmend hübsch aus. Und William ist die ganze Zeit richtig gut gelaunt, auch wenn er (wie sie feststellen muss) mit dem Bart und dem Schnurrbart auf einmal merklich älter aussieht.

Sie haben seit ihrem letzten Zusammenbruch nicht mehr gemeinsam gefrühstückt, aber sie haben es sich zur Gewohnheit gemacht, zum zweiten Frühstück zusammenzukommen. Das ist sehr viel sicherer, will es Agnes scheinen. Und da ihr der Morgenspaziergang einen gesunden Appetit macht, bleibt ihr die peinliche Situation erspart, dass sie an einem halb aufgegessenen Häppchen herumstochert, während er seine Portion hinunterschlingt und sie fragt, ob es ihr gut gehe.

Heute essen sie beide mit gleichem Behagen. Die Köchin hat sich selbst übertroffen mit einer ganz besonderen Galantine aus Schweinelende, durchmischt mit Schinken, gekochter Zunge, Pilzen und Würstchen. Das Ganze sieht äußerst ansprechend aus und schmeckt so köstlich, dass sie Letty noch zweimal an den Tisch rufen müssen, damit sie ihnen mehr Scheiben abschneidet.

»Was *das* wohl sein mag?«, murmelt William und pult dabei ein Teilchen aus dem Aspik heraus.

»Das ist ein Stück eines Pistazienkerns, Liebling«, belehrt Agnes ihn, stolz darauf, etwas zu wissen, das er nicht weiß.

»So was«, sagt er. Dann verdutzt er sie damit, dass er sich das glänzende Bröckchen unter die Nase hält und ausgiebig daran schnuppert. In letzter Zeit beschnuppert er alles: neue Pflanzen im Garten, Tapetenkleister, Farbe, Servietten, Briefpapier, seine eigenen Finger, sogar ordinäres Wasser. »Meine Nase muss mein empfindlichstes Organ werden, Liebling«, meint er des Öfteren zu ihr und setzt dann zu einer Erklärung des fast unmerklichen, aber (im Parfümgeschäft) entscheidenden Unterschieds zwischen dem einen und dem anderen Blütenblatt an. Agnes begrüßt es, dass er so entschlossen ist, sich die Feinheiten seines Gewerbes anzueignen, zumal es ihnen dadurch mit einem Mal so viel besser geht, doch sie hofft, dass er während der Saison, wenn sie in Gesellschaft sind, nicht auch alles beschnuppert.

»Übrigens, habe ich dir das erzählt?«, fragt William sie. »Ich werde mir heute Abend den großen Flatelli ansehen.«

»Irgendetwas, das mit Parfüm zu tun hat, Liebling?«

Er grinst. »Könnte man sagen.« Dann jedoch, während er sich über seinen Plumpudding hermacht, klärt er sie auf. »Nein, Liebling. Er ist ein Varietékünstler.«

»Jemand, über den ich Bescheid wissen sollte?«

»Das bezweifle ich sehr. Er tritt in der Lumley Music Hall auf.«

»Oh, na dann.«

Eigentlich gibt es dazu nichts mehr zu sagen, aber das Gefühl, nicht auf dem Laufenden zu sein, lässt Agnes keine Ruhe. Nach einer Weile fügt sie hinzu: »Das Lumley *ist* doch immer noch das Lumley, oder?«

»Was meinst du damit, Liebling?«

»Ich meine, es ist nicht irgendwie … höher gestiegen?«

»Höher gestiegen?«

»Gehobener geworden … schicker …« Auf das Wort »vornehmer« kommt sie nicht.

»Ich glaube kaum. Ich denke mal, ich werde von Männern mit Schirmmützen und Frauen mit Zahnlücken umringt sein.«

»Na, wenn dir das zusagt …«, meint sie und zieht ein Gesicht. Der Pudding mit dem vielen Nierenfett ist zu üppig für sie, und nach der ganzen Galantine wird ihr allmählich flau im Magen, doch einem klitzekleinen Stückchen Luncheon-Torte kann sie nicht widerstehen.

»Der Mensch lebt nicht von hoher Kultur allein«, witzelt William.

Agnes kaut an ihrer Torte. Auch diese ist üppiger als erwartet, und zudem quält sie der Verdacht, es könnte etwas geben, das sie wissen sollte.

»Wenn du …« Sie zögert. »Wenn du dort jemanden triffst … im Lumley … ich meine, jemand Wichtiges, dem ich wahrscheinlich in der Saison begegnen werde … dann sagst du es mir, ja?«

»Natürlich, Liebling.« Er führt ein Stück Luncheon-Torte an die Nase und schnuppert. »Korinthen, Rosinen, Apfelsinenschale, viel Sherry. Mandeln. Muskat. Kümmel … Vanille.« Er grinst, als ob er Beifall erwartete.

Agnes lächelt matt.

Weniger als eine halbe Meile westlich vom Haus der Rackhams ist Mrs Emmeline Fox zwar zum Ausgehen angezogen, sitzt aber immer noch in der Küche und hustet in ein Taschentuch. Sie verträgt heute das Wetter nicht: Es liegt ein Druck in der Luft, der ihr Kopfschmerzen verursacht und die Brust zuschnürt. Sie wird allerdings dafür sorgen müssen, dass sie morgen wieder bei Kräften ist, oder sie wird den Rundgang mit dem Frauenverein nicht mitmachen können.

Sie überlegt, ob sie kurz bei ihrem Vater vorbeischauen und ihn um einen Arzneitrank bitten soll, kommt aber dann zu dem Schluss, dass ihn das nur beunruhigen würde. Außerdem weiß man nie, in was für Notfällen er gerade unterwegs ist mit seinem Koffer voller Medikamente und Instrumente. Denn Emmelines Vater ist Doktor James Curlew, und er ist ein viel beschäftigter Mann.

Stattdessen nimmt sie einen Löffel Bullrichsalz, anschließend einen Schluck heißen Kakao, um den Geschmack loszuwerden. Der Kakao hat den zusätzlichen Effekt, sie zu wärmen, nicht nur ihre kalten Hände, die die Tasse halten, oder ihren empfindlichen Magen, sondern ihren ganzen Körper. Ja, urplötzlich ist ihr *zu* warm: Schweißperlen prickeln ihr auf der Stirn, und ihre Arme fühlen sich eingezwängt an in den engen Ärmeln. Hastig tritt sie durch die Küchentür in den Garten.

Ihr Haus ist größer als das von Henry und ihr Garten üppiger, auch wenn er ziemlich verwildert ist seit der Zeit, als ihr Mann sich noch darin betätigte. Er hatte eine Vorliebe für ausgefallene Sachen, der gute Bertram, und versuchte immer, exotisches Gemüse anzubauen, das er der damals noch vorhandenen Köchin zur Weiterverarbeitung gab. Noch immer wachsen hier Schwarzwurzeln, von Unkraut fast überwuchert, und ein paar halb erstickte Haferwurzeln. Vater schickt von Zeit zu Zeit seinen Gärtner vorbei, damit der das Schlimmste wegsenst und den gepflasterten Weg für Emmeline freilegt, doch das Unkraut schießt den ganzen Sommer über und legt im Winter nur eine Ruhepause ein. Jetzt erwacht es wieder zum Leben, saftig grün, wohingegen in der großen sargförmigen Einfassung, wo Bertie diese mannshohen Monsterpflanzen anbaute (wie hießen sie noch mal? Kardonen?), die Erde hart und ausgelaugt ist.

Alles Dauerhafte interessierte Bertie nicht, ihn faszinierte vielmehr das Flüchtige und Spektakuläre. Trotzdem, ein guter Mann. Das Haus, das sie zusammen bewohnten, ist für sie allein zu groß, doch sie behält es um seinetwillen, zu seinem Gedächtnis. Er tat so wenig, das im Gedächtnis blieb, und sprach nie von seinen tieferen Gedanken (falls er überhaupt welche hatte). Die beste Art, das Andenken der Ehe zu pflegen, ist, in seinem Haus wohnen zu bleiben.

Jetzt steht sie im Garten, die Tasse Kakao immer noch mit beiden Händen umfangen, und lässt sich von der Brise die fieberheiße Stirn kühlen. Sehr bald schon wird es ihr wieder besser gehen. Sie ist nicht krank. Sie hätte letzte Nacht die Fenster aufmachen sollen, um nach der für die Jahreszeit ungewöhnlichen Wärme des Vortags das Haus auszulüften. An diesen Kopfschmerzen ist sie selbst schuld.

Sie trinkt den restlichen Kakao aus. Sie spürt bereits die belebende Wirkung, das Gefühl gesteigerter Wachheit. Wie kommt das? Das Getränk muss irgendeine geheime Zutat haben, sagt sie sich, ein Analeptikum oder sogar ein Stimulans, das ihr träges Blut in Wallung bringt. Auf ihre bescheidene Weise ist sie kaum besser als die Drogensüchtigen, mit denen sie im Zuge ihrer Arbeit für den Frauenverein zusammenkommt, die geistig verwirrten Sklavinnen des Morphiums, die ihre Aufmerksamkeit nicht länger als zwei Minuten auf die Worte Christi richten können, ehe ihre geröteten Augen seitlich wegrutschen. Sie lächelt, legt den Kopf in der Brise zurück und drückt den Rand der Tasse an ihr Kinn. Emmeline Fox: Kakaosüchtige. Sie sieht sich auf dem Titelblatt eines billigen Schundheftes, eine maskierte Schurkin in Männerhosen und Cape, die auf der Flucht vor der Polizei von Dach zu Dach springt und ihre übermenschliche Stärke einzig und allein aus der bösen Kakaobohne bezieht. Die unten am Boden herumtappenden Wachtmeister strecken ohnmächtig die kurzen Arme nach ihr aus, vor Wut und Enttäuschung die Münder aufgerissen. Nur Gott kann sie zu Fall bringen.

Sie öffnet die Augen, zittert. Der Schweiß in ihren Achselhöhlen ist kalt geworden, sie fröstelt am feuchten Rücken. Ihre Luftröhre kratzt und reizt sie zu husten, husten, husten. Sie widersteht; sie weiß, wohin das führt.

Wieder im Haus spült sie den Milchtopf aus, wischt die Herdplatte ab, räumt die Kakaosachen weg. Wenige Frauen aus ihrer Bekanntschaft wären zu solchen Verrichtungen in der Lage, selbst dann nicht, wenn man sie mit vorgehaltenem Messer dazu zwingen wollte. Mrs Fox erledigt sie völlig selbstverständlich. Ihr Mädchen für alles, Sarah, wohnt nicht bei ihr im Haus und kommt erst morgen wieder, doch Mrs Fox hat es sich zur Regel gemacht, dem Mädchen zu helfen, wo sie kann. Sie und Sarah stehen für ihr Gefühl eher wie Tante und Nichte zueinander als wie Herrin und Dienerin.

Oh, Mrs Fox weiß, dass über sie allerlei Klatsch kursiert, in Umlauf gebracht von Damen, die in ihr eine Schande für die vornehme Gesellschaft sehen, einen heimlichen weiblichen Sansculotte, eine Jakobinerin mit hässlichem Gesicht. Sie würden sie zum Teufel schicken – oder hätten es schon längst getan –, wenn sie könnten.

Eine solche Gehässigkeit von ihren Schwestern betrübt Mrs Fox, doch sie unternimmt keine besonderen Anstrengungen, um sie versöhnlich zu stimmen oder zur Rede zu stellen, denn nicht in den Villen eleganter Damen möchte sie willkommen geheißen werden, sondern in den elenden Behausungen der Armen.

Überhaupt, dieses ganze Getue um ein bisschen Arbeit! In der Zukunft, glaubt sie, werden alle Frauen einer nützlichen Beschäftigung nachgehen. Das gegenwärtige System kann sich nicht halten; es geht gegen Gott und gegen die Vernunft. Man kann nicht die unteren Klassen erziehen, ihnen bessere Nahrung und unverseuchtes Wasser geben, ihre Wohnsituation und ihre Moral heben und dann erwarten, dass sie weiterhin nach nichts Höherem streben als nach Knechtschaft. Genauso wenig kann man die Zeitungen mit empörenden Enthüllungen menschlicher Not füllen und erwarten, dass aus der Empörung nicht praktisches Handeln erwächst. Wenn täglich dieselben Straßen und Elendsquartiere genannt werden und wenn das Leiden unserer Brüder und Schwestern in allen Einzelheiten an die Öffentlichkeit gezerrt wird, ist es dann nicht unvermeidlich, dass eine wachsende Heerschar von Christen sich die Ärmel hochkrempelt und darauf besteht, Beistand zu leisten? Selbst die von keinerlei Gewissensbissen geplagten Damen und Herren werden nach Mrs Fox' fester Überzeugung sehr bald schon die Entdeckung machen, dass ihr Dienstbotenreservoir schwindet, und alle außer den Reichsten werden dann mit so exotischen Dingen wie Mopp und Spültuch Bekanntschaft schließen müssen.

Im nächsten Jahrhundert, prophezeit Mrs Fox, während sie sich eine Scheibe Brot mit Butter bestreicht, werden Frauen wie ich nicht mehr als abnorm gelten. England wird *voll* sein von Frauen, die für eine gerechtere Gesellschaft arbeiten und die gar keine Dienstboten mehr unter ihrem Dach beherbergen. (Sarah, ihre eigene Haushaltshilfe, wohnt bei ihrem gebrechlichen Großvater und kommt jeden zweiten Tag für die schweren Arbeiten, wofür sie einen anständigen Lohn bekommt, der sie davon abhält, in die Prostitution zurückzufallen. Sie ist ihr Gewicht in Gold wert, die gute Sarah, doch selbst solche wie sie werden mit der Zeit aussterben, wenn die Prostitution erst einmal abgeschafft ist.)

Emmeline fragt sich, ob ein kurzer Spaziergang gut für ihre Brust wäre. Sie hat noch einen Sack mit Wollhandschuhen und einen anderen mit Strümpfen bei Mrs Lavers abzuliefern, die nächsten Monat etwas für die Mittellosen in Irland organisiert. (*Fenierin!*, würden die Klatschmäuler bestimmt sagen, oder *Papistin!*) Das Haus der Lavers' ist nur wenige Minuten entfernt, und sie könnte auf jedem Arm einen Sack tragen, vorausgesetzt, sie sind ungefähr gleich schwer.

Alle Räume in Mrs Fox' Haus außer ihrem kleinen Schlafzimmer stehen mit Kisten, Säcken, Büchern und Paketen voll. Im Grunde ist ihr Haus das inoffizielle Lager des Frauenrettungsvereins und noch mehrerer anderer wohltätiger Organisationen. Emmeline steigt die Treppe hinauf, steckt die Nase in das frühere eheliche Schlafzimmer und vergewissert sich, dass nicht da ist, was sie sucht. Auf dem Treppenabsatz lagert ein ziemlich wackliger Stapel von Neuen Testamenten, übersetzt in … in … Sie kann sich gerade nicht an die Sprache erinnern; ein Mann von der Gesellschaft zur Verbreitung der Bibel kommt sie demnächst abholen.

Die Strümpfe und Handschuhe sind nirgends zu finden, und so geht sie wieder nach unten, um sich noch eine Stulle zu schmieren, denn außer Brot hat sie nichts im Haus, das sich einfach nehmen und essen ließe. Montags ist sonst meistens noch etwas vom Sonntagsbraten übrig, aber gestern ließ Mrs Fox Sarah so viel essen, wie sie wollte, wobei sie nicht damit rechnete, dass das Mädchen einen Appetit wie ein Labrador hatte.

Für die Leute, die über mir stehen, denkt sie, während sie ihr Brot kaut, *bin ich eine bedauernswerte Witwe, die mehr oder weniger am Hungertuch nagt. Für die unter mir bin ich ein verwöhntes Geschöpf, das im Paradies lebt. Alle, wie wir da sind, ziehen wir sowohl Verachtung als auch Neid auf uns. Alle außer den Ärmsten, denjenigen, die nichts mehr unter sich haben als die Jauchegrube der Hölle.*

Neuerlich entschlossen, die Strümpfe und Handschuhe zu finden, macht sich Emmeline ernsthaft an die Suche. Zur Bekräftigung ihrer Absichten setzt sie sogar ihren Hut auf, damit sie nicht der Versuchung erliegt, aufzugeben. Zu ihrer großen Freude jedoch findet sie die Säcke fast sofort, nämlich übereinander gestapelt in einem Kleiderschrank. Doch beim Herausziehen wirbelt Staub auf, und bevor sie sich dagegen wappnen kann, muss sie auch schon husten, husten, husten. Sie hustet, bis sie tränenüberströmt auf den Knien liegt, mit zitternden Händen das Taschentuch fest auf den Mund gepresst. Als der Anfall endlich vorüber ist, setzt sie sich auf die unterste Treppenstufe, wiegt sich hin und her und starrt auf das helle Rechteck, das durch die Milchglasscheibe in ihrer Haustür hereinfällt.

Mrs Fox hält sich nicht für krank. Nach ihrer Selbsteinschätzung ist sie so gesund, wie man es von einer Frau mit einer von Natur schwachen Brust erwarten kann. Und, wo wir schon einmal beim Thema ihrer Mängel sind, sie hält sich auch nicht für hässlich. Gott hat ihr ein langes Gesicht gegeben, doch sie ist mit dem Gesicht zufrieden. Es erinnert sie an Disraeli, nur mit weicheren Zügen. Es hat sie nicht daran gehindert, einen Mann zu bekommen, oder? Und falls sie keinen zweiten mehr bekommt, auch gut, ein Mann ist genug. Und um auf das Thema Gesundheit zurückzukommen, trotz Berties roter Backen und seinem sonnigen Gemüt war letztlich *er* derjenige, dessen Gesundheit zu schwach war, nicht *sie*. Was wieder einmal beweist, dass nicht Klatschmäuler das letzte Wort über die Spanne eines Menschenlebens haben, sondern Gott.

Vorsichtig atmend rappelt sie sich auf und begibt sich zu den Säcken zurück. Sie nimmt einen in jede Hand und prüft ihr Gewicht. Gleich schwer. Sie trägt sie zur Tür, wirft im Spiegel noch einen kurzen Blick auf ihre Frisur und tritt hinaus.

Himmelweit entfernt im Osten geht Henry Rackham ebenfalls durch die Straßen. (Was für ein schöner Tag zum Spazierengehen! Das hättest du nicht gedacht, nicht wahr, wie gut es deiner Gesundheit tut, diesen Leuten auf ihren Wegen zu folgen?)

Henry geht eine Straße entlang, in der er vorher noch nie gewesen ist, eine gewundene, düstere Straße, wo er aufpassen muss, dass er nicht in einem Scheißhaufen ausrutscht, wo er in jede Seitengasse und jeden Kellertreppenschacht einen Blick werfen muss, um vor einem Angriff auf der Hut zu sein. Wie seine steife Haltung erkennen lässt, ist seine Entschlossenheit nur geringfügig größer als seine Furcht. Er kann nur hoffen (denn unter den gegebenen Umständen hat er nicht das Recht zu *beten*), dass niemand aus seiner Bekanntschaft ihn dabei ertappt, wie er sich in dieses übel riechende Labyrinth begibt.

Henry weiß, an welchen Tagen Mrs Fox für den Frauenverein unterwegs und an welchen sie zu Hause ist; er hat sich ihren Terminkalender genau eingeprägt, und Montag ist Ruhetag. Deshalb hat er sich diesen Tag ausgesucht, um durch St. Giles zu gehen, genau das Viertel, in dem er sie sich auf ihrer barmherzigen Mission vorstellen kann. Er unterdrückt den Hustenreiz, den der Gestank erzeugt, und watet weiter.

Binnen kurzem ist der letzte Schein bürgerlicher Ordnung dahin. Die soliden Bauten und geraden Linien der Oxford Street sind nicht mehr zu sehen und schon halb vergessen, ausgelöscht von albtraumhaften Bildern des Verfalls, denn alles ist hier von Verfall gezeichnet: das abgesunkene Pflaster, die notdürftig gestützten Häuser zu beiden Seiten, das Fleisch und die Sittlichkeit der heruntergekommenen Bewohner.

Wahrhaftig, denkt Henry, dieses Stadtviertel ist ein äußerer Ring der Hölle, der reinste Vorraum des Leichenhauses. Die Zeitungen schreiben, es habe sich seit den fünfziger Jahren gebessert, aber wie kann das sein? Er hat bereits einen abgehackten Hundekopf in der Gosse verfaulen sehen, dessen heraushängende Zunge ganz dick von Läusen war; er hat halb nackte kleine Kinder gesehen, die sich gegenseitig mit Pflastersteinen bewarfen und deren abgezehrte Gesichter dabei vor Wut und Schadenfreude verzerrt waren; er hat Unmengen von gespenstischen Erscheinungen unbestimmten Geschlechts gesehen, die mit hohlen Augen aus kaputten Fenstern glotzten und deren Fleisch kaum weniger grau war als die Lumpen, die sie am Leib trugen. Eine bestürzende Zahl von ihnen scheint unterirdisch in Kellern zu hausen, in die man nur über dunkle Treppen oder in manchen Fällen auch klapprige Leitern kommt. Nasse Wäsche, von Ruß befleckt, hängt von Fenster zu Fenster, hier und da flattert ein Betttuchfetzen im Wind wie eine Fahne, deren charakteristische Embleme Sträußchen aus verblassten bräunlichen Blutflecken sind.

Henry Rackham ist mit einem einzigen Ziel im Sinn hierher gekommen: Er will etwas tun. Nicht das, was Mrs Fox tut, aber immerhin etwas, das zählt.

Schon bald wird er von einer hässlichen Frau mittleren Alters oder vielleicht jünger angesprochen, die ein ausladendes Kleid nach der Regency-Mode trägt, allerdings reichlich gestopft und geflickt. Kopf und Hals sind unverhüllt, und das Lächeln, mit dem sie ihn begrüßt, entblößt ihre noch verbliebenen Zähne: Muss sie deshalb schon eine Prostituierte sein?

»'n paar Pennys, guter Herr, für 'n armes unglückliches Weib!«

Eine Bettlerin also.

»Mangelt es Ihnen an Essen?«, fragt Henry argwöhnisch, denn er will nicht für einen Einfaltspinsel gehalten werden. Er würde sich liebend gern großzügig zeigen, doch er meint, einen Hauch Alkohol in ihrem Atem zu wittern.

»Sie sag'n es, Sir. Essen, das brauch ich. Hab Hunger. Seit gestern hab ich nix mehr gehabt.« Ihre Augen leuchten begehrlich; sie ringt ihre geschwollenen Hände.

»Soll ich …« Er zögert und widersteht ihrem raubgierigen

Blick, der an seiner Seele zerrt, als wäre diese ein saftiger Wurm. »Soll ich Sie zu einem Geschäft begleiten, wo Lebensmittel verkauft werden? Ich kaufe Ihnen alles, was Sie wollen.«

»O *nein,* Sir!«, erwidert sie mit schockierter Miene. »Mein guter Ruf, Sir, is mir heilig. Ich muss an meine Kinders denken.«

»Kinder?« Er hatte nicht erwartet, dass sie Kinder hat. Sie hat so gar keine Ähnlichkeit mit den rundlichen, faltenlosen Müttern, die er aus der Kirche kennt.

»Fünf Kinders hab ich, Sir«, versichert sie ihm. Ihre Hände hängen in der Luft, als wollte sie jeden Moment seinen Arm packen. »Fünf! Und zwei nuckeln noch, und die quengeln in ei'm fort, und mein Mann, der kann das nich dulden, Sir, von wegen sei'm Schlaf. Also haut er se, Sir, in ihr'm Bettchen, bis se still sind. Und da hab ich gedacht, Sir, wenn ich'n paar Pennys von so jemand Gutes krieg'n würde wie Sie, Sir, dann könnt ich mein' Kleinen'n bisschen Muttersegen vom Ap'theker verpassen, und sie wür'n schlafen wie die Englein.«

Henry hat bereits die Hand in der Tasche, als ihm die Schrecklichkeit des Gesagten bewusst wird.

»Aber ... aber Sie müssen Ihren Gatten davon abbringen, die Kinder zu schlagen!«, erklärt er. »Er könnte ihnen etwas antun ...«

»Gewiss doch, Sir, aber er is immer so hundemüde, wenn er den ganzen Tag gearbeit hat, und da braucht er nachts sein Schlaf, und die Kleinen quengeln immerzu, wie gesagt. Wenn eins endlich ruhig is, fangen die andern an, und bei Sechsen, Sir, is das nich zum Aushalten.«

»Sechs? Sie sagten doch gerade, Sie hätten fünf.«

»Sechs, Sir. Aber eins is so still, man merkt kaum, dass es da is.«

Ein eigentümliches Patt tritt dort auf der schmutzigen öffentlichen Straße zwischen ihnen ein. Er hält eine Münze in der geschlossenen Hand und zaudert. Sie leckt sich die Lippen und traut sich nicht, noch mehr zu sagen, das sich unter Umständen nachteilig auf seine Großzügigkeit auswirken könnte.

»Kinder weinen nicht aus Übermut«, sagt Henry, der immer noch an der Vorstellung unschuldiger Kindlein zu schlucken hat, die in ihren Betten geprügelt werden. »Ihr Gatte muss das einsehen. Kinder weinen, weil sie Hunger haben. Oder weil sie traurig sind.«

»Sie sagen es, Sir«, pflichtet sie eifrig nickend bei und starrt ihm tief in die Augen. »Sie verstehn das. Hunger hamse. Und traurig sinse, furchtbar traurig.«

Henry seufzt und lässt seinen Argwohn fahren. Es kann keine Mildtätigkeit geben ohne Vertrauen oder zumindest die Bereitschaft, ein Risiko einzugehen. Gut, diese Frau hat in jüngster Zeit dem Alkohol zugesprochen und verhält sich plump einschmeichelnd: Was sagt das schon? Güte wird sie nicht weiter verderben, und ihrer Familie, wie viele Köpfe sie auch in Wahrheit zählen mag, darf man ihre Sünden schon gar nicht anlasten.

»Hier«, sagt er und drückt ihr das Geld in die zitternde Kralle. »Aber dass Sie es mir auch ja für Lebensmittel ausgeben.«

»Danke, *danke*, Sir!«, krächzt sie. »Mit dieser kleinen Münze, die für einen wie Sie nix is, Sir, ham sie grade einer armen Witwe und ihrer Familje'n leckeres Essen auf'n Tisch gestellt – denken Sie ma, Sir!«

Stirnrunzelnd denkt Henry mal, während sie in einen dunklen Spalt zwischen zwei Häusern huscht.

»Witwe?«, brummt er, doch sie ist fort.

In einer idealeren Welt müsste Henry jetzt ein paar Minuten Gnadenfrist bekommen, um über diese Begegnung nachzudenken und sich zu überlegen, was er als Nächstes tun möchte, denn er wird von widersprüchlichen Gefühlen bestürmt. Jedoch andere Bewohner der Straße haben sein Geld blitzen sehen, und zwar nicht minder deutlich, als ob droben am Himmel ein Feuerwerk explodiert wäre. Aus sämtlichen Nischen und Winkeln bewegen sich abgerissene Gestalten auf ihn zu, in deren räuberischen Augen die Durchtriebenheit leuchtet. Beklommen und doch gleichzeitig seltsam tollkühn schreitet Henry voran. Etwas strömt durch seine Adern, das seine Furcht verwandelt: ein Gefühl extremer Bereitschaft, einer ungewohnten Einheit mit seinem Körper.

Der Erste, der ihn erreicht, ist ein wieselartiger Bursche mit einem grotesk hinkenden Gang. Mit einer knochigen Hand hält er ein Gerbermesser umklammert, hoch erhoben, damit Henry es sehen kann, doch fast so, als ob es ein harmloser Gegenstand wäre, den der achtlose Fremde vergessen hat und den er diesem jetzt lediglich zurückgeben möchte. Für Henrys Empfinden liegt keine Gefahr in der Luft, sondern ein halluzinatorischer Hauch von Farce.

»He-her mi'm Ge-held!«, ächzt der kleine Mann, zieht eine Fratze wie ein Schimpanse und fuchtelt eine Armlänge vor Henrys Brust mit der schmierigen Klinge herum.

Henry blickt seinem Angreifer in die Augen. Der Kerl ist einen Kopf kleiner als er und wiegt ungefähr halb so viel.

»Gott vergebe Ihnen«, knurrt Henry und hebt die Fäuste, die im Vergleich mit dem unterentwickelten Schädel des Räubers recht gut abschneiden. »Und Gott vergebe auch mir, denn wenn Sie noch einen Schritt näher kommen, dann schwöre ich, dass ich Sie niederschlagen werde.«

Mit einem garstigen Laut weicht der Mann zurück, stolpert über einen losen Pflasterstein, dreht sich um und humpelt davon. Mehrere andere Bewohner von St. Giles halten in ihrem Vormarsch gegen Rackham inne und ziehen sich ebenfalls zurück. Irgendwie ist er doch nicht die leichte Beute, die er zu sein schien.

Nur eine Person lässt sich nicht abschrecken, eine Person geht weiter auf ihn zu. Es ist eine magere junge Frau in einem weißen Etwas, das Henry nach einem Nachthemd aussieht, einem schwarzen Männermantel und einem Spitzenvorhang als Tuch. Wie die Bettlerin vorher ist sie barhäuptig, doch ihr elfenhaftes Gesicht ist frischer, und sie hat rote Haare. Sie stellt sich Henry keck in den Weg und knotet wie beiläufig ihr Tuch auf, unter dem ein sommersprossiges Brustbein zum Vorschein kommt.

»Für'n Shilling gehört dir meine Hand, Süßer«, erklärt sie, »und für zwei Shilling jeder andere Teil von mir.«

Jetzt ist es ausgesprochen. Sie steht in seinem Schatten und wartet.

Ein völlig unerwartetes Gefühl der Gelassenheit senkt sich auf Henry Rackham nieder, eine überirdische innere Ruhe, wie er sie nie zuvor erlebt hat, nicht einmal an der Schwelle zum traumlosen Schlaf. Dies ist der seit langem gefürchtete und ersehnte Augenblick, seine Einweihung in die Unterwelt der Lüste, in der sich Mrs Fox mit solcher Würde und Unerschrockenheit bewegt. So viele Male hat er in seinen Phantasien dieses Mädchen (oder ein ähnliches Mädchen) gesehen; jetzt steht sie leibhaftig vor ihm. Und zu seiner Erleichterung erkennt er, dass sie gar keine Sirene ist, sondern nur ein Kind – ein Kind mit Schorf auf den Lidern und einer Schramme am Kinn.

Wie hatte er vorher, ehe er heute den Mut zu diesem Schritt aufbrachte, gefürchtet, seine guten Absichten wären die reine Heuchelei, eine billige Selbsttäuschung, die er nur dank eines zufälligen räumlichen Abstands hatte aufrechterhalten können. Wie sehr saß ihm die Angst im Nacken, dass es, sollte Gott ihm jemals eine eigene Pfarre bescheren, bei der Erkundung der ärmeren Straßen seine erste Tat wäre, über genau so eine wehrlose Dirne, wie sie da vor ihm steht, herzufallen und sie zu schänden. Doch jetzt ist sie da: eine Prostituierte, eine Hure, eine Verworfene, die ihn soeben ausdrücklich dazu aufgefordert hat, mit ihr zu verfahren, wie er will. Und was will er? Sie atmet flach mit leicht geöffneten Lippen, blickt in seinem Schatten zu ihm auf und wartet auf seine Zustimmung, ohne zu ahnen, dass sie ihm bereits ein Geschenk von unschätzbarem Wert gemacht hat – eine Spiegelung seines Charakters. Er weiß jetzt: Was er auch begehren mag, was es auch sein mag, wonach sein sündiges Herz lechzt, es ist nicht dieses kleine Stück geschundenes Fleisch und Bein.

»Es kommt Ihnen nicht zu, Ihre Körperteile zu verkaufen, Miss«, sagt er sanft. »Sie gehören zusammen, und das Ganze gehört Gott.«

»*Mein* Loch gehört jedem, der zwei Shilling dafür berappt«, beharrt sie.

Er verzieht schmerzlich das Gesicht und fasst in seine Tasche. »Hier«, sagt er und reicht ihr zwei Shilling. »Und jetzt sage ich Ihnen, was ich dafür will.«

Sie legt den Kopf schief, und ein misstrauisches Flackern zuckt durch die glasige Starre ihrer Augen.

»Ich will, dass Sie …« Er zögert, weil er weiß, dass diese Welt zu unheilbar gottlos ist und er zu wenig moralische Autorität besitzt, um ihr befehlen zu können: »Gehe hin und sündige hinfort nicht mehr!« Stattdessen tut er sein Bestes, zu lächeln und weniger streng zu wirken. »Ich will, dass Sie diese zwei Shilling als einen Akt betrachten, der nicht mehr nötig ist …« (Noch während die Worte aus seinem Mund kommen, teilt ihre ratlose Miene ihm mit, dass das zu hoch für sie ist.) »Äh ... ich meine, anstelle dessen, was Sie sonst getan hätten, um das Geld zu verdienen ...« (Noch immer runzelt sie verständnislos die Stirn und saugt die Unterlippe unter die Schneidezähne.) »Was ich damit sagen will ... Herrgott noch mal, Miss, was Sie auch tun wollten, tun Sie's nicht!«

Sogleich grinst sie von einem Ohr zum anderen.

»Kapiert, Sir!« Und damit stolziert sie ab und schwingt dabei ihr Untergestell auf eine Art und Weise, wie er es bei einer anständigen Frau noch nie beobachtet hat.

So langsam hat Henry genug. Er ist müde und sehnt sich nach der Sicherheit und Schicklichkeit seines Arbeitszimmers am Gorham Place. Der Adrenalinstoß, der ihn dazu befähigt hat, dem wieselartigen Mann die Stirn zu bieten, ist abgeflaut, und die zurückgebliebene befremdliche Gefühlsmischung ist nicht mehr erregend, sondern nur noch verwirrend.

Schweren Schritts macht er sich auf den Rückweg in den besseren Teil der Stadt, wo er einen Omnibus besteigen und die beängstigende Aufgabe in Angriff nehmen kann, im Kopf zu sortieren, was er heute gelernt hat. Doch während er durch die labyrinthischen Straßen eilt und dabei kurz in jeden Durchgang und jede Sackgasse späht für den Fall, dass sich ihm ein schneller Fluchtweg aus St. Giles bietet, erblickt er auf einmal ... kann das sein? Ja, es ist die Bettlerin, der er Geld für Lebensmittel gegeben hat – die Witwe mit dem gewalttätigen Ehemann und den fünf oder sechs Kindern.

Für alle Welt gut sichtbar sitzt sie seitlich im offenen Eingang einer elenden Bruchbude und lässt ihre Röcke über den schmuddeligen Absatz einer kurzen Steintreppe schlappen. Hinter ihr im Hausflur lümmelt ein Mann mit Haaren, die so schwarz und grob sind wie die Borsten einer Schornsteinfegerbürste. Er trägt eine Strickweste, einen blauen Schal, eine Militärjacke und weite Hosen, an denen die Frau den Kopf anlehnt. Die beiden lassen zwischen sich eine brandneue Flasche Schnaps hin- und hergehen, aus der sie mit großem Behagen gierig trinken.

Henry bleibt wie angewurzelt stehen und stiert auf die Szene, die sich höchstens fünf Meter vor seiner Nase abspielt. Zu bestürzt, um auf das Paar zuzutreten, zu empört, um das Weite zu suchen, steht er einfach mit geballten Fäusten da. Zwischen zwei Schlucken nimmt die Frau ihn wahr, erkennt ihn sofort und kreischt: »Guck ma, Dug! Da is unser Retter!« Die beiden krümmen sich ächzend und prustend vor Lachen, die Lippen von Alkohol besabbert.

Sprachlos und mit brennenden Wangen starrt Henry sie an und drückt dabei die Fäuste so fest zusammen, dass sich seine Fingernägel ins Fleisch bohren.

»Sieh zu, dass er abhaut, Dug!«, sagt die Frau, die sich in ihrem Trinkgenuss offensichtlich von diesem finster blickenden Schwachkopf gestört fühlt. »Sieh zu, dass er abhaut!«

Schwerfällig steigt der borstige Mann über ihre Röcke, wobei er fast die Treppe hinunterfällt, und baut sich vor seiner Gefährtin auf. »Jaarr!«, schreit er. Als dies bei dem Störenfried keine unmittelbare Wirkung zeitigt, dreht er sich um, zieht sich die Hosen herunter und entblößt vor dem fassungslosen Henry seinen mageren bleichen Hintern. Er dreht sich zurück, die Hosen um die Knöchel schlackernd, und schaut, ob die Wirkung diesmal größer ist. Was als Nächstes? Nicht ahnend, dass Henry weniger von Furcht gebannt ist als vom Anblick eines fremden Penis, rupft er das schlaffe Organ aus seinem schwarzen Haarnest und fängt an, Urin in die Luft zu sprühen.

Obwohl er in sicherem Abstand steht, springt Henry Rackham mit einem Aufschrei des Ekels zurück. Auch die Frau kreischt wutentbrannt auf und verliert schlagartig ihre gute Laune, als der dampfende Strahl auf ihre Röcke zurückweht.

»Du spritzt mich voll, du Idiot!«

Im Nu haben sich die beiden in den Haaren: Er versetzt ihr heftige Ohrfeigen, sie schlägt zurück und tritt ihm gegen die Beine. Er versucht ihren Widerstand zu unterbinden, indem er einen Stiefel auf ihre Röcke setzt, und gleichzeitig zieht er sich die Hosen hoch. Prompt versetzt sie ihm mit der Ginflasche einen kräftigen, weit ausholenden Schlag gegen seine knochige Stirn, so dass er die Stufen hinunterfliegt.

»Scheiße!«, schreit sie, als der Schnaps in einem langen, silbernen Bogen herausschießt. Die (wunderbarerweise nicht gebrochene) Flasche wird hastig wieder aufgerichtet, und während der Mann sich zu ihren Füßen windet und sich die blutige Stirn hält, steckt sie sich den glänzenden Hals der Flasche tief in den Mund und stürzt in sich hinein, was noch übrig ist.

Für Henry ist damit der Bann gebrochen, und er ist endlich in der Lage, ihnen den Rücken zuzukehren, den ersten armen Leuten, die er jemals persönlich kennen gelernt hat, und heimwärts zu hasten.

Am selben Abend in der Lumley Music Hall, umgeben von Männern mit Schirmmützen und Frauen mit Zahnlücken, genießt William Rackham die Tatsache, dass er sich wieder an einem solchen Ort sehen lassen kann, ohne befürchten zu müssen, dass man ihn für geringeren Standes hält, als er ist. Jetzt, wo die Grundlagen seines Wohlstands gefestigt sind und sein Aufstieg zum Direktor allbekannt ist (wenigstens bei denen, die es sich angelegen sein lassen, über ihre Mitmenschen Bescheid zu wissen), kann er sich kaum noch irgendwo blicken lassen, ohne dass *irgendjemand* flüstert: »Das ist William Rackham.« Und da inzwischen jedes Fädchen, das er am Leib trägt, von bester Qualität und die neueste Mode ist, kann er sich in der beruhigenden Gewissheit wiegen, dass selbst das gemeine Volk, das nicht um seine Identität weiß, ihn als einen gut betuchten Gentleman erkennen muss – einen Gentleman, der sich zum Zeitvertreib einmal die Vergnügungen der weniger gut Betuchten zu Gemüte führt.

Natürlich ist er heute Abend nicht der Einzige hier, der sich unters gemeine Volk mischt. Das Publikum im Lumley ist ein buntes Allerlei größtenteils einfacher Leute, gewürzt mit einer Prise gut betuchter Gentlemen. Aber William möchte gern glauben, dass er eine herausragende Erscheinung ist mit seinem Biberfellgehrock, seinen Rehlederhosen und vor allem seinem neuen Zylinder, dem flachsten im ganzen Saal. (Nein, nein, das ist nicht sein *alter* neuer Hut, sondern sein *neuer* neuer Hut – siehst du nicht, dass er flacher ist? Und von Billington & Joy stammt er auch nicht: Staniforth's, »Hutmacher von Rang seit 1732«, wenn's genehm ist.)

Das Lumley ist kein Theater, wo Hüte und Mäntel abgegeben werden, und daher für zu dick angezogene Leute eine echte Herausforderung, aber wenigstens kann man dadurch Vergleiche anstellen. Dennoch ist schwer abzuschätzen, wie viele Leute aus Williams Klasse heute Abend hier sind, denn der Saal ist voll und jeder Blick über die Menge wird von einem Gewoge stilloser Damenhüte vereitelt. Die Vorstellung ist schon seit einiger Zeit im Gange, und angesichts der vom Publikum und mehreren hundert Gaslampen erzeugten Wärme ziehen gewöhnliche Männer sich die Jacken über ihren westenlosen Hemden aus und wedeln die Frauen sich mit billigen Fächern Kühlung zu.

In der Reihe unmittelbar vor William sitzen keine solchen Frauen – leider, denn Rackham hätte nichts dagegen, ab und zu ein Lüftchen zugefächelt zu bekommen. Er ist schließlich nicht immun gegen das, was das gröbere Volk fühlt: Seine Stirn produziert den gleichen Schweiß, und in seinen diversen Kleidungsschichten beginnt er zu köcheln. Sein neuer Bart schwitzt und juckt, so dass er sich mit Gewalt bezähmen muss, um nicht zu kratzen. Zu viele Leiber auf zu engem Raum! Hätte man nicht ein paar abweisen können?

Sein neuer Ulster hängt über der Rückenlehne, und seinen neuen Stock hat er sich über die Knie gelegt, denn er kann sich denken, wie verführerisch der silberne Knauf für einen Dieb sein muss. Er behält auch lieber seine dreifarbig gestreiften Hundslederhandschuhe in der Hand, auch beim Applaudieren, wobei er sich nicht bewusst ist, dass er dabei aussieht, als prügelte er ein hilfloses Nagetier zu Tode.

Links von ihm sitzen Bodley und Ashwell. Auch sie sind zu dick angezogen, wenn auch weniger dick als Rackham, denn sie kennen das Lumley besser. Auch sie wissen sich über die breite Masse erhaben. Ihnen war nur schlicht ein bisschen langweilig auf dem Parnass, und da dachten sie, wie wär's, wenn wir mal runtersteigen und schauen, was im Lumley gegeben wird? Und nachdem sie jetzt das Programm studiert haben, sind sie richtig gespannt auf den großen Flatelli – »Die Sensation der Sensationen: Der Magier der Winde! Sie fallen in Ohnmacht, wenn Sie ihn hören!! Ganz Italien in Aufruhr! Frankreich zu seinen Füßen! Die Einmann-Blaskapelle!!!«

Sie haben bereits ein hübsches, aber altmodisch molliges Mädchen ausgesessen, das lustige Balladen sang, gefolgt vom »Londoner Debüt« von Mr Epiderm, einem altem Mann mit der kuriosen Begabung, die Haut von seinem nackten Oberkörper elastisch in die Länge zu ziehen und mit metallenen Klammern schwere Gegenstände daran zu hängen. Es ist jetzt viertel nach acht, und der große Flatelli ist immer noch nicht erschienen. William und seine beiden Freunde stimmen in das allgemeine Geraune ein, das die Bemühungen eines geschniegelten kleinen Mannes auf der fernen Bühne begleitet, die Töne eines Vogels nachzumachen, der von unterschiedlichen Tieren beschlichen, verfolgt und gefressen wird.

»Bringt endlich Flatelli!«, brüllt eine rohe Stimme, was William zu Reflexionen darüber veranlasst, wie nützlich doch der Pöbel sein kann, wenn man jemanden zum Pöbeln braucht. Andere Zwischenrufer schließen sich an, und der Tierstimmenimitator muss sein Gekasper unter einer dicken Unmutswolke fortsetzen.

Um fünf nach halb neun schließlich kommt zur allgemeinen Zufriedenheit der groß angekündigte Italiener auf die Bühne.

»*Buona sera,* London!«, ruft er überschwänglich, wobei er mit offenen Händen den Applaus aus der Luft schöpft und ihn an die Brust presst wie einen unsichtbaren Blumenstrauß nach dem anderen. Trotz seines geölten schwarzen Schnurrbarts und seines schwarzen Fracks ist er verdächtig groß für einen Italiener, und als das Klatschen verebbt ist und er seine Ansage macht, klingt sein kontinentaler Akzent in den Ohren solcher Kenner wie Ashwell falsch. (»Jude. Jede Wette: ein Jude«, murmelt er William zu.)

»Mein hungewehnliches Ienstrument«, erläutert der große Flatelli, »iest ehier hinter mir. Es begleitet mich ieberall, wohien ich gehe.« (Kichern aus dem Publikum, als er einen theatralischen Blick über die Schulter wirft.) »Es ebraucht kein Blasen, kein Zupfen, kein Driecken …« (Schrilles Gelächter von einer Koterie Homosexueller in den hinteren Reihen.) »Aber es haat einen sähr zarten Tone. Ich ebiette Sie, sähr genau hienzuheren. Mein erstes Stieck ist ein wuunderschenes altes englisches Liede. Es heißte ›Greensleeves‹.«

Den Zeigefinger an die Lippen gepresst, um vollkommenes Stillschweigen zu fordern, beugt sich Flatelli in der Hüfte. Ein Helfer schiebt mit todernstem Gesicht einen großen Messingtrichter als Tonverstärker auf einem Rollwagen über die Bühne, bis das blanke Mundstück beinahe das Gesäß des großen Mannes berührt. Eine letzte schwungvolle Geste (das zeremonielle Hochwerfen der Frackschöße), und das Furzen beginnt.

Mehrere Sekunden lang zittert unverkennbar die Melodie von »Greensleeves« durch den Saal, auf seine luftige Art so genau wiedergegeben wie ein Stück, das auf einem Kamm mit Papier oder sogar (wenn man großzügig sein will) auf einem Fagott geblasen wird. Dann geht das Lachen los, das sich vom unterdrückten Prusten zu lautstarkem Rumoren steigert, und William und seine Begleiter, die weit von der Bühne entfernt sitzen, müssen sich vorbeugen und konzentriert hinhören.

Als die Uhr zehn schlägt, liegt Agnes Rackham in einem ansonsten totenstillen Haus im Bett. Sie weiß, auch ohne sich bei der Dienerschaft zu erkundigen, dass ihr Gatte noch nicht aus der Stadt heimgekehrt ist. Sie nimmt jedes Türenklappen im Haus überdeutlich wahr, meint die Vibration durch den Fußboden oder die Beines ihres Bettes zu spüren. Sie liegt in Dunkelheit und Stille da und denkt nach, sonst nichts.

In Agnes' Schädel, drei oder vier Zentimeter hinter dem linken Auge, sitzt ein Tumor von der Größe eines Wachteleis. Sie ahnt nichts von seiner Existenz. Er wohnt dort still und unauffällig, und ihr freundlicher Kopf beherbergt ihn anstandslos, als ob solch ein winziger Gast unmöglich irgendwelche Scherereien bereiten könnte. Er schläft, weich und vollkommen oval. Kein Mensch wird ihn jemals finden. Die Röntgenphotographie liegt zwanzig Jahre in der Zukunft, und welche Teile von Agnes Rackham Doktor Curlew auch untersuchen mag, er wird nicht mit einem Skalpell in ihrer Augenhöhle herumstochern. Nur du und ich wissen von der Existenz dieses Tumors. Er ist unser kleines Geheimnis.

Agnes Rackham hat ihrerseits ein kleines Geheimnis. Sie ist einsam. In der abgedunkelten, luftlosen Atmosphäre ihres Zimmers, in dem dichten unsichtbaren Nebel aus Parfüm und ihrem verbrauchten Atem, erstickt sie förmlich vor Einsamkeit. Wenn sie Rückschau hält über ihren Tag, kann sie sich nicht an irgendwelche stärkende Kost für ihr unglückliches Herz erinnern, nur ihr gieriger Magen wird reichlich gefüttert, reichlicher, als gut für ihn ist. Zu Abend hat sie allein gespeist (und zu viel), zu Mittag hat sie allein gespeist (und *viel* zu viel), Tee und Frühstück hat sie ausgelassen, weil sie Magenbeschwerden hatte, das zweite Frühstück hat sie zusammen mit William eingenommen, sich aber noch einsamer gefühlt als ohne ihn – und auch da hat sie zu viel gegessen.

Dabei war dieser Tag nicht einsamer als die meisten anderen: Jeder Tag ihres Lebens ist ungefähr gleich. Die ganzen langen Stunden über, in denen sie näht, aus dem Fenster schaut, um zu sehen, was der Gärtner treibt, und darüber nachdenkt, ob sie sich die Haare selbst kämmen oder das Clara überlassen soll, sehnt sie sich nach echter Gesellschaft und leidet darunter, dass sie keine hat. Doktor Curlew hat dieses geheime Leiden bei ihr niemals diagnostiziert, obwohl sie sicher ist, dass es sie wesentlich kränker macht als alles, was er angeblich gefunden hat. Was würde er tun, wenn er es wüsste? Was würde er ihr verschreiben, um die Schmerzen zu lindern, die es ihr bereitet, nachts in einer unfreundlichen Welt wach zu liegen und von keiner Menschenseele geliebt zu werden?

Gut, zugegeben: Wenn sie dann schließlich einnickt, nehmen ihre Träume sie mit offenen Armen auf, doch in den schlaflosen Stunden vorher liegt sie verloren in ihrem Doppelbett und fühlt sich wie die Lady Shalott, die in einem Boot, das doppelt so groß ist wie nötig, über einen dunklen See treibt.

Wonach Agnes sich sehnt, ist kein Mann, nicht einmal eine Frau als Geliebte. Sie weiß nichts über das Innere ihres Körpers, gar nichts, und sie will auch nichts darüber wissen. Ihre Einsamkeit tut zwar weh, ist aber eigentlich nicht körperlicher Natur: Sie hängt in der Luft, drückt auf die Möbel, sickert durch die Bettwäsche. Wenn doch nur jemand bei ihr wäre in diesem großen Floß von einem Bett, jemand, der sie gern hätte und ins Vertrauen zöge und den sie ihrerseits gern haben und ins Vertrauen ziehen könnte! Es gibt keinen solchen Menschen auf der Welt. Die gute Clara wird für ihre Umgänglichkeit bezahlt, und wenn ihr Tagwerk getan ist, eilt sie nach oben und genießt die wohlverdiente Ruhe vor Mrs Rackham. Die anderen Dienstboten haben wenig mit ihr zu tun; sie fürchten sie, und ohne dass sie es wissen, fürchtet sie sich ihrerseits ein wenig vor ihnen. Ein Hund kommt nicht in Frage. Vielleicht könnte sie sich ein Kätzchen anschaffen, falls es eine Rasse ohne Krallen gibt? Williams Bruder Henry ist furchtbar nett (sie denkt jetzt an mögliche Freunde, nicht an jemanden, der mit ihr das Bett teilt), aber viel zu ernst; Agnes beschäftigt sich gern mit erfreulichen Dingen, nicht mit den ganzen Problemen der Welt. Was William betrifft, der hat ihr Vertrauen ein für alle Mal verloren. Einerlei, was er jetzt noch tut, wie reich er sie macht, wie höflich er beim zweiten Frühstück mit ihr parliert, wie viel Freiheit er ihr lässt, sich immer mehr Kleider, Hüte und Schuhe zuzulegen, wie sehr er sich um ihre Vergebung bemüht, sie kann ihm niemals vergeben. Wer mit dem Teufel speisen will, muss einen langen Löffel haben. Wenn Agnes Rackham mit ihrem Gatten speist, ist ihr Löffel so lang wie ein Ruder.

Wo sie in ihren wachen Stunden so wenig auf Freundschaft hoffen kann, ist es da ein Wunder, dass Agnes die Gesellschaft der Nonnen im Kloster zur guten Gesundheit vorzieht? Die Nonnen nehmen sie auf und sorgen für sie ohne einen anderen Lohn, als sie lächeln zu sehen. Besonders eine hat so ein liebes, gütiges Gesicht ... Doch Agnes' Besuche im Kloster zur guten Gesundheit sind immer so schnell vorbei, weil ein knausernder Gott sie auf die kurzen Stunden des Schlafs beschränkt. Die Fahrt zum Kloster, eine unendlich lange Zugstrecke übers Land, dauert manchmal den größten Teil der Nacht, so dass die Zeit, die den Nonnen verbleibt, um sie zu pflegen, beklagenswert kurz ist – nur wenige Minuten vor dem Wachwerden. In anderen Nächten scheint die Fahrt dorthin fast gar keine Zeit in Anspruch zu nehmen – eine Expresslokomotive zieht sie durch ein verschwommen vorbeihuschendes Grün –, und die Heiligen Schwestern hüllen sie mit ihrer Fürsorge ein, bevor noch ihre Tränen in das Kissen gesickert sind. Doch in solchen Nächten muss die Rückreise sehr lange dauern, denn wenn sie am Morgen angekommen ist, hat sie alles vergessen.

Agnes glaubt nicht, dass es so etwas wie Träume gibt. Nach ihrem Weltbild gibt es Ereignisse, die einem im Wachen passieren, und andere, die einem im Schlafen passieren. Sie ist sich bewusst, dass manche Leute – Männer vor allem – geringschätzig über die Dinge denken, die geschehen, wenn sie regungslos mit geschlossenen Augen im Bett liegen, doch sie hat keine derartigen Zweifel. Um die Ereignisse der Nacht als unwirklich abzutun, müsste sie sich selbst Erfindungsgabe zuschreiben, und sie weiß instinktiv, dass sie nicht die Gabe besitzt, irgendetwas zu erschaffen. Eine Schöpfung aus nichts – das kann nur Gott. Es sieht den Männern in ihrer maßlosen Überheblichkeit und ihrer schamlosen Blasphemie ähnlich, darin anderer Meinung zu sein. Es sieht ihnen ähnlich, die Hälfte ihres Lebens zu verleugnen und zu behaupten, nichts davon sei wirklich, alles nur Hirngespinste!

Der Unterschied zwischen Männern und Frauen ist nirgends deutlicher, denkt Agnes, als in den Romanen, die sie schreiben. Die Männer tun immer so, als dächten sie sich alles alleine aus, als wären die Personen der Handlung nichts weiter als Marionetten ihrer Phantasie, obwohl Agnes genau weiß, dass der Schriftsteller gar nichts erfunden hat. Er hat lediglich viele Wahrheiten zusammengeflickt, Zeitungsberichte gesammelt, echte Soldaten oder Obstverkäuferinnen oder Sträflinge oder kleine sterbende Mädchen befragt – wie seine Geschichte es gerade fordert. Die Schriftsteller*innen* sind da viel ehrlicher: Lieber Leser, sagen sie, dies ist *mir* widerfahren.

Aus diesem Grund zieht Agnes von Frauen geschriebene Romane bei weitem vor. Sie bezieht jede Woche *The London Journal* und *The Leisure Hour* mit den neuesten Folgen von Fortsetzungsgeschichten aus der Feder von Clementine Montagu, Mrs Oliphant, Pierce Egan (gewiss kein Mann, oder?), Mrs Harriet Lewis und all den anderen. Als besonderen Genuss liefert Mudies Leihbücherei ihr gebundene Bände von Mrs Riddell und Eliza Lynn Linton, und damit kann sie eine ganze Geschichte in einem Zug lesen.

Selbst wenn Agnes nicht bettlägerig ist, sind Romane für sie ein echtes Geschenk, denn sie bereichern ihr Leben um einen nicht abreißenden Strom edler und schöner Menschen, mit denen die Welt ansonsten, das muss man sagen, eher geizt. Eine sympathische Heldin, findet sie, ist fast so gut wie eine Freundin aus Fleisch und Blut. (Was für ein abstoßender Ausdruck »Fleisch und Blut« andererseits doch ist, wenn man es mal bedenkt!)

In letzter Zeit hat Agnes Rackham nicht viel Zeit zum Lesen

gehabt. Die Vorbereitung der Saison nimmt alle wachen Stunden in Anspruch. Meistens front sie an ihrer Nähmaschine, wo sie Kleid um Kleid zurechtschneidert, oder sie blättert die Zeitschriften nach Schnittmustern durch. Unmengen von Stoff sind bereits unter der Nadel durchgelaufen, Unmengen stehen noch an. Neun komplette Kleider hängen an Haltern in ihrem Ankleidezimmer, ein zehntes steht halb fertig in der Dunkelheit ihres Schlafzimmers, noch an der Kleiderpuppe.

Zehn werden natürlich nicht annähernd genug sein. Wie ehrlich meint William es *wirklich*, wenn er sagt, sie habe seinen Segen, sich »eine beliebige Zahl Kleider« von einer Schneiderin anfertigen zu lassen? An was für eine Zahl denkt er dabei? Ist er sich bewusst, wie viel sie ihn kosten würde, wenn sie ihn beim Wort nähme? Sie fürchtet einen Rückfall in die Art von Umgang, die sie vor noch nicht allzu langer Zeit hatten: er gereizt und ohne jedes Verständnis für die Bedürfnisse ihres Geschlechts, kaum fähig, seinen Ärger und seine Missbilligung zu bezähmen, und sie ständig den Tränen nahe.

Zu schade, dass sie nicht kann, was viele andere Damen mit Nähmaschinen in diesem Augenblick machen: Ballkleider, die sie in früheren Saisons getragen haben, bis zur Unkenntlichkeit verändern. Angeregt von einem neuartigen Schnittmuster, das sie zufällig in einer Zeitschrift fand, ruinierte sie am Neujahrsnachmittag in einem Anfall von Wahnsinn ihre sämtlichen besten Kleider. Sie erinnert sich noch deutlich (merkwürdig, an welche Sachen man sich erinnert und welche man vergisst!) an den fatalen Text: »*Stoffreste und veraltete Vorhänge müssen nicht unnütz herumliegen. Bereiten Sie sich damit einen mühelosen Zeitvertreib und Ihren Kindern eine Freude!*« Säuberliche Zeichnungen und leicht verständliche Anweisungen brachten einem das Kunststück bei, »*mit nur einer Viertelstunde Nähen pro Stück*« lebensähnliche, dreidimensionale Kolibris anzufertigen.

Eine unwiderstehliche Manie, an deren Heftigkeit sie noch jetzt mit Schaudern zurückdenkt, erfasste sie. Sie hatte keine Stoffreste im Haus, doch der Wunsch, Stoffreste in Kolibris zu verwandeln, tobte in ihr wie ein Fieber. Trotz Claras flehentlichem Zureden, wenn Madam sich nur bis zum Morgen gedulden wolle, könne sie einen Haufen Reste von Whiteley in Bayswater besorgen, war ihr die Qual, auch nur eine Minute zu warten, unerträglich. Und so machte sie sich über ihre »alten« Kleider her – »Die ziehe ich doch nie wieder an«, beteuerte sie – und zerschnitt sie mit ihrer Schneiderschere. Gegen Abend war der Fußboden ein einziges Chaos zerstückelter Ballkleider und Mieder, und Dutzende von Kolibris waren entstanden: weiche, wie krank dahängende Satinkolibris; harte, agile Vögel aus steifen Petticoats; weiße Seidenvögel, die im Luftzug des von Agnes furios getretenen Nähmaschinenpedals zitterten; still sitzende dunkle Samtvögel. Eigenartig, wie einige ihrer Kleider auf der Stelle dahin waren wie von der Schere angestochene Blasen, während andere mehr oder weniger die Form behielten und lediglich leicht … verfremdet waren. Diese nahm sie sich immer wieder mit der Schere vor, um noch mehr Vögel zu machen.

»Ich muss«, seufzt Agnes jetzt in ihr Kissen, »verrückt gewesen sein.«

Leicht flatternd schließen sich ihre Lider im Dunkeln. Irgendwo in der Nähe bläst eine Zugpfeife. Die Sonne geht auf – nicht langsam nach ihrem üblichen Brauch, sondern in wenigen Sekunden, wie von Gas entflammt. Die große weite Welt leuchtet grün und blau, die Farben der Fahrt, und alles Unangenehme verschwindet.

Außerhalb von Agnes' Schlafzimmer, in der »wirklichen Welt«, wie Männer und Historiker sie zu nennen belieben, ist die Nacht noch nicht vorbei. In den ärmeren Straßen haben der Krämer, der Käsestand und der Krugwirt noch nicht dichtgemacht; ihre Kunden sind Schwefelholzverkäufer und Kressehändler und Strichmädchen, die nach stundenlangem Herumstehen in der Kälte endlich ihren Lohn haben wollen. Auch Bettlerkinder kommen und versuchen, von den Kaufleuten unverkäufliche Stückchen Schinken oder holländischen Käse zu schnorren, die sie dem Vater zum Abendbrot heimbringen können. Und für den Vater sind zahllose Kneipen die ganze Nacht hindurch offen.

Durch die Straßen dieser »wirklichen« Welt also, nicht weit von der Lumley Music Hall entfernt, schlendern, marschieren und torkeln drei gut betuchte, leicht betrunkene Gentlemen, die Herren Bodley, Ashwell und Rackham. Sie nehmen die Dunkelheit, die Kälte und den Nieselregen kaum wahr, höchstens insoweit, als sie merken, dass ihr halb schreiend geführtes Wortgefecht nicht so hallt wie sonst.

»*Caput mortuum!*«, fällt Bodley lauthals in alte Beschimpfungen aus Studententagen zurück.

»*Bathybius!*«, hält Ashwell dagegen.

»Stocktauber Kretin!«, bäfft Bodley.

»Schmalzohriger Hörkrüppel!«, zischt Ashwell. »Es war ›Die Bergmannstochter‹, und davon kann mich *nichts* abbringen.«

»Es war ›Weine nicht, du schöne Braut‹, oder ich bin ein Christusmörder. Soll ich den Refrain für dich singen, du Idiot?«

»Wozu soll das gut sein, du Depp? Du müsstest ihn *furzen*, um mich zu überzeugen!«

William Rackham hat bis jetzt noch kein Wort zu dem Streit beigesteuert und sich damit begnügt, einfach zuzuschauen.

»Was ist *deine* Meinung, Bill?«, fragt Bodley.

Rackham macht ein finsteres Gesicht: Er war so erpicht darauf, heute Abend seinen neuen Stock vorzuführen, dass er seinen Schirm zu Hause gelassen hat, und jetzt fängt es an zu regnen. »Weiß der Geier«, sagt er achselzuckend. »Das Ganze war ein elendes Fiasko. Ich konnte kaum etwas hören. Das Lumley war *entschieden* der falsche Ort für so eine Vorstellung. Es hätte irgendein kleiner, intimer Saal sein müssen. Und mit einem einigermaßen gesitteten Publikum, das sich wenigstens zu benehmen weiß.«

Bodley klatscht sich mit der Hand an die Stirn und taumelt zurück.

»Lord Rackham hat gesprochen!«, ruft er aus. »Zittert, ihr Theaterdirektoren!«

»Eine Kirche«, meint Ashwell. »Das wäre der richtige Ort für den großen Flatelli, was, Bill? Überschaubares Publikum, alle wohlgesittet, hervorragende Akustik …«

William spuckt in den Rinnstein, dessen glitschiger Inhalt soeben in Fluss kommt. »Freut mich, dass *ihr* zwei so leicht zufrieden zu stellen seid. Nach *meiner* Meinung sind wir heute Abend schändlich betrogen worden. Denkt mal an die ärmeren Leute, die es sich schlecht leisten können, ihren Lohn für so … so einen aufgeblasenen Schwindel zu verplempern!«

»Hast du das gehört, Ashwell? Denk mal an die ärmeren Leute!«

»Da schuften sie die ganze Woche, weil sie mal einen guten Furz hören wollen, und was kriegen sie?«

»Einen Scheißdreck!«

»Ich geh nach Hause«, sagt Rackham und späht in dem gasbeleuchteten Geniesel nach einer Droschke.

»Aaach, nicht doch, Bill, lass uns nicht ganz allein!«

»Nein, zum Teufel, ich geh nach Hause. Es ist kalt, und es regnet.«

»Es gibt reichlich warme, trockene Plätzchen, wo ein Mann reinkriechen kann, nicht wahr, Ashwell?«

»Warm und feucht, he-he-he.«

In einer plötzlichen Eingebung knöpft Bodley seinen Überzieher auf und fängt an, die Innentaschen zu durchwühlen. »Wie der Zufall es will, habe ich gerade in irgendeiner Tasche … Geduld, Freunde, ich hab's gleich …« Und schon zückt er eine zerknitterte Broschüre von der Größe eines billigen Neuen Testaments und schwenkt sie im Lampenschein. »Hier, eine funkelnagelneue Ausgabe der *Londoner Lustbarkeiten.* Ein Jahr Recherchearbeit, weder Mühen noch Kosten gescheut, alle Lügen garantiert wahr, alle Jungfrauen garantiert unberührt. Ich habe es min… minutiös unter die Lupe genommen. Einige der Häuser sind seit der letzten Ausgabe ein paar Sprossen nach oben geklettert. Da war vor allem eines …« (Er blättert eifrig die bereits zerlesenen Seiten um.) »Ah, ja! Hier ist es: Mrs Castaway. Silver Street.«

»Ein Katzensprung von hier«, sagt Ashwell.

»Sugar«, erklärt Bodley. »Das ist das Mädel: Sugar. Gar nicht mit Worten zu beschreiben, steht hier. Luxus zu Durchschnittspreisen. Ein Schatz. Und in dem Ton immer so weiter. Und das Haus hat vier Sterne bekommen.«

»Vier Sterne! Nichts wie hin!« Ashwell wirbelt herum und schwenkt seinen Stock durch die Luft. »Droschke! Droschke! Gibt's denn hier keine Droschke?«

Im ersten Moment gefriert William das Blut in den Adern, als er sich vorstellt, dass Sugar ihn verraten hat und wie gewohnt ihrem Gewerbe nachgeht. Dann entsinnt er sich, was für eine

Sammlung von Ammenmärchen die *Londoner Lustbarkeiten* sind. Die Sugar, die auf diesen Seiten firmiert, ist nicht die echte, die er kennt.

Während Bodley und Ashwell im Regen hin und her torkeln und mit närrischen Stimmen »Droschke!« und »Sugar!« singen, muss William daran denken, wie sie bei ihrem letzten Zusammensein war – vor drei Tagen erst. Er erinnert sich an den Ausdruck auf ihrem Gesicht, als er sie über seine Person aufklärte. »Ich bin William Rackham«, teilte er ihr mit. »Der Leiter der Rackham Perfumeries.« Warum sollte sie das nicht wissen?

Als er jedoch die Katze aus dem Sack gelassen und Sugars Überraschung und Bewunderung genossen hatte, wünschte er, er könnte noch mehr Katzen herauslassen, um noch mehr davon zu genießen. Da ihr, vermutete er, ein solches Glück wie ein Traum vorkommen musste, gedachte er es noch durch die freudige Eröffnung zu steigern, dass sie alles von ihm haben konnte, was sie sich wünschte (an Parfüms, Kosmetika und Seifen). Was sie naheliegenderweise mit der Bitte um einen Rackham-Katalog beantwortete.

»Droschke! Droschke!«, plärrt Ashwell immer noch. »Kommt, wackere Kameraden, versuchen wir's um die Ecke!«

»Ruhig Blut, Ashwell!«, mahnt William. »Hast du die Möglichkeit bedacht, dass dieses Mädchen, auf das du scharf bist, nicht verfügbar sein könnte?«

»Schäm dich, Bill! Wo ist dein Abenteuergeist geblieben? Versuchen wir unser Glück!«

»*Unser* Glück?«

»Drei Männer, drei Löcher – das passt doch wie Arsch auf Eimer!«

William grinst und schüttelt den Kopf.

»Liebe Freunde«, sagt er und verbeugt sich mit ironischer Feierlichkeit, »ich wünsche euch alles Gute dabei, diese … wie hieß sie noch mal? … diese Sugar zu finden. Ich bedauere, dass ich zu müde bin, um euch zu begleiten. Ihr könnt mir davon berichten, wenn wir uns das nächste Mal sehen.«

»Verlass dich drauf!«, schreit Bodley. »*Au revoir!*« Und damit taumelt er an Ashwells Arm davon und singt noch den ganzen

Weg bis zur Ecke in einem fort: »Auf geht's zu Mrs Castaway! Auf geht's zu Mrs Castaway!«

»*Au revoir!*«, ruft William hinter ihnen her, doch sie sind schon weg.

Das Geniesel ist kein Geniesel mehr; dicke Regentropfen trommeln auf seinen Ulster und drohen, ein klatschnasses Schwergewicht daraus zu machen, und immer noch ist weit und breit keine Droschke in Sicht. Trotzdem fällt jetzt, wo er allein ist, seine gereizte Stimmung eigenartigerweise von ihm ab. Bodley und Ashwell, sonst immer ein ausgesprochenes Stimulans für ihn, waren heute Abend eher so etwas wie ein Schluck Lebertran. Wie öde, nüchtern zu sein unter beduselten Gefährten! Vielleicht hätte er mehr trinken sollen, aber, verdammt noch mal, er hatte keine Lust ... Warum ein halbes Dutzend Gläser kippen, wenn zwei ausreichen, um einem den Magen zu wärmen? Und warum von einer Frau zur anderen torkeln, wenn eine ausreicht, um einem den Trieb zu befriedigen? Oder wird er bloß langsam alt?

»Brau'n Se'n Schirm, guter Herr?«

Eine weibliche Stimme neben ihm. Er fährt herum: jung und ärmlich gekleidet, hübsche braune Augen, schön geschwungene Brauen, zu spitz das Kinn – eigentlich ganz fickbar alles in allem. Sie hält einen Schirm über sich, der alt und abgerissen ist, doch in der freien Hand hat sie einen zusammengerollten, der sehr viel gediegener aussieht.

»Könnte schon sein«, sagt Rackham. »Zeigen Sie mal, was Sie da haben!«

»Nur noch einer über, guter Herr«, entgegnet sie entschuldigend und verdreht die Augen über das Wetter, als wollte sie sagen: »Vorhin hatte ich noch ein paar Dutzend, doch die sind alle verkauft.«

William betrachtet den Parapluie, wiegt ihn in der Hand, streicht mit einem behandschuhten Finger über den Elfenbeingriff, lugt in seine wachsglänzenden schwarzen Falten. »Gutes Stück«, brummt er. »Und gehört, wenn ich dieses Schildchen richtig entziffere, einem Mr Giles Gordon. Wie sonderbar, dass er ihn abgestoßen hat! Wissen Sie was, Miss, seine Adresse ist ganz in der Nähe, wir könnten ihn sogar fragen gehen, wie gute Dienste ihm dieser Schirm geleistet hat, wie wär's?«

Das Mädchen beißt sich auf die Lippe und kneift verschreckt die hübschen Augenbrauen zusammen.

»Ach, bitte, Sir«, wimmert sie. »Mein Oller hat mir den Schirm gege'm. Ich will kein Ärger krie'n. Ich mach sonst so Sachen nich, aber der Schirm war nu ma da, und ...« Sie macht eine hilflose Geste, als baute sie darauf, dass er die Rechnung versteht: Ein hochwertiger Schirm bringt mehr als eine minderwertige Frau.

Die Situation zwischen ihnen scheint festgefahren. Ihre freie Hand nestelt am Busen: abwehrend, einladend.

»Hier«, knurrt er schließlich mürrisch und reicht ihr ein paar Münzen – weniger, als der Schirm wert ist, aber mehr, als sie gewagt hätte, für ihren Körper zu verlangen. »So ein süßes Ding soll nicht meinetwegen ins Gefängnis kommen.«

»O, *danke*, Sir!«, ruft sie und rennt in die nächste Gasse davon.

William runzelt die Stirn und fragt sich, ob er richtig gehandelt hat. Da kommt ärgerlicherweise genau zum falschen Zeitpunkt eine Droschke um die Ecke geklirrt, womit sein Einkauf für die Katz war. Und er will auch nicht den Schirm eines anderen Mannes in seinem Haus herumstehen haben. Mit einem Seufzer des Bedauerns wirft er das Ding weg: Vielleicht findet das Mädchen ihn ja wieder, und wenn nicht, na ... in diesen Straßen verkommt nichts.

»Wohin darf's sein, Chef?«, schreit der Kutscher.

Nach Hause, denkt Rackham, während er den Haltegriff fasst und sich aus der Gosse zieht.

Elf

Sugars Stirn landet mit einem weichen Plumps auf den Papieren, an denen sie gearbeitet hat. Halb eins im Haus von Mrs Castaway. Muffige Stille und der Geruch von Glut und Kerzenwachs. Die dichte Masse ihrer ungekämmten Haare droht ihr den Atem zu nehmen, als sie keuchend hochschreckt.

Blinzelnd erhebt sich Sugar von ihrem Schreibpult und kann es kaum glauben, dass sie einschlafen konnte, wo sie doch eben noch so angestrengt darüber nachsann, welches Wort als Nächstes kommen sollte. Die Seite, auf die ihr Gesicht plumpste, ist verschmiert, die Schrift noch feucht. Sie stolpert zum Bett hinüber und betrachtet sich im Spiegel. Auf das blasse Fleisch ihrer Stirn haben sich winzige, unleserliche Buchstaben in roter Tinte abgedruckt.

»Verdammt«, sagt sie.

Wenige Minuten später ist sie im Bett und schaut durch, was sie geschrieben hat. Eine neue Figur ist in die Geschichte getreten und erleidet jetzt das gleiche Schicksal wie alle anderen.

»Bitte«, flehte er, wobei er ohnmächtig an den seidenen Banden zerrte, die ihn an die Bettpfosten fesselten. »Lass mich gehen! Ich bin ein wichtiger Mann!« – und noch mehr Gewinsel von dieser Art. Ich beachtete ihn gar nicht und machte mich mit meinem Schleifstein und meinem Dolch zu schaffen.

»Nun sag mir mal, du großmächtiger Herr«, brach ich schließlich mein Schweigen. »Wo beliebt es dir denn, diese Klinge eingeführt zu bekommen?«

Darauf gab der Mann keine Antwort, doch sein Gesicht wurde gespenstisch grau.

»Angesichts der vielen Wahlmöglichkeiten hat es dir die Sprache verschlagen«, höhnte ich. »Aber keine Bange: Ich werde sie dir alle erläutern, mitsamt ihren vortrefflichen Wirkungen …«

Sugar runzelt die Stirn und die verschmierte Spiegelschrift darauf gleich mit. Irgendetwas fehlt, hat sie den Eindruck. Aber was? Die lange Reihe anderer Männer vorher in ihrem Manuskript inspirierte sie zu den ausgesuchtesten Grausamkeiten; sie ihrem schaurigen Schicksal zu überantworten war stets ein Genuss ohne Reue. Doch bei diesem jüngsten Opfer heute Nacht springt der boshafte Funke nicht über, der ihrem Stil erst das nötige Feuer gibt. An dem Punkt, wo es darum geht, sein Blut zu vergießen, hört sie eine fremde einschmeichelnde Stimme in sich: *Ach, was soll's, lass das arme Würstchen leben!*

Du wirst weich, schilt sie sich. *Los, ramm's ihm rein, tief in die Kehle, in den Arsch, in die Eingeweide, bis zum Heft!*

Sie gähnt und rekelt sich unter den warmen, sauberen Decken. Seit Tagen schläft sie hier allein; es riecht nach keinem anderen Körper als ihrem. Wie immer ist das Bett mit einem halben Dutzend sauberer Laken bezogen, dazwischen gewachste Leinwand, damit sie ein verunreinigtes Laken rasch abnehmen kann und darunter gleich wieder einen frischen Bettbezug hat. Bevor William Rackham in ihr Leben trat, wurden diese Schichten mit monotoner Regelmäßigkeit abgezogen. Jetzt bleibt das ganze halbe Dutzend tagelang liegen. Christopher kommt jeden Morgen die Treppe hoch, um schmutzige Bettwäsche einzusammeln, und findet vor ihrer Tür nichts vor.

Luxus.

Sugar rutscht tiefer unter die Decken, bis das Manuskript ihr schwer auf der Brust liegt. Es ist ein Sammelsurium aus Papieren der verschiedensten Größen, in einen steifen Pappordner geklemmt, der mit vielen Titeln beschriftet ist, allesamt durchgestrichen. Unter dieser Liste energischer Durchstreichungen ist nur eine Kleinigkeit stehen geblieben:

»von ›Sugar‹.«

Ihre Geschichte schildert das Leben einer jungen Prostituierten mit hüftlangen roten Haaren und haselnussbraunen Augen, die im selben Haus wie ihre eigene Mutter arbeitet, eine gestrenge Person namens Mrs Jettison. Abgesehen von ein paar Punkten, in denen die Phantasie mit ihr durchgegangen ist – den Morden zum Beispiel –, ist es die Geschichte ihres Lebens oder wenigstens ihrer frühen Jahre in der Church Lane. Es ist die Geschichte eines nackten, weinenden Kindes, das eng zusammengerollt unter einer blutbefleckten Decke liegt und Gott und die Welt verflucht. Sie handelt von Umarmungen voller Hass und Küssen voller Ekel, von geübter Unterwerfung und der heimlichen Sehnsucht nach Rache. Aufgeführt werden darin alle Arten von viehischen Männern, eine dicht gedrängte Schlange menschlichen Abschaums, schweinisch, nach Gin stinkend, nach Whisky stinkend, nach Ale stinkend, schorfig, schieläugig, senil, abgezehrt, fettleibig, stummelbeinig, mit öligen Fingernägeln, schmierigen Zähnen, haarigen Ärschen, riesigen Schwänzen – und alle können es kaum erwarten, bis sie endlich dran sind, das letzte verbliebene Krümelchen Unschuld aufzustöbern und es zu verschlingen.

Gibt es irgendwelche Glücksfälle in dieser Geschichte? Keinen einzigen! Glücksfälle von der William-Rackham-Art würden alles verderben. Die Heldin darf nur Armut und Erniedrigung kennen, sie darf niemals aus der Church Lane in die Silver Street ziehen, und kein Mann darf ihr jemals etwas anbieten, das sie sich wünscht, schon gar keinen rettenden Ausweg in ein besseres Leben. Ansonsten liefe der als Schrei eines unversöhnlichen Zorns gedachte Roman Gefahr, eine dieser von ihr verachteten Schmonzetten zu werden, die mit dem Geständnis enden: »Lieber Leser, ich habe ihn geheiratet!«

Nein, eines ist gewiss: Ihre Geschichte darf keinesfalls einen glücklichen Ausgang nehmen. Ihre Heldin rächt sich an den Männern, die sie hasst, aber die Welt bleibt dennoch in den Händen der Männer, und eine solche Rache kann nicht geduldet werden. Der Ausgang ihrer Geschichte ist daher eines der wenigen Dinge, die Sugar im Voraus geplant hat, und er lautet: Tod der Heldin. Sie nimmt ihn als unvermeidlich hin und vertraut darauf, dass ihre Leser das genauso tun werden.

Ihre Leser? Aber ja doch! Sie hat die feste Absicht, das Manuskript bei einem Verlag einzureichen, sobald es fertig ist. Aber wer um alles in der Welt wird so etwas verlegen, magst du einwenden, und wer wird es lesen? Sugar weiß das nicht, aber sie ist überzeugt, dass es eine reelle Chance hat. Wertlose Pornographie wird verlegt, desgleichen achtbare Romane, die zaghaft für soziale Reformen eintreten. (So ist erst vor wenigen Jahren ein Roman von Wilkie Collins mit dem Titel *Die neue Magdalena* erschienen, ein schwaches, rückgratloses Machwerk, in dem eine Prostituierte namens Mercy Merrick auf Erlösung hofft … Ein Buch, das man wütend an die Wand pfeffern sollte, doch sein Erfolg beweist, dass das Publikum bereit ist, von Frauen zu lesen, die in ihrem Leben mehr als einen Pimmel gesehen haben …) Ja, es muss dort draußen in der Welt aufnahmebereite Seelen geben, die nach der ungeschminkten Wahrheit dürsten – vor allem in der aufgeklärteren und freisinnigeren Zukunft, die unmittelbar bevorsteht. Wer weiß, vielleicht könnte sie sogar von ihrer Schriftstellerei leben: Ein paar hundert treue Leser wären genug. Sie giert gar nicht nach solchen gewaltigen Erfolgen, wie Rhoda Broughton sie feiert.

Sie schnaubt, denn sie ist abermals aus dem Schlaf geschreckt. Das Manuskript ist ihr von der Brust gerutscht, und die Seiten haben sich auf das Bettzeug ergossen. Seite eins liegt oben.

Da steht:

Alle Männer sind gleich. Wenn es etwas gibt, das ich in meiner Zeit auf dieser Erde gelernt habe, dann dies. Alle Männer sind gleich.

Wie ich das mit solcher Überzeugung behaupten kann? Wo ich doch unmöglich alle Männer gehabt haben kann, die es gibt? Vielleicht irrst du dich, lieber Leser, vielleicht habe ich sie alle gehabt.

Ich heiße Sugar …

Sugar schläft.

Henry Rackham entfernt das Einwickelpapier von den roten Hühnerherzen, dunklen Hühnerlebern und hellrosa Hühnerhälsen, die er dem Katzen- und Hundefutterhändler abgekauft hat, und wirft ein paar Stücke auf den Küchenboden. Seine Katze springt augenblicklich herbei, schnappt das Fleisch auf und schlingt so gierig, dass sich die schlanken Schultern krümmen. Früher hätte Henry Aufforderungen zur Mäßigung gebrummt, weil er befürchtete, sie könnte sich den Magen verderben; jetzt schaut er nur zu, denn er hat sich mit dem räuberischen Antlitz der Natur abgefunden. Er weiß, dass sie in wenigen Minuten still und unschuldig wie der Mond vor dem Feuer liegen wird. Sie wird schnurren, wenn er sie streichelt, und seine Hand lecken, die immer noch, obwohl er sie gewaschen hat, nach seinem blutigen Fleischpräsent riecht, jedenfalls für ihre Nase.

Was kann man von Katzen lernen?, überlegt Henry. Vielleicht, dass alle Geschöpfe friedlich und freundlich sein können – wenn sie keinen Hunger haben.

Wie aber soll man die Schuld derjenigen erklären, die genug zu essen haben? Vielleicht haben sie einen Hunger anderer Art. Sie hungern nach Gnade, nach Achtung, nach der Vergebung Gottes. Man speise sie damit, und sie werden bei den Lämmern wohnen.

Henry geht in seinen dicken Stricksocken lautlos ins Wohnzimmer und kniet sich vor den Kamin. Und siehe da, kaum hat er das Feuer aufgestochert, da gesellt sich schnurrend und schlafbereit seine Katze zu ihm. Aus heiterem Himmel kommt ihm plötzlich, wie so oft, die Erinnerung an sein erstes Zusammentreffen mit Mrs Fox – oder wenigstens war es das erste Mal, dass er auf sie aufmerksam wurde. Obwohl es ihm heute unvorstellbar ist, dass er eine Frau von ihrer Schönheit nicht bemerkt haben soll, behauptet sie, sie habe vor dem Vorfall, der sich ihm so deutlich eingeprägt hat, wochenlang im Gottesdienst neben ihm gesessen.

Es war im Jahre 1872, im August. Sie ließ in dem Raum, der bis dahin die Camera obscura des Gebets- und Gesprächskreises von North Kensington gewesen war, ein neues helles Licht erstrahlen. Sie war wie die Antwort auf seine Gebete, denn im Herzen hegte er die Überzeugung, dass Christus die Christenheit niemals so jesuitisch hatte haben wollen, wie der Kreis meinte.

Es war Trevor MacLeish, der sie an jenem Tag im August dazu brachte, sich bemerkbar zu machen. Als Bakkalaureus der Naturwissenschaften, der immer über die neuesten Entwicklungen in diesen Sphären auf dem Laufenden war, äußerte er seine Bedenken gegen die Art, wie das heilige Abendmahl gespendet wurde. »Es ist schlüssig bewiesen worden«, sagte er, »dass bei gemeinsamer Benutzung von Gegenständen des täglichen Gebrauchs und vor allem von Trinkgefäßen Krankheiten von einer Person zur anderen übertragen werden können.« Er sprach sich für ein neues Verfahren aus, den Abendmahlswein aus einzelnen Kelchen zu trinken, für jeden, der zum Tisch des Herrn kam, einen. Jemand stellte die Frage, ob es nicht ausreiche, den Kelchrand abzuwischen, um die Bakterien zu entfernen, doch MacLeish beharrte darauf, gegen solche Maßnahmen seien sie unempfindlich.

Damit nicht genug, legte MacLeish dem Kreis eine Petition in dieser Angelegenheit vor, unterschriftsfertig und adressiert an keinen Geringeren als den Erzbischof von Canterbury. Henry verstimmte die Aussicht, seine Unterschrift darunter zu setzen, denn er hielt die ganze Sache für lachhaft, fürchtete jedoch, wenn er das sagte, werde man ihn papistischer Rückständigkeit bezichtigen. Da meldete sich eine junge Dame zu Wort, die neu in ihrer Mitte war, eine gewisse Mrs Fox, und sagte:

»Also wirklich, meine Herren, das sind doch Spitzfindigkeiten, die längst von der Bibel widerlegt sind.«

MacLeish machte eine empörte Miene, doch auf Mrs Fox' Geheiß wurden die Bibeln aufgeschlagen, Lukas, Kapitel 11, Verse 37-41, und ohne dass jemand sie dazu aufgefordert hatte, las sie die Stelle vor, wobei sie besonderen Nachdruck auf die Worte legte: *»Ihr Pharisäer haltet die Becher und Schüsseln auswendig reinlich: aber euer Inwendiges ist voll Raubes und Bosheit.«*

Zu sehen, wie MacLeish mit hochrotem Kopf seine Petition unter dem Tisch zusammenfaltete, war ein Vergnügen; auf Mrs Fox' Existenz aufmerksam geworden zu sein war eine Lust. Dass eine Person des schönen Geschlechts, zumal eine, deren geistliche Entwicklung noch zusätzlich von ihrer ganz außergewöhnlichen Schönheit behindert wurde, sich so gut in der Bibel auskannte, war fast ein Wunder. Henry sehnte sich danach, sie wieder sprechen zu hören. Er hört sie immer noch gern.

Bei seinem nächsten Besuch bringt William Sugar zwei Druckschriften mit, die er ihr beide beim letzten Zusammensein zugesagt hat.

»Oh! Du hast daran gedacht!«, jubelt sie und fällt ihm mit kindlichem Ungestüm um den Hals. Sie ist wie zum Ausgehen in dunkelblaue und schwarze Seide gekleidet, kein loses Haar, keine falsch sitzende Rockfalte. Ihre weichen Ärmel fispern und rascheln, als sie die Arme um seine Taille legt, ihre Haare duften und sind noch leicht feucht.

Ein Blick über ihre Schulter zeigt ihm, dass das Zimmer makellos aufgeräumt ist: Das macht sie immer so für ihn. Auf der Tapete zeichnen sich blasse, nicht vom Rauch gedunkelte Rechtecke ab, wo vorher diese schwachen pornographischen Drucke hingen, und obwohl sie schon seit Monaten verschwunden sind, hört ihre Abwesenheit nicht auf, ihn zu entzücken, denn ihm zuliebe hat Sugar sie abgehängt. Wie hat sie es ausgedrückt? Ach ja: »Dieses Zimmer geht jetzt niemanden mehr etwas an als dich und mich!« Eine goldene Zunge hat sie, in mehr als einer Hinsicht.

Er fasst sie an ihren knochigen Schultern und schiebt sie – zärtlich – auf Armeslänge von sich. Sie grinst ihn an, doppelt so schön wie das letzte Mal. So oft hat er sie schon betrachtet, und jedes Mal ist es, als ob er sie vorher nur dunkel gesehen hätte und jetzt erst die voll erleuchtete Wirklichkeit vorgeführt bekäme. Ihr Mund ist voller, ihre Nase perfekter, ihre Augen sind strahlender, und ihre Augenbrauen haben (wie konnte ihm das vorher entgehen?) einzelne dicke schwarzrote Haare im hellen Rotbraun.

»Ja, ja, natürlich habe ich daran gedacht«, grinst er zurück. »Mein Gott, du bist wirklich eine Schönheit.«

Sie senkt das Gesicht, errötet. Ja, sie wird wirklich rot, ganz sicher – und das kann einem niemand vorspielen! Sie ist ehrlich geschmeichelt, das merkt er genau!

»Welche zuerst?«, fragt er und hält ihr die beiden versprochenen Broschüren hin.

»Wie du willst«, antwortet sie und tritt zum Bett zurück.

Er reicht ihr sein frisch aufgeschnittenes Exemplar von Mr Philip Bodleys und Mr Edward Ashwells Werk *Vom Nutzen des Gebets.* Dieses Bändchen, führt er aus, habe bereits großes

Aufsehen erregt, vor allem unter den Dutzenden von Geistlichen, mit denen Bodley, der Sohn des Bischofs Bodley, seine »zwanglosen« Gespräche geführt habe. Verleumdungsklagen zuhauf seien ihnen angedroht worden, doch da das Büchlein nur die Initialen und den Ort angebe (Reverend H. aus Stepney: »*Warum Gott es für so wesentlich erachtet, dass ich an Hexenschuss leide, ist etwas, das meinen Verstand übersteigt*«), würden sie wahrscheinlich im Sand verlaufen.

Auf dem Matratzenrand sitzend blättert Sugar den schmalen Band durch und hat rasch seine Stoßrichtung erfasst. Sie kennt Männer wie Bodley und Ashwell. Sie reden laut daher, schütten sich gern vor Lachen über andere aus und tun so, als wollten sie Jungfrauen deflorieren, während sie sich insgeheim danach sehnen, am Busen einer dicken Matrone zu nuckeln.

(Wenn, vorsichtig geschätzt, am Tag 2 500 000 britische Kinder für die Gesundheit ihrer Mamas und Papas beten, können wir dann aus den derzeitigen Sterblichkeitsziffern den Schluss ziehen, dass die unmündigen Bittsteller vor dem Allmächtigen besser beraten wären, wenn sie ihre Eltern mit anderen Mitteln zu schützen suchten?)

O ja, sie kennt solche Männer nur zu gut. Sie sind immer halb betrunken, halb steif, sie juckeln endlos herum, sie können nicht kommen, sie wollen nicht gehen. Muss sie jetzt auch noch ihre Machwerke loben? Sugar holt aus ihrem beängstigend guten Gedächtnis die Erinnerung daran hervor, wie William bisher über diese Jugendfreunde geredet hat, diese Kumpane aus verblassenden Zeiten. Kann sie ein Risiko eingehen?

Sie lächelt. »Wie vollkommen …« (sie prüft sein Gesicht, beschließt, es zu wagen) »kindisch.«

Einen Moment lang legt sich Williams Stirn in Falten; eine missbilligende, vielleicht sogar zornige Bemerkung liegt ihm auf der Zunge. Dann gestattet er sich, seine Überlegenheit über seine Freunde auszukosten, seinen Widerwillen gegen ihre unreifen Albereien. Die Luft zwischen ihm und Sugar ist mit einem Mal von der süßen Eintracht liebender Seelen erfüllt.

»Ja«, sagt er beinahe verwundert. »Nicht wahr?«

Sie macht es sich ein bisschen bequemer, stützt einen Ellbogen auf die Matratze, knickt in der Taille ab, so dass ihre Hüfte sich unter den schleppenden Röcken aufwölbt.

»Haben sie denn nichts Besseres zu tun, was meinst du?«

»Nein, nichts«, bestätigt er. Wie merkwürdig, dass ihm das vorher noch nie zu Bewusstsein gekommen ist! Seine zwei ältesten Freunde, und zwischen ihm und ihnen klafft ein Abgrund – ein Abgrund, den er nur überbrücken könnte, wenn er wieder ein Müßiggänger werden würde wie sie oder wenn sie sich eine nützliche Betätigung suchten. Was für eine Erkenntnis! Und sie kommt aus dem Mund dieser bezaubernden jungen Frau, die er durch die Gunst des Schicksals errungen hat. Wirklich, dies sind denkwürdige und bedeutsame Zeiten in seinem Leben.

Im Austausch für das Buch von Bodley und Ashwell, das sichtlich ihre Geduld strapaziert, reicht er ihr ein wenig schüchtern den Katalog der Rackham-Erzeugnisse vom Winter 1874. (Die Frühlingsausgabe ist noch nicht fertig.) Abermals überrascht ihn Sugar, indem sie ihm direkt in die Augen schaut und sagt: »Erzähl doch mal, William … Wie gehen die Geschäfte?«

Keine Frau hat ihm jemals diese Frage gestellt. Sie ist um vieles tabuverletzender als alles Gerede von Schwänzen und Fotzen.

»Oh … ausgezeichnet, ausgezeichnet«, entgegnet er.

»Nein, im Ernst«, sagt sie. »Wie steht es darum? Die Konkurrenz muss doch furchtbar sein.«

Er blinzelt verdutzt, räuspert sich. »Na ja, äh … Rackhams Tendenz ist aufsteigend, würde ich zu behaupten wagen.«

»Und deine Rivalen?«

»Pears und Yardley sind unangreifbar, Rimmel und Rowland stehen ziemlich gut da. Nisbett hat ein schlechtes Jahr gehabt, und die Zeichen stehen auf Abstieg. Hinton schwächelt und könnte draufgehen …«

Wie seltsam dieses Gespräch wird! Ist denn zwischen ihm und Sugar gar nichts unmöglich? Erst Literatur, jetzt das!

»Gut«, feixt sie. »Auf den Abstieg deiner Rivalen! Mögen sie einer nach dem anderen pleite gehen!« Damit schlägt sie den Katalog auf und beginnt ihn durchzuschauen. William setzt sich dicht neben sie, einen Arm um ihren Rücken gelegt, die Knie in ihre warmen Röcke gepresst.

»Das Winterende ist immer eine gute Zeit, um Seifen, Badeöle und dergleichen zu verkaufen«, teilt er ihr mit, um das Schweigen zu brechen.

»Ach?«, sagt sie. »Das liegt vermutlich daran, dass die Leute sich dann nicht mehr so ungern waschen.«

Er kichert. Jetzt sind sie schon fünfzehn Minuten zusammen und beide noch voll bekleidet, sittsam wie ein altes Ehepaar.

»Kann sein«, sagt er. »Hauptsächlich liegt es an der Londoner Saison. Die Damen decken sich gern frühzeitig ein, damit sie im Mai, wenn sie sich der Welt präsentieren müssen, nichts anderes mehr zu kaufen haben als große Sachen in protziger Verpackung.«

Sugar liest aufmerksam weiter. Als William ihr die Wange streichelt, schmiegt sie zärtlich das Gesicht an seine Hand und küsst ihm die Finger, doch ihre Augen wenden sich nicht von den Katalogseiten ab. Selbst als William sich zu ihren Füßen hinkniet und ihr die Röcke hochhebt, setzt sie die Lektüre fort, rutscht zwar auf dem Bett ein Stückchen nach vorn, damit er freieren Zugriff hat, gibt aber ansonsten vor, gar nicht zu merken, was mit ihr geschieht. Es ist ein Spiel, das Rackham aufreizend findet. Durch die weichen Stoffschichten hindurch, die ihn in Dunkel hüllen, hört er, gedämpft und deutlich zugleich, das Umblättern einer Seite; dicht an seinem Gesicht riecht er den Duft weiblicher Erregung.

Als es vorbei ist und sie bäuchlings auf dem Bett liegt, liest sie immer noch. Atemlos von ihren Leibesübungen liest sie die Einträge vor.

»Rackhams Lavendelmilch. Rackhams Lavendel-Riechdöschen. Rackhams Mottenkugeln mit Lavendelduft. Rackhams Damaszenerrosentropfen. Rackhams Rabenöl …« Sie rollt auf die Seite, beäugt das Kleingedruckte. »Ein erstklassiger, völlig harmloser Extrakt, der Ihnen umgehend und dauerhaft schwarze Haare verleiht. Kein Farbstoff.‹ Über den Rand des Katalogs hinweg zieht sie die Augenbrauen hoch.

»Natürlich ist es ein Farbstoff«, schnaubt William, den diese Offenheit, diese *Intimität,* in die sie ihn hineinzieht, verlegen und zugleich leicht euphorisch macht.

»Rackhams Körperpuder Marke Snow Dust«, fährt Sugar fort. »Sind unangenehm riechende Füße Ihre Achillesferse? Probieren Sie Rackhams Fußbalsam! Keine Seife! Ein medizinisches Präparat auf wissenschaftlicher Grundlage. Rackhams Aureolin. Verschafft Ihnen die schönen goldenen Haare, die allseits so sehr bewundert werden, zehn Shilling und sechs Penny, kein Farbstoff. Rackhams Poudre Juvénile …«

William bemerkt, dass ihre französische Aussprache gar nicht schlecht ist; besser als bei den meisten. Während sie die Produkte seiner Firma wie ein Gedicht aufsagt, ist sie von der Taille aufwärts nicht minder *soignée* als die feinen Damen aus seiner Bekanntschaft; von der Taille abwärts dagegen …

»Rackhams Hustenmittel. Frei von Giften aller Art. Rackhams Badeduft. Eine Flasche hält ein Jahr. Riechen Ihre Füße? Wenn Sie sich peinliche Situationen ersparen wollen, nehmen Sie Rackhams Schwefelseife, enthält kein Blei, ein Shilling und sechs Penny …«

Plötzlich kommen ihm Zweifel: Treibt sie etwa ihren Scherz mit ihm? Ihre Stimme ist ein sanftes Schnurren, in dem nicht die Spur von Respektlosigkeit zu hören ist. Ihre Beine sind immer noch offen, und dazwischen kann er die weiße Fülle Rackhamschen Samens langsam heraustriefen sehen. Und dennoch …

»Machst du dich über mich lustig?«, fragt er.

Sie legt den Katalog hin, beugt sich vor und streicht ihm über den Kopf.

»Natürlich nicht«, sagt sie. »Das ist alles neu für mich. Ich will lernen.«

Er atmet tief aus, geschmeichelt und beschämt. »Wenn dir daran gelegen ist, deine Bildungslücken zu schließen, solltest du lieber Catull lesen als einen Rackham-Katalog.«

»Ha, aber *du* hast das nicht geschrieben, nicht wahr, William?«, sagt sie. »Es wurde noch zur Zeit deines Vaters geschrieben, stimmt's?«

»Zweifellos von vielen Händen.«

»Und bestimmt keine so stilsicher wie deine.« Und sie wirft ihm einen sanft herausfordernden Blick zu.

Er langt nach seinen Hosen. »Ich wüsste nicht, wo ich anfangen sollte.«

»Oh, ich könnte dir behilflich sein. Vorschläge machen.« Sie lächelt lasziv. »Ich bin furchtbar gut im Vorschlägemachen.« Sie greift sich wieder den Katalog und deutet mit dem Zeigefinger auf eine Zeile. »Ich habe zum Beispiel bemerkt, dass du bei den Worten ›Riechen Ihre Füße?‹ gezuckt hast. Ein ziemlich gewöhnlicher Satz, da muss ich dir Recht geben.«

»Uäh, ja«, stöhnt er. Er kann die Stimme des Alten hören, sich vorstellen, wie er diese hässlichen Worte mit seiner albernen grünen Tinte schreibt, die Zungenspitze aus dem runzligen Mund geschoben.

»Denken wir uns doch einen Satz aus, der eines Rackham würdig ist«, sagt Sugar, wobei sie schwungvoll ihre Röcke über die Knöchel wirft. »Eines *William* Rackham.«

Verwirrt öffnet er die Lippen, um etwas einzuwenden. Flink wie ein Vogel stürzt sie sich auf ihn und legt ihm einen schuppigen Finger auf den Mund.

Sch-sch, macht sie lautlos.

Meilen entfernt betrachtet die Frau, die zu lieben und zu ehren in guten wie in schlechten Zeiten William vor Gott gelobt hat, ihr Gesicht im Spiegel. Eine straffe, pochende Rötung ist auf ihrer Stirn erschienen, knapp unter dem Ansatz ihrer feinen, goldenen Haare. Unmöglich, wenn man bedenkt, wie oft und wie sorgfältig sie ihr Gesicht reinigt, aber leider nicht wegzudiskutieren.

Spontan drückt Agnes den Pickel mit Daumen und Zeigefinger. Schmerz schießt ihr über die Stirn wie eine Flamme, doch der Pickel bleibt geschlossen, wird nur röter. Sie hätte mehr Geduld haben und Rackhams Hautbalsam auftragen sollen. Jetzt hat das Ding erst richtig Wurzeln geschlagen.

In ihrem Handspiegel sieht sie die Furcht in ihren Augen. Sie hat diesen Pickel schon einmal gehabt, an genau derselben Stelle, und er hat sich als Vorbote von etwas viel, viel Schlimmerem erwiesen. Doch jetzt, am Vorabend der Saison, wird Gott sie gewiss verschonen, nicht wahr? Sie bildet sich ein, fühlen zu können, wie ihr armes Gehirn gegen die rosige Muschel ihres Innenohrs pulst.

Warum, ach, warum hat sie so eine schlechte Gesundheit? Sie hat doch niemandem etwas getan, nichts verbrochen. Was tut sie in diesem schwachen und treulosen Körper? Einst, als sie noch nicht geboren war, muss sie die Wahl gehabt haben zwischen einer Anzahl verschiedener Körper an einer Anzahl verschiedener Orte, jeder mit seinem vorbestimmten Arsenal an Freunden, Verwandten und Feinden. Vielleicht hat *dieser* Ort, dieser Körper ihr aus ganz oberflächlichen Gründen zugesagt, und jetzt sitzt sie hier fest! Oder vielleicht hat auch ein böser Kobold sie abgelenkt, als sie gerade die Wahl traf ... Sie stellt sich vor, wie sie vom Himmel, von der Geisterwelt, auf all die zur Verfügung stehenden schönen neuen Körper herabblickte und sich darüber klar zu werden versuchte, ob das Dasein als Agnes Pigott eine erfreuliche Sache wäre, während ringsherum andere Geister sich darum drängelten, ihrerseits ins Menschenleben zurückkehren zu dürfen. (Doktor Curlew darf um Gottes willen niemals ihr Geheimversteck mit Büchern über Spiritismus und das Jenseits finden. Das wäre ihr Tod!)

Ach, doch diese ganzen ausgeklügelten Gedanken helfen ihr nicht im Geringsten. Sie muss mit ihrem Körper Frieden schließen, auch wenn er noch so eine schlechte Wahl gewesen sein mag, denn wenn sie die kommende Saison bestehen will, muss sie von den Fähigkeiten ihres Körpers ungehinderten Gebrauch machen können.

Und so schleppt sich Agnes tapfer weiter durch den Tag, zwingt sich zu kleinen Verrichtungen – Haare kämmen, Nägel polieren, Tagebuch schreiben – und gibt sich alle Mühe, über unschöne Malheurs hinwegzusehen. Kleine Kratzer und wunde Stellen treten völlig unvorhergesehen auf ihrer Haut auf, blaue Flecken breiten sich auf ihr aus wie Masern, die Muskeln in Hals, Armen und Rücken sind zum Zerreißen gespannt, und auf ihrer Stirn pocht die glänzende Rötung, pocht und pocht.

Bitte nein, bitte nein, bitte nein!, sagt sie sich in einem fort vor, als betete sie den Rosenkranz. *Ich will nicht wieder bluten.*

Agnes empfindet es als Furcht erregend und unnatürlich, aus dem Bauch zu bluten. Niemand hat ihr je etwas von der Menstruation erzählt; sie hat das Wort noch nie gehört und noch nie gedruckt gesehen. Doktor Curlew, der einzige Mensch, der sie hätte aufklären können, hat es nicht getan, weil er sich schlicht nicht vorstellen kann, dass seine Patientin geheiratet hat, ein Kind geboren hat und dreiundzwanzig Jahre alt geworden ist, ohne gewisse elementare Tatsachen mitzubekommen. Er irrt sich.

Aber so furchtbar verwunderlich ist das gar nicht: Als Agnes mit siebzehn William heiratete, hatte sie vorher nur wenige Male geblutet, und seither ist sie ständig krank. Jeder weiß, dass kranke Menschen bluten: Bluten ist das Anzeichen ernster Erkrankung. Ihr Vater (ihr *richtiger* Vater) hat auf seinem Totenbett geblutet, nicht wahr, obwohl er in keiner Weise verletzt war, und sie entsinnt sich auch noch, dass sie als kleines Kind einmal ein Bäh-Lamm in einer Blutlache sah und dass die Kinderfrau ihr erklärte, dem Tier gehe es »ganz schlecht«.

Tja, jetzt geht es *ihr*, Agnes, »ganz schlecht«. Und von Zeit zu Zeit blutet sie.

Sie kann darin kein festes Muster erkennen. Das Leiden setzte ein, als sie siebzehn war, wurde durch Beten und Fasten geheilt, und nach ihrer Heirat blieb es fast ein Jahr lang aus. Dann kam es in Abständen von ein oder zwei Monaten wieder, sogar drei, wenn sie sich einer Hungerkur unterzog. Immer hofft sie, dass es das letzte Mal gewesen ist, und jetzt betet sie darum, bis August davon verschont zu bleiben.

»Nach der Saison«, verspricht sie den Dämonen, die ihr übel wollen. »Nach der Saison könnt ihr mich haben.« Doch sie fühlt ihren Bauch bereits anschwellen.

Ein paar Tage später, als William geschäftlich in Dundee zu tun hat (wo immer das sein mag), beschließt Sugar, mal einen Blick auf sein Haus zu werfen. Warum nicht? Sonst hockt sie doch nur untätig in ihrem kleinen Zimmer bei Mrs Castaway herum, denn ihr Roman hängt bei dem zuletzt eingeführten Mann fest, über dessen Schicksal sie zu keiner Entscheidung gelangen kann.

Ihre Zusammenarbeit mit William über die sprachliche Gestaltung zukünftiger Rackham-Kataloge hat sich als überaus fruchtbar erwiesen – für sie ebenso wie für ihn. In seinem Eifer, sich ihre Vorschläge aufzuschreiben, zog er einen alten Briefumschlag aus der Tasche, auf dem günstigerweise seine Adresse stand. »Wie wär's mit … ›Geben Sie Ihrem Haar die Schönheit zurück, die Ihnen von der Natur zugedacht ist!‹?«, sagte sie und prägte sich gleichzeitig die Adresse ein.

Jetzt sitzt Sugar an einem wechselhaften Montagnachmittag unter alten Leuten und ehrbaren jungen Frauen im Omnibus von der Stadt nach North Kensington, um herauszufinden, wo William Rackham, Esquire, nachts sein müdes Haupt bettet. Sie trägt ihr gewöhnlichstes Kleid, ein schlicht blaues, locker sitzendes Wollkleid, das derart der neuesten Mode widerspricht, dass es an einer Frau unter dreißig regelrecht Mitleid erregt. Und Sugar hat auch den Eindruck, dass eine oder zwei der Damen sie tatsächlich mitleidig ansehen, aber wenigstens vermutet niemand in ihr eine Prostituierte. Das hätte die Sache schwierig machen können, denn in dem engen Omnibus hat man keine Wahl, als den anderen Fahrgästen direkt gegenüberzusitzen.

»Schon High Street«, raunt ein alter Mann ganz in Sugars Nähe seiner Frau zu. »Wir kommen flott voran.«

Sugar schaut an ihren faltigen Gesichtern vorbei nach draußen. Die Welt ist sonnig und grün und weit. Der Omnibus wird gezügelt und hält an.

»Ecke Chepstow Villaaas!«

Sugar steigt dicht hinter dem älteren Ehepaar aus. Die beiden haben es nicht eilig, sich von ihr zu entfernen, sondern nehmen es hin, dass sie hinter ihnen hergeht, eine ehrbare Bürgerin genau wie sie. Ihre Tarnung ist anscheinend perfekt.

»Kühl, nicht?«, murmelt ein liebes Altchen dem anderen zu, während die Sonne auf Sugars schwitzenden Rücken strahlt.

Ich bin jung, denkt sie. *Auf mich scheint eine andere Sonne als auf die beiden.*

Sugar geht langsam, lässt die Alten Abstand gewinnen. Der Boden unter ihren Füßen ist außerordentlich eben: zwar Pflastersteine, doch sie fühlen sich beinahe wie Parkett an. Sie stellt sich eine Armee von Pflasterern vor, die sie unter den Blicken der zufriedenen Anwohner mit Engelsgeduld verlegen wie ein Puzzle. Im Weitergehen schnuppert sie die Luft und beäugt neugierig die schmucken neuen Häuser, um hinter das Notting-Hillsche an Notting Hill zu kommen und sich vorstellen zu können, was ein solcher Ort über den Mann verrät, der hier zu wohnen beschließt. *Dies, nicht der Gestank der Stadt, ist die Luft, die mein William atmet,* macht sie sich klar.

Mit dem, was sie bis jetzt über William Rackham weiß, könnte sie schwerlich ein Buch füllen. Sie weiß, welche Körperöffnung er bevorzugt (die normale, sofern er nicht schlechter Laune ist), und wie er die Größe seines Schniedels einschätzt (doch ganz ordentlich, oder?, auch wenn andere Männer vielleicht einen Größeren haben?), und sie hat seine sämtlichen Ansichten zur Literatur memoriert, bis hin zum letzten billigen Witz über George Eliot. Aber William Rackham, der Ehemann und Staatsbürger? Eine nebelhafte Erscheinung, nicht identifizierbar als der Liebhaber, den sie umarmt.

Jetzt spaziert sie die Straße entlang, in der er zu Hause ist, entschlossen, mehr zu erfahren. Wie still es hier ist! Und wie weitläufig! Überall dichte grüne Hecken, und Bäume! Wenige Fußgänger, in großen Abständen voneinander; sie haben nichts zu verkaufen, sie sind nachdenklich und mußevoll, sie gehen im Schlenderschritt. Pferdewagen kommen ganz langsam in Sicht und brauchen eine halbe Ewigkeit, bis sie vorbeigerollt sind. Nirgends kreischendes Gelächter oder Gebrüll, nirgends mehrere Etagen hohe, einsturzgefährdete Behausungen, nirgends geschäftiger Lärm oder Kotgestank, nur Vorhänge in den Fenstern und Vögel in den Bäumen.

Ein großes Haus, ein gutes Stück von der Straße zurückgesetzt, hat einen frisch gestrichenen schmiedeeisernen Zaun ringsherum, und im Vorbeigehen streicht Sugar über die Knäufe und Windungen. Erst nach einer Weile fällt ihr auf, dass das beherrschende Motiv in dem Eisenmuster der Buchstabe R ist, viele hundert Male wiederholt und in dem ganzen Geschnörkel kaum zu erkennen.

»Heureka«, flüstert sie.

Vor dem Tor schiebt sie ihr Hütchen ein wenig zurück und späht durch das Auge des größten R, das sie finden kann. Ihr Mund geht immer weiter auf, je genauer sie das Haus in Augenschein nimmt, seine Säulen und Portiken, die Auffahrt und den Garten.

»Meine Güte! Du wirst mich besser aushalten müssen, als du es jetzt tust, mein lieber Willy!«, prophezeit sie leise.

Auf einmal geht die Haustür der Rackhams auf, und Sugar zieht augenblicklich die Hand vom Tor zurück und entfernt sich. Ohne nach rechts oder links zu schauen, eilt sie um die Ecke in eine andere Straße und wünscht, sie könnte sich unsichtbar machen. Sie kann sich gerade noch beherrschen, keinen Laufschritt anzuschlagen, doch ihre Turnüre klapst auch so schon gegen ihren Hintern. Urplötzlich bläst in der Windstille eine steife Brise auf (oder blies der Wind vorher von hinten und schob sie sachte voran?) und beißt ihr ins Gesicht, reißt ihr fast den Hut vom Kopf, weht ihre Röcke auf. Sie stellt sich Schutz suchend – und ein Versteck – hinter das erste öffentliche Monument, an das sie kommt, eine Marmorsäule zum Gedenken an die im Krimkrieg Gefallenen.

Sie lugt hinter dem Sockel hervor, wobei sie mit der Backe über die Namen junger Männer streift, die nicht mehr am Leben sind, feine Leerstellen im glatten Marmor. Eine Frau kommt den Pembridge Crescent herunter, eine kleine Blondine mit einer perfekten Figur und einem Kleid in Schokoladenbraun und Creme. Sie trippelt rasch, mit leicht hüpfenden Bewegungen. Ihre Augen sind so groß und blau, dass man ihre Schönheit aus zwanzig Meter Entfernung erkennen kann.

Dies, denkt sich Sugar, muss William Rackhams Ehefrau sein.

Er hat sie ein- oder zweimal vergleichsweise erwähnt, ohne jedoch zu sagen, wie sie heißt, so dass Sugar nicht weiß, wie sie diese hübsche junge Frau, die da auf sie zukommt, nennen soll. »Immerkrank« vielleicht. Abgesehen von ihrem Busen, der voll ist, besitzt Mrs Rackham einen Körper von bemerkenswert kindlichen Maßen. Und ihr Körper ist nicht das einzige Kindliche an ihr: Ob sie sich bewusst ist, überlegt Sugar, dass sie sich beim Gehen auf die Unterlippe beißt?

Gerade als Mrs Rackham das Monument erreicht, kommt es sonderbarerweise in ganz North Kensington zu einer bemerkenswerten meteorologischen Erscheinung: Die Sonne wird plötzlich von dunkelgrauen Schleierwolken überzogen, besitzt aber weiterhin eine solche Strahlkraft, dass die Wolken selbst zu leuchten anfangen. Unten auf der Erde ist die Straße und alles andere in ein geisterhaftes Licht getaucht, das jedem einzelnen Ding, sei es Pflasterstein, Blatt oder Laternenpfahl, eine unnatürliche Schärfe verleiht. Ein Leuchten, trügerisch wie die arktische Dämmerung, lässt alles überdeutlich, wie hintergrundlos hervortreten und hüllt es zugleich ein.

Mrs Rackham erstarrt. Sie blickt mit nacktem Entsetzen zum Himmel auf. Von ihrem Versteck hinter der Säule aus sieht Sugar das krampfhafte Schlucken in ihrer weißen Kehle, den Glanz des Schreckens in ihren Augen, den rot entzündeten Pickel auf ihrer Stirn.

»Alle Heiligen und Engel, rettet mich!«, ruft sie, dann wirbelt sie auf dem Absatz herum und flieht. Da ihre winzigen Füßchen unter den wallenden Säumen praktisch unsichtbar sind, gleitet sie wie eine Perle am Faden die Straße hinunter zurück, unnatürlich geradlinig, unnatürlich rasch. Dann biegt die hübsche schokoladenbraune Perle, die Mrs Rackham ist, abrupt ab und verschwindet durch das Tor, als folgte sie einer Kurve im Faden.

Kurz darauf ist die Sonne wieder entschleiert, und die Welt verliert ihre unheimliche Klarheit. Alles ist wieder normal; die Götter sind besänftigt.

Sugar erhebt sich und klopft sich den Staub von den Röcken. Sie bewegt sich schwerfällig, als wäre sie aus tiefem Schlaf gerissen worden. Ihr einziger Gedanke ist: *Warum hat William mir nie erzählt, dass seine Frau so eine schöne Stimme hat?* Für Sugars Ohren klingt Mrs Rackham selbst in Todesangst noch wie ein Vogel, ein seltener Vogel, an den man sich seines süßen Gesangs wegen anpirscht. Welcher Mann, der die Möglichkeit hätte, diese Stimme zu hören, wann es ihm beliebt, würde ihr nicht lauschen, so oft es nur geht? Welches Ohr könnte ihrer müde werden? Es ist die Stimme, mit der sie gern geboren worden wäre: nicht heiser und tief wie ihr eigenes Krächzen, sondern rein und hoch und wohltönend.

Geh nach Hause, du dumme Kuh!, ermahnt sie sich, als die ersten Regentropfen den Denkmalsockel besprenkeln. *Die viele frische Luft steigt dir zu Kopfe.*

Abermals ein paar Tage später stattet Henry Rackham, der sich unbedingt jemandem anvertrauen muss, aber keine vertraute Seele auf der Welt hat außer Mrs Fox, der er dieses eine Geheimnis auf gar keinen Fall beichten kann, seinem Bruder William einen Besuch ab.

Das Verhältnis zwischen den Brüdern Rackham, muss man leider sagen, hat sich nicht immer durch herzliche Offenheit ausgezeichnet. Trotz ihrer Blutsbande und obwohl er William im Zweifelsfall meistens gute Absichten unterstellt, kann Henry nicht über ihre Differenzen hinwegsehen. Frömmigkeit zum Beispiel war noch nie Williams Stärke, auch wenn sie beide, nach früheren Gesprächen zu urteilen, von dem leidenschaftlichen Wunsch beseelt sind, die Welt zu verbessern und die englische Gesellschaft zu reformieren.

Nach Williams Dafürhalten ist sein älterer Bruder ein denkbar trister Zeitgenosse. Wie er es einmal Bodley und Ashwell gegenüber ausgedrückt hat: Henry hat das werwölfische Äußere eines Mannes, der eigentlich Jungfrauen schänden und dann reuig sein Fleisch geißeln müsste, während die aufgebrachten Bürger mit brennenden Fackeln das Schloss umzingeln und nach seinem Blut schreien – doch leider ist es bei den brüderlichen Besuchen noch nie um solche feurigen Szenen gegangen. Stattdessen bejammert Henry ständig in nervtötend vagen und dunklen Andeutungen, dass er für alles, wonach er strebt, unwürdig sei. Einen erbärmlichen Leiter der Rackham Perfumeries hätte er abgegeben! Dass er seinen Anspruch an William abgetreten hat, war vielleicht die einzige kluge Tat, die der arme Dödel im Leben begangen hat.

Dennoch hat William jüngst beschlossen, großzügig und gastfreundlich zu seinem Bruder zu sein und ihm seine Fehler nachzusehen. Das alles gehört mit zu seiner neuen Rolle als Oberhaupt der Rackhams: Besuche von problembeladenen Familienmitgliedern empfangen, Rat spenden.

An dem regnerischen Nachmittag, an dem Henry endlich einmal ein Geheimnis ausspuckt, sind beide Männer angesichts der Kälte in den Räumen des Bedauerns voll, dass man im Hause Rackham bereits offiziell den Frühling eingeläutet hat. Gewiss, das Wegräumen der Winterausstattung ist eine gesellschaftliche Verpflichtung, der man gehorchen muss, doch Agnes hat ihr früher gehorcht, als nötig gewesen wäre, und jetzt ist, auf ihre Anordnung hin, der Kamin im Salon gänzlich gebrauchsunfähig gemacht worden. Die Macht der Gewohnheit veranlasst die Männer, dennoch in seiner Nähe zu sitzen, obwohl er leer und ausgefegt ist, ein kleiner Philodendron dort steht, wo die Flammen sein sollten, und Spitzenvorhänge bestickt mit Krokussen, Rotkehlchen und anderen Frühlingssymbolen ihn zieren. Henry beugt sich näher an seinen Bruder und an die Feuerstelle heran, um sich an etwas zu wärmen, das gar nicht da ist.

»William«, sagt er mit genau der gleichen Furche auf der Stirn, die er schon als Siebenjähriger hatte, »hältst du es für klug, dich so viel mit Bodley und Ashwell abzugeben? Sie haben, wie du weißt, dieses Buch herausgebracht, *Vom Nutzen des Gebets.* Hast du es gesehen?«

»Sie haben mir ein Exemplar geschenkt«, gesteht William. »Ein Dummejungenstreich.«

»Dummejungenstreich, ja ...«, schnaubt Henry. »Aber begangen von Männern und deshalb imstande, Schaden anzurichten.«

»Ach, ich weiß nicht«, sagt William, verschränkt fröstelnd die Arme und wirft einen Blick zur Standuhr. »Sie predigen doch bloß denen, die ohnehin ... äh ... *bekehrt* ist hier das falsche Wort, was? ... na, dann sagen wir, denen, die *entkehrt* sind. Im Ernst, wie viele Leute werden schon bloß wegen diesem Buch ihre Meinung über das Gebet ändern?«

»Jede Seele ist kostbar«, ereifert sich Henry.

»Bah, das verpufft wieder«, bescheidet der jüngere Bruder. »Ashwells letztes Buch, *Die moderne Dunciade,* war zwei Monate lang ein Skandal und dann ...?« William lässt alle fünf Finger aufschnellen, um eine Rauchwolke darzustellen.

»Ja, aber mit *diesem* Buch unternehmen sie eine Art ... große Lesereise durch ganz England und stellen es in Arbeitervereinen und so weiter vor, als ob es eine zweiköpfige Giraffe wäre. Sie lesen mit verteilten Rollen, imitieren die Stimmen gebrechlicher alter Geistlicher und wütender Witwen, und dann fordern sie das Publikum auf, Fragen zu stellen ...«

»Woher weißt du das alles?«, erkundigt sich William, dem das neu ist.

»Ich stoße ständig auf sie!«, ruft Henry, als beklagte er seine eigene Ungeschicklichkeit. »Ich bin überzeugt, sie verfolgen mich – das kann nicht nur Zufall sein. Aber *du,* William, du musst aufpassen – nein, lach nicht! William, sie werden langsam notorisch, und wenn du dich in der Öffentlichkeit viel mit ihnen sehen lässt, kann es dir passieren, dass auch du notorisch wirst.«

William zuckt unbekümmert die Achseln. Er ist mittlerweile

zu reich, um den Klatsch der Rechtschaffenen zu fürchten, und außerdem ist ihm in letzter Zeit eine Tendenz in den feinsten Kreisen aufgefallen, gerade die Notorischen einzuladen, damit ihre Gesellschaften ein bisschen Würze bekommen.

»Sie sind meine *Freunde,* Henry«, sagt er mit sanftem Tadel in der Stimme, »aus alter Zeit ... seit fast zwanzig Jahren.«

»Ja, ja, sie waren auch einmal meine Freunde«, knurrt der ältere Rackham. »Aber ich kann ihnen nicht die Treue halten, wie du das tust, ich kann es nicht! Sie bringen mich nur in peinliche Situationen!« Henrys große Hände, eine auf jedem Knie, sind weiß an den Knöcheln. »Es gibt Zeiten – ich wage es kaum zu gestehen –, es gibt Zeiten, da wünschte ich, ich könnte sie einfach los sein, sie und alle ihre Erinnerungen an den Mann, der ich einmal war; da wünschte ich, ich könnte eines Tages in einer Welt vollkommen fremder Menschen aufwachen, die mich nur kennen als ... als ...«

»Einen Geistlichen?«, hilft William nach und starrt dabei mitleidig auf Henrys große Hände, die seine knubbeligen Knie umklammert halten wie den Rand einer Kanzel.

»Ja«, gesteht Henry und *(ach, du liebe Güte!)* lässt den Kopf hängen.

»Du hast noch nicht ... die Weihen empfangen, oder?«, erkundigt sich William und fragt sich, ob dies das ach so verschämte Geheimnis ist, an dessen Enthüllung Henry herumlaboriert.

»Nein, nein.« Henry zappelt gereizt. »Ich weiß, dass ich *dafür* noch nicht bereit bin. Meine Seele ist weit von ... äh ... *jeder* Art Reinheit entfernt.«

»Aber ist es nicht so gedacht – entschuldige, falls ich da irgendwas durcheinander bringe –, ist es nicht so gedacht, dass man ... äh ... dadurch rein *wird,* dass man die Weihen empfängt? Also dass der Vorgang selbst eine Art Verwandlung bewirkt?«

»So ist es keineswegs gedacht!«, protestiert Henry.

Aber innerlich fürchtet er, es könnte doch so gedacht sein. Hinter seinem Zögern, die ersten Schritte auf dem Weg zum geistlichen Amt zu tun, steht, wenigstens seit er Mrs Fox kennt, in Wahrheit die Angst, seine Prüfer könnten in seine Seele blicken und ihm verkünden, er sei nicht nur der geistlichen Tracht und der Kanzel nicht würdig, sondern überhaupt jeder Form christlichen Lebens.

Als Laie bleibt ihm dieses grässliche Urteil erspart, denn obwohl er selbst sein schärfster Kritiker ist, übt er in einer Beziehung Nachsicht gegen sich selbst: Er glaubt nicht, dass seine Sünden ihm das Recht nehmen, danach zu streben, ein anständiger Mensch zu sein. Solange er im Laienstand bleibt, kann er unrein in Gedanken und Worten, ja selbst in Taten sein, und hinterher kann er bereuen und Besserung geloben, womit er niemanden enttäuscht als sich selbst und Gott. Niemand sonst wird von seinen Sünden in den Schmutz gezogen; er ist der Kapitän seiner Seele, und wenn er sie in dunkle Gewässer lenkt, droht außer ihm keinem unschuldigen Menschen der Schiffbruch. Doch wenn er sich anmaßt, andere zu führen, kann er sich nicht erlauben, ein derart schlechter Kapitän zu sein, dann muss er ein stärkerer und besserer Mensch sein als jetzt. Richter, die noch strenger sind als er, haben dann das Recht, nein, die Pflicht, ihn zu verdammen. Und bestimmt steht ihm die Verworfenheit breit ins Gesicht geschrieben, nicht wahr? Bestimmt kann jeder ahnen, dass seine Seele von fleischlichen Begierden zerfressen ist.

Vielleicht ist dieser Verdacht, dass alle außer Mrs Fox und gerade sein weltlich gesinnter Bruder sein Geheimnis ohnehin schon argwöhnen, die Ursache, die es Henry schließlich ermöglicht, an diesem verregneten Nachmittag vor dem frühlingsgeschmückten Kamin zu beichten.

»William, ich … ich habe vorige Woche mit einer Prostituierten gesprochen«, sagt er.

»Tatsächlich?« Diese verheißungsvolle Mitteilung reißt William aus seiner Lethargie. »Hat Mrs Fox sie zu einer Sitzung mitgebracht?«

»Nein, nein.« Henry verzieht das Gesicht. »Ich habe auf der Straße mit ihr gesprochen. Ich … nun ja, ich spreche schon seit einer ganzen Weile mit Prostituierten auf der Straße.«

Ein Schweigen tritt ein, in dem die Brüder erst einander und dann ihre Schuhe betrachten.

»Sprechen, sonst nichts?«

»Natürlich sonst nichts.« Falls Henry bemerkt, dass die Schultern seines Bruders vor Enttäuschung leicht vorfallen, lässt er sich dadurch nicht entmutigen. »Ich habe es mir zur Gewohnheit gemacht, durch eines der Elendsviertel von London zu gehen, um die High Street herum – nein, nicht die High Street *hier*, die in St. Giles –, und mich mit jedem zu unterhalten, der mich anspricht.«

»Und das sind, nehme ich mal an, hauptsächlich Prostituierte.«

»Ja.«

William kratzt sich ratlos am Hinterkopf. Er wünschte, es gäbe ein Feuer, in dem er mit dem Schürhaken stochern könnte, statt dieses albernen Philodendrons.

»Ist das vielleicht … eine Vorübung für deine zukünftige Laufbahn? Hast du St. Giles als deine Pfarre im Auge?«

Henry lacht freudlos. »Ich bin ein kompletter Narr, der mit dem Feuer spielt«, sagt er mit bitterem Nachdruck auf jedem Wort, »und wenn ich nicht zur Vernunft komme, werde ich verbrennen.« Seine Fäuste sind geballt, und seine Augen leuchten zornig, fast als ob seine Sicherheit von William und nicht von seinen eigenen Begierden bedroht wäre.

»Nun … öhm …« William runzelt die Stirn, schlägt ein Bein über das andere, stellt es wieder ab. »Ich habe dich immer als einen vernünftigen Menschen gekannt. Ich bin sicher, dass es dir nicht an … Willenskraft mangelt. Und überhaupt wirst du feststellen, dass Schwärmereien sich mit der Zeit meistens geben. Was uns heute begeistert, lässt uns morgen vielleicht schon kalt. Öhm … Diese Prostituierten … was sind sie für dich?«

Henry starrt blicklos vor sich hin, gequält.

»Sie sind noch Kinder, manche: Kinder!«

»Tja, stimmt … Eine Schande, wie ich schon oft gesagt habe …«

»Und sie schauen mich an, als ob ich an ihrem Elend schuld wäre.«

»Ja, das verstehen sie ausgezeichnet …«

»Ich versuche mich davon zu überzeugen, dass es Mitleid ist, was mich bewegt, dass ich ihnen nur helfen möchte, wie Mrs … wie andere ihnen helfen. Dass ich nichts weiter möchte, als sie wissen zu lassen, dass ich sie nicht verachte, dass ich sie für Geschöpfe Gottes halte, genau wie ich eines bin. Doch wenn ich wieder zu Hause bin und mich zum Schlafen ins Bett gelegt habe, was mir dann im Kopf herumgeht, ist nicht, wie ich diesen unglücklichen Frauen helfe. Ich sehe das Bild einer Umarmung vor mir.«

»Einer Umarmung?« Herrje, endlich ist es heraus, jetzt kommt er zur Sache!

»Ich sehe mich selbst dabei, wie ich sie umarme ... *alle* gleichzeitig. Sie sind alle in einer einzigen gesichtslosen Frau verkörpert. Ich sollte sie nicht gesichtslos nennen, denn sie hat ein Gesicht, aber es ist ... das Gesicht vieler Frauen zugleich. Kannst du das verstehen? Sie ist ihr ...« (ein Vergleich mit der heiligen Dreifaltigkeit kommt ihm in den Sinn, doch kurz vor der Gotteslästerung kann er noch seine Zunge zügeln) »... ihr kollektiver Körper.«

William reibt sich missmutig die Augen. Er ist müde. Im Gasthof zu Dundee hat er schlecht geschlafen und im Zug genauso, und seit seiner Rückkehr hat er jeden Tag bis spät in die Nacht gearbeitet.

»Und ...?«, hakt er wieder nach, denn koste es, was es wolle, er will jetzt seinen Bruder dazu zwingen, Farbe zu bekennen. »Was *genau* stellst du dir vor, dass du mit diesem ... kollektiven Körper machst?«

Henry hebt den Kopf, und sein Gesicht ist von einem beunruhigenden Leuchten der Inspiration übergossen (oder ist es nur die Sonne, die endlich zum Fenster hereinstrahlt?).

»Die Umarmung ist alles!«, beteuert er. »Ich habe das Gefühl, ich könnte diese Frau ein Leben lang ganz ruhig halten, fest an mich gedrückt, und nichts anderes tun, als sie zu halten und ihr zu versichern, dass von nun an alles gut sein wird. Ich schwöre, es ist keine Fleischeslust!« Er lacht unsicher. »Ich weiß, wie sich Fleischeslust anfühlt, und dieses Gefühl ist anders ...« Er sieht William ins Gesicht, und der Mut verlässt ihn. »Oder vielleicht rede ich mir das auch nur ein.«

William antwortet mit einem Lächeln, von dem er hofft, dass es als Sympathiebekundung aufgefasst werden kann. So muss es für katholische Priester sein, denkt er, wenn sie die Beichten ganz junger Menschen über sich ergehen lassen müssen. Man muss Unmengen von grellem Einwickelpapier von einem Riesenpaket Schuld entfernen, und im Innern kommt nur eine winzige Belanglosigkeit zutage.

»Tja«, seufzt er. »Gibt es irgendetwas, das ich für dich tun kann, Bruder?«

Henry lehnt sich im Sessel zurück, anscheinend erschöpft. »Du hast es schon getan, William, einfach indem du meinem wirren Gerede zugehört hast. Ich weiß, ich bin ein Narr und ein Heuchler, der seine Sünden als Tugenden aufputzen will. Ich war nämlich heute auf dem Weg nach St. Giles – und stattdessen bin ich hierher gekommen.«

William knurrt hilflos. Alles in allem wäre es ihm lieber gewesen, Henry wäre bei seiner ursprünglichen Absicht geblieben und hätte seinen überlasteten Bruder in Ruhe gelassen. Dieser Besuch hat wertvolle Zeit gefressen. Der frisch unterzeichnete Vertrag mit diesen verdammten jüdischen Jutehändlern, der ihm in Dundee als kluger Schachzug erschien, nimmt sich immer ungünstiger aus, je mehr er darüber nachdenkt, und er braucht jede freie Minute, um sich die Sache noch einmal zu überlegen, bevor diese verdammten Kisten mit Säcken an dem verdammten Kai angeliefert werden.

»Na, freut mich, dass ich dir zu irgendwas nutze war, Henry«, murmelt er. Da fällt sein Blick auf den bauchigen Reisekoffer, den sein Bruder neben sich stehen hat, prall gefüllt, als ob ein Dieb die Beute eines ganzen Raubzugs hineingestopft hätte. »Aber was, wenn ich fragen darf, hast du da alles drin?«

Ein letztes Mal, bevor er geht, wird Henry rot. Wortlos schnallt er den Koffer auf, und ein buntes Allerlei kommt ans Licht. Ein holländischer Käse, Äpfel und Mohrrüben, ein Laib Brot, eine dicke Stange Räucherwurst, Dosen mit Kakao und Keksen.

Völlig perplex starrt William seinem Bruder ins Gesicht.

»Sie sagen immer, sie haben Hunger«, erklärt Henry.

Später, viel später, als Bruder Henry wieder zu Hause und die Sonne schon lange untergegangen und der erste Entwurf eines wichtigen Briefes geschrieben ist, bettet William seine Wange auf ein warmes Kissen, ein Kissen mit genau dem richtigen Maß an Festigkeit, mit genau dem richtigen Maß an Weiche. Unweigerlich schläft er ein.

Eine sanfte weibliche Hand streichelt seinen Kopf, und er kuschelt sich tiefer in den baumwollüberzogenen Entenfedernberg. Selbst im Schlaf merkt er, dass es nicht seine Mutter ist. Seine Mutter ist weggegangen. »Sie ist eine schlechte Frau geworden«, sagt Vater, und darum ist sie weggegangen und lebt jetzt mit anderen schlechten Menschen zusammen, und William und Henry müssen tapfere Jungen sein. Wer also ist diese Frau, die ihn streichelt? Es muss seine Kinderfrau sein.

Er wühlt sich tiefer in den Schlaf ein, stößt mit dem Kopf durch die Schale der Träume. Augenblicklich dehnt sich der Raum, in dem er schläft, ins Riesenhafte aus und umfasst jetzt den ganzen Erdkreis oder wenigstens die ganze bekannte Welt. Schiffe laufen in die Häfen ein, voll beladen mit Jutesäcken, die er nicht haben will: Das ist schlecht, und der düstere Himmel über ihm bringt das zum Ausdruck. Anderswo jedoch scheint die Sonne auf seine Lavendelfelder, die in diesem Jahr unbedingt eine saftigere Ernte bringen müssen als je zuvor in der Zeit seines Vaters. Überall in England, in Geschäften und Privatwohnungen gleichermaßen, fällt einem das unverwechselbare Firmenzeichen R ins Auge. Aristokratische Damen, die alle eine bemerkenswerte Ähnlichkeit mit Lady Bridgelow haben, studieren Rackhams Frühlingskatalog und geben bei jedem Artikel verhaltene Töne der Anerkennung von sich.

Ein lautes Schnarchen – sein eigenes Schnarchen – weckt ihn halb auf. Sein Schwanz ist steif und stochert ziellos unter den Decken herum. Er dreht sich herum und drückt sich an den langen heißen Körper der Frau, schmiegt sich an ihren Rücken, schiebt sich gemütlich an ihren Hintern. Mit einem Arm zieht er sie an sich, atmet den Duft ihres Haares ein, schläft weiter und weiter.

Am Morgen merkt William Rackham, dass er zum ersten Mal seit sechs Jahren die ganze Nacht mit einer Frau an der Seite geschlafen hat. So viele Frauen hat er gefickt, und so viele Nächte hat er geschlafen, und so selten ist eines zum anderen gekommen.

»Weißt du was?«, meint er nachdenklich zu Sugar, noch bevor er richtig wach ist. »Heute habe ich zum ersten Mal seit sechs Jahren die ganze Nacht mit einer Frau an der Seite geschlafen.«

Sugar küsst seine Schulter. Fast sagt sie: »Du Ärmster«, besinnt sich aber eines anderen.

»Und, hat sich das Warten gelohnt?«, gurrt sie.

Er erwidert den Kuss, zaust ihre rote Mähne. Durch den Nebel seiner Zufriedenheit drängen langsam die Sorgen seines Taglebens an die Oberfläche. Dundee. Dundee. Eine Falte gräbt sich auf seiner Stirn ein, als ihm der frisch verfasste Brief einfällt, den er Sugar gestern Abend zum Lesen mitbrachte.

»Ich sollte aufstehen«, sagt er und stemmt sich auf die Ellbogen.

»Es ist noch mindestens eine Stunde hin, bis die Post abgeholt wird«, bemerkt Sugar ruhig, als ob es für sie das Natürlichste auf der Welt wäre, seine Gedanken zu lesen. »Ich habe Briefmarken und Umschläge hier. Gönn deinem Kopf noch ein Weilchen Ruhe.«

Er lässt sich verwirrt auf das Kissen zurückfallen. Kann es wirklich noch so früh sein? Nach dem Lärm der Wagen und Hunde und schwatzenden Fußgänger auf der Silver Street zu urteilen, muss es später Vormittag sein. Und mit was für einer liegt er hier im Bett, mit einer Frau, die sämtliche Einzelheiten seines Vertrages mit einem Jutehandelsunternehmen im Kopf behalten kann, während sie ihren nackten Körper wie eine Katze rekelt?

»Der Ton meines Briefes …«, sorgt er sich. »Bist du sicher, er ist nicht zu schmeichlerisch? Sie werden doch verstehen, worum es mir geht, oder?«

»Er ist kristallklar«, sagt sie und setzt sich auf, um sich die Haare zu kämmen.

»Aber auch nicht *zu* klar? Sie können mir Schwierigkeiten machen, diese Burschen, falls ich sie auf dem falschen Fuß erwische.«

»Er ist genau richtig«, versichert sie ihm, wobei sie die Metallzähne im langsamen Rhythmus durch ihren wirr abstehenden rotgelben Glorienschein zieht. »Es war nur hier und da ein milderes Wort nötig.« (Sie meint damit die Veränderungen, die er auf ihr Anraten hin vornahm, bevor sie zu Bett gingen.)

Er wälzt sich auf die Seite und sieht ihr beim Kämmen zu. Mit jeder Bewegung der Muskeln verziehen sich die Tigerstreifenmuster auf ihrer eigentümlichen Haut ein ganz klein wenig – auf den Hüften, auf den Schenkeln, auf dem Rücken. Mit jedem Streichen des Kamms fällt eine üppige Masse Haar auf ihr blasses

Fleisch, nur um im nächsten Moment wieder weggestrichen zu werden. Er räuspert sich, um ihr zu sagen, wie … wie lieb sie ihm immer mehr wird.

Da bemerkt er den Geruch.

»Bäh …« Mit verzerrtem Gesicht schießt er in die Höhe. »Steht etwa ein Nachttopf unterm Bett?«

Auf der Stelle unterbricht Sugar ihr Kämmen, beugt sich über den Matratzenrand und holt die Keramikschüssel hervor.

»Natürlich«, sagt sie und kippt das Behältnis, damit er hineingucken kann. »Aber er ist leer.«

Er knurrt, beeindruckt von ihrer männlichen Selbstbeherrschung, und ahnt natürlich nicht, dass sie sich in der Nacht von seiner Seite gestohlen, eine Reihe wässriger Prozeduren vollzogen und die Resultate entsorgt hat. Dafür packt William die Aufgabe an – wenn auch nur mit der Nase –, die wahre Ursache des Gestanks ausfindig zu machen. Er quält sich barfuß aus dem Bett und folgt seiner empfindlichen Nase von einem Ende des Zimmers zum anderen. Zu seiner Verlegenheit muss er entdecken, dass der Gestank von den Sohlen seiner eigenen Schuhe ausgeht, die noch dort liegen, wo er sie am Abend von den Füßen geschleudert hat.

»Ich muss auf dem Weg hierher in einen Hundehaufen getreten sein«, gesteht er angeekelt und über die Maßen beschämt von dem steifen Fladen, den er weder entfernen noch aushalten kann. »Es sind einfach nicht genug Laternen da draußen, verdammt noch mal!« Er zieht sich die Strümpfe an und schaut sich nach seinen Hosen um, damit er seine schändlichen Schuhe wegschaffen kann, weg aus Sugars makellosem Boudoir.

»Die Stadt ist ein Dreckloch«, bestätigt Sugar, während sie ihren Körper nebenbei in einen milchweißen Morgenrock hüllt. »Dreck auf dem Boden, Dreck im Wasser, Dreck in der Luft. Selbst auf dem kurzen Weg zwischen hier und dem Fireside bemerke ich immer wieder – oder habe ich *früher* immer bemerkt, sollte ich wohl sagen, was? –, dass sich eine schwarze Rußschicht auf die Haut legt.«

William knöpft sich das Hemd zu und mustert dabei ihr frisches Gesicht, ihre strahlenden Augen – das weiße Gewand.

»Na, mir scheinst du sehr sauber auszusehen, muss ich sagen.«

»Ich tue, was ich kann.« Lächelnd verschränkt sie die hellen Ärmel über der Brust. »Auch wenn ein bisschen von deinem Rackhams Badeduft nicht verkehrt wäre, würde ich meinen. Und hast du irgendetwas, um Trinkwasser zu reinigen? Du willst doch nicht, dass mich die Cholera hinwegrafft!«

Volltreffer, denkt sie, als ihn ein Schauder überläuft.

»Was ich mich frage«, fährt sie in träumerischem, versonnenem Ton fort: »Bist du es eigentlich niemals leid, William, in der Stadt zu leben? Sehnst du dich nie nach einer angenehmeren und saubereren Umgebung?« Sie stockt, schon im Begriff, konkreter zu werden (»wie Notting Hill vielleicht oder Bayswater ...«), doch dann schluckt sie die Worte herunter, in der Hoffnung, dass er von sich aus mit der Wahrheit herausrückt.

»Nun ja, ich lebe in Notting Hill«, gesteht er.

Sugar lässt einen winzigen Bruchteil der Freude über den Triumph, sein Vertrauen gewonnen zu haben, in ihrem Gesicht aufscheinen.

»Oh, wie angenehm!«, ruft sie aus. »Eine ideale Wohngegend, meinst du nicht auch? Nahe am Zentrum des Geschehens, aber ungleich zivilisierter.«

»Tja, ganz in Ordnung ...«, sagt er, während er seine Kragenecken feststeckt. »Manche würden es als unattraktiv bezeichnen.«

»Ich finde es überhaupt nicht unattraktiv! In Notting Hill gibt es ein paar ausgesprochen herrschaftliche Ecken, das weiß jeder. Die Straßen zwischen dem Westbourne Grove und dem Pembridge Square zum Beispiel genießen den Ruf, heiß begehrt zu sein.«

»Aber genau dort wohne ich!«

Daraufhin wirft sie den Kopf zurück und lacht mit einem glucksenden Ton, der rau und tief aus ihrer langen weißen Kehle kommt. Man kann sich doch immer darauf verlassen (sagt dieses Glucksen), dass William Rackham in allen Dingen das Beste wählt. »Ich hätte es ahnen müssen«, sagt sie.

»Du ahnst so ziemlich alles«, gibt er betreten zurück.

Sie prüft seine Augen, wägt seinen Ton ab, vergewissert sich, dass er ihr nicht böse ist, nur beeindruckt. »Weibliche Intuition«, meint sie augenzwinkernd. »Ich fühle es irgendwie.« (Ihre Hände streicheln ihren Busen, wandern zum Unterleib.) »*Tief* in mir drin.«

Sie spürt, dass sie ihn gehen lassen muss, und so schwingt sie sich vom Bett und begibt sich zu ihrem Schreibpult, von dem alle ihre eigenen Papiere verschwunden sind, so dass nur noch Williams Brief an die Jutehändler darauf liegt. »So, jetzt sollten wir den langsam postfertig machen.«

Voll angekleidet bis auf die Schuhe tritt William zu ihr. Sugar steht zurückhaltend an seiner Schulter und beobachtet, wie er den Brief noch einmal liest, beobachtet, wie er ihn für zufrieden stellend befindet, beobachtet, wie er ihn zusammenfaltet und in den Umschlag steckt, den sie ihm reicht, beobachtet, wie er ihn adressiert und auf die Rückseite, ohne jeden Verheimlichungsversuch, seinen Absender schreibt. Erst da schließt sie befriedigt die Augen. Was unlängst noch Diebesbeute war, ist ein freiwilliges Geschenk geworden. Jetzt muss sie nur noch ihre Zähne hineinschlagen.

»Gnade!«, flehte er abermals.

William ist fort, und Sugar sitzt an ihrem Pult und schreibt endlich das problematische Kapitel fertig.

Ich fasste den Griff des Dolches, merkte aber, dass mir die Kraft fehlte (die Willenskraft vielleicht, aber auch die Muskelkraft, denn einen Mann abzuschlachten ist keine leichte Arbeit), diesem Kerl die Klinge ins Fleisch zu stoßen, kalt und unbarmherzig. Ich hatte das früher schon so viele Male getan, aber in dieser Nacht war es mir zu viel.

Und doch musste der Mann sterben. Ich konnte ihn jetzt, wo ich ihn gefangen genommen hatte, nicht wieder laufen lassen. Was, lieber Leser, sollte ich tun?

Ich legte meinen Dolch weg und nahm stattdessen ein weiches Baumwolltuch zur Hand. Mein hilfloser Freier hörte auf, gegen seine Fesseln anzukämpfen, und ein Ausdruck der Erleichterung trat auf sein Gesicht. Selbst als ich etwas von der übel riechenden Flüssigkeit aus dem Fläschchen in das Tuch kippte, gab er die Hoffnung nicht auf, je bildete sich vielleicht ein, ich wollte ihm die fieberheiße Stirn abwischen.

Ich hielt wie aus Sympathie den Atem an und drückte ihm den giftigen Lappen auf Mund und Nase, so dass diese Öffnungen völlig abgedichtet waren.

»Träume süß, mein Freund!«

Zwölf

Henry Rackham, ekstatische Zustände nicht gewohnt, könnte sterben vor Glück. Er sitzt in Mrs Fox' Haus in dem Sessel, in dem früher immer ihr Mann gesessen haben muss, und isst Kuchen.

»Entschuldigen Sie mich einen Moment, Henry«, war das Letzte, was sie sagte, bevor sie ihn ihrer bezaubernden Anwesenheit beraubte und den Salon verließ. In seiner Vorstellung steht sie immer noch vor ihm und erhellt mit ihrem rötlich gelben Kleid den Raum, wärmt mit ihrem freundlichen Wesen die Luft. Die ganze Atmosphäre sträubt sich dagegen, sie gehen zu lassen.

»Mehr Tee, Mr Rackham?«

Henry zuckt zusammen, und Kuchenkrümel rutschen ihm auf den Schoß. Mrs Fox' Dienstmädchen Sarah hatte er völlig vergessen, sie existierte für ihn nicht mehr. Doch da steht sie, eine unauffällige Erscheinung in Mrs Fox' von Papierkram übersätem Interieur, ein volles Teetablett auf den Unterarmen, den Anflug eines Feixens im Gesicht. Dieses Feixen hält Henry den Spiegel vor, in dem er erkennt, was für einen idiotisch verschossenen Eindruck er machen muss.

»Ich habe noch, danke«, erwidert er.

Urplötzlich ist sein Glücksgefühl vergangen, beziehungsweise er hat es auf Armeslänge von sich geschoben, um es besser in Augenschein nehmen zu können. Was *ist* dieses Glücksgefühl eigentlich? Nicht mehr und nicht weniger als die Verzauberung durch ein Mitglied des schönen Geschlechts. Und diese Verzauberung ist beängstigend.

Gewiss, er ist kein Katholik: Er könnte, wenn er wollte, beides sein, Geistlicher *und* verheiratet. Mrs Fox ihrerseits ist Witwe, das heißt: frei. Doch von der Unwahrscheinlichkeit einmal abgesehen, dass sie einen langweiligen und tölpelhaften Kerl wie ihn haben wollte, gibt es für Henry außerdem noch einen religiösen Hinderungsgrund.

Diese Verzauberung … diese Betörung … diese *Liebe*, falls er es, in Hörweite des Allmächtigen, so zu nennen wagt … diese *Liebe* hat die Macht, unendlich viel Zeit zu rauben, ganze Stunden und Tage, die sonst dem Dienste Gottes gewidmet wären. Gute Werke sind sparsam in ihrem Zeitverbrauch, die Liebe zu einer Frau dagegen verschwenderisch. Man kann dem Vorbild Jesu an einem einzigen Vormittag in einem Dutzend Fällen nachfolgen und trotzdem noch Energie für weitere haben, doch sich mit den Wünschen – und seien es nur die eingebildeten – einer Geliebten zu beschäftigen, kann sämtliche Stunden des Tages verschlingen und zu nichts führen.

Henry muss es wissen. Allzu oft ist die Zeit, die zwischen einem Treffen mit Mrs Fox und dem nächsten vergeht, ein Traum, eine bloße Pause. Sie braucht ihn nur anzulächeln, und er vergisst über dieses Lächeln alles andere. Tage vergehen, das Leben geht weiter, doch er lebt die meiste Zeit nur in der Erinnerung an dieses Lächeln. Wie kann das sein?

Unsicher unter Sarahs Blick trinkt Henry seinen Tee. Sie blickt ihn zu direkt an, hat er das Gefühl; er hat keine Chance, die Krümel von seinem Schoß zu picken, ohne dass sie ihn dabei beobachtet. Was ist los mit dem Mädchen? Vielleicht können die rehabilitierten Gefallenen als Dienstboten niemals so diskret sein wie die anderen, die nicht gefallen sind. Schweiß bricht auf Henrys Stirn aus, erklärbar (hofft er) durch den von seiner Teetasse aufsteigenden Dampf. Diese Haushaltshilfe, dieser Protegé des Frauenrettungsvereins, ist sie wirklich grundsätzlich verschieden von den leichten Mädchen, die er in St. Giles gesehen hat? Unter ihrer schlichten Kleidung verbirgt sich das nackte Fleisch, das lebende, atmende Gefäß einer sündigen Geschichte.

Sie ist nicht schön, diese Sarah, wenigstens nicht in seinen Augen. Sie ist ein aufrüttelndes Exempel des weiblichen Geschlechts in seinem gefallenen Zustand, aber als Individuum lässt sie ihn kalt. Die Vorstellung, wie er einen Moment lang Mrs Fox' im Handschuh verhüllte Hand hält, ist viel verführerischer als alle Phantasien, zu der diese gerettete Dirne Anlass geben könnte. Dabei ist sie ähnlich alt wie Mrs Fox, ähnlich groß, ähnlich gebaut … Wie kann es sein, dass die eine ihn bezaubert und die andere ihn gleichgültig lässt? Was will Gott ihn damit lehren?

Das Dienstmädchen entfernt sich, und Henry nimmt sich seine Hosen vor. Was haben die großen christlichen Denker zu diesem Thema geschrieben? Eine Frau, ermahnen sie ihn, blüht und verwelkt wie eine Blume. Nach ein oder zwei Jahrzehnten schwindet ihre Schönheit, nach weiteren paar Jahrzehnten schwindet die Schar ihrer Bewunderer, und schließlich wird die Frau selbst wieder zu Staub. Der allmächtige Gott dagegen lebt ewig und ist der Urheber aller Schönheit, denn er hat sie in der allerersten Schöpfungswoche mit seinen Händen gebildet.

Und doch, wie schwierig ist es, Gott mit der gleichen Leidenschaft zu lieben, die eine schöne Frau entzündet! Kann dies wahrhaft zu Gottes Plan gehören? Sind vertrocknete Frauenhasser wie MacLeish die einzigen Männer, die für das geistliche Amt geeignet sind? Und wo ist eigentlich Mrs Fox abgeblieben? Sie sagte, es werde nur einen Moment dauern … Das Bild ihres rötlich gelben Kleides hat sich vor seinem inneren Auge verflüchtigt, der warme Klang ihrer Stimme hat sich in der Stille verloren.

Henry lächelt traurig, wie er da in Bertie Fox' Sessel sitzt. Was soll er machen? Nur sein inniger Wunsch, Mrs Fox zu gefallen, könnte ihm den Mut verleihen, die heiligen Weihen zu empfangen, doch wenn er Emmelines Liebe gewänne, würde er sich dann noch einen Deut um irgendetwas anderes in der Welt scheren? Sein ganzes Leben lang war er unglücklich, bis er sie kennen lernte – könnte er dem Sirenenruf der animalischen Zufriedenheit widerstehen, wenn sie sein wäre? Wie schändlich, dass er die Gaben der gütigen Vorsehung immer nur schweren Herzens angenommen hat, aber dass ihn die Gelegenheit, im Salon einer hübschen Witwe Tee zu trinken, mit einer solchen Freude erfüllt, dass er den Drang bezähmen muss, hin- und herzuschaukeln! Gott schütze den Mann, der die Welt verbessern möchte, vor Glücksgefühlen!

Doch was ist das für ein Geräusch? Von oben, gedämpft durch die Böden und Flure von Mrs Fox' kleinem Haus ... Ist es ... Husten? Ja: ein grässliches, konvulsivisches Husten, wie er es unlängst aus dunklen Kellern in schmutzigen Elendsquartieren gehört hat ... Kann das dieselbe Stimme sein, die er so lieb gewonnen hat?

Henry sitzt noch ein paar Minuten steif vor Sorge da, wartet und lauscht. Dann kommt Mrs Fox mit hochroten Wangen, ansonsten aber normal und ruhig, in den Salon zurück.

»Tut mir sehr Leid, dass Sie so lange warten mussten, Henry«, sagt sie in Tönen so lind wie Lecksaft.

Beleidigt und empört lässt Agnes die neueste Ausgabe der *Illustrated London News* in den Schoß sinken. Ein Artikel hat sie soeben darüber informiert, dass die durchschnittliche Engländerin 21 917 Tage zu leben hat. Warum, ach, warum nur müssen Zeitungen immer so geschmacklos sein? Haben sie nichts Besseres zu tun? Die Welt geht vor die Hunde.

Sie erhebt sich, so dass die Zeitung auf den Boden rutscht, und tritt ans Fenster. Nachdem sie sich von der Sauberkeit des Fensterbretts überzeugt hat (die ersten Fluginsekten des Jahres sind leider schon geschlüpft, und man kann nicht vorsichtig genug sein), stützt sie die Hände auf die Kante, lehnt die heiße, feuchte Stirn an die kühle Scheibe und blickt in den Garten hinab. Die alte Pappel ist mit Knospen bespickt, aber auch von grünem Baumschwamm befallen, der Rasen ist sauber gemäht und hier und da mit Sense und Hacke bis auf die dunkle Erde abrasiert worden. Es stimmt Agnes melancholisch, wenn sie sieht, was Shears mit dem Garten macht. Natürlich schämte sie sich, bevor er kam, für den Zustand des Rackhamschen Anwesens, doch jetzt, wo es auf Vordermann gebracht wurde, vermisst sie die hellen Gänseblümchen um die Bäume und die dunkelgrünen Halme der Quecken zwischen den Pflastersteinen, zumal bis jetzt noch nichts an ihre Stelle getreten ist. Shears wartet darauf, sagt er, dass das Gras »ordentlich« nachwächst.

Agnes fühlt einen ihrer Anfälle von Rührseligkeit kommen und umkrallt das Fenstersims, um ihn zu unterdrücken. Doch da rollen ihr schon eine nach der anderen die Tränen um die Gänseblümchen und Wildgräser über die Backen, und je mehr sie die Augen zusammenkneift, umso stärker fließen sie.

21 917 Tage. Weniger in ihrem Fall, da sie schon so lange lebt. Wie viele Tage bleiben ihr noch? Sie hat das bisschen Rechnen, das sie einmal konnte, völlig verlernt; die Aufgabe überfordert sie. Nur eines ist klar: Die Tage ihres Lebens sind auf die grausamste und roheste Art gezählt.

Es war nicht immer so, das weiß sie. Die Frauen zu Moses Zeiten lebten unglaublich lange, wenigstens in England. Noch heute finden sich im Orient und den entlegeneren Gegenden des Empire weise Männer (und sicher auch weise Frauen), die das Rätsel des Alterns und des körperlichen Verfalls gelöst und unversehrt viele Generationen überlebt haben. Ihre Geheimnisse werden in den spiritistischen Schriften angedeutet, die Agnes in ihrem Stickkorb versteckt hat, mit authentischen Zeichnungen von Wundern: heilige Männer, die nach sechs Monaten unter der Erde munter und lächelnd dem Grabe entsteigen, exotische schwarze Herren, die auf Flammen tanzen, und so weiter. Zweifellos gibt es noch andere Schriften – uralte Lehrbücher mit verbotenen Kenntnissen –, die sämtliche Techniken en detail erläutern. Alles Wissen der Menschheit muss *irgendwo* veröffentlicht sein – doch ob Mudies Leihbücherei eine neugierige Frau darin Einblick nehmen lässt, ist eine andere Sache.

Ach, aber was nützt es schon, darüber nachzudenken! Sie ist verflucht, es ist viel zu spät für sie, Gott hat sich von ihr abgekehrt, der Garten ist ruiniert, der Kopf tut ihr weh, keines ihrer Kleider hat die richtige Farbe, Mrs Jerrold hat ihren Brief keiner Antwort gewürdigt, in ihrer Haarbürste hängen immer Massen von Haaren, der Himmel verdüstert sich drohend, wenn sie nur den Fuß vor das Haus zu setzen wagt. In plötzlicher Atemnot schiebt Agnes das Fenster auf und hält ihr verkniffenes Gesicht in die frische Luft hinaus.

Unten vor dem Haus kommt die Scheuermagd Janey aus einer Tür direkt unter Agnes' Fenster, um einen Eimer voll fruchtbarer Erde für den Pilzkeller zu holen. Agnes sieht, wie das Fleisch des Mädchens auf dem Rücken die Knöpfe ihres schlichten schwarzen Kleides und die weiße Schürzenschleife spannt. Auf einmal wird sie von Mitleid mit diesem armen kleinen Arbeitstier in ihren Diensten überflutet. Zwei schwere Tränen fallen ihr aus den Augen, geradewegs zu dem Mädchen hinunter, doch der Wind verweht sie, bevor sie den bereits enteilenden Körper erreichen.

Erst als Mrs Rackham vom Fensterbrett zurücktritt und sich richtig hinstellt, um nicht das Gleichgewicht zu verlieren, geht ihr auf, dass sie zu bluten begonnen hat.

Über Mrs Rackhams anschließendes Verhalten wird ihr Gatte alsbald in Kenntnis gesetzt werden, doch in den wenigen Minuten, die vergehen, bis die Dienstboten darauf aufmerksam werden, sitzt William, der Welt entrückt, in seinem Arbeitszimmer und hat schon seit Stunden nicht mehr an Agnes gedacht.

Obwohl er in Gedanken sehr mit Krankheit beschäftigt ist, handelt es sich zufälligerweise nicht um die Krankheit seiner Frau. Eine Sorge hat sich in seinem Hirn festgesetzt und wächst dort mit alarmierender Geschwindigkeit, ein Unkraut der Angst. Sugars harmloser Scherz über die Cholera hat ihm ein paar düstere statistische Zahlen ins Gedächtnis gerufen: Jeden Tag fordern die Seuchen, die in den unhygienischen Verhältnissen der Londoner Innenstadt grassieren, eine bestimmte Zahl von Opfern, nicht zuletzt unter den Prostituierten. Ja, Sugar wirkt frisch wie eine Rose, doch wie sie selbst zugegeben hat, ist das bei dem ganzen Dreck und Dunst und Verfall um sie herum nicht leicht. Wer weiß, was für Unreinheiten ihre Stallgefährtinnen einschleppen? Wer weiß, was für Ansteckungen in den Wänden von Mrs Castaways Haus lauern und in Sugars Zimmer einzudringen drohen? Sie hat Besseres verdient – und er natürlich auch. Muss er durch einen Sumpf von Unrat waten, wenn er zu seiner Geliebten will? Es ist klar, was er zu tun hat – wie simpel die Lösung doch ist! Er verfügt schließlich über die Mittel! Zum Beispiel hat, den Büchern zufolge, in den letzten zwei Monaten allein der Verkauf von Lavendelwasser –

Ein erratisches Klopfen an der Tür unterbricht seine Berechnungen.

»Herein!«, ruft er.

Die Tür geht auf, und eine aufgeregte Letty erscheint.

»Oh, Mr Rackham, Sir, Verzeihung, Sir, aber, Mr Rackham …«

Ihre Augen schießen zwischen William und der Treppe, die sie gerade hochgelaufen ist, hin und her. Ihr Körper krümmt sich unterwürfig.

»Na?«, drängt William. »Was gibt's denn, Letty?«

»*Mrs* Rackham, Sir«, piepst sie. »Doktor Curlew wird schon geholt, Sir, aber … ich dachte, Sie möchten vielleicht selbst sehen … Wir haben sofort die Tür zugemacht … in keiner Weise gestört …«

»Oh, um Himmels willen!«, ruft William aus, ebenso verärgert von der ganzen Heimlichtuerei wie davon beunruhigt. »Zeigen Sie mir diese Katastrophe!« Und er knöpft sich die Weste zu, während er Letty hastig nach unten folgt.

In ihrem Salon macht Mrs Fox vor den Augen ihres Besuchers etwas ausgesprochen Unfeines. Sie nimmt Blätter von einem Stapel auf ihrem Schoß, faltet sie, steckt sie in Umschläge und leckt die Ränder ab, und dabei setzt sie ihr Gespräch unverdrossen fort. Als Henry Rackham vor Monaten zum ersten Mal Zeuge dieses Vorgangs wurde, war er davon nicht weniger schockiert, wie er es gewesen wäre, wenn sie sich einen Spiegel vorgehalten und in den Zähnen gestochert hätte; mittlerweile hat er sich daran gewöhnt. Der Tag hat einfach nicht genug Stunden für ihre sämtlichen Aktivitäten, und so muss sie einige gleichzeitig verrichten.

»Kann ich Ihnen behilflich sein?«, fragt Henry.

»Bitte«, entgegnet sie und reicht ihm den halben Stapel.

»Was ist das?«

»Bibelverse«, sagt sie. »Für Nachtasyle.«

»Oh.« Er schaut sich das Blatt an, bevor er es faltet. Die Worte des 31. Psalms erkennt er sofort: *»Herr, sei mir gnädig, denn mir ist angst; mein Auge ist verfallen vor Trauern, dazu meine Seele und mein Leib …«*, und so weiter, bis zu der Ermahnung, getrost und unverzagt zu sein. Mrs Fox' Handschrift ist bemerkenswert gut zu lesen, wenn man bedenkt, wie viele Male sie dieselben paar Absätze abschreiben musste.

Henry faltet, steckt ein, leckt, drückt fest.

»Aber können denn die Unglücklichen in den Nachtasylen lesen?«, fragt er.

»Die Armut kann jeden ereilen«, antwortet sie, während sie faltet und faltet. »Wie dem auch sei, diese Verse sind für die Aufsichtspersonen und die vorbeischauenden Krankenschwestern zum Vorlesen gedacht. Sie gehen die langen Reihen der Betten auf und ab und tragen alles vor, was die Schlaflosen ihrer Meinung nach trösten könnte.«

»Ein edler Dienst.«

»*Sie* könnten es tun, Henry, wenn Sie wollten. *Mich* lassen sie nicht, weil sie nicht für meine Sicherheit garantieren können, wie sie sagen. Als ob die in anderen Händen läge als denen Gottes.«

Bis auf die raschelnden Geräusche beim Falten und Lecken wird es ganz still. Die wortlose Schlichtheit dieser gemeinsamen Betätigung ist für Henry fast unerträglich befriedigend. Er würde mit größtem Vergnügen die nächsten fünfzig Jahre hier bei Mrs Fox im Salon sitzen und ihr mit ihrer Korrespondenz helfen. Leider gibt es nur eine begrenzte Zahl von Nachtasylen in Großbritannien, und die Umschläge sind bald gefüllt. Mrs Fox kneift die Augen zusammen und leckt sich die Lippen, um ihren Widerwillen gegen den ekligen Geschmack auf ihrer rosa Zunge zum Ausdruck zu bringen – auf seiner Zunge auch.

»Da hilft nur Kakao«, versichert sie ihm.

Letty hat ihren Herrn durch Gänge geführt, die er seit der Übernahme des Hauses, das seinen Namen trägt, höchstens fünf- oder sechsmal gesehen hat, Gänge, die für hurtig durchhuschende Dienstboten gedacht sind. Jetzt stehen sie und William Rackham an der Küchentür. Mit stummen Gebärden macht sie ihm begreiflich, dass sie, wenn sie nicht das geringste Geräusch machen und die Küche mit äußerster Heimlichkeit betreten, wahrscheinlich etwas Außerordentliches zu Gesicht bekommen werden.

Obwohl William sehr versucht ist, diesen Blödsinn zu beenden und einfach hineinzuplatzen, widersteht er der Versuchung und lässt Letty ihren Willen. Er fühlt sich an einen aufgehenden Bühnenvorhang erinnert, als lautlos die Tür aufgedrückt wird und nicht nur die grell beleuchtete, hohe Zelle zum Vorschein kommt, in der sein ganzes Essen zubereitet wird, sondern auch (als er die Augen senkt) zwei emsig tätige Frauen. Die Art ihrer

Tätigkeit würde ihn nicht im Geringsten schockieren, wenn nicht eine der beiden seine Gattin wäre.

Denn Seite an Seite kriechen dort Agnes und die Scheuermagd Janey, beide mit dem Rücken zu ihm und die Ärsche in die Luft gereckt, auf Händen und Füßen über den blanken Steinboden und tauchen abwechselnd Scheuerbürsten in einen großen Eimer mit Seifenlauge. Und unterhalten sich angeregt dabei.

Agnes schrubbt in einem weniger geübten Rhythmus als Janey, aber mit gleichem Elan, so dass die Sehnen in ihren winzigen Händen hervorstehen. Ihre Rocksäume kleben an dem nassen Fußboden, ihre Turnüre schaukelt hin und her, ihre in Hausschuhen steckenden Füße rutschen Halt suchend herum.

»Sehnse, Ma'am«, sagt Janey gerade. »Ich ver*such* ja, jedes Teil gleich gut zu spülen, aber das denkste doch nich, nich wahr, dass *Fingerschalen* so dreckig sind, nich?«

»Nein, nein, natürlich nicht«, keucht Agnes und schrubbt weiter.

»Sehnse, ich auch nich«, fährt das Mädchen fort. »Ich auch nich. Na, und auf einmal brüllt und bäfft mich da die Köchin an und fuchtelt mir mit diesen Fingerschalen rum, und klar, da is echt 'ne Fettschicht unten dran, kann ich nich abstreiten, aber ehrlich, Ma'am, es warn schließlich Fingerschalen, und die Köchin muss doch wissen, dass die sonst immer so *sauber* sind …«

»Ja, ja«, meint die Herrin mitfühlend. »Sie armes Ding!«

»Und das da … das is Blut«, bemerkt Janey zu einem alten Fleck auf dem Laufbrett, das sie und Mrs Rackham jetzt vor sich haben. »Schon seit ewigen Zeiten da, aber man sieht's immer noch, ganz egal, wie oft ich's schon geschrubbt hab.«

Mrs Rackham beugt sich vor, um zu gucken, und ihre Schulter berührt Janeys.

»Lassen Sie *mich* mal versuchen«, meint sie atemlos.

William wählt diesen Augenblick, um einzugreifen. Forschen Schritts, so dass die Schuhe scharf auf dem nassen Boden klacken, marschiert er in die Küche und schnurstracks auf Agnes zu, die sich nach ihm umdreht, immer noch auf Händen und Knien. Janey dreht sich nicht um, sondern bleibt versteinert hocken wie ein Hund, der bei etwas Verbotenem ertappt wurde und eine Tracht Prügel erwartet.

»Hallo, William«, sagt Agnes ruhig und blinzelt wegen einer Haarsträhne, die ihr über eine schweißnasse Augenbraue hängt. »Ist Doktor Curlew schon da?«

Doch William reagiert nicht mit der ohnmächtigen Wut, die sie erwartet. Stattdessen bückt er sich, fasst mit einem Arm unter ihre Turnüre und mit dem anderen ihren Rücken und hebt sie schwer ächzend vom Boden auf. Während sie verwirrt an seine Brust sinkt, erklärt er mit lauter Stimme:

»Man hat ohne meine Erlaubnis nach Doktor Curlew geschickt. Er soll dir einen Schlaftrunk geben und dann wieder gehen. Er ist für meinen Geschmack zu oft und zu lange hier – und was hat es dir genützt?«

Und damit trägt er sie aus der Küche und durch die diversen Türen und Gänge zur Treppe.

»Benachrichtigen Sie mich, wenn Doktor Curlew eintrifft!«, befiehlt er der verlegenen Clara, die aus dem Schatten hervortritt und neben ihm die Stufen hinauftrottet. »Sagen Sie ihm: ein Schlaftrunk, mehr nicht! Ich bin in meinem Arbeitszimmer.«

Und dorthin begibt sich William Rackham, sobald er seine Frau sicher in ihr Bett verfrachtet hat.

»Wissen Sie, Henry«, sinniert Mrs Fox und mustert dabei den wackligen Haufen adressierter Briefe zwischen ihnen, »ich finde es einen Segen, dass ich niemals Kinder gehabt habe.«

Henry verschluckt sich beinahe an seinem Kakao. »Ach? Wie das?«

Mrs Fox lehnt sich in ihrem Sessel zurück, so dass ihr Gesicht von einem gedämpft durch die Gardine dringenden Sonnenstrahl erhellt wird. Auf ihren Schläfen sind bläuliche Adern zu sehen, die Henry vorher noch nie aufgefallen sind, und eine Röte an ihrem Adamsapfel – sofern Frauen überhaupt Adamsäpfel haben, was er nicht mit Sicherheit sagen kann.

»Manchmal denke ich, ich habe in mir nur eine begrenzte Menge ...«, sie schließt die Augen, sucht nach dem richtigen Wort, »... *Saft,* den ich der Welt geben kann. Wenn ich Kinder gehabt hätte, wäre das meiste davon an sie gegangen, würde ich vermuten, so hingegen ...« Halb zerknirscht und halb zufrieden deutet sie auf die Berge von philanthropischem Material ringsumher, das karitative Chaos ihres Hauses.

»Heißt das«, wagt Henry zu fragen, »dass Sie der Meinung sind, alle christlichen Frauen sollten kinderlos bleiben?«

»Oh, ›sollten‹ würde ich niemals sagen«, entgegnet sie. »Trotzdem, was für eine ungeheure Kraft für Gott das entfesseln würde, meinen Sie nicht?«

»Aber was ist mit dem Gebot des Herrn: ›Seid fruchtbar und mehret euch!‹?«

Sie lächelt und blinzelt aus dem Fenster gegen das flackernde Nachmittagslicht an. Es sind wahrscheinlich nur die Wolken, aber wenn man seine Phantasie spielen lässt, könnte draußen eine Armee vor dem Haus vorbeimarschieren, zahllose Massen, die das Sonnenlicht zerhacken, ein millionenspeichiges Rad menschlicher Leiber.

»Ich finde, der Mehrung ist durchaus Genüge getan, Sie nicht?«, meint Mrs Fox. »Wir haben die Welt aufs Prächtigste mit verängstigten und hungrigen Menschen gefüllt, nicht wahr? Jetzt stehen wir vor dem Problem, was wir mit ihnen allen anfangen sollen ...«

»Dennoch, das Wunder des neuen Lebens ...«

»Ach, Henry, wenn Sie nur sehen könnten, wie ...« Sie steht schon im Begriff, von ihren Erfahrungen beim Frauenrettungsverein zu sprechen, doch dann entscheidet sie sich dagegen. Syphilisfleckige Prostituiertenkinder in Schrankschubladen und in der Themse verfaulende tote Säuglinge sind als Gesprächsthema beim Kakao selbst für sie zu unschicklich.

»Im Ernst, Henry«, sagt sie stattdessen. »Am Kinderkriegen ist nichts furchtbar außergewöhnlich. Werke echter Wohltätigkeit dagegen ... Vielleicht sollten Sie einmal versuchen, gute Werke als Eier zu sehen und uns Frauen als Hennen. Befruchtet sind die Eier zu nichts anderem nutz, als weitere Hühner zu erzeugen, doch was für ein nützliches Ding ist ein reines Ei! Und wie unglaublich viele Eier kann eine einzige Henne legen!«

Henry errötet bis zu den Ohrenspitzen, und das rote Fleisch bildet einen attraktiven Kontrast zum Goldton der Haare. »Sie scherzen!«

»Keineswegs«, entgegnet sie lächelnd. »Haben Sie nicht

gehört, wie Ihre Freunde Bodley und Ashwell mich beurteilen? Ich bin ernst bis auf die Knochen.« Und plötzlich lässt sie sich in ihrem Sessel zurücksinken und kippt, anscheinend vor Erschöpfung, den Kopf nach hinten. Besorgt und fasziniert beobachtet Henry, wie sie tief einatmet und wie dabei ihr Busen sich gegen das Mieder spannt, so dass auf beiden Seiten ein kleines Knöpfchen unter dem weichen Stoff sichtbar wird.

»M-Mrs Fox?«, stammelt er. »Ist was mit Ihnen?«

Als Doktor Curlew sich in William Rackhams Arbeitszimmer einfindet, wird er höflich, aber ohne besondere Ehrerbietung begrüßt. Er nimmt das als Bestätigung der Veränderungen, die er während der letzten vier oder fünf Visiten im Hause Rackham bemerkt hat (und die auch seine Stellung darin betreffen). Vorbei ist es mit den Gesprächen im Lehnstuhl, den angebotenen Zigarren, dem respektvollen Aufblicken. Heute kommt Doktor Curlew sich vor, als wäre er lediglich als Verabreicher von Arzneien bestellt und nicht als Kapazität auf dem Gebiet der Geistesschwäche hergebeten worden.

»Sie wird jetzt schlafen«, teilt er mit.

»Gut«, sagt Rackham. »Sie werden entschuldigen, wenn wir nicht die Einzelheiten dieses jüngsten Rückfalls meiner Frau besprechen. Sofern es sich um einen Rückfall handelt.«

»Wie Sie wünschen.«

Und entschuldige auch, denkt William, *wenn ich dich verabschiede, bevor du dich abermals darüber verbreitest, dass Agnes deiner Meinung nach in eine Anstalt gehört. Ich bin ein reicher Mann, und es gibt nichts, wofür ich nicht in meinem eigenen Haus Sorge treffen kann. Falls Agnes verrückt wird und Pflegerinnen braucht, werde ich sie einstellen. Falls sie eines Tages dermaßen unzurechnungsfähig ist, dass sie gebändigt werden muss, kann ich mir die dazu nötigen Männer ebenfalls leisten. Ich bin auf keinerlei Mitleid angewiesen, Doktor. Nimm dir nicht zu viel heraus!*

William setzt den Arzt davon in Kenntnis, dass er seine Besuche künftig einmal im Monat statt einmal die Woche wünscht, dankt ihm für sein Kommen und lässt ihn von Letty hinausgeleiten. Er bildet sich ein, beim Abschiednehmen kurz einen Ausdruck der Demütigung über Curlews Gesicht huschen zu sehen – doch er irrt sich, denn Männer wie Doktor Curlew haben so viele menschliche Spiegel, die ihnen ihre Wichtigkeit bestätigen, dass sie sich einfach zum nächsten umdrehen, falls ein Spiegel einmal ein nicht ganz so schmeichelhaftes Bild zeigt. Der nächste Patient des Arztes ist eine alte Frau, die ihn vergöttert; er wird ein andermal wieder in den Rackhamschen Spiegel schauen, unter veränderten Lichtverhältnissen. Agnes Rackhams Schicksal ist besiegelt; er muss nur warten.

Nachdem er Curlew abserviert hat, überlegt William, ob er bei seiner Frau hereinschauen und sich vergewissern soll, dass sie friedlich schläft, doch entscheidet sich dann dagegen, da er weiß, dass sie es nicht leiden kann, wenn er in ihr Schlafzimmer kommt. Dennoch wünscht er ihr alles Gute und malt sich sogar aus, wie sie mit ruhiger und entspannter Miene daliegt.

Merkwürdigerweise ist er, seit er Sugar kennt, in der Lage, für Agnes viel liebevollere und nachsichtigere Gedanken aufzubringen als vorher; er empfindet sie nicht mehr als drückende Last, sondern eher als eine Art Herausforderung. Genau wie die Leitung der Rackham Perfumeries, einst ein verhasstes Unding, mit Sugars Unterstützung zu einem spannenden Abenteuer geworden ist, so kann vielleicht auch der Sieg über Agnes' Leiden eine Probe seiner Macht sein. Er weiß, was seiner kleinen Frau lieb und teuer ist: Er wird ihr so viel davon geben, wie sie begehrt. Er weiß, was sie verabscheut: Er wird ihr das Schlimmste ersparen.

Gefassten und entschlossenen Sinnes begibt sich William wieder an die zuvor begonnene Arbeit: genau auszurechnen, was nötig ist, um Sugar vor den Gefahren ihres gegenwärtigen Quartiers in Sicherheit zu bringen.

Während ihr Mann die Details hin und her erwägt, liegt Agnes Rackham mit Morphium abgefüllt im Bett und schläft. Ein Eisenbahnabteil, eigens für eine Kranke hergerichtet, steht in ihren Träumen bereit, von Dampfschwaden umringelt. Sie ist schon darin verstaut, in einem schnuckeligen kleinen Bett am Fenster, und ihr Kopf ruht erhöht auf den Kissen, damit sie hinausschauen kann. Der Stationsvorsteher klopft ans Fenster und fragt, ob sie so weit sei, und sie antwortet: »Ich bin so weit.« Dann trillert die Pfeife, und sie ist auf dem Weg ins Kloster zur guten Gesundheit.

Vierzehn Tage später treffen wir William Rackham bei der abschließenden Inspektion der Wohnung an, in der er von diesem Abend an so viel Zeit zu verbringen gedenkt, wie sein viel beschäftigtes Leben es zulässt. Die Packer sind fort, nachdem sie die letzten Möbel aufgestellt haben, und William kann jetzt ungestört die Gesamtwirkung begutachten und darüber befinden, ob diese schicken Räume in der Priory Close in Marylebone wirklich so aussehen, als wären sie das kleine Vermögen wert, das er dafür ausgegeben hat.

Er macht sich im Hausflur daran zu schaffen, penibel einen Strauß roter Rosen in ihrer Kristallvase neu zu arrangieren, einzelne Stiele, wo nötig, zu kürzen, die perfekte Komposition im Auge. Seit seinen Dandytagen in Cambridge hat er nicht mehr so genau auf ästhetische Feinheiten geachtet. Sugar bringt das … hm, offen gestanden bringt sie alles, was in ihm steckt, zum Vorschein. Diese eleganten Zimmer sind die passende Umgebung für sie: ein Schmuckkästlein für den Schatz, der sie ist.

Die Vereinbarung mit Mrs Castaway ist bereits unterzeichnet. Die Alte fügte sich ohne Wenn und Aber – was blieb ihr auch anderes übrig? Er ist jetzt zehnmal so bedeutend wie vor Monaten, als er den ersten Vertrag mit ihr schloss, und sie steht entsprechend schlechter da. Im weichen vormittäglichen Sonnenlicht seines jüngsten Besuchs bei ihr wirkte sie weniger abschreckend als seinerzeit im roten Feuerschein und ihr vorher so greller Aufzug blasser und mit Stäubchen bedeckt, die gut sichtbar in den Sonnenstrahlen tanzten. Er zeigte ihr Quittungen von den besten Möbeltischlern, Stoffhändlern, Fliesenlegern, Glasern und vielen anderen Handwerkern, die von George Hunt, Esq., beauftragt worden waren, ferner ein Bankkonto auf Mr Hunts Namen in Höhe von tausend Pfund. (Natürlich weiß William, dass er, wenn er wollte, diese Verstellung jetzt sein lassen könnte, doch wo sie so mühelos aufrechtzuerhalten ist, warum soll er sich da die peinliche Enthüllung nicht ersparen?

Und was das Bankkonto auf George W. Hunts Namen betrifft – nun, das könnte sich unabhängig davon noch als verdammt gute Idee erweisen, falls seine Informationen über die jüngsten Besteuerungspläne nicht fehlgehen!)

Mrs Castaway schien jedenfalls von ihm mächtig beeindruckt zu sein, ganz gleich, wie er heißen mochte, und es bedurfte nur geringer Überredung (außer einem zusätzlichen Bündel Geldscheine), damit sie den alten Vertrag zerriss und Sugar in seinen Alleinbesitz entließ.

»Ich habe für sie so gut gesorgt, wie es mir unter den Umständen möglich war«, waren ihre letzten Worte. »Ich vertraue darauf, dass Sie desgleichen tun – zu unser aller bleibendem Nutzen.«

Während er jetzt die Räumlichkeiten in der Priory Close inspiziert, verscheucht William die Erinnerung an ihr grausiges, wächsernes, runzliges altes Gesicht, indem er gewissenhaft nachprüft, dass hier alles in Ordnung ist – makellos und vollkommen. Er vergewissert sich der optimalen Lage seines Liebesnestes, seiner idealen Inneneinrichtung, seines harmonischen Kompromisses zwischen männlichem und weiblichem Geschmack. Er setzt sich in jeden Sessel und auf die Chaiselongue und prüft, was von jeder Sitzgelegenheit aus vom Dekor zu sehen ist. Er öffnet und schließt die kleinen Türen, Fenster, Deckel und Klappen sämtlicher Kleider-, Geschirr- und Bücherschränke und sonstiger Möbel, um sicher zu sein, dass sie nicht hängen oder knarren.

Das Badezimmer gibt Anlass zu Zweifeln. Hat er richtig gehandelt, als er ein heißes Bad installieren ließ? Die Rohre sind hässlich und ähneln dem elefantösen Apparat in einer der Rackham-Fabriken. Ob Sugar mit einer opulenten frei stehenden Badewanne nicht glücklicher gewesen wäre? Ach, was soll's, er will, dass sie sauber ist, und diese neuen »Ardent«-Badewannen sind der allerletzte Schrei. Die Bedienungsanleitung für den Durchlauferhitzer mag vielleicht ein bisschen kompliziert sein, und in der Tat gibt es das Risiko einer Explosion, aber Sugar ist ein kluges Kind und wird sich bestimmt nicht von einem Heißwasserbereiter in die Luft jagen lassen. Und diese neuen »Ardent«-Modelle sind die bislang sichersten. »In Zukunft wird jedermann ein solches Gerät haben«, meinte der Verkäufer. (Woraufhin William versucht war, dem Burschen eine Lektion in

Verkaufsstrategie zu erteilen, und beinahe erwidert hätte: »Nein, nein, nein, Sie müssen vielmehr sagen: Die normalen Sterblichen werden sich immer in einem besseren Toiletteneimer waschen – nur wer mit Geschmack und Wohlstand gesegnet ist, wird ein *solches* Gerät haben.«)

Dann geht er langsam ins Schlafzimmer und überprüft zum zehnten Mal das Bett, fühlt die Laken und Decken zwischen den Fingern, lehnt sich kurz gegen die Kissen, um die Drucke an den Wänden zu goutieren (Chinoiserie, keine Pornographie) sowie die Art, wie das Tapetenmuster im Licht schimmert. Dies alles, wagt er zu behaupten, wird ihre Zustimmung finden.

Von außen ist das Haus unscheinbar, praktisch identisch mit denen links und rechts davon. Die Tür in den Hausflur blickt zur Straße, liegt aber halb versteckt in einem dunklen, wachhäuschenartigen Vorbau, der Schutz vor den neugierigen Augen der Nachbarn bietet. Im Obergeschoss sind keine Mieter, da William beide Etagen gepachtet und um der Diskretion willen beschlossen hat (obwohl er ein hübsches Sümmchen bekäme, wenn er weitervermieten würde!), die oberen Räume leer stehen zu lassen.

William schaut auf die Uhr. Es ist neun Uhr abends, der 17. März 1875. Jetzt muss er nur noch ein letztes Mal bei Mrs Castaway vorbeischauen und Sugar zur Fahrt in ihr neues Zuhause abholen.

Henry Rackham marschiert durch die nur halb erschlossenen Randzonen der Zivilisation, nach Schlafenszeit, in der Dunkelheit. Er ist von Natur aus keine Nachteule, der gute Henry, er ist ein Mann, der aufwacht, sobald die Sonne aufgeht, und dem es schwer fällt, sich das Gähnen zu verkneifen, sobald sie untergeht. Doch heute Nacht hat er sein warmes Bett verlassen, sich hastig etwas über sein Nachthemd gezogen und seine unordentliche Erscheinung mit einem langen Wintermantel verhüllt – und ist losgegangen.

Auf den ersten paar Meilen gibt es noch Wege mit Häusern und Straßenlaternen, doch diese werden immer spärlicher, bis sie zuletzt von den flackernden Lagerfeuern ferner Zigeuner, dem unheimlichen Schein der Great Western Railway und der gottgegebenen natürlichen Beleuchtung abgelöst werden. Der Vollmond scheint auf den Dahinstürmenden herab. Sein riesiger Schatten läuft neben ihm her, springt behände über den unebenen Boden wie ein Schwarm schwarzer Ratten. Er ignoriert ihn und konzentriert sich auf seine tapsigen Füße, die in ungeschnürten Schuhen rastlos drauflosmarschieren.

Ich bin ein Ungeheuer, denkt er.

Trotz der kühlen Luft und der Schwierigkeit, sich im Dunkeln zu orientieren, sieht er immer noch Emmeline Fox vor seinem inneren Auge, oder was das sonst für ein Auge sein mag, das sie so sehen kann, nackt hingestreckt auf den Kissen und Polstern eines schwülen Boudoirs, in einer verworfenen Pose, mit der sie ihn einlädt, über sie herzufallen. Die Vision ist jetzt kaum weniger plastisch als vorhin, wo er sein Bettzeug zur Seite schleuderte und die wollüstigen Avancen des Schlafs abwehrte. Denn trotz der leuchtenden Klarheit ist das Bild seiner lieben Freundin abscheulich falsch. Er hat in Gottes Wirklichkeit noch niemals mehr von Mrs Fox' Fleisch erblickt als Gesicht und Hände, alles unterhalb des Halses und oberhalb der Handgelenke ist seine eigene verdorbene Phantasie. Er hat ihr einen Körper nach eigenem Gutdünken gegeben, nahtlos zusammengestückt aus gemalten Akten griechischer Göttinnen und Wassernymphen, die unanständigeren Teile ein Geschenk des Teufels. Nur das Gesicht ist ihr eigenes.

Aber *Ja!* flüstert sie, während ihre geisterhaft blassen Arme sich verführerisch in den Raum zwischen ihnen strecken. *Ja.*

Henry lehnt sich an das Holzgeländer einer niedrigen Brücke über den Grand Junction Canal, knöpft seine Sachen auf und ruft weinend nach Erlösung.

»Wohin«, fragt Sugar leise, »fahren wir?«

Die Droschke ist schon an allen in Frage kommenden Orten vorbeigerattert, die William als Ziel im Auge gehabt haben könnte, als er sie (höchst ungewöhnlicherweise!) aufforderte, sich für »eine kleine Spritztour« fertig zu machen. Zuerst nahm sie an, dass er vielleicht einen Besuch im Fireside plante, aus sentimentalen Gründen; er hat in letzter Zeit eigentümlich sentimentale Anwandlungen gehabt und dabei über ihre Affäre reminisziert, als ob sie sich schon seit Jahren kennen würden. Doch nein, als sie die Droschke warten sah, wusste sie, dass es nicht ins Fireside gehen sollte. Und inzwischen sind sie an all den besten Schenken und Gastwirtschaften vorbei und auch für die Cremorne Gardens in die falsche Straße eingebogen.

»Wird nicht verraten«, neckt William sie sanft und streichelt ihr in dem dunklen Wagen die Schulter. »Du wirst schon sehen.«

Sugar kann Streiche und Rätsel aller Art nicht ausstehen. »Wie aufregend!«, haucht sie und drückt die Nase ans Fenster.

William findet diese kindliche Neugier anbetungswürdig – und einen höchst erfreulichen Kontrast zu der Art, wie die frisch vermählte Agnes sich an dem Tag verhielt, als er sie in *ihr* neues Zuhause brachte. Agnes schaute den ganzen Weg über zurück, auch wenn er sie noch so sehr bat, das doch zu lassen; Sugar schaut mit unverhohlener Vorfreude voraus. Agnes war so sekkant (verheult und wunderlich), dass er den Wunsch verspürte, sie bewusstlos zu schlagen, damit sie erst wieder wach wurde, wenn er sie gemütlich im neuen Haus einquartiert hatte; Sugar würde er am liebsten auf den Schoß nehmen, damit sie zum Schaukeln der Kutsche auf der holperigen Straße seinen Ständer reitet. Doch er tut nichts, als ihr die Schulter zu streicheln. Dies ist ein wichtiges Ereignis in ihrem Leben – in ihrer beider Leben – und darf nicht verdorben werden.

Unterdessen blickt Sugar mit großen Augen ins Dunkel hinaus. Bringt William sie zu sich nach Hause nach Notting Hill? Nein, sie sind rechts in die Edgware Road eingebogen, statt weiter geradeaus zu fahren. Bringt er sie an irgendeinen verlassenen Ort außerhalb der Stadt, wo er sie besser ermorden und ihre Leiche beseitigen kann? In ihrem Roman hat sie so viele solcher Morde beschrieben, dass die Möglichkeit ihr durchaus real erscheint. Werden Prostituierte nicht ständig von ihren Freiern umgebracht? Erst vorige Woche wurde Amy zufolge eine Frau kopflos und mit den Spuren »unsittlicher Handlungen« auf der Hampstead Heath gefunden …

Ein Seitenblick auf Rackham beruhigt sie: Er strahlt Selbstzufriedenheit und Begehren aus. Also dreht sie die Nase zur Scheibe zurück und hält den Mund wieder über die größer werdende beschlagene Stelle, die sie dort hingehaucht hat.

Am Ende der Fahrt darf sie in einer kurzen, finsteren Sackgasse aussteigen, vor einer sehr modern aussehenden Reihe von Häusern mit durchweg einheitlichen Fassaden. Der dürftige Laternenschein wird von zwei breiten, stattlichen Bäumen mit geradezu gotisch verschlungenem Astwerk abgeblockt. Während die Droschke davonklappert, senkt sich eine Friedhofsstille herab, und Sugar wird am Arm in den pechschwarzen Vorbau eines dieser fremden neuen Häuser geführt.

William Rackham ist neben ihr, eine vage Gestalt im Dunkeln; sie hört, wie er atmet und wie ihre Röcke rascheln, als er sie auf der Suche nach dem Schlüsselloch streift. Wie still es hier ist, dass sie solche Dinge hören kann! Was ist das für ein Ort, an dem eine solche Lautlosigkeit die Luft erfüllt? Urplötzlich gerät sie in den Bann einer unbekannten, aber heftigen Erregung. Ihr Herz pocht, die Beine werden ihr schwach und beginnen zu zittern, beinahe als ob sie doch noch ermordet werden sollte. Mit einem Geräusch, als ob Stoff zerreißt, wird ein Schwefelhölzchen angestrichen, und sein flackernder Schein beleuchtet Williams Gesicht, wie er sich bückt, um die Tür aufzuschließen. Seine bärtigen Züge erscheinen ihr gänzlich fremd.

Dieser Mann verändert mein Leben, denkt sie, als der Schlüssel sich dreht und die Tür aufgeht. *Mein Leben wird wie eine Münze geworfen.*

William zündet die Flurlampe an und fordert Sugar auf, sich darunter zu stellen, während er in sämtliche dunklen Räume dahinter eilt, um auch in ihnen die Lampen anzumachen. Dann kehrt er zurück und nimmt sie sanft am Arm.

»Dies«, erklärt er und streckt theatralisch den Arm aus, »gehört dir. Ganz dir.«

Einen Moment lang ist alles still und starr, ein *tableau vivant* aus drei Elementen: einem Mann, einer Frau und einer Vase mit roten Rosen.

Dann ruft die fassungslose Sugar »O William!« aus, und Rackham führt sie ins Wohnzimmer. »Du lieber Gott!« Den ganzen Weg hierher hat sie sich darauf eingestellt, zu schauspielern, mochte seine kleine Überraschung sein, was sie wollte, doch jetzt bedarf es keiner Schauspielerei, denn sie ist tatsächlich wie vom Donner gerührt.

»Du zitterst ja«, bemerkt er und umschließt ihre Rechte mit seinen beiden Händen, wie um das Phänomen zu beglaubigen. »Warum zitterst du?«

»O William!« Mit nassen Augen blickt sie zwischen ihm und dem unglaublich luxuriösen Zimmer hin und her. »O William!«

Zuerst wundert er sich über diese überschwängliche Dankbarkeitsbekundung und misstraut ihr im Stillen, wie er ihren Wollustbekundungen niemals misstraut hat. Sobald er jedoch begreift, dass sie wahrhaft überwältigt ist, schwillt ihm die Brust vor Stolz darauf, dass er der Urheber einer solchen Verzückung ist. Da sie ihm ohnmächtig zu werden droht, fasst er sie an den Schultern und dreht sie zu sich herum. Geschickt knüpft er das Seidenband unter ihrem Kinn auf und zieht ihr beim Abnehmen des Hutes die Nadeln aus dem Haar, so dass die Fülle ihrer rotgoldenen Locken herabfällt wie frisch geschorene Wolle aus einem Korb. Er fühlt einen Stich im Herzen: Wenn doch dieser Augenblick ewig währen könnte!

»Na?«, fragt er neckend. »Willst du dein neues Zuhause nicht in Augenschein nehmen?«

»Aber ja doch!«, ruft das Mädchen und springt von ihm fort. Strahlend sieht er zu, wie sie durchs Zimmer tanzt, wie sie die Hand auf Gegenstände und Oberflächen legt, um sie im wörtlichen Sinne zu be-greifen und in Besitz zu nehmen, und wie sie dann durch die Tür ins nächste Zimmer stürzt. Bei diesem Anblick kommt William unwillkürlich die Erinnerung daran, wie Agnes an ihrem ersten Tag in den Chepstow Villas durch das Haus schlich wie ein krankes, quengeliges Kind, blind für alles, stumpf für seine ganzen Mühen.

»Ich hoffe, ich habe an alles gedacht«, murmelt er ihr ins Ohr, nachdem er sich zu ihr, die völlig hingerissen vor dem Schreibpult im Nebenzimmer steht, gesellt hat. Sie nimmt seine Küsse wie betäubt entgegen und starrt immer nur auf ihr Spiegelbild in dem lackierten Holz.

»Was ist das für ein Zimmer?«, will sie wissen.

Er liebkost ihren Nacken mit seinem bärtigen Kinn. »Nähzimmer, Ankleidezimmer, Arbeitszimmer – was du willst. Ich habe nicht viel hineingestellt, ich dachte, du brauchst vielleicht das eine oder andere aus deinem alten Zimmer bei Mrs Castaway.«

»Sie weiß Bescheid?«

»Natürlich weiß sie Bescheid. Es ist alles geregelt.«

Sugar wird weiß im Gesicht. Albtraumbilder tauchen plötzlich vor ihr auf: eine alte Frau im blutroten Kleid, die die Treppe zu Sugars Zimmer hinaufsteigt; eine aufklappende Schranktür, hinter der das weiße Manuskript von *Sugars Fall und Erhebung* zum Vorschein kommt. Mrs Castaway darf diese Seiten nicht anrühren! Auf ihnen werden einer Puffmutter, die mit »Mrs Jettison« einen praktisch gleichbedeutenden Namen führt, viele, viele Dinge vorgeworfen – hauptsächlich die Schändung ihrer eigenen unschuldigen Tochter, der unerschrockenen Heldin.

»Mein Zimmer … mein *altes* Zimmer …«, haucht sie mit versagender Stimme. »Was … was für Regelungen …?«

»Keine Bange!«, lacht Rackham. »Deine Intimsphäre liegt mir sehr am Herzen. Nichts wird angerührt, bis du es abholen lässt. Auch das werde ich für dich regeln, sobald du es wünschst.« Und er streicht ihr beruhigend übers Gesicht, damit sie wieder ein bisschen Farbe bekommt.

Verwirrt geht Sugar zur Gartentür hinüber und beobachtet, wie ihr geviertelteś Spiegelbild auf die Glasfläche zukommt. Die Scheiben stehen in minimal unterschiedlichen Winkeln, so dass die vier Teile ihres Bildes sich nicht ganz zusammenfügen, bis sie so nahe herantritt, dass sie durchsichtig wird und gänzlich verschwindet. Draußen ist ein winziger umfriedeter Garten, schwer zu erkennen im Dunkeln, aber voll von … nun ja, irgendwelchem Grünzeug, was jedenfalls beweist, dass ihr neues Zuhause auf ebener Erde liegt, in einer weitaus natürlicheren Umgebung als die Silver Street. Ihre Zweifel fallen von ihr ab, und die überschwängliche Freude kehrt zurück.

»O William!«, ruft sie erneut. »Ist das wirklich alles für mich allein?«

»Ja, ja«, lacht er. »Für *uns* allein. Ich habe es auf Lebenszeit gepachtet.«

»O William!«

Und wieder saust sie davon, reißt sich die Handschuhe herunter und lässt sie zu Boden fallen, um mit den bloßen Händen über die Buchrücken im Bücherschrank und die erhabenen bunten Streifen der Tapete zu fahren. Sie hüpft von Raum zu Raum, William immer hinterher, und in jedem vollführt sie den gleichen Freudentanz der Betastung und Inbesitznahme. Ganze Wagenladungen von Zeug hat Rackham für sie gekauft! Die Wohnung ist bis oben hin voll mit Nippes: nützlich, nutzlos, hässlich, schön, sinnig, unsinnig und alles, soweit sie sehen kann, teuer.

»Ich will dir was zeigen, ich will dir was zeigen!«, sagt er in einem fort. »Das Bad hier hat warmes Wasser. Es ist einfach zu bedienen. Selbst ein Kind ...«

Und er demonstriert ihr, mit welchen Handgriffen sie den ganzen Luxus der modernen Zeit ohne Unfallgefahr genießen kann.

»Mach es mir nach!«, drängt er sie, denn sie wirkt ziemlich verdattert. »Zeig mir, dass du es verstanden hast!« Und sie macht es, sie macht es.

Je mehr das Vermögen, das William in sie investiert hat, in Sugars Bewusstsein einsinkt, umso schneller wirbelt sie von Raum zu Raum, von Tisch zu Vitrine zu Bücherschrank, und streift dabei mit dem Rücken an den Wänden entlang wie ein brünstiges Tier. Statt Worten stößt sie eine solche Vielzahl begeisterter Quietsch- und Brummtöne aus, dass William sie an den Handgelenken packt und zum Bett führt, riesengroß und noch üppiger ausgestattet als das, mit dem sie beide so innig vertraut sind.

Er ertappt sie dabei, wie sie kritisch das Kopfende des Bettes mustert, während sie sich die Stiefel aufknöpft: Kein Spiegel ist dort angebracht, das Einzige, was spiegelt, ist die lackierte Maserung des dunklen Holzes. William fragt sich stirnrunzelnd, ob er richtig entschieden hat: Er konnte sich nicht dazu überwinden, brutal einen Spiegel in das seidenglänzende Teakholz schrauben zu lassen. Oh, er hat durchaus daran gedacht und sich erinnert, wie sehr es ihm gefiel, wenn er im Spiegel von Sugars altem Bett seine steife Männlichkeit in ihr verschwinden und feucht und glitschig wieder herauskommen sah. Er war sogar schon dabei, zu dem Möbeltischler zu sagen: »Ich frage mich, guter Mann, ob es wohl möglich wäre ...«

Doch dann änderte er mitten im Satz seine Meinung und ergänzte: »... ein kleines, verschnörkeltes ›R‹ hier oben einzuschnitzen?«

Jetzt prüft William eingehend Sugars Gesicht, während sie noch ihren Körper für ihn bereitmacht.

»Vermisst du den Spiegel?«, fragt er sie.

Sie lacht. »Wieso soll ich mich anschauen, wenn ich dich habe, der mich anschaut?«

Sie hat jetzt nur noch ihr Kamisol an, und seine Hosen spannen sich. Er drückt sie auf die Matratze und bemerkt, wie ihre Augen sich weiten, als sie zum Betthimmel aufblickt – ja, das ist feinste belgische Spitze! Nur mit Mühe kann William der Versuchung widerstehen, ihr alles zu schildern: den Aufwand, den er bei der Auswahl der Möbel getrieben hat, die seltenen und schwer zu bekommenden Stücke, die er gefunden hat, die günstigen Konditionen, die er ausgehandelt hat … Doch es ist besser, er lässt es und macht nicht den Märchenzauber seines Geschenks zunichte.

Allmächtiger Gott, ihre Möse ist nasser, als er sie je zuvor erlebt hat! Was für ein Zustand, in dem sie ist! Und alles seinetwegen!

»Aber lieber William«, keucht sie, als er in sie eindringt. »Es gibt keine Küche.«

»Küche?« Sekunden trennen ihn noch vom Orgasmus. »Du brauchst keine Küche, du Gans«, stöhnt er. »Ich gebe … dir alles … was du brauchst …« Und er spritzt seinen Samen in sie.

Hinterher liegt Sugar in seinen Armen, küsst ihm hundertmal die Brust und bittet ihn um Verzeihung dafür, dass sie in einem so delikaten Augenblick abwesend gewirkt hat. Sie sei, sagt sie, von seiner Großzügigkeit überwältigt gewesen – sei es immer noch. Sie habe es gar nicht alles auf einmal fassen können, ihr armer Kopf sei völlig durcheinander, doch ihre Möse wisse, was Sache sei, wie er wohl bestätigen könne! Und falls es ihm Leid tue, dass er einen einsamen Höhepunkt hatte und sie (zum ersten Mal, seit sie sich kennen) nicht gleichzeitig mit ihm in Ekstase ausbrach, ach, dann sei sie mehr als gern bereit zu warten, bis seine Männlichkeit sich wieder erholt habe. Oder wäre es ihm lieber, wenn sie es ihm mit dem Mund machte? Der Geschmack allein, versichert sie ihm, reiche aus, um sie in Verzückung zu versetzen.

Nein, seufzt William, schon gut. Er sei müde; das sei auch für ihn ein gewichtiger Tag gewesen. Und ihre Frage, wie sie sich in ihrem neuen Zuhause ernähren solle, sei ja berechtigt. Doch es sei für alles gesorgt. Er – oder vielmehr seine Bank – werde ihr wöchentlich eine bestimmte Summe überweisen, die für ihre Unabhängigkeit mehr als genug sein werde. Es gebe eine Reihe ausgezeichneter Speisegaststätten auf der Marylebone Road, nicht zuletzt die Frühstücksräume im Aldsworth Hotel, die er ihr bedenkenlos empfehlen könne; die Omelettes dort seien besonders gut. Das Warwick sei berühmt für Fisch: Ob sie Fisch mag? Ja, sie liebt Fisch. Welchen Fisch speziell? Ach, Fisch überhaupt. Und sie brauche sich auch keine Gedanken über die Reinhaltung ihrer Räume oder die Wäsche zu machen: Er werde für sie ein Mädchen besorgen …

»Ach, nein, William, das ist wirklich nicht nötig«, protestiert Sugar. »Ich bin im Grunde sehr häuslich, weißt du, wenn ich will.« (Gar nicht wahr, muss sie sich innerlich eingestehen, sie hat in ihrem Leben noch keinen Streich Hausarbeit gemacht. Aber wenn diese Räume ihr gehören sollen, dann sollen sie ihr auch *richtig* gehören!)

Überhaupt, während sie und William zusammen auf dem frisch eingeweihten Bett liegen, wird in ihr der Wunsch, allein zu sein, immer stärker. Dieses Geschenk, das er ihr gemacht hat … Sie wird es erst glauben können, wenn er verschwindet und es nicht mit ihm verschwindet. Wie kann sie ihn zum Gehen bewegen? Ihre Küsse auf seine Brust entwickeln sich zu einem nervösen Zucken: Immer rascher pickt sie geradewegs auf seine Genitalien zu, um so oder so eine Entscheidung zu erzwingen.

»Ich muss gehen«, verkündet er und tätschelt sie zwischen den Schulterblättern.

»Schon?«, flötet sie.

»Die Pflicht ruft.« Er ist bereits dabei, sein Hemd anzuziehen. »Ich nehme an, du wirst dich sowieso erst einmal mit deinem kleinen Nest vertraut machen wollen.«

»*Unserem* kleinen Nest«, wendet sie ein. (*Da* sind deine Hosen, du Trottel! *Da!*)

Als er sie Minuten später zum Abschied streichelt, küsst sie ihm die Finger und sagt: »Es ist, als ob ich meine sämtlichen Geburtstage gleichzeitig hätte.«

»Lieber Himmel!«, ruft Rackham aus. »Ich weiß nicht einmal, wann du Geburtstag hast.«

Sugar lächelt, während sie aus dem Wirrwarr konkurrierender Antworten in ihrem Kopf den perfekten Satz auswählt, mit dem er sich auf den Weg machen kann, *les mots justes* für die Besiegelung dieses Geschäfts.

»*Dies* wird von heute an mein Geburtstag sein«, sagt sie.

Nachdem die Tür zu ist, bleibt Sugar ein oder zwei Minuten regungslos liegen für den Fall, dass William noch einmal umkehrt. Dann schwingt sie langsam die Beine über die Bettkante, spürt den unbekannten Boden unter den Füßen und steht auf. Ihr arg zerknautschtes Kamisol fällt ihr über die Brüste. Versonnen streicht sie es glatt und fragt sich, ob Williams Behauptung, er habe an »alles« gedacht, auch so etwas wie ein Bügeleisen einschließt. Stück für Stück kleidet sie sich wieder an. Mit einer winzigen Kleiderbürste aus ihrem Retikül bearbeitet sie die Röcke, die es ihr danken. Indem sie dann die Kleiderbürste gegen einen Handspiegel vertauscht, ordnet sie ihre Haare ein wenig und pellt ein oder zwei Hautschuppen von ihren trockenen Lippen, bevor sie das Schlafzimmer verlässt.

»*Langsam, langsam!*«, zügelt sie sich. »Du hast jetzt alle Zeit der Welt.«

Zuallererst einmal geht sie in ... ihr Arbeitszimmer. Jawohl, ihr Arbeitszimmer. Sie stellt sich an die Glastür und schaut auf den Garten hinaus. Am Morgen wird die Sonne darauf scheinen, nicht wahr, und der Tau wird auf den ordentlichen Rasenbeeten und den exotischen Pflanzen funkeln, deren Namen sie nicht kennt. Durch ihr eines kleines Fenster bei Mrs Castaway war nie etwas anderes zu sehen als schmutzige Dächer und Leute, die es eilig haben. Hier hat sie Gras und ... hübsches Grünzeug.

Mit den roten Rosen im Flur liegen die Dinge anders: Sie kann sie nicht riechen, im wörtlichen Sinne. Wie lange muss sie die Dinger dort in der Vase stehen lassen, ehe sie sie in den Müll befördert, wo sie hingehören? Schnittblumen hat sie schon immer verabscheut und Rosen ganz besonders: ihren Geruch und die Art, wie sie auseinander fallen, wenn sie verblüht sind. Die Blumen, die sie ertragen kann – Hyazinthen, Lilien, Orchideen –, sterben fest auf ihren Stängeln, bis zum Ende in einem Stück.

Trotzdem ist der Strauß ein Wahrzeichen der Fürsorge, mit der

William Rackham diese Wohnung für sie hergerichtet hat. Was für eine Mühe er sich gemacht hat! Wie reich er ihr die Mühe lohnt, die *sie* sich gemacht hat, um ihn zu erziehen! Je genauer sie ihre Zimmer durchforscht, umso mehr Beweise für seine Aufmerksamkeit findet sie: den Handschuhweiter und den Handschuhpuderer, den Schuhspanner und den Ringständer, den Blasebalg für das Feuer, die Bettwärmpfannen. Hat er wirklich an alle diese Sachen gedacht, oder ist er nur durch ein Kaufhaus in der Regent Street getappt und hat einfach alles gekauft, was ihm unter die Augen kam? Auf jeden Fall liegen auch ein paar höchst merkwürdige Sachen in der Gegend herum. Eine magnetische Bürste, noch in der Schachtel, gibt an, Locken zu wickeln und Kopfschmerzen mit Übelkeit und Erbrechen zu kurieren. Ein kunstvoll ausgestopftes Hermelin liegt eingerollt vor ihrem Kleiderschrank, als wartete es darauf, abgehäutet, zu einer Stola verarbeitet und hineingehängt zu werden. Schmuckgegenstände aus Silber, Glas, Keramik und Messing drängeln sich auf den Kaminsimsen. Zwei Toilettentische stehen nebeneinander, der eine größer als der andere, aber mit weniger ansprechender Oberflächenbehandlung, was den Schluss nahe legt, dass Rackham, nachdem er den einen gekauft hatte, es sich noch einmal überlegte und auch den anderen kaufte, um die abschließende Entscheidung ihr zu überlassen. Bedeutet das, dass sie für jegliche Veränderungen, die sie vornehmen möchte, seinen Segen hat? Es ist noch zu früh, um das zu beurteilen.

Hol der Teufel die Rosen! Sie verpesten die ganze Wohnung mit ihrem Gestank … Doch nein, das kann nicht sein, nicht die Blumen aus einer einzigen Vase. Die Luft ist auf rätselhafte Weise mit Parfüm übersättigt, als ob das ganze Haus mit Duftseife gewischt worden wäre. Sugar reißt die Gartentür auf, und frische Nachtluft schießt ihr in die Nase. Tief atmend steckt sie das Gesicht ins Dunkel hinaus, schnuppert den kaum merklichen Duft des nassen Grases und das nur allzu merkliche *Fehlen* all jener Gerüche, die sie gewohnt ist: Fleisch und Fisch, Exkremente von Zugpferden und Ponys, durch die Abflussrohre gurgelndes verdrecktes Wasser.

Ein warmer Samenrückfluss rinnt ihr die Schenkel hinunter in die Pantalettes, während sie so dasteht und schnuppert, und sie zuckt zusammen, hält sich schnell eine Hand vor und drückt mit der anderen Hand die Türflügel zu. Was tun? Wäre es nicht erstaunlich, wenn sie die Tür dieses Schranks hier aufmachte und dort, gerade am richtigen Fleck, die große silbrige Schüssel und die Schachtel mit giftigen Pulvern vorfände? Sie zieht die Schranktür auf. Leer.

Sie läuft ins Schlafzimmer zurück, guckt an beiden Seiten unters Bett. Kein Nachttopf. Wofür hält dieser Rackham sie? Eine …? Sie kommt nicht auf das Wort, das sie sucht, sofern es existiert … Und ohnehin ist ihr gerade eingefallen, dass sie ein Bad hat. Großer Gott, ein Bad! Stolpernd sucht sie es unverzüglich auf.

Es ist eine unheimliche kleine Kammer mit einem blanken Holzfußboden in der Farbe zu lange gezogenen Tees und glänzenden dreifarbigen Wänden – bronzefarbene glasierte Kacheln als Lambris, dann ein schwarzer Tapetenstreifen wie ein Band rundherum, schließlich ein seidenmatter Anstrich in Senfgelb bis an die Decke. Diese Farbgebung lässt die Badewanne, das Waschbecken und die Kloschüssel, alles aus Keramik, in einem höchst ungewöhnlichen Licht erscheinen.

Sugar setzt sich aufs Abort. Es gleicht genau dem unten bei Mrs Castaway, nur dass es aberwitzig nach Rosen riecht: irgendeine ins Wasser gesprenkelte Essenz. *Das haben wir gleich,* denkt sie und leert ihre drückende Blase. Während des Pissens lässt sie Wasser ins Waschbecken einlaufen, damit sie sich anschließend mit einem luxuriösen Baumwollhandtuch waschen kann. Alle horizontalen Oberflächen, bemerkt sie, stehen mit Rackham-Artikeln voll: Seifen in allen Größen und Farben, Badesalze, Flaschen mit Salben, Töpfchen mit Creme, Büchsen mit Puder. Das R zeigt auf allen einheitlich nach vorn. Sie stellt sich vor, dass William eine Ewigkeit damit zugebracht haben muss, die ganzen Utensilien so aufzustellen, immer wieder muss er zurückgetreten sein und ihre Ausrichtung mit kritischen Augen betrachtet haben, und der Gedanke lässt sie vor Freude und Furcht erschauern. Wie sehr er bemüht ist, sie zufrieden zu stellen! Wie unersättlich sein Verlangen nach ihrer Anerkennung ist! Sie wird sich mit dem ganzen verdammten Zeug hier einschmieren und ihm hinterher Lobeshymnen darüber singen müssen, wenn sie ihn nicht verärgern will.

Aber nicht heute Nacht. Sugar drückt den Spülhebel, und was sie ausgeschieden hat, entschwindet wie durch Zauberei in ein unterirdisches Anderswo.

Doch als sie aus dem Bad tritt, ist die restliche Wohnung immer noch da, luxuriös und still und übervoll mit glänzenden Dingen, von denen sie jetzt erst langsam begreift, dass sie ihr gehören. Auf einmal beginnen ihre Schultern zu beben, und Tränen schießen ihr in die Augen.

»O lieber Gott!«, schluchzt sie. »Ich bin *frei*!«

In einem neuerlichen Anfall von Bewegungsdrang stürmt sie wieder von einem Zimmer ins andere, diesmal jedoch wesentlich ungesitteter: nicht wie ein braves Mädchen, das vor Verzückung wohltönend quietscht, sondern wie eine wilde Gossengöre, die in ihrem Jubel hässliche Grunz- und Kreischtöne ausstößt.

»Es gehört alles *mir*! Es ist alles für *mich*!«

Sie reißt die Rosen aus der Vase, zerdrückt die Stiele in ihrer Faust und schwenkt sie wie verrückt und mit großem Gespritze herum. Sie klatscht die Köpfe an den nächsten Türpfosten und jauchzt vor wütender Befriedigung, als die Blütenblätter durch die Gegend stieben. Sie wirbelt im Kreis und drischt den zerfallenden Strauß an die Wände, bis der Fußboden rot bestreut ist und die Stängel schlaff und zerfetzt herabhängen.

Dann taumelt sie, beschämt und mitgenommen von ihrer Orgie, an den Bücherschrank – den wunderschön gearbeiteten, auf Hochglanz polierten, mit Glastüren versehenen und mit einem Messingschlüssel abgeschlossenen Bücherschrank, der *ihr* gehört, ihr allein – und reißt die Türen weit auf. Sie zieht aus den Fächern den am bedeutendsten aussehenden Band heraus, setzt sich damit in den Sessel am Feuer und fängt an zu lesen. Wenigstens tut sie so; so weit, wie sie auf das Meer ihrer Phantasie abgetrieben ist, kann sie nicht zugeben, dass sie in Wirklichkeit gar nicht liest. Einen Ellbogen auf die Armlehne gestützt sitzt sie manierlich da; sie platzt schier vor Manierlichkeit. Mit einer Hand hält sie das Buch auf dem Schoß, mit der anderen nimmt sie eine stützende Pose ein, die Knöchel an die Wange gedrückt. Sugar starrt auf die bedruckte Seite, doch was vor ihren glasigen Augen ersteht, sind nicht die Worte, sondern sie selbst, wie sie allein in einem eleganten, reich möblierten Zimmer sitzt,

Sugar, wie sie manierlich ein Buch liest, von einem gewichtigen Schmöker in diesem Zimmer verankert, ihrem Zimmer.

Eine zeitlose Spanne sitzt sie so da, schlägt hin und wieder eine Seite um. Wie von erhöhter Warte aus sieht sie die blassen, wie gemasert wirkenden Finger über die engen Druckzeilen fahren. Abgesehen von ihrem Fischschuppenbefall könnten es die Hände einer vornehmen Dame sein (und könnten nicht auch vornehme Damen an dieser Krankheit leiden?), die da über die Seiten gleiten. Sugar ist sich sicher, dass irgendwo in einem friedlichen Herrenhaus in diesem Moment eine echte Dame genau wie sie hier sitzt und ein Buch liest. Die beiden sind in ihrem gemeinsamen Lesen vereint.

Zuletzt jedoch nutzt sich der Zauber ab und wird zu dünn. Sie gesteht sich ein, dass sie das Buch gar nicht liest, dass sie nicht die blasseste Ahnung hat, was es enthält oder auch nur wie es heißt. Ähnlich wie ein Maler, der erkennt, dass das Licht zu schlecht geworden ist, wohl oder übel seine Sachen einpackt, so klappt Sugar ihr Buch zu und legt es neben den Sessel auf den Boden. Und als sie aufsteht, merkt sie, dass sie unglaublich müde ist, weich in den Knien und von Kopf bis Fuß schweißbedeckt.

Sie wankt ins Schlafzimmer und lässt sich schwer aufs Bett plumpsen. Eine Kristallkaraffe mit Wasser und ein Trinkglas stehen nebeneinander auf dem Nachttisch. Sugar schnappt sich die Karaffe und gießt sich das Wasser direkt in den Mund, mindestens einen Liter, auch wenn ein Großteil daneben geht. Als sie genug hat, sinkt sie auf die Kissen zurück, klatschnasse Haare auf Hals und Brust.

»Ja, ich *bin* frei«, sagt sie sich abermals, doch diesmal weniger ekstatisch. Die Augen fallen ihr zu, einzelne Körperteile sind ganz taub, schlafen schon. Sie rappelt sich auf, um den Schlafzimmerschrank zu inspizieren. Leer. So viele Dinge hat Rackham fürsorglich für sie ausgesucht, aber bei Nachtzeug war anscheinend Schluss. Hätte er ihr nicht sagen können, als er sie bei Mrs Castaway abholen kam, dass sie ein Nachthemd mitnehmen soll? … Nein, damit hätte er seine große Überraschung verraten.

Schwindlig vor Erschöpfung schafft Sugar es doch noch, alle Lichter zu löschen und ins Schlafzimmer zurückzukehren, wo sie sich die Sachen vom Leib reißt, sie unordentlich auf den Boden fallen lässt und ins Bett kriecht. Doch schon nach wenigen Momenten kriecht sie wieder heraus, auch wenn ihr schlafhungriger Körper noch so sehr gegen diese Verzögerung an der Schwelle zum süßen Entsinken protestiert. Sie kniet sich neben das Bett und lupft eine Lakenecke von der Matratze, um sich zu bestätigen, was sie schon weiß: Anders als ihr altes Bett im Haus von Mrs Castaway hat dieses Bett nicht mehrere Schichten sauberer Laken und Wachstücher. Es gibt kein anderes Laken als das eine, das Rackham voll gesudelt hat. Sie zerrt es vom Bett und bettet ihren nackten Körper auf die blanke Matratze.

Morgen kannst du dir so viele Laken kaufen, wie du willst, sagt sie sich, als die warmen, weichen Decken sie umschmiegen. Dankbar lässt sie die Bewusstlosigkeit wie eine Flut in ihren Kopf einströmen. Am Morgen wird sie sich mit allem Nötigen beschäftigen, an das Rackham nicht gedacht hat; am Morgen wird sie sich mit der Rüstung für ein unabhängiges Leben versehen.

Am Morgen wird sie entdecken, dass sie vergessen hat, die Feuer auszumachen, und die Kamine werden schwarz und ausgebrannt sein, und es wird keine Wärme von Mrs Castaways überheiztem Salon im Erdgeschoss hochziehen, und kein Christopher wird mit einem Eimer Kohlen vor ihrer Tür stehen. Stattdessen wird sie zum ersten Mal im Leben einen neuen Tag im ungemilderten Rohzustand durchstehen müssen.

Teil 3

Die Privatwohnung und das Gesellschaftsleben

Dreizehn

Die unbekannte Strecke in die Stadt wie auch die schlechte Sicht durch den Morgennebel und den dampfenden Atem des schnaufenden Droschkenpferdes geben der eleganten jungen Frau ein Gefühl, als ob sie noch nie zuvor hier gewesen wäre. Sie dachte, sie würde diese Straßen wie ihren Handrücken kennen, doch ehrlich gesagt sind ihr selbst die eigenen Hände, fest umschlossen von einem jungfräulichen Paar der weißesten Hundslederhandschuhe, momentan ein wenig fremd.

Die Saison fängt demnächst an, und immer mehr Angehörige der vornehmen Gesellschaft verlassen ihre Landsitze und begeben sich nach London. In der Oxford Street ist demzufolge kaum noch ein Durchkommen, weshalb der Droschkenkutscher geschickt in die kleineren Straßen mit ihren unübersichtlichen sozialen Verschachtelungen ausgewichen ist. Gerade eben fuhr die elegante junge Frau noch an den eleganten jungen Häusern der Neureichen vorbei, da verdreht sie sich schon den Hals nach den älteren und reicheren Gebäudereihen der Altreichen, um im nächsten Moment an altertümlichen Mietshäusern vorbeizurattern, einst die Wohnsitze von Peers und Staatsmännern, heute jedoch die überfüllten und verwahrlosten Behausungen für die Massen aus der Unterschicht. Aus allen Seitengassen und Treppenschächten starren hohläugige Männer und Frauen und fiebern halb verhungert dem Beginn der Saison entgegen und der Arbeit, die diese bringt. Sie können es kaum mehr erwarten, promenierenden Damen die Pferdescheiße aus dem Weg zu fegen und jungen Herren die Wäsche zu machen.

Schließlich lenkt der Kutscher sein Pferd in die Great Marlborough Street, und mit einem Mal sieht alles vertraut aus.

»Sie können mich hier absetzen!«, ruft die junge Dame.

Der Kutscher zügelt das Pferd. »Ham Sie nich Silver Street gesagt, Miss?«

»Ja, aber Sie können mich hier absetzen«, wiederholt Sugar. Ihr schwindet der Mut, und sie braucht mehr Zeit, bevor sie Mrs Castaway gegenübertreten kann. »Mir ist ein bisschen schwindlig – ein Spaziergang wird mir gut tun.«

Während sie aussteigt, beäugt der Kutscher sie listig. Ihr forscher Ton ihm gegenüber spricht gegen sie; sie kann nicht das sein, wofür er sie anfangs hielt.

»Passen Se nur gut auf sich auf, Miss«, sagt er grinsend.

Sie lächelt zurück, als sie ihm das Fahrgeld gibt, und hat eine saftige Erwiderung auf der Zunge – warum diesen Moment des Erkennens nicht offen begehen, zwei Kanaillen unter sich? Doch nein, vielleicht trifft sie ihn eines Tages wieder, wenn sie William dabeihat.

»Das werde ich«, versetzt sie hochnäsig und wendet sich abrupt ab.

Die Sonne hat inzwischen ihre Wolkendecke abgeschüttelt und strahlt über das ganze West End. Die frostige Luft wird mild, Sugar aber schlottert unter Kleid und Mantel, denn ihre Unterwäsche, unbeholfen in der Badewanne gewaschen und am Feuer getrocknet, ist noch feucht. Außerdem hat sie beim Bügeln eines Bettlakens unglücklicherweise ein Loch hineingebrannt; sie wird sehen müssen, ob sie solche Missgeschicke mit ihrer regelmäßigen Zuwendung bestreiten kann. Die erste Sendung von Rackhams Bankier, die heute Morgen mit der Post kam, ist ein großer Batzen Geld – eine weniger elegant aussehende Frau müsste beim Umtausch der Banknoten in Münzen mit sofortiger Festnahme rechnen, es sei denn, sie suchte einen Hehler auf –, aber möglicherweise ist der nur als Starthilfe gedacht, und in Zukunft wird sie mit weniger auskommen müssen. Vielleicht könnte sie sich die Peinlichkeit ersparen, Rackham doch noch um eine Waschfrau zu bitten, indem sie sich jede Woche neue Laken und Unterwäsche kauft! Der Gedanke ist verlockend – und beschämend.

Die Carnaby Street wimmelt von Bettlern, viele davon Kinder. Einige halten wertlose Blumensträußchen oder Kresseschälchen in der Hand, andere täuschen erst gar nichts vor und strecken einfach die schmutzigen Hände aus, so dass man die nackten Unterarme mit den blauen Flecken und Schorfen sieht. Sugar kennt alle Tricks: das faulige Stück Hachse am Leib, das erbarmungswürdig durch das zerlumpte Hemd suppt; die falschen, mit Haferbrei, Essig und Beerensaft nachgemachten Schwären; die Rußschatten unter den Augen. Sie weiß auch, dass das menschliche Leid nur allzu echt ist und dass betrunkene Eltern ein Kind verprügeln, das zu wenig Geld nach Hause bringt.

»'n hal'm Penny, Miss, 'n hal'm Penny«, fleht ein verkümmertes Mädchen in erdfarbenem Kittel und zu großer Haube. Aber Sugar hat kein Kleingeld, nur ein paar neue Shillings und Rackhams Banknoten. Die Finger, die sich in den neuen Handschuhen beengt und unbeweglich fühlen, erstarren; sie geht weiter; der Augenblick ist vorbei.

Bei Mrs Castaway angekommen, benutzt sie den Hintereingang. Es kommt ihr zwar falsch vor, sich wie ein Dieb ins Haus zu stehlen, doch auch nicht falscher, als ohne einen Kunden am Arm an die Vordertür zu klopfen. Wenn nur für die Dauer ihres Besuchs alle Leute aus dem Haus gezaubert werden könnten! Aber sie weiß, dass ihre Mutter den Salon kaum jemals verlässt, dass Katy zu krank ist, um auszugehen, und dass Amy bis Mittag schläft.

Sugar schleicht die Treppe zu ihrem Zimmer hinauf. Das Haus riecht wie immer: muffig und drückend, eine üble Mischung aus geflickten Wasserleitungen und Schönheitsreparaturen am abbröckelnden Putz, aus Zigarrenrauch und alkoholschwerem Schweiß, aus Seife und Kerzenwachs und Parfüm.

In ihrem Zimmer erwartet sie eine Überraschung: Vier große Holzkisten stehen bereit, an denen die großzügig mit Nägeln gesäumten Deckel lehnen. Rackham hat wirklich an alles gedacht.

»So'n Riesenkerl hatse gebracht«, tönt Christophers Kinderstimme von der Tür, und Sugar zuckt zusammen. »Kommtse wieder abholen, sagt er, wenn er Bescheid kriegt.«

Sugar dreht sich zu dem Jungen um. Er hat Schuhe an, und die Haare sind gekämmt, doch ansonsten steht er da in der Tür wie immer, die nackten Arme rot und geschwollen, bereit für die Tagesladung an schmutziger Wäsche.

»Hallo, Christopher.«

»Auf einer Schulter hat er se getrag'n und bloß mit ei'm Finger gehalten. Als wenn's Strohkörbe wärn.« Dem Jungen ist es offensichtlich wichtig, sich nicht in irgendwelche komplizierten Verwicklungen der Erwachsenen hineinziehen zu lassen. Sugars abruptes Verschwinden aus seinem Leben ist kein Grund zur Aufregung, ein Klacks im Vergleich zu der phantastischen Stärke des riesigen Fremden, der große Holzkisten mit einem Finger getragen hat. Christopher starrt sie genauso unverblümt an wie der Afrikaforscher auf der Teedose die Wilden. Falls Sugar gemeint hat, er würde an irgendjemandem hängen, darf sie ihre Meinung korrigieren.

Sugar kaut unglücklich an den Lippen, und die Sekunden verstreichen, doch Christopher macht keine Anstalten, weiterzugehen.

»Gute Kisten«, bemerkt er, als hätte er in seinem jungen Leben neben allem anderen auch noch das Zimmermannshandwerk erlernen müssen. »Gutes Holz.«

Um sich ihren Schmerz nicht anmerken zu lassen, kehrt Sugar ihm den Rücken zu und fängt an zu packen. Ihr Roman, stellt sie fest, ist noch da und in ihrer Abwesenheit anscheinend unberührt geblieben. Sie rafft ihn an sich und verstaut ihn, so rasch sie kann, auf dem Boden der ersten Kiste. Trotzdem bekommt der Junge beim Anblick des ganzen voll gekritzelten Papiers große Augen.

»Haste die Briefe gar nich abgeschickt?«, fragt er.

»Dafür ist noch genug Zeit«, seufzt Sugar.

Als Nächstes stapelt sie die Bücher hinein, die richtigen, gedruckten Bücher, verfasst von anderen Leuten. Richardson, Balzac, Hugo, Eugène Sue, Dickens, Mary Wollstonecraft, Mrs Pratt. Einen Aktenordner mit Zeitungsausschnitten. Händeweise Groschenhefte mit reißerischen Titelbildern: in Ohnmacht fallende oder tote Frauen, verdächtig aussehende Männer, Dächer und Kloaken. Broschüren über Geschlechtskrankheiten, über die Formen und Maße des Verbrechergehirns, über die weiblichen Tugenden, über vorbeugende Maßnahmen gegen weiße Hautflecken und andere Merkmale des Alters. Pornographie in Vers und Prosa. Ein Band Poe mit dem auffälligen Stempel *Besitz der Leihbibliothek W. H. Smith* auf dem Deckblatt, verbunden mit der gestrengen Warnung, alle Bücher mit Landkarten oder Abbildungen würden sorgfältig daraufhin geprüft, ob sie »vollständig und in einwandfreiem Zustand« sind. Ein Neues Testament, mit dem der Frauenrettungsverein einst Katy Lester bedachte. Ein schmales Bändchen *Moderne irische Dichtung, 1873* (ungelesen, das Geschenk eines Kunden aus Cork). Und immer so weiter, eine halbe Kiste voll.

»Haste die alle gelesen?«

Sugar fängt an, Schuhe und Stiefel obendrauf zu werfen. »Nein, Christopher.«

»Haste im neuen Haus mehr Zeit zum Lesen?«

»Das hoffe ich.«

Die Zutaten für ihre Spülung schlägt sie in ein Handtuch ein und steckt sie unter die schiefergrauen Stiefel, die neue Sohlen und Ösen brauchen. Die Schüssel mitzunehmen ist sinnlos, wo sie jetzt eine eigene Badewanne hat.

»Is 'ne gute Schüssel.«

»Ich brauche sie nicht, Christopher.«

Er schaut ihr zu, wie sie die zweite Kiste voll lädt, einen langen, rechteckigen Kasten, der wie ein unlackierter Sarg aussieht. Sie ist ideal für Sugars Kleider – und von Rackham zweifellos dafür vorgesehen. Eines nach dem anderen legt sie die langen Gewänder hinein und verteilt dabei die wohlgeformten Oberteile und die voluminösen Turnüren so, dass sie gleich hohe Lagen bilden. Das dunkelgrüne Kleid, das sie an dem regnerischen Abend anhatte, als sie William kennen lernte, hat, wie sie bemerkt, schwache Stockflecken an den Falten.

Die Kleider füllen zweieinhalb Kisten, die Kopfbedeckungen nehmen fast den ganzen restlichen Platz ein. Als sie sich bückt, um die Hutschachteln enger zusammenzudrücken, spürt Sugar, dass noch jemand in der Tür steht.

»Na, wie isser, dein Mr Hunt?«

Amy ist über die Schwelle getreten und verstellt mit ihren Röcken den Blick auf Christopher. Sie ist nur halb bekleidet, doch es macht ihr nichts aus, dass ihre ungekämmten Haare in alle Richtungen stehen und ihre Brüste mit dem großen, dunklen

Warzenhof locker in ihrem Hemd baumeln. Wie immer unterstreicht dieser mütterliche Busen nur, wie vollkommen sie ihren Sohn ignoriert, die unerwünschte Frucht ihres Leibes.

»Nicht schlechter als andere«, erwidert Sugar, doch die Aussage passt nicht so recht zu den Kisten. »Sehr großzügig, wie du siehst«, fügt sie notgedrungen hinzu.

»Wie ich sehe«, sagt Amy, ohne die Miene zu verziehen.

Sugar versucht sich ein Gesprächsthema einfallen zu lassen, das eine Prostituierte interessieren könnte, die darauf spezialisiert ist, mit obszönen Ausdrücken um sich zu werfen und flüssiges Kerzenwachs auf die Geschlechtsteile ehrenwerter Herren zu tröpfeln, doch ihr Gehirn ist voll gestopft mit den ganzen Sachen, die William ihr so im Bett erzählt. Die Analogie von Düften zu Klaviertasten? Der Unterschied zwischen einfachen Parfümen und Mischungen? *Hast du gewusst, Amy, dass wir mit den uns zur Verfügung stehenden Düften, wenn wir sie richtig kombinieren, den Geruch fast jeder Blüte außer Jasmin erzeugen können?*

»Und wie läuft's hier so?«, seufzt Sugar.

»Wie gehabt«, entgegnet Amy. »Katy ist zäh und macht's immer noch. Und ich halt die Straßen von Abschaum sauber.«

»Gibt's Pläne?«

»Pläne?«

»Für dieses Zimmer.«

»Hoheit unten ist hinter Jennifer Pearce her.«

»Jennifer Pearce? Aus Mrs Wallace' Haus?«

»Welche sonst?«

Sugar holt tief Luft, wünscht sich inständig, erlöst zu werden. Gespräche mit Amy waren noch nie leicht, aber diesmal ist es besonders schlimm. Schweiß bricht ihr unter den Stirnfransen aus, und sie ist in Versuchung, sich mit einem Schwindelanfall herauszureden und nach unten zu fliehen.

»Na gut«, meint Amy unvermittelt, »ich muss mich jetzt für *meine* Verehrer aufdonnern. Vielleicht ist heute der Tag, wo *ich* meinem Prinz begegne, hä?« Beim Hinausschlurfen stößt sie Christopher zur Seite wie einen Kegel.

Sugar sinkt in sich zusammen und stützt sich erschöpft auf den Rand einer Kiste.

»Weißt du, Christopher«, gesteht sie dem Jungen, »das ist nicht leicht für mich.«

»Dann mach ich's für dich«, sagt er, tritt neben sie und packt sich sogleich einen nagelstarrenden Holzdeckel. »Der Mann hat sein' Hammer dagelassen, und die Nägel stecken alle.« Eifrig wuchtet er den Deckel auf die dazugehörige Kiste und durchbohrt dabei um ein Haar Sugars Fingerknöchel.

»Ja … ja, tu das … danke«, sagt sie und macht ihm Platz, todunglücklich über ihre Unfähigkeit, ihn anzufassen, ihn zu küssen, ihm durchs Haar zu wuscheln oder die Backe zu streicheln, von Scham erfüllt, dass sie zur Tür zurückweicht und auf den Flur tritt, wo er ihr so viele Male den Kübel mit heißem Wasser hingestellt hat. »Gib auf deine Finger Acht …!«

Und unter dem Lärm seiner fröhlichen Hammerschläge verzieht sie sich nach unten.

Als sie zögert, das Bordell der so genannten Mrs Castaway durch die Hintertür zu verlassen, gibt Sugar sich die Erlaubnis, ein für alle Mal zu gehen, ohne sich von sonst noch jemand zu verabschieden. Nichts geschieht; das Zögern bleibt. Als Nächstes versucht sie sich zum Gehen zu *zwingen*. Wieder nichts. Zwang ist eine Sprache, die sie versteht, doch nur wenn sie von außen kommt. Sie wendet sich dem Salon zu.

Ihre Mutter thront an ihrem gewohnten Platz und geht ihrer gewohnten Beschäftigung nach: Papierheilige in Alben einkleben. Sugar wundert sich nicht, doch der Anblick der klappernden Schere in den knochigen Krallen und des Leimtopfs daneben nimmt ihr den letzten Mut. Mit krummem Rücken hängt die Alte über dem Tisch, so dass der knallrote Busen fast bis auf das Bilderhäuflein herabhängt, ein buntes Durcheinander von Frauengestalten mit Heiligenschein, in Grautönen gestochen oder in Rosa und Blau.

»Nie hat die Arbeit ein Ende«, seufzt sie vor sich hin, vielleicht auch zum Zeichen, dass sie Sugars Eintreten registriert hat.

Sugar merkt, wie ihr ärgerlich die Stirn zuckt. Sie weiß nur zu gut, mit welcher Beharrlichkeit ihre Mutter für die Endlosigkeit dieser Arbeit sorgt; ein kleines Vermögen geht jeden Monat für Bücher, Zeitschriften, Drucke und Heiligenbilder drauf, die aus allen Winkeln der Erde kommen. Religiöse Verleger von Pennsylvania bis Rom sind ohne Zweifel fest davon überzeugt, dass die frommste Christin unter der Sonne genau hier in der Londoner Silver Street zu finden ist.

»Soo, soo«, flötet Mrs Castaway und richtet ihre blutunterlaufenen Augen auf eine neue Magdalena von der Madrider Bibelgesellschaft. »Dir schenkt ja der Herr voll ein zurzeit, meinst du nicht auch?«

Sugar geht auf die Spitze nicht ein. Die Alte kann nicht anders, als ewig darauf herumzureiten, was für ein gnädiges Los die Junge doch hat verglichen mit ihrem eigenen beklagenswerten Schicksal. Gott persönlich könnte kniefällig um Mrs Castaways Hand anhalten, und sie würde es abtun als eine jämmerliche Entschädigung für das, was sie erlitten hat. Sugar könnte in einem Hausbrand umkommen, und Mrs Castaway würde wahrscheinlich behaupten, sie habe Glück gehabt, dass so viel wertvolles Hab und Gut nur ihretwegen geopfert wurde.

Sugar tut einen langen Atemzug und wirft einen Blick auf Katy Lesters Cellokasten, der an dem leeren Sessel beim Kamin lehnt.

»Katy scheint gar nicht mehr aufzustehen«, bemerkt sie, die Stimme leicht erhoben, damit sie gegen Christophers unermüdliches Gehämmere oben ankommt.

»Sie war gestern auf, Kindchen«, murmelt Mrs Castaway, während sie mit geschickter Scherenführung einen weiteren menschgestalten Schnipsel entstehen lässt. »Spielte höchst ansprechend, fand ich.«

»A-arbeitet sie noch ...?«

Mrs Castaway legt den Schnipsel auf eine bereits dicht beklebte Seite ihres Albums und probiert aus, wo er hin soll. Sie hat komplizierte Regeln, die bestimmen, wohin die Heiligen kommen dürfen; Überlappungen sind erlaubt, aber nur, um unvollständige Körper zu kaschieren ... Diese neue weinende Schönheit könnte so platziert werden, dass sie die fehlende rechte Hand einer anderen verbirgt, und um die verbleibende schmale, keilförmige Lücke zu füllen, könnte man dann ... Wo ist diese ganz Winzige, die aus dem französischen Kalender ...?

»Mutter, arbeitet Katy noch?«, wiederholt Sugar, lauter diesmal.

»Oh … entschuldige, Kindchen. Ja, ja, natürlich arbeitet sie.« Mrs Castaway rührt nachdenklich den Leim um. »Weißt du, je näher sie dem Tode kommt, umso gefragter wird sie. Ich musste schon Interessenten wegschicken, kannst du dir das vorstellen? Selbst Wucherpreise scheinen sie nicht abzuschrecken.« Ihre Augen werden trübe, während sie über die Verdrehtheit einer unvollkommenen Welt nachsinnt und über den bedauerlichen Umstand, dass sie zu alt ist, um den vollen Nutzen daraus zu ziehen. »Sanatorien könnten ein Vermögen machen, wenn sie nur eine Ahnung hätten.«

Das Hämmern von oben bricht unvermittelt ab, und Stille tritt ein. Neunzehn Jahre sind vergangen, seit Mrs Castaway und Sugar in der knarrenden Bruchbude in der Church Lane ihr gemeinsames Leben in Angriff nahmen; sechs Jahre sind vergangen seit der Schreckensnacht, in der Mrs Castaway (damals noch viel ärmlicher gekleidet im kerzenflackernden Halbdunkel des alten Hauses) sich auf Zehenspitzen an Sugars Bett stahl und ihr erzählte, sie müsse nicht mehr frieren: Es sei ein netter Herr gekommen, der sie warm halten werde. Seit damals geht etwas Erschreckendes von Mrs Castaway aus, und ihre Menschlichkeit hat sich verfinstert. Sugar versucht angestrengt, sich an eine zeitlich viel weiter zurückliegende Mrs Castaway zu erinnern, mütterlicher und weniger ätzend, eine geschichtliche Gestalt, die einfach »Mutter« hieß, die sie nachts zu Bett brachte und die nie davon sprach, woher das Geld kam. Und unterdessen rührt die jetzige Mrs Castaway unbeirrt weiter den Leim um, wobei sie ab und zu den Pinsel aus dem Topf zieht und einen klebrigen Batzen in ihrem Album verstreicht.

»Wie ich …«, würgt Sugar heraus, »wie ich von Amy höre, denkst du an Jennifer Pearce als Ersatz für mich.«

»Niemand könnte dich ersetzen, Kindchen«, sagt die alte Frau und zeigt lächelnd ihre Zähne mit den roten Lippenstiftflecken.

Sugar verzieht angewidert das Gesicht und versucht es zu verbergen, indem sie die Nase rümpft.

»Ich dachte, Männer wären nicht nach Miss Pearce' Geschmack.«

Mrs Castaway zuckt die Achseln. »Geschmack? Wer hat schon Geschmack an Männern, Kindchen? Dennoch beherrschen sie die Welt, und wir müssen vor ihnen auf den Knien rutschen, hmm?«

Sugars Arme haben zu jucken begonnen, besonders die Unterarme und die Handgelenke. Sie unterdrückt den Drang, sich darüber herzumachen und sie wund zu kratzen, und versucht, das Gespräch auf Jennifer Pearce zurückzubringen. »Sie hat einen Namen in Flagellantenkreisen, Mutter. Hast du vielleicht vor, den … den Charakter des Hauses zu verändern?«

Mrs Castaway beugt sich über ihre Ausschneidearbeit und schiebt die Schulter der neuesten Magdalena ein bisschen näher an die Hüfte der Heiligen daneben, solange der Leim noch nicht getrocknet ist.

»Nichts bleibt ewig, wie es ist, Kindchen«, brummelt sie. »Alte Schachteln wie ich und Mrs Wallace, wir …«, sie blickt mit theatralisch großen Augen auf, »wir sind Händler auf dem Markt der Begierden, und wir müssen jede Nische aufspüren, die noch nicht besetzt ist.«

Sugar umklammert ihre Unterarme, drückt fest. *Warum hast du es getan?*, denkt sie. *Mit deiner eigenen Tochter? Warum?* Diese Frage hat sie niemals zu stellen gewagt. Sie öffnet den Mund.

»W-wie sieht die Regelung aus?«, fragt sie. »Zwischen dir und M-Mr Hunt, meine ich.«

»Ach, lass gut sein, Sugar!«, wehrt Mrs Castaway ab. »Du bist jung, und du hast das ganze Leben noch vor dir. Du willst dir nicht dein hübsches Köpfchen mit Geschäftskram beschweren. Überlass das den Männern. Und verschrumpelten alten Madensäcken wie mir.«

Glimmt da eine flehende Bitte in den schimmernden rötlichen Augen der Alten? Ein Funke der Furcht? Doch die Hemmung ist zu groß und das Jucken zu rasend, Sugar kann nicht weiter nachbohren.

»Ich muss gehen, Mutter«, sagt sie.

»Natürlich, Kindchen, natürlich. Was sollte dich hier noch halten, nicht? Vorwärts und aufwärts mit Mr Hunt!« Und abermals bleckt sie ihre rotfleckigen Zähne zu einem freudlosen breiten Abschiedsgrinsen.

Wenige Minuten später draußen auf der Regent Street reißt Sugar sich die Handschuhe herunter, streift sich die engen Ärmel bis zu den Ellbogen hoch und bearbeitet wie wild ihre Unterarme, bis ihre Haut sich wie eine geriebene Ingwerwurzel anfühlt. Nur die Furcht vor William Rackhams Missfallen hindert sie daran, bis aufs Blut zu kratzen.

»Gottverflucht sei Gott«, wimmert sie, während schick gekleidete Passanten ihr verunsichert ausweichen, »und seine ganze abscheuliche, dreckige Schöpfung!«

Wieder zu Hause in ihrer eigenen Wohnung, ihrer Privatwohnung in Marylebone, legt Sugar sich in die Badewanne und begräbt sich fast völlig unter einer wohlriechenden Seifenschaumdecke. Die Luft in der feuchten Zelle ist dampfverschleiert, so dass die Senffarbe der Wände zu einem weichen Eigelb verschwimmt. Dutzende von kleinen Rs auf den Flaschen und Gläsern und Töpfen ringsherum glitzern durch den lavendelduftenden Dunst.

Dreizehn, denkt sie. *Ich war dreizehn.*

Ihre Arme im Wasser brennen, doch das ist ihr sehr viel lieber als das Jucken. In einer Hand hält sie einen Schwamm umklammert, mit dem sie sich jedes Mal, wenn die Tränen zu sehr stechen, über die Wangen wischt.

Du musst verstehen, erklärte Mrs Castaway ihr vor langer Zeit, *wenn wir hier ein glückliches und harmonisches Haus haben wollen, dann darf ich dich nicht anders behandeln als meine anderen Mädchen. Wir hängen hier gemeinsam drin.* Wo drin, Mutter?

Sugar presst fest die Augen zusammen und drückt den Schwamm dagegen. Irgendwann einmal war dieser kleine Schwamm lebendig und trieb im Meer. War er damals weicher, oder war er hart und fleischig? Sie kennt sich mit Schwämmen nicht aus, war noch nie am Meer, ist noch nie aus London herausgekommen. Was soll aus ihr werden? Wird William sie irgendwann satt bekommen und sie zurück auf die Straßen spülen?

Er hat sie nicht mehr besucht, seit er sie vor Tagen in diesen Räumen einquartiert hat. Furchtbar viel zu tun, sagte er … Aber kann es so viel sein, dass er nicht einmal mehr Zeit für seine Sugar findet? Vielleicht hat er sie jetzt schon satt. Wenn dem so ist, wie lange kann sie sich dann in diesem kleinen Nest halten?

Die Pacht ist bezahlt, und ihre Zuwendungen bekommt sie direkt von der Bank, sie hat also nichts zu fürchten als William selbst. Vielleicht wird er nicht den Nerv haben, sie vor die Tür zu setzen. Vielleicht kann sie hier jahrelang wohnen bleiben, vorausgesetzt sie hält sich ganz, ganz still ... Vielleicht wird er einen Mörder anheuern, der ihr die Kehle aufschlitzt ...

Sugar muss unwillkürlich lachen. Welcher Tag im Monat ist heute? Höchstwahrscheinlich sind ihre Tage im Anzug, dass sie auf derart bescheuerte Gedanken kommt.

Wie viel Schaum ein kleines Fläschlein Rackhams Lait de Lavage doch ergibt! Sie muss William ein Kompliment dazu machen, wenn er das nächste Mal kommt. Aber wird er ihr glauben, dass sie es ehrlich meint? Wie soll sie ihm sagen, dass sie etwas von ihm bewundert, wenn sie es wirklich bewundert? Welchen Tonfall könnte sie benutzen?

»Deine Bademilch ist ein Wunder, William«, sagt sie in der Abgeschiedenheit ihrer dampfigen Kammer. Die Worte klingen falsch, falsch wie Hurenküsse.

»Deine Bademilch ist *süperb.*« Sie runzelt die Stirn und schöpft eine Hand voll Schaum von der Wasseroberfläche ab. Sie versucht, die wackelnden Blasen in die Luft zu werfen, doch sie bleiben an ihrer Hand hängen.

»Ich *liebe* deine Bademilch«, säuselt sie. Doch das Wort *liebe* klingt falscher als alle anderen zusammen.

Tagelang wartet Sugar darauf, dass William kommt. Er kommt nicht. Warum kommt er nicht? Wie viele Stunden vom Tag eines Mannes kann ein bereits eingeführtes, gut laufendes Unternehmen verschlingen? Es ist doch bestimmt nicht mehr nötig, als dass er gelegentlich einmal einen Brief schreibt. Oder muss William vielleicht jedes popelige Blümchen beaufsichtigen und sein Wachstumstempo absegnen?

An dem Abend, als sie diese Räume geschenkt bekam, war ihr zumute, als wäre ihr ein Eckchen des Paradieses zuteil geworden. Sie fühlte sich wie neugeboren und war entschlossen, *alles* an ihrem neuen Leben zu genießen – die Einsamkeit, die Stille, die Sauberkeit, die frische Luft, ihren kleinen Garten, Spaziergänge in der grünen Priory Close, Mahlzeiten in den besten Hotels. Zum

Gesang der Vögel in den Bäumen wollte sie ihrem Roman einen spannenden Schluss verpassen.

Doch fast vom ersten Moment an begann der Glorienschein, der ihr luxuriöses Heiligtum umgab, zu verblassen, und jetzt am fünften Tag ist er schon mehr als blass. Die Ruhe dieser Wohnung geht ihr auf die Nerven: Wenn sie morgens aufwacht, viel früher als je zuvor in der Silver Street, herrscht eine solche vorstädtische Grabesstille, als ob die unsichtbaren Nachbarn ringsherum allesamt tot wären. Ihr kleiner Garten ist am Tage ein schattiges, tief abgesenktes Fleckchen, das mit eisernen Spitzen umzäunt ist. Wenn sie über die Rosensträucher lugt, blickt sie aus Maulwurfsperspektive auf die steinerne Kante eines Bürgersteigs, auf der zu keiner Tageszeit jemand zu gehen scheint. Doch, eines Morgens hörte sie tatsächlich einmal Stimmen, tiefe Männerstimmen, und sie stürzte ans Fenster, um zu lauschen, doch es waren irgendwelche Ausländer.

Jeden Tag in aller Frühe wäscht sie sich und zieht sich an und hat dann nichts zu tun: Die Bände, mit denen William die Bücherschränke ausgestattet hat – dicke Fachbücher über Mazeration und Enfleurage und Destillation, mit denen er lediglich die Regale füllen wollte –, interessieren sie nicht … Sie wird natürlich ihren Roman weiterschreiben, sobald die Kisten kommen. Wann *werden* sie kommen? Wenn William Rackham es anordnet. Bis dahin verbringt sie einen bemerkenswert großen Teil ihrer Zeit im Bade.

Was die anfangs so hoch geschätzte Gelegenheit betrifft, ihre Mahlzeiten in den Hotels von Marylebone einzunehmen, so fühlt sich Sugar in ihren Erwartungen enttäuscht. Zum einen fürchtet sie jedes Mal, wenn sie das Haus verlässt, dass William sie just in dem Moment besuchen kommt, wo sie sich zum Frühstück oder zum Mittagessen hinsetzt. Sodann ist das Essen im Warwick wie im Aldsworth wirklich nichts Besonderes, und sie führen die Konditorstückchen nicht, die sie mag, nur Haferkekse, und die können sie selber fressen. Zudem ist sie überzeugt, dass die Kellner im Warwick sie schief anschauen und untereinander tuscheln, wenn sie so tut, als wäre sie voll von ihrem Omelette oder ihren Bücklingen in Anspruch genommen. Und das Aldsworth … mein Gott, der Gesichtsausdruck des Kellners, als sie um einen Nachschlag Sahne bat! Woher hätte sie wissen sollen, dass nur eine Hure es fertig bringt, um einen Nachschlag Sahne zu bitten? Sie kann sich dort nicht mehr blicken lassen, auf keinen Fall – höchstens wenn William sie persönlich begleitet …

Was in Gottes Namen hindert ihn zu kommen? Vielleicht wollte er sie ja an dem Tag besuchen, als sie bei Mrs Castaway war – eine Fahrt, die sie so lange aufschob, wie es ging, weil sie genau das befürchtete. Vielleicht hat sie ihn, wo sie ständig auswärts isst und Einkaufsbummel macht, um sich mit Schokolade, Mineralwasser und neuen Bettlaken zu versorgen, schon ein halbesdutzend Mal verpasst!

Am Morgen des sechsten Tages schließlich kommt gnädigerweise … nein, nicht William, aber dafür etwas anderes: ihre Periode. Und auch wenn die Bluterei scheißlästig ist, ist Sugar gleich viel besserer Stimmung: Eine dunkle Wolke zieht von ihr ab, und sie kann endlich erkennen, wie es mit ihr weitergeht.

Sie muss es Rackham schlicht und einfach unmöglich machen, sie abzuservieren, bevor er überhaupt *anfängt,* daran zu denken. Sie muss sich unauflöslich mit dem Gang seines Lebens verknüpfen, so dass er sie nicht als bloßes Techtelmechtel betrachtet, sondern als Freundin, seinem Herzen so nah wie eine Schwester. Um einen solchen Platz in seinem Leben zu erringen, muss sie natürlich alles über William Rackham in Erfahrung bringen, *alles!* Sie muss ihn besser kennen als seine Frau, besser, als er sich selbst kennt.

Wo anfangen? Nun, in der leeren Stille ihrer Zimmer auf ihn zu warten ist ganz eindeutig *nicht* die Lösung: Damit fordert sie nur die Parzen dazu heraus, sie in die Gosse zu kehren. Sie muss handeln, und zwar sofort!

In dem gespenstischen Licht eines weiteren wolkenverhangenen Vormittags, das ein heraufziehendes Gewitter ankündigt, steht Agnes Rackham heftig blinzelnd an ihrem Schlafzimmerfenster. Die Erscheinung ist verschwunden. Sie wird wiederkehren. Doch fürs Erste ist sie fort.

Seit den Kindheitsvisionen, die sie von ihrer Lieblingsheiligen hatte, der heiligen Teresa von Ávila, hat sie sich nicht mehr so gefühlt. Alles wendete sich zum Schlechten von jenem schrecklichen Tag an, als Lord Unwin ihr erklärte, *er* sei jetzt ihr Vater, und es werde für sie keine heiligen Jungfrauen, keine Kruzifixe, keine Rosenkränze und keine Beichten mehr geben. Wie inbrünstig betete sie damals um die Stärke, die Flamme ihres Glaubens gegen das Pusten und Prusten dieses großen, bösen protestantischen Wolfes zu bewahren. Doch mit zehn Jahren war sie leider schlecht dafür gerüstet, wie eine Märtyrerin zu kämpfen. Jeder Widerstand gegen die Anordnungen ihres Stiefvaters wurde von einem neuen Kinderfräulein aus dem anglikanischen Lager gebrochen, und es kam keine Hilfe von der Mutter, die gänzlich unter dem teuflischen Bann ihres neuen Gatten zu stehen schien. Agnes' verzweifelte Anrufungen der heiligen Teresa, die einst intime Gespräche waren, klangen bald wie das einsame Flüstern eines Kindes, das sich im Dunkeln fürchtet.

Jetzt, dreizehn Jahre später, sieht es so aus, als ob wieder etwas Göttliches und Geheimnisvolles im Schwange sei. Wunder liegen in der Luft.

Sie streift durch die oberen Geschosse des Hauses und schleicht sich in sämtliche Zimmer außer denen, *in die sie niemals gehen darf.* Die Dienstboten sind alle unten bei der Arbeit, so dass ihre Stuben dankenswerterweise leer sind: Agnes betritt eine nach der anderen, stellt sich an die winzigen Fenster und schaut von einem halben Dutzend verschiedener Blickpunkte auf das Rackhamsche Anwesen hinaus. Besonders Lettys Fenster hat einen schönen Blick auf die Sträßchen hinter den Chepstow Villas. Doch die Erscheinung zeigt sich nicht

Verträumt begibt sich Agnes zurück in ihr Zimmer. Und dort, vor ihrem eigenen Fenster, keine fünfzig Meter entfernt auf dem Seitenweg, ist sie wieder! Ja! Ja! Eine Wache stehende Frau in Weiß, die durch das schmiedeeiserne Gitter direkt hier auf das Haus schaut. Diesmal hebt Agnes die Hand und winkt, bevor die Erscheinung sich im Äther auflösen kann.

Mehrere Sekunden lang steht die Frau in Weiß bewegungslos da und zeigt keine Reaktion, doch Agnes winkt so energisch, dass ihre Hand an dem schmächtigen Handgelenk wie eine Kinderklapper schlackert. Zuletzt winkt die Frau in Weiß zurück, eine so zarte und verhaltene Geste, als ob sie vorher noch nie im Leben einem Menschen gewunken hätte. Ein Donnerschlag kracht in den Wolken. Die Frau in Weiß entschwindet zwischen den Bäumen.

Beim Mittagessen hat Agnes' Aufregung kaum nachgelassen; unbändige Freude pulst in ihren Handgelenken und Schläfen. Passend dazu sind die Elemente draußen in wildem Aufruhr und lassen den Regen an die Fenster peitschen und den Wind durch die Schornsteine brausen, so dass sie am liebsten dem Drang nachgeben würde, die Arme auszubreiten und im Kreis herumzuwirbeln. Doch sie weiß, dass sie sich beherrschen, sich schicklich verhalten und so tun muss, als ob die Welt heute genau dieselbe wäre wie gestern, denn ihr Gatte ist ein Mann, und wenn es etwas gibt, das Männer verachten, dann ist es Glück im Rohzustand. Also lassen sie und William sich unter Stühlescharren und Geschirrklirren an ihren festen Plätzen am Esstisch nieder und murmeln ihren Dank für das, was ihnen gleich beschert wird. Herzlich wenig Licht dringt durch die Regenwand des Gewitters, und obwohl Letty die Vorhänge so weit aufgezogen hat, wie es geht, reicht es nicht aus, und schließlich muss zwischen den Rackhams eine Dreifaltigkeit brennender Kerzen aufgestellt werden, damit sie ihre grundverschiedenen Speisen erkennen können.

»Ich habe einen Schutzengel, Liebling«, erklärt Agnes, sobald fertig serviert ist – sogar bevor sie ihren ersten Würfel kalter Taubenbrust aus ihrem Nest von grünem Salat und Artischockenböden gespießt hat.

»Einen was, Liebling?« William ist noch mehr in Gedanken als sonst, weil er (wie er nicht aufhört, jedem in Hörweite zu verkünden) bis über beide Ohren in Arbeit steckt.

»Einen Schutzengel«, bekräftigt Agnes mit glücklichem Leuchten in den Augen.

William blickt von seinem Teller auf, der hoch mit heißer Taubenpastete und gebutterten Kartoffelwaffeln beladen ist.

»Meinst du damit Clara?«, mutmaßt er, denn er ist wirklich nicht in der Stimmung für neckische weibliche Herzensergießungen, wenn ihm das Problem von Hopsom & Co. unter den Nägeln brennt.

»Du verstehst nicht, Liebling«, lässt Agnes nicht locker und beugt sich strahlend vor; vor lauter Eifer, ihre Vision mitzuteilen, hat sie ihr Essen völlig vergessen. »Ich habe einen *richtigen* Schutzengel. Einen göttlichen Geist. Sie wacht unablässig über unser Haus – über *uns.*«

Williams Mundwinkel zucken unwillkürlich nach unten, doch trotz seiner Verstimmung bemüht er sich mannhaft, das Gesicht zu einem Lächeln zu verziehen. Er hatte den Eindruck gehabt, nach dem Fiasko auf dem Küchenboden und den zwei Tagen Schlaf dank Doktor Curlews Beruhigungshammer hätte sich Agnes' Zustand gebessert.

»Na«, brummt er, »ich hoffe, sie kommt nicht herein und stiehlt das neue Tafelsilber.«

Ein Schweigen tritt ein, in dem William seine Pastete schneidet und sich darauf konzentriert, den Bissen in seinen Mund zu befördern, ohne seinen mittlerweile recht vollen Bart zu bekleckern. Derart in Anspruch genommen bemerkt er nicht, dass die Atmosphäre im Raum einen chemischen Wandel erfahren hat, der mindestens so bemerkenswert ist wie der Übergang von zerquetschten Blütenblättern zu öliger Parfümpomade.

»Ich denke, sie kommt wahrscheinlich aus dem Kloster zur guten Gesundheit«, erklärt Agnes mit leicht flatternder Stimme und schiebt ihren so gut wie unberührten Teller beiseite, die Serviette in ein weißes Fäustchen geknüllt.

»Kloster zur guten Gesundheit?«, William hebt kauend den Kopf. In dem verzerrenden Licht des neuen silbernen Kandelabers (vielleicht eine *Idee* zu groß für ihren Esstisch?) scheinen die Augen seiner Frau unterschiedlich groß zu sein: das rechte geringfügig runder und glänzender als das linke.

»Du weißt doch«, sagt sie: »wo ich immer hinfahre, wenn ich schlafe.«

»I-ich muss gestehen, dass ich nicht darüber im Bilde bin, wo du hinfährst«, entgegnet er und schneidet verunsichert eine Grimasse, »wenn du schläfst.«

»Die Nonnen dort sind in Wirklichkeit Engel«, klärt Agnes ihn auf, wie um ein für alle Mal ein altes Missverständnis auszuräumen. »Den Verdacht habe ich schon lange.«

»Aggie …?«, sagt William in einem freundlich mahnenden Ton. »Vielleicht ein anderes Thema jetzt?«

»Sie hat mir gewinkt«, beharrt Agnes, wobei sie vor Empörung zittert. »Ich habe ihr gewinkt, und sie hat zurückgewinkt.«

William knallt Messer und Gabel auf den Tisch und fixiert sie mit seinem strengsten väterlichen Blick: Seine Geduld ist fast zu Ende.

»Und, hat sie Flügel, dein Schutzengel?«, erkundigt er sich sarkastisch.

»Natürlich hat sie Flügel«, zischt Agnes zurück. »Wofür hältst du mich eigentlich?« Doch in seinen Augen kann sie die Antwort sehen. »Du glaubst mir nicht, stimmt's, William?«

»Nein, Liebling«, seufzt er, »ich glaube dir nicht.«

Der Pulsschlag in ihren Schläfen ist jetzt deutlich zu erkennen und lässt an ein Insekt denken, das zwischen dünnem, gespanntem Fleisch und hartem, drängendem Schädel eingesperrt ist.

»Du glaubst an gar nichts, nicht wahr?«, sagt sie mit einer tiefen, hässlichen Stimme, die er von ihr noch nie gehört hat.

»W-wie bitte, Liebling?«, stammelt er.

»Du glaubst an gar nichts«, wiederholt sie und funkelt ihn durch die Kerzenflamme an. Mit jeder Silbe wird ihre Stimme härter, und der letzte Rest trällernden Wohlklangs erstirbt in einem verächtlichen Fauchen. »An nichts außer William Rackham.« Sie fletscht ihre makellosen Zähne. »Was bist du doch für ein Großmaul, für ein Dummkopf.«

»Ich muss doch sehr bitten, Liebling!« Er ist zu verblüfft, um richtig böse zu sein. In Wahrheit hat er Angst, denn diese neue Stimme von ihr ist so ungewohnt und schockierend, als käme plötzlich das Knurren eines Hundes oder pfingstliches Zungenreden aus ihrem Rosenknospenmund.

»Bitte, so viel du willst – *Dummkopf!*«, spuckt sie. »Du widerst mich an.«

Er springt auf, dass Essen und Besteck durch die Gegend fliegen. Flammen flackern und Wachs spritzt, als der silberne Kandelaber mit einem lauten Schlag umstürzt, und William stößt einen erschrockenen Schrei aus, schlägt mit der blanken Hand auf die Kerzen ein und löscht sie.

Als er sich schließlich sicher ist, dass es kein Inferno geben wird, liegt Agnes bereits am Boden, nicht in ihrer üblichen züchtigen Ohnmachtspose, sondern wie eine heillos verdrehte Stoffpuppe mit schlaffen Gliedern und aufgedeckten Unterröcken, als ob ein Meisterschütze sie soeben durchs Rückgrat geschossen hätte.

Er hat kaum das erste Mal an der Klingel gezogen, da geht im düsteren Vorbau der Priory Close 22 schon die Tür auf und William Rackham wird begrüßt. Im ersten Moment ist er so verwirrt, dass er die weiß gekleidete Frau vor sich gar nicht erkennt: Sugars Haare hängen frisch gewaschen und dunkel über die schneeweiße Seide ihres Mieders, und ihre normalerweise blassen Wangen röten sich. Er hat sie in duftender Unordnung überrascht, denn sie war noch dabei, sich für ihn zurechtzumachen.

»Komm rein, komm rein!«, drängt sie ihn, denn der wütende Regen in seinem Rücken peitscht fast horizontal an ihm vorbei in die Diele hinein.

»Höchste Zeit, dass ich diesem Unsinn ein Ende mache und einen Kutscher einstelle«, brummt er und lässt sich von ihr hineinziehen. »Das ist ja unerträglich …« Er stutzt verwundert, als sie ihm mit Lauten mütterlicher Fürsorge die Hände auf die Schultern legt, um ihm beim Ausziehen seines völlig durchnässten Ulsters zu helfen.

»Neues Kleid?«, fragt er.

»Ja«, gesteht sie und wird noch eine Spur röter. »Ich habe es von dem Geld gekauft, das du geschickt hast.« Ihr Versuch, seinen Mantel an den Kleiderständer zu hängen, scheitert, denn unter dem regenschweren Stück kippt das zierliche Ding augenblicklich um. Sie fängt den Mantel in den Armen auf, doch das Metallgestell scheppert auf den Boden. »Ich wollte nicht verschwenderisch sein«, rechtfertigt sie sich, während sie den Mantel in die Höhe stemmt und den Pelzkragen an eine Lampenhalterung hakt. »Aber meine alten Sachen sind noch nicht gekommen.«

Rackham schlägt sich mit dem Handballen an die Stirn.

»Ach! Entschuldige!«, stöhnt er. »Ich stecke bis über beide Ohren in Arbeit.«

»William, deine Hand …« Sie nimmt sie und dreht den Handteller nach oben, der Brandwunden und frische Blasen aufweist. »Oooh, das sieht ja furchtbar aus …!« Und zärtlich küsst sie die Verbrennungen mit ihren weichen, trockenen Lippen.

»Nicht der Rede wert«, sagt er. »Ein Missgeschick mit ein paar Kerzen. Aber wie konnte ich dich bloß so lange in diesem Zustand sitzen lassen … Ich lasse die Kisten gleich morgen Früh bringen. Wenn du wüsstest, mit was für Problemen ich mich herumschlage …!«

Mit einem nassen Platsch fällt sein Ulster abermals zu Boden.

»Verdammt noch mal!«, explodiert er. »Ich hätte dir einen *anständigen* Kleiderständer kaufen sollen! Der elende Jude meinte, das Ding wäre stabiler, als es aussieht. Billiger Plunder!« Er versetzt dem am Boden liegenden Gestänge einen Tritt, dass das Messing summend vibriert.

»Egal, egal«, versichert Sugar ihm hastig, rafft den Mantel auf und trägt ihn ins Wohnzimmer. Ein Feuer brennt im Kamin; der Stuhl mit der geraden Lehne vor dem Schreibtisch gibt einen guten Trockenständer ab, hat sie festgestellt.

Dem hinterhertappenden Rackham ist es peinlich, dass dieses hinreißende Geschöpf in weißer Seide Arbeiten verrichtet, die einem unförmigen Arbeitstier in schwarzem Kattun besser anstünden. Wie schön sie ist! Er möchte sie packen und … und … nun ja, um ehrlich zu sein, er möchte heute Abend gar nichts mit ihr machen. Es wäre ihm vielmehr lieb, wenn *sie* seinen Kopf an die Brust nähme – an ihre voll bekleidete weiße Seidenbrust – und nichts weiter täte, als ihm sanft übers Haar zu streichen.

»Ich bin vielleicht ein armseliger Gönner«, schnaubt er, während sie seinen Mantel über die Stuhllehne drapiert. »Tagelang lasse ich dich ohne frische Sachen sitzen. Dann komme ich herein, als wäre ich gerade aus der Themse gezogen worden – und sofort stelle ich mich wie ein Idiot an und trete die halbe Wohnung zu Klump …«

Sugar richtet sich auf und blickt ihrem Rackham zum ersten Mal seit seiner Ankunft direkt in die Augen. Irgendetwas bedrückt ihn, merkt sie jetzt: etwas Schwerwiegenderes als der klapprige Kleiderständer oder das schlechte Wetter. Das verzerrte Gesicht, die gebückte Haltung … Er könnte beinahe wieder der William Rackham sein, den sie damals am ersten Abend im Fireside kennen lernte, geduckt und misstrauisch wie ein geprügelter Hund – nur dass er heute Abend nach weniger leicht zu erratenden Wünschen riecht.

»Irgendwas liegt dir auf der Seele«, sagt sie mit ihrer sanftesten, ehrerbietigsten Stimme. »Du bist nicht der Mann, der sich um Lappalien bekümmert.«

»Ach, es ist nichts, nichts«, erwidert er mit niedergeschlagenen Augen. (Wie aufmerksam sie ist! Liegt seine ganze Seele offen vor ihr da?)

»Geschäftliches?«

Er lässt sich schwer in einen Sessel sinken und blinzelt benommen das Glas Brandy an, das plötzlich vor ihm schwebt – genau das, was er wollte. Er nimmt es entgegen, und sie tritt zurück und setzt sich in den zweiten Sessel.

»Geschäftliches, ja«, sagt er.

Er fängt schweren Herzens zu reden an, tief seufzend, weil er damit rechnet, dass er ihr die elementarsten Zusammenhänge erklären muss. Doch zu seiner Verwunderung ist das gar nicht nötig: Sie versteht! Bald schon diskutieren er und Sugar eingehend die Sache mit Hopsom, ganz als ob sie ein Geschäftspartner wäre.

»Aber wie kannst du das alles wissen?«, wirft er an einem Punkt ein.

»Ich habe mir die Bücher vorgenommen, die du mir in den Schrank gestellt hast«, versetzt sie grinsend. (Weiß Gott, das hat sie: endlose dicht bedruckte Seiten mit langweiligem Zeug, nur auszuhalten mit der Aussicht auf eine Gelegenheit wie diese.)

Rackham schüttelt entgeistert den Kopf. »Bist du … ein *Traum?*«

Sie streckt sich ein wenig auf ihrem Platz und atmet tief, was ihren schwellenden Busen gut zum Vorschein bringt. »Oh, ich bin ziemlich leibhaftig«, erinnert sie ihn.

Und umgehend kommen sie auf das Dilemma mit Hopsom & Co. zurück. Sugar bestreitet ihre Seite der Diskussion besser, als sie hätte hoffen können, doch andererseits scheint William alles, was er über das Parfümgeschäft weiß, aus Büchern zu haben und nicht aus eigener Erfahrung. Jedenfalls sind die fundamentalen Grundsätze des Wirtschaftslebens so simpel, dass jeder Schwachkopf sie verstehen könnte: Überzeuge deine Kunden von deiner Großzügigkeit, während du sie in Wirklichkeit zwingst, Sachen teuer zu bezahlen, die du billig produziert hast. Für die Unterhaltung mit einem langweiligen Mann gibt es ebenfalls bestimmte fundamentale Grundsätze. Grundsatz eins: Entschuldige dich unterwürfig für deine Unwissenheit, selbst wenn du alles schon weißt, was er dir gleich erklären wird. Grundsatz zwei: Gerade wenn er des Erklärens müde wird, gib dir den Anschein, urplötzlich alles zu begreifen.

»Ich bin von Natur kein Geschäftsmann, ich bin eher ein Künstler«, sagt William mit einem stoischen Seufzer. »Doch letzten Endes ist das vielleicht ganz gut so. Der geborene Geschäftsmann ist wenig experimentierfreudig und schreckt vor Veränderungen zurück, solange nur der Laden läuft. Der geborene Künstler ist stets bereit, etwas zu *wagen.*« Mit seinem weinerlichen Ton kommt er ihr wie der letzte Mensch vor, der irgendetwas wagen würde. Was ist nur heute Abend mit ihm los? Na, wenigstens trinkt er den Brandy …

Nach vielem sanften Nachbohren und gutem Zureden kommt das Problem mit Hopsom endlich ganz ans Licht. Und was für ein mickriges Problemchen das ist! Die Firma ist ein unbedeutender Hersteller von Toilettenartikeln, ein kleiner Fisch gegen Rackham, so wie Rackham ein kleiner Fisch gegen Pears ist. Bis jetzt hat sie in keiner Form Lavendel verkauft, doch kürzlich ist Mr Hopsom an William mit der Anfrage herangetreten, ob er vielleicht überschüssige Lavendelanbauflächen habe, die er ihm verpachten würde. William versprach, darüber nachzudenken, aber kaum war Hopsom aus der Tür, da kam ihm ein Gedanke, der viel radikaler war als die bloße Verpachtung von Land. Warum sollte er Hopsom nicht mit Lavendel in verarbeitetem Zustand – als Seife, Duftwasser, Öl, Puder und so weiter – zu einem Preis beliefern, der viel niedriger wäre als die Kosten, die Hopsom entstünden, wenn er die gleichen Artikel in seinen viel kleineren Fabriken herstellen würde? Hopsom könnte sie dann unter seinem eigenen Namen verkaufen. Und welchen Nutzen, fragt Sugar, hätte Rackham von einem solchen Geschäft? Na, es würde das Problem lösen, was er mit Rohstoffen und Produkten anfange, die irgendwie … wie soll man sagen? … nicht ganz hundertprozentig seien. Jedes Jahr werde eine unglaubliche Menge der Lavendelernte weggeworfen, die eigentlich genauso gut verarbeitet werden könnte. Außerdem sei es Verschwendung, fertige Produkte (Seifen und so weiter) auszumustern, die ganz geringfügig verformt seien oder die Flecken oder Streifen von nicht ganz ordnungsgemäß verteilter Farbe hätten.

Was nicht bedeute, dass die an Hopsom weitergereichten Lavendelerzeugnisse *unbedingt* minderwertig sein müssten, ganz im Gegenteil, man werde wie immer alles tun, um zu gewährleisten, dass sämtliche Rohstoffe einwandfrei und sämtliche Artikel makellos seien. Es könne durchaus sein, dass in neun von zehn Fällen niemand einen Unterschied feststellen könnte zwischen (beispielsweise) dem Lavendelwasser mit Hopsoms Namen auf dem Etikett und dem mit Rackhams.

Tja, aber ... tja, aber ... wenn nun dieser eine Fall von zehn doch einträte? Was wäre, wenn (nur mal angenommen) bei einer Parfümlieferung an Hopsom ein gewisser Prozentsatz dem Qualitätsstandard nicht ganz genügte oder wenn eine Kiste mit Seife durch einen unglücklichen Zufall eine unverhältnismäßig hohe Anzahl sichtlich verformter Stücke enthielte? Was wäre, wenn (rundheraus gesagt) Mr Hopsom sich hintergangen fühlte und *sich beschwerte?* Mehr noch, was wäre, wenn er (ohne jede Dankbarkeit, nur mal angenommen, für die großzügigen Konditionen, zu denen seiner Firma die Waren überlassen wurden) daraufhin versuchte, Rackhams guten Namen in den Schmutz ziehen?

»Du brauchst dir keine Sorgen mehr zu machen, William: Ich habe die Lösung für dich«, sagt Sugar.

»Es *kann* keine befriedigende Lösung geben«, jammert er und lässt sich das vierte Glas Brandy reichen. »Alles hängt vom Zufall ab ...«

»Keineswegs, keineswegs«, besänftigt sie ihn. »Dieser Mr Hopsom, weißt du zufällig, ob er mit Vornamen Matthew heißt?«

»Matthew, ja«, antwortet William stirnrunzelnd, weil er sich beim besten Willen nicht vorstellen kann, welchem von seinen ausrangierten Büchern sie eine solche Information entnommen haben könnte.

»Mancherorts auch als ›Horsey‹ Hopsom bekannt?«

»Äh ... ja.«

Sugar kichert boshaft, springt auf ihn zu und kniet sich zu seinen Füßen nieder.

»Falls Mr Hopsom je auf die Idee kommen sollte, dir Schwierigkeiten zu machen«, sagt sie und stützt dabei ihre dünnen weißen Arme auf ein dunkles Hosenbein, »dann schlage ich vor, du flüsterst ihm einfach zwei kurze Wörtchen ins Ohr.« Sie beugt sich noch näher an ihn heran, ahmt mit leichten Schlägen auf seinen Schenkel eine rhythmische Züchtigung nach und wispert: »Amy Howlett.«

Mehrere Sekunden lang schaut William ihr mit einer Mischung aus Misstrauen und Verwunderung in die leuchtenden Augen, dann lacht er laut auf.

»Heiliges Kanonenrohr!«, ruft er. »Das ist wirklich die Höhe!«

»Durchaus nicht«, erwidert Sugar und schmiegt ihre Wange in seinen Schoß. »Ein Mann wie du kann noch ganz andere Höhen erklimmen ...«

Sie schiebt ihre Hand an die Stelle, wo sein Geschlecht inzwischen der vollen Erektion entgegenschwellen müsste, doch anscheinend hat sie ihn falsch beurteilt. Das Gespräch ist über die Maßen gut gelaufen, das Problem mit Hopsom ist gelöst, und dennoch ... und dennoch sperrt Rackham sich gegen ihre Berührung, ist nicht für sie bereit.

»*Lieber* William«, bemitleidet sie ihn, wobei sie sich zurücksetzt und züchtig die Hände im Schoß ihrer sich bauschenden Röcke faltet. »Du hast *immer noch* Sorgen. Doch, hast du, das merke ich. Was in aller Welt kann der Grund sein? Was ist es, das dich so schrecklich mitnimmt?«

Volle zwanzig Sekunden lang starrt er sie mit düster umwölkter Stirn an, schwankend. Hat sie sich zu viel getraut? Er hustet und räuspert sich, bevor er ihr antwortet.

»Meine Frau«, sagt er, »ist eine Irre.«

Zum Zeichen ihrer stummen Bestürzung legt Sugar den Kopf schief, nachdem sie Ausrufe wie »Tatsächlich?«, »Na, so was!« und »Wie furchtbar!« erwogen und verworfen hat. Ihr ganzes Arbeitsleben über haben Männer ihr immer wieder erzählt, dass ihre Frauen verrückt sind, und trotzdem ist ihr noch keine taugliche Reaktion darauf eingefallen.

»Sie war so ein liebes, gutherziges Mädchen, als wir geheiratet haben«, klagt er, »jeder Mann wäre stolz auf sie gewesen. Sie hatte ein paar merkwürdige Angewohnheiten, aber wer hat die nicht? Ich konnte doch nicht ahnen, dass sie eines Tages reif für die Anstalt sein würde, dass sie in meinem eigenen Haus …« Er bricht ab, schließt gequält die Augen. »Als wir uns kennen lernten, gab es kein glücklicheres Mädchen. Jetzt verachtet sie mich.«

»Was für eine Tragödie!«, haucht Sugar und wagt zögernd eine tröstende Hand auf sein Knie zu legen. Sie wird geduldet. »Ich denke, sie würde dich immer noch lieben, wenn sie könnte.«

»Das Verrückte daran … ich meine, was mich am meisten verwirrt, sind ihre abrupten Wechsel von einem Tag zum anderen. An manchen Tagen ist sie so normal wie du und ich, dann macht oder sagt sie plötzlich etwas ganz und gar Ungeheuerliches.«

»Zum Beispiel …?« Sugars Stimme ist leise und unaufdringlich.

»Sie glaubt, dass sie im Schlaf in ein katholisches Nonnenkloster fährt. Sie glaubt, dass Engel über sie wachen. Sie winken ihr, sagt sie.«

Sugar legt ihre heiße Wange an seine Taille, umfängt ihn schwesterlich und hofft, dass die Röte abzieht, bevor sie wieder ihr Gesicht zeigen muss. Als sie vor dem Haus der Rackhams beim Spionieren ertappt wurde und Mrs Rackham ihr zuwinkte, was hätte sie da anderes tun können als zurückzuwinken?

»Erst vorige Woche gab sie mit einer Dienerin auf dem Fußboden unserer Küche ein höchst unwürdiges Schauspiel ab«, fährt William bedrückt fort. »Der Arzt musste kommen. Er hält *mich* für verrückt, dass ich sie im Haus behalte … Er hat keine Ahnung, was für ein Schatz sie früher war. Heutzutage verschläft Agnes ihr halbes Leben, betäubt von Beruhigungsmitteln oder einfach aus Trägheit. Ich weiß nicht mehr weiter, das ist mir alles zu hoch …«

Sugar streichelt gleichmäßig und mechanisch sein Knie, so wie sie den Kopf eines Haustiers streicheln könnte. In ihren Pantalettes fühlt sie das Blut rieseln, doch wie es aussieht, ist heute nicht die Nacht, in der sich erweisen wird, welche Einstellung William Rackham zu blutenden Frauen hat.

»Wie lange ist es mit … Agnes schon so schlimm?«, fragt sie.

»Ach! Wer weiß, was für fixe Ideen sie schon früher im Kopf hatte, bevor wir uns überhaupt kennen lernten! Aber … ich würde sagen, dass ihr Irrsinn weniger …« (er ballt rhythmisch seine verletzte Faust, als fasste er nach dem richtigen Wort) »… aufgeblüht war, bevor das Kind kam.«

»Oh?« Wieder kommt Sugars Stimme federleicht daher, wie ein trippelndes Mäuschen. »Du hast ein Kind?«

»Nur eines, ja«, brummt William. »Eine Tochter, leider.«

Ein ärgerliches Zucken, zu prompt, um es zu unterdrücken, überträgt sich durch Sugars Backe auf Williams Bauch; sie hofft, dass seine Kleidung es abschwächt. Seltsam, dass sie gelernt hat, sich alle möglichen männlichen Gemeinheiten mit vollkommener Gelassenheit anzuhören – Tiraden gegen das weibliche Geschlecht im Allgemeinen und speziell gegen ihren Körper als einen schmutzigen Pfuhl, gegen ihre Fotze als den Schlund der Hölle –, aber dass eine gelegentliche beiläufige Bemerkung über die Nutzlosigkeit eines weiblichen Kindes sie in Wut versetzt. Mit zusammengebissenen Zähnen hält sie ihren Liebhaber fester, um die Empörung mit einer vehementen Zuneigungsbekundung auszutreiben.

»Ich nehme an«, sagt sie, um das eingetretene Schweigen zu brechen, »durch die Krankheit hat deine Frau alle ihre Freunde verloren.«

Er lässt sich tiefer in den Sessel sinken, entspannt sich in ihrer Umarmung. »Tja, das ist wirklich merkwürdig ... Ich hätte das *vermutet,* aber anscheinend ist es nicht so. Die Saison steht vor der Tür, und die Einladungen kommen *in Strömen.* Erstaunlich, wenn man bedenkt, was sie sich beim letzten Mal geleistet hat ...«

»Was hat sie sich denn geleistet?«

»Ach ... alles Mögliche. Hat gelacht, als es nichts zu lachen gab, und nicht gelacht, als es was gab. Hat Unsinn geschrien und Leute vor unsichtbaren Gefahren gewarnt. Ist einmal unter den Essenstisch gekrabbelt und hat sich beschwert, im Fleisch wäre Blut. Ist öfter in Ohnmacht gefallen, als ich mich erinnern kann. Ach Gott, wie viele Male ich sie wegschaffen lassen musste ...!« Sie fühlt, wie er den Kopf schüttelt. »Und auf einmal ist alles vergeben und vergessen. Versteh einer, nach welchen Spielregeln das läuft!«

Sie reibt ihr Ohr an seinem Bauch. Nach den Knurrtönen im Innern zu urteilen, hat er noch nichts gegessen: Umso rascher wird der Alkohol ihm die Zunge lösen.

»Hast du mal an die Möglichkeit gedacht«, fragt sie, »dass die Einladungen *deinetwegen* in Strömen kommen?«

»*Meinetwegen?*« Ein tiefer Seufzer hebt ihren Kopf in die Höhe. »Bälle und Picknicke und Tischgesellschaften waren noch nie mein Fall. Ich amüsiere mich lieber privat. Auf jeden Fall habe ich in diesem Jahr grauenhaft viel zu tun und weiß gar nicht, wo ich die Zeit hernehmen soll.«

»Ja, aber meinst du nicht, dass es Leute gibt, die deinen … deinen außerordentlichen Aufstieg verfolgen? Du bist ein sehr großer Mann geworden, William, und das sehr rasch. Große Männer sind überall gern gesehen. Diese Einladungen … na, die Leute können schlecht dich einladen und deine Frau nicht, oder?«

William legt ihr den Arm auf den Rücken, umfasst die Ausbuchtung ihrer Turnüre. Sie hat ihn überzeugt, das spürt sie.

»Was bin ich doch für ein Einfaltspinsel …«, sinniert er mit einer Stimme, die schwer ist von Brandy und beschwichtigter Sorge. »Dass ich gar nicht einberechne, wie sehr sich alles verändert hat …«

»Du musst aufpassen, wer deine wahren Freunde sind«, rät ihm Sugar, während sie abermals beginnt, seinen Hosenlatz zu liebkosen. »Je reicher du wirst, umso mehr Leute werden sich mit allen Mitteln bei dir einzuschmeicheln versuchen.«

Er stöhnt und lenkt ihren Kopf zu seinem Schoß.

Hinterher, als sein hart erkämpfter Ständer wieder zu einem Stummel geschrumpft ist, bearbeitet Sugar ihn weiter, weil sie hofft, noch mehr aus ihm herauszubekommen.

»Wie ich nach diesem himmlischen Geschmack gelechzt habe«, schwärmt sie, um zu verhindern, dass seine gehobene Stimmung ebenfalls in sich zusammensinkt. »Du warst so lange fort! Hast du denn gar nicht einmal an deine kleine Konkubine gedacht, die hier tagelang ohne frische Sachen festsitzt und sich nach dir verzehrt?«

»Ich stecke bis über beide Ohren …« Doch sie lacht und vereitelt seine Entschuldigung, indem sie ihm mit drolliger Flinkheit einen ganzen Schwall übermütiger Küsse auf die Ohren drückt, um ihn wissen zu lassen, dass sie kein bisschen beleidigt ist. Gekitzelt schnaubt er und windet sich, so dass sein Doppelkinn unter dem Bart sichtbar wird. »Am Ruder eines Unternehmens zu stehen frisst mehr Zeit, als ich ahnen konnte. Die Hopsom-Geschichte war nur eine der Sachen, die ich in den letzten Tagen am Hals hatte. Und in den nächsten Wochen wird es kaum ruhiger zugehen. Ich werde bald zu meinen Lavendelfeldern in Mitcham hinausfahren müssen, um dort zu klären, warum es –«

»Lavendelfelder?«, unterbricht sie ihn aufgeregt.

»Ja …«

»Wo richtig Lavendel wächst?«

»Ja doch, natürlich …«

»O William! Das würde ich so gerne einmal sehen! Weißt du, dass ich noch nie etwas anderes wachsen gesehen habe als das, was es in den Parks von London gibt?« Sie geht so tief wie möglich in die Hocke, damit er auf ihr hingerissenes Gesicht hinabblicken kann. »Ein ganzes Feld voll Lavendel! Für dich mag das die gewöhnlichste Sache der Welt sein, aber für deine kleine Sugar ist das wie ein Märchen! Ach, William, könntest du mich nicht mitnehmen?«

Lächelnd und stirnrunzelnd zugleich weiß er nicht, was er sagen soll. Bedenken wollen sich regen, doch in seinem von Alkohol und sinnlicher Sattheit ganz schwammigen Hirn dringen sie nicht durch.

»Nichts würde mir mehr Vergnügen machen, mein süßes Täubchen …«, nuschelt er. »Aber denk einmal an das Risiko eines Skandals, wenn du, eine unbekannte junge Frau, vor den Augen aller Arbeiter allein mit mir über meine Felder spazieren würdest …«

»Aber ist das nicht irgendwo im hintersten England?«

»Mitcham? Das liegt in Surrey, Liebling …« Er grinst, als er an ihrem Gesichtsausdruck erkennt, dass ihr das immer noch nichts sagt. »Nahe genug, dass darüber geklatscht wird.«

»Ich muss ja nicht allein sein!«, erklärt sie eifrig. »Ich könnte mich von einem anderen Mann begleiten lassen. O-oder vielmehr«, sie bemerkt das misstrauische Zucken auf seiner Stirn, »*ich* könnte jemand anders begleiten: ei-einen *alten* Mann. Ja, ja: Ich kenne genau den Richtigen, einen lahmen alten Mann, den ich als meinen Großvater ausgeben könnte. Er ist taub und blind – na ja, beinahe. Er würde keine Schwierigkeiten machen. Ich könnte ihn einfach … im *Rollstuhl* mitschieben, wie ein Baby im Kinderwagen.«

Rackham glotzt sie ungläubig an.

»Das meinst du doch sicher nicht ernst?«

»Mir ist noch nie etwas so ernst gewesen!«, beteuert sie. »O William, sag *ja*!«

Er rappelt sich mühsam auf, lacht über seine Tapsigkeit, über das konfuse Rauschgefühl einer brandyverschleierten Welt.

»Ich darf hier nicht einschlafen«, murmelt er, während er seine Hosen zuknöpft. »Hopsom will morgen früh bei mir vorbeikommen …«

»Sag ja, William!«, bettelt Sugar, während sie ihm hilft, sein Hemd hineinzustopfen. »Zu mir, meine ich.«

»Ich werde drüber nachdenken müssen.« Schwankend steht er vor dem Stuhl, an dem sein immer noch leicht dampfender Ulster hängt. »Wenn ich nicht so betrunken bin.«

Damit hievt er seinen Mantel am Kragen hoch und windet sich mit ihrer Unterstützung in die widerspenstigen Ärmel hinein. Das Ding ist schwer, außen glühend heiß, innen klamm, und es strömt einen eigenartigen Geruch aus, der so unangenehm ist, dass William und Sugar Stirn an Stirn darüber kichern.

»Ich liebe dich!«, lacht er, und sie umarmt ihn heftig und drückt ihre Wange an sein kratziges Kinn.

Draußen ist das Gewitter abgezogen. Nachtruhe hat sich über die Priory Close gebreitet, den Regen gestillt, den Wind besänftigt. Am schwarzen Himmel glitzern die Sterne, die nassen Straßen leuchten im Laternenschein wie Silber. Frau Luna, rund und voll, die Sirene aller Geistesgestörten von den Elendsquartieren von Shoreditch bis zu den königlichen Schlafgemächern von Westminster, zwinkert am schornsteinstarrenden Horizont.

»Pass gut auf dich auf, liebes Herz!«, ruft Sugar ihm noch aus dem erleuchteten Vestibül seines zweiten Zuhauses nach.

Nachdem Williams Droschke davongerasselt ist, sind die Chepstow Villas still wie ein Friedhof, und das Haus der Rackhams ragt wie ein Monument empor – ein protziger Grabstein für eine illustre Familie, die am Ende ihrer Linie angekommen ist. William erschauert, vor Kälte wie auch vor Unwillen über das laute Quietschen seines Eingangstores. Er ist inzwischen wieder halb nüchtern, und das freudlose Willkommen, das ihm sein Haus bereitet, legt sich schwer auf sein Gemüt. Selbst der Hund, der sich sonst am Tor herumtreibt, hat sich zur Ruhe begeben, und der Weg durch den gnadenlos gestutzten Garten schimmert unheimlich im Mondlicht. Ein kurzer Blick auf die leere Remise, düster und halb versteckt unter den Bäumen, erinnert ihn an einen weiteren Punkt auf seiner langen Liste zu erledigender Sachen.

Er klingelt einmal, dann jedoch, eingedenk der späten Stunde, tastet er nach seinem Schlüssel. Ein schwacher Lichtschein fällt durch das Zierfenster über dem Architrav, gerade so viel, dass sein Kopf einen Schatten auf die Finger wirft, als er genauer nach seinen anscheinend verschwundenen Taschen forscht. (Himmelherrgott noch mal! Wenn seine Firma Kleidung statt Parfüm herstellen würde, dann wären einige Veränderungen fällig!)

Als er endlich den Schlüssel gefunden hat und ihn gerade glücklich ins Loch stecken will, geht die Tür auf, und Letty, die zweifellos irgendwo im Sitzen geschlafen hat, begrüßt ihn mit verquollenen Augen. Selbst im Licht der einen Kerze, die sie in der Hand hat, kann er erkennen, dass sich der Ärmel ihrer Dienstbotentracht rot und faltig auf ihrer linken Backe abgedrückt hat. Bestimmt fallen ihr seine geschwollene rote Nase und seine verschwitzte Stirn nicht minder deutlich auf.

»Wo ist Clara?«, fragt er, als sie ihm aus dem Mantel geholfen hat. (Ihre Hände sind kräftiger als Sugars und tun sich doch schwerer damit.)

»Zu Bett gegangen, Mr Rackham.«

»Gut. Dann machen Sie das jetzt auch, Letty.« Er muss sich noch einer Verpflichtung entledigen, bevor er zu Bett geht, und wenn Clara nicht in der Nähe ist, wird das die Sache erheblich erleichtern.

»Danke, Mr Rackham.«

Er beobachtet, wie sie die Treppe hinaufgeht, wartet ab, bis sie sich in ihre Mansardenbutze verkrümelt hat. Dann folgt er ihr und begibt sich geradewegs in Agnes' Schlafzimmer.

Bei seinem Eintreten ist der Raum luftlos und drückend – wie ein dicht verschlossenes Einmachglas, denkt er. Als er noch auf Freiersfüßen ging, sprang Agnes mit kindlicher Ausgelassenheit über die grünen Wiesen des Regent Parks, dass die bunten Röcke nur so in der Brise wehten; jetzt bewohnt sie dieses völlig abgedichtete Grab. Er schnuppert argwöhnisch; wenn er nicht so viel Brandy intus hätte, würde er vielleicht den Geruch von Franzbranntwein entdecken, den ein Vertretungsarzt bei seinem Versuch, einen Wattebausch zu tränken, auf dem Teppich vergossen hat.

Als er mit hocherhobener Kerze auf das Bett zugeht, erblickt William das Gesicht seiner Frau, halb vergraben in den übergroßen und übervollen Kissen. Ihre Lippen zucken schwach, als sie ihn nahen fühlt; ihre zarten Lider flattern.

»Clara?«, wimmert sie.

»Ich bin's. William.«

Agnes' Augen öffnen sich einen Spalt weit, und auf den durchschimmernden blinden weißen Augäpfeln schnellen die taubenblauen Iriden hin und her, tauchen auf und verschwinden wie Fische. Vor lauter Drogen ist sie offensichtlich halb im Märchenland und schwebt durch die Labyrinthe irgendwelcher Klöster oder Schlösser oder wo sie sich sonst immer aufhält.

»Wo ist Clara?«

»Sie ist draußen vor der Tür«, lügt er. Wie sie sich fürchtet, mit ihm allein zu sein! Wie sie seine Berührung verabscheut! Sein Mitleid mit ihr ist so stark, dass er am liebsten einen Zauberstab über ihr schwingen und ihre Gebrechen ein für alle Mal vertreiben würde; genauso stark ist sein Groll, so dass er, falls er wirklich einen Zauberstab hätte, ihr den möglicherweise auch mit voller Wucht auf den Kopf hauen würde, um ihren jämmerlichen Eierschalenschädel zu zertrümmern.

»Wie fühlst du dich jetzt, Liebling?«

Sie dreht das Gesicht in seine Richtung; eine Sekunde lang blicken ihre Augen scharf, dann klappen sie müde wieder zu.

»Wie eine verlorene Haube, die auf einem dunklen Fluss treibt«, murmelt sie. Der alte Wohlklang ist wieder in ihrer Stimme: Was hat sie doch für eine schöne Stimme, selbst wenn sie nur Unfug redet.

»Weißt du noch, was du zu mir gesagt hast«, fragt er und hält die Kerze näher, »bevor du in Ohnmacht gefallen bist?«

»Nein, Liebling.« Seufzend wendet sie das Gesicht ab und gräbt sich mit der Nase zuerst in eine warme weiße Mulde ein, die schon von ihren Haaren angefüllt ist. »War es sehr schlimm?«

»Ja, es war sehr schlimm.«

»Es tut mir Leid, William, ganz furchtbar Leid.« Ihre Stimme wird von dem Kissennest gedämpft. »Kannst du mir jemals verzeihen?«

»In Krankheit und Not, in guten wie in bösen Tagen, Aggie: Das ist das Gelöbnis, das ich abgelegt habe.«

Er bleibt noch ein, zwei Minuten dort stehen und lässt sich ihre Entschuldigung langsam die Kehle hinunterfließen wie einen Schluck Brandy, der nach und nach sein Inneres wärmt. Als er schließlich einsieht, dass er auf mehr nicht hoffen kann, wendet er sich zum Gehen.

»William?«

»Mmm?«

Ihr Gesicht ist wieder aufgetaucht, jetzt aber im Kerzenschein von Tränen glitzernd und verängstigt.

»Bin ich noch dein kleines Mädchen?«

Er knurrt vor Schmerz bei diesem völlig unerwarteten Schlag in das Zentrum seiner nostalgischen Empfindsamkeit. Sengend heißes Wachs tropft auf seine ohnehin schon verbrannte Hand, als er gleichzeitig die Fäuste und die Augen zusammenpresst.

»Schlaf jetzt, mein Herz!«, mahnt er mit rauer Stimme, während er rückwärts zur Tür hinaustritt. »Morgen ist ein neuer Tag.«

Vierzehn

Eines sonnigen Nachmittags Ende April 1875 unterbricht eine Schar verstreuter Arbeiter auf einer weiten, welligen Lavendelflur ein Weilchen ihr mühseliges Tagwerk. Knietief in einem See von Lavandula versunken, halten sie mit ihren Hacken und Rohmetalleimern inne, um die schöne junge Frau anzugaffen, die auf dem Mittelpfad zwischen den Anbauflächen an ihnen vorbeigeht.

»Wer'sn das?«, flüstern sie sich mit neugierigen Eulenaugen zu. »Wer'sn das?« Aber niemand weiß es.

Die Dame trägt ein lavendelblaues Kleid, ihre weiß behandschuhten Hände und ihr hütchengeschmückter Kopf gleichen Blüten, die ihr aus Ärmeln und Kragen sprießen. Das Kleid, kunstvoll plissiert und gerüscht, gleicht einem riesigen ausfasernden Tau, was ihr das Aussehen eines lebensgroßen Kornpüppchens verleiht.

»Un' der bei ihr, wer's das?«

Die Frau geht nicht allein und auch nicht unbehindert. Sie schiebt mit äußerster Vorsicht eine schlecht zu erkennende Last in einem Rollstuhl durch das Wegelabyrinth. Es ist ein hochbetagter, lahmer Mann, trotz des milden Wetters gut in Decken und Tücher verpackt und den Kopf mit einem Schal umwickelt. Und neben dem Alten und der ihn schiebenden Frau spaziert heute noch ein dritter Besucher der Felder: William Rackham, der Besitzer des Ganzen. Er sagt häufig etwas, der alte Mann sagt gelegentlich etwas, die Frau sagt so gut wie nichts, doch die Arbeiter auf den Feldern schnappen in ihren Reihen jeweils nur ein paar Worte auf, dann ist die Prozession schon an ihnen vorbei.

»Was meinste, wer das is?«, fragt eine sonnenverbrannte Frau ihren sonnenverbrannten Mann.

»Die Tochter von dem Alten, würd ich sa'n. Oder die Enkeltochter. 'scheinlich's der Alte reich. 'scheinlich will unser Lockenkopp mit ihm ins Geschäft komm.«

»Da musser aber dalli machen. Der alte Knacker kann je'n Moment abkratzen.«

»Hopsom hat wen'stens zwei Beine zum Laufen gehabt.«

Und damit machen sie sich wieder an die Arbeit und begeben sich in ihre jeweiligen Pflanzenreihen.

Weiter oben jedoch halten die nächsten Arbeiter inne und gaffen. Etwas Derartiges – Damenbesuch auf den Feldern – gab es zur Zeit von Williams Vater nicht. Rackham senior hielt vornehme Frauenzimmer lieber von den Ländereien fern, damit ihnen nicht das Herz blutete. Die letzte Besucherin war vor zwanzig Jahren seine eigene Frau, bevor sie ihm Hörner aufsetzte.

»Ach, is die schön«, seufzt eine dunkle Arbeiterin und späht hinter der fremden weiblichen Silhouette her.

»Wärst *du* auch«, murrt eine Leidensgenossin, »wenn du nie hättst schuften müssen.«

»Järrch!«, raunzt der alte Mann im Rollstuhl. Sein Gestank nach selten gewechselten Sachen und einem selten gewaschenen Körper wird von der frischen Luft, der feuchten Erde und dem sorgsam gepflegten Lavendel stark gemildert.

Sugar senkt im Weiterschieben den Kopf, und ihre Lippen nähern sich dem schalumhüllten Schädel ungefähr dort, wo eines der Ohren sein müsste.

»Na, na, Colonel Leek«, sagt sie. »Vergiss nicht, dass du hier bist, um dich zu amüsieren.«

Aber Colonel Leek amüsiert sich keineswegs, jedenfalls soll Sugar das glauben. Nur seine Gier nach der versprochenen Belohnung – sechs Shilling und mehr Whisky an einem Tag, als Mrs Leek ihm in einem Monat gestattet – hält ihn von der offenen Meuterei ab. Er ist ganz gewiss nicht im Mindesten dazu aufgelegt, für irgendjemanden den Großvater zu spielen.

»Ich muss mal pinkeln.«

»Mach's in die Hosen!«, zischt Sugar honigsüß. »Tu so, als wärst du zu Hause.«

»Oh, ist sie nicht die Freundlichkeit in Person?« Er verdreht den Kopf, so dass ein böse funkelndes Triefauge und die Hälfte eines fleckigen, eingefallenen Mundes sichtbar werden. »Zu gut für St. Giles, hä, du Schlampe?«

»Sechs Shilling und Whisky, denk dran – *Großvater.*«

Und so rollen sie weiter im strahlenden Sonnenschein über das gehätschelte Herzland der Rackham Perfumeries dahin.

William Rackham geht unbeteiligt voraus, makellos gekleidet im steifen Sonntagsstaat, obwohl es Mittwoch ist. Mit den Moleskinhosen und Gummistiefeln seines Vaters hat er nichts im Sinn; ein modernes Parfümunternehmen wird vom Kopf aus gelenkt und mit dem Federhalter dirigiert. Alles, was auf diesen Feldern geschieht, jedes Bücken eines Arbeiters und das Stutzen des winzigsten Zweigleins, geht auf seine Gedanken und schriftliche Anordnungen zurück. Diesen Eindruck hat er jedenfalls seinen Besuchern zu vermitteln versucht.

Er merkt natürlich, dass das Verhältnis zwischen Sugar und dem alten Mann weitaus weniger herzlich ist, als sie behauptet hat, aber er verzeiht ihr. Ja, wenn sie und Colonel Leek vertraulich miteinander herumgetan hätten, wäre er vielleicht sogar ein wenig eifersüchtig gewesen. So ist es ihm lieber: Das bronchiale Gekrächze des Alten ist so rau, dass die Feldarbeiter nicht viel von dem verstehen werden, was sie zufällig mithören, und die Tatsache, dass Sugar ihn schiebt, sagt mehr als alle Angaben über Verwandtschaftsbeziehungen.

»Ach, komm, genieß einfach den Sonnenschein«, empfiehlt sie dem Colonel, während sie sich zu dritt den sanften Anstieg des Beehive Hill hinaufbewegen.

Der alte Mann hustet, was den Schleim in seiner Brust zum Rasseln bringt.

»Sonnenlicht ist schädlich«, keucht er. »Es ist schuld, dass in den Beinen der verwundeten Soldaten die Maden entstehen. Und wenn grade kein Krieg ist, werden davon die Tapeten blass.«

Sugar wirft William ein beruhigendes Lächeln zu, während sie diesen meckernden Sisyphusfelsen weiter den Hang hinaufwälzt.

Beachte ihn gar nicht!, sagt dieses Lächeln. *Du und ich wissen um den Wert dieses Ortes – und um die Bedeutung dieses großen Tages in unserem Leben.*

»Es ist, wie ich dachte: Sie lutschen mich aus wie Parasiten, wenn ich sie lasse«, knurrt William. »Sie denken, ich schlucke jedes Märchen, das sie mir auftischen.«

Sugar legt auffordernd den Kopf zur Seite, damit er deutlicher wird.

»Sie schwören, dass sie schon seit Wochen dabei sind, die älteren Sträucher zu beschneiden«, schnaubt er. »Eher seit gestern Nachmittag, würde ich sagen! Siehst du nicht, wie zerrupft sie sind?«

Sugar blickt zurück. Für ihr Gefühl sehen die Arbeiter zerrupfter und weniger gut gepflegt aus als der Lavendel.

»Ich finde alles ganz wunderbar«, sagt sie.

»Sie sollten ein ganzes Ende mehr Stecklinge setzen«, versichert er ihr. »Jetzt ist die Zeit, wo sie am besten Wurzeln schlagen.«

»Hürch-hürch-*hürch*!«, hustet der Colonel.

»Dein Gut ist viel größer, als ich es mir erträumt hatte«, bemerkt Sugar, um das Gespräch wieder in schmeichelhaftere Bahnen zu lenken. »Es nimmt überhaupt kein Ende.«

»Na ja«, meint Rackham, »es gehört nicht alles mir.« Von ihrem erhöhten Aussichtspunkt aus deutet er hinunter auf eine lange Reihe weiß gestrichener Pfähle an einem der Wege. »Die da markieren die Grenze des nächsten Guts. Lavendel gedeiht umso besser, je mehr davon auf einem Haufen wächst. Den Bienen ist es egal, wem ein Strauch gehört. Alles in allem besitzen gut ein halbes Dutzend Parfümunternehmen Anteile an diesem Land hier; mein Anteil beträgt vierzig Morgen.«

»Vierzig Morgen!« Sugar hat nur eine höchst verschwommene Vorstellung davon, wie viel das ist, aber schätzt, dass es eine ungeheuer große Fläche im Vergleich etwa zum Golden Square sein muss. Und wirklich, wenn man alle Straßen, in denen sie je gelebt hat, mit einem riesigen Spaten aus ihrem verseuchten Untergrund herausheben würde, dann könnte man sie im duftigen Zentrum dieses Lavendelparadieses abladen und diskret in der weichen braunen Erde verbuddeln, ohne dass je wieder etwas von ihnen zum Vorschein käme.

Und dennoch ist dieses Gut, wie William ihr mehrfach klar gemacht hat, nur ein Zweig seines Imperiums. Andernorts gibt es weitere Güter, jedes einer einzigen Blütenart vorbehalten; es gibt sogar Walfangschiffe auf dem Atlantik, die für die Rackham Perfumeries Ambra und Walrat sammeln. Sugar lässt den Blick über den großen Lavendelsee vor ihr schweifen und wägt ihn gegen die Blütenblätter in einer Duftkugel ab, eine Menge, die sie in der Hand halten könnte. Ein solcher Luxus, in solchem Übermaß! Eine Essenz, die sie für einen erklecklichen Betrag in einer winzigen Phiole erstehen könnte, fließt hier an der Quelle so überreichlich, dass sie bestimmt achtlos in Fässer gekippt und das daneben Gegossene in den Matsch getrampelt wird – so jedenfalls malt sie es sich aus. Die Vorstellung ist magisch und obszön zugleich, ungefähr als würden Juweliere knöcheltief in Edelsteinen waten, sie zerstampfen, sie in Säcke schaufeln.

»Wirklich, Colonel«, versucht Sugar den alten Krüppel halb neckend, halb echt begeistert zu animieren. »Das alles ist so … so *märchenhaft*. Kannst du nicht wenigstens zugeben, dass es mal eine nette Abwechslung von zu Hause bei Mrs Leek ist?«

»*Äh?* Nette *Abwechslung?*« Der Alte zappelt aufgebracht auf seinem knarrenden Sitz hin und her und muss unbedingt ein paar einschlägige Beispiele aus seinem enzyklopädischen Katastrophengedächtnis hervorkramen. »Granvilles Vereinigte Obstgärten, vor zweieinhalb Jahren zu Asche verbrannt!«, verkündet er triumphierend. »Zwölf Tote! Streichholzfabrik im schwedischen Göteborg, am 27. des vorigen Monats: vierundvierzig in den Flammen umgekommen und neun lebensgefährlich verletzt! Baumwollplantage in Virginia letzte Weihnachten, an 'nem halben Tag völlig abgefackelt, mitsamt der Wilden und allem!« Er hält inne, dreht den Kopf zu William Rackham herum und höhnt: »Was für ein Feuerchen *das hier* geben würde, hä?«

»Allerdings, Sir«, erwidert William mit stolzer Herablassung, »gibt es in der Tat ein ganz prachtvolles Feuer, und das jedes Jahr. Meine Felder, müssen Sie wissen, sind nach dem Alter der darauf wachsenden Pflanzen eingeteilt. Manche sind jetzt im fünften Jahr und verbraucht und werden daher Ende Oktober abgebrannt. Ich kann Ihnen versichern, das Feuer ist groß genug, dass ganz Mitcham nach Lavendel riecht.«

»Oh, wie wunderbar!«, ruft Sugar aus. »Wie gern ich das sehen würde!«

William errötet vor Stolz, wie er dort auf dem Hügel steht, das Kinn über sein Imperium gereckt. Was für ein Wunder hat er doch vollbracht – er, unlängst noch ein lascher Müßiggänger in beschränkten Verhältnissen, jetzt Herr über dieses riesige Gut, auf dem sich die pittoresken braunen Arbeiter wie Feldmäuse zwischen den Lavendelsträuchern tummeln. Die Geräusche emsiger Arbeit gehören ihm ebenfalls, genauso die Gerüche von einer Million Blüten und nicht zuletzt sogar der Himmel darüber, denn wenn *er* nicht der Besitzer dieser Dinge ist, wer dann? Gut, zugegeben, irgendwie gilt immer noch Gott als Besitzer von allem, aber wo soll man die Grenze ziehen? Nur ein Spinner würde Gottes Besitzrecht auf den Bahnhof Paddington oder einen Kuhfladen vertreten – warum also sollte man kleinlicherweise William Rackhams Besitzrecht auf dieses Gut und alles, was darüber und darunter ist, anfechten? William fallen die Bibelverse ein, die sein Vater gern dem skeptischen jungen Henry zitierte: »*Seid fruchtbar und mehret euch und füllet die Erde und machet sie euch* untertan« (Rackham senior betonte dieses Wort besonders) »*und herrschet über alles Getier, das auf Erden kriecht.*«

So deutlich erinnert sich William an diesen Ausspruch, dass er sich beinahe in seinen kleinen Körper als Siebenjähriger zurückversetzt fühlt, damals, als er das erste Mal dieses Gut besuchte und hinter seinem großen Bruder hertrödelte. Ihr Vater, zu der Zeit noch dunkelhaarig und kräftig gebaut, hielt die Lavendelfelder für den Teil seines Besitzes, der dem zu seinem Erben bestimmten Jungen wohl am besten gefallen würde.

»Und dürfen diese Damen und Herren von dem Lavendel, den sie ernten, was mit nach Hause nehmen, Vater?« Glockenklar trotz des zeitlichen Abstands tönt ihm Henrys kindliche Stimme im Ohr – jawohl, Henrys, denn William hätte niemals, auch nicht mit sieben Jahren, so eine dumme Frage gestellt.

»Sie brauchen nichts mit nach Hause zu nehmen«, klärte Henry Calder Rackham seinen Erstgeborenen nachsichtig auf. »Sie riechen sowieso danach, schließlich arbeiten sie mittendrin.«

»Das ist ein sehr schöner Lohn, finde ich.« (Was für ein Esel Henry doch war, immer schon!)

Ihr Vater lachte schallend. »Für den Lohn allein arbeiten sie nicht, Junge. Geld wollen sie auch noch haben.« Der Ausdruck der Ungläubigkeit auf Henrys Gesicht hätte den alten Mann lehren sollen, dass er den falschen Sohn zum Erben erkoren hatte. Aber egal, Schwamm drüber ... Die Zeit hebt alle empor, die dessen würdig sind.

»Järrch!«

Ohne Colonel Leeks bestialische Töne zu beachten, hält William noch einmal Überschau über seine Felder, bevor er sich den Beehive Hill wieder hinunterbegibt. Alles ist genauso wie damals, als er ein kleiner Junge war – auch wenn diese Arbeiter nicht dieselben sein können, die sich vor einundzwanzig Jahren auf Henry Calder Rackhams Landgut verdingten, denn wie kraftlos gewordene Pflanzen im fünften Jahr werden auch Männer und Frauen ausgerissen und beseitigt, wenn sie verbraucht sind.

Ein runzliges, stämmiges Mädchen, das einen Sack Zweige auf dem Rücken trägt, trottet dicht an William und seinen Gästen vorbei und nickt mit verbissener Unterwürfigkeit.

»Sie erzählten uns gerade von den Pflanzen im fünften Jahr, Mr Rackham«, ertönt Sugars Stimme.

»Ja«, erwidert er laut, während eine zweite Sackträgerin der ersten folgt. »*Manche* Parfümhersteller ernten ihren Lavendel noch ein sechstes Jahr. Rackham nicht.«

»Und wie bald nach der Pflanzung ist der Lavendel verwendbar, Sir?«

»Wenn die Pflanzen im zweiten Jahr sind – richtig gut sind sie allerdings erst im dritten.«

»Und wie viel Lavendelwasser wird produziert, Sir?«

»Oh, etliche tausend Gallonen.«

»Ist das nicht eine erstaunliche Vorstellung, Großvater?«, wendet sich Sugar an den Alten.

»Hä? Großvater? Du weißt ja nicht mal, wer dein Großvater war!«

Sugar dreht den Kopf, um sich zu vergewissern, dass die Sackträgerinnen außer Hörweite sind. »Du bringst uns noch alle in Schwierigkeiten«, faucht sie Colonel Leek leise an und reißt dabei warnend an den Griffen seines Rollstuhls. »Mit einem Bettler von der Straße hätte ich weniger Scherereien gehabt.«

Der alte Mann fletscht seine verbliebenen Zahnstummel und schüttelt den Schalwickel von seinem hässlichen Kopf. »Mir doch egal!«, bäfft er. »So geht's, wenn man ein falsches Spiel treibt. Mummenschanz! Schickes Kleid! Ha! Hab ich dir je von Lieutenant Carp erzählt, unter dem ich im letzten großen Krieg gedient hab?« (Damit meint er nicht den Krieg gegen die Aschanti, auch nicht den indischen Aufstand, sondern den Krimkrieg.) »Das war auch so ein falscher Fuffziger. Mit Damenumhang und Haube verkleidet wollte Carp sich durch die feindlichen Linien schleichen, doch der Wind hat ihm den Umhang über den Kopf geblasen, und auf einmal hat man gesehen, wie er mit dem Schießprügel zwischen den Beinen rumstolpert. Hab noch nie erlebt, dass einer derart von Kugeln zersiebt wurde. Hö! Hö! Hö! Mummenschanz!«

Dieser Ausbruch hat zur Folge, dass auf den umliegenden Feldern ein paar Köpfe hochkommen.

»Eine höchst kurzweilige Anekdote, Sir«, bemerkt William eisig.

»Beachte ihn gar nicht, William!«, sagt Sugar. »Er wird bald schlafen. Am Nachmittag schläft er immer.«

Colonel Leek malmt empört mit seinem graustoppligen Kinn. »Das war vor Jahren, du Luder, als ich krank war! Jetzt geht's mir viel besser!«

Sugar beugt sich zu ihm herunter und bohrt die nur von dünnen Handschuhen verhüllten Krallen der einen Hand in seine rechte Schulter, während sie mit der anderen sanft seine linke streichelt.

»Whissssky«, singt sie ihm ins Ohr. »Whisssssky.«

Minuten später, als Colonel Leek zusammengesunken auf seinem Rollstuhl schnarcht, stehen William Rackham und Sugar im Schatten einer Eiche und beobachten aus der Ferne das geschäftige Treiben. Sugar strahlt, und ihr roter Kopf kommt nicht allein von der ungewohnten körperlichen Anstrengung des Rollstuhlschiebens; sie ist von tiefem Glück erfüllt. Ihr ganzes Leben lang hat sie sich für eine Stadtpflanze gehalten und gedacht, die Natur (von der sie sich nur nach einfarbigen Stichen und romantischen Gedichten ein Bild gemacht hat) hätte ihr nichts zu bieten. Diese Vorstellung schüttelt sie jetzt mit freudiger Entschiedenheit ab. Dies darf nicht das letzte Mal gewesen sein, dass sie unter diesem herrlichen blauen Himmel und auf dieser weichen, grünen Erde spaziert. Diese Luft hier will sie öfter atmen.

»Ach, William«, sagt sie, »wirst du mich noch einmal hierher mitnehmen, zum großen Feuer?«

»Aber sicher werde ich das«, antwortet er, denn er hat einen Blick für das Leuchten der Freude, und er weiß, dass er der Urheber dieses Leuchtens ist.

»Versprichst du mir das?«

»Ja, du hast mein Wort.«

Zufrieden dreht sie sich um und schaut nach Nordosten, wo in weiter, weiter Ferne einem grauen Band am Himmel ein Regenbogen entsteigt. William blickt sie von hinten an, die Augen mit der Hand gegen die Sonne abgeschirmt. Die langen Röcke seiner Geliebten rascheln leise in der Brise, und ihre Schulterblätter stechen unter dem engen Oberteil hervor, als sie sich ihrerseits den Arm schützend vor das Gesicht hält. Mit einem Mal erinnert er sich, wie ihre Brüste sich an seinen Händen anfühlen, er erinnert sich der harten Eckigkeit ihrer Hüftknochen an seinem weicheren Bauch, der erregenden Berührung ihrer rauen, rissigen Hände an seinem Schwanz. Er erinnert sich der Üppigkeit ihrer Haare, wenn sie nackt ist, der Tigerzeichnung ihrer Haut, Diagrammen ähnlich, die seinen Fingern zeigen, wo er am besten ihre Taille oder ihren Arsch fasst, wenn er in sie hineingleitet. Er sehnt sich danach, sie zu nehmen, wünscht sich, er könnte seine Lavendelfelder eine halbe Stunde lang räumen lassen und so lange mit Sugar auf einem Grasrain liegen. Was hat ihn davon abgehalten, jede Nacht bei ihr zu sein? Welcher wahre Mann wollte nicht diesen exquisiten Körper so oft wie möglich neben sich haben? Ja, er wird, er *muss* sie in Zukunft viel öfter aufsuchen – aber heute nicht; heute hat er noch viel zu tun.

Sugar dreht sich zurück, und sie hat Tränen in den Augen.

Die Rückfahrt nach London in der vierspännigen Mietkutsche dauert qualvoll lange, und der Regen, der noch so weit weg war, als Sugar auf Rackhams Feldern stand, ist ihnen auf halbem Wege entgegengekommen und drischt jetzt aufs Dach. Die Kutsche fährt wegen des schlechten Wetters langsamer und hält unterwegs aus rätselhaften Gründen in Dörfern und Weilern, wo der Kutscher absteigt und für zwei, fünf, zehn Minuten verschwindet. Bei der Rückkehr macht er sich am Zaumzeug der Pferde zu schaffen, bürstet ihnen das Wasser aus den Mähnen, vergewissert sich, dass der Rollstuhl des Alten noch fest und trocken unter der Plane auf dem Dach ist, nimmt irgendwelche Verrichtungen am Untergestell vor, von denen die ganze Kutsche wackelt. Übertriebene Hast kann man ihm nicht vorwerfen.

Im Innern der Kutsche schlottert Sugar und beißt die Zähne zusammen, damit sie nicht klappern. Sie trägt immer noch ihr lavendelblaues Kleid und sonst nichts, nicht einmal ein Tuch. Da sie wusste, dass sie Colonel Leek heute herumschieben würde, und auf William unbedingt einen bezaubernden Eindruck machen wollte, hat sie auf zusätzliche Kleidungsschichten verzichtet: jetzt hat sie darunter zu leiden. Das Letzte, wonach ihr der Sinn steht, ist, sich Wärme suchend an den Alten zu kuscheln. Er riecht grauenhaft, und ohne die stützenden Lehnen seines Rollstuhls droht er ständig, ihr auf den Schoß zu kippen.

»Einsturz 'ner Brücke durch schweren Regen, Hawick 1867«, knurrt er in den kalten, dunkel werdenden Abstand zwischen ihnen. »Drei Tote, Vieh nicht mitgerechnet.«

Sugar schlingt die Arme um sich und guckt zum schlammbespritzten, regengepeitschten Fenster hinaus. Die Landschaft, die vorher, als sie an Williams Seite über das Lavendelgut ging, so bunt und zauberhaft war, ist jetzt grau und gottverlassen und bietet den Anblick eines hundert Quadratmeilen großen heruntergekommenen Hyde Parks ohne Lichter und heitere Spaziergänger. Die Kutsche rumpelt langsam voran, auf eine verschleierte Weltstadt zu.

»Örps«, rülpst Colonel Leek. Der unappetitliche Duft von Whisky und gegorenen Verdauungssäften breitet sich in der bitterkalten Luft aus.

Mit der Eisenbahn wäre es wohl angenehm rasch gegangen, gar nicht davon zu reden (auch wenn William durchaus en passant davon geredet hat), dass es wesentlich billiger gekommen wäre, doch mit seiner Gebrechlichkeit hätte der alte Mann an den diversen Umsteigebahnhöfen unterwegs jede Menge Umstände gemacht, und man hätte in jedem Fall eine Kutsche gebraucht, um ihn nach Charing Cross zu schaffen, und dann wieder eine in Mitcham, so dass eine Mietkutsche gleich für die ganze Fahrt die vernünftigere Lösung zu sein schien. Schien.

»Ich geb dir sechs Monate«, lässt sich Colonel Leek jetzt vernehmen, »dann sitzt du wieder mit dem Arsch auf der Straße.«

»Ich habe nicht um deine Meinung gebeten«, versetzt Sugar. (Durchtriebener alter Drecksack! Er hat einen Pfeil genau ins Zentrum ihrer Befürchtungen geschossen. William Rackham sollte in diesem Moment neben ihr sitzen, ihr mit angeregter Konversation die Zeit vertreiben und ihr wärmend die Hände halten: Warum, ach, warum hat er sie nicht begleitet?)

Der Colonel macht lautstark seine verschleimte Luftröhre frei, um die nächste Litanei vom Stapel zu lassen. »Fanny Gresham, 1834 Geliebte von Anstey, dem Schiffsmagnaten, wohnhaft in Mayfair; 1835 fallen gelassen, eingelocht im Holloway Prison. Jane Hubble, genannt Natasha, 1852 Geliebte von Lord Finbar, wohnhaft im Admiralty House; 1853 Leiche, aufgefunden in der Themsemündung …«

»Erspar mir die Einzelheiten, Colonel.«

»Niiiemand erspart einem irgendwas, nie!«, bellt er. »Das hab ich gelernt, nachdem ich durch ein langes Leben gegangen bin.«

»Wenn du noch *gehen* könntest, Alter, wären wir mit der Eisenbahn gefahren und inzwischen längst wieder in London.«

Ein kurzes Schweigen tritt ein, während dessen die Beleidigung einsinkt.

»Genieß die schöne Aussicht, du Luder!«, höhnt er und deutet mit seinem fratzenhaften Kopf auf das strömende Fenster. »Nette Abwechslung, hä? *Määärchenhaft.*«

Sugar wendet sich von ihm ab und schlingt die Arme fester um sich. William sorgt für sie, jawohl, das tut er. Liebt sie, hat er sogar gesagt – zwar als er betrunken war, das stimmt, aber nicht *sturz*betrunken. Und er hat ihr erlaubt, auf sein Gut zu kommen, obwohl er, als er wieder nüchtern war, das Thema ohne weiteres für erledigt hätte erklären können. *Und* er hat ihr versprochen, sie wiederkommen zu lassen, Ende Oktober, was noch … fast sieben Monate hin ist.

Sie versucht, aus der großen Zahl von Leuten in Rackhams Diensten Mut zu schöpfen. Er ist es gewohnt, dass jede Woche eine große Summe Geldes von seinem Privatvermögen abfließt; die Ausgaben für Sugar stellen keinen besonderen und auffälligen finanziellen Aderlass dar. Sie darf nicht meinen, dass sie ihm auf der Tasche liegt, sondern muss sich als Teil eines großen Gobelins von Einnahmen und Ausgaben begreifen, der seit Generationen in Arbeit ist. Sie muss nichts weiter tun, als ihre eigenen Stiche an diesem Gobelin vorzunehmen, sich als unentbehrliche Figur darin einzusticken. Dabei hat sie schon phantastische Fortschritte gemacht. Man denke nur: Vor einem Monat war sie noch eine gewöhnliche Prostituierte! In einem halben Jahr, wer weiß …

»Er ist ein Windbeutel«, knurrt Colonel Leek aus seinem Schal- und Tuchwust heraus, »und ein Feigling. Ein übles Subjekt.«

»Wer?«, fragt Sugar gereizt, die auch gern so warm eingemummt wäre wie er, allerdings ohne die zusätzlichen Duftstoffe.

»Dein Parfümfritze.«

»Er ist nicht schlechter als die meisten«, gibt sie zurück. »Ein besserer Mensch als *du* jedenfalls.«

»Scheißdreck«, gackert der Alte. »Die Vorstellung, dass er mit seinem fetten Wanst ganz oben steht, die liebt er und sonst gar nichts. Für sein Weiterkommen würde der 'nen Mord begehen, siehst du das nicht? Er würde dich in 'ne Dreckpfütze schmeißen, nur damit er sich nicht die Schuhe schmutzig macht.«

»Du hast ja keine Ahnung von ihm«, keift sie. »Was versteht einer wie *du* schon von seiner Welt?«

Wutentbrannt bäumt sich der Colonel derart beängstigend auf, dass Sugar ihn schon kopfüber auf den Kutschboden stürzen sieht. »Ich war nicht immer ein alter Nuttenwächter, du kleine Bettratte!«, krächzt er. »Ich hab mehr vom Leben gesehen, als du dir je erträumen kannst!«

»Schon gut, tut mir Leid«, sagt sie hastig. »Hier, trink noch was!« Und sie hält ihm die Whiskyflasche hin.

»Reicht schon«, ächzt er und sinkt in seine Wollschichten zurück.

Sugar mustert die Flasche, deren Inhalt im Halbdunkel der schaukelnden Kutsche zittert und glitzert. »Du hast kaum was getrunken.«

»Ein bisschen was hält lange vor«, murmelt der Alte, wieder zahm nach seinem Ausbruch. »Trink selber, dann bibberst du nicht so.«

Sugar ruft sich das Bild in Erinnerung, wie sich sein nahezu zahnloser Mund Whisky nuckelnd um die Zitze des glatten Flaschenhalses schloss. »Nein, danke.«

»Ich hab abgewischt.«

»Igitt!« Sugar schaudert unwillkürlich.

»So ist's recht, du Luder«, höhnt er. »Lass nur ja nichts Schmutziges über deine Lippen kommen!«

Sugar stößt einen scharfen Laut des Unwillens aus, der fast genauso klingt wie ihr künstliches ekstatisches Stöhnen, und verschränkt fest die Arme über der Brust. Die Lippen zusammengepresst, damit man das Zähneklappern nicht so hört, zählt sie bis zwanzig, dann zählt sie, immer noch wütend, die Monate des Jahres. Im November hat sie William kennen gelernt; jetzt im April ist sie seine Geliebte mit eigener Wohnung und genug Geld, um sich alles zu kaufen, was sie sich wünscht. April, Mai, Juni … Warum sitzt er nicht hier mit ihr in der Kutsche? Sie wünscht sich nichts anderes zu kaufen als sein dauerhaftes Verlangen nach ihr …

Colonel Leek beginnt laut zu schnarchen, eine widerliche Verkörperung aller Geräusche und Gerüche von St. Giles. Sie darf niemals dorthin zurückkehren, niemals. Was aber, wenn Rackham ihrer überdrüssig wird? Als er sie vor wenigen Tagen besuchen kam (nachdem er sie drei Tage lang *nicht* besucht hatte), ging ihre Vereinigung so überstürzt vonstatten, dass er sich nicht einmal die Mühe machte, sie auszuziehen. (»Ich muss in einer Stunde bei meinem Anwalt sein«, erklärte er. »Du hast ja gesagt, dieser Grinling würde irgendwie verdächtig klingen, und bei Gott, du hattest Recht.«) Und wie war es das Mal davor? Eine merkwürdige Stimmung, in der er da war! Wie er sie fragte, ob ihr die Ziersachen gefielen, die er für sie ausgesucht hatte, und wie er dann, nachdem sie unter seinem Zureden gestanden hatte, dass sie sich nichts aus dem Schwan auf dem Kaminsims machte, diesem fröhlich den Porzellanhals brach. Sie stimmte in sein Lachen ein, aber worauf zum Teufel legte er es an? Wollte er ihr mehr Freiheit geben, offen und ehrlich zu sein – oder ließ er sie wissen, dass er ein Mann war, der bedenkenlos allem den Hals brach, dessen Nützlichkeit sich erschöpft hatte?

Das Bild ihrer Wohnung in Marylebone, zu der diese Kutsche sie so quälend langsam befördert, sollte *eigentlich* leuchtend verklärt sein wie von einem warmen Kaminfeuer, doch die Räume lösen bei ihr andere Gefühle aus. Es sind tote Räume, die darauf warten, von spritziger Unterhaltung und hitziger Begattung belebt zu werden. Wenn sie dort allein in der Stille die Zeit vertrödelt, indem sie sich in einem fort die Haare wäscht und sich zwingt, Bücher zu studieren, die nicht den geringsten Kitzel haben, dann fühlt sie sich von einer gasbeleuchteten Aura der Unbehaglichkeit umgeben. Sie kann sich, so oft und so laut sie will, sagen: »Das gehört *mir*«, doch sie bekommt keine Antwort.

Die Kisten mit ihren Habseligkeiten wurden zwar endlich geliefert, aber das meiste davon hat sie bereits weggeworfen: Bücher, die sie nie wieder lesen wird, Broschüren, deren Randbemerkungen William erbosen würden, wenn er sie zufällig zu Gesicht bekäme. Welchen Sinn hat es, diese Sachen in ihren Kommoden und Schränken versteckt zu halten, wo sie Silberfische anziehen (iiih!) und möglicherweise eines Tages den Sprengstoff abgeben, der ihr ins Gesicht explodiert? Sie sorgt sich auch so schon genug, dass William ihren Roman entdecken könnte. Wenn sie aus dem Haus geht, macht sie sich jedes Mal mit dem Gedanken verrückt, er könnte kommen und ihre sämtlichen Winkel und Schubladen durchstöbern. Erst wenn sie vor Hunger ganz schwach ist, eilt sie auf die Straße, weil sie einsehen muss, dass sie, wenn sie noch länger auf ihn wartet, irgendwann umkippt. In den Hotels und Restaurants, wo sie ihre Mahlzeiten einnimmt, bedienen die Kellner sie wortlos, als könnten sie es kaum erwarten, bis sie wieder weg ist.

Wenn sie sich doch nur genau erinnern könnte, wie viele Gläser Brandy William im Bauch hatte, als er zu ihr sagte, er liebe sie!

»Ärrchl-gnrrrch«, stöhnt Colonel Leek und windet sich in Träumen von lange zurückliegenden Zeiten. »Heraus damit, Mensch! … Was ist mit meinen Beinen? Hinken werd ich, ja? … Am Stock gehen, stimmt's? Ärrchl … Reden Sie doch, verdammt noch mal! … Unff … Unff … Reden Sie …!«

Am Morgen ist der Regen abgezogen, und Kirchenglocken läuten. Halb entblößt in seinem zerwühlten Bettzeug, in sahnegelben Sonnenschein getaucht, der zum Fenster hereinströmt, erwacht Henry Rackham aus schändlichen erotischen Albträumen. Ungeachtet dessen hat Gott einen perfekten neuen Tag erschaffen; der göttliche Erneuerungswille ist gegen alle Übel gefeit, die in den Stunden der Finsternis aufgekommen sein mögen. Gott verliert trotz der Schlechtigkeit des Menschen niemals den Mut …

Henry strampelt sich von den Laken frei, an denen die gleiche Flüssigkeit klebt, von der sein Nachthemd befleckt ist. Er zieht sich nackt aus und ist wie immer bestürzt über die Bestialität des dabei zutage kommenden Körpers, denn er ist ein außergewöhnlich haariges Exemplar, und die Haare an seinem Körper sind dunkler und drahtiger als das weiche blonde Vlies auf seinem Kopf. Die geschlechtliche Zuchtlosigkeit ist schuld, dass dieses raue Fell wächst, wie Henry weiß. Adam und Eva im Paradies waren unbehaart, desgleichen die idealen Körper des Altertums und was an Akten in der modernen Kunst statthaft ist. Sollte er sich jemals in einer Versammlung unbekleideter Männer befinden, so würde sein affenartiges Äußeres ihn als einen gewohnheitsmäßigen Selbstbeflecker entlarven, auf dem Wege der Rückentwicklung zum Tier. Ein Körnchen Wahrheit steckt doch in Darwins ketzerischen Ansichten: Die Menschheit hat sich zwar nicht aus dem Tierreich entwickelt, aber jeder Mensch hat die Möglichkeit, auf den Stand eines Wilden zurückzusinken.

Die Kirchenglocken läuten weiter, während Henry ins Bad schlurft. Eine Trauerfeier? Ganz gewiss keine Hochzeit zu dieser frühen Stunde. Eines Tages werden die Glocken für ihn läuten … Wird er zu dem Zeitpunkt endlich bereit sein?

Er reibt sich mit einem kalten Lappen ab: Fleisch wie seines darf nicht verzärtelt werden. Seine Körperbehaarung hat sich mit den Jahren zu Mustern verdichtet, die ihm, wenn sie nass sind, an Bauch und Schenkeln kleben und aussehen wie gotisches Maßwerk. Sein Penis hängt eklig und breit herab wie ein Reptilienkopf, und seine Hoden schlenkern unruhig, wenn er sie wäscht; nichts könnte weniger Ähnlichkeit mit den gedrungenen, muschelglatten Geschlechtsteilen klassischer Statuen haben.

Bodley und Ashwell haben ihm versichert, dass lose Frauen ebenfalls behaart sein können, vielleicht also hat er es seinen alten Kommilitonen zu verdanken, dass seine Träume so reichlich von rauhaarigen Nymphen bevölkert sind. Aber kann er Bodley und Ashwell dafür verantwortlich machen, dass sich Mrs Fox in seinen nächtlichen Phantasien wie ein toller Sukkubus gebärdet und schamlos lacht, während sie seinen Phallus ergreift und ihn zwischen ihre Beine führt, wo er durch warmes, nasses Fell glitscht …?

Ach, wenn ich doch nur erwachsen werden könnte!, lamentiert er, denn schon wieder richtet sich sein Geschlechtsteil vor Erregung auf. *Welcher Mann meines Alters führt sich noch so auf, als ob er gerade erst in die Pubertät gekommen wäre? Wann, o wann, wird sich der 1. Korintherbrief 13,11 für mich erfüllen? Meine Freunde reden mir zu, unverzüglich die heiligen Weihen zu empfangen, damit ich nicht »zu alt« anfange: Herr, wenn sie nur wüssten! Ich bin ein kleiner Junge, eingeschlossen in einer ungeheuerlichen, entmenschten Schale …*

Inzwischen halb bekleidet und nur von der Taille aufwärts nackt, lässt Henry sich schwer in seinen Sessel vor dem Kamin sinken, schon müde, bevor sein Tag überhaupt begonnen hat. Er hätte so gern, dass jemand ihm eine Tasse Tee und ein warmes Frühstück bringt, aber … nein, er darf kein Dienstmädchen einstellen. Er könnte sich ohne weiteres eins leisten – sein Vater ist viel großzügiger, als die Leute ihm nachsagen –, doch nein, ein Dienstmädchen kommt gar nicht in Frage. Allein der Gedanke: in seinem Haus eine Frau aus Fleisch und Blut, die mit ihm unter demselben Dach schläft, sich zum Schlafengehen auszieht, nackt in einer Wanne badet …! Als ob die Lage nicht so schon schlimm genug wäre.

»Dienstmädchen sind für jeden heranwachsenden Jungen ein Geschenk Gottes«, erklärte ihm Bodley einmal in einem von diesen Geplänkeln damals, deren einziges Ziel es war, den halbwüchsigen Henry unter dem allgemeinen Gelächter seiner Altersgenossen in die Flucht zu schlagen. »Vor allem wenn sie frisch vom Lande kommen. Sonnengereift, sauber und knackig.«

Da tappt Henrys Katze heran und macht kuriose Versuche, sich mitzuteilen, indem sie mit dem Kopf seine Waden anstupst. Er hat nichts für sie, der letzte Fleischrest ist verdorben.

»Kannst du nicht warten?«, brummt er, doch das unschuldige Tier schaut ihn an, als ob er nicht mehr alle Tassen im Schrank hätte.

Auch sein Magen meldet sich jetzt geräuschvoll. Vielleicht wäre eine sehr *alte* Dienerin ungefährlich? Aber wie alt müsste sie sein? Fünfzig? Könnte die Metzgersfrau nicht fünfzig sein? Die Nette, die für Henrys Mieze die besten Reste aufhebt und immer ein Lächeln für ihn hat. Und doch hat er sich auch bei ihr schon gefragt, wie sie wohl nackt aussehen mag. Also siebzig?

Er blickt auf das Feuer, auf seine mit mehr Eifer als Können gestopften Strümpfe, in denen seine großen Füße wie schlammverkrustete Knollen aussehen. Er betrachtet seine über der Brust verschränkten nackten Arme. Seine eigenen derart umrahmten Brustwarzen besitzen für ihn keinerlei sinnlichen Reiz – doch die nämlichen Fleischknöpfchen, an einer weiblichen Brust vorgestellt, vermögen ihn zur Selbstbefleckung zu treiben. Wenn seine eigenen Brüste mit Milch aufgebläht wären, würde er angewidert erschrecken – doch an einer Frau vorgestellt üben diese gleichen Fleischsäcke eine irrwitzige Anziehung aus. Und dann die Gemälde in den Ausstellungen der Royal Academy, die Magdalenen und die antiken Heldinnen und die heiligen Märtyrerinnen! Es ist ihm ganz gleichgültig, wen sie darstellen sollen, solange nur ihr Fleisch zu sehen ist. So wie er darauf starrt, müssen ihn die anderen Besucher für einen Kunstkenner halten – oder vielleicht erkennen sie ganz genau, dass er nur rosenknospige Brüste und perlweiße Schenkel anschmachtet. Andererseits, worauf starrt er *wirklich*? Auf eine rosa Farbschicht. Eine Schicht getrockneten und mit Firnis überzogenen Öls – und minutenlang steht er davor und hofft inständig, das silbrige Fähnlein Stoff zwischen den Beinen der Frauen möge herunterrutschen, wünscht sich, er könnte es fassen und wegreißen und … ja, was denn entblößen? Ein dreieckiges Stück Leinwand? Für ein dreieckiges Stück lebloser Leinwand ist er bereit, seine unsterbliche Seele dranzugeben! Die so genannten Mysterien des christlichen Glaubens, die Rätsel, die den menschlichen Verstand übersteigen, sie sind gar nicht so furchtbar schwer zu begreifen, wenn man sich richtig Mühe gibt, aber *das* …!

Henrys Katze lässt sich nicht abwimmeln und beginnt zu

maunzen, denn sie weiß aus Erfahrung, dass dies die beste Art ist, ihn aus Grübeleien zu reißen, die für die Katzenwelt ohne Belang sind. Fünfzehn Minuten später hat sich Henry, angekleidet, gekämmt und rasiert, aus seinem Haus vertreiben lassen und geht Fleisch holen.

Nach seiner Rückkehr fühlt er sich eher wie sein eigener Herr. Der flotte Spaziergang und die frische Luft haben ihm gut getan; seine Sachen haben sich an seinem Körper erwärmt und sind ein Teil von ihm geworden, eine zivilisierte zweite Haut statt einer schlecht sitzenden Verkleidung. Die Straßen und Häuser von Notting Hill waren vertraut und unverändert, und das hat ihm wieder einmal klar gemacht, dass die wirkliche Welt wenig Ähnlichkeit mit den verfließenden und sich ständig verwandelnden Szenerien seiner Träume hat. Der aufrichtende Widerstand von Stein unter seinen gehenden Füßen: das ist die Wahrheit, nicht seine wesenlosen Hirngespinste. Am ermutigendsten war, dass er die Metzgersfrau gesehen und sie Gott sei Dank nicht begehrt hat. Sie hat ihn angelächelt und ihm das Katzenfutter und ein Stück Ochsenzunge für ihn gereicht, und er hat sich dabei nicht vorgestellt, sie lüstern ihrer Kleider zu entledigen und den Körper einer Göttin zu enthüllen. Sie war die Metzgersfrau, nicht mehr und nicht weniger.

»Hier, Mieze«, sagt er und wirft dem Tier das Frühstück auf den Küchenboden. »Und jetzt lass mich denken.«

Henry sinnt vor sich hin, während er sich, fast aus dem Gedächtnis, ein Omelett macht und dabei nur kurz einen Blick in das uralte Exemplar von Mrs Rundells *Neuem Kompendium der häuslichen Kochkunst* wirft (ein Geschenk von Mrs Fox, dessen Deckblatt der Name *Emmeline Fox* in verblasster Schulmädchenschönschrift ziert und darüber in dunkelblauer Tinte und in einer schlichteren und sichereren Handschrift der Zusatz: *Für meinen geschätzten Freund Henry Rackham, Weihnachten 1874, von ...).* Er streut die angegebenen Kräuter über die brutzelnde Masse geschlagener Eier, bevor sie zu fest wird, doch dann verliert er sich derart in der schnörkeligen Unterschrift der jüngeren Mrs Fox, dass ihm der Boden des Omeletts leicht anbrennt, bevor er es umschlagen kann. Es ist trotzdem durchaus genießbar. Die Armen von London wären für viel Schlechteres dankbar.

»Es ist ganz einfach, Mieze«, erklärt er beim Essen seinem Haustier, das ihn mit großen Augen anschaut. »Aus der Ehe von Mann und Frau gehen Nachkommen hervor. Das geht schon seit Jahrtausenden so. Genauso wie Pflanzen und Blumen wachsen, wenn es regnet. Ein notwendiger, gottgegebener Vorgang, der nicht das Geringste mit Fieberzuständen, Gelüsten und schlüpfrigen Träumen zu tun hat.«

Henrys Katze blickt skeptisch zu ihm auf.

»Ein Mann mit einer Aufgabe im Leben sollte an die Fortpflanzung der Menschheit nicht mehr als einen flüchtigen Gedanken verschwenden.« Er schiebt sich ein Stück Ei in den Mund und kaut. »Auf jeden Fall«, fügt er hinzu, als sein Mund wieder leer ist, »hat die einzige Frau, die ich unter Umständen gern heiraten würde, nicht die Absicht, sich wieder zu verehelichen.«

Henrys Katze legt den Kopf schief. »Miau?«

Mit einem Seufzer wirft er ihr ein Bröckchen Omelett vor die haarigen Pfoten.

»Hoi! Pasder!«

Trotz ihrer Lautstärke werden die Worte von den dunklen Höhlen der Straße – den offenen Fenstern, schiefen Gassen, kaputten Klapptüren und bodenlosen Gruben – verschluckt und sind kaum zu verstehen. Ein ergrauter Mann unbestimmten Alters, der Henrys Dahingehen schon eine Zeit lang beobachtet hat, steigt aus einem rauchigen Kellertreppenschacht auf wie Lazarus aus dem Grab. Seine schmutzigen, knorrigen Hände packen das Seil, das den fehlenden Handlauf ersetzt; seine blutunterlaufenen Augen sind unter den Wolfsbrauen argwöhnisch zusammengekniffen. »Suchen Se wen Bestimmtes?«

»Vielleicht Sie, Sir«, antwortet Henry. Er muss seinen ganzen Mut zusammennehmen, um näher zu treten, denn dieser Mann ist ausgesprochen muskelbepackt und bereits in Hemdsärmeln, so dass ihn nur noch wenig behindern würde, falls er handgreiflich werden wollte. »Aber warum nennen Sie mich ›Pastor‹?«

»Sie sehn aus wie einer.« Der grauhaarige Mann baut sich dicht vor Henry auf, die Hände in die Hüften seiner schlammfarbenen Hosen gestemmt. In der Dunkelheit des Treppenschachts hinter ihm belfert verärgert ein Hund, denn wie sehr er sich auch mit den Krallen an Stein und morschem Holz festzuhalten versucht, schafft er es doch nicht, seinem Herrn die steilen Stufen hinauf an die Oberwelt zu folgen.

»Nun, ich bin kein Pastor«, sagt Henry mit Bedauern in der Stimme. »Verzeihen Sie meine Kühnheit, Sir, aber Sie Ihrerseits sehen aus wie ein Mann, der viel gelitten hat. Ja, wie einer, der immer noch leidet. Wenn es nicht allzu viel verlangt ist – würden Sie mir Ihre Geschichte erzählen?«

Die Augen des Mannes ziehen sich noch mehr zusammen, was die Form der schnurrbartartigen Brauen völlig verändert. Mit einer schwieligen Pranke streicht er sich die Haare zurück, die ihm von einer übel riechenden Brise in die Stirn geweht werden.

»Sie sin woh'n Auder, was?«, fragt er.

Henry sagt sich das merkwürdige Wort im Stillen vor, aber es bleibt ihm schleierhaft.

»Ein was bitte?«, muss er sich erkundigen.

»'n *Auder*«, wiederholt der Mann. »So einer, wo Bücher über arme Leute schreibt, die arme Leute nich lesen könn.«

»Nein, nein, nichts dergleichen«, versichert Henry ihm hastig, und diese Mitteilung scheint günstig aufgenommen zu werden, denn der Mann tritt zurück. »Ich bin vielmehr ... ich bin ein Mensch, der zu wenig über die Armen weiß, so wie wir alle, die nicht selbst arm sind. Vielleicht könnten Sie mich darüber belehren, was ich Ihrer Meinung nach wissen müsste.«

Der Mann grinst, legt den Kopf auf die Seite und kratzt sich am Kinn.

»Ge'm Se mir da Geld für?«, will er wissen.

Henry spannt die Kiefermuskeln an. In diesem Punkt muss er fest sein, falls er jemals ein Geistlicher werden will, denn diese Frage wird er bestimmt noch oft gestellt bekommen.

»Nicht, ohne vorher Ihre Lage zu kennen.«

Der grauhaarige Mann wirft den Kopf in den Nacken und lacht.

»Aha!«, verkündet er. »Da ham Se gleich 'n Paradebeispiel für die Bredullje, wenn einer arm is. So 'ne wie *Sie* krie'n Geld, egal, wie faul und gemein se sin, und so 'ne wie *wir* müssen unsre alten Hosen bü'eln und uns Vorhänge in die kaputten Fenster häng'n und fromme Lieder zu sing'n, wenn wir euch die Schuhe putzen, bevor ihr uns 'n Penny gebt!« Und wieder lacht er und reißt dabei den Mund so weit auf, dass Henry die schwarzen Backenzähne sieht.

»Aber«, wendet Henry ein, »haben Sie denn keine Arbeit?«

Auf diese Bemerkung hin wird der Mann ernst, und abermals werden seine Augen schmal.

»Schon möglich«, sagt er achselzuckend. »Un Sie?«

Dies ist eine Provokation, mit der Henry gerechnet hat, und er ist entschlossen, sich nicht so leicht beschämen zu lassen. »Sie halten mich für einen, der noch nie im Leben hart gearbeitet hat«, sagt er, »und Sie haben Recht. Aber ich kann nichts für die Klasse, in die ich hineingeboren wurde, so wenig wie Sie etwas für Ihre können. Können wir nicht trotzdem von Mann zu Mann sprechen?«

Das veranlasst den anderen dazu, abermals sein Kinn zu kratzen, bis es ganz rot zu werden beginnt.

»Sie sin 'n komischer Heiliger, was?«, brummt er.

»Kann sein«, erwidert Henry und lächelt jetzt zum ersten Mal, seit er den Mund aufgemacht hat. »Und, erzählen Sie mir jetzt, was ich Ihrer Meinung nach wissen sollte?«

Damit beginnt Henrys Einweihung – die Preisgabe seiner religiösen Jungfräulichkeit. Damit beginnt im Ernst seine Antwort auf den Ruf.

Eine Stunde lang und länger stehen die beiden Männer dort im Schmutz und Elend von St. Giles, während ein dünnes Miasma der Sonne entgegensteigt und die Rinnsteine ihre Düfte ausströmen wie aufkochende Suppe. Andere Männer, Frauen und Hunde kommen von Zeit zu Zeit vorbei, und etliche machen Anstalten, sich in das Gespräch einzumischen, werden aber von dem grauhaarigen Mann grob abgefertigt.

»Jetzt ham Se mich richtig in Fahrt gebracht«, gesteht er Henry mit gedämpfter Stimme, um dann gleich wieder die herumstehenden »Schmeißfliegen« anzufahren, sie sollten gefälligst warten, verdammt, bis sie beim »Pasder« an der Reihe seien.

»Aber ich bin gar kein Pastor!«, protestiert Henry jedes Mal, wenn wieder ein Gaffer abgeschmettert wird.

»Sperrn Se die Ohrn auf, ich komm jetzt grad auf den Knackpunkt«, knurrt der Grauhaarige und doziert weiter. Er hat eine ganze Menge über eine große Anzahl von Themen zu sagen, aber Henry weiß, dass es nicht auf die Einzelheiten ankommt, sondern auf die grundsätzlichen Probleme. Vieles von dem, was dieser Mann sagt, lässt sich in geraffter Form in Büchern und Broschüren finden, doch Lösungen, die Henry zu Hause unter seiner Leselampe offensichtlich erscheinen, sind hier eindeutig nicht praktikabel. Einen Mann wie Henry, für den Rechtschaffenheit ein hohes Ideal ist, bestürzt die Entdeckung, dass für Menschen wie diesen armen Schlucker Rechtschaffenheit keinen Wert hat, während das Laster nicht bloß anziehend, sondern zum Überleben unabdingbar ist. Jemand, der für die Seelen dieser Leute kämpfen möchte, wird mit Sicherheit nicht weit kommen, wenn er sich das nicht vorher klar macht, und Henry ist dankbar, dass er die Lektion gleich zu Anfang lernen darf.

»Wir werden uns wieder sprechen, Sir«, versichert er, als dem Mann endlich der Stoff ausgeht. »Ich bin Ihnen sehr verbunden für alles, was Sie mir erzählt haben. Vielen Dank, Sir.« Und mit einem Griff zum Hut tritt er zurück und nimmt von seinem konsternierten Informanten Abschied.

Auf seinem weiteren Gang durch die Church Lane erspäht Henry vier kleine Jungen, die sich verschwörerisch am Seiteneingang einer Kneipe herumdrücken. Ermutigt von seinem Erfolg bei dem Grauhaarigen, begrüßt er sie mit dem fröhlichen Ruf: »Hallo, Jungs! Was treibt ihr denn so?«, doch ihre Reaktion ist enttäuschend: Sie verschwinden wie Ratten.

Als Nächstes sieht er eine Frau, die aus der Richtung der besseren Viertel kommt und in die Straße einbiegt – nach Henrys Einschätzung eine ehrbar aussehende Frau, in einem braunroten Kleid. Mit niedergeschlagenem Blick setzt sie vorsichtig ihre Schritte, um tunlichst den Hundehaufen auszuweichen, doch als sie Henry erblickt, hebt sie die Säume ihrer Röcke höher, als er jemals Säume gehoben gesehen hat, und gewährt ihm einen Blick nicht allein auf die Spitzen, sondern auf den ganzen zugeknöpften Schaft ihrer Stiefel und sogar auf ein Stückchen berüschte Wade. Sie lächelt ihn an, wie um zu sagen: »Was soll man machen auf einer Straße voll Kot?«

Henrys erster Gedanke ist, so rasch wie möglich an ihr vorbeizugehen, doch dann hält er sich mahnend vor, dass er sich Gelegenheiten wie diese nicht entgehen lassen darf, falls er jemals seiner Bestimmung gerecht werden will. Er pumpt sich die Brust mit Luft voll, strafft die Schultern und tritt auf sie zu.

Kaum hat er die ersten Begrüßungsworte ausgesprochen, da wird Rackham schon mit Küssen überschüttet.

»Ho!«, lacht er, während ihm Ohren, Backen, Augen und Hals in wildem Tempo von Sugars feuchten Lippen abgeschmatzt werden. »Womit habe ich denn das verdient?«

»Das weißt du genau«, antwortet sie und presst ihre Hände fest auf seinen Rücken, damit er durch seine ganzen Kleidungsschichten ihren Körper fühlen kann. »Du hast alles verändert.«

William schüttelt sich seinen Ulster von den Schultern und hängt ihn an den massiven eisernen Kleiderständer, der erst gestern geliefert wurde. »Du meinst *den hier*?« Scherzhaft stupst er den felsenfest stehenden Ständer an, um sie daran zu erinnern, wie instabil sein ausrangierter Vorgänger war.

»Du weißt, was ich meine«, sagt sie und weicht dabei ins Schlafzimmer zurück. Sie hat ihr grünes Kleid an, das nämliche, das sie anhatte, als sie sich kennen lernten, und das sie in penibler Kleinarbeit mit Streichhölzern, Watte und Rackhams Universallösungsmittel von den Stockflecken befreit hat. »Den Tag auf deinem Lavendelgut werde ich nie vergessen.«

»Ich auch nicht.« Er folgt ihr. »Dein Colonel Leek würde bei jedermann einen bleibenden Eindruck hinterlassen.«

Sie verzieht betreten das Gesicht. »Ach, William, es tut mir sehr Leid. Ich dachte, er würde sich besser aufführen, er hatte es mir versprochen.« Sie setzt sich auf die Bettkante, die Hände im Schoß gefaltet, den Kopf leicht gesenkt, so dass die üppigen Stirnfransen ihr über die Augen fallen. »Kannst du mir noch mal verzeihen? Ich kenne so wenig Männer, das ist das Problem.«

William setzt sich neben sie und legt eine große Hand über ihre beiden.

»Bah, er ist auch nicht schlimmer als einige der hoffnungslosen Säufer, mit denen ich mich geschäftlich abgeben muss. Die Welt ist voll von widerlichen alten Säcken.«

»Er war beinahe so was wie ein Großvater für mich«, sinniert sie traurig, »als ich klein war.« Ist das der richtige Augenblick, um sein Mitgefühl zu gewinnen? Sie wirft ihm einen kurzen Seitenblick zu, um zu sehen, ob ihr Pfeil weit danebengegangen ist, doch seine Miene beweist Anteilnahme, und der verstärkte Druck seiner Hand lässt sie wissen, dass sie sein Herz getroffen hat.

»Deine Kindheit«, sagt er, »muss die Hölle auf Erden gewesen sein.«

Sie nickt, und ohne sich zwingen zu müssen, fallen ihr echte Tränen aus den Augen. Doch falls William nun einer der Männer ist, die es nicht ertragen können, wenn eine Frau weint, was dann? Was für ein Teufel reitet sie bloß? In ihrer Brust, wo sie sonst ihr taktisches Vorgehen entscheidet, ist irgendetwas geplatzt, ein Ventil zur Selbstbeherrschung, und sie wird von einem Schwall ungefilterter Gefühle mitgerissen.

»St. Giles hat einen schrecklichen Ruf«, hilft William ihr nach.

»Früher war es noch viel schlimmer«, meint sie, »bevor es von der New Oxford Street zerteilt wurde.« Aus irgendeinem Grund kommt ihr das unerträglich komisch vor, und sie schnaubt sich vor Lachen Schnodder an die Nasenspitze. Was ist bloß los mit ihr? Er wird sie abstoßend finden … doch nein, er reicht ihr sein Taschentuch, ein außerordentlich zum Taschendiebstahl verführendes Quadrat weißer Seide mit Monogramm, damit sie sich die Nase putzen kann.

»Hast du … hast du Schwestern?«, fragt er verlegen. »Oder Brüder?«

Sie schüttelt den Kopf, das Gesicht in das weiche Stück Stoff vergraben, und ringt um Fassung. »Allein«, sagt sie und hofft, dass die Tränen den feinen braunen Strich, mit dem sie ihre hellorangen Wimpern betont, nicht ganz weggewaschen haben. »Und du?«

»Ich?«

»Hast *du* Schwestern?«

»Nein«, antwortet er mit hörbarem Bedauern. »Mein Vater hat spät geheiratet und seine Frau früh verloren.«

»Verloren?«

»Sie hat ihn betrogen, und da hat er sie verstoßen.«

Sugar, die sich inzwischen wieder einigermaßen in der Gewalt hat, widersteht der Versuchung nachzuhaken, da sie sich sagt, dass sie wahrscheinlich mehr Fragen beantwortet bekommt, wenn sie weniger penetrant ist.

»Wie traurig«, sagt sie. »Und deine Frau Agnes, hat sie eine große Familie?«

»Nein«, erwidert William, »noch kleiner als meine. Ihr leiblicher Vater starb, als sie noch ein kleines Mädchen war, und ihre Mutter, als sie mit der Schule fertig war. Ihr Stiefvater ist ein Lord: lebt im Ausland, reist viel umher, hat eine Lady geheiratet, die ich niemals kennen gelernt habe. Was die Geschwister betrifft, so hätte Agnes drei oder vier Schwestern haben sollen, doch sie sind alle bei der Geburt gestorben. Sie hat selbst nur knapp überlebt.«

»Kränkelt sie deshalb vielleicht?«

Schmerz zuckt in Williams Augen, denn plötzlich hört er Agnes' Stimme, ganz heiser vor debilem Hass, in seinem Schädel *Du widerst mich an!* brüllen. »Vielleicht«, seufzt er.

Sugar streichelt seine Hand, schiebt sacht die Finger in seinen Ärmel und presst ihr raues Fleisch gegen sein Handgelenk, denn sie weiß, dass ihn das erregt – sofern er überhaupt zu erregen ist.

»Einen Bruder habe ich allerdings«, fügt er lapidar hinzu.

»Einen Bruder? Tatsächlich?«, sagt sie, als hätte es außerordentlicher Schlauheit oder Findigkeit von Williams Seite bedurft, sich so etwas zuzulegen. »Was ist er für ein Mensch?«

William lässt sich aufs Bett zurückfallen und starrt die Decke an. »Was für ein Mensch?«, wiederholt er, während sie den Kopf auf seine Brust legt. »Tja, gute Frage …«

»Hallo, Sir«, ruft die Prostituierte in freundlichem, aber beiläufigem Ton, als würde sie ihm gern gefallen, ihm aber auch eine Zurückweisung nicht verübeln. »Wie wär's mit'm netten Mädel – nich teuer?«

Sie ist hübsch und viel besser beieinander als das sommersprossige Mädchen, das ihm vor Wochen in genau diesen Straßen erklärte, für einen Shilling gehöre ihre Hand ihm. Doch zu Henrys großer Erleichterung ist seine Reaktion auf diese fesche kleine Versucherin nicht anders als seinerzeit auf ihre abgerissenere Kollegin: Er empfindet Mitleid. Die Begierden, die ihn plagen, wenn er an Mrs Fox' Seite einhergeht, sind ihm jetzt denkbar fern; er wünscht nichts weiter, als sich tapfer zu schlagen und so viel von diesem armen Geschöpf zu erfahren wie vorher von dem grauhaarigen Mann.

»Ich möchte … nur mit Ihnen reden«, versichert er ihr. »Ich bin ein Gentleman.«

»Oh, das is gut, Sir«, entgegnet die Frau. »Ich tu mit kei'm Mann sprechen, der wo kein Gentleman is. Aber wie wär's, wenn wir bei mir zu Hause sprechen. Wenn Sie mitkommen mög'n, Sir, es is nich sehr weit.« Sie hat einen Unterschichtdialekt, doch nicht Cockney: Möglicherweise ist sie ein geschändetes Dienstmädchen vom Lande oder sonst ein Opfer ländlicher Verstrickungen.

»Nein, bleiben Sie!«, hält er sie zurück. »Ich habe gemeint, was ich eben sagte: Ich möchte nur mit Ihnen reden.«

Ein Misstrauen, das nicht da war, solange sie ihn für einen Komplizen im sündigen Lebenswandel hielt, lässt Falten auf ihrer Stirn erscheinen.

»Ach, aufs Reden versteh ich mich nich, Sir«, sagt sie mit einem Blick über die Schulter. »Ich will Sie nich länger aufhalten.«

»Nein, nein«, protestiert Henry, weil er die Ursache ihres Widerstrebens ahnt. »Ich bezahle Sie für Ihre Zeit. Ich zahle Ihnen, was Sie sonst auch nehmen.«

Sie legt skeptisch den Kopf schief wie ein Kind, das alt genug ist, um zu wissen, dass ihm gerade etwas höchst Unwahrscheinliches versprochen wird.

»Ein Shilling, bitte«, fordert sie. Ohne Zögern greift Henry in die Westentasche, holt nicht einen, sondern zwei Shilling hervor und hält sie ihr hin.

»Na, dann kommen Se, Sir«, sagt sie, während sich ihre kleine Hand um die Münzen schließt. »Ich bring Sie wo hin, wo wir nach Herzenslust reden könn.«

»Nein, nein«, wehrt Henry ab. »Hier auf der Straße reicht vollkommen.«

Sie lacht schallend und ohne sich den Mund zuzuhalten. (Mrs Fox hat Recht: Eine gefallene Frau ist nicht zu verkennen.) »Na schön, Sir. Was woll'n Se hör'n?«

Er holt tief Luft. Er weiß, dass sie ihn für einen Dummkopf hält, und betet um die Gnade, sich über die Dummheit zu erheben. Sie hat die Hände hinter dem Rücken verschränkt, zweifellos, um ihm ihren Körper besser zu präsentieren. Sie ist vollbusig, aber schmal in der Taille – ganz ähnlich wie die Frauen in der Reklame für Schuhcreme oder für die Parfüms seines Bruders. Dennoch sieht er in ihr nichts anderes als eine Unglückliche, der die ewige Verdammnis droht. Das Herz klopft ihm heftig in der Brust, doch nur weil er befürchtet, sie könnte ihre hübsche Zunge dazu benutzen, seinen Glauben oder seine Aufrichtigkeit zu verspotten, ihm verächtlich den Rücken kehren und ihn stammelnd stehen lassen. Von seinem Herzschlag abgesehen, spürt er seinen Körper nicht; er könnte genauso gut eine Rauchsäule oder ein Piedestal für seine Seele sein.

»Sie sind ... eine Prostituierte«, stellt er klar.

»Ja, Sir.« Sie verschränkt die Hände fester und nimmt eine gerade Haltung an, als wäre sie ein Schulmädchen, das Rede und Antwort stehen muss.

»Und wann haben Sie Ihre Tugend verloren?«

»Als ich sechzehn war, Sir, mit mei'm Mann.«

»Mit Ihrem Mann, sagen Sie?« Ihre Unkenntnis des Sittenkodex rührt ihn. »Nein, dabei können Sie sie nicht verloren haben.«

Sie schüttelt den Kopf und lächelt wieder. »Da war ich noch nich mit ihm verheirat, Sir. Wir ham heiraten müssen, wie man sagt.«

Macht sie sich über ihn lustig? Henry zieht ein strenges Gesicht, entschlossen, ihr zu beweisen, dass er durchaus das eine oder andere über Prostituierte weiß. »Und später haben Sie ihn verlassen«, mutmaßt er. »Oder wurden Sie verstoßen?«

»Kann man sag'n, dass ich verstoßen wurde, Sir. Er is gestor'm.«

»Und wie sind Sie zu diesem Lebenswandel gekommen? Würden Sie sagen, schuld daran waren schlechte Einflüsse? Oder dass die Tür der Gesellschaft Ihnen verschlossen ist? Oder ... Begierde?«

»Begierde, keine Frage, Sir«, entgegnet sie. »Die Begierde zu essen. Wenn ein Tag vergeht, und ich hab nix zu beißen gehabt, dann verlangt's mich danach, Sir. Nach Essen, mein ich, Sir.« Sie zuckt die Achseln und leckt sich die vorgeschobenen Lippen. »Tja, ich bin schwach.«

Henry wird rot. Sie ist nicht dumm, diese Frau, vielleicht klüger als er. Gibt es eine Zukunft für einen Geistlichen, der einen schwächeren Verstand hat als seine Pfarrkinder? (Mrs Fox versichert ihm, dass er an Verstandesschärfe niemandem nachsteht und dass er einen großartigen Pfarrer abgeben würde, aber sie ist zu gütig …) Wenn ein Mann von derart mittelmäßigen Geistesgaben wie er eine Gemeinde leiten will, dann muss er jedenfalls mit einer außergewöhnlich reinen Seele gesegnet sein, einer göttlichen Einfachheit des …

»War's das schon, Sir?«

»Äh … nein!« Aufgeschreckt wendet er seine Aufmerksamkeit wieder den Augen der Prostituierten zu, Augen, die (wie er plötzlich bemerkt) genau die gleiche Farbe wie die von Mrs Fox haben und fast genau die gleiche Form. Er räuspert sich und fragt: »Würden Sie dieses Leben aufgeben, wenn Sie Arbeit hätten?«

»Das *is* Arbeit, Sir«, grinst sie. »*Harte* Arbeit.«

»Gut, ja …«, stimmt er zu, doch dann besinnt er sich. »Nein … Aber …« Er zieht hilflos die Stirn kraus. Der alte Zyniker MacLeish (fällt ihm da ein) sprach einmal davon, wie müßig es sei, sich mit den Armen herumzustreiten. »Bessere Schulbildung«, erklärte MacLeish, »ist genau das, was sie *nicht* brauchen. Sie übertreffen jetzt schon mit ihren logischen Purzelbäumen jeden Philosophen. Sie sind entschieden zu schlau!« Doch Mrs Fox widersprach ihm, und zwar … Was war es noch mal, das sie sagte?

Die Prostituierte legt den Kopf schief und beugt sich näher heran, um mit ihrem Blick durch den verträumten Schleier vor seinen ins Leere schauenden Augen zu dringen. Schalkhaft winkt sie ihm mit ihrer kleinen Hand wie von einem fernen Ufer.

»Sie sind'n komischer Vogel, was?«, meint sie. »Ganz'n Unschuldiger. Ich mag Sie.«

Henry fühlt abermals, wie ihm das Blut in die Wangen schießt, viel stärker als beim ersten Mal. Es pulst über sein ganzes Gesicht, strömt bis in die Ohrenspitzen – wie vertrottelt er dreinschauen muss!

»I-ich kenne einen Mann«, stottert er, »der eine Firma hat. Ein sehr großes Unternehmen, das laufend weiterwächst. Ich … ich könnte dafür sorgen …« (William hat doch gesagt, er bräuchte dringend mehr Arbeitskräfte, oder?) »… Ich bin sicher, ich könnte dafür sorgen, dass Sie eine Anstellung bekommen.«

Zu seinem Leidwesen vergeht ihr Lächeln, und zum ersten Mal, seitdem sie sich begegnet sind, schaut sie, als verachtete sie ihn. Plötzlich hat er Angst, die typische Angst eines Mannes, das beifällige Leuchten in den Augen einer Frau könnte erlöschen, schlicht und einfach Angst davor, sie gehen zu lassen. Er möchte nichts lieber, als ihr die frohe Botschaft von der Großzügigkeit Gottes in Zeiten der Not überbringen, sie mit Beweisen dafür beflügeln, dass die schwersten Lebensumstände durch den Glauben leicht werden können. Der Wunsch würgt ihn, doch er weiß, dass Worte nicht ausreichen, schon gar nicht *seine* dürftigen Worte. Wenn er doch nur Gottes Gnade durch seine Hände übertragen und sie mit einer Berührung elektrisieren könnte!

»Was für 'ne Arbeit?«, will die Prostituierte wissen. »Fabrikarbeit?«

»Nun ... ich denke, ja.«

»Sir«, erklärt sie unwillig. »Ich hab Arbeit in 'ner Fabrik *gehabt*, und ich weiß, für zwei Shilling wie die hier« (sie hält ihm die Münzen hin, die er ihr gegeben hat) »müsst ich mich viele lange Stunden in Gefahr und Gestank abrackern, nie 'ne Minute Erholung und kaum Schlaf.«

»Aber Sie wären nicht verdammt!«, platzt Henry in seiner Hilflosigkeit heraus. Kaum hat er das Wort »verdammt« über die Lippen gebracht, da wird er seinerseits bestraft: Die Prostituierte wendet den Blick ab und steckt ärgerlich seine Münzen in einen Rockschlitz, denn sie hat offensichtlich beschlossen, dass sie ihm so viel Zeit geschenkt hat, wie ihm zusteht. Den Blick auf das ferne Ende der Straße gerichtet, sagt sie: »Pfaffenpossen, Sir, das sind doch alles nix als Pfaffenpossen.« Sie beäugt ihn noch einmal argwöhnisch. »Sie sind'n Pfaffe, stimmt's?«

»Nein, nein, bin ich nicht«, erklärt er.

»Glaub ich nich«, sagt sie naserümpfend.

»Nein, wirklich nicht«, beteuert er. Petrus und der Hahnenschrei fallen ihm ein.

»Dann sollten Sie einer werd'n«, meint sie und tippt ganz sacht seine fest geknotete Krawatte an, als ob ihre Fingerspitzen sie in einen Pastorenkragen verwandeln könnten.

»Gott segne Sie!«, ruft er.

Eine Stille tritt ein, in der sein Ausruf in der Luft hängt. Dann beugt sich die Prostituierte vor, stützt beide Hände auf die Knie und fängt an zu kichern. Sie kichert eine halbe Minute oder mehr.

»Sie sind mir v'leicht einer, Sir«, japst sie mit wackelnden Schultern. »Aber ich muss jetzt gehn …«

»Warten Sie!«, beschwört er sie, denn erst jetzt kommen ihm die wichtigen Fragen in den Sinn, und er könnte es sich nicht verzeihen, wenn er sie ihr nicht stellen würde. »Glauben Sie, dass Sie eine Seele haben?«

»'ne Seele?«, wiederholt sie ungläubig. »So'n Geist in mir drin, mit Flügeln? Na ja …« Sie hat die Antwort schon auf den spöttisch verzogenen Lippen, da bemerkt sie seinen flehenden Ausdruck, und sie schluckt ihren Hohn herunter und mildert den Schlag. »Alles, was *Sie* ham«, seufzt sie, »hab ich sicher auch.« Sie streicht ihr Kleid vorne glatt, lässt die Hände über die sanfte Rundung ihres Bauches gleiten. »So, jetzt muss ich aber los. Letzte Frage, der Herr, bittschön!«

Henry gerät ins Wanken, denn zu seinem Entsetzen muss er feststellen, dass er sich in den Klauen des Bösen befindet. Vor wenigen Minuten war er noch in der Hand des Herrn: Was ist mit ihm geschehen? Seine Selbstbeherrschung ist dahin, es ist genauso, als ob er sich hilflos im klebrigen Griff eines Traumes wände. Eine letzte Frage wird ihm seine hübsche Prostituierte beantworten, eine letzte Frage, und wie wird sie lauten? Entgeistert hört er sich sagen:

»Sind Sie … sind Sie behaart?«

Sie kneift verdutzt die Augen zusammen. »Behaart, Sir?«

»Am Leib.« Er deutet mit einer vagen Handbewegung auf ihr Mieder und ihre Röcke. »Haben Sie da Haare?«

»Haare, Sir?« Sie grinst schelmisch. »Aber natürlich, Sir, genau wie Sie!« Und augenblicklich packt sie ihre Röcke, rafft sie unter dem Busen zusammen und hält die zerknautschte Stoffmasse dort mit einer Hand fest, während sie mit der anderen ihre Pantalettes herunterzieht und das dunkle Schamdreieck entblößt.

Lautes Gelächter erschallt von irgendwo auf der Straße, als Henry eine Weile darauf starrt und dann die Augen schließt und ihr den Rücken kehrt. Seine Kinderstube macht es ihm fast unmöglich, sich von einer Frau abzukehren, ohne vorher höflich das Gespräch zu beenden, doch es gelingt ihm. Mit feuerrotem

Kopf stolpert er steif die Straße hinunter, als ob er ihr Geschlecht in seinem eigenen Fleisch fühlte wie eine tiefe Wunde.

»Ich wollte nur eine Antwort haben!«, brüllt er rau über die Schulter, während immer mehr schattenhafte Kellerbewohner der Church Lane in das Gelächter einstimmen, ohne überhaupt die Ursache zu kennen.

»Menschenskind, Sir!«, ruft sie ihm nach. »Sie müssen doch *irgendwas* für Ihr'n zweiten Shilling krieg'n!«

»So etwa würde ich ihn beschreiben«, sagt William, während Sugar ihm mit beiden Händen durch sein dichtes Brustfell fährt. »Wir sind so verschieden wie Tag und Nacht. Dabei ist er gar kein unrechter Kerl. Und wer weiß? Vielleicht erstaunt er uns eines Tages alle und nimmt sein Schicksal doch noch in die Hand.«

Sugar hält mit ihrer Stimulation von Williams schwellender Männlichkeit inne. »Du meinst, er nimmt … die Rackham Perfumeries in die Hand?«

»Nein, nein, die gehören ein für alle Mal mir, die nimmt mir keiner mehr weg«, erwidert er, doch der Gedanke bringt seine Erektion zum Stocken, so dass sie erneuter Nachhilfe bedarf. »Nein, ich meinte, was Henry in die Hand nehmen könnte, ist sein Schicksal als … na ja, worauf einer wie er eben aus ist …« Von Sugar bestiegen stöhnt er auf.

Das ist nach ihrer Erfahrung der sichere Weg. Das hat sie gelernt in all den Jahren, mit all den Männern: Ein erschlaffter Mann ist ein unglücklicher Mann, und unglückliche Männer können gefährlich werden. Steck sie in ein warmes Loch, und sie leben auf. Wenn der Ständer Probleme macht, wenn der Alkohol seinen Tribut fordert, wenn Kummer und Sorgen einem Mann aufs Herz drücken, wenn Zweifel an seiner Seele nagen, wenn er sich selbst nackt sieht und sich hässlich oder lächerlich findet, wenn er sein Glied sieht und von der krankhaften Angst befallen wird, dies könnte das letzte Mal sein, dass es aus seinem Haarbüschel aufsteigt, immer dann ist der einzig sichere Weg der, seinem Wachstum aufzuhelfen, damit es einen Augenblick lang ohne Unterstützung stehen kann, gerade lange genug, um es schön kuschelig zu verstauen. Alles Weitere erledigt die Natur.

Fünfzehn

Der Frühling ist da, und jeder, der Agnes Rackham kennt, staunt darüber, dass sie von den Toten auferstanden ist. Vor kurzem lag sie noch wie eine Leiche in ihrem abgedunkelten, luftlosen Zimmer, und jetzt rüstet sie sich für die Saison, läuft in bunten Kleidern umher und bringt mit ihrer engelsgleichen Singstimme Leben ins Haus.

»Zieh die Vorhänge auf, Letty!«, ruft sie überall, wo sie hinkommt.

Den ganzen Tag lang übt sie: aufrecht stehen, sich zierlich drehen, gewinnend lächeln, gehen, ohne dass man die Schritte merkt. Sich zu bewegen wie auf Rollen ist eine Kunst, und nur wenige Auserwählte können sie meistern.

»Legen Sie mir das Buch auf den Kopf, Clara«, befiehlt sie ihrer Zofe, »und dann treten Sie zurück!«

Dabei sind Agnes' Arbeiten keineswegs auf die vier Wände des Rackhamschen Hauses beschränkt: Sie unternimmt häufige Abstecher in die Oxford und die Regent Street und kommt mit großen und kleinen bunt gestreiften Paketen zurück. Auch wenn der Prince of Wales noch an der Riviera weilt, für Agnes Rackham hat das »Fest der hundert Tage« bereits begonnen. Sie kommt sich beinahe wieder wie eine Debütantin vor!

Natürlich hat sie das alles ihrem Schutzengel zu verdanken. Wie erbaulich es doch ist, zu wissen, dass es ein Wesen auf der Welt gibt, das sie liebt und es gut mit ihr meint! Welch eine Wohltat, wahrhaft und tief verstanden zu werden! Ihr Schutzengel begreift, dass höhere Gründe sie bewegen, nach Erfolg in der Saison zu streben, kein frivoler Geltungstrieb, sondern ein Kampf des Guten gegen das Böse. Das Böse ist das, was sie krank gemacht und alles getan hat, um sie ihres Platzes in der vornehmen Gesellschaft zu berauben; das Böse ist das, was sie jetzt aus ihrem Leben verbannt – mit Hilfe ihrer Retterin aus dem Geisterreich und der winzigen rosa Tabletten, die Mrs Gooch ihr empfohlen hat. Jede Tablette nicht größer als eine Paillette und doch mehr als wirksam gegen die Schmerzen in ihrem Kopf!

Zwei Dutzend Glacéhandschuhe sind gestern gekommen. Das wird es für den Anfang tun, doch sie rechnet damit, noch viel mehr zu verbrauchen, da die doofen Dinger nicht waschbar sind. (»Ehrlich, Clara, ich weiß nicht, warum so ein Getue um die großen Fortschritte der Wissenschaft gemacht wird, wenn wir Damen ständig zur Neuanschaffung einer so schlichten Lebensnotwendigkeit gezwungen sind.«) Agnes hat gerade ein neues Paar auf dem Handschuhweiter, um sie passend zu machen, doch in die Daumen kommt sie immer noch nicht hinein, nicht einmal mit Puder. Absurd! Ihre Daumen sind doch nicht dicker geworden, oder? Clara versichert ihr, dass sie schlank sind wie eh und je.

Handschuhe sind nur eines von hundert Dilemmas. Beispielsweise muss sie sich bald entscheiden, welchen Duft sie in dieser Saison tragen möchte. In den vergangenen Jahren hat sie alle Rackham-Parfüms vermieden, weil sie befürchtete, gegen den guten Geschmack zu verstoßen, wenn sie als wandelnde Empfehlung der Produkte ihres Schwiegervaters auftrat. Jedoch sind die Damenjournale neuerdings einhellig der Meinung, dass die wahrhaft kultivierte Frau ihre Parfüms auf Eau de Cologne und Lavendelwasser beschränkt, und da sich diese von einem Hersteller zum anderen nicht unterscheiden, kann sie doch genauso gut die von Rackham nehmen, nicht wahr? Sie allein würde schließlich Bescheid wissen – womit ihre Wahl rein moralischer Natur wäre. Sodann die Frage, ob sie am Krockettag bei den Carcajoux ihr weißes Seidenkleid tragen sollte? Dem Wetter ist nicht zu trauen, und ihre Röcke könnten schmutzig und nass werden, aber Weiß würde ihr *so* gut stehen, und niemand sonst wird Weiß tragen. Natürlich könnte sie Mrs Le Quire (ihre neue Schneiderin) bitten, eine *port-jupe* an den Röcken anzubringen, aber würde dies das Problem lösen? Agnes ahnt, dass es schwierig werden könnte, Krocket zu spielen und gleichzeitig ihre Säume mit einem Kettenzug hochzuhalten.

Mrs Goochs Besuch und ihre exzellenten Ratschläge zu Tabletten und freundlichen Apothekern (»Gosling, dieser alte Sauertopf, wird Ihnen nur einen Vortrag halten, aber die anderen können Sie leicht um den Finger wickeln, wenn Sie nur ein bisschen mit den Wimpern klimpern«) haben Agnes' Leben dermaßen bereichert, dass sie entschlossen ist, sich von nun an von so vielen Damen wie möglich besuchen zu lassen. Botschaft an alle Welt: Mrs Agnes Rackham »empfängt«!

Sie hat sämtliche Visitenkarten weggeworfen, die sie in den dunklen Zeiten bekommen hat, den Monaten der Krankheit und der finanziellen Demütigungen. Neue sind an ihrer Stelle gekommen – von neuen Leuten, die gern die neue Agnes Rackham sehen möchten.

Heute war Mrs Amphlett zu Besuch. Dadurch, dass die gute Frau zwischen vier und fünf Uhr gekommen ist statt zwischen drei und vier, hat sie Agnes nicht wie eine behandelt, die nach einer Krankheit wieder gesellschaftlichen Anschluss sucht, sondern als ein gesundes Mitglied der Gesellschaft, dem ein normaler Anstandsbesuch zusteht. Wie liebenswürdig von ihr!

In natura unterschied sich Mrs Amphlett erheblich von der Gestalt, die in Agnes' vager Erinnerung vor zwei Jahren flüchtig im Ballsaal an ihr vorbeigerauscht war. Damals war Mrs Amphlett (um ganz offen zu sein) recht drall und sommersprossig gewesen. Heute in Agnes' Salon war sie gertenschlank und hatte makellos weiße Haut. Natürlich hätte Agnes in ihrer unbändigen Neugier am liebsten alle Höflichkeit fahren lassen und sie einfach *gefragt*, doch schließlich gab Mrs Amphlett die Geheimnisse von selbst preis, nämlich 1. eine Diät bestehend aus Wasser, rohen Mohrrüben und einigen Löffeln Ochsenschwanzsuppe und 2. Rowlands' Kalydor Lotion und noch etwas Gesichtspuder als »letzten Schliff«.

»Ich hätte Sie gar nicht wiedererkannt!«, gratulierte Agnes ihr.

»Zu freundlich.«

»Ganz und gar nicht.«

(Wobei Agnes ehrlich gesagt ein *ganz* klein wenig befremdet davon war, dass Mrs Amphlett, auch wenn sie blendend aussah, mehrmals andeutungsweise auf »das Baby« und »Mutterschaft« zu sprechen kam, wie in der Illusion befangen, dies wäre ein geeigneter Gesprächsgegenstand. Könnte es vielleicht für Mrs Amphlett nach ihrer Bettlägerigkeit noch ein wenig zu früh sein, um sich schon wieder in Gesellschaft zu begeben? Agnes konnte den Gedanken nicht ganz von der Hand weisen, schob ihn aber großzügig beiseite. Eine Verbündete in der Saison sollte man lieber nicht verprellen!)

»Und *Sie,* Mrs Rackham, Sie sehen wirklich ganz wunderbar aus. Was ist *Ihr* Geheimnis?«

Agnes lächelte lediglich, denn sie hat inzwischen gelernt, dass sie ihren Schutzengel Personen gegenüber nicht erwähnen darf, denen sie nicht ihr Leben anvertrauen würde.

Jetzt steht Agnes an ihrem Schlafzimmerfenster und wünscht sich, ihr Schutzengel möge unter den Bäumen auftauchen, gleich dort vor dem Tor. Es juckt sie in der Hand, zu winken. Aber Wunder kommen nicht auf Bestellung, sie kommen nur, wenn die strengen Augen Gottes einen Moment lang zufallen und Unsere Liebe Frau seine kurze Unaufmerksamkeit dazu ausnützt, eine verbotene Gnade zu spenden. Gott, hat Agnes beschlossen, ist Anglikaner, während Unsere Liebe Frau dem rechten Glauben anhängt. Die beiden unterhalten eine gespannte Beziehung, denn sie sind sich in nichts einig, außer dass im Falle ihrer Scheidung der Teufel schadenfroh in die Bresche springen würde. Deshalb tolerieren sie einander und sorgen für die Welt, so gut sie können.

Agnes tritt vor den Spiegel und betrachtet ihr Gesicht. Sie ist jetzt fast Mitte zwanzig, und das Gespenst des Alterns droht. Sie muss äußerste Anstrengung darauf verwenden, sich vor Verletzungen und Verfall zu hüten, denn es gibt Dinge, die mit Schlaf nicht zu beheben sind. Allnächtlich fährt sie ins Kloster zur guten Gesundheit, wo ihre himmlischen Schwestern sie trösten und pflegen, doch wenn sie bei ihrer Ankunft vor dem efeuberankten Tor in einer zu schlechten Verfassung ist, schütteln sie den Kopf und tadeln sie sanft. Dann weiß sie, dass sie am Morgen, wenn sie aufwacht, immer noch Schmerzen haben wird.

Gerade jetzt hat sie Schmerzen. Das Trugbild eines Schneegeriesels glitzert vor ihrem rechten Auge, und dahinter pocht ein Puls. Könnte es sein, dass die letzte kleine rosa Tablette, die sie genommen hat, unbemerkt mit ausgespien wurde, als ihr das Missgeschick mit der Hühnerbrühe passierte? Vielleicht sollte sie noch eine nehmen … doch von dem Missgeschick hat sie einen bitteren Nachgeschmack im Mund behalten, und sie würde stattdessen lieber einen Schluck von Godfreys Magenbitter nehmen.

An ihrer linken Augenbraue, in der feinen Sichel goldener Haare fast nicht zu sehen, hat sie eine Narbe, die von einem Sturz als Kind herrührt. Diese Narbe bleibt ihr als ein unauslöschlicher Makel. Wie entsetzlich ist doch die Verletzlichkeit des Fleisches! Sie runzelt die Stirn, dann glättet sie sie rasch wieder, damit sich die Falten nicht dauerhaft eingraben.

Sie schließt die Augen und stellt sich vor, ihr Schutzengel stünde hinter ihr. Kühle Hände, glatt wie Alabaster, legen sich auf ihre Schläfen, massieren sie zärtlich. Geisterfinger dringen durch die Haut in ihren Schädel ein, immateriell und doch so wirksam wie Nägel gegen Jucken. Sie erspüren den Herd der Schmerzen, ziehen daran, und das klebrige Böse löst sich von Agnes' Seele wie das Netz weißer Haut von einer Apfelsine. Sie bebt vor Freude über dieses Gefühl der inneren Reinigung.

Sie öffnet die Augen und stellt zu ihrer Verblüffung fest, dass sie rücklings auf dem Boden liegt und zu der langsam kreisenden Decke und Claras auf dem Kopf stehenden besorgten Gesicht aufschaut.

»Soll ich Hilfe holen, Ma'am?«, erkundigt sich die Zofe.

»Natürlich nicht«, entgegnet Agnes und zwickt angestrengt die Augen zusammen. »Es geht mir gut.«

»Dieser Doktor Harris schien ein netter Mann zu sein«, bemerkt Clara, womit sie den Arzt meint, der bei Mrs Rackhams letztem Notfall gerufen wurde. »Gar nicht wie Doktor Curlew. Soll ich …?«

»Nein, Clara. Helfen Sie mir auf die Beine!«

»Er war so rührend besorgt wegen Ihrer Zusammenbrüche«, beharrt die Dienerin, während sie ihre Herrin vom Fußboden zieht.

»Er war jung … und adrett, wenn ich mich recht erinnere«, keucht Agnes, leicht auf den Füßen schwankend, denn ihr ist noch ein wenig schwindlig. »Es würde Ihnen bestimmt gefallen … ihn wieder zu sehen. Doch wir dürfen nicht seine Zeit vergeuden, verstehen Sie?«

»Ich denke nur an Ihre Gesundheit, Ma'am«, beteuert Clara pikiert. »Mr Rackham hat gesagt, wir sollen ihm melden, wenn es Ihnen schlecht geht.«

Agnes' Griff an Claras Arm verkrampft sich zu einer harten Klammer.

»Sie werden meinem Mann nichts davon sagen«, wispert sie.

»Mr Rackham hat gesagt –«

»*Mr Rackham* muss nicht alles wissen, was passiert«, widerspricht Agnes. Da kommt ihr, wie von einer Feuerzunge eingegeben, die Idee, wie sie Clara wieder unter die Fuchtel bekommt. »Er braucht zum Beispiel auch nicht zu wissen, mit welchem Geld Sie sich dieses Korsett gekauft haben. Es steht Ihnen ausgezeichnet, aber … wir Frauen haben das Recht, ein *paar* Geheimnisse für uns zu behalten, nicht wahr?«

Clara erbleicht. »Ja, Ma'am.«

»Also«, seufzt Agnes und streicht sich die Falten aus ihren Ärmeln, »dann seien Sie jetzt so gut und bringen Sie mir Godfreys Magenbitter.«

Sporadische leichte Windstöße, die wie spaßhaft neckende Geisterkinder zur Gartentür hereinpusten, wehen die Seiten von Sugars Roman auf. Sie hat schon vor längerem den Federhalter hingelegt, und die Brisen stupsen das oberste Blatt gegen die tintengefüllte Feder und erzeugen so ein unsinniges äolisches Gekrakel. Sugar merkt es nicht und starrt weiterhin geistesabwesend in das sonnendurchflutete Laubwerk ihres kleinen Gartens.

Sie hatte die Hoffnung, wenn sie ihr Schreibpult ganz dicht an die offene Glastür stellt, dicht genug, um die frische Luft der Priory Close zu atmen und die Erde unter dem Rosenstrauch zu riechen, werde sie das zum Schreiben inspirieren. Bis jetzt hat sich nichts getan – aber immerhin ist sie noch wach, und das ist eine Verbesserung dem gegenüber, was jedes Mal geschieht, wenn sie das Manuskript mit ins Bett nimmt …

Draußen auf dem Bürgersteig über ihrem Kopf, wo fast nie

jemand zu gehen scheint, hüpfen zwei Spatzen hin und her und sammeln Material für ein Nest. Wäre es nicht nett, wenn sie ihr Nest hier im Rosenstrauch bauen würden? Doch nein, Sugars schattiges Fleckchen ungepflegten Grüns interessiert sie höchstens insoweit, als sie dort vielleicht einen Zweig für eine Behausung andernorts stibitzen können.

Die aufgewehte Seite flattert wieder, und diesmal rollt der Federhalter herunter und fällt klappernd auf die Tischplatte. Instinktiv grapscht Sugar danach, stößt dabei aber nur gegen das Tintenfass, so dass drei oder vier dicke Tropfen schwarzer Tinte vom Pult auf das Unterteil ihres jadegrünen Kleides spritzen.

»Gottverflucht sei Gott und seine ganze …«, beginnt sie ärgerlich, dann beruhigt sie sich. Das ist wirklich nicht das Ende der Welt. Sie kann versuchen, die Tinte herauszuwaschen, und wenn das nicht geht oder wenn sie keine Lust dazu hat, na, dann kauft sie sich eben ein neues Kleid. Der nächste Brief von Williams Bank ist heute Morgen eingetroffen und zu den anderen in die unterste Schublade ihrer Frisierkommode gewandert. Seine Großzügigkeit hat nicht nachgelassen, oder vielleicht fehlt ihm auch bloß die Phantasie, um die Anweisungen an seinen Bankier zu ändern. Was auch der Grund sein mag, sie häuft mehr Geld an, als sie ausgeben kann, selbst wenn sie es sich zur Gewohnheit machen würde, Tinte auf ihre Sachen zu spritzen.

Sie *muss* ihren Roman fertig schreiben. Nichts Vergleichbares ist je zuvor verlegt worden, er wäre eine Sensation. Wenn aufgeblasene Wichte wie Williams Studienkumpane mit ihren billigen Blasphemien einen Aufruhr anzetteln können, welche Wirkung müsste *das* dann haben, das erste Buch, das die Wahrheit über die Prostitution ans Licht bringt! Die Welt ist bereit für die Wahrheit, das moderne Zeitalter ist da, alljährlich erscheint ein neuer Bericht, der die Armut mit statistischen Mitteln erforscht, statt bloß romantische Phrasen darüber zu dreschen. Jetzt ist nur noch ein großer Roman vonnöten, der die Phantasie der Leser fesselt – der sie aufrüttelt, sie erzürnt, sie erregt, sie entsetzt, sie schockiert. Eine Geschichte, die sie an der Hand nimmt und in Straßen führt, die sie noch nie zu betreten wagten, ein Tatsachenbericht, der schonungslos nie gezeigte Handlungen und nie gehörte Stimmen vorführt. Eine Geschichte, die furchtlos mit dem Finger auf die Schuldigen zeigt. Solange es keinen solchen Roman gibt, wird über die Prostituierten weiter das erstickende Leichentuch des »großen sozialen Übels« gebreitet, während die Urheber ihres Elends unbehelligt bleiben …

Sugar starrt auf die Tintenmuster, die der Wind gemalt hat. Es wird Zeit, dass sie etwas Sinnvolleres an die Stelle setzt. Alle gefallenen Frauen der Welt bauen darauf, dass sie die Wahrheit ans Licht bringt. »Diese Geschichte«, erzählte sie früher immer denjenigen von ihren Freundinnen, die lesen konnten, »handelt nicht von mir, sie handelt von uns allen …« Jetzt gerät sie in ihrem sonnenhellen Arbeitszimmer in der Priory Close ins Schwitzen.

»Ich sterbe, Shush.« Das waren Elizabeths Worte in der letzten Nacht ihres Lebens, der Nacht, bevor du Sugar bei dem Schreibwarenhändler in der Greek Street kennen lerntest. »Morgen früh bin ich ein kaltes Stück Fleisch. Sie werden das Zimmer ausräumen und mich in den Fluss schmeißen. Aale werden meine Augen fressen.«

»Sie werden dich nicht in den Fluss schmeißen. Das werde ich nicht zulassen.« Elizabeths Griff um ihre Hand war verdammt kräftig für so ein klappriges Gerippe.

»Was willst du denn machen?«, krächzte Elizabeth höhnisch. »Meine Eltern und meine ganze Verwandtschaft zu 'nem gepflegten christlichen Begräbnis zusammentrommeln, wo der Pfarrer ihnen erzählt, was für 'n guter Mensch ich doch war?«

»Wenn du das willst.«

»Lieber Himmel, Sugar, du bist so eine schamlose Lügnerin. Wirst du eigentlich niemals rot?«

»Ich meine es ernst. Wenn du ein Begräbnis haben willst, sorge ich dafür, dass du es kriegst.«

»Lieber Himmel, lieber Himmel … was du für einen Mist zusammenredest. Ist das die Art, wie du es ins West End geschafft hast? Indem du den Männern erzählst, dass ihr Schwanz der größte ist, den du je gesehen hast?«

»Du brauchst mich nicht zu beleidigen, bloß weil du stirbst.«

Das Lachen klärte die Luft ein wenig, aber Elizabeth hielt ihre Hand immer noch fest umklammert, fest wie ein Hundemaul.

»Kein Mensch wird sich an mich erinnern«, sagte die sterbende Frau und leckte dabei nach herunterrollenden Schweißtropfen. »Aale werden meine Augen fressen, und kein Mensch wird wissen, dass es mich überhaupt gegeben hat.«

»Quatsch.«

»Ich war schon tot, als ich zum ersten Mal die Beine breit gemacht hab. ›Von heute an hab ich keine Tochter mehr‹, das hat mein Vater gesagt.«

»Der Idiot.«

»Ein ganzes Leben, zerronnen wie Pisse im Rinnstein.« In dem trüben gelben Licht und bei dem ganzen Schweiß auf Elizabeths Wangen war schwer zu erkennen, ob sie weinte. »Ich hab's versucht, Shush. Ich hab mich so angestrengt, bei Gott nicht völlig unten durch zu sein. Selbst als ich schon 'ne Hure war, hab ich mich angestrengt und geschaut, ob ich nicht doch noch 'ne Chance kriege. Du kannst dir aus den letzten zwanzig Jahren jeden Tag raussuchen, den du willst, und gucken, was ich alles versucht hab, und du würdest zugeben müssen, dass ich nicht leicht aufgesteckt hab.«

»Natürlich nicht. Das wissen alle.«

»Niemand kommt mich besuchen, weißt du das? Niemand. Außer dir.«

»Ich bin sicher, sie würden alle kommen, wenn sie könnten. Sie haben Angst, daran liegt's.«

»Oh, bestimmt, ganz bestimmt. Und das ist der größte Schwanz, den ich je gesehen hab …«

»Willst du was trinken?«

»Nein, ich will nichts trinken. Werd ich in deinem Buch vorkommen?«

»In welchem Buch?«

»Das du schreibst. *Frauen gegen Männer*, hieß es nicht so?«

»Das ist Jahre her. Seitdem hat es vielleicht ein Dutzend Titel gehabt.«

»Werd ich drin vorkommen?«

»Willst du?«

»Was ich will, ist egal. Werd ich drin vorkommen?«

»Wenn du willst.«

»Lieber Himmel, Sugar. Wirst du niemals rot?«

Sugar erhebt sich vom Schreibpult und tritt an die Gartentür, um die Erinnerung an Elizabeths feuchte, klammernde Hand abzuschütteln. Nervös schließt und streckt sie ihre Hände, von der Vorstellung verfolgt, den Schweiß der Sterbenden noch daran zu haben, obwohl sie weiß, dass es ihre eigene Transpiration ist, die in den Rissen ihrer ledrigen Handflächen prickelt. Sie hält sie hoch und dreht sie so, dass das Sonnenlicht darauf fällt. Ihre Haut ist in letzter Zeit schrecklich, obwohl sie sich die Hände jede Nacht mit Rackhams Crème de Jeunesse einsalbt. Was gäbe sie für einen Topf Bärenfett, wie Mrs Castaway ihn immer vorrätig hatte – aber sie kann sich nicht vorstellen, wo es in Marylebone Bärenfett zu kaufen geben könnte.

Ein Blick an sich hinunter zeigt ihr, dass die Spritzer auf ihrem Kleid sich ausgedehnt haben und zu einem richtig großen Fleck verschmolzen sind; sie sollte sich besser umziehen für den Fall, dass William kommt. Sie verstaut den unordentlichen Blätterhaufen ihres Manuskripts zwischen seinen festen Umschlagdeckeln. Die Phalanx durchgestrichener Titel starrt ihr entgegen; die ersten sind dick mit Tinte geschwärzt und völlig unleserlich gemacht, bei den späteren hat eine einzige durchgezogene Linie ihr gereicht. *Frauen gegen Männer* ist noch deutlich zu lesen, desgleichen der Nachfolger: *Ein Zornesschrei aus einem namenlosen Grab.* Der jüngste, *Sugars Fall und Erhebung,* ist bloß zaghaft und dünn hingekrakelt. Sie schlägt die erste Seite auf und überfliegt »*Alle Männer sind gleich …*« und die zwanzig, fünfzig anschließenden Worte mit einem Blick. Seltsam, dass man eine häufig gelesene Stelle so rasch in sich aufnehmen kann, während etwas Neues mühsam Wort für Wort gelesen werden muss. Diese ganze erste Seite läuft beinahe automatisch in ihrem Kopf ab, als ob ein Affe einen Leierkasten drehte.

Ich heiße Sugar – und wenn nicht, weiß ich es nicht besser. Ich bin, wie man sagt, eine »gefallene Frau«, doch ich versichere dir, ich bin nicht gefallen – ich wurde gestoßen. Verruchter Mann, ewiger Adam, dich klage ich an!

Sugar beißt sich vor Verlegenheit so fest auf die Lippe, dass Blut kommt.

Zwei Stunden später, nachdem sie ihren Roman in die Schublade gepackt und stattdessen die neuesten *Illustrated London News* gelesen hat, sitzt Sugar wieder in der Badewanne. Sie scheint derzeit ihr halbes Leben im Bad zu verbringen und sich für den Fall zurechtzumachen, dass William sie besuchen kommt. Nicht deswegen, versteh das nicht falsch, weil sie ihn solcher Umstände für wert erachtet, durchaus nicht, im Grunde verachtet sie ihn oder, falls das zu hart formuliert ist, lehnt ihn jedenfalls entschieden ab. Nein, sie tut es nur deswegen, weil ... na ja, sein Interesse an ihr ein wertvolles Unterpfand ist, das sie sich, solange sie kann, erhalten sollte. Falls sie es schafft, dass seine Zuneigung bestehen bleibt – seine Liebe, wie er sagte –, dann hat sie die Chance, die einmalige Chance, den Parzen ein Schnippchen zu schlagen. Unter Rackhams Fittichen ist alles möglich ...

Von allen Winkeln in ihrem Domizil in der Priory Close fühlt sie sich in diesem schwarzgelben Badezimmer, diesem glasierten Kämmerlein am meisten zu Hause. Die anderen Räume sind zu groß, zu leer: die Decken zu hoch, Wände und Böden zu kahl. Sie wünschte, sie wären gemütlich und voll gestellt mit ihren eigenen Möbeln und Nippsachen, aber bis jetzt hat sie sich nicht getraut, etwas zu kaufen, und sie kann sich nicht vorstellen, was. Nur dieses kleine Bad fühlt sich trotz seines leicht unheimlichen Glanzes behaglich und fertig an: Der umlaufende schwarze Tapetenstreifen ist ein hervorragender Blickfang, der Holzboden schimmert im Deckenlicht, die Handtücher an den Bronzestangen sind weich und flauschig, und die vielen Fläschchen und Töpfchen mit Rackham-Produkten wirken wie lustige Spielsachen. Am allerwohltuendsten ist der feuchte Dampfschleier, der über ihrer Wanne hängt und mit wolkenartiger Langsamkeit hin und her treibt.

Sie weiß, sie sollte nicht so oft baden. Es ist schlecht für ihre Haut. Deshalb sind ihre Hände wund und springen auf; was sie braucht, ist nicht Crème de Jeunesse oder Bärenfett, sie dürfte einfach nicht so lange in heißem Seifenwasser liegen. Doch obwohl sie das weiß, macht sie sich jeden Tag, mitunter *zweimal* am Tag eine Badewanne und lässt sich hineingleiten, weil sie es liebt. Oder, falls lieben nicht das richtige Wort ist, weil sie es ... tröstlich findet. Sie ist in letzter Zeit schrecklich deprimiert, vergießt Tränen ohne ersichtlichen Grund, leidet unter Angstzuständen, träumt von Kindheitsgräueln, die sie längst vergessen zu haben meinte. Sie, eine Frau, die vor kurzem noch einen Mann »Ich hätte gute Lust, dich umzubringen!« sagen hören und ihn mit einem Zwinkern entwaffnen konnte, *sie* scheint sich in ein Mädchen zu verwandeln, das nicht einmal mehr einen anzüglichen Pfiff auf der Straße ertragen könnte.

»Du wirst weich«, sagt sie zu sich selbst, und ihre Stimme, so hässlich und unmelodisch im Vergleich zu der von Agnes Rackham, wird von der dunstigen Akustik des Bades verstärkt. »Du wirst weich«, wiederholt sie und versucht dabei, die Worte in einer höheren Tonlage durch die Kehle zu schicken. Singend, sie muss versuchen, singend zu sprechen. Doch es wird nur ein Lispeln daraus. »Du hörst dich an«, sagt sie und wirft den Schwamm nach ihren Zehen, »wie ein Sodomit.«

Ihre rechte Hand brennt wie der Teufel, denn dadurch, dass sie den Schwamm ausgedrückt hat, ist Seife in die Risse ihrer Handteller gekommen, in die empfindlichen, fast schon blutenden Spältchen in ihrem Fleisch. Zumindest in der Beziehung ist sie unbestreitbar weicher als früher.

»Ach, William, was für eine wunderbare Überraschung!«, übt sie und probiert noch einmal den singenden Tonfall, dann lacht sie, dass es rau von den Kacheln widerhallt. Eine Furzblase steigt durch das Badewasser auf und platzt stinkend an der Oberfläche.

William, das weiß sie, wird heute kaum kommen. Die Saison steht vor der Tür, und er wird (wie er ihr bei seinem letzten Besuch mit Bedauern erklärte) furchtbar davon in Anspruch genommen sein, sich »mit Gewalt« von einer Tischgesellschaft zur nächsten und in alle möglichen Theater und Opernhäuser schleifen zu lassen

»Und wer tut dir die Gewalt an?«, traute sie sich zu fragen. »Agnes?«

Er seufzte und langte, bereits aus dem Bett gestiegen, nach seinen Hosen. »Nein, ihr kann ich keine Schuld geben. Dieses vertrackte Spiel, das wir spielen, dieser fröhliche Reigen, in dem wir mitspringen müssen, ob es uns passt oder nicht ... seine Regeln werden von höheren Instanzen bestimmt als meiner kleinen Frau. Schuld hat ...« (und mit einem schlechten Gewissen wegen seines hastigen Abschieds nahm er sich noch die Zeit, ihr kurz über die frisch gewaschenen Haare zu streichen) »Schuld hat die Gesellschaft!«

In Agnes Rackhams Schlafzimmer, auf Agnes Rackhams Bett sind Dutzende von Karten ungefähr in der Gestalt eines Menschen ausgelegt.

»Wissen Sie, was das ist?«, fragt Agnes Clara, die eben eingetreten ist und das Schauspiel mit konsterniertem Blick betrachtet.

Clara schaut genauer hin und fragt sich, ob ihre Herrin sich einen Spaß mit ihr macht oder ob sie bloß spinnt wie immer.

»Es ... sind Einladungen, Ma'am.«

In der Tat besteht die Mosaikgestalt mit der unnatürlich schmalen Taille und dem großen Kopf ganz und gar aus *cartes d'invitations* – und alle bitten um das Vergnügen von Agnes' Besuch in der bevorstehenden Saison.

»Es ist mehr als das, Clara«, sagt Agnes in dem Bestreben, in ihrer Dienerin einen gewissen Sinn für Symbolik zu entwickeln. Wieder argwöhnt das arme Ding, dass sie an der Nase herumgeführt werden soll, und nach langem Schweigen erlöst Mrs Rackham sie aus ihrer Not.

»Es ist Vergebung, Clara«, erklärt sie.

Die Dienerin nickt und ist froh, sich zurückziehen zu dürfen.

Doch trotz Claras Skepsis hat Mrs Rackham völlig Recht und spinnt durchaus nicht. Vielen der Damen und Herren, die gern an der Saison teilnehmen möchten, beschert der April nach dem einleitenden Scherz eine bittere Demütigung, wenn sie nämlich entdecken müssen, dass sie zu denen gehören, denen man nicht vergeben hat. Auf die von ihnen verschickten Einladungen zu Tischgesellschaften und anderen, für den Mai angesetzten »Anlässen« ist ein Berg von Antworten mit der kargen Mitteilung *Leider verhindert* zurückgekommen, und Gegeneinladungen sind ausgeblieben. So kommt es, dass an den länger werdenden Aprilabenden Männer bis spät in die Nacht vor ihren verglimmenden Kaminfeuern sitzen und mit dem steinernen Blick vor sich hin starren, der normalerweise dem finanziellen Bankrott oder der Untreue der Ehefrau vorbehalten ist, und dass

Frauen Tränen vergießen und ohnmächtige Rachepläne schmieden. Wenn Lady Soundsos Ball am 14. Mai stattfindet und man am 14. April noch keine *carte d'invitation* mit schnörkeliger Randprägung erhalten hat, ist das mit ziemlicher Sicherheit ein Verbannungsurteil.

Natürlich erfolgt die gesellschaftliche Ächtung nicht auf einen Schlag: Wer in einem Jahr in den besseren Kreisen glänzte, wird selten im nächsten ganz und gar verstoßen. Um zu erkennen, dass man in Ungnade gefallen ist, muss man in der Regel teuflisch komplizierte Rangfolgeberechnungen anstellen. Agnes Rackham hat solche Berechnungen nicht nötig; ihr öffnen sich überall die Türen.

Es sind eher Henry und Mrs Fox, die auf freudige Aprilpost verzichten müssen. Beide haben ein paar Einladungen erhalten – besser als gar keine, aber weniger als je zuvor.

Beide haben ihre Einladungen in eine Schublade gelegt und *Leider verhindert* zurückgeschrieben. In Mrs Fox' Fall ist Unpässlichkeit die Ursache: Sie ist nicht mehr in einer Verfassung, in der sie sich noch das ganze Herumstehen, Promenieren, Krocketspielen und so weiter, das die Saison verlangt, zutrauen würde. Ihr Gesundheitszustand hat sich so auffällig verschlechtert, dass Fremde es sofort bemerken und murmeln: »Die macht's nicht mehr lange.« Freunde und Verwandte lassen sich noch vom Nachbild ihres früheren energischen Wesens blenden und flüstern, Emmeline sehe »ein wenig mitgenommen« aus und solle »sich ausruhen«. Sie raten ihr, die Frühlingssonne zu genießen, ein besseres Tonikum gegen Blässe gebe es nicht. »Und meinst du wirklich«, fragen sie taktvoll, »dass es dir gut tut, *so* viel Zeit in den Elendsvierteln zu verbringen?«

Am zweiten Sonntagmorgen im April spazieren Mrs Fox und Henry Rackham wie immer nach der Kirche zusammen die Allee entlang.

»Na«, erklärt Henry steif, »mir tut es jedenfalls nicht Leid, von dem ganzen Trubel entschuldigt zu sein.«

»Mir auch nicht«, meint Mrs Fox. »Aber das ist es nicht, was uns wurmt, stimmt's? Wir sind nicht *entschuldigt,* wir sind *ausgestoßen* worden. Und weshalb, fragt man sich. Sind wir beide denn solche Unberührbaren? Stehen wir *so* weit außerhalb der Normalität?«

»Offensichtlich.« Langsam und trübsinnig geht Henry dahin, die Stirn in Falten gelegt. Er hat wie immer ihre Ironie nicht bemerkt – nach Emmelines Dafürhalten eine seiner liebenswertesten Schwächen.

»Ach, Henry«, sagt sie, »wir müssen der Wahrheit ins Auge sehen. Wir haben den Leuten unseres Standes nichts zu bieten. Sehen Sie sich doch an: Sie könnten der Leiter eines großen Unternehmens sein, doch stattdessen begnügen sie sich mit einem dürftigen Taschengeld und leben in einer Kate, die zu einem Arbeiter passen würde. Zweifellos sagen sich die feinen Leute, wenn man *Sie* zur Tür hereinlässt, wer weiß, was für ein menschlicher Abschaum dann als Nächstes anklopft?« Sie merkt, dass Henry rot wird. Ach Gott, warum wird er denn rot? Er ist zehn von den »feinen Leuten« wert!

»Außerdem«, fährt sie fort, »sind Sie ein Mann, der es nicht hinnimmt, dass Gott hinter irgendeinem festlichen Rummel zurücksteht, und … nun ja, Sie müssen zugeben, dass Sie damit für einen Gastgeber ziemlich uninteressant sind.«

Er knurrt und errötet noch mehr. »Immerhin gibt es eine Reihe von Tischgesellschaften, zu denen ich doch eingeladen bin – im Haus meines Bruders. Ich habe gebeten, davon verschont zu werden.«

»Aber Henry, Mrs Rackham hält so große Stücke auf Sie!«

»Ja, aber auf Williams Tischgesellschaften werde ich immer jemandem gegenübergesetzt, den ich nicht ausstehen kann, und den restlichen Abend über bin ich zu irgendeinem kaum auszuhaltenden Gerede verurteilt. Dieses Jahr habe ich beschlossen: Schluss damit. Ich bin Bodley und Ashwell auch so schon oft genug begegnet.«

»*Lieber* Henry«, schmunzelt Mrs Fox. »Sie hätten die beiden ignorieren können. Das sind Schakale; Sie sind ein Löwe. Ein zurückhaltender und sanftmütiger Löwe, das gebe ich zu, aber …«

»Ich habe William *nicht* gebeten, *Sie* nicht einzuladen.« Der Ärger beschleunigt seine Schritte, und sie hat Mühe, sein Tempo mitzuhalten. Ihre zierlichen Stiefel, so viel kleiner als seine Schuhe, trippeln über das Pflaster.

»Ach, was soll's«, sagt sie, wobei sie ihre Röcke ein winziges Stückchen hochzieht, um besser voranzukommen. »Ich kann mir nicht vorstellen, dass eine unattraktive Witwe überhaupt irgendwo sehr begehrt ist. Noch weniger eine, die *arbeitet*. Und wenn die Arbeit auch noch darin besteht, gefallenen Frauen zur Umkehr zu verhelfen … na ja.«

»Es ist karitative Arbeit«, widerspricht Henry. »Viele der feinen Leute machen karitative Arbeit.« Ihre Selbstbeschreibung als unattraktiv hat seine Schritte noch mehr beschleunigt: Er muss seinem Verlangen, ihre Schönheit zu preisen, davonlaufen.

»Gut, der Frauenrettungsverein ist eine karitative Einrichtung«, gesteht Mrs Fox zu. »In dem Sinne, dass wir unbezahlte Arbeit leisten.« (Während sie neben ihm hertrappt, nestelt sie in ihrem Ärmel, um ein Taschentuch herauszuziehen, das sie dort stecken hat.) »Obwohl mir durchaus schon Damen untergekommen sind, die fraglos davon ausgingen, ich *müsse* ein Gehalt beziehen … Als ob keine Frau eine solche Arbeit machen würde, wenn sie es nicht dringend nötig hätte. Niemand weiß so recht, nicht wahr, ob Bertie mich gut oder schlecht versorgt zurückgelassen hat. Ach, Gerüchte, Gerüchte … Bitte, ich würde mich gern ein Weilchen hinsetzen.«

Sie sind an eine steinerne Brücke gelangt, deren geschwungene Seitenmauern zum Sitzen niedrig, glatt und sauber genug sind. Erst jetzt fällt Henry auf, dass Mrs Fox schwer atmet und dass Schweißperlen auf ihrem blassen Gesicht glitzern.

»Ich habe Sie schon wieder gehetzt, ich Riesenrindvieh«, sagt er.

»Überhaupt nicht«, japst sie und tupft sich mit dem Taschentuch die Schläfen. »Es ist ein schöner Tag für einen flotten Spaziergang.«

»Sie sehen müde aus.«

»Ich glaube, ich bin erkältet.« Sie lächelt, um ihn zu beruhigen. »Erkältet, jetzt wo das warme Wetter da ist. Sehen Sie? Gegen den Strom, wie immer!« Ihre Brust flattert wie die eines Vogels, doch eingedenk des Eindrucks, den sie macht, lässt sie zwischen den Sätzen Pausen, um Atem zu schöpfen. »Sie sehen auch müde aus.«

»Ich schlafe in letzter Zeit nicht besonders.«

»Mein Vater hat sehr … wirksame Mittel dagegen«, erklärt Mrs Fox. »Sie könnten es auch mit warmer Milch probieren.«

»Ich ziehe es vor, der Natur ihren Lauf zu lassen.«

»Ganz recht«, sagt Mrs Fox und schließt die Augen, um einen Schwindelanfall zu unterdrücken. »Wer weiß? Vielleicht schlafen Sie heute Nacht wie ein satter Säugling.«

Henry nickt, die Hände zwischen die Knie geklemmt. »Das gebe Gott.«

Sie bleiben noch etwas sitzen. Wasser gurgelt unsichtbar unter ihnen, und irgendwann überquert ein anderes Kirchgängerpaar die Brücke und grüßt dabei mit fast unmerklicher Gebärde.

»Wissen Sie, Henry«, sagt Mrs Fox, als die Passanten vorüber sind, »meine Schwestern im Frauenverein reden mir zu … während der Saison weniger zu arbeiten … mir ein bisschen Erholung zu gönnen … mir die Kunstgenüsse zu Gemüte zu führen …« Sie späht Richtung Osten, als ob sie von ihrem Platz aus die Not und Armut Londons erblicken könnte. »Doch anderswo als auf den Straßen erreiche ich nichts … Und jeden Tag kommt wieder eine Frau an die Schwelle, wo es keine Hoffnung auf ein gutes Leben mehr gibt – nur noch auf einen guten Tod.« Sie schaut ihren Freund an, doch der hat die Augen niedergeschlagen.

Henry starrt auf die Chiaroscurobilder seiner Phantasie. Eine anonyme Frau, in tausend Geschlechtsakten unversehrt geblieben, hat zuletzt »die Schwelle« erreicht, von der Mrs Fox spricht – jene schicksalhafte Kopulation, wo der Wurm des Todes in sie eindringt. Von dem Augenblick an ist sie verloren. Haare wachsen an ihrem Körper, während sie vom Menschen zum Tier degeneriert. Auf ihrem Todeslager, immer noch unbußfertig, sprießt ihr der ungeheuerliche Haarwuchs nicht nur auf der Scham, sondern auch in den Achselhöhlen, auf Armen, Beinen und Brust. Henry stellt sich so etwas wie eine kurvenreiche Äffin vor, die in qualvollem Delirium auf einer schmutzigen Matratze tobt, beobachtet von entsetzten Chirurgen im Licht der Laternen, die sie in ihren zitternd erhobenen Fäusten halten. Diese aus Borneo mitgebrachten »wilden Frauen«, sie sind wahrscheinlich nichts anderes als die todgeweihten Opfer sexueller Exzesse! Schließlich sind diese Inselvölker berüchtigt für ihre –

»Ach ja«, seufzt Mrs Fox, wobei sie sich wieder in die Höhe

stemmt und ihre Turnüre mit einer winzigen Kleiderbürste aus ihrem Retikül abstaubt, »wir müssen unsere eigene kleine Saison abhalten, Henry, nur Sie und ich. Die Höhepunkte werden Gespräche, Spaziergänge und Gesundheit schenkender Sonnenschein sein.«

»Nichts könnte mir mehr Freude bereiten«, versichert Henry, froh, dass sie nicht mehr so außer Atem ist. Doch obwohl die Sonne stark auf sie beide herabscheint, bleibt Mrs Fox' Gesicht ganz schrecklich bleich, und ihr Mund steht immer noch unschicklich offen, so als ob ihr ein körperlicher Zwang allem Anstand zum Trotz die Lippen aufsperrte.

Sugar blickt über die Schulter ihr Bild im Spiegel an, damit sie beim Zuknöpfen des Kleides die Hände richtig führt. Sie nestelt mit zwei »Hurenkrallen« herum, gekrümmten Instrumenten mit langem Griff, die diesen Beinamen haben, weil sie es einer Frau ermöglichen, ein Damenkleid ohne die Hilfe einer Zofe anzuziehen.

Als der letzte Knopf ganz oben im Nacken zu ist, fährt Sugar mit zwei Fingern einmal um das seidene Innenfutter des engen Kragens herum und befreit die darin steckenden Haare. Sie hat dieses altmodische schiefergraue Kleid gewählt, weil William es noch nie an ihr gesehen hat und sie deshalb, wenn er sie von fern erblickt, nicht erkennen wird. Sie hat sich die Haare gegen ihre Gewohnheit in der Mitte gescheitelt und zu einem strengen Chignon aufgesteckt, so dass unter ihrem Hütchen kaum eine Strähne davon zu sehen ist.

»Das wird's tun«, beschließt sie.

Sie hat es satt, auf William zu warten. Tage vergehen ohne einen Besuch, und wenn er dann kommt, hat er den Kopf voll mit Sorgen aus seinem geheimen Leben – geheim vor ihr, heißt das. Alle seine Freunde und Verwandten kennen ihn besser als sie, und dabei haben sie für dieses Wissen gar keine Verwendung. Es ist so ungerecht!

Aber jetzt wird sie nicht länger im Dunkeln bleiben. Sie kommt kein bisschen voran im Leben, wenn sie nur in ihren Zimmern schmachtet, sich die Haare vor dem Feuer trocknet, Zeitung liest, Ausführungen über Verbrauchssteuer liest, um sich für Gespräche zu rüsten, zu denen es niemals kommt, sich sagt, dass sie gar keinen Hunger hat, der Versuchung widersteht, die Badewanne einlaufen zu lassen. Je mehr William dort draußen in einer Welt, an der sie keinen Teil hat, ohne sie auskommt, umso weniger wird er geneigt sein, sich ihr anzuvertrauen. Aus seinen ausrangierten Parfümbüchern kann sie etwas über alkoholischen Tuberosenextrakt und über Kassienöl als billigen Ersatz für Zimt lernen, aber sie muss sehr viel mehr über William Rackham in Erfahrung bringen als solches Zeug! Mehr, als er bereit ist preiszugeben!

Deshalb hat sie sich entschieden: Sie wird ihm nachspionieren. Überall, wo er hingeht, wird sie ihm folgen. Alles, was er sieht, wird auch sie sehen. Jeden, den er kennen lernt, wird auch sie kennen lernen – wenn auch notgedrungen von fern. Seine Welt wird ihre werden, sie wird jeden Tropfen Information aufschlecken. Falls William dann endlich die Zeit findet, sie zu besuchen, und seine sorgenvoll gerunzelte Stirn an ihre Brust legt, kann sie ihn damit erstaunen, wie instinktiv sie seine Probleme erfasst, wie untrüglich ihr intuitives Verständnis seiner Bedürfnisse ist. Indem sie verbotenerweise an seinem Leben teilhat, wird sie sich das Privileg verdienen, legitim daran teilzuhaben.

Ein letzter Blick in den Spiegel, bevor sie das Haus verlässt. Sie erkennt sich selbst kaum wieder.

»Perfekt«, sagt sie und lupft einen Parasol von dem hässlichen, aber stabilen Kleiderständer. Was ist aus dem wackligen geworden, den William so ärgerlich umgetreten hat? Er hat ihn auf die Straße gestellt, und am nächsten Tag war er nicht mehr da. Haben sich vielleicht Lumpensammler darauf gestürzt? Kommen in den gutbürgerlichen Straßen von Marylebone solche Sachen vor?

Sie tritt an die frische Luft hinaus und wirft einen Blick in die Runde. Keine Menschenseele zu sehen.

In den nächsten dreieinhalb Tagen – beziehungsweise fünfundfünfzig vollen Tagesstunden nach ihrer Rechnung – versucht Sugar, William Rackhams Schatten zu werden.

Einen übermäßig großen Teil dieser Zeit vertut sie damit, sich in der Nähe seines Hauses in den Chepstow Villas herumzudrücken und darauf zu warten, dass er herauskommt. Sie patrouilliert die Straßen und Gassen an drei Seiten des Rackhamschen Anwesens auf und ab, damit ihre Zehen nicht taub werden und ihr Verstand nicht ausrastet, und zwirbelt ungeduldig ihren Parasol. Was *macht* William bloß da drin? Er kann doch gewiss keine Gesellschaftsspiele mit seiner Frau und seiner Tochter machen! Muss er vielleicht die Geschäftskorrespondenz erledigen? Wenn ja, wie lange können dann ein paar Briefe dauern, wo die Sache mit Hopsom doch bereinigt ist? Die Rackham Perfumeries sind ein Großunternehmen mit einer ganzen Hierarchie von Angestellten, gibt es da nicht, wie immer die heißen mögen, irgendsolche niederen Chargen, die für die profaneren Angelegenheiten zuständig sind? Oder hält sich William nur so lange mit dem Frühstück auf? Kein Wunder, dass er dick wird, wenn er den halben Vormittag mit Essen verbringt. Sugar dagegen beginnt jeden Tag ihres Späherlebens mit einer Kleinigkeit, die sie auf dem Weg hierher bei einem Straßenhändler kauft, sei es ein Brötchen oder ein Apfel.

Zum Glück ist das Wetter mild an diesen ersten Morgen ihres Spionierens vor dem Haus der Rackhams. Der Gärtner wühlt ständig irgendwo herum, um sich davon zu überzeugen, dass die neuen Pflanzen nur an den vorgesehenen Stellen wachsen – noch ein Grund, warum Sugar sich nicht zu lange an einem Fleck aufhalten darf. Sie hatte gehofft, das milde Wetter werde es zulassen, dass Williams Tochter zum Spielen herauskommt, aber das Kinderfräulein hält sie sorgfältig vor ihr versteckt. Sugar ist sich nicht einmal sicher, wie die Kleine heißt. Eines Morgens schrie der Gärtner: »Hallo, Miss Sophie!«, und äugte dabei zu einem Fenster im ersten Stock hinauf, woraufhin ihn kurz danach eine matronenhaft aussehende Dienstbotin streng beiseite nahm und er sich untertänigst entschuldigte. Sophie also – es sei denn, der Gruß des Gärtners hätte dem Kinderfräulein gegolten. Wie demütigend, jede Ader an Williams Schwanz zu kennen, aber nicht zu wissen, wie seine Tochter heißt! Sugars sämtliche Versuche, es herauszubekommen, ohne den Anschein zu erwecken, sie wollte ihn aushorchen, sind gescheitert, und sie darf auch nicht wagen, den Namen ihrerseits auszusprechen, denn er könnte ihn aus einem bestimmten Grund verheimlichen. Also wird Sophie Rackham ein Gerücht bleiben müssen, bis das Kinderfräulein beschließt, das Wetter sei zu guter Letzt doch gut genug, um kleine Mädchen aus dem Haus zu lassen.

Am zweiten Tag tritt Mrs Rackham vor die Haustür und schreitet zielstrebig davon, begleitet von ihrer Zofe. Sugar ist versucht, ihr zu folgen, denn Agnes ist offensichtlich auf dem Weg in die Stadt, und ihre bezaubernde Stimme singt süße Flötentöne in die Brise, leider unverständlich, weil sie zu weit entfernt ist. Doch Sugar beschließt, in ihrem schattigen Versteck zwischen den Bäumen zu bleiben. Wenn sie jemanden verfolgen sollte, dann William, und außerdem ist es schon zu oft vorgekommen, dass die Vorhänge in einem der Fenster des Hauses plötzlich aufgingen und Agnes dort stand und in die Welt hinausschaute – beziehungsweise in den meisten Fällen direkt auf die Stelle, wo Sugar gerade herumtrödelte. Nur gut, dass Sugar verschleiert ist und obendrein einen Parasol über sich hat, oder Mrs Rackham hätte sich ihr Gesicht inzwischen bestimmt schon gemerkt.

Nein, es ist William, auf den sie wartet. Es ist William, über dessen Schritte und Gewohnheiten sie genauestens Bescheid wissen muss. Und in diesen ersten fünfundfünfzig Stunden, in denen sie ihn überwacht, erfährt Sugar vor allem eines, dass er nämlich trotz seines Geredes darüber, was für ein Individualist er doch sei und wie undurchschaubar für seine stumpfsinnigeren Geschäftsrivalen, ein Gewohnheitstier ist.

Regelmäßig um zwei Uhr nachmittags nimmt er den Omnibus in die Stadt. An jedem der drei Tage passt er das große, rumpelnde Fahrzeug rechtzeitig ab und wählt im Innenraum einen Sitz mit Blick auf die sonnigere Straßenseite. Sugar, die erst im allerletzten Moment auf den stählernen Tritt springt, steigt aufs Dach und nimmt über Williams Kopf Platz. Zu dieser ruhigen Tageszeit bleibt ihr die Peinlichkeit erspart, sich zwischen dicht an dicht sitzende, Bowler tragende Büroangestellte quetschen zu müssen, stattdessen teilt sie sich die harten Bänke an der kühlen Luft mit anderen unangenehm auffallenden Leuten, die Ursache haben, nicht unten zu fahren. Am ersten Tag ist es eine plappernde Schar dicker Mütter mit kleinen Kindern, die für den Fahrgastraum zu zappelig sind, am zweiten ein alter Mann mit einem sorgfältig verschnürten Paket, das länger ist als er, am dritten wieder eine Mutter mit Kind, vier förmlich gekleidete Touristen, die sich aufgeregt in einer fremden Sprache unterhalten, und ein blasser junger Mann mit einem dunklen Buch in seinen knochigen Händen.

Auf dieser dritten Fahrt macht Sugar den Fehler, ihren Parasol zuzuklappen und sich entspannt zurückzulehnen, weil sie sich sicher ist, dass William an der üblichen Haltestelle in der Nähe seines Büros in der Air Street aussteigen wird. Das tut er auch, doch vorher ist der blasse junge Mann auf die Schönheit der grau gekleideten Frau mit dem Schleier aufmerksam geworden, und da er ihre entspannte Haltung für eine präraffaelitische Mattigkeitspose hält, springt er ihr galant zur Hilfe, als sie sich zum Gehen erhebt.

»Darf ich?«, bittet er und bietet ihr seine leicht abgescheuerten Arme an, während in seinen Augen alle nur erdenklichen Sehnsüchte leuchten.

Da Sugar befürchtet, der aussteigende William Rackham könnte sich umdrehen und zu ihnen hinaufschauen, zögert sie auf der Treppe.

»Nicht nötig, nicht nötig«, flüstert sie, obwohl ihr heiseres Hauchen, wie ihr klar ist, das Missverständnis nur noch verschärft. »Danke.« Und so ist sie noch drin, als der Omnibus anfährt.

Was aber nicht viel ausmacht. Sie steigt an der nächsten Haltestelle aus und geht zu Fuß zum Rackhamschen Firmensitz zurück, einem tristen grauen Gebäude mit einem verschlungenen R auf einer Messingtafel.

William hält sich dort jeden Tag die gleiche Zeitspanne auf, ungefähr zwei Stunden, um Gott weiß was zu machen. Sie wäre liebend gern eine Fliege an der Wand dieses inneren Heiligtums, doch stattdessen muss sie sich auf der Straße herumdrücken und gegen die Langeweile Hansoms zählen.

Um fünf Uhr, nachdem er das gleiche Sahneteilchen vom selben Konditor wie immer verzehrt und gewartet hat, bis der ärgste Verkehr vorbei ist, macht William sich auf den Heimweg. Sie wünschte, er würde beschließen, stattdessen in die Priory Close zu fahren (in welchem Falle sie ihm hinterhergehen, ihn auf dem Bürgersteig abpassen und so tun würde, als hätte sie gerade einen Verdauungsspaziergang gemacht). Doch William steigt nicht vorzeitig aus; er bleibt bis Chepstow Villas im Omnibus sitzen.

Wenigstens winken Sugar nach Williams Heimkehr immer wieder kleine Belohnungen.

Am ersten Abend gehen William und Agnes zu Lady Bridgelow zum Essen, und weil es bis dahin nur ein Dutzend Häuser sind, legen sie die Strecke zu Fuß zurück – und Sugar folgt ihnen in diskretem Abstand. Ihr fällt auf, dass die Rackhams zwar nebeneinander gehen, aber nicht zusammen; sie verschmähen es nicht nur, sich unterzuhaken, sondern nehmen sich gegenseitig kaum zur Kenntnis. William schreitet mit locker geschlossenen Fäusten dahin, die Schultern gestrafft, als stählte er sich für eine harte Prüfung.

Als er und seine Frau Stunden später im trüben Laternenschein wieder nach Hause gehen, ist der Abstand zwischen ihnen noch größer. Dankbar, dass der Nieselregen es ihr erlaubt, sich unter ihrem Parasol zu verstecken, rückt Sugar so dicht wie möglich auf.

»Na, das war ja mächtig unterhaltsam«, bemerkt William linkisch, »wie immer.«

Agnes antwortet nicht, sondern trottet nur mechanisch dahin, die rechte Hand an die Schläfe gepresst.

»Hast du Kopfschmerzen, Liebling?«, erkundigt sich William.

»Nicht der Rede wert«, erwidert sie.

Eine Weile gehen sie schweigend weiter, dann lacht William auf.

»Dieser Bunce, das ist vielleicht eine Marke, was? Constance hat wirklich einen recht ungewöhnlichen Bekanntenkreis.«

»Ja«, pflichtet Agnes bei, als die beiden das Gartentor erreichen und Sugar im Dunkeln an ihnen vorbeirauscht. »Sehr bedauerlich, dass sie mir so zuwider ist. Ist es nicht seltsam, dass jemand mit Titel so überaus schmierig und gewöhnlich sein kann?«

Darauf, dessen ist Sugar sich ziemlich sicher, hat William nichts zu entgegnen.

Am folgenden Abend bleiben die Rackhams zu Hause. Sugar treibt sich im Umkreis des Hauses herum, solange sie es aushält, und friert dabei immer mehr, dann nimmt sie eine Droschke zurück in die Priory Close. Dort angekommen stellt sie fest, dass es erst halb neun ist; sie dachte, es wäre kurz vor Mitternacht.

Vielleicht kommt William sie doch noch besuchen! Wie ein gefangenes Tier geistert sie durch die Räume, zieht ruhelos ihre Spur über die weichen Teppiche wie vorher übers Pflaster, bis sie sich schließlich der tröstlichen Umarmung eines warmen, dampfenden Bades ergibt.

Am dritten Abend jedoch wird ihr Entschluss, ihre Mußestunden dem Spionieren zu opfern, endlich reich belohnt. William verlässt das Haus lange nach Einbruch der Dunkelheit, allein, und ruft eine Droschke. Die Götter sind auf Sugars Seite, denn dicht dahinter kommt eine zweite Droschke angezockelt, so dass sie gar nicht erst befürchten muss, William könnte ihr durch die Lappen gehen.

»Folgen Sie der Droschke da vorn!«, weist sie den Fahrer an, und dieser tippt sich mit einem breiten Grinsen an den Hut.

Die Fahrt endet in Soho vor einem kleinen Theater, das The Tewkesbury Palace heißt. William steigt aus, ohne zu ahnen, dass Sugar nur fünf Meter hinter ihm aussteigt, und bezahlt seinen Fahrer, während sie ihren bezahlt. Dann tritt er in das hell erleuchtete Gedränge, guckt sich kurz um, ob ihm ein Taschendieb auffällt, bemerkt jedoch nicht die verschleierte Frau in seinem Rücken.

Was, denkt Sugar, kann William hier wollen? Das Tewkesbury ist ein notorischer Treffpunkt von Homosexuellen, und da kommen auch schon zwei fein gekleidete Herren mit ausgestreckten Armen auf ihn zu. Einen Moment lang verzieht sie angewidert die Lippen: Kann es sein, dass diese rotgesichtigen Kerle, die William jetzt freundschaftlich auf den Rücken klopfen, ihn aus ihrem Bett gelockt haben? Unmöglich! Niemand spielt besser auf der stummen Flöte als sie!

Nach wenigen Sekunden jedoch hat sich ihr Missverständnis aufgeklärt. Diese Männer sind Bodley und Ashwell, und die drei Freunde haben sich heute Abend eigens hier eingefunden, um die neueste Attraktion des Tewkesbury zu sehen: Unthan, den Fiedelnden Fußikus, angekündigt als »Der einzige Geiger der Welt ohne Arme!«.

Sugar stellt sich in die bunt gemischte Schlange von Arbeitern und gut betuchten Connaisseurs, um Eintritt zu bezahlen. Obwohl nicht mehr als zwei Körper sie von Rackham und seinen Gefährten trennen, bekommt sie ihr Gespräch über das laute Geplapper der Menge hinweg nur in Bruchstücken mit.

»... wenn *ich* keine Arme hätte«, sagt Ashwell gerade, »... impressionistischer Maler!«

»Ja!«, ruft Bodley aus. »Sondergefertigte Armprothesen! In einer Hand ein Pinsel fest installiert!«

Die drei Männer brüllen vor Lachen, Sugar hingegen weiß nicht, was daran witzig sein soll. Kunst ist noch nie ihre Stärke gewesen; die ganzen Magdalenen und Marien, die Mrs Castaway um sich versammelt, haben sie ihr verleidet. Jetzt, in einer Warteschlange vor einem billigen Theater in Soho, fasst sie den Vorsatz, sich etwas eingehender mit Kunst zu beschäftigen.

Im Innern des Tewkesbury, einer umgebauten Wollbörse, die gerade einmal groß genug für Kammerkonzerte wäre, doch wo stattdessen Monstrositäten und Illusionisten vorgeführt werden, schiebt Sugar in der Masse der Leiber mit. Wie abscheulich sie riechen! Ob sie niemals baden? Sie kann sich nicht entsinnen, je zuvor die Unreinlichkeit der einfachen Leute bemerkt zu haben. Um sparsame Atemzüge in der drückenden Atmosphäre bemüht, nimmt sie eine Reihe hinter William und seinen Freunden Platz.

Auf der Bühne vertreiben Unterhalter in rascher Folge dem Publikum die Zeit und stacheln mit mittelmäßigen Liedern und einfallslosen Zauberkunststücken seine Neugier auf die Hauptattraktion an. Bodley und Ashwell unterhalten sich vernehmlich und spulen alteingespielte Witze ab, was William passiv über sich ergehen lässt, als ob seine Begleiter Kinder wären, die er großzügigerweise zu einem Theaterbesuch eingeladen hat.

Schließlich branden Beifall und Pfiffe im Saal auf, und ein Bühnenarbeiter stellt einen großen vierbeinigen Hocker dicht ans Rampenlicht auf die Bretter. Gleich darauf werden Geige und Bogen auf ein rotes Samtpolster neben dem Hocker gelegt, was weiteren Beifall und ein paar Jubelrufe auslöst. Endlich tritt Unthan auf. Er ist ein kleiner Mann im schmucken Frack eines Orchestermusikers, mit Rockschößen, aber ohne Ärmel. Sein sauber rasiertes Gesicht, sichtlich nicht englischer Provenienz, hat in den Proportionen etwas leicht Äffisches und zudem einen affenähnlichen Blick wachsamer Schwermut. Sein Lockenhaar wurde mit viel Öl und Kämmen dazu gezwungen, in geraden Striegelfurchen haften zu bleiben.

Mit größtem Ernst nimmt Unthan Platz und fängt an, sich mit den Füßen Schuhe und Strümpfe auszuziehen; das Kichern des Publikums lässt ihn ungerührt. Er legt die Strümpfe ordentlich zusammen und steckt jeden in den dazugehörigen Schuh, dann nimmt er den Korpus der Geige zwischen seine nackten Zehen, setzt sie geschickt an seine linke Schulter und klemmt sie dort mit dem Kinn fest. Das linke Bein lässt er zu Boden sinken, während die Zehen des rechten krebsartig den Geigenhals entlangkrabbeln, bis sie ziemlich weit oben auf dem Griffbrett zu liegen kommen. Ohne erkennbare Mühe nimmt der verrenkte Unthan mit dem linken Fuß den Bogen auf und schwingt ihn hoch auf die Saiten. Ein gedämpftes Rascheln aus dem Orchestergraben, dann beginnen die Musiker leise und traurig eine Weise zu spielen, die allen Anwesenden beinahe bekannt vorkommt – bis der Fiedelnde Fußikus einsetzt.

Unthan spielt Grauen erregend, und durch das Theater läuft ein Schauder des Unwillens, ja der Empörung. Eine Vergewaltigung der Musik. Doch es regt sich auch Mitleid angesichts des Schauspiels, das der kleine Krüppel bietet, wie er da auf den Saiten herumsägt, die Miene stolz und würdevoll trotz des affenartigen Gesichtsschnitts und des Kraushaarbuschs, der sich über seiner gerunzelten Stirn langsam selbständig macht. Als Unthan zwanzig Minuten später sein bescheidenes Repertoire erschöpft hat, ist die Stimmung des Publikums umgeschlagen, und viele Besucher, Sugar eingeschlossen, haben feuchte Augen, ohne zu wissen, warum. Im hallenden Ausklang des finalen Orchestercrescendos fiedelt Unthan ein letztes schwungvolles Vibrato, dann lässt er mit einer ruckartigen Fußbewegung Violine und Bogen auf einmal in seinen Schoß fallen. Er stößt einen durch und durch gehenden Schrei des Triumphs oder der Qual aus und wirft sich dann lang auf den Boden, wodurch seine Frisur endlich ganz und gar die Fasson verliert. Ein volle drei Minuten dauernder donnernder Applaus setzt ein.

»Haha!«, johlt Bodley. »Ganz famos!«

Hinterher bummeln die Herren Bodley, Ashwell und Rackham großmächtig betrunken durch die Straßen von Soho. Alle drei sind trotz des Nieselregens in Hochstimmung. Unthan, da sind sie sich einig, war das Eintrittsgeld wert, ein überaus seltener Fall in einer Welt, wo Vergnügungen allzu oft nicht die Erwartungen erfüllen, die sie vorher wecken.

»Wohlan denn, Freunde«, verkündet William. »Nach dieschem aff-, aff-, affektuösen Abend kann jede weitere Unternehmung nur ein Abstieg schein. Ich geh nach Hause.«

»Mein Gott, Bodley!«, ruft Ashwell aus. »Hast du das gehört?«

»Können wir dich nicht mit einem Fickerchen verlocken, Bill?«

»Nicht mit dir, Philip.«

»Welch grausamer Stoß.« Die Männer bleiben torkelnd stehen, was es Sugar ermöglicht, von Schatten zu Schatten immer näher heranzuhuschen, bis sie sich in der Einmündung einer Sackgasse verstecken kann, die kaum breit genug für ihre Röcke ist. Mit feucht geatmetem Schleier und nass geschwitztem Rücken lauscht sie angestrengt. »Aaach, es ist Frühling, Bill«, sagt Bodley. »Londons Mösen stehen in voller Blüte. Riechst du nicht den Duft, der in der Luft liegt?«

Rackham reckt die Nase wie ein Clown in die Höhe und schnuppert. »Pferdemist«, konstatiert er gewichtig, als analysierte er die Zusammensetzung einer Duftkomposition. »Hundescheiße. Bier. Ssigarrenrauch. Ruß. Talg. Verfaulter Kohl. Bier – oder hatte ich Bier schon gesagt? Makassaröl, auf meinem Kopf. Nicht eine Unze Möse, meine Herren, nicht mal eine Drachme.«

»So? Dabei fällt mir was ein, Bill«, sagt Ashwell. »Eine Sache, die Bodley und ich dir schon seit einer ganzen Weile erzählen wollen. Du erinnerst dich doch noch an den Abend, als wir beim großen Flatelli waren, nicht? Danach haben wir in den *Londoner Lustbarkeiten* geblättert und dort ein Mädchen gefunden, das in den glühendsten Farben geschildert wurde …«

»Sshugar, wenn ich mich recht entsinne, nicht wahr?« Trotz seines angetrunkenen Zustands klingt William völlig entspannt.

»Richtig. Und das Merkwürdige daran ist, als Bodley und ich das betreffende Haus aufsuchten, hieß es, sie sei nicht da.«

»Ihr armen Wüstlinge«, spottet William. »Habe ich euch das nicht prophescheit?«

»Ja, daran kann ich mich schon noch erinnern«, fährt Ashwell fort. »Aber wir haben es viel später am Abend noch ein zweites Mal versucht …«

»– und ein *drittes* Mal«, wirft Bodley dazwischen, »ein paar Wochen später …«

»Nur um die Auskunft zu bekommen, diese Sugar sei ganz und gar ›weg‹! ›Ein reicher Mann hat sie zur Geliebten genommen‹, erklärte uns die Puffmutter.«

Sugar, deren Atem unter dem Schleier mit einem Mal unerträglich feucht wird, steckt das Stück Tüll mit zitternden Fingern an ihr Hütchen hoch.

»Wie tragisch!«, bemitleidet William sie ironisch. »Um Haaresbreite geschlagen!«

Langsam und vorsichtig schiebt Sugar ihr Gesicht vor, dankbar für den Regen, der ihr die Wangen kühlt und verhindert, dass ihr Atem aus der düsteren Nische hervordunstet und sie verrät.

»Ja, aber von wem, fragt man sich? Von wem?«

Sie hat jetzt die Männer im Blick; zum Glück schauen sie anderswohin. William lacht, und wie eindrucksvoll natürlich er das hinbekommt! »Aus *meiner* Bekanntschaft kann es niemand schein, da bin ich ssicher«, sagt er. »Alle reichen Männer, die ich kenne, sind die Wohlanständigkeit in Perschon. Darum ssuche ich ja Schuflucht bei euch, zur Erfrischung.«

»Nein, im Ernst, Bill … falls du mal was flüstern hörst …«

»… wo dieses Mädchen zu finden wäre …«

»Irgendwann später vielleicht, wenn ihr Gönner sie satt hat …«

»Wir sind immer noch ganz wild darauf, sie auf Herz und Nieren zu prüfen.«

William lacht erneut.

»Ts, ts, scho ein Feuereifer, und nur wegen *einer* kleinen Notiz in den *Londoner Lustbarkeiten*. Ach ja, die Macht … der Werbung!«

»Wir lassen uns nur ungern was durch die Lappen gehen«, räumt Bodley ein.

»Der Fluch, ein moderner Mensch zu sein«, philosophiert Ashwell.

»Und damit, Freunde, gute Nacht«, sagt Rackham. »Es war ein höchsst unterhaltschamer Abend.«

Die Männer geben sich die Hand und umarmen sich andeutungsweise, dann zieht Bodley als bester Pfeifer der drei einen Handschuh aus und steckt sich Daumen und Zeigefinger in den Mund, um für William einen Hansom zu rufen.

»Danke ergebenscht«, sagt William. »Ich muss wirklich nach Hausche.«

»Natürlich, natürlich. Und wir müssen wirklich … was müssen wir, Ashwell?«

Die beiden Kameraden schwanken bereits ins Dunkel davon und lassen William unter einer Laterne stehen, in Erwartung rascher Beförderung. Sugar begutachtet ihren Liebhaber von hinten, wie er dort steht. Er hat die Hände hinter dem Rücken verschränkt, genau über der Stelle, wo sich, wenn er nackt ist, sein stark vorstehendes Steißbein zwischen den Hinterbacken abzeichnet. Er wirkt größer, als sie ihn in Erinnerung hat; sein lang gezogener Schatten, pechschwarz auf dem beleuchteten Pflaster, zeigt pfeilgerade auf sie.

»Höchste Zeit, dass auch *wir* ins Bett kommen«, meint Bodley gerade – oder ist es Ashwell? Ihre Körper sind schon nicht mehr zu sehen, und ihre Stimmen werden zusehends leiser.

»Sehr richtig. Irgendein bestimmtes …?«

»Ich dachte an Mrs Tremain.«

»Der Wein ist dort nicht besonders.«

»Stimmt, aber die Mädels sind erste Klasse.«

»Meinst du, wir dürfen unsere Hausmarke mitbringen?«

»Unsere Hausmarke Mädels?«

Und weg sind sie. Ein paar Sekunden lang steht William regungslos da, den Kopf zum Himmel erhoben, als lauschte er auf das Nahen einer Droschke. Auf einmal klatscht er überraschend mit der Hand an den Laternenpfahl und dreht sich langsam darum wie ein übermütiger Gassenjunge. Er lacht glucksend vor sich hin, während er so im Kreis läuft, und schwenkt die freie Hand durch die Luft.

»Gebt's auf, ihr Pfeifen!«, jubelt er. »Schie ist auf und davon … ssicher vor euch … ssicher vor euch *allen*! Niemand schonscht wird sie je wieder anrühren …« (Und dabei schwingt er sich weiter um den Laternenpfahl.) »Niemand!«

Und gerade als er abermals laut lacht, kommt ein Hansom angerasselt.

Sugar wartet, bis er eingestiegen ist, bevor sie aus ihrem Versteck kommt. Sein fideler Ruf »Chepschtow Villas, Notting Hill!« lässt sie wissen, dass sie sich nicht beeilen muss, ihm zu folgen. Er fährt zum Schlafen nach Hause – was bedeutet, dass auch sie das endlich tun kann.

Das Hufgetrappel verklingt, und sie hinkt ans Licht. Ihre Muskeln, lange Zeit angespannt wie Bogensehnen, haben sich verkrampft, und ein Bein ist völlig taub. Der Ruß an den Mauern der engen Gasse hat ihr Unterteil an beiden Seiden besudelt und auf dem hellen Stoff schwarz glänzende Spuren hinterlassen. Dennoch ist sie freudig erregt. Rackham gehört ihr!

Während sie die Straße hinunterhumpelt, gluckst und ächzt sie vor sich hin, denn langsam kommt wieder Gefühl in ihre Nerven, und sie sehnt sich danach, zu Hause in ein warmes Bad zu steigen, und weiß, dass sie heute Nacht hervorragend schlafen wird. Sie macht den Versuch, eine Droschke herbeizupfeifen, doch kaum hat sie die Lippen gespitzt, da verzieht sich ihr Mund schon zu einem breiten Grinsen, und sie kichert rau. Gackernd hastet sie in Richtung der Hauptverkehrsstraße.

Auf dem Weg dorthin kommt ihr schwankenden Fußes ein großer, breiter Mann entgegen, ein höchst animierter Stutzer, dessen Betrunkenheit schon von weitem zu riechen ist. Als seine niedergeschlagenen Augen die wehenden Säume eines Frauenkleides über den dunklen Bürgersteig in seine Richtung fegen sehen, hebt er neugierig den Blick. Sogleich leuchtet Erkennen in seinen aufgedunsenen Zügen auf, obwohl Sugar sich nicht erinnern kann, ihn je zuvor gesehen zu haben.

»Ist das … ist das nicht Sugar?«, stammelt er und bleibt taumelnd stehen. »Meine verlorene Sirene, wo hast du gesteckt? Ich flehe dich an, nimm mich mit in dein Bett, wo es auch sein mag, und erlöse mich von meinem Ständer!«

»Tut mir Leid, mein Herr«, sagt Sugar mit einer leichten Verbeugung im Vorübereilen, die Augen fest auf die helleren Lichter voraus gerichtet. »Ich habe beschlossen, eine Nonne zu werden.«

Sechzehn

»Zwischen dem bodenlosen Abgrund der Verdammnis und der hellen Straße ins Paradies«, ruft eine aufgeplusterte Matronenstimme, »stehen wir!«

Emmeline Fox verzieht das Gesicht und versteckt ihren Mund hinter der dampfenden Teetasse. Mrs Borlais übertreibt wieder einmal.

»Wir können nur die Hände ausstrecken – oh, lasset uns beten, dass eine verzweifelte Seele sie ergreift!«

Überall im Versammlungssaal blicken die anderen Mitglieder des Frauenrettungsvereins sich an, weil sie nicht recht einschätzen können, ob ihre Vorsitzende sie ausdrücklich zum Gebet ruft oder ob dies nichts weiter als aufrüttelnde Rhetorik ist. Eine Schar konservativ gekleideter Damen, die meisten davon noch unattraktiver als die graugesichtige Mrs Fox, gelangen zu einem stillschweigenden Konsens, und ihre Augen bleiben offen, ihre Hände ungefaltet. Draußen vor den verrußten Fenstern ihres Hauptquartiers in der Jermyn Street wimmeln Londons unmissionierte Millionen, ungreifbare Schatten, die an den Scheiben vorbeihuschen.

Mrs Nash tritt mit der Teekanne in der Hand zu Mrs Fox. Ein schlichtes Gemüt, diese Mrs Nash: Sie hofft tatsächlich, dass ihr in dieser tagesordnungsgemäßen »Erfrischungspause« zwischen der »Aussprache« und dem »Auszug« genügend Zeit bleibt, um ihren Mitretterinnen eine zweite Tasse Tee einzuschenken.

Doch nein: »Schwestern, es ist Zeit, dass wir uns auf den Weg machen«, verkündet Mrs Borlais, und sie geht mit gutem Beispiel voran, indem sie umgehend ins Vestibül hinauswatschelt. Unter den Sitzenden entsteht ein unwilliges Geraschel, nicht weil sie vor den Anforderungen der inneren Mission zurückschrecken, sondern weil Mrs Hibbert heute die Kekse vergessen hatte und welche kaufen gehen musste, weshalb die meisten Retterinnen noch bei ihrem ersten Keks sind, ja manche noch nicht einmal abgebissen haben. Wenn ihre Vorsitzende sie jetzt auffordert, sich zu erheben, was sollen sie tun? Sie sind wohl bereit, in den finsteren Pfuhlen von Shoreditch mit dem Laster zu ringen, aber können sie sich die Kühnheit erlauben, Keks essend auf die Straße zu treten? Nein.

Mrs Borlais spürt das Nachlassen der Begeisterung und hält es für Verzagtheit.

»Ich beschwöre euch alle, daran zu denken, Schwestern«, ruft sie, »dass es tausendmal wertvoller ist, eine Seele vor der Verdammnis zu retten als einen Körper vor den Klauen einer wilden Bestie. Wenn ihr einen Menschen vor einer wilden Bestie gerettet hättet, wärt ihr ein Leben lang stolz darauf. Darum seid stolz, Schwestern!«

Mrs Fox nimmt als Erste hinter Mrs Borlais Aufstellung, obwohl sie für solche großspurigen Reden nichts übrig hat. Ihrer Meinung nach kommt es auf die Einstellung der Retterin nicht an – ob sie stolz oder mutlos, eifrig oder müde ist. Derlei Dinge sind vergänglich. Millionen Christen in der Vergangenheit waren stolz, Millionen waren mutlos, und alles, was von ihnen noch übrig ist, sind ihre Seelen und die Seelen derjenigen, die sie retten konnten. »Die Rettung, nicht die Retterin«, das ist von jeher Emmelines Wahlspruch gewesen, und es wäre auch der Wahlspruch des Frauenrettungsvereins, wenn sie die Vorsitzende wäre. Nicht dass es je dazu kommen wird: Sie ist dazu geboren, die Stimme des Zweifels inmitten der mehrheitlichen Gewissheit zu erheben, das weiß sie.

»Also, brechen wir auf!«, sagt sie aufmunternd, um die Kluft zwischen wilden Bestien und ungegessenen Keksen zu überbrücken.

Und so brechen sie auf, die Retterinnen, alle acht. Vereint wie immer, wie Soldaten in Zivil. Doch noch keine Stunde nach dem Auszug hat Emmeline Fox sich von der Gruppe abgesetzt und sich an die heikle Verfolgung eines schwangeren Kindes in einer übel riechenden Sackgasse gemacht.

Sugar ihrerseits sitzt derweil in einer piekfeinen, hell erleuchteten Teestube in der Westbourne Terrace, eine kalte Tasse des Haustees und ein angeknabbertes Stück Teegebäck vor sich, und belauscht eine Dienstbotin. Die Dienstbotin sitzt fröhlich essend und trinkend und mit einer Freundin schwatzend an einem Tisch, Sugar allein an einem anderen, den leeren Blick auf die Spiegelung der Deckenlampe in ihrem Tee gerichtet, dem Gespräch den Rücken gekehrt, die Ohren gespitzt.

Urteile nicht vorschnell! Normalerweise verbringt Sugar ihre Dienstagnachmittage nicht auf diese Weise, ja, sie macht das zum ersten Mal. Wirklich! William Rackham, musst du wissen, ist bis Donnerstag in Cardiff, und Agnes Rackham ist unpässlich. Daher schadet es nichts, wenn sie, statt müßig zu sein, Agnes' Zofe Clara an ihrem freien Nachmittag verfolgt und schaut, ob dabei etwas herauskommt.

In der Tat hat es sich bis jetzt durchaus gelohnt. Clara ist ein wunderbar geschwätziges Geschöpf, jedenfalls in der Gesellschaft einer jungen Irin, die sie (falls Sugar richtig hört) »Schnäid« nennt, ebenfalls Zofe, genauso angezogen wie sie. In der Teestube ist es still, denn es sind nur fünf Gäste da; die nicht enden wollenden Bauarbeiten am Fernbahnhof Paddington vertreiben die Kundschaft. Zum Glück für Sugar, der das Lauschen im lauten, hektischen Bahnhofsgetriebe schwer geworden wäre, kamen Clara und Schnäid überein, dass es hier viel netter sei, fern von den ganzen müffelnden Ausländern und Kindern. Sugar nippt höchst sparsam an ihrem Tee, spielt gelegentlich mit einem winzigen Spiegelbild von Clara und Schnäid in ihrem Teelöffel und lässt sich den Erguss von Klatsch und Genörgel in die Ohren fließen.

Dabei erfährt sie Folgendes: William Rackham ist ein ganz übler Kunde, ein Tyrann. Während er vorher in den häuslichen Angelegenheiten höchstens einmal mit lascher Hand herumgemurkelt habe, führe er sie heute mit eiserner Faust. Früher habe er einem nicht ins Gesicht sehen können, heute »durchbohrt er dich mit seinem Blick«. Vorige Woche habe er einen Vortrag darüber gehalten, dass andere Männer in seiner Situation ohne viel

Federlesens besser geschulte Dienstboten einstellen würden, *er* jedoch denke gar nicht daran, denn er wisse, wie hart seine Mädchen arbeiten, um sich ihren Unterhalt zu verdienen. Jetzt seien natürlich alle am Zittern.

Aber William Rackham ist gar nicht das Schlimmste, nein, Claras Groll richtet sich in erster Linie gegen ihre Herrin, eine hinterlistige, doppelzüngige Kreatur, die einen Tag Krankheit und Gebrechlichkeit heuchelt, um am nächsten Tag die nichts Böses ahnenden Dienstmädchen umso härter mit schlagartiger schlechter Laune und himmelschreienden Forderungen zu schikanieren.

»Letzten Dezember«, beschwert sich Clara, »dachte ich, sie stirbt. Jetzt denke ich manchmal, *ich* sterbe bald.«

Sie habe schon daran gedacht, sagt Clara, sich eine neue Stellung bei einer weniger schwierigen Herrschaft zu suchen, doch ihre Sorge sei, dass die Rackhams ihr dann kein gutes Zeugnis ausstellen. »Das würde ihnen ähnlich sehen«, zischt sie. »Wenn ich ordentlich pariere, lassen sie mich nicht gehen, und wenn ich aufmüpfig bin, stoßen sie mich in die Gosse.«

»Sklaven, das sind wir«, bestätigt Schnäid. »Nichts weiter als Sklaven.«

Das Gespräch wechselt zum Thema von Claras und Schnäids festen Freunden über; beide haben einen Liebhaber, stellt sich heraus. Sugar vernimmt es mit Befremden. Sie vergisst immer wieder, dass ledige Frauen männliche Gesellschaft suchen, ohne dazu gezwungen zu sein. Zuhälter, das kann sie verstehen, reiche Gönner auch. Aber Freunde? Freunde ohne Geld, die in billigen Absteigen wohnen wie Claras Johnnie und Schnäids Alfie? Worin kann der Reiz bestehen? Sugar ist ganz Ohr, doch als die Dienstmädchen sich schließlich küssen und sich anschicken zu gehen, ist sie kein bisschen klüger. Wie können diese beiden elenden Klatschmäuler, jede ein Ausbund an Gehässigkeit, von sich behaupten, dass sie jemanden »lieben«? (Zumal wenn dieser Jemand ein widerlicher und hündisch riechender Kerl mit bärtigem Gesicht, fettigen Haaren und schmutzigen Fingernägeln ist …)

»Vergiss nicht«, sagt Schnäid. »Lass ihn ja nicht auf dir herumtrampeln!«

Wen meint sie damit? Claras Johnnie? Oder William Rackham?

Clara lächelt affektiert, als ob sie sich jetzt vollauf imstande fühlte, den einen wie den anderen zur Raison zu bringen oder auch alle beide. *Du dumme Pute!*, möchte Sugar ihr am liebsten ins Gesicht schreien. *Dein Herzallerliebster hat höchstwahrscheinlich seinen Schwanz gerade in irgendeiner Nutte stecken! Und William wird dich auf die Straße werfen wie einen faulen Apfel, wenn du gegen ihn aufzubegehren wagst!* Eben noch seelenruhig, wird sie plötzlich von einem heftigen Zorn erfasst, der hinter ihrer Fassade stummer Verschlossenheit mit voller Gewalt ausbricht wie ein Feuer in einem verrammelten Lagerhaus. Sie beißt sich auf die Lippe, während die Dienstmädchen plappernd hinaus auf die sonnige Straße treten, sie umklammert die Teetasse mit beiden Händen und betet, dass sie sie nicht zerbricht, doch halb wünscht sie das Gegenteil.

»Hat's Ihnen geschmeckt, das Tässchen Tee?«, erkundigt sich der Teestubenbesitzer sarkastisch, als Sugar kurz darauf ihren Obolus für das Privileg entrichtet, dass sie gemütlich eine Stunde lauschen durfte.

Nimm dich in Acht!, zischt Sugar in ihrem erhitzten Schädel. *Du brauchst jeden Scheißkunden, den du kriegen kannst.*

»Ja, danke«, erwidert sie und senkt züchtig das Haupt, ganz Dame.

Zwei Stunden später steht Agnes Rackham am Fenster von Claras Stube. Normalerweise verirrt sie sich nicht dorthin, aber heutzutage kann man nie wissen, wo sich einem sein Schutzengel plötzlich zeigt, und diese Mansardenräume sind hervorragende Ausguckplätze, wenn man nach ihr Ausschau halten will. Angestrengt späht sie durch die Scheibe in den Halbschatten zwischen den Bäumen hinüber, unter denen ihr Schutzengel manchmal auftaucht, am Ostrand des Grundstücks. Dort ist niemand zu sehen – na ja, niemand von Bedeutung. Shears werkelt eifrig herum, windet Drähte um Blumenstiele, damit sie gerade wachsen, reißt Unkraut aus und stopft es sich in die Hosentaschen. Wenn er doch bloß weggehen würde, vielleicht würde dann ihr Schutzengel erscheinen. Sie scheut vor Fremden zurück, hat Agnes festgestellt.

Claras Stube riecht unangenehm nach Parfüm. Eigenartig, dass das Mädchen bei der Arbeit peinlich darauf achtet, keinerlei Geruch auszuströmen, sich dann aber mit Duftstoff besprengt, wenn sie endlich zu Bett geht. Agnes tritt vom Fenster zurück und beugt sich schnuppernd über das Kissen der Dienerin. Es stinkt nach irgendetwas Vulgärem: Hopsom-Parfüm vielleicht oder eine von Rackhams billigeren Marken. Wie bedauerlich, dass William seinen Namen für solchen Schund hergeben muss; wenn sein Stern weitersteigt, wird er vielleicht in Zukunft nur noch die exquisitesten und exklusivsten Parfüms herstellen, Parfüms für Prinzessinnen.

Agnes schwankt ein wenig. Der Schmerz in ihrem Kopf ist wieder schlimm; wenn sie nicht aufpasst, kippt sie hier um, und man findet sie schlafend auf Claras Bett, das Gesicht in dieses stechend riechende Kissen gedrückt. Sie richtet sich auf, tritt wieder ans Fenster. Und dort, im Halbschatten der Bäume, durch die leuchtenden Speere des frisch gestrichenen Zauns kaum zu erkennen, huscht die schemenhafte Gestalt ihres Schutzengels vorbei. Im nächsten Moment ist sie verschwunden, wieder aufgelöst in den Äther; es bleibt nicht einmal Zeit, ihr zuzuwinken. Doch sie war da.

Tief atmend eilt Agnes aus Claras Stube. Ihr Herz flattert, ihr Busen brennt, als ob zwei Hände fest auf beide Brüste drückten, die Kopfschmerzen lassen wunderbar nach, reduzieren sich auf einen kleinen Kältepfropf hinter ihrem linken Auge, der durchaus zu ertragen ist. Die eisige Faust in ihrem Schädel ist auf die Größe einer Weinbeere zusammengeschmolzen.

Sie steigt die Treppe, die trostlose, kahle Dienstbotentreppe, hinab in die Regionen, wo das eigentliche Haus anfängt. Während sie in den Salon eilt, ist sie einmal mehr überrascht und entzückt von der neuen Tapete dort, und sie setzt sich ans Klavier. Aufgeschlagen vor ihr liegen die Noten von »Krokusse ahoi!« mit ihren eigenen Markierungen an den Stellen, wo die Zweiunddreißigstelnoten kommen. Sie spielt die ersten Takte, spielt sie noch einmal, spielt sie immer wieder. Leise und süß summt sie, begleitet von dieser Pianophrase, eine neue Melodie, ihre eigene, vollständig aus dem Kopf. Die Noten, die sie singt, zögernd zunächst, verbinden sich zu einer ganz reizenden Weise. Wie einfallsreich sie heute ist! Eine richtige kleine Komponistin! Sie entschließt sich, dieses selbst komponierte Lied so lange zu singen, wie sie es aushält, es bis in den Himmel zu schicken, es Gott ins Gedächtnis zu heften, die Zeit damit zu füllen, bis jemand dazu bestellt wird, es für sie aufzuschreiben, und es ansprechend gedruckt in alle Himmelsrichtungen versandt wird, damit Frauen überall es singen können. Sie singt und singt, während ringsumher das Haus diskret abgestaubt wird und in der den Blicken entzogenen Souterrainküche eine gerupfte Ente, schlaff und schwach dampfend, ihre nackten Beine auf einem Abtropfbrett spreizt.

Als sie später genug vom Komponieren hat, begibt sich Agnes auf ihr Zimmer und spielt mit ihren neuen Hüten. Sie probiert sie der Reihe nach erhobenen Hauptes vor dem Spiegel auf und streicht dabei die Knitterfalten an ihren seidenen Hüften glatt. Der Spiegel zeigt ihr das Bild einer selbstbewussten jungen Frau (dieses Wort wird in den Damenjournalen neuerdings ständig gebraucht und kann daher nicht anstößig sein), gut gepanzert in ihrem schimmernden Mieder, eine stolze, elegante Frau, die sich für nichts zu schämen braucht.

»Ich bin wieder eine Schönheit«, hört sie sich sagen.

Sie nimmt die erste von vielen Hutschachteln zur Hand, macht den Deckel auf und zieht das füllende Krepppapier heraus. Die Glasaugen einer ausgestopften Drossel glitzern smaragden vor dem jadegrünen Filz des Hutes, an dem der Vogel befestigt ist. Agnes hebt das Schmuckstück am Rand aus seiner Schachtel und streichelt behutsam die gefiederte Schulter der Drossel. Vor noch einem Jahr hätte sie sich davor gefürchtet, unsicher, ob der Vogel auf ihrem Kopf nicht wieder zum Leben erwachen könnte, jetzt freut sie sich nur noch darauf, ihn in der Öffentlichkeit vorzuführen, denn er sieht wirklich ausnehmend hübsch aus.

»Ich fürchte mich nicht.«

Nein, Agnes fürchtet sich nicht – und das hat sie in letzter Zeit auch überall bewiesen. Wie jemand, der den Mut aufbringt, an einem bösartigen Hund vorbeizugehen, indem er ihm fröhlich zuruft, kann sie Ball- und Speisesäle betreten, die vor Gefahren nur so starren, und einfach an allen vorbeigleiten. Zweifellos verbergen viele der Damen, die sie so liebenswürdig ansprechen, eine scharfe weibliche Abneigung, mit der sie sie am liebsten erstechen würden, aber Agnes ist das gleichgültig. Sie ist ihnen allen gewachsen!

Schon jetzt hat sie etliche Triumphe vorzuweisen, denn das »Fest der hundert Tage« ist seit einiger Zeit im Gange, und Agnes Rackham erweist sich als eines seiner unerwarteten Glanzlichter, attraktiv nicht zuletzt deswegen, weil sie den übersättigten Vergnügungssüchtigen, die von ihrem Schein angezogen werden, den leichten Kitzel des Risikos bietet.

»*Agnes Rackham? Also wirklich, meine Liebe: entzückend! Ja, wer hätte das gedacht? Ich will Ihnen mal von ihrer Abendgesellschaft erzählen! Alles war schwarz und weiß, wirklich* alles, *meine Liebe. Schwarze Tische und Stühle, weiße Tischdecke, schwarze Leuchter, weißes Geschirr, die Bestecke weiß angemalt, weiße Servietten, schwarze Fingerschälchen. Selbst das* Essen *war schwarz und weiß, wenn ich's Ihnen sage! Es gab Seezunge, noch mit der schwarz gebackenen Haut, und die Pilze waren schwarz und der gebackene Kürbis ebenso … in weißer Sauce. Alfred war zwar verstimmt, dass es keinen Rotwein gab – nur weißen! Aber im Laufe des Abends lebte er auf. Mrs Rackham war so vergnügt, sie sang vor sich hin, und mit der süßesten Stimme. Niemand wusste anfangs, wie er sich verhalten sollte – sollten wir einfach so tun, als hörten wir es nicht? –, doch dann begann Mr Cavanagh, der Anwalt, im Bariton ›pom pom pom‹ dazu zu machen, wie eine Tuba, und alle fanden, dann müsse es wohl in Ordnung sein. Und nach dem Essen gab es Eis – mit Lakritzsauce! Zu dem Zeitpunkt fühlten wir uns alle schon richtig unkonventionell, nachgerade verrucht, und niemand nahm daran Anstoß. So eine* bemerkenswerte *Frau, diese Mrs Rackham. Ach, es war wahrhaftig ein ganz köstlicher Abend! Ich wäre vor Pläsier fast* ohnmächtig *geworden!*«

Neuerungen wie die schwarzweiße Tischgesellschaft sind das Wahrzeichen von Agnes' wachsendem Ruhm. Ihr Kopf ist voll von neuen Ideen, das einzige Problem ist die richtige Auswahl der allerbesten, die man dann auf die begrenzte Zahl sich bietender Gelegenheiten verteilen muss. Die Kerzen mit Zimtduft? Die Idee der Päckchensuche mit verbundenen Augen? Sie werden bis zum 24. beziehungsweise 29. des Monats warten müssen …

In allen Dingen ist sie die Modernste der Modernen. Die Rücken ihrer Kleider sind perfekt geschwungene Kurven, deren Linie weder Schleifen noch Volants stören. Sie hat ein Gerücht gehört, dass die Tage des Korsetts mit Kürasstaille gezählt sind und dass die Polonaise zurückkehren wird: Ihretwegen gern, sie ist bereit! Was Hüte anbelangt, so hat sie all ihre alten Miss Jordan für wohltätige Zwecke geschenkt. Ihre neuen Chapeaux schmücken Kolibris, Sperlinge und Kanarienvögel; den grauen Samthut (vorgesehen für den Auftritt in der Royal Albert Hall am 12. Juni) ziert eine Turteltaube, die mit Sicherheit ein großes Gehuche auslösen wird. (Was die Hucher nicht ahnen werden, ist, dass dieses große Federvieh in Wirklichkeit auf dem Kopf ganz leicht ist. Etwas passiert mit ihnen, wenn sie ausgestopft werden, Agnes weiß nicht was, aber das Endergebnis ist, dass man ohne weiteres ein halbes Dutzend ausgestopfte Tauben auf dem Kopf tragen könnte, obwohl das natürlich vulgär wäre – eine einzige Taube genügt.) Was den preußischblauen Hut mit der Haustaube angeht, da … nun ja, da hat ihr instinktiver guter Geschmack nachträglich Bedenken angemeldet. Nach langen Überlegungen hat sie beschlossen, die Taube entfernen zu lassen und dafür eine Blaumeise zu nehmen, weil … ach, weil Haustauben einfach etwas *Gewöhnliches* haben, auch wenn sie noch so kostspielig ausgestopft sind.

Ja, ja, Entscheidungen über Entscheidungen! Doch es liegt nicht allein an ihren kühnen Einfällen, dass sie in dieser Saison so hell strahlt: Sie hat auch das Glück auf ihrer Seite. Dies wird nirgends so deutlich wie in der Haarfarbe, die derzeit in Mode ist: ihre! Sie besitzt die blonden Locken bereits, um die sich alle so angestrengt bemühen, wie auch einen formidablen Vorrat an Haarteilen, mit denen sich die kunstvollen Frisuren bauen lassen, die in der vornehmen Gesellschaft *de rigeur* sind. Alle ihre Rivalinnen haben fürchterliche Probleme, Blond zu bekommen, da den Perückenherstellern meist nur dunkles Haar von französischen Bauernmädchen angeboten wird.

Und ihre Figur: der nächste Glücksfall! Das fast skelettartige Aussehen der Arme und der Taille, das die Krankheit ihr beschert hat, ist genau das Ideal, das die Zeit vorschreibt; sie ist ihm sogar um etliche Unzen voraus. Während andere Damen sich mit

Abmagerungsdiäten quälen, hat sie *la ligne* gänzlich mühelos erworben. Ist es da ein Wunder, dass sie immer noch nicht viel isst, auch wenn es ihr jetzt so gut geht, dass sie es sich erlauben könnte? In einer Situation zu schlemmen, wo sie die dünnste Taille hat, die sie jemals hatte, wäre ein Verbrechen, und die Königin, Gott segne sie, ist ein abschreckendes Beispiel dafür, was mit einer klein gewachsenen Dame passiert, die sich gehen lässt. Ein Stückchen Obst und ein oder zwei Scheibchen kaltes Fleisch sind vollauf sättigend, hat sie festgestellt, vor allem in Verbindung mit einer Dosis jener süßen blauen Tinktur, die Mrs Gooch ihr empfohlen hat. Wenn sie nachts allein im Bett liegt, bereitet es Agnes ein besonderes Vergnügen, ihre Rippen zu zählen.

Vorige Woche probierte sie ein Kleid an, das sie und Clara im Dezember auf der Nähmaschine gemacht hatten – und in der Taille und den Armen war es knittrig und zu weit! Da hat sie es, statt sich mit Änderungsversuchen abzuplagen, als hoffnungslos aufgegeben und mit einer richtigen Schneiderin noch einmal von vorne angefangen. Was für ein Luxus! Aber Sparsamkeit muss nicht mehr sein: William ist jetzt ein reicher Mann, und seine Großzügigkeit ihr gegenüber scheint keine Grenzen zu kennen. Die missbilligenden Blicke und mahnenden Worte früherer Jahre sind spurlos verschwunden, er *rät* ihr sogar zu Ausgaben und lächelt nachsichtig, wenn sie wieder einmal eine Prozession von Paketen die Treppe hinauf dirigiert.

Er bemüht sich nach Kräften um Wiedergutmachung, wirklich, das muss Agnes zugeben. Nichts könnte jemals die Schmerzen sühnen, die sie gelitten hat, aber … Na, jedenfalls sorgt er jetzt gut für sie. Und er sieht durchaus ganz präsentabel aus mit seinem neuen Bart, und er kleidet sich elegant.

Ihr ist auch aufgefallen, dass er die in den richtigen Kreisen unabdingbare Kunst perfektioniert hat, sich so zu verhalten, als wäre er schon lange vermögend und nicht erst seit kurzer Zeit. Gelassen eine Zigarre paffend, den Kopf in den Nacken gelegt, als sinne er über eine Anfrage aus dem Äther nach, strahlt er die Macht aus, die sein Reichtum ihm verschafft, erwähnt aber die Rackham Perfumeries mit keinem Wort, sondern spricht über Bücher und Gemälde und die Kriege in Europa. (Nicht dass Agnes sich einen Deut um Kriege in Europa schert. Von ihr aus können sie Paris dem Erdboden gleichmachen, dann entwirft sie eben ihre Kleider *selbst*!) Alle möglichen einflussreichen Leute zieht es neuerdings bei gesellschaftlichen Anlässen in Williams Ecke des Raumes, wie es scheint. Das muss man sich einmal vorstellen! William Rackham, der ewige Student, der Müßiggänger: ein gemachter Mann!

Was ihr eigenes Auftreten in der Öffentlichkeit betrifft, so hält sie sich blendend, viel besser als erhofft. Sie ist nicht ein Mal zusammengebrochen, und es hat keine Vorfälle gegeben wie in früheren Saisons, wo eine völlig unverfängliche Bemerkung oder Handlung ihr von anderen missgünstig ausgelegt wurde, und schon war sie in Ungnade gefallen. Daraus hat sie viel gelernt: Sie hat gelernt, jederzeit ein wachsames Auge auf sich selbst zu haben.

Agnes guckt in ihren Garderobenspiegel, ihr liebstes Stück, weil er in jeden Winkel gekippt werden kann, und wenn sie sich hinkniet und aufschaut, kann sie sich wie von oben sehen. Da fast jedermann größer ist als sie, ist das von unschätzbarem Wert. Gerade kniet sie und schaut auf, und da erblickt sie, was Gott oder die Leute im obersten Rang der Royal Albert Hall sehen können: eine überaus reizende Erscheinung, eine Zierde ihres Geschlechts. Sie macht ihre taubenblauen Augen weit auf, um eine Falte von ihrer Stirn zu verbannen. *Bestanden,* sagt eine Stimme hinter dem Spiegel.

Das komplizierte türkische Muster des Teppichs so nah vor Augen, wird ihr abermals flau zumute, und sie rappelt sich unsicher auf. Ein paar Atemzüge kühler Luft am Fensterbrett, mehr braucht sie nicht, um des Schwindelgefühls Herr zu werden.

Dabei fällt ihr wieder ein, wie ideal der Kalender der diesjährigen Saison ist. Wirklich, man könnte meinen, er sei eigens für sie gemacht! Bei ganz wenigen ihrer Termine muss sie sich in überfüllten Räumen drängen, stattdessen ist sie fast immer im Freien, in Gärten und Höfen und Straßen und Pavillons. Die frische Luft allein ist schon ein Tonikum, und wenn ihr flau wird, kann sie sich immer irgendwo festhalten und so tun, als bewunderte sie den Blick. Und wenn aller Augen zu einem Feuerwerk aufschauen, bemerkt niemand die kleine Tablette, die zwischen ihren Lippen verschwindet.

Sie hat nichts dagegen, Opern und Konzerte zu besuchen, denn auch wenn diese in geschlossenen Räumen stattfinden, kann sie dort, außer in den Pausen, ihre Gedanken frei schweifen lassen. Sie lässt ihren Körper auf seinem festen Platz neben ihrem Gatten zurück, schwingt sich im Geiste hoch empor und blickt von den Kronleuchtern auf sich selbst nieder.

(Es ist ein bemerkenswerter Anblick, für andere nicht weniger als für Agnes. Seit kurzem benutzt sie für ihre Kleider und Handschuhe einen neuartigen Stoff, der im Zwielicht schimmert. Wenn also das Theater oder die Oper unmittelbar vor Beginn des Schauspiels auf der Bühne verdunkelt wird, bleibt Agnes Rackham sichtbar. Die Besucher im obersten Rang können erkennen, wie ihre weiße Hand ein winziges Opernglas ans Gesicht führt und wie Mrs Rackham anscheinend eine Träne der Rührung vergießt, denn das Opernglas ist in Wirklichkeit getarntes Riechsalz und beißt ziemlich in den Augen, wenn man es in deren Nähe hält.)

Auf diese Weise hat Agnes Wagners *Lohengrin* in der Royal Italian Opera durchgestanden, ebenso Meyerbeers *Die Hugenotten* und Verdis *Requiem,* dirigiert in der Royal Albert Hall von dem beunruhigend ausländischen Signor Verdi persönlich. Sie war auch zugegen und gut wahrzunehmen bei Mr Henry Irvings *Hamlet* im Lyceum, doch das Vorprogramm, Mrs Comptons *Ein Fisch auf dem Trocknen,* sagte ihr mehr zu, obwohl sie sich hütete, das irgendjemand gegenüber zu erwähnen. Abwechslungshalber und um es bei Gelegenheit im Gespräch einfließen lassen zu können, sah Agnes sich auch Signor Salvanis *Hamlet,* ganz auf Italienisch, im Theatre Royal an und fand dies ein ganz und gar überragendes Erlebnis, vor allem das Fechtduell, das merklich lebhafter daherkam als im englischen Stück, und die Ophelia, die ausgesprochen vulgär war und daher den Tod mehr verdient hatte als dort. (Agnes schaudert es immer noch, wenn sie daran denken muss, wie sie beim Besuch einer Kunstausstellung vor Jahren mit diesem erschreckenden Gemälde von Millais konfrontiert wurde: ein solcher Schock, eine unschuldige junge Dame ihres Alters und ihrer Hautfarbe – wenn auch dankenswerterweise nicht blond – ertrunken, tot, mit offenen Augen zu sehen, davor eine Schar stehender Männer, die bewundernd begutachteten, wie wohl sie »geraten« war.)

Allein in ihrem Schlafzimmer bekreuzigt Agnes sich und vergewissert sich dann mit einem nervösen Umschauen, dass niemand sie dabei gesehen hat.

»Clara?«, sagt sie probehalber, doch Clara ist immer noch aus, bestimmt um mit Mrs Maxwells Mädchen Sinead zu tratschen oder sich den freien Nachmittag sonst wie zu vertreiben.

Ich sollte mir vielleicht eine Zofe besorgen, die geistig nicht so weit unter mir steht, denkt Agnes mit einem Mal. *Im Ernst, als ich ihr die Bedeutung von Psycho zu erklären versuchte, hatte sie nicht die blasseste Ahnung, wovon ich redete.*

(Für all die unglücklichen Seelen, die es verpasst haben: Agnes erinnert sich hier an die Premiere im Lyceum von »Psycho«, einer kindgroßen mechanischen Figur, die tanzte und Kunststücke vollführte, und zwar, in den Worten des Programms, »ohne Unterstützung von Drähten oder Helfern«.)

Für Agnes war die Vorstellung mit Psycho bis jetzt der Theaterhöhepunkt dieser Saison. Ja, die Vorführung bewegte sie so tief, dass sie das nörgelnde Gebrummel von Bodley und Ashwell irgendwo links von ihrem Mann kaum hörte. Sie war vollkommen überzeugt, dass Psycho unabhängig von dem Herrn war, der neben ihm auf der Bühne stand, und dass sein Leben von einem unsichtbaren Anderswo herrührte. Die Zauberkunststücke, die er mit seinen geräuschlos kreisenden Gliedern machte, bedeuteten ihr an sich gar nichts, sie war vielmehr von der Erkenntnis elektrisiert, dass dieses Automatenmännlein *unsterblich* war. Während ihre Seele in den Limbus kommen musste, falls ihr Körper irgendwie vernichtet werden sollte (in einem Feuer zum Beispiel, wie es ohne weiteres hier in diesem Theater ausbrechen konnte!), würde Psycho fortbestehen. Selbst wenn er gänzlich zermalmt wurde, konnte er einfach eingeschmolzen und neu gegossen werden, und seine belebende Seele würde einfach wieder in ihn hineinschlüpfen. Ach, glückliche Kreatur!

Agnes steht jetzt am Fenster, ein Taschentuch in der geballten Faust, und sucht den Rand des Anwesens nach Hinweisen auf ihren Schutzengel ab. Shears winkt ihr aus den Hortensienbeeten zu. Agnes lächelt, dann schlägt sie die Augen nieder. Sie öffnet die Faust, und in ihrer Hand entfaltet sich das Taschentuch, unbeschädigt. Ach, könnte sie doch wie dieses Taschentuch sein!

Agnes denkt in letzter Zeit viel über den Tod und die Auferstehung nach. Merkwürdige Betrachtungen mitten im Trubel der Saison, doch was soll sie machen? Sie ist einfach philosophisch veranlagt. Sie kann sich fröhlich geben und für ihre Gäste bezaubernd singen, aber ist letzten Endes irgendetwas im Leben so wichtig wie die Frage, was nach dem Tode mit dem Körper geschieht?

Nicht weitersagen, aber Agnes misstraut dem Himmel, wie die herkömmliche Religion ihn beschreibt, sie verspürt kein Verlangen nach irgendeinem posthumen Paradies körperloser Geister. Sie wünscht sich vielmehr, leibhaftig im Kloster zur guten Gesundheit aufzuwachen, bereit, ein besseres Leben zu beginnen. Beinahe jede Nacht träumt sie den gleichen Traum, in dem sie durch das efeuschwere Gittertor des Klosters tritt, nicht mehr die Agnes Rackham aus den Chepstow Villas in Notting Hill, aber auch kein Gespenst.

Wie nett es doch wäre, sich über diese Dinge mit ihrem Schwager Henry zu unterhalten. In mehreren der spiritistischen Bücher, die sie unter ihrem Bett versteckt hat, findet sich ein Himmel *auf Erden* erwähnt. Biblische Schriften verheißen (behaupten jedenfalls die Verfasser), dass die Tugendhaften eines Tages wieder in ihre auferstandenen Leiber einziehen werden … Bestimmt könnte Henry ihr mehr darüber erzählen, wo er sich doch so gut mit der Bibel und anderen mystischen Werken auskennt. (Außerdem mag sie ihn. Er ist anders als die meisten Anglikaner, die sie kennt; er hat etwas undefinierbar Katholisches an sich. Er erinnert sie ein ganz klein wenig an die Heiligen und die Märtyrer. William hat ihr einmal erzählt, dass Henry deswegen noch kein Geistlicher ist, weil er dafür seines Erachtens noch nicht rein und hochgesinnt genug ist, doch sie hat den Verdacht, das ist alles Quatsch und es liegt im Grunde daran, dass der Anglikanismus nicht rein und hochgesinnt genug für Henry ist.)

»Ist Henry auch eingeladen?«, fragt sie William jedes Mal, wenn sie zu einer Gesellschaft gehen.

»Nein«, entgegnet William regelmäßig oder: »Woher soll ich das wissen?«, oder: »Wenn ja, glaube ich kaum, dass er kommt.« Und in der Tat ist Henry Rackham niemals unter den Anwesenden.

»Und *hier?*«, bohrt Agnes bei öffentlichen Veranstaltungen, die allgemein zugänglich sind. »Absolut *jeder* kann hierher kommen.«

»Henry macht sich nichts aus Opern«, grummelt William dann missgelaunt, weil er schon wieder wertvolle Zeit für gesellschaftliche Verpflichtungen vergeuden muss. Oder: »Henry missbilligt Schauspiele aller Art. Kann ich ihm nicht verdenken.«

»Kinn hoch, William, Liebling! Dort kommt Mrs Abernethy.«

Und entschlossen, um jeden Preis eine gute Figur zu machen, holt Agnes tief Luft, presst sich ihr Opernglasriechsalz an die Brust und betritt das funkelnde Foyer, um ihren Platz einzunehmen unter den … nun ja, wenn nicht unter den oberen Zehn-, so doch sicherlich den oberen Zwanzigtausend.

Wie sehr Agnes sich auch wünscht, bei einer der Veranstaltungen der Saison zufällig den Kopf zu drehen und Henry Rackham auf sich zukommen zu sehen, ihr Wunsch erfüllt sich nicht. Doch *eine* treue Begleitung hat sie, auch wenn sie es nicht ahnt: eine Person, die sich durch die Menge schiebt, um ihr nahe zu sein, die dem stürmischen Wetter trotzt, um dieselben Theater wie sie zu besuchen, die teure Eintrittspreise zahlt, um in ihrer Nähe zu sitzen und sie in der gedämpften Beleuchtung sanft schimmern zu sehen.

Sugar erlebt ihre erste Saison.

Natürlich nicht comme il faut, nach Art der vornehmen Gesellschaft. Doch im Rahmen ihrer Möglichkeiten und so weit es sich mit Geld erkaufen lässt, nimmt sie teil. Manche Türen stehen nur den wenigen Auserwählten offen, den erlauchten Persönlichkeiten mit Einladungen von Mrs Soundso und Baroness Dingsbums. Immer wenn die Rackhams eine solche Schwelle überschreiten, kann Sugar ihnen nicht folgen. Doch wenn sie sich in weniger exklusiven Kreisen bewegen, besonders im Freien oder an einem Schauplatz, der eine große schwadronierende Menschenmasse fasst, heftet Sugar sich den Rackhams unweigerlich an die Fersen, saugt die Atmosphäre auf, driftet langsam durch die Menge wie Treibgut im Kielwasser eines Frachtkahns.

Darauf bedacht, so wenig Aufmerksamkeit wie möglich zu erregen, hat Sugar sich unscheinbare Kleidung zur strikten Regel gemacht. Ihre Garderobe, die einst in üppigen Grün-, Blau- und Bronzetönen schwelgte, hat sich farblich auf Grau- und Braunnuancen reduziert, so dass sie wie eine elegante Trauernde wirkt. Bei derart gedeckten Tönen ist ihr rotes Haar eher ein Fluch als ein Segen und macht ihre Haut einen blassen und kränklichen Eindruck. Alle sagen »Madam« zu ihr, und Kutscher helfen ihr beim Aussteigen, als ob sie sich bei der ungewohnten Härte des Pflasters die Knöchel brechen könnte. Vor wenigen Tagen erst erbot sich ein Straßenjunge am Piccadilly Circus, für einen halben Penny ihren nassen Schirm an seinem schmuddeligen Hemd trocken zu reiben, und sie war derart baff, dass sie ihm sechs Penny gab.

Eine höchst merkwürdige Sache, diese Ehrbarkeit, zumal sie überall, wohin sie den Rackhams folgt, keineswegs die einzige Hure in der Menge ist. Theater, Opern, Sportplätze und Vergnügungsparks sind in der Saison beliebte Reviere der besseren Dirnen, und es herrscht kein Mangel an einzelnen Herren in Logen und Pavillons, die sich gern von der Langeweile erlösen lassen. Amy Howlett pflegte sich früher dort zu tummeln, bevor ihr die ewige Warterei zu viel wurde.

Das Gesicht hinter einem Fächer versteckt oder hinter ihrem Schleier, spielt Sugar mit – und genießt es. Wieso hat sie das früher nie gemacht? Zugegeben, das Geld, das sie von Rackham bekommt, ist mehr, als sie jemals bei Mrs Castaway verdient hat, aber sie kann schwerlich behaupten, sie wäre zu arm gewesen, um vor dem heutigen Tage einen Fuß in einen Konzertsaal zu setzen. Und doch hat sie sich all die Jahre in ihrem Obergeschosszimmer eingeschlossen wie eine Gefangene. Hm, na gut, sie hat einen Roman geschrieben, jedenfalls den größten Teil davon, aber trotzdem, wäre ein Gang ins Theater so ein Verbrechen gewesen? Kurioserweise gibt es in ihrem Buch sogar eine Szene, wo »Sugar« ein Opfer im Haymarket nach einer Aufführung von *Maß für Maß* aufgabelt, einem Stück, das sie allein bei Kerzenschein etliche Male gelesen hat, ohne je auf den Gedanken zu kommen, ein paar Straßen zu überqueren und es sich in natura anzuschauen. Was hat sie die ganze Zeit bloß im Kopf gehabt?

Na, jetzt hat sie jedenfalls Nachholbedarf. Im Gefolge der von

Termin zu Termin eilenden Rackhams ist sie mehrmals in sämtlichen Theatern und Opern Londons gewesen, wenigstens kommt es ihr so vor. In den überfüllten Garderoben dieser goldglänzenden Paläste legt sie ihren Umhang oder Mantel ab und blickt dabei die echten Damen ringsumher an, die desgleichen tun. Bemerken sie ihre Blicke? Und wenn ja, kann sich auch nur eine von ihnen vorstellen, dass sie eher an die Gesellschaft von Frauen gewöhnt ist, die sich, nur mit Korsett und Pantalettes bekleidet, die blauen Flecken auf ihren nackten Brüsten pudern?

Doch nein, sie akzeptieren sie fraglos, diese reichen Frauen, und das befriedigt Sugar mehr, als sie es für möglich gehalten hätte. Sie hätte erwartet, dass sie diese Frauen verachtet, wie sie sie immer verachtet hat, doch in ihrer unmittelbaren Nähe will kein Hass aufkommen. Um die Wahrheit zu sagen, verspürt Sugar jedes Mal eine freudige, ja beinahe liebevolle Erregung, wenn eine dieser Damen für sie eine rücksichtsvolle Geste übrig hat, etwa ein höfliches Lächeln an den Hutständern, ein gemurmeltes »Nach *Ihnen*« in der Toilette, ein Zurückweichen, um ihr auf der Treppe den Vortritt zu lassen … Solche flüchtigen Achtungsbekundungen lassen Sugar wohlig erschauern.

Und dann das Gefühl, wenn sie sich auf Agnes Rackhams Spuren während des Drei-Uhr-Chaos durch die Einkäufermassen auf der Regent Street schiebt! Sie streift ständig irgendwelche plaudernden, Pakete tragenden Damen und wird mit Entschuldigungen überschüttet. Bei Billington & Joy eilen die Abteilungsleiter auf sie zu und bitten sie, ihr behilflich sein zu dürfen, und sie muss sich regelrecht vor ihnen in Sicherheit bringen, damit Agnes sich nicht unversehens umdreht und ihre Rivalin erblickt. Hinter ihrem Schleier lächelnd versucht Sugar, sich die Aufmerksamkeiten mit der Behauptung vom Leib zu halten, sie sei lediglich die Anstandsdame einer jungen Lady, die gerade in einer anderen Abteilung einkauft.

Und beim haarigen Hodensack Gottes, sie scheinen ihr zu glauben!

Ja, bis jetzt genießt Sugar die Saison. Das Getriebe ermüdet sie nicht im Geringsten, im Gegenteil, es ist eine nette Abwechslung. Die vielen einsamen, unausgefüllten Tage in ihrer Wohnung in der Priory Close haben sie von ihrem Wunsch nach Alleinsein geheilt; die in jüngeren Jahren so tief ersehnte Stille hat ihren Reiz verloren. Jetzt sehnt sie sich nach Turbulenz.

Nicht dass es bei einigen der Veranstaltungen, die sie mit den Rackhams besucht, sonderlich turbulent zuginge. Bühnenstücke und Konzerte können ein wenig lang werden, vor allem wenn sie vollständig auf Italienisch und die Sitze nicht eben gut gepolstert sind. Sugars Hinterteil ist im Laufe der Marathondarbietungen backenbärtiger Hamlets und Malvolios oder des heroischen Geträllers oberlastiger Matronen schon etliche Male eingeschlafen. Doch auch wenn ihr Arsch geschlafen hat, ist ihre Aufmerksamkeit doch wach geblieben und hat sich häufig mit den in ihrer Nähe sitzenden Rackhams beschäftigt.

Der Gemütszustand, den William während der abendfüllenden Darbietungen am häufigsten zur Schau trägt, ist Langeweile: Er liest das Programm, unterdrückt ein Gähnen und lässt den Blick von den Leuten in den Reihen zu den Kronleuchtern an der Decke wandern. Mehr als einmal hat er Sugar direkt angeguckt und sie nicht erkannt, weil er sie nur als ein Hütchen im Halbdunkel, ein Allerweltskleid unter üppigsten Abendroben gesehen hat. Manchmal nickt er ein, aber größtenteils quält er sich widerwillig durch die Saison.

Agnes dagegen verfolgt jede Vorstellung von Anfang bis Ende mit Luchsaugen, hebt häufig ihr Opernglas, lächelt, wenn es geboten ist, und applaudiert mit der nervösen Rasanz einer Katze, die einen Flohbiss kratzt. Zwischendrin sitzt sie still, und ihr Gesicht leuchtet geheimnisvoll wie die Statue einer verklärten Heiligen. Genießt sie es? Wie soll Sugar das wissen? Vergnügen ist etwas Inneres und kinderleicht zu heucheln.

Sugars Vergnügen jedoch ist durchaus echt, unbedingt, da niemand sie beobachtet und sie es trotzdem empfindet.

Die köstlichste Entdeckung in dieser ihrer ersten Saison ist gute Musik. Ihr Leben lang stand sie der Musik gleichgültig oder gar ablehnend gegenüber. Musik strömte für sie immer den unerträglichen Geruch von Armut, Religiosität, Betrunkenheit und Krankheit aus; sie bestand im schmeichlerischen Singsang der Bettler, dem Plärren der von Affen gekurbelten Leierkästen, den humpenschwingenden Balladen im Fireside, dem frömmlerischen

Läuten der Kirchenglocken. Was Katy Lesters jahrelanges Cellospiel im Hause von Mrs Castaway betrifft, so merkt sie erst jetzt, wie sehr sie es verabscheut hat. »Sehr schön, Katy«, sagte sie gewöhnlich, wenn ihre Kollegin die eine oder andere traurige Weise gefiedelt hatte. Doch in Wirklichkeit hätte sie sagen sollen: »Ich bin zwar froh, dass du hier unten bei uns bist und nicht oben mit einem Mann zusammen, aber könntest du bitte aufhören, auf den verdammten Saiten herumzukratzen?«

In dieser ersten Saison hört Sugar Musik, als ob sie derlei noch nie gehört hätte. Herrliche, erhebende, inspirierende Musik, gespielt von großen Ensembles auf blitzenden Instrumenten, deren Namen sie nicht kennt. Der Tristesse von Mrs Castaways Salon und der Verkommenheit der Straßen enthoben und zu keinem anderen Zweck zusammengebracht, als fröhlichen Schall zu erzeugen: so sollte es sein. Selbst die Cellos sehen imposant aus, wenn sie nicht von Katy Lester gespielt werden. Statt bloß eines einzigen abgestoßenen alten Dings mit Brandspuren vom Kamin sind hier acht warm glänzende Instrumente versammelt, die alle mit großer Hingabe und Präzision gestrichen werden. Wie sonderbar, eine Riege von Männern zu sehen, ja ein ganzes Orchester von Männern, vollkommen konzentriert auf eine Tätigkeit, die nicht allein unschuldig ist, sondern … edel. Diese Kerle haben nichts anderes im Sinn, als Musik zu machen. Kann das wirklich sein? So viele Männer an einem Fleck, und keine bösen Absichten? Sie beobachtet sie, wie sie liebevoll ihre Instrumente halten, wie sie in den Augenblickspausen beim Blasen und Streichen hastig die Seiten auf ihren Notenständern umblättern, während vor und hinter ihnen die gottvollen Töne weiterschallen.

»Bravo!«, ruft sie zusammen mit allen anderen, als es vorbei ist. So groß ist ihre Erregung, dass sie vergisst, weshalb sie hier ist. Inmitten einer jubelnden Menge im oberen Rang zu fünf Shilling stehend klatscht sie wie wild und starrt hingerissen die Sänger auf der Bühne an statt William und Agnes auf ihren teuren Sitzen zu zehn Shilling und sechs Penny direkt unter ihr.

Diese spontane, selbstvergessene Schaustellung hat Sugar sich nur ganz allmählich gestattet. Beim allerersten Konzert, das sie mit den Rackhams besuchte, war sie zu schüchtern, um den Mund aufzumachen, obwohl ringsherum alles schrie, ja, sie traute sich kaum zu klatschen. Doch Finale um Finale lernte sie, sich gehen zu lassen, und mittlerweile ist sie auf den Geschmack gekommen. Als neulich Abend der letzte Beckenschlag der *Hugenotten* durch die Royal Albert Hall dröhnte, sprang Sugar von ihrem Sitz auf und jubelte, so laut sie konnte, wobei sie mit einer kurzen Kopfdrehung nach links den Blick eines backenbärtigen alten Mannes auffing, der ähnlich bewegt war. In diesem einen Augenblick erkannten sie alles, was sie voneinander wissen mussten, sie waren so intim, wie Menschen nur sein können, und dabei war klar, dass sie sich höchstwahrscheinlich nie wiedersehen würden.

»Bravo!«, brüllte der alte Herr, und sie stimmte lauthals ein, doch ohne ihn noch einmal anzuschauen, damit nur ja der Funke der Verbundenheit zwischen ihnen nicht verglomm.

Natürlich weiß sie, dass sie von Leuten umgeben ist, die angewidert von ihr abrücken würden, wenn sie ihr ansehen könnten, was für eine sie in Wahrheit ist. Sie ist Abschaum in ihrer Mitte. Es tut nichts zur Sache, dass viele dieser anständigen Damen sehr viel mehr wie Prostituierte aussehen als Sugar, und es tut auch nichts zur Sache, dass dieser Saal voll ist von Mrs Soundsos, die geschmacklos aufgedonnert, aufdringlich parfümiert und von überpuderten Blutergüssen bedeckt sind. Auch wenn sie noch so züchtig tut und so reinlich gewaschen ist, *sie* ist hier der heimliche Herd der Unzucht. Es ist, als wäre sie ein Haufen Kot, geformt zu menschlicher Gestalt. Sie lächeln sie an, diese Mrs Soundsos, sie entschuldigen sich, wenn sie ihre Röcke streifen, aber nur, weil sie sie nicht kennen. Ach, welche Wonne, unter Menschen zu sein, die sie nicht kennen!

»Ist das nicht göttlich?«, schwärmt eine faltige Matrone auf dem Sitz neben Sugar in der Royal Albert Hall. Ihre Augen sind vom Zigarrenrauch ihres Gatten gerötet, in ihrem ergrauenden Haupthaar stecken mehrere nicht ganz passende blonde Haarteile. »Den ganzen weiten Weg von Italien!«

Die Dame meint damit Signor Verdi auf der Bühne unter ihnen, einen verschmitzt blickenden alten Schlawiner, der in diesem Moment mit seinem kurzen Taktstock auf die Sänger der Royal Albert Hall Choral Society zeigt, damit diese aufstehen und das Publikum ihren Bemühungen, sein brandneues *Requiem* zu singen, Beifall spendet.

»Ja, göttlich«, erwidert Sugar. Das Wort schmeckt fremd auf ihren Lippen, aber nicht unangenehm. Signor Verdi hat sie gerührt – nicht allein mit den Melodien seines *Requiems*, sondern auch weil ihr die Erkenntnis dämmert, dass dieses monumentale musikalische Werk, dieses kolossale Klanggebäude, das der Royal Albert Hall selbst Konkurrenz macht, von einem einzigen Menschen auf verschmierte Bögen geschrieben wurde, einem alten Italiener, dem die Haare in die Augen fallen. Das Brummen der Kontrabässe, das in ihrem Unterleib vibriert hat, rührt einzig daher, dass er es zu Papier brachte, wahrscheinlich während er spätnachts in Hemdsärmeln dasaß und Signora Verdi im Nebenzimmer schnarchte. Das ist eine männliche Macht, an die sie vorher noch nie gedacht hat, eine Macht, durchdrungen von erhabenem Desinteresse daran, sie zu unterwerfen oder sie zu benutzen oder sie ins Gefängnis zu stecken, eine Macht, deren einziges Ziel es ist, die Luft in freudige Schwingung zu versetzen.

Und darum, jawohl, sagt sie »göttlich« zu der faltigen Matrone mit den schlecht passenden Haarteilen und wird mit einem Lächeln belohnt. Erst da, während der Applaus abklingt und die älteren Herrschaften im Publikum sich zum Gehen erheben, merkt Sugar, dass sie die Rackhams ganz vergessen hat. Sind sie noch im Saal? Nichts zu sehen. Vielleicht hat sie einen hochbedeutsamen Augenblick verpasst, eine Pantomime zwischen William und Agnes, die Bände gesprochen hätte, wenn sie Zeuge davon geworden wäre. Vielleicht hat Agnes etwas Unverzeihliches in der Öffentlichkeit getan.

Dann aber will es Sugar scheinen, dass es so schlimm nicht sein kann, sich ein wenig von großer Musik ablenken zu lassen. Sie kann den Rackhams nicht jede Minute jedes Tages nachspionieren, das eine oder andere entgeht ihr zwangsläufig. Und im Allgemeinen nimmt sie ihre Aufgabe sehr ernst: Falls keine Musik spielt – oder schlechte Musik –, beobachtet sie die Rackhams unverwandten Blicks, selbst wenn auf der Bühne temperamentvolle Schauspieler mit Schwertern fuchteln oder Metallpuppen an unsichtbaren Fäden tanzen.

Was erfährt sie dadurch, dass sie während dieser Vorstellungen auf die Rackhams hinabblickt? Nicht viel. William wird schwerlich in der St. James Hall von seinem Sitz aufspringen und vor aller Welt seine tiefsten Ängste herausschreien, und Agnes verzichtet trotz Williams gelegentlicher Klagen über das unglaubliche Verhalten, zu dem sie fähig sei, selbst in den spukschlossartigsten Gebäuden darauf, Amok zu laufen. Dennoch ist Sugar überzeugt, dass sie, indem sie am öffentlichen Leben der Rackhams teilnimmt – sieht, was sie sehen, hört, was sie hören –, zwangsläufig auch Einblick in ihr Privatleben bekommt. Und es ist nicht vorauszusagen, wann irgendetwas, das William in einem dieser Konzerte oder Stücke gesehen hat, ihm bei ihr im Bett wieder einfallen wird. Mr Walter Farquhars *Prometheus in Albion* zum Beispiel, an dessen Ende William außergewöhnlich hellwach war und laut bravo schrie … Wenn sie das Gedicht aufstöbert, auf dem es basiert, und Begeisterung dafür heuchelt, dann könnte er ihr von dem Stück erzählen, und sie könnte ihn mit dem Gedicht bekannt machen: Was für ein schnuckeliges Tête-à-tête das geben würde!

Bei wieder einer anderen Premiere beobachtet sie, wie William mit Agnes an der Seite aus dem Theater defiliert. Stützt sie sich auf seinen Arm? Müdigkeit oder Unpässlichkeit muss der Grund sein, Zuneigung ist ausgeschlossen. *Bring sie nach Hause, William, und steck sie um Himmels willen ins Bett,* denkt Sugar, *und dann komm zu mir!* Doch kaum haben die Rackhams den Zuschauersaal verlassen, da werden sie auch schon in die Gesellschaft lächelnder Fremder gelotst, und Sugar verbringt die Nacht allein.

Mit Abstand am besten und lohnendsten spioniert es sich bei Veranstaltungen im Freien: Da hat sie das Gefühl, richtig intim mit den Rackhams zu sein, und außerdem ist das Wetter in diesem Jahr ungewöhnlich gut. Selbst nach Sonnenuntergang ist es mild, und in den Nächten entsteht die Illusion der Wärme durch die vielen bunten Laternen sowie durch die Kohlenbecken und Öfen der Straßenverkäufer, das Leuchten der Wirtshausfenster und Schwärme von prächtig herausgeputzten Damen überall. (Nun ja, natürlich nicht *überall.* Die Church Lane in St. Giles ist zweifellos genauso dunkel und dreckig wie immer. Aber wer würde *dort* schon hingehen wollen?)

Beim Großen Gartenfest in Muswell Hill betritt Sugar für eine halbe Krone nur Sekunden nach William und Agnes den mondhellen Park des neuen Alexandra Palace. (Nur Pöbel kommt tagsüber hierher.) Nachdem sie das Tor passiert hat, kann sie, solange sie sich nicht zu nahe an die in den Bäumen hängenden Laternen heranwagt, beinahe unmittelbar hinter den Rackhams gehen, ohne erkannt zu werden.

Sugar verfolgt William und Agnes jetzt schon mehrere Wochen. Sie kennt den Neigungswinkel von Williams Schultern und das Wackeln seines Hinterns in- und auswendig. Sie weiß genau, wie stark Agnes' Hüften schwingen (kaum) und wie rasch ihre Turnüre auf- und abwippt (sehr). In jeder Menschenmenge, zumal von Fußgängern, ist Agnes Rackham mit hoher Wahrscheinlichkeit die Frau, die *am wenigsten* für eine Prostituierte gehalten werden kann. Jeder Zoll ihrer kleinen Person spricht von Abwehr und Unberührbarkeit. Wie schön sie ist! Ihre Haut ist nicht rau und fleckig wie Sugars, sondern glatt wie ein frisch ausgewickeltes Stück Seife. Ihr Haar hat die Farbe, die Frauenhaar haben *sollte*, und ist fein wie Stickseide. Ihre Figur ist vollkommen. Wie kann Sugar da hinter ihr hergehen und sich nicht wie eine Missgeburt fühlen? Ihre Brust ist flach verglichen mit Agnes' wohlgeformtem Busen, sie hat abnorm große Männerpranken verglichen mit Agnes' zierlichen Händchen, ihr Gang ist halb männlich, halb nuttig verglichen mit Agnes' graziösem Dahinschweben. Und natürlich die Stimme. Selbst wenn sie die belanglosesten Dinge sagt (»Nein danke, William«, oder »Du hast Zucker am Schnurrbart«), hört sie sich an, als sänge sie leise vor sich hin. Ach, so eine Stimme zu haben! Nicht krächzend und tief, sondern sanft und melodisch. Wie kann eine Frau mit einer solchen Stimme jemals die Last und Plage sein, zu der William sie erklärt?

Da sie so häufig hinter den Rackhams hergeht, hat Sugar gelernt, die Zeichen ihrer Disharmonie zu lesen. Selbst voll bekleidet sind ihre Körper einander ein Gräuel. Und doch gehen sie gelegentlich, wenn es sich nicht vermeiden lässt, Arm in Arm. Bei diesen Anlässen eskortiert William seine Frau mit einer Nervosität, als fürchtete er, sie könnte an seiner Seite in Stücke brechen und aller Augen würden sich ihm und dem Schlamassel zuwenden, das er auf einem öffentlichen Gehweg angerichtet hat. Agnes ihrerseits gleitet ohne Verbindung zu ihm dahin wie ein Automat, der sich nicht beschleunigen lässt. Dann wieder erregt etwas in der Ferne ihre Aufmerksamkeit – eine Dame beispielsweise, die sie unbedingt sprechen muss –, und sie steigert das Tempo und zieht ihn mit wie ein Eisenbahnwagen, dessen Posthaken sich unglücklicherweise am Ärmel eines Herrn verfangen hat.

Irgendwann im Verlauf des Großen Gartenfestes fliegt ein riesiger blauer Luftballon hoch über den Pavillons am Himmel dahin und veranlasst die Menge zu aufgeregtem Gestikulieren. Agnes bemerkt nichts. Sugar beobachtet, wie William seine Frau darauf aufmerksam macht und sie zu bewegen sucht, zu diesem kuriosen Mondscheinschauspiel aufzuschauen. Doch obwohl Agnes nickt, als wollte sie sagen: »Sehr hübsch, Liebling!«, geruht sie nicht den Kopf zu heben. Er wird mehr aufbieten müssen als einen fliegenden blauen Ballon, scheint es, um ihre Anerkennung zurückzugewinnen.

Noch bemerkenswerter ist der Vorfall beim Pferderennen im Sandown Park – abermals eine hervorragende Gelegenheit, die Rackhams zu beschatten, und das am helllichten Tage.

Vom Sandown Park selbst bekommt Sugar herzlich wenig zu sehen, da er ganz und gar von Zuschauern überlaufen ist. Halb London scheint hier zu sein, sämtliche Bevölkerungsschichten (gut, die Bettelarmen ausgenommen, muss Sugar zugeben ... aber *außer* ihnen alles, was Beine hat). Es gibt kaum ein Fleckchen Erde, auf dem die wogenden Scharen von Männern, Frauen, Kindern und Hunden nicht herumtrampeln. Sugar erhascht nur einen höchst flüchtigen Blick auf den Gegenstand, der die Leute offiziell hierher gebracht hat: Rennpferde und ihre Reiter. Die alten Klepper und Ponys, die die Wagen mit Erfrischungen ziehen, tun ihre Arbeit, ohne zu ahnen, dass ganz in der Nähe Artgenossen von einem viel edleren Schlag einhertänzeln oder vielleicht sogar wie der Wind galoppieren. Ab und zu erhebt sich ein Geschrei, und Sugar meint, das Rennen habe begonnen oder sei gewonnen worden, doch dann löst sich ein Menschenknäuel ein wenig auf, und der Grund der Aufregung erweist sich als ein anderer: ein Ohnmachtsanfall, ein Handgemenge, eine Kutsche, die über einen Fuß hinweggerollt ist.

Doch wie wenig Sugar auch von den eigentlichen Rennen sieht, so viel sieht sie von den Rackhams. Agnes, schmächtiger als jeder Jockey, hält tunlich Abstand von der Masse, um ja nicht umgerannt zu werden. Armer William! Wie ohnmächtig er mit den Händen zappelt! Wie flehend er zum Himmel aufschaut und sich irgendeinen Zauber erhofft, mit dem er das Herz seiner Frau rühren kann! Vielleicht würde er sie gern auf die Schultern nehmen wie ein kleines Kind, damit sie einen besseren Blick hat … Stattdessen versucht er ständig, mit seinem massigen Körper in der Menge Lücken für Agnes freizudrängeln. Auch wenn sie die Pferde nicht zu Gesicht bekommt, könnte sie mit seiner Hilfe doch wenigstens einen Blick auf den Sultan von Sansibar werfen, das würde ihr bestimmt gefallen!

»Dieses Jahr ist es wirklich diabolisch!«, ruft William aus, anbiedernd bemüht, ihr das Wort aus dem Mund zu nehmen. Doch sie wendet sich mit einem erschrockenen Funkeln in den Augen von ihm ab, bestürzt über diese gedankenlose Anrufung der dämonischen Kräfte rings um sie her.

Also bleiben die Rackhams an der Peripherie, und statt Pferderennen zu gucken, guckt Sugar den Pas de deux eines Ehepaares, bei dem die Gattin sich dicht an ihren Beschützer drängt und doch vor seiner Berührung zurückscheut, während der vor Galanterie und Ärger völlig verkrampfte Gatte allmählich die Hoffnung aufgibt, im rauen Gerempel der wirklichen Welt etwas Platz für ein derart zartes Geschöpf zu schaffen. Das Repertoire der Bewegungen, in denen diese hintergründige Dissonanz zwischen ihnen zum Ausdruck kommt, scheint keine Grenzen zu kennen.

Nach einer Weile wird Sugar noch auf einen anderen Tänzer am Rande der Menge aufmerksam: einen Taschendieb. Zuerst hält sie ihn für einen Dandy, einen affigen Fatzke, der zu zimperlich ist, um sich richtig in das Gedränge zu wagen, dann jedoch bemerkt sie die Bedachtsamkeit, mit der er sich hinter die Leute stellt, das beinahe laszive Vergnügen, mit dem er sich an sie heranschiebt und sich wieder zurückzieht, als wäre er ein Blüten bestäubendes Insekt oder der sanfteste Vergewaltiger der Welt. Er hat ohne Zweifel einen außerordentlich befriedigenden Tag.

Es sollte Sugar eigentlich nicht im Geringsten stören, dass der Gauner bei seinem gemächlichen Gang durch die Menge William und Agnes immer näher kommt, schließlich können sie einen Diebstahl ohne weiteres verkraften, und ihre Reaktion auf ein solches Missgeschick kann Sugars Wissensschatz nur vermehren. Sie vergewissert sich mit einem kurzen Blick, dass Agnes ihr weiches rosa Handtäschchen nach der allerneuesten Mode auf dem Rücken hängen hat, für Diebe ein Geschenk des Himmels. Mrs Rackham fordert es somit geradezu heraus (wie man in der Zunft sagt). Warum also sollte Sugar nicht einfach ruhig zusehen und das Schauspiel eines echten Profis bei der Arbeit genießen? Dieser Bursche bewegt sich um Einiges eleganter als die Balletttänzer im Kristallpalast vorige Woche …

Und dennoch, und dennoch … Der Gewissensdruck, den Sugar verspürt, während sie das Herantreten des Langfingers beobachtet, ist fast unerträglich, so als presste ihr jemand ein stumpfes Messer fest an die Kehle. Sie muss Mrs Rackham warnen! Wie kann sie es unterlassen, Mrs Rackham zu warnen? Wie kann sie einfach dastehen und sich zur stummen Komplizin dieses Schmarotzers machen? Sugar räuspert sich, was im allgemeinen Stimmengewirr nicht weiter auffällt, und probt leise, was sie Agnes gleich zuschreien wird. Das Schreien wird ihre Stimme nur noch hässlicher machen. *Wer um alles in der Welt ist dieses ordinäre Frauenzimmer, das mir da so heiser etwas zugrölt?*, wird Agnes denken …

Es ist zu spät, sie hat die Gelegenheit vertan. Der Taschendieb ist an Mrs Rackhams Röcken vorbeigestrichen und hat dabei nur einen Augenblick verhalten. In diesem Augenblick hat er, wie Sugar weiß, ihre Handtasche mit einer skalpellscharfen Klinge weit aufgeschnitten und herausgenommen, was ihm gefiel. William lässt er unbehelligt; Uhren hat er wahrscheinlich schon genug.

Ganz elend vor Scham sieht Sugar zu, wie der Taschendieb lässig durch die Menge tänzelt, bis sie ihn aus den Augen verliert. Viele Leute machen sich jetzt so groß, wie sie können, stellen sich auf die Zehen und verrenken die Hälse, denn das Rennen ist beinahe gelaufen. William unternimmt einen letzten halbherzigen Versuch, für Agnes einen Weg zu bahnen und sie in die erste Reihe zu schieben: Seine Hand schwebt unsicher über ihrem Rücken, scheut vor der Berührung zurück. Da bemerkt er, dass ihre Handtasche schlaff wie ein geplatzter Luftballon herabhängt. Er beugt sich herunter und flüstert ihr ins Ohr.

Mit kreideweißem Gesicht wendet Agnes sich von der Masse der Zuschauer ab. Sie geht ein paar Schritte aus dem Getümmel heraus und bleibt an einer freien Stelle keine zehn Schritte von Sugar entfernt stehen, ohne deren von Schleier und Schirm geschützte Gestalt zu bemerken. Ihre Augen starren weit aufgerissen und in Tränen schwimmend ins Leere. Hinter ihr erschallt lauter, begeisterter Jubel; Mützen fliegen in die Luft, und Zylinder werden geschwenkt.

William eilt an Agnes' Seite und legt tröstend den Arm um ihre Schultern.

»Sag doch, was ist weg?«, drängt er sie ein wenig barsch, ganz offensichtlich darauf bedacht, den Verlust zu ersetzen und dieses Getue zu beenden.

»Die Photographie meiner Mutter«, antwortet Agnes, unter seinen Händen zitternd. »Alles andere ist unwichtig.«

»Was für eine Photographie?«, fragt William perplex, als hätte sie ihm soeben gestanden, dass sie in ihrem Retikül gewohnheitsmäßig ein ausgestopftes Zebra oder eine gusseiserne Käsepresse mit sich herumträgt.

»Die Photographie meiner Mutter«, sagt Agnes noch einmal mit tränenglänzenden Wangen. »In einem Medaillonrahmen. Ich habe sie immer dabei.«

William öffnet den Mund, um sich über diese Torheit zu ereifern, doch besinnt sich eines Besseren. Nach ein paar Sekunden meint er: »Ich mache den Photographen ausfindig. Wenn er einer von der ordentlichen Sorte ist, hat er vielleicht die Originalplatten noch irgendwo …«

»Oh, sei doch nicht so ein *Idiot*, William!«, sagt Agnes und schließt ihre geschwollenen Augen. »Die Photographie wurde gemacht, lange bevor wir uns kennen lernten. Damals gab es dich noch gar nicht.«

William nimmt die Hände von ihren Schultern, legt eine an den Hinterkopf und schaut sich nach der Menge um, während er Agnes' erschlagende Logik verdaut. Das Rennen ist vorüber, und etliche der fein gekleideten Zuschauer sind bereits auf dem Weg zu ihren wartenden Broughams und Droschken. Wieder eine Veranstaltung, auf der man sich sehen lassen musste, im Kalender der Saison abgehakt, und während sich die eleganten Damen zerstreuen, kontrollieren sie mit verstohlenen Blicken auf die Säume ihrer Kleider, ob diese auf dem Rennbahngelände schmutzig geworden sind.

»Lass uns nach Hause fahren, Liebling«, sagt William.

Agnes, die immer noch weint, steht wie erstarrt auf ihrem Fleckchen Niemandsland.

»Nach Hause?«, wiederholt sie, als könnte sie sich nicht vorstellen, was für einen wunderlichen Ort er damit meinen könnte.

»Jawohl«, bestätigt William und führt seine kleine Gattin zum Ausgang, vorbei an der müßig herumstehenden Frau mit dem billigen Parasol. »Hier lang!«

Und so rufen die Rackhams ihre Droschke, und Sugar ruft ihre. Oft hat es schon so geendet, so oft, dass es inzwischen fast zur Routine geworden ist. Die Rackhams fahren nach dem einen oder anderen Saisonereignis »nach Hause«, und Sugar, ihr Schatten, begibt sich unverzüglich in ihr eigenes Domizil in der Priory Close und spekuliert darauf, dass William heute Nacht endlich zu ihr kommt. Sie kann nicht ewig zwanzig Schritt hinter ihm hergehen oder um sein Haus und Grundstück herumschleichen. Manchmal muss sie auch dort sein, wo er es von ihr erwartet, bereit, ihn zu empfangen.

Bisher ist ihr Instinkt dafür, wann sie ihm folgen und wann sie schleunigst in die Priory Close zurückkehren sollte, durchaus nicht unfehlbar gewesen. In drei Wochen hat William sie zweimal besucht. Das eine Mal war sie völlig überrumpelt, weil sie selbst gerade erst zur Tür hereingekommen war und noch nach demselben verräucherten Theater roch, aus dem er auch kam. (Nach kurzem Zögern beschloss sie, Ehrlichkeit sei die sicherste Taktik, und ließ ihn über den unglaublichen Zufall staunen, dass sie beide in derselben Aufführung gewesen waren. Daraus entwickelte sich ein recht angeregtes Gespräch, gefolgt von einem der leidenschaftlichsten Ficks, die Rackham ihr je beschert hat.) Das andere Mal fand Sugar bei ihrer Heimkehr in der Eingangsdiele einen handgeschriebenen Zettel auf dem Fußboden:

Ich kann nicht mehr warten, es tut mir so Leid.
Hast Du dich verspätet, komm ich zur falschen Zeit?

(Noch Tage später rätselte sie über diesen Knittelvers und mühte sich mit seiner Auslegung ab, um die wahren Gefühle des Dichters zu ergründen.)

Als sie jetzt von ihrem Tag auf der Rennbahn zurückkehrt und ihr lichtloses Liebesnest aufschließt, ärgert Sugar sich sofort, weil es so still ist, dass sie ihren eigenen Atem hört. Sie hat Kopfschmerzen; sie reißt sich das hässliche Hütchen herunter, zieht sich die Kämme aus den Haaren und streicht mit den Fingern hindurch. Ihr strenger Mittelscheitel sitzt schon so lange, dass es wehtut, ihn zu lockern. Schweiß hat sich in das zarte Fleisch hinter ihren Ohren gefressen. Ihr Gesicht, bemerkt sie im Flurspiegel, ist rußverschleiert.

Während die Badewanne voll läuft, stöbert Sugar nach etwas Essbarem. Sie hat den ganzen Tag noch nichts gegessen außer einem Apfel am Morgen, einem Eclair, das sie auf dem Weg zum Sandown Park in der Droschke verschlungen hat, und einem einzigen Happen Wurst auf der Rennbahn. Diese Wurst, brutzelnd heiß an einer Bude gekauft, war ein Fehler: Sie sah genauso aus wie die Bratwürstchen, die sie in ihrer Zeit in der Church Lane immer mit Begeisterung verzehrte, wenn Mr Bing, der Wurstmann, mit seinem dampfenden Karren von Tür zu Tür zog und sie und Caroline aus den Betten krochen und sich die dicksten, fettigsten, schwärzesten Exemplare kauften, die sie kriegen konnten. Aber die Wurst heute schmeckte überhaupt nicht wie Mr Bings Bratwürstchen, sie schmeckte wie Schweineabfälle in schmutzigem Paraffinöl gebraten. Ehrlich, wer könnte einen derartigen Dreck verdauen? Sie spuckte den Happen aus, und noch Stunden später war ihr übel.

Jetzt hat sie Hunger. Einen Bärenhunger! Und in ihren verdammten Zimmern gibt es nie etwas zu essen! Die ganze Wohnung riecht leicht nach Lavendelseife, dabei sollte sie nach Essen und Wein und Liebe riechen. (In ihrer gereizten Stimmung wäre sie allein dadurch zufrieden zu stellen, dass William tief und fest in ihrem Bett schläft, während sie sich an den saftigen Bissen eines heißen Brathähnchens labt. Wo das Hähnchen herkommen soll, ist ihr egal. Wenn Rackham sich ein halbes Dutzend japanische Quitten in seinen Garten in Notting Hill liefern lassen kann, dann wird er wohl auch für ein mickriges Hähnchen in Marylebone sorgen können!)

Auf dem Schreibtisch im Arbeitszimmer, wo ihr Roman niemals liegt, liegt stattdessen ein faustgroßer Kanten Brot. Er ist von dem Laib übrig geblieben, den sie am Freitag auf dem Rückweg vom Kristallpalast an einem Straßenstand gekauft hat. Die Verkäuferin sah Sugar erstaunt an, denn ihre übliche Kundschaft sind Penner, nicht feine Damen in langen Pelzroben.

Die Wanne ist voll. Sugar mümmelt an dem altbackenen Brot (es sieht irgendwie sonderbar aus – ob vielleicht Mäuse daran waren? –, besser gar nicht drüber nachdenken) und würgt es hinunter. Ist dies das Luxusleben, in das sie aufzusteigen meinte, als sie Mrs Castaway verließ? Und was ist mit den Jubelrufen, die William von sich gab, als er um den Laternenpfahl kreiselte? »Sicher vor euch allen«, das waren seine Worte … »Niemand sonst wird sie je wieder anrühren« – warum in Gottes Namen kommt er dann nicht und rührt sie selber an? Ist er seiner Beute bereits überdrüssig? Und dieser verdammte Zettel: *Hast Du dich verspätet, komm ich zur falschen Zeit?* Was soll das jetzt schon wieder heißen?

Sugar nimmt ihr Bad. Wie üblich bleibt sie viel zu lange drin, versinkt trotz der leeren Drohungen, die sie gegen sich ausstößt, immer tiefer unter den Schaumbergen und hält sich dabei ganz still, damit das kalte Wasser ihr möglichst wenig ausmacht. Es ist späte Nacht, ehe sie herauskommt, fast Mitternacht, ehe ihre Haare trocken sind. In einem schneeweißen Nachthemd sitzt sie duftend und sauber auf dem makellosen Doppelbett.

Komm endlich, du Schwein!, denkt sie. *Rette mich!*

Siebzehn

Der stattliche und hochgesinnte Henry Rackham, dem es einst bestimmt zu sein schien, *der* Rackham der Rackham Perfumeries zu werden, und der jetzt lediglich der Bruder dieses bedeutenden Mannes ist, steht mit seinem regenbesprenkelten und in der Nachmittagssonne leicht dampfenden Überzieher allein auf einer verkackten Straße und wartet auf eine Prostituierte.

Nein, so schlimm, wie es den Anschein macht, ist es nicht: Er wartet auf eine *bestimmte* Prostituierte.

Nein, nein, du missverstehst das immer noch! Er hofft, mit der Frau zu sprechen, die er hier vor ein paar Wochen kennen gelernt hat, um … um ihr Gespräch zu einem geziemenderen Abschluss zu bringen. Oder, wie Mrs Fox (die Meisterin der Unverblümtheit) es vielleicht ausdrücken würde: um wieder gutzumachen, dass er sich wie ein Esel verhalten hat.

Er hat sich die Angelegenheit gründlich überlegt und ist zu dem Schluss gekommen, dass sein Fehler, und damit seine Sünde, nicht darin besteht, dass er überhaupt mit dieser Frau gesprochen hat. Nein, die Sünde kam später. Alles lief so gut, bis er sich von der fleischlichen Neugier verleiten ließ und sie dann, provoziert von seiner Lüsternheit, die Röcke hob und … nun ja, das Übrige hat sich seinem Gedächtnis eingebrannt, ein dunkles, dreieckiges Stigma auf dem bleichen Fleisch seines Hirns. Doch er hatte genauso Schuld wie sie, und auf jeden Fall bleibt die Frage bestehen: Was jetzt? Sie ist eine gefährdete Seele, und es wäre ein Hohn der Lehre Christi, wenn nie wieder jemand anders mit ihr spräche als schlechte Männer und sie von anständigen Christen gemieden würde.

Deshalb steht er hier in der Church Lane von St. Giles. Seine Essensvorräte hat er bereits an Straßengören verteilt (an wahrhaft *hungrige* Straßengören, sucht er sich zu versichern), und seine Schuhe haben bereits mehrmals in Kot getreten. Er hat das Angebot eines ausgezehrten, wieselartigen Mannes abgeschlagen, ihm die Schuhe zu putzen, und sich stattdessen auf der Straße hingekniet und die Sache selbst erledigt, wobei er bemüht war, den wieselartigen Mann in ein Gespräch über Gott zu verwickeln. (Ohne Erfolg. Der Mann schnaubte abfällig und ging davon.) Etliche Leute haben ihm »Hoi, Paster!« zugerufen und gelacht, doch sobald er sich umdrehte, verschwanden sie in dunklen Hauseingängen und Fenstern. Bis jetzt hat niemand versucht, ihn anzugreifen oder auszurauben. Aus solchen kleinen Eicheln können große geistliche Werke wachsen.

Und so wartet Henry an der Ecke Church Lane und Arthur Street in der glühenden Sonne und beäugt die Passanten. In der kurzen Zeit, die er dort steht, haben ihn vier Prostituierte angesprochen – oder Frauen, die er dafür hält. Sie haben ihm (der Reihe nach) Körbchen mit Brunnenkresse, Wegbeschreibungen, ein nettes schattiges Plätzchen zum Ausruhen und »das gemütlichste Schmuserchen in ganz London« angeboten. Erwidert hat er daraufhin (der Reihe nach): »Nein, danke«, »Nein, danke«, »Nein, danke« und »Nein, danke, Gott vergebe Ihnen«. Er wartet auf die Frau in dem braunroten Kleid. Erst wenn er seine Sünde an ihr gutgemacht hat, kann er anfangen, an andere zu denken.

Schließlich kommt sie, sieht aber so anders aus, dass er sie hätte vorbeigehen lassen, wenn ihm ihr herzförmiges Gesicht nicht noch so deutlich im Gedächtnis wäre. Immerhin muss er sich vorbeugen und genau hinschauen, um sich sicher zu sein, dass es wirklich dieselbe Person ist. Sie ist heute anders gekleidet, muss ich dazusagen, ein Umstand, der ihn einigermaßen verblüfft, denn in seiner Vorstellung ist sie zu einem symbolischen Wesen geworden, in ihrem Äußeren so unveränderlich wie ein in der Kirche hängendes Gemälde. Dennoch, sie ist es, ungeachtet des rosa Schultertuchs und des fadenscheinigen blauen Kleides, und genau wie beim letzten Mal setzt sie vorsichtig ihre Schritte auf dem verdreckten Pflaster. Henry räuspert sich.

Die Frau (ja, ihre hübsche Stupsnase ist unverkennbar!) bemerkt ihn nicht oder tut jedenfalls so, bis sie sich beinahe berühren. Doch dann legt sie den Kopf schief, schenkt ihm einen warmen Blick und grinst breit.

»Hallo, Sir«, sagt sie. »Noch mehr Fragen?«

»Ja«, erwidert er prompt mit fester Stimme. »Falls Sie es gestatten.«

»Für zwei Shilling gestatt ich so ziemlich alles, Sir«, neckt sie ihn. »Jedenfalls alles, was *Sie* von mir woll'n könn.«

Henrys Gesicht wird hart. Will sie damit andeuten, dass er weniger männlich als andere Männer ist? Oder nur, dass er weniger verworfen ist? Und warum ist ihr Cockneyakzent so stark? Beim vorigen Mal hatte sie eher einen nordenglischen Tonfall …

Sie zupft ihn freundlich mahnend am Ärmel, als wäre sie mit seiner Neigung, sich in Phantasien zu verlieren, schon gut vertraut und fest entschlossen, dem rechtzeitig einen Riegel vorzuschieben. »Aber diesmal sollten wir's nich auf der Straße machen«, meint sie. »Wie wär's, wenn wir uns in 'nem netten, ruhigen Zimmerchen unterhalten?«

»Einverstanden«, stimmt Henry sofort zu, und jetzt ist es an ihr, überrascht zu sein. Ein eigentümlicher Ausdruck huscht über ihr Gesicht, halb fürsorglich, halb ängstlich, doch nur einen Moment lang.

»Dann sind wir uns ja einig«, sagt sie.

Er geht neben ihr und lässt sich von ihr führen, wobei sie immer wieder zur Seite schaut, ob er auch ja mitkommt, wie bei einem unzuverlässigen Hund. Hält sie ihn für einen Trottel? Eigentlich sollte es ihm ja gleichgültig sein, was sie von ihm hält. Gott allein wird verstehen, warum er ihrer Einladung gefolgt ist.

»Sehr schick isses nich«, sagt sie und lenkt ihre Schritte auf ein verfallendes georgianisches Haus zu. Henrys Blick fällt auf eine Fassade, die ein wenig an Schweineschwarte erinnert; die abbröckelnden Putzstellen könnten Schimmel sein. Doch bevor er es genauer in Augenschein nehmen kann, hat sie ihn schon über einen mit Hühnerfedern übersäten Hof und durch eine Tür in einen düsteren Flur gezogen. Er, Henry Rackham, der potentielle Pfarrer dieses Bezirks, hat die Schwelle eines Hurenhauses überschritten.

Der Boden ist mit türkischen Teppichen ausgelegt, doch sie sind abgewetzt, und die Dielen darunter knarren vernehmlich. Die Wände des Korridors sind konkav auf der einen und konvex auf der anderen Seite; die Streifentapete wellt und knittert wie ein schlecht sitzendes Kleidungsstück und ist mit gerahmten Drucken gespickt, deren Glas von der Feuchtigkeit beschlagen ist. Aus den Tiefen des Hauses dringt ein muffiger Geruch nach … nach allen möglichen Dingen, mit denen Henry Rackham nie in Berührung gekommen ist.

»Oben is reichlich frische Luft«, sagt die Frau an seiner Seite, sichtlich in Sorge, er könnte es sich doch noch anders überlegen. Wenn sie nur wüsste, wie heilsam es für ihn ist, mit diesem Elend konfrontiert zu werden! Bei mehr als einer Gelegenheit hat er Mrs Fox gebeten, ihm zu beschreiben, wie es in einem anrüchigen Haus wirklich aussieht, und trotz ihrer Offenheit hat er es sich immer noch in den rosigen Farben bacchanalischer Phantasien ausgemalt. Nichts – nicht gesunder Menschenverstand, nicht gewissenhafte Lektüre von Berichten, nicht Mrs Fox' Schilderungen – hat aus seiner Vorstellung das Bild vertreiben können, ein Bordell sei eine luxuriöse Lasterhöhle sinnlicher Genüsse. Jetzt, ernüchtert vom Geruch der Wahrheit, tritt er in den Empfangsraum: einen trostlosen Saustall voll ramschiger Möbel, vergilbtem Nippes und militärischem Krimskrams, notdürftig beleuchtet von Öllampen, obwohl die Sonne sich anstrengt, durch dicke, bräunliche Vorhänge zu dringen.

Den Treppenaufgang versperrt ein Krüppel im Rollstuhl, ein alter Mann, dessen Gesichtszüge fast gänzlich von Schals und Strickdecken verhüllt sind.

»Sieben Penny fürs Zimmer«, knurrt er an niemand Bestimmten gewandt. Henry will sich entrüsten, doch seine Prostituierte klimpert entschuldigend mit den Wimpern: Hat sie denn ahnen können, dass er so naiv ist und sich einbildet, sie hätte ein eigenes Zimmer?

»Es sind doch nur sieben Penny«, flüstert sie. »Für'n Mann, wie Sie einer sind …«

Noch während Henry die Hosentasche nach den Münzen

durchwühlt, geht ihm die Wahrheit auf: Diese Frau ist für den Bedarf der Armen bestimmt, nicht für seinesgleichen. Möglicherweise hat noch nie ein Mann seines Standes einen Fuß in dieses baufällige, übel riechende Loch gesetzt. Allein die Sachen, die er am Leib trägt, sind mehr wert als das ganze Zeug in diesem Zimmer – Möbel, Nippes, Orden und alles Übrige.

»Ich habe keine sieben Penny, hier ist ein Shilling«, murmelt er verlegen, als er dem Alten die Münze reicht. Eine knorrige Klaue schließt sich darum, die wollene Vermummung rutscht dem Mann vom Gesicht, und darunter kommen eine dicke rote Knollennase, blau geäderte Backen und ein abstoßend eingefallener Mund zum Vorschein.

»Rausgeben kann ich nicht«, krächzt der Alte, wobei ihm eine nach Krankheit und Alkohol stinkende Wolke entquillt, dann rollt er abrupt aus dem Weg und lässt Henry und die Prostituierte durch.

»Übrigens«, sagt Henry mit einem tiefen Durchatmen, als sie zusammen die Treppe hinaufsteigen, »wie heißen Sie eigentlich?«

»Caroline, Sir«, antwortet sie. »Und geben Sie Acht, Sir, die Stufen mit Nägeln drin sind'n bisschen kritisch.«

Für zwei Shilling bekommt Henry zwanzig Minuten. Caroline setzt sich auf die Kante ihres Bettes, nachdem sie Henry feierlich versprochen hat, nichts Anstößiges zu tun. Henry bleibt am offenen Fenster stehen. Er schaut Caroline kaum an, während er seine Fragen stellt, und macht vielmehr den Eindruck, mit den rußgeschwärzten Dächern und den von Unrat starrenden Bürgersteigen der Church Lane zu reden. Ab und zu richtet er für eine halbe Sekunde den Blick auf sie, und sie lächelt. Aus Höflichkeit lächelt er zurück. Sein Lächeln, denkt sie, ist unerwarteterweise richtig süß. Ihr Bett, denkt er, gleicht einer mit Lumpen ausgelegten Krippe.

In seinen zwanzig Minuten erfährt Henry eine Menge über die verschiedenen Sorten von Prostituierten und ihre Arbeitsbedingungen. Caroline ist ein »Straßenmädchen« und logiert in einem Haus, für dessen Benutzung sie (oder vorzugsweise ihr Kunde) jedes Mal Miete bezahlt, wenn sie es betritt. Sie versichert ihm jedoch, dass das verkommene und düstere Äußere des

Hauses ganz und gar der »Schofligkeit« der Besitzerin Mrs Leek anzulasten ist und dass es andere derartige Logierhäuser gibt, deren Besitzer »sich wirklich kümmern«. Ja, sie wisse ganz konkret von einem Haus, das der Mutter von einem der Mädchen gehört. Es sei »wie'n Palast, Sir«, wobei Caroline niemals selbst dort gewesen sei und schon gar nicht in einem Palast, aber sie könne sich gut vorstellen, dass es stimmt, weil dieselbe Besitzerin früher ein Haus in der Church Lane geführt habe, nur drei Türen weiter, wo jetzt eine ziemlich üble Mischpoke drin sei, doch als Mrs Castaway dort gewohnt habe, hätte man vom Fußboden essen können, so sauber sei es gewesen. Und die Tochter sei seither die Geliebte eines sehr reichen Mannes geworden, doch schon als sie noch hier gelebt habe, sei sie immer wie eine Prinzessin gewesen – nicht dass Caroline jemals eine Prinzessin leibhaftig gesehen hätte, aber auf Bildern, und diese Sugar mache gewiss nicht weniger her. Da zeige sich mal wieder, was alles möglich sei, wenn die verantwortlichen Leute sich kümmerten. Zum Beispiel Carolines Zimmer: nichts Großartiges, das wisse sie wohl. »Aber wenn *Sie* hier arbeiten würd'n, Sir, mit dem da unten in sei'm Rollstuhl und dem Schimmelgeruch im ganzen Haus, würd'n Sie sich damit abplacken, die Bettknäufe zu wienern und Sträußchen in 'ne Vase zu stellen? Glaub ich kaum.«

Henry erkundigt sich nach Bordellen und erfährt, dass es auch da »solche und solche« gebe. Manche seien »der reinste Knast, Sir, der reinste Knast«, wo Schlägertypen und alte Vetteln die armen Mädchen »halb nackt und halb verhungert« eingesperrt hielten. Andere gehörten »den großmächtigsten Leuten«, und die Mädchen »steig'n nur für Bischöfe und Könige aus'm Bett« (eine Behauptung, über die Henry kurz ins Grübeln kommt). Eines ist ihm klar: Die säuberlichen Unterscheidungen, wie sie in Büchern stehen, haben in der wirklichen Welt nicht viel zu bedeuten. Es gibt eine Rangordnung, durchaus, aber nicht von Klassen, sondern von einzelnen Häusern, ja von einzelnen Prostituierten, und die Mobilität, die es zwischen einer gesellschaftlichen Stufe und der nächsten geben kann, ist erstaunlich.

Er erfährt in den zwanzig Minuten, die er für seine zwei Shilling bekommt, auch mehr über Caroline. Zu seinem Leidwesen hat sie für die Tugend, die sie einst besaß, nichts als Verachtung übrig. Tugend rentiert sich nicht, höhnt sie. Wenn die Leute, die bei einer Frau so viel Wert auf Tugend legen, bereit gewesen wären, ihr Unterkunft, Essen und Kleidung zu geben, statt bloß zuzuschauen, wie sie sich qualvoll abstrampelt, dann wäre sie vielleicht länger tugendhaft geblieben.

Und der Himmel? Was für eine Meinung hat Caroline über den Himmel? Na ja, sie kann nicht sehen, dass sie da je hinkommt, aber dass sie in die Hölle kommt, sieht sie auch nicht, denn die sei bloß für richtig »schlechte« Leute. Über Gott und Jesus hat sie gar keine Meinung, doch den Teufel findet sie »nützlich«, falls er wirklich die Bösen bestraft, und sie hofft, dass die bösen Leute, denen sie im Leben begegnet ist, vor allem der Besitzer eines bestimmten Konfektionsbetriebs, nach ihrem Tod grauenhafte Qualen leiden, obwohl sie den Verdacht hat, dass sie doch irgendwie ausbüxen werden.

»Und denken Sie je daran, nach Hause zurückzukehren?«, fragt Henry, als durch das ungewohnt viele ermüdende Reden ihr nordenglischer Akzent wieder deutlicher durchzuhören ist.

»Nach Hause? Wo soll'n das sein?«, versetzt sie bissig.

»In Yorkshire, würde ich sagen«, meint Henry sanft.

»War'n Sie da ma?«

»Besuchsweise.«

Das Bett knarrt: Sie steht auf. Ihrem gereizten Stöhnen entnimmt er, dass seine zwanzig Minuten nach ihrer groben, uhrlosen Schätzung vorbei sind.

»Ich denk, sie ham so viele Huren in Yorkshire, wie se brauchen«, sagt sie bitter.

Der Abschied gestaltet sich ein wenig peinlich, weil beiden bewusst ist, dass Henry eine Grenze überschritten, dass er ihr wehgetan hat. Henry schämt sich zutiefst, sie mit diesem Schatten des Leids auf dem Gesicht zurückzulassen. Er hat zwar gehofft, sie mit Gottesfurcht zu erfüllen, aber dass er ihr Heimwehschmerzen bereitet hat, ist ihm unerträglich. Sie ist von Natur so ein fröhliches Gemüt, das merkt er wohl, und da ist ihm nichts Besseres eingefallen, als ihr das Lachen auszutreiben! Sie ihrerseits weiß nicht, wie sie von ihm scheiden soll, armer Knallkopf, der er ist. Ihn zu küssen würde ihre Vereinbarung verletzen, aber ihm die Tür vor dem sorgenvoll gerunzelten Gesicht zuzumachen, wäre schrecklich grob, findet sie.

»Kommen Se, Sir, ich bring Sie noch die Treppe runter«, sagt sie versöhnlich.

Eine Minute später steht Henry Rackham auf der Straße und starrt an dem Haus hinauf, aus dem er gerade gekommen ist, zu dem Fenster im Obergeschoss, durch dessen schmutzige Scheibe er mit eigenen Augen geblickt hat. Ein Gewicht ist ihm von den Schultern genommen, ein Gewicht von einer solchen Schwere, dass ihn beinahe schwindelt bei dem Gefühl, es los zu sein. Jesus Christus steht hier auf der Straße neben ihm, und Gott schaut vom Himmel herab.

Wie erleichtert er ist! Wenn gerade hier nicht so viel Kot auf dem Pflaster wäre, würde er zu einem Dankgebet auf die Knie sinken. Denn sie, diese Caroline, hat beim Abschied seine Hand berührt, und sie hat ihm ins Gesicht gesehen, und er hat keinerlei Verlangen nach ihr verspürt – nicht nach ihr, nicht nach einer anderen von ihrer Sorte. Die Liebe, die er für sie empfand, als er ihr Lächeln erwiderte, war dieselbe Liebe, die er für jeden gefährdeten Menschen empfindet, ob Mann, Frau oder Kind. Sie war ein armes Ding, das unwissentlich über dem Abgrund schwebte.

Zwischen ihm und allen Carolines dieser ungeheuren Stadt ist jetzt nichts mehr unmöglich. Sollen andere Männer danach streben, ihre Leiber zu gewinnen, er und Mrs Fox werden um ihre Seelen ringen!

»Vergib mir Vater, denn ich habe gesündigt.«

Mit diesen Worten, in kindlicher Hast hervorgestoßen, vollzieht Agnes Rackham den Sprung zurück in den Körper, mit dem sie zuletzt vor dreizehn Jahren auf diesem Platz saß. Unbewusst zieht sie die Schultern ein, um die paar Zentimeter zu verleugnen, die sie seitdem gewachsen ist, und um somit genau den Teil des Beichtstuhlgitters vor Augen zu haben, den sie als kleines Mädchen immer anstarrte. Das Gitter ist in sämtlichen lebhaft erinnerten Einzelheiten unverändert: das Holz ist nicht mehr und nicht weniger blank poliert, der Vorhang aus golddurchwirktem Hanf nicht mehr und nicht weniger ausgefranst.

»Wie lange liegt deine letzte Beichte zurück?«

Agnes' Herz hämmert gegen den Brustkorb (der in ihrer Vorstellung busenlos geworden ist), als diese Worte durch das Gitter kommen, nicht weil die Frage oder die Antwort, die sie geben muss, ihr Angst machen, sondern weil sie so inbrünstig hofft, dass die Stimme dieselbe ist, die sie in all den Jahren zuvor ermahnte und von Sünden lossprach. Ist sie es? Ist sie es? Sie kann es nicht sagen nach sieben kurzen Worten.

»Dreizehn Jahre, Vater«, flüstert sie. Ein sensationelles Eingeständnis!

»Warum so lange, Kind?« Ihr Ohr berührt beinahe die Zwischenwand, und dennoch ist sie sich nicht sicher, ob sie die Stimme kennt.

»Ich war sehr jung, Vater«, erklärt sie, wobei sie mit den Lippen fast an das Gitter streift, »und mein Vater ... ich meine nicht *dich,* Vater ... und auch nicht meinen *himmlischen* Vater ... und auch nicht meinen –«

»Ja, ja«, treibt er sie unwirsch zur Eile an, und damit weiß Agnes ohne jeden Zweifel, dass *er* es ist! Vater Scanlon persönlich!

»Mein *Stief*vater hat uns zu Anglikanern gemacht«, fasst sie erregt zusammen.

»Und dein Stiefvater ist jetzt tot?«, mutmaßt Vater Scanlon.

»Nein, Vater, er ist im Ausland. Aber ich bin jetzt erwachsen und alt genug, um mir selbst eine Meinung zu bilden.«

»Also gut, Kind. Weißt du noch, wie man beichtet?«

»O *ja,* Vater«, ruft Agnes aus, enttäuscht, dass der Priester nicht wie sie die dazwischen liegenden Jahre als kurzen Augenblick empfindet. Sie würde am liebsten (damit er Bescheid weiß) das *Confiteor* auf Lateinisch aufsagen, denn sie hat es seinerzeit auswendig gelernt, doch sie beißt sich auf die Zunge und entscheidet sich für Englisch.

»Ich bekenne Gott, dem Allmächtigen, der seligen, allzeit reinen Jungfrau Maria, dem heiligen Erzengel Michael, dem heiligen Johannes dem Täufer, den heiligen Aposteln Petrus und Paulus, allen Heiligen und dir, Vater, dass ich viel gesündigt habe in Gedanken, Worten und Werken: durch meine Schuld, durch meine Schuld, durch meine übergroße Schuld. Darum bitte ich die selige, allzeit reine Jungfrau Maria, den heiligen Erzengel

Michael, den heiligen Johannes den Täufer, die heiligen« (hier hustet Vater Scanlon und zieht die Nase hoch) »Apostel Petrus und Paulus, alle Heiligen und dich, Vater, für mich zu beten bei Gott, unserem Herrn.«

Ein tonloses Brummen von der anderen Seite der Trennwand fordert sie auf, mit der Beichte zu beginnen. Agnes hat sich auf diesen Moment vorbereitet und entnimmt ihrem neuen Retikül ein Blatt Schreibpapier, auf dem sie am Vorabend alle ihre Sünden verzeichnet hat, und zwar in der Reihenfolge, in der sie in ihren Tagebüchern der letzten dreizehn Jahre stehen. Sie räuspert sich dezent.

»Dies sind meine Sünden Am 12. Juni 1862 verschenkte ich einen Ring, den mir eine Freundin geschenkt hatte. Am 21. Juni desselben Jahres erzählte ich dieser Freundin auf ihre Frage hin, ich hätte den Ring noch. Am 3. Oktober 1869, zu einer Zeit, als alle unsere Rosen eine Krankheit hatten, stahl ich eine wunderschöne Rose aus einem Nachbargarten, und am selben Tag noch warf ich sie weg, weil ich fürchtete, jemand könnte mich fragen, wo ich sie herhatte. Am 25. Januar 1873 trat ich vorsätzlich auf ein Insekt, obwohl es mir gar nichts tun wollte. Am 14. Juni 1875, also letzte Woche erst, als ich Kopfschmerzen hatte, war ich grob zu einem Polizisten und sagte ihm, er sei unfähig und gehörte entlassen.«

»Ja?«, drängt der Priester sie, genau wie er es früher tat, als sie noch ein Kind war.

»Das ist alles, Vater«, versichert sie ihm.

»Das sind alle Sünden, die du in dreizehn Jahren begangen hast?«

»Ja doch, Vater.«

Der Priester seufzt und setzt sich vernehmlich auf seinem Stuhl zurecht.

»Wirklich, Kind«, sagt er. »Es muss mehr geben.«

»Falls es noch welche gibt, Vater, sind sie mir nicht bewusst.«

Abermals seufzt der Priester, lauter diesmal. »Unbedachte Handlungen?«, spezifiziert er. »Die Sünde des Hochmuts?«

»Mag sein, dass mir das eine oder andere entgangen ist«, räumt Agnes ein. »Manchmal bin ich zu müde oder zu unpässlich, um mein Tagebuch zu führen, wie es sich gehört.«

»Also gut …«, murmelt der Priester. »Wiedergutmachung, Wiedergutmachung … Nach so einer langen Zeit lässt sich natürlich nicht mehr viel tun. Wenn du die Freundin noch hast, deren Ring du weiterverschenkt hast, dann gestehe ihr deine Tat und bitte sie um Verzeihung. Was die Blume betrifft …« (er stöhnt), »vergiss das mit der Blume. Was das Insekt betrifft, so kannst du auf so viele treten, wie du willst; sie sind dir untertan, wie die Bibel deutlich kundtut. Falls du den Polizisten ausfindig machen kannst, den du beleidigt hast, entschuldige dich bei ihm. Und jetzt die Buße. Für die Lüge und die groben Worte sprich drei Avemarias. Und du musst dich bemühen, deine Seele tiefer zu erforschen. Sehr wenige Menschen begehen im Laufe von dreizehn Jahren so gut wie keine Sünden.«

»Danke, Vater«, flüstert Agnes, presst das Blatt Papier fest zusammen und beugt sich vor, um die Absolution zu empfangen.

»*Dominus noster Iesus Christus te absolvat*«, murmelt die alte Stimme, »*et ego auctoritate ipsius te absolvo …*« Tränen sickern unter Agnes' geschlossenen Lidern hervor und rinnen ihr eine nach der anderen über die Wangen. »*… ego te absolvo a peccatis tuis, in nomine Patris, et Filii, et Spiritus Sancti. Amen.*«

Leichter als Luft entschwebt Agnes dem Beichtstuhl und nimmt eilig auf einer der hinteren Bänke Platz. Für ihren verbotenen Besuch hier an diesem Nachmittag hat sie einen Schleier und ein schlichtes holzkohlengraues Kleid gewählt: gewiss etwas ganz anderes als die Garderobe, die sie zu den festlichen Veranstaltungen der Saison trägt, aber hier in der Kirche der heiligen Teresa in Cricklewood ist auch ihre Einstellung dazu, erkannt zu werden, eine andere. Die hinteren Bänke, ein gutes Stück abgesetzt von der eigentlichen Gemeinde, weit weg vom Altar und den Leuchtern, sind so dunkel, dass Agnes, als sie sich hineinzwängt, beinahe über ein liegen gelassenes Gebetspolster stolpert. Hoch über ihr ist die Decke frisch himmelblau gestrichen und mit goldenen Sternen besprenkelt, die zu leuchten scheinen.

Jetzt sitzt Agnes zufrieden im Dunkeln, das Gesicht im Schatten eines breiten Gesimses verborgen. Der Gottesdienst fängt gleich an; Vater Scanlon ist hinten aus dem Beichtstuhl hervorgekommen und geht auf die Kanzel zu. Er nimmt die violette Stola von den Schultern und reicht sie einem der Messdiener im

Austausch für eine andere. Er hat sich kaum verändert! Sein auffälligstes Merkmal – die Warze auf der Stirn – ist so groß wie eh und je.

Beglückt verfolgt sie die Vorbereitungen für die Messe, wünscht sich, sie könnte daran teilnehmen, weiß, dass es nicht geht. Die Tatsache, dass sie niemanden in der Gemeinde kennt, ist keine Garantie dafür, dass niemand sie kennt (sie ist schließlich die Frau von William Rackham, *dem* William Rackham), und sie kann es sich nicht leisten, ein Klatschthema zu werden. Die Zeit ist noch nicht reif, der Welt die Nachricht von ihrer Rückkehr zum Wahren Glauben zu verkünden.

»*Introibo ad altare Dei*«, verkündet Vater Scanlon, und das Ritual beginnt. Agnes schaut aus dem Schatten zu und spricht den lateinischen Text lautlos mit. Im Geiste versetzt sie sich in das von Kerzen erleuchtete Zentrum des Geschehens: Wenn der Priester sich vorbeugt, um den Altar zu küssen, neigt sie ihrerseits den Kopf; jedes Kreuzzeichen, das er macht, vollzieht sie über ihrer eigenen Brust mit; bei der Entgegennahme der imaginären Abendmahlsgaben Brot und Wein läuft ihr das Wasser im Mund zusammen; ihre feuchten Lippen teilen sich, um Gott einzulassen.

»*Dominus vobiscum*«, wispert sie verzückt im Einklang mit Vater Scanlon. »*Et cum spirito tuo.*«

Hinterher, als die Kirche sich geleert hat, wagt Agnes sich vor ans Licht, um mit den religiösen Requisiten ihrer Kindheit allein zu sein. Sie schlendert an den Plätzen vorbei, wo sie und ihre Mutter einst saßen und die sie immer noch an den Kerben und Fehlern im Holz erkennt, auch wenn heute andere Leute dort gesessen haben. Die ganze Ausstattung ist genauso wie früher, außer einem neuen Mosaik von der Krönung Marias zur Himmelskönigin in der Apsis, das viel zu bunt ist und auf dem ihre Nase nicht stimmt. Die Tafel mit der Himmelfahrt Mariä hinter dem Altar ist beruhigenderweise unverändert: Immer noch entfliegt Unsere Liebe Frau den nach ihr fassenden Patschhändchen der grässlichen Putten, die ihre Füße umschwärmen.

Agnes fragt sich, wie lange es noch dauern mag, bis sie den Mut fasst, dem Anglikanismus öffentlich abzuschwören und sich hier einen Stammplatz zu reservieren, im Licht nahe dem Altar.

Nicht mehr sehr lange, hofft sie. Nur weiß sie nicht, wen sie fragen soll und wie viel es kosten würde und ob man wöchentlich dafür zahlt oder jährlich. Das sind die Sachen, für die William zu gebrauchen wäre, wenn sie ihm nur trauen könnte.

Doch das Wichtigste zuerst: Sie muss etwas tun, um die Zahl der Tage zu verkürzen, die ihre Mutter im Fegefeuer schmachtet. Hat sonst jemand seit ihrem Tod für Violet Unwin gebetet? Wahrscheinlich nicht. Nach ihrem Begräbnis zu urteilen, zu dem nur Lord Unwins anglikanische Sippschaft kam, waren ihr keine katholischen Freunde geblieben.

Agnes hat von jeher den Verdacht, dass ihre Mutter sehr lange im Fegefeuer sein wird, zunächst einmal als Strafe dafür, dass sie Lord Unwin heiratete, und dann, weil sie es zuließ, dass er sie und Agnes ihrer Religion beraubte. Starke Fürsprache wird nötig sein.

Im Licht der Leuchter auf dem Altar öffnet sie ihre neue Handtasche und zieht unter den Gesichtspudermuscheln, Riechsalzfläschchen und Stiefelknöpfern einen arg zerknitterten und befleckten Gebetszettel heraus, vorne mit einem Stich von Jesus und auf der Rückseite mit einem Ablassgebet, das von der zugemessenen Leidenszeit garantiert Tage, Wochen oder sogar Monate abzwackt. Agnes liest die Anleitung. Darauf, dass sie soeben die heilige Kommunion empfangen haben sollte, wird Gott unter den Umständen wahrscheinlich nicht bestehen; alle anderen Bedingungen erfüllt sie: Sie hat gebeichtet, sie steht vor einem Kruzifix, und sie kennt das Vaterunser, das Avemaria und das »Ehre sei dem Vater für die Anliegen des Papstes« auswendig. Sie sagt diese Gebete langsam und deutlich auf und liest dann das Gebet auf dem Zettel.

»… Sie haben meine Hände und meine Füße durchbohrt«, schließt sie. »Alle meine Gebeine haben sie gezählt.« Sie macht die Augen zu und wartet auf das Kribbeln an den Handflächen und Fußsohlen, das sich auf das Ablesen dieses Gebetes hin immer einstellte, wenn sie als Kind damit für vage erinnerte Tanten und besonders verehrte Gestalten aus der Geschichte Fürbitte einlegte.

Um ihrem Gebet zusätzlich Schwingen zu verleihen, begibt sie sich ins Mittelschiff, wo die Votivkerzen stehen, und zündet eine an. Der Messingständer mit den hundert Löchern sieht genauso aus, wie es sich gehört; sogar die Wachsklumpen um die Löcher scheinen nicht mehr abgekratzt worden zu sein, seit sie das letzte Mal hier gestanden hat.

Als Nächstes stellt Agnes sich unter die Kanzel, was sie sich als Kind nie getraut hat, denn der obere Teil hat die Gestalt eines großen holzgeschnitzten Adlers, auf dessen Rücken und ausgebreiteten Flügeln die Bibel ruht, und sein Kopf ist direkt nach unten auf die gerade davor stehende Person gerichtet. Furchtlos, oder doch wenigstens beinahe, schaut Agnes empor in die stumpfen Holzaugen des Vogels.

Just in dem Moment fangen die Glocken zu läuten an, und Agnes muss dem Vogel noch fester in die Augen schauen, denn genau auf ein solches Signal hin erwachen magische Geschöpfe zum Leben. *Kling, kling, kling* macht die Glocke, doch der geschnitzte Vogel regt sich nicht, und als das Läuten aufhört, wendet Agnes den Blick ab.

Sie würde gern zu dem gekreuzigten Christus hinter der Kanzel treten und sich vergewissern, dass ihre Erinnerung stimmt, nämlich dass es sich bei seinem abgebrochenen und wieder angeklebten Finger tatsächlich um den *Mittelfinger* der linken Hand handelt, doch sie weiß, dass die Zeit knapp wird und dass sie nach Hause muss. William könnte sich fragen, wo sie abgeblieben ist.

Auf dem Weg den Seitengang hinunter zur Tür macht sie sich aufs Neue mit den Stationen der Passion Christi bis Golgatha vertraut, deren Bilder hoch oben an den Wänden hängen. Allerdings schreitet sie die Folge in der umgekehrten Ordnung ab, von der Kreuzabnahme zum Urteil des Pilatus. Auch diese bedrückenden Bilder haben sich seit dreizehn Jahren nicht verändert und ihre ganze gefirnisste Bedrohlichkeit behalten. Als Kind machten ihr diese Leidensszenen vor dem Hintergrund düsterer, gewitterschwerer Himmel Angst: Sie verschloss regelmäßig die Augen vor dem glänzenden Striemen, den die Birkenrute auf der gespenstisch grauen Haut hinterlassen hatte, vor den dünnen Fäden dunklen Blutes auf der von Dornen zerstochenen Stirn und vor allem vor dem Annageln von Christi rechter Hand. Damals musste sie nur zufällig einen Blick auf den zum Schlag ausholenden Holzhammer werfen, und schon krampfte sich ihre Hand zur Faust zusammen, und sie musste sie schützend in einer Falte ihrer Röcke bergen.

Heute sieht sie die Gemälde ganz anders, denn seither hat sie selbst viele Martern gelitten und weiß, dass es Schlimmeres gibt als einen qualvollen Tod. Außerdem versteht sie, was sie als Kind nie verstehen konnte, nämlich warum Jesus, wenn er doch magische Kräfte hatte, sich ermorden ließ. Jetzt beneidet sie den Märtyrer mit dem Glorienschein, denn er war ein Wesen wie Psycho und die muselmanischen Mystiker in den spiritistischen Büchern, einer, der getötet werden und dann unversehrt ins Leben zurückkehren konnte. (Im Falle Christi nicht *ganz* unversehrt, muss sie zugeben, da er ja diese Löcher in Füßen und Händen hatte, doch andererseits war das für einen Mann bestimmt nicht so misslich, wie es für eine Frau gewesen wäre.)

Sie bleibt im Durchgang zum Vorraum stehen und betrachtet vor dem Hinausgehen kurz das Gesicht Jesu, als Pilatus ihn verurteilt. Ja, er ist unverkennbar, der gleichmütige, beinahe selbstgefällige Ausdruck eines Menschen, der weiß: »Ich kann nicht vernichtet werden.« Es ist genau derselbe Gesichtsausdruck wie auf dem Stich, der den afrikanischen Häuptling auf dem brennenden Scheiterhaufen zeigt (angefertigt von einem Augenzeugen, jedenfalls versichert das der Verfasser von *Wunder und ihre Hintergründe,* das derzeit unter ihrem Bett liegt). So viele Leute in der Geschichte haben den Tod überlebt, und dennoch ist sie, all ihrer hingebungsvollen Beschäftigung mit der Materie zum Trotz, immer noch von dieser Elite ausgeschlossen! Warum? Es verlangt sie nicht nach Ruhm – sie ist schließlich nicht der Sohn Gottes –, in ihrem Fall müsste überhaupt niemand davon erfahren, sie würde vollkommen diskret darüber schweigen!

Doch sie darf sich diesen wunderbaren Tag nicht von traurigen Gedanken verderben lassen. Nicht nachdem sie die Absolution erhalten und mit dem Priester ihrer Kindheit auf Lateinisch gebetet hat. Ohne nach rechts oder links zu blicken, eilt sie zur Kirche hinaus und widersteht der Versuchung, bei den ausliegenden Devotionalien zu verweilen und wie früher immer die eine Miniatur mit der anderen zu vergleichen und zu entscheiden, welches das allerbeste Lamm, die allerbeste Jungfrau Maria, der allerbeste Christus ist und so weiter. Sie muss nach Notting Hill zurückkehren und sich ein wenig ausruhen.

Draußen ist es dunkel geworden. Im ersten Moment fragt sie sich beklommen, wie sie nach Hause kommen soll, dann erinnert sie sich. An Williams phantastisches Geschenk: ihren höchsteigenen Brougham. Sie kann noch immer nicht *ganz* glauben, dass er ihr gehört, aber da steht er, vor der Steinmetzwerkstatt gegenüber der Kirche, und wartet. Die dunkelbraunen Pferde wenden gemütlich die Köpfe mit den Scheuklappen, als sie näher tritt, und auf dem Kutschbock, in Pfeifenrauch gehüllt, sitzt …

»Cheesman?«, ruft sie, aber leise, fast nur für sie vernehmbar, denn sie erprobt derzeit noch, wie es ist, sich als seine Besitzerin zu fühlen.

»Cheesman!«, ruft sie erneut, diesmal laut genug, dass er es hören kann. »Zurück nach Hause, bitte!«

»Sehr wohl, Mrs Rackham«, kommt seine Antwort. Im Nu hat er sie in der Kutsche verstaut, und sie reibt sich scheu die Schultern am Rückenpolster, während die Pferde mit einem Ruck anziehen. Ein schöner Brougham, das muss man sagen! Er ist prächtiger als der von Mrs Bridgelow und hat nach Williams Angaben 180 Pfund gekostet. Eine große Ausgabe also, aber den Preis durchaus wert – und man kann nicht behaupten, dass er zu früh kommt, denn die Saison dauert nicht mehr sehr lange.

Sie hat William verziehen, dass er sie nicht zu Rate gezogen hat. Es ist wirklich ein makelloser Brougham, und Cheesman ist kaum zu übertreffen (er ist, nur zum Beispiel, größer und stattlicher als Mrs Bridgelows Kutscher). Es war William offensichtlich furchtbar wichtig, sie damit zu überraschen. Und überrascht war sie in der Tat, als sie vor einer Woche die Bemerkung machte, sie habe etwas in der Stadt zu besorgen, ob er wisse, wann der nächste Omnibus fahre, und er entgegnete: »Warum nimmst du nicht den Brougham, Liebling?«

»Wieso, was für einen Brougham?«, fragte sie natürlich.

»Deinen und meinen, Liebling«, antwortete er, nahm sie bei der Hand und präsentierte ihr sein Geburtstagsgeschenk für sie.

Jetzt fährt der mirakulöse Cheesman sie nach Hause, dieses menschliche Geburtstagsgeschenk, ein Mann von wenigen Worten und äußerster Diskretion, auf den sie sich verlassen kann, das weiß sie jetzt schon. Vorigen Sonntag fuhr er sie zur Kirche – zur *englischen* Kirche – in Notting Hill, und nächsten Sonntag wird er das wieder tun, doch heute Abend hat er sie zur Messe gefahren, und sie hat keinen Zweifel, dass er auch *das* wieder tun wird. Ja, sie könnte ihm wahrscheinlich befehlen, sie zu einer Moschee oder einer Synagoge zu fahren, und er würde den Pferden mit der Peitschenspitze an die Flanken tippen, und ab ginge die Fahrt!

Morgen wird er sie zum Royal Opera House fahren, wo Madame Adelina Patti die *Dinorah* singt. Alle werden sie sehen (Agnes, heißt das, nicht Madame Patti), wie sie aus ihrem neuen Brougham steigt. *Wer ist das?*, werden die Leute sich zuraunen, wenn aus der blinkenden Kutsche eine festlich herausgeputzte Aschenputtelgestalt hervortritt und ihre weißen Röcke wie Schaumwogen wallen … Schon ganz euphorisch in ihrer Vorfreude und nach Vater Scanlons Absolution immer noch vor Erregung zitternd wird Agnes im Schoße ihres Brougham in den Schlaf gewiegt, und während sie die Wange an das mit Quasten gesäumte Samtkissen schmiegt, das William ihr eben für diesen Zweck geschenkt hat, befördern die Pferde sie heimwärts.

Dass die Rackhams jetzt einen eigenen Brougham besitzen, ist Sugar nicht verborgen geblieben. Sie hat William geholfen, ihn aus einem Folioprospekt mit Modellen auszusuchen, und ihn über die möglichen Bedürfnisse und Wünsche seiner Frau beraten.

Ja, das Blatt hat sich Gott sei Dank gewendet, und Rackham stattet ihr wieder regelmäßige Besuche ab. Er hält es nicht länger aus, von einem pompösen Spektakel zum nächsten geschleift zu werden, sagt er, wenn er so viel Arbeit am Hals hat. Er hat sein Gesicht bei allen wichtigen Anlässen gezeigt, er hat an der Royal Institution Vorträge über Pterodaktylen durchlitten, er hat *Hamlet* auf Italienisch durchlitten, und jetzt hat er der Gesellschaft weiß Gott ihren Tribut entrichtet.

Zur Hälfte dieser Veranstaltungen ist er ohnehin nur deshalb mitgegangen, weil er fürchtete, Agnes könnte wieder einen ihrer »Anfälle« bekommen und er müsste einschreiten. Doch sie scheint den Dämon, der sich ihrer bemächtigt hatte, überwunden zu haben, denn sie wird in der Öffentlichkeit nicht mehr ohnmächtig und führt sich auch nicht mehr unmöglich auf, im Gegenteil, sie benimmt sich vollendet, da wird er den Teufel tun und von jetzt bis September zu sämtlichen Konzerten, Theateraufführungen, Gartengesellschaften, Wohltätigkeitsessen, Pferderennen, Lustgärten, Blumenschauen und Ausstellungen mit ihr mitdackeln. Ein halbes Dutzend Arbeiter kamen am Dienstag auf dem Landgut in Mitcham bei einem Giftunfall ums Leben, der zwar nichts mit den Rackham Perfumeries zu tun hatte, aber der dennoch polizeiliche Ermittlungen bedeutete, und wo war er zu dem Zeitpunkt? Er hatte nichts Besseres zu tun, als im Lyceum vor sich hin zu schnarchen, während ein dicker Thespisjünger mit einer Pappkrone auf dem Kopf so tat, als ob er den Gifttod sterben würde. Wenn es noch einer Lektion bedurfte, die ihm die Notwendigkeit vor Augen führte, zwischen Illusion und Wirklichkeit zu unterscheiden, dann hat er sie jetzt erhalten. Von jetzt an wird er Agnes nur begleiten, wenn es gar nicht anders geht.

Oh, und natürlich hat er Sugar schrecklich vermisst. Mehr, als er sagen kann.

Sugar strahlt vor Glück und schöpft neue Zuversicht aus der Leidenschaft seiner Umarmungen, der ekstatisch wieder auflebenden Intimität zwischen ihnen. Sie war in Sorge, sie hätte ihren Einfluss auf ihn verloren, aber nein, er vertraut sich ihr mehr denn je an. Ihre Befürchtungen waren alle grundlos, sie ist inzwischen fest in den Gobelin seines Lebens eingewoben.

»Ach, was hätte ich ohne dich gemacht!«, seufzt er, während sie sich in den Armen liegen, warm und satt. Sugar zieht ihm die Decke über die Brust, um ihn gemütlich einzumummeln, und dabei entweicht unter dem molligen Bettzeug eine Wolke ihres Paarungsgeruchs, denn es gibt kaum einen Fleck an ihr, denn er nicht aufs Neue in Besitz genommen hat.

Die Sache mit Hopsom ist gut ausgegangen: Hopsom ist mehr oder weniger zufrieden, und Rackhams Ruf hat keinen Schaden gelitten, und daran hat Sugars ausgezeichneter Rat keinen geringen Anteil. Der neue Rackham-Katalog, gründlich gereinigt von den grobschlächtigen Formulierungen des alten Mannes, ist ein großer Erfolg, denn Sugars stilistische Verbesserungen haben das Niveau derart gehoben, dass die Bestellungen aus den besseren Kreisen deutlich mehr geworden sind. Vor wenigen Wochen sagte William immer noch Sachen wie: »Das wird dich sicher nicht interessieren«, oder: »Entschuldige, was für ein Thema!« Jetzt spricht er freimütig von seinen geschäftlichen Plänen und Sorgen, und es ist offensichtlich, dass ihre Meinung ihm Gold wert ist.

»Sei nicht neidisch auf Pears, liebes Herz«, raunt sie ihm eines Nachts besänftigend zu, als er ihr nach vollbrachtem Liebeswerk in einer Anwandlung von Melancholie gesteht, wie klein er sich im Vergleich zu diesem Industriegiganten fühlt. »Sie haben Land und Zulieferer, die du nicht hast, das ist alles. Du solltest dein Augenmerk lieber auf die Dinge richten, in denen du durchaus mit Pears konkurrieren kannst, zum Beispiel ... hm, zum Beispiel die schmucken Abbildungen auf ihren Plakaten und Etiketten. Sie finden großen Anklang, wie du weißt. Dass so viele Leute Pears kaufen, liegt zur Hälfte an der ansprechenden Wirkung dieser Bilder, da wette ich drauf.«

»Rackham benutzt auch Abbildungen«, gibt er zu bedenken, wobei er sich die feuchten Haare auf seiner Brust mit einem Stück Bettlaken abreibt. »Ein Heini in Glasgow malt sie, und wir lassen sie dann stechen. Kostet uns ein Vermögen.«

»Ja, aber die Mode ändert sich so furchtbar rasch, William. Nimm zum Beispiel den jüngsten Stich in den *Illustrated London News*: Bei allem gebührenden Respekt für deinen Mann in Glasgow, die Frisur des Mädchens ist bereits veraltet. Sie trägt das Frisett an die Stirn geklatscht, statt dass es weich und locker schwingt. Frauen bemerken diese Sachen ...«

Während ihre Hand seine Genitalien locker umfangen hält, fühlt sie, wie seine Eier sich im Sack zu regen beginnen, wie seine Männlichkeit langsam wieder das Haupt erhebt. Er sieht ein, dass sie Recht hat, merkt sie daran.

»Ich helfe dir bei deinen Abbildungen, William«, gurrt sie. »Die Rackham-Frau wird so modern sein wie die Welt von morgen.«

In den Tagen danach hält William Wort: Er überlässt das Getriebe der Saison immer mehr seiner Frau und verbringt die dadurch frei gewordene Zeit mit Sugar oder mit den Angelegenheiten der Rackham Perfumeries oder (vorzugsweise) mit beiden gleichzeitig. Dreimal in einer Woche hat sie ihn in ihrem Bett, und eine ganze Nacht schlafen sie sogar Seite an Seite! Und am Morgen hat er es nicht eilig, sie zu verlassen. Sie hat Vorräte an Rasierseife, Rasiermessern, Käse angeschafft, hat alles da, wonach ihm der Sinn stehen könnte, wenn er aus seinem Schlummernest kriecht.

An einem Freitag jedoch muss er nach Birmingham fahren, um sich eine insolvente Kistenfabrik anzuschauen, deren geforderter Preis fast zu gut ist, um wahr zu sein. Und so kommt es, dass Sugar in der Nacht, die William in einem Birminghamer Gasthaus verbringen muss, Agnes ins Royal Opera House begleitet, wo Meyerbeers *Dinorah* aufgeführt wird.

Die beiden kommen im Foyer zusammen, jedenfalls so nahe, wie Sugars Mut es erlaubt. In dem Menschengewimmel vor der Aufführung steht zwischen den zwei Frauen die ganze Zeit über nur ein anderer Körper, mal dieser, mal jener, hinter dem Sugar sich versteckt und über steife schwarze Schultern oder Puffärmel lugt.

Mrs Rackham ist ganz in Knochenweiß und Olivgrün gekleidet und sieht, um die Wahrheit zu sagen, außerordentlich hinfällig aus. Sie lächelt jeden an, der sie beobachten könnte, doch ihre Augen sind glasig, sie hält ihren Fächer recht verkrampft, und sie hat einen ganz leicht schwankenden Gang.

»Wie reizend, Sie zu sehen!«, zwitschert sie Mrs Dings und Mrs Bums zu, doch sie ist deutlich nicht mit dem Herzen dabei, und nach wenigen Sekunden Konversation entschuldigt sie sich und zieht sich in die Menge zurück. Um sieben Uhr sitzt sie bereits für die Vorstellung auf ihrem Platz und verzichtet damit auf die Gelegenheit, den dichten Reihen gespannter Zuschauer ihre Garderobe vorzuführen. Stattdessen massiert sie sich in Handschuhen die Schläfen und wartet.

Als zwei Stunden später alles vorbei ist, applaudiert Agnes nur schwach, während ringsumher alles in Jubel ausbricht. Umtönt von lauten »Zugabe!«-Rufen drängelt sie sich aus ihrer Reihe hinaus und eilt zum Ausgang. Sugar folgt ihr auf dem Fuße, obwohl sie ein *bisschen* in Sorge ist, die Leute in ihrer Reihe könnten daraus schließen, sie hätte es nicht genossen. Doch, das hat sie! Es war gewaltig, süperb! Kann sie applaudieren und »Zugabe!« rufen und gleichzeitig an den Knien anderer Leute vorbeistolpern und ihnen vor lauter Eifer, die fliehende Mrs Rackham zu verfolgen, auf die Füße treten? Nein, das wäre gar zu absurd. Sie wird einfach einen schlechten Eindruck machen müssen.

In der Eingangshalle stehen bereits erstaunlich viele Opernbesucher in Grüppchen zusammen. Dies sind die übersättigten Spitzen der Gesellschaft, die zu Tode gelangweilten Barone und Baroninnen, die Monokel tragenden Kritiker, die sich gegenseitig die Zigarren anzünden, die leichtlebigen jungen Dinger, die es nicht erwarten können, zur nächsten Vergnügung zu flitschern, die senilen Matronen, die mit ihrem wunden Hintern nicht mehr sitzen können. Ein lärmendes Stimmengewirr diskutiert Droschken, das Wetter, gemeinsame Bekannte, Männerstimmen ziehen verächtlich über die Aufführung her und bekritteln sie im Vergleich zu den *Dinorahs,* die sie in anderen Jahren in anderen Ländern gesehen haben, Frauenstimmen schmähen Adelina Pattis Geschmack in Kleidungsdingen, der von anderen Stimmen beiderlei Geschlechts genauso entschieden gepriesen wird. Durch diesen Tumult hindurch versucht Agnes Rackham nach draußen zu gelangen.

»Ah! Agnes!«, ruft eine fettleibige Dame in einem weinroten, auffallend scheußlichen Satinkleid. »Ihre Meinung, bitte!«

Agnes hält mitten im Schritt inne und dreht sich zu ihrer Fängerin um.

»Ich habe keine Meinung«, wehrt sie mit einer untypisch tiefen und unmusikalischen Stimme ab. »Ich wollte nur rasch an die Luft …«

»Liebe Güte, ja, Sie sehen wirklich blässlich aus!«, tönt Mrs Soundso. »Bekommen Sie auch bestimmt genug zu essen, meine Liebe?«

Da sie dicht hinter ihr steht, bemerkt Sugar den Schauder, der Agnes am Rücken die Knopfleiste hinunterläuft. Vielleicht ist es reiner Zufall und nicht allgemeines Interesse an Mrs Rackhams Antwort, doch in der entstehenden kurzen Pause flaut der Gesprächslärm ab.

»Sie sind dick und hässlich, und ich habe Sie noch nie ausstehen können.« In einem rauen, monotonen Tonfall, der gar nicht als der von Agnes zu erkennen ist, schallen die Worte aus viel größeren Tiefen als ihrer Pikkoloflötenkehle hervor. Es ist eine Stimme, bei der Sugar sich die Nackenhaare sträuben und Mrs Soundso erstarrt, als ob ein bissiger Hund sie angeknurrt hätte. »Ihr Mann widert mich an«, macht Agnes weiter, »mit seinen roten Schlabberlippen und seinen Altmännerzähnen. Ihre Sorge um mich ist falsch und giftig. Sie haben Haare am Kinn. Dicke Leute sollten auf gar keinen Fall Satin tragen.« Und damit dreht sie sich auf dem Absatz um und stürzt hinaus, eine weiße Handschuhhand fest an die Stirn gepresst.

Sugar eilt hinterher, dicht vorbei an der wie vom Donner gerührten Mrs Soundso und ihrer fassungslos gaffenden Entourage, die alle vor ihr zurückschrecken, als ob nach einem solchen Verstoß gegen sämtliche geltenden Benimmregeln ein Angriff von einer völlig Fremden auch kein Wunder mehr wäre.

»Entschuldigung!«, keucht Sugar der glotzenden Schar zu.

Ihre Eile ist berechtigt: Agnes macht nicht einmal an der Garderobe Halt, sondern stürmt geradewegs aus dem Gebäude auf die laternenhelle Straße hinaus. Dem Türsteher bleibt kaum Zeit, seinen biegsamen Hals aus der offenen Tür zu ziehen, bevor Sugar ihrerseits hinausschlüpft und ihn dabei mit der Samtschulter ihres Kleides an der Nase streift.

»Verzeihung!«, rufen sie beide gleichzeitig in den Wind.

Sugar späht in die hierhin und dorthin drängenden Massen von Straßenhändlern, Huren, Ausländern und anständigen Leuten auf der Bow Street. Im ersten Moment befürchtet sie, sie hätte Agnes in dem Menschenwirrwarr verloren, zumal ein ständiger Strom von Pferdefahrzeugen den Blick auf die gegenüberliegende Straßenseite versperrt. Doch ihre Befürchtung ist grundlos. Ohne den dunkelgrünen Mantel und den schwarzen Parapluie, die sie sich nicht an der Garderobe abgeholt hat, ist Mrs Rackham leicht auszumachen: Ihre weißen Röcke fegen über den dunklen Bürgersteig und winden sich zwischen den Fußgängern hindurch. Sugar muss nur der hellsten Erscheinung folgen und kann sich darauf verlassen, dass es Agnes ist.

Die Verfolgung dauert keine halbe Minute. Mrs Rackham biegt von der Bow Street in eine schmale Seitengasse ab, eine von denen, die von Huren und Dieben als öffentliche Bedürfnisanstalt benutzt werden – oder von Gentlemen, denen die Blase platzt. Und tatsächlich, sobald Sugar in die düstere Lücke schlüpft, nimmt sie auch schon den Geruch menschlicher Ausscheidungen und das Geräusch sich verstohlen entfernender Schritte wahr.

Die Schritte sind mit Sicherheit nicht die von Agnes: Ein kurzes Stück weiter liegt Mrs Rackham bäuchlings und totenstill im Kot und Dreck auf dem Pflaster. Ihre Röcke leuchten im Dunkeln wie ein Schneehaufen, der sich wunderbarerweise bis weit in den Frühling hinein gehalten hat.

»*Verdammt …*«, haucht Sugar, wie gelähmt vor Schreck und Ratlosigkeit. Mit einem Blick zurück vergewissert sie sich, dass sie sich aus der Sicht der Passanten auf der Bow Street fünf Meter hinter ihr in einer anderen Welt befindet, in einem Schattenreich. Sie und Agnes sind aus dem großen Strom des Lebens im Licht ausgeschert, der unbekümmert um sie weiterfließt. Andererseits weiß Sugar ganz genau, dass nicht weit um die Ecke Scotland Yard ist, und wenn sie irgendwo in London damit rechnen muss, von uniformierten Bütteln aufgegriffen und gefragt zu werden, was sie über diese leblos zu ihren Füßen liegende Frau weiß, dann hier.

»Agnes?« Keine Reaktion von dem regungslosen Körper. Mrs Rackhams linker Fuß ist grotesk verdreht, und ihr rechter Arm ist weit ausgestreckt, als ob sie aus großer Höhe gestürzt wäre.

»Agnes?« Sugar kniet neben dem Körper nieder. Sie tastet sich in den dunklen Bereich unter den weichen blonden Haaren vor und nimmt eine von Agnes' Wangen in die Hand: straff und lebendig die Wärme – die fleischliche *Hitze* – wie ihr eigener nackter Busen. Sie hebt Agnes' Gesicht von den kalten, schmutzigen Pflastersteinen, und ihre Finger prickeln.

»Agnes?« Der Mund an Sugars Hand wird lebendig und murmelt unverständliches Zeug in ihre Finger, versucht, scheint es, ihren Daumen zu lutschen. »Agnes, wach auf!«

Mrs Rackham zuckt wie eine träumende Katze, und ihre Glieder zappeln zaghaft.

»Clara?«, wimmert sie.

»Nein«, flüstert Sugar dicht an Agnes' Ohr gebeugt. »Du bist noch nicht zu Hause.«

Mit viel Unterstützung kommt Agnes auf die Knie hoch. In der Finsternis ist nicht zu erkennen, ob die glänzenden Sudelspuren an Mrs Rackhams Nase, Kinn und Busen Blut oder Kot oder beides sind.

»Schau mir nicht ins Gesicht!«, befiehlt Sugar sanft, fasst Agnes bei den Schultern und zieht sie auf die Füße. »Ich werde dir helfen, aber schau mir nicht ins Gesicht!«

Nach und nach sickert die Wirklichkeit ihrer peinlichen Lage in Agnes' wiedererwachendes Gehirn ein.

»Lieber Himmel, i-ich bin … *schmutzig*!«, stößt sie schaudernd aus. »Ich bin ganz voll *Sch-Schmutz*!« Ihre winzigen Hände wedeln wirkungslos über ihr Mieder und fallen in den Schoß ihrer beschmierten Röcke. »S-so kann ich mich nicht sehen lassen! Wie soll ich nach Hause kommen?« Getrieben von dem Impuls, um Beistand zu flehen, wendet sie ihrer Retterin das Gesicht zu, doch Sugar weicht zurück.

»Schau mir nicht ins Gesicht!«, sagt sie noch einmal und drückt kräftig Agnes' Schultern. »Ich werde dir helfen. Warte hier!« Und damit läuft sie in den Lichterglanz der Bow Street zurück.

Wieder eingetaucht in den großen Strom menschlicher Betriebsamkeit blickt Sugar sich um, mustert kritisch alle Leute: Kann irgendjemand in diesem plappernden Getümmel ihr geben, was sie sucht? Die Kaffeeverkäufer dort drüben, gehüllt in die Dampfschwaden ihrer Bude …? Nein, zu schäbig mit ihren Sackleinenmützen und ihren fleckigen Kitteln … Die Damen, die dort gerade die Straße überqueren wollen und ungeduldig ihre Parasole zwirbeln und über ihre Pelzstolen streichen, während die Kutschen vorbeirollen? Nein, sie kommen frisch aus der Oper, Agnes könnte sie kennen, und ohnehin würden sie lieber sterben, als … Der Soldat da mit seinem feschen schwarzen Cape? Nein, er würde darauf bestehen, die Polizei zu holen … Diese Frau da drüben mit dem langen violetten Schultertuch – sie ist bestimmt eine Prostituierte und würde nur Scherereien machen …

»Oh! Miss! Entschuldigen Sie!«, ruft Sugar und eilt auf eine korpulente Frau zu, die einen Korb mit überreifen Erdbeeren schleppt. Die Frau, arm und nachlässig gekleidet, dem Aussehen nach Irin oder geistig minderbemittelt, hat immerhin *ein* wertvolles Besitztum (außer ihrer Last zerdrückter Beeren): Sie trägt einen hellblauen Umhang, ein weites, altmodisches Ding, das sie vom Hals bis zu den Knöcheln bedeckt.

»Saftig süße Erdbeer'n!«, erwidert sie und grient anbiedernd.

»Ihr Mantel«, sagt Sugar, macht ihre Handtasche auf und wühlt darin nach den blanksten Münzen. »Verkaufen Sie ihn mir! Ich gebe Ihnen zehn Shilling dafür.«

Noch während Sugar die Münzen hervorkramt, sechs, sieben, acht, weicht die Frau zurück und leckt sich nervös die Lippen.

»Ich meine es ernst!«, ereifert sich Sugar, zieht weitere Shillings heraus und hält sie ihr hin, so dass das Licht darauf fällt.

»Will ich ja gar nich bestreiten, Ma'am«, sagt die Frau halb knicksend und verdreht verwirrt ihre blutunterlaufenen Augen. »Aber meine Sachen, Ma'am, nich wahr, die sin nich zu verkaufen. Saftig süße -«

»Haben Sie sie nicht mehr alle?«, schreit Sugar verzweifelt. Jede Sekunde könnte ein Ganove, der regelmäßig die Gasse durchkämmt, Agnes im Dunkeln kauern sehen und ihr, angelockt von der Aussicht auf eine Kette oder ein silbernes Medaillon, mit grimmigem Knurren die Kehle durchschneiden! »Dieser Mantel da ist billige alte Baumwolle. Mit dem Geld können Sie sich in der Petticoat Lane jeden Tag einen besseren kaufen!«

»Ja, ja, Ma'am«, windet sich die arme Frau und hält ihren Umhang am Hals zusammen. »Aber heut A'md is mir schrecklich kalt, und unter dem Mantel hab ich bloß'n bibberdünnes Kleid an.«

»Herrgott noch mal!«, zischt Sugar halb hysterisch vor Ungeduld, denn sie sieht bereits (in ihrer Vorstellung), wie Agnes von einer schartigen Klinge der Kopf vom blutsprudelnden Hals gesägt wird. »Zehn *Shilling*! Schauen Sie her!« Sie stößt der Frau die Hand mit den funkelnden neuen Münzen unter die Nase.

Im Nu ist der Handel vollzogen. Die Erdbeerverkäuferin nimmt das Geld, und Sugar entledigt sie des Umhangs, unter dem nackte Arme, ein hauchdünner Rock und ein sackartiges, prall gefülltes Mieder mit zahlreichen Muttermilchflecken zum Vorschein kommen. So gibt es nachträglich noch ein angewidertes Gesicht als Dreingabe. Ohne ein weiteres Wort begibt sich Sugar in die Gasse zurück, den zusammengefalteten Mantel an ihren eigenen unscheinbaren und in Samt gehüllten Busen gepresst.

Agnes steht noch genau an derselben Stelle, wo sie hingestellt wurde, ja, sie scheint keinen Muskel bewegt zu haben, so als ob sie durch einen Märchenzauber versteinert worden wäre. Ohne dazu ermahnt zu werden, wendet sie folgsam das Gesicht ab, als ihr Schutzengel wieder naht, eine hochgewachsene, beinahe männliche Silhouette mit einem rätselhaft hell schimmernden Etwas vor dem Oberkörper. Die Ratten, die um Agnes' Röcke herumgestrichen sind und an ihren weichen Lederschuhen geschnüffelt haben, nehmen erschrocken in die schwarze Nacht Reißaus.

»Ich habe etwas für dich«, sagt Sugar, wobei sie sich neben Agnes stellt. »Steh still, dann hülle ich dich darin ein.«

Agnes' Schultern zittern, als der Mantel sich um sie legt. Sie gibt einen Laut von sich, der kaum mehr als ein Hauch ist und dem man nicht anhört, ob er Freude, Schmerz oder Furcht bedeutet. Mit einer Hand nestelt sie an der Brust, weiß nicht, ob sie das neue Kleidungsstück greifen soll ... oder nein! Sie macht etwas anderes: Sie bekreuzigt sich.

»... und des Heiligen Geistes ...«, flüstert sie bebend.

»Pass auf!«, drängt Sugar und fasst Agnes durch den hellen Stoff des Umhangs an den Ellbogen. »Ich sage dir jetzt, was du tun musst. Du musst dort hinausgehen und rechts abbiegen. Hörst du mir zu?«

Agnes nickt und macht ein Geräusch, das sich ganz wie das erotische Wimmern anhört, das Sugar simuliert, wenn der harte Schwanz eines Mannes Einlass begehrt.

»Wenn du auf der Straße bist, gehst du ein kurzes Stück, nur ungefähr hundert Schritte«, fährt Sugar fort und schiebt Agnes Schritt für Schritt behutsam auf das Licht zu. »Am Karren der Blumenverkäuferin gehst du wieder rechts: Dort wartet Cheesman auf dich. Ich werde Acht geben, dass dir nichts passiert.« Als sie sich über Agnes' Schulter vorbeugt, fällt ihr Blick auf eine Stelle, wo ein Schmutz- und Blutfleck glänzt, und sie wischt ihn mit ihrem dunklen Ärmel ab.

»Gott segne dich, Gott segne dich!«, sagt Agnes und torkelt los, allerdings rückwärts geneigt, als hinge ihr inneres Lot noch schief. »William s-sagt, du bist eine Ph-Phantasie, nichts weiter als m-meine Einbildung.«

»Kümmere dich nicht darum, was William sagt.« Wie Agnes unter ihren Händen zittert! Wie ein kleines Kind ... Wobei Sugar natürlich über Romane hinaus keinerlei Erfahrung damit hat, wie sich ein zitterndes Kind anfühlt. »Vergiss nicht, bei der Blumenverkäuferin rechts!«

»Dieser schöne w-w-weiße Mantel«, sagt Agnes, die im Weitergehen langsam Mut und ein besseres Gleichgewicht gewinnt. »Den wird er vermutlich auch als Ph-Phantasie bezeichnen …«

»Verrate ihm nichts davon. Das muss unser Geheimnis bleiben.«

»G-Geheimnis?« Sie haben die Einmündung der Gasse erreicht, und immer noch strömt die Welt vorbei, als ob die beiden unsichtbare Ausgeburten einer anderen Dimension wären.

»Ja«, bestätigt Sugar, und in einer plötzlichen Eingebung kommen ihr genau die Worte, die sie braucht. »Du musst verstehen, Agnes: Engel dürfen das nicht tun … was ich für dich getan habe. Ich könnte *furchtbare* Schwierigkeiten bekommen.«

»M-mit Unserer Lieben Frau?«

»Unserer …?« Was zum Teufel meint Agnes damit? Sugar zögert, bis ihr auf einmal das Bild von Mrs Castaways Alben mit ihrer grellen Schar eingeklebter Madonnen in der Erinnerung aufleuchtet. »Ja, mit Unserer Lieben Frau.«

»Oh! Gott segne dich!« Bei diesem Schrei von Agnes stutzt ein vorbeigehender Dandy kurz; Mrs Rackhams Nasenspitze berührt schon wieder den fließenden Strom des Lebens.

»Geh zu, Agnes!«, befiehlt Sugar und gibt ihr einen sanften Stups.

Mrs Rackham taumelt in der richtigen Richtung auf die Bow Street, schnurgerade wie eine Maschine. Trotz eines plötzlichen Menschenauflaufs mit Polizisten und gestikulierenden Schaulustigen weiter hinten auf der Straße blickt sie weder rechts noch links. Sie absolviert die verlangten hundert Schritte bis zum Droschkenstand und biegt dann wie geheißen ab. Erst da verlässt Sugar ihren Beobachtungsposten und geht hinterher. Als sie ihrerseits den Blumenkarren erreicht hat und um die Ecke lugt, sitzt Mrs Rackham bereits sicher in ihrem Brougham, Cheesman klettert gerade auf den Bock, und die Pferde schnauben in freudiger Erwartung der Fahrt.

»Gott sei Dank!«, stößt Sugar leise hervor, und auf einmal überkommt sie eine große Müdigkeit. Sie braucht jetzt selber eine Kutsche.

Der Aufruhr auf der Bow Street ist mehr oder weniger vorbei. Die dichte Menschenansammlung verläuft sich langsam vom Schauplatz des Geschehens. Zwei Polizisten tragen eine durchhängende Bahre, auf der eine menschliche Gestalt liegt, fest in ein weißes Laken gewickelt. Vorsichtig, aber mit einem Auge darauf, dass sie den Straßenverkehr möglichst wenig behindern, laden sie ihre schlaffe Last auf einen überdachten offenen Wagen und geben das Zeichen zur Abfahrt.

Erst zwei Stunden später, als Sugar in die Stille ihrer Räume in der Priory Close zurückgekehrt ist und sie in ihrem warmen Bad liegt und an die dampfverhangene Decke starrt, kommt ihr der Gedanke:

Diese Leiche war die Erdbeerverkäuferin.

Sie fährt zusammen, hebt den Kopf aus dem Wasser. Das Gewicht ihrer nassen Haare ist so groß, dass sie davon fast wieder nach hinten gezogen wird, und ihre seifigen Ellbogen rutschen am glatten Email der Wanne ab.

Unsinn, denkt sie. *Es war ein Betrunkener. Ein Bettler.*

Sie stellt sich hin und spült sich mit frischem Wasser ab, das sie aus einer Kanne gießt. Die um ihre Knie schwappende Seifenlauge ist grau von dem ganzen Ruß, der in der Stadt in der Luft hängt.

Jeder Schläger und Räuber in der Bow Street muss gesehen haben, wie sie diese Münzen genommen hat. Eine halb bekleidete Frau bei Nacht, die zehn Shilling bei sich hat …

Sie steigt aus der Wanne und wickelt ihren Körper in ihr schneeweißes Lieblingshandtuch ein, das beste, das sie bei Peter Robinson auf ihrem letzten Einkaufsabstecher dorthin bekommen konnte. Wenn sie jetzt ins Bett geht, wird sie sich die Haare verlegen; sie müsste sie eigentlich vor dem Feuer trocknen und dabei ständig bürsten, damit sie die luftige Fülle bekommen, die William so bewundert. Sie kann morgen schlafen, so lange sie will, er wird noch auf der Heimreise von Birmingham sein.

Alte Hungerleider fallen in London jeden Tag tot um. Säufer kommen unter die Räder einer Kutsche. Es war nicht die Erdbeerverkäuferin. Sie schnarcht jetzt in ihrem Bett, mit zehn Shilling unterm Kissen.

Sugar hockt sich nackt vor den Kamin, lässt sich ihre feuchte Mähne übers Gesicht fallen und fängt an zu bürsten, bürsten, bürsten. Dünne Rinnsale laufen ihr die Arme und Schultern hinunter und verdunsten in der vom Feuer ausgehenden Hitze. Draußen ist eine steife Brise aufgekommen, die wild ums Haus pfeift und im Arbeitszimmer allerlei Unrat an die Scheiben der Gartentür weht. Der Schornstein stöhnt, das hölzerne Gerippe des Hauses knarrt unter Putz und Tapeten.

Auf einmal jagt ihr etwas einen furchtbaren Schreck ein: ein Klopfen an der Haustür. Geht die Phantasie mit ihr durch? Nein, da ist es wieder! William? Wer könnte es sonst sein als William? Halb panisch, halb freudig erregt springt sie auf. Wieso ist er schon wieder zurück? Was ist mit der Kistenfabrik? »Auf halbem Weg nach Birmingham habe ich es mir anders überlegt«, malt sie sich seine Erklärung aus. »Etwas Gutes kann unmöglich so billig sein.« Himmel, wo hat sie ihr Nachthemd gelassen?

Aus einem spontanen Impuls heraus läuft sie nackt zur Tür. Warum nicht? Er wird verblüfft und entzückt sein, sie so zu sehen, seine kühne und arglose Kurtisane, das weiche, saubere Fleisch ein frisch ausgepacktes Geschenk, nach Rackham-Parfüm duftend. Er wird sich kaum bezähmen können, wenn sie ihn in einem ausgelassenen Tanz nach hinten ins Schlafzimmer lotst …

Sie öffnet die Tür und bekommt augenblicklich Gänsehaut von einem kräftigen Stoß beißend kalter Luft. Draußen in dem rabenschwarzen Vorbau ist niemand.

Achtzehn

Henry Rackham zieht ein zweites Mal an der Klingelschnur und befingert dabei mit der anderen Hand die Visitenkarte, die er abgeben muss, falls er, wie er befürchtet, nicht zu Mrs Fox persönlich vorgelassen wird. Kann es wirklich sein, dass sie in der kurzen Zeit seit ihrem letzten Beisammensein sterbenskrank geworden ist? Die Messingtafel an der Tür ihres Vaters, die vordem für ihn nur einen Nachrichtenwert besaß, gemahnt mit einem Mal an eine Welt, in der Krankheit und Tod unumschränkt regieren: JAMES CURLEW, PRAKTISCHER ARZT UND CHIRURG.

Die Tür wird von der ältlichen Hausdienerin des Arztes geöffnet. Henry nimmt den Hut ab und drückt ihn an die Brust, aber bekommt kein Wort heraus

»Bitte kommen Sie herein, Mr Rackham.«

Als er die Diele betritt, erblickt er oben auf der Treppe gerade noch den entschwindenden Doktor Curlew und kann sich nur mit Mühe beherrschen, die Dienerin nicht grob wegzustoßen, die sich anschickt, ihm umständlich aus dem Mantel zu helfen.

»Herr Doktor!«, schreit er und befreit mit einem Ruck seine Arme.

Curlew hält auf der obersten Stufe an, dreht sich um und kommt wortlos wieder herunter, ohne seinen Besucher zur Kenntnis zu nehmen, fast als hätte er etwas vergessen.

»Sir«, ruft Henry. »Wie … wie geht es Mrs Fox?«

Curlew bleibt ein gutes Stück über Henrys Kopf stehen.

»Es ist sicher: Sie hat Schwindsucht«, erklärt er tonlos. »Was soll ich dazu noch sagen?«

Henry umklammert zwei Streben des Geländers mit seinen großen Händen und blickt in die schwerlidrigen, rot geränderten Augen des Arztes.

»Gibt es denn nichts ...?«, sagt er flehend. »Ich habe gelesen, es gibt solche ... wie hießen sie noch mal? Lungenoblaten?«

Der Arzt lacht bitter auf.

»Alles Unfug, Rackham. Kinkerlitzchen und Zuckerwässerchen. Ich wage zu behaupten, dass Ihre Gebete von größerem praktischen Nutzen sind.«

»Darf ich sie sehen?«, bettelt Henry. »Ich werde alles vermeiden, was sie irgendwie anstrengen könnte ...«

Curlew macht sich wieder auf den Weg nach oben, womit er die Last der Gastfreundschaft achtlos seiner Hausdienerin aufbürdet. »Ja, ja, natürlich«, sagt er über die Schulter. »Wie sie Ihnen selbst sagen wird, geht es ihr durchaus passabel.« Und weg ist er.

Die Dienerin führt Henry durch die kahlen Korridore und das spartanische Wohnzimmer im Haus des Arztes, einem Haus, das in markantem Gegensatz zu dem seines Bruders William keinerlei weiblichen Einfluss verrät. Der düstere Utilitarismus herrscht ungebrochen, bis er zur Glastür in den Garten kommt, wo der Natur gestattet wurde, die nackte Erde geringfügig zu begrünen. Durch die makellos sauberen Scheiben blickt Henry auf das sonnenbeschienene Quadrat eines kurz geschnittenen Rasens hinaus, der von ordentlichen immergrünen Sträuchern umsäumt ist und in dessen Mitte sich der wichtigste Mensch aller Zeiten außer Jesus Christus befindet.

Sie sitzt zurückgelehnt in einem Korbschaukelstuhl, voll angekleidet und besuchsfähig mit einem eng geknöpften Mieder, Stiefeln statt Hausschuhen und aufwändig frisierten Haaren, aufwändiger als sonst. Auf dem Schoß hält sie aufrecht und aufgeschlagen ein Buch, in das sie konzentriert blickt. Sie ist schöner als je zuvor.

»Mrs Fox?«

»Henry!«, ruft sie erfreut und lässt das Buch neben sich ins Gras fallen. »Wie schön, Sie zu sehen! Ich langweile mich hier zu Tode.«

Henry begibt sich zu ihr und kann es gar nicht fassen, dass

Doktor Curlew so selbstgewiss jemandem das Todesurteil ausstellt, der wie das blühende Leben aussieht. Sie wissen auch nicht alles, diese Mediziner! Könnte nicht ein Irrtum vorliegen? Doch Mrs Fox bemerkt die Verwirrung in seinem Gesicht und klärt ihn gnadenlos auf.

»Es steht schlecht um mich, Henry«, sagt sie lächelnd. »Deshalb sitze ich ausnahmsweise einmal still. Heute Morgen hatte ich sogar die Füße hochgelegt, und das ist wirklich das Äußerste, wozu ich mich bereit finden kann. Setzen Sie sich doch, Henry! Das Gras ist trocken.«

Henry tut wie geheißen, obwohl sie sich irrt und sein Hosenboden auf der Stelle feucht wird.

»So«, fährt sie in einem eigentümlichen Ton fort, einer Mischung aus munterer Forschheit und bitterer Ermattung. »Was für Neuigkeiten habe ich sonst noch für Sie? Sie haben vielleicht schon gehört, dass ich ... wie soll ich es ausdrücken? ... höchst taktvoll aus dem Frauenrettungsverein ausgeschlossen wurde. Meine Mitstreiterinnen kamen zu dem Schluss, ich sei mittlerweile zu schwach, um meine Pflichten zu versehen. Vorausgegangen war, dass der Gang vom Bahnhof Liverpool Street in ein anrüchiges Haus mich einmal völlig erschöpfte und ich mich draußen auf die Treppe setzen musste, während die anderen hineingingen. Ich machte mich nützlich, soweit es ging, indem ich dem Aufpasser nachdrücklich ins Gewissen redete, doch meine Schwestern hatten deutlich das Gefühl, dass ich sie im Stich gelassen hatte. Deshalb schickten sie mir letzten Dienstag einen Brief, in dem sie mir vorschlugen, meine Tätigkeit auf die Korrespondenz mit Parlamentariern zu beschränken. Alle Frauen wünschen mir in den blumigsten Wendungen baldige Genesung. Bis dahin möchten sie offensichtlich, dass ich vor Langeweile sterbe.«

Unangenehm berührt von der Ungezwungenheit, mit der ihr diese anstößigen Worte über die Lippen kommen, kann Henry sich kaum überwinden, sie nach weiteren Einzelheiten zu befragen. »Hat Ihr Vater«, stößt er schließlich hervor, »Ihnen Genaueres darüber mitgeteilt, was es ist ... oder sein könnte ... das Sie ... äh ... haben?«

»Ach, Henry, immer schleichen Sie um den heißen Brei

herum!«, schilt sie ihn liebevoll. »Ich habe Schwindsucht. Das ist jedenfalls die Auskunft, die ich bekomme, und ich habe keinen Grund, daran zu zweifeln.« Ein leidenschaftliches Feuer glimmt in ihren Augen auf, dasselbe Feuer, das darin brennt, wenn sie auf ihren Spaziergängen nach der Kirche mit ihm über Glaubensfragen diskutiert. »In einem Punkt allerdings teile ich die allgemeine Meinung, auch die meines gelehrten Vaters, nicht: Ich weiß, dass es mir nicht bestimmt ist zu sterben – wenigstens noch nicht. Ich habe in mir so etwas wie … wie soll ich das beschreiben? So etwas wie einen Kalender meiner Tage, eingepflanzt von Gott, und auf jedem Blatt dieses Kalenders steht geschrieben, was für Aufträge und Termine ich in seinem Dienst habe. Ich behaupte nicht, ich wüsste genau, wie viele Seiten der Kalender hat, ich will es auch gar nicht wissen, aber ich fühle irgendwie, dass er immer noch recht dick ist und mit Sicherheit mehr umfasst als den schmalen Rest der wenigen Seiten, die man mir noch gibt. Ich habe Schwindsucht, na und? Dann habe ich eben Schwindsucht. Doch ich werde sie überleben.«

»O Sie tapfere Seele!«, ruft Henry aus, und mit einem Mal kniet er vor ihr und hält ihre Hand.

»Ach, Unsinn«, versetzt sie, doch verschränkt ihre kühlen Finger mit seinen und drückt leicht. »Gott hat noch Arbeit für mich, mehr nicht.«

Eine Weile sind beide still. Durch ihre verklammerten Hände strömen nackte, unaussprechliche Gefühle zwischen ihnen hin und her. Was der unschuldige Impuls verbunden hat, kann der Anstand noch nicht scheiden. Der Garten badet im Sonnenschein, und über den hohen Zaun rings um den Garten kommt ein großer schwarzer Schmetterling geflogen und flattert auf der Suche nach einer Blüte um die Sträucher. Mrs Fox entzieht Henry ihre Finger zärtlich genug, um deutlich zu machen, dass damit keine Zurückweisung verbunden ist, und legt die Hand auf ihre Brust.

»Jetzt erzählen Sie mal, Henry«, sagt sie mit einem tiefen Atemzug. »Was gibt es in *Ihrem* Leben Neues?«

»In meinem Leben?« Er blinzelt, noch ganz benommen von dem berauschenden Exzess, ihr Fleisch zu berühren. »Ich … äh …« Doch dann fällt ihm alles wieder ein, und seine Zunge löst sich. »Es gibt eine ganze Menge Neues, erfreulicherweise, muss ich sagen. Ich habe«, er errötet, schlägt den Blick auf das Gras zwischen seinen Knien nieder, »mich mit der Lage der Armen und Unglücklichen bekannt gemacht, weil ich die Absicht habe, mich endlich vorzubereiten für …« Er errötet noch mehr, dann grinst er. »Na, Sie wissen schon, wofür.«

»Haben Sie den Mayhew gelesen, den ich Ihnen geliehen habe?«

»Ja, aber ich habe mehr als das getan. Ich … ich habe in den letzten paar Wochen auch begonnen, Gespräche mit den Armen und Unglücklichen selbst zu führen, auf den Straßen, wo sie wohnen.«

»Ach, Henry, wirklich?« Ihr sichtlicher Stolz auf ihn könnte kaum größer sein, wenn er ihr gesagt hätte, er hätte die Bekanntschaft der Königin gemacht und sie vor Attentätern gerettet. »Erzählen Sie, erzählen Sie: Was ist passiert?«

Und vor ihr im Gras kniend erzählt er ihr alles, fast alles. Ausführlich beschreibt er die Örtlichkeiten und seine Begegnungen mit herumlungernden Männern, Straßenkindern und der Prostituierten (nur den einen Rückfall in die Lüsternheit lässt er aus). Emmeline lauscht gebannt und mit leuchtendem Gesicht, auch wenn sie von Unruhe erfüllt ist und unbehaglich hin und her rutscht, als ob sie sich auf dem Korbstuhl wund säße. Während er redet, kann er nicht darüber hinwegsehen, wie dünn sie geworden ist. Sind das ihre Schlüsselbeine, die sich dort unter dem Stoff ihres Kleides abzeichnen? Wozu dient sein ganzes Streben, wenn das ihre Schlüsselbeine sind? In seinen Visionen von sich als Geistlichem ist Mrs Fox immer mit dabei, rät ihm und hält ihn dazu an, ihr seine Fehler und seine Sorgen zu beichten. Sein Streben ist nur dann stark, wenn er die Rüstung ihrer Ermunterung trägt; ohne diese Rüstung ist alles nur ein kraftloser, zum Scheitern verurteilter Traum. Sie darf nicht sterben!

Unheimlicherweise sucht sie sich gerade diesen Moment aus, um seine Hand zu nehmen und sie mit den Worten zu halten: »Gebe Gott, dass wir in Zukunft in diesem Kampf Seite an Seite stehen!«

Henry schaut ihr in die Augen. Eben noch hat er ihr erzählt, dass lose Frauen keine Macht über ihn haben, dass er sie in ihrem Elend einzig und allein als Seelen sehen kann. Alles so weit ganz richtig, doch als seine Hand in ihrer prickelt, erkennt er mit einem Mal, dass diese hochgesinnte und aufrechte Frau, brutal zu Boden gestreckt von der harten Hand der Krankheit, in ihm immer noch Gelüste weckt, die des Teufels würdig sind.

»Das gebe Gott, Mrs Fox«, flüstert er heiser.

»Church Lane, Hintereingang zum Paradies, bittschön!«

Nachdem er die fein gekleidete Dame in diesem abstoßenden Altstadtviertel abgesetzt hat, stößt der Kutscher ein sarkastisches Schnauben aus, und sein ähnlich empfindendes Pferd hinterlässt zum Abschied als Ausdruck der Verachtung einen dampfenden Kothaufen auf dem Pflaster. Sugar widersteht der Versuchung, ihn scharf zurechtzuweisen, bezahlt stumm den Fahrpreis und begibt sich mit angehobenen Rocksäumen auf Zehenspitzen zu Mrs Leeks Haus. Was für ein Modderloch diese Straße ist! Die frischen Pferdeäpfel sind noch die geringste Unannehmlichkeit. Hat es hier immer schon so gestunken, oder lebt sie einfach zu lange an einem Ort, wo es nach nichts anderem riecht als nach Rosensträuchern und Rackhams Toilettenartikeln?

Sie klopft an Mrs Leeks Tür, hört das gedämpfte »Herein!« des Colonels und tritt ein, wie sie es als kleines Mädchen so viele Male gemacht hat. Der Geruch ist innen nicht besser und der Anblick des Salons mit dem grässlichen alten Mann und der wachsenden Masse von schmuddeligem Ramsch nicht erbaulicher als der Dreck draußen auf der Straße.

»Ah, die Konkubine!«, kräht der Colonel gehässig ohne weiteren Gruß. »Meinst wohl, du hast das Glückslos gezogen, hä?«

Mit einem tiefen Atemzug zieht Sugar die Handschuhe aus und stopft sie in ihr Retikül. Schon jetzt bereut sie es bitter, dass sie gestern auf der New Oxford Street Caroline begegnet ist und ihr vor lauter Eifer, dem drohenden langen Gespräch zu entkommen, versprochen hat, sie zu besuchen. Ein verrückter Zufall, Caroline zweimal in einem Jahr auf der Straße zu treffen, in einer Stadt von mehreren Millionen, und auch noch gerade in dem Moment, wo sie zum Bahnhof Euston eilte, um heimlich die Ankunft des Zuges aus Birmingham abzupassen. Rückblickend wäre es besser gewesen, wenn sie sich noch ein paar Minuten an

Ort und Stelle mit Caroline unterhalten hätte, denn William war sowieso nicht in dem verdammten Zug, und jetzt besteht die Gefahr, dass er heute Morgen zurückkommt und an ihre Tür klopft, während *sie* hier ist und ihre Zeit in einem miesen Puff vertrödelt, der nach Altmännerpisse riecht.

»Ist Caroline frei, Colonel Leek?«, fragt sie, ohne sich provozieren zu lassen.

Im Vollgefühl seiner Macht als Besitzer begehrter Informationen lehnt sich der Alte in seinem Rollstuhl zurück, und die obersten Windungen seines Schals rutschen ihm vom Mund. Er setzt dazu an, wieder eine scheußliche Litanei aus seinem Vorrat von Katastrophengeschichten herunterzubeten, merkt Sugar.

»Glückslos!«, höhnt er. »Dir werd ich was erzählen von Glückslos! Frau aus Yorkshire mit Namen Hobbert, 1852 den Besitz ihres Vaters geerbt, drei Tage später von einem einstürzenden Torbogen erschlagen. Botanische Zeichnerin Edith Clough, unter Tausenden auserwählt, Professor Eyde 1861 auf seiner Grönlandexpedition zu begleiten, im Meer von einem großen Fisch verschlungen. Und erst letzten November Lizzie Sumner, Geliebte von Lord Price, aufgefunden in ihrem Häuschen in Marylebone, den Hals –«

»Ja, sehr tragisch, Colonel. Aber ist Caroline frei?«

»Gib ihr zwei Minuten«, knurrt der alte Mann und versinkt wieder in seine Schals.

Sugar wischt verstohlen mit den Fingerspitzen die Sitzfläche des nächsten Stuhls ab, bevor sie sich setzt. Willkommene Stille tritt ein, in der der Colonel zusammengesackt im dicht verschleierten Sonnenschein döst und Sugar die rostigen Flinten an der Wand anstarrt, doch nach dreißig Sekunden hält er es nicht mehr aus.

»Wie geht's dem Parfümpotentaten so?«

»Du hast versprochen, niemandem ein Wort von ihm zu sagen«, faucht sie. »Das war Teil unserer Abmachung.«

»Zu *der* Blase hier hab ich auch nichts gesagt«, giftet er und schlägt die Augen zu den oberen Etagen auf, jenem Taubenschlag für ihn unerreichbarer Zimmer, wo sich Männer mit jungen Gliedern und Organen in athletischen Übungen ergehen und drei lose Frauen logieren und schlafen und Mrs Leek in ihrem Loch Groschenromane liest. »Wie wenig Vertrauen auf das Ehrenwort eines Mannes du doch hast, du kleine Schlampe.«

Sugar blickt auf ihre Finger. Ihre Haut schuppt derzeit besonders stark, und es tut weh. Vielleicht sollte sie Caroline nach Bärenfett fragen.

»Es geht ihm blendend, danke der Nachfrage«, gibt sie Auskunft. »Könnte gar nicht besser sein.«

»Steckt dir wohl ab und zu'n großes Stück Seife ins Täschchen, hä?«

Sugar schaut ihm in die entzündeten Augen und fragt sich, ob diese Bemerkung grob unflätig gemeint war. Sie hätte nicht gedacht, dass libidinöse Handlungen Colonel Leek im Mindesten interessieren.

»Er ist so großzügig, wie ich es mir nur wünschen kann«, erwidert sie achselzuckend.

»Gib nicht alles nur für das eine aus.«

Der dumpfe Ton der zuschlagenden Hintertür schallt durch das muffige Haus. Ein zufriedener Kunde ist in die helle Welt entlassen worden.

»Sugar!« Caroline ist oben an der Treppe aufgetaucht, bekleidet nur mit einem Hemdchen. Aus dieser Perspektive und in diesem Licht zeichnet sich die Narbe aus der Hutfabrik erschreckend blaugrau auf ihrer Brust ab. »Schieb den Colonel aus'm Weg, wenn er nich weggeht. Er sitzt schließlich auf Rädern, nich?«

Bevor er diese Demütigung hinnimmt, gibt Colonel Leek lieber die Treppe frei.

»– den Hals mit einem Seidenschal fast komplett durchtrennt«, fügt er noch abschließend hinzu, während Sugar zu ihrer Freundin hinaufsteigt.

Nachdem sie Sugar den einzigen Stuhl in ihrem Zimmer gegeben hat, zögert Caroline, sich aufs Bett zu setzen. Sugar versteht das Problem sofort und erbietet sich, ihr beim Wechseln der Laken zu helfen.

»Es gibt kein saubres Leintuch«, sagt Caroline, »aber wir könn das hier'n bisschen an die Luft häng'n.«

Gemeinsam ziehen sie das Laken ab und sehen zu, dass sie die feuchtesten Stellen vor das offene Fenster drapiert bekommen. Kaum ist das vollbracht, scheint die Sonne noch einmal so hell.

»Heute is mein Glückstag, was?«, grient Caroline.

Sugar lächelt beklommen zurück. In der Priory Close hat sie eine viel einfachere Lösung für dieses Problem: Jede Woche, wenn sie sich unbeobachtet fühlt, geht sie mit einem großen Paket ihrer befleckten Laken in einen kleinen Park und kommt kurz darauf ohne wieder heraus. Dann begibt sie sich zu Peter Robinson und kauft neue Bettwäsche. Was soll sie denn machen ohne Waschfrau? Ein deutliches Bild von Christopher, die kleinen roten Arme mit Seifenschaum beringt, zuckt ihr durch den Kopf …

»Hast du was, Shush?«

Sugar reißt sich zusammen. »Ein leichtes Kopfweh«, antwortet sie. »Die Sonne ist schrecklich grell.«

Wie lange sind Carolines Fensterscheiben schon so ekelhaft verrußt? Sie waren doch letztes Mal noch nicht so dreckig, oder? Hat das Zimmer immer schon so gerochen?

»'tschuldige, Shush, ich hab meine Spülung noch nich gemacht.«

Als Konzession an ihren Gast geht Caroline mit ihrer irdenen Schüssel auf die andere Seite des Bettes, mehr oder weniger außer Sicht. Sie hockt sich hin und beginnt mit ihrem Verhütungsritual: Wasser eingießen, Phiolen aufschrauben. Sugar beobachtet mit Schaudern, wie ihre Freundin ungeniert das verkrumpelte Hemd hochzieht und dabei schon den Tupfer mit dem Stofffetzen vorndran in der Hand hält. Ihre Hinterbacken sind draller, als Sugar sie in Erinnerung hat, voller Dellen und mit Sperma beschmiert.

»Bäh, ein elendes Geschäft, was?«, murmelt Caroline, während sie sich an die Arbeit macht.

»Mm«, erwidert Sugar und schaut weg. Sie selbst hat dieses Ritual schon länger nicht mehr vollzogen – seit dem Umzug in die Priory Close, um genau zu sein. Es empfiehlt sich nicht, wenn William die ganze Nacht bleibt, und selbst wenn er nicht bleibt … na ja, sie badet sehr, sehr lange. Wenn sie bis zum Hals in dem warmen, sauberen Wasser liegt und ihre Beine unter einer weißen Decke aus duftendem Schaum sanft auseinander treiben, wird sie bestimmt so gründlich ausgespült, wie es nur geht, nicht wahr?

»Gleich fertig«, sagt Caroline.

»Keine Eile«, entgegnet Sugar, in Gedanken damit beschäftigt, ob William gerade in dieser Minute an die Tür ihres Liebesnestes klopft. Sie sieht, wie sich das Bettlaken beschaulich in der warmen Brise bauscht und die glänzenden Schleimflecken bereits trocknen und verblassen. Gott, sind diese Laken versifft! Sugar bekommt Gewissensbisse, dass sie allwöchentlich kaum benutzte Bettwäsche bei ihr im Park um die Ecke entsorgt, während Caroline auf diesen alten Lumpen rammeln und schlafen muss. *Hier sind ein paar fast neue Laken für dich, Caddie – müssen nur gewaschen werden …* Nein, völlig undenkbar.

Caroline geht mit ihrer schweren Schüssel ans Fenster. Es hat etwas Gespenstisches, wie sie von der Taille aufwärts hinter dem wallenden Laken verschwindet.

»Kopp weg!«, murmelt sie schalkhaft und lässt die Brühe gesetzwidrig an der Rückseite des Hauses hinunterrinnen.

»Ich muss dir was erzählen«, sagt sie kurz darauf, als sie sich auf der nackten Matratze niedergelassen hat, nun halb angekleidet, und sich die Haare kämmt. »Von mei'm neuesten Stammkunden – na ja, viermal isser jetzt hier gewesen. Der würd dir gefallen, Shush. So vornehm, wie der sich ausdrückt.«

Und sie fängt an, die Geschichte ihrer bisherigen Treffen mit dem ernsten, schwermütigen Mann zu erzählen, dem sie den Spitznamen »der Paster« gegeben hat. Es ist eine stinknormale Geschichte, absolut nichts Neues in der Welt der Prostitution. Sugar kann ihre Ungeduld kaum verhehlen; sie ist überzeugt zu wissen, wie die Geschichte ausgeht.

»Und dann schleppt er dich ins Bett ab, stimmt's?«, versucht sie die Schilderung abzukürzen.

»Eben nich!«, ruft Caroline. »Das is ja das Abartige!« Sie wackelt mit den nackten Füßen, kann ihren Übermut kaum unterdrücken. Schmutzig sind ihre Füße, denkt sich Sugar. Wie kann jemand erwarten, mit so schmutzigen Füßen jemals aus St. Giles wegzukommen?

»Vielleicht ist er abartiger, als du denkst«, seufzt sie.

»Nö, der is kein Homo, da bin ich mir sicher«, lacht Caroline. »Dabei hab ich ihn erst vor'ge Woche gefragt, was daran so schrecklich wär, wenn er mit mir ins Bett gehn würde, bloß das eine Mal, damit er ma sieht, ob's ihm gefällt, oder wenigstens, was andre Leute dran finden.« Mit angestrengt zusammengekniffenen Augen versucht sie, sich genau an die Antwort ihres Pastors zu erinnern. »Da am Fenster hat er gestanden, genau wie immer, und mich nich ei'ma angeguckt und gesagt … Wie war das noch ma? … Er hat gesagt, wenn alle Männer wie er der Versuchung nachge'm würd'n, dann gäb's immer arme gefallene Witwen wie mich, immer hungernde Kinder, wie mein Junge eins gewesen is, immer böse Vermieter und Mörder, weil der Herrgott von denen, die wo's besser wissen müssten, nich genug geliebt wird.«

»Und was hast *du* da gesagt?«, fragt Sugar, deren Aufmerksamkeit schon wieder zu den vielen Zeichen der Armut in Carolines Zimmer abschweift: den Fußleisten, so verrottet, dass sie nicht mehr zu streichen sind, den Wänden, so zerlöchert, dass sie nicht mehr zu tapezieren sind, den Fußbodenbrettern, so wurmzerfressen, dass sie nicht mehr zu bohnern sind. Das Einzige, was hier verschönernd wirken könnte, wäre ein Feuer und ein völlig neuer Anfang.

»Ich hab gesagt, ich seh nich, wie Männer wie er verhindern könn, dass Frauen wie ich arme gefallene Witwen werd'n oder dass Kinder verhungern, höchstens wenn sie se heirat'n und für se sorg'n.«

»Und, hat er angeboten, dich zu heiraten und für dich zu sorgen?«

»Beinah!«, lacht Caroline. »Das zweite Mal, wo ich ihn gesehn hab, hat er angeboten, mir ehrliche Arbeit zu besorg'n. Ich hab ihn gefragt, ob das Fabrikarbeit wär, ja hat er gesagt, und da hab ich ihm gesagt, mit Fabrikarbeit könnt er mir gestohlen blei'm. Ich dachte, damit is die Sache erledigt, aber vor'ge Woche hat er wieder damit angefang'n. Sagt, er hätt sich erkundigt, und er könnt mir Arbeit beschaffen, die nich in 'ner Fabrik wär, sondern in 'ner Art Laden. Wenn ich wollte, bräucht er dem Richtigen nur ein Wörtchen ins Ohr flüstern, und wenn ich ihm nich glauben würd, der Name der Firma wär Rackhams Perfumeries, den müsst ich doch schon ma gehört ham.«

Sugar zuckt zusammen wie eine erschrockene Katze, doch zum Glück ist Caroline ans Fenster getreten, wo sie versonnen über das Laken streicht. »Und was hast du darauf gesagt?«

»Ich hab gesagt, *alle* Arbeit, die er mir beschaffen könnt, würd mich kaputtmachen, und für viel weniger als'n Shilling pro Tag. Ich hab gesagt, für 'ne arme Frau läuft ›ehrliche‹ Arbeit schlussendlich immer auf nix andres raus, als langsam zu verrecken.« Sie lacht jäh auf und plustert ihre frisch gekämmten Haare mit ein paar flinken Handbewegungen. »Ach, Sugar«, sagt sie und breitet die Arme aus, als wollte sie ihr Zimmer umfangen und alles, wofür es steht. »Was für 'ne Arbeit als *die hier* verschafft dir, was de zum Leben brauchst, ohne dass de dich abplackst, und noch genug Erholung und Schlaf obendrein?«

Und feine Kleider und Schmuck, denkt Sugar. *Und ledergebundene Bücher und silbergerahmte Drucke und Droschkenfahrten nach Belieben und Besuche in der Oper und eine Ardent-Badewanne und eine eigene Wohnung.* Sie schaut Caroline ins Gesicht und fragt sich: *Was mache ich hier? Warum bin ich willkommen? Warum lächelst du mich so an?*

»Ich muss gehen«, sagt sie. »Magst du etwas Geld haben?« Nein, das sagt sie nicht – nicht das mit dem Geld. Sie sagt nur: »Ich muss gehen.«

»Och, wie gemein!«

Ja, gemein. Gemein. Gemein. »Magst du etwas Geld haben?« Sag es: »Magst du etwas Geld haben?«

»I-ich habe meine Wohnung in einem schrecklichen Zustand zurückgelassen. Ich bin nämlich gleich schnurstracks hierher gekommen.«

Sag es, du Feigling! »Magst du etwas Geld haben?« Fünf einfache Worte. In deiner Handtasche hast du viel mehr Geld stecken, als Caddie in einem Monat verdient. Also sag es, du Feigling … du Miststück … du Hure!

Aber Caroline lächelt, umarmt ihre Freundin, und Sugar geht, ohne ihr mehr zu geben als einen Kuss.

In der Droschke nach Hause in die Priory Close (»und noch einen Shilling zusätzlich, wenn Sie sich beeilen«) verflucht sich Sugar für ihr schändliches Verhalten. Ihre Schuhsohlen stinken; sie würde sie gern auf dem saftigen grünen Rasen im Park abstreifen, wo sie jede Woche die Bettwäsche hinlegt. Die Pakete sind immer weg, wenn sie das nächste Mal kommt – heißt das nicht, dass arme Leute sie finden? Oder wenn ein Parkwächter sie findet, werden die Laken letzten Endes bestimmt armen Leuten gespendet, nicht wahr? Herrje, so wie es in London von Wohltätern der Menschheit wimmelt, wird es doch ein paar geben, die sich um solche Sachen kümmern! *Feigling. Hure.*

Als Sugar arm war, stellte sie sich immer vor, wenn sie jemals zu Reichtum gelangte, würde sie allen armen Frauen in ihrem Beruf helfen oder wenigstens allen, die sie persönlich kannte. Wenn sie in ihrem Zimmer bei Mrs Castaway vor sich hin träumte, die Ellbogen auf die Seiten ihres Romans gestützt, malte sie sich mitunter aus, wie sie eine ihrer alten Freundinnen aufsuchen und einen Vorrat an warmen Winterdecken oder Pies mit Fleischfüllung mitbringen würde. Wie einfach sich so etwas machen ließ, dachte sie damals, ohne dass es nach Wohltätigkeit stank! Sie würde mit ihren Geschenken kein Brimborium machen nach Art einer eingebildeten philanthropischen Gans, die unter ihr stehenden Wesen Almosen gibt, sondern sie mit diebischer Freude verteilen, so wie eine Straßengöre der anderen eine mutig stibitzte Beute präsentiert.

Doch jetzt, wo sie über die Mittel verfügt, um diese Phantasien wahr werden zu lassen, ist der Gestank der Wohltätigkeit so real wie die Pferdescheiße an ihren Schuhen.

Wieder zu Hause in ihrer Wohnung bereitet sich Sugar auf Williams Rückkehr vor. Als sich dann der Nachmittag hinzieht und er nicht erscheint, macht sie sich Vorwürfe, weil sie untätig im Arbeitszimmer herumsitzt, und holt ihren Roman aus seinem Versteck. Tief durchatmend legt sie den zerfledderten Papierhaufen auf den Schreibtisch und setzt sich daran.

Der Lichteinfall hat jetzt einen solchen Winkel, dass das Glas der Gartentür beinahe wie ein Spiegel ist. Zwischen den Gewächsen ihres Gartens schwebt ihr eigenes Gesicht, getragen von einem schemenhaften Körper, der wie Rauch aus dem Boden aufsteigt. Die dunklen Blätter der Rosensträucher prägen der Haut dieses Gesichts ein Muster auf; ihre in Wirklichkeit bewegungslosen Haare wehen und flattern bei jedem Windstoß draußen; Phantomazaleen beben in ihrem Busen.

Sugars Fall und Erhebung. So lautet der Titel ihrer Geschichte, vertraut wie eine Narbe.

Der Besuch auf den Lavendelfeldern in Mitcham fällt ihr ein. Wie die geduckten Rackham-Arbeiter sie angafften, als sie vorbeiging! In ihren Augen war sie eine feine Dame, die einmal die schuftenden Armen angucken kam. Keine Spur von Erkennen, nur die eigentümliche Mischung aus katzenhafter Abneigung und hündischer Ehrerbietung. Während sie unterwürfig vor ihren rauschenden Röcken zurückwichen, waren alle diese Arbeiter, einer wie der andere, fest überzeugt, dass *sie* nicht die geringste Ahnung davon haben konnte, wie es ist, zitternd unter einer Decke zu liegen, die für die Jahreszeit zu dünn ist, oder von Flöhen blutig gebissene Schienbeine zu haben oder von Läusen wimmelnde Haare.

»Aber ich kenne das alles!«, ereifert sich Sugar, und es stimmt, denn die Seiten, die vor ihr auf dem Schreibtisch mit den Elfenbeingriffen liegen, wurden im Zustand der Armut verfasst und sind voll davon. War ihre Kindheit nicht ganz genauso hoffnungslos wie die Kindheit jedes beliebigen Arbeitssklaven der Rackham Perfumeries? Zugegeben, *jetzt* ist Sugars Los besser als ihres, doch das tut nichts zur Sache: Auch ihres könnte sich verbessern, wenn sie nur schlau genug wären ... Doch an dem Tag auf den Lavendelfeldern, wie hoffnungslos, wie neidisch starrten sie da die vornehme Dame an, die neben ihrem Arbeitgeber einherging!

»Aber ich bin ihre Stimme!«, ereifert sie sich aufs Neue und hört in der feinen Akustik ihres stillen Arbeitszimmers einen geringfügigen Unterschied in der Art, wie ihre Vokale heute im Vergleich zu vor der Saison klingen. Oder waren sie immer schon so melodisch? *Erzähl uns eine Geschichte, Shush, mit deiner künstlichen Stimme,* sagten die Mädchen in der Church Lane immer, halb spöttisch, halb bewundernd. *Was für eine Geschichte denn?,* fragte sie dann, und sie antworteten immer: *Irgendwas mit Rache drin. Und mit schweinischen Worten. Schweinische Worte hören sich witzig an, wenn* du *sie sagst, Sugar.* Aber wie viele von diesen Mädchen konnten ein Buch lesen? Und wenn sie den Lavendelarbeitern erzählt hätte, dass sie einmal in einem Londoner Elendsviertel gelebt hatte, wie viele von ihnen hätten ihr geglaubt und nicht vor ihr ausgespuckt?

Nein, wie alle Möchtegernfürsprecher der Armen in der ganzen Menschheitsgeschichte muss Sugar einer niederschmetternden Wahrheit ins Auge sehen: Die Erniedrigten lechzen wohl danach, gehört zu werden, doch wenn eine Stimme aus einer privilegierteren Sphäre ihr Anliegen vertritt, verdrehen sie die Augen und mokieren sich über den Akzent.

Sugar nagt missmutig an ihren Lippen. Ihre elende Herkunft muss doch *irgendwas* zählen, oder? Einmal mehr macht sie sich klar, dass sie obdachlos und ohne Einkommen wäre, sollte William beschließen, sie aus diesem luxuriösen Nest zu werfen, und damit ärmer dran als selbst die Arbeiter auf den Lavendelfeldern. Und doch … Und doch wollen ihr die runzligen, zerlumpten Männer und Frauen nicht aus dem Sinn gehen: wie sie sich vor ihr verbeugten, wie sie rückwärts davonschlichen, wie sie sich zuraunten: »*Wer'sn das? Wer'sn das?*« Sugar starrt das Spiegelbild in der Gartentür an, Kopf und Schultern von Blättern und Blumen flirrend. *Wer bin ich?*

Ich heiße Sugar. So steht es in ihrem Manuskript, kurz nach der einleitenden Tirade gegen die Männer. Sie kennt alle Zeilen auswendig, nachdem sie sie unzählige Male umgeschrieben und wieder gelesen hat.

Ich heiße Sugar – und wenn nicht, weiß ich es nicht besser. Ich bin, wie man sagt, eine »gefallene Frau« …

Um nicht den peinlich pompösen Satz: *Verruchter Mann, ewiger Adam, dich klage ich an!*, am Ende des Abschnittes lesen zu müssen, schlägt sie die Seite um, dann die nächste, und die nächste. Mit sinkendem Mut blättert sie die dicht beschriebenen Seiten durch. Sie hatte erwartet, sich selbst dort zu begegnen, weil diese Frau ihres Namens auch dasselbe Gesicht und denselben Körper wie sie hat, bis hin zu den Sommersprossen auf den Brüsten. Doch in dem vergilbten Manuskript sieht sie nur Wörter und Satzzeichen, Hieroglyphen, die ihren Sinn verloren haben, auch wenn sie ihre Niederschrift mit eigener Hand noch deutlich vor Augen hat, ja sich bei bestimmten verkleckten Buchstaben sogar an das Trocknen der Tinte erinnert. Diese melodramatischen Morde: Wozu sollen sie gut sein? Die grausigen Tode dieser ganzen Pappkameraden: Welcher Frau aus Fleisch und Blut ist damit geholfen?

Sie könnte sich vielleicht eine weniger blutrünstige Handlung ausdenken und die alte vergessen. Sie könnte ein Mittelding zwischen diesem ganzen Galleausstoß und den artigen, gereinigten Fiktionen von James Anthony Froude, Felicia Skene, Wilkie Collins und anderen Autoren schreiben, die zaghaft zu bedenken geben, ob Prostituierte, die sich hinreichend verdienstvoll aufführen, nicht vielleicht vom Höllenfeuer ausgenommen werden sollten. Wo es jetzt nur noch eine Generation bis zum neuen Jahrhundert hin ist, sollte da die Zeit nicht reif sein für eine *etwas* deutlichere Aussage? In diesem Papierstapel hier, ihrer Lebensarbeit, muss es Hunderte von Sachen geben, die es wert sind, gerettet zu werden!

Doch je länger sie den Stapel durchsieht, umso mehr zweifelt sie daran. Fast jede Zeile ist durchdrungen, jede Beobachtung verzerrt, jede Überzeugung gefärbt von Vorurteil und Unwissenheit und Schlimmerem: von blindem Hass auf alles, was vornehm und rein ist.

Ich sah die »vornehmen Damen« aus der Oper stolzieren. (So schrieb Sugar vor drei Jahren, ein sechzehnjähriges Kind, abgeschottet in ihrem Obergeschosszimmer im Haus von Mrs Castaway, in den grauen Morgenstunden, nachdem die Kunden gegangen waren und alle anderen sich schlafen gelegt hatten.)

Wie hohl sie waren! Alles an ihnen war falsch. Falsch war ihr zur Schau getragenes Entzücken über die Musik, falsch die Herzlichkeit ihrer Begrüßungen, falsch ihr Tonfall und ihre Stimmen.

Wie vergebens sie so taten, als wären sie überhaupt keine Frauen, sondern irgendeine andere, höhere Lebensform! Ihre Ballkleider sollten den Eindruck erwecken, dass sie nicht auf zwei fleischlichen Beinen gingen, sondern auf einer Wolke dahinglitten. »O nein«, schienen sie zu sagen. »Ich habe keine Beine und keine Fotze dazwischen, ich schwebe auf Luft. Ich habe auch keine Brüste, nur eine elegante Kurve, die meinem Mieder Form verleiht. Wenn du so etwas Ordinäres wie Brüste willst, geh dir die Euter der Ammen anschauen. Und was Beine betrifft und eine Fotze dazwischen, wenn du die willst, musst du zu einer Hure gehen. Wir sind vollkommene, vergeistigte Wesen, und wir geben uns nur mit den edelsten und vornehmsten Dingen im Leben ab. Als da wären Sklavenarbeit der armen Näherinnen, Peinigung unserer Dienerinnen, Verachtung für diejenigen, die unsere Nachttöpfe von unserer erhabenen jungfräulichen Scheiße säubern, und eine endlose Reihe alberner, nichtiger, sinnloser Beschäftigungen, die keinerlei

An dieser Stelle endet die Seite, und Sugar hat nicht das Herz, sie umzuschlagen und weiterzulesen. Stattdessen klappt sie das Manuskript zu und stützt einen Ellbogen darauf, das Kinn in die Hand gelegt. Ihr ist die Nacht noch frisch in Erinnerung, in der sie das *Requiem* von Signor Verdi hörte. Zweifellos saßen dort Damen im Publikum, für die es nichts weiter war als eine Gelegenheit, ihre schicke Garderobe vorzuführen und hinterher zu tratschen, aber es gab auch andere, die wie in Trance aus dem Konzertsaal kamen und ihr äußeres Ich völlig vergessen hatten. Sugar weiß das: Sie hat es in ihren Gesichtern gesehen! Ehrfürchtig standen sie da, als ob sie immer noch der Musik lauschten, und zum Gehen angehalten bewegten sie sich wie Schlafwandlerinnen in einem Adagiorhythmus, der in ihrem Kopf weiter nachhallte. Sugar begegnete dem Blick einer solchen Dame, und sie lächelten beide – oh, so ein argloses, offenherziges Lächeln! –, als die eine die Liebe zur Musik in den Augen der anderen gespiegelt sah.

Wenn man ihr vor Jahren, ja noch vor Monaten den Hammer des Ikonoklasten gereicht hätte, hätte sie die Opernhäuser mit Freuden zertrümmert; sie hätte die ganzen vornehmen Damen aus ihren brennenden Villen geradewegs in die bittere Armut gejagt. Jetzt hat sie Zweifel. Dieses hasserfüllte Bild von verwöhnten Damen, die in Fabriken und Ausbeuterhöhlen neben ihren grobschlächtigen Schwestern verdrecken und verhärmen – welcher Gerechtigkeit soll damit gedient sein? Warum nicht lieber die Fabriken zertrümmern und die Ausbeuterhöhlen abfackeln statt der Opernhäuser und der Villen? Warum sollten die auf einer höheren Stufe lebenden Menschen auf eine niedrigere heruntergezogen werden, statt dass die auf der niedrigeren zur höheren aufsteigen? Ist es wirklich so eine unverzeihliche Affektiertheit, den eigenen Körper, das eigene Fleisch zu vergessen, wie es einer Dame geschehen kann, und nur noch in Gedanken und Gefühlen zu leben? Kann man einer Frau wie Agnes wirklich einen Vorwurf daraus machen, dass sie sich so etwas wie einen mit Stoff umwickelten Tupfer nicht vorstellen kann, mit dem man sich das Sperma eines Fremden aus der … der Muschi wischt? (Das Wort »Fotze«, auch wenn sie es nur im Stillen denkt, kommt ihr unsäglich roh vor.)

Noch einmal schlägt sie aufs Geratewohl ihr kostbares Manuskript auf, hofft wider besseres Wissen, etwas zu finden, worauf sie stolz sein kann.

»Ich will dir sagen, was ich mit dir vorhabe«, sagte sie zu dem Mann, während dieser ohnmächtig gegen seine Fesseln ankämpfte. »Dieser Pimmel, auf den du so stolz bist, ich werde ihn groß und steif machen, wie du ihn am liebsten hast. Wenn er dann richtig steht, werde ich dieses scharfe Stück Stahldraht nehmen und es um den Schaft binden. Ich werde dir nämlich ein kleines Geschenk machen, jawohl, das werde ich!«

Sie stöhnt auf und klappt die Seiten zu. Niemand auf der Welt wird dieses Zeug jemals lesen wollen, und es soll auch niemandem zugemutet werden.

Sie fühlt eine Welle von Selbstmitleid in sich aufsteigen, und sie lässt sie brechen, das Gesicht in den Händen vergraben. Es ist bereits Nachmittag, William ist nicht gekommen, in ihrem Garten zwitschern winzige blaue Vögelchen, unschuldige schöne Dinger, die lebendige Widerlegung der ganzen giftigen Hässlichkeit in ihrer abscheulichen Geschichte … Liebe Güte, sie muss demnächst ihre Tage kriegen, dass sie auf solche Gedanken kommt. Wenn zirpende Blaumeisen zu Werkzeugen gerechter Züchtigung werden, dann ist es höchste Zeit, die Tücher auszupacken …

Das Läuten der Türglocke erschreckt sie so heftig, dass ihre Ellbogen nach vorn zucken und den Roman vom Tisch stoßen. Die Seiten flattern über das ganze Arbeitszimmer, und sie stürzt sich darauf und krabbelt am Fußboden hierhin und dorthin, um die Bescherung wieder einzusammeln. Ihr bleibt kaum die Zeit, das Manuskript zurück in den Kleiderschrank zu stopfen und die Tür zuzutreten, da schließt sich William schon selbst die Haustür auf – denn er hat natürlich einen Schlüssel.

»William!«, ruft sie mit unverhohlener Erleichterung. »Ich bin's! Ich meine, hier bin ich!«

Schon bei der ersten Umarmung in der Diele am Kleiderständer merkt sie, dass ihr heimkehrender Odysseus nicht in lüsterner Stimmung ist. Klar, er freut sich sehr, sie zu sehen und als Held begrüßt zu werden, doch sie spürt auch eine gewisse Zurückhaltung, als sie ihren Körper an seinen presst, die dezente Vermeidung jeder Kontaktaufnahme von Mons Veneris und Mons Pubis. Sofort nimmt Sugar eine entspanntere Haltung ein, löst die Arme und streichelt seine bärtige Backe.

»Wie schrecklich müde du aussiehst!«, bemerkt sie in einem Ton überschwänglichen Mitgefühls, wie er vielleicht angesichts etlicher Speerwunden oder wenigstens eines sehr bösartigen Katzenkratzers angebracht wäre. »Hast du überhaupt geschlafen, seit ich dich das letzte Mal gesehen habe?«

»Herzlich wenig«, bekennt William. »Die Straßen um mein Gasthaus wimmelten nur so von Schnapsdrosseln, die die ganze Nacht hindurch aus voller Kehle sangen. Und *letzte* Nacht habe ich mir Sorgen um Agnes gemacht.«

Sugar lächelt, legt Anteil nehmend den Kopf schief und fragt sich, ob sie auf diese seltene Erwähnung von Mrs Rackham anbeißen sollte – oder ob William *sie* beißen wird, wenn sie es tut. Während sie sich das durch den Kopf gehen lässt, geleitet sie ihn unaufdringlich in … welches Zimmer? Das Wohnzimmer fürs Erste. Ja, sie hat sich entschlossen: Agnes wie auch das Schlafzimmer können warten, erst muss sie seinen angeknacksten Lebensmut gründlich aufpäppeln.

»Hier«, sagt sie, indem sie ihn auf der Ottomane platziert und ihm einen Brandy einschenkt. »Damit kannst du dir erst mal den Geschmack von Birmingham aus dem Mund spülen.«

Er lässt sich dankbar zurücksinken, knöpft seine über der Brust spannende Weste auf, zerrt an seiner Krawatte. Bevor er mit diesen Aufmerksamkeiten bedacht wurde, war ihm gar nicht bewusst gewesen, dass sie genau das sind, wonach er seit seiner Heimkehr gestern lechzt. Die distanzierte Tüchtigkeit seines Hauspersonals, die verständnislose Gleichgültigkeit seiner nervösen Frau, sie waren eine armselige Begrüßung, und er hungert nach reicherer Kost.

»Schön zu wissen, dass *irgendjemand* sich freut, mich zu sehen.« Er legt den Kopf in den Nacken und leckt den Brandy auf seinen Lippen.

»Immer, William«, erwidert sie und legt eine Hand auf seine schwitzende Stirn. »Aber erzähl, hast du die Kistenfabrik gekauft?«

Er stöhnt und schüttelt den Kopf.

Während sie sich neben ihn auf die Ottomane setzt, wird Sugar genau zum richtigen Zeitpunkt von der Muse geküsst. »Lass mich raten« (sie äfft den polternden Tonfall eines sich anbiedernden Halunken aus der nordenglischen Fabrikantenklasse nach): »›Nee, hier fehlt's an nix, Mr Rackham, was sich nicht mit 'nem guten Ingenieur und 'nem Klatsch Mörtel reparieren lässt‹, hm?«

William stutzt einen Moment, dann brüllt er vor Lachen. »Aber genau!« Ihr Versuch, den nordenglischen Akzent zu persiflieren, klang zwar eher nach Yorkshire als nach Birmingham, doch ansonsten hat sie den Nagel auf den Kopf getroffen. Was für ein erstklassiges Maschinchen ihr Hirn doch ist! Seine Rücken- und Nackenmuskeln entspannen sich, als er langsam begreift, dass er davon erlöst ist, ihr seine Entscheidung wegen der Fabrik zu erklären: Sie versteht schon, wie immer versteht sie.

»Tja, die Saison ist Gott sei Dank so gut wie rum«, murmelt er und stürzt den letzten Schluck Brandy hinunter. »Jetzt haben wir die Hundstage. Keine Tischgesellschaften mehr, keine Theaterbesuche mehr und nur noch eine beschissene musikalische Soiree …«

»Ich dachte, du hättest dich längst von allem entschuldigt …?«

»Na ja, von fast allem.«

»… weil du dachtest, Agnes ginge es besser.«

Er starrt finster in sein Glas.

»Sie hat sich ganz gut gehalten, das muss ich sagen«, ächzt er, »wenigstens in der Öffentlichkeit. Auf jeden Fall besser als in der vorigen Saison. Obwohl, schlimmer konnte es eigentlich nicht werden …« Er merkt, wie dürftig dieses Lob klingt, und bemüht sich um einen optimistischeren Ton. »Sie ist ein überspanntes Ding, aber ich bin sicher, sie ist nicht schlimmer als viele andere.« Er verzieht das Gesicht – er wollte nicht so ungalant klingen.

»Aber auch nicht so gut, wie du gehofft hattest?«, hakt Sugar nach.

Er nickt vage, ein treuer Ehemann im Druck. »Wenigstens hat sie mit diesem Quatsch von dem Schutzengel aufgehört, der über sie wacht … Obwohl sie regelmäßig Blicke über die Schulter wirft, wenn wir ausgehen …« Er rutscht auf der Ottomane noch tiefer, lehnt sich mit der Schulter an Sugars Schenkel. »Doch ich lass es jetzt bleiben, sie deswegen zur Rede zu stellen, das bringt sie nur gegen mich auf. Soll sie doch in Geisterbegleitung ausgehen, von mir aus, wenn sie das braucht, um sich im Griff zu haben …«

»Und hat sie sich im Griff?«

Er schweigt eine Weile, und sie streichelt ihm den Kopf. Im Kamin zischt die Glut auf und sinkt an einer Stelle ein.

»Manchmal«, sagt er, »kommen mir Zweifel, ob Agnes mir treu ist. Die Art, wie sie ständig in die Menge späht … als hoffte sie, jemand Bestimmtes zu erblicken, ich schwör's. Habe ich zu allem Überfluss auch noch einen Rivalen, frage ich mich?«

Sugar lächelt bedrückt und fühlt, wie das zähe Gewicht der Lüge sie nach unten zieht, so als saugten sich ihre Röcke und Unterröcke voll, während sie durch immer tieferes Wasser watet.

»Könnte es nicht sein, dass sie einfach nach ihrem Schutzengel Ausschau hält?«, gibt sie mit einem gewissen Mutwillen zu bedenken.

»Hmm.« William rekelt sich unter ihren Händen, aber ist nicht überzeugt. »Ich war vorige Woche auf einer musikalischen Soiree, und mitten in einer Rossini-Arie ist Agnes auf ihrem Sitz ohnmächtig geworden. Es war nur ein kurzer Moment, dann ist sie wieder zu sich gekommen und hat gemurmelt: ›Ja, Gott segne dich, heb mich hoch! Du hast so starke Arme.‹ – ›Wer hat starke Arme, Liebling?‹, frage ich sie. ›Psst, Liebling, die Frau singt noch‹, sagt sie darauf.«

Sugar ist zum Lachen zumute, und sie fragt sich, ob sie sich trauen soll. Sie lacht. Es hat keine Konsequenzen. Williams Vertrauen in sie ist offensichtlich größer denn je.

»Aber wie könnte Agnes dir untreu sein?«, überlegt sie laut. »Sie geht doch bestimmt ohne dein Wissen und deine Erlaubnis nirgends hin.«

William knurrt zweifelnd. »Ich habe Cheesman schwören lassen, dass er mir immer meldet, wo er sie hinfährt«, sagt er. »Und bei Gott, das tut er.« Beim Durchgehen seiner inneren Liste von Agnes' Ausfahrten werden seine Augen ganz schmal und blinzeln dann ärgerlich, als er an eine kommt, die er im Geiste rot umkringelt hat. »Ich dachte erst, ihre heimlichen Besuche der katholischen Kirche in Cricklewood könnten ... Rendezvous sein. Aber Cheesman gibt an, dass sie allein hineingeht und herauskommt. Was kann sie schon anstellen, solange sie beim Gottesdienst in der Bank sitzt?«

»Das weiß ich nicht, ich bin noch nie in einer Kirche gewesen«, sagt Sugar. Das Geständnis kommt ihr prekär und gewagt vor, ein Kopfsprung in die gefährlichen Wasser echter Intimität, einer Intimität, die tiefer geht als genitale Entblößung.

»Du warst noch nie ...?«, staunt William. »Das ist nicht dein Ernst!«

Sie lächelt traurig, streicht eine Haarlocke aus seinem aufblickenden Gesicht.

»Tja, William, ich hatte eine ziemlich unkonventionelle Kindheit, wie du weißt.«

»Aber ... verdammt noch mal, ich weiß noch, wie wir über Bodleys und Ashwells Buch diskutierten. Da schienst du in religiösen Dingen recht bewandert zu sein ...«

Sugar presst die Augen zusammen und sieht ihr Schädelinneres als ein grelles Schlangenloch voller Magdalenen und Marien, das langsam in ein düsteres Chaos versinkt.

»Das macht bestimmt die Unterweisung meiner Mutter. Ihre Episoden aus der Bibel waren jahrelang meine Gutenachtgeschichten. Und außerdem«, seufzt sie, »habe ich schrecklich viele Bücher gelesen, nicht wahr?«

William hebt die Hand und liebkost ihre Taille und ihren Busen mit schlaffen, matten Fingern. Als seine Hand stockt und auf seiner eigenen Brust zu liegen kommt, fragt sie sich, ob er auf ihrem

Schoß eingenickt ist. Doch nein, nach kurzem Schweigen vibriert seine tiefe Stimme an ihren Schenkeln.

»Sie ist unbeständig«, sagt er, »das ist das Problem. Den einen Tag normal, den anderen komplett verrückt. Unzuverlässig.«

Sugar sinnt über die moralische Logik dieser Aussage nach und fasst sich dann das Herz zu fragen:

»Was würdest du tun, wenn … wenn sie zuverlässig verrückt wäre?«

Er spannt die Kiefermuskeln an, dann schämt er sich und lässt gleich wieder locker. »Aach, sie ist immer noch nicht ganz erwachsen, kommt's mir vor. Sie muss noch ein bisschen reifer werden, dann wird sich das schon geben. Sie war furchtbar jung, als ich sie geheiratet habe, zu jung vielleicht. Hat noch mit Puppen gespielt … und so sind auch ihre Ausbrüche meistens: kindisch. Ich erinnere mich an ein Puppenspiel im April beim Gartenfest in Muswell Hill. Der Kasper hat seine Pritsche geschwungen und wie üblich seine Frau tüchtig versohlt. Agnes wurde ganz aufgeregt, packte mich am Arm und flehte mich an, die Frau wegzureißen. ›Schnell, William!‹, rief sie. ›Du bist jetzt ein reicher und wichtiger Mann. Niemand würde es wagen, dich daran zu hindern.‹ Ich lächelte zur Antwort, doch ihr war es Ernst! Immer noch ein Kind, siehst du?«

»Und … ist diese kindische Art das eigentliche Problem?«, erkundigt sich Sugar, denn sie sieht wieder Agnes' leblosen Körper vor sich, wie er lang auf der Gasse im Dreck liegt. »Sonst fehlt ihr nichts?«

»Na ja, Doktor Curlew meint, sie ist viel zu dünn und sollte in ein Sanatorium gesteckt und mit Rindfleisch und Buttermilch gemästet werden. ›Ich habe im Arbeitshaus Frauen gesehen, die mehr auf den Rippen hatten‹, sagt er.«

»Und was meinst *du*?« Eine aufregende, schwindeln machende Sache ist das, seine Meinung aus ihm herauszukitzeln, und zwar nicht über geschäftliche Angelegenheiten, sondern über sein Privatleben. Und er öffnet sich ihr! Mit jedem Wort öffnet er sich ihr mehr!

»Ich kann nicht bestreiten«, sagt William, »dass Agnes zu Hause von Salat und Aprikosen zu leben scheint. Wenn wir jedoch bei anderen Leuten zu Gast sind, isst sie alles, was man ihr vorsetzt, wie ein braves kleines Mädchen.« Er zuckt die Achseln, wie um zu sagen: kindisch, da haben wir's wieder.

»Na ja«, meint Sugar abschließend, »dieser Arzt wird in Rechnung stellen müssen, dass ›mollig‹ nicht mehr modern ist. Agnes ist nicht die einzige dünne Dame in London.«

Damit bietet sie William an, das Thema zu wechseln, doch er ist noch nicht so weit.

»Bestimmt nicht, bestimmt nicht«, sagt er, »doch es gibt noch anderen Anlass zur Sorge. Agnes' hat seit längerem keine Monatsblutung mehr.«

Ein eisiger Schauder läuft Sugar den Rücken hinunter, und sie muss sich beherrschen, um nicht stocksteif zu werden. Der Gedanke, William – *irgendein* Mann – könnte mit Agnes' Körper so gut vertraut sein, trifft sie als unerwarteter Schock.

»Woher weißt du das?«

Wieder ein Achselzucken an ihrem Schenkel.

»Doktor Curlew sagt das.«

Abermals tritt Schweigen ein, und Sugar ergeht sich in Phantasien, diesen Doktor Curlew in einer dunklen Sackgasse abzustechen. Er ist eine hinreichend schattenhafte Gestalt, denn sie hat ihn noch niemals zu Gesicht bekommen, aber sein Blut fließt genauso rot wie das sämtlicher Männer in *Sugars Fall und Erhebung.*

William kichert unvermittelt. »War noch nie in der Kirche …!«, wundert er sich halb schlafend. »Und ich dachte, ich wüsste alles über dich.«

Sie dreht das Gesicht zur Seite, denn zu ihrem Erstaunen fühlt sie, wie ihr warme, prickelnde Tränen über die Backen kullern. Eigentlich sollte Williams vollkommene Unkenntnis ihrer Person sie zu kreischendem Spottgelächter provozieren, doch stattdessen ist sie zu Trauer und Mitleid gerührt, Mitleid mit ihm, Mitleid mit sich selbst, Mitleid mit ihnen beiden, wie sie sich hier aneinander drängeln. Ach, was für ein Ungeheuer er liebkost …! Was für eine grässliche Jauche fließt durch ihre Adern, was hat sie für Ekel erregende Innereien, vergiftet von fauligen Erinnerungen und bitterem Mangel! Wenn sie sich doch nur eine Klinge ins Herz stoßen könnte, damit der ganze Unrat herausspritzt und abfließt und zischend in einer Spalte im Boden versickert, so dass sie rein und hell zurückbleibt. Was für ein harmloser Trottel William doch ist mit seinen roten Backen! Bei all seiner männlichen Arroganz, seinen promiskuösen Gelüsten, seiner hündischen Feigheit ist er im Vergleich zu ihr ein Unschuldslamm. Durch das privilegierte Leben ist er innerlich weich geblieben, eine behütete Kindheit hat ihn vor den bohrenden Maden des Hasses bewahrt. Sie kann ihn sich vorstellen, wie er als Junge neben dem Bett kniete und unter dem wachsamen Auge eines freundlichen Kindermädchens »Gott segne Mama und Papa« betete.

O Gott, wenn er wüsste, wie es in ihr aussieht …!

»Ich habe durchaus noch ein paar Überraschungen für dich auf Lager«, sagt sie in ihrem verführerischsten Ton und tupft sich verstohlen mit dem Ärmel die Backen ab.

William hebt den Kopf von ihrem Schoß. Er ist plötzlich hellwach, und seine blutunterlaufenen Augen blicken sie groß an. »Verrate mir ein Geheimnis!«, fordert er sie mit jungenhaftem Elan auf.

»Ein Geheimnis?«

»Ja, ein *dunkles* Geheimnis.«

Sie lacht, und frische Tränen fließen ihr aus den Augen, die sie in der Armbeuge verbirgt.

»Ich habe keine dunklen Geheimnisse«, beteuert sie. »Wirklich nicht. Als ich sagte, ich hätte noch ein paar Überraschungen für dich auf Lager, da habe ich gemeint –«

»Ich weiß, was du gemeint hast«, brummt er zärtlich und schiebt den Arm unter ihre Röcke. »Aber erzähl mir etwas von dir, das ich noch nicht weiß – irgendetwas. Etwas, das niemand sonst auf der Welt weiß.«

Sugar ist von dem Verlangen gepeinigt, ihm alles zu erzählen, ihm ihre ältesten und tiefsten Narben zu enthüllen, angefangen mit dem Spielchen, das Mrs Castaway mit der noch ganz kleinen Sugar trieb, nämlich sich an ihr Bettchen anzuschleichen und mit einem Ruck die Decken von ihrem halb erfrorenen Körper wegzureißen. »So macht es *Gott*«, sagte ihre Mutter dann immer in demselben grotesk übertriebenen Flüsterton, in dem sie ihre Geschichten vortrug. »Ihm macht das *Spaß*.« – »Mir ist kalt, Mama!«, wimmerte Sugar. Und die Decke an den Busen gepresst stand Mrs Castaway im Mondschein und hielt sich eine Hand ans

Ohr. »Ich weiß nicht«, sagte sie, »ob Gott das gehört hat. Er tut sich schwer damit, weibliche Stimmen zu hören, musst du wissen …«

William reibt sein Gesicht an ihren Bauch, murmelt ihr aufmunternd zu, wartet darauf, sein Geheimnis erzählt zu bekommen.

»Ich … ich …« Sie ringt mit sich. »Ich kann aus meiner Möse Wasser spritzen.«

Er glotzt sie konsterniert an. »Was?«

Sie kichert und beißt sich auf die Lippe, um nicht hysterisch zu werden. »Ich zeig's dir. Das ist mein ganz besonderes Talent. Ein nutzloses Talent …« Zu seiner maßlosen Verblüffung springt sie auf, holt sich ein Glas lauwarmes Wasser aus dem Bad und wirft sich vor ihm auf den Boden. Ohne irgendwelche erotischen Sperenzchen rafft sie die Röcke hoch, reißt sich die Pantalettes herunter und legt sich die Beine über den Kopf, so dass die Innenseiten der Knie fast die Ohren berühren. Ihre Möse klafft weit auf wie der Schnabel eines Nestlings, und mit unsicherer Hand gießt sie Wasser hinein, ein halbes Glas.

»Allmächtiger Gott!«, ruft William aus, als sie die Füße wieder auf den Teppich setzt und zurückgebogen auf allen vieren krabbelnd einen feinen Wasserstrahl durch die Luft spritzt. Der Strahl trifft die Ottomane, knapp neben seine Hosen.

»Mit dem nächsten krieg ich dich«, droht Sugar atemlos und nimmt erneut Ziel, doch sie wartet, bis er zur Seite gerutscht ist, ehe sie den nächsten Strahl abdrückt.

»Das gibt's nicht!«, lacht Rackham.

»Stell dich, du Memme!«, schreit sie und lässt die letzte Fontäne los, die höchste von allen. Da stürzt sich Rackham auf sie und hält ihr die Hände fest, ein Knie leicht auf ihren pumpenden Bauch gedrückt.

»Ist jetzt alles draußen?«, will er wissen und küsst sie auf den Mund.

»Ja«, antwortet sie. »Du bist sicher.« Woraufhin sie ihre Körper so umpositionieren, dass er sich gemütlich zwischen ihre Beine legen kann.

»Und du?«, fragt Sugar, während sie ihm beim Ausziehen zur Hand geht. »Hast du auch ein Geheimnis für mich?«

Er grinst entschuldigend, derweil seine Männlichkeit ausgepackt wird.

»Was könnte sich schon mit deinem vergleichen?«, entgegnet er, und damit ist das Thema beendet.

Weit weg, in einem armseligen Schlafzimmer in einem feuchten und rußigen Haus, hält eine Prostituierte, überrascht von einem unerwarteten Besucher, die Hand auf und bekommt drei Shilling.

»Noch mehr Fragen, Sir?«, schäkert sie, doch ihre Stimme bebt kaum merklich: Sie erkennt an dem verzerrten Gesicht ihres Freiers, dass er sie diesmal aus einem anderen Grund aufsucht.

Steif wie ein Krüppel tritt er an ihr Bett und setzt sich schwer auf die Kante. Ein sonniges Rechteck vom Fenster scheint auf die Stelle direkt neben ihm, doch er bleibt im Schatten.

»Die Frau, die ich liebe«, verkündet er mit leiser, vor Erregung ganz rauer Stimme, »liegt im Sterben.«

Caroline nickt langsam, leckt sich die Lippen und weiß nicht, wie sie reagieren soll. Seit dem Tod ihres Kindes bedeutet ihr das Ableben anderer Menschen weniger, als es sollte.

»Das is ja furchtbar«, sagt sie und schließt als Geste der Rücksichtnahme fest die Faust um die Münzen, damit sie nicht klimpern. »G-ganz schrecklich furchtbar.«

»Hören Sie mich an.«

»I-ich hab schon gehört, Sir. Die Frau, die Sie lie'm ...«

»Nein«, krächzt er, den Blick starr auf den Boden gerichtet, »hören Sie mich an.«

Und damit sinkt ihm der Kopf auf die Brust, und die Schultern beginnen zu beben. Er faltet die Hände wie zum Gebet und drückt, bis das Fleisch rot und weiß wird. Aus seiner zugeschnürten Kehle kommen leise und schluchzend unverständliche Worte.

Unsicher tritt Caroline ein Stück näher heran, und als das Weinen ihn stärker zu schütteln beginnt, setzt sie sich neben ihn aufs Bett. Die alte Matratze sackt durch, und ihre Körper berühren sich leicht an der Hüfte, doch er scheint es nicht zu merken. In unbewusster Nachahmung seiner Haltung beugt sie sich vor und hört ihn an, so gut sie kann.

»Gottverflucht sei Gott«, weint Henry. Dann wiederholt er die Blasphemie noch einmal deutlicher und mit größerem Nachdruck: »Gottverflucht sei Gott!«

Jetzt, wo er weiß, dass sie ihn gehört hat, verliert er sein letztes bisschen Selbstbeherrschung. Sekunden später plärrt er wie ein Esel beim Schinder, sein ganzer Körper wackelt, und er hält weiter mit solchem Druck die Hände verklammert, dass jeden Moment die Knochen splittern müssen.

»Goootverfluuucht sei Gooooott!«, brüllt Henry weiter, während Caroline ihm schüchtern und ängstlich (denn wer weiß, zu was für Gewalttaten ein verzweifelter Mann fähig ist?) einen tröstenden Arm um die Schultern legt.

Neunzehn

»Aufwachen!«, zischt eine strenge Stimme. »Vergessen Sie nicht, wo Sie sind.«

Sugar, die auf der Bank eingenickt ist, schrickt hoch. Geblendet von dem farbigen Sonnenlicht, das durch die Buntglasfenster fällt, kneift sie die Augen zusammen, dann setzt sie sich gerade hin, streicht ihre unmodischen Röcke glatt und zieht ihren grässlichen Schal zurecht. Die alte Matrone neben ihr wendet nach Erfüllung ihrer frommen Pflicht die trüben Augen wieder der fernen Kanzel zu, auf welcher der Pfarrer weiterhin eifernd seinen Redeschwall über die zahlreichen Bankreihen loslässt.

Sugar späht nach den anderen Leuten auf den nicht reservierten Plätzen hier hinten in der Kirche, doch entgegen ihren Befürchtungen scheint niemand sonst ihr Nickerchen bemerkt zu haben. Ein schwachsinnig aussehender Junge schielt immer heftiger bei dem Versuch, sich die Nasenspitze mit den unteren Schneidezähnen zu kratzen. Neben ihm, in unmittelbarer Nähe des Fluchtweges nach draußen in die Sonne, sitzt eine Mutter mit Pfannkuchengesicht, die behutsam zwei Babys in den Armen wiegt, damit diese weiter friedlich schlummern.

In Wahrheit schläft ein Großteil der Gemeinde, manche den Kopf im Nacken und die Kinnlade heruntergeklappt, andere das Kinn auf dem steifen, hochgeschlagenen Kragen, wieder andere an die Schulter eines Verwandten gelehnt. Und die allgemeine Schläfrigkeit ist auch kein Wunder bei dem heißen Wetter, dem bunten Licht und der leiernden Stimme des Pfarrers: Ein Schlafmittel verstärkt das andere.

Sugar reibt sich heimlich ihren steifen Hals. Doch, sagt sie sich, es ist gut, dass sie hier ist. William ist erneut weggefahren (diesmal nur für einen Tag, nach Yarmouth), und somit könnte sie ihren Sonntagvormittag kaum sinnvoller nutzen, als die Mitglieder des Rackhamschen Haushalts in die Kirche zu begleiten.

Es sind allerdings nicht viele dieses Haushalts vertreten. Ihre Zahl hat sich leider seit den süßen Anfangstagen von Williams Ehe sehr verringert, als William und Agnes zusammen mit Rackham senior und allen Bediensteten erschienen und die Damen der Gemeinde einer verstörten Agnes gegenüber kichernd andeuteten, sie werde gewiss bald von einer eigenen munteren Familienschar umgeben sein.

Yarmouth hin oder her, William lässt sich nur noch selten blicken. Warum sollte er sich einen Dummschwätzer auf einer Kanzel anhören, der von lauter Hirngespinsten schwafelt? In der Geschäftswelt wird nie über etwas gesprochen, das keine realen, konkreten Formen annehmen kann: Wenn die Religion doch von sich dasselbe behaupten könnte! Deshalb nimmt normalerweise Agnes statt seiner teil, zusammen mit den Dienstboten, die gerade im Haus entbehrlich sind. Aber Agnes fehlt heute Vormittag, nur ihre mürrisch dreinblickende Zofe ist da. (Clara ist hellwach, aber nicht ihrer besonderen Frömmigkeit wegen, sondern weil sie fast platzt vor Ärger darüber, dass Letty allein den Abendgottesdienst besuchen darf und damit praktisch den Sonntag frei hat. Desgleichen ist sie auf Cheesman neidisch, der draußen vor der Kirche hin und her gehen, Zigaretten rauchen und sich die Grabinschriften betrachten kann. Und wieso stupst niemand dieser dummen Scheuermagd Janey einen Sonnenschirm in die Seite, damit sie zu schnarchen aufhört!)

Sugar rutscht nervös auf der »Armenbank« der Kirche herum, viele Reihen hinter einem kleinen, kaum sichtbaren Kind, bei dem es sich womöglich um William Rackhams Tochter handelt. Wie dem auch sei, sie sitzt während der ganzen Predigt unbewegt da und ist fast vollständig unter einem derben braunen Mantel und einem übergroßen Hut verborgen. Sugar versucht sich einzureden, dass die wenigen Zentimeter blonden Haars, die hervorlugen, etwas über sie verraten müssen, aber ihr fallen immer wieder die Augen zu. Sie sehnt sich nach der nächsten Gesangseinlage, denn obwohl sie die Texte der Kirchenlieder so wenig kennt wie die Melodien, rüttelt das Singen sie doch immerhin wach. Gnadenlos geht die Predigt immer im selben Ton weiter, ohne sich je zu einem Crescendo zu steigern.

Am linken Rand der vordersten Bank kann ein gut aussehender, aber zornig blickender Mann ebenso wenig still sitzen wie sie. Er hat aufgequollene Augen und wirkt ungepflegt, recht ungewöhnlich für jemanden ganz vorne unter den zahlenden Gemeindemitgliedern. Ab und an, wenn er mit der Predigt nicht einverstanden ist, holt er so tief Luft, dass man es hinten in der Kirche sehen und beinahe hören kann.

Der Pfarrer schmäht einen gewissen Sir Henry Thompson wegen irgendwelcher Ketzereien, die Sugar im Einzelnen unklar bleiben, da sie einen entscheidenden Teil der Predigt verschlafen hat, aber sie gewinnt den Eindruck, dass Thompson besonders üble, verkommene Ansichten vertritt und, schlimmer noch, sehr viele Menschen für sich begeistert. In anklagendem Ton äußert der Pfarrer den Verdacht, dass sich sogar an diesem Vormittag unter seinen Zuhörern Seelen verbergen könnten, die Sir Henry Thompson vom rechten Weg abgebracht hat. *Lieber Gott*, betet Sugar, *bitte mach, dass er zu reden aufhört*. Doch als ihr Gebet endlich erhört wird, ist jegliche Hoffnung auf einen vorübergehenden Frieden mit Gott dahin.

Nachdem die letzten Lieder gesungen sind, zerstreut sich die Gemeinde nur langsam, denn viele harren noch auf ihren Plätzen aus und studieren ihren Kirchenkalender. Nicht so der übernächtigt aussehende Herr aus der vordersten Reihe. Er bahnt sich durch den Mittelgang einen Weg nach draußen und rempelt dabei mehrmals unabsichtlich andere Leute an. Dieser Mann, wird Sugar bewusst, als er dicht an ihr vorbeikommt, muss Williams älterer Bruder sein, der »langweilige, unentschlossene«, der sich »in jüngster Zeit verdammt sonderbar benimmt«.

Hinter Henry schiebt sich eine lange, sittsame Schlange vom Schicksten und Heiligsten, was Notting Hill zu bieten hat, durch den Gang, männlicherseits stoisch in dunklen Jacketts schmorend, weiblicherseits nach der letzten Mode gekleidet, allerdings unter Verzicht auf allen protzigen Glitzerschmuck. Hinterdrein kommt das Kind getrottet, das womöglich Williams Tochter ist, halb verborgen in den Röcken ihrer matronenhaften Aufpasserin. Das Mädchen hat Agnes' taubenblaue Augen und Williams fliehendes Kinn und den sehnsüchtigen, verschüchterten Blick eines eingesperrten Tiers – denselben Blick, der auch in Williams Augen lag, als sie ihn in der Rauchluft des Fireside erstmals taxierte. Reicht ein Blick als Vaterschaftsbeweis? Wohl kaum: dieses Kind könnte jedermanns Tochter sein. Aber für den Bruchteil einer Sekunde begegnen die Augen des kleinen Mädchens denen Sugars, und es findet ein Austausch statt. Zum ersten Mal ist heute in der stickigen Luft dieses Gotteshauses ein Geistesfunke übergesprungen.

Du bist *es doch, Sophie, nicht wahr?*, denkt sie, aber das Kind ist bereits weitergegangen.

Sobald sie sich traut, tritt Sugar aus der Bankreihe heraus und folgt den Gemeindemitgliedern auf den sonnigen Vorplatz. Das kleine Mädchen wird eilig – beinahe überhastet – zur Rackhamschen Kutsche gebracht. Cheesman, der neben einer Marmorsäule lungert, um die sich wollüstig zwei lebensgroße Engel schlingen, wirft seine Zigarette weg und tritt sie aus.

Damit ist ein Rackham fort, und so schaut sich Sugar nach dem einzig noch verbliebenen um, Bruder Henry, muss allerdings feststellen, dass sie nicht die einzige Frau ist, die sich für ihn interessiert. Eine bleiche, krank aussehende Dame, der vor dem Gottesdienst, wie Sugar bemerkte, von einer Dienerin auf ihren Platz geholfen wurde, erhält nun beim Verlassen der Kirche dieselbe Hilfe. Schwer auf einen Spazierstock gestützt winkt sie Henry und ruft seinen Namen, offenbar fest entschlossen, ihn einzuholen.

Die Wirkung auf Williams Bruder ist elektrisierend: Ein Ruck durchfährt ihn, er lüftet den Hut, streicht sein ungewaschenes Haar glatt, setzt den Hut sorgsam wieder auf, rückt seine Krawatte zurecht. Selbst durch den steifen Stoff ihres Schleiers erkennt Sugar, dass er das Wunder vollbracht hat, den Zorn und die Bitterkeit aus seinem Gesicht zu vertreiben und durch eine milde Mitleidsmaske zu ersetzen.

Die Kranke, immer noch in Begleitung ihrer Dienerin, bewegt sich nicht wie eine, die gehbehindert ist (mit diesem typischen dreibeinigen Gang), sondern stützt sich schwer auf den Stock, als wäre er das Geländer am Rand einer steil abstürzenden Felswand.

Sie ist so blass und dünn wie ein entrindeter Ast, und die linke Hand, die über dem Arm der Dienerin hängt, hat große Ähnlichkeit mit einem Zweig; die fest um den Griff des Stocks geschlossene Rechte ähnelt eher einer knorrigen Wurzel. Während alle um sie herum von der sengenden Hitze leicht gerötete oder (im Fall einiger besonders aufwändig gekleideter Damen) knallrote Gesichter haben, ist ihres weiß, bis auf die hektischen Flecken auf den Wangen, die bei jedem Schritt aufflammen und gleich wieder verblassen.

Arme sterbenskranke Seele, denkt Sugar, denn sie hat einen Blick dafür, ob jemand Schwindsucht hat. Doch kaum ist dieses Tröpfchen Mitleid in ihre Adern geflossen, strömt ein heftiges Schuldgefühl hinterher: *Warum gehst du nicht zu Mrs Castaway und besuchst Katy, du Feigling? Sie ist bestimmt in einem schlimmeren Zustand als diese Fremde hier – wenn sie nicht schon tot ist.*

»Ah! Henry! Haben Sie etwa gehofft, mir entfliehen zu können?«

Die Schwindsüchtige hat es geschafft, die Dienerin an ihrer Seite abzuschütteln, und läuft nun allein, bemüht, dabei unangestrengt zu wirken. Der Anblick ihrer gekrümmten Schultern und verkrampften Finger reißt Henry aus seiner Starre, und er stürzt zu ihr, wobei er im Vorbeigehen fast gegen Sugars Busen rempelt.

»Erlauben Sie bitte, Mrs Fox«, sagt er und streckt die Arme wie schwere Werkzeuge aus, mit deren Benutzung er nicht vertraut ist. Mrs Fox lehnt das Anerbieten mit einem höflichen Kopfschütteln ab.

»Nein, Henry«, versichert sie ihm und bleibt stehen, um zu verschnaufen. »Mit diesem Stock bin ich recht sicher auf den Beinen … solange mich niemand schubst.«

Entrüstet schaut Henry über Mrs Fox' Schulter auf all die böswilligen, verachtenswerten Menschen, die sie schubsen könnten, darunter auch (am nächsten von allen) Sugar. Seine Arme, von Mrs Fox als Stützen abgewiesen, hängen nutzlos herunter.

»Einer derartigen Gefahr sollten Sie sich nicht aussetzen«, beschwört er sie.

»Gefahr! Pfff!«, meint Mrs Fox abschätzig. »Fragen Sie mal

eine mittellose Prostituierte … unter den Adelphi Arches … was Gefahren sind …«

»Lieber nicht«, sagt Henry. »Und mir wäre es auch lieber, wenn Sie zu Hause bleiben und sich schonen würden.«

Aber nachdem sie nun ein Weilchen gestanden hat, kommt Mrs Fox durch reine Willenskraft wieder zu Atem, so dass man meinen könnte, sie saugte die Luft mit dem Stock aus dem Boden. »Ich werde so lange in die Kirche kommen«, verkündet sie, »wie ich dazu in der Lage bin. Immerhin hat die Kirche einen großen Vorteil gegenüber dem Frauenrettungsverein – sie wird mir keinen Brief schicken, in dem sie mich auffordert fortzubleiben.«

»Ja, aber Sie sollen sich schonen, hat Ihr Vater gesagt.«

»Schonen? Mein Vater will, dass ich verreise.«

»Verreise?« Henry verzieht das Gesicht zu einer Miene, in der sich Hoffnung, Furcht und Unverständnis spiegeln. »Wohin?«

»Folkestone Sands.« Sie rümpft die Nase. »Nach allem, was man hört, ein Paradies für Kranke – oder sollte ich vielleicht Scheol sagen?«

»Ich bitte Sie, Mrs Fox!« Henry schaut sich unbehaglich nach dem Pfarrer um. Doch die einzige Person in unmittelbarer Nähe ist eine ihm unbekannte verschleierte Frau in ärmlicher Kleidung, die sich langsam und zögernd umdreht, so als habe sie die Orientierung verloren.

»Kommen Sie, Henry, gehen wir ein Stück zusammen«, sagt Mrs Fox.

Henry ist entgeistert. »Doch nicht den ganzen Weg …«

»Ja, den ganzen Weg – bis zur Kutsche meines Vaters«, neckt sie ihn. »Kommen Sie, Henry. Es gibt Leute, die marschieren allmorgendlich fünf Meilen zur Arbeit.«

Henry, über das Maß des Erträglichen hinaus provoziert, hebt an auszurufen: »Nicht, wenn …«, aber es gelingt ihm gerade noch, sich die Erwähnung der todbringenden Krankheit zu verkneifen. »Nicht am Sonntag«, korrigiert er sich kleinlaut.

Sie gehen ihren altgewohnten Weg, die schattige Allee hinunter, fort von der Gemeinde im Sonnenschein, gefolgt von der verschleierten Frau in der ärmlichen Kleidung. Der diskrete Abstand und Mrs Fox' Atemlosigkeit haben zur Folge, dass Sugar manches entgeht, was gesagt wird, und sie nur einzelne Flüsterfetzen hört, die der Wind wie Pusteblumensamen verweht. Aber die Anspannung, mit der sich Mrs Fox' Schulterblätter unter dem Kleid bewegen, spricht eine deutliche Sprache.

»Was nützt es mir«, keucht sie, »ruhig und allein im Bett zu liegen, wenn ich hier bei mildem Wetter draußen sein kann, in angenehmer Gesellschaft ...« (ein paar Worte gehen verloren) »... die Gelegenheit, das Lob des Herrn zu singen ...« (noch ein paar).

Bei der Behauptung, das Wetter sei »mild« durchrieselt Sugar ein Mitleidsschauder, denn sie blinzelt sich hinter ihrem Schleier ständig Schweißtropfen von den Wimpern. Es ist quälend heiß, und Sugar bereut, dass sie sich – wegen ihrer Verkleidung als arme Frau – den Luxus eines Sonnenschirms verboten hat. Wie eisig muss das Blut sein, das durch diesen ausgemergelten Körper fließt!

»... dieser schöne Tag ... im Haus würde ich bloß vor mich hin frieren ...«

Henry schaut zum gnadenlosen Himmel auf, als wollte er den Sonnenschein zwingen, so mild zu sein, wie er für ihr Gefühl ist.

»... kommt es mir durch und durch morbid vor, im Bett unter weißen Laken zu liegen, meinen Sie nicht auch?«

»Lassen Sie uns von etwas anderem sprechen«, bittet Henry. Zu ihrer Linken befindet sich der Friedhof, zwischen den Bäumen scheinen die Grabsteine auf.

»Nun gut ...«, keucht Mrs Fox. »Wie fanden Sie die Predigt?«

Henry blickt über die Schulter, um sich zu vergewissern, dass der Pfarrer ihnen nicht auf den Fersen ist. Aber er sieht bloß die ärmlich gekleidete Frau und, ein Stück dahinter, Doktor Curlews Dienstmädchen.

»Ich fand sie größtenteils ... sehr ordentlich«, murmelt er. »Aber den Angriff auf Sir Henry Thompson hätte er sich sparen können.«

»Stimmt, Henry, stimmt genau«, stößt Mrs Fox hervor. »Thompson bringt mutig ein Übel zur Sprache ...« (mehrere unverständliche Worte) »... an der Zeit, einzugestehen ... das Prinzip der Erdbestattung ... einer Welt entstammt ... die kleiner war als unsere heute ...« Sie bleibt einen Moment lang stehen, schwankend auf den Stock gestützt, und weist mit dem freien

Arm auf den Friedhof. »Ein bescheidener Vorortfriedhof wie dieser … vermittelt keine Vorstellung davon, wie es sein wird … wenn die Bevölkerung weiter zunimmt … Haben Sie das Buch gelesen … ganz hervorragend … *Was sich unter uns Schreckliches zusammenbraut*?«

Falls auf diese Frage eine Antwort erfolgt, hört Sugar sie nicht.

»Das sollten Sie, Henry … das sollten Sie wirklich. Es wird Ihnen die Augen öffnen. Ich kann mir kein überzeugenderes … für die Einäscherung vorstellen. Der Autor beschreibt … alten Londoner Friedhöfen … ehe sie sämtlich geschlossen wurden … giftige Dämpfe … mit bloßem Auge sehen konnte …«

Es ist mittlerweile schmerzhaft, ihr zuzuhören, und Henry Rackham wirft immer wieder aufgewühlte Blicke über die Schulter, nicht auf Sugar, sondern auf die Dienerin, von der er sich sichtlich erhofft, dass sie kommt und tut, was geboten ist.

»Gott hat uns …«, japst Mrs Fox, »aus einer Hand voll Staub erschaffen … deshalb verstehe ich nicht … wieso manche ihm nicht zutrauen … uns aus einer Urne … voll Asche … wiederauferstehen zu lassen.«

»Bitte, Mrs Fox, sprechen Sie nicht weiter.«

»Und was glauben eigentlich … die Befürworter der Erdbestattung … das würde ich gerne einmal wissen … wie es um uns bestellt ist … nach einen halben Jahr … unter der Erde?«

Gnädigerweise fasst sich die Dienerin in diesem Moment ein Herz, hastet an Sugar vorbei und nimmt die Kranke entschlossen am Arm.

»Verzeihen Sie, Mr Rackham«, sagt sie, als Mrs Fox erschöpft gegen sie sinkt. Er nickt und setzt ein schiefes Lächeln auf, ein Lächeln, das seine Ohnmacht verrät, ein Lächeln, mit dem er eingesteht, dass er weniger geeignet ist, sie zu stützen, als ein ältliches Dienstmädchen.

»Natürlich, natürlich«, sagt er und schaut dann den beiden spindeldürren Frauen hinterher – die er notfalls beide zugleich, eine in jeder Hand, hochstemmen könnte –, wie sie Schritt für Schritt von dannen wanken. Wie angewurzelt wartet Henry Rackham, bis sie sicher in der dunklen Kutsche des Doktors Platz genommen haben, dann wendet er sich wieder der Kirche zu. Sugar setzt sich augenblicklich in Bewegung und geht an ihm vorüber, schamrot hinter ihrem Schleier, denn ihm kann nicht verborgen geblieben sein, dass sie ihm in seiner Qual nachspioniert hat.

»Guten Morgen«, sagt sie.

»Morgen«, krächzt er, hebt den Arm ruckartig ein paar Zentimeter in Richtung seines Hutes, lässt ihn dann aber schroff wieder herunterfallen.

»Oh, er ist wirklich ein Pfahl in meinem Fleisch!«, stöhnt William an jenem Abend mit gespielter Verzweiflung in Sugars Bett. »Warum hat er ausgerechnet *mich* zum Opfer seiner Vertraulichkeiten erkoren?«

»Vielleicht hat er niemand anderen«, sagt Sugar. Dann riskiert sie selbst eine kleine Vertraulichkeit und fügt hinzu: »Und du bist schließlich sein Bruder.«

Sie liegen nebeneinander, die Decke weit zurückgeschlagen, setzen ihre heißen, feuchten Körper der kühlenden Luft aus. Trotz seiner Sorgen wegen Henry ist William ziemlich guter Dinge, so selbstsicher wie ein Löwe, der sich stolz neben seinen Löwinnen und einer noch dampfenden Beute präsentiert. Seine Fahrt nach Yarmouth war ein Riesenerfolg: Ein Importkaufmann namens Grover Pankey und er haben sich prächtig verstanden, auf der Promenade Zigarren geraucht und einen Handel abgeschlossen, der den Rackham Perfumeries die Lieferung spottbilliger Elfenbeintiegel für besonders kostspielige Balsamsorten sichert.

Während des Vollzugs (des Liebesaktes mit Sugar, nicht des Handels mit Pankey) war William immer noch von seiner Großtat erfüllt, und das verlieh ihm einen Charme, den Sugar ihm nicht zugetraut hätte. Er liebkoste ihre Brüste mit ungewohnter Zärtlichkeit und küsste so sanft wie nie ihren Nabel, wieder und wieder: dadurch sprang etwas in ihr auf, eine harte, verborgene Schale, die sich ihm bis dato nicht geöffnet hatte. Er ist gar kein so schlechter Mensch, denkt sie. Womöglich gehört er sogar zu den halbwegs erträglichen – und er hat echten Gefallen an ihrem Körper gefunden und behandelt ihn als etwas Lebendiges, statt (wie am Anfang) als ein leeres Gefäß, in das er zornig seinen Samen schleudert.

»Ich bin sein Bruder«, seufzt William, »und es quält mich, ihn so elend zu sehen. Doch wie kann ich ihm helfen? Alles, was ich ihm dringend ans Herz lege, hält er für unmöglich. Alles, was er stattdessen tut, treibt mich zur Weißglut. Kaum bin ich aus Yarmouth zurück, glänzend gelaunt und heilfroh, eine von Doktor Cranes öden Predigten verpasst zu haben, schon steht er in meinem Salon und referiert mir den ganzen Quatsch!«

Um Sugar eine Vorstellung davon zu vermitteln, was er erdulden musste, fasst er des Pfarrers Tirade gegen die Einäscherung zusammen.

»Und was meint Henry dazu?«, fragt Sugar am Ende seiner zweiminütigen Kurzdarstellung ihrer eigenen einstündigen Tortur.

»Ha! Mit Unentschlossenheit geschlagen ist er, wie üblich!«, ruft William. »Sein Verstand ist für Einäscherung, sagt er, aber sein Herz für Erdbestattung.«

Sugar verkneift sich den Impuls, William das Bild mitzuteilen, das ihr unwillkürlich in den Sinn kommt: Eine Leiche wird von zwei Amtspersonen feierlich aufgeschnitten, anschließend trägt der eine den abgetrennten Kopf zu einem Verbrennungsofen, während der andere sich mit dem blutigen Herzen auf einem Spaten davonmacht.

»Und du?«, animiert sie ihn weiterzureden.

»Ich habe ihm gesagt, ich für meinen Teil bin ein Anhänger der Bestattung, aber nicht aus irgendwelchen weit hergeholten religiösen Gründen. Durch was für Reifen die gottesfürchtigen Leute doch springen, nur um sich das Leben zu verkomplizieren! Ich bin schon fast so weit, eine Abhandlung über das Thema zu schreiben …« Während der Schweiß auf ihren Körpern zunehmend verdunstet, umarmt er sie fester und doziert, die Vorzüge der Bestattung hätten überhaupt nichts mit Religion, sondern mit sozialen und ökonomischen Aspekten zu tun. Trauernde Freunde und Verwandte müssten das Gefühl haben können, der Tote sei in dem Körper von ihnen gegangen, den er bewohnte, als sie ihn zuletzt lebend sahen; sein Verfall sollte ein langsamer sein, so langsam vonstatten gehen wie der Verfall ihrer Erinnerungen an den Toten. Jemanden zu Asche zu verbrennen, solange er im Geiste derer, die ihn geliebt haben, noch lebensgroß ist, findet er schlicht pervers. Und abgesehen davon, was soll aus all den Totengräbern werden? Haben die Einäscherungsbefürworter darüber schon einmal nachgedacht? Was ist mit den Kutschern der Leichenwagen, mit den Sargträgern und all den anderen? Erdbestattungen sorgen für mehr Wirtschaftstätigkeit, bringen mehr Menschen in Lohn und Brot, als die meisten Leute sich vorstellen. Ja, sogar die Rackham Perfumeries würden durch die Abschaffung von Erdbestattungen Einbußen erleiden, denn wer bräuchte dann noch Rackhams Duftkissen für Särge oder die Kosmetika, die Rackham Leichenbestattern verkauft.

»Und was hält Agnes von alldem?«, fragt Sugar beiläufig. Sie hofft, ohne eine direkte Frage herauszufinden, wieso Mrs Rackham an diesem Vormittag nicht in der Kirche war.

»Sie hat die ganze Sache Gott sei Dank nicht mitbekommen. Sie ist am Meer.«

»Am Meer?«

»Ja, in Folkestone Sands.«

Sugar stützt sich auf einen Ellbogen, zieht die Decke behutsam über Williams Brust und überlegt dabei, wie unverblümt sie ihn aushorchen kann.

»Was macht sie dort?«

»Mästet sich mit Kuchen und Eiscreme, hoffe ich.« Er schließt die Augen und holt tief Luft. »Und erspart mir weitere Unannehmlichkeiten.«

»Wieso? Was für Unannehmlichkeiten hat sie dir denn bereitet?«

Aber William hat keine Lust, Sugar von Lady Harringtons Ball zu erzählen, von dem Aufsehen erregenden Abgang seiner Frau, die von zwei jungen, verlegenen Marineoffizieren aus dem überfüllten Ballsaal geleitet wurde und hinter sich eine lange, gelblich schimmernde Spur Erbrochenes auf dem blanken Boden zurückließ – ebenso wie eine ernstlich verärgerte Gastgeberin. Er hätte Sugar vielleicht davon erzählt, wenn der Vorfall allein durch eine Krankheit ausgelöst worden wäre, aber Agnes hatte unmittelbar vor ihrem Zusammenbruch seinen geflüsterten Warnungen zum Trotz haarsträubende Dinge zu Lady Harrington gesagt. Auch auf der Heimfahrt in der Kutsche zeigte sie keine Reue, sie lallte leicht und ihre Augen funkelten wild im Dunkeln, während sie auf dem Sitz ihm gegenüber vor und zurück schaukelte.

»Lady Harrington wird das niemals verzeihen«, sagte er, hin und her gerissen zwischen dem Drang, ihr so kräftig ins Gesicht zu schlagen, dass ihr Kopf sich um dreihundertsechzig Grad drehte, und dem Verlangen, sie in die Arme zu schließen und ihr das feuchte Haar aus dem Gesicht zu streichen.

»Bah, wir brauchen sie nicht.« Agnes rümpfte die Nase. »Sie sieht aus wie eine Ente.«

Das brachte ihn, ungeachtet der Demütigung, zum Lachen, und in gewisser Hinsicht hatte sie sogar Recht, nicht nur im Hinblick auf Lady Harringtons Erscheinung. Seit Williams Vermögen auf den gegenwärtigen Umfang angewachsen ist, überschlagen sich Mitglieder des niederen Adels vor Eifer, ihn zu hofieren, die Sorte, die ihr Vermögen weitgehend verspielt und vertrunken hat und deren Anwesen am Verfallen sind.

»Das ist kein hinreichender Grund«, schalt er seine Gattin, »die Frau zu beleidigen, bei der man zu Gast ist.«

»Gast ist, Gast is, Gastes, Geistes«, keuchte Agnes wie ein müdes Echo vor sich hin, während die Kutsche durch die Finsternis rollte. »Im Namen des Heiligen Geistes.«

»William?«

Es ist Sugars Stimme, sie liegt nackt neben ihm im Bett und holt ihn zurück in die Gegenwart.

»Hmm?«, antwortet er blinzelnd. »Ach … ja. Agnes. Nein, äh, nichts Besonderes. Eine zarte Konstitution. Weibliche Schwäche.« Er greift nach seinem Hemd, rutscht aus dem Bett und beginnt sich anzuziehen. »Ich setze große Hoffnungen in ihren Aufenthalt in Folkestone Sands. Die Seeluft soll ja alle möglichen hartnäckigen Beschwerden heilen. Und wenn sie nicht gesund wird, werde ich womöglich dem Rat von Lady Bridgelow – einer Freundin von mir – folgen und sie ins Ausland schicken.«

»Ins Ausland?« Sugars haselnussbraune Augen schauen ihn groß an. »Wohin denn?«

Er hält einen Moment lang inne, die Unterhose halb hochgezogen, sein Schwanz noch feucht vom Liebesakt, sein geschwollener Hodensack in der heißen Luft baumelnd.

»Darüber mache ich mir erst Gedanken, wenn es so weit ist«, mahnt er sie sanft.

Noch ehe sich das Tempo des Zuges vermindert und sich die Ankunft im Bahnhof von Folkestone ankündigt, weht der unverwechselbare Geruch nach Meer durch die Abteilfenster herein und Möwengeschrei übertönt das rhythmische Rattern.

»Aah, Madam, riechen Sie doch nur«, ruft die Dienerin begeistert. Sie lässt das Rollo durch einen Ruck an der daran befestigten Quaste hochschnurren und atmet vor dem offenen Fenster tief durch die Nase ein. »Keine Frage, die reinste Arznei.«

Mrs Fox klappt ihr Buch zu, lässt es in den Schoß sinken und lächelt.

»Die Luft ist wirklich angenehm, Laura, das gebe ich zu. Aber dasselbe gilt auch für den Geruch von Schweinebraten, und der hat nachweislich noch niemand von irgendetwas kuriert.«

Und doch, Mrs Fox kann es nicht bestreiten, die Seeluft wirkt erfrischend. Die salzige Brise öffnet kleine, bislang verstopfte Wege zwischen Nase und Stirn, und die Wirkung ist so belebend, dass sie nicht weiter in ihrem Buch lesen kann. Ehe sie es in den Korb neben sich zurücklegt, mustert sie erneut den Titel: *Vom Nutzen des Gebets*, von Philip Bodley und Edward Ashwell. Was für ein überflüssiges Buch! Es ignoriert völlig die Tatsache, dass ein Gebet kein Zauberspruch ist, mit dem man etwas zu erreichen hofft, ohne sich dafür anstrengen zu müssen, sondern eine Möglichkeit, sich bei Gott für seinen Beistand zu bedanken, Beistand bei einer sinnvollen Aufgabe, der man sich voll und ganz verschrieben hat. Das sieht den Männern ähnlich – na ja, den meisten jedenfalls –, sich in kleinlichem Zynismus und sokratischen Spitzfindigkeiten zu ergehen und sich mit Statistiken aufzuhalten, während draußen vor ihren Fenstern Millionen von Menschen dringend der Errettung bedürfen.

Urplötzlich wird das abgehackte Fauchen der Dampfmaschine langsamer, und das schleifende Bremsgeräusch kündigt die Ankunft des Zuges im Bahnhof an. Farbige Schatten huschen am Fenster vorbei. Ein Pfiff ertönt.

»Folk-stoooоone!«

Emmeline wartet im Abteil, während sich die übrigen Reisenden auf dem schmalen Gang Richtung Ausgang drängen. Es schmerzt sie, doch sie gibt inzwischen zu, dass ihre Gesundheit es momentan nicht erlaubt, ihren geschwächten Körper ins

Gewühl zu stürzen. Wehmütig erinnert sie sich daran, wie sie sich einmal auf offener Straße mit ihren Mitstreiterinnen durch eine Menge grölender, mit den Füßen stampfender Zuschauer zu einer Prügelei vorkämpfte und, als sich herausstellte, dass es sich bei den Streithähnen um Mann und Frau handelte, diese mit bloßen – nun ja, behandschuhten – Händen voneinander trennte. Wie verblüfft die beiden dreinschauten, während sie keuchend und blutverschmiert dastanden – wie eigenartig sie einander musterten!

Der Waggon bebt unter den schweren Schritten der Gepäckträger, die Taschen und Koffer vom Dach abladen; das wütende Schnauben des Dampfes aus den vielen Ventilen mischt sich mit lautem Stimmengewirr. In der Menge veranstalten dicke Kutscher ein Wettrennen zu den Reisenden, die am wohlhabendsten aussehen, während sich Gepäckträger mit riesigen Koffern in den Händen und Strandschirmen unter dem Arm dahinschleppen. Überall sind Kinder: Jungen mit Filzmützen und überflüssigen Mänteln, Mädchen in Miniaturausgaben von Frauenkleidern, die im vergangenen Jahrzehnt Mode waren. Unablässig wuseln und tanzen sie um ihre Mütter und Kindermädchen herum, beeinträchtigt durch Körbe, Eimer und Schippen. Emmeline sieht, wie ein überdrehtes Mädchen einem Seemann vor die Füße wirbelt und zu Boden stürzt. Doch statt zu heulen, rappelt das Kind sich auf, seine Freude ist zu stabil, um sich von einem kleinen Missgeschick beeindrucken zu lassen. Ach, wie schön es doch ist, hinfallen und wieder aufstehen zu können! Emmeline schaut und schaut, von Neid geplagt.

Nachdem sich das Menschenmeer durch die großen Tore auf den dahinter liegenden Prachtboulevard ergossen hat, nimmt sich Laura Mrs Fox' Koffer und Sonnenschirm an, und watschelt hinaus auf den Bahnsteig. Emmeline folgt ihr, nur leicht auf ihren Stock gestützt, schließlich hat sie sich während der gesamten Fahrt von London hierher ausruhen können; sie fühlt sich eigentlich recht gut, und nur die mitleidigen Blicke der Schaffner rufen ihr ins Gedächtnis, dass alle Welt ihr Kranksein sofort erkennt.

Ihr Vater hat ein Zimmer in dem Hotel reserviert, das dem Strand am nächsten liegt, und ihre Medikamente vorausgeschickt, die sie schon neben dem fremden Bett erwarten. Was Emmelines Ernährung angeht, hat Laura die Anweisung erhalten, so oft zu essen, wie sie mag – öfter sogar –, um Mrs Fox dazu zu verleiten, mit ihr zu essen, egal, ob es sich um das Angebot eines fliegenden Händlers am Strand oder der Speisekarte im Hotelrestaurant handelt. Das Entscheidende ist jedoch, dass Mrs Fox sich so viele Stunden wie möglich an einem ruhigen Platz in Meeresnähe erholt. Auf gar keinen Fall darf sie in den Badebereich spazieren und es jenen abenteuerlustigen Seelen gleichtun, die doch tatsächlich im Wasser waten. Nur wenn sie sich *entsetzlich* langweilt, darf sie, mit Doktor Curlews Segen, den mutigen Frauen *zuschauen*, die in voller Bademontur aus den angemieteten Badekarren hinein in das grandiose Flachwasser hüpfen. *Sie* hingegen soll unter allen Umständen bei der trockenen Mehrheit bleiben, in jenem sicheren Areal jenseits der Flutlinie, wo Kinder ihre Burgen bauen.

Die trockene Mehrheit wächst minütlich und breitet sich in der Sonne aus. Auf dem gepflasterten Boulevard, der zum Strand führt, werden Laura und Mrs Fox von zig Männern und Frauen überholt, die wie für einen Tag beim Pferderennen gekleidet sind. Einige tragen einen Klappstuhl unterm Arm, andere Bücher oder sogar ein Schreibpult. Auf je zehn ahnungslose Urlauber scheint ein Straßenhändler zu kommen. Pferde ziehen Badekarren zum Bereich der Damen, und dahinter folgt ein Blasquartett, das Kirchenlieder trötet, begleitet vom rhythmischen Schütteln eines Münzbechers.

»Da drüben ist ein nettes Plätzchen«, sagt Laura, als sie und Mrs Fox die Hälfte der imposanten Steintreppe hinabgestiegen sind, deren Stufen im Sand versinken, aber Mrs Fox hebt den Blick nicht, da sie zu sehr damit beschäftigt ist, die Füße und die Stockspitze an sichere Stellen zu setzen. Das Gehen auf Sand – selbst für gesunde Menschen nicht einfach – ist für sie ohne fremde Hilfe unmöglich, und sie ergreift widerwillig den von Laura dargebotenen Arm. Durch das hastige Einatmen der Seeluft ist sie wie benommen, und die sonnenhungrigen und geldgierigen Menschen kommen ihr wie Traumgestalten vor, die sich in Nichts auflösen werden, sobald sie blinzelt, und dann wird sie an einem leeren Strand sein.

Auf den letzten Metern zu Lauras auserwähltem Plätzchen stoßen sie mehrmals fast mit schwer beladenen Verkäufern zusammen. Einer bietet Sonnenschirme an, ein anderer Spielzeugboote, ein dritter hölzerne Aufziehvögel, von denen er behauptet, sie könnten fliegen, und ein vierter in Papiertücher eingewickelte Plumpudding-Scheiben, über denen er hektisch mit der Hand wedelt, um die dreisten Möwen zu verjagen, die über ihm kreisen.

»Das ist die Stelle, Ma'am«, sagt Laura, als sie den Schatten eines grasbewachsenen Hügels erreichen. Dankbar lässt Mrs Fox sich nieder und lehnt sich mit dem Rücken an den Hang. Der Horizont schwankt schwindelerregend, eine unzuverlässige Grenze zwischen einem weiten blauen Himmel und einem aquamarinen Meer.

»Lassen Sie mich bitte allein … nur für eine Minute«, keucht sie mit einem einschmeichelnden Lächeln, das gutes Betragen verspricht.

»Natürlich, Ma'am«, sagt Laura. »Ich hole uns etwas zu essen.« Und ehe Mrs Fox protestieren kann, eilt sie zurück in das Gewimmel.

Später am Nachmittag, ein großes, halb von Sand bedecktes Stück Pflaumenkuchen neben sich und von Laura befreit, die sie überreden konnte, sich »Psycho, den verblüffenden Automatenmann (die diesjährige Sensation aus London!)« im nahe gelegenen Folkestone Pavillon anzuschauen, liegt Mrs Fox da und starrt hoch in den azurblauen Himmel. Das Lärmen der Kinder hebt sich schon lange nicht mehr von den Schreien der Seevögel ab, und alles zusammen wird von dem erhabenen, beruhigenden Rauschen der Wellen verschluckt.

Sie wollte nicht herkommen, nein, das wollte sie nicht, aber nun, da sie hier ist, ist sie's zufrieden, denn hier fällt es ihr so viel leichter nachzudenken. Die quälenden Labyrinthe, die ihre Gedanken in jüngster Zeit durchlaufen haben, hat sie in der verdreckten Großstadt zurückgelassen. Hier, am weiten, ewigen Wasser, kann sie endlich wieder klar denken.

Eine Möwe läuft vorsichtig über den Strand auf sie zu, angelockt von dem Kuchenstück, aber auf der Hut vor der menschlichen Bosheit. Emmeline nimmt den klebrigen, sandigen Kuchen und wirft ihn vorsichtig dem Vogel vor die Füße.

»Was soll ich bloß mit meinem Freund Henry machen, Herr Möwe«, murmelt sie, während der Vogel den Kuchen mit dem Schnabel zu zerteilen beginnt. »Oder sind Sie *Frau* Möwe? Oder Fräulein? Obwohl diese Unterscheidung in Ihren Kreisen vermutlich keine große Rolle spielt, oder?«

Sie schließt die Augen und konzentriert sich darauf, nicht zu husten. Tief unten in ihrem Korb, unter dem Buch von Bodley und Ashwell, liegt ein zerknülltes blutverklebtes Taschentuch – Teile ihrer Lunge, wie ihr Vater sie glauben machen will, obwohl sie sich die Lunge immer als luftige Bälge, als blasse, durchsichtige Ballons vorgestellt hat. Doch was nützt es: Das Blut ist sehr wirklich, und sie kann es sich nicht leisten, noch mehr davon zu verlieren.

Peu à peu klingt der Hustenreiz ab. Doch ein anderer Reiz lässt sich nicht so leicht abschütteln: die Versuchung, an Henry zu denken. Wie schön wäre es doch, wenn er bei ihr sein könnte! Wie angenehm wäre es gewesen, die Zugfahrt im Gespräch mit ihm zu verbringen, statt mit Laura Konversation zu machen! Und um wie viel köstlicher wäre es, würde jedes Mal, wenn sie in den Knien einknickt, er anstelle der ältlichen Dienerin ihres Vaters herbeieilen und sie auffangen. Seine starken Finger würden sich perfekt in die Mulden zwischen ihren Rippen einfügen. Er würde sie, wenn nötig, auf Händen tragen. Sachte auf ein Bett legen, so als wäre sie seine Katze.

Ich begehre ihn.

Da, jetzt ist es heraus, wenn auch nicht laut. Doch das muss auch gar nicht sein: Der Allmächtige hört sie. Und wird ihr fleischliches Begehren auch nicht von Gott verurteilt, so ist es doch (wie Paulus im ersten Korintherbrief unmissverständlich klar macht) nichts, worauf sie stolz sein sollte. Und auch wenn Henry und sie keineswegs im Begriff sind, anstößige Dinge zu tun, besteht durchaus Grund zur Besorgnis. Denn wo steht geschrieben, dass Matthäus 5,28 nicht ebenso für Verwitwete wie für Verheiratete gilt und für Frauen ebenso wie für Männer? Im alten Galiläa trug die Frauenschar zweifellos die gesamte Verantwortung für Haushalt und Kinder und hatte daher wohl kaum die Zeit, den Vorträgen eines Wanderpropheten zu lauschen. Ist es daher möglich, dass Jesus auf dem Berg nur Männer vor sich sah?

»Wer ein Weib ansieht, ihrer zu begehren …« Hätte Jesus in seiner Zuhörerschaft Frauen erblickt, dann hätte er sicher hinzugefügt »oder einen Mann«. Was schwerwiegende Folgen für Emmeline hat, denn wenn es möglich ist, im Herzen Ehebruch zu begehen, wieso dann nicht auch Unzucht? Schlechte Christen pflegen mit Hilfe ihrer Auslegung der Heiligen Schrift ihre Unzulänglichkeiten zu entschuldigen; gute Christen sollten das Gegenteil tun, sollten furchtlos zwischen den Zeilen lesen, um einen Blick auf das tadelnde Stirnrunzeln des liebevollen, aber enttäuschten Allmächtigen zu erhaschen. Sie treibt also Unzucht im Herzen.

Denn es ist so, sie begehrt Henry, will nicht nur von seinen starken Armen aufgefangen werden, wenn eine Ohnmacht droht. Sie will spüren, wie sein ganzes Gewicht auf ihr liegt, wie seine Brust gegen ihren Busen drückt. Sie würde ihn so gerne einmal ohne seinen dunklen Panzer aus Kleidern sehen und die verborgene Form seiner Hüften spüren, erst unter ihren Händen, dann zwischen ihren Schenkeln. Da, jetzt ist es heraus. Die unausgesprochenen Worte erscheinen wie durch ein Wunder als leuchtender Schriftzug auf den Wänden ihres Herzens – jenes kleinen Tempels, in den Gott stets hineinschaut. Ihre Seele sollte ein Spiegel sein, in dem Gott ein Abbild seiner selbst erblicken kann, aber jetzt … jetzt ist es nicht unwahrscheinlich, dass er stattdessen Henry Rackhams Antlitz sieht. Dieses wundervolle Gesicht …

Emmeline schlägt die Augen auf und setzt sich gerade hin, bevor sie auch noch die Sünde des Götzendienstes begeht. Die buckelige Möwe schaut zu ihr hoch, wägt ab, ob diese Frau sie vielleicht um ihr saftiges Mahl bringen will. Beruhigt macht sie sich dann wieder über ihr Festessen her.

Die einzig sichere Lösung des Problems wäre, denkt Emmeline, Henry zu heiraten. Unzucht – ob imaginär oder nicht – gibt es nicht zwischen Eheleuten. Allerdings würde sie durch eine solche Heirat ihren liebsten Freund auf gemeine, selbstsüchtige Weise benutzen, denn Henry möchte nicht heiraten: Das hat er oft genug gesagt. Könnte er ihr noch deutlicher zu verstehen geben, dass er nur ihre Freundschaft wünscht?

»Das Fleisch ist selbstsüchtig«, hat er einmal in einem ihrer Gespräche nach dem Gottesdienst gesagt, »der Geist hingegen großmütig. Der Gedanke ängstigt mich, wie leicht man sein ganzes Leben mit der Befriedigung animalischer Gelüste zubringen kann.«

»Oh, ich bin mir sicher, Gott wird es Ihnen nicht verübeln, wenn Sie noch ein paar Minuten mit mir im Sonnenschein spazieren gehen«, erwiderte sie munter, denn er war an jenem Tag in einer düsteren Stimmung, und sie wollte ihn aufheitern.

»Oh, wie ich dieses müßige Leben verachte!«, klagte er, unempfindlich gegenüber ihrem Charme. »Ich habe nur noch so wenig Zeit.«

»Also wirklich, Henry«, sagte sie. »Wie kann ein Dreißigjähriger dergleichen behaupten! Ihnen bleibt nahezu eine Ewigkeit, um Ihre Ziele zu verwirklichen!«

»Ewigkeit!«, wiederholte er gequält. »Was für ein großes Wort! Ich nehme doch an, dass wir keine Reinkarnationsanhänger sind und glauben, so viele Leben zu haben, wie uns beliebt?«

»Ein Leben reicht«, pflichtete sie ihm bei. »Und nach Ansicht so mancher armen Seele, die ich im Laufe meiner Arbeit kennen gelernt habe, ist schon dies eine Leben unerträglich lang …«

Aber sobald Henry dieses Thema zu fassen hatte, ließ er nur ungern wieder davon ab; sein Hang zur Weitschweifigkeit verführte ihn dazu, wortgewaltige Predigten zu halten, die Anlass zu großen Hoffnungen für seine Zukunft als Kirchenmann gaben.

»Ja, die Zeit wird von unterschiedlichen Menschen unterschiedlich erlebt«, räumte er ein. »Aber Gottes Uhr tickt mit furchterregender Präzision. Solange wir Kinder sind, vollbringen wir in jedem Augenblick unseres Lebens etwas Neues. Wir werden geboren und lernen innerhalb weniger Jahre zu gehen, zu sprechen und tausend andere Sachen. Aber wir begreifen nicht, dass die Herausforderungen an einen Erwachsenen andere sind als die Herausforderungen der Jugend. Wenn wir uns der Herausforderung gegenübersehen, eine neue Kirche zu errichten, fühlen wir uns vielleicht wie damals, als wir unsere erste Sandburg bauten, und doch ist auch zehn Jahre später der Grundstein noch nicht gelegt.« (Wie sonderbar, denkt Emmeline, dass ich an diese Worte zurückdenke, während ich am Strand sitze und kleinen Jungs beim Bauen von Sandburgen zuschaue!) »Und so geht es«, schloss Henry, »mit *all* unseren großen Hoffnungen, all den Vorhaben, das zu vollbringen, was diese darbende Welt so dringend braucht: Die Jahrzehnte vergehen wie im Fluge, während wir auf die Ewigkeit vertrauen!«

»Ja, aber um Himmels willen, Henry«, erinnerte sie ihn, »kein Christ kann alles allein vollbringen. Wir können nur jeder unser Bestes tun.«

»Ganz genau!«, rief er. »Und ich sehe ja, was *Ihr* Bestes ist und was mein Bestes ist, und ich schäme mich einfach!«

Im wärmenden Licht der goldenen Sonne über Folkestone Sands lächelt Emmeline bei der Erinnerung an Henrys ernstes Gesicht an jenem Nachmittag; sein liebes Gesicht, verzerrt von leidenschaftlichem Idealismus. Wie gerne würde sie dieses Gesicht küssen, die von schweren Gedanken gequälte Stirn glatt streichen, ihn mit der kräftigsten Umarmung, zu der ihre geschwächten Arme fähig sind, ins Hier und Jetzt herüberziehen …

Aber zurück zum Thema: Heirat.

Warum sollte sich an der Freundschaft zwischen Henry und ihr etwas ändern, falls sie tatsächlich heirateten? Könnte nicht alles so bleiben wie bisher, mit dem einzigen Unterschied, dass sie fortan im selben Haus leben würden? (Es müsste allerdings *ihr* Haus sein, nicht seines; in seinem wäre nicht genug Platz für sie beide!) Er könnte das Schlafzimmer neben ihrem beziehen, sofern es ihm nichts ausmachte, das ganze Gerümpel dort wegzuschaffen. (Wann holt Mrs Lavers endlich die Säcke mit den Kleiderspenden ab? Und werden die Männer von der Afrikanischen Bibelgesellschaft je wieder bei ihr auftauchen?) In ihrem gegenwärtigen Zustand wäre es recht praktisch, einen Mann um sich zu haben – und zugleich wundervoll, sofern dieser Mann Henry wäre. Er könnte beispielsweise die Kohlen aus dem Keller holen und ihr bei der Korrespondenz helfen. Und wenn sie abends hundemüde wäre, könnte er sie nach oben tragen und voller Zärtlichkeit aufs Bett …

Sie lächelt reumütig angesichts der unglaublichen Hartnäckigkeit ihrer schändlichen Gelüste. Ihre Krankheit, worin sie auch immer bestehen mag, hat es nicht vermocht, sie Gott näher zu bringen, obwohl sie überall hübsche Stiche von schwindsüchtigen Frauen auf lichtumflorten Betten sieht, über denen Engel schweben. Vielleicht leidet sie gar nicht an Schwindsucht, sondern an einer Form von Hysterie? Um es deutlich zu sagen: Ist sie auf dem Weg in die Anstalt? Statt leicht zu den Himmelspforten emporzuschweben, scheint sie immer mehr zu verrohen, wie ein Tier. Sie spuckt Blut, Pickel sprießen auf ihrem Nacken und auf ihren Schultern, sie schwitzt übermäßig aus allen Poren, und jedes Mal, wenn sie aus einem Tagtraum von Henry Rackham erwacht, muss sie sich ausgiebig zwischen den Schenkeln waschen.

Eine Schande! Aber sie hat kein besonderes Talent, sich zu schämen. Vor die Wahl gestellt zwischen Selbstgeißelung und Wiedergutmachung, würde sie sich stets für das Konstruktive entscheiden. Also ... was wäre, wenn Henry und sie einander als Mann und Frau verbunden wären? Wäre das denn so schrecklich? Falls Henry befürchten sollte, seine kirchlichen Ambitionen würden durch eine Vaterschaft zunichte gemacht werden – nun, sie ist unfruchtbar, wie die Kinderlosigkeit ihrer Ehe mit Bertie bewiesen hat.

Wie aber kommt es zu einem Heiratsantrag? Was ist das genaue Procedere für das Überschreiten der Grenze zwischen einem höflichen Nicken und dem Aneinanderkuscheln in einem warmen Bett, bis dass der Tod uns scheidet? Der gute alte Bertie ist niedergekniet, aber er hatte es schon seit ihrer Schulzeit auf sie abgesehen. Wenn Henry nicht einmal im Entferntesten an eine Heirat denkt, wird *er* ihr vermutlich auch keinen Antrag machen, nicht wahr, und *sie* kann ihm wohl kaum einen machen, oder? Nicht, weil es ein Affront gegen die Gepflogenheiten wäre (sie ist die Gepflogenheiten wirklich leid!), sondern weil Henry es womöglich als Affront ansehen und schlecht von ihr denken könnte. Seinen Respekt zu verlieren wäre ein schwerer Schlag, den sie nicht verkraften würde, zumindest nicht in ihrer gegenwärtigen Verfassung.

»Dann muss ich wohl warten«, sagt sie laut. »Bis es mir wieder besser geht.«

Beim Klang ihrer Stimme läuft die Möwe davon und lässt die letzten Krümel im Stich, und Emmeline bettet ihren Kopf erneut auf den grasbewachsenen Hang, wobei ihr Hütchen verrutscht und die Nadeln in ihre Kopfhaut stechen. Ganz plötzlich kribbelt Emmelines Haut unangenehm, und sie reißt sich das Hütchen vom Kopf. Dann sinkt sie wieder zurück und summt vor Erleichterung, weil ihr bloßer, feuchter Kopf perfekt in die warme Kuhle unter ihm passt.

Die Entscheidung, die sie in Bezug auf Henry getroffen hat, durchströmt sie und kräftigt sie wie ein Medikament oder eine herzhafte Mahlzeit, und das ist umso befriedigender, als in letzter Zeit weder Medikamente noch Speisen bei ihr viel ausrichten konnten. Was für eine wundervolle Stärkung doch ein fester Entschluss ist! Die Erschöpfung scheint bereits aus ihren Gliedmaßen in den Sand zu fließen.

Die Möwe, die sich inzwischen sicher ist, dass das Gekrächze nur ein kurzer Anfall war, wagt sich aufs Neue heran und pickt wieder den sandigen Kuchen auf. Das Tier reißt den Schnabel hoch, um einen Brocken herunterzuschlucken, und macht dabei eine nickende Kopfbewegung, als würde es Emmelines Entscheidung zustimmen. Ja, sie soll warten, bis es ihr besser geht, und dann … und dann ihr Leben selbst in die Hand nehmen, indem sie es Henry Rackham darbietet.

»Und wird er ja sagen, Herr Möwe?«, fragt sie, aber die Möwe spreizt ihre Flügel, hebt auf dem zerwühlten Sand ab und fliegt in Richtung Meer davon.

In einem anderen Teil von Folkestone Sands kreischt Agnes, an einen Felsen gelehnt, vor Angst auf, als ein laut klappernder Holzvogel zu ihren Füßen landet. Sie zieht die Beine an, lässt das Frauenjournal, in dem sie gelesen hat, in ihren Schoß fallen und wickelt ihre Röcke enger um sich.

Clara, die im Gegensatz zu ihrer Herrin nicht in die Lektüre von »Die Saison: Wessen Stern leuchtete wann und wo am hellsten« vertieft war, hat das Geschoss kommen sehen und verzieht daher kaum das Gesicht, als es auf dem Boden aufschlägt. Ruhig und betont gelassen, so als wollte sie ihrer Herrin deren Nervenschwäche unter die Nase reiben, streckt sie den Arm aus und hebt den Vogel an einem seiner Flügel aus Papier und Sperrholz hoch.

»Es ist nur ein Spielzeug, Ma'am«, sagt sie zuckersüß.

»Ein Spielzeug?«, wiederholt Agnes staunend und entspannt sich wieder.

»Ja, Ma'am«, bestätigt Clara und hält den Vogel, dessen klappernde Flügel aufgehört haben zu schlagen, in die Höhe, damit Agnes ihn betrachten kann. Es ist ein wackeliger Apparat, nachlässig bemalt, angetrieben von einem winzigen Motor, der mit einem Messingschlüssel aufgezogen wird. »Ein Mann mit einem Karren verkauft diese Dinger. Wir sind an ihm vorbeigekommen.«

Agnes schaut in die Richtung, in die Clara zeigt, aber sie sieht nur einen kleinen Jungen von sechs oder sieben Jahren in einem blauen, baumwollenen Strandanzug und einem Strohhut um die Felswand biegen und auf sie zu flitzen. Direkt vor der sonderbaren Dame und der Dienerin, die sein Spielzeug in der Hand hält, bleibt er rutschend stehen.

»Bitte, Miss«, flötet er. »Das ist mein fliegender Vogel.«

»Dann solltest du besser aufpassen, in welche Richtung du ihn wirfst«, schilt Clara ihn.

»Es tut mir Leid, Miss«, jammert der kleine Junge, »aber er will einfach nicht geradeaus fliegen.« Er kratzt sich nervös mit seinem fest geschnürten rechten Schuh die linke Wade. Die Dienerin sieht ihn böse an, darum schaut er lieber zu der Dame mit den großen blauen Augen, die lächelt.

»Ach, du Armer«, sagt Agnes. »Keine Sorge, sie beißt nicht.« Und sie bedeutet Clara, ihr das Spielzeug zu geben.

Agnes mag Kinder eigentlich sehr gerne, sofern es keine Babys sind und sofern sie jemand anderem gehören und sofern sie in kleinen Dosen verabreicht werden. Vor allem kleine Jungs können entzückend sein.

»Und er fliegt tatsächlich?«, fragt sie diesen hier.

»Na ja …«, antwortet der Knirps und runzelt die Stirn, denn er zögert, etwas Schlechtes über den Vogel zu sagen. »Der Verkäufer hat *einen* sehr schön fliegen lassen, und er hat gesagt, alle anderen könnten das auch, aber meiner und der von meinem Bruder fliegen überhaupt nicht. Wir werfen sie, so hoch wir können, aber meistens fallen sie sofort runter auf die Erde. Darf ich jetzt gehen, Ma'am? Meine Mama hat gesagt, ich soll gleich zurückkommen.«

»Sehr gut, junger Mann«, sagt Agnes lächelnd. »Aufrecht gesprochen. Hier ist dein Spielzeug.«

Ein Kind glücklich gemacht: Wie einfach das ist! Sie entlässt den Knirps mit einer gütigen Handbewegung, und kaum ist er gegangen, dreht sie sich zu Clara um und sagt: »Gehen Sie mir auch so einen Vogel holen. Und für Sie eine Süßigkeit, wenn Sie mögen.«

»Ja, Ma'am, danke, Ma'am«, sagt die Dienerin, und als sie davon eilt, um den Auftrag auszuführen, rieselt bei jedem Schritt Sand aus ihrem bauschigen marineblauen Rock.

Agnes wartet, bis Clara außer Sichtweite ist, dann nimmt sie das Buch in die Hand, das Clara auf einer Decke hat liegen lassen, denn sie ist neugierig, was eine Dienerin wohl so lesen mag. Aha: ein Roman. *Jane Eyre*. Agnes kennt das Buch, sie hat es sich, entgegen Doktor Curlews ausdrücklicher Anweisung, in Mudies Leihbücherei besorgt. Dieses Exemplar voller Eselsohren in Claras Besitz ist ein Schock für Agnes, denn es hat etwas sehr Ungehöriges, dass eine Zofe sich an dieser grässlichen Geschichte einer durch Krankheit wahnsinnig gewordenen Frau erfreut, die von ihrem Ehemann in einen Turm gesperrt wird, während er sich anschickt, eine andere Frau zu heiraten. Mit einem Lippenzucken legt sie das Buch zurück auf die Decke.

Als sie sich aufrichtet, kehrt ihr Kopfschmerz zurück, hinter dem linken Auge pulsiert er. Wie verwunderlich, dass dieses heimtückische Leiden so hartnäckig ist, wo doch so viele von Mrs Goochs rosa Pillen zu seiner Ausmerzung eingesetzt wurden! Die ganze Bahnfahrt von London ans Meer hat sie sie eingeworfen, während Clara gedöst hat. Jetzt nestelt sie an ihrem Retikül und ist versucht, einen Schluck aus dem Lavendelwasser-Fläschchen zu nehmen, in dem sie getarnt das Laudanum aufbewahrt. Nicht doch, sie muss es aufsparen, falls sie mit ihrer Weisheit einmal völlig am Ende sein sollte.

Denk heitere, unbeschwerte Gedanken, befiehlt sie sich. Grübeleien, so ihre Erfahrung, verschlimmern den Schmerz nur. Sie muss nur die Sorgen aus ihrem Kopf vertreiben und sich ausschließlich Erfreuliches ins Gedächtnis rufen sowie das, was die Hindu-Mystiker »Nirvana« nennen, denn dann entkommt sie vielleicht noch den Klauen dieses schrecklichen Elends.

Für so vieles sollte sie dankbar sein … Eine sensationell erfolgreiche Saison … Eine eigene Kutsche nebst Kutscher … Einen Schutzengel, der, um Schaden von ihr abzuwenden, Gottes Tadel riskiert … Das Ausbleiben der furchterregenden Blutungen … Die seit langem überfällige Versöhnung mit der Wahren Religion, der Religion ihrer Kindheit …

Als der Schmerz zunimmt, versucht Agnes sich vorzustellen, wie sie die Messe besucht, in der Stille der von Kerzen erleuchteten, alten Kirche sitzt und dem guten Vater Scanlon lauscht. Das ist aber gar nicht so einfach, bei der vielfältigen Ablenkung durch lachende Kinder, tosende Wellen und die marktschreierischen Rufe der fliegenden Händler, doch einen Augenblick lang gelingt es ihr, das Geleier des Mannes, der Ritte auf seinem Esel anbietet, absichtlich als lateinischen Sprechgesang misszuverstehen. Dann erklingt das Spiel einer Drehorgel, und der Zauber ist gebrochen.

Armer verblendeter William … Wenn er sich so um ihre Gesundheit sorgt, hätte er sie, statt sie am Strand in der Sonne braten zu lassen, besser eine Woche lang in der Kirche einquartiert – in *ihrer* Kirche, wohlgemerkt. Wie zufrieden sie doch jedes Mal ist, wenn sie sich behaglich in dem anheimelnden Sanktuarium niederlässt! Und wie grässlich ist es an jedem zweiten Sonntag, wenn sie, um Tratsch zu vermeiden, zwischen Anglikanern sitzen und eine Predigt dieses unerträglichen Doktor Crane ertragen muss … Ständig schimpft er auf ihr vollkommen unbekannte Leute, seine Stimme ist unmelodisch, und er singt falsch – unfassbar, welchen Trotteln man heutzutage gestattet, Pfarrer zu werden. Höchste Zeit, dass sie öffentlich ihre Rückkehr zum Wahren Glauben erklärt. Sie dürfte doch inzwischen wohlhabend genug sein, um damit durchzukommen, oder? Wer würde es wagen, ihr in den Arm zu fallen, es ihr zu verbieten? Vor allem, da sie jetzt einen Schutzengel hat, der auf sie aufpasst …

Sie späht den hellen Meeresstrand entlang, die Augen mit einer Hand beschattet, hofft ohne große Zuversicht, zwischen den Kindern, den Eseln, den Badekarren die groß gewachsene Gestalt ihrer Heiligen Schwester auf sich zukommen zu sehen. Aber vergebens. Ein törichter Wunsch. Dass sich ihre Heilige Schwester aus dem Kloster davongestohlen und sich mit ihr im Gewirr der Londoner Straßen getroffen hat, in das selbst Gott wohl nur mit Mühe hineinzuschauen vermag, ist eine Sache, aber eine ganz andere, Agnes in Folkestone Sands zu besuchen, wo man der himmlischen Überwachung nicht entkommt.

Ach, warum hat sie ihr Tagebuch nicht mitgebracht? Sie hat es zu Hause gelassen, aus Angst, es könne nass werden, oder aus irgendeinem anderen unsinnigen Grund ... Wenn sie es dabeihätte, könnte sie es durchblättern und Trost bei den Abdrücken der Finger ihrer Heiligen Schwester finden. Denn jede Nacht, wenn Agnes schläft, liest ihre Heilige Schwester im Lichte ihrer übernatürlichen Aura das Tagebuch und hinterlässt schwache Fingerabdrücke auf den Seiten. (Die Finger ihrer Heiligen Schwester sind in keiner Weise schmutzig, natürlich nicht: Die Ursache sind ihre inneren Kräfte.) (Und nein, sie bildet sich das *nicht* nur ein – denn manchmal schließt sie das Tagebuch vorm Einschlafen und stellt beim Aufwachen fest, dass es aufgeschlagen daliegt, und umgekehrt.)

Für wie lange hat William sie eigentlich an diesem Ort untergebracht? Sie hat keine Ahnung! Der Hoteldirektor weiß es, aber sie selbst, die Betroffene, wird im Unklaren gelassen! Sie ist zwar nicht besonders »eigenwillig«, aber dies ist eine eklatante Verletzung der Rechte einer Frau! Wird von ihr verlangt, Woche um Woche am Strand zu hocken, während ihr Teint immer dunkler wird und ihr Vorrat an Medizin dahinschwindet?

Aber nicht doch: Denk heitere, unbeschwerte Gedanken. Wäre es nicht schön, ihrer Heiligen Schwester einen Brief zu schreiben, ihn abzuschicken und einen Antwortbrief zu bekommen? Wäre es zu viel verlangt, von ihrer Heiligen Schwester die geheime Adresse des Klosters zur guten Gesundheit erfahren zu wollen? Ja, es wäre zu viel verlangt, sie weiß es. Wenn sie brav ist, wird man es ihr irgendwann sagen. Alles wird gut werden.

Plötzlich ein bitterer Geschmack auf Agnes' Zunge. Sie leckt sich die Lippen, schaut hinunter auf ihre Hände, in denen das Laudanum-Fläschchen liegt. Aus Angst, Clara könnte in der Nähe sein, steckt sie es hastig zurück in ihr Retikül. Ungezogene Hände sind das, die die kostbare Flüssigkeit hervorholen, während sie ihren Gedanken nachhängt, und sie ihr dreist in den Mund träufeln! Wie viel davon hat sie heruntergeschluckt? Es wäre furchtbar, wenn sie bei Claras Rückkehr ohnmächtig im Sand läge.

Schwer atmend vor Anstrengung erhebt sie sich und versucht, den Sand von ihren Röcken zu klopfen. Wie hart sich die Körner auf ihrer Haut anfühlen – fast so scharf wie Glas, das ja aus Sand gemacht wird, nicht wahr, oder hat William sie zum Narren gehalten, als er ihr das erzählte? Sie betrachtet die weiche blasse Haut ihrer Hände und rechnet fast damit, ein filigranes Muster aus blutigen Schnitten zu entdecken, aber nein, entweder hat William gelogen, oder sie ist aus härterem Stoff gemacht, als sie dachte.

Ein Spaziergang, beschließt sie, wird ihren Kopf durchlüften und sie wach halten. Langes Sitzen in der Sonne hat eine einschläfernde Wirkung, und außerdem ist ihr unter den eng anliegenden Teilen ihres Kleides viel zu heiß. Bestimmt wird die Luft direkt am Wasser (sofern die Natur des Meeres sich seit ihrem letzten Besuch nicht verändert hat) feucht von Gischt sein, sich wie ein kühler, salziger Nebel anfühlen: Genau das braucht sie jetzt.

Agnes geht zum Wasser hinunter und schlendert an der Grenze zu dem dunklen, nassen Sand entlang. Anmutig, wie in einem höfischen Tanz begriffen, weicht sie den silbrig schimmernden, schaumgeränderten Wellen aus, die sich über den Strand ergießen, und passt sich deren Rhythmus an. Aber das Meer ist ein ungeschickter Tänzer, es gerät außer Takt, und es dauert nicht lange und es kommt zu weit herein. Eine Wasserzunge schwappt über Agnes' Stiefel, dringt in das dünne Leder, rinnt durch die Ösen, zerrt an ihren Rocksäumen. Kein großes Malheur ... Im Hotel warten Kleider und Schuhe aus zwei großen Koffern auf sie. Und das kalte Wasser zwischen ihren Zehen zu spüren ist ein belebender Schreck, der ihr augenblicklich hinauf in den Kopf jagt und sie wachrüttelt – glaub jedoch nicht, sie hätte geschlafen, denn wie kann man schlafen und gleichzeitig am Rand der Wellen entlangtanzen?

Wie auch immer, weil sie vermeiden will, über einen aus dem Sand ragenden Stein zu stolpern und zu ertrinken, ehe sie merkt, dass sie gefallen ist (denn wer weiß, wie schnell so etwas passiert?), flieht Agnes vor dem steigenden Wasser, sie will zurück … zurück … dorthin zurück, von wo sie losgegangen ist. Ihre durchnässten Röcke sind schwer, zu schwer, um sie weit zu schleppen. Am vernünftigsten wäre es, stehen zu bleiben, die Röcke im Sand auszubreiten, und erst dann weiterzugehen, wenn sie getrocknet sind.

Sie schließt für einen Moment die Augen, und plötzlich steht die Welt Kopf, tauschen Himmel und Erde den Platz. Der Boden – der jetzt über ihr ist – schlingt unsichtbare Ranken um ihren Körper, zieht sie an sich, drückt sie an seinen großen warmen Bauch und wickelt sie fest ein, damit sie nicht ins Leere stürzt. Sie hängt kopfüber von der *Terra firma* herab wie ein Falter von der Zimmerdecke, schaut hinunter in ein riesiges gestaltloses, leuchtend blaues Nichts. Sie starrt, halb geblendet, in die Fratze des Abgrunds. Würde der Boden die Fesseln lockern und sie freigeben, fiele sie bis in alle Ewigkeit, fiele wie eine Stoffpuppe in einen unendlich tiefen Brunnen.

Benommen und verängstigt dreht Agnes den Kopf zur Seite und presst die Wange gegen den feuchten Boden, stößt ihren Wangenknochen in den Sand und verschließt ein Auge vor dem Licht. Gnädigerweise dreht das Universum sich erneut und richtet sich gegen den Uhrzeigersinn auf. Und aus der Ferne nähert sich ihr eine Erscheinung, die Erscheinung einer Nonne in schwarzer Tracht und weißer Haube mit Schleier. Mit jedem Schritt dieser Frau nimmt die Landschaft die Farbe einer Wiese an, verschwimmt der glasige Schimmer zu Pastellgrün. Moos breitet sich auf dem Sand aus wie Farbe auf errötenden Wangen, und sachte taucht Blatt für Blatt ein Wald auf, um den Himmel zu verdecken. Die Schreie der Möwen und Kinder werden leiser und gehen in das Tirilieren und Zwitschern von Amseln über; das gewaltige Meeresgeräusch wird gezähmt, bis nur noch das entfernte Murmeln eines ländlichen Baches übrig ist. Als ihre Heilige Schwester so nahe bei ihr ist, dass Agnes sie zweifelsfrei erkennt, ist Folkestone Sands gänzlich verschwunden, hat der wesentlich vertrauteren Landschaft ihrer Träume Platz gemacht: der friedlichen Umgebung des Klosters zur guten Gesundheit.

»O Agnes«, verkündet ihre Heilige Schwester mit liebevoller Verzweiflung, »Bist du schon wieder hier? Was soll nur aus dir werden!« Und sie tritt zurück, damit ein paar schemenhafte Gestalten herbeikommen können.

Agnes bemüht sich zu sprechen, aber ihre Zunge liegt wie ein unbeweglicher Fleischlappen in ihrem Mund. Sie kann bloß stöhnen, als sie starke Hände unter ihren Schultern und Knien spürt, die Hände der beiden alten sehnigen Männer, die für die Nonnen des Klosters zur guten Gesundheit die Tragearbeiten verrichten. Sie heben sie so mühelos hoch, als wäre sie ein winziges Baby, und legen sie vorsichtig auf eine Bahre.

Agnes' Reaktion? Eine bedauerliche. Sie krümmt sich, sperrt den Mund weit auf und speit ihre Retter mit heißem, gelben Erbrochenen voll.

Als Clara Tillotson sieht, wie ihr Name in das Notizbuch des Polizisten geschrieben wird, bricht sie in Tränen der Entrüstung und Furcht aus.

»Sie hat mir *befohlen* wegzugehen«, sagt sie. »Sie wollte, dass ich ihr so ein Ding kaufe.« Und sie hält dem Beamten zur Begutachtung ein Spielzeug aus Draht und Sperrholz hin, in dessen Rücken ein Messingschlüssel steckt.

Mrs Rackham ist gerade von zwei kräftigen Männern, die der Badekarren-Verleih zur Verfügung gestellt hat, auf eine Trage gehoben worden. Ein Arzt hat bereits seine Handfläche auf ihre schweißnasse Stirn gelegt und die Temperatur in ihrem Mund gemessen. Er hat Kopfschmerzen mit Übelkeit und Erbrechen sowie Verdacht auf Phthisis diagnostiziert und verfügt, dass kein dringender Grund für einen Krankenhausaufenthalt vorliegt, sie aber die Sonne meiden und sich in ihrem Hotelzimmer ausruhen soll.

»Der nächste Verwandte?«, will der Polizist von Clara wissen, als die Träger die bewusstlose Agnes wegbringen.

»William Rackham«, schnieft die Dienerin.

»*Der* William Rackham?«

»Das weiß ich nicht«, wimmert Clara und starrt ängstlich auf den dunklen Fleck aus Erbrochenem, der im Sand zurückgeblieben ist; erschrocken überlegt sie, ob dieser Fleck wohl die Zukunft ihrer Anstellung gefährdet.

»Rackhams Parfüms. ›Eine Flasche hält ein Jahr‹?«

»Ja, ich glaube schon.« Clara weiß nichts über die Produkte, die ihr Arbeitgeber herstellt und die ihre Herrin verachtet.

»Stehen Sie in Verbindung mit ihm, Miss?«

Clara putzt sich die Nase. Was meint er bloß? Glaubt er, sie könnte durch die Luft fliegen und im Handumdrehen Notting Hill erreichen, um vor Williams Fenster im ersten Stock die Neuigkeiten zu verkünden? Trotzdem nickt sie.

»Gut«, entgegnet der Polizist und schließt sein Notizbuch. »Dann überlasse ich alles Weitere Ihnen.«

Der Himmel hat sich zugezogen, es sieht nach Regen aus. Trödelnde Kleinkinder werden von ihren Eltern von Sandburgen weggezerrt; promenierende Dandys bringen sich unter Dächern in Sicherheit; sonderbar kostümierte Nereiden tauchen aus dem Meer auf und verschwinden in Badekarren; fliegende Händler rollen mit ihren Waren immer schneller hin und her, heiser von den lauten Appellen an die flüchtende Menge, dass es alles fast umsonst gibt.

Mrs Fox ist längst in ihr Hotel zurückgekehrt und klagt darüber, dass sie das ewige Ausruhen zu Tode langweilt. Sie hat keine Ahnung, dass Mrs Rackham sich in Folkestone aufhält, und so wird sie, da sie auch nicht die gute Samariterin war, von der die bewusstlose Agnes am Rand des Wassers gefunden wurde, nach London zurückkehren, ohne sie auch nur ein Mal gesehen zu haben.

Und Sugar? War es Sugar, die Agnes nach ihrem Sturz auf sich zukommen sah? Nein, Sugar hält sich in ihren Räumen in der Priory Close auf, und ackert *Die Kunst des Parfümeurs* von G. W. Septimus Piesse durch. In ihrer Nähe befindet sich keine größere Menge Wasser als das in der nicht abgelassenen Badewanne. In ihrem armen Hirn ist nicht ein Millimeter Platz für Mrs Rackham, denn es ist mit Informationen über Lavendel und ätherische Öle voll gestopft. Wird es ihr je von Nutzen sein zu wissen, dass Ananasöl nichts weiter als Buttersäure-Ester ist? Hat es irgendeinen Zweck, die Rezeptur für Rosen-Creme auswendig zu lernen (ein Pfund Mandelöl, ein Pfund Rosenwasser, eine halbe Drachme Rosenessenz, außerdem eine Unze Sperma und weißes Wachs)? Sie fragt sich, was für ein Mann das ist, der von Sperma schreiben und dabei nur an Wale denken kann.

»Heiliger Strohsack«, murmelt sie, als sie merkt, dass sie einnickt und das Buch zwischen ihre Schenkel rutscht und zuklappt. »Aufwachen!«

Zwanzig

»Also, wie hat es Ihnen am Meer gefallen?«, erkundigt sich Lady Bridgelow, während sie geräuschlos ihre Teetasse auf der Untertasse abstellt. »Ich bin dieses Jahr nicht dort gewesen: In allen Seebädern hat sich der Pöbel breit gemacht. Ah, vielen Dank, Rose.«

Rose, das neue Serviermädchen der Rackhams, gießt Tee aus einiger Höhe in Mrs Bridgelows Tasse nach. Die Hand des Mädchens, mit der sie die schwere Kanne hochhält, zittert nicht, ihre rosige Haut hebt sich deutlich vom Weiß der Manschette ab und riecht nach Karbolseife – etwas, das Lady Bridgelows Billigung findet.

Es ist ein heller, kühler Nachmittag Anfang September. Etliche Wochen sind vergangen, seit William eine Ehefrau aus Folkestone Sands heimgebracht hat, die dünner und zehnmal seltsamer war als zu dem Zeitpunkt, als sie fortgeschickt wurde, und die sich zu dieser Stunde im Obergeschoss versteckt und ganz entschieden »nicht empfängt«.

Gerechterweise sollte Erwähnung finden, dass nicht nur Agnes Rackham in letzter Zeit absonderlich ist; das Wetter, das vor Monaten ungewöhnlich früh sommerlich war, ist seit Ende August ebenso ungewöhnlich früh herbstlich geworden, so als habe es nachträglich eine unverdiente Großzügigkeit rückgängig machen wollen. An den meisten Tagen weicht eine strahlende Morgensonne bis zum Mittag einem grauen Himmel, und frische Winde kündigen an, was die Elemente im Schilde führen. Von den Bäumen fällt haufenweise Laub, es wird früher dunkel, und in den ländlichen Gegenden Englands brechen Landschaftsmaler voller Abscheu vor dem wolkenverhangenen Himmel ihre Zelte ab. Williams Geschäftsfreunde, die Obstplantagen besitzen, sahen sich gezwungen, eine frühzeitige Ernte anzuberaumen, denn die Früchte hängen locker an den Ästen, fallen den Erntearbeitern im wahrsten Sinne des Wortes in den Schoß, und selbst die kleinste Verzögerung hat zur Folge, dass sie voller fauliger Stellen auf der Erde landen. Gott sei Dank ist der Lavendel bereits geerntet. Sugar war enttäuscht, nicht dabeigewesen zu sein, aber ein Mann kann nur begrenzt Wünsche erfüllen, vor allem wenn er mit den Anforderungen der Londoner Saison und einer kapriziösen Frau zu kämpfen hat. Zur großen Verbrennung der fünfjährigen Pflanzen Ende Oktober, dazu wird er sie mitnehmen, das hat er ihr versprochen.

Im Rackhamschen Domizil in Notting Hill trifft die Dienerschaft auf allen Etagen Vorbereitungen für einen Herbst, der England möglicherweise hart zusetzen wird: Die Vorratskammer ist randvoll mit Konserven, Hummer, Sardinen, Lachs, Schildkrötensuppe und so weiter; Obst und Gemüse wurde in dem unterirdischen Lagerraum in Sicherheit gebracht; die Schornsteine wurden gefegt; Janey hat sich beim Reinigen der Öfen etwas Unangenehmes zugezogen; Cheesman hat das Dach und die Türen der Kutsche nach undichten Stellen abgesucht; und Letty und Rose haben die sommerliche Dekoration aus den Kaminen entfernt und durch trockene Holzscheite ersetzt. Shears schimpft von früh bis spät halblaut vor sich hin, deshalb geht man ihm am besten aus dem Weg.

Auch Lady Bridgelow hat eingesehen, dass der Sommer verstrichen ist, und ihre Garderobe dem angepasst, weshalb sie nun etwas älter – jedoch nicht *wesentlich* älter – als ihre neunundzwanzig Jahre wirkt. Sie ist in ein Mantelkleid aus Serge gemummelt, um sicherzugehen, dass ihre Gesundheit (wie sie es zu formulieren pflegt) »ungestört« bleibt. Williams Kleidung sowie der Speck, den er im Laufe der Saison angesetzt hat, lassen ihn pummelig erscheinen. Sein inzwischen dichter und eckig gestutzter Bart reicht ihm bis auf die Krawatte, und er trägt eine Wollweste, schwere Tweedhosen und ein Tweedjackett, das er unauffällig aufzuknöpfen versucht hat, mit dem er sich aber in Gegenwart seiner Besucherin unmöglich weiter abmühen kann.

»Über die anderen Seebäder kann ich kein Urteil abgeben«, antwortet er auf ihre Frage, »aber Folkestone ist nach allem, was ich gesehen habe, ein rechter Zirkus. Schuld ist natürlich die Eisenbahn.«

»Ach ja, der Fortschritt«, sagt Lady Bridgelow philosophisch und bricht einen gezuckerten Keks in zwei Hälften. »Wir, die wir eine Kutsche besitzen, werden uns einfach ein Paradies suchen müssen, das von der breiten Masse noch nicht entdeckt wurde.« Behände vertilgt sie den süßen Bissen und lässt ihr Gegenüber nicht zu Wort kommen. »Ich habe den Reiz eines Aufenthalts am Meer eigentlich nie verstehen können – außer natürlich für Rekonvaleszenten.«

»Ja, sicher«, sagt William, während er Rose seine leere Teetasse reicht.

»Wie geht es Ihrer werten Frau Gemahlin?«, erkundigt sich Lady Bridgelow voller Mitgefühl über den Rand ihrer vollen Tasse hinweg.

»Oh, ich bin überzeugt, dass es nichts Ernstes ist«, seufzt er. »Vermutlich eine Erkältung.«

»Sie wird bei den Gottesdiensten sehr vermisst«, versichert ihm Lady Bridgelow.

William lächelt gequält. Inzwischen ist allgemein bekannt, dass Agnes fast jeden Sonntag die katholische Messe besucht, doch er hat es bisher nicht übers Herz gebracht, es ihr zu verbieten. So beklagenswert ihre Apostasie und so groß seine Verlegenheit ob der Missbilligung der Nachbarn auch ist, er möchte, dass Agnes glücklich ist, und am glücklichsten macht er sie, indem er ihr erlaubt, nach Cricklewood zu fahren und eine kleine Papistin zu sein.

Er hatte so sehr gehofft, sie werde von der Küste rundlicher und vernünftiger zurückkehren! Aber sie ist von den vierzehn im Voraus bezahlten Tagen nur acht geblieben, und statt in aller Ruhe in Begleitung von Clara mit dem Zug zurück nach London zu fahren, schickte sie ihm eine Postkarte, auf der sie sich beschwerte, dass im Hotel Amerikaner logierten und das Trinkwasser voller Organismen sei, und ihn aufforderte, sie sofort abzuholen. *Im Namen von allem, was dir heilig ist, flehe ich dich an, BITTE!* hatte die Postkarte geendet, die ansonsten auf der Vorderseite ein lustiges Bild von einem Esel zierte, auf dessen Kopf keck eine spitz zulaufende Muschel thronte. *Einhorn, Folkestone Sands,* lautete die Bildunterschrift. Die Vorstellung, der Postbote könnte noch weitere solcher Botschaften zu lesen bekommen, war für ihn unerträglich und so reiste er, so schnell er konnte, nach Folkestone, nur um dort eine völlig gefasste, offenbar zufriedene Agnes vorzufinden und von ihr wie ein ungebetener Gast behandelt zu werden, den sie aus reiner Freundlichkeit nicht abwies.

»Wie hat sie sich benommen?«, drang er heimlich in Clara, während er und die Dienerin gemeinsam zuschauten, wie Agnes' absurd große Koffer von den Gepäckträgern grunzend aus dem Hotel geschleppt wurden.

»Ich habe keinen Grund zur Klage, Sir«, antwortete Clara, mit der Miene eines Menschen, der eine Woche lang am Pranger stand und unablässig mit verfaultem Obst beworfen wurde.

Auf dem Heimweg machte Agnes ihm sogleich unmissverständlich klar, dass das Meeresklima bei ihr vollkommen versagt habe, die von Doktor Curlew verheißenen »Wunder der Heilung« seien ausgeblieben. Kaum waren die Souvenirs aus Folkestone ausgepackt, ersann Agnes eine neue Marotte – ein albernes Ritual, das bedauerlicherweise sogleich zu einer festen Angewohnheit wurde. Jeden Morgen vor dem Frühstück lässt sie am offenen Fenster ihres Schlafzimmers einen aufziehbaren Spielzeugvogel fliegen. Dass der klackernde Apparat jedes Mal wie ein Stein zu Boden fällt, sein Schnabel inzwischen abgebrochen und der linke Flügel lädiert ist, hat Agnes nicht von ihrem Ritual abbringen können. Jeden Morgen findet Shears nach dem Frühstück das Ding bis zum Hals in seiner frisch umgegrabenen Erde oder verhakt in einem Busch und liefert es wortlos im Haus ab. (Möge er auch weiterhin schweigen! Seine Proteste, als Mrs Rackham während der Saison seine Rosenbüsche plünderte, um einen »roten Teppich« aus Blütenblättern für ihre Gäste auszulegen, haben überhaupt nichts genutzt.)

»Ihre arme Frau«, sagt Lady Bridgelow und schnalzt leicht mit der Zunge. »Sie tut mir so Leid. Wir, die wir über eine ungestörte Gesundheit verfügen, sollten mehr Dankbarkeit für unser Glück zeigen. Jedenfalls hat mich mein Gatte, solange er noch lebte, stets zur Dankbarkeit ermahnt.« Nach diesen Worten werden ihre Augen leicht glasig, und ihr Kopf sinkt auf den Schonbezug, so als hätte sie gerade eine Erscheinung und sähe ihren Mann vor sich. »Aaah … der arme Albert«, seufzt sie und nimmt von Rose ein Stück Ingwerkuchen entgegen. »Wie einsam es bisweilen doch ohne ihn ist … vor allem, wenn mir bewusst wird, wie viel Leben noch *vor* mir liegt …«

Dann richtet sie sich mit einer abrupten Bewegung wieder auf, und ihr Blick ist klar, die Miene entschlossen.

»Aber ich darf mich nicht dem Kummer ergeben, nicht wahr? Immerhin habe ich meinen Sohn, in dem Albert fortlebt. Und es ist wundervoll, wie sehr er ihm ähnelt! Wissen Sie, ich frage mich … wenn mein armer Gatte noch lebte … und ich ihm morgen ein zweiten Sohn schenken würde, ob dieser Junge seinem Vater in demselben erstaunlichen Maße ähnlich sehen würde? Wissen Sie, ich glaube schon! … Entschuldigen Sie bitte mein Geplapper. Ich kann nur darauf vertrauen, dass auch *Sie* für eine solche Torheit ab und zu anfällig sein werden, wenn Sie selbst einen Sohn haben.« Sie tätschelt sich die Knie, als wären es Schoßhündchen, die sie aufwecken will. »Nun denn, ich habe Ihre Zeit bereits zu lange in Anspruch genommen. Verzeihen Sie mir.«

»Nein, nein«, sagt William, als sie sich erhebt. »Es war mir ein Vergnügen, ein großes Vergnügen.«

Das ist sein Ernst. Sie ist ihm in seinem Salon stets willkommen, und er bedauert es, sie hinauszugeleiten. Sie ist ganz anders als die übrigen Adligen, die er kennt: Trotz ihrer vornehmen Verbindungen hat sie etwas angenehm Spitzbübisches an sich, das ihm gefällt und das er sogar in der Art zu erkennen meint, wie sie die Stufen vor seinem Haus hinunterläuft und ohne Hilfestellung in ihre Kutsche zu hüpfen vermag, ehe ihr Kutscher vom Bock klettern kann. Sie winkt noch einmal, während sie ihre Röcke in den Wagen rafft, dann ist sie verschwunden.

Das Erfreulichste an ihr ist, findet William, während ihre Kutsche die Zufahrt hinunterzuckelt, dass sie sich ganz offen mit ihm abgibt, selbst unter den Blicken ihrer hochwohlgeborenen Freunde. Sie sieht es ihm nach, dass er »in Geschäften tätig« ist, wie sie es taktvoll nennt. Sie sagt sogar hin und wieder, die Zukunft gehöre der Industrie. Er wünschte nur, sie wäre nicht so besorgt um Agnes – vor allem, da diese Herzensgüte zu seinem Verdruss nicht erwidert wird.

»Ich traue ihr nicht weiter über den Weg, als ich sie werfen kann«, hat Agnes erst kürzlich bei einem ihrer immer häufigeren Anfälle von Hemmungslosigkeit erklärt. (Eine große Beleidigung, wenn man die Mickrigkeit ihrer Arme bedachte.) Dass sie hinterher behauptete, sich an diese Bemerkung nicht erinnern zu können, tut nichts zur Sache.

Agnes wird es aber wieder besser gehen, da ist er sich sicher – fast sicher. Schließlich hat sich heute, abgesehen von dem üblichen Schwachsinn mit dem Holzvogel, noch nichts Unerfreuliches ereignet. Und es ist schon beinahe Mittag …

William steht in der Empfangshalle, nachdenklich gestimmt, wo sein Gast jetzt gegangen und es im Haus wieder still ist. Lady Bridgelow bringt bei jedem ihrer Besuche einen Hauch wohltuender Normalität mit sich, der sich leider Gottes in dem Moment verflüchtigt, in dem sie das Haus verlässt, worauf hin die Luft wieder von quälender Ungewissheit erfüllt ist. Ja, es ist still, aber was bedeutet diese Stille? Näht Agnes oben friedlich, oder brütet sie einen Anfall aus? Schläft sie den Schlaf der Gerechten oder liegt sie in Wahnträumen darnieder? William lauscht voll Unbehagen, mit angehaltenem Atem, am Fuß der Treppe.

Nach wenigen Sekunden erhält er überraschenderweise eine Antwort auf seine Fragen: Ganz in der Nähe, und noch dazu wunderschön, ertönt der Klang von geschickten Fingern, die Klaviertasten liebkosen. Agnes Rackham hat heute ihren musikalischen Tag! Sofort wirkt das Haus heller, verwandelt sich in ein Heim für alle, die es bewohnen. William löst die geballten Fäuste und lächelt.

Egal, wie oft Curlew das »Sanatorium« auch erwähnen mag: William Rackham gibt sich nicht so leicht geschlagen! Und abgesehen davon, was ist mit dem Mitgefühl, das ein Ehemann haben sollte? William ist sich wohl bewusst, dass ab Oktober auf jedes Produkt der Rackham Perfumeries ein Portrait von ihm gedruckt wird (eine gute Idee von Sugar), und er hat als Vorlage eine Photographie ausgewählt, die ihn mit einer gütigen, ja sogar väterlichen Miene zeigt. Was würden die Damen, die Rackhams Toilettenartikel kaufen, denken, wenn sie erführen, dass der Mann, der diese duftenden Luxuswaren herstellt und dessen Ziel es ist, mit seinem gütigen Antlitz in jedem Haushalt des Landes Einlass zu finden, seine eigene Ehefrau in ein Irrenhaus gesperrt hat? Nein, Agnes hat eine weitere Chance verdient – Dutzende, Hunderte weiterer Chancen! Sie ist seine Frau, verdammt noch mal, und er hat sie zu lieben und zu ehren, in Gesundheit und Krankheit.

»Cheesman soll mit der Kutsche vorfahren«, sagt er zu Letty in jenen kostbaren Minuten, in denen die Klaviermusik noch entzückend klingt, in denen noch keine obsessiven Arpeggios an den Nerven zerren.

Wenige Sekunden nach der Entladung, aber bevor die bittere Reue wieder in ihn einströmt, fährt Henry Rackham überrascht zusammen, denn es klopft an der Haustür. *Wer zum Teufel …?* Er bekommt nie Besuch, nie! Es muss ein Irrtum sein.

Hastig säubert er sich und tut, was er kann, um präsentabel auszusehen, aber in der Eile findet er seine Hausschuhe nicht und tappt, durch das beharrliche Klopfen völlig durcheinander, auf Socken zur Tür.

Als er sie öffnet, bietet sich ihm auf dem Gehweg vor seiner Türschwelle ein verblüffender Anblick weiblicher Schönheit: zwei blühend aussehende junge Frauen, wahrscheinlich Zwillinge, fast noch Mädchen, mit identischen grau-rosa Hütchen und Paletots. Sie stehen hinter einem Wagen mit Verdeck, ähnlich einem Blumenkarren oder einem zu groß geratenen Kinderwagen, allerdings befinden sich weder Blumen noch Kinder darin.

»Guten Tag, Sir«, sagt die eine. »Wir sind hier, um den frierenden, hungernden Frauen und Kindern auf Skye zu helfen.«

Henry stiert sie verständnislos an. Eine kalte Böe fährt in sein Haus und weist ihn, zu spät, auf den unangenehmen Schweißfilm auf seiner Stirn hin.

»Auf der Insel Skye«, erklärt das andere Mädchen in einem singenden Tonfall, der nicht zu unterscheiden ist von dem der

Schwester. »In Schottland. Viele Familien sind von ihrem Land vertrieben worden, und es steht zu befürchten, dass sie den kommenden Winter, der sehr kalt zu werden droht, nicht überstehen werden. Besitzen Sie Kleidungsstücke, die Sie entbehren können?«

Henry blinzelt wie ein Schwachsinniger und errötet in dem Wissen, dass er seine Antwort, wie auch immer sie lauten mag, ganz sicher stammelnd geben wird.

»I-ich habe all meine ü-überflüssigen Kleidungsstücke einer … äh … Dame gegeben, die sich für verschiedene wohltätige Einrichtungen einsetzt.« Die Mädchen schauen ihn mit leicht ungläubigem Blick an, so als wären sie daran gewöhnt, mit derartigen Geschichten abgespeist zu werden, aber zu wohlerzogen, um deren Wahrheitsgehalt in Frage zu stellen. »Mrs Emmeline Fox«, fügt er kleinlaut hinzu, nur für den Fall, dass sie sie kennen.

»Letzten Winter«, sagt das erste Mädchen, »waren die Inselbewohner gezwungen, Rotalgen zu essen.«

»Eine Art Seetang, Sir«, erläutert die zweite, die seine Verwunderung bemerkt.

Das erste Mädchen atmet tief ein, wodurch sich ihr hübscher Busen hebt, und sie öffnet den Mund, um erneut etwas zu sagen, aber Henry erträgt das alles nicht mehr.

»Nehmen Sie auch Geld?«, fragt er mit belegter Stimme, während seine Katze auf der Bildfläche erscheint, mit dem Kopf an seine Knöchel stupst und dadurch die Aufmerksamkeit auf seine unbeschuhten Füße lenkt.

Die Zwillinge schauen einander an, als wäre ihnen dieser Vorschlag noch nie gemacht worden und als wären sie völlig ratlos, wie sie darauf reagieren sollten.

»Es würde uns nicht im Traum einfallen, Sir, Sie zu bedrängen …«, sagt die eine, den Blick auf den Gehweg gerichtet, aber Henry nimmt es als Zustimmung und greift in die Hosentasche.

»Hier«, sagt er und fördert eine Hand voll Münzen zu Tage, zusammen mit Zeitungsschnipseln und vergessenen Briefmarken. »Reichen zwei Shilling, was meinen Sie?« Bei dem Gedanken, was man sonst noch für dieselbe Summe bekommen kann, zieht sich ihm alles zusammen. »Nein, nehmen Sie drei.« Er trennt die glänzenden Shilling-Münzen von den Pennys und dem Krimskrams wie die Spreu vom Weizen.

»Vielen Dank, Sir«, sagen die Mädchen unisono, und diejenige, die näher bei ihm steht, streckt eine behandschuhte Hand aus. »Wir werden Sie nicht wieder belästigen.«

»Sie haben mich nicht belästigt«, sagt er, und zu seiner großen Erleichterung schieben sie mit wippenden Turnüren ihren Karren von dannen.

Henry schließt die Tür und kehrt ins Wohnzimmer zurück, das einzige gemütliche Zimmer seines Hauses. Vor dem Kamin liegt ein zerknülltes Taschentuch auf dem Boden. Er weiß, ohne es auseinander zu falten – denn er hat es erst vor einigen Minuten dorthin geworfen –, dass es von seinem schleimigen Samen verklebt ist.

Schwerfällig setzt er sich wieder in seinen Sessel. Seine Hände und Füße sind kalt, sein Kopf ist fiebrig, seine Lenden jucken; sein Körper kommt ihm wie ein plumper Fleischklumpen vor, der eine feucht besudelte Seele in einer unerwünschten Umarmung hält. Wie um seine Schmach zu krönen, kommt seine Mieze ins Zimmer geschlichen, steuert schnurstracks das Taschentuch an und beschnüffelt es neugierig.

»Schscht«, schimpft er und wedelt mit einem wollbesockten Fuß in ihre Richtung. »Das ist schmutzig.«

Er schnappt ihr das Taschentuch weg und knüllte es erneut zusammen. Die Vorstellung, es auszuwaschen, findet er unerträglich; er nimmt diese Mühe auf sich, wenn es um ein beflecktes Nachthemd geht (einer der Gründe, wieso er keine Waschfrau beschäftigt), aber dieses billige, quadratische Stück Stoff scheint kaum die Demütigung wert, die es bedeutet, seine Metallwanne mit Wasser zu füllen und dann im Stehen mit seifigen Fingernägeln die hartnäckigen Spuren seines Spermas abzukratzen. Was tun andere Männer, die sich selbst beflecken? Geben sie die Schleimfetzen einfach in die Obhut ihrer weiblichen Hausangestellten, die ihren Herrn daraufhin gewiss für alle Zeit verabscheuen? Oder ereignet sich solche Zügellosigkeit im Leben willensstärkerer Männer eher selten? Mit furchtbar schlechtem Gewissen, denn er geht verschwenderisch mit guter Baumwolle um, trotz der vielen armen Menschen, die keine

Flicken für ihre Kleidung haben und frieren (nicht nur auf der Insel Skye, sondern auch in London!), schleudert Henry das Taschentuch in den Kamin. Es landet mitten auf der Glut, zischt, läuft schwarz an und geht dann in den hellen Flammen auf.

Mrs Fox ist todkrank, und er kann ihr nicht helfen. Dieser Gedanke quält ihn beständig, in Stunden düsterster Verzweiflung, in Momenten gedankenloser Unbekümmertheit, im Schlafen und im Wachen. Mrs Fox ist todkrank, und er kann sie nicht kurieren, kann sie nicht aufheitern, kann ihr keine Linderung verschaffen. Den lieben langen Tag liegt sie auf einer Chaiselongue im Garten ihres Vaters oder, wenn das Wetter zu garstig ist, auf derselben Chaiselongue direkt an den Fenstern des trostlosen Wohnzimmers, von wo aus sie auf den kaum erkennbaren Abdruck hinausstarrt, den sie auf dem Rasen hinterlassen hat. Sie hat so gut wie keine Schmerzen, langweilt sich bloß furchtbar, wie sie Henry zwischen heftigen Hustenanfällen versichert. Möchte sie eine Tasse Brühe, fragt er. Nein, sie möchte *keine* Brühe; wenn er wüsste, wie das Zeug schmeckt, würde er sie auch nicht wollen. Sie sehnt sich stattdessen danach, spazieren zu gehen, und zwar in der Sonne; aber die Sonne macht sich rar, und wenn sie doch durch die Wolken bricht und für eine Weile herrlich scheint, bittet Mrs Fox ihn um Geduld, bis sie zu Atem gekommen ist, und die Gelegenheit verstreicht ungenutzt. In Wahrheit kann sie nicht mehr laufen, und er kann sie nicht tragen. Ein Mal – ein einziges Mal – hat er schüchtern einen Rollstuhl vorgeschlagen, und sie hat diesen Gedanken weit von sich gewiesen und zwar in einem sehr scharfen Tonfall, wie sie ihn in seiner Gegenwart vorher noch nie angeschlagen hat. Wenn es ihm nicht unerträglich wäre, sie zu kränken, würde er sie der Sünde des Stolzes bezichtigen.

Und doch sieht sie ihn flehend an, die Augen in ihrem kalkweißen Gesicht riesig, die Lippen trocken und aufgeschwollen. Manchmal verstummt sie mitten im Satz und starrt ihn eine Minute lang ununterbrochen an, wobei sie nur atmet und das Blut in der Halsschlagader und in den bläulichen Adern der Schläfen pulsiert. *Es liegt in Ihrer Macht, den Tod zu besiegen,* scheint sie zu sagen, *wieso lassen Sie zu, dass* ER *mich holen kommt?*

»G-geht es Ihnen gut, Mrs Fox?«, fragt er dann, oder etwas ähnlich Dummes.

»Nein, natürlich geht es mir nicht gut, Henry«, seufzt sie und befreit ihn mit einem Blinzeln ihrer papierdünnen Lider von ihrem schrecklichen, vertrauensvollen Blick.

An den seltenen Tagen, an denen sie einigermaßen bei Kräften ist, setzt sie diese Kraft ein, um ihn zu vertreiben. Gestern war ein solcher Tag; Mrs Fox' Gesicht war gerötet, ihre Augen blutunterlaufen und ihre Stimmung nervös und launisch. Eine Stunde lang schien es, als schlafe sie, ihre Lippen formten lautlose Worte, ihre Brust hob und senkte sich kaum. Dann kam sie plötzlich zu sich, stützte sich auf die Ellbogen und klagte ihn an: »O Henry, mein Lieber, sind Sie denn noch immer nicht gegangen? Was nützt es, wenn Sie den ganzen Nachmittag hier herumsitzen … und am Gartenzaun meines Vaters die Latten anstarren … Sie haben sie bestimmt schon allzu oft gezählt.« Ihr Tonfall klang sonderbar, war beunruhigend, schwer zu deuten, bewegte sich auf dem schmalen Grat zwischen freundschaftlicher Neckerei und schierer Pein.

»Ich … ich kann noch ein bisschen bleiben«, antwortete er und sah an ihr vorbei.

»Sie müssen mit Ihrem eigenen Leben vorankommen, Henry«, forderte sie ihn auf, »statt es an der Seite einer dösenden Frau zu verplempern. Ich habe nicht vergessen, wie sehr Sie den Müßiggang fürchten! Und ich werde eines Tages wieder gesund sein – wenn auch nicht morgen oder nächste Woche. Aber ich *werde* genesen – das glauben Sie mir doch, Henry, oder?«

»So Gott will …«, murmelte er.

»Erzählen Sie mir, Henry«, fuhr sie leidenschaftlich fort. »Von Ihrer Berufung … Was haben Sie in Hinsicht auf Ihre Berufung unternommen?«

In diesem Augenblick wünschte er sich, er wäre tatsächlich bereits gegangen.

»I-ich habe Zweifel«, sagte er, von der abergläubischen Furcht erfüllt, sie könnte genauso deutlich wie er das Echo der Worte *Gottverflucht sei Gott* vernehmen, das in seinem Schädel bellte. »Ich glaube, dass ich mich doch nicht zum Geistlichen eigne.«

»Unsinn, Henry«, rief sie und fasste ihn am Arm, damit er ihr ins Gesicht sah. »Sie wären der beste … der freundlichste, ernsthafteste, wahrhaftigste, sch-schmuckste …« Sie kicherte verlegen, und prompt rann eine blutige Schleimspur aus ihrer Nase.

Entsetzt ob des unansehnlichen Auswurfs richtete Henry den Blick erneut auf den Zaun und hob mühsam zu seinem Geständnis an: »I-ich bin … mein Glaube ist …«

»Nein, Henry«, schluchzte sie, und ihr Atem pfiff dabei vor Kummer, »schweigen Sie! Ich will es nicht hören! Gott ist größer … als die Krankheit einer unbedeutenden Frau. Versprechen Sie mir, Henry … versprechen Sie mir … versprechen Sie mir, dass Sie … Ihrem Ziel treu bleiben.«

Woraufhin er, Feigling, der er ist, rückgratloser Schuft, der er ist, gottverlassener Gottloser, der er ist, die einzige Antwort gab, die er geben konnte: die Antwort, die sie hören wollte.

»Ach, mein Zuckerstückchen … ich wünschte, wir könnten zusammen in einem Haus leben.«

Sugars Herz macht einen Satz, als der Klang der Worte sich vibrierend durch ihr Brustbein fortpflanzt und William seine Barthaare an ihren Busen schmiegt. Sie hatte nie damit gerechnet, dass der Gefühlsausbruch eines Mannes sie jemals benommen vor Glück machen könnte, schon gar nicht, wenn der Mann ein beleibter Kerl mit unangenehm kitzelnden Backenbart ist, aber ihr Herz pocht wie wild, direkt an seinem Ohr.

»Diese Wohnung hier ist doch sehr elegant und gemütlich«, sagt sie, beschwört ihn jedoch insgeheim, ihr zu widersprechen. »Und es stört uns niemand.«

Er seufzt und streicht mit dem Zeigefinger über die Tigerstreifen aus trockener Haut auf ihrem Schenkel. »Ich weiß, ich weiß …« Zärtlich schiebt er seine Hand in das saftige Delta zwischen ihren Beinen. (Er tut dergleichen in letzter Zeit oft: streichelt und liebkost sie, auch wenn sein eigener Hunger gestillt ist. Bei einer der nächsten Gelegenheiten wird sie, sofern sie den Mut dazu aufbringt, seine Hand nehmen und ihn ein wenig anleiten.) »Und doch«, klagt er, »viel zu oft verspüre ich den sehnlichen Wunsch, etwas mit dir zu besprechen, schaffe es aber beim besten Willen nicht, meine Verpflichtungen beiseite zu schieben und das Haus zu verlassen.«

Sie krault sein Haar, massiert das Makassaröl in die rissige Haut ihrer Handfläche. »Wir haben doch jetzt alles besprochen, oder?«, sagt sie. »Die Form des R auf den neuen Seifen; das Verbrennen der fünfjährigen Pflanzen – ich bringe den Colonel wieder mit; das Vorgehen in Bezug auf Lemerciers Fliederländereien; was zu tun ist, damit die senilen Kumpane deines Vaters aus dem Büro in London verschwinden …«

Die ganze Zeit über denkt sie: *Sag mir, wie sehr du mich liebst. Los, sag's mir.*

»Ja, ja«, sagt er, »aber noch andere Dinge halten mich von dir fern.« Begleitet von einem mürrischen Stöhnen hebt er den Kopf und reibt sich das Gesicht mit den Händen. »Also, es ist schon sonderbar, aber ich habe festgestellt, dass es, trotz all der Verwicklungen, tausendmal einfacher ist, einem großen Unternehmen vorzustehen als einer Familie.«

Sugar zieht die Laken bis an den Bauchnabel hoch.

»Agnes geht es schlecht, stimmt's?«

»An Agnes habe ich überhaupt nicht gedacht«, murmelt er müde, so als würde er einer Großfamilie vorstehen, deren zahlreiche Mitglieder beständig nach seiner ungeteilten Aufmerksamkeit verlangten.

»Deine … Tochter?« *Komm schon, rück damit raus,* denkt sie. *Wieso kannst du den Namen deines eigenen Kindes nicht aussprechen?*

»Ja, ein Problem mit meiner Tochter«, erklärt William. »Ein verdammt lästiges Problem. Beatrice, ihre Kinderfrau, hat verkündet, meine Tochter habe, ihrer *unmaßgeblichen* Meinung nach, ein Alter erreicht, in dem eine Kinderfrau nicht mehr genügt.« Er verzieht das Gesicht zu einer Parodie weiblicher Untertänigkeit und imitiert den jammernden Tonfall: »›Ich habe nicht die nötigen Fähigkeiten, Mr Rackham. Miss Sophie braucht eine Gouvernante, Mr Rackham.‹ Selbstverständlich hat die Tatsache, dass Mrs Barrett kürzlich niedergekommen ist und eine Kinderfrau sucht und überall herumerzählt, Geld spiele keine Rolle, *rein gar nichts* damit zu tun, dass Beatrice auf meine Erlaubnis aus ist, uns verlassen zu dürfen.«

»Na ja … wie alt ist Sophie denn?«, fragt Sugar und lässt die Laken von ihrem glänzenden Busen rutschen, um William von ihrem neugierigen Tonfall abzulenken.

»Ach, sie ist erst fünf!«, schnaubt er. »Nein, lass mich überlegen: sechs. Ja, sechs. Sie hatte Geburtstag, als Agnes am Meer war. Also, Sugar, ich frage dich: Braucht ein sechsjähriges Kind eine ausgebildete Lehrerin?«

Sugar sieht im Geiste sich selbst im Alter von sechs Jahren, wie sie neben den Röcken ihrer Mutter auf einem Hocker sitzt, den linken Fuß nach einem Rattenbiss verbunden, und das zerfledderte Exemplar eines üblen Schauerromans mit dem Titel *Der Mönch* sorgfältig durchliest, obwohl sie so gut wie nichts davon begreift.

»Das weiß ich nicht, Henry. Ich selbst habe strengen Unterricht bekommen, kaum dass ich aus der Wiege heraus war, aber ich hatte ja auch …« (sie zuckt zusammen bei der Erinnerung daran, wie sie Mrs Castaway vorlas und sich bissige Bemerkungen anhören musste, weil sie Worte falsch aussprach, für die sie noch zu jung war) »eine außergewöhnliche Kindheit.«

»Hmm.« Das war nicht die Antwort, die William hören wollte, und er wechselt das Thema. »Mein Bruder Henry«, stöhnt er, »ist ebenfalls ein Quell ständiger Sorge.«

»Ah ja?«

»Er nimmt sich das Siechtum einer Freundin sehr zu Herzen.«

»Was für eine Freundin?«

»Eine sehr …« (er sucht nach einem Adjektiv, das, mit Rücksicht auf Mrs Fox' Zustand, nicht zu unschmeichelhaft ist) »*verdienstvolle* Dame namens Emmeline Fox. Ehe sie an Schwindsucht erkrankte, war sie eine Vorkämpferin im Verein zur Rettung gefallener Frauen.«

Sugar überlegt, ob sie so tun soll, als würde sie diesen Verein nicht kennen, dessen Vertreterinnen von Zeit zu Zeit die Silver Street aufsuchten, stets von Mrs Castaway willkommen geheißen wurden und sogar eine Cello-Vorführung von Katy Lester genießen durften – ehe man sie dann mit Hohn und Spott bedacht und verheult wegschickte.

»Des Vereins zur Rettung gefallener Frauen?«, wiederholt sie.

»Ein wohltätiger Verein. Die Mitglieder bemühen sich um die sittliche Besserung von Prostituierten.«

»Tatsächlich?« Unauffällig greift sie nach ihrem auf dem Boden liegenden Unterhemd und beginnt sich anzuziehen. »Mit welchem Erfolg?«

»Ich habe keine Ahnung«, antwortet William achselzuckend. »Sie bilden die Mädchen aus zu … ich weiß nicht … Näherinnen und so weiter. Lady Bridgelow hat, glaube ich, ihre Küchenhilfe über den Verein vermittelt bekommen. Das Mädchen ist überaus dankbar und fleißig, und Lady Bridgelow sagt, man sieht ihr überhaupt nicht an, was sie früher gewesen ist.« (Sugar kann sich nicht weiter anziehen, denn William sitzt auf ihren Pantalettes). »Als ich nach einem neuen Serviermädchen suchte«, sinniert er, »habe ich erwogen, mich an den Verein zu wenden, aber ich bin inzwischen froh, es nicht getan zu haben. Rose ist Gold wert.«

Zaghaft stupst Sugar William an, damit er von ihren Pantalettes rutscht, und er tut es, ohne zu murren. Dadurch ermutigt beschließt sie, ein wesentlich größeres Risiko einzugehen.

»Und dein Bruder«, erkundigt sie sich, »ist er auch Mitglied in dem Verein?«

»Nein, nein«, sagt William. »Dafür müsste er eine Frau sein.«

»Dann vielleicht in einem ähnlichen Verein?«

»Nein … Wieso fragst du?«

Sugar holt tief Luft. Sie ist beklommen, aber nicht, weil sie gleich Carolines Vertrauen missbrauchen, sondern weil sie Williams Vorurteile in Frage stellen wird.

»Ich habe eine Bekannte«, hebt sie vorsichtig an, »die ich manchmal treffe, wenn ich … Obst kaufe. Sie ist eine Prostituierte …« (Runzelt William die Stirn? Hat sie *sein* Vertrauen in sie überschätzt? Aber ihr bleibt jetzt nichts anderes übrig, als fortzufahren.) »Bei unserer letzten Begegnung hat sie mir eine bemerkenswerte Geschichte erzählt …«

Und dann folgt Carolines Geschichte von dem frommen Mann, der sie so gerne sittlich bessern möchte und zwei Shilling bezahlt, um mit ihr zu reden. William hört gelassen zu, bis Sugar zu der Stelle kommt, wo der Kerl der Prostituierten ehrliche Arbeit in den Rackhamschen Fabriken anbietet, woraufhin William verblüfft nach Luft schnappt. Als sie geendet hat, schüttelt er den Kopf.

»Allmächtiger …!«, murmelt er. »Kann das wirklich sein? Kann das wirklich Henry sein? Eigentlich kommt niemand anderes in Frage … Ich erinnere mich genau daran, wie er sich erkundigt hat, ob ich Einwände hätte, eine arme Frau ohne ein Empfehlungsschreiben anzustellen … Allmächtiger …« Und plötzlich lacht er. »Der freche Teufel! Er ist also doch ein stinknormaler Mann!«

Sugar wird von Reue geplagt, allerdings ist sie sich nicht sicher, wen sie verraten hat, Henry oder Caroline. »Oh, aber er rührt sie nicht an«, beeilt sie sich zu sagen.

William schnaubt, den Kopf voller Mitleid zur Seite geneigt ob der Leichtgläubigkeit der Frauen. »*Sie* vielleicht nicht«, sagt er, »oder jedenfalls nicht bei *diesen* Gelegenheiten, du Gänschen. Aber wer weiß, zu wie vielen Huren er sonst noch geht?«

Sugar schweigt. Trotz ihres schlechten Gewissens spürt sie heftige Freude, von ihm auf eine so zärtliche, väterliche Art »Gänschen« genannt zu werden.

»Wer hätte das gedacht!« William murmelt und gluckst noch immer vor sich hin. »Mein frommer Bruder Henry! Mein pharisäerhafter Bruder Henry! Haha! Weißt du was, ich habe ihn, ehrlich gesagt, nie so sehr gemocht wie jetzt gerade. Gott segne ihn!« Und er zieht Sugar zu sich heran und küsst sie dankbar auf die Wange – aus welchem Grund, kann sie nicht beurteilen.

»Du wirst ihn doch nicht … aufziehen damit?«, bittet sie ihn und streichelt dabei nervös seine Schultern.

»Meinen eigenen Bruder?«, schilt er sie mit einem kryptischen Lächeln. »Bei dem Zustand, in dem er sich momentan befindet? Himmel, nein. Ich werde die Verschwiegenheit in Person sein.«

»Wann, glaubst du, wirst du ihn das nächste Mal sehen?«, fragt sie, in der Hoffnung, dass bis dahin noch Wochen oder Monate verstreichen und die Zeit die Einzelheiten ihrer Enthüllung aus seinem Gedächtnis löschen wird.

»Heute Abend«, sagt William. »Beim Essen.«

Am Abend hat William, um der düsteren Stimmung vorzubeugen, die Henry bei seinen Besuchen zu verbreiten pflegt, Anweisung gegeben, den Esstisch mit doppelt so vielen Kerzen wie üblich zu erleuchten und mit bunten Blumen zu schmücken. Von der Tür aus wirkt der Anblick (wenn er das selbst mal sagen darf) ungemein aufheiternd. Und obwohl die verließähnliche Abgeschlossenheit der Küche dazu dient, keine Essensgerüche von dort entweichen zu lassen, ahnt Williams Nase – die in den letzten Monaten so sensibel geworden ist, dass er zwischen *Lavandula delphinensis* und *Lavandula latifolia* unterscheiden kann – die Zubereitung eines exzellenten Mahls. Er wird bei Gott sein Möglichstes tun, um jegliche Trübsal fern zu halten.

Entgegen ihrer Gewohnheit hat Agnes verkündet, sie werde zusammen mit den Brüdern speisen. Eine beunruhigende Aussicht? Keineswegs, sagt sich William: Agnes hat von jeher ein Faible für Henry gehabt, und sie ist heute Abend bester Laune, kichert und singt, während sie das Anbringen der Wintervorhänge überwacht.

»Ich weiß, es ist unter den gegebenen Umständen sehr viel verlangt, aber lass uns Mrs Fox bitte nicht erwähnen, ja?«, schlägt er vor, als die letzten Minuten vor Henrys Ankunft verstreichen.

»Ich werde so tun, als wäre die Saison noch in vollem Gange, Liebling«, erwidert Agnes mit einem beinahe koketten Zwinkern, »und kein Wort sagen, über *gar nichts.*«

Henry wirkt nervös, als er mit nur geringer Verspätung eintrifft, und kaum hat man ihm den regenfeuchten Hut und den Mantel abgenommen, legt William brüderlich einen Arm um seine Schulter und führt ihn direkt ins Esszimmer. Dort bietet sich Henry ein Bild elysischen Überflusses: Wärme, Licht, überall Rosen, Servietten, gefaltet wie ein Pfauenrad, ein hübsches neues Dienstmädchen, das eine Terrine voll goldgelber Suppe auf den Tisch stellt. Mrs Rackham, creme- und pfirsichfarben gekleidet, hat bereits Platz genommen und strahlt ihn inmitten der leuchtenden Pracht aus Blumen und Silberbesteck an.

»Ich bitte um Entschuldigung«, sagt Henry. »Ich war … ähm …«

»Setz dich, Henry, *setz* dich«, unterbricht ihn William mit einer großmütigen Geste. »Wir gucken hier nicht ständig auf die Uhr.«

»Beinahe wäre ich nicht gekommen«, sagt Henry, ganz geblendet vom Kerzenglanz.

»Dann freut es uns umso mehr, dass du trotzdem hier bist«, erwidert Agnes.

Erst als Henry sich hinter dem gefüllten Weinglas, den schimmernden Tellern, der schneeweißen Serviette und dem Kandelaber niedergelassen hat, die allesamt einen hellen Schein auf sein Gesicht werfen, fällt William auf, wie ungepflegt sein Bruder aussieht. Henrys Haar, das dringend geschnitten werden müsste, ist hinter die Ohren gestrichen, mit Ausnahme einer Locke, die über seiner verschwitzten Stirn hin und her pendelt. Es scheint in letzter Zeit weder mit Seife noch Öl in Berührung gekommen zu sein. Als Nächstes mustert William Henrys Kleidung, die zerknittert und zu weit ist, so als wäre er auf dem Boden herumgekrochen wie Nebukadnezar oder hätte dramatisch abgenommen oder beides. Eine der Nadeln in seinem Hemdkragen, die wegen der schief sitzenden Krawatte zu sehen ist, glitzert störend und weckt in William den Wunsch, die Hand auszustrecken und sie zurechtzurücken. Doch stattdessen wird mit dem Abendessen begonnen.

Henry löffelt die Consommé von Entenküken in sich hinein, ohne auf den Teller zu schauen, denn er zieht es vor, mit blutunterlaufenen Augen in einen unsichtbaren Spiegel seiner Qual zu starren, der irgendwo links neben Williams Schulter hängt.

»Ich sollte nicht so viel essen, mich nicht dermaßen voll stopfen«, bemerkt er an niemand Bestimmten gewandt, während er mechanisch den Löffel zum Mund führt. »In Schottland gibt es Leute, die ernähren sich nur von Seetang.«

»Oh, aber es ist wirklich kein Fett in dieser Suppe«, versichert ihm Agnes. »Es wurde aufs Sorgfältigste abgeseiht.« Ein verlegenes Schweigen droht sich anzuschließen, das nur von Henrys Schlürfgeräuschen unterbrochen wird. *Ist das,* denkt Agnes, *der wahre Grund, wieso er in der Saison nirgends eingeladen war?* »Was Seetang angeht«, fährt sie fort, einer plötzlichen Eingebung folgend, »so wurde uns einmal welcher vorgesetzt, nicht wahr, William, und zwar bei Mrs Alderton, in einer Sauce. Mit Jakobsmuscheln und Schwertfisch. Meine Portion schmeckte sehr sonderbar. Ich war heilfroh, dass das Essen *à la Russe* serviert wurde, denn sonst hätte ich einen ganzen Teller davon unter dem Tisch verschwinden lassen müssen.«

William runzelt die Stirn, weil er sich plötzlich daran erinnert, wie peinlich berührt er war, als vor zwei Jahren während eines

Diners bei Mrs Cuthbert der Hund jener Dame direkt neben Agnes' Stuhl unter die weiße Damasttischdecke kroch und deutlich hörbar etwas fraß.

»Die Gesellschaft ist mir verschlossen«, verkündet Henry kummervoll, während sein Suppenteller von einer Dienerin weggetragen wird. »Damit meine ich nicht Bälle oder Diners, ich meine die *Gesellschaft* im Allgemeinen, die Gemeinschaft der Menschen, der wir alle angehören sollten. Es gibt nichts, das ich für jemand tun, keine Rolle, die ich übernehmen kann.«

»Ach herrje«, sagt Agnes und schaut ihren Schwager mit großen, mitfühlenden Augen an, während der Hauptgang hereingebracht wird. »Aber hattest du nicht die Hoffnung, Geistlicher zu werden?«

»Hoffnung!«, ruft Henry in einem verächtlichen Ton bar jeder Hoffnung.

»Ich bin mir sicher, du würdest das ausgezeichnet machen«, beharrt Agnes.

Henrys Kiefer verkrampft sich, und genau in dem Moment wird ihm die heiße, geschmorte Keule eines Waldhuhns auf den Teller gelegt.

»Besser als dieser öde Doktor Crane«, fügt Agnes hinzu. »Ich weiß offen gestanden nicht, wieso ich überhaupt noch hingehe. Ständig warnt er einen vor Dingen, die zu tun mir nicht im Traum einfielen ...«

Und so geht der Abend weiter, Bissen um Bissen, wobei Agnes den größten Teil der Gesprächslast auf sich nimmt (gestärkt durch regelmäßige Schlucke Rotwein), William hingegen mit wachsendem Missmut die erbärmliche Gestalt betrachtet, die sein Bruder geworden ist.

Wieder und wieder weist Henry – wenn er sich überhaupt aufraffen kann, etwas zu sagen – auf die eklatante Vergeblichkeit allen Strebens hin, zumindest was seine wertlose Person betrifft. Seine Stimme schwankt, sinkt gelegentlich zu einem Gemurmel ab und schwillt dann wieder zu bitterer Heftigkeit oder gar Sarkasmus an – ganz und gar untypisch für ihn. Gleichzeitig schneiden seine großen Hände das Waldhuhn in immer kleinere Stücke, nur um sie anschließend zu Williams Verärgerung mit dem Gemüse zu vermanschen und ungegessen stehen zu lassen.

»Du bist freundlicher zu mir, als ich es verdiene«, seufzt er als Reaktion auf eine weitere herzliche Ermunterung seiner Gastgeberin. »Du und … und Mrs Fox, ihr seht mich in einem Licht, das, wie ich weiß, überhaupt nicht der Wahrheit entspricht …«

Agnes wirft William einen kurzen Blick aus ihren leuchtenden Augen zu, um die Erlaubnis zu erhalten, den verbotenen Namen auszusprechen. Seine in Falten gelegte Stirn soll ihr signalisieren, sie möge sich beherrschen, sie aber missversteht ihn und ruft sogleich aus: »Mrs Fox hat völlig Recht, Henry: völlig Recht! Deine Ernsthaftigkeit in Glaubensdingen sucht ihresgleichen: Das weiß ich genau! Ich besitze, was das angeht, eine hervorragende Intuition. Ich kann die Aura sehen, die den Kopf eines Menschen umgibt – nein, sieh mich nicht so missbilligend an, William. Es stimmt! Der Glaube strahlt von einem Menschen ab wie – wie der Lichtschleier, der die Gaslampen umgibt. Doch, William, das *stimmt*!« Sie beugt sich über den Tisch zu Henry vor, wobei ihr Busen fast in ihr unberührtes Essen gerät und ihr Kopf sich den Flammen eines Kandelabers bedrohlich nähert, und raunt ihm in gespielt verschwörerischem Ton zu: »Sieh dir deinen Bruder da drüben an, der wie wild versucht, mich zum Schweigen zu bringen. Er hat keinen einzigen gottesfürchtigen Knochen in seinem –« Sie bricht ab und lächelt sittsam. »Im Ernst, Henry, du darfst nicht so schlecht von dir denken. Du bist der frommste Mensch, den ich kenne.«

Henry windet sich vor Verlegenheit. »Bitte«, sagt er. »Ich bin sicher, dein Essen wird kalt.«

Agnes ignoriert diese Bemerkung; sie ist zu Hause und kann so wenig essen, wie sie will – was sehr wenig ist. »Vor langer Zeit«, fährt sie fort, »hat William mir eine Geschichte erzählt. Er sagte, du habest als Kind eine Predigt gehört, in der es hieß, dass Gott heutzutage, in der modernen Zeit, nur noch durch die Heilige Schrift spricht und nicht mehr direkt in unser Ohr. William sagte, du seist so wütend über diese Predigt gewesen, dass du dich, genau wie die alten Propheten, geweigert hast, zu essen oder zu schlafen, nur damit Gott zu dir spricht!« Sie presst ihre winzigen Hände aneinander, lächelt und nickt, um ihm auf diese Weise wortlos zu verstehen zu geben, dass sie dasselbe getan und als Belohnung den Hauch des göttlichen Flüsterns auf ihrem Nacken gespürt hat.

Henry fixiert seinen Bruder mit leidender Miene.

»In jungen Jahren sind wir alle töricht«, wirft William ein, der stark schwitzt und sich wünscht, irgendetwas oder irgendwer würde in dieses Zimmer gefegt kommen und die Hälfte dieser blöden Kerzen auspusten. »Ich für meinen Teil erinnere mich daran, als junger Bursche die Meinung vertreten zu haben, nur vollkommen phantasielose und gefühllose Männer könnten Geschäftsleute werden …«

Dieses mannhafte Geständnis macht jedoch keinen Eindruck auf Agnes, die ihre Teller zur Seite geschoben hat und sich jetzt auf die Tischdecke stützt, um ihr Tête-à-tête mit Henry besser fortführen zu können.

»Ich mag dich, Henry«, sagt sie, ein klein wenig lallend. »Ich habe dich schon immer gemocht. Du solltest Katholik sein. Hast du schon einmal daran gedacht, zu konvertieren, Henry?«

Henry fällt vor lauter Entsetzen nichts anderes ein, als seine Fruchtcreme mit dem Löffel zu einer bräunlich-gelben, haferbreiartigen Pampe zu verrühren.

»Eine Veränderung tut ebenso gut wie eine Ferienreise«, versichert Agnes ihm und nimmt einen weiteren Schluck Wein. »Oder sogar noch besser. Ich bin kürzlich verreist und war überhaupt nicht glücklich …«

Als er das hört, grunzt William missbilligend und beschließt, es sei höchste Zeit, einzugreifen, weshalb er den Arm ausstreckt und den Kandelaber zur Seite schiebt, der zwischen seiner Frau und ihm steht.

»Meinst du nicht, du hast genug getrunken, Liebling?«, wirft er mit fester Stimme ein.

»Keineswegs«, sagt Agnes, aufsässig und liebreizend zugleich. »Das salzige Huhn hat mich durstig gemacht.« Und sie nippt erneut am Rand ihres Glases, küsst die rote Flüssigkeit mit Lippen wie Rosenknospen.

»Es steht auch Wasser auf dem Tisch, Liebling, in der Karaffe dort«, erinnert William sie.

»Danke, Liebling …«, sagt sie, hört aber nicht auf, Henry zu fixieren und dabei zu lächeln und zu nicken, als wollte sie sagen: *Ja, ja, alles ist gut, ich verstehe dich, hab mir gegenüber keine Scheu.*

»Ich habe gerüchteweise gehört«, bemerkt William, der langsam nicht mehr weiß, was er tun soll, »dass Doktor Crane erwägt, das Haus zu kaufen, das früher den … äh … wie hießen diese Leute noch gleich?«

Agnes reagiert sofort, allerdings steuert sie nicht den gesuchten Namen bei, sondern eine weitere abfällige Bemerkung über den Pastor.

»Ich kann es nicht leiden, mir bei jedem Gottesdienst eine Standpauke anhören zu müssen. Du etwa?«, fragt sie Henry mit Schmollmund. »Wozu ist man denn erwachsen und erträgt all die schlimmen Enttäuschungen, wenn man nicht einmal selbst Entscheidungen treffen darf?«

Und so geht es weiter, fünf oder zehn sich endlos dehnende Minuten lang, während stumme Dienerinnen den Tisch abräumen und nur den Wein und die drei nicht miteinander harmonierenden Rackhams zurücklassen. Schließlich erlahmt Agnes' Energie und ihr Kopf sinkt der Armbeuge entgegen, ihre Wange streift fast den Stoff des Ärmels. Langsam, aber stetig nähert ihre Stirn sich dem Unterarm.

»Hast du vor, hier einzuschlafen, mein Liebling?«, sagt William.

»Ich ruhe nur kurz die Augen aus«, murmelt sie.

»Würdest du sie nicht lieber auf einem Kissen ausruhen?«

Er hat den Vorschlag ohne große Hoffnung unterbreitet, dass die Worte zu ihr durchdringen, und sollten sie das doch tun, würde es ihn nicht wundern, von ihr angeraunzt zu werden. Aber stattdessen wendet sie ihm langsam das Gesicht zu, ihre taubenblauen Augen schließen sich flackernd, und sie sagt: »Ja-a-a … das wäre schön …«

Erstaunt schiebt William seinen Stuhl zurück und faltet die Serviette im Schoß.

»Soll ich … soll ich nach Clara klingeln, damit sie dich begleitet?«

Abrupt richtet Agnes ihren Oberkörper auf, blinzelt ein- oder zweimal und schenkt William ein überaus herablassendes Lächeln.

»Ich brauche Claras Hilfe nicht, um ins Bett zu gehen, Dummerchen«, sagt sie neckisch, während sie sich unsicher erhebt. »Was soll sie denn tun – mich die Treppe hochtragen?« Woraufhin Mrs Rackham, nachdem sie ihrem Gast einen guten Abend gewünscht hat, anmutig einen Schritt zurücktritt, sich umdreht und fast ohne zu schwanken das Zimmer verlässt.

»Ja, hol mich der Teufel ...«, murmelt William, der zu perplex ist, um sich diese Blasphemie zu verkneifen. Allerdings scheint sein frommer Bruder überhaupt nichts bemerkt zu haben.

»Sie wird bald sterben, Bill«, sagt Henry und blickt starr ins Leere.

»Was?«, sagt William, ziemlich konsterniert über diese Feststellung. »Sie hat ein bisschen zu tief ins Glas geschaut, mehr nicht ...«

»Mrs *Fox*«, sagt Henry, und er ruft aus den Tiefen seiner Qual eine Stimme herauf, die man eher in einer öffentlichen Debatte erwarten würde. »Sie wird sterben. Sterben. Das Leben entweicht aus ihr, Tag für Tag, direkt vor meinen Augen ... Und bald – nächste Woche, morgen, übermorgen, denn wir wissen weder Tag noch Stunde, nicht wahr? – werde ich an die Haustür ihres Vaters klopfen, und eine Dienerin wird mir verkünden, dass sie tot ist.« Jedes dieser Worte mit bitterer Klarheit ausgespuckt, wie um eine schwache Hoffnungsflamme auszulöschen.

»Immer mit der Ruhe«, seufzt William, der sich nach Agnes' Rückzug vom Schlachtfeld plötzlich erschöpft fühlt.

»Jawohl, der Tod wird kommen wie ein Dieb in der Nacht, nicht wahr?«, schnaubt Henry, seine Debatte mit dem unsichtbaren Apologeten fortsetzend. »So soll laut der Heiligen Schrift Christus kommen, stimmt's?« Er packt sein Weinglas und leert mit einer gehässigen Grimasse den Inhalt in einem Zug. »Abenteuergeschichten für kleine Jungen und Mädchen. Kinkerlitzchen und Zuckerwässerchen ...«

Trotz seiner rapide schwindenden Nachsicht gibt sich William alle Mühe, einen Wutausbruch zu unterdrücken.

»Du redest, als läge die arme Frau bereits im Grab; aber noch ist sie nicht tot!«, sagt er. »Und solange sie lebt, ist sie ein menschliches Lebewesen mit Wünschen und Bedürfnissen, die vielleicht noch erfüllt werden können.«

»Es gibt nichts –«

»Um Himmels willen, Henry! Hör auf, ständig denselben Spruch aufzusagen. Wir reden hier von einer Frau, die ... die dabei ist, dem Erdenleben Adieu zu sagen, und du warst ihr engster Freund. Willst du wirklich behaupten, dass es überhaupt nichts gibt, was du tun könntest, damit es ihr etwas besser geht?«

Diese Bemerkung scheint endlich Henrys Panzer aus Trauer zu durchdringen.

»Sie … sie sieht in meine Seele, Bill«, flüstert er, heimgesucht von einer Erinnerung. »Ihr Blick … ihr flehender Blick … Was will sie von mir? Was will sie?«

»Allmächtiger Gott!«, explodiert William, der es nicht mehr aushält. »Wie kann man nur so blöd sein? Sie will gefickt werden!« Er fährt hoch und stellt sich so dicht vor Henry, dass sich ihre Gesichter fast berühren. »Steig mit ihr ins Bett, du Trottel: Sie wartet auf dich! Heirate sie morgen! Heirate sie noch *heute Nacht*, wenn du es schaffst, einen Pfarrer zu wecken!« Mit jeder Sekunde nimmt seine Erregung zu, angestachelt von der moralischen Empörung im Blick seines Bruders. »Du elender Tugendbold! Weißt du denn nicht, dass es ein Vergnügen ist, eine Frau zu ficken, und dass Frauen das auch genießen? Deiner Mrs Fox dürfte das während ihrer Bemühungen im Dienste ihres Vereins auch nicht entgangen sein. Warum lässt du sie nicht wenigstens einmal dieses Vergnügen erleben, bevor sie stirbt?«

Gläser klirren und Kerzen flackern, als Henry aufspringt, das Gesicht zornesbleich und die riesigen Hände zu Fäusten geballt.

»Du gestattest sicher, dass ich mich verabschiede«, zischt er feindselig.

»Ja, geh nur!«, brüllt William und weist mit einer theatralischen Geste in Richtung Tür. »Geh nach Hause in deine Bruchbude und bilde dir weiter ein, die Welt sei edler und reiner, als sie es in Wahrheit ist. Du bist ein Esel und ein Heuchler, Henry.« (Die Worte brechen nun, da er seine jahrelange Selbstbeherrschung aufgegeben hat, in einem Schwall aus ihm hervor.) »Der Mann muss erst noch geboren werden«, wütet er, »der nicht darauf brennt, zu erfahren, was zwischen den Beinen einer Frau zu finden ist. All die Patriarchen und Prediger, die das Loblied der Keuschheit und Enthaltsamkeit singen: Alle jagen sie den Mösen nach, jeder Einzelne von ihnen! Und wieso auch nicht? Warum der Selbstbefleckung frönen, wenn es doch Frauen gibt, die uns davor bewahren können. Ich bin bei Dutzenden, ja *Hunderten* von Huren gewesen; wenn ich einen Ständer habe, brauche ich bloß mit den Fingern zu schnippen, und binnen einer Stunde ist meine Lust befriedigt. Und was *dich* betrifft, Bruderherz, und dein Getue, als könntest du eine Prostituierte nicht von einem Gebetskissen unterscheiden: Glaub ja nicht, dass ich nicht weiß, was du so treibst. *O* ja, über deine ... deine Eskapaden, deine so genannten ›Gespräche‹ tratschen alle Huren Londons!«

Mit einem kehligen Laut stürmt Henry aus dem Zimmer und reißt dabei die Tür so heftig auf, dass sie zitternd von der Wand zurückschlägt. William stolpert müde und unwillig hinterher, und als er sieht, dass sein Bruder den gefliesten Fußboden der Empfangshalle bereits halb überquert hat, ruft er ihm nach: »Hör auf, den Heiligen zu spielen, Henry! Zeig ihr, dass du ein Mann bist!«

In dem Gefühl, genug gesagt zu haben, kehrt er ins Esszimmer zurück und lehnt sich schwer atmend gegen die nächstbeste Wand. Undeutlich hört er den Wortwechsel an der Haustür: Letty bittet Mr Rackham, ihm in den Mantel helfen zu dürfen, während Henry sich weiterhin wie ein in die Enge getriebenes Tier aufführt. Dann knallt die Tür zu, und das ganze Haus scheint zu beben.

»Nun gut«, krächzt William (denn er hat sich heiser geschrien), »das war das. Wir werden ja sehen, was passieren wird.«

Sein Herz pocht heftig – zweifellos eine Reaktion auf den Anblick der geballten Fäuste und des wütenden Gesichtsausdrucks seines Bruders, eine furchteinflößende Kombination, mit der William seit Henrys Kindertagen nicht mehr konfrontiert war. Er schlurft zum Esstisch, nimmt ein Glas und füllt es aus der beinahe leeren Flasche. Nachdem er den stärkenden Trank bis zum letzten Tropfen heruntergestürzt hat, macht er sich auf den Weg nach oben, steigt die Treppen mit immer energischeren Schritten hoch und steuert statt seines eigenen Schlafzimmers das von Agnes an.

Er hat bei Gott die Nase voll von den Prüderien und den krankhaften Ausflüchten anderer Leute. Es ist höchste Zeit, findet er, einen Sohn in die Welt zu setzen.

In den frühen Morgenstunden sitzt Henry vor seinem Kamin und übergibt den Flammen alles, was er in den letzten zehn oder mehr Jahren geschrieben hat: alle Gedanken und Ansichten, die er eines Tages von der Kanzel seiner Kirche zu verbreiten hoffte.

Was für einen grotesken Berg aus Papier und Tinte er angehäuft hat, lose Blätter und Kuverts, gebundene Tagebücher und Notizbücher, alle mit seiner ungelenken klobigen Handschrift vollgeschrieben, alle mit den Zeichen seines Geheimcodes versehen, die beispielsweise *zusätzliche Lektüre erforderlich* oder *stimmt das wirklich?* oder *weiter ausführen* bedeuten. Die traurigste Hieroglyphe von allen, die am Rande fast jeden beschriebenen Fetzens aus den letzten drei Jahren auftaucht, ist ein auf der Spitze stehendes Dreieck, das den Kopf eines Fuchses symbolisiert und für *Frag Mrs Fox nach ihrer Meinung* steht. Seite um Seite verbrennt Henry die Beweise seiner Eitelkeit.

Mieze schnurrt zu seinen Füßen, sie ist mit diesem Spiel voll und ganz einverstanden, durch das ihr Fell so warm wird, dass es beinahe leuchtet. Glut ist auch recht angenehm und hält lange vor, aber Papier ist wesentlich besser, solange ein Mensch bereitsteht, der ständig für Nachschub sorgt.

Henry beschäftigt sich gerade mit einem voluminösen Buch, das (zusammen mit einem Dutzend anderer) von seinem Vater anlässlich eines »Frühjahrsputzes« in den Büros der Firma Rackham im Jahre 1869 aussortiert wurde. »Ich kann nicht mit ansehen, wie gutes Papier vernichtet wird«, erinnert er sich, zu dem alten Mann gesagt zu haben. »Die Bücher können noch verwendet werden.« Eitelkeit! Und was ist das? *Jauchzet dem Herrn und freut euch des Lebens,* lautet die Inschrift auf dem Umschlag: einer der vielen Titel, die er für den ersten Sammelband mit Predigten ersonnen hat. Auch das pure Eitelkeit! Mit erzürntem, gequältem Blick reißt er den Pappdeckel ab und wirft ihn in die Flammen.

Die Hitze strahlt mächtig aus, und er lehnt sich in seinem Sessel zurück und schließt die Augen, bis das Brennen nachlässt. Er ist erschöpft, furchtbar erschöpft, und versucht einzuschlafen. Wenn er seine Augen noch ein paar Sekunden geschlossen hielte, würde der Schlaf ihn behaglich überkommen. Aber nein, er wird nicht schlafen. Alles muss vernichtet werden.

Ehe er mit seiner Aufgabe fortfahren kann, fährt ihm jedoch der Schreck in alle Glieder, denn es klopft an der Haustür. Wer zum Teufel …? Er blickt auf die Uhr auf dem Sims: Punkt Mitternacht. Eine Zeit, zu der brave Bürger im Bett liegen sollten, auch eifrige Mädchen, die die Not schottischer Inselbewohner umtreibt. Aber das Klopfen hält an, leise, aber beharrlich, und treibt ihn in die unbeleuchtete Diele. Könnte es ein gemeingefährlicher Meuchelmörder sein, der gekommen ist, ihn zu töten und die wenigen antiken Wertgegenstände aus seinem Haus zu rauben, die sich darin befinden? Nun, soll er kommen.

Auf Socken erreicht er die Tür, öffnet sie einen Spalt und späht in die Dunkelheit. Vor seiner Schwelle steht, von Kopf bis Fuß in einen weiten Umhang mit Kapuze gehüllt, Mrs Fox.

»Wollen Sie mich denn nicht hereinbitten, Henry?«, sagt sie freundlich, so als sei das einzig Außergewöhnliche an der Situation, dass er so ungalant ist, eine Dame trotz der Kälte vor der Tür warten zu lassen.

Er tritt verblüfft zur Seite, und sie schlüpft ins Vestibül und zieht sich die Kapuze vom Kopf. Ihr Haar fällt lose herab, weder von Kämmen noch Haarnadeln festgehalten, und ist üppiger, als er je vermutet hätte.

»Gehen Sie zurück in das warme Zimmer, Sie törichter Mann«, schilt sie ihn sanft und begibt sich ohne weitere Formalitäten selbst direkt dorthin. »Das Wetter ist rau, und Sie sind nicht passend gekleidet.«

Und tatsächlich, als er an sich hinunterschaut, muss er feststellen, dass er im Nachthemd ist.

»Was … was führt Sie zu mir?«, stammelt er, während er ihr ins erleuchtete Zimmer folgt. »Ich … ich kann kaum glauben … Ich dachte …«

Sie steht hinter seinem leeren Sessel, die Hände auf dem Schonbezug. Ihr Gesicht hat die geisterhafte Blässe verloren, die Wangen sind nicht mehr eingefallen, ihre Lippen feucht und rosenrot.

»Es täuschen sich alle, Henry«, sagt sie mit warmer, sonorer Stimme, offenbar von dem schwindsüchtigen Keuchen vollständig geheilt. »Sie sind in einem schwerwiegenden Irrtum befangen.«

Mit offenem Mund, schlaff herabhängenden Händen und gesträubten Nackenhaaren steht er fassungslos da. Mieze, die noch immer zusammengerollt am Kamin liegt, schaut mit träger Verachtung zu ihm hoch, als wollte sie sagen: *Hab dich nicht so!*

»Der Himmel ist kein Vakuum und kein großer Nebel aus Äther, in dem lauter geisterhafte Gestalten umherschweben«, fährt Mrs Fox fort, nimmt die Hände vom Sessel und ahmt mit den Fingern schalkhaft das matte Flügelschlagen nach. »Dieser Ort ist so wirklich, so fassbar wie die Straßen Londons, von Tatkraft und sprühendem Leben erfüllt. Ich kann kaum erwarten, dass Sie es mit eigenen Augen sehen – es wird Ihnen die Augen öffnen, Henry, ja, die Augen öffnen.«

Er blinzelt, und sein Atem stockt bei der Erkenntnis, wie wirklich und fassbar *sie* ist, ihr zutiefst vertrautes Gesicht und ihr Blick: dieser entwaffnende Blick, halb unschuldig, halb streitlustig, der stets ihre besonders häretischen Darlegungen begleitet hat. Wie oft hat sie in ihm diese Gefühle ausgelöst: Entsetzen über ihr unbekümmertes Liebäugeln mit der Blasphemie; Sorge, dass ihre Ansichten den Zorn der Obrigkeit erregen könnten; aber auch Begeisterung, weil sie ihm einen Eindruck von etwas verschaffte, das sich urplötzlich als eine elementare Wahrheit entpuppte. Er geht auf sie zu, so wie er schon unzählige Male auf sie zugegangen ist – um sie zur Vorsicht zu gemahnen, sie durch seine rechtgläubige Missbilligung zu zügeln, und gleichzeitig von der berauschenden Sehnsucht erfasst, die Dinge genau wie sie zu sehen.

»Und ich hatte Recht, Henry«, fährt sie nickend fort, als er sich ihr nähert. »Die Seelen im Himmel fühlen nichts anderes als Liebe. Die wunderbarste … unendliche … vollkommene … Liebe.«

Er setzt sich – oder vielmehr plumpst beinahe – in seinen Sessel und schaut voller Ehrfurcht und Verwirrung zu ihr auf. Sie löst den Verschluss ihres Umhangs und lässt ihn zu Boden gleiten. Ihre nackten Schultern schimmern marmorgleich; als sie sich zu ihm hinunterbeugt, um ihn zu küssen, streift die Unterseite ihrer herrlichen Brüste die Sessellehne. Ihr Gesicht hat in seinen Träumen niemals so ausgesehen: jedes Haar der Augenbrauen zeichnet sich scharf ab, die einzelnen Poren ihrer Nasenflügel sind deutlich erkennbar, das Weiße ihrer Augen ist leicht blutunterlaufen, so als habe sie geweint, fühle sich inzwischen jedoch wieder besser. Zärtlich legt sie eine Hand auf seine Wange. Entschlossen hakt sie ihre Finger unter sein Kinn und hebt seinen Mund an ihre Lippen.

»Mrs Fox … um alles in der Welt, ich würde niemals …«, will er einwenden, aber sie kann seine Gedanken lesen.

»Im Himmel werden Sie nicht heiraten, Henry«, flüstert sie zu ihm herab und beugt sich tiefer und tiefer über den Sessel, so dass ihr Haar seine Brust berührt und ihr Atem warm auf seine Stirn bläst. »Markus, Kapitel zwölf, Vers fünfundzwanzig.«

Sie schiebt sein Nachthemd an den Oberschenkeln hoch, doch er fasst sie sanft an den Handgelenken, um sie daran zu hindern, ihn zu entblößen. Ihre Arme sind kräftig, und er spürt an seinen Handflächen ihr Blut im Rhythmus des Herzens pulsieren.

»O Henry«, seufzt sie, gleitet neben den Sessel und lässt sich mit dem Po auf der Armlehne nieder. »Hör auf, um den heißen Brei zu schleichen. Was angefangen hat, ist nicht mehr aufzuhalten, begreifst du das denn nicht?«

Als er sie so an den Handgelenken festhält, wird er sich einer sonderbaren, heiklen Balance, einem Gleichgewicht von Wille, Kraft und Verlangen bewusst: Seine Arme sind die stärkeren und er kann die ihren nach Belieben bewegen; er kann sie verschränken, so dass die Ellbogen ihre Brüste bedecken, oder er kann ihre Arme weit spreizen. Dennoch liegt die Entscheidung über ihrer beider Bewegungen letztendlich bei ihr, und sie ist diejenige, die die Macht ausübt. Er lässt sie los, und sie umarmen sich; obwohl er ihrer nicht würdig ist, beansprucht er sie für sich, so als wäre er es doch, so als müsste die Sünde erst noch erfunden werden und sie wären zwei Tiere am sechsten Tag der Schöpfung.

»Die anderen sind alle Schakale, Henry«, flüstert sie, »du aber bist ein Löwe.«

»Mrs Fox«, japst er, denn plötzlich erstickt er beinahe in seinem Nachthemd. Durch das Kaminfeuer ist es im Zimmer so heiß geworden, dass jegliche Kleidung überflüssig ist, und er erlaubt Mrs Fox, ihn auszuziehen, damit er so nackt ist wie sie selbst.

»Weißt du, Henry, es wird höchste Zeit, dass du mich Emmeline nennst«, murmelt sie direkt in sein Ohr, während sie mit sicherer Hand seine Männlichkeit ertastet und an den einladenden Ort führt, den Gott, wie es scheint, nur zu dem Zwecke erschaffen hat, ihn aufzunehmen. Sobald sie vereint sind, herrscht zwischen ihnen vollkommene Übereinstimmung über das weitere Vorgehen, er bewegt sich tief in ihr, sie klammert sich enger und enger an ihn, die Wange fest gegen seine gepresst, und leckt wie eine Katze seinen Unterkiefer ab. »Mein Liebster, ja-a-a«, singt sie und bedeckt seine Ohren mit ihren Händen, damit das entfernte, aufdringliche Klingeln eines Feuerwehrwagens ihn nicht vom Weg zur Verzückung abbringt. »Tiefer, tiefer, komm.«

Einundzwanzig

Der Sekundenzeiger der Uhr muss nur noch ein paarmal vorrücken, dann haben wir den 29. September im Jahre des Herrn 1875. Gefangen in diesem Haus des Bösen, ohne Hoffnung auf ein Entrinnen, vierzehn Tage nach dem doppelten Unheil von Henry Rackhams Tod und dem unaussprechlichen Leid, das ihr selbst unter dem gleichen missgünstigen Mond widerfuhr, setzt Agnes sich im Bett auf und zieht an der Klingelschnur. Erneut ist Blut geflossen: Clara muss sofort kommen, um sie zu waschen und die Vorlagen zu wechseln.

Die Dienerin kommt sogleich und weiß auch, weshalb man sie gerufen hat; sie trägt eine Metallschüssel voll dampfenden Wassers herein. Seife und Schwamm treiben auf der Oberfläche wie tote Meereswesen, die man aus ihrem natürlichen Element entfernt hat.

»Es ist noch *mehr* gekommen«, flüstert Agnes ängstlich, aber Clara hat bereits die Bettdecke zurückgeschlagen, unter der die Windeltücher ihrer Herrin zum Vorschein kommen. Sie hat nicht zu hinterfragen, wieso Mrs Rackham glaubt, der ganz gewöhnlichen Geißel der Frauen die Bedeutung einer tödlichen Wunde beimessen zu müssen; sie hat ihr nur zu dienen.

»Heute ist schon der sechste Tag, Ma'am«, sagt sie, während sie das blutbefleckte Laken zu einem Ballen zusammenrollt. »Morgen ist es bestimmt vorbei.«

Agnes sieht keinerlei Anlass für diese Zuversicht – nicht angesichts dieser zerfallenen Welt.

»So Gott will«, sagt sie und wendet angewidert den Blick von ihrem Stigma ab. Sie war sich so sicher gewesen, von diesem Leiden geheilt zu sein, das sie für eine Krankheit gehalten hatte, die nur Mädchen befällt und die vergeht, wenn man erwachsen wird: Welche Freude muss es dem Teufel bereiten, ihre Hoffnungen zunichte zu machen!

Agnes blickt zur Seite, während der einzige Teil ihres Körpers, den sie noch nie im Spiegel betrachtet hat, gewaschen und abgetrocknet wird. Sie, die jedes Härchen ihrer Augenbrauen aufs Genaueste kennt, die jede neue Sommersprosse täglich inspiziert, die, wenn nötig, eine akkurate Zeichnung ihrer Kinnpartie aus den verschiedensten Perspektiven anfertigen könnte, hat nur eine äußerst vage Vorstellung von dem, was sie als ›da unten‹ bezeichnet. Sie weiß nur, dass dieser Teil von ihr aufgrund eines bedauerlichen Konstruktionsfehlers nicht richtig geschlossen und daher den Mächten und Einflüssen des Bösen schutzlos ausgeliefert ist.

Doktor Curlew ist zweifellos mit diesen Mächten im Bunde und kann seine Freude über ihren Niedergang kaum verhehlen: ausgerechnet zu einem Zeitpunkt, als sich bei William ebenfalls eine Abneigung gegen ihn zu entwickeln begann! Die gesamte Saison über war die Anzahl der Besuche des Doktors glücklicherweise beschränkt gewesen, aber gestern erlaubte William ihm, eine volle Stunde zu bleiben, und die beiden zogen sich anschließend sogar in den Rauchsalon zurück und sprachen dort lange miteinander – *worüber nur*? In ihren Albträumen sieht Agnes sich gefesselt im Hof eines Irrenhauses, wo sie von hässlichen Weibern und grunzenden Idioten belästigt wird, während Doktor Curlew und William gemächlich zum Tor hinausgehen. Manchmal träumt sie auch, sie würde in einer Wanne mit klarem, warmem Wasser baden, darin einschlafen und beim Aufwachen feststellen, dass sie bis zum Hals in kaltem Blut liegt, das sich zäh und klebrig wie Aspik anfühlt.

Erschöpft lässt sie sich in die Kissen zurücksinken. Clara ist gegangen, und sie liegt sauber und behaglich zwischen den Laken. Trüge doch der Schlaf sie ins Kloster zur guten Gesundheit! Warum hat die Heilige Schwester sie allein gelassen? Nirgends eine Spur von ihr, nicht einmal ein Fingerabdruck … Bei Henrys Begräbnis hatte Agnes überall nach ihrem Schutzengel Ausschau gehalten, selbst unter den weit entfernten Bäumen jenseits des Friedhofs. Doch vergeblich. Und auch des Nachts kommt sie, selbst wenn ihre Träume vielversprechend beginnen, nie weiter als bis zum Bahnhof; stattdessen wartet sie ängstlich in einem Zug, der bedrohlich vibriert, aber niemals losfährt; sie wird von Gepäckträgern bewacht, die kein Wort sagen, bis sie schließlich voll Entsetzen begreift, dass dieser Zug nicht als Fahrzeug, sondern als Gefängnis dient.

»Schwester, wo bist du?«, ruft Agnes ins Dunkel.

»Hier draußen, Ma'am«, antwortet Clara kurz darauf durch einen Spalt in der Schlafzimmertür – ziemlich ungehalten, wenn ihre Ohren sie nicht trügen.

»Die Post, Mr Rackham, wenn's recht wär«, sagt Letty am nächsten Morgen und verharrt zögernd auf der Schwelle zum Arbeitszimmer ihres Herrn. Auf dem Tablett in ihrer Hand türmen sich Briefe und Beileidskarten.

»Nur die weißen Kuverts, Letty, vielen Dank«, sagt William, ohne sich von seinem Schreibtischstuhl zu erheben, und bedeutet dem Dienstmädchen mit einer knappen Geste einzutreten. »Bringen Sie die Karten zu Mrs Rackham.«

»Jawohl, Mr Rackham.« Letty trennt die Geschäftskorrespondenz – den Weizen, sozusagen – von der schwarz umrandeten Spreu, legt die Ernte auf die einzige freie Stelle auf dem überladenen Schreibtisch ihres Herrn und geht wieder hinaus.

William reibt sich müde übers Gesicht, bevor er in Angriff nimmt, was der Tag für ihn bereithält; seine Augen sind rot gerändert – vom Schlafmangel, von der Trauer um den toten Bruder, vom Kummer, seine Frau verletzt zu haben, und natürlich wegen … na ja … wegen all dieser Scherereien. Nichts bringt seiner Ansicht nach größere Unannehmlichkeiten mit sich als ein Todesfall – außer vielleicht noch eine Hochzeit.

Zugegeben, Black Peter Robinson hat den Haushalt in kürzester Zeit mit allem Notwendigen versorgt. Keine vierundzwanzig Stunden nach Auftragserteilung wurden bereits Schachteln mit Crèpe-Kleidern, schwarzen Damenhüten, Jacketts, Umschlagtüchern et cetera geliefert, von der Post dank des Zauberspruchs »dringend benötigt für Bestattung« aufs Schnellste befördert.

Aber damit fing der Wirbel erst richtig an. Kaum war die Dienerschaft in Schwarz gehüllt, eilte sie auch schon durchs Haus, um ihrerseits Möbel und anderes Inventar zu verhüllen, schwarze Vorhänge anzubringen und die Klingelzüge und Gott weiß was noch alles mit schwarzen Bändern zu schmücken. Und dann die absurde Sargwahl … Es war ja schön und gut, bei der Einrichtung von Sugars Räumen zwischen fünfzig verschiedenen Garderobenständern auswählen zu müssen, aber welcher Mann fand wohl Geschmack daran, sich beim Tod seines Bruders mit fünfhundert verschiedenen Sargausführungen zu befassen? »Ein Gentleman mit Ihren gehobenen Ansprüchen, wie sie an der Qualität der Rackhamschen Produkte abzulesen sind, wird den Unterschied zwischen den Modellen Obligato in Eiche und Ex Voto in Ulme zweifellos sofort erkennen …« Dieser Halsabschneider! Und warum musste ausgerechnet William für diese Orgie sinnloser Verschwendung verantwortlich zeichnen? Warum hatte nicht Henry Calder Rackham die Sache in die Hand genommen? Der Alte hatte doch kaum noch etwas zu tun. Aber: »Das wird von *dir* erwartet, William. Ich habe mich aufs Altenteil zurückgezogen; in den Augen der Menschen bist *du* jetzt ›der Rackham‹.« Hinterlistiger Schuft! Jahrzehntelang Tyrannei und Schikanen, und plötzlich Schmeichelei! Und warum? – damit William Rackham der arme Teufel ist, der sich stapelweise durch Broschüren über Särge, Sargkissen, Kränze, Hutbänder und Gott weiß wie viel Dutzend andere Dinge kämpfen muss, zusätzlich zu all seinen anderen Pflichten und seinem leidenden Bruderherz.

Was die Beerdigung selbst angeht …! Wenn er für irgendetwas mit Freuden eine ungeheuerliche Summe ausgeben würde, dann für die Wunderdroge, mit der er die ganze erbärmliche Zeremonie aus seinem Gedächtnis löschen könnte. Was für eine jämmerliche, zweitklassige Veranstaltung, ein nutzloses, leeres Ritual, zelebriert in strömendem Regen von dem unerträglichen Doktor Crane. Ein Haufen betretener, scheinheiliger Frömmler hatte sich eingefunden, und ausgerechnet MacLeish – ein Mann, den Henry nie ausstehen konnte – an vorderster Front! Im Grunde war die einzige Person, die nicht zur Familie gehörte und einen berechtigten Anspruch gehabt hätte, teilnehmen zu dürfen, Mrs Fox, aber diese lag im Krankenhaus. Trotzdem hatten zwei Dutzend Trauergäste am Grab gestanden. Zwei Dutzend überflüssige Dummköpfe und ungebetene Wichtigtuer! Wenn alle Rechnungen beglichen sind, dürfte die ganze Angelegenheit inklusive der Vierspänner, Pagen, Sargträger et cetera, William nicht weniger als hundert Pfund kosten. Und wofür?

Nicht etwa, dass es ihn stört, für seinen Bruder Geld auszugeben; mit Freuden hätte er Henry die dreifache Summe für ein ordentliches Haus geschenkt, wenn sein Bruder bereit gewesen wäre, aus dieser schäbigen Feuerfalle auszuziehen, die ihm zum Verhängnis geworden ist. Es ist nur so ... verdammt noch mal, was hat Henry schließlich von diesem ganzen Getue um seinen Tod? Diese Manie, jede Person und jeden Gegenstand in Schwarz zu hüllen: Was hat das für einen Sinn? Im Haus der Rackhams ist es jetzt so düster wie in einer Kirche – ach was, noch düsterer! Die Dienerschaft schleicht herum wie ein Haufen Sakristane ... die Klingel wurde gedämpft, er hört das verdammte Ding häufig gar nicht ... das ganze Brimborium riecht irgendwie nach Papismus. Eine derart trübsinnige Farce sollte man wirklich lieber der römischen Kirche überlassen: Das ist alles genau die Art von Narretei, die diese Leute sich ausdenken, weil sie glauben, sie könnten damit einen Mann den Toten entreißen.

Ewig im liebenden Angedenken aller, die das Glück hatten, ihn zu kennen – der Erde Verlust ist des Himmels Gewinn, diese Worte hatte sich William für Henrys Grabstein ausgedacht, wobei der Steinmetz ihm ein wenig geholfen hatte. Die Trauergäste verrenkten den Hals, um die Inschrift zu lesen – ob sie fanden, ein Bruder hätte sich für den Bruder etwas Besseres einfallen lassen können? Gefühle wirken ganz anders, wenn man sie schwarz auf weiß vor sich sieht – und in diesem Fall waren sie sogar in Stein gemeißelt.

William greift nach der Morgenpost und sieht die Absender durch: die Glaserei Clyburn; R.T. Arburrick, Hersteller von Kisten, Schachteln etc.; Greenham & Bott, Anwälte; Henry Rackham sen.; Die Gesellschaft zur Förderung der Volksaufklärung; G. Pankey, Esq.; Tuttle & Son, Fachmännische Entrümpelungen.

Diesen letzten Umschlag öffnet William zuerst und entnimmt ihm acht gefaltete Bögen, die alle den Briefkopf TUTTLE & SON,

FACHMÄNNISCHE ENTRÜMPELUNGEN tragen. Das Anschreiben lautet wie folgt:

Sehr geehrter Mr Rackham,

beiliegend finden Sie eine Liste der Gegenstände, die wir am 21. September 1875 aus den Räumlichkeiten am Gorham Place Nr. 11 in Notting Hill, die weitgehend vom Feuer zerstört wurden, bergen konnten. Sämtliche nicht auf dieser Liste aufgeführten Gegenstände sind entweder Opfer des Feuers geworden oder wurden von skrupellosen Personen gestohlen, die vor Tuttle & Son vor Ort waren.

KATEGORIE *1:* VOLLKOMMEN ODER WEITGEHEND UNVERSEHRT
1 Katze (zurzeit bei uns in Pflege, wir bitten um Anweisung)
1 Herd
1 Küchenschrank mit vier Schubladen
diverse Küchengerätschaften, Töpfe, Pfannen etc.
diverses Kochgut, Kräuter, Gewürze etc.

William überfliegt die folgenden Seiten, wobei sein Blick hier und da hängen bleibt:

diverse gerahmte Drucke, im Einzelnen:
Edmund Cole, »Sommertag«
Alfred Wynne Forbes, »Das fromme Gassenkind«
Mrs F. Clyde, »Ohne erkennbaren Titel«
John Bramlett, R. A., »Die klugen und die törichten Jungfrauen«
Bücher, 371 an der Zahl, überwiegend zu religiösen Themen (vollständige Liste auf Anforderung)
Globus mit Messingständer (leicht angesengt) …

Beim letzten Punkt entfährt William ein resigniertes Schnauben. Ein angesengter Globus! Was soll er oder sonst jemand mit einem angesengten Globus anfangen? In dem Aufruhr, den die Nachricht von Henrys Tod ausgelöst hatte, hielt er es für klug, einen

Entrümpler zu beauftragen, um zu verhindern, dass Henrys Haus von den nicht unterstützungswürdigen Armen geplündert wird, aber was soll jetzt, nachdem diese Schande abgewendet ist, geschehen? Wo soll er Henrys weltliches Eigentum unterbringen? Wenn er seinen Bruder nicht leibhaftig wiederhaben kann, was nützt ihm dann sein Herd oder sein Waschbecken?

William pfeffert die Liste auf den Schreibtisch, steht auf und geht ans Fenster. Er blickt zu der Straße jenseits des Grundstücks hinüber, auf der laut Agnes Engel wandeln. Im Moment laufen dort nur normale Fußgänger, allesamt kleiner und weniger aufrecht als Henry. Ach, der große, aufrechte Henry! William fragt sich, ob seine Trauer nur geheuchelt ist, wo sein Bruder ihm doch zu Lebzeiten unsäglich auf die Nerven ging. Gut möglich, aber Blutsbande sind Blutsbande.

Immerhin sind sie zusammen aufgewachsen, oder etwa nicht? Mühsam kramt er in seinem Gedächtnis nach Erinnerungen an die gemeinsame Kindheit, die Jahre, als Henry noch zu jung war, um eine Mauer der Frömmigkeit zwischen ihnen zu errichten. Er findet sehr wenige. Nur verschwommene Bilder, verwackelten Photographien gleich, von zwei Jungen, die auf Wiesen spielen, auf denen inzwischen längst Straßen gebaut wurden, so dass alle Spuren unter Steinen begraben sind.

Die Erinnerungen an Henry aus späteren Jahren sind nicht gerade liebevoll. William denkt an die Zeit auf der Universität zurück und sieht seinen Bruder vor sich, wie er über den sonnenbeschienenen Rasen zielstrebig auf die Bibliothek zugeht, ein halbes Dutzend Bücher an die Brust gepresst, und so tut, als hörte er nicht die fröhlichen Rufe von William, Bodley und Ashwell, die sich zu einem Picknick niedergelassen haben. Dann, mit einem Sprung in die jüngere Vergangenheit, fällt ihm Henrys winzig kleines Haus ein, das bis unters Dach mit religiösem Krempel voll gestopft war, dafür aber Zigarren, Kissen, Spirituosen und alle anderen Dinge entbehrte, die Besucher angelockt hätten. Ihm fiel auch wieder ein, wie Henry fast jeden Sonntag im Haus der Rackhams vorbeischaute, um von all den wunderbaren, nachdenklich stimmenden Predigten zu berichten, die seinem Bruder entgangen waren.

Mühsam macht William sich in die weiter zurückliegende Vergangenheit auf und sieht den zwölfjährigen Henry vor sich, wie er nach dem Familiengebet einen selbst verfassten Aufsatz über die Wechselwirkung von irdischer und geistlicher Arbeit vorträgt. Wie nervös doch die streng nach Rangordnung sitzenden Dienstboten waren, weil sie nicht wussten, ob sie (hinterher) applaudieren oder respektvoll schweigen sollten!

»Sehr gut, sehr gut«, ließ sich Henry Rackham senior vernehmen. »Was habe ich doch für einen klugen Sohn, was?«

William bemerkt plötzlich einen Schmerz in seiner rechten Hand und sieht, dass er seine Faust so fest gegen das Fensterbrett drückt, dass er einen blauen Fleck an der Hand hat. In seinen Augen stehen Tränen kindlicher Eifersucht. Und in seinen Ohren hallen die Worte der Feuerwehrleute nach, die ihm versichert haben, Henry sei vom Rauch erstickt worden, lange bevor er Opfer der Flammen wurde.

Gerade als er sich mit dem Ärmel das Gesicht abwischt und ein unkontrollierbares Kribbeln im Hals spürt, das in ein hemmungsloses Schluchzen auszuarten droht, wird er von einem neuerlichen Klopfen gestört.

»Ja, was gibt es?«, ruft er heiser.

»Entschuldigen Sie bitte, Sir«, erwidert Letty und öffnet die Tür einen Spalt. »Lady Bridgelow ist da. Sind Sie oder Mrs Rackham zu Hause?«

William zieht hastig seine Uhr aus der Westentasche und guckt nach, wie spät es ist. Er hat noch nie erlebt, dass Lady Bridgelow außerhalb der von der Etikette vorgesehenen Zeiten Besuche abstattet. Und tatsächlich: Sein eigenes Zeitgefühl scheint durcheinander geraten zu sein. Lieber Himmel, er hat *mehrere* Stunden mit Tagträumereien und nostalgischen Erinnerungen verschwendet! Er hatte geglaubt, sich nur ein paar Minuten der Schwäche gegönnt zu haben, von wegen, er hat den ganzen Morgen nichts anderes getan, und jetzt steht er da und vergießt Tränen der Eifersucht, weil sein Vater vor achtzehn Jahren seinen Bruder gelobt hat! Ob arme Irre und Hypochonder wohl auf diese Weise die langen Stunden ihrer müßigen Tage verbringen? Großer Gott! Trauer hat durchaus ihre Berechtigung, aber irgendwann muss jemand in den sauren Apfel der Verantwortung beißen; *irgendjemand* muss schließlich dafür sorgen, dass das Leben weitergeht.

»Ja, Letty«, sagt er, nachdem er sich geräuspert hat. »Sagen Sie Lady Bridgelow, ich bin zu Hause.«

In der folgenden Woche schreibt Agnes Rackham:

Liebe Mrs Fox,
vielen Dank für Ihren Brief, den William mich bat zu beantworten.

Ich bin sehr froh, dass Sie sich entschieden haben, sich Henrys Habe anzunehmen, die sonst sicher auf entwürdigende Weise hätte verkauft werden müssen. Ich habe mich bereit erklärt, Henrys Kätzchen in Pflege zu nehmen, solange Sie im Krankenhaus sind. William sagt, die anderen Dinge habe man bereits zu Ihnen nach Hause gebracht und abgestellt, wo sich ein freier Platz finden ließ. William sagt auch, es sei ein recht kleines Haus, und die Männer hätten sich über die schwierige Aufgabe beschwert, aber ich bitte Sie inständig, sich die Klagen ungezogener Arbeiter nicht zu Herzen zu nehmen.

Es ist hoffentlich im Krankenhaus nicht zu unerfreulich? Ich selbst war letzte Woche wegen eines schrecklichen Leidens ans Bett gefesselt, das aber inzwischen ausgestanden ist.

Mit großer Erleichterung habe ich gelesen, dass Sie den ganzen Wirbel, den die Trauerzeit mit sich bringt, ebenso sehr verabscheuen wie ich. Ist das alles nicht furchtbar lästig? Ich werde drei Monate lang Crèpe tragen müssen, dann zwei Monate lang Schwarz, und danach noch einen weiteren Monat Halbtrauer. Und Sie? Ich muss gestehen, dass ich nicht sicher bin, welche Regeln für Sie gelten.

Verstehen Sie mich bitte nicht falsch, meine liebe Mrs Fox; ich habe für Henry so viel Zuneigung empfunden wie für keinen anderen Mann, und selbst jetzt vergieße ich noch jeden Tag um seinetwillen Tränen, aber ich leide unsäglich unter der Trauer! Ich kann nicht nach der Dienerschaft klingeln, und sei es auch nur, damit jemand das Fenster öffnet oder ein weiteres Holzscheit auf das Kaminfeuer legt, ohne dass eine düstere, schwarze Gestalt vor mir erscheint. Wenn ich mich in der Öffentlichkeit zeige, muss ich aussehen wie in Tinte getaucht, auch wenn in Peter Robinsons Katalog versucht wird, aus der Not eine Tugend zu machen, denn es heißt dort, spanische Spitze sei sehr elegant und schwarze Handschuhe ließen die Hände wunderbar schmal erscheinen. Mich kann das alles nicht trösten; ich bin ohnehin mit schmalen Händen gesegnet!

Schwarz, schwarz, alles ist schwarz. Jeder Brief muss auf diesem grauenvollen, schwarz umrandeten Briefpapier geschrieben werden. Ich scheine immerfort darauf zu schreiben, denn wir erhalten einen nicht versiegenden Strom von Beileidsbekundungen, und William erwartet, dass ich alle an seiner statt beantworte, weil ich verstehen muss, sagt er, dass er dazu nicht in der Lage ist. Aber ich weiß nicht, ob ich es wirklich verstehe: Vielleicht meint er einfach, dass er zu beschäftigt ist. Gewiss quält ihn Henrys grausames Schicksal nicht so sehr wie mich. Jedes Mal, wenn ich daran denke, überläuft mich ein Schauer, und manchmal entfährt mir sogar ein Schrei. Was für ein schreckliches Ende … Vor dem Kaminfeuer einzuschlafen und dann von den Flammen verzehrt zu werden. Wie oft bin ich schon vor dem Kaminfeuer eingeschlafen, aber ich hatte ja auch Clara, die es für mich gelöscht hat. Vielleicht hätte ich Henry ein Dienstmädchen schenken sollen. Aber wer konnte so etwas ahnen?

Schwarz, alles ist schwarz, und ich bin so einsam, wie der Tag lang ist. Ist es denn eine Sünde, sich in einer solchen Zeit nach Gesellschaft und Zerstreuung zu sehnen? Was hilft es Leuten wie mir, wenn nahe Verwandte und Freunde zu Besuch kommen dürfen, wo wir weder das eine noch das andere haben? Die wundervollen Menschen, mit denen ich während der vergangenen Saison Bekanntschaft geschlossen habe, müssen fern bleiben, und auch ich kann sie nicht besuchen. Sie werden mich bestimmt vergessen, während ich hier in der Dunkelheit versinke. Für William mag das alles noch angehen – seine drei Wochen Trauerzeit sind längst vorbei, und er kann tun und lassen, was er will, aber wie soll ich nur die vielen Monate ertragen, die noch vor mir liegen?

Herzliche Grüße,

Agnes Rackham.

P.S.: Henrys Kätzchen ist rundum zufrieden und ganz verrückt nach Sahne, gerade so, als hätte es bisher noch nie welche bekommen.

Die Church Lane in St. Giles, nur wenige Meilen Luftlinie in Richtung Osten. Dankbar, etwas Warmes bekommen zu haben, legt Sugar die Hände um den Becher mit dampfendem Kakao und lächelt ihre Gastgeberin verlegen an. Der blasse Schimmer ihres flachsgelben Kleids lässt den unbeleuchteten Raum um sie herum düster und schmutziggrau erscheinen, und Caroline, die wieder auf dem Bett Platz nimmt, ist vor diesem Hintergrund kaum zu erkennen. Im Vergleich zu ihr fühlt sich Sugar, die als Ehrengast auf dem einzigen Stuhl des Zimmers thront, geradezu farbenfroh gekleidet, wie ein exotischer Vogel, der einem gewöhnlichen Masthuhn sein prächtiges Gefieder präsentiert. Wie sehr bereut sie es inzwischen, dieses Kleid zu tragen, das in ihren eigenen Räumen so bescheiden wirkte!

Taktvoll, wie sie ist, hat Caroline zwar behauptet, ihr würden Sugars ›schicke Klamotten‹ gut gefallen, aber wie ist das möglich, wo sie selbst doch dazu verdammt ist, diese tristen unmodischen Sachen zu tragen? Ganz zu schweigen von Caddies schmutzigen, nackten Füßen, die über die Bettkante baumeln. Sind sie gegen jede Witterung unempfindlich, so wie die Pfoten eines Tieres? Sugar hebt den Becher an die Lippen, trinkt aber nicht, sondern beschränkt sich vorsichtshalber darauf, Gesicht und Hände an dem heißen Tongefäß zu wärmen.

»*So* kalte Hände kannste doch nich haben, oder?«

Peinlich berührt bricht Sugar in ein künstliches Lachen aus und nimmt unfreiwillig einen Schluck von dem minderwertigen Gebräu.

»Kalte Hände, warmes Herz«, sagt sie und errötet unmerklich unter Rackhams Poudre Juvenile. Sie weiß genau, warum ihr so kalt ist: Sie ist schlichtweg an Räume gewöhnt, die von morgens bis abends großzügig beheizt werden. Dieser Tage denkt sie sich nichts mehr dabei, in jedem Zimmer ein helles Feuer brennen zu haben, bis der Wasserdampf auf den Fensterscheiben funkelt und der warme Rauchgeruch in jeden Winkel gedrungen ist. Einmal in der Woche – in letzter Zeit sogar zweimal – steht ein Mann mit einem Sack Feuerholz vor ihrer Tür, und von Armut ist sie inzwischen so weit entfernt, dass sie nicht einmal mehr weiß, was für eine Münze sie ihm gibt.

»Wie geht's dei'm Mr Hunt?«, erkundigt sich Caroline, während sie nach ihrer Haarbürste sucht.

»Hm? Ach, so weit ganz gut.«

»Der Colonel war noch Tage nach eurem Ausflug bester Laune.«

»Ja, das hat mir Mrs Leek auch gerade erzählt. Schon komisch; *mir* gegenüber hat er so getan, als wäre es für ihn eine grauenvolle Tortur gewesen.«

»Sieht ihm ähnlich«, erwidert Caddie naserümpfend und findet endlich die hässliche Bürste aus Buchsbaumholz, in der büschelweise Haare hängen. »Gesungen hat er, als er wiedergekomm' is.«

Die Vorstellung eines singenden Colonel Leek findet Sugar einfach zu grotesk, aber das spielt keine Rolle: Sie ist froh, noch einmal auf ihn zurückgreifen zu können. Vielleicht kann sie ihn diesmal betrunken machen, *bevor* sie die Ländereien erreichen, und vielleicht benimmt er sich dann besser.

Caroline fährt mit ihrer Toilette fort und betrachtet ihr Gesicht im Spiegel der Schminkkommode.

»Ich werd alt, Shush«, bemerkt sie leichthin, fast heiter, während sie die Augen zusammenkneift, um ihr Haar zu scheiteln.

»Das geht uns allen so«, sagt Sugar. Aus ihrem Mund klingt es wie eine dreiste Lüge.

»Stimmt, aber bei mir wird's eher so weit sein als bei dir.« Und damit beugt sich Caroline vor und bürstet ihr Haar über den Kopf nach unten. Sanft dringt ihre Stimme durch den herabhängenden brünetten Vorhang.

»Du weißt doch, dass Katy Lester tot is, nich?«

»Nein, das wusste ich nicht«, sagt Sugar und nimmt einen Schluck Kakao. In ihrem Magen bildet sich trotz der warmen Flüssigkeit, die ihr durch die Kehle rinnt, ein eiskalter Klumpen der Scham. Sie versucht sich einzureden, dass sie immerhin jeden Tag an Kate gedacht hat – na ja, fast jeden Tag –, seit sie bei Mrs

Castaway ausgezogen ist. Aber Gedanken sind kein Ersatz für das, wofür sie früher bekannt war: dass sie bei sterbenden Huren am Bett wachte und deren Hand hielt, egal, wie lange es dauerte. Trotz ihrer düsteren Vorahnungen, dass es mit Kate bald zu Ende gehen wird, hat sie sich in den vergangenen Monaten nicht überwinden können, Mrs Castaways Haus zu betreten, und jetzt ist es zu spät. Würde sie bei einer sterbenden Caroline wachen, wenn sie stattdessen die Nacht mit William verbringen könnte? Unwahrscheinlich.

»Wann ist sie denn gestorben?«, erkundigt sie sich, während der Druck der Schuld in ihren Eingeweiden immer stärker wird.

»Keine Ahnung«, erwidert Caroline und bürstet immer noch ihr Haar. »Wenn irgendwas mehr als 'n paar Tage her is, vergess ich immer, wie viele. War jedenfalls schon vor 'ner Weile.«

»Wer hat es dir erzählt?«

»Mrs Leek.«

Sugar spürt, wie Schweiß ihre engen Ärmel und ihr Mieder durchfeuchtet, während sie angestrengt versucht, auf eine weitere Frage zu kommen – *irgendeine* Frage; ein paar wohl gewählte Worte, mit denen sie die Tiefe und die Aufrichtigkeit ihrer Empfindungen für Kate beweisen kann –, aber ihr fällt nichts ein, was sie unbedingt wissen will. Nichts außer:

»Was ist aus ihrem Cello geworden?«

»Ihr'm was?« Caroline hebt den Kopf und teilt in der Mitte ihr Haar, das glänzt, weil sie es so ausgiebig bearbeitet hat und weil es gewaschen werden müsste.

»Ein Musikinstrument, das Kate gespielt hat«, erklärt Sugar.

»Is verbrannt worden, nehm ich an«, sagt Caroline beiläufig. »Was sie angefasst hat, is alles verbrannt worden, hat Mrs Leek gesagt. Damit sich die Krankheit nicht im Haus festsetzt.«

Ein ganzes Leben, zerronnen wie Pisse im Rinnstein, klagt eine Stimme in Sugars Kopf. *Aale werden meine Augen fressen, und kein Mensch wird wissen, dass es mich überhaupt gegeben hat.*

»Gibt es sonst irgendwelche Neuigkeiten von … aus meinem alten Zuhause?«, fragt sie.

Caroline steckt nun ihr Haar hoch, allerdings ziemlich schludrig und ohne einen Spiegel. Eine fettige Strähne baumelt herab und weckt in Sugar brutale Phantasien davon, ihre Freundin bei der Schulter zu packen und zu schütteln, damit sie wieder von vorne anfängt.

»Jennifer Pearce macht sich ganz gut«, sagt Caddie. »Vizechefin, nennt Mrs Leek sie. Und es gibt auch noch 'n neues Mädchen – den Namen hab ich vergessen. Aber es ist jetzt 'ne andre Sorte von Haus. Nicht für normale Leute, weißt du, was ich meine? Mehr so'n Schuppen mit Leder und Peitschen.«

Sugar zuckt zusammen, erstaunt, wie unangenehm diese Nachricht sie berührt. Prostitution ist und bleibt Prostitution, egal, was die Beteiligten miteinander anstellen, oder? Dennoch hat die Vorstellung, dass von den vertrauten Wänden bei Mrs Castaway Schmerzensschreie widerhallen statt Lustgestöhn, auf Sugar eine eigenartige Wirkung und erscheint der profane Fleischhandel, den die sie einst so abscheulich fand, nun im milden Lichte der Nostalgie. Im Handumdrehen gewinnt ein Mann, der einer Frau ein paar Shilling bezahlt, um sich zwischen ihren Beinen Erleichterung zu verschaffen, eine Art melancholischer Unschuld.

»Ich hätte nie gedacht, dass Mutter es wagen würde, mit Mrs Sandford aus der Circus Road zu konkurrieren«, sagt sie.

»Ach, hast du's noch nich gehört? Mrs Sandford gibt das Geschäft auf. Ein alter Freier von ihr will, dass sie sich auf sei'm Landgut zur Ruhe setzt. Sie wird da von hinten und vorn bedient, sie wird Pferde ham, und sie braucht ihn bloß ab und zu mit 'ner Seidenschärpe zu peitschen, wenn ihn seine Gicht nicht zu schlimm plagt.«

Sugar lächelt freudlos: Vor ihrem geistigen Auge sieht sie den armen kleinen Christopher, wie er vor ihrem ehemaligen Zimmer steht, die spindeldürren Arme rot und seifig von dem Eimer, den er hinaufgetragen hat, während drinnen eine fremde Frau den blutigen Rücken eines dicken, schreienden Mannes malträtiert, der auf allen vieren vor ihr kniet.

»Was … was gibt's bei dir Neues?«, fragt sie.

Caroline schaut auf der Suche nach einer Eingebung zu der fleckigen Decke hoch und schaukelt auf dem Bett hin und her.

»Hmmm«, sagt sie nachdenklich, und ein schwaches Lächeln breitet sich auf ihren Lippen aus, als sie die Männer Revue passieren lässt, mit denen sie in letzter Zeit zusammen war. »Tja … ich hab mein' schmucken Pastor schon ziemlich lang nicht mehr gesehn: Hoffen'lich hat er's nicht aufgege'm und hält mich für zu schlecht, um gerettet zu wer'n.«

Sugar schaut für einen Moment hinunter in ihren Schoß, und während sie ihren gelben Rock ansieht, überlegt sie, ob sie etwas sagen soll oder nicht. Henrys Dahinscheiden brennt ihr ein Loch ins Herz; wenn sie dies Wissen an Caroline weitergeben könnte, würde das Brennen womöglich aufhören.

»Es tut mir Leid, Caddie«, sagt sie, als sie einen Entschluss gefasst hat. »Aber du wirst deinen Pastor nicht wiedersehen.«

»Wieso nich?«, lacht Caroline. »Hast ihn mir abspenstig gemacht oder was?« Aber sie ist schlau genug, um sich die Wahrheit denken zu können, und krampft ängstlich die Hände zusammen.

»Er ist tot, Caddie.«

»O nein, verdammte Scheiße!«, ruft Caroline aus und schlägt sich auf die Knie. »Verdammt, verdammt, verdammt.« Ihr Schmerz und ihr Bedauern sind sichtlich zu groß, als dass sie Worte dafür hätte. Sie lässt sich schwer atmend zurück aufs Bett fallen und trommelt mit den Fäusten auf die Laken.

Doch nach ein paar Sekunden seufzt sie, löst ihre Fäuste und faltet die Hände über dem Bauch. Sich im Handumdrehen von einem harten Schlag zu erholen hat sie in ihrem an Tragödien reichen Leben zwangsläufig gelernt.

»Woher weißt du, dass er tot is?«, fragt sie in dumpfem Ton.

»Ich ... ich wusste, wer er war, daher«, sagt Sugar. Die Heftigkeit von Carolines Reaktion auf Henrys Schicksal hat sie verunsichert; sie hatte Neugier erwartet, mehr nicht.

»Wer war er denn?«

»Spielt das wirklich eine Rolle, Caddie? Abgesehen von seinem Namen kanntest du ihn viel besser als ich. Ich bin ihm kein einziges Mal begegnet.«

Als Caroline sich aufsetzt, sind ihre Wangen rot und aufgequollen, doch ihre Augen trocken.

»Er war'n anständiger Mann«, verkündet sie.

»Tut mir Leid, dass ich dir von seinem Tod erzählt habe«, sagt Sugar. »Ich wusste nicht, dass er dir so viel bedeutet hat.«

Caroline zuckt die Achseln und schämt sich, weil man sie bei warmherzigen Gefühlen für einen Kunden ertappt hat.

»Ach Gott«, sagt sie. »Es gibt auf dieser Welt nix anderes als Männer und Frauen, stimmt's? Also muss man was für sie übrig ham, denn wofür soll man sonst was übrig ham?« Sie erhebt sich vom Bett, geht zum Fenster und stellt sich direkt davor, so wie Henry sich immer dorthin gestellt und auf die Dächer der Church Lane geblickt hat. »Ja, er war 'n anständiger Mann. Aber ich nehm an, das hat der Pfarrer bei der Beerdigung schon gesagt. Oder hat man ihn unter 'ner Straße begraben mit 'nem Pfahl im Herz? Das hamse mit dem Bruder von meiner Oma gemacht, als *der* sich umgebracht hat.«

»Ich glaube nicht, dass es Selbstmord war, Caddie. Er ist in seinem Wohnzimmer eingeschlafen, und neben dem Kamin lag viel Papier, das Feuer gefangen und sein Haus in Brand gesteckt hat. Aber vielleicht hat er es absichtlich so arrangiert, um seiner Familie Ärger zu ersparen.«

»War also nicht so blöd, wie er aussah.« Caroline beugt sich über das Fensterbrett und blinzelt in den sich verdunkelnden Himmel. »Mein armes schmuckes Pastörchen. Er hat niemand was getan. Wieso bring'n sich nicht die um, die andern was tun, und der Rest lebt ewig? So stell *ich* mir den Himmel vor.«

»Ich muss jetzt los«, sagt Sugar.

»Ach nein, bleib noch ein bisschen«, protestiert Caddie. »Ich wollte grad ein paar Kerzen anzünden.« Sie bemerkt Sugars steife Haltung, sieht die Hand, in der sie noch immer den Becher hält, den gebauschten gelben Rock im Halbdunkel. »Vielleicht sogar ein Feuer machen.«

»Bitte, nicht meinetwegen«, sagt Sugar mit Blick auf den dürftigen Stapel Brennholz in dem Korb. »Es wäre die reine Verschwendung ... wo du doch sicher gleich losgehst.«

Aber Caroline hockt bereits vor dem Kamin und stellt die Scheite mit raschen, geübten Bewegungen hinein. »Ich muss an meine Freier denken«, sagt sie. »Kann's mir nich leisten, dass sie sagen, es is kalt hier, und abhau'n. Dann kriegt zwar der Colonel sein Geld, aber ich nich.«

»Solange du kein Geld von *mir* willst«, sagt Sugar, wobei sie sofort die geschäftsmäßige Reaktion bedauert und hofft, dass Caroline abgestumpft ist und es nicht mitbekommen hat. Sie wünschte, schon vor einer Weile gegangen zu sein, und versteckt missmutig den Becher Kakao unter dem Stuhl. (Na ja, schließlich ist er inzwischen kalt: Warum soll sie sich zwingen, kalten Kakao zu trinken – kalten, *ekligen* Kakao. Ehrlich, er schmeckt wie Rattengift …)

Aber ihre Beschämungen sind noch nicht vorüber. Caroline gibt mit ihrer Fertigkeit im Feueranfachen ein Musterbeispiel an Sparsamkeit ab, und Sugar muss an ihre eigene Methode denken: Sie selbst verschwendet viel erstklassiges trockenes Anmachholz, indem sie so lange eine Hand voll nach der anderen in den Kamin wirft, bis die schiere Menge die größeren Scheite entflammt. Caroline hingegen errichtet ein karges Konstrukt aus Bruchstücken von Verpackungskisten und Möbelsplittern, und mit einem einzigen Span gelingt es ihr, das Ganze knisternd in Brand zu setzen. Den Rücken immer noch Sugar zugewandt, fährt sie mit dem Gespräch fort.

»Wie isses denn so als Geliebte vom alten Rackham?«

Sugar läuft bis in die Haarwurzeln knallrot an. Verrat! Aber wer ist der Übeltäter? Wahrscheinlich der Colonel … Schert sich nicht um seinen Schwur, dieses elende Schwein …

»Woher weißt du das?«

»Ich bin nich blöde, Shush«, sagt Caroline lakonisch, während sie weiterhin den Flammen beim Entfachen des Holzes hilft. »Du hast mir erzählt, dass du von 'nem reichen Mann ausgehalten wirst; und mein armer Pastor sagte, er kann mir Arbeit bei den Rackhams besorgen; und heute erzählst du mir, dass du meinen Pastor auch gekannt hast … Und natürlich weiß ich, dass einer von den Rackhams vor kurzem in sein'm Haus verbrannt is …«

»Woher weißt du das denn?«, hakt Sugar nach. Caroline liest nicht, und der Himmel über der Church Lane hängt derart voller stinkender Wolken, dass ganz Notting Hill abbrennen könnte und niemand hier den Rauch bemerken würde.

»'n *paar* Katstrophen«, seufzt Caroline, »krieg ich auch mit, ob ich will oder nich.« Sie zeigt theatralisch nach unten durch den Fußboden, durch den wurmstichigen Taubenschlag von Mrs Leeks Haus auf das Wohnzimmer, in dem der Colonel sitzt und seine Zeitung liest.

»Aber wieso nennst du meinen … meinen Bekannten den ›alten Rackham‹?«

»Na ja, er is doch wohl uralt, oder? Ich weiß noch, meine Mutter hatte ein Rackham-Parfüm, für besondere Gelegenheiten.« Sie kneift die Augen zusammen, um eine Erinnerung in den Blick zu bekommen, die so weit zurückliegt wie die Steinzeit. »›Eine Flasche hält ein Jahr.‹«

»Nein, nein«, sagt Sugar (die sich fest vornimmt, William zu raten, dieses ordinäre Motto aus den Rackhamschen Annoncen zu tilgen) »es ist nicht der Vater, sondern der Sohn, der mich ... aushält. Der hinterbliebene Sohn, genauer gesagt. Er hat erst dieses Jahr die Leitung der Firma übernommen.«

»Und wie behandelt er dich?«

»Nun ja ...« Sugar deutet auf ihre teure Kleidung. »Wie du siehst ...«

»Kleider bedeuten gar nix«, erwidert Caroline achselzuckend. »Er kann dich trotzdem mit 'nem Schürhaken verprügeln oder dich zwingen, ihm die Füße zu lecken.«

»Nein, nein«, versichert Sugar hastig. »Ich habe keinen Grund zur Klage.« Plötzlich von dem Drang geplagt, ihre Blase zu entleeren, sehnt sie sich danach, sich zu verziehen (sie wird draußen pinkeln, nicht hier drin!). Aber Caroline, hol sie der Teufel, ist noch nicht fertig.

»O Shush, was für ein *Riesen*glück du hast!«

Sugar windet sich auf dem Stuhl: »Ich wünschte, jede Frau hätte so viel Glück.«

»*Das* wünscht ich auch!«, lacht Caroline. »Aber 'ne Frau muss bezaubernd und gebildet sein, um sich 'nen reichen Kerl zu angeln. Schlampen wie ich ... uns fehlt's an allem, 'nem feinen Herrn zu gefallen. *Mein* Zauber wirkt nur hier« (sie klopft auf die Bettlaken) »und nur für 'ne kurze Weile.« Vor Vergnügen über ihre geistreiche Bemerkung beginnt sie ganz leicht zu schielen. »Weißt du, wenn mir einer über den Weg läuft, der 'nen Steifen hat, dann isser unter meinem Bann – so sagt man doch, oder? Meine Stimme klingt für ihn wie Musik, mein Gang ist wie von 'nem Engel auf 'ner Wolke, mein Busen erinnert ihn an seine geliebte Amme, und er schaut mir so tief in die Augen, als könnt er in ihnen das Paradies sehen. Aber sobald sein Schwanz wieder weich is ...« Sie schnaubt und imitiert das Ende der Leidenschaft mit einer schlaff herunterhängenden Hand. »O je, was stört ihn dann mein derbes Mundwerk! Und mein unzüchtiger Gang! Und meine schlaffen Euter! Und wenn er sich dann mein Gesicht noch mal genau beguckt, dann sieht er die schmuddligste Schlampe, die er jemals ohne Handschuhe angefasst hat!« Caroline grinst spitzbübisch und blickt ihre Freundin an. Aber statt, wie erwartet, bei ihr denselben Gesichtsausdruck zu sehen, muss sie erstaunt feststellen, dass Sugar das Gesicht in den Händen vergräbt und in Tränen ausbricht.

»Shush!«, ruft sie verwirrt aus, läuft zu ihr und legt den Arm um den bebenden Rücken des Mädchens. »Was ist los, was hab ich gesagt?«

»Ich bin nicht mehr deine Freundin!«, schluchzt Sugar mit kaum hörbarer Stimme. »Ich bin dir fremd geworden, und ich verabscheue dieses Haus, ich verabscheue es. Oh, Caddie, ich verstehe nicht, wie du meinen Anblick erträgst. Du bist arm, ich lebe im Luxus; du bist hier gefangen, ich bin frei; du bist offenherzig, ich habe lauter Geheimnisse. Ich habe lauter Hinterhältigkeiten und Pläne im Kopf, mich interessiert nur noch, was mit den Rackhams zu tun hat. Ich überprüfe jedes Wort genau, ehe ich es ausspreche. Nichts, was ich sage, kommt von Herzen …« Ihre Hände ballen sich zu Fäusten, und wütend drückt sie die Knöchel gegen ihre nassen Wangen. »Sogar diese Tränen sind falsch. Ich vergieße sie *nur*, damit ich mich hinterher besser fühle. Ich bin verlogen! Verlogen! Durch und durch verlogen!«

»Genug damit, Kleine«, beruhigt Caroline sie und zieht Sugars Kopf und Schultern an ihre Brust. »Genug. Wir sind, wer wir sind. Was du nicht fühlst, tja, das is eben weg, verschwunden, und das war's. Tränen machen dich auch nich wieder zur Jungfrau.«

Aber Sugar weint immer weiter. Zum letzten Mal hat sie so, am Busen einer Frau, als Kind geweint – als sehr *kleines* Kind, ehe ihre Mutter begann, rote Kleider zu tragen und sich Mrs Castaway zu nennen.

»O Caddie«, schnieft sie. »Du bist so gut, das habe ich gar nicht verdient.«

»Aber trotzdem nicht gut genug, was?«, neckt die ältere Frau sie und piekst sie heftig in die Rippen. »Siehst du? Ich kann deine Gedanken lesen, kann direkt in deinen Kopf reinschauen. Und ehrlich, ich muss sagen« – sie legt um des Effekts willen eine Pause ein –, »ich habe schon schlimmere gelesen.«

In dem Zimmer, in dem es langsam dunkler wird und sich die Wärme des Feuers auszubreiten beginnt, klammern die beiden sich aneinander, bis Sugar sich wieder gefangen hat und Caroline vom gebeugten Stehen der Rücken schmerzt.

»Uuh!«, sagt die ältere Frau mit gespieltem Vorwurf, als sie den Arm von der jüngeren löst. »Du bist schuld, dass mein Rücken so wehtut. Schlimmer als nach einem Mann, bei dem ich den Arsch und die Beine hochstrecken soll.«

»Ich muss jetzt wirklich los«, sagt Sugar, die plötzlich wieder den quälenden Druck in der Blase spürt. »Es ist schon spät.«

»Ja, richtig, richtig. Wo sind denn meine Schuhe?« Caroline holt ihre Stiefel unter dem Bett hervor, und Sugar kann dabei einen kurzen, sehnsüchtigen Blick auf den Nachttopf werfen. Sie klopft den Schmutz von den Füßen und zieht die Stiefel an. »Eine Sache noch«, sagt sie, während sie sie zuknöpft. »Jedes Mal, wenn wir uns sehn, fällt mir kurz drauf ein, was ich dich fragen wollte. Als ich dich damals vor dem Papierladen getroffen hab – weißt du noch? Da hast du jede Menge Papier gekauft. Hunderte und Aberhunderte von Blättern. Wofür war'n die?«

Sugar tupft sich die Augen, die vom Weinen rot sind. Beim geringsten Anlass könnte sie erneut zu heulen anfangen. »Habe ich dir das nie erzählt? Ich schreibe ein Buch ... ich *wollte* eins schreiben.«

»Ein Buch?«, wiederholt Caroline ungläubig. »Im Ernst? Ein *richtiges* Buch wie, wie ...«, (sie schaut sich suchend um, aber das einzige Buch im Zimmer ist das Neue Testament im Format einer Tabakdose, das ihr Pastor ihr geschenkt hat und das mittlerweile ein Mauseloch in der Fußleiste verdeckt), »wie die, die man in den Buchhandlungen kaufen kann?«

»Ja«, seufzt Sugar. »Wie die in den Buchhandlungen.«

»Und was ist draus geworden: Hast du's fertig geschrie'm?«

»Nein.« Mehr ist Sugar eigentlich nicht willens zu sagen, aber sie sieht Carolines Miene an, dass es wohl nicht reichen wird. »Aber ...«, hebt sie aufs Geratewohl an, »ich werde bald mit einem neuen anfangen. Einem, das besser wird, hoffe ich.«

»Werd ich drin vorkommen?«

»Das weiß ich noch nicht«, sagt Sugar gequält. »Das alles ist bisher nur eine Idee. Caddie … ich muss mal deinen Nachttopf benützen.«

»Steht unterm Bett, Liebes.«

»Aber du darfst nicht hinschauen.« Sugar errötet erneut, dieses Mal, weil sie sich schämt, dass sie sich schämt. In den ersten Jahren ihrer Freundschaft waren Caroline und sie wie wilde Tiere in einem verkommenen Garten Eden. Hätte sich je die Notwendigkeit ergeben, hätten sie sich nebeneinander nackt hingelegt und die Beine für Männer wie Bodley und Ashwell gespreizt. Inzwischen geht Sugars Körper niemanden mehr etwas an außer sie selbst – und William.

Caroline wirft ihr einen sonderbaren Blick zu, schweigt aber. Abrupt wechselt sie vom Bett zum Stuhl und fährt fort, ihre Stiefel zuzuknöpfen, während sich Sugar unbeobachtet hinhockt.

Stille kehrt ein, zumindest in Carolines Zimmer: Draußen in der Church Lane geht das Leben scheppernd, johlend, plappernd weiter; zwei Männer beginnen einen Streit, beschimpfen sich offenbar in einer fremden Sprache, und eine Frau lässt ein schrilles Lachen ertönen. Sugar versucht angestrengt, sich zu entspannen, bis ihre Knie und Fäuste zittern, aber es kommt nichts.

»Erzähl mir was«, fleht sie.

»Was denn?«

»Irgendwas.«

Während Caroline noch überlegt, schreit jemand: »Hure!«, und die lachende Frau verschwindet in einem unsichtbaren Treppenhaus.

»Der Colonel will dieses Mal noch was anderes als Whisky«, sagt sie. »Er will Schnupftabak.«

Sugar lacht, und unter dem gelben Baldachin ihrer Röcke setzt, Gott sei Dank, ein leises Plätschern ein. »Ich besorge ihm Schnupftabak.«

»Es muss aber *indischer* sein, sagt er. Dunkler, klebriger Tabak, so wie der, den er in Dehli beim Aufstand gehabt hat.«

»Wenn es den zu kaufen gibt, besorge ich ihm welchen.« Sugar steht mit Tränen der Erleichterung im Gesicht auf, und nachdem sie den Topf diskret versteckt hat, stiehlt sie sich auf die andere Seite des Bettes.

»Weißt du«, plaudert Caroline weiter, »ich würd *gerne* in 'nem Buch vorkommen. Natürlich nur, wenn's von jemand geschrieben is, der mich mag.«

»Wieso das, Caddie?«

»Ist doch wohl klar, oder? Jemand, der mich nich mag, würd mich als 'ne blöde Kuh hinstellen –«

»Nein, ich meinte, wieso würdest du gerne in einem Buch vorkommen?«

»Na ja …« Carolines Blick wird glasig. »Weißt du, ich wollt schon immer gern 'n Bild von mir gemalt ham. Wenn daraus nix wird …« Sie zuckt, plötzlich schüchtern, die Achseln. »Man wird dadurch irgendwie … unsterblich, findst du nich?« Als sie Sugars Miene sieht, stößt sie ein raues, abgehacktes Lachen aus. »Ha! Hättste nich gedacht, dass ich so'n Wort kenne, was?« Sie lacht erneut, doch dann breitet sich ein tieftrauriges Lächeln auf ihrem Gesicht aus, als sähe sie die Überbleibsel von Henry Rackhams Seele durch den Schornstein aufsteigen. »Hab ich von 'nem Freund von mir.«

Um sich aus der trübseligen Stimmung zu reißen, zwinkert sie Sugar zu und sagt: »Also, ich muss jetzt an die Arbeit, Liebes, sonst bleibt den Männern hier im Viertel nix anderes übrig, als ihre Ehefrauen zu vögeln.«

Die beiden geben einander einen Abschiedskuss, und Sugar steigt die trostlose Treppe allein hinunter, damit Caroline in Ruhe letzte Hand an ihre Abendgarderobe legen kann.

»Pass auf, wo du hintrittst«, schreit die ältere Frau. »Ein paar Stufen sind morsch!«

»Ich weiß!«, ruft Sugar zurück, und früher wusste sie tatsächlich, welchen man trauen konnte und auf welche zu viele schwere Männer getreten hatten. Nun hält sie sich am Geländer fest und geht am Rand entlang, immer gewärtig, sich festklammern zu müssen, wenn das Holz durchbricht.

»Das Unheil«, ächzt Colonel Leek, der unten aus dem Schatten hervorgerollt kommt, »braut sich zusammen!«

Sugar, die inzwischen wieder sicheren Boden unter den Füßen hat – sofern man im verrottenden Haus der Leeks überhaupt davon sprechen kann –, hat keine Lust, sich die Tiraden des alten Mannes anzuhören oder früher als unbedingt nötig die Bekanntschaft mit seinem unverkennbaren Geruch aufzufrischen.

»Ehrlich gesagt, Colonel, wenn Sie beabsichtigen, bei Ihrem nächsten Besuch auf dem Landgut ein solches Benehmen an den Tag zu legen …«, warnt sie ihn, während sie sich an ihm vorbeidrängt, die Röcke zusammengerafft, um sie von seinem öligen Rollstuhl fern zu halten. Der Colonel ist jedoch keineswegs eingeschüchtert, sondern fühlt sich offenbar von ihr beleidigt und folgt ihr, schnaufend vor Anstrengung, durch das Zimmer. Sie beschleunigt ihre Schritte in der Hoffnung, dass er irgendwo stecken bleibt, aber er verfolgt sie den ganzen schmalen Flur hindurch und schabt dabei mit den Ellbogen die Wände entlang, während das eiserne Gestell seines Rollstuhls, den er unter Mühen vorwärtsbewegt, klappert und quietscht.

»Der Herbst!« blafft er dicht hinter ihr. »Herbst bringt Katastrophen in Massen! Miss Delvinia Clough wurde im Bahnhof von Penzance von einem noch nicht gefassten Schurken ins Herz gestochen! In Derry wurden drei Menschen von einem einstürzenden Neubau zerquetscht. Henry Rackham, der Bruder des Parfümfabrikanten, verbrannte in seinem Haus. Glaubst *du* etwa, du könntest dem entfliehen, was da heraufzieht?«

»Ja, du altes Ekel«, zischt Sugar, die auf ihn wütend ist, weil er – egal ob mit Absicht oder aus Versehen – ihren geheimnisvollen George Hunt als Erfindung entlarvt hat. »Ja, bestimmt, und zwar sofort!« Woraufhin sie die Tür aufreißt und ohne einen Blick zurück aus dem Haus rennt.

»Und du brauchst dir diesmal auch nicht die Mühe zu machen, diesen … diesen alten Mann mitzubringen«, sagt William bei ihrem nächsten Treffen.

»Aber das macht gar keine Mühe«, erwidert Sugar. »Es ist alles schon arrangiert. Ich verspreche dir, er wird lammfromm sein.«

Sie sitzen nebeneinander auf der Ottomane im Wohnzimmer der Priory Close, vollständig bekleidet, ein Musterbeispiel an Schicklichkeit. William hat im Moment keine Zeit für Ausschweifungen; zu seinen Füßen auf dem Teppich liegen zwei kleine zerknitterte Einwickelpapiere und ein halbes Dutzend mit filigranen Ornamenten bedruckte Streifbänder, und mit der nächsten Post muss er dem Drucker seine endgültige Entscheidung mitteilen. Sugar hat ihm zu der gold-olivfarbenen Variante geraten, und er ist geneigt, ihr zuzustimmen, auch wenn die blau-türkisfarbene so frisch und reinlich wirkt und ihn außerdem pro tausend Stück erheblich billiger käme. In Bezug auf die Beschaffenheit des Papiers selbst sind sie sich bereits einig: das dünnere schmiegt sich sehr schön um das Seifenstück, und auch seine Festigkeit haben sie bereits erprobt und herausgefunden, dass es nur unter Bedingungen reißt, denen es kein seriöser Ladeninhaber jemals aussetzen würde. So viel wäre also entschieden; jetzt muss er nur noch das Muster für das Streifband wählen und wendet den Blick von den Alternativen ab, in der Hoffnung, dass seine Intuition ihn leiten wird, wenn er das nächste Mal hinschaut.

»Nein«, sagt er entschieden, »der Alte kann zu Hause bleiben.«

Sugar bemerkt ein stählernes Schimmern in seinen Augen und fragt sich besorgt, ob dieses Schimmern etwas für sie zu bedeuten hat. Könnte es das erste Anzeichen einer Abkühlung zwischen ihnen sein? Bestimmt nicht – schließlich hat er ihr gerade erst mit einem schiefen Lächeln erklärt, sie sei inzwischen seine »rechte Hand«. Also gut: Wenn lediglich der Colonel in Ungnade gefallen ist, welcher andere Mann fällt ihr dann ein, der sie nach Mitcham begleiten könnte, um ihr in Arbeiteraugen einen Anstrich von Ehrbarkeit zu verleihen?

Blitzartig lässt sie alle männlichen Wesen Revue passieren, denen sie während ihres bisherigen Lebens begegnet ist: eine düstere Leere, wo ihr Vater hätte sein sollen; mehrere riesengroß und wütend wirkende Vermieter, die ihre Mutter zum Weinen brachten (ganz zu Anfang, bevor ihre Mutter Tränen aus ihrem Repertoire strich); der ›nette Herr‹, der eines Nachts zu ihr kam, um sie warm zu halten, und sie dann entjungferte; und all die Männer danach, eine verschwommene Prozession halb nackter Gesellen, wie ein verrücktes Karnevalsungetüm, in dem jedoch nicht zwei miteinander verbundene Körper, sondern deren Hunderte stecken. Sie erinnert sich an den einbeinigen Kunden, der die ganze Zeit mit seinem Stumpf gegen ihr Knie stieß; sie erinnert sich an die dünnen Lippen des Mannes, der sie erwürgt hätte, wäre Amy ihr nicht zu Hilfe gekommen; sie erinnert sich an den Schwachsinnigen mit dem großen, runden Kopf, der mehr

Busen hatte als sie; sie erinnert sich an dicht behaarte Schultern und vom grauen Star getrübte Augen; sie erinnert sich an Schwänze, so groß wie Bohnen, an Schwänze, so groß wie Gurken, an Schwänze mit purpurroten Köpfen, Schwänze mit einem Knick in der Mitte und Schwänze, die durch Muttermale, Striemen, Tätowierungen oder die Narben einer versuchten Selbstkastration auffielen. In *Sugars Fall und Erhebung* tauchen Einzelheiten etlicher Männer aus ihrem Leben auf, die allesamt mit dem Rachebeil dahingemetzelt wurden. Du liebe Güte, ist sie denn niemals einem Mann begegnet, den sie nicht verabscheut hat?

»Ich muss gestehen«, sagt sie, nachdem sie die Idee verworfen hat, Arm in Arm mit dem kleinen Christopher zu erscheinen, »dass mir beim besten Willen kein passender Begleiter einfällt.«

»Mach dir keine Gedanken und komm einfach allein, Liebling«, murmelt Rackham und widmet sich wieder den Streifbändern zu seinen Füßen.

»Aber William«, entrüstet sich Sugar, die kaum ihren Ohren trauen kann. »Würde das denn keinen Skandal geben?«

Er knurrt verärgert, in Gedanken mit gold-oliv versus blautürkis beschäftigt.

»Ich lass mich doch nicht von irgendwelchen Kleingeistern unter Druck setzen, verdammt noch mal. Sollen diese Landarbeiter doch so viel tuscheln, wie sie wollen! Und falls es einer wagt, mehr als nur zu tuscheln, fliegt er hochkant raus ... Himmelherrgott, ich bin der Leiter eines großen Unternehmens, und ich habe soeben meinen Bruder beerdigt: Ich habe wirklich andere Sorgen als das Gerede von ein paar Arbeitern.« Dann beugt er sich plötzlich vor und greift entschlossen nach der oliv-goldenen Variante. »Zum Teufel mit den Kosten«, verkündet er. »Mir gefällt das hier besser, und was mir gefällt, wird auch meinen Kunden gefallen.«

Schwindelig vor Glück schlingt Sugar die Arme um ihn, und er küsst sie gönnerhaft auf die Stirn.

»Der Brief, wir müssen auch noch den Brief aufsetzen«, ermahnt er sie, bevor sie zu übermütig werden kann.

Sie bringt ihm Papier und Feder, und er wirft rasch den Brief an den Drucker hin. Zehn Minuten, ehe die letzte Post abgeht, steht er schließlich in der Diele und lässt sich von ihr in den Mantel helfen.

»Du bist ein Schatz«, sagt er deutlich, trotz des Briefumschlags zwischen seinen Zähnen. »Unentbehrlich, das ist das richtige Wort für dich.«

Dann knöpft er hastig den Mantel zu, lässt sich den Staub abbürsten und macht sich auf den Weg.

Kaum ist die Tür hinter ihm ins Schloss gefallen, wird Sugar plötzlich lebendig, ist von den Fesseln der Unterwürfigkeit befreit. Mit lautem Triumphgeschrei tanzt sie durch die Räume und dreht Pirouetten, bis ihre Röcke wirbeln und die Haare fliegen. Ja! Endlich darf sie sich öffentlich mit ihm zeigen, und zum Teufel mit dem Geschwätz der Leute! Das hat er doch gesagt, oder nicht? Er lässt sich wegen ihrer Liaison nicht von Kleingeistern unter Druck setzen – das wird er nicht dulden! Was für ein wunder-wundervoller Tag!

Ihr Überschwang wird nur durch die Aussicht getrübt, sich erneut in die Church Lane begeben zu müssen, um die Leeks von den geänderten Plänen in Kenntnis zu setzen. Aber muss sie das wirklich? Beschwingt holt sie einen leeren Bogen Papier, setzt sich an das Schreibpult und taucht, zitternd vor Aufregung, die Feder in das Tintenfass.

Liebe Mrs Leek,
mein Ausflug am kommenden Freitag wurde abgesagt, daher werde ich den Colonel auch nicht abholen. (Mehr will ihr zunächst nicht einfallen. Schließlich fügt sie hinzu:)
Sie brauchen mir das Geld, das ich Ihnen gegeben habe, nicht zurückzuzahlen.
Mit freundlichen Grüßen,
Sugar

Weitere zehn oder fünfzehn Minuten – die Post ist längst weg – brütet sie über einem PS, irgendetwas in der Art von *Alles Liebe an Caroline,* nur nicht ganz so überschwänglich. Nun gibt es nicht viele Alternativen zu ›liebe‹. Sugar probiert sie alle durch, aber letzten Endes kommt ihr die Vorstellung, Mrs Leek könne irgendjemandem – zumal einer ihrer Mieterinnen – Gefühle der

Zuneigung übermitteln, doch sehr abwegig vor. Und so beschließt sie, als die Sonne untergeht und ein stürmischer Wind in die Priory Close einfällt, ihre Liebe für das nächste Wiedersehen mit Caroline aufzusparen, und versiegelt den Brief; sobald das Wetter aufklart, wird sie ihn abschicken.

»Alles bereit?«, ruft William Rackham den Fackelträgern zu, die schon unruhig werden. »Also los: Entzündet das Feuer!«

Rund um den turmhohen Scheiterhaufen werden die Stöcke mit den brennenden Talgspitzen gesenkt und zwischen die knorrigen Zweige und grauen Blätter gestoßen, und binnen einer halben Minute mischt sich der Duft von Lavendel mit dem von brennendem Holz. Die Männer strahlen übers ganze Gesicht und wedeln den Rauch vor ihren Augen fort: Das Privileg, diese Zerstörung entfesseln zu dürfen, schmeichelt ihrem bescheidenen Stolz und verleiht, wenigstens einen Nachmittag lang, ihrem traurigen Los, für neun Pence am Tag und freie Limonade auf diesen Feldern zu arbeiten, ein wenig Glanz.

»Ich glaub, mit den paar Fackeln kriegen wir den Haufen nich zum Brennen«, sagt einer von ihnen und schwingt seinen brennenden Stock wie ein Schwert, und tatsächlich droht das Feuer einfach in sich zusammenzufallen, statt den Berg entwurzelter Pflanzen zu verschlingen. Eine Rauchwolke steigt auf und färbt den ohnehin schon von düsteren Wolken verhangenen Himmel noch dunkler.

»Ein Beweis der Rackhamschen Qualitätsansprüche«, verkündet William an Sugar gewandt. »Die Büsche fangen nur langsam Feuer, weil sie nicht vollkommen ausgelaugt sind: Sie haben immer noch Saft und Kraft. Aber Rackham versucht gar nicht, aus den bereits geschwächten Pflanzen eine sechste Ernte herauszuholen.«

Sugar schaut ihn an und weiß nicht, wie sie reagieren soll. Er spricht mit ihr, als wäre sie wahrhaftig die Tochter oder Enkelin eines ältlichen Investors und würde einen unsichtbaren Colonel Leek im Rollstuhl über die Felder schieben. Plötzlich herrscht eine gewisse Distanziertheit zwischen ihnen, nicht die Arm-in-Arm-Vertraulichkeit, die sie sich ausgemalt hat.

»Ich war einmal Zeuge«, erklärt William lautstark, über das

Stimmengewirr und das Prasseln des Feuers hinweg, »als man Pflanzen verbrannte, die schon das sechste Jahr hinter sich hatten: Sie gingen wusch! in Flammen auf wie ein Haufen trockener Farn. Aber das Öl, das aus der letzten Ernte gewonnen wurde, war mit Sicherheit nur noch drittklassig.«

Sugar nickt und starrt schweigend in die auflodernden Flammen. Der kalte Wind in ihrem Rücken lässt sie erschaudern, gleichzeitig schlägt ihr die Hitze des Feuers ins Gesicht, und sie fragt sich, ob sie sich wirklich so gut für das Landleben eignet, wie sie einmal geglaubt hat. Rings um das Feuer stoßen die Männer erneut ihre Fackeln in das Buschwerk und erörtern das fortschreitende Verbrennen. Ihr Dialekt macht Sugar Schwierigkeiten: ist er wirklich so stark, oder ist sie inzwischen so vornehm geworden, dass sie ihn nicht mehr versteht?

Diese Arbeiter sind für sie fast schon Wesen von einem anderen Stern; in ihrer Einheitstacht aus grob geflicktem Schuhwerk, den derben braunen Hosen und kragenlosen Baumwollhemden sehen sie aus wie Geschöpfe einer niederen Gattung, eine Schar robuster Zweibeiner, denen weder der kühle Wind noch die Hitze der Flammen etwas anhaben kann.

Sugar ist froh, dass das Feuer die Männer völlig in Anspruch nimmt, weil sie ihr dann umso weniger Beachtung schenken, und gerade heute möchte sie forschende Blicke vermeiden. Sie selbst hat ein dunkles, strenges Kleid ausgewählt, ganz anders als das lavendelfarbene Prachtstück, mit dem sie bei ihrem ersten Besuch hier draußen alle Blicke auf sich zog. Wenn sie nicht an Williams Arm hängen darf, will sie so wenig auffallen wie möglich.

Rauchschwaden, in denen Funken wie bläuliche Kaulquappen herumwirbeln, steigen in den Abendhimmel auf; die Männer jubeln und lachen angesichts der glühenden Früchte ihrer Arbeit. Doch mit zunehmender Intensität des Lavendeldufts wächst auch Sugars Sorge, von dem Geruch überwältigt zu werden – eine durchaus berechtigte Sorge, denn sie hat zu wenig geschlafen und gegessen und leidet noch dazu unter einer Erkältung, für die sie den Besuch in Carolines ungeheiztem Zimmer verantwortlich macht. Soll sie tief durchatmen, um neben dem Rauch so viel Frischluft wie möglich aufzunehmen, oder soll sie lieber den Atem anhalten? Sie probiert beides und beschließt dann, so normal wie möglich zu atmen. Hätte sie vor ihrer Fahrt hierher doch bloß noch etwas gegessen! Aber dazu war sie viel zu aufgeregt.

»Ich werde dich«, sagt William plötzlich dicht neben ihrem geröteten Gesicht, »in nächster Zeit wahrscheinlich nicht besuchen können.« Jetzt klingt er nicht mehr wie ein Zeremonienmeister, sondern wie der Mann, der sich nach dem Liebesspiel an ihren nackten Körper schmiegt.

Sugars umnebelter Verstand bemüht sich, seine Worte zu erfassen. »Ich nehme an«, sagt sie, »um diese Zeit ist viel in der Firma los?«

William bedeutet den Männern, vom Feuer zurückzutreten, das ihres Eingreifens nicht mehr bedarf. Im Gegensatz zu ihr scheint ihm der Rauch nicht das Geringste auszumachen.

»Ja, aber das ist nicht der Grund«, antwortet er aus den Mundwinkeln, während er beobachtet, wie die Männer sich von den Flammen entfernen. »Familienangelegenheiten … Nie wird irgendetwas zufriedenstellend geregelt … das reinste Wespennest, sag ich dir … lieber Himmel, was für ein Haushalt …!«

Sugar reißt sich zusammen, versucht sich – halb betäubt vom Lavendelduft – zu konzentrieren.

»Sophies Kinderfrau?«, vermutet sie, ringt dabei um einen mitfühlenden Tonfall, klingt aber (wie sie glaubt) einfach nur kränklich.

»Du hast richtig geraten – wie immer«, lobt er und riskiert es, ein wenig näher an sie heranzutreten. »Beatrice Cleave, die dumme Pute, hat tatsächlich ihre Kündigung eingereicht. Sie ist immer noch überzeugt, dass Sophie eine Gouvernante braucht, kann es kaum erwarten, bei Mrs Barrett anzufangen, und ich bin sicher, dass es ihr auch nicht besonders gefällt, in einem Haushalt zu leben, der trauert.«

»Ist es denn so schwierig, eine Gouvernante zu finden?«, fragt Sugar, und ihr Herz beginnt zu klopfen.

»Fast unmöglich«, erwidert er mürrisch. »In der nächsten Zeit werde ich alle Hände voll zu tun haben, das kannst du mir glauben. Schlechte Gouvernanten gibt es wie Sand am Meer, und man hat gar keine Chance, sie vorher auszusortieren. Bietet man ein miserables Gehalt, bewerben sich nur die erbärmlichsten Vertreterinnen ihrer Zunft; bietet man jedoch einen stattlichen Lohn, wird jedes weibliche Wesen von Gier gepackt. Dienstagabend ist meine Anzeige in der *Times* erschienen, und mir liegen schon vierzig Bewerbungen vor.«

»Kann Agnes sich denn nicht um die Sache kümmern?«, wagt Sugar zu fragen.

»Nein.«

»Nein?«

»Nein.«

Um Sugar herum beginnt sich alles zu drehen, ihr Herz rast dermaßen, dass ihr Brustkorb zittert, und sie hört sich mit schwacher Stimme fragen: »William?«

»Ja?«

»Bedauerst du es *wirklich,* dass wir nicht zusammenleben können?«

»Von ganzem Herzen«, erwidert er prompt und in einem Tonfall, der weniger sentimental als vielmehr erschöpft und verärgert klingt, so als wären es lästige Handelsbeschränkungen oder sinnlose Gesetze, die ihrer vollkommenen Vereinigung im Wege stehen. »Wenn ich einen Wunsch frei hätte …!«

»William?« Sie keucht, ihre Zunge fühlt sich von Lavendelduft schwer und geschwollen an, und der Boden unter ihren Füßen beginnt sich langsam zu drehen, so als stünde sie auf einem riesigen Stück Treibgut in einem unendlich großen und dunklen Ozean. »I-ich glaube, ich habe eine Lösung für dein Problem und … für *unser* Problem. Nimm *mich* als Gouvernante für deine Tochter! Ich kenne mich in allen Fächern zur Genüge aus, abgesehen von Musik, aber das k-kann ich mir bestimmt mit Büchern selbst beibringen. Sophie könnte es schlechter treffen, als bei mir Lesen, Schreiben, Rechnen u-und Benimm zu lernen, meinst du nicht?«

Im Widerschein des Feuers wirkt Williams Gesicht entstellt: seine Augen vom Rauch gerötet, die flammengelb schimmernden Zähne gebleckt, vor Verwunderung – oder vor Wut. In flehendem Ton fährt Sugar fort: »I-ich könnte das Zimmer von Sophies Kinderfrau bewohnen … egal, wie einfach es ist; ich wäre froh, e-einfach nur in deiner Nähe zu sein …«

Beim letzten Wort versagt ihr die Stimme, und es kommt nur ein schwaches Blöken heraus. Schwankend steht sie vor ihm, vor Aufregung nach Luft schnappend. Langsam, ach wie langsam! dreht er sich zu ihr um. O Gott, seine Lippen kräuseln sich vor Abscheu …!

»Du kannst unmöglich –«, hebt er an, als er von einer derben bäuerlichen Stimme unterbrochen wird:

»Mr Rack'm, Sir! Darf ich Sie ma' sprech'n?«

William wendet sich dem Störenfried zu, und Sugar kann sich nicht länger auf den Beinen halten. Eine heiße Woge steigt in ihr auf, ihr wird schwarz vor Augen, und sie stürzt ohnmächtig zu Boden. Sie spürt nicht einmal den Aufprall, nur – seltsamerweise – die kühlen Grashalme, die ihr ins Gesicht pieken.

Später – wie viel Zeit ist vergangen? – hat sie das vage Gefühl, hochgehoben und weggetragen zu werden, aber wohin oder von wem, kann sie nicht sagen.

TEIL 4

Der Schoß der Familie

Zweiundzwanzig

Im Verlauf der langen Nacht peitschen tausend Gallonen Regen, die gleichermaßen aus den Abwässern Londons und aus den Verdunstungen sauberer, weit entfernter Seen destilliert wurden, auf das Haus in den Chepstow Villas ein. Eines der Fenster schimmert in der Dunkelheit wie eine Schiffslaterne, und wann immer das Unwetter an Heftigkeit noch zunimmt, bewegt sich dieses Licht, so als würde das Haus von seinem Fundament forttreiben. Bei Tagesanbruch steht das Anwesen der Rackhams jedoch nach wie vor am gewohnten Ort, die dunklen Wolken sind ermattet, reißen auf – und dahinter kommt der blasse Morgenhimmel zum Vorschein. Der Sturm ist fürs Erste vorbei.

Aber das Haus und das ganze Anwesen schimmern noch von den Rückständen des sintflutartigen Regens. Die Zufahrt hat sich in einen Bach verwandelt, der den feinen, schwarzen Kies Stein für Stein Richtung Tor schwemmt. Rings um das Haus strömt gutes, klares Wasser aus den Abflussrohren, rinnt an den Außenwänden hinunter und überspült Fensterscheiben, die ohnehin schon blitzsauber sind. Im Garten glänzen die Blätter im Schein der aufgehenden Sonne und die Äste hängen tief herab; ein Spaten, der am Vortag noch sicher in der Erde stak, neigt sich nun seitwärts und droht zu kippen.

In der Souterrainküche wischt eine verschlafen dreinblickende Janey die Pfützen auf, die sich nachts gebildet haben, als Wasser durch die verrußten Abzugsrohre, das Spülküchenfenster und das Treppenhaus getropft ist. Sie heizt die Kessel an, damit die

Fußböden trocknen und sie ihre Finger aufwärmen kann, bevor sie irgendwelche komplizierten Tätigkeiten mit ihnen verrichten muss. Obwohl sie das Tageslicht noch nicht sehen kann, hört sie, wie immer mehr Vögel zu zwitschern beginnen.

Stünde Sugar jetzt in der Straße ganz in der Nähe des Pembridge Crescent, an jener von Bäumen umgebenen Stelle, von der aus sie vor Monaten Mrs Rackham zugewunken hat, könnte sie sehen, wie Agnes schon am Schlafzimmerfenster steht und durch die glitzernde Glasscheibe die Welt betrachtet. Denn Agnes hat gestern fast den ganzen Tag verschlafen und lag in den Nachtstunden wach, in der Erwartung, dass die Sonne ihrem Beispiel folgen werde. Am Nordpol ist es (wenn sie den Büchern Glauben schenken darf) immer Tag und nie Nacht, was bestimmt sehr angenehm ist. Aber eines ist ihr schleierhaft: Heißt das nun, dass die Zeit selbst stillsteht? Und wenn nicht, bleibt wenigstens die Zahl der Lebensjahre immer konstant? Sie fragt sich, was vorzuziehen wäre: sich nie zu verändern, weil sich *nichts* je verändert, oder graue Haare zu bekommen und trotzdem immer dreiundzwanzig zu sein. Eine Denksportaufgabe zur Übung des Gehirns.

Da sie so früh am Morgen keine Kopfschmerzen riskieren will, lässt Agnes den Nordpol Nordpol sein und geht stattdessen durch ihr halb dunkles, stilles Haus, steigt die Treppen hinunter, schleicht durch die Korridore und gelangt schließlich zur warmen, hellen Küche, in der schon reger Betrieb herrscht. Die Bediensteten dort sind nicht überrascht, denn seit kurzem schaut sie jeden Morgen vorbei; sie wissen, dass sie nicht gekommen ist, um sich zu beschweren, und setzen ihre Arbeit fort. Umgeben von wohlriechendem Dampf holt die neue Küchenhilfe – wie heißt sie noch gleich? – einen Schub frisch gebackener Weißbrote aus dem Backofen; die Köchin gabelt Schafszungen aus einer Schüssel voll Marinade und wählt dabei nur solche aus, die von ihrer Größe und Form her dem Hausherrn genehm sein dürften.

Agnes geht schnurstracks weiter in die Aufwaschküche, wo Janey, die bereits die Steinspüle geschrubbt hat, sich nun an die hölzerne macht. Das Mädchen steht auf Zehenspitzen, kreist vor Anstrengung mit dem Hintern, und in ihrem Bemühen, ihr

Schnaufen und Ächzen so leise wie möglich zu halten, bemerkt sie nicht, dass Mrs Rackham sich ihr nähert.

»Wo ist Mieze?«

Janey zuckt zusammen, als hätte sie jemand gepiekst, hat sich aber gleich wieder gefangen.

»Er is hinnerm Kessel, Ma'am«, sagt sie und zeigt mit ihren geschwollenen roten Händen in die Richtung.

Warum, magst du dich fragen, benutzt Janey im Zusammenhang mit Henrys Katze das Wort »er«? Nun, weil Henrys Katze, ungeachtet des Rufs, der ihr vorauseilt, ein Kater ist. Am Morgen, als er in der Küche der Rackhams eintraf, hob die Köchin ihn am Schwanz in die Höhe, um zu prüfen, welches Geschlecht er hat – etwas, das der arme Henry Rackham offenkundig nie getan hatte.

Agnes kniet sich vor dem größten Kessel auf den makellos sauberen Steinfußboden.

»Ich kann ihn nicht sehen«, sagt sie und starrt ins Dunkel.

Janey weiß, was zu tun ist: Sie holt ein Schälchen, in das die Küchenhilfe ein paar Herzen, Nieren und Nackenstücke von Hasen und Hühnern gelegt hat, und stellt es neben den Kessel. Sofort taucht ein schläfrig blinzelnder Mieze auf.

»Liebster Mieze«, sagt Agnes und streichelt seinen Rücken, der flauschig wie ein Muff und warm wie ofenfrisches Brot ist.

»Friss das nicht«, ermahnt sie ihn, als er an dem dunklen, klebrigen Fleisch schnuppert. »Das ist schmutzig. Janey, hol Sahne!«

Das Mädchen gehorcht. Agnes streichelt weiter den Rücken des Katers und drückt ihn in einem neckischen Wechselspiel von Gewährenlassen und Zurückhalten ein paar Zentimeter vor der Schale mit dem Bauch auf die Erde.

»Heute wird dein neues Frauchen kommen«, sagt sie. »Ja, das wird sie. Du bist ein Herzensbrecher, stimmt's? Aber ich werde dich weggeben, ja, das werde ich. Ich werde tapfer sein und mich mit meinen Erinnerungen an dich begnügen. Du kleiner Charmeur, du.« Und wieder hält sie ihn streichelnd von den Innereien fern.

»Ah!«, ruft sie entzückt, als Janey mit der Porzellanschale zurückkommt. »Hier kommt deine herrliche, saubere, weiße Sahne. Jetzt zeig mir, was du *damit* anstellst.«

An ihrem letzten Morgen in der Priory Close sitzt Sugar zitternd an ihrem Schreibtisch und starrt durch die regennasse Glastür in ihren kleinen Garten.

Weil sie ihn schon bald zum letzten Mal sehen wird, ist er ihr plötzlich unbeschreiblich lieb geworden, obwohl sie sich, während sie hier wohnte, kaum um ihn gekümmert hat: Die Erde ist nach wochenlangen Regengüssen aus dem ordentlich angelegten Beet gespült worden, die Azaleenblüten hängen braun und welk an ihren Stängeln, und draußen vor der Scheibe sammelt sich glitschiges Laub. Ach, aber es ist *mein* Garten, denkt sie, wohl wissend, wie albern das ist.

Tatsächlich gibt es in diesen Zimmern kaum etwas, bei dessen Anblick sie keine Wehmut, kein schmerzliches Gefühl des Verlusts überkommt, obwohl sie hier nur allzu oft unzufrieden und voll Sorge war. Endlose Stunden hat sie hier damit verbracht, einsam auf und ab zu laufen, und jetzt ist sie traurig, dass sie fort muss. Verrückt.

Sugar zittert in einem fort. Das Feuer in den Kaminen hat sie schon vor einer Weile gelöscht, um William, wenn er kommt, nicht warten zu lassen, und inzwischen ist es in den Räumen kalt geworden. Der Eindruck der Kälte ist umso heftiger, als aller Schmuck entfernt wurde, und das fahle Herbstlicht, das sich auf unbehagliche Weise mit dem Schein der Gaslampen mischt, unterstreicht zudem die Kahlheit der Wände. Sugars frierende Hände sind schon ganz weiß, und ihre blutleeren Handgelenke ragen aus tintenschwarzen Ärmeln hervor; der Atem, mit dem sie auf ihre Fingerknöchel bläst, ist lauwarm und feucht. Ganz in Schwarz gekleidet sitzt sie da, ihr Trauerhut ist schon festgesteckt, und die Handschuhe liegen im Schoß bereit.

Was sie mitnehmen will, hat sie auf Williams Geheiß im Wohnzimmer zusammengetragen, damit es zügig abtransportiert werden kann. Für alles weitere wird er zweifellos Vorkehrungen getroffen haben. Alles, was auch nur leicht abgenutzt war – Bettlaken, Tücher, Kleider, ganz gleich wie teuer – hat sie an der Straße deponiert, damit bedürftige Lumpensammler es dort finden. (Die Sachen werden vom Regen völlig durchnässt sein, aber mit etwas Geduld kann irgendein armer Teufel bestimmt etwas damit anfangen.)

Als sie mit William über den Umzug sprach, wurde kein Wort über das Bett verloren, und Sugar vermutet, dass ihr zukünftiges Zimmer sehr klein ist. Sie fragt sich, ob William und sie genug Platz für die Beine haben werden, wenn sie all das tun wollen, was sie zu tun gewohnt sind. Als sie sich vorstellt, ihre nackten Füße im Stil von *Alice im Wunderland* aus dem Fenster einer winzigen Dachkammer zu strecken, muss sie ein hysterisches Kichern unterdrücken.

Worauf in Gottes Namen hat sie sich da nur eingelassen? In wenigen Stunden wird sie die alleinige Verantwortung für Sophie Rackham tragen – *Was um alles in der Welt wird sie mit ihr machen*? Sie ist eine Hochstaplerin, eine derart plumpe Betrügerin, dass sogar ein Kind sie durchschauen kann. Von einer Lehrerin werden Lehrsätze, Sinnsprüche und goldene Regeln erwartet, aber was fördern Sugars Anstrengungen, sich an dergleichen zu erinnern, zutage?

Eine Begebenheit, die etwa fünf Jahre zurückliegt: Damals wurde Sugars Mutter an ihr Bett gerufen, kurz nachdem ein Kunde, der wie ein Hengst bestückt war, sich von ihr verabschiedet hatte. Mrs Castaway inspizierte den Schaden und befand, die Wunde ihrer Tochter würde auch ohne genäht zu werden verheilen und gab ihr, als sie den Arzneischrank schloss, einen ausgezeichneten Rat, wie man »Blutvergießen da unten« vermeidet:

»Merk dir eines: Es tut viel mehr weh, wenn du dich wehrst.«

»Wie ich höre«, sagt Mrs Agnes Rackham zu Mrs Emmeline Fox, »grenzt Ihre Genesung fast schon an ein Wunder.«

Mrs Fox bedankt sich murmelnd, als sie von Rose eine heiße Schokolade und ein Stück Kuchen entgegennimmt. »Wunder sind rar gesät«, ruft sie ihrer Gastgeberin freundlich, aber bestimmt in Erinnerung, »und Gott spart sie sich lieber für Fälle auf, bei denen sonst nichts mehr hilft. Ich vertrete eher die Ansicht, dass ich gesund gepflegt wurde.«

Aber das glaubt Agnes keine Sekunde. Vor ihr sitzt eine Frau, die bei ihrer letzten Begegnung wie ein groteskes Memento mori qualvoll über den Kirchhof schlich und Anlass zu einem ungehörigen Getuschel bot, einer Mischung aus Abscheu und Mitleid. Inzwischen wirkt Mrs Fox erstaunlich frisch und gesund, ganz besonders ihr Gesicht. Ihr Schädel, der die schaurige Absicht zu haben schien, aus der Haut zu treten, ist angenehm gepolstert und die Augen liegen nicht tiefer als bei anderen Menschen auch. Genau genommen sieht sie sogar beinahe hübsch aus! Und vergessen wir nicht, sie ist ohne Gehstock hereingekommen, gestützt nur auf die (ebenso unverkennbare wie mysteriöse) Gewissheit, dass die Atem- und Kraftreserven ausreichen, um einen über den Tag zu bringen.

»Sie waren im Kloster zur guten Gesundheit, nicht wahr?«, flüstert Agnes.

»Nein, im Saint Bartholomew's Hospital«, antwortet Mrs Fox. »Sie haben mir dorthin geschrieben; ich bin sicher, Sie erinnern sich …?« Aber Emmeline ist sich eigentlich überhaupt nicht sicher, denn Mrs Rackham kommt ihr heute, ehrlich gesagt, ein wenig verwirrt vor. Beispielsweise stehen in der Diele mehrere Koffer und ein ganzer Stapel Hutschachteln, Regenschirme und so weiter, was eindeutig darauf hinweist, dass ein Mitglied des Hauses im Begriff ist abzureisen. Aber als sie taktvoll danach fragte, tat Mrs Rackham so, als hätte sie es nicht gehört.

»Bin ich vielleicht zu einem ungünstigen Zeitpunkt gekommen?«, versucht es Emmeline erneut. »Die Koffer in der Halle …«

»Ganz und gar nicht«, sagt Agnes. »Uns bleiben noch Stunden.«

»Stunden, bis was passiert?«

Aber Mrs Rackham reagiert auf ungehobelte Direktheit in der gleichen Weise wie auf vorsichtiges Andeuten.

»Stunden, bis wir gestört werden«, beruhigt sie ihren Gast, »durch etwas, das uns nicht betrifft.«

Rose präsentiert das Silbertablett, und Mrs Rackham wählt ein Tortenstück vom äußersten linken Rand, wo nach vorheriger Absprache immer die dünnen Scheiben liegen. Das Stück zwischen ihren Fingern, einer der wenigen Erfolge nach vielen mißglückten Schneideversuchen unten in der Küche, ist so schmal, dass das Licht der Lampen im Salon mühelos hindurchscheint.

»Im Ernst, Mrs Fox«, säuselt sie und knabbert an dem feuchten Scheibchen. »Wollen Sie wirklich behaupten, Sie wären den

Klauen der ... Sie wissen schon ... einzig und allein durch gute Krankenpflege entrissen worden?«

Emmeline fragt sich inzwischen, ob sich die Regeln der zwanglosen Konversation in den langen Monaten ihrer Erkrankung womöglich grundlegend gewandelt haben: Was für ein eigenartiges Tête-à-tête das doch ist! Aber sie wird mit gleicher Münze heimzahlen.

»Ich bin nicht herumgelaufen und habe verkündet, ich hätte Schwindsucht. Das haben andere Leute getan, und ich habe ihnen nicht widersprochen. Es gibt schließlich wichtigere Dinge, deretwegen man die Klingen kreuzen kann, meinen Sie nicht auch?«

»Henry hat uns glaubhaft versichert, er habe Sie schon auf dem Totenbett liegen sehen«, erwidert Mrs Rackham unbeeindruckt.

Mrs Fox blinzelt ungläubig, und einen Augenblick lang scheint sie drauf und dran, die Fassung zu verlieren. Dann lehnt sie den Kopf wieder an den Sessel, und ein feuchter Schimmer überzieht ihre großen grauen Augen.

»Henry hat mich gesehen, als es am schlimmsten um mich bestellt war, das stimmt«, seufzt sie. »Vielleicht wäre es besser für ihn gewesen, wenn ich eine Weile verschwunden und erst zurückgekommen wäre, als alles vorbei war.« Während sie im Geiste über das Geländer der Tragödie in das neblige Tal der jüngsten Vergangenheit sieht, in dem Henry noch zu erahnen ist, entgeht ihr das kindliche Nicken von Agnes, die wie elektrisiert ist von diesem offenkundigen Eingeständnis, dass übernatürliche Kräfte existieren. »Obwohl ich ihm gesagt habe, dass es mir bald besser gehen würde. Ich erinnere mich, wie ich ihm von dem erzählte, was ich den Kalender meiner Tage nenne, einen Kalender, den Gott in mich hineingelegt hat. Ich weiß nicht genau, wie viele Seiten er umfasst, aber ich fühle, dass es viel mehr sind, als viele Leute dachten.«

Als sie das hört, fängt Agnes vor Aufregung fast an zu zappeln. Oh, wenn sie doch solch einen magischen Kalender in sich hätte und (entgegen der Schätzung in jenem schrecklichen Zeitungsartikel, der ihr nicht aus dem Kopf will) wüsste, dass ihr auf Erden mehr als 21 917 Tage vergönnt sind. Wagt sie es, die Preisgabe des Geheimnisses zu fordern, hier und jetzt, in ihrem Salon, an einem kühlen Vormittag Anfang November? Nein, sie muss vorsichtig zu Werke gehen, das liegt auf der Hand: Mrs Fox umgibt jene geheimnisvolle Aura, die Agnes aus Abbildungen von Mystikern und Menschen mit Todeserfahrung, gleich aus welcher Epoche, kennt. Zufälligerweise befindet sich in dem Buch *Illustrierte Beweise des Spiritismus,* das sie unter ihrer Stickarbeit verbirgt, ein nach einer Photographie angefertigter Stahlstich, auf dem ein rothäutiger amerikanischer Gentleman ein »Halsband« aus Giftschlangen trägt, und sein Gesicht hat eine unheimliche Ähnlichkeit mit dem von Mrs Fox!

»Aber verraten Sie mir doch bitte«, sagt Agnes, »was Sie in Ihrem Paket mitgebracht haben.«

Mühsam reißt sich Mrs Fox aus ihren Träumereien und hebt das schwere, in Papier gewickelte Paket hoch, das an einem Bein ihres Sessels lehnt. »Bücher«, sagt sie, holt einen makellos aussehenden Band hervor und überreicht ihn Mrs Rackham. Weitere Bücher folgen, eines nach dem anderen: schmale Abhandlungen mit Titeln wie *Christliche Frömmigkeit im täglichen Leben, Die Torheit der Archäologen* und *Carlylismus und Christentum: Freunde oder Feinde?*

»Mein Gott«, sagt Agnes, bemüht dankbar zu klingen, obwohl sie eigentlich enttäuscht ist, denn diese Bücher sehen nicht so aus, als ob sie aus ihnen etwas erfahren könnte, das sie interessiert. »Das ist überaus großzügig von Ihnen ...«

»Wenn Sie einen Blick auf das Deckblatt werfen«, erklärt Mrs Fox, »werden Sie sehen, dass von Großzügigkeit nicht die Rede sein kann. Diese Bücher gehören Ihrem Mann – zumindest sind sie ihm gewidmet, als Geschenk von Henry. Ich habe keine Ahnung, wie es dazu kam, dass sie sich wieder unter Henrys Sachen befinden, aber ich dachte mir, ich sollte sie zurückgeben.«

Eine unangenehme Pause entsteht, und Agnes kommt zu dem Schluss, dass sie alles erfahren hat, was während dieses einen Besuches wohl in Erfahrung zu bringen war.

»Nun gut«, sagt sie munter, »wollen wir jetzt hinunter in die Küche gehen und nachsehen, ob dort jemand auf Sie wartet?«

Mehr als zwei Stunden, nachdem Sugar zum ersten Mal der Gedanke gekommen ist, William habe es sich womöglich anders überlegt, und eine Stunde, nachdem sie aus Angst und Selbstmitleid sturzbachweise Tränen vergossen hat, weil sie davon überzeugt war, sie werde ihn nie wieder sehen, hält die Kutsche der Rackhams klirrend vor dem Gebäude, und William klopft an.

»Bin aufgehalten worden«, erklärt er kurz und knapp.

Danach sagt er kein Wort mehr, sondern zieht es vor, den Kutscher dabei zu beaufsichtigen, wie er das Gepäck auf das Dach des Broughams lädt. Sugar, die man weder anweist zu warten noch bittet zu gehen, bleibt untätig und steif wie der Garderobenständer im Flur stehen, während Cheesman mit einem Grinsen im Gesicht hin und her stapft. Sie streift ihre engen schwarzen Handschuhe über, sieht aus den Augenwinkeln, wie er einen ihrer Koffer auf seine breiten Schultern hebt, und meint zu hören, wie er nach verräterischen Gerüchen schnuppert. Sollte das tatsächlich der Fall sein, so schnuppert er vergebens, denn die Luft in den Räumen ist seltsam steril.

Als alles verladen ist, macht William ihr ein Zeichen, ihm zu folgen, und sie verlässt hinter ihm das Haus.

»Passen Sie auf, wo Sie hintreten, Miss«, rät der gut gelaunte Cheesman, als sie nur wenig später in die Rackhamsche Kutsche steigt, und er hilft ihr, indem er sie ganz flüchtig am Hintern berührt. Sie dreht sich um und will ihm einen bösen Blick zuwerfen, aber da ist er schon verschwunden.

»Ich freue mich so, dich zu sehen«, flüstert Sugar ihrem Retter zu, nimmt ihm gegenüber Platz und verteilt ihre raschelnden schwarzen Röcke auf der Sitzbank.

Als Antwort legt William einen Zeigefinger auf seine Lippen und deutet mit seinen hochgezogenen buschigen Augenbrauen auf die Stelle über ihren Köpfen, wo Cheesman gerade die Zügel in die Hand nimmt.

»Spar dir das für später auf«, ermahnt er sie sanft.

Die große Haustür des Rackhamschen Anwesens wird anfangs nur einen Spalt geöffnet und erst weit aufgerissen, als das Dienstmädchen seinen Herrn und die neue Gouvernante sieht. Die Angeln quietschen, denn die Tür ist erst vor einer Woche eingebaut worden: ein wuchtiges Prachtstück mit Intarsien und einem aufwändig geschnitzten R.

»Letty«, erklärt William Rackham hoheitsvoll, »das ist Miss Sugar.«

Das Dienstmädchen macht einen Knicks – »Guten Tag, Miss. Wie geht es Ihnen?« –, erhält aber keine Antwort.

»Willkommen im Hause Rackham!«, verkündet der Hausherr höchstselbst. »Ich hoffe, nein, ich bin *überzeugt*, dass Sie sich hier wohl fühlen werden.«

Sugar überschreitet die Schwelle zur Diele und ist sofort von Insignien des Wohlstands umgeben. Über ihrem Kopf hängt ein riesiger Kronleuchter, den die Sonne, die durch die Fenster scheint, hell erstrahlen lässt. Auf den blank polierten Tischen zu beiden Seiten der Treppe stehen Vasen voller Blumen, die so gewaltig sind und so großzügig von grünen Zweigen ergänzt wurden, dass sie an Sträucher erinnern. An den Wänden hängen überall, wo Platz ist, edel gerahmte Gemälde mit ländlichen Idyllen. Neben dem Türbogen, hinter dem ein Flur zum Esszimmer und zum Salon führt, schwingt das goldene Pendel einer Standuhr, deren Ticken genauso deutlich zu hören ist wie Sugars zögerliche Schritte auf den frisch geschrubbten Fliesen. Ihre Augen folgen dem Geländer der gewundenen Mahagonitreppe, die zu dem L-förmigen Flur im ersten Stock führt; irgendwo da oben, weiß sie, ist *ihr* Zimmer; sie findet es aufregend, dass es sich auf derselben Etage befindet wie die Schlafzimmer der Rackhams. »Ein wunderschönes Haus«, sagt sie und ist zu überwältigt, um zu wissen, ob sie es ernst meint. Ihr Brotherr dankt mit einer Handbewegung; mehrere Dienstmädchen hasten umher; das Gepäck ihrer Vorgängerin türmt sich in der Vorhalle; dieses ganze Theater wird allein wegen *ihr* veranstaltet, und so kommt sie sich vor wie die Heldin aus einem Roman von Samuel Richardson oder den Schwestern Bell, die in Wahrheit gar nicht Bell heißen, sondern wie doch gleich? In ihrem Kopf hallt immerzu Bell, Bell, Bell … der richtige Name will ihr nicht einfallen …

»Miss Sugar?«

»Ja, ja, verzeihen Sie«, sagt sie und setzt sich mit einem Ruck wieder in Bewegung. »Ich habe nur gerade voller Bewunderung …«

»Erlauben Sie mir, Ihnen Ihr Zimmer zu zeigen«, sagt William. »Letty, Cheesman wird Ihnen helfen, das Gepäck hereinzutragen.«

Zusammen steigen sie die Treppe hinauf, jeder die Hand auf einem anderen polierten Geländer, zwischen ihren Körpern ein sittsamer Abstand, das Geräusch ihrer Schritte vom Teppich gedämpft. Sugar erinnert sich an die vielen Male, die sie mit William zusammen die Treppe bei Mrs Castaway hinaufgestiegen ist; erinnert sich vor allem an das allererste Mal, als William ein Müßiggänger mit bescheidenen Mitteln war, ein elender Kriecher, von dem starken Wunsch beseelt, das ganze Universum möge sich vor ihm auf die Knie werfen. Sie schielt zur Seite, während sie weiter die Treppe hinaufsteigen. Ist dieser bärtige Gentleman tatsächlich derselbe Mann wie ihr milchgesichtiger George W. Hunt, der sie vor weniger als einem Jahr anbettelte, sie möge ihn »verderbt« sein lassen.

»Es gibt nichts«, versicherte sie ihm damals, »wozu ich nicht mit dem größten Vergnügen bereit wäre.«

»Dies ist dein Zimmer«, erklärt William, nachdem er sie den Flur entlanggeführt hat und nun durch die nur angelehnte Tür hineingeleitet.

Es ist noch kleiner, als sie erwartet hat, und noch schlichter eingerichtet. Unter dem einzigen Fenster ein schmales Holzbett mit einem Quilt und Flanelldecken darüber. Eine blassgelbe Birkenholzkommode mit weißen Schubladengriffen aus Porzellan, darauf ein kippbarer Spiegel. Ein Schemel und ein bequem aussehender Sessel. Ein winziger Tisch. Für mehr Möbel ist einfach kein Platz. Die Bilderhaken in der verblassten blauen Tapete erinnern an zerquetschte Insekten. Neben dem Kamin steht eine hässliche leere Tonvase. Der Teppich, der die nackten Dielen nicht vollständig bedeckt, ist von leidlicher Qualität, aber kein Vergleich mit den prachtvollen Persern im Erdgeschoss.

»Beatrice hat sehr bescheiden gelebt«, gesteht William und schließt die Tür hinter ihnen. »Was nicht heißen soll, dass du auch so bescheiden leben musst – obwohl du sicher einsiehst, dass man bei einer Gouvernante nur eine begrenzte Menge an Besitztümern erwartet.«

Küss mich endlich, denkt sie und hält ihm die Hand hin – die er nach einem Augenblick des Zögerns ergreift und drückt wie die eines Geschäftspartners. »Ich kann in größter Bescheidenheit leben«, beruhigt sie ihn und tröstet sich mit der Erinnerung – der sehr frischen Erinnerung – an seine zitternden Finger, die ihre nackten Hüften umklammerten. Es klopft an der Tür, woraufhin William die Hand ausstreckt, um die Bediensteten hereinzulassen, und wortlos das Zimmer verlässt. Herein kommt eine taumelnde und ganz schief hängende Letty, in einer Hand Sugars schwere Reisetasche, die unter anderem ihr Romanmanuskript enthält. Als Sugar sieht, wie das Dienstmädchen von der voluminösen Tasche krumm gezogen wird, eilt sie herbei, um ihr die Last abzunehmen.

»Oh, es geht schon, Miss, *wirklich*, es geht«, ruft das Mädchen, verwirrt ob des offenkundig schockierenden Verstoßes gegen die Etikette. Verunsichert tritt Sugar einen Schritt zurück: Wenn sie im Rang viel höher als die Dienerschaft des Hauses steht, woher kommt dann ihre tief sitzende Überzeugung, dass Gouvernanten geknechtet und verachtet werden? Aus Romanen vermutlich – aber sind Romane denn nicht die Wahrheit in eleganter Verkleidung?

Jetzt hört man die stampfenden Schritte und das angestrengte Schnaufen eines schweren Mannes die Treppe hinauf kommen, und Letty eilt aus dem Zimmer, um Cheesman Platz zu machen. Er poltert herein, einen Koffer mit beiden Armen an die Brust gepresst.

»Wo hätten Sie's denn gerne, Miss?«, fragt er grinsend. »Sie brauchen's bloß zu sagen.«

Sugar schaut sich kurz in ihrem winzigen Zimmer um, das schon mit der Reisetasche vollgestellt wirkt.

»Auf das Bett«, bedeutet sie ihm und ist sich dabei voll bewusst, dass gerade diese Antwort Cheesmans lüsterne Phantasie anstacheln wird, aber … nun ja, wenn sie genug Platz haben will, um den Koffer auszupacken, kommt keine andere Stelle in Frage.

»Der beste Platz, da geb ich Ihnen Recht, Miss.«

Sugar mustert Cheesman, während er an ihr vorbeischwankt und den Koffer mit übertriebener Behutsamkeit auf dem Bett absetzt. Er ist groß, was sein knielanger, mit Messingknöpfen besetzter Überzieher, seine drahtige Gestalt und seine langen Finger noch betonen. Er hat ein längliches, pockennarbiges Gesicht, ein Kinn in Form eines Sattelknopfs, borstige, widerspenstige Augenbrauen, dunkles, durch Kamm und Öl gebändigtes, lockiges Haar und zwei Reihen gerader, weißer Zähne – zweifellos sein hervorstechendster und (angesichts seiner Herkunft) auch sein überraschendster Besitz. Dem dicken Überzieher zum Trotz ragt seine männliche Arroganz heraus wie ein unsichtbarer Stachel, an dem die Frauen hängen bleiben sollen. Noch während er sich zu ihr umdreht und mit frech hochgezogener Braue fragt: »Wär's das dann, Miss?«, hat sie schon entschieden, wie sie mit ihm fertig werden wird.

»Vorerst ja.« Ihr Ton ist förmlich, aber ihre Miene und Körperhaltung suggerieren ihm, dass sie ihn wider Willen begehren könnte: Es ist eine sorgsam einstudierte Pose, die sie von einer Hure namens Lizzie gelernt und später vor dem Spiegel perfektioniert hat – eine Mischung aus Furcht, Verachtung und einer unbezwingbaren Erregung, wie sie Männer seines Schlages auf Schritt und Tritt zu verbreiten meinen.

Das amüsierte Lächeln, das Cheesman ihr im Hinausgehen zuwirft, bestätigt ihr, wie klug ihre Entscheidung war. Ihr wird nicht gelingen, aus seinem Gedächtnis zu löschen, was er bereits weiß; für ihn wird sie immer Williams Hure und niemals Sophies Gouvernante sein, also soll er sich ruhig dem Irrglauben hingeben, er werde sie eines Tages in seine Trophäensammlung aufnehmen. Sie braucht nichts weiter zu tun, als die feine Balance zwischen Widerwillen und Faszination zu bewahren, und er wird von ihr so angetan sein, dass er ihr nicht schaden wird, ohne sich je zu etwas hinreißen zu lassen, das ihn seine Stellung kosten könnte.

Gut, denkt sie und unterdrückt dabei einen leisen Anflug von Panik, *Cheesman kann ich abhaken* – so als ob jeder im Hause Rackham nichts anderes als ein Problem wäre, das der Lösung harrt.

Sie geht hinüber zum Bett und blickt aus dem Fenster, die Hände auf ihren Koffer gestützt. Nicht viel zu sehen draußen: ein leeres, regennasses Stück des Rackhamschen Anwesens … aber sie braucht ja nichts mehr auszuspionieren, oder? Nein! All ihre

Anstrengungen haben sich ausgezahlt, ihr geschicktes Einwirken auf William hat sich gelohnt, und hier ist sie nun – wohnhaft im Hause Rackham, sowohl mit Williams als auch mit Agnes' Segen. Es gibt wirklich keinen Grund für Magenkrämpfe ...

»Miss Sugar?«

Sie zuckt zusammen, aber es ist nur – wie hieß sie noch gleich? – Letty, die erneut im Türrahmen aufgetaucht ist.

Sie hat wirklich ein gutmütiges Gesicht, diese Letty – ein freundliches Gesicht. Mit Letty wird sie keine Probleme haben, nein, sie wird ...

»Miss Sugar, Mr Rackham bittet Sie, zum Tee herunterzukommen.«

Zehn Minuten später sitzt Miss Sugar stocksteif, eine Teetasse in der Hand, inmitten lauter Nippes im Salon, wo ein Dienstmädchen, das genau wie sie selbst Trauerkleidung trägt, mit einem Kuchentablett die Runde macht, während William Rackham die Geschichte Notting Hills referiert. Jawohl, die Geschichte Notting Hills. Er schwadroniert wie Doktor Crane auf seiner Kanzel, reiht mechanisch und gnadenlos einen Satz an den nächsten – *welche* Familien als Erste in den Chepstow Villas gebaut haben, *für wie viel* die Portobello Farm verkauft wurde, *wann* genau das Kensington Gravel Pits Gate in Notting Hill Gate umbenannt wurde und so weiter.

»Und es dürfte Sie interessieren, dass vergangenes Jahr in der High Street eine kostenfreie Leihbibliothek eröffnet wurde. Wie viele Gemeinden können das von sich behaupten?«

Sugar bemüht sich, aufmerksam zuzuhören, aber ihr Hirn fängt an sich zu drehen wie ein Blumenkohl in sprudelnd kochendem Wasser. Die Szene hatte bereits etwas Irreales, als das Serviermädchen noch mit ihnen im Zimmer war, aber zu Sugars Verblüffung hört William mit dem Theater auch nicht auf, nachdem Rose sich zurückgezogen hat, sondern doziert weiter.

»... von Schafhirten zu Geschäftsinhabern in zwei Generationen!«

Er legt eine rhetorische Pause ein, und Sugar lächelt, da sie nicht weiß, was sie sonst tun soll.

Könnte sie ihn aus seinem wie auch immer gearteten Versteck

hervorlocken, wenn sie »William« zu ihm sagen würde, oder würde sie das in Schwierigkeiten bringen?

»Das Gepäck in der Diele …«, hebt sie an.

»Gehört Beatrice Cleave«, sagt er in leiserem und endlich etwas privaterem Ton.

»Heißt das, dass sie meinetwegen warten muss?« Wieder gilt es, einen Anflug von Panik zu unterdrücken, als sie an die Frau denkt, die sie hier ersetzen soll – eine Frau, die sich in Sugars Phantasie von einer Unbekannten zu einer beängstigend tüchtigen Matrone gewandelt hat, die obendrein eine Betrügerin auf den ersten Blick erkennt.

»Soll sie doch warten«, entgegnet William und schaut gereizt zur Decke empor. »Sie hätte ihre Stellung zu kaum einem ungünstigeren Zeitpunkt aufgeben können. Ich bin mir sicher, sie wird es überstehen, noch ein paar Minuten Däumchen zu drehen, während du deinen Tee trinkst.«

»Mmm.« Sugar setzt die Tasse an ihre Lippen, obwohl der Tee noch zu heiß ist.

William erhebt sich aus seinem Sessel und beginnt auf und ab zu laufen, wobei er über die Taschen seiner Weste streicht. »Beatrice wird dir alles erklären, was du über meine Tochter wissen musst«, sagt er, »und zweifellos noch einiges mehr. Wenn sie dir auf die Nerven geht, dann rate ich dir, dass du die Eisenbahn erwähnst– sie möchte heute noch einen Zug erwischen.«

»Und Agnes?«

William bleibt abrupt stehen, seine Hände verharren mitten in der Bewegung.

»Was soll mit Agnes sein?«, sagt er und kneift dabei die Augen zusammen.

»Wird Agnes … ähm … sich zu uns gesellen?« Die Frage erscheint Sugar durchaus angebracht – könnte es nicht sein, dass Mrs Rackham ein, zwei Anweisungen bezüglich der Erziehung ihrer Tochter geben möchte? Aber William reagiert mit Erstaunen.

»Zu uns?«, wiederholt er.

»Zu mir und Beatrice und … Sophie.«

»Wohl kaum«, sagt er in einem Ton, als sei die Unterhaltung ins Wunderliche gewechselt. »Nein.«

Sugar nickt, leicht verwirrt; sie nippt so oft wie möglich an ihrem glühend heißen Tee und beißt zwischendurch in ein Stück Kuchen. Eine Rosine fällt heraus und verschwindet sogleich im dunklen Teppichmuster. Eine Uhr, bis jetzt kaum vernehmbar, beginnt laut zu ticken.

Nach reiflichem Überlegen räuspert sich William und sagt leise in ernstem Ton: »Es gibt da etwas, von dem ich hoffte, es würde keiner Erwähnung bedürfen. Ich hoffte, es sei offensichtlich, oder ich könnte mich zumindest darauf verlassen, dass Beatrice es dir sagen würde. Da aber womöglich weder das eine noch das andere zutrifft …«

In diesem Moment werden sie von Letty gestört, die hereinplatzt, sofort bemerkt, dass sie stört und mehrmals nervös und wie zwanghaft eine Verbeugung andeutet.

»Was gibt es denn, Letty?«, zischt William, und wirft ihr einen vernichtenden Blick zu.

»Ich bitte um Verzeihung, Sir, Shears schickt mich, Sir. Er will mit Ihnen sprechen, Sir. Er hat etwas im Garten gefunden, Sir, etwas, das Mrs Rackham gehört.«

»Himmelherrgott, Letty!«, schimpft William. »Shears weiß doch genau, was er mit dem blöden Vogel tun soll …«

»Es ist etwas *anderes*, Sir«, druckst sie herum.

William ballt die Fäuste; es sieht fast so aus, als würde er gleich einen Wutanfall bekommen und das Dienstmädchen aus dem Zimmer jagen. Doch dann lässt er plötzlich die Schultern sinken, atmet tief durch und wendet sich seinem Gast zu.

»Entschuldigen Sie mich bitte, Miss Sugar«, sagt er – und schon ist er fort.

Sugar bleibt mit dem ganzen Nippes allein, unbeweglich wie eine Vase, und spitzt die Ohren, denn sie will wissen, worin das Problem besteht. Sie wagt nicht aufzustehen, neigt aber den Kopf wie ein Hund zur Seite, um Gesprächsfetzen aufzuschnappen, die womöglich aus der Diele, dem Ort der Aufregung, in den Salon dringen.

»Was zum Teufel ist das?«, verlangt William ungehalten zu erfahren, und sein volltönender Bariton hallt ungnädig von den Wänden wider. Die Antwort des Gärtners ist nur undeutlich zu vernehmen – ein grummelnder Tenor, der es verächtlich ablehnt, mit der Lautstärke des wütenden Fragestellers zu konkurrieren. »*Was?* Vergraben?!«, schreit William. »Und wer hat sie vergraben?« (Wieder eine gedämpfte Antwort, diesmal von Shears und Letty im Duett vorgetragen.) »Holen Sie Clara!«, befiehlt William. »Meine Güte, sehen Sie sich bloß den Fußboden an.« Einige Minuten später stimmt Clara – mit unverständlichen Worten, aber eindeutig in kleinlautem Ton – in den dissonanten Chor mit ein. Und je öfter sie unterbrochen wird, desto stärker mischt sich ein Zittern in ihren leisen Bericht. »›Reinen Tisch machen?‹«, hakt William nach. »Was meinen Sie mit ›reinen Tisch machen‹?« Die Antwort des Mädchens, wie auch immer sie lautet, scheint ihn nicht zufrieden zu stellen, denn er flucht laut. Dann ist wieder Shears' Stimme zu hören, und zwar genau in dem Augenblick, als Clara anfängt zu weinen oder zu niesen oder beides auf einmal. »Nein, nein, nein«, weist William entnervt einen Vorschlag des Gärtners zurück. »Sie wird sie schon bald zurückhaben wollen. Bringen Sie die Dinger an irgendeinen sicheren, trockenen Ort.« (Erneutes Gemurmel.) »Keine Ahnung, irgendwohin, wo sie nicht zufällig ein Gast finden kann. Muss ich denn in diesem elenden Haushalt *jede* Entscheidung selbst treffen?« Woraufhin er die Angelegenheit den anderen überlässt und mit energischen Schritten, die Sugar durch die Dielen hindurch spüren kann, in den Salon zurückkehrt.

»Ärger, mein Schatz?«, würde sie am liebsten fragen, als er wieder ins Zimmer tritt, aber er hat derart geringe Ähnlichkeit mit dem Mann, der einst ihren Bauch geküsst hat, dass sie sich nicht traut und stattdessen bloß fragend zu ihm aufschaut.

»Agnes' Tagebücher …«, erklärt William und schüttelt ungläubig den Kopf. »Ein Dutzend oder sogar noch mehr. Agnes … hat sie im Garten *begraben*. Oder Clara befohlen, es für sie zu tun.« Sein Blick wird glasig, als er es sich ausmalt: das Dienstmädchen in Trauerkleidung, das schnaufend und keuchend mit dem Spaten hantiert; das Loch; die nasse, schwarze Erde, unter der die Leinenbände verschwinden. »Kannst du dir das vorstellen?«

Sugar runzelt verständnisvoll die Stirn, da sie vermutet, dass genau das von ihr erwartet wird. »Warum tut sie so etwas?«

William sinkt in seinem Sessel zusammen und starrt auf seine Knie.

»Sie hat Clara gesagt, sie habe … ›mit der Vergangenheit abgeschlossen‹! Wolle ›neu anfangen‹! ›Reinen Tisch machen‹!« Vor Sugars Augen wandelt sich sein ungläubiges Staunen in Verzweiflung; wieder schüttelt er den Kopf, und auf seiner Stirn steht deutlich sichtbar geschrieben: *Gibt es irgendwo in England einen Ehemann, der erdulden muss, was ich erdulde?*

Wären sie jetzt in der Priory Close, würde sie ihn in die Arme schließen und ihm über den Hinterkopf streichen; sie würde ihn an ihre Brust ziehen und daran erinnern, dass es sehr wohl Frauen gibt, die nur tun, was der Mann von ihnen fordert: nicht weniger, nichts anderes. Aber hier, im Rackhamschen Salon mit der laut tickenden Uhr und den gerahmten Pflanzendrucken und den Spitzendeckchen und dem Perserteppich, in dem eine Rosine verschwunden ist …

»Wolltest du mir nicht etwas erzählen?«, sagt sie. »Ehe wir unterbrochen wurden.«

Er fährt sich mit der Hand über den Bart und sammelt sich, ohne in den Genuss ihrer tröstenden Arme zu kommen.

»Ja«, sagt er und rückt so nah an sie heran, wie der Anstand es erlaubt. »Was ich dir sagen wollte, ist Folgendes: Es wäre das Beste, wenn … vorübergehend … das heißt, bis auf weiteres …« Er presst die Hände zusammen, betet um Inspiration. Wird es ihm gelingen, die Wahrheit auszusprechen, ohne sie unverhüllt darbieten zu müssen? »Es wäre das Beste, wenn man sich um Sophie auf eine Weise kümmert, dass Agnes so … ähm … so wenig wie möglich belästigt wird. Also, wenn Agnes auf ist … das heißt *im Haus* …« (er macht eine vage Handbewegung) »wäre es gut, wenn du dafür sorgen könntest, dass sie … also Agnes … ähm … sich ihren … Angelegenheiten widmen kann, ohne …«

Sugar hält es nicht länger aus. »Du meinst«, hilft sie ihm, »dass Agnes Sophie nicht zu Gesicht bekommen soll.«

»Genau.« Er ist sichtlich erleichtert und gleich darauf wieder verlegen; gerne würde er seine Frau, so scheint es, vom Makel der Unvernunft reinwaschen. »Natürlich wird die Welt nicht gleich untergehen, wenn Agnes *zufällig* einmal sieht, wie du mit Sophie die Treppe hinuntersteigst, und ich verlange auch nicht von dir, dass du meine Tochter in ihrem Zimmer einsperren sollst, aber …«

»Diskretion«, fasst sie zusammen, bemüht, sein Vertrauen zurückzugewinnen und ihn mit ihrem entschiedenen Tonfall und ihrem sanften, klaren Blick zu beruhigen.

»Genau.« Er lehnt sich in seinem Sessel zurück und atmet wie jemand, dem ein Zahn unter weniger Schmerzen und Blutverlust gezogen wurde, als er befürchtet hatte.

»Es ist jetzt wohl an der Zeit«, sagt er, als das Ticken der Uhr wieder aufdringlich laut geworden ist, »dass die Amtsübergabe erfolgt, meinst du nicht?«

In Sophie Rackhams Zimmer herrscht eine Atmosphäre asketischer Strenge. Stünde nicht in einer dunklen Ecke ein Kinderbett, könnte es eine Zelle in einem Nonnenkloster sein – im Kloster eines Ordens, der schon vor Urzeiten jeder anderen Betätigung als dem Gebet und stiller Kontemplation abgeschworen hat. Kein Bild hängt an der Wand; nichts schmückt den Raum oder lädt zum Spielen ein; kein Staubkorn stört die Makellosigkeit der dunkel schimmernden Flächen, von herumliegenden Spielsachen ganz zu schweigen. Etwa ein Dutzend Bücher steht kerzengerade in einem sarglangen und sarghohen Bücherbord, und jeder einzelne Band sieht nach unbarmherzig schwerer Lektüre aus.

»Ich bin Sophies Kinderfrau«, sagt Beatrice Cleave in einem Ton, der nach Glückwünschen zu verlangen scheint – oder nach Beileid. »Ich bin seit sechs Jahren hier.« Sugar ist versucht, in einem Anfall hysterischen Übermuts zu erwidern: »*Enchanté*! Ich bin William Rackhams Geliebte und ich bin seit fünfundvierzig Minuten hier.« Aber sie verkneift es sich und sagt stattdessen: »Miss Sugar.«

»Ich war für das Kind sowohl Amme als auch Kinderfrau«, sagt die mit einem üppigen Busen ausgestattete, ansonsten aber eher steif wirkende Beatrice. »Ich habe den Stern der Familie aufgehen und untergehen und wieder aufgehen sehen.«

Sugar fällt spontan keine Antwort ein, außer dass Beatrice, falls ihre Milch endgültig versiegen sollte, jederzeit bei Mrs Gill in der Jermyn Street anheuern könnte, deren Haus auf Huren mit großen Brüsten spezialisiert ist.

»Die Zeit vergeht wie im Flug«, sagt sie und sieht sich erneut um.

Dieses Zimmer hat entgegen dem ersten Eindruck dieselben Maße wie ihr eigenes nebenan; es wirkt nur geräumiger, weil es so spärlich eingerichtet ist. Sophie hockt auf einem großen Stuhl mit gerader Lehne, eine klägliche Wachspuppe in dem deprimierendsten, engsten Sonntagskleid, das Sugar je gesehen hat – wie eine Figur in einem Diorama einer Versammlung von Abstinenzlern. Sie ist nicht vorgestellt worden. Sie ist lediglich der Gesprächsgegenstand. Abwechselnd blickt sie auf den Fußboden und auf ihre Schuhe.

»Sie werden feststellen«, sagt Beatrice, »dass Sophie im Großen und Ganzen ein umgängliches Kind ist. Sie ist nicht arglistig, auch wenn sie kaum etwas lieber tut, als den ganzen Tag aus dem Fenster zu starren. Sie werden außerdem feststellen, dass sie nicht dumm ist, obwohl ihre Gedanken oft abschweifen.« Sugar wirft einen Blick auf Sophie, um zu sehen, wie sie diese Kritik aufnimmt, aber das kleine Mädchen ist immer noch in die Betrachtung des gewachsten Fußbodens vertieft.

»Manchmal«, fährt Beatrice fort, »benimmt sie sich wider alle Vernunft wie ein Baby. Ein unschönes Schauspiel. Dann muss man Strenge walten lassen, damit sie nicht so endet wie …«, Beatrice verstummt plötzlich, obwohl sie das Haus Rackham in Kürze für immer und ewig verlassen wird, »… wie eine Geisteskranke.«

Sugar nickt höflich und hofft, dass ihre Miene nichts von ihrer zunehmenden Abneigung gegen diese schmallippige Frau mit dem prallen, schwarz umhüllten Busen und der unerwartet gewählten Ausdrucksweise verrät. Die Beatrice, die sie im Geiste sah, als William zum ersten Mal die Kinderfrau seiner Tochter erwähnte, war ein völlig anderer Mensch – eine korpulente Caroline vielleicht, stets gut gelaunt und von eindeutig ländlicher Herkunft, oder eine liebevolle, verschmuste Londonerin mit einem Hang zur Rührseligkeit. Sugar befürchtete sogar, einen Abschied voller Tränen und Umarmungen zu erleben, mit einer verzweifelten Sophie, die sich an die Röcke ihrer molligen Beschützerin klammert, untermalt von klagenden Ausrufen wie »Mein Schätzchen!« und dergleichen mehr.

Stattdessen stehen in diesem kühlen Zimmer drei Gestalten in Trauerkleidung, die sich nicht vom Fleck rühren, und Beatrices stärkste Gefühlsbekundung gegenüber Sophie Rackham besteht darin, dass sie ihr von der Seite einen Blick zuwirft wie ein Bauchredner, der seine schlaffe Puppe beschwört, gerade sitzen zu bleiben und nicht vornüber zu kippen. Rotwangige Kinderfrau mit einem Übermaß an natürlicher Herzlichkeit? Wieder so eine romantische Illusion, wie es scheint, die der Lektüre allzu vieler Romane entstammt und der bitteren Realität nicht standhält.

»Sie nässt übrigens das Bett«, sagt Beatrice. »Jede Nacht.« Und sie zieht eine Augenbraue hoch, um Sugar mit stoischem Gleichmut anzudeuten, welch großes Maß an Verdruss ihr das in den vergangenen sechs Jahren bereitet hat.

»Wie … unerfreulich«, sagt Sugar und blickt wieder zu Sophie hinüber. Das Kind scheint endgültig in der magischen Welt seiner Schnürsenkel versunken zu sein.

»Im Sommer ist es einigermaßen erträglich«, sagt Beatrice. »Aber im Winter ist es ein Albtraum. Wenn Sie mitkommen mögen, zeige ich Ihnen, wo Sie die Bettlaken am besten zum Trocknen aufhängen.«

»Mm, ja, dafür wäre ich Ihnen sehr dankbar«, sagt Sugar, die plötzlich von dem höchst seltsamen Drang gepackt wird, Beatrice Cleave wieder und wieder mit einem vollgepinkelten Pantoffel ins Gesicht zu schlagen.

»Es ist ein schwacher Trost«, fährt Beatrice fort, »aber wenigstens gehört Sophie nicht zu den wasserscheuen Kindern. Wenn sie auf eins versessen ist, dann darauf, gewaschen zu werden. Dabei fällt mir ein …« Mit forschend funkelnden Augen mustert sie Sugars magere Gestalt. »Ich nehme an, dass Sie und Mr Rackham genau besprochen haben, für welche Aufgaben Sie zuständig sein werden? *Ich* war die sechs Jahre über Kinderfrau *und* Lehrerin und Gott weiß was noch alles, und es hat mir nichts ausgemacht, aber ich kann verstehen, dass Sie als Gouvernante für … gewisse Dinge vielleicht nicht zur Verfügung stehen.«

Sugar öffnet den Mund, muss aber feststellen, dass ihre Zunge offenbar vorübergehend gelähmt ist. Weder hat sie daran gedacht, noch hat William sie darauf hingewiesen, dass Sophie jenseits des Unterrichts noch anderer Zuwendung bedürfen könnte.

»Ich … wir sind übereingekommen … W – Mr Rackham und

ich«, stammelt sie, »dass ich mich in jeder Hinsicht um Sophie kümmern werde.«

Erneut zieht Beatrice die Augenbraue hoch und bewahrt trotz der unsichtbaren Schläge mit dem uringetränkten Pantoffel, die auf sie niederprasseln, ihren festen Blick.

»Sie können durchaus verlangen, dass ein Kindermädchen eingestellt wird«, sagt sie in einem Ton, der andeutet, dass sie dies für einen ausgezeichneten Vorschlag hält und es eine bedauerliche Nachlässigkeit von Mr Rackham ist, ihn noch nicht in die Tat umgesetzt zu haben. »Dieser Haushalt *schwimmt* geradezu im Geld, Miss Sugar, das können Sie mir glauben. Wussten Sie, dass erst letzte Woche eine neue Haustür eingesetzt worden ist?«

Sugar schüttelt den Kopf, und als Beatrice zu einem ausführlichen, jede noch so kleine Schraube und noch so kleine Unannehmlichkeit für die Hausbewohner umfassenden Bericht über das Einsetzen der Tür anhebt, fragt sich Sugar ernsthaft, wie sie, ohne plump zu wirken, das Thema »Eisenbahn« anschneiden kann.

»Ich bin sicher, dass Sophie mir keine Sorgen bereiten wird«, sagt sie, als Beatrice kurz Luft holt, nachdem sie auch noch erzählt hat, dass zwei »halsabschneiderische« Tischler (den Berechnungen der Kinderfrau zufolge) für ein rechteckiges, mit Schnitzereien versehenes Stück Holz etwa genauso viel bekommen haben, wie ein Kindermädchen in einem Jahr verdient. »Ich bin sicher, Sie haben sich sehr gut um sie gekümmert, so dass für mich nichts anderes zu tun bleibt, als Ihre … äh … vortreffliche Arbeit fortzusetzen.«

Beatrice runzelt sprachlos die Stirn, also ist dem Lob offenbar gelungen, was der unsichtbare Pantoffel nicht vermocht hat. Aber ehe es Sugar gelingt, auf lange Reisen und kostbare Zeit zu sprechen zu kommen, hat sich die Kinderfrau schon wieder gefangen.

»Kommen Sie, ich zeige Ihnen, wo Sie Sophies nasses Bettzeug aufhängen können«, sagt sie und geht mit Sugar zur Tür, bei welcher Gelegenheit sie das Kind zum ersten Mal direkt anspricht: »Bleib hier, Sophie.« Die schwarz ausstaffierte Puppe, die immer noch reglos auf dem Stuhl mit der hohen Lehne hockt, blinzelt nur mit ihren großen blauen Augen, die sie von Agnes geerbt hat, und wagt noch nicht einmal, den Kopf zu drehen, um ihnen nachzuschauen.

Den ganzen Weg hinunter lässt sich Beatrice über Sophie aus – oder vielmehr über Sophies Unbeholfenheit, über Sophies schlechte Körperhaltung, über Sophies Vergesslichkeit, über Sophies törichte Vorbehalte gegenüber einigen völlig einwandfreien Kleidungsgegenständen und darüber, wie wichtig es ist, beim Thema Sophie und Brokkoli standhaft zu bleiben. Während sie durch die Korridore im Souterrain gehen, erklärt Beatrice der neuen Gouvernante, wie man Sophie belohnen kann, wenn sie brav ist, und wie man sie bestrafen kann, wenn sie »nicht so brav« ist. Diese Aufzählung dauert so lange, dass sie keineswegs abgeschlossen ist – sondern nur unterbrochen wird –, als sie zu der bedrückenden Abstellkammer neben der Küche kommen.

»Der Raum war als Weinkeller geplant«, erklärt Beatrice, als der Geruch und die Wärme der dampfenden Wäschelauge die beiden Frauen umfängt, »aber dann ging Mr Rackham der Wein aus, und ihm fehlten die Mittel, neue Flaschen anzuschaffen.« Sie wirft Sugar einen viel sagenden Blick zu. »Das war selbstverständlich vor ein paar Jahren – bevor *die Veränderung* bei ihm eintrat.«

Sugar nickt, und es berührt sie auf eigenartige Weise, dass *sie* die Veränderung war. Beatrice nimmt ein Baumwolllaken von dem Kupferrohr, das ohne erkennbaren Zweck quer durch die Kammer verläuft.

»Dann begeisterte er sich plötzlich für Photographie«, fährt sie fort, während sie das rechteckige Leinentuch vor ihrer Brust faltet, »und aus dem Raum wurde eine so genannte ›Dunkelkammer‹. Doch nach einer Weile hatte er einen Unfall mit irgendwelchen Chemikalien, und der Geruch ist nie ganz verschwunden, egal, wie oft der Fußboden geschrubbt wurde. Es wurde ein Fachmann geholt, der sagte, das Problem sei die Feuchtigkeit, und deshalb wurde das Heizrohr hier durchgeführt …« Sie stockt in ihren Erklärungen und kneift die Augen zusammen: »Hallo! Was haben wir denn da?«

Auf dem Fußboden liegt in einer dunklen Ecke etwas, das wie Abfall aussieht. Bei näherem Hinsehen ist nasses, verdrecktes Papier zu erkennen, Notizhefte oder Tagebücher.

»Denjenigen, der das war, werde ich mir vorknöpfen«, sagt sie pikiert. »Dieser Raum ist schließlich kein Abfallgrube!«

»Aber Sie müssen doch zum Bahnhof«, platzt es aus Sugar heraus. »Oder etwa nicht? Bitte überlassen Sie mir die Angelegenheit.« Und als wäre ein Gebet erhört worden, schlägt irgendwo in der Nähe eine Standuhr: *Bong, bong, bong* und nochmals *bong.*

Als Beatrice Cleave endlich fort ist, und ihre Sachen aus der Diele weggeschafft worden sind und die Dienerschaft nicht mehr an den Fenstern steht und verfolgt, wie die Kutsche langsam außer Sichtweite gerät, kehrt Sugar allein in das Zimmer zurück, in dem Sophie befohlen wurde zu bleiben. Was soll sie auch sonst tun?

Sie hat gehofft, dass William sie nach der Abreise der Kinderfrau aufsuchen und ihr ein ausgiebigeres Willkommen bereiten würde, aber er hat sich in Luft aufgelöst, und sie kann ja schwerlich in jedes Zimmer des Hauses ihre Nase stecken, bis sie ihn findet, oder? Nein. Als sie die mit Teppich ausgelegten Treppenstufen hinaufsteigt, wird ihr mit jedem Schritt deutlicher bewusst, dass ihre kurze Schonfrist vorbei ist. Sie ist kein Gast mehr, sondern … die Gouvernante.

Als sie die Zimmertür öffnet, macht sie sich auf einen trostlosen Anblick gefasst, einen Anblick, bei dem ihr Mut sinken und ein kalter Schauer über ihren Rücken laufen würde: Sophie Rackham, kerzengerade auf dem Stuhl mit der harten Lehne, gleich einem schaurigen Museumsexponat, das zwar ausgestopft, aber noch nicht ganz tot ist, Sophie Rackham, wie sie, starr vor Angst und Misstrauen, mit großen Augen geradewegs in Sugars Seele hineinsieht und irgendetwas erwartet … nur was?

Doch das ist nicht der Anblick, der sich Sugar beim Betreten des Zimmers bietet. Die kleine Sophie hat zwar mitnichten den Platz verlassen, von dem sie sich nicht wegrühren sollte, aber die lange Wartezeit ist ihr wohl *zu* lang geworden, und sie ist auf dem Stuhl eingeschlafen. Ihre Haltung, über die sich Beatrice so abfällig geäußert hat, ist in diesem Augenblick tatsächlich denkbar schlecht: Sophie ist schief in sich zusammengesackt, ihr Kopf hängt auf einer Schulter, ihre Röcke sind hochgerutscht und völlig zerknittert, ein Arm liegt schlaff in ihrem

Schoß, der andere baumelt herab. Eine Strähne ihres blonden Haars flattert bei jedem Atemzug, und auf dem schwarzen Stoff ihres fest zugeknöpften Leibchens findet sich eine Stelle, die schwärzer ist als der restliche Stoff, ein Speichelfleck vermutlich.

Sugar nähert sich leise und geht vor ihr auf die Knie, so dass ihr Gesicht auf gleicher Höhe ist wie das des schlummernden Kindes. Schlafend, mit aufgedunsenen Backen und vorgeschobener Unterlippe, lässt Sophie deutlich erkennen, dass sich Agnes' Schönheit nicht in ihren Zügen wiederholt; sobald die großen, taubenblauen Augen geschlossen sind, erinnert nichts mehr an die Mutter, dann bleiben nur noch Williams Kinn, Stirn und Nase übrig. Obwohl das Mädchen erst sechs Jahre alt ist, kann man angesichts seiner äußeren Erscheinung leider schon jetzt prophezeien, dass es ohne den Rückhalt des Rackhamschen Vermögens als alte Jungfer enden würde. Auch ihr Körperbau erinnert an William; zwar ist er jetzt noch kindlich zart, verrät aber schon die Anlage zur Stämmigkeit. *Warum lässt du sie nicht weiterschlafen?,* fragt eine verführerische Stimme, in der sich Feigheit und Mitgefühl mischen. *Lass sie ewig schlafen.* Aber Sugar, die weiß, dass sie das Kind irgendwann wird wecken müssen, bleibt auf den Knien hocken, wartet ab und hofft, dass Sophie ihre Atemzüge spürt und davon aufwacht.

»Sophie?«, flüstert sie.

Nach einem feuchten Prusten erlangt das Kind zuckend die Besinnung wieder, und für die Dauer eines kostbaren Moments gewährt das Leben Sugar eine Gunst: Es gewährt ihr die Gunst, der erste Anblick zu sein, der sich einem frisch erwachten Wesen bietet, noch ehe sich Angst oder Vorurteile einstellen können. Sophie blinzelt verwirrt, zu benommen, um das Gesicht direkt vor sich zu erkennen – und für jemanden, der soeben aus dem Reich der Träume gerissen wurde, ist das auch weit weniger interessant als die Frage, wie die neue Welt sich zu der verhält, aus der man gerade kommt. Wie sieht sie aus, die Welt, in der man erwacht? Kaum dämmert dem Mädchen, dass es sehr wahrscheinlich eine fürchterliche Sünde begangen hat und sich auf eine Strafe gefasst machen muss, da streckt Sugar eine Hand aus und legt sie sanft auf ihre Schulter.

»Alles in Ordnung, Sophie. Du bist eingeschlafen, weiter nichts.«

Da sie vom langen Sitzen ganz steif ist, lässt sich Sophie vom Stuhl herunterhelfen, und Sugar kommt in diesem Moment zu dem Schluss, dass die Arbeit einer Gouvernante doch nicht so schwierig sein wird wie befürchtet. Von Erleichterung durchströmt begeht sie ihren ersten Fehler.

»Wir kennen uns schon«, sagt sie »erinnerst du dich?«

Sophie, die mit größter Mühe versucht, sich in dieses seltsame, unbekannte Tier namens Schülerin zu verwandeln, wirkt verdutzt. Das ist also die Eröffnungsfrage ihrer Gouvernante, und es ist wirklich eine harte Nuss – vielleicht sogar eine Fangfrage!

»Nein, Miss«, gesteht sie. Ihre Stimme gleicht der von Agnes, ist nur sanfter und weniger moduliert – zwar melodiös, klingt aber eher wie eine kleine, klagende Glocke und weniger wie eine Oboe d'Amore.

»In der Kirche«, hilft Sugar nach. »Ich habe dich angesehen, und du hast zurückgeschaut.« (Auch für sie selbst hört es sich nach einer ziemlich unbedeutenden Begebenheit an.)

Sophie beißt sich auf die Unterlippe. Wohl hundert Mal hat ihre Kinderfrau ihr gesagt, sie müsse in der Kirche aufmerksamer sein, und das hat sie nun davon!

»Kann mich nicht erinnern, Miss.« Worte kindlicher Verzweiflung, im drohenden Schatten einer Kopfnuss ausgesprochen.

»Macht nichts, macht gar nichts«, sagt Sugar und erhebt sich von den Knien. Erst als beide aufrecht stehen, wird das Größenverhältnis auf beunruhigende Weise deutlich: Sophies Kopf reicht kaum bis zu Sugars Taille. »Nun gut«, zwingt Sugar sich zu sagen und begeht den zweiten Fehler. »Ich bin wirklich froh, dass Beatrice weg ist, du nicht auch?« Ihr Tonfall soll zugleich heiter und verschwörerisch klingen, wie zwischen zwei Kindern, damit kein Zweifel entsteht, wo ihre Sympathien liegen.

Sophie blickt zu ihr hinauf – so ein großer Abstand zwischen ihren Gesichtern! – und bekennt: »Ich weiß nicht, Miss.« Angst zerfurcht ihre Stirn, und sie ringt vor ihren Röcken die winzigen Hände. Diese sonderbare neue Welt erweist sich nun, da sie hellwach ist, doch als gefährlicher Ort.

Was tun? Was tun? Sugar lässt verzweifelt Revue passieren, was sie in ihren Büchern über Kinder gelesen hat, und fragt: »Hast du eine Puppe?« Eine alberne Frage, wie sie vermutet, aber in Sophies Augen entzündet sie ein unerwartetes Leuchten.

»Im Kinderzimmer, Miss.«

»Im Kinderzimmer?« Sugar fällt schlagartig ein, dass sie dort noch nicht gewesen ist. Ausgerechnet das Zimmer, in dem sie Sophie unterrichten wird, kennt sie noch nicht! Zugegeben, in Beatrices Vortrag über die ordnungsgemäße Versorgung der Tochter der Rackhams war häufig vom Kinderzimmer die Rede, aber tatsächlich verschwand Beatrice dann aus dem Haus, ohne der Gouvernante jenen Raum gezeigt zu haben, »den Sie vermutlich Unterrichtszimmer nennen werden«. Vielleicht hätte sie es noch getan, wenn Sugar nicht die Eisenbahn erwähnt und sie dadurch verscheucht hätte.

»Zeig mir, wo es ist«, sagt sie und hält ihr nach kurzem Zögern die Hand hin. Wird sie sie nehmen? Zu ihrer größten Erleichterung ergreift Sophie die Hand.

Bei der ersten Berührung der warmen Kinderfinger empfindet Sugar etwas, das sie nie für möglich gehalten hätte: die Erregung des Kontakts mit fremdem Fleisch. Sie, die von unzähligen Fremden befingert wurde und nur gegen ganz besonders brutales Eindringen noch nicht abgestumpft ist, verspürt auf einmal ein Prickeln, ja fast so etwas wie den Schock des ersten Mals. Und mit dem Schock kommt die Schüchternheit. Wie derb wirken die eigenen Finger doch im Vergleich zu denen Sophies! Ekelt sich das Kind vor Sugars rissiger, schuppiger Haut? Wie fest oder locker sollte der Druck ihrer Hände sein? Und wer entscheidet, wann sie einander wieder loslassen?

»Zeig mir den Weg«, sagt sie, als sie auf den Flur treten.

Wieder wirkt das Haus der Rackhams verlassen, nicht wie ein Zuhause, sondern vielmehr wie ein menschenleeres Warenhaus voll von Uhren, Spiegeln, Lampen, Gemälden und einem Dutzend verschiedener Tapeten. Das Kinderzimmer liegt ganz am Ende des Ls versteckt, und auf ihrem Weg dorthin kommen Sugar und Sophie an mehreren Türen vorbei.

»Das ist Vaters Denkzimmer«, flüstert Sophie ungefragt.

»Und das hier?«

»Weiß ich nicht, Miss.«

»Und was ist mit der ersten Tür, hinter uns?«

»Dort wohnt Mutter.«

Das Kinderzimmer, das sie jetzt betreten, bietet einen herzerfrischenden Anblick, zumindest im Vergleich zu Sophies Schlafzimmer. Es ist recht geräumig, hat ein relativ großes Fenster und ist ausgestattet mit einer Reihe von Schränkchen und Truhen, einem Schreibtisch und einigen Spielsachen – mehr Spielsachen, als Sugar je besessen hat. Links bemalte Holztiere, die zu einer Arche Noah gehören (diese ist jedoch nirgends zu sehen), rechts ein großzügig bemessenes Puppenhaus, keine Schönheit, mit ein paar Puppenmöbeln. In der hinteren Ecke des Zimmers ein Schaukelpferd mit einem handgestrickten »Sattel« und einige fröhlichbunte Körbe mit Nippsachen, die so klein sind, dass man sie nicht genau erkennt. Eine mattgrüne Schreibtafel ohne jegliche Kreidespuren steht auf vier Holzbeinen bereit; sie wurde eigens für dieses neue Kapitel in Sophie Rackhams Leben angeschafft.

»Und deine Puppe?«

Sophie öffnet eine Truhe und holt eine schlaffe Stoffpuppe mit dunkelbraunem Kopf hervor, einen grinsender Neger, in dessen zerschlissene Baumwollbrust das Wort »Twinings« eingestickt ist. Er könnte kaum hässlicher sein, aber Sophie hält ihn zärtlich fest, wenn auch mit einem Anflug von Traurigkeit, so als gebe sie zu, dass er ein kleines bisschen weniger lebendig ist, als sie sich gerne ausmalt.

»Mein Großpapa hat ihn mir geschenkt«, erklärt sie. »Er sollte eigentlich auf einem Elefanten sitzen, aber der Tee war noch nicht alle.«

Sugar grübelt kurz über diese Bemerkung, hakt aber nicht nach.

»Warum bewahrst du ihn in der Truhe auf?«, fragt sie. »Würdest du ihn nicht gerne mit ins Bett nehmen?«

»Die Kinderfrau sagt, dass eine alte, stinkende Puppe in meinem schönen, sauberen Zimmer nichts zu suchen hat, Miss«, antwortet Sophie, wobei sich leichter Groll in ihren Gleichmut mischt. »Und wenn sie hier ist, mag sie sich nicht sein schwarzes Gesicht angucken.«

Das ist für Sugar *die* Gelegenheit, ihre Fehler gutzumachen.

»Aber in der Truhe ist es sicher sehr dunkel und unheimlich«, wendet sie ein. »Und bestimmt fühlt er sich dort einsam!«

Sophies Augen sind noch größer geworden als sonst; sie ist kurz davor, Vertrauen zu fassen. »Ich weiß nicht, Miss«, sagt sie.

Sugar lässt sich wieder auf die Knie nieder, diesmal unter dem Vorwand, die Puppe etwas genauer betrachten zu wollen, aber in Wirklichkeit will sie Sophie Gelegenheit geben, in ihrem Gesicht zu lesen. »Wir werden eine bessere Verwendung für die Truhe finden«, sagt sie und schiebt hilfsbereit eines der baumelnden Puppenbeine in Sophies Armbeuge. »Wie heißt deine Puppe?«

Wieder eine harte Nuss. »Ich weiß nicht, Miss. Mein Großpapa hat es mir nicht gesagt.«

»Wie nennst du ihn denn?«

»Er hat keinen Namen, Miss.« Sophie beißt sich auf die Lippe, weil sie befürchtet, für eine solche Unhöflichkeit, wenn auch nur gegenüber einem Wesen aus Porzellan und Stoff, ausgeschimpft zu werden.

»Ich finde, du solltest ihm einen Namen geben«, erklärt Sugar. »Einen hübschen englischen Namen. Und er darf von nun an in deinem Zimmer wohnen.«

Noch einige Sekunden lang schaut Sophie misstrauisch drein, aber als die erstaunliche neue Gouvernante bekräftigend nickt, holt sie tief Atem und ruft: »Danke, Miss!«

Wenn sie sich freut, ist sie gar nicht mehr *so* unansehnlich.

Während Sophie Miss Sugar nach und nach sämtliche Attraktionen ihres Kinderzimmers vorführt, verschnauft ein paar Dutzend Straßen weiter Emmeline Fox in halber Höhe auf ihrer Treppe, bevor sie die restlichen Stufen erklimmt. Für eine Frau, die immer noch nicht ganz genesen ist, hat sie heute viel getan, und es ist fast schon eine Wonne, hier zu sitzen, den Kopf in den mit Teppich verkleideten Raum unter einer Stufe zu schmiegen und Atem zu holen.

Pfeift ihre Luftröhre noch immer? Vielleicht ein bisschen. Aber, um mit Mrs Rackham zu sprechen, den Klauen der Sie wissen schon ist sie endgültig entrissen. Ach, wie herrlich ist es und wie lästig zugleich, wenn man spürt, wie die Beine vor Erschöpfung schmerzen, wie die harte Kante einer Stufe gegen die Schulterblätter drückt, wie der Herzschlag in den Schläfenadern pulst. Dieser Körper, dieser armselige Apparat aus Knochen und Sehnen, steht ihr noch für eine Weile zur Verfügung; gebe Gott, dass sie ihn pfleglich behandelt.

Der Besuch bei Mrs Rackham war sehr anstrengend, vor allem, da sie auf dem Heimweg die Katze (ein kräftiges Tier, kein Leichtgewicht!) im Weidenkorb durch die Straßen von Notting Hill getragen hat. Über ihre Entscheidung, weder eine Droschke noch ihr Dienstmädchen Sarah zu bemühen, werden sich die Klatschweiber zweifellos das Maul zerreißen, vor allem wenn eine von ihnen erfahren sollte, dass Sarah wieder unter die Prostituierten gegangen ist, weil ihr »gebrechlicher Großvater« in den letzten Monaten beim Pferderennen beträchtliche Spielschulden angehäuft hat.

Ein anderes Mädchen, auch eine der vom Frauenverein geretteten Dirnen, soll nächsten Mittwoch den Dienst antreten, aber Emmeline will das Haus vor ihrem Eintreffen ein bisschen auf Vordermann bringen, damit das Mädchen nicht gleich zu Beginn ihres Weges in die Wohlanständigkeit den Mut verliert. Und das macht sie jetzt: Ordnung schaffen. Das heißt, natürlich nicht in diesem Augenblick, denn in diesem Augenblick sitzt sie auf ihrer Treppe und betrachtet durch die Milchglasscheibe ihrer Haustür die Schattenrisse der Passanten.

Mit der Anlieferung von Henrys irdischen Gütern wurde – zumal Emmeline zu dem Zeitpunkt im Saint Bartholomew's Hospital lag und die Arbeiter nicht beaufsichtigen konnte – in ihrem kleinen Haus eine Grenze überschritten, und zwar, offen gestanden, die Grenze zwischen Unordnung und Chaos. In den Zimmern ist gerade eben genug Platz, dass sich eine Katze mühelos darin bewegen kann. Mieze wirkt, seit er bei ihr ist, sowohl fasziniert als auch verwirrt: Er flitzt durchs Haus, treppauf, treppab, von Zimmer zu Zimmer, und macht sich mit den Möbeln und sonstigen Besitztümern seines Herrn wieder bekannt, die sich neuerdings an ungewohnten Orten stapeln und türmen. Besonders beschäftigt ihn die verblüffende Merkwürdigkeit, dass Henrys Bett hochkant an der Wohnzimmerwand lehnt und die Matratze – ohne Nutzen für Tier und Mensch – wie ein Betrunkener schlaff in dem Eisengestell hängt. Seit Emmeline ihn aus dem Korb gelassen hat, hat er mindestens ein halbes Dutzend Mal versucht, sie darauf aufmerksam zu machen, in der eindeutigen Hoffnung, dass sie das in Ordnung bringt.

Emmeline muss zugeben, dass ihr Haus gegenwärtig eher an einen Trödelladen erinnert. In ihrer Küche ist alles doppelt: zwei Herde, zwei Geschirrschränke, zwei Eisbehälter, zwei Suppentöpfe, zwei Kessel, zwei Warmhaltebäder und so weiter und so fort – sogar zwei Gewürzregale, wobei Henrys Sammlung mit ihrer fast identisch ist. Das ist vor allem deshalb so bedauerlich, weil sie immer noch nicht besser kochen kann und inzwischen noch weniger geneigt ist, es zu lernen.

Überall im Haus stehen Stühle und Sessel paarweise oder zu dritt übereinander, mal wackelig, mal verkantet, aber für das größte Wirrwar sorgt die unglaubliche Flut an Büchern: Henrys Bände vereint mit den ihren. In jedem Zimmer und auch auf den Gängen türmen sich hohe Stapel, teils ordentlich gebaut wie Sandburgen, also das größte unten und das kleinste oben, teils aber auch nicht, so dass sie beständig vonseiten der Schwerkraft oder von Henrys Katze und ihrer sanften Nasenspitze bedroht werden. Und Emmeline kann noch nicht einmal den Männern von der Entrümpelungsfirma die Schuld an diesen willkürlichen Stapeln in die Schuhe schieben: *Sie* selbst hat die Bücher aus den Kisten genommen – nur um zu sehen, was dem Feuer zum Opfer gefallen ist und was nicht. Doch Emmelines Fähigkeit, Gegenstände ordentlich aufzubewahren, lässt sehr zu wünschen übrig, und es hat schon mehrere Einstürze gegeben. Der von Anfang an nicht besonders stabile Turm aus Neuen Testamenten, die der Vertreter der Bibelgesellschaft noch immer nicht abgeholt hat, steht nicht mehr, und die Exemplare liegen nun über den Treppenflur im ersten Stock verstreut oder sind, wenn sie Pech hatten, durch das Geländer hinunter ins Erdgeschoss gefallen.

Äußerlich etwas ordentlicher, aber dafür deprimierender sind die Kleidersäcke. Nicht Emmelines üblicher Vorrat an vergessenen Spenden – Wollhandschuhe und gestopfte Socken und sorgfältig ausgebessertes Bettzeug für die Notleidenden in London und Umgebung –, sondern Henrys Kleider. Drei volle Säcke liegen unangetastet in ihrem Schlafzimmer, zusammengeschnürt und mit dem Aufdruck *Turtle & Son* versehen.

Mieze schleicht miauend um Emmelines Röcke und bemüht sich nach Kräften, durch das bauschige Hindernis hindurch ihre Beine anzustupsen. Bevor er ihr auch noch unter die Röcke kriecht, steht sie lieber auf. Wie müde sie ist! Es ist erst Nachmittag, aber sie sehnt sich nach Schlaf. Nicht nach einem kurzen Nickerchen, sondern nach dem langen, tiefen Schlaf, der einen Tag vom nächsten trennt. Sie verspürt den unfrommen Wunsch, Gott möge dieses einzige Mal eine Ausnahme machen und die Nacht ein paar Stunden früher anbrechen lassen. Das Missverhältnis könnte doch am nächsten Tag durch ein paar zusätzliche Stunden Tageslicht ausgeglichen werden, oder?

Ganz steif – so steif, dass sie sich fast nach ihrem Gehstock zurücksehnt – schleppt sich Emmeline in die Küche, denn sie nimmt an, dass Mieze nach seiner ersten Tour durch das neue Heim der Sinn nach etwas zu fressen steht.

»Hast du Hunger, Mieze?«, fragt sie, als er zögernd auf der Küchenschwelle stehen bleibt und an den dreckigen Borsten eines Besens schnuppert.

Was soll sie ihm geben? Nachdem sie ihn nun bei sich zu Hause aufgenommen hat, muss sie sich gut überlegen, wie sie ihn zum Bleiben bewegen kann. Ein Blick in ihre Schränke und Kühlfächer bestätigt ihr, dass sie weder Sahne noch rohes Fleisch im Haus hat, denn sie hat in letzter Zeit nicht gekocht, sondern ist lieber ins Restaurant gegangen (ja, es ist schändlich, sie weiß: all die vielen ausgezehrten Menschen, die sich mit ein paar Bissen Hammelfleisch und einem Kanten Brot begnügen müssen, und sie diniert wie eine Kurtisane! Aber ohne Sarahs Hilfe ist sie der Herausforderung des Kochens einfach nicht gewachsen, und außerdem kommt sie an den Herd, der unter dem Rauchfang steht, momentan nicht heran.) Wirklich schade, dass sie Mieze nicht mit ins Restaurant nehmen und für ihn ein eigenes Gericht bestellen kann … der typische Fall einer vernünftigen Lösung, die mit Sicherheit immer und überall auf Ablehnung stoßen wird. Ach, wie die englische Gesellschaft doch den Pragmatismus verabscheut! Nicht den Pragmatismus, der den Bau von Fabriken zur Folge hat, sondern den Pragmatismus, der das Leben ihrer Bürger angenehmer gestalten würde! Sie wird mit Henry darüber reden, wenn sie ihn das nächste Mal …

Seufzend öffnet sie einen weiteren Schrank und nimmt ein großes Stück Leicester-Käse heraus, ihre eiserne Reserve, wenn das Dienstmädchen nicht zu Hause ist. Mieze maunzt zustimmend.

»Katzen mögen keinen Käse, oder?«, sagt sie, als sie ihm ein Stückchen hinwirft, aber Mieze stürzt sich darauf und verschlingt es gierig. Noch ein widerlegtes Vorurteil; jeden Tag lernt sie etwas hinzu. Sie lehnt sich an den überzähligen Herd und verfüttert den Käse Bröckchen für Bröckchen an Mieze, bis er schließlich satt ist oder zu durstig, um weiterzufressen. Dann führt sie ihn zu einer Schale mit Wasser, die er ohne große Begeisterung mustert; morgen wird sie Milch für ihn holen.

Sie sollte auch etwas essen; außer Brot, etwas Käse, Tee und Mrs Rackhams Früchtekuchen hat sie heute noch nichts zu sich genommen. Ihr gewohnter Appetit muss sich erst wieder entwickeln, und dann hat sie sich auch immer noch nicht von einer unschönen Entdeckung nach ihrer Rückkehr aus dem Krankenhaus erholt: Der Inhalt eines Kartons mit der Aufschrift »VERDERBLICH« war nach kurzer Lagerung bei der Firma Tuttle & Son und ziemlich langer bei ihr zu Hause tatsächlich verdorben.

Sie beugt sich über einen wirren Haufen von Kupferkochtöpfen und öffnet den nächsten Schrank, in dem noch eine Dose Kekse liegen könnte. Stattdessen findet sie ein weiteres Bücherversteck. Nachdem sie einige Minuten oder vielleicht auch eine Viertelstunde lang in Mrs Rundells *Neuem Kompendium der häuslichen Kochkunst* geblättert und eine Weile die Widmung auf dem Deckblatt, *Für meinen geschätzten Freund Henry Rackham, Weihnachten 1874,* angestarrt hat, steigt sie unter Qualen Stufe für Stufe die Treppe hinauf.

Oben sieht sie direkt neben ihrer Schlafzimmertür zwei kleine dunkelbraune Objekte liegen, die von weitem an Zigarren erinnern, sich aber bei näherer Betrachtung als Katzendreck erweisen, und noch dazu sehr übel riechender. Emmeline schließt die Augen und fühlt die Tränen hervorquellen: Nein, nein, *nein,* sie kann nicht noch einmal die ganze Treppe hinunter- und wieder hinaufsteigen. Stattdessen nimmt sie eines der vielen Taschentücher aus der dafür vorgesehenen Schachtel, die neben ihrem Bett steht und an jene gar nicht so weit zurückliegenden Tage erinnert, als sie jederzeit der unbezwingbare Drang überkommen konnte, Blut zu spucken. Behutsam umwickelt sie die Würstchen mehrmals mit dem weichen Stoff, bis sie eine Art Duftkugel in der Hand hält. Auf diese Weise verpackt, hat das Thema bis morgen Zeit.

Mitten in dem Trümmerfeld, das ihr Schlafzimmer ist, fängt sie an, sich zu entkleiden, doch als sie schon über die Hälfte ihrer Knöpfe geöffnet hat, geht ihr plötzlich auf, warum sie ihr Nachthemd nirgends sieht. Am Morgen musste sie nach einem doch allzu gewalttätigen Versuch, einen alten Blutfleck herauszuschrubben, einen Riss im Stoff nähen, und hat das Hemd – der Herrgott habe Erbarmen mit ihrem löcherigen Gedächtnis – anschließend unten über eine Stuhllehne geworfen und liegen lassen. *Nein, nein, nein,* sie kann nicht. Dieses eine Mal wird sie in Unterwäsche schlafen.

Vor Erschöpfung kaum mehr imstande, die Finger zu bewegen, befreit sie sich von ihrem Kleid und ihrem Unterrock, wird sich jedoch in dem Moment, wo sie nur noch in Hemd und Pantalettes dasteht, mit einiger Verspätung bewusst, dass ihr ganzer Körper schweißverklebt ist und es sie unter den Achseln, im Schritt und zwischen den Pobacken juckt. Schwankend steht sie da und sinnt darüber nach, ob sie um die Kraft beten soll, nach unten zu gehen, den Katzendreck in den Müll zu werfen, ihr Nachthemd zu holen und Waschwasser aufzusetzen, entscheidet dann aber, dass dies eine unziemliche Inanspruchnahme von Gottes Aufmerksamkeit wäre. Stattdessen streift sie ihre restliche Kleidung ab und kriecht mit einem erleichterten Seufzer nackt und fiebrig ins Bett.

Nur die wirklich Lasterhaften oder die wirklich Kranken, denkt sie, *gehen bei Tageslicht zu Bett.* Morgen wird sie mit ihren Kräften besser haushalten, wird ihrem Körper, den sie um ein Haar verloren hätte, nicht zu viel abverlangen.

Die Laken fühlen sich himmlisch an, eine wohlige Taubheit breitet sich in ihren Gliedern aus, und obwohl es bis zum gnädigen Sonnenuntergang noch lange hin ist, spürt sie, wie sie in den Schlaf sinkt. Nur vage registriert sie die leise Bewegung neben ihr im Bett und wird erst am nächsten Morgen feststellen, dass Mieze in einem Zustand völliger Zufriedenheit eingerollt zu ihren Füßen liegt.

Dreiundzwanzig

Sugars Bett, das für die Frau, die zuvor darin schlief, genau die richtige Größe besaß, ist für sie zu kurz. In ihrer ersten langen Nacht im Hause Rackham, in der ihr Schlaf immer wieder durch das entfernte Bellen eines Hundes gestört wird, träumt Sugar die merkwürdigsten Dinge. Es ist noch dunkel, als sie sich einmal zu viel im Bett herumwirft, woraufhin ein mageres nacktes Bein zwischen den Laken herausruscht, einen Moment lang in der kalten Luft baumelt und dann gegen ihren Koffer stößt. Sugars Traum verwandelt diesen in eine schwielige Männerhand, die sich auf ihren Schenkel legt und zu ihrer Scham hinaufwandert.

»Du musst nicht mehr frieren«, sagt Mrs Castaway. »Ein netter Herr ist gekommen, der dich warm halten wird.«

Sugar will sich zu einer Kugel zusammenzurollen, stößt mit dem Knöchel gegen einen ihr unvertrauten Bettpfosten und wacht auf.

Einen Moment lang ist ihr das Zimmer vollkommen fremd, diese kleine dunkle Kammer hoch über dem Erdboden, dabei hatte sie sich gerade an die großzügigen, ebenerdigen Räumlichkeiten in der Priory Close gewöhnt, die stets sanft ins Licht der Straßenlaternen getaucht waren. Fast könnte sie wieder in ihrem alten Zimmer bei Mrs Castaway sein, das allerdings um einiges größer war. Zudem kriecht ein eigenartiger Geruch unter dem Bett hervor, ein feuchter, erdiger Geruch, der sie an die moderige Luft des Zimmers in dem ersten Haus erinnert, in dem sie je gewohnt hat – der elenden Bude in der Church Lane.

Sugar beugt sich über die Bettkante und tastet auf dem Boden herum, bis ihre Finger die schmierigen Einbände von Agnes' Tagebüchern streifen. Ach ja, jetzt erinnert sie sich. Kaum war gestern die Haustür hinter Beatrice Cleave ins Schloss gefallen, da packte sie die Gelegenheit beim Schopf und schlich zurück in den Abstellraum, um sich, solange noch Zeit war, die Tagebücher zu schnappen. Und als sie den Stapel unter ihrem Bett deponiert hatte, begab sie sich eilig zu Sophie.

Genau, Sophie.

Sugar kramt ein Streichholz hervor, zündet zwei Kerzen auf ihrer hässlichen gelben Kommode an und reibt sich den Schlaf aus den Augen. *Ich bin eine Gouvernante*, ruft sie sich ins Gedächtnis, während die Welt um sie herum im flackernden Kerzenschein langsam Gestalt annimmt. Plötzlich ein Krampf in ihren Eingeweiden, gefolgt von einem stechenden Schmerz. Sie hat seit Tagen fast nichts mehr gegessen, geschweige denn ihren Darm entleert. Die Aufregung hat sie gelähmt. Jetzt kommt sie langsam zur Ruhe, und in ihrem Bauch rumort es gehörig.

Der Wecker zeigt auf halb sechs. Wie lange hat sie geschlafen? Eine ganze Weile; gestern Abend ist sie sehr früh zu Bett gegangen, kurz nach dem Kind, also ungefähr um sieben. Sie rechnete damit, dass William noch zu ihr kommen würde, und war fest entschlossen, so lange wach zu bleiben – sie erwog sogar, sich ein wenig ihrer Klitoris zu widmen, um sich vorzubereiten – aber kaum hatte sie ihren Kopf auf das sonderbar riechende Kissen gebettet, schlief sie auch schon ein. Falls William tatsächlich zu ihr gekommen ist – wofür keinerlei Anzeichen sprechen –, ist er unverrichteter Dinge wieder gegangen.

Im Geiste lässt Sugar die Ereignisse des gestrigen Tages in umgekehrter Reihenfolge Revue passieren, angefangen beim Gute-Nacht-Sagen, als Sophie wie auf Befehl vor ihren Augen einschlief. Oder hat sie nur so getan? Schließlich weiß Sugar nur zu gut, wie man Bewusstlosigkeit vortäuscht, wenn man damit etwas erreichen will …

Ich warne Sie, das Mädchen ist eine kleine Schauspielerin, lautete eine von Beatrices Abschiedsweisheiten. *Sie nutzt jede Gelegenheit, einen um den Finger zu wickeln.*

Sugar sieht das Gesicht der gleichmäßig atmenden Sophie vor

sich, die sauberen Laken und Decken, die Sophie in ihrem gestärkten weißen Nachthemd nur halb umhüllen, weil Sugar zu schüchtern ist, das Kind bis zum Hals zuzudecken.

Und was hat sie vorher getan? Sophies Nachtgebet angehört. Eine eintönige Aufzählung von Segenswünschen. Für wen und um was hat Sophie eigentlich gebetet? Sugar kann sich nicht erinnern. Der Gedanke, an diesem Abend genau dasselbe Gebet noch einmal zu hören, ist zugleich beruhigend und beängstigend.

Aber was war vor dem Nachtgebet? Richtig, sie hat Sophie in einer Wanne neben dem Bett gebadet. Genau genommen hat das Kind alles allein gemacht; Sugar hat ihm nur das Handtuch über die schmalen nassen Schultern gelegt und den Blick verlegen abgewandt. Als ein Dienstmädchen hereinkam, um Miss Rackhams schmutzige Wäsche zu holen, wurde sie blass, als hätte man sie bei etwas Unanständigem ertappt.

Und davor? Ach ja, die Sache mit dem Gregory-Pulver. Beatrice hatte mehrfach betont, es sei zwingend notwendig, dem Kind allabendlich eine Ration davon zu verabreichen – ihre allerletzten Worte, bevor sie das Haus verließ, lauteten: »Und denken Sie an das Gregory-Pulver!« – aber Sophies angewiderter Gesichtsausdruck, als sich der Löffel mit dem Pulver ihren Lippen näherte, veranlasste Sugar augenblicklich innezuhalten.

»Möchtest du nicht, Sophie?«

»Die Kinderfrau sagt immer, ich werde es bereuen, wenn ich die Medizin nicht nehme, Miss.«

»Gut«, antwortete Sugar, »sag einfach Bescheid, wenn du es bereust, dann gebe ich sie dir.« Und damit schüttete sie zur Erleichterung des Kindes die scheußliche Mixtur aus Rhabarber, Magnesium und Ingwer in die Dose zurück.

Gestern hat Sugar noch keinen regulären Unterricht abgehalten, weil sie erst einmal herausfinden wollte, was Sophie in ihrem bisherigen Leben gelernt hat. Wie sich herausstellte, ist es eine ganze Menge, so dass Sophie am Ende ziemlich erschöpft vom vielen Erinnern und Aufsagen war. Zu einem großen Teil handelte es sich um Bibelgeschichten und Moralpredigten, aber es gab auch einiges, das Beatrice Cleave als »Allgemeinwissen« bezeichnete, zum Beispiel welche Länder zu England gehören und welche bedauerlicherweise nicht. Nicht zu vergessen die Kinderlieder und kleinen Gedichte darüber, wie wichtig es ist, brav zu sein, sowie Sophies größtes Wissensgebiet, die Elefanten in Indien.

»Ihre Ohren sind kleiner«, erklärte das Kind am Ende einer langen Reihe anderer Enthüllungen.

»Kleiner als was?«, erkundigte sich Sugar.

»Ich weiß nicht, Miss«, gestand Sophie nach kurzem, verblüfften Schweigen. »Die Kinderfrau weiß es.«

Im Laufe dieses Nachmittags vermengten sich Dichtung und Wahrheit zu einem immer größeren Kuddelmuddel, und Sugar lächelte immer wieder und sagte: »Sehr gut, Sophie.« Sie wusste nicht, was sie sonst hätte sagen sollen, und es schien ihr ohnehin dem Kind gegenüber das Richtige zu sein. Nach Sophies Reaktion zu urteilen – einem zunehmenden Strahlen vor Stolz und Erleichterung –, waren die Worte »gut« und »Sophie« bisher nur allzu selten in ein und demselben Satz verwendet worden. Sugar fütterte das Kind so lange mit diesen Worten wie mit verbotenen Bonbons, bis ihm richtig schön übel davon war.

So viel zum gestrigen Tag. Heute soll sie offiziell mit Sophies Bildung beginnen. *Das Lamm spicken und würzen, bevor es geschlachtet wird,* so hatte Mrs Castaway einmal Bildung definiert, als Sugar danach zu fragen gewagt hatte.

Als der Morgen dämmert, öffnet Sugar bei Kerzenschein das Buch, das Beatrice ihr wie einen geweihten Kelch überreicht hat. »Das hat Mr Rackham selbst gekauft«, sagte die Kinderfrau. »Alles, was Sophie wissen muss, steht hier drin.« Der Titel lautet *Historische und vermischte Fragen für die Jugend,* und zudem ist es sehr dick und eng bedruckt. Der Name der Autorin, Richmal Mangnall, klingt wie das Knurren eines Hundes, der sich weigert, den Ball in seiner Schnauze herauszugeben.

Sugar liest die erste Frage zu den antiken Königreichen, die nach der Sintflut gegründet wurden, stockt jedoch, weil sie nicht genau weiß, wie man »Chaldäa« ausspricht, und Sophies Unterweisung ungern mit einem Fehler beginnen würde. Sie liest weiter, und spätestens bei der Frage »Was ist eine Amphiktyonie oder ein amphiktyonischer Bund?« wird ihr klar, dass zumindest ein

Teil dieses Stoffes Sophies derzeitigen Horizont bei weitem übersteigt. Sie beschließt, ein paar Tausend Jahre – oder besser gesagt, ein Dutzend Seiten – zu überspringen und nach der Geburt Jesu Christi anzufangen, von dem Sophie wenigstens schon einmal gehört hat.

Das wäre also geklärt. Sugar legt Mangnalls Fragen beiseite und holt Agnes' Tagebücher aus ihrem Versteck. Zu ihrer Überraschung sind sie alle (wie sie jetzt bemerkt) verschlossen: Jeder der schmierigen Bände hat eine Spange und ein winziges Messingschloss. Erde rieselt auf ihren Schoß, als sie versucht, eines von ihnen mit Gewalt zu öffnen, aber der zierliche Verschluss ist stabiler, als er aussieht. Schließlich stochert Sugar, von ihrem Gewissen geplagt, so lange mit einer Messerspitze in dem Schloss herum, bis der Mechanismus nachgibt.

Die Seiten klappen zufällig an einer Stelle auf, die Agnes im Jahre 1869 zeigt:

> *Ich habe heute so eine Angst – ich bin sicher, dass mir eine schwere Prüfung bevorsteht, schwerer als alles, was ich bisher durchgemacht habe ... Gerade hat Clara mir gesagt, dass Doctor Curlew auf dem Weg ist, um »meinen Qualen ein Ende zu bereiten«. Was meint er bloß damit? Ich weiß, dass ich mich bei seinem letzten Besuch bitterlich beklagt habe, und vielleicht habe ich sogar gesagt, dass ich mir nach so vielen Monaten der Krankheit nichts mehr wünsche als den Tod, aber das war doch nicht so gemeint! Seine schwarze Tasche macht mir Angst – er hat Messer darin & Blutegel. Ich habe Clara gebeten, ihn für den Fall, dass ich ohnmächtig werden sollte, daran zu hindern, mir irgendetwas anzutun, aber sie hört mir gar nicht zu, sondern redet nur ständig davon, dass alle sich große Sorgen um »das Baby« machen – dass es höchste Zeit ist & dass es bald kommen muss. Wessen Baby meint sie bloß? Ich wünschte, William würde mich besser auf dem Laufenden halten, wen er einlädt ...*

Ein stechender Schmerz wühlt sich durch Sugars Gedärm. Stöhnend hockt sie sich auf den Nachttopf und beugt den Oberkörper weit vor, so dass ihr loses Haar in ihrem Schoß zusammengedrückt wird und ihre schweißbedeckte Stirn auf ihren Knien liegt. Sie ballt die Fäuste, aber es kommt nichts, und der Krampf geht vorbei.

Im Bett nimmt sie erneut Agnes' Tagebuch zur Hand und blättert zu dem Eintrag zurück, den sie gerade gelesen hat, in der Erwartung, auf der nächsten Seite zu erfahren, wie Sophie auf die Welt gekommen ist. Aber auf die Beschreibung der Geburtswehen, die Agnes nicht als solche erkannt hat, folgt ein Eintrag, der mit diesen Worten beginnt:

> *Bin soeben von den Hottens zurückgekehrt, wo ich an meinem ersten aushäusigen Abendessen seit meiner GENESUNG teilgenommen habe. Entweder sind die Hottens höchst seltsame Leute, oder die guten Sitten sind während meiner KRANKHEIT völlig auf den Kopf gestellt worden. Mr Hotten steckte sich die Serviette vorne in den Hemdkragen, und ich sollte meine Melone mit dem Löffel essen. Es gab keine Spargelzangen, und eine meiner Kartoffeln hatte eine harte Stelle. Alle haben ununterbrochen über die Barings gesprochen und Witze über den Preis eines Adelstitels gemacht. Mrs Hotten hat mit offenem Mund gelacht. Den ganzen Abend über war ich entweder fassungslos oder habe mich gelangweilt. Ich werde nicht wieder hingehen. Ich frage mich, wann Mrs Cecil wohl auf meine Einladung antworten wird?*

Und so weiter und so fort. Sugar überfliegt die Seiten: immer wieder das Gleiche. Wo sind William und Sophie? Ihre Namen tauchen nirgendwo auf. Wenn Agnes zu Gesellschaften geht, dann doch vermutlich an der Seite ihres Gatten; und wenn sie nach Hause kommt, dann doch wohl zu ihrer kleinen Tochter?

Bei Mrs Amphlett habe ich Mrs Forge, Mrs Tippett, Mrs Lott, Mrs Potter und Mrs Ousby getroffen ... Derlei Namenslisten füllen die Seiten, zusammengehalten durch das beständig eingeflochtene ich ich ich ich ich ich.

Sugar knackt noch zwei weitere Tagebücher. Sie liest hier und da ein paar Zeilen, doch die gewaltige Aufgabe, die vor ihr liegt, lähmt sie. Zwanzig Tagebücher, Hunderte von Seiten, allesamt übersät mit Agnes' ermüdend winziger Schrift. Und statt irgendwelcher Offenbarungen, die Sugar von Nutzen sein könnten, falls sie heute auf der Treppe Mrs Rackham begegnet, findet sie nichts als Klagen über minderwertiges Porzellan, schlechtes Wetter und Staub auf den Geländern. Wenige Wochen zuvor wäre Sugar noch furchtbar aufgeregt gewesen, wenn sie in einem Briefkasten oder einem Abfallhaufen auch nur einen einzigen Brief aus Agnes Rackhams Feder gefunden hätte; sie hätte über jeder Zeile gebrütet, um möglichst viele Erkenntnisse zu gewinnen. Aber jetzt, wo Agnes' Leben in diesem Stapel schmuddeliger Tagebücher vor ihr ausgebreitet liegt, weiß sie nicht, wo sie anfangen soll.

Schließlich kommt sie zu dem Ergebnis, dass es nur eine Lösung gibt: Sie muss vorne anfangen. Sie bricht sämtliche Tagebücher auf und sortiert sie nach Jahreszahlen, bis sie das älteste in Händen hält.

Die erste Seite dieses Tagebuchs, des kleinsten und zierlichsten, besteht aus mehreren fehlgeschlagenen Anfängen in einer peniblen, wenn auch leicht zur Seite geneigten Handschrift. Auf das Datum, den 21. April 1861, wurde besondere Sorgfalt verwandt.

Liebes Tagebuch,
ich hoffe sehr, dass wir gute Freunde werden. Lucy führt ein Tagebuch und sie hat gesagt, das ist schön und macht Spaß. Lucy ist meine beste Freundin, sie ~~wohnt~~ ~~wohnte~~ wohnt in dem Haus neben dem, wo ich ~~wohne~~ ~~wohnte~~

Agnes' zweiter Schreibversuch findet sich gleich unter dem ersten, wirkt genauso penibel und zeigt ihre Entschlossenheit, sich von einem Fehlschlag nicht entmutigen zu lassen.

28. April 1861
Liebes Tagebuch,
ich hoffe sehr, dass wir gute Freunde werden. Du wirst sehen, ein so treues kleines Mädchen wie mich gibt es kein zweites Mal. Im Mai werde ich zehn. Früher war ich sehr glücklich, obwohl wir in einem viel kleineren Haus gewohnt

haben als jetzt. Dann ist mein lieber Papa von uns gegangen, und Mama hat gesagt, ich soll nicht ohne Vater aufwacksen, und

Die beiden folgenden Einträge sind weniger penibel, möglicherweise hat Agnes sie hastig heruntergeschrieben – in der Hoffnung, der Schwung würde ihr über die Hürden hinweghelfen, an denen die vorigen Versuche gescheitert waren.

Liebes Tagebuch,
wie geht es Dir? Ich heiße Agnes Pigott, oder vielmehr sollte ich sagen, ich hieß so, denn jetzt

Liebes Tagebuch,
ich

Der nächste Eintrag, undatiert und offensichtlich in Eile und Aufregung hingekritzelt, füllt zwei komplette Seiten.

Liebste, verehrteste Heilige Teresa,
ist es eine große SÜNDE, meinen Vater zu hassen, wenn er gar nicht mein RICHTIGER Vater ist? Ich hasse ihn, ich hasse ihn so sehr, dass ich mir Löcher in die Lippen beiße. Er ist ein böser Mann und hat meine Mama VERZAUBERT, damit sie unseren lieben Papa vergisst, und nun schaut sie ihn an wie ein Hund, der auf sein Fressen wartet. Sie sieht nicht, was ich sehe – wie grausam er kuckt und wie er lächelt, ohne zu lächeln. Ich weiß nicht, was aus uns werden soll, weil er uns verboten hat, in die KIRCHE zu gehen – in die WAHRE KIRCHE – und statt dessen nimmt er uns mit in seine Kirche und da drin ist alles nur Schwindel. Kaum jemand ist schön angezogen und alles ist so gewöhnlich. DU hast bestimmt noch nie in so eine Kirche reingekuckt, liebe HEILIGE TERESA, oder? Da, wo die JUNGFRAU MARIA stehen sollte, ist gar nichts, und man bekommt gar nichts mit nach Hause, nur einen Bittbrief, in dem steht, dass man für den KIRCHTURM spenden soll. ~~Mein Vater~~ ~~Mein neuer Vater~~ Lord Unwin sagt, alles wäre genauso wie in meiner alten

Kirche, außer dass sie Englisch sprechen, aber er versteht einfach nicht (oder vielleicht tut er auch nur so), dass ein ZAUBERFORMEL nicht mehr funkzioniert, sobald man nur ein einziges Wort weglässt oder falsch ausspricht, so wie in ›Kolombine im Zauberwald‹, wo Kolombine vergisst, ›sabda hanifa‹ zu sagen, und ihre Flügel verliert. Lord Unwin hasst unsere KIRCHE und die JUNGFRAU MARIA und alle HEILIGEN, er sagt »dieser Humbuck kommt mir nicht mehr ins Haus« und mit Humbuck meint er DICH, HEILIGE TERESA.

Warum sprichst DU nicht mehr mit mir? Dringt DEINE Stimme nicht durch die Wände von diesem schrecklichen Haus, wo wir neuerdings wohnen? Ich kann mir nicht vorstellen, dass er stärker ist als DU. Falls du nicht laut mit mir sprechen kannst, dann flüstere mir doch ins Ohr, wenn Miss Pitt mit mir spazieren geht, oder vielleicht kannst DU es machen, dass DEINE Antwort morgen früh auf dieser Seite steht (oder auf der nächsten, wenn nicht genug Platz ist). Ich lasse die Feder im Tintenfass stehen, aber pass auf, dass du nicht kleckerst, denn Miss Pitt (meine neue Gouvernante) ist sehr streng.

Ach so, DU musst ja auch wissen, was ich für Fragen habe. Hier sind sie: Wo ist mein richtiger Papa hingegangen, und wann sehe ich ihn wieder? Und WIE lange wird dieser böse Mann noch über mich und meine Mama bestimmen? Er sagt, ich soll so bald wie möglich auf ein Internat für junge Damen gehen. Ich habe Angst davor, weil ich dann von Mama weg muss, und ich habe gehört, dass man viele Jahre lang aufs Internat geht. Außerdem wil ich keine JUNGE DAME sein, denn die dürfen nicht mehr mit Reifen spielen, sondern müssen heiraten.

Das restliche Tagebuch besteht aus leeren Seiten, cremefarben und geheimnisvoll. Erneut gräbt sich ein Schmerz durch Sugars Eingeweide, und sie setzt sich zum zweiten Mal auf den Nachttopf. Eine faulig riechende, brennende Brühe spritzt aus ihr heraus. Sie schlingt zitternd die Arme um sich und beißt auf ihre Lippen, damit sie keine Gotteslästerungen oder obszönen Flüche ausstößt. Stattdessen atmet sie zwischen den Krämpfen tief ein und aus. *Ich bin eine Gouvernante.*

Etwas später, um halb sieben, bringt Rose ihr eine Tasse Tee. Sugar ist inzwischen vollständig angezogen, hat ihr widerspenstiges, üppiges Haar zu einem festen Chignon zusammengebunden und ihren Körper in Schwarz gehüllt. Das Zimmer ist aufgeräumt, die Tagebücher sind unsichtbar – unters Bett geschoben, eingewickelt in das schäbige alte Kleid, mit dem sie sich bei ihrem Besuch in der Kirche der Rackhams verkleidet hat. Weiß der Himmel, wieso sie dieses Kleid aufbewahrt hat – sie braucht sich nicht mehr zu verkleiden! Aber sie hat es behalten, und nun hat es sich als nützlich erwiesen.

»Guten Morgen, Miss Sugar«, sagt Rose und rümpft nur kurz die Nase wegen des Gestanks, der noch immer die Luft verpestet. »I-ich wusste nicht, was für Gebäck Sie mögen.« Und sie reicht ihr einen Teller, auf dem drei verschiedene Sorten liegen.

»Vielen Dank, Rose«, sagt Sugar, von der Freundlichkeit des Dienstmädchens fast zu Tränen gerührt. Entweder hat Rose noch nie einen Roman gelesen, oder sie hat von ihrem Herrn strikte Anweisung bekommen, auch ja liebenswürdig zu sein. »Das ist sehr nett von Ihnen. Könnten Sie mir vielleicht zeigen, wie man das Fenster öffnet? Ich habe es versucht, aber nicht geschafft.«

»Es ist von außen zugestrichen, Miss.« Rose neigt den Kopf voller Bedauern. (Seit der jüngsten Renovierungsorgie stößt man überall im Haus auf kleine Unannehmlichkeiten.) »Ich werde Mr Rackham bitten, dem Gärtner zu sagen, er soll hinaufklettern und es in Ordnung bringen, Miss.«

»Nicht nötig, nicht nötig.« Sugar ist wild entschlossen, William nicht im Mindesten lästig zu fallen; er soll nicht das Gefühl haben, eine Gouvernante mit konventionellerem Hintergrund hätte ihm weniger Umstände bereitet. Wenn er ihr Zimmer betritt, dann bitte, weil er sich nach ihr sehnt, und nicht, weil er sich mit den Folgen überhasteter Malerarbeiten befassen soll. Nach einem aufmunterndem Nicken in Roses Richtung nimmt Sugar einen Schluck von dem lauwarmen Tee und einen Bissen Gebäck zu sich.

»Kwuooor!«, ertönt es aus ihrem Magen, als das Dienstmädchen sich anschickt hinauszugehen.

Ein paar Minuten später weckt Sugar in einem genauso wie ihres aussehenden Zimmer Sophie auf und stellt fest, dass sie sich eingenässt hat. Das im Lampenschein verwirrt blinzelnde kleine Mädchen hat sich in einem großen Nachthemd- und Bettlakenknäuel verheddert, das an ihr klebt, als hätte jemand einen Krug voll Urin von den Knien bis zur Brust über ihr ausgegossen.

»Iiih ... du meine Güte, Sophie«, sagt Sugar, der es gerade noch gelingt, sich diverse unflätigere Kommentare zu verkneifen.

»Es tut mir Leid, Miss«, sagt das Kind. »Ich bin ein böses Mädchen.« Ihr Tonfall ist neutral, weder unterwürfig noch jämmerlich; es klingt, als würde sie etwas von dem Allgemeinwissen zum Besten geben, auf das sie am Vortag nicht gekommen ist.

Die Eisenwanne steht neben dem Bett bereit und ist von der Person, die im Haus der Rackhams die Arbeit des kleinen Christopher erledigt, mit warmem Wasser gefüllt worden. Sugar hilft Sophie aus dem Bett und gibt Acht, dass ihr Gesicht beim Ausziehen des Nachthemds nicht mit ihrem Pipi in Berührung kommt. Alles weitere macht das Kind selbst. Ihr stämmiger Körper und ihre dürren Arme verschwinden unter der dichten Schaumschicht von Rackhams Badeseife. (*Keine andere Seife hat auch nur annähernd die Fähigkeit, das Wasser derart herrlich aufschäumen zu lassen!*, heißt es noch so lange, bis der von Sugar vorgeschlagene neue Werbespruch zum Einsatz kommt.)

»Sehr gut, Sophie«, sagt sie und wendet den Blick ab. Als sie in der Dunkelheit ein Augenpaar schimmern sieht, sträuben sich ihr die Nackenhaare. Es ist Sophies Puppe, die kess auf der Kommode fläzt, das Kinn auf der Brust, den Mund mit den aufgemalten Zähnen zu einem Grinsen verzogen. Sugar und der Neger starren einander an, bis das Badewasser aufgehört hat, hin und her zu schwappen, dann wendet sie sich wieder Sophie zu. Das Kind steht in der Wanne und wartet darauf, abgetrocknet zu werden. Seine Schultern beben vor Kälte, und Sugar hüllt es in ein Handtuch, aber während sie das tut, fällt ihr Blick für eine Sekunde auf die weiche, kindliche Vulva zwischen Sophies Beinen, das feste, deutlich konturierte Geschlecht, auf dem das Wasser glitzert – und sie kann nicht anders, als sich vorzustellen, wie sich dort ein angeschwollener Penis mit violetter Spitze hineinbohrt.

»Es tut mir Leid, Miss«, sagt Sophie, als sie ihre Gouvernante gequält aufstöhnen hört.

»Du hast nichts Schlimmes getan, Liebes«, erwidert Sugar und schaut zum Fenster hinüber, während sich das Kind zu Ende abtrocknet. Die Sonne scheint bald aufgehen zu wollen, oder zumindest ist die Nacht im Rückzug begriffen, und in Sugars Schoß liegt ein sehr kleiner Petticoat bereit.

Um halb neun, nachdem sie die Schüsseln voll Haferbrei leer gegessen haben, die Rose ihnen gebracht hat, begeben sich Sugar und Sophie in das Zimmer, das bis gestern das Kinderzimmer war. Sie schleichen an dunklen, geschlossenen Türen vorbei, hinter denen sich die persönlichen Besitztümer und womöglich auch die Körper von William beziehungsweise Agnes Rackham befinden. Leise wie Mäuse oder Einbrecher gelangen sie ans Ende des Flurs und betreten das dunkle Zimmer, in dem Schiefertafel und Schaukelpferd auf sie warten.

Ein Dienstmädchen hat im Kamin Feuer gemacht und den Raum auf eine erträgliche Temperatur geheizt. Während Sugar die Lampen anzündet, geht Sophie schnurstracks zum Schreibtisch und setzt sich hin, so dass ihre in engen Schuhen steckenden Füße einige Zentimeter über dem Boden baumeln.

»Ich schlage vor, wir fangen mit einem Diktat an«, sagt Sugar, deren Eingeweide weiterhin unangenehm laute Geräusche von sich geben. »Ein paar zufällig ausgesuchte Worte, nur um zu sehen, wie gut du schreiben kannst, wenn du noch nicht ganz wach bist.«

Der Scherz ist an Sophie vergeudet; sie scheint die Aufgabe als einen ernsthaften Versuch anzusehen, sie in einem Moment zu überrumpeln, in dem sie überhaupt nicht vorbereitet ist. Dennoch legt sie ein leeres Blatt Papier vor sich auf den Tisch, nimmt eine konzentrierte Haltung ein und wartet auf die erste Demütigung.

»Katze«, verkündet Miss Sugar.

Das Gesicht über das Papier gebeugt, schreibt Sophie das Wort nieder, ihre winzigen Finger umklammern dabei ungelenk den Federhalter, und ihre großen Augen glänzen in dem Bemühen, die Tintenbuchstaben perfekt und sehr, sehr schön aussehen zu lassen.

»Hund.«

Die Feder taucht in die Tinte. Enttäuschung, als ein dunkler Klecks das große H entstellt – kein Zweifel, das war die erwartete Falle! Ein zweiter Versuch.

»Herr.«

Wieder schreibt das Kind die Buchstaben, langsam und sorgfältig, aber (soweit Sugar, die die Worte verkehrt herum liest, es beurteilen kann) ohne ersichtliche Unsicherheit bei der Rechtschreibung. Wer macht sich hier gerade lächerlich?

»Ähm … Frau.«

Jungfrau hört Sugar eine Souffleuse sagen, eine hinterhältige Teufelin mit der Stimme von Mrs Castaway. *Jungfrau.*

»Ähm …« (sie sieht sich suchend um) »Fenster.«

Extra für Sie unberührt geblieben, Sir.

»Truhe.«

Hure.

Die Sonne scheint inzwischen kräftiger, vertreibt die Schatten aus dem Unterrichtsraum, erwärmt die abgestandene Luft. Sugar tupft sich mit dem schwarzen Stoff ihres Ärmels die feuchte Stirn ab. Sie hätte nicht gedacht, dass ein Diktat so harte Arbeit sein kann.

Den ganzen Vormittag lang tut Sophie Rackham, wie ihr geheißen. Sie schreibt, sie liest laut vor, sie hört sich eine von Äsops Fabeln an und käut die Moral der Geschichte wieder. Während ihrer ersten richtigen Geschichtsstunde ist sie ein Vorbild an Folgsamkeit; Miss Sugar sagt die Tatsachen fünf- oder sechsmal auf, und Sophie wiederholt sie, bis sie in ihr Gedächtnis eingraviert oder zumindest eingeschrieben sind. So erfährt sie, dass London im ersten Jahrhundert von den Römern gegründet, Jerusalem von Titus zerstört und Rom während der Herrschaft Neros niedergebrannt wurde. Das Auswendiglernen dieser nackten Tatsachen dauert nicht mehr als zehn Minuten, die hauptsächlich darauf verwendet werden, Sophie abzugewöhnen, die heilige Stadt »Jerusalabim« auszusprechen. Wie auch immer, der Rest des Vormittags vergeht wie im Fluge, denn Sugar legt den Mangnall zur Seite und versucht, die Fragen zu beantworten, die sich für Sophie aus dem Unterricht ergeben haben, beispielsweise: Wo war London, bevor es von den Römern gegründet wurde, was hatte Titus gegen Jerusalabim, und wie konnte Rom im Regen Feuer fangen? Und gleich nachdem Sugar diese Ungereimtheiten beseitigt hat (im Fall von Titus mittels einer aus dem Stegreif erfundenen Geschichte), nimmt sie die existentielleren Fragen in Angriff, als da wären: Was ist ein Jahrhundert, und woher weiß ein Mensch, dass er in einem lebt, und: Gibt es Elefanten in London?

»Hast *du* in der Stadt schon einmal welche gesehen?«, fragt Sugar neckend.

»Ich war noch nie dort, Miss«, sagt das Kind.

Während der Mittagspause, wenn der Unterricht für ein paar Stunden unterbrochen ist und Sophie spielen darf, steht auch Sugar frei zu tun, was ihr beliebt. Die in anderen Haushalten praktizierte Sitte, dass der Nachwuchs in makelloser Kleidung und auf Wohlerzogenheit getrimmt hinunter ins Erdgeschoss gebracht wird, um gemeinsam mit den Eltern brav das Mittag- oder Abendessen einzunehmen, ist im Hause Rackham unbekannt.

Der helle Schein der Morgensonne ist Regenschauern gewichen. Rose bringt Sugar und Sophie je eine Portion des Mittagessens herauf, das unten serviert wird (wem?, fragt sich Sugar), und zieht sich gleich wieder zurück. Der Unterricht wird nicht vor zwei Uhr fortgesetzt, und Sugar freut sich auf die Pause, und sei es nur, weil sie sich um ihre diversen körperlichen Malaisen kümmern will – ihre steifen, halb erfrorenen Füße, ihre schweißverklebten Achselhöhlen und ihr wundes, juckendes Arschloch. Während sie ihr Karottenmus isst, durchforstet sie ihren Wortschatz nach einem Synonym für »Arschloch« – nicht »Anus«, denn auch »Anus« klingt noch zu derb, vielmehr nach einer völlig unverfänglichen, kultivierten Umschreibung, die man ohne weiteres auch in Gesellschaft vornehmer Menschen aussprechen kann. Vergebens. Wenn sie eine gute Gouvernante sein will, wird sie nicht umhinkommen, ihre Sprache und ihr Denken zu läutern. So wenig Interesse William bisher auch für seine Tochter gehegt haben mag, er möchte sicher nicht, dass man ihr Derbheiten beibringt.

»Sei hübsch ordentlich, Sophie«, sagt sie, während sie sich

anschickt, das Mädchen im Kinderzimmer – oder vielmehr im Unterrichtszimmer – einzuschließen.

»*Sei hübsch ordentlich und fromm, bis nach Haus ich wieder komm*«, rezitiert Sophie, die die Gelegenheit beim Schopf packt und die Strophe wie einen Katechismus weiter aufsagt. »*Und vor allem, Konrad, hör! lutsche nicht am Daumen mehr! denn der Schneider mit der Scher kommt sonst ganz geschwind daher, und die Daumen schneidet er ab, als ob Papier es wär.*«

»Sehr gut, Sophie«, sagt Sugar und schließt die Tür.

In ihrem Zimmer hat inzwischen jemand den Nachttopf geleert und gereinigt und Lavendelöl versprüht. Bett und Kissen sind frisch bezogen, und Sugars Haarbürste, ihr Schmuckkästchen, ihr Stiefelknöpfer und so weiter wurden fein säuberlich auf der Decke ausgebreitet. Das Bündel mit den Tagebüchern wurde nicht angerührt, Gott sei Dank. Ein Krug mit Wasser und ein sauberes Glas wurden auf die Frisierkommode gestellt, und daneben liegt ein gefalteter Zettel.

Sugar greift sofort danach, denn sie ist sicher, dass es eine Nachricht von William ist. Doch sie stammt von Rose und lautet: *Shears wird sich um das Fenster kümmern – Rose.*

Sie zieht sich aus, wäscht die Körperteile, die gewaschen werden müssen, und schlüpft in den weinroten Morgenrock mit der gesteppten Vorderseite, den William ganz besonders mag. Dann sitzt sie, eine Decke um die Füße, auf dem Bett und wartet. So verlockend es auch sein mag, Agnes' Tagebücher zu lesen, kann sie dieses Risiko jetzt nicht eingehen, denn sollte William kommen – und er kommt bestimmt –, wird er vielleicht nicht anklopfen, ehe er das Zimmer betritt, und wie soll sie sich dann herausreden? Und selbst wenn es gelänge, die Tagebücher sind dreckig und es würde eine Weile dauern, bis sie ihre Hände gesäubert hat …

Die Uhr tickt. Der Regen prasselt gegen das Fenster, hält eine Weile inne und setzt dann erneut ein. Ihre Zehen tauen eine nach der anderen auf. William kommt nicht. Sugar ruft sich in Erinnerung, wie roh er sie packt, wenn er sie von hinten fickt, und wie seine Hände an ihren Schultern reißen, so als habe er die verrückte Hoffnung, ihre beiden Körper ließen sich zu einem einzigen vereinen – so als könne es durch ein einziges ungestümes Aufeinanderprallen ihrer Körper gelingen, dass entweder sie ziehharmonikaförmig in seinen Unterleib hineingeschoben wird oder er völlig in ihrem verschwindet.

Um zehn Minuten vor zwei zieht sie ihr schwarzes Gouvernantenkleid wieder an, knöpft es zu und hängt den weinroten Morgenrock in den Kleiderschrank zurück. Zum Glück ist ihr eingefallen, dass heute Mittwoch ist – der Tag, an dem William persönlich überprüft, wie viele der Waren, die er in der Vorwoche bestellt hat, tatsächlich im Hafen eingetroffen sind. Mittlerweile wird er in der Air Street über Lieferscheinen brüten und im Geist schon Briefe formulieren, bei deren Abfassung Sugar ihm helfen wird, sobald sich sein Ärger gelegt hat. Es ist eine öde Arbeit, aber sie muss getan werden.

Der Rest des Tages geht schnell vorüber. Sugar findet heraus, dass Sophie es liebt, wenn man ihr vorliest. Deshalb unterbricht sie das Auswendiglernen der vielen Fakten aus Mangnalls *Fragen* und das erneute Entwirren von Ungereimtheiten, die sich aus der Beschäftigung mit diesem ehrwürdigen Werk ergeben, und liest Äsop vor. Sie imitiert dabei die einzelnen Tierstimmen, und als sie nach dem besonders gelungenen Quaken einer Ente kurz zu Sophie hinüberblickt, meint sie, ein Zucken in ihrem Mundwinkel zu erkennen, das von einem rasch unterdrückten Lächeln herrühren könnte. Die weit aufgerissenen Augen des Kindes strahlen jedenfalls, und es atmet kaum, damit ihm ja kein Wort entgeht.

»Schnurrrrrrrr-bart«, sagt Sugar, zunehmend wagemutiger.

Kurz vor vier ist unten vor dem Haus ein Klappern und Knirschen zu hören; Sugar und Sophie gehen zum Fenster und sehen die Kutsche aus der Remise rollen. Mrs Rackham scheint bei einer anderen Lady den Tee einnehmen zu wollen, beabsichtigt vielleicht auch, bei mehreren solcher Teegesellschaften kurz vorbeizuschauen. Es dunkelt bereits, und das Wetter ist feucht und neblig, aber als Agnes aus dem Salon zur Auffahrt eilt, funkelt ihr rosa Kleid, und der farblich dazu passende Sonnenschirm scheint im Dämmerlicht zu leuchten. Cheesman hilft ihr beim Einsteigen, dann wird sie fortgebracht.

»Mir würde wohl schlecht werden«, sagt Sophie, die Nase an die Fensterscheibe gedrückt, »wenn ich darin durch die Gegend fahren müsste.«

Um sieben, es gab Braten zum Abendessen, und Sugar hat wieder ein, zwei Stunden in ihrem Schlafzimmer auf William gewartet, geht sie in Sophies Zimmer, um die letzten Pflichten des Tages zu erfüllen. Sie findet es zwar sinnlos, Sophie vor dem Schlafengehen zu baden, da die Prozedur am nächsten Morgen höchstwahrscheinlich wiederholt werden muss, aber Sophie scheint es so gewöhnt zu sein, und Sugar widerstrebt es, schon jetzt an den festen Gewohnheiten zu rütteln. Deshalb hält sie das übliche Ritual ein und hüllt das lieblich duftende Kind in sein schlichtes weißes Nachthemd.

»Gott segne Papa und Mama«, sagt Sophie und kniet vor ihrem Bett nieder, die winzigen Hände auf der Überdecke flach zusammengelegt. »Gott segne die Kinderfrau.« Ihr Ton ist so beschwörend, dass es kaum von Bedeutung zu sein scheint, dass zwei Mitglieder dieses Triumvirats in Sophies täglichem Leben kaum eine Rolle spielen und das dritte sie verlassen hat, um einen Säugling mit Nachnamen Barrett zu stillen. Vater, Mutter und Kinderfrau sind Fixpunkte der volkstümlichen Überlieferung genau wie Vater, Sohn und Heiliger Geist oder Papa Bär, Mama Bär und kleiner Bär.

»... und ich bin dankbar, dass ich ein kleines Mädchen in England bin, das ein Zuhause und ein Bett hat, und Gott segne die kleinen schwarzen Kinder in Afrika, die kein Bett haben, und Gott segne die kleinen gelben Kinder in China, die Ratten essen müssen ...«

Sugars Augen, die auf Sophies nackte, blass unter ihrem Nachtkleid hervorschauende Füße gerichtet sind, fallen langsam zu. Auch wenn sie Skrupel hat, die Beendigung der Christenverfolgung durch Konstantin den Großen mit allerlei sentimentalen und unhistorischen Anekdoten auszuschmücken, tut sie doch nichts anderes, als in Beatrice Cleaves Spuren zu treten. In Sophies Schädel wurde bereits jede Menge Unsinn deponiert, und weiterer Unsinn wird folgen.

»Soll ich dir eine Gute-Nacht-Geschichte vorlesen?«, fragt Sugar, während sie das Kind bis zum Kinn zudeckt.

»Danke, Miss.«

Aber bis Sugar ein Buch ausgesucht hat, ist es schon zu spät.

In ihrem eigenen Bett breitet Sugar in dieser Nacht, nachdem sie es aufgegeben hat, auf William zu warten, eine Auswahl von Agnes' Tagebüchern vor sich auf der Decke aus, eines in ihrem Schoß, die anderen in Reichweite. Sie hat sich überlegt, was sie tun wird, sollte sie William an der Tür hören: Sie wird die Nachttischkerze ausblasen und im Schutz der Dunkelheit die Tagebücher unters Bett befördern. Und sofern er dann in dem Zustand ist, auf den sie spekuliert, wird er – auch im Licht der neu entzündeten Kerze – wohl kaum zur Kenntnis nehmen, dass ihre Hände schmuddelig sind. Sie wird sie gefahrlos abwischen können, wenn sein Gesicht zwischen ihren Brüsten vergraben ist.

Nach der Tirade gegen ihren Stiefvater und dessen teuflischen Plan, sie auf ein Internat zu schicken, ist Agnes' nächster Versuch, ihre Lebenserinnerungen festzuhalten, auf den 2. September 1861 datiert und beginnt auf einer ersten, jungfräulichen Seite, die in großen Buchstaben die Überschrift *Abbots Langley Mädcheninternat* trägt. Es gibt nirgends einen Hinweis auf das Leid, das sie an einem solchen Ort erdulden zu müssen meinte. Sie verewigt nicht nur den Namen des Internats mit stolzer, schnörkeliger Schrift, sondern schmückt auch die Seitenränder mit aufwändigen Aquarellzeichnungen, die das Stockrosen-Lorbeer-Emblem des Internats sowie dessen Motto *Comme il faut* darstellen.

Agnes, die sich nun wieder an ihr »Liebes Tagebuch« und nicht mehr an die »Heilige Teresa« oder irgendeinen anderen übernatürlichen Adressaten wendet, beginnt den lückenlosen Bericht über ihre sechsjährige Schulzeit wie folgt:

> *Hier also bin ich nun in Abbots Langley (in der Nähe von Hampstead). Miss Warkworth & Miss Barr (die Schulleiterinnen) sagen, das es keinem Mädchen erlaubt sein wird, hier ohne »den letzten Schliff« wegzugehen, aber sorge dich nicht, liebes Tagebuch, denn wer ihn hat, ist Klug & Schön. Ich habe gründlich darüber nachgedacht und bin zu dem Schluss gekommen, dass ich gerne Klug & Schön wäre, denn dann finde ich den richtigen Ehemann, nämlich einen RITTER DES WAHREN GLAUBENS. Ich würde ihm meinen Papa beschreiben, und er würde sagen: »Oh, ich habe ebendiesen*

Mann gesehen, wie er in fremden Ländern kämpfte!«, und gleich nach der Hochzeit würde er sich auf die Suche nach ihm machen. Mama & ich würden in seinem Haus wohnen und dort warten, bis er mit Papa zurückkommt.

Ich weiß nicht, was Miss Warkworth & Miss Barr & die anderen Lehrerinnen vorhaben, damit ich den »letzten Schliff« bekomme, aber ich habe ältere Mädchen gesehen, die schon mehrere Jahre in Abbots Langley sind, & die sehen sehr zufrieden mit sich selbst aus, einige von ihnen sind sogar Groß & Anmutig. In Abendkleidern würden sie sicher wie die DAMEN auf Bildern aussehen, mit einem edlen RITTER an ihrer Seite.

Mir wurde mein Zimmer gezeigt, das ich mit zwei anderen Mädchen teilen werde. (Insgesamt sind es, glaube ich, dreißig.) Ich war, bevor ich herkam, deshalb sehr besorgt, denn ich hatte Angst, dass ich mit fremden Mädchen zusammenleben müsste, die vielleicht grausam sind, & allein der Gedanke, ihnen ausgeliefert zu sein, machte mich fast krank. Aber zum Glück sind die beiden Mädchen in meinem Zimmer gar nicht so schlimm. Eine heißt Letitia (so wird das, glaube ich, geschrieben) und obwohl sie etwas älter ist als ich und behauptet, sie sei was Besseres, traut sie sich nicht, besonders vornehm zu tun, weil eine Krankheit sie furchbar hässlich gemacht hat. Das andere Mädchen hat seit ihrer Ankunft nur geweint und geschluchzt, aber noch nichts gesagt.

Beim ABENDESSEN wollten ein paar andere Mädchen (die ich zuerst für Lehrerinnen gehalten habe, weil sie so alt aussehen – ich nehme an, sie haben schon fast den letzten Schliff) mich dazu bringen, den Namen meines VATERS preiszugeben. & ich habe es nicht gesagt, weil ich Angst hatte, sie würden sich über Papa lustig machen. Aber dann sagte eine laut: »Ich weiß, wer ihr Vater ist – es ist Lord Unwin«, & die anderen waren plötzlich ganz still! Vielleicht habe ich Papa ein bischen veraten, weil ich nicht gesagt habe, dass er mein RICHTIGER Vater ist. Aber sollte ich mich nicht über jeden noch so geringen Nutzen freuen, den ich davon habe, dass ich Lord Unwins Stieftochter bin? Falsch oder nicht –

ich bin dankbar für alles, was mir weiteres Leid erspart, denn ich hasse es zu leiden. Jede Schramme und jeder Kratzer auf meinem Herzen ist immer noch da und kein bisschen verheilt, und ich habe Angst, dass die nächste Verletzung meine letzte sein wird. Wenn mir weitere Wunden erspart blieben, dann könnte ich es bis in den HAFEN DER EHE *schaffen, und danach werde ich frei von allen Sorgen sein. Wünsch mir Glück!*

(Mit dir kann ich offen sprechen, liebes Tagebuch, denn nur die Briefe, die ich mit der Post verschicke, muss ich Miss Barr unversiegelt vorzeigen.)

Ich habe noch mehr zu erzählen, aber Miss Wick (über sie morgen mehr) ist gerade vorbeigekommen und hat uns befohlen, das Licht auszumachen. Und so muss ich dich, liebes Tagebuch, wieder wegschließen & dich bitten, dir meinetwegen einstweilen keine Sorgen zu machen, denn allem Anschein nach werde ich die Zeit im Internat wohl doch überleben!

Deine dich liebende Freundin,
Agnes

Sugar liest noch zwanzig oder dreißig Seiten weiter, bevor sie das Opfer von Erschöpfung und – offen gestanden – auch von einem geruchlosen, tödlichen Gas namens Langeweile wird. Agnes hält sich gewissenhaft an ihr Versprechen, über Miss Wick »morgen mehr« zu berichten, und nicht nur das: Miss Wick und ihre Kolleginnen, die Agnes allesamt aus Mangel an schriftstellerischer Begabung nicht anschaulich zu beschreiben vermag, tauchen nicht nur am nächsten Tag als nichts sagende Erscheinungen auf, sondern auch am Tag darauf und am Tag darauf und am Tag darauf.

In den letzten Minuten vorm Einschlafen wünscht sich Sugar, sie könnte *jetzt* wie ein Gespenst durch das Haus der Rackhams geistern und die Bewohner sehen, wie sie wirklich sind. Sie wünscht sich, sie könnte durch die schwere Holztür zu Williams Arbeitszimmer schweben und sehen, was er so treibt; wünscht sich, sie könnte in sein Gehirn spähen, um herauszufinden, warum er sie meidet. Sie wünscht sich, sie könnte Agnes sehen, die leibhaftige Agnes, die sie angefasst und deren Geruch sie geatmet hat, und sie dabei beobachten, wie sie das tut, was Agnes nachts in ihrem Zimmer eben tut ... Selbst der Anblick der schlafenden Mrs Rackham wäre, dessen ist sich Sugar sicher, aufschlussreicher als diese alten verdreckten Erinnerungen!

Schließlich stellt sie sich vor, wie sie in Sophies Zimmer hineinschwebt und dem Kind sanft ins Ohr flüstert, es solle aus dem Bett hüpfen und noch einmal den Nachttopf aufsuchen. Wobei dies kein luftiges Hirngespinst ist: sie *könnte* es tun, wenn sie wollte. Wie glücklich wäre Sophie, wenn sie morgen früh in einem trockenen Bett aufwachen würde! Sugar atmet tief durch, bereitet sich innerlich darauf vor, die warme Bettdecke zurückzuwerfen und barfuß durch die Dunkelheit in Sophies Zimmer zu huschen. Sie braucht für diese Hilfsaktion nur ein, zwei Minuten lang eine kleine Unannehmlichkeit zu erdulden – ja! Sie ist aufgestanden, geht auf Zehenspitzen den Flur entlang, eine Kerze in der Hand!

Aber genau wie damals, in den unvergessenen Träumen ihrer Kinderzeit, in denen sie glaubte, sie würde ihr Bett verlassen, um selbst den Nachttopf zu benutzen, nur um dann beim Leeren der Blase festzustellen, dass sie ihr Bettzeug in einen feuchten Kokon verwandelte, ereignet sich auch die Hilfsaktion nur im Traum, und das Happy End ist wie ein Nachtfalter in ihrem Schnarchen gefangen.

Am nächsten Morgen pfeift und heult der Wind im kühlen Licht der Dämmerung, und der Hagel hämmert gegen die östlichen Fenster des Rackhamschen Hauses. Sugar tritt leise an Sophies Bett, zieht die Decke und das Laken zurück und sieht, dass das Kind wie üblich in Urin gebadet ist.

»Es tut mir Leid, Miss.«

Was soll man darauf antworten? »Tja, wir haben keine frischen Laken mehr, draußen regnet es, und ich werde bald Besuch empfangen, der von deinem üblen Geruch bestimmt nicht begeistert sein wird ... Was sollen wir also *deiner* Meinung nach tun, mein armes kleines Püppchen?« Die Worte hallen in Sugars Kopf wider, und sie fühlt sich versucht, sie laut auszusprechen, und zwar in demselben mokanten, nur scheinbar teilnahmsvollen Tonfall, den Mrs Castaway vor fünfzehn Jahren angeschlagen hat. Wie rasch die Worte auf Sugars Zungenspitze springen! Entsetzt schluckt sie sie wieder hinunter.

»Das braucht dir nicht Leid zu tun, Sophie. Komm, wir waschen dich.«

Sophie kämpft sich aus dem Nachthemd, dessen klitschnasser Stoff sich an der Haut über ihren Rippen festgesaugt zu haben scheint. Sugar kommt ihr zu Hilfe, zieht ihr das schreckliche Ding von den Armen und rollt es zusammen, wobei sie mit Husten darüber hinwegtäuscht, dass sie geräuschvoll einatmet, weil die Säure des Urins auf ihren rissigen Handflächen und Fingern brennt. Als das nackte Kind von seinem übel riechenden Bett zur Wanne geht, kommt Sugar nicht umhin zu entdecken, dass seine Vulva feuerrot ist.

»Wasch dich gut, Sophie«, ermahnt sie es beiläufig und blickt ausweichend ins Dunkel, aber trotzdem muss sie unwillkürlich an die eigenen entzündeten Geschlechtsteile zurückdenken, die sie in einem zersprungenen Spiegel in der Church Lane untersuchte, als der dicke alte Mann mit den haarigen Pranken endlich gegangen war. *Ich habe einen schlauen Mittelfinger, ja den habe ich!*, hatte er zu ihr gesagt, als er zwischen ihren Beinen bohrte und stocherte. *Ein gar lustiger Gesell! Er liebt es, mit kleinen Mädchen zu spielen und sie glücklicher zu machen, als sie je waren.*

»Fertig, Miss«, sagt Sophie. Ihre Beine schlottern vor Kälte und ihre Schultern dampfen im Licht der Lampe.

Sugar legt ihr ein Handtuch um, hebt sie halb aus dem Bad, hilft ihr, sich überall abzutrocknen und tupft die Hautfalten ab. Dann, kurz bevor sie die Pantalettes hochzieht, bestäubt sie Sophies Beine mit Rackhams Snow Dust und verteilt das Talkumpuder sanft auf der wunden Stelle. Lavendelduft steigt zwischen ihnen empor. Das Geschlecht des Kindes ist nun blass gepudert wie das Gesicht einer Hure mit einem schmalen roten Mund, verschwindet aber sofort in einer Talkumwolke unter der weißen Baumwolle.

Nachdem Sugar Sophie in ein schlecht sitzendes blaues Kleid gesteckt und ihre weiße Schürze gerade gezogen hat, zerrt sie das Bettlaken von der Matratze (die wie ihr eigenes Bett bei Mrs

Castaway mit einem Wachstuch ausgelegt ist) und taucht es zum Einweichen ins Badewasser. Was mag wohl der Grund dafür sein, fragt sie sich, dass das Bettlaken sofort gewaschen und in dem schrecklichen kleinen Raum unten zum Trocknen aufgehängt werden muss, während man sich um Sophies Nachthemd wie um die andere Schmutzwäsche des Hauses auf die übliche Weise kümmert? Hat sich vielleicht irgendwann ein Dienstmädchen beschwert, das es für eine inakzeptable Zumutung hielt, täglich einen Satz schmutziger Bettwäsche zu bekommen? Oder geht das Ritual auf eine Idee von Beatrice Cleave zurück, die Sophie vor Augen führen wollte, wie viel Unannehmlichkeiten sie ihrer leidgeprüften Kinderfrau bereitete?

»Ich frage mich, was geschehen würde«, sinniert Sugar, während ihr Arm bis zum Ellbogen im lauwarmen, leicht gelblichen Wasser verschwindet, »wenn wir dieses Laken zur anderen Wäsche geben würden.« Sie fischt das verschlungene schwere Leintuch aus dem Wasser und beginnt es auszuwringen, während sie auf Sophies Antwort wartet.

»Es ist zu schmutzig, Miss«, sagt das Kind in einem Ton, als würde es feierlich die Aufgabe erfüllen, Neuankömmlinge mit den unveränderlichen Gesetzen im Reich der Rackhams vertraut zu machen. »Mein schlechter Geruch würde sich im ganzen Haus ausbreiten, auf den schönen, sauberen Betten, überall.«

»Hat dir das deine Kinderfrau erzählt?«

Sophie zögert; offensichtlich haben die heutigen Verhöre begonnen, und sie muss aufpassen, dass sie die richtige Antwort gibt.

»Nein, Miss. Das ist ... allgemein bekannt.«

Sugar lässt es dabei bewenden und wringt das Laken mit aller Kraft aus. Dann fordert sie Sophie auf, sich die Haare zu kämmen, und trägt das zusammengeknüllte feuchte Betttuch aus dem Zimmer, um erneut in Beatrice Cleaves Spuren zu treten.

Im Flur ist es immer noch ziemlich dunkel, aber unten in der Empfangsdiele breitet sich bereits milchiges Tageslicht aus, und der sonnige Bereich reicht bis zur Mitte der Treppe, weswegen Sugars Schritte auf den unteren Stufen sicherer sind, als sie es auf den oberen waren. Was würde William wohl sagen, wenn er ihr begegnen würde, wie sie mit dem zusammengeknüllten, nassen und stinkenden Betttuch durchs Haus huscht. Eine müßige

Frage, denn sie begegnet niemandem! Obwohl sie überzeugt ist, dass in der unteren Region des Rackhamschen Hauses zu dieser Uhrzeit reger Betrieb herrschen muss, ist davon nichts zu hören, und sie hat den Eindruck, das einzige Wesen zu sein, das durch die vornehmen Flure geistert. Es ist so still, dass sie sogar ihre Schritte auf dem Teppich hört, das kaum wahrnehmbare Knirschen des dicht gewebten Flors unter ihren Füßen.

In dem seltsamen kleinen Abstellraum mit dem Kupferrohr zwischen den Wänden ist es so warm wie in einem Herd, aus dem eine halbe Stunde zuvor ein Kuchen herausgenommen wurde. In der Ecke, wo Agnes' Tagebücher ein paar Stunden lagen, bevor Sugar sie sich geschnappt hat, sind jegliche Reste von Schlamm und dreckigem Wasser gewissenhaft beseitigt worden, und entgegen Sugars Befürchtungen findet sich dort anstelle der Tagebücher kein gestrenger schriftlicher Hinweis, demzufolge ein Diebstahl die sofortige Entlassung nach sich zieht.

Sugar hängt das Bettlaken über das Kupferrohr. Erst jetzt fällt ihr auf, dass sich das Talkumpuder in den Rissen ihrer Handflächen abgelagert und mit dem Badewasser vermischt hat, so dass ein Netz cremefarbener Linien die absonderlichen Wirbelmuster auf ihrer Haut nachzeichnet. Klümpchen und Kleckse dieses parfümierten Schleims kleben auch auf dem Bettlaken und erinnern sie an das dickflüssige Sperma der Männer.

William, wo bist du?, denkt sie.

Den Vormittag verbringen sie mit der Geschichte des Römischen Reichs und einem Diktat sowie zwei Märchen zur Belohnung. Sugar liest sie aus einem dünnen Leinenband mit ausgefranstem Rücken und abgegriffenen Seiten vor. *Mit Bildern und neuer moralischer Nutzanwendung* verkündet das Titelblatt, und darunter findet sich eine handschriftliche Widmung:

> *Liebe Sophie, eine gute Freundin von mir hat mich ausgeschimpft, weil ich dir letztes Jahr zu Weihnachten die Bibel geschenkt habe, denn sie meinte, du seist noch zu jung dafür. Ich hoffe, dass dir dieses kleine Buch <u>fast</u> genauso gut gefallen wird. Alles Gute wünscht dir dein langweiliger Onkel Henry.*

»Kannst du dich noch an deinen Onkel Henry erinnern?«, erkundigt sich Sugar beiläufig zwischen exotischen Zaubersprüchen und übernatürlichen Rettungen.

»Sie haben ihn in der Erde vergraben«, sagt Sophie, nachdem sie die Stirn gerunzelt und kurz nachgedacht hat.

Sugar liest weiter. Märchen sind ein Novum für sie; Mrs Castaway hielt nichts davon, weil sie ihrer Meinung nach den Glauben förderten, dass alles genauso endet, wie es enden soll, »aber du wirst noch früh genug merken, Kind, dass es im Leben anders zugeht«. Mrs Castaway fütterte die kleine Sugar mit volkstümlichen Sagen (je gruseliger, desto besser), ausgewählten Episoden aus dem Alten Testament (Sugar kann noch immer sämtliche Heimsuchungen Hiobs aufzählen) und Geschichten, die das Leben schrieb: also mit dem gesamten Spektrum unverdienten Leidens und scheinbar unmotivierter Schicksalsschläge.

Als Rose das Mittagessen für Sugar und Sophie bringt, hat sie obendrein noch eine Nachricht für sie. Mrs Rackham empfängt unten Gäste und möchte ihnen – das heißt, den Gästen – das Haus zeigen. Und Mr Rackham wünscht, dass Mrs Rackham bei diesem Vorhaben durch nichts gestört wird. Durch *nichts*, verstehst du? »Und es gibt noch Galantine, wenn Sie mögen, und den Kuchen bringe ich Ihnen bald«, fügt Rose hinzu, um ihnen das bittere Los des Eingesperrtseins ein wenig zu versüßen.

Als das Dienstmädchen gegangen ist, entsteht ein Schweigen zwischen Gouvernante und Schülerin. Wie schon den ganzen November über vergeht das vormittägliche Sonnenlicht, im Zimmer wird es dunkler, und die Fenster klappern im Wind. Das Trommeln der Regentropfen verwandelt sich in das Prasseln von Hagelkörnern.

»Weißt du, diese Gäste sind viel bedauernswerter als wir«, sagt Sugar schließlich, »denn sie bekommen dein hübsches Kinder … ach, verzeih, Unterrichtszimmer nicht zu sehen. Es ist das freundlichste Zimmer im ganzen Haus, und deine Spielsachen sind sehr interessant.«

Wieder Schweigen.

»Mutter war seit meinem Geburtstag nicht mehr bei mir«, sagt Sophie, die auf den Pistazienkern auf ihrem Teller starrt und sich fragt, ob sie unter diesem sonderbaren neuen postbeatricischen

Regiment vielleicht straflos ausgehen wird, wenn sie diesen kleinen Teil der Galantine verschmäht.

»Wann war denn dein Geburtstag?«, erkundigt sich die Gouvernante.

»Weiß ich nicht, Miss. Die Kinderfrau weiß es.«

»Ich werde deinen Vater fragen.«

Sophie schaut Sugar mit großen Augen an, beeindruckt davon, dass die Gouvernante allem Anschein nach so vertrauten Umgang mit den erhabenen und geheimnisvollen Vertretern der Erwachsenenwelt pflegt.

Sugar holt den Mangnall hervor und schlägt ihn aufs Geratewohl auf. Die ersten Worte, auf die ihr Blick fällt, lauten: »… allgemein ›Complutensische Polyglotte‹ genannt, was sich von Complutum, dem lateinischen Namen für Alcalá, herleitet …« Kurzerhand beschließt sie, Sophie lieber eine Geschichte aus der Bibel zu erzählen, ausgeschmückt mit selbst erdachten Charakterbildern und Erläuterungen zur galiläischen Kleidermode, und anschließend vielleicht noch die eine oder andere Fabel von Äsop folgen zu lassen.

»Wie war dein Geburtstag?«, fragt sie Sophie in einem ruhigen Ton, während sie rückwärts und vorwärts in der Bibel blättert. »Hast du was Schönes gemacht?«

Sophie überlegt eine Weile, und auf ihrem nachdenklichen, etwas pummeligen Gesicht flackert das silbergraue Licht vom hagelgepeitschten Fenster.

»Ich kann mich nicht erinnern, Miss«, sagt sie schließlich.

Sugar gibt einen freundlichen Laut von sich, so als wollte sie sagen: »Macht nichts.« Sie hat sich gegen Hiob entschieden, erwägt Esther, bis sie feststellt, dass dieses Buch vor allem von Morden und der Läuterung von Jungfrauen handelte, und dann bleibt sie in Nehemia hängen, dessen endlose Listen fast so langweilig sind wie die von Agnes Unwin. Auf der Suche nach einer Anregung schaut sie sich im Zimmer um und erblickt die bemalten Holztiere, die sich in einer Ecke drängen.

»Die Geschichte«, sagt sie und schließt das Buch, »von Noah und der Sintflut.«

An diesem Abend kehrt Sugar, nachdem sie Sophie ins Bett gebracht hat, in Erwartung einer langen Nacht in ihr Zimmer zurück. Sie weiß, dass William zu Hause ist, und Agnes macht Besuche: ideale Bedingungen für ihn, seiner Geliebten einen Besuch abzustatten. Abgekapselt in einem schmutzigen, schachtelartigen Zimmer mit hässlicher Tapete, die durch bilderlose Bilderhaken zusätzlich verschandelt wird, macht Sugar es sich auf ihrem Bett gemütlich, die parfümierten Brüste in den gesteppten Stoff ihres weinroten Morgenrocks gehüllt. Eine Stunde vergeht, Sugar beginnt sich zu langweilen, und sie zieht Agnes' Tagebücher unter dem Bett hervor. Der Regen klatscht gegen das Fenster. Vielleicht ist es ganz gut, dass Shears noch nicht hinaufgeklettert ist und das Farbsiegel gebrochen hat, denn es sieht aus, als hätte das anstürmende Wasser große Lust, sich Einlass zu verschaffen.

In Abbots Langley, dem umgebauten Kloster, das randvoll mit heranwachsenden Mädchen ist, nimmt Agnes Unwins Erziehung ihren Lauf. Soweit Sugar es beurteilen kann (die zwischen den Zeilen von Agnes' atemlosem, aber einschläfernd langweiligem Bericht liest), spielt ernsthaftes Lernen keine allzu große Rolle mehr, stattdessen rücken jetzt gewisse damenhafte »Fertigkeiten« stärker in den Vordergrund. Zu Fächern wie Geographie und Englisch hat Agnes nichts zu sagen, aber sie schildert, in welche Hochstimmung es sie versetzt, wenn sie für ihre Petit-point-Stickerei gelobt wird, und wie schrecklich es ist, auf dem Gelände des Internats spazieren zu gehen, wenn man von einer Deutsch- oder Französischlehrerin begleitet wird und auf Befehl Verben konjugieren muss. In all den Jahren leistet Agnes in den akademischen Fächern bestenfalls Mittelmäßiges und bekommt zahlreiche Ls (für »Leidlich gut«) in ihre Schulhefte eingetragen, während Musik und Tanz ihr eine fast mühelose Freude bereiten. In einer der wenigen lebhaft geschilderten Szenen sitzt Agnes an einem der Klaviere im Musikzimmer, zwei Oktaven weiter links ihre beste Freundin Laetitia, und spielt zum Schlag eines Taktstocks mit ihr zusammen genau die gleiche Melodie wie vier weitere Mädchen an zwei weiteren Klavieren. Ihre schlechte Rechtschreibung wird im schlimmsten aller Fälle mit einem tadelnden »Na, Na« quittiert, und in Rechnen entgeht sie oft der

Bestrafung für ihre Fehler, weil sie ihre Resultate in perfekter Schönschrift niederschreibt.

Agnes lässt in ihren Aufzeichnungen keinen einzigen Tag aus, aber Sugar ist außerstande, den gleichen Eifer an den Tag zu legen, und überspringt hier und da ein paar Seiten. Wieso riskiert sie eigentlich, dass William irgendwann hereinplatzt und sie in flagranti dabei ertappt, wie sie die gestohlenen Tagebücher seiner Frau liest? Und großer Gott, wie viel seichtes Klassenzimmergeplapper kann ein Mensch überhaupt ertragen? Wo in all dem ist die echte Agnes? Wo ist die Frau aus Fleisch und Blut, die ein paar Türen weiter auf demselben Flur wohnt? Wo ist dieses seltsame, verwirrte Wesen, das Williams Ehefrau und Sophies Mutter ist? Die Tagebuch-Agnes ist eine Märchenfigur, so unwirklich wie Schneewittchen.

Ein Klopfen an ihrer Tür lässt sie zusammenzucken, und das Tagebuch segelt von ihrem Schoß. In Sekundenschnelle hat sie es geschnappt und unters Bett geschoben, hat ihre Hände am Teppich abgewischt und dreimal ihre Lippen geleckt, damit sie glänzen.

»Ja?«, sagt sie.

Die Tür geht auf, und William steht da, geschniegelt und gestriegelt, ganz so, wie ein Geschäftspartner ihn an der Tür zu seinem Büro antreffen würde. Sein Gesicht gleicht einer Maske.

»Kommen Sie herein, Sir«, bittet sie ihn in einem Ton, der irgendwo zwischen feierlichem Respekt und laszivem Säuseln liegen soll.

Er tritt ein und schließt die Tür hinter sich.

»Ich war furchtbar beschäftigt«, sagt er. »Weihnachten steht vor der Tür.«

Die Absurdität dieser Aussage und die Anspannung ihrer Nerven bringen sie an den Rand eines Lachanfalls.

»Ich stehe zu Ihren Diensten …«, sagt sie und macht hinter ihrem Rücken eine Faust, die spitzen Fingernägel in die Handfläche gepresst, damit der Schmerz sie daran erinnert, dass ein schrilles hysterisches Gelächter bei allem, was sie gleich mit William machen wird – egal, ob sie mit ihm über die Details der Rackhamschen Firmenpolitik diskutiert oder ob sie ihn an ihre Brust zieht –, auf keinen Fall von Vorteil ist.

»Ich habe es, glaube ich, im Griff«, sagt er. »Die Parfümbestellungen sind noch schlechter als befürchtet, aber das Geschäft mit den Toilettenartikeln floriert.«

Sugar drückt ihre Faust so fest zusammen, dass Tränen in ihre Augen treten.

»Wie ist es dir ergangen?«, erkundigt er sich beiläufig und bedrückt zugleich. »Bitte, sag mir die Wahrheit: Es würde mich nicht wundern, wenn du schon den Tag verwünschen würdest, an dem du hergekommen bist.«

»Überhaupt nicht«, widerspricht sie und blinzelt angestrengt. »Sophie ist ein artiges kleines Mädchen und eine fleißige Schülerin.«

Sein Gesicht verdunkelt sich leicht; kein Thema, das er besonders gerne anschneidet.

»Du siehst müde aus – besonders unter den Augen«, sagt er.

Sie bemüht sich, eine frischere und munterere Miene aufzusetzen, aber das ist nicht nötig: Er hat sich nicht beschwert, sondern nur seiner Sorge um sie Ausdruck verliehen. Und was für ein Glück, dass er sich daran erinnert, wie ihre Augen eigentlich aussehen *sollten*!

»Möchtest du, dass ich ein Kindermädchen einstelle, das dir hilft?«, bietet er an. Seine Stimme ist eine eigenartige Mischung, wie ein edles Parfüm, die raffinierte Komposition verschiedener Ingredienzien: Es schwingt Enttäuschung darin mit, so als habe auch er davon geträumt, für sie werde, sobald Sugar die Schwelle seines Hauses überschritten hat, eine Zeit anbrechen, in der sie ohne Unterlass der Fleischeslust frönen können; es schwingt Verlegenheit mit, weil er weiß, dass es durch *seine* Schuld anders gekommen ist; es schwingt Zerknirschung mit, wegen all der Ärgernisse, die Sugar mit seiner Tochter erdulden muss; es schwingt Besorgnis mit, weil er vielleicht ein weiteres Dienstmädchen suchen muss, obwohl er tausend andere Dinge zu erledigen hat; es schwingt Mitleid mit, weil er sie in Beatrice Cleaves kleinem, rein funktionalem Bett liegen sieht; es schwingt Zuneigung mit, so als ob er sich wünschen würde, er könnte durch eine einzige Liebkosung ihre Augen wieder zum Leuchten bringen; und, ja, es schwingt auch Lust mit. Ein Satz mit nur zehn Wörtern, und er enthält all diese Nuancen, die wie die Duftnoten eines wohlkomponierten Parfüms aufsteigen.

»Nein, danke«, sagt Sugar. »Das ist nicht nötig, wirklich nicht. Ich habe bisher nicht sehr gut geschlafen, das stimmt, aber das liegt sicherlich am neuen Bett. Ich vermisse unser altes aus der Priory Close: Es schlief sich so wunderbar darin, findest du nicht?«

Er neigt seinen Kopf nach vorne – nicht direkt ein Nicken; ein Zeichen des Zugeständnisses. Mehr braucht Sugar nicht; sie geht sofort zu ihm hin und umarmt ihn, verschränkt ihre Hände fest hinter seinem Rücken und schiebt einen Schenkel zwischen seine Hosenbeine.

»Ich habe auch *dich* vermisst«, sagt sie und schmiegt ihre Wange an seine Schulter. Ein kaum wahrnehmbarer Geruch männlicher Lust entweicht aus dem eng sitzenden Hemdkragen. Unter dem sanften Druck ihres Schenkels wird sein Schwanz langsam hart.

»Ich kann es leider nicht ändern«, sagt er mit heiserer Stimme, »dass dieses Zimmer so klein ist.«

»Natürlich nicht, mein Liebster, oder habe ich mich etwa beschwert?«, haucht sie ihm ins Ohr. »Ich werde mich schon bald an dieses kleine Bett gewöhnt haben. Es muss nur …« (sie schiebt eine Hand in seinen Schritt und lässt die Fingerspitzen über seinen erigierten Penis gleiten) »eingeweiht werden.«

Sie zieht ihn ein paar Schritte weiter ins Zimmer, setzt sich auf die Bettkante, holt seinen Schwanz aus der Hose und nimmt ihn sofort in den Mund. Für ein paar Augenblicke bleibt er wie eine Statue regungslos stehen, dann beginnt er zu stöhnen, und – Gott sei Dank – mit unbeholfener, aber unverkennbarer Zärtlichkeit ihr Haar zu streicheln. *Er gehört noch immer mir,* denkt sie.

Als er anfängt zu stoßen, lässt sie sich auf die Matratze zurücksinken und zieht ihren Morgenrock bis über den Busen. Mit einem erstickten Schrei fällt er in sie hinein; und entgegen ihren Befürchtungen bereitet ihre Möse ihm einen so feuchten Empfang, wie er selbst durch eine halbstündige Vorarbeit nicht hätte übertroffen werden können.

»Ja, Liebster, komm, komm«, flüstert sie, als er sich dem Höhepunkt nähert. Sie umschlingt ihn fest mit Armen und Beinen und übersät seinen Hals mit Küssen, die teils kalkuliert sind, teils von Herzen kommen – ohne dass sie genau wüsste, wie viele an welche Kategorie entfallen. »Du bist mein Ein und Alles«, versichert sie ihm, als es zwischen ihren Pobacken warm und feucht wird.

Wenige Minuten später reinigt sie sein Geschlecht mit einem Handtuch, das sie, in Ermangelung einer anderen Quelle, zuvor ins Wasserglas getunkt hat.

»Erinnerst du dich an das erste Mal?«, raunt sie schelmisch.

Sein Grinsen gerät zu einer Grimasse der Beschämung. »Was für eine klägliche Erscheinung ich damals war«, seufzt er und starrt an die Decke.

»Oh, ich wusste, dass aus dir etwas Bedeutendes werden würde«, beruhigt sie ihn. Der Regen hat endlich aufgehört, und im ganzen Haus kehrt Stille ein. Getrocknet und wieder angezogen liegt William in ihren Armen, obwohl für zwei auf dem Bett kaum Platz ist.

»Dieses Geschäft …«, sinniert er missmutig. »Die Rackham Perfumeries, meine ich … Ich vergeude Stunden, Tage, ja, ganze Wochen meines Lebens damit.«

»Dein Vater ist Schuld«, sagt Sugar und wiederholt seine alte Leier so, als ob sie aus innerster Überzeugung sprechen würde. »Wenn er die Firma auf ein vernünftigeres Fundament gestellt hätte …«

»Ganz genau. Aber die Folge ist, dass ich unendlich viel Zeit mit dem Aufspüren seiner Fehler verschwende und mit Stützmaßnahmen gegen seine … seine …«

»… schlampige Architektur.«

»Genau. Und währenddessen vernachlässige ich« (er hebt den Arm, um ihr Gesicht zu streicheln, und eins seiner Beine fällt seitlich von der Matratze hinunter) »die Freuden des Lebens.«

»Deshalb bin ich hier«, sagt sie. »Um dich daran zu erinnern.«

Sie überlegt, ob dies ein geeigneter Augenblick ist, um ihn zu fragen, ob sie auch bei *ihm* anklopfen darf, statt zu warten, bis er bei ihr anklopft, doch unten auf der Auffahrt knirschen Kiesel unter Rädern und Hufen, und beide wissen, Agnes ist zurückgekehrt.

»In letzter Zeit geht es ihr besser, oder?«, fragt Sugar, als William aufsteht.

»Wer weiß. Gut möglich, ja.« Er streicht sein Haar zurück und schickt sich an zu gehen.

»Wann hat Sophie Geburtstag?«, fragt Sugar, die ihn nicht gehen lassen will, ohne wenigstens eine Kleinigkeit über diesen seltsamen Haushalt zu erfahren, in den sie eingezogen ist, ein Labyrinth mit lauter geheimen Räumen, in dem die Bewohner anscheinend ganz selten die Existenz von anderen zur Kenntnis nehmen.

Er runzelt die Stirn und schlägt im Geiste in einem Verzeichnis nach, das bereits überquillt von lauter lästigen Details. »Im August ... irgendwann im August.«

»Oh, dann ist es ja gar nicht so schlimm«, sagt Sugar.

»Was meinst du?«

»Sophie hat mir erzählt, dass Agnes seit ihrem Geburtstag nicht mehr bei ihr war.«

Der Gesichtsausdruck, mit dem William sie ansieht, ist äußerst seltsam, eine Mischung aus Verärgerung, Scham und tief empfundener Traurigkeit, die Sugar ihm nicht zugetraut hätte.

»Mit ›Geburtstag‹«, sagt er, »meint Sophie den Tag ihrer Geburt. Den Tag, an dem sie geboren wurde.« Er öffnet eilig Sugars Tür, um rechtzeitig weg zu sein, falls seine Frau ausgerechnet an diesem Abend schneller aus der Kutsche aussteigt als üblich. »Wir tun in diesem Haus so«, fasst er müde zusammen, »als ob Agnes kinderlos wäre.«

Und mit diesen Worten tritt er hinaus auf den Flur, macht eine abwehrende Geste, als wollte er sagen: »Bleib, wo du bist«, und schließt ihre Tür.

Etliche Stunden später, als Sugar es kaum noch erträgt, im Dunkeln wach zu liegen, und die Stille im Haus der Rackhams sie sicher macht, dass jeder sich in ein Zimmer zurückgezogen hat, steht sie auf und zündet eine Kerze an. Barfuß, die brennende Kerze in der Hand, tappt sie hinaus auf den Flur. Sie fühlt sich so winzig, als sie auf Zehenspitzen durch dieses prunk- und geheimnisvolle Domizil huscht, doch wenn sie an den ihr verschlossenen Türen vorbeikommt, ist ihr Schatten riesengroß.

Geräuschlos wie ein Wolf oder wie ein Gespenst aus einem Märchen schleicht sie sich in Sophies Schlafzimmer und an das Bett des kleinen Mädchens. Williams Tochter schläft tief und fest, ihre Lider zucken leicht unter der Anstrengung, diese großen, von Agnes geerbten Augen mit Haut bedecken zu müssen. Sie atmet durch den Mund und bewegt dabei manchmal die Lippen, als ob sie auf ein geträumtes oder erinnertes Erlebnis reagierte.

»Wach auf, Sophie«, flüstert Sugar. »Wach auf.«

Sophie reißt die Augen auf; ihre taubenblauen Iriden drehen sich im Schlaftaumel wie die eines Babys, das mit Godfrey's Cordial oder Street's Infant Quietness oder einer anderen Sorte Laudanum betäubt wurde. Sugar zieht den Nachttopf unter dem Bett hervor.

»Steh eine Minute auf«, sagt Sugar, lässt ihre Hand über den warmen trockenen Rücken von Sophies Nachthemd gleiten und bringt ihren schweren kleinen Oberkörper in eine aufrechte Stellung. »Es dauert nur eine Minute.«

Unbeholfen bemüht Sophie sich zu gehorchen, und ihre Augen blicken verwirrt in die große Dunkelheit.

Sugar umschließt die weichen Kinderhände mit ihren eigenen rissigen, schuppigen Händen und zieht sie in die Höhe. »Vertraue mir«, flüstert sie.

Vierundzwanzig

Wahnsinn! Purer Wahnsinn!

Eines der Hauptprobleme dieses Haushalts besteht, wenn man die Dienerschaft fragt, in der üblen Angewohnheit der Rackhams, nicht im Bett zu liegen, wenn sie schlafen sollten, und zu schlafen, wenn sie wach sein sollten.

Gerade jetzt zum Beispiel. Clara schleicht, eine Kerze in der Hand, um halb eins in der Früh den oberen Flur entlang, zu einer Zeit also, in der es vielgeplagten Dienstboten doch eigentlich zustände, den Kopf auf ihr Kissen zu betten in der sicheren Gewissheit, dass ihr Herr und ihre Herrin ihnen bis zum Morgengrauen nicht zur Last fallen werden. Doch wie sieht es in Wirklichkeit aus? Vor jeder Tür, eine nach der anderen, späht Clara gebückt durchs Schlüsselloch und überzeugt sich davon, dass *keiner der Rackhams schläft*.

Wahnsinn, wenn man Clara fragt. Erwartet William Rackham, der ihren Lohn um zehn Shilling pro Jahr erhöht hat, dass sie ihm aus Dankbarkeit für die Ehre, hier arbeiten zu dürfen, die Schuhe küsst? Zehn Shilling sind ja gut und schön, aber was ist ein ungestörter Nachtschlaf wert? Etliche Male schon war er ihr verwehrt! Heute beispielsweise! Türen gehen auf und zu, Geräusche ertönen, die sie unbedingt ergründen muss, denn wer weiß, was Mrs Rackham als Nächstes aushecken wird? Zehn Shilling pro Jahr … Wie viel ist das für einen Mann, dessen Konterfei auf Plakaten im Omnibus prangt? Da hätte sie gute Lust, für jede Stunde, die seine verrückte Frau sie wach hält, einen halben Shilling zusätzlich zu verlangen! Was hat denn diese schreckliche

Person jetzt wieder vor? Zweifellos irgendetwas Törichtes. Und morgen wird Mrs Rackham wahrscheinlich den ganzen Tag lang friedlich vor sich hin schnarchend im Bett liegen und auf das sonnenbeschienene Kopfkissen sabbern, doch von der treuen Zofe wird erwartet, dass sie ständig bereitsteht, auch wenn sie zum Umfallen müde ist.

Was die Tochter der Rackhams angeht, so sollte sie um sieben Uhr abends ins Bett gebracht werden und dort bis sieben Uhr früh bleiben. Die neue Gouvernante – Miss Sugar – hat eindeutig keine Ahnung, wie man mit Kindern umgeht … Was für eine Torheit hat sie jetzt wieder im Sinn? Clara späht durch das Schlüsselloch von Sophie Rackhams Zimmer und sieht – Wahnsinn! – Kerzenlicht, das hin und her schwankt, und Miss Sugars Schatten über dem des Kindes. Es würde Clara nicht wundern, wenn sie sich an der Kleinen verginge. Seit diese Frau einen Fuß ins Haus gesetzt hat, hat Clara ihn gerochen: den Gestank der Verkommenheit. Diese Möchtegern-Gouvernante mit ihrem höchst verdächtigen Gang und ihrem losen Mundwerk – wo um alles in der Welt hat Rackham die aufgetrieben? Vielleicht beim Frauenrettungsverein. Eine von Emmeline Fox' »Erfolgsgeschichten«, die jetzt mitten in der Nacht an der kleinen Sophie herumfingert.

Und Rackham selbst? Was tut *er*, statt zu schlafen? Clara späht durch sein Schlüsselloch und hat einen ungehinderten Blick auf den Schreibtisch des großen Mannes, an dem der große Mann sitzt und eifrig schreibt. Kann er nicht bis morgen damit warten, noch mehr Leute davon zu überzeugen, seine Parfüms zu kaufen? Oder ist das Gekritzel der Roman, mit dem er sich früher gegenüber seiner Frau brüstete? *William wird einen Roman veröffentlichen, Clara,* pflegte Mrs Rackham in den schlechten Jahren mindestens einmal im Monat zu verheißen. *Den besten Roman überhaupt. Bald brauchen wir uns nicht mehr von seinem Vater tyrannisieren zu lassen.*

Clara geht weiter zu Agnes' Tür und beugt sich auch hier hinunter. Mrs Rackham hat alle Lampen angezündet und trägt ein purpurrotes Kleid. Irrsinn! Wenigstens hat sie nicht die Dreistigkeit besessen, nach ihrer Zofe zu klingeln, damit sie ihr beim Anziehen hilft … aber warum läuft sie auf und ab? Und was ist das für ein Buch, das sie wie ein Gesangbuch vor sich her trägt? Es sieht aus wie ein Geschäftsbuch – dabei kann Mrs Rackham nicht einmal eins und eins zusammenzählen, sie ist die Einfalt in Person.

Clara würde gerne noch länger durch das Schlüsselloch spähen, aber Agnes bleibt plötzlich stehen und starrt direkt in ihre Richtung, so als hätte sie Claras Auge auf der anderen Seite schimmern sehen. Hat sie etwas gehört? Ist es ihr animalischer Instinkt? Der sechste Sinn der Irren? Clara weiß nicht genau, was es ist, aber sie hat gelernt, sich davor in Acht zu nehmen. Sie hält die Luft an und eilt auf Zehenspitzen zurück ins Bett.

Agnes steht kerzengerade da – so gerade wie möglich – und hebt den Blick an die Decke. Eine Spinne krabbelt über die Stuckrosette. Agnes fürchtet sich nicht vor Spinnen, zumindest nicht vor kleinen, spillerigen, und hat nicht die Absicht, sie entfernen zu lassen. Da sie noch frisch unter dem Eindruck der Lektüre eines Pamphletes steht, das ihr aus dem fernen Amerika geschickt wurde – *Die Göttliche Verwobenheit aller Dinge*, von Ambrosius M. Lawes –, weiß sie, dass dieses kleine Tier eine Seele hat, genau wie sie, auch wenn es auf einer niedrigeren Entwicklungsstufe steht.

Sie fühlt sich zudem außergewöhnlich gut. Ihre Kopfschmerzen, die ihr das Leben vergällt haben, sind abgeklungen, und das Innere ihres Kopfes fühlt sich frisch und geläutert an. Sie muss wirklich lernen, rasch zu handeln, wenn ihr Magen sie wissen lässt, dass sie nichts zu Abend hätte essen sollen – sofort raus damit! Einen kurzen Moment lang ist es sehr unangenehm, aber danach fühlt man sich wie neugeboren!

Folglich hat sie heute Abend auch mit einem neuen Tagebuch begonnen – nein, *kein* Tagebuch –, das war ein Versprecher oder vielmehr ein »Verdenker«. Sie hat sich selbst gelobt, kein Tagebuch mehr zu führen. Denn der Inhalt solcher Tagebücher ist ermüdend, lauter Klagen und Beschwerden, die vergraben gehören, bevor sie von neugierigen Augen entdeckt werden.

Nein, was sie nun schreibt, ist bedeutender und tiefsinniger. Die vergangene Saison war, trotz aller Triumphe, die letzte Saison, an der sie teilgenommen hat. In ihr ist eine andere Berufung herangereift, und der muss sie nun folgen. Jahrelang hat sie sich als mondäne Dame unter mondänen Damen bewegt und ihr Wesen verleugnet. Jahrelang hat sie jedes geheimes Wissen versprechende Buch verschlungen, dessen sie habhaft werden konnte, und sich gesagt, reine Neugier sei der Grund – nun ist die Zeit gekommen, die Wahrheit zu verkünden.

Sie hält ihr neues Tagebuch – nein, *kein* Tagebuch – ans Licht. Wie soll sie es nennen? Es ist groß und ansehnlich, im Format eines Hauptbuches, hat aber innen keine Zeilen oder Spalten. Auf die erste jungfräuliche Seite hat sie in ihrer besten Schönschrift geschrieben: *Die erleuchteten Gedanken & metaphüsischen Reflexionen von Agnes Pigott.* Abgekürzt wird sie es … »Das Buch« nennen.

Sie geht in ihrem Schlafzimmer hin und her und liest erneut die erste voll geschriebene Seite, die sie aus zeremoniellen Gründen erst nach Mitternacht zu Papier gebracht hat. Inzwischen ist es viertel vor eins, und hier ist nun das Ergebnis: für die Nachwelt verfasst, die Os noch tintennass glänzend!

Lektion 1: <u>Gott und wir selbst</u>
Gott ist eine Dreieinigkeit. Aber was nur allzu wenige Menschen wissen, ist, dass wir <u>alle</u> Dreieinigkeiten sind. Wir haben erstens unseren Ersten Körper (den ich unseren Vater-Körper nennen werde), den Körper, den wir tagein, tagaus bewohnen. Zweitens haben wir unseren Zweiten Körper (den ich unseren Sohn-Körper nennen werde. Dieser Körper wird von den ENGELN DES PARADIESES für uns an GEHEIMEN Orten überall auf der Welt aufbewahrt und steht für den Tag der WIEDERAUFERSTEHUNG bereit. Drittens haben wir unseren Dritten oder Geisteskörper, den ich unseren Heiligen-Geist-Körper, auch bekannt als die Seele, nennen werde).
Lektion 2: <u>Der oft begangene Fehler</u>
Der größte Teil des Leides auf der Welt entstammt der Unwissenheit über unseren Zweiten Körper. Wir glauben fälschlicherweise, dass wir nach dem Verlust unseres Ersten Körpers den Rest der EWIGKEIT als GEIST verbringen müssen. Weit gefehlt! Alle großen & verlässlichen Autoritäten,

einschließlich des Evangelisten Johannes, Mr Uriah Nobbs etc., stimmen überein, dass das LEBEN NACH DEM TODE auf der ERDE stattfinden wird und die ERRETTETEN zu diesem Zwecke neue Körper bekommen werden.
Lektion 3

Agnes läuft in ihrem Schlafzimmer auf und ab und versucht, sich eine schlagkräftige Lektion 3 zu überlegen. Sie erwägt, über das Kloster zur guten Gesundheit und ihren Schutzengel zu schreiben, verwirft es aber als zu persönlich. Alles, was sie von nun an schreibt, muss allgemein gültig sein, grundlegende Wahrheiten beleuchten. Würde sie die Einzelheiten ihrer persönlichen Situation behandeln, hätte »Das Buch« zu viel Ähnlichkeit mit einem Tagebuch – und Tagebücher enthalten nur leblose Gedanken, längst Vergangenes, Eitelkeiten. Worte, die in ein Grab gehören.

Das ist auch der Grund, wieso sie es kein bisschen bereut, ihre Tagebücher vergraben zu haben, und weshalb sie von ihr aus auch ruhig von Würmern gefressen werden können! Von dieser Nacht an werden alle ihre Worte unsterblich sein!

Nachdem sie Sophie auf den Topf gesetzt hat und wieder wohlbehalten im Bett liegt, schlägt Sugar ein weiteres Tagebuch von Agnes Unwin auf und legt es in ihren Schoß. Sie hebt einen Oberschenkel leicht in die Höhe, damit die Seiten besser vom Kerzenlicht beschienen werden, und fängt an zu lesen.

Es ist das Jahr 1865, und in Abbots Langley hält sich Agnes mittlerweile für eine Dame. Nach Sugars Maßstäben hat sie zu diesem Zeitpunkt noch keine einzige erwachsene Handlung begangen und keinen einzigen erwachsenen Gedanken gedacht, aber Agnes selbst glaubt, nur noch den »allerletzten Schliff« zu benötigen. Die eleganten Demoisellen aus den Frauenjournalen, die einst ihre Idole waren, betrachtet sie nun als Rivalinnen. Sie teilt ihrem Tagebuch detailliert mit – für den Fall, dass ihr Tagbuch es noch nicht wissen sollte –, wie sie ihr Haar trägt (nach hinten gekämmt und zu zwei Zöpfen geflochten, die im Nacken mit einem kleinen Chignon »versiegelt« sind). Sie trägt Kleider nach der neusten Pariser Mode, die in Handarbeitsstunden fabriziert werden. Obwohl sie etwas so Ekliges wie den eigenen Körper mit keinem Wort erwähnt, ist sie vermutlich weit genug entwickelt, um die Kleider einigermaßen auszufüllen, die sie so liebevoll skizziert.

Ihr Lehrplan ist nun, im Alter von dreizehn Jahren, noch dürftiger als zu der Zeit, da sie neun war. Er ist auf das Wesentlichste reduziert: Tanz, Musik, Französisch und Deutsch. Die letzten beiden Fächer bringen für Sugar ein Problem: Sie kann nur ein bisschen Französisch und überhaupt kein Deutsch, denn Mrs Castaway vertrat die Ansicht, dass Männer es mögen, wenn ein Mädchen gelegentlich einen Brocken Französisch einstreut, während Deutsch so klingt, als würde ein alter Pfarrer sich übergeben. Deshalb gähnt Sugar jedes Mal, wenn Agnes einen Tagebucheintrag mit *Bonjour, mon cher journal,* oder *Liebes Tagebuch* beginnt, und blättert weiter.

Die kleine Miss Unwin lernt Gavotte, Cachucha und Menuett, aber trotz des romantischen Zwecks dieser Tänze scheint sie vom männlichen Geschlecht keinen blassen Schimmer zu haben. Ihre Erfahrungen in Liebesdingen sind, abgesehen von heimlichen und kurzlebigen Schwärmereien für Lehrerinnen und andere Mädchen, gleich null. Die früher von ihr gehegte Hoffnung, einen Ritter zu heiraten, der sich auf die Suche nach ihrem richtigen Vater machen würde, ist still und leise eingeschlafen; jetzt ist ihr imaginärer Ehemann ein fescher Adeliger mit einer Winterresidenz in Südfrankreich. Auch dies natürlich ein Hirngespinst, aber es kommt nicht von ungefähr:

Eugenie wurde heute von der Schule abgeholt. Sie hat sehr geweint. Nächsten Monat wird sie den Mann aus der Schweits heiraten, mit dem sie heimlich korrespondiert. Ich hätte es unter den Umständen gemein gefunden, sie an meine Aquarellpinsel zu erinnern. Vielleicht wird sie sie mir ja schicken.

Sugar schnaubt laut, ein hilfloser Ausdruck ihrer Verachtung. Wie schön wäre es, Agnes mit einer ordentlichen Backpfeife von ihrer Selbstsucht zu kurieren! Aber dann erinnert sie sich daran, wie sie ihr in der Gasse bei der Bow Street zu Hilfe geeilt ist und Agnes bloß ein blutiges, verängstigtes Kind war, das zitternd in Sugars Armen lag und flehte, nach Hause gebracht zu werden.

Bei der ganzen Aufregung hat Eugenie auch ihr SAMMEL-

ALBUM mit den Kätzchen vergessen, schreibt die vierzehnjährige Miss Unwin. *Ein paar der kleinen Lieblinge sind noch gar nicht aingeklebt! Also etwas steht für mich fest: Wenn dieser Bankier aus der Schweits Eugenie nur halb so sehr liebt, wie er sagt, dann sollte er unbedingt dafür sorgen, dass sie ihr SAMMELALBUM bekommt!*

Jetzt dämmert es Sugar endlich: Dieser wirrköpfige, Menuett tanzende Backfisch ist tatsächlich eine Dame, erwachsener wird sie nicht mehr werden. Ja, und all die Damen, die Sugar bisher gesehen hat, all die vornehmen Jungfern, die gebieterisch ihren Kutschen entsteigen oder unter Sonnenschirmen im Hyde Park promenieren oder Einzug in die Oper halten: allesamt Kinder. Im Grunde haben sie sich seit der Zeit, in der sie mit Puppen und Buntstiften spielten, nicht verändert, sind bloß gewachsen und haben sich in ein paar »Fertigkeiten« geübt, bis sie dann als Fünfzehn- oder Sechzehnjährige, die es immer noch normal finden, in der Ecke stehen zu müssen, weil sie ein Verb falsch konjugiert oder ihren Nachtisch nicht gegessen haben, in das Haus des erwählten Verehrers geschickt werden. Und wer sind die Verehrer? Selbstsichere junge Männer, die bereits die Welt bereist, uneheliche Kinder gezeugt und die Syphilis überlebt haben. Vergnügungssatt schicken sie sich nun an, in den Ehestand zu treten, und suchen sich, nachdem sie eine Saison lang aufwändig gekleidete Kinder in ihrer jungen Blüte in Augenschein genommen haben, ein kleines Frauchen aus.

Laetitia, die Arme, <u>riecht</u> seit kurzem, schreibt Agnes auf der letzten Seite eines anderen Journals. *Welch schlimmes Schicksal, hässlich zu sein und dann auch noch unangenehm zu riechen! Aber ich bin zu wohlerzogen, um es ihr zu sagen. Gott segne die gute ERZIEHUNG, denn sie lehrt uns, die Gefühle unserer Mitmenschen nicht zu verletzen. Wenn alle Mädchen auf der WELT nach Abbots Langley geschickt würden, in was für einer WELT würden wir dann leben! – nie würde ein böses Wort fallen, und jeder wüsste genau, wie man sich zu benehmen hat. Gibt es ein »mal du monde«, das man nicht durch ERZIEHUNG heilen kann? Je ne crois pas!*

Mit ungläubigem Kopfschütteln schließt Sugar das Buch und nimmt das Exemplar zur Hand, das chronologisch anschließt.

Liebes Tagebuch, heißt es auf der ersten Seite auf Deutsch, *Ich hatte einen zehr ermudenden tag. Welche Erleichterung zu dir zusprechen …*

Sugar lässt die Seiten über den Daumen laufen, klappt das Buch zu und bläst die Kerze aus.

Genug fürs Erste von den vergilbten Blättern der Vergangenheit. Das Leben in der Gegenwart geht weiter, und ehe wir uns versehen, wird das Jahr 1876 anbrechen.

Ungeachtet Claras Meinung, im Haus der Rackhams herrsche das reinste Chaos, verstreichen die Novembertage friedlich. Morgen- und Abenddämmerung wechseln zu den vorausberechneten Zeiten einander ab, und das Haus in den Chepstow Villas hallt mitnichten von Geschrei und Streiterei wider. Die Phase der Trauer um Henry Rackham ist vorüber, und man trägt wieder fröhliche Farben; Mahlzeiten werden gekocht und belobigt; die Bediensteten schuften so pflichteifrig, dass niemand getadelt oder gar entlassen werden muss. William arbeitet von früh bis spät daran, vor Weihnachten mit den Rackham Perfumeries einen Rekordumsatz zu erzielen, einen Umsatz, der seinen Konkurrenten beweisen wird, wie enorm sich die kümmerliche Firma seines Vaters inzwischen entwickelt hat. Agnes fährt fort, ihre Weisheiten dem »Buch« anzuvertrauen, und hat nicht im Mindesten die Absicht, ihre Tagebücher auszugraben, nein, überhaupt nicht, trotz der mitleiderregenden Vorstellung, wie sie in der kalten, schmutzigen Erde vor Feuchtigkeit aufquellen. Sie hat Besuch von Mrs Vickery bekommen, aber statt wie üblich mit ihr Klatsch und Tratsch auszutauschen, hat sie sie mit einer Zusammenfassung von Mr Allan Kardecs hervorragendem Buch *Wie Geister das Evangelium erklären* überrascht.

Was Sugar betrifft, so haben sich ihre Befürchtungen verflüchtigt, dass sie der Aufgabe, Sophie zu unterrichten, nicht gewachsen sein könnte. Sie hatte sich Wutanfälle und grausame Frechheiten ausgemalt – das übliche Schicksal in Romanen, in denen die arme Gouvernante vor lauter Demütigungen das heulende Elend überkommt –, aber wieder einmal werden die Romane widerlegt, denn ihre Schülerin ist so fleißig und folgsam, wie es sich eine Lehrerin nur wünschen kann. Sophie scheint ihr gegenüber sogar Ehrfurcht zu empfinden, wenn auch nur wegen der Zauberkraft, mit der sie dem Bettnässen ein Ende bereitet hat. Jeden Morgen wacht Sophie in einem warmen, trockenen Bett auf und blinzelt ungläubig, weil sie es noch immer für ein Wunder hält. Was für ein außergewöhnlicher Mensch diese Miss Sugar doch sein muss, die sich *sowohl* mit dem Römischen Reich auskennt *als auch* das schlimme nächtliche Pinkeln eines anderen Menschen in den Griff bekommt!

Sugar ist stolz auf ihren Erfolg, stolzer als sie es jemals war. Der Urinausschlag ist völlig verschwunden, und die blassrosa Knospe zwischen Sophies pummeligen Schenkeln ist wieder zum Vorschein gekommen. So soll es sein. So sollte alles sein.

Sugar sonnt sich in der Bewunderung des Kindes und stellt ihr jeden Nachmittag die Aufgabe, zehn neue Wörter zu buchstabieren. Sie war sogar so kühn, eine Nachricht an William zu schreiben, die sie mit »Miss Sugar« unterzeichnete und in der sie ihn nicht etwa anflehte, zu ihr ins Bett zu steigen, sondern von ihm in aller Form zusätzliche Bücher für das Unterrichtszimmer erbat. Den Umschlag unter der Tür seines Arbeitszimmers hindurchzuschieben, kam ihr – in gewisser Weise – ebenso schelmisch vor, wie ihm ihr Kunststück mit der spritzenden Möse vorzuführen.

Zu Sugars Verblüffung wird ihre Verwegenheit binnen sechsunddreißig Stunden belohnt. An einem weiteren verregneten Morgen betreten Sophie und sie, beide noch nicht ganz wach, das Unterrichtszimmer und finden auf dem Schreibpult ein geheimnisvolles Paket vor.

»Ah!«, sagt Sugar, während sie das braune Packpapier entfernt. »Das sind die Bücher, um die ich Wil- äh … deinen Vater gebeten habe.«

Sophie macht große Augen, beeindruckt nicht nur von den makellosen neuen Bänden, sondern vor allem von dem deutlichen Hinweis auf Miss Sugars Vertrautheit mit dem rätselhaften Wesen, welches ihr Vater ist.

»Sind das … Geschenke?«, fragt sie.

»Keineswegs«, verkündet Sugar. »Es ist dringend benötigtes Material für unseren Unterricht.« Und sie zeigt Sophie die Ausbeute: ein Geschichtsbuch mit Stichen auf jeder Seite, ein Führer durch jedes einzelne Land des British Empire, ein Handbuch, in dem steht, was man mit Papier, Kleber und Bindfaden alles basteln kann, und ein dünner, witziger und geistreicher Gedichtband von Edward Lear.

»Das sind moderne Bücher, Bücher auf der Höhe der Zeit«, schwärmt Sugar. »Denn du bist ein Mensch von heute, der in der Gegenwart lebt, verstehst du?«

Angesichts der erstaunlichen Vorstellung, dass die Geschichte sich vorwärts bewegt wie ein Fahrzeug, in dem ein sechsjähriges Mädchen mitfahren kann, drohen Sophies Augen sich vor lauter Verwirrung zu verdrehen. Sie hatte sich Geschichte immer als ein von Spinnweben bedecktes Bauwerk vorgestellt, an dessen mächtigem Sockel ein unbedeutender Fleck namens Sophie Rackham klebte.

Zur Mittagszeit hat Sophie bereits einige Verse von Mr Lear auswendig gelernt, einem Schriftsteller, der noch lebt – und der diese Zeilen sogar erst nach Sophie Rackhams Geburt verfasst hat!

Der Kauz und die Muschikatz fuhren zur See
In 'nem bildschönen erbsgrünen Boot.
Sie führten Pastete und Kübel von Knete,
Verpackt in 'ner Fünf-Pfund-Banknot.
Der Kauz sah mit Schmerz sternfunkelndenwärts,
Und zur kleinen Zigarre er sang:
O herzige Muschi! O Muschi, mein Herz,
Deine Schönheit macht mich liebeskrank!

Und Sophie vollführt einen raschen Knicks, ein seltener Fall von keckem Überschwang.

»Nicht *ganz* richtig, Sophie«, sagt Sugar lächelnd. »Lass es uns noch einmal lesen, ja?« Ihr Lächeln verbirgt ein Geheimnis: Sie übt nicht Geduld um der Geduld willen, sondern als Rache an ihrer Mutter. Sugar hat den Tag in der Church Lane nie vergessen, an dem sie, siebenjährig, den Fehler gemacht hat, in Hörweite von Mrs Castaway einmal zu oft einen ihrer liebsten Kinderreime aufzusagen.

»Nein, mein Püppchen«, sagte Mrs Castaway in dem sanften Ton, den sie sich für Drohungen vorbehielt. »Es reicht jetzt, nicht wahr?« Dies war stets das abschließende Urteil ihrer Mutter und damit das Ende des Kinderreims, er war tot, so tot wie eine zertretene Kakerlake.

»Es ist an der Zeit«, verkündete Mrs Castaway, »dass du Gedichte für Erwachsene lernst.« Sie trat zum Bücherschrank und fuhr mit dem Fingern – die damals schon rot lackiert waren – über die Buchrücken. »Auf *keinen* Fall Wordsworth und dergleichen«, murmelte sie, »denn dann könntest du Geschmack an Bergen und Flüssen finden, und wir werden niemals in so einer Landschaft leben ...« Lächelnd zog sie zwei Bände hervor und wog sie in den Händen. »Hier, Kind. Versuch es mit Pope. Oder nein, noch besser: Versuch es mit Rochester.«

Sugar nahm das staubige Buch mit in eine Ecke, und ach, mit welch großer Ernsthaftigkeit sie es studierte! Aber sie stellte fest, dass sie mit jeder Zeile, die sie las, das Wenige vergaß, was sie von der vorigen verstanden hatte, und am Ende blieb ihr nur der Eindruck männlicher Überlegenheit im Gedächtnis.

»Gibt es noch andere Gedichte, die du magst, Mutter?«, wagte sie zu fragen, als sie, von ihrer Dummheit beschämt, das Buch zurückgab.

»Wann habe ich denn behauptet, dass ich Gedichte mag?«, erwiderte Mrs Castaway säuerlich und schob den Rochester so energisch ins Regal zurück, dass das Buch gegen die Wand dahinter stieß. »Abscheuliches Zeug.«

Wie zauberhaft süß tust du singen, rezitiert Sugar nun mit ihrer ehrlichsten, begeisterndsten Stimme Sophie vor, so ernsthaft und ermutigend wie ihr möglich ist. *Oh, lass uns gepaart sein! Zu lang tat ich hart sein: Doch wer wird uns dienen mit Ringen?* »Würdest du mir das bitte nachsprechen, Sophie, und üben, bis ich wiederkomme?«

Sophie und Sugar lächeln einander an. Das Kind stellt sich Kauze und Muschikätzchen vor. Die Lehrerin stellt sich Mrs Castaway vor, wie sie in der Ecke steht und ihre Hände mit den roten Nägeln vor ohnmächtiger Wut zittern, während eine Horde kleiner Mädchen im Zimmer herumläuft und zum hundertsten Mal den selben Kinderreim anstimmt.

»Sag es so laut auf, dass ich es draußen noch höre«, bittet Sugar an der Tür des Unterrichtsraums.

Nach dem Mittagessen zieht sich Sugar in ihr Zimmer zurück und vertreibt sich die Zeit bis zum Beginn von Sophies nächster Unterrichtsstunde mit der Lektüre von Agnes' Tagebüchern. Wie sie erleichtert feststellt, ist Miss Unwins Schulzeit fast vorüber.

Gott sei Dank! Sie hat so viele tausend Worte gelesen, ist durch eine seidige, satinweiche, baumwollene Flut aus Phantasiekleidern und duftigen Freundschaften und changierenden Gedanken gewatet, ständig in der Hoffnung, dass sie irgendwann eine Seite umblättert und sich ihr, *siehe da,* plötzlich das scharf umrissene Bild von Williams gepeinigter Frau präsentiert. Stattdessen gleichen diese Schulmädchen-Journale bis jetzt einem Roman, dessen Umschlag mit schaurigen Missetaten und wahnsinniger Leidenschaft prahlt, der sich aber als ebenso schal wie das Mittagsmahl eines Kranken erweist.

Auch während ihrer letzten Tage in Abbots Langley bleibt die fünfzehnjährige Agnes auf geradezu alberne Weise vernünftig, und der letzte Eintrag, der vom Abschiedsmorgen stammt und das Datum des 3. März 1867 trägt, ist ein Musterbeispiel an Konventionalität. Sie verfasst sogar ein Gedicht zu Ehren ihrer Schule – sieben Strophen, die vor lauter lahmen femininen Reimen fast konturlos sind.

Denn niemand wehrt der Zukunft Vorwärtsdrang! lautet die letzte Zeile, allerdings drängt die Zukunft in ihrem Gedicht schon lange nicht mehr vorwärts, denn sie ist unterwegs von der gefährlichen Droge Sentimentalität betäubt worden.

Nachdem das Thema Abschiedsode erledigt ist, wendet sich Agnes der Aufgabe zu, ein passendes Andenken an Abbots Langley zu finden, um es mit nach Hause zu nehmen.

Die anderen Mädchen haben, wie ich leider feststellen musste, <u>jeden</u> als Suvenir geeigneten Gegenstand an sich genommen. Wäscheklammern, Kreidestücke, Notenblätter, Haarnadeln, die sich aus Miss Wicks Frisur gelöst haben, Fleißkärtchen: alles wurde eingesammelt. Heute beim Essen habe ich bemerkt, dass Löffel fehlen.

Auf der nächsten Doppelseite zieren die klecksigen Unterschriften der vierundzwanzig Mit-Absolventinnen von Abbots Langley das vergilbte Papier. Danach fährt Agnes fort:

Wie du siehst, habe ich sie alle gebeten zu unterschreiben, und sie haben es auch getan, sogar Emily, der ich die Sünden zu vergeben beschlossen habe, die sie während der GYMNASTIKSTUNDE gegen mich begangen hat. Liebes Tagebuch, solche Freundinnen werde ich niemals wieder haben! Ich habe furchtbar geweint, als ich all ihre Namen vor mir sah! Wie du an der verschmierten Tinte sehen kannst, war das Papier ziemlich nass, als die letzte Träne gefallen war.

Wie verschieden die HOFFNUNGEN von uns, den scheidenden jungen DAMEN, doch sind! Einige von uns werden bald VERHEIRATET sein, das gilt jedoch nicht für mich, denn Mama ist krank, und ich muss ihr helfen, wieder GESUND zu werden. Einige, die nur geringe AUSSICHT auf einen EHEMANN haben, werden eine Stelle als Gouvernante annehmen: Mögen ihnen ein großzügiger Dienstherr und folgsame Schüler beschieden sein! Was aus jenen werden soll, die es nicht vermocht haben, eine DAME zu werden (z. B. Emily), kann ich mir nicht vorstellen.

Liebes Tagebuch, ich hatte gehofft, noch sehr viel mehr zu schreiben, aber der Tag ist fast vorüber, und ich muss morgen in aller Frühe aufstehen, um mich auf die Heimfahrt zu begeben. Was für ein trauriger ABSCHIED dies doch ist! und was für ein Wirrwarr in mir herrscht! Ich werde dir das nächste Mal von ZU HAUSE schreiben!

Deine dich liebende Freundin
Agnes

Mit diesen Worten endet der Band.

Der nächste beginnt in einer Schrift, die so winzig und dicht gedrängt ist, dass sie einer Saumnaht ähnelt:

Mama ist tot und ich werde ihr bald nachfolgen. Gott sei uns gnädig. Erspare Mama deinen Zorn, die Härte deines Urteils, das ewige Feuer. Ich flehe dich, der du Magdalena vergeben hast, an. Aber niemand hört mich. Meine Gebete verwandeln sich an der Decke zu Schwitzwasser und tropfen wieder herunter. Mama hat geblutet, bis sie vollkommen leer war; er (ihr »Ehemann«) stand daneben und hat nichts getan. Nun ist Mama weggebracht worden, in ein Grab auf einem Friethof, wo niemand sie kennt. Jeden Tag wird unser Haus von immer mehr Dämonen heimgesucht. Ihr Gekicher dringt vom Dachboden herunter. Sie flüstern hinter den Fußleisten. Sie warten auf den Moment, in dem ich ihnen ausgeliefert bin. Er wartet auf den Moment, in dem ich ihm ausgeliefert bin.

Sugar durchsucht den Stapel Tagebücher und überprüft die ersten Seiten. Hat sie einen Band übersehen? Hat sie nicht. Hier Gymnastik und Stockrosen, dort verschmiertes Blut in Form eines Kreuzes. Nicht das Blut aus einer Fingerkuppe, in die beim feierlichen Gelöbnis eines Schulmädchens eine Nadel gestochen wurde, sondern eine dickere Flüssigkeit mit einem festen Klümpchen genau an der Stelle auf dem Kreuz, wo sich gewöhnlich Jesu Kopf befindet.

Hier siehst du mein Blut, erklärt Agnes darunter. *Blut, das tief aus meinem Inneren stammt, aus einer verborgenen Wunde fließt. Das, was Mama umgebracht hat, bringt nun auch mich um. Aber wieso? Wieso, wo ich doch vollkommen unschuldig bin?*

Sugar blättert um, und es folgt noch mehr, viel mehr: Ein Tintengewirr, so dicht gedrängt, dass das Papier ganz lila ist.

In der FINSTERNIS meines Schlafes weichen die Metallkringel des Bettgestells auf und recken sich wie geöffnete Lippen in die Höhe, um das Blut aufzufangen, das durch das Wabenmuster der Matratze sickert. Unter dem Bett warten Dämonen, so grau wie Pilze, bis das Blut zu ihnen hinunter tropft; dann saugen sie es auf und werden rosa. Sie saugen, bis sie rot sind und fast platzen. Wie gut das schmeckt, rufen sie! Viel besser als das, was von ihrer Mutter kam! Wir wollen mehr von diesem göttlichen Saft!

Es kann in diesem Haus, in dem sogar der ROSENKRANZ verbo-

ten ist, keine RETTUNG geben. Auf SEINEN Befehl hin werden alle ausgesperrt, die mir helfen könnten. Am Fenster meines Zimmers ist der Dampf zu sehen, den der Atem der Heiligen Jungfrau hinterließ, als sie ihre Nase dagegen drückte, und auch die Abdrücke ihrer Finger.

Wie sehr ich mich danach sehne, mich hinzulegen! Aber sie sollen mein Blut nicht haben. Ich werde immer weiter und weiter in meinem Zimmer umhergehen und in dies Buch schreiben, das ich in der Armbeuge halte. Die Münder der Dämonen werden vergebens saugen. Wenn ich nicht mehr gehen kann, werde ich in den Kamin kriechen, auf dass sie eine bittere, aschige Brühe zu trinken bekommen!

Ein mutiger Vorsatz, aber offenbar ist Agnes irgendwann schwach geworden und hat sich doch ins Bett gelegt. Der Eintrag des nächsten Tages beginnt wie folgt:

Ich erwache in einem blutigen Bett, aber ich lebe.

Es folgt eine weitere Tirade, die jedoch weniger heftig als die erste ist. Obwohl Agnes häufig auf Worte wie »Verhängnis« und »das Ende« zurückgreift, regt sich in ihr der Verdacht, dass der Tod seine Chance, sie zu holen, wohl verpasst hat.

Gerade eben wurde ein üppiges Abendessen serviert, und alle versuchten mich zu drängen, daran teilzunehmen. Mama ist tot und mein Leben weicht von mir, und man erwartet von mir, Schnepfen und Wachteln zu verspeisen! Ich habe nur eine einzige Ammer auf einem gebutterten Toast gegessen und ein paar Happen Nachtisch, dann habe ich gebeten, mich entschuldigen zu dürfen.

An jedem der folgenden Tage fällt es Agnes schwerer, das hohe Niveau ihrer Verzweiflung zu halten. Die Normalität nagt an ihrem Wahn, vergiftet ihn mit banalen Gedanken. Lord Unwin nimmt sie, so sehr sie ihn auch als einen Komplizen Satans zeichnet, an einem Sonntagnachmittag zu einem Konzert von »Mendelshon« in den Kristallpalast mit. Agnes' panische Angst, in einer Blutlache ihr Leben auszuhauchen, erweist sich als unbegründet, und sie »vergisst beinahe« für die Dauer des »wirklich sehr schönen« Konzerts, dass sie todkrank ist. Als die Blutungen am fünften Tag ganz aufhören, gelangt Agnes zu der Überzeugung, ein mitleidiger Engel habe sich für sie verwendet. Ihre Handschrift wird größer, aus den Dämonen auf dem Dachboden werden Tauben, und ein paar Einträge später beklagt sie sich, dass die Köchin zu viel Pfeffer in das Mittagessen getan hat.

Auf diese Weise überlebt Agnes Unwin den Eintritt ins Erwachsenenalter. Jeder, von ihrem Stiefvater bis hin zu dem Mann, der das Federwild liefert, macht ihr das Kompliment, dass sie sich in eine Dame verwandelt hat, aber niemand teilt ihr mit, dass sie zu einer Frau geworden ist.

»Und wenn sein Schwanz beim Rausziehen ganz blutig ist, dann sagst du: ›Oh, Sir, Sie haben mir meine Jungfräulichkeit geraubt!‹ Und verdrück, wenn's geht, ein paar Tränen.«

Mit diesen Worten erklärte Sadie, eine Prostituierte, die bei Mrs Castaway in der Church Lane arbeitete und an die Sugar ewig nicht gedacht hat, ihr damals, wie sie die Geißel der Frauen gewinnbringend nutzen konnte, solange sie noch jung war.

»Und was, wenn er mir nicht glaubt?«

»Natürlich wird er dir glauben. Du bist glatt rasiert wie ein Baby und hast keinen Busen – wie soll er es merken?«

»Was, wenn er mich schon mal irgendwo gesehen hat?«

»Keine Sorge. Jungfrauen bietet Mrs Castaway immer außerhalb von London an. Puffmütter in ganz England erzählen es weiter, flüstern es in erwartungsvoll lauschende Ohren. Am Ende wird es ein Kaufmann sein, oder ein Kirchenmann, jedenfalls einer, der vornehm durch die Nase spricht.«

»Was, wenn ich blute, ehe er in mir drin ist?«

»Muss ich dir denn jede Kleinigkeit verklickern? Du musst nur zusehen, dass du picobello sauber bist! Wenn es bei ihm länger dauert, sag ihm, er soll aus dem Fenster gucken, weil es draußen was Lustiges zu sehen gibt, und wenn er nicht hinschaut, wischst du dich schnell ab.«

»Draußen vor meinem Fenster gibt es aber nie etwas Lustiges zu sehen.«

Daraufhin hob Sadie eine Augenbraue, als wollte sie sagen: *Jetzt verstehe ich, wieso deine Mutter dich undankbar nennt.*

Sugar schließt Agnes' Tagebuch, verärgert darüber, dass sie sich die Nase putzen muss. Wässriger Rotz durchnässt im Verein mit den Tränen auf ihren Wangen das Taschentuch. Es ist der 30. November 1875, und Sadie ist seit Jahren tot, sie wurde das Opfer eines Mordes, kurz nachdem sie Mrs Castaway verließ, um bei Mrs Watt anzufangen.

»Dann hat sich ja ihr Wunsch erfüllt«, lautete Mrs Castaways süffisanter Kommentar, als sie die Neuigkeit erfuhr. »Schließlich wollte sie irgendwohin, wo es schöner ist als hier, nicht wahr?«

Sugar lässt das nasse Taschentuch auf den Boden fallen und wischt erst das Gesicht mit dem Ärmel ab und dann den Ärmel am Bett. Das schwarze Kleid, das sie trägt, wurde nicht gewaschen, seit sie ins Haus der Rackhams gekommen ist. Sie, die es bis vor kurzem gewohnt war, jeden Tag die Kleidung zu wechseln, trägt nun tagein, tagaus dieselben Sachen. Ihr Pony ist inzwischen so lang, dass er geschnitten werden müsste, aber vorläufig halten ihn Kämme und Haarnadeln in Schach.

Ihr kleines Zimmer ist so karg eingerichtet wie am Tag ihres Einzugs. Abgesehen von ein paar Toilettenartikeln – frühere Geschenke von William – hat sie nichts Persönliches hineingestellt. Die Drucke und Nippsachen aus der Priory Close sowie ihre Lieblingskleider sind noch immer in Koffern verpackt, die wiederum auf dem Kleiderschrank gestapelt sind. Sie besitzt wesentlich mehr Kleider als diese, etliche Kisten voll, von denen sie jedoch nicht weiß, wo sie sich befinden; William hat sie irgendwo »eingelagert«.

»Du brauchst nur einen Ton zu sagen«, versicherte er ihr, in jenem weit entfernten Abschnitt ihres Lebens, der gerade mal einen Monat zurückliegt, als sie, seine Geliebte, in Räumen lebte, die nach parfümiertem Badewasser und frischem Schweiß rochen.

Sugar steht auf und schaut aus dem Fenster. Der Regen hat aufgehört, und die sorgfältig geschnittenen Büsche und Hecken auf dem Grundstück der Rackhams glitzern spinatgrün und silbrig. Shears, der Gärtner, patrouilliert an den hinteren Zäunen entlang und überprüft, ob seine *Hedera helix* auch ordentlich das Gitterwerk berankt, denn in letzter Zeit haben zu viele Gaffer das Haus angestarrt. Es ist fünf vor zwei, fast an der Zeit für eine Gouvernante, zu ihrer Schülerin zurückzukehren. Gott weiß, was der Hausherr des Rackhamschen Anwesens gerade treibt und an wen er denkt.

Sugar mustert ihr Gesicht im Spiegel, pudert sich ein wenig die Nase und zupft ein Stückchen schuppige Haut von ihrer Unterlippe. Ihr Vorrat an Rackhams Crème de Jeunesse ist aufgebraucht, und sie weiß nicht, wie sie um Ersatz bitten könnte, es sei denn, sie würde den Wunsch einer Liste mit Büchern für Sophie hinzufügen.

Im Flur des ersten Stocks bleibt sie auf dem Weg zum Unterrichtsraum zuerst vor Williams und dann vor Agnes' Zimmer stehen und späht verstohlen durchs Schlüsselloch. Williams Arbeitszimmer ist von der Nachmittagssonne durchflutet, aber leer; er wird draußen in der Welt sein, um sie nach seinen Vorstellungen zu formen. Agnes' Schlafzimmer liegt im Dunkeln; Mrs Rackhams Tag ist entweder schon zu Ende oder noch nicht angebrochen.

Kurzerhand beschließt Sugar, auch durch das Schlüsselloch des Unterrichtsraums zu spähen. Wird sich ihren Augen vielleicht das Medaillonbild eines ungezogenen Kindes bieten? Aber nicht doch. Sophie sitzt neben dem Schreibpult auf dem Boden, ordnet die Troddeln an der Teppichkante mit ihren kurzen Fingern und starrt dabei zufrieden auf das verblasste Orientmuster hinab.

»Zur kleinen Gitarre, zur kleinen Gitarre, zur kleinen Gitarre …«, murmelt sie, um sich die Worte unauslöschlich einzuprägen.

»Gott segne Papa«, sagt Sophie an diesem Abend, wobei die über der Bettdecke gefalteten Hände im Kerzenschein einen spitz zulaufenden Schatten an die Wand werfen. »Gott segne Mama. Und Gott segne Miss Sugar.«

Sugar streckt schüchtern die Hand aus, um dem Kind über den Hinterkopf zu streicheln, doch die Kerzenflamme vergrößert den Schatten ihrer Hand auf groteske Weise, und Sugar zieht sie ruckartig zurück.

»Frierst du, Sophie?«, fragt sie, denn das Kind zittert zwischen den frisch gestärkten Laken.

»N-nur ein b-bisschen, M-miss.«

»Ich werde Rose sagen, sie soll dir eine andere Decke bringen. Diese hier ist viel zu dünn für die Jahreszeit.«

Sophie blickt staunend zu ihr hoch: Der langen Liste an Dingen, über die Miss Sugar Bescheid weiß, muss der Zusammenhang zwischen Bettwäsche und Jahreszeiten hinzugefügt werden.

Acht Uhr dreißig. Das Rackhamsche Haus ist von Dunkelheit umhüllt, ruhig und friedlich. Selbst Clara wäre zufrieden, wäre sie nicht bereits auf ihrem Zimmer, die Nase in einem Periodikum namens *Dienstbotenkurier*. Mrs Rackham sitzt unten im Wohnzimmer und liest zum wiederholten Male einen Roman mit dem Titel *Lady Antonies Entführung* – zugegebenermaßen kein Werk über Geheimphilosophie, und doch eine ungemein spannende Lektüre, vor allem, wenn man Kopfschmerzen hat. William ist in Plymouth – oder Portsmouth, irgendein Ort mit -mouth jedenfalls. Mehrtägige Reisen dieser Art – die immer häufiger vorkommen – sind unerlässlich, mein Schatz, wenn man den Namen Rackham landauf, landab bekannt machen will.

Die Schlüssellöcher entlang des Flurs würden, falls Clara den Wunsch hätte, sie zu kontrollieren, nichts enthüllen, was ihr missfiele. Alle Zimmer liegen im Dunkeln, außer dem der Gouvernante, in dem das Licht gesittet und gleichmäßig brennt. So sieht Clara die Mitglieder des Rackhamschen Haushaltes am liebsten: schlafend wie Miss Sophie oder im Bett lesend wie Miss Sugar.

Sugar reibt sich die Augen, aber sie will noch ein weiteres Tagebuch von Agnes durchlesen. Wenigstens hält sie dieses Vorhaben bis Mitternacht wach, dann wird sie wie üblich Sophie auf den Topf setzen. Das Kind braucht dabei von Mal zu Mal weniger Hilfe. Binnen kurzem wird eine geflüsterte Aufforderung von der Tür aus genügen, und bald darauf die Erinnerung an dieses Flüstern. Bis Sophie sich mit der Weltgeschichte und der Ordnung des Universums auskennt, wird es noch etwas dauern, aber Sugar ist wild entschlossen, ihr bis zum Ende des Jahres das Bettnässen abzugewöhnen.

In den Tagebüchern ist Agnes Unwin gerade sechzehn geworden.

Mama wäre bestimmt stolz auf mich gewesen, sinniert sie wehmütig. *Obwohl sie bestimmt aus dem LIMBUS auf mich herunterblickt – sofern sie mich aus so großer Entfernung an mei-*

nem Scheitel erkennen kann. Auf was genau Mrs Unwin bei ihrer Tochter stolz sein könnte, wird nicht näher ausgeführt, allerdings hat sich Agnes (ihrer eigenen Einschätzung zufolge) zu einer echten Schönheit entwickelt.

Immer wenn ich versucht bin, ob der Grausamkeit des SCHICKSALS und der Einsamkeit in diesem GOTTVERLASSENEN Haus zu verzweifeln, verkündet sie, *dann denke ich an das, wofür ich dankbar zu sein habe: Vor allem wären da mein Haar und meine Augen …*

Trauer und Menarche haben Miss Unwin in ein höchst merkwürdiges Persönchen verwandelt, abwechselnd gestört und konventionell. Wenn sie nicht blutet, verteilt sie ihre Aufmerksamkeit mehr oder weniger gleichmäßig auf Kleider, Gartenfeste, Bälle, Schuhe, Hüte und die geheimen Rituale, mit deren Hilfe sie sich eine makellose katholische Seele bewahren will, obwohl sie nach außen den Eindruck erweckt, die Regeln der Anglikanischen Kirche zu befolgen. Sie meidet die Sonne, unterlässt weitestgehend jede körperliche Anstrengung, isst wie ein Spatz und scheint im Großen und Ganzen bei guter Gesundheit zu sein.

Jedes Mal, wenn sie von ihrem »Leiden« außer Gefecht gesetzt wird – das sie in unregelmäßigen Abständen befällt –, deutet sie es als tödliche Krankheit, die ihr von bösen Geistern an den Hals gehext wurde. Am Tag, bevor die Blutungen beginnen, beklagt sie sich einmal, bei den Grimshaws habe sich innen an der Suppenterrine *unbestreitbar* ein Fingerabdruck befunden; am nächsten Tag sagt sie allem Irdischen Lebewohl und verbringt die wenigen ihr noch verbleibenden Stunden mit Fasten und Beten. Die Dämonen kommen, nach ihrem Blut lechzend, aus ihren Verstecken hervorgekrochen. Agnes ist panisch vor Angst, denn sie könnten ja zu ihr ins Bett gekrabbelt kommen, und hält sich mit Riechsalz wach. (»*Es <u>könnte</u> sein, dass ich es letzte Nacht zu oft und zu tief eingeatmet habe, denn plötzlich bildete ich mir ein, ich hätte zwanzig Finger und ein drittes Auge.*«) Sie verbietet der Dienerschaft, die schmutzigen Verbände wegzuwerfen, aus Furcht, die Dämonen könnten sie ergattern; stattdessen verbrennt sie die blutigen Baumwollknäuel im Kamin, und der bestialische Gestank veranlasst Lord Unwin regelmäßig, einen Schornsteinfeger mit der Erforschung der Ursache zu beauftragen.

Lord Unwin macht trotz Agnes' Anstrengungen, ihn zu verunglimpfen, nicht gerade den Eindruck eines Scheusals. Auf Sugar wirkt er wie ein relativ harmloser Stiefvater. Er schlägt Agnes nicht; er lässt sie nicht hungern (vielmehr hungert sie aus eigenem Antrieb, während er von ihr »umbarmherzig« verlangt, ein paar Pfund zuzulegen); er nimmt sie zu Konzerten und Tischgesellschaften mit. Als nachsichtiger, wenn auch nicht übertrieben fürsorglicher Vormund finanziert er, ohne Einspruch zu erheben, sämtliche kostspieligen Gelüste seiner Stieftochter.

Nur in einem Punkt ist er unnachgiebig: Agnes muss den anglikanischen Gottesdienst besuchen. Und nicht nur das: Sie muss ihn als einzige Vertreterin der Unwins besuchen, denn der Lord ist nicht willens, sich dort blicken zu lassen. »Religion ist Frauensache, liebste Aggie«, sagt er, und sie ist gezwungen, hinzugehen und grässliche Lieder zu durchleiden, die noch nicht einmal auf Lateinisch sind.

Ich bewege die Lippen, aber ich singe nicht mit, versichert sie ihrem Tagebuch wie eine Prostituierte, die einer anderen versichert, sie lutsche zwar, schlucke aber niemals herunter.

Abgesehen von dieser allwöchentlichen Demütigung und dem Fluch, der ihr Inneres alle paar Monate peinigt, scheint Agnes' Bild von sich selbst als einem Menschen, der auf wundersame Weise unzählige Heimsuchungen überlebt hat, in ziemlichem Widerspruch zur Realität zu stehen. Sie wird beständig von den richtigen Leuten zu Gartenfesten, Bällen und Picknicks eingeladen und verbringt dort »überaus angenehme« Stunden. Ihren Schilderungen zufolge hat sie mindestens ein halbes Dutzend Verehrer, die Lord Unwin weder ermutigt noch ablehnt und mit denen sie deshalb ausnahmslos schüchtern herumschäkert. Keiner der Verehrer hat, so weit Sugar das den knappen Beschreibungen entnehmen kann, einen Beruf: alles rotbackige Aristokraten.

Elton ist reizend und auch sehr männlich, schreibt Agnes an einer Stelle. *Er hat seinen Mantel ausgezogen und die Ärmel hochgekrempelt, um unseren Kahn zu staken. Er hat dabei die Stirn in schlimme Falten gelegt, aber wir sind beinahe in gerader Linie gefahren, und als wir uns für eine Anlegestelle entschieden hatten, hat er jeder von uns aufs Ufer hinaufgeholfen.*

Hat man einen dieser Berichte gelesen, kennt man sie alle. Es ist eine Welt des Adels, eine Welt, in der ehrgeizige Kaufleute, die Zusammenkünfte mit verschwitzten Hafenarbeitern in Yarmouth abhalten oder den Preis für Sackleinen verhandeln, einfach nicht vorkommen. Das heißt, eine Welt, in der sich niemand vorstellen kann, dass es Männer wie William Rackham gibt.

In der Welt des 30. November 1875 dringt aus dem Erdgeschoss das gedämpfte Klingeln der Glocke herauf und dann: »Willi-a-a-am, du Schurke, zeig dich!«

Beim Klang der bellenden Männerstimme, die die Stille des Hauses durchbricht, zuckt Sugar zusammen.

»Feigling! Angsthase! Zieh dein Schwert und komm raus aus der Deckung!«

Eine zweite, ebenso laute Männerstimme. Unten sind Eindringlinge! Sugar steht auf, kniet sich an die Tür und öffnet sie einen Spalt, um hinauszuschauen. Sie sieht lediglich die dunklen Silhouetten der Geländerstreben am Rand des Treppenflurs und den grellen Schein des Kronleuchters. Doch die Stimmen sind jetzt klar zu identifizieren: Philip Bodley und Edward Ashwell, beide reichlich angeheitert.

»Wie, was, in Yarmouth? Von wegen, wahrscheinlich versteckt er sich unterm Bett! Kneift vor seinen alten Freunden! Wir verlangen Schatisch … Schatisfaktion!«

Etwa eine halbe Minute lang mischen sich Roses verstörte Bitten mit Bodleys und Ashwells jovialem Gepolter, dann betritt – zur allgemeinen Überraschung – Mrs Rackham die Szene.

»Geben Sie doch bitte Rose Ihre Mäntel, meine Herren«, sagt sie liebenswürdig, mit ihrer zirpenden Stimme, die durch die Akustik in der Empfangsdiele verstärkt wird. »Ich werde mein Möglichstes tun, um meinen abwesenden Gatten als Gastgeber zu vertreten.«

Eine bemerkenswerte Einladung, wenn man bedenkt, wie sorgsam Agnes in der Vergangenheit darauf bedacht war, Bodley und Ashwell aus dem Weg zu gehen. Die beiden Männer werden auch prompt kleinlauter, schnauben und murmeln nur noch.

»Wie ich höre«, sagt Agnes, »werden Sie demnächst ein weiteres Buch … äh … herausbringen.«

»Es erscheint nächsten Dienstag, Mrs Rackham. Unser bisher bestes!«

»Wie überaus erfreulich für Sie. Wie heißt es denn?«

»Oh, ähm … ich bezweifle, dass es sich ziemt, den Titel in Gegenwart einer Dame …«

»Unsinn, meine Herren. Ich bin durchaus nicht die zarte Blume, für die William mich hält.«

»Also gut …« (verlegenes Räuspern) *»Der Krieg gegen das große soziale Übel – Wer wird gewinnen?«* (Alkoholisiertes Gekicher).

»Ich finde es überaus interessant«, gurrt Agnes, »dass es Ihnen möglich ist, derart viele Bücher zu veröffentlichen, von denen keines ein Roman ist, sondern alle nur Ihre persönlichen Ansichten enthalten! Sie müssen mir erzählen, wie Ihnen das gelingt. Wissen Sie, ich interessiere mich neuerdings ungemein für dieses Thema …«

Die Stimmen wirken noch gedämpfter. Agnes führt die Männer in den Salon.

»Das Thema des … gesellschaftlichen Hauptübels?«, erkundigt sich Ashwell ungläubig.

»Nein, nein, nein«, tiriliert Agnes kokett, während sie unter der Treppe hindurchgeht, »das Thema *Veröffentlichung* …«

Und dann sind sie verschwunden.

Sugar bleibt noch ein paar Minuten an der Tür knien, aber es herrscht wieder Stille, und da sie nur leicht bekleidet ist, bekommt sie von dem kalten Luftzug, der durch den Spalt dringt, eine Gänsehaut auf Armen und Brust. Erfüllt von ungläubigem Staunen über das, was sie eben mit angehört hat, kehrt Sugar in ihr Bett zurück und nimmt die Lektüre von Agnes' Tagebuch an der Stelle wieder auf, an der sie die Lektüre unterbrochen hat.

Sie liest weiter, doch mit einem Ohr lauscht sie auf weitere Ereignisse im Erdgeschoss und atmet nur flach, damit ihr ja nichts entgeht, falls einer der Männer die Stimme hebt. Sie will diszipliniert sein und jedes Wort lesen, aber ihre Geduld mit Agnes' umfassender Auflistung von Bällen und Schneidern ist am Ende, möglicherweise hat auch die Anwesenheit von Bodley und Ashwell ihre Konzentration zunichte gemacht. Was auch immer der Grund sein mag, sie überfliegt die Seiten nur noch nach

Hinweisen auf interessante Passagen: nach der engen, winzigen Handschrift des Wahnsinns beispielsweise.

Seiten rascheln an ihr vorbei, voller Worte ohne Bedeutung, und die Monate fliegen dahin. Erst im Juli 1868 erwähnt Agnes Unwin das erste Mal William Rackham. Aber wie sie ihn erwähnt!

Ich bin heute einem höchst außergewöhnlichen Menschen vorgestellt worden, schreibt die Siebzehnjährige. *Er ist teils Barbar, teils Orakel, teils Stutzer!*

Ja, da ist er, sehr zu Sugars Verblüffung, der flotte junge Dandy, gerade von seinen Reisen auf dem Kontinent zurückgekehrt, extravagant und geheimnisumwoben. Und groß! (Obwohl einer Frau, die so klein wie Agnes ist, womöglich alle Männer groß vorkommen.) Dennoch, ganz gleich wie viel Zentimeter William tatsächlich misst, er ragt unübersehbar aus der Menge der hirnlosen Sprösslinge der Aristokratie heraus, mit denen Agnes bisher Umgang pflegte.

Dieser energische junge Rackham bewegt sich in Miss Unwins Kreisen mit anmaßender Dreistigkeit, trotz seines zweifelhaften familiären Hintergrundes offenbar ohne jede Angst, dass man ihm die kalte Schulter zeigen könnte. Er hat die Gabe, durch eine Menge zu schlendern und zu erreichen, dass sie sich nach einem kurzen Zögern in zwei Halbkreisen um ihn schart, woraufhin er die anwesenden Männer (da er viel geistreicher ist als sie) in den Hintergrund drängt und bald fast nur noch junge Frauen um sich hat, die er mit Geschichten aus Frankreich und Marokko unterhält. Agnes zieht es anfangs vor, ihn im Schutz dieser Damentraube zu erleben, damit seine überwältigende Aura nicht einzig und allein ihr errötendes Gesicht bescheint. Aber in Folge einer Kette von Ereignissen, die Agnes als *tellement gênant!* bejammert, wählt Rackham sie unter all den anderen aus und findet einen Weg, mit ihr allein zu sein. Um von vorneherein zu verhindern, dass ihr Tagebuch sie der Komplizenschaft in dieser Angelegenheit bezichtigt, streitet Agnes dergleichen vehement ab und beschwert sich über ihre Gefährtinnen, die, sobald William Rackham auftaucht, sich abrupt umdrehen und sich ohne sie entfernen, und da steht er dann mit dem selbstzufriedenen Grinsen eines Katers, der ein Schälchen Milch bekommen hat!

Obwohl sie die Aufmerksamkeiten ihres Verehrers »äußerst besorgniserregend« nennt, beschreibt sie ihn wie folgt:

Er ist kräftig gebaut, doch seine Gesichtszüge und seine Hände sind zart, und er hat üppiges blond gelocktes Haar. In seinen Augen liegt ein sorgloses Funkeln, und er blickt alle und jeden zu direkt an, allerdings tut er so, als wäre ihm das nicht bewusst. Er kleidet sich, wie sich nur wenige Männer HEUTZUTAGE zu kleiden wagen, trägt karierte Hosen, eine kanariengelbe Weste und dergleichen, dazu eine Jagdmütze. Ich habe ihn nur einmal in schlichtem SCHWARZ gesehen (er ist wirklich eine stattliche Erscheinung!), doch als ich ihn fragte, wieso er die Farbe nicht öfter trage, antwortete er: »Schwarz ist etwas für SONNTAGE, BEERDIGUNGEN und Langweiler. Was habe ich zu befürchten, wenn ich mich so kleide, wie es mir gefällt? Dass man mir den Zutritt zu KIRCHEN, BEERDIGUNGEN oder Versammlungen von Langweilern verwehrt? Von mir aus, dann werde ich nur noch mit Lodenmütze und Hausmantel auftreten!«

Sein Vater ist ein Geschäftsmann – das verheimlicht er keineswegs. »Es ist meines Vaters Sache, wie er seinen Weg im Leben geht, und meine, wie ich meinen gehe.« Ich konnte bisher noch nicht zu meiner vollsten Zufriedenheit klären, aus welcher Quelle er seine Einkünfte bezieht: vielleicht aus seiner SCHRIFTSTELLEREI. Gewiss kommt er nicht für einen der oberen Plätze auf der Liste meiner Verehrer in Frage.

Dieser halbherzige Versuch, streng zu sein, verfehlt jegliche Wirkung auf Sugar, denn zum einen kennt sie den Ausgang der Geschichte, und zum anderen ist ihr nicht entgangen, dass das halbe Dutzend kaum unterscheidbarer Verehrer der letzten Monate komplett aus dem Tagebuch verschwunden ist und sie auf William Rackham mehr Tinte verwendet als je auf einen der anderen. Schon bald zeichnet Agnes ganze Gespräche auf, von der Begrüßung bis zum Abschied, und sie beeilt sich, sie sofort nach der Begegnung zu notieren, damit keine der scharfsinnigen

Bemerkungen des Mannes verloren geht oder falsch wiedergegeben wird. Im Herbst 1868 sind die Schilderungen, in denen William vorkommt, so lebendig, dass sie sich wie Szenen eines Romans lesen:

»Lassen Sie uns mit diesem belanglosen Geplauder aufhören«, sagte er plötzlich, legte die Zeigefinger seitlich an meinen geöffneten Fächer und schob ihn direkt vor meiner Nase zusammen. Ich war erschrocken, aber er lächelte. »Werden wir uns in zehn Jahren noch an eines dieser Worte erinnern?«, sagte er.

Mein Gesicht war tiefrot angelaufen, aber meine Geistesgegenwart ließ mich nicht im Stich: »Ich gehe nicht davon aus, dass wir einander in zehn Jahren noch kennen«, erwiderte ich.

Daraufhin schlug er sich mit der Hand auf die Brust, so als hätte ich ihm ins Herz geschossen. Da ich ihn nur ungern kränken wollte, fügte ich hastig hinzu: »Wie dem auch sei, ich muss gestehen, dass ich Ihnen lediglich belangloses Geplauder bieten kann: Etwas anderes habe ich nicht gelernt. Ich bin nicht welterfahren und, verglichen mit Ihnen, ein sehr uninteressantes und oberflächliches kleines Ding.«

Ich hoffte, ihm damit geschmeichelt zu haben, aber er nahm das alles <u>sehr</u> ernst und erklärte mit Nachdruck: »O nein, Sie sind die interessanteste und am wenigsten oberflächliche junge Dame, die ich kenne! Es gibt Sehnsüchte tief in Ihnen, die sich niemand ausmalen kann – niemand außer mir. Sie bewegen sich zwischen all den jungen Damen, als wären Sie eine von ihnen, aber in Wahrheit sind Sie das nicht. Sie sind anders, und mehr noch, <u>ich sehe Ihnen an, dass Sie es wissen</u>.«

»Mr Rackham!« – war alles, was ich herausbrachte, so sehr hatte er mich erröten lassen. Woraufhin er etwas sehr Eigenartiges tat, er griff nämlich erneut nach den Kanten meines Fächers und zog ihn auseinander, so dass mein Gesicht vor ihm verborgen war. Ich hörte seine Stimme das Folgende erklären:

»Ich begreife jetzt, dass es falsch von mir war, mit mei-

nem Licht in die Geheimnisse Ihrer Seele zu leuchten: Es hat Ihnen Angst eingejagt, und ich möchte Sie auf gar keinen Fall verängstigen. Kehren wir also zum belanglosen Geplauder zurück. Schauen Sie, da drüben, Agnes, die Hüte der Garnett-Schwestern. Ich habe heute Nachmittag gesehen, wie neidisch sie auf diese Hüte geschaut haben – ja, das habe ich, Sie können es nicht bestreiten. Nun, Sie brauchen nicht neidisch zu sein! Ich war vor weniger als zwei Wochen in Paris, und dort ist man übereinstimmend der Meinung, dass diese Hüte passé sind.«

Diese Begegnung stellt einen Wendepunkt in Agnes' Gefühlen William Rackham gegenüber dar. Von nun an denkt sie wie eine treu ergebene Schülerin über jedes seiner Worte nach. Jede Bemerkung von ihm, ganz gleich, wie leichtfertig sie dahingesagt wurde, muss zwangsläufig eine tiefere Bedeutung haben, und wenn er sich klug gibt, dann ist er klüger als jeder andere Mensch, der ihr bisher begegnet ist. Er kennt sich mit einer Vielzahl von Religionen aus und fasst ihre Mängel mit einer *ungemein* treffenden Formulierung zusammen – irgendetwas in der Art, dass es »zwischen Himmel und Erde mehr Dinge gibt, als sich die Kirchengelehrten erträumen«. (Ach, wenn sie doch nur nicht zu Abend gegessen hätte, bevor sie das Tagebuch zur Hand nahm, dann würde sie sich vielleicht noch an den genauen Wortlaut erinnern!) Er geht nur selten zum Gottesdienst, und wenn, dann in eine anglikanische Kirche, aber er vertritt die häretische Ansicht, dass seit der Zeit Heinrichs VIII. in England ein religiöses Chaos herrscht – eine Überzeugung, die Agnes natürlich teilt. Er ist Spezialist in Sachen Blumennamen, kann das Wetter vorhersagen, weiß über die Stoffe Bescheid, aus denen Frauenkleider genäht werden, und ist der persönliche Freund etlicher Künstler, die regelmäßig in der Royal Academy ausstellen. Was für ein Mann! Nur die genauen Quellen seines Einkommens sind nach wie vor etwas nebulös, doch, um mit Agnes zu sprechen:

Er ist ein AUTOR, ein Mann der WISSENSCHAFTEN und schlauer als jeder STAATSMANN. Warum sollte er nicht unentschlossen sein, welchen Weg er einschlagen will, wenn er doch jeden davon einschlagen könnte? Ich spüre mein Herz in der Brust schlagen, wenn ich auf ihn zugehe, und fühle mich geschwächt, wenn wir uns trennen. Obwohl ich mir sicher bin, dass ich ihn zurückweisen würde, falls er es wagen sollte, mich zu berühren, wünscht sich ein Teil von mir, er würde es tun, und manchmal, in den müßigen Augenblicken, nachdem er mich verlassen hat, bilde ich mir ein, ich läge in seinem Armen. Jeden Morgen wache ich mit dem Wunsch auf, als erstes sein Gesicht zu sehen, und wenn ich mich abends schlafen lege, ist das erste Gesicht, das ich in meinen Träumen sehe, seines. Falle ich dem Wahnsinn anheim?

Unten geht etwas geräuschvoll zu Bruch. Glas oder Porzellan – barsche Ausrufe des Erstaunens –, heftiger Knall einer Tür an die Wand, so dass das gesamte Haus erzittert.

»Raus mit Ihnen! Gehen Sie mir aus den Augen!«, schreit Agnes.

In null Komma nichts kniet Sugar erneut an der Tür, das Gesicht an den offenen Spalt gedrückt.

Schatten und Licht tanzen unterhalb des Treppenabsatzes, als sich die Auseinandersetzung plötzlich in die Empfangsdiele verlagert. Die Salontür wurde mit so viel Schwung aufgerissen, dass der Kronleuchter in der Diele immer noch sanft hin und her schwingt.

»Mrs Rackham!«, protestiert einer der Männer. »Es ist nicht nötig …«

Ein lautes Klappern und ein beunruhigendes *Spoinggg*: der Hutständer wurde zu Boden geworfen. »Erzählen Sie *mir* nicht, was nötig ist, Sie fetter, betrunkener Schweinehund!«, kreischt Agnes. »Sie sind nutzlos … und lächerlich, alle beide!«

»Meine liebe Mrs Rackham.«

»Ihnen ist doch nichts lieb außer der Verkommenheit! Dreckskerle! Kanalratten! Ihr Haar riecht nach verfaulten Bananen! Ihre Schädel sind voller Schleim! Verschwinden Sie aus meinem Haus!«

»Ja, ja, schind gleich weg …«, murmelt einer der Männer.

»Unsere Mäntel, Bodley …«, erinnert ihn sein Gefährte, als ein beißender Zustrom eisiger Luft ins Haus drängt.

»Mäntel!«, schreit Agnes außer sich. »Ihre dicke ölige Haut wird Sie warm halten. Das, und Ihre Prostituierten!«

»Ah, Rose – da sind Sie ja!«, sagt Ashwell bemüht leutselig. »Ich glaube, Ihre Herrin könnte womöglich … äh … einen ihrer Anfälle haben …«

»Ich habe *keineswegs* ›einen meiner Anfälle‹!«, ereifert sich Agnes. »Ich versuche bloß, Abfall aus meinem Haus zu schaffen, ehe ich hineintrete! Nein, kommen Sie Ihnen nicht zu nahe, Rose: Wenn Sie wüssten, wo die beiden überall waren …!«

Bodley, der Betrunkenere von den zweien, erträgt die Provokationen nicht mehr. »Mit *Verlaub*, Mrs Rackham«, verkündet er, »die Haltung, die Schie einnehmen, is schum Teil schuld daran, dasch sich die Proschtituschion scho … scho stark ausschbreitet. Wenn Schie, statt unsch schu beleidign, sich die Mühe machen würdn, unschere Forschungsergebnische schu dem Thema …«

»Sie eingebildeter Idiot – glauben Sie etwa, ich hätte keine Ahnung, was eine Prostituierte ist?«, kreischt Agnes, und die schrillen Obertöne ihrer Stimme scheinen von jeder Metall- und Glasfläche des Hauses widerzuhallen. »Zufällig weiß ich es aber! Es sind verschlagene, gewöhnliche Frauen, die sich so weit erniedrigen, für Geld das hässliche Gesicht von Männern wie Ihnen zu küssen! Ha! Wieso küssen Sie sich nicht einfach *gegenseitig* und *umsonst*, Sie Widerlinge!«

Das schlägt Bodley und Ashwell endgültig in die Flucht, die Haustür knallt zu, Agnes stößt ein letztes, kehliges Wutgeheul aus, und dann ertönt das gedämpfte Geräusch eines am Dielenboden aufschlagenden Körpers.

Nach ein paar Sekunden der Stille ertönt dünn und ängstlich Roses Stimme: »Miss Tillotson! Miss Tillotson!«

Sugar huscht, immer noch auf allen vieren, vom Türspalt weg und hüpft wie ein braves Mädchen in ihr Bett.

»Nur für einen Abend wie diesen …« (Keuchen), »müsste man zehn Shilling bekommen«, beschwert sich eine Stimme auf der Treppe.

»Passen Sie auf ihre Finger auf«, jammert eine andere.

Da der Herr nicht im Haus ist, wird die Aufgabe, die bewusstlose Agnes nach oben zu tragen, von Rose, Letty und Clara geschultert. Sie brauchen ziemlich lange dafür, schnaufen und ächzen unterwegs ausgiebig, aber schließlich zieht die Prozession an Sugars Zimmer vorbei, und kurz danach herrscht wieder Stille.

Sugar wartet so lange ab, wie sie es aushält, in der Hoffnung, dass in der Zwischenzeit alle eingeschlafen sind. Das Desaster war zwar ein faszinierendes Schauspiel, aber es darf sie nicht von ihrer guten Tat für Sophie abhalten. Auf, ins Bett ihr Leute, und Bühne frei für eine arme Gouvernante!

Sugar sieht auf die Uhr. Viertel vor zwölf – bestimmt befindet sich inzwischen die gesamte Dienerschaft im Land der Träume. Sie müssen morgens sehr früh raus: Das sollten sie in ihrem eigenen Interesse lieber nicht vergessen. Vor allem Clara mit ihrem mürrischen Mund und den glitzernden, misstrauischen Augen – Letzteren sollte die kleine Giftschlange bis morgen etwas Ruhe gönnen. Möge sie die pockennarbige Wange auf ein Kissen legen und der Welt gestatten, sich ein paar Stunden lang ohne ihre Hilfe zu drehen …

Zehn Minuten vor zwölf. Sugar läuft auf Zehenspitzen über den kalten Flur zu Sophies Schlafzimmer. Die Kamine im Haus sind erloschen und geben keine Wärme mehr ab. Die Dachbalken knarzen im Wind, und Hagel prasselt auf die Ziegel. Sugar schlüpft wie ein Gespenst in Sophies Zimmer, muss aber feststellen, dass das Kind bereits aufrecht im Bett sitzt, die Augen im Kerzenschein weit aufgerissen.

»Schlecht geträumt, Sophie?«, erkundigt sich Sugar sanft und bändigt die zuckenden Schatten, indem sie die Kerze auf die Frisierkommode stellt, direkt neben die Negerpuppe, die in einen weißen Wollschal gehüllt ist.

»Meine Mama«, verkündet Sophie in einem sonderbaren, lehrhaften Ton, »hat Anfälle, Miss Sugar. Sie wird furchtbar böse, und sie schreit, und dann fällt sie um.«

»Es ist gut, Sophie«, sagt Sugar, wohl wissend, dass es nicht gut ist, aber sie kommt auf nichts Besseres, um das Kind zu beruhigen. »Hast du schon … Dingsda gemacht?« Der Euphemismus hört sich aus ihrem Mund ausgesprochen gouvernantenhaft an – es ist derselbe Mund, der William noch vor kurzem aufgefordert hat, sein Sperma in ihre Möse zu spritzen.

Sophie klettert aus dem Bett und hockt sich gehorsam auf den Topf. Sie kennt nichts anderes als Euphemismen, und wenn es nach Sugar geht, wird das auch so bleiben.

»Die Kinderfrau hat mir erzählt«, berichtet Sophie, während ein zarter Urinstrahl auf das Porzellan trifft, »dass Mama in einem Irrenhaus enden wird.« Einen Moment später fügt sie (nur für den Fall, dass das enzyklopädische Wissen ihrer Gouvernante dieses eine grässliche Detail nicht umfasst) als Erklärung hinzu: »Ein Haus, in dem man Irre einsperrt, Miss.«

Stirb und verfaule in der Hölle, du hässliche alte Klatschbase, denkt Sugar. »Es war nicht nett von der Kinderfrau, so etwas zu sagen«, entgegnet sie.

»Aber Mama *wird* doch dort hinkommen, oder Miss?«, fragt das Kind beharrlich, als es wieder im Bett liegt.

Sugar seufzt. »Mitten in der Nacht, wenn man eigentlich schlafen sollte, ist nicht der richtige Zeitpunkt, sich über so etwas Gedanken zu machen, Sophie.«

»Wie spät ist es, Miss?«, fragt das Kind hellwach.

Sugar schaut nach der Uhr auf dem Kaminsims.

»Eine Minute vor Mitternacht.« Sie zieht die Decke bis zu Sophies Hals hoch. Es ist so kalt im Zimmer, dass ihr die Hände zittern. Aber der Blick des Kindes fleht sie an, nicht zu gehen.

»Ich muss jetzt zurück in mein eigenes Bett, Sophie.«

»Ja, Miss. Ist jetzt schon morgen?«

Sugar vergewissert sich noch einmal, erwägt zu lügen. »Noch nicht ganz«, gesteht sie. »Warte, ich zeige dir die Uhr.« Sie holt das schwere stahlgraue Stück vom Sims herunter. Es ähnelt mit seinen vielen Vertiefungen einer Puddingform und ist ein Ausbund an Scheußlichkeit. Sie hält es in beiden Händen, lässt Sophie zusehen, wie unter dem gelblichen Glas der Sekundenzeiger voranschreitet. Der draußen heulende Wind übertönt das Uhrwerk.

»*Jetzt* ist es morgen«, verkündet Sophie erleichtert, so als wäre eine lästige Meinungsverschiedenheit zur allgemeinen Zufriedenheit beigelegt worden.

»Nicht nur das, meine Kleine«, sagt Sugar, der plötzlich das Datum einfällt. »Es ist Dezember. Der letzte Monat des Jahres, der Monat, der uns den Winter und Weihnachten beschert. Und wenn der Dezember vorbei ist, was folgt dann, Sophie?«

Sugar wartet, willens, sowohl »Januar« als auch »1876« als Antwort zu akzeptieren. Das Haus ächzt unter dem heftigen Regen, durchdrungen von allen möglichen mysteriösen Geräuschen, die lauter als die sanften Atemzüge eines Kindes sind. Als klar ist, dass keine Antwort mehr kommen wird, bläst Sugar die Kerze aus.

Fünfundzwanzig

»Nun haben wir über alle gesprochen, nur nicht über Sie, William«, sagt Lady Bridgelow, während sie Seite an Seite über den feucht schimmernden Bürgersteig schlendern. »Ihr Leben wird immer geheimnisvoller, und ich bin doch so neugierig!«

William gluckst und genießt einen Moment lang das Gefühl, ein Mysterium zu sein. Aber er möchte Constance (wie Lady Bridgelow unbedingt von ihm genannt werden will) natürlich nicht unnötig im Ungewissen lassen. Immerhin ist sie seine beste Freundin – nun ja, die beste von jenen, mit denen er sich heutzutage in der Öffentlichkeit zeigen kann. Der morgendliche Nieselregen hat sich verzogen und einem ungewöhnlich milden Sonntagnachmittag Platz gemacht. Das Sonnenlicht ist zwar matt, erwärmt die Luft aber spürbar, lässt die Ziegeldächer von Notting Hill erglänzen und umgibt den Kirchturm mit einem Strahlenkranz. William ist froh, dass er heute zum Gottesdienst gegangen ist; bei solch einem Wetter wird ihn der Entschluss, sich häufiger in der Kirche sehen zu lassen, wenig Überwindung kosten.

»Haben Sie inzwischen eine Gouvernante für Ihre Tochter gefunden?«, erkundigt sich Lady Bridgelow.

»O ja, das habe ich, danke der Nachfrage.«

»Ich wüsste nämlich ein hervorragend geeignetes Mädchen, das eine Anstellung sucht – sehr intelligent, die Gelassenheit in Person, ihr Vater hat gerade Bankrott gemacht …«

»Nein danke, ich bin sicher, genau die richtige Wahl getroffen zu haben.«

Lady Bridgelow runzelt leicht die Stirn angesichts dieser weiteren unbekannten Details im Leben ihres Freundes.

»Sie ist Ihnen aber nicht von diesem Rettungsverein vermittelt worden, oder?«

William spürt, wie ihm die Röte in Hals und Wangen steigt, und ist dankbar für seinen hohen Hemdkragen und seinen immer üppiger werdenden Bart.

»Selbstverständlich nicht Wie kommen Sie darauf?«

Lady Bridgelow blickt über die Hermelinstola auf ihrer Schulter, so als hätte sie eine Mitteilung von höchster Vertraulichkeit zu machen.

»Nun, Sie haben doch sicher gehört, dass Mrs Fox ihre ehemalige … *Tätigkeit* wieder aufgenommen hat, oder nicht? Und sie ist aktiver denn je, wie mir berichtet wurde. Unermüdlich versucht sie, Damen der Gesellschaft davon zu überzeugen, dass ihre … geläuterten Frauenzimmer die Lösung für jedes nur erdenkliche Dienstbotenproblem seien. Bei *mir* versucht sie es klugerweise schon gar nicht mehr; ich habe einmal ein Mädchen von diesem Verein für die Küche eingestellt und musste sie nach vier Monaten wieder entlassen.«

»Oh.« In Williams Haushalt ist endlich Ordnung eingekehrt, allerdings mittels eines beträchtlichen Aufwands an Kapital und Kopfzerbrechen; der Gedanke an möglichen Ärger ist ihm zuwider. »Was ist denn passiert?«

»Nichts, worüber man in vornehmer Gesellschaft reden könnte«, sagt Lady Bridgelow süffisant lächelnd und deutet mit ihren in Glacéhandschuhen steckenden Fingern eine Rundung vor ihrem in Seide gehüllten Unterleib an.

»Bin ich etwa vornehme Gesellschaft, Constance?«

Sie lächelt. »Sie sind … einzig in Ihrer Art, William. Ich glaube, mit Ihnen könnte ich über *jedes* Thema sprechen.«

»Nun, das will ich auch hoffen.«

Ermutigt fährt sie fort: »Zu schade, dass Sie bei der Präsentation von Philips und Edwards neuem Buch nicht dabei sein konnten. Wussten Sie, dass außer mir nur noch *vier* weitere Frauen anwesend waren? Beziehungsweise *drei*: Mrs Burnand wurde vor aller Augen von ihrem aufgebrachten Gatten aus dem Saal gezerrt!«

William lächelt sie an, wenngleich ihn die Frage quält, ob er berechtigterweise daran Anstoß genommen hat, dass seine alten Freunde auf die Einladung an ihn den plumpen Hinweis »*sans femme*« gekritzelt haben.

»Na ja, Bodleys und Ashwells Buch *ist* wirklich starker Tobak«, sagt er seufzend. »Und von den Statistiken der beiden bin ich auch nicht unbedingt überzeugt. Wenn es so viele Prostituierte in London gäbe, wie sie behaupten, müsste man doch an jeder Ecke über sie stolpern …«

»Schon möglich, aber was ich eigentlich erzählen wollte: Mrs Fox war bei der Buchvorstellung ebenfalls anwesend. Irgendwann ist sie dann aufgestanden und hat die Autoren dafür gelobt, dass sie diese Problematik ins Bewusstsein einer breiteren Öffentlichkeit gerückt hätten – und hat sie dann wegen mangelnden Ernstes gescholten! ›Es gehört sich nicht, über eine Frau zu lachen, die gefallen ist‹, hat sie gesagt – woraufhin das Publikum natürlich tobte.«

»Arme Mrs Fox. ›Herr, vergib ihr, denn sie weiß nicht, was sie sagt‹ …«

Lady Bridgelow kichert, und zwar überraschend ordinär. »Ach, man darf nicht zu streng sein, wenn sich jemand gelegentlich verplappert, habe ich Recht?«, sagt sie. »Ich habe hinterher mit Philip und Edward gesprochen, und die beiden zeigten sich sehr besorgt über den Zustand Ihrer armen Agnes …«

William geht, als hätte er einen Stock verschluckt.

»Ich weiß die Sorge der beiden zu schätzen«, erwidert er, »aber zum Glück ist sie völlig unbegründet. Agnes ist so gut wie genesen.«

»Und trotzdem war sie heute nicht beim Gottesdienst …?«, murmelt Lady Bridgelow.

»Nein.«

»War sie stattdessen vielleicht bei der katholischen Messe in Cricklewood?«

»Gut möglich.« William weiß genau, dass sie dort war, auch wenn seine Frau sich immer noch in dem albernen Glauben wiegt, ein »kleines Geheimnis« mit ihrem Kutscher zu teilen. »Ich vertraue darauf, dass sie diese Phase bald überwindet.«

Lady Bridgelow stößt einen elegischen Seufzer aus, und ihr Blick verschleiert sich. »Aaah, Vertrauen«, wiederholt sie traurig eingedenk der Widrigkeiten, die sie in ihrem bisherigen Leben zu erdulden hatte. Der melancholische Gesichtsausdruck steht ihr gut; sie bekommt dadurch jenen abwesenden Blick, der seit kurzem groß in Mode ist. Doch es ist ihr nicht gegeben, lange trübsinnig zu sein, und sie fragt unvermittelt: »Haben Sie an Weihnachten etwas Besonderes vor?«

»Nur das Übliche, fürchte ich«, sagt William. »Ich bin in letzter Zeit ein richtiger Langeweiler geworden. Ich stehe auf, frühstücke, erobere einen weiteren Teil des British Empire mit meinen Waren, esse zu Abend und gehe ins Bett. Mir fällt, offen gestanden, kein Grund ein, warum sich, abgesehen von meinem Bankier, irgendwer auch nur im Geringsten für mich interessieren sollte ...«

»Nicht doch, William, Sie müssen auch für mich ein wenig Platz schaffen«, wendet sie ein. »Jeder bedeutende Geschäftsmann braucht eine gute Freundin an seiner Seite. Erst recht, wenn die Dinge, die er herstellt, von derart großer Bedeutung für Frauen sind, hmm?«

William gibt sich die allergrößte Mühe, keine Miene zu verziehen, obwohl er am liebsten über das ganze Gesicht strahlen würde. Niemals wäre er auf die Idee gekommen, Lady Bridgelow könnte Rackham-Produkte verwenden. Die neuen Kataloge und Plakate scheinen den gewünschten Effekt zu haben ...

»Was mich betrifft«, sagt Lady Bridgelow, »so habe ich für meine nächste Abendgesellschaft einen ziemlichen Coup gelandet, finden Sie nicht? Lord *und* Lady Unwin, beide im gleichen Land und am selben Tisch vereint!«

»Stimmt, wie ist Ihnen denn das gelungen?«

»Um die Wahrheit zu sagen, durch pure Schnelligkeit! Ich habe bei beiden angefragt, als alle anderen sich noch nicht von dem Staunen über Lord Unwins Rückkehr erholt hatten. Natürlich will ich nicht behaupten, *mein* Charme habe ihn zurück in seine Heimat gelockt; ich glaube, seine Frau hat dieses Jahr den Wunsch, Weihnachten *en famille* in England zu feiern, und ihn deshalb kurzerhand herbeizitiert.«

Für William ist das schier unvorstellbar. »Ich hätte nicht gedacht, dass Lord Unwin sich so einfach herumkommandieren lässt.«

»Nun ja, vergessen Sie nicht, dass seine derzeitige Frau kein so unterwürfiges Geschöpf ist wie Agnes' Mutter. Außerdem hat er jetzt Kinder. Ich meine, leibliche Kinder.«

William antwortet mit einem unverbindlichen Brummen; er hat die derzeitige Lady Unwin noch nie gesehen. Sie hat die Rackhams zwar schon mehrfach zu sich eingeladen, aber in Agnes' Augen hätten diese Einladungen ebenso gut vom Beelzebub persönlich stammen können, und sie hat sie ausnahmslos mit *Leider verhindert* beantwortet.

(»Ich bin sicher, sie meint es gut mit dir, meine Liebe«, hat William öfters zu bedenken gegeben, aber Agnes kann ihrem Stiefvater die erneute Verheiratung nicht verzeihen. Er hätte doch wenigstens den Anstand besitzen können, für den Rest seines Lebens um die anbetungswürdige Violet Pigott zu trauern, die ihm zuliebe »ihre Seele geopfert« hat! Stattdessen hatte der Widerling nichts Eiligeres zu tun, als diese … diese *Person* zu ehelichen.)

»Ich muss gestehen«, sagt William, »dass ich nicht besonders erpicht darauf bin, den alten Herrn nach so langer Zeit wiederzusehen. Als ich bei ihm um Agnes' Hand anhielt, habe ich wahrscheinlich den Eindruck erweckt, ich könnte ihr einen aufwändigeren Lebensstil bieten als … Nun ja, *Sie* kennen die Entwicklung meiner finanziellen Situation, Constance. Ich habe mich oft gefragt, ob er mir mein Verhalten vielleicht übel genommen hat …«

»Nein, nein, er ist zahm wie ein Kätzchen«, beteuert Lady Bridgelow. Inzwischen sind sie an der Ecke Chepstow Villas angekommen. »Er war mit meinem seligen Albert befreundet, wissen Sie, und er hat immer wieder versucht, einen guten Einfluss auf Albert auszuüben … Nun ja, *Sie* wissen ja ebenfalls über die Entwicklung *meiner* finanziellen Situation Bescheid. Und nach Alberts Tod hat mir Lord Unwin einen überaus reizenden Brief geschrieben. Nicht *ein* böses Wort darin. Und Albert hat ein paar Riesendummheiten begangen, das können Sie mir glauben! Er war nicht so intelligent wie *Sie* …«

Lady Bridgelow verstummt mitten im Satz: Sie und William haben den Bürgersteig nicht mehr für sich allein. Eine große, magere Frau in einem schlichten schwarzen Kleid, mit dürren Armen und rotem Haar, das dringend geschnitten werden müsste, kommt auf sie zu, ein pummeliges Kind an ihrer Seite.

»Wie geht es Ihnen, Miss Sugar?«, spricht William sie kühl, aber höflich an.

»Sehr gut, danke, Sir«, erwidert die magere Frau. Ihre Lippen sind bedauernswert rissig und spröde, aber sie hat ziemlich schöne Augen. Sie wirkt so gedrückt, wie man es von einer Gouvernante erwartet.

»Recht schönes Wetter heute«, bemerkt William, »jedenfalls bedeutend schöner als in der letzten Zeit.«

»Ja«, bestätigt die Gouvernante, »in der Tat.« Linkisch streckt sie den Arm nach ihrer Schülerin aus und nimmt sie bei der Hand. »Ich … ich mache einen kleinen Spaziergang mit Sophie, sie ist so blass …«

»Eine Dame kann heutzutage gar nicht blass genug sein«, sagt Lady Bridgelow. »Rosige Wangen sind völlig passé, habe ich Recht, William?«

Weder sie noch William schenken Sophie auch nur die geringste Beachtung. Sie richten ihre Blicke und Worte über den Kopf des Kindes hinweg direkt an Miss Sugar.

»Ich finde, dass Sophie«, sagt die Gouvernante, der offenkundig kein interessanteres Gesprächsthema einfällt, »ein äußerst folgsames und … äh … fleißiges Mädchen ist.«

»Wie erfreulich für Sie«, sagt Lady Bridgelow.

»Sehr brav, Sophie«, bemerkt William gnädig und begegnet, ehe er weitergeht, für einen kurzen Augenblick den großen blauen Augen seiner Tochter.

Wieder im Haus, in der drückenden Wärme des Unterrichtszimmers, kann Sugar sich kaum noch beherrschen. Ihr gesamter Körper will vor Empörung darüber, wie man sie und Sophie behandelt hat, zittern und beben. In jedem Muskel und jedem Nerv spürt sie das Kribbeln des unerfüllten Verlangens, wie eine Furie durch die Luft zu sausen, um diese arrogante Ziege mit Klauen und Zähnen in Stücke zu reißen.

»Wer war die Dame, Sophie?«, fragt sie in neutralem Ton, nachdem sie tief durchgeatmet hat.

Sophie spielt mit den Holztieren ihrer Spielzeug-Arche-Noah – immer noch ihre sonntägliche Lieblingsbeschäftigung, obwohl Miss Sugar ihr erlaubt hat, am Tag des Herrn zu tun, was immer sie möchte. Man sieht ihr nicht an, ob das schäbige Verhalten ihres Vaters und seiner Begleiterin sie bekümmert; ihre Wangen sind ein wenig gerötet, das schon, aber dafür sind wohl die ungewohnte Bewegung und das lodernde Feuer verantwortlich.

»Ich weiß nicht, Miss.«

»Wie oft besucht sie deinen Vater?«

Sophie blickt von den Giraffen auf, die sie gerade in der Hand hält, und runzelt verdutzt die Stirn. Eine Frage über die Abfolge der mesopotamischen Könige wäre ihr einfacher erschienen.

»Aber du hast sie schon einmal gesehen?«, hakt Sugar mit gepresster Stimme nach.

Sophie denkt einen Moment nach. »Manchmal höre ich, wie ein Dienstmädchen sie meldet«, lautet ihre Antwort.

Sugar verfällt in düsteres Brüten. Zum ersten Mal seit Monaten gelüstet es sie nach Papier und Federhalter, um eine Geschichte niederzuschreiben, mit deren Hilfe sie sich rächen kann, so wie in ihrem Roman. Nur wäre das Opfer diesmal kein Mann, sondern dieser widerliche kleine Mops von Frau, gefesselt mit einem Strick an Händen und Füßen.

»Erbarmen, so haben Sie doch Erbarmen!«, jammerte sie, als sich ein spitzer Gegenstand in das fest zusammengekniffene Loch zwischen ihren Pobacken schob – ein kalter, ledriger Knubbel mit borstigen Haaren daran.

»Was ist das? Was ist das?«, schrie sie voller Entsetzen.

»Erkennen Sie es nicht wieder? Das ist eine Tierschnauze«, erwiderte Sugar und bohrte dabei mit dem spitzen Kopf der Hermelinstola unablässig weiter. »Dem armen Kerl gefällt es bestimmt besser in Ihrem Arsch als auf Ihrer Schulter …«

»Haben Sie gehört«, macht sich Sophie bemerkbar, »was mein Vater gesagt hat, Miss? Er hat gesagt, dass ich ein braves Mädchen bin.«

Sugar erwacht abrupt aus ihren Rachephantasien und entdeckt verwirrt das glückliche Lächeln auf dem Gesicht des Kindes, den stolzen Glanz in seinen Augen.

»Das hat er nicht gesagt«, versetzt sie schroff, ehe sie sich wieder unter Kontrolle hat.

Der zufriedene Ausdruck auf Sophies Gesicht löst sich in Luft auf, und sie legt ihre Stirn in Falten – wodurch ihre Ähnlichkeit mit William nur noch deutlicher wird. Sie wendet den Blick ab und flüchtet sich in die weniger gefährliche Welt ihrer Spielsachen. Von ihrer kleinen Hand festgehalten, steigt Noah mit langsamen, würdevollen Hüpfern aufrecht die Laufplanke zur Arche hinauf.

»Mein lieber Rackham, bitte verzeihen Sie, wenn ich das so sage, aber Sie weichen dem eigentlichen Thema immer noch aus.«

»Tue ich das?«, fragt William. Es ist Montagvormittag, und er bewirtet seinen Gast im Rauchsalon. Die Zigarren brennen bereits, und William entkorkt mit einem *Plopp* die Portweinflasche. »Vielleicht sind wir unterschiedlicher Auffassung«, sagt er, »was das eigentliche Thema ist. Ich möchte von Ihnen wissen, wie man die vollständige Genesung meiner Frau beschleunigen kann, und zwar hier in ihrem Zuhause. *Sie* hingegen scheinen die feste Absicht zu haben, mir die Vor- und Nachteile sämtlicher Irrenhäuser zwischen Aberdeen und Aberystwyth zu erläutern.«

Doktor Curlew brummt etwas Unverständliches. Dass er sich so ausführlich geäußert hat, ist eine vollkommen normale Reaktion, denn schließlich hat Rackham so getan, als wüsste er etwas über Irrenanstalten, das *ihm* unbekannt ist. Tatsächlich hat Doktor Curlew wahrscheinlich mehr Zeit in Irrenhäusern verbracht als irgendein anderer geistig gesunder Mensch; in seinen ersten Jahren als Arzt, bevor er zu dem Schluss kam, dass Chirurgie nicht seine Stärke ist, hat er viele Operationen an Anstaltsinsassen vorgenommen und über die Techniken der Skalpellbenutzung hinaus eine Menge gelernt. Er kann eine gute Anstalt von einer schlechten unterscheiden; er weiß, welche von ihnen nur bessere Gefängnisse sind oder Pensionen mit medizinischem Anspruch – oder aber, am anderen Ende der Skala, erstklassige Hospitäler, die sich dem Erkenntnisgewinn und der vollständigen Genesung ihrer Patienten verschrieben haben. Er hat schon häufig erlebt, dass bei hysterischen Frauen, die aufgrund ihrer geistigen Umnachtung zu nichts mehr nutze waren, eine wundersame Heilung einsetzte, sobald sie von ihrer Familie getrennt wurden, deren duldsame Hätschelei die Krankheit nur befördert hatte.

Kraft dieses Wissens kann Doktor Curlew mit Bestimmtheit vorhersagen, dass Agnes Rackham in ihrem eigenen Haus dem Tode geweiht ist. Welche Aussicht auf Genesung hat eine Frau, die nicht nur einen nachgiebigen Mann hat, sondern auch noch von untertänigen, naiven Dienstboten umsorgt wird?

»Es ist sinnlos, Rackham«, sagt er, »einen kranken Menschen zu Hause zu behalten. Niemand würde einem Mann Vorwürfe machen, der seine Frau ins Krankenhaus bringen lässt, weil sie sich ein Bein gebrochen hat oder an Pocken erkrankt ist. Und um etwas anderes geht es in diesem Fall auch nicht, das versichere ich Ihnen.«

William nippt missmutig an seinem Portwein. »Ich frage mich wirklich«, sagt er nachdenklich, »ob nicht vielleicht doch ein *organisches* Problem der Grund ist …«

»Ich habe sie gründlich untersucht. Sie hat kein Leiden, das sich nicht bei entsprechender Behandlung heilen ließe.«

»Manchmal, wenn es sehr schlimm ist mit ihr, kurz bevor sie zusammenbricht, könnte ich schwören, dass eines ihrer Augen größer ist als das andere …«

»Hmpff. Ich nehme an, sie hat Schwierigkeiten, Ihnen direkt ins Gesicht zu sehen. Das hätte sicherlich jede Frau, die eine solche Szene macht.«

Unvermittelt ziehen durch die muffige Stille des Rauchzimmers die reinen Töne eines Klaviers, das auf höchst gefällige Weise im Salon nebenan gespielt wird. Nach einem flüssigen Präludium beginnt Agnes zu singen, heiter und fröhlich wie ein Vogel. Angesichts des versonnenen, sentimentalen Ausdrucks, der sich auf Williams Gesicht ausbreitet, verspürt Doktor Curlew den Drang, entnervt aufzustöhnen.

»Rackham«, sagt er eindringlich, »Sie müssen sich endlich von der lieb gewonnenen Vorstellung verabschieden, Ihre Frau sei ein gesunder Mensch, der hin und wieder von Anfällen heimgesucht wird. Sie ist vielmehr ein kranker Mensch, der hin und wieder einen guten Tag hat. Beantworten Sie mir folgende Frage: Wenn eine der Maschinen, mit denen Ihr Parfüm abgefüllt wird, plötzlich hin und wieder verrückt spielen, die Flaschen zerbrechen und den Duft im Raum versprühen würde, aber ausgerechnet in dem Moment, wenn jemand käme, um sie zu reparieren, auf einmal wieder tadellos funktionierte, würden Sie dann auch annehmen, der Fehler sei behoben und die Reparatur somit überflüssig?«

»Menschen sind keine Maschinen.«

Eine merkwürdige Ansicht für einen Industriellen, denkt Curlew, ohne es auszusprechen. »Nun gut«, seufzt er, begleitet von Agnes' engelhaftem Tirilieren, »wenn eine Anstalt für Sie nicht in Frage kommt, gibt es einige konkrete Maßnahmen, die Sie unbedingt ergreifen sollten. Erstens, verhindern Sie, dass sie zur Messe geht. Es ist kein Verbrechen, katholisch zu sein, aber Ihre Frau war bei ihrer Heirat Anglikanerin, und das sollte sie auch bleiben. Wenn ihr Glaube an die Kirche Roms mehr als nur ein Wahn wäre, hätte sie längst versucht, Sie zu bekehren, statt sich mit heimlichen Ausfahrten nach Cricklewood zu begnügen. Zum Zweiten ist es höchste Zeit, dass Agnes ihre Mutterschaft anerkennt. Diese absurden Verleugnungsversuche dauern bereits viel zu lange. Wenn Sie schon nicht einsehen wollen, was für Agnes das Beste wäre, dann denken Sie wenigstens an Ihre Tochter, die jetzt alt genug ist, um Fragen zu stellen. Ohne Mutterliebe aufzuwachsen kann ihr unmöglich gut tun, das müssen Sie doch verstehen.«

William nickt langsam. Mag die Wahrheit auch noch so schwer zu verdauen sein, der überlegenen Einsicht eines Mannes, der sein Handwerk versteht, darf man sich nicht verschließen. Eine Mutter kann ihr Kind nicht auf Dauer verleugnen, ohne dass daraus irgendein Schaden erwächst: Das ist eine Tatsache.

»Es kommt mir vor, als wäre es erst ein paar Monate her, dass sie noch ein Baby war«, murmelt er zu Agnes' Verteidigung und denkt an die wenigen Momente zurück, in denen er einen Blick auf den Säugling in Beatrices Armen warf. Aber Sophie ist unglaublich schnell gewachsen, und er muss gestehen, dass ihn, als er Sugar und Sophie gestern auf der Straße traf, die wachsame Intelligenz in den Augen seiner Tochter verblüfft hat.

»Ich möchte Agnes keinen unnötigen Kummer bereiten«, sagt er.

»Bei dem, was hier auf dem Spiel steht, Rackham«, verkündet der Doktor, »könnte ein bisschen Kummer für Ihre Frau noch das geringste Übel sein.«

William verzieht zustimmend das Gesicht; die Verhandlungen sind abgeschlossen, beide Parteien sind ein wenig aufeinander zugegangen, ohne jedoch ihr Gesicht zu verlieren. Mit einer gewissen Erleichterung bietet der Gastgeber seinem Besuch an, ihm Portwein nachzuschenken.

»Und jetzt müssen Sie mir erzählen, Doktor«, sagt er, »wie es *Ihrer* Tochter geht!«

Emmeline Fox bückt sich und sammelt am oberen Ende der Treppe Katzenkot mit den Fingern auf. Immerhin sind die Bröckchen *ziemlich* trocken, und sie kann sich ja sofort die Hände waschen, wenn sie Miezes Exkremente weggeschafft hat. Also wirklich, wenn man sich überlegt, wie sich manch einer wegen ein bisschen Dreck anstellt. Solche Leute sollten dazu verdonnert werden, einen Tag lang in einem Elendsquartier in Shoreditch zu wohnen, wo schleimiges Wasser von den Wänden tropft und die Kinder von Rattenbissen entstellt sind ...!

Emmeline hockt sich hin, und ihr offenes Haar fällt ihr ins Gesicht – je mehr Kacke sie aufsammelt, desto mehr entdeckt sie. Mieze war wirklich sehr ungezogen. Wenn er nicht bald Manieren annimmt, wird sie ihn aus ihrem Bett verbannen müssen und abends vor die Tür setzen.

»Hast du mich verstanden, Mieze?«, sagt sie, als wäre es eine weitere schlechte Angewohnheit von ihm, hin und wieder ihre Gedanken zu lesen. Er würdigt sie keiner Antwort.

Sie wirft die Häufchen in einen Pappkarton, der früher Schreibpapier enthielt und jetzt den Katzenkot von etwa zwei Wochen fasst. Die gesamte Ladung soll in einem Loch im Garten verschwinden, sobald Emmeline einen Spaten gekauft hat, was sie ganz bestimmt heute Vormittag erledigen wird, ohne sich im Geringsten um den Blick des Eisenwarenhändlers zu scheren.

Barfuß steigt sie die staubigen Stufen hinunter; ja, sie ist am ganzen Körper splitterfasernackt. Sie sieht die allgemein übliche Sitte, bekleidet zu schlafen, nicht mehr ein, und trotz des herannahenden Winters vermisst sie ihre Nachthemden überhaupt nicht. Sie friert nur selten; ihre Gliedmaßen mögen knochenweiß sein, und doch leidet sie nicht. Was wissen die Glücklichen, die gemütlich in ihren gut geheizten Häusern sitzen, denn schon von Kälte?

Tatsächlich ist ihr eigenes Haus momentan nicht besonders gut geheizt. Sie hat vergessen, Kohlen hereinzuholen, und sämtliche Kamine müssen gesäubert werden. Höchste Zeit, dass sie Ersatz für Sarah einstellt; die drei Monate ohne Dienstmädchen haben Spuren hinterlassen. So viele fleißige Mädchen könnten ihr durch den Frauenverein vermittelt werden; sie muss nur vorher ein bisschen aufräumen, um keinen allzu schlechten Eindruck zu machen.

Emmeline wäscht sich mit einem Waschlappen (sie hat erst gestern ein Bad genommen) und zieht ihre Arbeitskleidung an – gemeint ist das schicke und zugleich praktische Kleid, das sie immer trägt, wenn sie arme Leute besucht. Ihr grummelnder Bauch ermahnt sie, das Haus nicht, wie allzu oft, mit leerem Magen zu verlassen.

In der Küche quetscht sie sich zwischen Henrys Herd und ihrem eigenen hindurch, um das Brot von dem oben an der Wand angebrachten Regal zu nehmen. In dem Laib steckt noch das Messer, was ihr sehr zupass kommt, denn sie hat in letzter Zeit eine Menge Besteck verlegt. Butter ist keine da, aber sie verfügt über einen riesigen Vorrat an Fisch- und Fleischkonserven, ein wahrer Segen für die unabhängige Frau. Sie erwägt, eine Dose *Belgravian Ox Tongues* zu öffnen, zieht dann aber Lachs vor. Sie hat gelesen, dass Fischöl gut ist für das Gehirn.

Henrys Kater kommt angeschlichen, gibt einschmeichelnde Laute von sich und stupst mit dem Kopf gegen Emmelines Rock.

»Warte, warte«, schilt sie ihn, während sie nach einer sauberen Tasse für ein heißes Getränk kramt. Dann fällt ihr ein, dass sie keine Milch mehr im Haus hat, und ohne Milch schmecken ihr weder Tee noch Kakao. Aber das macht nichts, denn sie wird schon bald im Versammlungssaal eine schöne Tasse Tee von Mrs Nash bekommen.

»Hier, du schamloses Ungeheuer«, sagt sie und schüttet den restlichen Lachs direkt auf den Fußboden. »Du nutzt mich nur aus ... Warum suchst du dir nicht endlich eine ehrliche Arbeit, hmm? Du bist wirklich ein richtiger Faulpelz.«

Henrys Kater neigt den Kopf zur Seite. »Miau?«

Emmeline muss sich beeilen. Sie hat länger geschlafen als geplant, denn sie ist am Abend zuvor lange aufgeblieben und hat Dutzende Kopien ein und desselben Briefes angefertigt, in dem sie die Schuldirektoren der Stadt auffordert, sich auch um die in den Armenvierteln versteckten Kinder zu bemühen. Wenn sie nicht bald aufbricht, wird sie Tee und Gebäck verpassen.

Wo ist ihr Hut? Ach ja: Er hängt über Henrys Bettgestell, das noch immer hochkant an der Wohnzimmerwand lehnt. (Dank Mrs Emersons jüngstem Aufruf, Betten und Bettwäsche zu spenden, hat sie eine neue Heimstatt für die Matratze gefunden, das eiserne Gestell wurde jedoch wegen seines Gewichts verschmäht.) Mit ein paar Hutnadeln und einem unter dem Kinn festgezurrten Band verwandelt sich Emmeline in die kampfbereite Mrs Fox.

Gerade als sie die Haustür öffnen will, rauscht ein Brief durch den Schlitz und landet vor ihren Füßen. Sie stopft ihn in ihre Handtasche und sputet sich.

Auf einem bequemen Stuhl im Versammlungssaal des Frauenrettungsvereins, eine Tasse Tee neben sich, öffnet Mrs Fox den Umschlag. Ein einzelnes Blatt, penibel zu einem winzigen Quadrat zusammengefaltet, fällt auf den Tisch. Mrs Fox streicht es glatt und schaut mit zusammengekniffenen Augen auf die Miniaturschrift.

> *Die Zeit verrinnt zusehends,* steht dort. *Ich weiß, dass Sie ein guter, freundlicher Mensch sind, obwohl Ihr VATER FINSTEREN MÄCHTEN TREUE GELOBT HAT. (Ich hatte ebenfalls einen bösen Vater, deshalb fühle ich mit Ihnen.) Ich weiß, dass Sie bereits ihren Zweiten Körper in Besitz genommen haben. Die Leute sagen, Sie seien nicht hübsch und hätten einen schlechten TEINT, aber diese Menschen schauen nicht in Ihr Inneres, erkennen nicht die Schönheit Ihrer SEELE. Wie hell diese SEELE doch leuchten muss, da sie weiß, dass ihr fleischliches Heim unsterblich ist! Was mich betrifft, so zeigt mein irdischer Körper Zeichen schlimmen Verfalls, und ich ertrage die Vorstellung nicht, noch länger in ihm gefangen zu sein. Zufällig weiß ich, dass mein Zweiter Körper im Kloster zur guten Gesundheit auf mich wartet. Bitte, bitte, bitte, verraten Sie mir, wo das KLOSTER ist. Ich*

bin bereit, mich dorthin zu begeben, aber ich fürchte, mein SCHUTZ-ENGEL erwartet von mir, dass ich geduldig bis zum BITTEREN ENDE ausharre. Sie sind meine einzige Hoffnung. Bitte gewähren Sie mir das GEHEIMWISSEN, nach dem ich mich so sehr sehne.

Im Namen unserer gemeinsamen Hochachtung für Henry flehe ich Sie an,

Agnes R.

Mrs Fox faltet den Brief wieder zusammen und schiebt ihn zurück in den Umschlag. Überall um sie herum werden die Erfrischungen abgeräumt, und ihre Schwestern ziehen Mantel und Handschuhe an. Sie wird die Beschäftigung mit Mrs Rackhams inständiger Bitte zugunsten der Rettung verlorener Seelen aufschieben, die ihr momentan näher sind.

Am Abend liest Mrs Fox, als sie sich auf dem Bett ausruht und Mieze schnurrend an ihrem Schenkel liegt, den Brief noch einmal durch.

Sie ist in gereizter Stimmung. Der Nachmittag mit dem Frauenverein war nicht von Erfolg gekrönt. Die Straßen von Shoreditch sind gewiss die reinsten Fundgruben gottloser Armut, aber es fällt höllisch schwer, sich dort Gehör zu verschaffen: Die Bewohner sind feindselig, und die meisten Türen werden beim Herannahen einer Retterin zugeschlagen. Eine Hure erklärte sich zwar bereit, mit Mrs Fox zu reden, aber sie befand sich in einem Zustand derart starker Trunkenheit, dass ein ernsthaftes Gespräch unmöglich war.

»Du würdst selber 'ne gute Hure abgeben!«, versicherte ihr die kichernde Dirne. »Das kannste mir glau'm! Du trägst kein Korsett, stimmt's? Ich kann deine Titten sehn!«

Mrs Fox gab sich alle Mühe zu erläutern, dass sie sehr krank gewesen und ihr das Atmen schwer gefallen war, eingezwängt in einen festen Panzer, und dass Sittsamkeit und Korsetts nichts miteinander zu tun haben, denn anständige Frauen habe es auch schon zu Zeiten gegeben, als Kleidungsstücke dieser Art noch längst nicht erfunden waren ... aber das beeindruckte die Hure kein bisschen.

»So wie du aussiehst, hast du keine Kinner«, meinte sie glucksend und kitzelte Emmeline unter der Wölbung ihres Busens. »Männern gefällt das.«

Jetzt sitzt Emmeline erschöpft auf ihrem Bett, die Füße tun ihr weh, sie ist schmutzig, auf ihrer Zunge kleben körnige Rußpartikel, und (*wie ärgerlich!*) sie hat die Milch für den Kakao vergessen. Und als wäre das alles noch nicht schlimm genug, hat sie erneut diesen Brief vor sich, in dem Agnes Rackham sie bittet, ihr das Geheimnis körperlicher Unsterblichkeit zu verraten.

Was soll sie ihr antworten?

Die Wahrheit natürlich, so unwillkommen sie auch sein mag. Emmeline holt Papier und Stift und schreibt Folgendes:

Sehr geehrte Mrs Rackham,
es tut mir Leid, Ihnen mitteilen zu müssen, dass Sie einem Irrtum erlegen sind. Niemand von uns kann hoffen, Unsterblichkeit zu erlangen, es sei denn, im Geiste durch Christus (siehe Römer 6,7-10; 1. Korinther 15,22 und vor allem 15,50). Falls ich Ihnen in irgendeiner anderen Form helfen kann, werde ich das gerne tun.
Hochachtungsvoll
E. Fox

Sie steckt die Nachricht gefaltet in einen Umschlag und versiegelt ihn, nur um ihn fast im selben Augenblick zu zerreißen. Die Vorstellung, dass Mrs Rackham den Brief mit ekstatischer Vorfreude öffnet, dann aber bloß eine Abfuhr und ein paar Hinweise auf Bibelstellen erhält, ist zu mitleiderregend.

Wäre es vielleicht sinnvoller, ihr ein Buch zu schicken? Es würde Emmeline der Notwendigkeit einer persönlichen Zurückweisung entheben und das Miasma von Mrs Rackhams Wahnvorstellungen möglicherweise viel effektiver vertreiben. Emmeline springt aus dem Bett und beginnt, die mit einer staubigen, fast pelzigen Schicht bedeckten Bücher, die überall in ihrem Haus stapelweise herumliegen, nach *Der vernichtete Tempel* abzusuchen, der Autobiographie eines unheilbar kranken Predigers, die sie Henry geliehen hat, als er so viel Aufhebens um ihren körperlichen Verfall machte. Es ist ein dünner Band mit auffälligem

Rücken, aber sie kann ihn beim besten Willen nicht finden, und der Staub, den sie beim Suchen aufwirbelt, ruft bei ihr einen heftigen Niesanfall hervor.

Aber was ist das hier? Eine dicke Broschüre, die sie, soweit sie sich erinnern kann, noch nie gesehen hat. Auf der Rückseite finden sich Empfehlungen von Autoritäten wie »A. E. aus Bloomsbury«: *Eine wahre Bibel für Freunde des Vergnügens!* Auf der Vorderseite steht in schwarzem Prägedruck: *Londoner Lustbarkeiten – Tipps und Hinweise für Kenner und solche, die es werden wollen.* Sie schlägt die erste Seite auf und liest die handschriftliche Widmung *Für Henry von Philip & Edward,* und darunter: *Deine zukünftige Gemeinde? Viel Glück!*

Emmeline zuckt angesichts von Bodleys und Ashwells grausamem Scherz schmerzvoll zusammen, und zu ihrer eigenen Überraschung schießen ihr heiße Tränen in die Augen und tropfen auf die Broschüre. Obwohl ihre Augen nicht viel erkennen, blättert sie die Seiten durch, von denen einige ein Eselsohr haben, vermutlich, um auf bestimmte Prostituierte hinzuweisen, die Bodley und Ashwell unbedingt ausprobieren wollten.

Mrs Fox legt den Kopf in den Nacken, peinlich berührt von ihrem hilflosen Schniefen. Sie wird dieses grässliche kleine Buch später eingehend studieren: es könnte sich trotz des Kummers, den es ihr momentan bereitet, am Ende doch noch als segensreich erweisen. Sie muss es nur … ja, das ist es: Sie muss es als überaus wertvolle Auflistung der Frauen ansehen, die sie, wenn es ihr irgend möglich ist, finden und retten wird. Ja, so wird es doch noch zu etwas Gutem nütze sein!

»Ihr Tee, Miss.«

Sugar erwacht abrupt aus bedrückenden Träumen und blinzelt ins Halbdunkel. Sie schaut hoch: Eine Gestalt, die sie nicht erkennt, steht dicht an ihrem Bett, in einer Hand eine Teetasse, in der anderen eine brennende Lampe, denn der Tag ist eigentlich noch gar nicht angebrochen. Sie befreit ihre Arme aus den Bettlaken, um sich auf die Ellbogen zu stützen, und bemerkt ein Gewicht auf ihren Beinen: Ein geöffnetes Tagebuch liegt mit den Seiten nach unten auf ihrem linken Oberschenkel.

Verflucht! Sie kann nur hoffen, dass das Dienstmädchen es für ein Lehrbuch oder Miss Sugars eigenes Tagebuch hält statt für Diebesgut.

»Äh … vielen Dank … Rose«, krächzt sie. Ihre Kehle ist trocken, der Blick verschwommen. »Wie … äh …«

»Halb sieben, Miss, an einem schönen Dienstagmorgen.«

»Schön?« Sugar schaut zum dunklen Fenster, auf dessen überfrorener Scheibe sich das Licht von Roses Lampe spiegelt.

»Ich wollte nur sagen, Miss, es hat aufgehört zu schneien.«

»Ach so …« Sugar reibt sich die Augen. »Ich bin sicher, ohne Sie würde ich den halben Tag verschlafen.« Sofort bereut sie diese lasche Anbiederung, die sie bloß als liederliche Person erscheinen lässt. *Halt den Mund, bis du wach bist,* ermahnt sie sich selbst.

Als Rose mit ihrer Lampe hinausgegangen ist, kriecht der erste schwache Schimmer der Morgendämmerung in Sugars Zimmer. Bei näherem Hinsehen glaubt sie, merkwürdige weiße Umrisse draußen vor dem Fenster zu erkennen, geisterhafte Silhouetten, die völlig reglos sechs Meter über dem Boden schweben. Ein rauschender Windstoß, und die Geister beginnen sich an den Rändern aufzulösen, ihre weißen Gliedmaßen fallen ab und sind nicht mehr zu sehen. Schnee in den Bäumen, pudrig, vergänglich.

Zitternd nippt Sugar an dem Tee in der lächerlich kleinen Tasse. Sie findet es noch immer sonderbar, dieses Ritual, im Morgengrauen von einem Dienstmädchen einen Tee serviert zu bekommen, statt um zehn oder elf aufzuwachen und die Sonnenstrahlen auf dem Gesicht zu spüren. Augenblicklich fühlt sie sich in die Vergangenheit zurückversetzt – nicht in die Priory Close, sondern noch weiter zurück –, in das Obergeschoss des Hauses von Mrs Castaway, wo Tauben unter dem Dach gurren, die goldene Sonne gnadenlos hereinscheint und der kleine Christopher klopft, um die schmutzige Bettwäsche abzuholen.

Du hättest Christopher mitnehmen sollen, schilt eine vorwurfsvolle Stimme in ihrem trägen Hirn. *Das Haus von Mrs Castaway ist kein Ort für ein Kind.*

Sie beißt von ihrem Keks ab, und ein Krümelschauer landet auf der Brust ihres Nachthemds. *Er ist ein Junge,* sagt sie sich. *Er wird zu einem normalen Mann heranwachsen. Und die Welt ist für Männer geschaffen.*

»Natürlich werden sie nächstes Jahr das Ihre tun«, sagt William. »Aber dieses Jahr ist der Vorteil auf meiner Seite.«

»Dir wird nächstes Jahr etwas noch Schlaueres einfallen«, versichert ihm Sugar. »Ich werde dir dabei helfen.«

Erneut küssen sie sich, und diesmal scheint er bereit zu sein, weiter zu gehen. Sie schiebt ihre Hand in seine Hose, und sein Schwanz wird hart, noch ehe sie ihn berührt hat.

»Wann wirst du mich von meinem Leiden erlösen?«, säuselt sie ihm ins Ohr, wobei es ihr gelingt, ihren Tonfall so zu modulieren, dass aus einem hysterischen Vibrato ein lüsternes Zwitschern wird. Als sie ihr Bein hebt, um auf ihn zu steigen, stellt sie überrascht fest, dass sie feucht ist. William führt sich zwar auf wie ein grober Klotz, aber er ist außer sich vor Sorge und hat im Grunde das Herz auf dem richtigen Fleck – da ist sie sicher –, und er begehrt sie Gott sei Dank noch immer. Wenn sie es schafft, jetzt mit ihm zu ficken und beim Abspritzen sein hilfloses, hingebungsvolles Stöhnen zu hören, kann immer noch alles gut werden.

Ihre Pantalettes hängen um ihre Knöchel, sie senkt gerade ihren Arsch auf seinen Schoß herab und keucht vor Erleichterung, als seine Schwanzspitze sich in sie drängt – da ertönt plötzlich ein lautes Klopfen an der Tür. Ohne auch nur den Bruchteil einer Sekunde zu zögern, springt sie von ihm herunter und reißt, noch ehe sie mit beiden Beinen sicher auf dem Boden steht, ihre Pantalettes hoch. William ist genauso schnell. Die Bewegungen, mit denen sie ihre Kleidung in Ordnung bringen und eine unverfängliche Pose einnehmen, sind so instinktiv, so fließend und synchron wie bei einem vollkommenen Liebesakt.

»Herein!«, ruft Rackham heiser.

Erneut ist es Letty, die diesmal verlegen wirkt – nicht wegen des Verhaltens ihres Herrn und der Gouvernante, denn diese haben bei ihrem soeben unterbrochenen Gespräch die Anstandsregeln offenkundig strikt gewahrt, sondern weil die Botschaft, die sie zu überbringen hat, eine so schwere Bürde darstellt.

»Es ... es geht um Mrs Rackham, Sir«, windet sie sich. »Sie verlangt nach Ihnen, Sir.«

»Verlangt nach mir?«

»Ja, Sir. Es ist sehr dringend, sagt sie.«

William starrt sie quer durch das Zimmer aus schwerlidrigen,

eries, suhlt sich nicht in Selbstmitleid: Er macht sich an die Arbeit. Jawohl: die Arbeit. Womit war er gerade beschäftigt, als … ? Ach ja, die Sache mit Woolworth …

An Henry Rackham sen., schreibt er und reibt sich die Stirn, denn er muss sich die Details ins Gedächtnis rufen, die ihm vor zwölf Stunden, ehe der Albtraum begann, vollkommen gegenwärtig waren.

> *Ich habe Kenntnis davon erhalten, dass die Rackham Perfumeries im Jahre 1842 einem gewissen Thomas Woolworth ein größeres Stück Nutzland in Patchham, Sussex, verpachteten, weil die Ansicht vertreten wurde (von dir, nehme ich an), es lohne sich nicht, dieses Land zu bestellen. Ich habe nur wenige Dokumente über diese Transaktion gefunden und vertraue darauf, dass es noch weitere gibt. Daher ersuche ich dich, mir sämtliche Schriftstücke hinsichtlich dieser Angelegenheit zukommen zu lassen, und bei dieser Gelegenheit auch alle weiteren Schriftstücke, die Rackham betreffen und die du mir bisher vorenthalten hast …*

William betrachtet stirnrunzelnd die ungeschickte Verwendung von *Angelegenheit* und *Gelegenheit* im selben Satz. Bei diesem Problem könnte Sugar ihm helfen, wenn sie hier wäre; aber auch sie ist ihm entglitten.

Sie trinkt ihren Tee aus, gerade einmal ein Schluck, kaum genug, um ihre trockene Zunge zu befeuchten. Warum ist sie so erschöpft? Was war gestern? Das Letzte, woran sie sich erinnern kann, ehe sie in einem langen, wirren Traum versank, in dem eine Frau im heulenden Wind schrie und wehklagte, ist Agnes Unwins Mitteilung, sie habe sich mit William Rackham verlobt.

Das Tagebuch ist in Sugars Schoß gerutscht und zugeklappt. Sie schlägt es wieder auf und blättert die erdverschmierten Seiten durch, bis sie die Stelle wiederfindet, an der sie eingenickt ist.

Ich bin VERLOBT, schreibt Agnes, *und weiß eigentlich gar nicht, wer mein Zukünftiger ist. Wie furchterregend! Natürlich bin ich schrecklich gut <u>bekannt</u> mit ihm – so gut, dass ich ein ganzes Buch schreiben könnte, in dem all die schlauen Dinge stehen, die er sagt. Aber WER ist er <u>wirklich</u>, dieser William Rackham, und was kann ich ihm geben, was er nicht schon hat? Oh, ich bete darum, dass ich ihn nicht langweilen werde! Er lächelt & nennt mich sein lustiges Elfchen – aber bin ich einzigartig genug für einen Mann wie ihn?*

Wenn ich an die Ehe denke, stelle ich mir vor, ich würde in einen dunklen See springen. Aber wird das Wasser eines dunklen Sees klarer, wenn man es vorm Hineinspringen jahrelang anstarrt? (O je: Vielleicht hätte ich diesen Vergleich nicht verwenden sollen, denn ich kann überhaupt nicht schwimmen!)

Aber ich sollte unbesorgt sein. Zwei Menschen, die einander lieben, können alles vollbringen. Und es wird einfach wundervoll sein, nicht mehr Agnes <u>Unwin</u> zu heißen. Ich kann es kaum erwarten!!!

»Meine Mama war *überhaupt* nicht im Bett«, klagt Sophie, konfus und weinerlich, als Sugar ihr beim Anziehen hilft. »Sie war die ganze Nacht draußen im Garten und hat geschrien, Miss.«

»Vielleicht hast du das nur geträumt, Sophie«, gibt Sugar zu bedenken. Durch die Anstrengung, die es für sie bedeutet, den Tag in Angriff zu nehmen und bis um sieben angezogen und frisiert zu sein, damit sie Sophie helfen kann, dasselbe zu tun, ist ihr Albtraum in den Hintergrund gerückt; das gequälte Wehklagen ist bloß noch ein gedämpftes Gemurmel. Jetzt, wo sie sich ins Gedächtnis ruft, was sie gehört hat, ist die Stimme nicht mehr allein, sondern von anderen begleitet, männlichen und weiblichen. Ach ja, und dann ist da noch die vage Erinnerung an den Krach auf der Treppe.

»Die Kinderfrau sagt, von Tränen und Trara lässt sich niemand täuschen«, bemerkt Sophie aus heiterem Himmel und schürzt wie eine Schwachsinnige die Lippen. Sugar kämmt ihr die Haare, und jedes Mal, wenn die Zähne des Kamms hängen bleiben, schwankt sie in ihren engen Schühchen. Sie ist eindeutig noch nicht ganz wach.

»Wir müssen alle so tapfer sein, wie wir können, Sophie«, sagt Sugar.

Um halb zehn, kurz nachdem der Unterricht begonnen hat, werden die beiden in ihrer Abgeschiedenheit von einem Klopfen an der Tür gestört. Normalerweise lässt man sie, nachdem das Frühstücksgeschirr abgeräumt wurde, bis zum Mittagessen allein, nun aber taucht Letty ernst und mit leeren Händen im Türrahmen auf.

»Mr Rackham möchte Sie sehen, Miss Sugar«, sagt sie.

»Mich … sehen?« Sugar blinzelt verständnislos.

»In seinem Arbeitszimmer, Miss.« Lettys Miene ist wohlwollend, aber nicht leicht zu deuten; sollten ihr irgendwelche Vertraulichkeiten von Frau zu Frau im Gesicht geschrieben stehen, dann ist Sugar nicht in der Lage, sie zu entziffern.

Sophie blickt von ihrem Schreibtisch hoch, wartet ab, was für eine Wendung das Geschehen nun nehmen wird. Mit einem Nicken und einer Handbewegung bedeutet Sugar ihr, mit dem Benennen und Zeichnen von Musikinstrumenten fortzufahren, nachdem sie Sophie gerade erst davon überzeugt hat, dass sie ihre Zeichnung der Geige mit dem krummen Hals lassen kann und nicht aus dem Heft herausreißen und noch mal machen muss. Sophie beugt sich wieder über das Heft und drückt ihr Lineal so fest auf die halb fertige Wiedergabe eines Cellos, als wollte sie ihr unter der Hand entschlüpfen.

»Ich bin gleich wieder da«, sagt Sugar. Aber noch während sie hinter Letty das Zimmer verlässt, überkommen sie Zweifel an diesem Versprechen. *Er will, dass ich gehe,* denkt sie. *Er hat eine Gouvernante gefunden, die Französisch und Deutsch kann und Klavier spielt.* Doch dann verwandelt sich die grundlose Befürchtung langsam in grundlose Begeisterung, und sie denkt: *Nein, er wird mich auf den Hals küssen und meine Röcke anheben und mich ficken. Er hat seit dem Aufwachen heute Morgen einen Steifen und kann sich nicht mehr beherrschen.*

Die Teppiche auf dem Flur sind allesamt feucht und riechen nach Seife und nasser Wolle; Letty krempelt nun, da sie die Vorladung überbracht hat, die Ärmel hoch, kehrt zu Eimer und Schwamm zurück und überlässt es der Gouvernante, dem Hausherrn allein gegenüberzutreten. Das Wasser in Lettys Eimer ist rosa.

Mit heftig pochendem Herzen klopft Sugar an der Tür von Williams Arbeitszimmer, seinem Sanctum sanctorum, das sie während all der Wochen, die sie bereits in seinem Haus wohnt, noch nie betreten hat.

»Herein«, ruft er von drinnen, und sie gehorcht.

Als Sugar ihn sieht, wie er in eine Rauchwolke gehüllt an seinem Schreibtisch sitzt, sich träge vorbeugt und mit den Ellbogen zwei Maulwurfshügel aus Briefen zur Seite schiebt, ist ihr erster Gedanke, dass er wie ein Mann wirkt, der die ganze Nacht lang auf einer Zechtour war. Seine Augen sind rot und aufgequollen, seine Haare nass angeklatscht, sein Bart ungekämmt. Er erhebt sich, um sie zu begrüßen, und ihr fallen die dunklen Wasserflecken auf seinem Jackett auf, die vermutlich von einer hastigen Gesichtswäsche stammen.

»William, du siehst … furchtbar erschöpft aus! Bestimmt arbeitest du zu viel!«

Er durchquert das Zimmer – seine Schuhe und Hosenbeine sind mit Erde beschmiert –, packt sie so abrupt bei den Schultern, dass sie zusammenzuckt, und zieht sie an seine Brust. Selbst als sie ihn, um seine Umarmung zu erwidern, mit ihren langen, dünnen Armen umschlingt und ihre Wange an seine schmiegt, ist sie noch versucht, ihn zurückzuweisen, so wie es sich für eine gute Gouvernante ziemen würde; prompt fallen ihr alle möglichen albernen Protestrufe ein: *Weichen Sie von mir, Sir! Oh! Gnade! Mir schwinden die Sinne!*, und so weiter.

»Was ist passiert, Liebster?«, flüstert sie in sein Haar, wobei sie ihn fest an sich presst, damit er ihre scharfkantigen Hüften durch die Schichten aus raschelnder Kleidung spürt. »Sag mir, was dich bedrückt.« Es gibt kaum eine abgedroschenere Phrase, das weiß sie, aber was soll sie sonst sagen? Sie will nichts weiter, als dass dieses unordentliche Zimmer mit den Papierhaufen und der vom Tabakrauch fleckigen Tapete und den Teppichen in der Farbe von Bratensoße sich in Luft auflöst und sie beide sich durch ein Wunder plötzlich wieder in der Priory Close befinden, wo sich dann später weiche warme Decken um ihre nackten Körper wickeln werden und William sie staunend anschauen und sagen wird …

»Ach, es ist ein grässliches, vollkommen verfahrenes Geschäft.«

Sie hält den Atem an, als er sie noch fester an sich drückt. »Das … Parfümgeschäft?«, fragt sie nach, obwohl sie genau weiß, dass er etwas anderes meint.

»Agnes«, stöhnt er. »Sie treibt mich in den Wahnsinn.«

Die Wahrscheinlichkeit, dass William jemals dem Wahnsinn näher sein wird als seine arme Frau, dürfte gering sein, aber es gibt keinen Zweifel an seinem Kummer.

»Was hat sie denn getan?«

»Sie ist letzte Nacht draußen gewesen, nur im Nachthemd! Hat ihre Tagebücher ausgegraben – oder es jedenfalls versucht. Jetzt ist sie davon überzeugt, dass die Bücher von Würmern gefressen wurden. Ich habe damals Anweisung gegeben, die verfluchten Dinger sicher aufzubewahren, aber niemand scheint zu wissen, wo sie sind.«

Sugar gibt einen unverständlichen Laut von sich, der nach mitfühlender Verblüffung klingt.

»Und sie hat sich selbst verletzt!«, ruft William aus und erschauert dabei in Sugars Armen. »Es ist grauenvoll! Sie hat sich den Spaten in beide Füße gestoßen. Hat ihr Lebtag noch kein Loch gegraben, die arme Kleine. Und sie war barfuß! O je!« Von Neuem erschauert er heftig bei der Vorstellung, dass die zierlichen nackten Füße mit einem ungeschickten Stoß von der stumpfen Eisenkante aufgerissen wurden. Sugar erschauert ebenfalls – es ist das erste Mal, dass beide gleichzeitig unwillkürliche Zuckungen haben, die echt sind.

»Wie geht es ihr? Was hast du unternommen?«, ruft sie aus, und William reißt sich von ihr los und vergräbt das Gesicht in den Händen.

»Ich habe natürlich jemand zu Doktor Curlew geschickt. Zum Glück hat er sich nicht geweigert ... obwohl er mich dafür garantiert schröpfen wird ... Schon erstaunlich, dass ein Mann, der in Mantel und Nachthemd ist und gerade die Wunde einer schreienden Frau näht, so selbstgefällig aussehen kann! Aber meinetwegen kann er so selbstgefällig aussehen, wie er will, Agnes bleibt hier! Soll ich meine Frau zu einer Hölle auf Erden verurteilen, nur weil sie nicht mit einem Spaten umgehen kann? Noch bin ich kein Unmensch!«

»William, du bist ja ganz außer dir!«, sucht Sugar ihn zu beschwichtigen, obwohl auch ihre Stimme vor Beunruhigung zittert. »Du hast alles getan, was du fürs Erste tun konntest, und wenn du erst einmal geschlafen hast, wirst du mit klarerem Kopf nachdenken können.«

Er tritt ein paar Schritte zur Seite, nickt dabei und reibt sich die Hände.

»Ja, ja«, sagt er, und seine Stirn legt sich unter der Anstrengung, alle unlogischen Gedanken aus seinem Kopf zu vertreiben, in Falten. »Ich habe mich schon wieder im Griff.« Mit einem durchdringenden Blick starrt er sie an, ein Funkeln in den Augen. »Hast du eine Ahnung, wer diese dämlichen Tagebücher haben könnte?«

»V-vielleicht hat ja Sophies ehemalige Kinderfrau sie mitgenommen. Die Bücher wurden doch kurz vor ihrer Abreise ausgegraben, oder?«

William schüttelt den Kopf und will gerade einwenden, dass Beatrice Cleaves Einstellung Agnes gegenüber von kaum verhüllter Verachtung bestimmt war, als ihm einfällt, dass sie aus genau diesem Grund die Möglichkeit genutzt haben könnte, Schaden anzurichten.

»Ich schreibe Mrs Barrett und bitte sie, Beatrices Zimmer durchsuchen zu lassen.«

»Nein, nein, mein Liebster«, sagt Sugar, von der Sorge gequält, wie leicht ihr verdrecktes, unrechtmäßig angeeignetes Geheimnis unter ihrem kleinen Bett hervorgezerrt werden könnte, wenn der Verdacht auf sie fiele. »Falls sie es aus reiner Boshaftigkeit getan hat, dann hat sie die Bücher bestimmt in den nächstbesten Fluss geworfen. Und überhaupt, was soll Agnes momentan ausgerechnet mit einem Stapel alter Tagebücher anfangen? Sie braucht doch sicher vor allem Ruhe und liebevolle Pflege.«

Er läuft zurück zu seinem Schreibtisch und beugt und streckt nervös die Finger. »Ruhe und liebevolle Pflege. Ja, verdammt. Wenn sie nur schlafen könnte, bis ihre Wunden verheilt sind! Ich besorge ihr etwas von einem Arzt – nicht von dem elenden Curlew –, Pillen oder Tropfen … Clara kann dafür sorgen, dass sie sie jeden Abend regelmäßig einnimmt … Keine Ausreden mehr. Keine Ausreden, hörst du!«

Seine Stimme hat sich binnen weniger Sekunden von schicksalsergeben zu wütend hochgeschraubt. Sugar läuft zu ihm und legt ihm eine raue Handfläche auf das verzerrte Gesicht.

»William, bitte: Vor lauter Wut erkennst du nicht, wer ich bin. Ich bin deine Sugar, siehst du das denn nicht? Ich bin die Frau, die sich deinen Kummer angehört hat, die dir Ratschläge gegeben hat, dir geholfen hat, Briefe zu schreiben, die zu schreiben dir ein Graus waren … Wie oft habe ich bewiesen, dass es nichts gibt, was ich nicht für dich tun würde?« Sie greift seine schlaffe Hand und führt sie an ihren Busen und dann hinunter zu ihrem Bauch, in der Hoffnung, auf diese Weise seine Leidenschaft zu entfachen, aber er lässt das alles nur in dumpfer Verwirrung geschehen, so als würde sie seine Hand benutzen, um sich zu bekreuzigen.

»William«, fleht sie. »Erinnerst du dich an das Problem mit Hopsom? An die langen Nächte, die wir gemeinsam …«

Endlich entspannen sich seine Gesichtszüge. Sein überhitzter Schädel scheint sich mit dem kühlen Balsam der Erinnerung an Momente der Vertrautheit zu füllen: an ihren Beistand, als sie ihm half, auf dem Weg zum Erfolg der Rackham Perfumeries gefährliche Klippen zu umschiffen, die sein Untergang hätten sein können.

»Mein Engel«, seufzt er reuig. Zu Sugars großer Erleichterung beugt er sich vor und küsst sie direkt auf den Mund; seine Zunge ist trocken und schmeckt nach Brandy und Dyspepsie, aber endlich wird sie von ihm geküsst. Davon ermutigt, streichelt sie sein Haar, seine Schultern, seinen Rücken, atmet rascher, begehrt ihn fast, will, dass er sie begehrt.

»Ach, übrigens«, sagt er und macht sich erneut von ihr los. »Ich möchte dir etwas zeigen.« Sein Schwanz beult seine Hose aus, aber darum handelt es sich nicht; nein, ganz so weit ist er noch nicht. Stattdessen wühlt er in dem Chaos auf seinem Schreibtisch und holt ein zusammengefaltetes Exemplar der *Times* hervor.

»Ich glaube nicht, dass du das schon gesehen hast«, sagt er und blättert die Zeitung rasch durch – den Nachrichtenteil, die Seiten mit den Hochzeits- und Verlobungsanzeigen –, bis er findet, was er ihr zeigen will. Mitten unter den Kleinanzeigen für Blutreinigungsmittel und homöopathische Arzneien befindet sich eine große, auffällige Annonce, die William Rackhams Gesicht schmückt, von Stechpalmenzweigen umkränzt.

Eine Gesegnete Weihnachtszeit
Und ein Glückliches Neues Jahr
WÜNSCHT
RACKHAM
HERSTELLER EDLER PARFÜMS UND TOILETTENARTIKEL

Sugar liest den Grußtext mehrmals durch, sucht fieberhaft nach einem Lob. Höchst sonderbar, eine von Williams Ideen als ein *fait accompli* präsentiert zu bekommen, ohne vorher konsultiert worden zu sein!

»Sehr eindrucksvoll«, sagt sie. »Und gut formuliert. Ja, ganz hervorragend.«

»Mir war es sehr wichtig, meinen Weihnachtsgruß so früh wie möglich in der Zeitung erscheinen zu lassen«, erklärt er. »Noch vor meinen Konkurrenten, verstehst du?«

»Hm«, erwidert sie. »Die anderen werden sich wünschen, es wäre ihre Idee gewesen.« Vor Sugars innerem Auge blitzt immer wieder das grässliche Bild auf, wie Agnes im Dunkeln einen schmutzigen Spaten hinabsausen lässt, dessen Kante das blasse Fleisch ihrer Füße aufschlitzt.

blutunterlaufenen Augen an, und es fällt ihm schwer, sich mit dem widrigen Schicksal abzufinden.

»Vielen Dank, Letty«, sagt er. »Ich gehe gleich zu ihr.«

Das Dienstmädchen zieht sich zurück, und William rückt Krawatte und Kragen zurecht.

»Wie schmeichelhaft«, murmelt er zynisch, als er an Sugar vorbeistapft, »dass gleich mehrere Frauen auf einmal Verlangen nach mir haben.«

In Agnes' Schlafzimmer ist es verdächtig hell, denn die Vorhänge sind nicht zugezogen wie tagsüber doch meistens, sondern weit geöffnet, um so viel Sonnenlicht wie möglich hereinzulassen. Mrs Rackham sollte von den ihr verabreichten Medikamenten eigentlich bewusstlos sein, aber sie scheint hellwach, sitzt kerzengerade im Bett und trägt ein makellos sauberes Nachthemd, das bis zum Hals zugeknöpft ist. Etwa in der Mitte des Bettes wölben sich die Laken über ihren dick verbundenen Füßen. Ihre Miene wirkt gelassen, trotz einiger Kratzer, die sie sich bei der Rangelei mit ihrem Gatten, Shears und Rose zugezogen hat, als die drei versuchten, sie zurück ins Haus zu schleifen. Ihre unglaublich blauen Augen sind rot gerändert. All das nimmt William beim Betreten des Zimmers wahr. All das und die Tatsache, dass Clara am Bett Aufstellung genommen hat, als eine Art Ehrenwache an der Seite ihrer Herrin.

»Danke, Clara«, sagt William, »Sie können jetzt gehen.«

Das Dienstmädchen deutet einen Knicks an, der nur aus einem Zucken des Oberkörpers besteht.

»Mrs Rackham hat mich gebeten, im Zimmer zu bleiben.«

»Sie ist meine Zofe, William«, erinnert Agnes ihn. »Ich denke, ich habe ein Recht auf wenigstens *eine* Person in diesem Haus, der mein Wohl am Herzen liegt.«

William strafft die Schultern. »Agnes …«, hebt er warnend an, besinnt sich dann aber eines Besseren. »Worüber wolltest du mit mir sprechen?«

Agnes holt tief Luft. »Ich habe soeben eine ungeheure Demütigung erlitten«, sagt sie. »Und zwar durch unseren Kutscher.«

»Cheesman?«

»Soweit ich weiß, haben wir nur einen Kutscher, William. Es

sei denn, du hast zu deinem Privatvergnügen noch weitere irgendwo versteckt.«

Zog da ein Grinsen über Claras Gesicht? Diese Impertinenz, denkt William, wird dem dreisten kleinen Biest noch Leid tun. Sie wird schon bald auf der Straße landen …

»Hat sich Cheesman dir gegenüber ungehörig benommen, Liebling?«, erkundigt er sich mit größtmöglicher Politesse.

»Er ist so wohlerzogen, wie man es von seinesgleichen erwarten kann«, wendet Mrs Rackham ein. »Für meine Demütigung bist *du* verantwortlich.«

»Ich?«

»Cheesman sagt, es sei ihm verboten worden, mich zur Kirche zu fahren.«

»Heute ist Dienstag, Lieb–«

»In *meine* Kirche«, faucht Agnes. »Nach Cricklewood.«

William schließt einen Moment lang die Augen, so kann er sich besser ausmalen, wie Clara ihr restliches Leben in Armut fristet – oder auf der Stelle explodiert.

»Nun ja …«, seufzt er. »Genau genommen ist es Doktor Curlews Anweisung, Liebling.«

Agnes wiederholt die Worte, wobei sie jedem einzelnen gewissenhaft die ihm gebührende Verachtung zuteil werden lässt. »Doktor. Curlews. Anweisung.«

»Ja«, sagt William, der sich wundert, dass er, William Rackham, ein Mann, der wunderbar mit dem Zorn eines rüpelhaften Hafenarbeiters fertig wird, derart entnervt ist, wenn er mit der Unzufriedenheit seiner elfenhaften Frau konfrontiert wird. Wie konnte ihr süßes Wesen, mit dem sie ihn früher entzückte, derart bitter werden? »Doktor Curlew ist der Ansicht, dass es deiner Gesundheit nicht zuträglich ist, wenn du hartnäckig … äh … wenn du einen anderen Glauben als … äh …«

»Ich bedarf eines Wunders, William«, sagt sie und spricht dabei Wort für Wort sehr deutlich aus, so als hätte sie es mit einem außerordentlich begriffsstutzigen Kind zu tun. »Einer Wunderheilung. Dazu muss ich in einer Kirche beten, die Gott anerkennt und von der man weiß, dass sie von Unserer Lieben Frau und ihren Engeln besucht wird. Warst du in *deiner* Kirche je Zeuge eines Wunders, William?«

Clara legt ihre Hände, die sie bisher auf dem Rücken verschränkt hielt, vor dem Körper übereinander – ein harmloser Ausdruck von Nervosität, den William trotzdem als spöttische Geste deutet.

»Ich …« (Er sucht nach einer geistreichen, gespielt reumütigen Bemerkung, um das Gespräch auf weniger heikles Terrain zu lenken.) »Ich muss dir leider beichten, dass mir aus lauter Unaufmerksamkeit so etwas glatt entgangen sein könnte.«

»Beichten?«, zischt Agnes und reißt ihre Augen bis zur maximal möglichen Größe auf. »Ja, ich bin auch der Meinung, dass du beichten musst. Aber das wirst du niemals tun, nicht wahr?«

»Agnes …« Erneut ist er drauf und dran, einen offenen Streit zu beginnen; erneut widersteht er der Versuchung. »Können wir dieses Gespräch nicht verschieben, bis es dir wieder besser geht? Egal, ob du in eine katholische oder in eine anglikanische Kirche willst, du bist momentan nicht in der Lage, sie zu besuchen. Deine armen Füße müssen in Ruhe wieder aufgepäppelt werden.« Plötzlich fällt ihm ein schlaues Argument ein. »Und wie würdest du dich fühlen, wenn man dich unter den Blicken der anderen Leute wie ein schweres Gepäckstück in die Kirche tragen würde?«

Doch dieser Appell an Agnes' Feingefühl in gesellschaftlichen Dingen verpufft, wird von einem beleidigten Blick zunichte gemacht. »Ich würde mich nicht wie ein Gepäckstück fühlen«, erwidert sie mit bebender Stimme. »Ich würde mich … himmlisch fühlen. Und außerdem bin ich nicht schwer: Wie kannst du es *wagen*, so etwas zu behaupten?«

William begreift plötzlich, dass sich seine Frau, obwohl es äußerlich nicht den Anschein hat, im Banne eines Deliriums befindet. Mit ihr noch länger zu diskutieren ist sinnlos und dient lediglich Claras Belustigung.

»Agnes«, verkündet er barsch. »Ich … ich gestatte es nicht. Du würdest dich lächerlich machen, und mich dazu. Du wirst zu Hause bleiben, bis –«

Mit lautem Schrei der Qual wirft sie das Bettzeug beiseite und krabbelt mit der Behändigkeit eines Gassenjungen zum Fußende des Bettes. Sie klammert sich an die Messingschnörkel des Bettrahmens und klagt William mit Tränen auf den Wangen an: »Du hast mir ein Versprechen gegeben! Das Versprechen, mich zu lieben und zu ehren! ›Es schert mich keinen Deut, was die anderen denken‹, hast du gesagt. ›Die anderen Mädchen finde ich alle zum Gähnen langweilig‹, hast du gesagt. ›Mein lustiges Elfchen‹, hast du mich immer genannt! ›Wenn die Gesellschaft sich vor etwas fürchtet, nennt sie es exzentrisch‹ – das war ein anderer deiner großartigen Aussprüche. ›Die Zukunft kann nur dann interessant sein, wenn *wir* den Mut haben, interessant zu sein – und das bedeutet, dass wir die anderen vor den Kopf stoßen müssen!‹«

William steht vor Verblüffung der Mund offen. Er hatte geglaubt, in der vergangenen Nacht die absurdeste Prüfung seines Lebens erduldet zu haben, aber *das* hier … das ist noch schlimmer. Erleben zu müssen, wie seine jugendlichen Angebereien, seine unreifen Sentenzen dem Vergessen entrissen und ihm von seiner Frau an den Kopf geschleudert werden!

»Ich … ich kümmere mich um dich, so gut ich kann«, wendet er ein. »Du bist krank, und ich möchte mich um dich kümmern.«

»Um mich kümmern?«, ruft sie aus. »Wann hast du dich je um mich gekümmert? Sieh her! Sieh her! Hast du einen Vorschlag, was *damit* geschehen soll?«

Sie wirft sich auf den Rücken, zieht das Nachthemd ein Stückchen hoch und wickelt hektisch die Verbände von ihren Füßen.

»Agnes! Nein!« Entsetzt beugt er sich vor und packt sie bei den Handgelenken, aber ihre Hände zappeln und winden sich weiterhin an den Fußknöcheln. Blutbefleckte Verbandstentakel lösen sich von ihren Füßen, und ein Stück bläuliche, verletzte Haut und eine purpurrote, blutverklebte Wunde werden sichtbar. Unwillkürlich fällt Williams Blick zwischen Agnes' dürre, von ihr gedankenlos entblößte Beine auf die blonden Büschel ihres Geschlechts.

»Bitte, Agnes«, flüstert er und versucht, sie mit einem energischen Hochziehen der Augenbrauen an die Anwesenheit der stummen Zeugin in ihrem Rücken zu erinnern. »Nicht vor einer Dienerin …!«

Sie lacht hysterisch mit einem schrecklichen, animalischen Ton.

»Mein Körper verwandelt sich in … rohes Fleisch«, schreit sie vor Wut und Unglauben, »meine Seele ist fast verloren, und du machst dir Sorgen wegen der *Dienstboten*!« Verzweifelt widersetzt sie sich seinem festen Griff und gräbt sich mit den Füßen in die Laken ein, so dass das schneeweiße Leinen mit Blut beschmiert wird. Ihr Busen drückt gegen seinen Arm; William wird daran erinnert, dass ihre Brüste viel üppiger sind als die von Sugar, dass ihr Körper mädchenhaft grazil ist und er einst dem herrlichen Tag entgegenfieberte, an dem er ihn endlich in seine Arme schließen konnte …

Abrupt hört Agnes auf, sich gegen ihn zu wehren. Sie befinden sich Schulter an Schulter, fast Nase an Nase. Keuchend, rot angelaufen und mit Speichel auf dem Kinn starrt sie ihn an, einen Ausdruck moralischen Abscheus im Gesicht.

»Du tust mir weh«, sagt sie leise. »Geh und such dir jemand anderen zum Spielen.«

Er lässt ihre Handgelenke los, und sie kriecht, die fleckigen Verbände hinter sich herziehend, ans Kopfende des Bettes zurück. In Nu liegt sie wieder unter der Decke, den Kopf auf dem Kissen, eine Hand unter die Wange geschoben. Sie seufzt ergeben wie ein Kind, das man weit über die Schlafenszeit hinaus wach gehalten hat.

»Ich …«, stammelt er, aber dann fehlen ihm die Worte. Er dreht sich zu Clara um, bittet sie mit einer hilflosen Geste, die Macht nicht zu missbrauchen, die ihr dieser Vorfall in die Hände gespielt hat.

Sie nickt unergründlich.

»Ich passe auf sie auf, Mr Rackham«, versichert sie ihm, und damit ist er, wie es scheint, entlassen.

Völlig niedergeschlagen und benommen schlurft William zurück in sein Arbeitszimmer. Niemand erwartet ihn dort, denn Sugar konnte offenbar ihre Rückkehr in das Unterrichtszimmer nicht länger aufschieben und ist gegangen. Sei's drum. Er schnuppert. Zigarrenrauch. Brennende Kohlen im Kamin. Sugars Geschlecht.

Er stellt sich vor das flackernde Kaminfeuer, lehnt den Kopf an die Wand, öffnet seinen Hosenschlitz und legt kummervoll stöhnend Hand an sich selbst. Binnen weniger Sekunden spritzt sein Samen heraus, direkt auf die brutzelnde Glut. Sein Bauch ist fett; die Haare darauf sind frühzeitig ergraut; was für eine lächerliche

Gestalt er doch ist; kein Wunder, dass man ihn verabscheut. Nach dem Orgasmus schrumpft sein Penis zu einem schleimigen Wurm, und er packt ihn wieder ein.

Mit zusammengesackten Schultern dreht er sich um, und beim Anblick seines mit Papieren übersäten Schreibtisches sinkt seine Stimmung auf den Nullpunkt. So viel zu erledigen, und sein Leben fällt an allen Ecken und Enden auseinander. Er lässt sich auf den Stuhl plumpsen und bedeckt das Gesicht mit den Händen.

Immer mit der Ruhe. Wenn er jetzt die Kontrolle verliert, ist überhaupt nichts gewonnen.

Ohne recht zu wissen, was er eigentlich vorhat, zieht er die geräumige unterste Schublade seines Schreibtisches auf, in der er Briefe aufbewahrt, die er zwar beantwortet hat, aber nicht wegwerfen mag. Dazwischen liegt noch anderer Kram – die *Londoner Lustbarkeiten* beispielsweise, und … das hier. Er zieht es mit zittrigen Fingern heraus.

Es ist eine abgegriffene Photographie von Agnes – Agnes Unwin, wie sie damals noch hieß –, von ihm selbst während eines Picknicks am Ufer der Themse aufgenommen, und wenn man seine damalige Unerfahrenheit in der Dunkelkammer in Betracht zieht, ist es sogar ein ziemlich guter Abzug. Besonders gefällt ihm, dass Agnes (auf seine Anweisung hin) absolut stillhielt, und ihr ruhiges, schönes Gesicht dadurch in jeder Einzelheit festgehalten ist, während ihre Begleiter – Söhne des Adels, allesamt Vollidioten – an den Aufschlägen ihrer Hosen herumfummelten, miteinander plauderten und ihre Gesichter dadurch zu verschwommener Unkenntlichkeit verurteilten. Dieser Kerl dort, mit der Nelke im Knopfloch, ist wahrscheinlich der Trottel Elton Fitzherbert, doch die anderen sind bloß unscharfe graue Schemen, die lediglich dazu dienen, William Rackhams Angebetete noch strahlender hervortreten zu lassen. Unzählige Male hat er dieses Photo angestarrt, sich vor Augen geführt, dass es eine unbestreitbare Wahrheit wiedergibt, eine verbürgte Vergangenheit, die nicht umgeschrieben werden kann.

Ohne zu bemerken, dass er weint, wühlt er weiter in den Papieren der untersten Schublade herum. Wenn er sich nicht sehr täuscht, muss hier irgendwo ein parfümierter Brief liegen, den

Agnes ihm wenige Tage vor ihrer Hochzeit geschickt hat. Sie schreibt darin, wie sehr sie ihn verehrt, dass jeder Tag, den sie noch warten muss, ehe sie seine Frau wird, von der herrlichen Qual der Vorfreude erfüllt ist – oder etwas Ähnliches in der Art. Er kramt und kramt, stößt auf Handzettel längst vergessener Theateraufführungen, Einladungen in Kunstgalerien, ungelesene Briefe seines Bruders, in denen dieser die Heilige Schrift zitiert, Drohungen von Gläubigern, deren Rechnungen längst bezahlt sind. Aber der duftende Beweis für Agnes' Leidenschaft … wird ihm vorenthalten. Ist es wirklich möglich, dass sämtliche Spuren ihrer Hingabe an ihn verschwunden sind? Er beugt sich hinunter und schnüffelt. Altes Papier; die Erde an seinen Schuhen; Sugars Geschlecht.

Zusehends entmutigt holt er ein knittriges Blatt Papier aus der tiefsten Tiefe der Schublade hervor, nur für den Fall, dass es doch der gesuchte Brief sein könnte. Aber es ist von ihm selbst beschrieben, der erste Entwurf eines Briefs, den er vor vielen Jahren Henry Rackham senior geschickt hat:

Lieber Vater,
in dem Aufruhr, entstanden durch die Geburt meiner Tochter und der darauf folgenden, dringend notwendigen ärztlichen Behandlung meiner Gattin, hatte ich verständlicherweise wenig Zeit, mich auf die Pflichten vorzubereiten, die mich erwarten. Es versteht sich von selbst, dass ich beabsichtige, mich ihnen mit meiner üblichen Begeisterung zu widmen, sobald sich die Gelegenheit dazu ergibt; in der Zwischenzeit habe ich jedoch zu meinem Bedauern einen Brief von unseren Anwälten erhalten …

Mit einem gequälten Stöhnen knüllt William das Blatt Papier zusammen. Himmelherrgott, er hat zweimal das Format von damals! Wie kann das Schicksal so grausam sein, ihn der Bewunderung seiner Frau zu berauben, wo er doch einst ein willensschwacher Kriecher war und jetzt der Herrscher über ein großes Unternehmen ist. Gibt es denn gar keine Gerechtigkeit?

Von neuer Tatkraft erfüllt, beugt er sich über den Tisch, legt ein leeres Blatt Papier vor sich hin und taucht den Federhalter in die Tinte. Ein William Rackham, der Chef der Rackham Perfum-

Sechsundzwanzig

»Weihnachten«, sagt Sugar bedeutungsvoll.

Sophie beugt sich im fahlen Licht des frühen Vormittags über ihr Heft und schreibt das exotische Wort oben auf eine neue Seite. Obwohl Sugar die Buchstaben verkehrt herum und nur aus den Augenwinkeln liest, sieht sie, dass das erste h fehlt.

»Glocke.«

Erneut kratzt Sophies Federhalter über das Papier. Dieses Mal fehlerlos.

»Lametta.«

Sophie blickt Hilfe suchend zu den silbernen und roten Glitzerfäden am Kaminsims hinüber, taucht dann ihren Federhalter in die Tinte und schreibt ihre Vermutung nieder: »Lahmetta.« Sugar beschließt, um diesen Fehler kein großes Aufhebens zu machen, sondern die Belehrung in einen Scherz zu verpacken: *Das arme kleine h aus deinem Weihnachten hat sich wohl auf die Wanderschaft begeben und in das Lametta gemogelt …*

»Mistelzweig.« Kaum hat sie das Wort ausgesprochen, bereut sie es bereits: Die Falten auf der Stirn der armen Sophie werden noch tiefer, denn ihr wird klar, dass ihre Hoffnungen auf ein fehlerfreies Ergebnis dahin sind. Sugar muss bei dem Pflanzennamen unwillkürlich an Agnes' Unfall im Garten denken: Wieder tauchen die Bilder auf, der Spaten durchschneidet die helle Haut und Blut spritzt auf.

»Misseltsweig«, schreibt Sophie.

»Schnee«, sagt Sugar, um ihr eine leichte Aufgabe zu stellen.

Sophie schaut zum Fenster, und es schneit wirklich. Ihre Gouvernante muss hinten im Kopf Augen haben.

Sugar lächelt zufrieden. Dieses Weihnachten, dass sie in Kürze mit den Rackhams verbringen wird, ist in gewisser Weise ihr erstes, denn bei Mrs Castaway ging es nie besonders festlich zu. Die Vorstellung, bald einen Tag zu erleben, der unabhängig von irgendwelchen Wendungen des Schicksals etwas Besonderes sein wird, ist völlig neu für sie, und je öfter sie sich ermahnt, den 25. Dezember als einen Tag wie jeden anderen anzusehen, desto mehr steigen ihre Erwartungen.

Die Atmosphäre im Haus der Rackhams hat in letzter Zeit eine Veränderung erfahren, und zwar eine Veränderung, die sich nicht nur mit dem Schmuck aus Stechpalmenzweigen, Lametta und Zierglöckchen erklären lässt. Die Tatsache, dass William sie noch immer liebt, empfindet sie als große Erleichterung, und der Gedanke daran, dass es für sie beide eine gemeinsame Zukunft als Vertraute und Verbündete geben wird, hilft ihr, das unheilvolle Gemurmel ihrer Vorahnungen zu ignorieren. Aber ihre Hoffnungen gründen sich nicht nur auf Williams Liebe, denn auf Schritt und Tritt begegnet ihr im Haus ein Stimmungswandel. Alle sind freundlicher und vertraulicher im Umgang. Sugar hat nun nicht mehr das Gefühl, auf zwei Zimmer eines großen, geheimnisvollen Hauses beschränkt zu sein und ständig an geschlossenen Türen vorbeizuhasten, damit sie nur ja nicht die bösen Geister erzürnt, die dahinter wohnen. Jetzt in der Vorweihnachtszeit geht sie mit Sophie an der Hand bedenkenlos durchs Haus und wird überall als fester Bestandteil des Ganzen begrüßt. Dienstboten lächeln sie an, William nickt ihr im Vorübergehen zu, und niemand braucht zu erwähnen, was allseits bekannt ist: dass Mrs Rackham unter Aufsicht in ihrem Zimmer liegt und vom Chloral betäubt die Tage verschläft.

»Hallo, kleine Sophie«, sagt Rose, als das Kind ihr stolz einen weiteren Korb voller frisch gebastelter Luftschlangen bringt. »Du bist ja wirklich ein geschicktes Mädchen.«

Sophie strahlt. Sie hätte niemals mit so viel Bewunderung gerechnet, nur weil sie, den Anweisungen ihrer Gouvernante folgend, bunte Papierstreifen zugeschnitten und aneinander geklebt hat! Vielleicht ist das Leben doch keine so mühsame und undankbare Angelegenheit, wie die Kinderfrau sie immer glauben machte …

»Wo wollen wir sie aufhängen?«, ruft Rose dem Dienstmädchen zu, das für das obere Stockwerk zuständig ist, und beide bemühen sich nach Kräften, so zu tun, als bestünde immer noch dringender Bedarf an Luftschlangen, obwohl schon überall welche hängen, sogar an den Treppengeländern, im Rauchsalon (gebe Gott, dass sich die Männer mit ihren Zigarren in Acht nehmen!), in der Waschküche (sie sind dort bereits schlaff und feucht, aber Janey war hocherfreut, dass man auch an sie gedacht hat), am Flügel und in dem komischen kleinen Raum, in dem es früher leicht nach Leinen und verdunstetem Urin roch, der aber neuerdings gar nicht mehr benutzt wird. Es dürfte nur eine Frage der Zeit sein, bis der Pferdestall und Shears' Gewächshaus an der Reihe sind.

Gestern war der Mann mit den Stechpalmen da und ist drei große Bündel losgeworden, zwei mehr, als der Rackhamsche Haushalt ihm im letzten Jahr abgenommen hat. (»Hier machste reiche Beute, Mädel«, meinte er augenzwinkernd zu der jungen Verkäuferin von Mistelzweigen, der er auf dem Weg die Auffahrt hinunter begegnete.) Und fürwahr, der Rackhamsche Haushalt scheut keine Kosten, um die Erinnerung an Weihnachten 1874 auszulöschen, das im Schatten einer dunklen Wolke »gefeiert« wurde – ein sehr unpassendes Wort für eine derart triste Veranstaltung. Dieses Jahr sollen alle wissen – von Lords und Ladys bis hin zur untersten Scheuermagd –, dass William Rackhams Festvorbereitungen keinen Vergleich scheuen müssen! Also: Stechpalmenzweige? Drei Säcke voll! Vorräte? Die Küche quillt über davon! Papierschlangen? Soll das Kind so viele basteln, wie es Lust hat!

Wenn sie keine Luftschlangen bastelt, stellt die kleine Sophie mit Inbrunst Weihnachtskarten her. Sugar hat für sie bei einem Hausierer ein paar teure Karten gekauft. Nach einigem Zögern hatte William ihm gestattet, über die Rackhamsche Türschwelle zu treten und seine Waren im Salon auszulegen, damit die Dienerschaft sie in Augenschein nehmen konnte. Außer den üblichen Darstellungen von häuslichem Glück und Mildtätigkeit gegenüber zerlumpten Armen gab es auch humoristische Bilder von einem Frosch, der mit einer Küchenschabe tanzt, und einem aufgeblasenen Landadeligen, der von einem Rentier in den Hintern gebissen wird – das absolute Lieblingsmotiv der Küchenmädchen, die es offen bedauerten, nicht genug Geld für diese Karten zu haben. Sugar kaufte die teuersten Karten aus der Sammlung: die mit beweglichen Teilen und veränderlichen Einschüben, weil sie hoffte, sie würden Sophie als Vorlage für ähnliche Entwürfe dienen.

Und so kam es auch. Nach Sophies Begeisterung zu urteilen, hat sie noch nie ein so kostbares und faszinierendes Spielzeug besessen wie die Weihnachtskarte in Gestalt eines düsteren georgianischen Hauses, bei dem sich, wenn man an einem Pappschieber zieht, die Vorhänge öffnen und eine farbenfrohe Familie bei einem Festmahl enthüllen. Da sie das Wort »Genie« nicht kennt, beschreibt sie den Menschen, der sich etwas so Außergewöhnliches ausgedacht hat, als »riesig schlau«, nimmt die Karte wieder und wieder in die Hand und zieht an dem Schieber, um sich seiner Vollkommenheit zu vergewissern. Ihre ersten eigenen Versuche, Weihnachtskarten zu zeichnen, zu malen und zusammenzukleben, sind stümperhaft, aber sie gibt nicht auf und bastelt eine Reihe von Papphäusern, in denen winzige feiernde Familien verborgen sind. Jede Karte gelingt ihr besser als die vorige, und sie schenkt sie jedem, der bereit ist, ihr eine abzunehmen.

»Oh, vielen Dank, Sophie«, sagt die Köchin. »Ich werde die Karte meiner Schwester in Croydon schicken.«

Oder: »Vielen Dank, Sophie«, sagt Rose. »Da wird sich meine Mutter aber ganz bestimmt freuen.«

Sogar William ist froh über die Karten, denn die Anzahl seiner Verwandten ist zwar ungewöhnlich gering, aber es mangelt ihm nicht an Geschäftspartnern und Angestellten, die über so eine Geste entzückt sein werden, vor allem wenn es sich um ein Unikat handelt.

»Noch eine!«, sagt er mit gespieltem Erstaunen, wenn Sophie in Begleitung von Sugar in seinem Arbeitszimmer auftaucht, um das jüngste Erzeugnis abzuliefern. »Du entwickelst dich ja zu einer richtigen Fabrikantin, was?« Und er zwinkert Sugar zu, die allerdings bloß vermuten kann, was dieses Zwinkern bedeuten soll.

Nach diesen kurzen Begegnungen mit ihrem Vater, die stets durch Williams Unfähigkeit beendet werden, sich einen zweiten passenden Satz einfallen zu lassen, neigt Sophie zu launischem Verhalten und kann binnen Sekunden von aufgeregtem Plappern zu störrischem Quengeln wechseln; dennoch findet Sugar, dass es Sophie alles in allem gut tut, Beachtung von ihrem Erzeuger zu erfahren.

»Mein Vater ist reich, Miss«, verkündet das Kind eines Nachmittags, kurz bevor sie die Geschichte Australiens in Angriff nehmen. »Sein Geld ist auf der Bank und wird jeden Tag mehr.«

Zweifellos eine weitere Weisheit von Beatrice Cleave, die sie wiederkäut.

»Es gibt sehr viele Männer, die reicher als dein Vater sind«, gibt Sugar vorsichtig zu bedenken.

»Er wird sie alle besiegen, Miss.«

Sugar seufzt und stellt sich vor, wie William und sie auf der Kuppe von Whetstone Hill unter einem riesengroßen Sonnenschirm sitzen, Limonade trinken und träge auf die blühenden Lavendelfelder hinunterschauen. »Wenn er klug ist«, sagt sie, »wird er sich mit dem zufrieden geben, was er hat, nicht mehr so hart arbeiten und sein Leben genießen.«

Sophie schluckt diesen Moralbrocken, ist aber eindeutig nicht in der Lage, ihn zu verdauen. Sie ist zu dem Schluss gekommen, dass ihr Vater den liebevollen Papas in Hans Christian Andersens Märchen nur deshalb so wenig ähnelt, weil er vom Allmächtigen die strikte Anweisung erhalten hat, die Welt zu erobern.

»Wo ist *Ihr* Vater, Miss?«, möchte sie wissen.

In der Hölle, mein Püppchen, lautete Mrs Castaways Antwort vor langer Zeit.

»Ich weiß es nicht, Sophie.« Sugar versucht angestrengt, sich in Bezug auf ihren Vater an etwas anderes zu erinnern als an den Hass ihrer Mutter. Mrs Castaways Erzählung zufolge kümmerte sich der Mann, der sie mit einem kurzen Ruck seines Unterleibs von einer anständigen Frau in eine Ausgestoßene verwandelte, nicht darum, was anschließend geschah. »Ich glaube, er ist tot.«

»Hatte er einen Unfall, Miss, oder war er Soldat?« Männer werden entweder erschossen oder sie verbrennen in ihrem Haus: So viel ist Sophie klar.

»Ich weiß es nicht. Ich habe ihn nie kennen gelernt.«

Sophie neigt mitfühlend den Kopf. So etwas kann leicht passieren, wenn ein Vater viel zu tun hat.

»Und wo ist Ihre Mama, Miss?«

Ein eisiger Schauder überläuft Sugars Rücken. »Sie ist … zu Hause. In *ihrem* Haus.«

»Ganz allein?« Sophie, deren diesbezügliche Kenntnisse ihren sentimentalen Märchenbüchern entstammen, klingt zugleich besorgt und hoffnungsvoll.

»Nein«, sagt Sugar in dem Wunsch, das Kind möge dieses Thema fallen lassen. »Sie hat … oft Besuch.«

Sophie wirft einen entschlossenen Blick auf die Schere, den Klebstoff und die anderen Bastelsachen, die beiseite gelegt wurden, damit Australien abgehandelt werden kann.

»Die nächste Karte mache ich für Ihre Mutter«, verspricht sie.

Sugar lächelt, so gut sie kann, und wendet sich ab, ehe Sophie die Zornestränen in ihren Augen schimmern sieht. Sie blättert im Geschichtsbuch herum, vorwärts und rückwärts, und kommt dabei mehrfach an Australien vorbei.

Sie ist unschlüssig, ob sie Sophie die Wahrheit sagen soll. Nicht über das Hurenhaus ihrer Mutter, natürlich nicht, sondern über Weihnachten. Darüber, dass dieses Fest im Castaway-Gefängnis niemals gefeiert wurde und dass Sugar erst mit sieben Jahren den gemeinschaftlichen *Anlass* begriff, der die Straßenmusiker zu einer Zeit, von der sie nicht wusste, dass es sich dabei um das Ende des Monats Dezember handelte, bestimmte Lieder spielen ließ. Jawohl, sieben Jahre war sie alt, als sie den Mut aufbrachte, ihre Mutter zu fragen, was Weihnachten sei, und Mrs Castaway ihr die Antwort gab (ein für alle Mal, denn danach war das Thema für immer erledigt): »Es ist der Tag, an dem Jesus für unsere Sünden gestorben ist. Offenbar *ohne* Erfolg, denn wir bezahlen noch immer für sie.«

»Miss?«

Sugar erwacht aus einem Traum; sie hält das Geschichtsbuch fest umklammert, und die oberen Seiten sind unter dem Druck ihrer Fingernägel bereits eingerissen.

»Entschuldige, Sophie«, sagt sie und lockert hastig den Griff. »Ich glaube, ich habe etwas gegessen, was mir nicht bekommen ist. Oder vielleicht …« (sie sieht die beunruhigte Miene des Kindes und schämt sich, der Grund dafür zu sein), »vielleicht bin ich einfach zu aufgeregt, weil bald Weihnachten ist. Denn du musst wissen« (sie holt tief Luft und verleiht ihrer Stimme den muntersten Klang, der ihr möglich ist, ohne zu quieken), »Weihnachten ist die schönste Zeit des Jahres!«

»Meine verehrte Lady Bridgelow«, sprudelt es aus Bodley hervor, »obwohl uns allen bewusst ist, dass in ein paar Tagen ein furchtbarer Wirbel um den *falschen* Geburtstag eines jüdischen Bauern gemacht wird, ist diese wundervolle Festivität in Ihren Räumen der *wahre* Höhepunkt des Dezembers.«

Er wendet sich an die anderen Gäste und wird mit einigem nervösen Kichern bedacht. Dieser Philip Bodley ist *wirklich* amüsant, aber bisweilen sagt er ziemlich ungehörige Dinge! Und ohne Edward Ashwell, seinen vernünftigeren Kompagnon, der ihn im Zaum halten könnte, ist er noch unberechenbarer! Doch kein Grund zur Sorge: Lady Bridgelow hat ihn zu Fergus McLeod geführt, der ihm mehr als nur ebenbürtig ist – mit welcher Mühelosigkeit sie verhindert, dass eine ihrer Soireen aus dem Ruder läuft!

William, der sich ein gutes Stück von Bodley entfernt hält, fragt sich, wie dieser Kerl die Dreistigkeit besitzen kann, bereits betrunken zu einer Tischgesellschaft zu erscheinen. Constance meistert die Situation mit lässigem Charme, aber trotzdem … William dreht sich um und bemerkt, dass ein Dienstmädchen das Kaminfeuer erstickt, da die Anzahl der Gäste im Raum die Temperatur merklich erhöht hat. Höchst erstaunlich, dass man es dem Mädchen nicht eigens zu sagen brauchte! Das ist eines jener Details, mit denen ihn Constance ganz besonders beeindruckt – die Tatsache, dass ihr Haushalt wie eine gut geölte Maschine läuft. Sie könnte seinen eigenen Dienstboten fürwahr das eine oder andere beibringen … Die meisten von ihnen sind zwar gutwillig, aber es fehlt ihnen eine energische Herrin …

Diese Gesellschaft bei Lady Bridgelow ist nur ein kleines Diner mit einem Dutzend Geladener, von denen William einige erst seit der kürzlich zu Ende gegangenen Saison kennt, andere gar nicht. Wie üblich hat Constance eine interessante Mischung zusammengestellt. Ihre Spezialität sind Menschen, die sich vom biederen Durchschnitt abheben, allerdings ohne den Bogen zu überspannen: »die Bewohner der künftigen Welt«, pflegt Constance sie zu nennen.

Jessie Sharpleton ist eine von ihnen, gerade aus Sansibar zurückgekehrt, mit zimtfarbener Haut und lauter Gruselgeschichten über heidnische Barbareien. Ebenfalls anwesend sind Edwin und Rachel Mumford, die Hundezüchter, Clarence Ferry, der Autor von *Ihr bedauerlicher Fauxpas*, einem momentan recht erfolgreichen Zweiakter, und Alice und Victoria Barbauld, zwei Schwestern, die bei Tischgesellschaften gut zu gebrauchen sind, denn sie sind hübsch anzusehen und haben zudem die Begabung, kurze, melodiöse Weisen mit Geige und Oboe zu spielen. (Wie Lady Bridgelow häufig bemerkt, ist es *furchtbar* schwer, musikalische Menschen zu finden, die keine Langweiler sind: Die Begabten finden zumeist kein Ende, und diejenigen, die ein Ende finden, sind meist nicht übermäßig begabt.) Bodleys Anwesenheit hätte für William angesichts der Missstimmung, die Agnes zwischen ihnen erzeugt hat, unangenehm sein können, aber Bodley ist Gott sei Dank in ein Gespräch mit Fergus McLeod vertieft, einem Richter am High Court, der ein ausgewiesener Fachmann für Volksverhetzung, üble Nachrede und Hochverrat ist und den er hartnäckig auszuhorchen versucht.

Es ist ein unterhaltsames, heiteres Beisammensein, und der Duft der Speisen, die durch die Flure in Richtung Esszimmer gerollt werden, ist äußerst verlockend. Dennoch ist William etwas angespannt. Er ist zu Hause voller Hoffnung auf Agnes' baldige Genesung aufgebrochen (wenn sie schlummert, sieht sie aus wie ein Engel, und als er sich über sie beugte, um sie auf die Wange zu küssen, murmelte sie die zärtliche Bitte um Nachsicht ... Gewiss sind die Worte, die eine Frau im Schlaf spricht, bedeutsamer als solche, die sie im Zorn sagt, wenn sie wach ist!). Doch hier, im Haus von Lady Bridgelow, schauen ihn die Leute jedes Mal mitleidig an, wenn die Existenz seiner Frau Erwähnung findet. Wie ist das möglich? Er dachte, Agnes habe sich in dieser Saison überall großer Beliebtheit erfreut! Zugegeben, es gab ein paar heikle Momente, aber insgesamt war ihr Auftreten tadellos – oder etwa nicht?

»Die weltweit größte Ausstellung mechanischer Spielzeuge,

sagten Sie?«, erwidert er, bemüht, Edwin Mumfords Aufzählung der größten Sensationen der Saison zu folgen. »Ich habe noch nie davon gehört!«

»Es waren Annoncen in allen Zeitungen.«

»Wie sonderbar, dass mir so etwas entgangen ist … Sind Sie sicher, dass Sie nicht die Ausstellung im Theatre Royal meinen, diesen kleinen Automatenmann, wie hieß er noch gleich – Psycho?«

»Psycho war kaum mehr als eine Attrappe, ein Spielzeug für Kinder«, schnaubt Mumford. »Dies ähnelte mehr der Weltausstellung, allerdings nur für Automaten!«

William schüttelt den Kopf voller Unglauben, dass ihm etwas so Großartiges entgangen sein soll.

»Vielleicht«, mischt sich Rachel Mumford ein, »waren Sie zu der betreffenden Zeit abgelenkt durch die Krankheit Ihrer armen Frau, Mr Rackham.«

Der Butler verkündet, das Essen sei aufgetragen. Benommen setzt sich William an seinen Platz und wählt die Rhabarber-Schinken-Suppe, obwohl es auch eine Consommé gibt, die ihm womöglich besser geschmeckt hätte. Aber er ist zu verwirrt, um solche Entscheidungen zu treffen.Obwohl der Tisch zu Beginn des Essens nur mit Suppenterrinen überfüllt ist, hat er bereits an einer harten Nuss zu kauen: dem Gedanken, die Menschen, mit denen er gesellschaftlichen Umgang pflegt, seien zwar weit davon entfernt, ihn für den schlimmen Zustand seiner Frau verantwortlich zu machen, warteten jedoch darauf, dass er die Hand hebt und sagt: »Es reicht.«

Unauffällig betrachtet er die Gäste, während sie ihre Suppe löffeln: Sie wirken völlig entspannt, das Musterbeispiel einer zivilisierten Gemeinschaft. Auch *er* könnte völlig entspannt sein, könnte als Musterbeispiel durchgehen – wenn er nur nicht zu seinem Schrecken Agnes vor sich sehen würde, wie sie vor zwei Jahren bei genau so einem Essen die Gastgeberin beschuldigte, ein Huhn zu servieren, das noch lebe.

Geistesabwesend verspeist William alles, was ihm vorgesetzt wird, denn er denkt an die erste Zeit seiner Ehe zurück, an die Hochzeit und sogar an die Aufsetzung des Ehevertrags mit Lord Unwin. Seine Erinnerung an Lord Unwin ist besonders lebendig – was kaum überrascht, denn Lord und Lady Unwin sitzen ihm in diesem Moment schräg gegenüber.

»Ja, stimmt!«, gluckst Lord Unwin, als Lady Bridgelow bemerkt, um wie viel größer nunmehr sein Landbesitz sei. »Mein Interesse ist es, das Anwesen auf eine vernünftige Fläche zu begrenzen, aber meine Nachbarn drängen mir ständig Teile ihres verdammten Landes auf, und deshalb wächst das verdammte Anwesen mehr und mehr – wie mein Bauch!«

Er hat tatsächlich eine Menge Altersspeck angesetzt, und sein ehemals füchsischer Ausdruck ist unter aufgedunsenen roten Hängebacken verschwunden, die Folge von kontinentalen Leckereien und zu viel Alkohol und Sonne.

»Was ist das? Ein Rumpsteak? Wie können Sie mir das antun, Constance? Man wird mich in einem Karren hier rausrollen müssen!«

Nichtsdestotrotz verzehrt er – ohne sichtliche Schwierigkeiten – ein Steak, das Sorbet *à l'Imperiale*, ein großes Stück Hasenbraten (das dazu angebotene Gemüse lehnt er mit bedauerndem Tätscheln seines geschwollenen Bauches ab), eine zweite Portion Hasenbraten (»Ach, zum Teufel! Bevor's verkommt!«), einen zitternden Geleeberg, einige Stücke delikater Füllung, eine Schale Birnen mit Sahne und, zum Verdruss seiner Frau, eine Hand voll kandierter Früchte und Nüsse aus einer Schale neben der Tür.

Dann überlässt er die Damen ihrem Schicksal und schlurft zusammen mit den anderen Männern in den Rauchsalon, wo bereits eine Karaffe mit Portwein und sechs Gläser bereitstehen.

»Ah, Rackham!«, ruft er. (Vor dem Essen hatten ihn die Mumfords eifersüchtig mit Beschlag belegt, so dass er seinen Schwiegersohn nur kurz begrüßen konnte. Jetzt bietet sich endlich die Gelegenheit für ein Gespräch zwischen ihnen.) »Als ich sagte, dass ich dich seit Jahren nicht gesehen habe, war das gelogen: Du begegnest mir überall, wo ich hinkomme! Sogar in Venedigs Apotheken blickt mir dein Gesicht von Tiegeln und Fläschchen entgegen!«

William neigt würdevoll den Kopf, unsicher darüber, ob es sich um Spott oder um Lob handelt. (Immerhin scheint dieser Bagnini in Mailand den Vertrieb so gut im Griff zu haben, wie er immer behauptet …)

»Es ist schon ziemlich ulkig«, fährt Lord Unwin fort, »da steht man im Ausland in einem Laden, nimmt ein Stück Seife in die Hand und erfährt: ›Ach, William Rackham trägt also neuerdings einen Bart!‹ Findest du das nicht auch ulkig, William?«

»Das ist eben der Fortschritt: Ich kann in Venedig und Paris eine lächerliche Figur abgeben und gleichzeitig auch hier.«

»Haha!«, ruft Lord Unwin. »Große Klasse!« Er schiebt die Spitze seiner Zigarre in die Flamme des Zündholzes, das ihm sein Schwiegersohn hinhält, und kurz darauf ist sein Gesicht in Rauch gehüllt. Er ist nur einen Meter fünfundsiebzig groß, stellt William fest, allerhöchstens einsachtzig. Der furchterregende Aristokrat, bei dem er um Agnes' Hand angehalten hat, kam ihm seinerzeit eher wie einsfünfundneunzig vor.

»In der Provinz«, höhnt Clarence Ferry am anderen Ende des Zimmers, »haben sie natürlich keinen blassen Dunst davon.«

»Aber toll finden sie es doch, nicht wahr?«, meint Edwin Mumford matt, und sein umherschweifender Blick trifft Hilfe suchend auf William.

»O ja, auf *ihre* Weise schon.«

Einige Stunden später, als etliche Gäste sich bereits nach Hause begeben haben und der Rauchsalon von alkoholgeschwängertem Dunst erfüllt ist, unterbricht Lord Unwin seine Aneinanderreihung von Anekdoten über Abenteuer auf dem Kontinent und wird, wie man es so oft bei Betrunkenen erlebt, plötzlich ernst.

»Also, pass mal auf, Bill«, sagt er, und sein Sessel knarzt, als er sich vorbeugt. »Ich hab gehört, wie es Agnes geht, und das überrascht mich, offen gestanden, gar nicht. Sie hatte schon immer eine Schraube locker, bereits als Kind. Die vernünftigen Dinge, die sie je getan hat, könnte ich an den Fingern einer Hand abzählen. Verstehst du, was ich meine?«

»Ich glaube schon«, sagt William. Vor seinem inneren Auge taucht Agnes' Bild auf, wie er sie vor ein paar Stunden gesehen hat: ihr Haar auf dem Kissen ausgebreitet, die Lippen aufgequollen, und die Augenlider flattrig, gleichzeitig strampelte sie unter dem Deckbett mit den Beinen und murmelte »zu heiß … zu heiß …«.

»Weißt du was«, erzählt der alte Mann in vertraulichem Ton,

»als du mich damals um ihre Hand gebeten hast, da dachte ich mir schon, dass du vermutlich nicht das bekommen würdest, worauf du aus warst … ich hätte dich warnen sollen, von Mann zu Mann, aber … nun ja, wahrscheinlich hatte ich die Hoffnung, durchs Kinderkriegen würde sich bei ihr wieder alles einrenken. Aber das ist nicht der Fall, stimmt's?«

»Nein«, räumt William missmutig ein. Wenn etwas dem Geisteszustand seiner Frau nicht zuträglich war, dann die Schwangerschaft und Sophies Geburt.

»Ich gebe dir einen Rat, Bill«, fährt Lord Unwin mit halb zusammengekniffenen Augen fort. »Lass nicht zu, dass sie noch mehr Unheil anrichtet. Es mag dich vielleicht überraschen, aber die Meldungen über ihre Eskapaden haben regelmäßig den Kanal überquert. Jawohl! Stell dir vor, sogar in Tunesien habe ich von ihren hysterischen Anfällen gehört! In Tunesien! Und was ihre großartigen Ideen als Gastgeberin angeht, nun ja, die mögen hier furchtbar originell sein, aber eine besonnene Französin findet so was nicht besonders geistreich, das kann ich dir sagen. Und dieses Fiasko mit dem Blut in den Weingläsern: Das ist in aller Munde! Es ist geradezu legendär!«

William windet sich und saugt so heftig an seiner Zigarre, dass er husten muss. Wie gnadenlos sich doch ein schlechter Ruf verbreitet! Der Vorfall, auf den Lord Unwin anspielt, hat sich vor langer Zeit ereignet … wahrscheinlich während der Saison 1873 oder sogar 1872! Es ist wirklich ungerecht, dass ein Mann ein Vermögen ausgeben kann, um in Schweden für seine Parfüms zu werben, und einen Monat später trotzdem kein einziger Schwede seinen Namen zu kennen scheint, die kurze Entgleisung einer armen Frau hinter verschlossenen Türen an einem bestimmten Abend im Jahr 1872 hingegen mühelos Meere und Landesgrenzen überquert und den Menschen ewig im Gedächtnis bleibt!

»Glaub mir, Bill«, sagt Lord Unwin, »ich bin weit davon entfernt, dir zu sagen, was du mit deiner Frau machen sollst. *Du* allein bist für sie verantwortlich. Aber eines solltest du noch wissen …« Er trinkt den Rest seines Portweins aus und beugt sich näher zu William.

»Ich habe ein kleines Domizil in Paris«, murmelt er, »und die Nachbarn dort sind unglaublich neugierig. Sie haben gehört, dass ich Agnes' Vater bin, wussten aber nicht, dass ich nicht ihr *leiblicher* Vater bin. Als sie dann erfuhren, dass ich zusammen mit Prunella Kinder habe, nahmen sie mich beiseite und fragten mich, ob mit ihnen alles ›in Ordnung‹ sei. Ich sagte: ›Was meinen Sie mit ›in Ordnung‹ – *natürlich* ist mit ihnen alles in Ordnung.‹ Sie sagten: ›Es gibt bei ihnen also keine Anzeichen?‹ Ich sagte ›Anzeichen *wofür*?‹« Bei der Erinnerung an seine damalige Verärgerung wird Lord Unwins Stimme lauter. »Diese Leute haben geglaubt, ich würde verrückte Kinder in die Welt setzen, Bill! Also, ist es gerecht, dass ich und meine Kinder verdächtigt werden ... *schlechtes Blut* zu haben, nur weil John Pigotts schwachsinnige Tochter immer noch frei herumläuft? Nein, nein ...« Er sinkt zurück in den Sessel, und die Adern in seiner Nase sind inzwischen eher grau als rot. »Wenn es ihr nicht bald besser geht, solltest du sie irgendwo einweisen. Es wäre für uns alle das Beste.«

Die Uhr schlägt halb elf. Abgesehen von William und seinem Schwiegervater ist der Raum leer. Lady Bridgelows Butler kommt hereingeschlichen, beugt sich über den alten Mann und sagt: »Ich bitte vielmals um Entschuldigung, Sir, aber Milady hat mich gebeten, Ihnen auszurichten, dass Ihre Frau Gemahlin eingeschlafen ist.«

Lord Unwin zwinkert William mühsam zu und drückt seine altersfleckigen Hände in die Polster der Armlehnen, um sich hochzustemmen.

»Frauen ...«, grummelt er.

Eine äußerst unerfreuliche Begegnung, die William noch tagelang zu denken gibt. Was ihm am Ende jedoch zu einer Entscheidung über Agnes' Schicksal verhilft, ist weder der Rat seiner Freunde noch das Drängen Doktor Curlews, auch nicht die zersetzende Kraft der Worte, die Lord Unwin ihm ins Ohr geträufelt hat. Nein, es ist etwas, das eigentlich nicht im Mindesten die Macht haben sollte, ihn zu beeinflussen: die in einen Baumstamm geritzten Worte eines unbekannten Feldarbeiters, der bei ihm in Lohn und Brot steht.

Am 22. Dezember besucht William seine Ländereien in Mitcham, um den Aufbau einer Lavendelpresse zu überwachen, die ab dem kommenden Sommer bei einem der Verarbeitungsschritte den Einsatz menschlicher Arbeitskraft überflüssig machen wird. Ihm missfällt seit langem, dass Jungen angeheuert werden, die den geernteten Lavendel vor dem Destillieren mit nackten Füßen stampfen. Einmal abgesehen von seinen hygienischen Bedenken ist er nicht davon überzeugt, dass die Kerle so billig und tüchtig sind, wie sein Vater glaubt, denn andauernd kommt es vor, dass einer seine Arbeit im Stich lässt und von dannen humpelt, weil er angeblich von einer Biene gestochen wurde. Eine Maschine, da ist William sicher, wird sich langfristig als überlegen erweisen, und er inspiziert die neue Presse voller Stolz, obwohl momentan gar kein Lavendel vorhanden ist, mit dem man sie ausprobieren könnte.

»Großartig, wirklich großartig«, beglückwünscht er den Verwalter, während er in einen eisernen Behälter schaut, dessen Funktion ihm offen gestanden ein Rätsel ist.

»Die Beste, die es gibt, Sir«, beteuert der Verwalter. »Die Allerbeste.«

Mitcham liegt, wie fast ganz Surrey, unter einer dicken Schneedecke, und William nutzt die Gelegenheit, um ungestört über seine Felder zu spazieren und dabei das makellose Weiß zu genießen, unter dem die Ernte des nächsten Jahres schlummert. Unglaublich, dass er seine Zukunft einst in abstrusen Gedichten und in unmöglichen Abhandlungen sah statt in diesem weitläufigen, erbaulichen Landstrich, diesem sicheren, fruchtbaren, festen Fundament. Er stapft auf die Baumreihe zu, die als Windschutz für seinen Lavendel dient, und seine Überschuhe versinken tief im Schnee. Als er die Bäume erreicht, schwitzt er heftig in seinem Mantel aus Seehundfell und den pelzgefütterten Handschuhen. Er lehnt sich an den nächstbesten Ast und bläst Dampfwolken in die kalte Luft.

Erst als er ein, zwei Minuten dort gestanden und nach Atem gerungen hat, schaut er seitwärts auf den Baumstamm, der ihn stützt, und bemerkt die Inschrift, die jemand in die mit Schnee betupfte Borke eingeritzt hat:

HILFE ICH SIZE
OBEN IM BAUM FEST
AGNES R.

Vollkommen perplex liest er die Worte mehrmals. Er hat nicht das Bedürfnis herauszufinden, welcher seiner Knechte so faul ist, wertvolle Zeit damit zu verbringen, sich diesen Scherz zu erlauben. Seine Gedanken werden von der Erkenntnis beherrscht, dass die Krankheit seiner Frau eine allgemein bekannte Tatsache der abgegriffensten Sorte ist. Sogar die Landarbeiter reden darüber. In Anbetracht der vielen Leute, die ihn heimlich verlachen, könnte er genauso gut ein Hahnrei sein!

Ein Windhauch bewegt die kreppartig dünnen Überreste des Laubwerks, und obwohl William weiß, wie albern es ist, kann er nicht anders, als in das Geäst des Baumes hinaufzuspähen, nur für den Fall, dass Agnes sich wider Erwarten doch dort oben befindet.

Im Haus der Rackhams herrscht ein peinlicher Überfluss an Engeln, viel zu viele sind es, als dass sie alle auf dem Weihnachtsbaum Platz hätten. Rose und Sophie haben überall im Erdgeschoss nach Stellen gesucht, die noch nicht festlich geschmückt waren. Da sie sich nicht zu früh geschlagen geben wollten, haben sie die überirdischen Wesen mit den zerbrechlichen Flügeln an den sonderbarsten Oberflächen befestigt: an Fensterbänken, Uhren, dem neuen Hutständer, Bilderrahmen, dem Geweih eines ausgestopften Hirschkopfs, der Klappe des Flügels, den Schonbezügen selten benutzter Sessel.

Nun ist der Morgen des 24. Dezember gekommen, und es ist an der Zeit, letzte Hand anzulegen. Draußen herrscht ein unheimlich stilles Gestöber wirbelnder und tanzender Schneeflocken. Gerade wurde die Post abgegeben, und durch die beschlagenen, von Reif bedeckten Fenster des Salons sieht man noch, wie die gebeugte Gestalt des Briefträgers im milchigen Halbdunkel verschwindet.

Drinnen flackern und knistern die Kaminfeuer, und damit der Weihnachtsbaum nicht durch Funkenflug in Brand gesetzt wird, hat man ihn ans andere Ende des Salons geschafft. Sugar, Rose und Sophie hocken um den x-förmigen hölzernen Baumständer herum, die Röcke züchtig um die Knöchel gewickelt, und hängen den Schmuck wieder auf, der bei der Aktion heruntergefallen ist. Rose singt vor sich hin:

Morgen, Kinder, wird's was geben,
morgen werden wir uns freun!
Welch ein Jubel, welch ein Leben
wird in unserm Hause sein!

Es gibt kaum eine Tannennadel, die nicht schon unter dem Gewicht von bunten Fäden, silbernen Kugeln und winzigen Holzfiguren ächzt, aber die Hauptattraktion kommt erst noch. Rose ist eine begeisterte Leserin von Damenjournalen und hat eine Idee aufgegriffen, wie man einen Baum mit der ultimativen weihnachtlichen Illusion vervollkommnen kann. Mittels einer simplen Rezeptur hat sie ein Wasser-Honig-Gemisch hergestellt, das als *harmloser, aber wirksamer Klebstoff für eine dünne »Schneeschicht« aus Mehl* beschrieben wurde, und es in ein paar leere, ursprünglich für ein Rackhamsches Parfüm benutzte Sprühflakons gefüllt. Nachdem sich Rose und Sugar jeweils mit einem der Flakons bewaffnet haben, sprühen sie die klebrige Flüssigkeit auf die äußeren Spitzen des Baumes.

»Ach du meine Güte«, lacht Rose nervös. »Wir hätten das tun sollen, ehe wir den Baum geschmückt haben.«

»Wir müssen das Mehl sehr vorsichtig streuen«, stimmt Sugar zu, »sonst gibt es eine furchtbare Schweinerei.« Sie findet es herrlich, dass ständig von »wir« die Rede ist, und könnte Rose küssen, weil sie damit angefangen hat!

»Nächstes Jahr bin ich schlauer«, sagt Rose. Gerade hat sie gesehen, wie Miss Rackham Wasser und Honig direkt auf den Teppich gesprüht hat, und fragt sich, ob sie dem Kind verbieten darf, sich am Mehlstreuen zu beteiligen. Sie fühlt sich geschmeichelt, weil Miss Sugar bereit ist, Seite an Seite mit einem Dienstmädchen zu arbeiten, und möchte nicht riskieren, dass ein unbedeutender Fehler ihr Verhältnis plötzlich trübt.

»Tritt ein paar Schritte zurück, Sophie«, sagt Sugar, »und erzähl uns, wie es aussieht.«

Die beiden Frauen schütten einander abwechselnd Mehl in die gewölbten Hände und bestäuben damit so ordentlich wie möglich die klebrigen Äste. Sugar spürt eine leichte Euphorie: Sie gehört jetzt zum Rackhamschen Haushalt, ist quasi ein Mitglied der Familie, und sie und Rose lächeln einander verschmitzt zu, während sie gemeinsam diesen Unsinn treiben. Noch nie hat sie mit einer anderen Frau etwas getan, das ihr so intim vorkam, und sie hat schon so manches mit Frauen getan. Rose vertraut ihr; sie vertraut Rose; allein mit Blicken haben sie den Pakt geschlossen, diese Sache zu Ende zu bringen. Sie streuen sich gegenseitig Mehl auf die Hände und hoffen, es möge ihr kleines Geheimnis bleiben.

»Wir müssen verrückt sein«, sorgt sich Rose, als das weiße Puder in die Luft aufsteigt und sie beide niesen lässt.

Sugar streckt die Hände aus, auf deren trockener Haut sich durch das Mehl jeder Riss und jede Schuppe deutlich abzeichnet. Aber Worte sind überflüssig, denn keine Frau ist vollkommen, und Sugar bemerkt jetzt, wo sie Rose von nahem sieht, dass sie ganz leicht schielt. Sie sind einander also ebenbürtig.

Einmal werden wir noch wach,
heißa, dann ist Weihnachtstag!

Ein paar letzte Sprenkel, dann ist die Tat vollbracht. Leider ist eine Menge Mehl auf dem Boden gelandet, aber der Teil, der an den Ästen haften geblieben ist, ähnelt Schnee tatsächlich in so erstaunlichem Maße wie von dem Frauenjournal versprochen, und der Rest kann im Handumdrehen aufgefegt werden. Das ist jedoch, wie Rose unmissverständlich klar macht, keine Arbeit für eine Gouvernante.

Beim Fegen trällert Rose »Die zwölf Weihnachtstage«, beschränkt sich allerdings auf die ständige Wiederholung des ersten Tags. Ihre Stimme klingt verglichen mit der von Agnes derb und zittrig, aber das Singen an sich sorgt für gute Laune, und es ist niemand anders da, der ein Lied anstimmen könnte. Sophie und Sugar sehen sich unsicher an und würden beide am liebsten mitsummen.

»Am ersten Weihnachtstage, da gab mein Liebster mir …«

Unversehens kommt William in den Salon, ein Blatt Papier in der Hand, gedankenverloren. Er bleibt abrupt stehen, so als habe er ein ganz anderes Zimmer betreten wollen und sei im Flur durch die falsche Tür gegangen. Der Anblick des Weihnachtsbaums, der inzwischen ein Rokoko-Wunderwerk aus Glitzerkugeln, Mehl und Talmi ist, scheint kaum in sein Bewusstsein vorzudringen, und falls er sieht, dass die Arme der beiden erwachsenen Frauen bis zu den Ellbogen mit Mehl bepudert sind, lässt er es sich nicht anmerken.

»Ah … großartig«, sagt er und verschwindet sofort wieder. In seiner schlaffen Hand hält er immer noch den Brief, und wäre Doktor Curlews Handschrift zehnmal so groß, hätte man ihn vielleicht auf der anderen Seite des Raumes entziffern können – auch wenn die Nachricht Sugar nicht viel sagen würde, denn sie lautet schlicht und ergreifend: *Wie besprochen habe ich Vorbereitungen für den 28. Dezember getroffen. Sie werden es nicht bereuen, glauben Sie mir.*

Rose stößt einen Seufzer der Erleichterung aus. Ihr Herr hat eine Gelegenheit, wütend zu werden, ungenutzt verstreichen lassen. Sie beugt sich über Handfeger und Schaufel und singt weiter.

Sobald das verstreute Mehl aufgefegt ist, legen Sugar und Sophie die bunt eingewickelten Geschenke wieder unter den Baum. So viele Schachteln und Päckchen, umwickelt mit rotem Band oder silbernem Faden – was kann bloß in ihnen allen drin sein? Das einzige Päckchen, dessen Inhalt Sugar genau kennt, ist Sophies Geschenk für ihren Vater, die anderen sind ihr ein Rätsel. Sie bauen sie hübsch auf, die kleinen zwischen den größeren, die leichten Päckchen auf den stabilen Schachteln, und Sugar tut so, als würde sie sich für die winzigen Etiketten mit dem Namen des oder der Beschenkten nicht interessieren. Die wenigen, auf die sie einen Blick erhaschen kann, verschaffen ihr keine Gewissheit (Harriet? Wer zum Teufel ist Harriet?), und da Rose und Sophie zuschauen, kann sie nicht genauer nachforschen.

Bitte, Gott, denkt sie. *Mach, dass auch etwas für mich dabei ist.*

Im ersten Stock öffnet William so geräuschlos wie möglich die Tür zum Schlafzimmer seiner Frau und schlüpft hinein. Obwohl er Clara überredet hat, das Haus für ein paar Stunden zu verlassen, dreht er den Schlüssel im Schloss herum, denn es könnte ja sein, dass ihre instinktive Schläue sie vorzeitig zurücktreibt.

Innerhalb der vier Wände von Agnes' Zimmer gibt es keinen Hinweis auf die bevorstehenden Festlichkeiten, es gibt genau genommen kaum Hinweise auf irgendetwas, denn jedweder Krimskrams, der Agnes als Zeitvertreib diente – und überhaupt jeder Gegenstand, der Clara bei ihrer Arbeit als Pflegerin behindern könnte – wurde weggeschafft, und zurück blieb überall nur sorgsam gefegte Leere. Was die Wände betrifft, so waren sie schon vor den bedauerlichen Ereignissen kahl, denn Agnes hatte noch nie ein ungetrübtes Verhältnis zu Bildern. Der letzte Kunstdruck, der ihr Schlafzimmer zierte, wurde verbannt, als ein Frauenjournal verfügte, dass Ponys vulgär seien. Der vorletzte musste entfernt werden, weil Agnes sich beschwerte, er würde Ektoplasma absondern.

Jetzt liegt Agnes schlafend da und scheint nichts wahrzunehmen, noch nicht einmal das erstaunliche Wüten des Schneesturms draußen vor dem Fenster, noch nicht einmal die Anwesenheit ihres Ehemanns. William greift vorsichtig nach einem Stuhl, stellt ihn neben das Kopfende des Bettes und lässt sich darauf nieder. Die Luft riecht nach Narkotikum, Fleischbrühe, gekochten Eiern und Seife – Rackhams Nelken-Cremeseife, wenn ihn nicht alles täuscht. In diesem Zimmer wurde in letzter Zeit ziemlich viel mit Seifenwasser hantiert. Clara, die nicht riskieren will, dass beim Baden ein Unglück passiert – Agnes könnte ausrutschen oder ertrinken –, wäscht ihre Herrin im Bett und tauscht dann einfach die nasse Bettwäsche gegen trockene aus. Das weiß er, weil sie es ihm erzählt hat; sein Angebot, eine zweite Zofe einzustellen, hat sie jedoch mit stoisch-beleidigter Miene abgelehnt.

Agnes' Füße heilen nur langsam, hat man ihm erklärt. Doktor Curlew zufolge könnte der linke einen bleibenden Schaden davontragen, vielleicht wird sie hinken. Vielleicht wird ihr Gang aber auch wieder so anmutig sein wie früher. Solange sie noch bettlägerig ist, lässt es sich schwer sagen.

»Bald«, murmelt er ganz nah bei ihrem Kopf, »wirst du an einem Ort sein, wo man dafür sorgen wird, dass es dir besser geht. Wir hier wissen wirklich nicht mehr, was wir mit dir anstellen sollen, Agnes. Du hast uns ziemlich viel Verdruss bereitet, ja, das hast du.«

Eine flachsfarbene Haarsträhne kitzelt ihre Nase, die daraufhin zu zucken beginnt. Er streicht das Haar zur Seite.

»Dank schön«, erwidert sie aus den Tiefen ihrer Betäubung.

Ihre Lippen haben die natürliche rosa Farbe verloren; sie sind so trocken und blass wie die von Sugar, aber auf ihnen schimmert eine Salbe. Ihr Atem riecht muffig, und das stört ihn am allermeisten: Sie hatte immer einen so lieblichen Atem! Kann es wirklich stimmen, was Curlew sagt: dass selbst Frauen, die viel umnachteter als Agnes waren, gänzlich genesen aus dem Labaube-Sanatorium spaziert sind?

»Du wirst doch wieder gesund, habe ich Recht?«, flüstert er in Agnes' Ohr und streicht dabei das Haar über ihrer zarten Kopfhaut glatt.

»Var … Varter … Scanlon …«, flüstert sie als Antwort.

Er schlägt das Deckbett von ihren Schultern zurück und faltet es am Fußende zusammen. Es ist nur allzu offensichtlich, dass man Agnes unbedingt zwingen … nein, überreden müsste, etwas Nahrhaftes zu sich zu nehmen; ihre Arme und Beine sind schrecklich abgemagert. Es ist wirklich eine schlimme Zwickmühle, dass sie, wenn sie über sich selbst bestimmen kann, absichtlich hungert, und wenn sie ihres Willens beraubt ist, unbewusst dasselbe Ergebnis erreicht! Auch wenn seine Vorbehalte gegen die Behandlung, die sie durch fremde Ärzte und Krankenschwestern erfahren wird, noch so groß sein mögen, muss er doch zugeben, dass Clara und ihr Porridgelöffel der Aufgabe nicht gewachsen sind.

Agnes' Füße sind fachkundig bandagiert, zwei weiche Hufe aus weißer Baumwolle. Ihre Hände sind ebenfalls bandagiert und an den Handgelenken mit einer Schleife zusammengebunden, damit sie sich im Schlaf nicht an den Verbänden zu schaffen macht.

»Ja-a-a«, sagt sie und streckt sich, erfreut über die kühlere Luft.

Behutsam streichelt William ihre Hüfte, die inzwischen so knochig ist wie die von Sugar. Es steht ihr nicht. Sie sollte dort mehr Rundungen haben. Was bei einer groß gewachsenen Frau anziehend wirkt, kann bei einer kleinen besorgniserregend mager aussehen.

»Ich wollte dir in jener ersten Nacht nicht wehtun«, versichert er ihr und streichelt sie dabei zärtlich. »Ich war … zu ungestüm, zu hitzig. Aber es war die Hitzigkeit der Liebe.«

Sie schnauft freundlich, und als er sich neben sie auf das Bett hievt, gibt sie ein leises, melodiöses »Oo« von sich.

»Und ich dachte damals«, fährt er fort, und seine Stimme zittert, weil er bewegt ist, »wir müssten bloß … bloß erst einmal anfangen, dann würde es dir schon gefallen.«

»Hmpf … hebt mich hoch … ihr starken Männer …«

Er umschlingt sie von hinten, liebkost ihre dürren Arme, ihren weichen Busen.

»Jetzt gefällt es dir doch, oder?«, fragt er sie ernst.

»Vorsicht … lasst mich nicht fallen …«

»Hab keine Angst, meine Liebste«, flüstert er ihr direkt ins Ohr. »Ich werde dich jetzt … umarmen. Du hast doch nichts dagegen, oder? Es wird nicht wehtun. Du musst es mir sagen, wenn ich dir wehtue, ja? Aber ich werde dir auf gar keinen Fall wehtun.«

Als er in sie eindringt, gibt sie ein sonderbares, schlüpfriges Geräusch von sich, ein Ton zwischen Erschrecken und wohligem Seufzen. Er legt seine bärtige Wange an ihren Hals.

»Spinnen …« Sie erschauert.

Er bewegt sich langsam, langsamer, als er sich sein Lebtag in einer Frau bewegt hat. Die Flocken, die auf das Fenster treffen, verwandeln sich in Schneeregen, der gegen das Glas klatscht und einen marmornen Schimmer auf die nackten Wände wirft. Als er sich dem Höhepunkt nähert, unterdrückt er mit großer Mühe den Drang, heftig zuzustoßen, und verharrt stattdessen absolut regungslos, während das Sperma ihm ohne spürbare Zuckungen entströmt.

»… Alle meine Gebeine … gezählt …«, murmelt Agnes, als William sich ein kurzes, lustvolles Aufstöhnen gestattet.

Eine Minute später steht er wieder neben ihrem Bett und wischt sie mit einem Taschentuch sauber.

»Clara?«, wimmert sie quengelig und tastet dabei mit einer ihrer bandagierten Hände vergebens nach dem Deckbett. »Kalt …!« (Er hat das Fenster einen Spalt geöffnet, nur für den Fall, dass die Nase der Zofe ebenso scharf riecht, wie sie konturiert ist.)

»Es ist gleich vorbei, Liebling«, sagt er und beugt sich über sie, um sie weiter abzuwischen. Plötzlich fängt sie zu seiner Bestürzung an zu pinkeln: ein bernsteinfarbenes, übel riechendes Rinnsal sickert auf das weiße Bettlaken.

»Schmutzig … schmutzig …«, beklagt sie sich, und ihre weit

entfernt klingende, schläfrige Stimme hat nun einen ängstlichen, angewiderten Unterton.

»Es ist … alles in Ordnung, Agnes«, versichert er ihr, als er sie zudeckt. »Gleich ist Clara wieder da. Sie wird sich um dich kümmern.«

Aber Agnes windet sich dennoch unter dem Deckbett und wirft stöhnend den Kopf hin und her. »Wie soll ich nach Hause kommen?«, schreit sie und reißt die blinden, irren Augen weit auf, leckt über ihre cremeglänzenden Lippen. »Helft mir!«

William, dem übel vor Trauer und Reue ist, wendet sich von ihr ab, schließt das Fenster und verlässt eilig das Schlafzimmer.

»Wenn ich wieder aufwache«, sinniert Sophie, als sie am Abend ins Bett gebracht wird, »dann ist Weihnachten.«

Mit dem Zeigefinger gibt Sugar dem Kind einen gespielt strengen Stupser auf die Nase.

»Wenn du nicht bald einschläfst«, sagt sie, »ist es auf einmal Mitternacht, und dann weißt du nicht mehr, ob es heute oder morgen ist.«

Oh, wie herrlich ist es, Sophies Vertrauen schon in solchem Maße gewonnen zu haben, dass sie zum Spaß tadelnd die Hand gegen das Mädchen erheben kann und es kein bisschen zusammenzuckt. Sugar zieht das Deckbett hoch; Sophies Kinn ist noch immer ein bisschen feucht und ihre eigenen Hände noch warm und rosa vom Badewasser.

»Und du weißt doch, was den Mädchen passiert«, sagt Sugar in neckendem Ton, »die am Tag vor Weihnachten um Mitternacht noch wach sind, oder?«

»Was passiert denen denn?« Sophie wirkt besorgt, dass sie trotz aller Bemühungen einzuschlafen, womöglich wach bleiben wird.

Damit hatte Sugar nicht gerechnet; ihre Drohung war bloß eine rhetorische Frage gewesen. Sie strengt ihre Phantasie an und schon öffnet sie den Mund, um Folgendes zu sagen: *Ein grässliches Ungeheuer wird in dein Zimmer gestürmt kommen, dich bei den Beinen packen und wie ein frisch geschlachtetes Huhn in zwei blutige Hälften reißen.*

»Ein gräss–« hebt sie an, die Stimme rau vor sadistischer Häme, bevor sie rasch den Mund wieder zuklappt. Ihr Magen rebelliert plötzlich, ihr Gesicht läuft feuerrot an. Neunzehn Jahre hat sie gebraucht, um zu erkennen, dass sie wahrhaftig Mrs Castaways Tochter ist – dass sowohl das Gehirn, das in ihrem Schädel wohnt, als auch das Herz, das in ihrer Brust schlägt, Dubletten der giftigen Organe im Körper ihrer Mutter sind.

»N-nichts wird passieren«, stammelt sie und streichelt Sophies Schulter mit zittriger Hand. »Überhaupt nichts. Und sobald du die Augen zugemacht hast, wirst du, ehe du dich's versiehst, einschlafen, meine Kleine.«

Mit diesen Worten löscht sie das Licht und begibt sich in ihr Zimmer, noch immer von tiefer Scham erfüllt. Was hätte sie da beinahe angerichtet!

In Agnes Unwins Tagebuch scheint das siebzehnjährige Mädchen am Morgen ihrer Hochzeit in sehr guter, wenn auch etwas überreizter Stimmung zu sein. Auf Sugar wirkt es eindeutig so, als hätte Agnes ihr Ängste und Zweifel, ob William Rackham die richtige Wahl ist, verloren – oder beiseite geschoben. Nur die Zeremonie als solche erfüllt sie mit Besorgnis – einer Besorgnis allerdings, die an ein aufgeregtes Hündchen erinnert:

Ach, mein liebes TAGEBUCH, wie ist es möglich, dass meine HOCHZEIT, obwohl es im Laufe der Geschichte schon Millionen von HOCHZEITEN gegeben hat und damit auch Millionen Gelegenheiten, zu lernen, wie man sie glatt über die Bühne bringt, sich dennoch in ein so entsetzliches Durcheinander verwandelt hat! Jetzt sind es nur noch knapp vier Stunden bis zu dem GROßEN MOMENT, und ich bin erst halb angekleidet und noch überhaupt nicht frisiert! Wo bleibt nur dieses Mädchen? Was hat sie bloß zu tun, das wichtiger sein könnte als mein Haar, an diesem TAG DER TAGE! Außerdem hat sie die Orangenblüten zu früh am Schleier festgesteckt, so dass sie bereits verwelken! Ich hoffe, sie holt noch frische, denn sonst werde ich sehr böse sein!!

Aber jetzt muss ich aufhören zu schreiben, damit ich mir nicht noch vor lauter Eifer, jedes kostbare Detail zu notieren, einen Nagel abbreche oder mich mit Tinte bekleckere.

Stell dir das mal vor, liebes Tagebuch: mit Tintenflecken vor dem ALTAR!

Dann also bis morgen – oder (wenn ich einen Augenblick Ruhe finde) vielleicht bis heute Abend! –

wenn ich schon nicht mehr
Agnes Unwin sein bin,
sondern für immer Deine
Agnes Rackham!!!

Sugar blättert die Seite um, aber sie ist leer. Sie blättert weiter: Die nächste ist ebenfalls leer. Sie lässt die restlichen Seiten über den Daumen laufen, und gerade als sie zu der Überzeugung gelangt, dass Agnes für die Chronik ihres Ehelebens ein neues Tagebuch begonnen haben muss, entdeckt sie einige weitere Einträge – undatiert und mit gedrängter, beängstigend kleiner Schrift geschrieben.

Rätselfrage: Wie ist es möglich, dass ich ständig dicker werde, obwohl ich weniger denn je esse, seit ich in diesem schrecklichen Haus bin? Lösung: Man flößt mir im Schlaf gewaltsam Essen ein.

Und auf der folgenden Seite steht:

Ich weiß jetzt, dass ich Recht hatte. Ein Dämon sitzt auf meiner Brust und löffelt Haferschleim in meinen Mund. Wenn ich den Kopf wegdrehe, kommt sein Löffel hinterher. Sein Fass mit Haferschleim ist so groß wie ein Eiskübel. Mund auf, sagt er, sonst sitzen wir morgen früh noch hier.

Erneut leere Seiten, dann schließlich:

Die alten Männer heben die Bahre an, auf der ich liege, & tragen mich unter sonnenbeschienenen Bäumen hindurch zum GEHEIMEN PFAD. Ich höre das Pfeifen des Zuges, der mich hergebracht hat und sich auf den Rückweg macht. Eine der NONNEN, die eine, die mich unter IHRE Fittiche genommen hat, erwartet mich am TOR, die Hände unterm Kinn verschränkt. Ach Agnes, meine Liebe, sagt sie, bist du schon wieder hier? Was soll nur aus dir werden! Aber dann lächelt sie.

Ich werde ins KLOSTER hineingetragen, in eine warme Zelle mitten im Gebäude, die wegen der Buntglasfenster in vielen Farben leuchtet. Ich werde von meiner Trage hinuntergehoben und auf ein erhöhtes Bett gelegt – wie ein Sockel mit einer Matratze obendrauf. Die schrecklichen Schmerzen in meinem geschwollenen Leib, der Schwindel und die Übelkeit, die ich tagtäglich erduldet habe, kehren mit aller Macht zurück. Es ist, als würde der Dämon in mir die heilenden Kräfte der Heiligen Schwester fürchten & sich umso stärker an mir festkrallen.

Meine Heilige Schwester beugt sich über mich; im Licht der Buntglasfenster hat sie verschiedene Farben, ihr Gesicht ist butterblumengelb, ihre Brust rot und ihre Hände sind blau. Sie legt die Hände sanft auf meinen Bauch, und der Dämon in meinem Inneren windet sich in Qualen. Ich spüre, wie er vor Wut und Schrecken tobt, aber meine Schwester weiß, wie sie es anstellen muss, dass sich mein Leib ohne eine Verletzung öffnet und der Dämon hinausspringt. Ich werfe einen kurzen Blick auf die abscheuliche Kreatur: Sie ist nackt und schwarz und besteht aus einem Gemisch aus Blut & Schleim; aber kaum ist sie ans Licht gekommen, löst sie sich in den Händen meiner Heiligen Schwester in Dampf auf.

Ich sinke erschöpft zurück und sehe, wie mein Leib wieder schrumft.

»Ganz ruhig«, sagt meine Heilige Schwester lächelnd. »Jetzt ist alles vorbei.«

Sugar blättert die letzten Seiten des Bandes durch, in der Hoffnung auf eine Fortsetzung; es gibt keine. Aber … aber es muss doch eine geben! Sie ist neugierig geworden, hat Agnes' Schilderung ergreifend wie noch nie gefunden, und außerdem ist sie endlich in dem Zeitraum angelangt, über den sie am sehnlichsten etwas erfahren will: dem Beginn von Williams und Agnes' Ehe. Vor Aufregung stockt ihr fast der Atem, als sie das nächste Tagebuch von dem chronologisch geordneten Stapel neben ihrem Oberschenkel nimmt. Doch sie hat es schon einmal durchgeschaut. Es enthält nichts von Belang. Sie greift nach dem nächsten, und es beginnt wie folgt:

»Saison«-ale Gedanken, von Agnes Rackham
Werte Damen, ich frage Sie: Gibt es ein größeres Ärgernis als Hutnadeln, die zu stumpf sind, um durch einen ganz gewöhnlichen Hut zu stechen? Wobei das Wort »gewöhnlich« natürlich nicht bedeuten soll, dass meine Hüte nicht »außer-gewöhnlich« wären, im Sinne von

Sugar hört auf zu lesen und lässt das Tagebuch verwirrt und enttäuscht sinken. Soll sie weiterlesen? Nein, mehr erträgt sie schlicht und einfach nicht, vor allem nicht am Abend vor Weihnachten. Es ist übrigens schon spät: Viertel vor zwölf. Sie wird plötzlich von jener speziellen Müdigkeit übermannt, die erst dann zuschlägt, wenn eine bestimmt Uhrzeit erreicht ist, und sie bringt kaum die Energie auf, die Tagebücher wieder unter dem Bett zu verstauen. Allein die Vorstellung, dass Rose sie am Morgen schlummernd neben diesem dicken Stapel vorfindet, veranlasst sie, es doch zu tun. Nachdem ihr Geheimnis sicher versteckt ist, setzt sich Sugar noch einmal kurz auf den Nachttopf, schlüpft zurück ins Bett und bläst die Kerze aus.

Sie liegt im Stockdunkel da und horcht, das Gesicht dem Fenster zugewandt, hinter dem sie noch nichts erkennen kann. Schneit es immer noch? Das würde erklären, wieso sie so wenige Geräusche von der Straße hört. Oder feiert draußen niemand? In der Silver Street herrschte an Heiligabend immer viel Lärm: Die Straßenmusikanten buhlten um festtägliche Großzügigkeit, un die Kakophonie von Akkordeons, Leierkästen, Geigen, Flöten, Trommeln verband sich mit unverständlichem Geplapper und dröhnendem Gelächter zu einem Netz von Tönen, das sich bis zu den obersten Stockwerken der höchsten Häuser spannte. Hoffnung auf Schlaf bestand inmitten eines solchen Tohuwabohus nicht – und bei Mrs Castaway versuchte ohnehin niemand zu schlafen, denn dort wurden eifrig Flötenspiele gänzlich unmusikalischer Art betrieben.

Hier in Notting Hill sind die Geräusche leiser und schwerer zu deuten. Sind das jetzt menschliche Stimmen, oder handelt es sich um das Schnauben eines Pferdes im Stall? Ist das der Fetzen einer Melodie, der von den Chepstow Villas herüberweht, oder das Quietschen eines Tors ganz in der Nähe? Der Wind streicht wimmernd unter den Simsen entlang und weht über die Schornsteinspitzen hinweg. Die Dachbalken knarzen. Oder ist es das Knarzen eines Bettes im Haus? Und kommt das Wimmern von Agnes, die sich betäubt im Schlaf herumwälzt?

Ich sollte ihr helfen. Wieso hilfst du ihr nicht?, nörgelt Sugars Gewissen oder wie sie diese aufsässige Stimme sonst nennen soll, deren größtes Vergnügen darin zu bestehen scheint, sie zu quälen, wenn sie sich nach Ruhe sehnt. *Ihr werden ständig Drogen verabreicht, weil sie sonst Dinge sagen würde, die man nicht hören will. Wie kannst du das zulassen? Du hast versprochen, ihr zu helfen.*

Das ist ein Tiefschlag, das Versprechen bei der Begegnung in der Bow Street ins Feld zu führen, als Agnes zusammenbrach und ihr Schutzengel zu ihrer Rettung erschien.

Gar nicht wahr, ich habe … ihr lediglich versprochen, dass ich ihr helfe, nach Hause zu kommen, hält sie der Stimme entgegen.

Hast du denn nicht gesagt: »Ich werde Acht geben, dass dir nichts passiert«?

Ich meinte damit, dass ich aufpasse, bis sie am Ende der Straße angekommen ist.

Oooh, du bist wirklich eine aalglatte, feige Schlampe, weißt du das?

Der Wind bläst inzwischen noch heftiger und streicht murmelnd und pfeifend ums Haus. Etwas Helles stürzt hinter Sugars Fenster durch die Dunkelheit. Agnes in einem weißen Nachthemd? Nein, bloß ein Brocken Schnee, der sich von den Dachziegeln gelöst hat.

Warum sollte mich Agnes' Schicksal kümmern?, fragt sie beleidigt und wendet das Gesicht zum Kopfkissen. *Sie ist verwöhnt, wirrköpfig, eine schlechte Mutter und … und sie würde eine Prostituierte auf der Straße anspucken, wenn Spucken en vogue wäre.*

Ihre boshafte Widersacherin würdigt sie keiner Antwort; sie weiß, dass Sugar sich daran erinnert, wie Agnes' Schultern unter ihren Händen zitterten, dort in der Gasse, als sie der armen Frau ins Ohr flüsterte: »Das muss unser Geheimnis bleiben.«

Ich bin in Williams Haus. Ich könnte schrecklichen Ärger bekommen.

Das bringt die aufsässige Stimme zum Schweigen – oder zumindest hat es ein, zwei Minuten lang den Anschein. Dann fragt sie anklagend: *Und was ist mit Christopher?*

Sugar ballt unter der Bettdecke die Hände zu Fäusten und drückt die Stirn ins Kissen. *Christopher kann auf sich selbst aufpassen. Muss ich mich denn um jeden Menschen auf dieser verdammten Welt kümmern?*

Ach, du arme Kleine, lautet die spöttische Antwort. *Arme feige Hure. Arme Hure, Huure, Huuuu …*

Draußen auf den windigen Straßen von Notting Hill bläst jemand in ein Horn, und ein anderer johlt fröhlich, aber Sugar hört es nicht: Es ist ihr gerade noch erspart geblieben, zu erfahren, was tatsächlich mit kleinen Mädchen geschieht, die Heiligabend zu lange wach bleiben.

Siebenundzwanzig

»Fröhliche Weihnachten! Fröhliche Weihnachten allerseits!«, tönt Henry Calder Rackham beim Betreten des Hauses seines Sohnes, als wäre er der Weihnachtsmann persönlich oder wenigstens Charles Dickens auf einer Rednerbühne.

»Auch dir fröhliche Weihnachten, Vater«, gibt William zurück und ist schon jetzt peinlich berührt, nicht nur wegen des überschwänglich jovialen Tonfalls, den sein Vater anschlägt, sondern auch weil er sieht, welche Mühe es dem Dienstmädchen macht, dem alten Mann aus dem Mantel zu helfen. Genau wie Lord Unwin scheint auch Henry Calder Rackham den Übergang von füllig zu dick fast unbemerkt bewältigt zu haben, und zwar in der gleichen Zeit, in der sich William vom laschen Taugenichts zum Großindustriellen gewandelt hat.

»Ah, dieser *Duft*!«, schwärmt Rackham senior begeistert. »Dieser Abend bringt mich ins Grab, das weiß ich schon jetzt!« Mit diesen Worten lässt er sich in den Salon seines Sohnes führen, wo er von den Dienstmädchen freundlich begrüßt wird. »Hm! *Sie* habe ich ja noch nie gesehen!«, sagt er zu den neuen, und: »Ah! *Sie sind* … nein, verraten Sie's nicht!« zu den alten, was alle wohlwollend aufnehmen, und nur wenige Minuten später ist er der Hahn im Korb und führt bei den fröhlich-sentimentalen Ritualen des Abends das Kommando. »Wo sind die Knallbonbons? Her mit den Knallbonbons!«, ruft er und reibt sich die Hände, und schwups!, schon werden die Knallbonbons gebracht.

Die Zeit, die nach dem Auspacken der Geschenke am Morgen recht langsam dahinkroch, beschleunigt wieder das Tempo, als

Williams Vater sich den Gesellschaftsspielen zuwendet. »Großartig! Großartig! Und was kommt jetzt?«, ruft er, während William ihn nachdenklich mustert und in diesem aufgekratzten Spaßmacher den sturen alten Tyrann nicht mehr wieder erkennt, der das Haus so lange in seinem traurigen Bann hielt.

Dem ungehobelten Auftreten seines Vaters, das ihm sonst so unangenehm ist, begegnet William heute mit Nachsicht, ja mit Dankbarkeit, denn es belebt die weihnachtliche Stimmung, wo doch die schreckliche Sache mit Agnes sie hätte zerstören können. Alle im Raum (gut, alle außer Janey und ihresgleichen) wissen sehr wohl, dass die Dame des Hauses betäubt im oberen Stockwerk liegt und dass der Hausherr todunglücklich ist. Nach Kräften versucht er, sich zusammenzureißen, doch immer wieder wird er vom Mitgefühl für Agnes' Elend übermannt, und dann droht sich ein Mantel des Schweigens über die Feierlichkeiten zu legen. Dabei sollte man doch meinen, eine Schar Frauenzimmer wäre in der Lage, wenigstens einen Tag lang Munterkeit zu verbreiten! Aber nein, es braucht dazu einen Mann, und William ist es leid, dieser Mann zu sein.

Gut, heute Morgen hat sich der Gärtner blicken lassen und William für eine, wenn auch verdammt kurze Zeit von seiner Bürde befreit. Nach nur zehn Minuten hatte sich Shears vor dieser geballten weiblichen Übermacht wieder in Sicherheit gebracht und sich in sein Gärtnerhäuschen verzogen. Cheesman wäre wesentlich geeigneter gewesen, aber er hat sich gleich davongemacht – um seine Mutter zu besuchen. Wer's glaubt, wird selig.

Und so ist in einem Salon voller Repräsentantinnen des schönen Geschlechts, die das Korsett der guten Sitten zu verhaltenem Amüsement zwingt, Henry Calder Rackham – ein alter Dickwanst und gutmütig bollernder Wichtigtuer – Williams letzte Rettung. Prahl nur weiter, alter Kerl! Genau das brauchen wir, um uns die langen Stunden bis zum Abendessen zu vertreiben.

Doch bloß nicht klagen, bisher ist alles gut gegangen. Um ehrlich zu sein, sogar sehr viel besser als in früheren Jahren, in denen Agnes (dabei stets von makelloser Schönheit) es immer wieder schaffte, dem fröhlichen Treiben mit höchst unpassenden Bemerkungen einen Dämpfer aufzusetzen – Bemerkungen, konnte er nur vermuten, die darauf abzielten, das Weihnachtsfest aus dem

Sumpf des Kommerzes zu erretten und ihm seine ursprüngliche religiöse Bedeutung zurückzugeben.

»Habt ihr je darüber nachgedacht, warum wir das Fest der Unschuldigen Kinder nicht mehr feiern?«, fragte sie einmal, während das Geschenk, das sie von William bekommen hatte, noch halb verpackt und vergessen in ihrem Schoß lag.

»Das Fest der Unschuldigen Kinder, meine Liebe?«

»Ja, den Tag, an dem der König Herodes die unschuldigen Kinder ermorden ließ.«

Solche Gespräche kommen dieses Jahr, Gott sei's gedankt, nicht auf. Und so bedauerlich die Umstände auch sein mögen, so hat Agnes' Abwesenheit doch auch ihr Gutes: nämlich die Anwesenheit ihrer Tochter. Ja, nach Jahren der streng getrennten Weihnachtsfeste, in denen man Sophies Geschenke nebst einer lauwarmen Portion des Festmahls zu ihr ins Kinderzimmer schmuggelte, während der Rest der Familie unten um die Hausherrin herumscharwenzelte, darf das Kind endlich dabei sein. Wie gut, denkt William, genau zum richtigen Zeitpunkt! Sie ist eine patente kleine Person mit äußerst gewinnendem Lächeln und mittlerweile viel zu groß, um wie ein Kleinkind behandelt zu werden. Und bei allem guten Willen, mit dem er sich in den letzten Jahren Agnes' Auffassung, Weihnachten sei ein Fest für Erwachsene, beugte, war er insgeheim doch immer der Meinung, dass ein Weihnachtsbaum ohne fröhliches Kinderlachen recht melancholisch stimmt.

Im letzten Jahr war das Auspacken der Geschenke von mancherlei Unheil überschattet gewesen – der katastrophalen Wirtschaftslage, der dunklen Wolke von Henry Calder Rackhams Misstrauen gegenüber seinem Sohn, Agnes' hochmütiger Verachtung von allem, was nach Billigem oder Behelf roch, und der nervösen Unruhe und Undankbarkeit der Dienstboten.

Dieses Jahr ist die gleiche Zeremonie, bei der der versammelte Haushalt vor dem mit farbigem Papier herausgeputzten Weihnachtsbaum kniete, äußerst zufrieden stellend verlaufen. Von den Fesseln seiner Schulden befreit, beschloss William, ein Quell des Großmuts zu sein. (Der skeptischen Lady Bridgelow, die ihn vor den ungeahnten Gefahren gewarnt hatte, wenn man seine Dienstboten verwöhnte, hatte er geantwortet: »Sie haben zu wenig Vertrauen in das Gute im Menschen, Constance!«) Während Lady Bridgelow also zweifellos die Konvention gewahrt und ihren Dienstmädchen je ein Paket mit dem Stoff überreicht hat, aus welchem sie sich ihre neuen Uniformen schneidern dürfen, haben *seine* Mädchen ein Paket mit den bereits fertig konfektionierten Uniformen erhalten (mal ehrlich, warum sollte man die armen Mädels nötigen, sich ihre Kleider selbst zu nähen, wo doch die Zukunft in der Konfektion liegt?). Und nicht nur das: Alle Dienstmädchen haben noch dazu ein Päckchen bekommen, das statt der üblichen Gebrauchsgegenstände, die sie erwartet haben mochten – Küchenutensilien für die Köchin, eine neue Scheuerbürste für die Scheuermagd und dergleichen –, puren Luxus enthielt. Allmächtiger Gott, er ist jetzt ein reicher Mann: Hat er es *wirklich* nötig, auf einem säuerlich gegrummelten »Danke, Sir« für ein albernes Geschenk, beispielsweise eine Suppenkelle oder einen Wascheimer, zu bestehen, wo er sich genauso gut zurücklehnen und sich am Ausdruck echter, ungespielter Freude delektieren kann?

Also hat heute Morgen jedes Mädchen (zu ihrem gewaltigen Erstaunen) eine Schachtel Pralinen bekommen, ein Paar Ziegenlederhandschuhe, einen bronzierten Stiefelknöpfer und einen eleganten orientalischen Fächer. Die Handschuhe hält er für einen ganz besonders guten Einfall: William Rackham, der Hausherr, demonstrieren sie, ist sich darüber bewusst, dass seine Dienstboten mitnichten zum Inventar gehören. Sie sind nicht nur zum Schuften da, sondern Frauen, die durchaus das Bedürfnis haben, an ihren freien Nachmittagen die Welt *da draußen* in irgendeiner Form zu genießen.

Es war äußerst interessant zu beobachten, wie sich das Innerste eines jeden Mädchens offenbarte, sobald die erste Röte der Überraschung von ihrem Gesicht gewichen war. Clara bekam sofort wieder das misstrauische Funkeln in den Augen und den starrsinnigen Zug um den Mund und bat darum, entlassen zu werden, sie müsse sich um Mrs Rackham kümmern. Rose verstaute ihre Geschenke sorgfältig neben sich und behielt die Festlichkeiten weiter wachsam im Auge, um im Notfall sofort eingreifen zu können. Die arme Janey konnte nicht aufhören, ihre Geschenke anzustarren und zu betasten, überwältigt von deren Exotik und der darin zum Ausdruck kommenden Vorstellung, eine kleine Magd wie sie könnte tatsächlich davon Gebrauch machen. Letty, ganz das sanftmütige Dummchen, vergrub die Schätze in ihrer Schürze und blickte sich staunend um, als wäre ihr soeben aufgegangen, dass sie sich nie wieder über irgendetwas Sorgen machen musste. Die neue Küchenmagd Harriet und das Spülmädchen, dessen irischen Namen William weder schreiben noch aussprechen kann, ließen beide eine unterdrückte Ungeduld erkennen, ihr unverhofftes Glück endlich genießen zu dürfen, einen Drang, die Pralinen zu verputzen oder mit den neuen Ziegenlederhandschuhen durch die Straßen zu stolzieren. Die Köchin hingegen (zugegebenermaßen kein Mädchen mehr) legte ein gutmütiges Unverständnis an den Tag, als wollte sie sagen: »Gütiger Himmel, was soll eine Person in meinem Alter und in meiner Stellung denn mit so was anfangen?« Aber geschmeichelt fühlte sie sich doch, keine Frage ... schließlich ist sie eine Frau.

Sugar stellte da schon eine heiklere Herausforderung dar. Wie sollte er sie für all das belohnen, was sie getan hat, ohne das Misstrauen der anderen zu provozieren? Eine Zeit lang erwog er, eine zweite, heimliche Bescherung mit ihr zu feiern, sie beide allein in ihrer Stube, doch je näher der Tag rückte, desto größer wurde seine Überzeugung, dass das Risiko nicht abzusehen war – nicht weil sie entdeckt werden könnten, sondern weil er fürchtete, die daraus entstehenden Erwartungen könnten ihm über den Kopf wachsen und jede freie Minute beanspruchen.

Nein, er wollte sie lieber vor aller Augen würdigen. Doch womit? Natürlich würde sie schon der Form halber ebenfalls Ziegenlederhandschuhe, Pralinen, einen Stiefelknöpfer und einen Fächer bekommen, doch was konnte er ihr darüber hinaus schenken, das ihren einzigartigen Qualitäten gerecht wurde, ohne dass die anderen sich das Maul zerrissen? An diesem Morgen unterm Weihnachtsbaum, vor den Augen des versammelten Haushalts, fand er voller Stolz bestätigt, dass er eine kluge Wahl getroffen hatte.

Bereits als Letty ihr das geheimnisvolle Paket überreichte, zeigte sich Sugar reichlich überrascht, denn es war groß und schwer, doch als sie das rote Geschenkpapier entfernte und den Inhalt ans Licht brachte, weiteten sich ihre Augen noch mehr und die Kinnlade klappte ihr förmlich herunter. *Ha,* dachte William, *eine sol-*

che Reaktion kann nicht geheuchelt sein! Er mühte sich, selbst möglichst ausdruckslos dreinzuschauen, während sie sprachlos auf die ledergebundenen gesammelten Werke Shakespeares starrte, jeder Band nach höchstem Standard gefertigt: die Tragödien in Dunkelbraun mit Goldprägung, die Komödien in sattem Umbra mit schwarzer Prägung und die Historien in Schwarz mit Silberprägung. Die anderen Dienstboten rissen natürlich ebenfalls die Augen auf – die Analphabeten mit blankem Staunen, die des Lesens Kundigen mit einem Ausdruck, der an Neid grenzte. Jedoch *nicht ganz* Neid war – denn was sollten sie mit dem ganzen Shakespeare anfangen? Und konnte es für eine Gouvernante ein vernünftigeres, ein *unverfänglicheres* Geschenk geben als Bücher, deren Inhalt sie ihrer Schülerin zuteil werden lassen konnte?

Sugar jedoch verstand. Von Gefühlen überwältigt gelang es ihr kaum, ihre Dankesworte hervorzubringen.

Und das Geschenk für Sophie … das war ein noch haarigeres Problem. Nach langem Hin- und Herüberlegen beschloss William, dieses Jahr mit der Tradition zu brechen, Sophie ein Geschenk »von Mama« zu überreichen. In früheren Jahren war Beatrice Cleave für dieses kleine Täuschungsmanöver zu Weihnachten und bei Geburtstagen zuständig, und das Kind war völlig ahnungslos. Dieses Jahr jedoch sprachen gleich mehrere Umstände dagegen: seine Weigerung, Sugar noch mehr zu belasten, Doktor Curlews strenge Ablehnung dieses seltsamen Brauchs, Agnes' Fehlen bei den Feierlichkeiten und der unangenehme Verdacht, dass Sophie mittlerweile zu alt war, um eine so fadenscheinige Lüge zu schlucken.

Also: kein Geschenk »von Mama«. Doktor Curlew hat ihm versichert, dass Agnes, sobald sie von ihrer Verblendung geheilt ist, ihrer Tochter etwas weit Wertvolleres als alle farbenfrohen Geschenke geben wird. Mag sein, mag sein … doch an diesem Morgen trug William dafür Sorge, dass Sophie in Sachen farbenfrohe Geschenke nicht zu kurz kam.

Da sie mittlerweile ein großes Mädchen ist, schenkte er ihr Handschuhe, feine schweinslederne Miniaturausgaben, die ihr das Gefühl geben sollten, eine kleine Dame zu sein. Außerdem überreichte er ihr eine Schildpattbürste und eine Haarspange aus Fischbein, einen Spiegel mit elfenbeinernem Griff und ein Mäppchen aus Chamoisleder, in dem sie alles verstauen konnte.

All diese Geschenke nahm Sophie mit Freude und unverhohlenem Staunen entgegen. Noch viel größer war ihre Verblüffung, als sie das dickste Paket von allen auspackte und eine überwältigend schöne Puppe zum Vorschein kam. Alle im Raum sogen bei ihrem Anblick die Luft ein und tuschelten: eine prächtig ausgestattete Französin, angezogen wie für einen Theaterabend, mit alabasterblassem Porzellankopf, aufwändig gelockter Perücke aus Mohair und einem Plüschhut mit Straußenfedern. In einer Hand hielt sie einen blauen Fächer, die andere war leer. Das Satinkleid (dessen Mieder tiefer ausgeschnitten war als das jeder englischen Puppe) bauschte sich in zartem Rosa mit weißem Plüschsaum unter der Wespentaille. Doch der Clou war, dass die Puppe mit Hilfe fest verklebter Schuhsohlen auf einem Handwagen befestigt war, so dass sie über den Fußboden gezogen werden konnte.

»*Chapeau*«, rief Williams Vater beschämt. »Die ist einige Klassen besser als die billige Negerpuppe, die ich ihr vor Jahren geschenkt habe!«

Doch auch Henry Calder Rackham zauberte eine Überraschung aus dem Ärmel – oder vielmehr unterm Stuhl hervor, ein zylinderförmiges Päckchen, das in einfaches braunes Papier gewickelt und mit einem Band verschnürt war (William hatte eine Weinflasche darin vermutet). Er überreichte es Sophie, sobald diese sich von ihrem Schock über die Großzügigkeit ihres Vaters erholt hatte.

»Hier, meine Liebe«, sagte der alte Mann. »*Das* wird dir bestimmt besser gefallen als eine alte Lumpenpuppe aus einer Teekiste ...« Und er lehnte sich zufrieden zurück und sah beim Auspacken zu: Es war ein stahlgraues Fernrohr.

Und wieder gab es Seufzer und Getuschel unter den Dienstmädchen, Staunen und fragende Gesichter. Was um alles in der Welt war das? Ein Werkzeug? Ein Kaleidoskop? Ein neumodisches Behältnis für Stricknadeln? William hatte es auf der Stelle erkannt, war jedoch persönlich der Ansicht, ein Fernrohr sei nicht gerade das passende Geschenk für eine junge Dame. Und als Sophie das Ding ehrfürchtig hin und her drehte, bemerkte er, dass das Metall voller Dellen und Kratzer war.

»Das ist kein Spielzeug, Sophie«, sagte der alte Mann. »Es ist ein Präzisionsinstrument, das ich von einem Forscher bekommen habe, den ich mal kannte. Komm, ich zeige dir, wie es geht!« Und schon rutschte er auf Knien über den mit Geschenkband übersäten Teppich zu Sophie hin und zeigte ihr, wie das Fernrohr funktionierte. Bald fuhr sie das Objektiv munter ein und aus, und ihre Miene schwankte zwischen strahlender Freude und Enttäuschung, als sie das schwindelerregend verschwommene Tapetenmuster und monströs entkörperte Augen erblickte.

Und William selbst? Was hat *er* bekommen? Er muss scharf nachdenken ... Ach ja: ein Spitzendeckchen für die Zigarrenkiste, bestickt von Sophie (sofern ihre Gouvernante ihr nicht geholfen hat, in welchem Falle es mit Sugars Handarbeitskünsten nicht weit her wäre!) mit seinem direkt von einer Rackhamschen Seifenverpackung abgekupferten Bildnis. Ach, und außerdem eine Hand voll mittelmäßiger Zigarren von seinem Vater. Das, Gott steh ihm bei, ist seine ganze Weihnachtsausbeute! Bemitleidenswert, aber das ist wohl das Los eines Mannes mit einem Haus voller Dienstboten, einer kleinen Tochter, einem frühzeitig verstorbenen Bruder, einer in Schande verstoßenen Mutter, einem Vater, der nicht den leisesten Hauch von Großzügigkeit besitzt, zwei alten Freunden, mit denen er es sich verdorben hat, und einer Ehefrau, die man in wachem Zustand nicht aus den Augen lassen darf. Gibt es in ganz England einen Mann, der ärmer dran ist als er? Doch mit Gottes Hilfe wird es nicht ewig so weitergehen.

»Reise nach Jerusalem!«, ruft Henry Calder Rackham und klatscht laut in die fleischigen Hände. »Wer ist für Reise nach Jerusalem?«

In einiger Entfernung von den Rackhams hockt in einem bescheidenen Haus, das bis unters Dach mit Sperrmüll und überflüssigen Möbeln voll gestellt ist, Emmeline Fox und löffelt Früchtemus, während zu ihren nackten Füßen der Kater schnurrt.

Aber bitte keine vorschnellen Schlüsse: Nur ihre Füße sind heute nackt; ansonsten ist sie von oben bis unten untadelig gekleidet – sie trägt sogar noch ein Hütchen, denn sie war aus. Hat ihrem Vater einen Besuch abgestattet, um ihm sein Weihnachtsgeschenk zu überreichen – ein unsinniges Unterfangen, denn er feiert nicht und braucht nichts, aber er ist ihr Vater und sie seine Tochter, und deshalb bekommt er etwas. Jedes Jahr schenken sie einander ein Buch, das vermutlich ungelesen bleiben wird, und wünschen sich gegenseitig Fröhliche Weihnachten, obwohl Doktor Curlew nicht an Christus glaubt und Emmeline wiederum nicht daran, dass ihr Erlöser am 25. Dezember geboren wurde. Alberne Zugeständnisse gegenüber unseren Anverwandten, um des lieben Friedens willen.

Seit sie von ihrem Vater heimgekehrt ist, hat sie sich nicht die Mühe gemacht, mehr auszuziehen als die Stiefel, die ihr an den Zehen drückten. Früher war es ihr ein Rätsel, wie die Ärmsten der Armen bei Wind und Wetter barfuß gehen konnten, ohne dass es ihnen etwas auszumachen schien – die unermüdlichen Anstrengungen von Mrs Timperley, bei den Begüterten Schuhe einzusammeln, um sie an die Unbeschuhten zu verteilen, schien die Schar der Londoner Barfüßler niemals auch nur um einen einzigen zu verringern. Doch jetzt weiß sie: Füße, die ans Nacktsein gewöhnt sind, fühlen sich in Schuhen einfach nicht mehr wohl. Man würde ja auch keine Katze zwingen, Schuhe zu tragen.

»Hättest du gern ein Paar schicke schwarze Stiefel, Mieze?«, fragt sie ihren Gefährten und krault ihm die samtige Wange. »So wie im Märchen?«

Sie sitzen zusammen an Emmelines Lieblingsplatz – auf halber Höhe der Treppe. Der erste Weihnachtstag ist fast vorüber, und ihr geliebter Henry ist seit drei Monaten tot. Drei Monate nach dem Kalender, drei Lidschläge Gottes, drei Ewigkeiten in der verhangenen Enge von Emmelines Haus, zu dem außer ihr niemand mehr Zutritt hat. *Drei französische Hennen, vier kohlschwarze Vögel, fünf goldene Ringe* … unmögliche Beweise wahrer Liebe, von den Nachbarn mit jubilierenden Weihnachtsliedern beschworen. Wieso hört sie die Leute heute so klar und deutlich? Sie hat sie nie zuvor gehört … Eine hohe Frauenstimme, perfekt harmonierend mit dem sonoren Bariton eines Mannes …

Drei Monate, seit Henry auf dieser Erde wandelte, drei Monate, seit er in ihr begraben wurde. Je länger er fort ist, umso mehr denkt sie an ihn; und je mehr sie an ihn denkt, umso mehr werden diese Gedanken von Gefühlen beherrscht. Verglichen mit ihm sind alle anderen Männer selbstsüchtig und falsch; verglichen mit Henrys aufrechter und kräftiger Gestalt wirken andere Männer krumm und geduckt. Wie weh es tut – als packte eine schwielige Pranke ihr wundes Herz mit festem Griff –, sich vorzustellen, wie er sich im Grabe auflöst, wie sein geliebtes Gesicht mit dem Lehmboden verschmilzt; sein Schädel, einst der Hort von so viel Leidenschaft und Aufrichtigkeit, eine leere Hülle, in der Würmer sich winden. Sie weiß, wie dumm es ist, sich diesen grausigen Phantasien hinzugeben, sich selbst derart zu quälen, wo sie sich doch vielmehr auf den wunderbaren Tag freuen sollte, an dem Henry und sie wieder vereint sein werden … Doch wird die Wiederkunft Christi noch zu ihren Lebzeiten geschehen? Sie hat große Zweifel. Womöglich vergehen tausend Jahre, bis sie sein Gesicht wiedersieht.

Das vorige Weihnachten sind sie gemeinsam durch die Straßen spaziert, Seite an Seite, und haben über die Evangelien gesprochen, während alle anderen in ihren Häusern bei Gesellschaftsspielen saßen. Henry hatte gerade etwas gelesen … was war es nur, was er gelesen hatte? Ständig hatte er gerade irgendetwas gelesen und platzte vor Ungeduld, es ihr mitzuteilen, bevor es aus seinem Kopf verschwand … Ach ja, den Aufsatz eines Gräzisten, in dem ein für alle Mal (so sagte Henry) die jahrhundertealte Debatte über die Bedeutung von Matthäus 1, Vers 25 entschieden wurde. Die Katholiken irrten sich, daran gab es nicht den leisesten Zweifel; die neueste Lehrmeinung bestätigte, dass der heilige Matthäus, wenn er »bis« sagte, auch »bis« meinte; und Henry wünschte, die Zeitungen hätten das nötige moralische Rückrat, um diese bedeutende Erkenntnis zu veröffentlichen, statt ihre Seiten mit scheußlichen Mordberichten und Empfehlungen für Haarfärbemittel zu füllen.

Und sie? Wie reagierte sie auf seinen aufrichtigen Idealismus? Nun, wie immer! Sie widersprach dem armen Kerl. Erklärte, die Debatte könne niemals entschieden werden, da kein Mensch, der daran glaube, dass eine Jungfrau ein Kind gebären kann, einen Pfifferling auf die Meinung eines Gräzisten geben werde, außerdem sei ihr das ohnehin egal, denn von den Evangelisten seien ihr Markus und Johannes lieber, Männer von Verstand, die Besseres zu tun hatten, als die Verfassung von Marias Geschlechtsorganen zu diskutieren.

»Aber Sie glauben doch«, sagte Henry mit jener anbetungswürdigen Sorgenfalte auf der Stirn, »dass unser Erlöser durch den Heiligen Geist empfangen wurde, oder etwa nicht?«

Woraufhin sie, wie so oft, munter das Thema wechselte. »Für mich«, verkündete sie, »fängt die eigentliche Geschichte erst viel später an, am Jordan.«

Gott! Wie legte Henry in solchen Momenten die Stirn in Falten! Mit welchem Ernst versuchte er sich zu vergewissern, dass sie nicht gegen den Glauben lästerte, der sie beide zusammengebracht hatte. Machte es ihr Spaß, ihn zu necken? Vermutlich schon. An wie vielen sonnigen Nachmittagen hatte sie ihn vollkommen verwirrt nach Hause geschickt, statt ihn zu küssen, ihn in die Arme zu nehmen und ihre Wange an seine zu pressen, statt ihm zu sagen, wie sehr sie ihn anbetete …

Sie wischt sich mit dem Ärmel übers Gesicht und vertraut darauf, dass Gott sie verstehen wird.

»Jetzt?«, fragt der Kater und presst den flauschigen Kopf gegen ihre Fußknöchel. Sie hat ihn seit dem Morgen nicht gefüttert, und die zugezogenen Vorhänge im Erdgeschoss glühen schon rot im Licht der untergehenden Sonne.

»Magst du Früchtemus, Mieze?«, fragt sie und hält ihm den klebrigen Löffel aus dem großen Glas in ihrem Schoß hin. Er schnuppert daran, berührt es kurz mit der Nase, aber … nein.

»So ein Pech«, murmelt sie. »Wo ich so viel davon habe.«

Es ist das Früchtemus, das Mrs Borlais übrig hatte; jedes Mitglied des Frauenrettungsvereins hat ein Glas bekommen, um damit Weihnachtskuchen zu füllen. Ohne Zweifel haben ihre Mitstreiterinnen die Herausforderung entweder selbst oder mit Hilfe ihrer Dienstboten angenommen, Emmelines Kuchenbacktage hingegen sind in den Nebeln ihrer Ehe mit Bertie untergegangen. Aber auch ohne Kuchen ist das Mus köstlich. Sie löffelt es direkt aus dem Glas in den Mund, und obwohl sie weiß, dass ihr vermutlich Übelkeit und Durchfall drohen, genießt sie den würzigsüßen Geschmack.

Bald wird sich ihr Vater mit seinen Ärztefreunden zum Weihnachtsessen niedersetzen. Aus Höflichkeit und vielleicht, weil er eine vage Vorstellung davon hat, wie es bei ihr zu Hause derzeit aussieht, hat er sie wiederholt dazu eingeladen, doch sie hat abgelehnt. Und zum Glück! Beim letzten Essen mit seinen Freunden hat er sich in Grund und Boden geschämt, weil sie der Runde einen Vortrag darüber hielt, warum Prostituierte nicht zum Arzt gehen, und sie bedrängte, verzweifelte Frauen einmal die Woche kostenlos zu behandeln. Wäre sie heute bei ihm, hätte sie gut ein Dutzend Mal »Sehr erfreut« geflüstert und zehn Minuten Konversation ertragen, um dann wieder in ihr altes Muster zu verfallen. Sie kannte sich selbst zu gut.

Aber das Essen wäre ihr äußerst gelegen gekommen. Allein die Vorstellung: Ein Gang jagt den nächsten, alles brutzelt und zischelt auf silbernen Tellern … Nicht dass sie die Völlerei gutheißt, die höhere Schichten zu diesem einst heiligen Fest pflegen; nicht dass sie den schrecklichen Abgrund übersieht zwischen jenen, die sich den feisten Wanst mit Bergen von Fleisch voll schlagen, und jenen, die bibbernd um einen Teller wässriger Suppe anstehen. Ihr Appetit ist bescheiden: Man setze sie an ein Weihnachtsbankett, und sie würde sich eine Scheibe Huhn oder Truthahn und ein wenig gebratenes Gemüse nehmen, und dann nichts mehr bis zur Nachspeise. Ein Gourmand ist sie ganz gewiss nicht. Aber nur für eine Person zu kochen – und vor allem zu braten – ist einfach viel zu aufwändig.

»Armer Mieze«, säuselt sie und fährt dem Kater vom Kopf bis zum Schwanz übers Fell. »Wie glücklich wärst du über zwei schöne, saftige Turteltäubchen. Oder ein Rebhuhn im Birnbaum, wie es sich für eine echte englische Weihnacht gehört. Wollen mal sehen, was wir für dich finden.«

Sie kramt in der Küche herum, aber ohne Erfolg. Das ungespülte Schneidebrett schimmert noch vom Fischöl und beschäftigt den Kater für zwei Minuten, doch die Reste des Schinkenhaschees, die sie nirgends finden kann, sind, wie ihr plötzlich einfällt, in ihren Magen gewandert. Henry hat einmal gesagt: »Es ist erschreckend, wie leicht man sein ganzes Leben damit verbringen kann, animalische Gelüste zu befriedigen.« *Sie* hingegen wird womöglich den Rest ihres Lebens damit verbringen, sich an alles zu erinnern, was Henry jemals gesagt hat.

»Jetzt!«, beschwert sich der Kater, und sie muss einsehen, dass guter Wille allein kein Ersatz für die Tat sein kann; also holt sie ihre Stiefel, um das Haus noch einmal zu verlassen. Weihnachten hin oder her, gewiss wird sie irgendwo noch Fleisch erstehen können, wenn sie nur bereit ist, auf der Leiter der gesellschaftlichen Schichten nach unten zu steigen. Die braven Bürger mögen ihre Geschäfte zu Ehren des Christuskindes geschlossen haben, die Armen jedoch haben hungrige Mäuler zu stopfen, für sie ist ein Tag wie der andere. Emmeline knöpft sich die Stiefel zu und schüttelt Staub aus dem Saum ihres Kleides, so dass sich der Kater hastig unter einen Stapel Stühle verzieht. Dann holt sie ihre Börse hervor, um zu sehen, wie viel Geld sie noch hat. Reichlich.

Noch immer steckt weit hinten in der Börse Mrs Rackhams Brief, von Münzen und Kekskrümeln inzwischen reichlich fleckig geworden. Wird sie ihn nach dem, was ihr Vater heute Morgen erzählt hat, noch beantworten? Sie bezweifelt es.

Hat sie Mrs Rackham hintergangen, indem sie ihren Fall just mit dem Mann besprach, dem diese so sehr misstraut? Zu ihrer Verteidigung kann sie nur vorbringen, dass sie das Vertrauen der unglücklichen Frau keineswegs missbrauchen wollte, als sie die sachverständige Meinung ihres Vaters über weibliche Wahnvorstellungen im Allgemeinen einholte.

Natürlich hakte er sofort nach: »Warum willst du das wissen?« Geradeheraus und undiplomatisch wie eh und je! Aber wie konnte sie von ihm erwarten, dass er um den heißen Brei herumredet, wo auch ihr diese Fähigkeit vollkommen abgeht.

»Oh, reine Neugier«, antwortete sie und versuchte, vermutlich vollkommen unglaubwürdig, die nonchalante Art anderer Frauen nachzuahmen. »Ich möchte einfach gern Bescheid wissen.«

»Und was *genau* möchtest du wissen?«

Noch war Mrs Rackhams Geheimnis gewahrt. »Nun … zum Beispiel: Wie kann man eine Verrückte davon überzeugen, dass ihre Ansichten verrückt sind?«

»Unmöglich«, lautete die prompte Antwort.

»Oh.« Früher wäre das Gespräch damit vermutlich beendet gewesen, doch seit er sie um ein Haar verloren hätte, ist ihr Vater nicht mehr gar so schroff. Ihre Krankheit war ein Stimulus, der seine Liebe zu ihr (an der Emmeline nie einen Zweifel hatte) dichter an die Oberfläche seiner Haut heranschob, wie eine Entzündung die Röte, und seither ist es ihm einfach nicht mehr gänzlich gelungen, zu seiner kühlen Gefasstheit zurückzukehren.

»Damit wäre nichts gewonnen, meine Liebe«, nahm er sich an diesem Morgen die Zeit zu erklären. »Wozu soll es gut sein, eine geisteskranke Person zu dem Eingeständnis zu bewegen: ›Ja, ich gebe zu, ich leide an Wahnvorstellungen?‹ Eine Stunde später wird sie wieder das Gegenteil behaupten. Das kranke Hirn *selbst* muss geheilt werden, so dass die Person gar nicht mehr in der *Lage* ist, Wahnvorstellungen zu erleiden. Das ist wie bei einem gebrochenen Arm: Ob man zugibt, dass er gebrochen ist oder nicht, spielt für die erforderliche Behandlung keine Rolle.«

»Und wie stehen dann die Chancen einer Heilung?«

»Recht gut, wenn es sich um eine Frau in reifem Alter handelt und wenn sie so weit ganz vernünftig war, bis – beispielsweise – die Trauer über einen tragischen Verlust sie um den Verstand gebracht hat. Wenn sie dagegen seit frühester Kindheit an Wahnvorstellungen leidet, eher schlecht, würde ich sagen.«

»Ich verstehe«, antwortete sie. »Ich glaube, meine Neugier ist befriedigt. Danke.«

Ihre Enttäuschung über die Unzulänglichkeit der Wissenschaft musste ihn gekränkt haben, denn er fügte hinzu: »Eines Tages wird die Pharmazie gewiss auch schwerste Nervenleiden heilen können. Mit einer Impfung vielleicht. Im kommenden Jahrhundert werden wir noch alle möglichen Wunder erleben, davon bin ich überzeugt.«

»Schwacher Trost für alle, die jetzt leiden müssen.«

»Nun«, lächelte er, »da liegst du falsch, mein Mädchen. Die unheilbar Verrückten sind deshalb unheilbar, weil es ihnen in den Kram passt, unheilbar zu sein. Sie wollen gar nicht gerettet werden! In dieser Beziehung sind sie – wenn du mir die Bemerkung erlaubst – deinen gefallenen Frauen ganz ähnlich.«

»Pax, Vater«, warnte sie ihn. »Ich sollte jetzt gehen. Danke für das Geschenk. Fröhliche Weihnachten.«

Doch um zu verhindern, dass ein bitterer Nachgeschmack blieb, wenn sie so auseinander gingen, unternahm er einen letzten Beschwichtigungsversuch.

»Bitte, Emmeline: Warum stellst du mir diese Fragen? Ich könnte dir sicher alles besser erklären, wenn ich etwas mehr wüsste …«

Sie zögerte und legte sich ihre Worte sorgfältig zurecht – wenn auch, wie immer, nicht sorgfältig genug.

»Ich habe einen Brief von einer Dame erhalten, die mich um das Geheimnis des ewigen Lebens anfleht, des ewigen körperlichen Lebens. Sie scheint zu glauben, dass ich den Ort kenne, an dem ihr … äh … ihr unsterblicher Leib auf sie wartet.«

»Es ist sehr freundlich von dir«, sagte ihr Vater daraufhin mit leiser und vertraulicher Stimme, »dass du dir um Mrs Rackham Sorgen machst. Doch ich kann dir versichern, sie wird sehr bald in den allerbesten Händen sein.«

»Jetzt!«, heult Mieze und gräbt seine Klauen in ihr Kleid.

»Ja, ja, ich geh ja schon«, entgegnet Emmeline.

Die Nacht hat sich über das Rackhamsche Anwesen gesenkt, und die Weihnachtsfeierlichkeiten verlaufen, zumindest für William, weiterhin so erfreulich wie in Anbetracht der Umstände überhaupt möglich.

Als sein Vater alle zur »Reise nach Jerusalem« auffordert, kommt es kurz zu einem betretenen Schweigen, denn den Mitwirkenden fällt plötzlich auf, dass keiner unter ihnen ist, der Klavier spielen kann. Sugar jedoch rettet zum Glück die Situation mit dem teuflisch schlauen Vorschlag, stattdessen eine Spieldose einzusetzen. Erleichtertes Aufatmen überall, und dann entpuppt sich der Apparat auch noch als ideal! William bittet Clara, die Klappe zu heben und zu senken, in der Annahme, diese Tätigkeit stehe ihr besser an, als sich mit den anderen Dienstmädchen um Stühle zu schlagen – und er hat Recht. Wenn das kein *Lächeln* ist auf ihren Lippen, als Letty beinahe hinstürzt! Und zweifelsohne beherrscht sie den Trick, die Musik beim Schließen der Klappe mitten im Ton abzuwürgen und so auch den gewieftesten Mitspieler zu narren. Derjenige, der seinen steifen Knochen zum Trotz immer wieder aufs Neue einen Stuhl ergattert, ist Henry Calder Rackham, denn er schert sich wenig darum, wessen Hüfte er beiseite schubst und wie rüde er dabei vorgeht.

Auch beim Rosinenfischen, dem nächsten Spiel, ist der alte Herr ganz vorn. Als die Lichter gelöscht sind und der Brandy in der Schale brennt, stehen drei Generationen Rackham bereit, die Rosinen aus den Flammen zu holen. Henry Calder Rackham ist der Erste, seine kurzen, faltigen Finger schießen schnell wie ein

Wimpernschlag in die flackernde Flamme und befördern die Rosinen fast ebenso rasch in seinen Mund.

»Keine Angst, meine Kleine«, feuert er seine Enkelin an. »Es tut gar nicht weh, wenn du nur schnell genug bist.«

Doch Sophie zögert und starrt fasziniert auf den großen, flachen Teller mit der bläulichen Flamme, und da schnappt William sich selbst eine Rosine, denn er fürchtet, der Alkohol könnte verbrannt sein, bis sie sich endlich ein Herz fasst.

»Na los, Sophie, Liebes«, drängt er sanft, während Rackham senior die Gelegenheit nutzt, noch eine Rosine zu ergattern.

Sophie gehorcht und kreischt vor Aufregung und Angst, als sie eine Rosine aus den Flammen fischt. Verstohlen untersucht sie ihre Beute, und als sie keine Flammen auf der dunklen, runzeligen Haut findet, schiebt sie sich die Rosine vorsichtig in den Mund, während die älteren Rackhams sich die übrigen schnappen.

Das nächste Spiel heißt Abendessen, und Williams Vater nimmt es mit dem gleichen Gusto in Angriff. Während ein Gang auf den anderen folgt, verspeist er ähnliche Mengen wie Lord Unwin auf Lady Bridgelows Fest, nur dass die Kost eine ganz andere ist. (Die Köchin der Rackhams hält nicht viel von »Hottentottenrezepten«, doch wo sie Hand anlegt, kommt Köstliches heraus, und Henry Calder Rackham ist der ideale Abnehmer für ihre Speisen.) Truthahn, Wachteln, Roastbeef, Austernpasteten, Gewürzkuchen, Weihnachtspudding, Portweingelee, Bratapfel – all das wird vor ihn hingesetzt und verschwindet in seinem lachenden Mund.

So nimmt es nicht Wunder, dass er nach dem Abendessen, als er sich neben der Laterna Magica niederlässt und die bemalten Scheiben in den Messingschlitz einführt, im Schutz der Dunkelheit so frei ist, Weste und Hose zu öffnen.

»*Ein Blumenmädchen bin ich*«, liest er schwer atmend für Sophie den Untertitel vor, als das erste Bild auf der Wand erscheint: ein in Lumpen gehülltes Mädchen mit runden Wangen, das an einer vermeintlichen Londoner Straßenecke steht, liebevoll verschönt von den zarten Pinselstrichen der Arbeiter in der Fabrik, die die magischen Laternen herstellt.

»Verkaufe Sträußchen fein.
Das feinste von den Sträußchen
Das muss aus Rosen sein.«

Natürlich stirbt die Kleine auf dem achten Bild. Sie trug bereits die Züge eines Engels, als sie noch ihre Sträußchen feilbot, und wirkt jetzt, wo zwei süße Seraphim mit ihrem seelenlosen Körper dem Himmel entgegenschweben, nur unwesentlich strahlender.

William ist reichlich gelangweilt, schließlich ist er an die pornographischen Bildfolgen von Bodley und Ashwell gewöhnt, doch er weiß seine Langeweile zu verbergen, da sein Vater sich die Mühe gemacht hat, drei Folgen zu erwerben, und sich bereits im Vorhinein mit gedämpfter Stimme entschuldigt hat. (»Es gibt kaum welche, die für Kinder geeignet sind, fast immer geht es um Mord und Unzucht.«)

Die zweite Bildergeschichte, die von Schiffbruch und Heldenmut handelt, folgt der ersten auf dem Fuße und findet den Beifall der ganzen Familie, obwohl keine Frauen darin vorkommen. Die dritte und letzte, die herzzerreißende Erzählung von einer Brunnenkresse-Verkäuferin, die bei dem Versuch, ihren trunksüchtigen Vater zu erretten, elendig zugrunde geht, lässt Letty und Janey in hilflose Schluchzer ausbrechen und endet mit dem grellen Schriftzug ENTHALTSAMKEIT! auf der Salonwand – ein etwas unpassender Schlusspunkt dieses Abendvergnügens, da William und sein Vater sich jetzt auf etwas Hochprozentiges freuen.

»Gute Nacht, kleine Sophie«, sagt William, als Rose die Leuchter wieder entzündet und die magische Laterne gelöscht wird. Einen Moment lang zögert Sugar etwas begriffsstutzig, dann durchfährt sie die Erkenntnis, dass die Weihnachtsfeierlichkeiten zu Ende sind – zumindest für Kind und Gouvernante.

»Ja, gute Nacht, kleine Sophie«, sagt Henry Calder Rackham und breitet eine frische Serviette über seinen Schoß. »Hoch zu deinen schönen neuen Geschenken, bevor noch ein Dieb kommt und alle mitnimmt!«

Sugar schaut sich im Salon um und stellt fest, dass die Geschenke bereits weggebracht, sämtliche Geschenkpapierreste aufgesammelt und selbst die kleinsten Lamettafädchen vom Teppich geklaubt worden sind. Bis auf Rose, die die Spirituosen entkorkt, sind alle Dienstmädchen in die Nischen und Winkel des Rackhamschen Hauses entschwunden, jede an die ihr zugewiesene Aufgabe. Die männlichen Rackhams lungern mit schweren Lidern auf den Fauteuils, erschöpft von all der Freude, die sie heut gespendet haben.

Mit Sophie an der Hand bleibt sie einen Moment im Türrahmen stehen und sieht zu Rose hinüber; es gelingt ihr sogar, ihren Blick zu erhaschen, doch Rose zeigt keine Reaktion; sie senkt den Kopf, ganz damit beschäftigt, vorsichtig ein Tablett mit Rumkugeln zu enthüllen. Trotz aller Vertraulichkeiten, die sie und Sugar geteilt haben, trotz aller albernen Späße, über die sie gemeinsam gelacht haben, hat sich jetzt ein Graben aufgetan.

»Gute Nacht«, sagt Sugar zu leise, um gehört zu werden, und führt Sophie zur Treppe und hinauf in den stilleren Teil des Hauses, wo im Dunkeln an ihre Zimmertüren gelehnt ihre Geschenke bereits auf sie warten.

Es ist gar nicht daran zu denken, Sophie ins Bett zu bringen; die Kleine ist viel zu aufgedreht, und es gibt wundersames neues Spielzeug, das ausprobiert werden will. Während Sugar nicht recht weiß, wie sie sich verhalten soll, kniet Sophie vor der französischen Puppe auf dem Boden und rollt sie langsam vor und zurück. In dem schwachen, gelblichen Licht hier im Schlafzimmer sieht die Puppe geheimnisvoller aus als unten im Salon; geheimnisvoller und doch realistischer, wie eine echte Dame, die soeben von einem Ball oder aus dem Theater gekommen ist und nun auf den mit Teppich ausgelegten Straßen nach ihrer privaten Kutsche Ausschau hält.

»Wo steckt er bloß?«, säuselt Sophie in gespielter Verzweiflung und dreht die Puppe um dreihundertsechzig Grad. »Ich habe ihm doch gesagt, er soll hier auf mich warten …«

Sie nimmt das Fernrohr, fährt es zur vollen Länge aus und hebt es ans rechte Auge.

»*Damit* finde ich ihn!«, verkündet sie in burschikosem, zuversichtlicherem Tonfall. »Auch wenn er ganz, ganz weit weg ist.« Sie inspiziert die Umgebung und stellt die eine oder andere

Ansicht scharf – ein Astloch in den hölzernen Fußleisten, eine Vorhangtroddel, die verschwommenen Röcke ihrer Gouvernante.

Auf einmal wird sie ernst, sieht zu Sugar auf und fragt: »Meinen Sie, ich könnte Entdecker werden, Miss?«

»Entdecker?«

»Wenn ich groß bin, Miss.«

»Ich ... ich wüsste nicht, was dagegen spricht.« Sugar hofft, Sophie möge ein einziges Wort über das kleine Buch verlieren – vielleicht sogar ein *kleines* bisschen Aufhebens darum machen –, das dort unbeachtet auf dem Fußboden liegt und auf dessen Titelblatt die Worte stehen: *Für Sophie, von Miss Sugar, Weihnachten 1875.*

»Vielleicht ist es nicht erlaubt, Miss«, überlegt das Kind und zieht die Stirn kraus. »Ein weiblicher Entdecker.«

»Wir leben in modernen Zeiten, Sophie, meine Liebe«, seufzt Sugar. »Heutzutage können Frauen alles Mögliche werden.«

Sophies Stirn wird noch krauser, als die unvereinbaren Glaubenssätze ihrer Kinderfrau und ihrer Gouvernante in ihrem überstrapazierten Hirn aufeinander prallen. »Vielleicht«, überlegt sie, »könnte ich Orte entdecken, die die männlichen Entdecker gar nicht entdecken wollen.«

Von draußen dringt Lärm zu ihnen hoch: Eine kleine Schar marschiert den Weg der Rackhams hinauf und singt mit rauer Stimme: »*Wir wünschen euch frohe Weihnacht*«, wobei die Worte vom Wind verzerrt werden. Sophie trippelt zum Fenster und stellt sich auf die Zehenspitzen, um nach unten in die Dunkelheit zu spähen, kann aber nichts erkennen.

»*Noch mehr Leute!*«, verkündet sie in einem gespielt ungläubigen Tonfall wie eine Gestalt aus einem Märchen, die ein halbes Dutzend Gäste geladen hat und dann Tausende empfangen muss. Sugar erkennt, dass das Kind zum Umfallen müde ist und langsam, aber sicher in Richtung Schlaf gelenkt werden sollte.

»Komm, Sophie«, sagt sie. »Zeit zum Schlafengehen. Baden kannst du auch morgen noch. Ich bin sicher, du brauchst einen ganzen, neuen Tag, um dich mit all deinen Geschenken vertraut zu machen.«

Sophie tapst vom Fenster weg und gibt sich in Sugars Hände. Sie wehrt sich nicht dagegen, ausgekleidet zu werden, aber sie hilft weniger mit als sonst und starrt dumpf vor sich hin, während ihr die Kleider von den ungelenken Gliedern gezogen werden. Ein seltsam gequälter Zug liegt auf ihrem Gesicht, ein Hauch von verletztem Stolz ist in ihrem nackten Körper, als Sugar sie sanft auffordert, die Arme zu heben, damit sie ihr das Nachthemd überziehen kann.

»*Jetzt bringt uns vom Weihnachtspudding, jetzt bringt uns vom Weihnachtspudding. Und ein Glas noch euch zum Wohl ...*«, tönen die Weihnachtssänger unten.

»Es hat keinen Sinn, meine Mama jetzt noch aufzuwecken, oder, Miss?«, platzt Sophie heraus. »Sie hat ja schon alles verpasst.«

Sugar schlägt das Oberbett zurück, nimmt die Wärmflasche heraus, die Letty dort verstaut hat, und betätschelt die warme Stelle.

»*Wir gehn erst, wenn wir was haben, Wir geh'n erst, wenn wir was haben ...*«

»Es geht ihr nicht gut, Sophie«, sagt Sugar.

»Ich glaube, sie stirbt bald«, verkündet Sophie und klettert ins Bett. »Und dann legt man sie in die Erde.«

Unten wird eine Tür zugeschlagen, und die Stimmen verstummen – vermutlich zufrieden. Sugar, die versucht, sich nicht anmerken zu lassen, dass die Worte des Kindes ihr einen einen Schauer über den Rücken gejagt haben, deckt Sophie sorgfältig zu und streicht das Kissen glatt. Damit die Kleine am nächsten Morgen gleich einen schönen Anblick hat, sammelt sie die Geschenke auf und arrangiert sie sorgfältig auf dem Toilettentisch: die königliche französische Puppe stellt sie neben den grinsenden Neger; das neue Mäppchen, Haarbürste, Haarspange und Spiegel legt sie in eine Reihe, dahinter das auf dem Kopf stehende Fernrohr. Und daneben schließlich, aufrecht, das Buch.

Alice im Wunderland lautet der Titel. Doch Sophie ist bereits ins Kaninchenloch der Bewusstlosigkeit gefallen, in ihr ganz eigenes, beklemmendes Wunderland.

Klopf, klopf.

»Miss Sugar?«

Klopf, klopf, klopf.

»Miss Sugar?«

Klopf, klopf, klopf, *klopf*.

»Miss Sugar!«

Sie fährt im Bett hoch und schnappt ängstlich und verwirrt nach Luft, während der Rohling, der gekommen ist, »um sie warm zu halten«, von ihrem kindlichen Körper gerissen wird und sie wieder einmal allein zurückbleibt – älter und größer, an einem anderen Ort, im Dunkeln.

»Wer … wer ist da?«, fragt sie in die Dunkelheit.

»Ich bin's, Miss, Clara.«

Sugar reibt sich mit den rauen Handballen die Augen in der Annahme, wenn sie nur oft genug zwinkert, wird sie das Sonnenlicht sehen. »Hab ich . . habe ich verschlafen?«

»Bitte, Miss Sugar, Mr Rackham sagt, ich soll reinkommen.«

Die Tür geht auf, und das Dienstmädchen tritt ein. Sie hält die Kerze hoch, ihre Uniform ist zerknittert, ihre Haare stehen ungekämmt ab. Ihr normalerweise undurchdringliches oder selbstgefälliges Gesicht wird von zuckenden Schatten und dem Ausdruck nackter Angst verzerrt.

»Ich soll nachsehen, ob jemand in Ihrem Schlafzimmer ist, Miss.«

Sugar blinzelt verständnislos durch den rötlichen Wust ihrer zerwühlten Haare. Mit einem Nicken erteilt sie Clara die Erlaubnis, das Terrain ihrer kleinen Kammer zu erkunden, und das Mädchen hält die Kerze in alle vier Ecken, hierhin, dorthin, hierhin, dorthin, wobei Licht und Schatten dramatische Muster auf die Wände werfen. Mit ihrer feierlichen Gründlichkeit erinnert sie an einen Papisten beim Weihrauchritual.

»'tschuldigung, Miss«, murmelt sie und öffnet Sugars Kleiderschrank einen Spalt breit.

»Ist mit Sophie alles in Ordnung?«, fragt Sugar, die inzwischen ihre Nachttischkerze entzündet hat. Sie sieht, dass es drei Uhr nachts ist.

Statt einer Antwort macht Clara einen übertrieben tiefen

Knicks, so tief, als gelte er einer Königin. Erst im letzten Moment begreift Sugar, dass es sich mitnichten um einen Knicks handelt, vielmehr schickt sich die Zofe gerade an, unter ihr Bett zu schauen.

»Warten Sie, ich helfe Ihnen!«, sagt sie hastig und lehnt sich über den Bettrand, wobei ihr dichtes Haar bis auf den Boden herabfällt. Sie stützt sich auf den Ellbogen und wischt mit dem anderen Arm über den dunklen Fußboden unter dem Bett, wobei sie die Tagebücher zusammenschiebt, um zu betonen, dass es sich um Gerümpel handelt, das mit ihr nichts zu tun hat.

»Verzeihung, Miss«, murmelt Clara noch einmal und eilt aus dem Zimmer.

Sobald sie verschwunden ist, springt Sugar aus dem Bett und zieht sich an. Inzwischen hat sie bemerkt, dass im ganzen Haus eine flüsternde, flattrige Aufregung herrscht. Türen gehen auf und zu und durch den unteren Türspalt kann sie sehen, dass jemand mit einer hellen Laterne vorbeihuscht. Schnell, schnell, ihre Frisur ist eine Katastrophe, sie hätte sich schon vor Wochen die Haare schneiden lassen sollen, aber von wem? Von ihrem lockigen Pony ist nichts mehr zu sehen, und ihre Mähne lässt sich nur noch mit einem Dutzend Haarklammern und einer Hand voll Spangen bändigen. Wo sind ihre Schuhe? Wieso lässt sich dieses Mieder so schwer zuknöpfen? Wahrscheinlich ist das Hemd darunter verrutscht …

»Die Dunkelkammer!«, schreit William unten. »Sind Sie taub?«

Eine leise weibliche Stimme, die sie nicht erkennt, wendet ein, dass *alle* Zimmer dunkel sind.

»Nein! Nein!«, schreit William, unverkennbar in großer Aufregung. »Das ehemalige … Ach, das war vor Ihrer Zeit!« Seine schweren Tritte hallen den Gang hinunter.

Halbwegs präsentabel eilt Sugar auf den Flur hinaus, in der Hand eine Kerze. Ihr erstes Ziel ist Sophies Zimmer, wo sie feststellt, dass das Kind tief und fest schläft oder zumindest so tut.

Erst als sie über den Flur zurückgeht, fällt ihr auf, wie seltsam und ungewohnt es ist, die Tür zu Agnes' Schlafzimmer offen stehen zu sehen. Dann läuft sie, dem Lärm der Stimmen folgend, die Treppe hinunter.

»O Mr Rackham, und das ausgerechnet heute Nacht!«, ruft

Rose, und das unheimliche Echo ihrer Worte hallt durch das Gewirr der Gänge, die zum hinteren Teil des Hauses führen.

Treffpunkt ist die Küche, wo sich in der Mausoleumskälte ein verzagtes, übermüdetes Häuflein versammelt hat. Aber bei weitem nicht der gesamte Haushalt: Die Köchin hat man oben weiter vor sich hin schnarchen lassen, und die neuen, weniger vertrauenswürdigen Dienstmädchen, deren Neugier durch den Tumult natürlich geweckt war, wurden angewiesen, sich wieder unter die Bettdecke zu verziehen und sich um ihre eigenen Angelegenheiten zu kümmern. Nur William, Letty, Rose und Clara stehen fröstelnd und in voller Montur da. Ach ja, und in der Tür zur Spülküche steht Janey, in Tränen aufgelöst und am Boden zerstört, weil sie nicht in der Lage war, Mrs Rackham aus der Eistruhe oder der Fleischkammer hervorzuzaubern, obwohl Miss Tillotson das so erzürnt von ihr verlangt hatte.

Letty hat sich die Arme um den Körper geschlungen und ihre Pferdezähne fest zusammengebissen, um das Klappern zu unterdrücken. Die weiße Schürze ihrer Uniform glänzt vor Nässe: Sie hat sich bereits durch Wind und Wetter gekämpft, um an Shears' kleines Gärtnerhäuschen zu klopfen. Shears jedoch ist zu betrunken, als dass er wachzurütteln wäre, und Cheesman hat sich augenscheinlich von seiner »Mutter« dazu verführen lassen, über Nacht zu bleiben, so dass William Rackham wieder einmal als einziger Mann vor Ort die Krise bewältigen darf.

Sugars Erscheinen quittiert er mit einem abweisenden Stirnrunzeln; in dem Licht, das vom blitzblanken Schneidetisch und dem glänzenden Steinfußboden, die beide erst wenige Stunden zuvor ordentlich geschrubbt wurden, zurückgeworfen wird, sieht er totenbleich aus.

»Sie ist *draußen*, Sir«, jammert Rose, und in ihrer Stimme schwingt eine Dringlichkeit mit, die sie nicht in Worte zu fassen wagt: dass ihr Herr wertvolle Zeit verschwendet – womöglich gar seine Frau dem Tode überantwortet –, wenn er die Suche nicht endlich nach draußen verlegt.

»Was ist mit dem Weinkeller?«, fragt William. »Letty, Sie waren wie der Blitz wieder zurück.«

»Der Weinkeller war *leer*, Mr Rackham«, beharrt das Mädchen, und ihr entrüsteter Jammerton lässt die Kupferpfannen an der Wand erzittern.

William fährt sich mit den Händen durchs Haar und starrt zu den Oberlichtern hinauf, deren tintenschwarze Scheiben von Graupeln gesprenkelt und mit einer Schneegirlande versehen sind. Das kann doch alles nicht wahr sein!

»Rose, Sie holen die Sturmlaternen!«, krächzt er schließlich und beendet damit die qualvolle Stille. »Wir müssen die Gegend absuchen.« Plötzlich beginnen seine Augen zu leuchten, so als würde auf einmal, mit einiger Verspätung, eine Flamme dahinter brennen – oder ein Fieber. »Alle ziehen sich warme Mäntel an! Und Handschuhe!«

Eine flüchtige Inspektion des Grundstücks bestätigt die schlimmsten Befürchtungen: Eine Fußspur im Schnee führt von der Eingangstür zum Tor, das weit offen steht. Die Straßenlaternen der Chepstow Villas glimmen matt durch das Schnee- und Graupeltreiben, wobei jede Einzelne nicht mehr als einen Lichtkreis in fünf Metern Höhe erhellt. Die Straße liegt in völliger Dunkelheit, in einiger Entfernung sind durch das Schneegestöber vage ein paar unerleuchtete Gebäude und verschlungene Pfade auszumachen. In einer solchen Nacht hat man eine Frau in dunkler Kleidung blitzschnell aus den Augen verloren.

»Trägt sie Weiß, wissen Sie das?«, fragt William Clara, als der Suchtrupp gerade im Begriff ist auszuschwärmen. Sie starrt ihn an wie einen Irren, der wissen will, welches Ballkleid Mrs Rackham für diesen besonderen Anlass gewählt hat.

»Trägt sie ihr Nachthemd, Herr im Himmel!«, bellt er.

»Ich weiß es nicht, Sir«, antwortet Clara und unterdrückt mit finsterer Miene den Wunsch, ihm mitzuteilen, dass Mrs Rackham möglicherweise just in dem Moment erfroren ist, als sie, Clara, gezwungen wurde, in Besenschränken und unter dem Bett der Gouvernante nach ihr zu suchen.

Mit ungelenken Schritten und in einen riesigen Übermantel gehüllt stapft William inmitten einer gewaltigen Atemwolke voran, und zwei Frauen folgen ihm auf dem Fuße. Es ließen sich nur drei funktionstüchtige Sturmlaternen auftreiben, und die wurden an William, Clara und Rose verteilt. Letty und Janey sind dermaßen aufgelöst, dass sie ohnehin keine große Hilfe darstellen und sich besser wieder schlafen legen, und Miss Sugar hätte erst gar nicht aufstehen sollen.

Sugar steht in der Haustür und blickt den dreien nach. Als sie durch das Tor hasten und in verschiedene Richtungen davonstieben, rollt ein Hansom vorbei und bringt sie auf den Gedanken, Agnes könnte auch zu dieser sehr späten Stunde womöglich noch eine Kutsche angehalten haben und inzwischen schon meilenweit entfernt sein, verloren in der riesigen und verwinkelten Stadt, verirrt in fremden Straßen mit dunklen Häusern voller fremder Menschen. Trunkenes Gelächter dringt aus dem Hansom und erinnert daran, dass Tod durch Erfrieren nur eine von zahlreichen Gefahren darstellt, denen eine hilflose Frau allein in der weiten Welt ausgesetzt ist.

Während Sugar im überdachten Eingang zittert, fällt ihr ein, dass das Rackhamsche Haus völlig unbewacht ist; sofern die anderen Dienstmädchen wie befohlen im Bett geblieben sind, kann niemand sie dabei beobachten, wie sie verbotene Türen öffnet, oder sie davon abhalten, sich umzuschauen, wo immer sie Lust hat. Sie ist wenig geneigt, eine so günstige Gelegenheit ungenutzt verstreichen zu lassen, und sieht sich schon an Williams Schreibtisch stehen und das eine oder andere geheime Dokument lesen. Ja, sie sollte schleunigst nach oben gehen und diese Phantasievorstellung in die Tat umsetzen ... Aber nein; es fehlt ihr der Wille; sie ist der Heimlichkeiten so überdrüssig; es gibt nichts mehr, was sie herausfinden will; sie hat keinen größeren Wunsch, als ein Mitglied der Familie zu sein, von jedem Verdacht befreit, herzlich aufgenommen, für immer.

Aus dem Nichts – oder vielmehr aus der Dunkelheit – kommt ihr plötzlich der Gedanke, dass Agnes ganz in der Nähe ist. Wie eine religiöse Überzeugung, wie die Bekehrung vor Damaskus überschwemmt diese Erkenntnis ihr Gehirn. Wie dumm von William und den anderen, ein paar irreführenden Fußstapfen zu folgen, Spuren der Weihnachtssänger, die das Tor aus Nachlässigkeit haben offen stehen lassen. Natürlich ist Agnes nicht draußen auf den Straßen, sie ist *hier*, versteckt sich *hier* in der Nähe des Hauses – ganz in der Nähe!

Sugar eilt hinein, um eine Lampe zu holen, und kommt wenige Minuten später mit einem kleinen, funzeligen Exemplar zurück, das einzig dafür geeignet ist, ein paar Meter Teppich zwischen einem Schlafzimmer und dem nächsten zu erleuchten. Vorsichtig hält sie die Hand über die offene Glasglocke, um die flackernde Flamme zu schützen, und trägt sie hinaus in Wind und Kälte. Der Schnee schneidet ihr in die Wangen, die scharfen, winzigen Griesel sind so kalt, dass sie sich heiß anfühlen, wie wütende Funken im Wind. Sie muss verrückt sein, doch sie kann nicht anders, sie muss Agnes finden.

Wo soll sie in diesem todernsten Versteckspiel zuerst suchen? Sie tritt auf den Kutschweg hinaus, ihre Stiefel knirschen auf dem gefrorenen Schnee. *Nein, nein,* ruft eine Stimme in ihrem Innern, als sie einem Weg an der Längsseite des Hauses folgt, vorbei an dem großen Salonfenster und dem Speisezimmer. *Nein, nicht* hier, *hier ist es nicht einmal »warm«. Weiter weg vom Haus, ja: weiter hinaus in die Dunkelheit. Wärmer, ja, wärmer!*

Sie tastet sich auf unbekanntes Terrain des Rackhamschen Grundstücks vor, jenseits der Gemüsetreibhäuser, deren schneeverhüllte Dächer in der Dunkelheit wie Marmorsarkophage schimmern. Alle paar Schritte gerät sie ins Stolpern, weil sie statt des Bodens die Lampe im Auge behalten muss und hier gegen ein Gartengerät tritt, dort gegen einen Sack Kohlen, doch schließlich erreicht sie den Stall, ohne zu stürzen.

Sehr heiß, lobt die Stimme in ihrem Innern.

Die Tore der Remise sind zu, aber nicht mit einem Schloss gesichert; sie weiß das, bevor ihre Augen es bestätigen, so stark ist der Impuls, der sie hierher geführt hat. Sie zieht den Riegel nach oben, drückt die Tür einen Spalt auf und hält die Lampe hinein.

»Agnes?«

Keine Antwort, nur das heiße Brennen der Ahnung in ihrer Brust. Sie schiebt die Tore weiter auf und schlüpft hinein. Die Kutsche der Rackhams steht still in der Dunkelheit, länger und höher, als sie sie in Erinnerung hatte, ein seltsam beunruhigendes, poliertes, stahlbeschlagenes Monstrum. Von der Deichsel hängt ein Gewirr aus Ketten und Lederriemen.

Sugar tritt ans Kutschfenster und hält die Lampe an die dunkle Glasscheibe. Etwas Helles ist zu erkennen.

»Agnes?«

»Meine … Heilige Schwester …«

Sugar öffnet die Wagentür und sieht Agnes zusammengekauert auf dem Boden der Kutsche sitzen, die Knie bis ans Kinn hochgezogen. Dieses Kinn ist mit Erbrochenem besudelt, Agnes' Augenlider sind schwer, von ihren Augen ist kaum mehr als ein schmaler milchweißer Schlitz zu erkennen. In ihrer Froststarre ist sie übers Zittern hinaus, aber wenigstens ist sie noch nicht tödlich blau angelaufen: Ihre mit Wagenfett beschmierten Lippen sind noch immer rosig. Gott sei Dank trägt sie noch etwas über ihrem Nachthemd – nicht genug, um sie warm zu halten, aber doch so viel, dass die Kälte bisher ihr Herz verschont hat. Sie hat einen magentaroten Morgenmantel aus dicker Seide mit orientalischem Muster über das weiße Nachthemd gezogen, wenn auch ungeschickt und schief zugeknöpft. Agnes' Füße sind bis zu den Knöcheln bandagiert und stecken in losen Strickpantoffeln, deren Wolle nass ist vom geschmolzenen Schnee und in denen sich Blätterstückchen und kleine Zweige verfangen haben.

»Bitte«, sagt Agnes und ist kaum in der Lage, den Kopf von den Knien zu heben. »Sag mir, dass meine Zeit gekommen ist.«

»Deine Zeit wofür?«

»Um … um dir ins Kloster zu folgen.« Teilnahmslos leckt sie sich über die Lippen und versucht vergeblich, mit der Zunge einen kleinen Brocken Erbrochenes aus dem Mundwinkel zu klauben.

»N-noch nicht«, sagt Sugar und müht sich, allem Ekel zum Trotz ihrer Stimme die Autorität eines Engels zu verleihen.

»Sie wollen mich vergiften«, wimmert Agnes. Ihr Kopf fällt erneut vornüber, und das blonde Haar gleitet ihr in feuchten Strähnen von den Schultern. »Clara steckt mit ihnen unter einer Decke. Sie gibt mir Brot und Milch … alles mit Gift durchtränkt.«

»Komm heraus, Agnes«, sagt Sugar und streicht ihr wie einem verwundeten Tier über den Arm. »Schaffst du es zu laufen?«

Doch Agnes scheint sie nicht gehört zu haben. »Sie mästen mich, weil sie mich opfern wollen«, fährt sie in ängstlichem, hohem Flüsterton fort. »Ein langsames Opfer … es soll mein ganzes Leben lang dauern. Jeden Tag kommt ein anderer Dämon, um sich an meinem Fleisch zu laben.«

»Unsinn, Agnes«, sagt Sugar. »Bald wirst du wieder gesund sein.«

Agnes dreht ihr Gesicht dem Licht zu. Mit aufgerissenen Augen, eines davon blutunterlaufen und blau, blickt sie durch einen Schleier aus Haaren.

»Hast du meine Füße gesehen?«, fragt sie plötzlich mit wütender Klarheit. »Matschiges Obst. Und matschiges Obst wird nicht wieder gesund.«

»Hab keine Angst, Agnes«, sagt Sugar. Dabei ist in Wahrheit sie diejenige, die Angst hat, dass dieser Blick in Agnes' Augen und die Intensität ihrer Qual sie selbst um den Verstand bringen werden. So diskret, wie man es von einem Engel erwarten würde, atmet sie tief durch und erklärt mit einschmeichelnder Stimme, von der sie hofft, sie möge unwiderstehlich vertrauenerweckend klingen: »Alles wird gut, das verspreche ich dir. Alles wird sich zum Besten wenden.«

Doch trotz seines Märchenaromas verfehlt dieser Schwur seine Wirkung auf Agnes und erinnert sie vielmehr an weitere Schreckensdinge.

»Die Würmer haben meine Tagebücher zerfressen«, jammert sie. »Meine kostbaren Erinnerungen an Mama und Papa ...«

»Nein, deine Tagebücher sind nicht von Würmern zerfressen, Agnes. Sie sind in Sicherheit, bei mir.« Sugar beugt sich in die Kutsche, um Agnes noch einmal über den Arm zu streicheln. »Sogar die aus Abbots Langley«, sagt sie beschwichtigend, »die mit den Französischdiktaten und den Gymnastikübungen. Alle in Sicherheit.«

Agnes streckt den Kopf in die Höhe und stößt einen Schrei der Erleichterung aus. Ihre weiße Kehle erzittert dabei, und ihr Haar gleitet wieder zurück über die Schultern und entblößt die Tränen auf ihren Wangen.

»Nimm mich mit«, bettelt sie. »Bitte nimm mich mit, bevor *sie* mich holen.«

»Noch nicht, Agnes. Die Zeit ist noch nicht reif.« Sugar hat die Lampe auf den Fußboden gestellt und hievt sich jetzt vorsichtig und behutsam in die Kutsche hoch. »Bald werde ich dir helfen, von hier zu verschwinden. Bald, das verspreche ich. Aber erst einmal musst du zurück ins Warme, in dein schönes, weiches Bett. Du musst dich ausruhen.«

Sie legt Agnes einen Arm um den Rücken und schiebt sanft

ihre Finger in die Achselhöhle, die heiß und feucht ist vom Fieber.

»Komm«, sagt sie und hebt Mrs Rackham vom Kutschenboden auf.

Der Weg zurück zum Haus ist nicht ganz so albtraumhaft beschwerlich, wie Sugar befürchtet hat. Zwar müssen sie sich durch die Dunkelheit vortasten, da Sugar nicht gleichzeitig Agnes stützen und die Laterne halten kann, aber Schneeregen und Wind haben nachgelassen, und die Luft verharrt still und ängstlich unter schneegeschwängerten Wolken. Außerdem muss sie Agnes nicht tragen: Sie hat sich ein wenig gefangen und schleppt sich ohne Klagen neben Sugar voran – wie eine trunkene Dirne. Und der Rückweg, die riesige Silhouette des Hauses vor Augen, dessen untere Fenster zum Glück hell erleuchtet sind, ist einfacher. Sugar muss sich nun nicht mehr ins tintenschwarze Unbekannte vortasten.

»William ist bestimmt böse auf mich«, sagt Agnes, als sie die Auffahrt erreicht haben und der Schnee unter ihren Füßen knirscht.

»Er ist nicht da«, sagt Sugar. »Und Clara auch nicht.«

Voll Staunen blickt Agnes ihre Retterin an, stellt sich vor, wie William und Clara zur Seite gedrängt werden wie die beiden Hälften des Roten Meeres, wie sie gegen die unwiderstehliche Kraft der Magie, die sie aus dem Blickfeld schiebt, machtlos mit den Gliedern strampeln. Dann bleibt sie abrupt stehen und mustert mit abschätzigem Blick das Haus, über dessen Schwelle ihr Schutzengel sie gleich führen wird.

»Weißt du, ich habe dieses Haus nie gemocht«, bemerkt sie in gedankenverlorenem Ton, während erneut Schneeflocken von oben herabschweben und auf ihrem Kopf und ihren Schultern glitzern. »Es riecht … es riecht nach Menschen, die verzweifelt versuchen, glücklich zu sein, ohne den geringsten Erfolg.«

Achtundzwanzig

Und damit, meine lieben Kinder – denn dafür halte ich euch, gesegnete Leserinnen dieses meines Buches auf der ganzen weiten Welt –, habe ich euch alle Lektionen beigebracht, über die ich etwas weiß. Und doch höre ich eure Stimmen von überall her, aus dem entfernten Afrika, aus Amerika und aus der weiten Ferne kommender Jahrhunderte, und alle rufen: Erzähl sie uns, Erzähl sie uns, Erzähl uns deine Geschichte!

O ihr Unwissenden! Habe ich euch nicht gesagt, dass die Einzelheiten meines Lebens ohne Belang sind? Habe ich euch nicht gesagt, dass dieses Buch kein Tagebuch ist? Und trotzdem lechzt ihr danach, mehr über mich zu erfahren!

Nun gut. Ich werde euch eine Geschichte erzählen. Wenn ihr alle meine Lektionen gelesen und gut über sie nachgedacht habt, dann habt ihr euch eine Geschichte verdient. Und vielleicht ist es hübscher, wenn ein Buch nicht gar so dünn ist – obschon ich überzeugt bin, dass in meinem kleinen Bändchen mehr Gehalt steckt als in den dicksten Wälzern unerleuchteter Seelen. Aber wie auch immer. Ich werde euch erzählen, wie ich Zeugin von etwas wurde, dessen keiner von uns vor der Auferstehung ansichtig werden darf – doch ich habe es gesehen, weil ich ungezogen war!

Es geschah, als ich wieder einmal ins Kloster zur guten Gesundheit gebracht worden war, um dort geheilt zu werden. Als ich ankam, war ich in einem schrecklichen Zustand, doch schon nach ein oder zwei Stunden der liebevollen Pflege meiner Heiligen Schwester ging es mir viel besser, und ich war schrecklich neugierig darauf, die anderen Zellen des Klosters zu inspizieren, was mir verboten war. Doch ich war so weit genesen, dass ich mich langweilte. Neugierde, wie Männer das weibliche Streben nach Wissen verächtlich bezeichnen, war, wie ich gestehen muss, von jeher meine größte Schwäche. Und daher, liebe Leserinnen, verließ ich meine Zelle.

Ich schlich auf Zehenspitzen über den Flur wie eine Übeltäterin und spähte durchs Schlüsselloch in die benachbarte Kammer. Welch eine Überraschung! Ich hatte immer angenommen, dass im Kloster zur guten Gesundheit nur unserem Geschlecht Zuflucht gewährt wird, doch dort drinnen war Henry, mein Schwager! (Es machte mir nicht das Geringste aus, denn Henry war der ehrenhafteste Mann auf der ganzen Welt!) Aber ich schwöre, ich hätte niemals durch dieses Schlüsselloch geschaut, wenn ich geahnt hätte, dass er keine Kleider am Leib trug! Wie auch immer – eh ich´s mich versah, hatte ich ihn schon erblickt. Eine der gesegneten Schwestern saß neben ihm und versorgte seine Brandwunden. Ich schaute sofort weg.

Plötzlich vernahm ich im Gang hinter mir Schritte, doch statt in meine Zelle zurückzulaufen, eilte ich vor lauter Angst weiter. Ich lief geradewegs auf die Verbotenste Kammer zu, die mit einem goldenen A auf der Tür, und trat ein!

Wie soll ich behaupten, ich würde meine Sünde des Ungehorsams bereuen? Ich könnte tausend Ave-Marias sprechen, und doch würde bei der Erinnerung daran stets ein Lächeln des Glücks mein Gesicht erhellen. Dort stand ich also, starr vor Staunen angesichts der Erscheinung in der Mitte des Zimmers. Eine gigantische Flammensäule, deren Ursprung ich nicht auszumachen vermochte. Sie schien aus der Luft, wenige Zentimeter über dem Fußboden, zu erwachsen und sich hoch oben ins Nichts zu verjüngen. Ich schätze – obwohl ich darin nie besonders gut war –, dass sie volle sieben Meter hoch war und über einen Meter breit. Die Flamme leuchtete in hellem Orange und gab weder Hitze noch Rauch ab. In ihrer Mitte schwebte, wie ein Vogel, der sich im Winde treiben lässt, der unbekleidete Körper eines Mädchens. Ich konnte ihr Gesicht nicht sehen, da sie mir den Rücken zugewandt hatte, doch ihr Körper war so hell und makellos, dass ich sie auf ungefähr dreizehn schätzte. Die Flamme war durchscheinend, so dass ich sehen konnte, wie sie atmete, daher wuss-

te ich, dass sie am Leben war und schlief. Die Flamme verbrannte sie nicht, sie hob sie lediglich in die Höhe und ließ ihr Haar sanft um Hals und Schultern wehen. Ich nahm all meinen Mut zusammen und streckte eine Hand in das feurige Leuchten, von dem ich mir vorstellte, dass es ungefähr wie die Flamme war, die von brennendem Branntwein ausgeht. Doch sie war noch viel eigenartiger, ich konnte meine Finger regelrecht hineinhalten, denn sie war kühl wie Wasser, fühlte sich in der Tat ganz genauso an wie Wasser, das einem über die Hand läuft. Ich weiß nicht, warum mich das mehr erschreckte, als wenn ich mich verbrannt hätte, doch ich schrie auf und zog die Hand zurück. Von der Bewegung aufgestört flackerte die große Flamme unruhig, und zu meinem großen Entsetzen fing das Mädchen an, sich umzudrehen!

Starr vor ehrfürchtigem Schrecken vermochte ich mich nicht von der Stelle zu rühren, bis der schwebende Körper sich ganz umgedreht hatte, und ich erkannte, dass … dass es mein eigener war!

Ja, liebe Leserinnen, dies war mein Zweiter Körper, mein Sonnenkörper, vollkommen makellos, jegliche Narbe, die mir ein Leid je zugefügt hatte, war verschwunden. So begierig war ich, diese Makellosigkeit zu sehen, dass ich mein Gesicht vorstreckte und in die Flamme hielt: ein köstliches Gefühl.

Über alle Maßen entzückt war ich über meinen Busen, so klein und glatt, meinen Unterleib, frei von unschöner Behaarung, und natürlich über mein Gesicht, aus dem alle Sorgen gewichen waren. Ich muss sagen, ich war erleichtert, dass sie schlief, denn ich glaube nicht, dass ich den Mut gehabt hätte, mir selbst in die Augen zu schauen.

Schließlich überkam mich Angst – oder vielleicht hatte ich auch genug gesehen –, und ich verließ den Raum und lief, so schnell meine Beine mich trugen, zurück in meine Zelle!

Sugar blättert weiter, doch diese glutvolle Szene war offensichtlich alles, was Agnes unter dem Titel *Die erleuchteten Gedanken & metaphüsischen Reflexionen der Agnes Pigott* zu Papier bringen konnte, bevor sie den verhängnisvollen Entschluss fasste, ihre alten Tagebücher wieder auszugraben.

»Nun, was sagst du dazu?«, fragt William, der auf dem Rand

seines Schreibtischs sitzt, während Sugar mit dem offenen Buch in der Hand vor ihm steht.

»Ich … ich weiß nicht«, sagt sie und rätselt noch immer, warum er sie zu dieser frühmorgendlichen Stunde herbeizitiert hat. Sie sind beide todmüde und könnten ihren gequälten Gehirnen sicherlich Besseres antun, als Agnes' Wahnvorstellungen zu untersuchen. »Sie … sie kann ganz gut Geschichten erzählen, oder?«

Fassungslos und mit knallroten Augen starrt William sie an. Als er den Mund öffnet, um zu antworten, knurrt lautstark sein Magen, denn er hat den Dienstmädchen – zumindest denen, die in der Nacht geweckt worden waren – erlaubt auszuschlafen.

»Soll das ein Witz sein?«, fragt er.

Sugar klappt das Buch zu und presst es sich vor die Brust. »Nein … Nein, natürlich nicht, aber … Diese Erzählung, sie … es ist ein Traum, nicht wahr? Die Wiedergabe eines Traumes …«

William zieht entnervt eine Grimasse. »Und der Rest? Der Anfang? Die …« (er zitiert das Wort mit übertriebenem Widerwillen) »die Lektionen?«

Sugar schließt die Augen und atmet tief durch, sie ist versucht, laut aufzulachen oder William zu sagen, er möge seine verdammte Frau endlich in Ruhe lassen.

»Nun … du weißt, dass ich kein besonders religiöser Mensch bin«, seufzt sie, »deshalb kann ich wirklich nicht beurteilen …«

»*Wahnsinn*!«, explodiert er und schlägt mit der flachen Hand auf den Schreibtisch. »Sie ist völlig verrückt! Siehst du das denn nicht?«

Sugar zuckt zusammen und tritt unwillkürlich einen Schritt zurück. Hat er je zuvor in einem solch groben Ton mit ihr gesprochen? Sie überlegt, ob sie in Tränen ausbrechen soll und mit zitternder Stimme jammern: »Du … du machst mir Angst«, damit er sie reumütig in die Arme schließt. Doch ein schneller Blick auf seine Arme und auf seine Fäuste belehrt sie eines Besseren.

»Sieh dir das an … Sieh dir das hier an!«, wütet er und zeigt auf einen wackligen Stapel Bücher und Traktate auf seinem Schreibtisch, deren Einbände allesamt unter eigentümlichen, selbst gebastelten Umschlägen aus Tapete oder Stoff verborgen sind. Er schnappt sich das oberste, schlägt die Titelseite auf und liest laut und mit höhnischer Stimme: »*Von der Materie zum Geist: Die*

Ergebnisse zehnjähriger Erfahrung mit Geistererscheinungen, samt Ratschlägen für Anfänger, von Celia E. De Foy!« Er schleudert den Band in die Ecke wie ein unrettbar besudeltes Taschentuch und schnappt sich den nächsten. »*Ein Finger in der Wunde Christi: Einführung in biblische Arkana*, von Dr. Tibet!« Und auch dieses landet in der Ecke. »Ich habe Agnes' Schlafzimmer durchsucht, um alles zu entfernen, womit sie sich etwas antun könnte, und was habe ich gefunden? Zwei Dutzend dieser scheußlichen Traktate, in ihren Nähkörben versteckt! Aus Amerika geliefert oder aus einer spirituellen Leihbücherei in der Southampton Row gestohlen – jawohl, *gestohlen*! Bücher, die kein Mann mit gesundem Verstand veröffentlichen und keine Frau mit gesundem Verstand jemals lesen würde!«

Sugar blinzelt verständnislos. Sie hat nicht die leiseste Ahnung, worauf er mit seiner Tirade hinauswill, die Heftigkeit seiner Reaktion jedoch verunsichert sie. Plötzlich bricht der Stapel Bücher und Pamphlete, offensichtlich ebenso überfordert wie sie, in sich zusammen und ergießt sich über Williams Schreibtisch. Eines fällt auf den Teppich, ein gesangbuchgroßes, in Spitze gehülltes Bändchen.

»William … was willst du von mir?«, fragt sie und hofft, ihr Unmut möge sich nicht in ihrer Stimme verraten. »Du hast mich hergerufen, während Sophie allein im Unterrichtszimmer hockt, um mir diese Bücher zu zeigen, die du … die du konfisziert hast. Ich stimme mit dir überein, dass sie für … für einen äußerst verwirrten Gemütszustand sprechen. Aber wie kann ich dir helfen?«

William fährt sich mit der Hand durchs Haar, dann gräbt er die Finger hinein und presst sich die Faust gegen den Schädel, eine verzweifelte Geste, die sie zuletzt während seines Streits mit den Jutehändlern aus Dundee gesehen hat.

»Clara hat mir mitgeteilt«, stöhnt er, »dass sie nicht mehr bereit ist, Agnes weiter ihre … Medizin zu geben.«

Sugar verkneift sich zahlreiche wenig respektvolle Kommentare über Männer, die ihre Frauen gern bis obenhin mit Drogen voll stopfen, atmet tief durch und sagt stattdessen: »Ist das wirklich so schrecklich, William? Als ich Agnes zum Haus zurückbegleitet habe, war sie schon wieder ganz gut zu Fuß, schien mir. Das Schlimmste ist vielleicht überstanden, meinst du nicht?«

»Nach dem, was letzte Nacht geschehen ist, willst du mir erzählen, das Schlimmste sei *überstanden*?«

»Ich sprach von den Wunden an ihren Füßen.«

William senkt den Blick Erst jetzt bemerkt Sugar eine gewisse Verstohlenheit in seinem Gebaren, eine hündische Scham, die sie nicht mehr an ihm gesehen hat, seit er zum ersten Mal bei Mrs Castaway ihre Röcke hob und sie bat, ihm zu gewähren, was andere Huren ihm verweigert hatten. Was wollte er jetzt von ihr?

»Dennoch«, murmelt er, »Clara – *meine* Angestellte – hat sich mir offen widersetzt. Ich habe sie angewiesen, Agnes ihre Medizin zu geben, bis ... bis auf weiteres, und sie hat sich geweigert.«

Unwillkürlich verzieht Sugar vor Ärger das Gesicht, doch sie beeilt sich, es wieder zu glätten, so gut sie kann. »Clara ist Agnes' Zofe, William«, erinnert sie ihn. »Wie soll sie ihrer Aufgabe gerecht werden, wenn Agnes ihr nicht vertraut?«

»Eine sehr gute Frage«, bemerkt William mit gewichtigem Nicken, als wäre es nur zu offensichtlich, wie unhaltbar Clara in diesem Haushalt geworden ist. »*Noch dazu* hat sie sich rundheraus geweigert, Agnes' Tür abzuschließen.«

»Während sie bei ihr ist?«

»Nein, danach.«

Sugar bemüht sich, diese Information aufzunehmen, aber sie ist einfach ungeheuerlich, sie passt nicht in ihren Kopf. »Du meinst, du willst ... äh, du hast vor ... Agnes in ihrem Schlafzimmer ...« (sie schluckt) »einzuschließen?«

Mit hochrotem Kopf wendet William sich ab und sticht wütend mit dem Zeigefinger in Richtung Fenster. »Sollen wir sie ab jetzt jede Nacht aus der Remise oder von Gott weiß woher holen?«

Sugar presst das Buch fester an die Brust; sie würde es gern beiseite legen, aber sie ahnt, dass es unklug wäre, William auch nur für einen Moment aus den Augen zu lassen. Worauf will er hinaus? Welcher Akt größtmöglicher Unterwerfung könnte den Zorn aus seinem aufgepumpten Körper entweichen lassen? Hat er das Bedürfnis, sie mit Fäusten zu schlagen, um danach zwischen ihren Beinen Vergebung zu suchen?

»Agnes macht ... im Moment einen ganz guten Eindruck, meinst du nicht?«, sagt sie sanft. »Als ich sie aus der Kälte hereinbrachte, hat sie nur noch davon geredet, wie sehr sie sich auf ein warmes Bad und eine Tasse Tee freut. ›Es geht doch nichts über ein Zuhause‹, hat sie gesagt.«

Er starrt sie mit offenem Argwohn an. Hunderte von Lügen hat er geschluckt, Lügen über die gewaltige Größe seines Schwanzes im Vergleich zu denen anderer Männer, über die erotische Ausstrahlung seiner Brustbehaarung, über den unaufhaltsamen Aufstieg von Rackham zum führenden Hersteller von Toilettenartikeln in ganz England; das jedoch – das kann er nicht glauben.

Einen Moment lang befürchtet sie, er werde sie bei den Schultern packen und die Wahrheit aus ihr herausschütteln, doch dann lässt er sich wieder gegen den Schreibtisch sinken und reibt sich mit beiden Händen das Gesicht.

»Woher wusstest du überhaupt, wo sie war?«, fragt er in ruhigerem Ton. Stunden zuvor, als er im Morgengrauen bis auf die Haut durchnässt und rasend vor Sorge nach Hause zurückkehrte, nur um seine Frau warm und schläfrig in ihrem Bett vorzufinden, war ihm diese Frage nicht in den Sinn gekommen. (»Meine Güte, William, wie siehst du denn aus?«, war Agnes' einziger Kommentar, bevor ihr die Augen wieder zufielen.)

»Ich … ich habe sie rufen gehört«, antwortet Sugar. Wie lange will William sie hier noch festhalten? Sophie wartet im Unterrichtszimmer, sie ist heute fahrig und reizbar, sie sehnt sich nach dem gewohnten Trott der Schulstunden und sträubt sich insgeheim doch dagegen … Es wird sicher eine Szene geben – mindestens Tränen –, wenn nicht bald wieder Normalität einkehrt …

»Es ist … von *außerordentlicher* Wichtigkeit«, erklärt William, »dass sie in den nächsten Tagen nicht wieder wegläuft.«

Sugars Selbstbeherrschung kann der Belastung nicht länger standhalten, und so platzt es aus ihr heraus. »William, warum erzählst du mir das? Ich dachte, ich soll mit Agnes nichts zu tun haben. Soll ich jetzt ihr Kindermädchen spielen? Soll sie im Unterrichtszimmer in der Ecke hocken, während Sophie etwas lernt, damit ich aufpassen kann, dass sie auch schön brav ist?« Noch während ihr die Worte über die Lippen kommen, bereut sie sie schon; ein Mann muss permanent und ohne Unterlass gebauchpinselt werden, sonst wird er unangenehm; eine einzige unbedachte Bemerkung kann das wacklige Gebäude seiner Nachsicht zum Einstürzen bringen. Ein Mädchen mit scharfer Zunge ist besser beraten, gleich ihre Karriere darauf aufzubauen, wie Amy Howlett es getan hat.

»O William, bitte verzeih mir«, fleht sie und schlägt sich die Hände vors Gesicht. »Ich bin so müde. Und du ebenso, das weiß ich.«

Zu guter Letzt durchquert er das Zimmer und schließt sie in die Arme: eine feste Umklammerung. Agnes' Buch fällt zu Boden, ihre Wangen pressen sich aneinander, Knochen gegen Knochen. Drückt der eine fester, tut es ihm der andere gleich nach, bis sie schließlich kaum noch atmen können. Unten ertönt die Türglocke.

»Wer ist das?«, keucht Sugar.

»Vertreter und Schmarotzer«, antwortet er. »Wollen ihre Weihnachtsgaben abholen. Sie werden später wiederkommen müssen, wenn Rose in der Lage ist, sich der Welt zu präsentieren.«

»Bist du sicher …?«, fragt sie, als es erneut klingelt.

»Ja doch«, entgegnet er gereizt. »Clara passt auf Agnes auf – so wie ich auf dich.«

»Aber du hast doch gesagt, du hättest allen Dienstmädchen erlaubt …«

»Außer Clara natürlich! Wenn die kleine Schlampe schon nicht dafür sorgen will, dass Agnes schlafen kann, und sich noch dazu weigert, sie einzuschließen, dann ist es doch wohl das Mindeste, dass sie bei ihr im Zimmer bleibt!« Sofort schämt er sich seiner Herzlosigkeit und fügt hinzu: »Aber so kann ein Haushalt nicht geführt werden, das ist sonnenklar!«

»Es tut mir so Leid, William«, sagt sie und streichelt ihm die Schulter. »Ich für meinen Teil tue, was ich kann, um meine Aufgaben zu erfüllen«

Zu ihrer Erleichterung erzielen diese Worte ihre Wirkung. Er drückt sie fest an sich und gibt ein paar kummervolle Seufzer von sich, bis die Spannung langsam aus seinem Körper weicht und er bereit ist zu beichten.

»Ich brauche …«, flüstert er ihr eindringlich, verschwörerisch ins Ohr, »deinen Rat. Ich muss eine Entscheidung treffen. Die schwierigste Entscheidung meines Lebens.«

»Ja, Liebster?«

Er drückt ihre Taille und räuspert sich, dann brechen die Worte wie ein Schwall aus ihm hervor: »Agnes ist verrückt, sie ist schon seit Jahren verrückt, und die Situation ist unhaltbar, und über kurz oder lang ... nun, ich glaube, sie sollte fort von hier.«

»Fort von hier?«

»In eine Anstalt.«

»Oh.« Sie fährt fort, seine Schulter zu streicheln, doch sein schlechtes Gewissen piesackt ihn derart, dass schon ihr kurzes Innehalten ihn getroffen hat wie ein Schlag ins Gesicht.

»Dort kann sie *geheilt* werden«, erklärt er mit dem Nachdruck des Zweiflers. »Dort wird sie rund um die Uhr von Ärzten und Schwestern versorgt. Sie wird ein neuer Mensch sein, wenn sie wieder nach Hause kommt.«

»Und ... wann wird sie ...?«

»Ich schiebe das schon seit Jahren vor mir her! Am achtundzwanzigsten, gottverdammt! Doktor Curlew hat angeboten, Agnes ... äh ... dorthin zu begleiten. Labaube Sanatorium, so heißt es.« Und mit seltsam süßlicher Stimme fügt er hinzu: »In Wiltshire.« Als könnte der Sitz der Anstalt jeden Zweifel an ihren heilbringenden Qualitäten auf der Stelle ausräumen.

»Dann ist die Entscheidung doch längst getroffen«, sagt Sugar. »Welchen Rat erwartest du von mir?«

»Ich muss wissen ...« Er stöhnt auf und vergräbt sein Gesicht an ihrem Hals. »Ich muss wissen ... dass es ... dass ich kein ...« Sie spürt, wie er die Stirn in Falten zieht, spürt das Zucken seines Kiefers durch den Stoff ihres Kleides. »Ich muss wissen, dass ich kein Ungeheuer bin!«, schreit er in einem Anfall von Seelenqual.

Ganz leicht, ganz sanft streicht ihm Sugar übers Haar und bedeckt seinen Kopf mit Küssen. »Ganz ruhig«, gurrt sie. »Du hast dein Bestes gegeben, mein Liebster. Dein *Allerbestes*, immer, seit ihr euch zum ersten Mal getroffen habt, da bin ich sicher. Du ... du bist doch ein *guter* Mensch.«

Er stöhnt laut auf, ein leidvolles, erleichtertes Stöhnen. Das war es also, was er von Anfang an von ihr wollte, deshalb hat er sie aus dem Unterrichtszimmer kommen lassen. Sugar drückt ihn an sich, während die Spannung aus seinem Körper weicht, und in ihrem Herzen wächst die Scham; sie weiß, dass keine der Erniedrigungen, die sie je zugelassen, keine Demütigung, die sie je zu genießen vorgegeben hat, dieser Lüge an Niedertracht gleichkommt.

»Und wenn Clara Agnes von deinen Plänen erzählt?« Eine abscheuliche Frage, aber sie muss sie stellen, sie steckt ohnehin bereits so tief im Schlamm, dass es darauf auch nicht mehr ankommt. Sie schmeckt den galligen Geschmack der Intrige auf ihrer Zunge – den giftigen Speichel der Lady Macbeth.

»Sie weiß nichts davon«, flüstert William in ihr Haar. »Ich habe sie nicht informiert.«

»Und wenn am achtundzwanzigsten ...?«

Er löst sich aus der Umarmung und fängt an, auf und ab zu laufen; seine Augen sind glasig, die Schultern gekrümmt, er ist so aufgewühlt, dass er die Hände ringt.

»Ich habe Clara ein paar Tage freigegeben«, sagt er. »Ich schulde ihr Gott weiß wie viele freie Nachmittage, von zahllosen durchwachten Nächten ganz zu schweigen.« Er blickt zum Fenster hinaus und blinzelt angestrengt. »Und ... und auch *ich* werde am achtundzwanzigsten nicht da sein. Gott möge mir vergeben, Sugar, aber ich könnte es nicht ertragen, hier zu sein, wenn Agnes abgeholt wird. Also gehe ich ... ich gehe auf Geschäftsreise. Morgen früh reise ich ab. Es gibt da einen Kerl in Somerset, der angeblich eine Methode der Enfleurage erfunden hat, bei der kein Alkohol benötigt wird. Seit Monaten schreibt er mir und bittet mich, ihn aufzusuchen, damit ich es mir mit eigenen Augen ansehen kann. Wahrscheinlich ist er ein Spinner, aber ... Ach, was soll's, ich werde ihm eine Stunde meiner Zeit gewähren. Und wenn ich zurückkomme ... nun ... dann ist der neunundzwanzigste Dezember.«

Vor Sugars innerem Auge erstehen Seite an Seite zwei lebhafte Bilder. Auf dem einen wird William in die schwach erleuchtete Studierstube eines schmierigen Scharlatans geführt, um ihn herum Gefäße mit köchelnden und überschäumenden Substanzen. Das andere zeigt Agnes Arm in Arm mit Doktor Curlew, dem Mann, den sie in ihrem Tagebuch als den Lakaien Satans bezeichnet, als Dämonischen Inquisitor und Herrn der Blutegel; Kerkermeister und Gefangene schreiten wie Brautvater und Braut auf die wartende Kutsche zu ...

»Und ... wenn sich Agnes dem Doktor *widersetzt*?«

William ringt immer nervöser mit den Händen. »Es wäre alles viel einfacher«, jammert er, »wenn sich Clara mit dem Laudanum nicht so bockig anstellen würde. Im Moment ist Agnes hellwach und auf der Hut. Alles, was man ihr vorsetzt, probiert sie erst mit der Zungenspitze, wie eine Katze …« Und mit einem Blick zur Decke klagt er die wie auch immer geartete zerstörerische Macht an, die dort oben im Himmel wohnt und derlei Unheil sät. »Aber Curlew kommt nicht allein. Er bringt vier starke Männer mit.«

»Vier?« Bei der Vorstellung, wie Agnes' ausgezehrter kleiner Körper von fünf ungeschlachten Fremden davongetragen wird, läuft es ihr kalt den Rücken hinunter.

William hält inne und richtet seine gequälten blutunterlaufenen Augen auf sie, die um Nachsicht für diese letzte kleine Schandtat betteln und flehen, sie möge ihm mit ihrem Schweigen, mit ihrem Einverständnis ihren widerrechtlichen Segen geben.

»Falls es Unannehmlichkeiten gibt«, sagt er und fingert nach einem Taschentuch, um sich den Schweiß von der Stirn zu wischen, »sollen diese Männer lediglich dafür sorgen, dass das Ganze in … in Würde vonstatten geht.«

»Natürlich«, hört sich Sugar sagen. Unten ertönt die Türglocke, und gleich darauf noch einmal.

»Gottverdammt!«, schreit William. »Als ich Rose sagte, sie kann ausschlafen, meinte ich nicht den ganzen Tag!«

Als Sugar wenige Minuten später ins Unterrichtszimmer zurückkehrt, liegt Ärger in der Luft. Sie hat es kommen sehen, und sie hat sich nicht getäuscht.

Sophie hat ihren Platz verlassen und steht nun reglos auf einer Fußbank vor dem Fenster, offensichtlich nicht gewahr, dass ihre Gouvernante hereingekommen ist. Durch ihr Fernrohr nimmt sie die Welt dort draußen in Augenschein – keine sehr aufregende Welt, ein bleigrauer Himmel und gelegentlich auftauchende, durch Shears' hoch gewachsenen Efeu auf den Rackhamschen Palisaden zu erkennende Umrisse von Fußgängern und Fahrzeugen. Für ein Mädchen mit einem Fernrohr jedoch können auch solche verschwommenen Erscheinungen fesselnd genug sein, sofern sie nichts Besseres zu tun hat, denn wer weiß, wie lange ihre Gouvernante – trotz der feierlichen Ankündigung, es sei noch so viel bis zum Jahresende zu lernen – sie hier allein lassen wird?

Also hat Sophie den Versprechen der Erwachsenen den Rücken gekehrt und verlässt sich jetzt auf ihre eigenen Nachforschungen. Mehrere seltsam aussehende Männer sind an diesem Morgen durchs Tor hereingekommen, haben an der Tür geläutet und sind wieder gegangen. Rose scheint heute überhaupt nicht zu arbeiten! Der Gärtner ist aus seinem Häuschen gekommen und hat eines dieser seltsamen weißen Dinger gepafft, die keine Zigarren sind; dann hat er das Rackhamsche Grundstück verlassen und ist mit äußerst langsamen und vorsichtigen Schritten die Straße hinauf entschwunden. Cheesman ist von seiner Mama heimgekehrt, mit dem gleichen seltsamen Gang wie Shears – die beiden Männer haben einander am Tor nur knapp verpasst. Das Küchenmädchen mit den hässlich roten Armen ist noch nicht draußen gewesen, um die Eimer auszuschütten. Und es hat kein richtiges Frühstück gegeben heute Morgen, kein Porridge und keinen Kakao, nur Brot mit Butter, Wasser und Weihnachtspudding. Und dann das Hin und Her mit den Geschenken! Zuerst hat Miss Sugar gesagt, die Weihnachtsgeschenke bleiben im Schlafzimmer, damit sie beim Lernen nicht abgelenkt wird, aber dann hat sie es sich anders überlegt – warum? Und was ist nun richtig – Geschenke im Schlafzimmer oder Geschenke im Unterrichtszimmer? Und was ist mit Australien? Miss Sugar wollte heute mit New South Wales anfangen, aber daraus ist nichts geworden.

Alles in allem befindet sich das Universum in völligem Durcheinander. Sophie stellt das Fernrohr scharf, presst die Lippen zusammen und fährt mit ihrer Forschungsarbeit fort. Im Universum kann jeden Moment Ordnung einkehren – oder totales Chaos ausbrechen.

Obwohl Sophie mit dem Rücken zu ihr steht, spürt Sugar, als sie ins Zimmer tritt, die Unzufriedenheit, die das kleine Mädchen ausstrahlt; die Unruhe des Kindes ist so beißend wie ein feuchter Furz. Doch es liegt noch etwas in der Luft: ein *echter* Geruch, stechend und alarmierend. Um Gottes willen, hier drinnen brennt es!

Sie geht zum Kamin hinüber, und dort liegt, schwelend auf dem grauroten Glutbett, Sophies Negerpuppe, die Beine bereits zu Asche verbrannt, der Kittel zusammengeschrumpft wie zu lange gebratener Speck, noch immer ein breites Lächeln weißer Zähne auf dem Gesicht, während träge Flammen den verschmorenden dunklen Kopf umzüngeln.

»Sophie!«, schreit Sugar vorwurfsvoll; sie ist zu erschöpft, um ihren Tonfall zu mäßigen – die Selbstbeherrschung William gegenüber hat ihren letzten Rest an Taktgefühl aufgezehrt. »Was hast du getan!«

Sophie zuckt zusammen, senkt das Fernrohr und dreht sich langsam um. Ihr Gesicht ist von Angst und schlechtem Gewissen verzerrt, doch ihr Schmollmund verrät zugleich Trotz.

»Ich verbrenne die Negerpuppe, Miss«, sagt sie. Und um den zu erwartenden Appell ihrer Gouvernante an ihre kindliche Leichtgläubigkeit zuvorzukommen, fügt sie hinzu: »Sie ist nicht lebendig, Miss. Sie ist nur aus Stoffresten und Biskuitporzellan.«

Sugar blickt auf die nach und nach zerfallende Puppe und schwankt zwischen dem Bedürfnis, sie entweder mit der Hand dem Feuer zu entreißen oder mit einem Schürhaken in der Glut zu stochern, damit das schreckliche Ding endlich ordentlich brennt und nicht weiter vor sich hin schwelt. Sie wendet sich wieder zu Sophie um und öffnet den Mund, um etwas zu sagen, doch da fällt ihr Blick auf die schöne französische *poupée*, die am anderen Ende des Raumes steht und die Szene zu beobachten scheint, mit federgeschmücktem Hut über Noahs Arche thronend, das selbstzufriedene, gleichgültige Gesicht direkt auf den Kamin gerichtet, und die Worte bleiben ihr im Halse stecken.

»Er stammt aus einer Teekiste, Miss«, fährt Sophie fort. »Und eigentlich müsste er auf einem Elefanten sitzen, Miss, aber der war nicht dabei, und deshalb kann er auch nicht stehen, und außerdem ist er schwarz, und richtige Puppen sind nicht schwarz, oder? Und er war ganz schmutzig, Miss, weil er mal Blut abgekriegt hat.«

Der Rauch breitet sich im Zimmer aus, und Kind und Gouvernante reiben sich die Augen; sie sind beide aufgelöst und den Tränen nahe.

»Aber Sophie, ihn einfach so ins Feuer zu werfen …«, hebt Sugar an, aber sie kann den Satz nicht zu Ende bringen. Das Wort »sündhaft« will ihr einfach nicht über die Lippen kommen. Es wurde ihrem Hirn von Mrs Castaway eingebrannt: *Sündhaft, das ist es, was wir sind, meine Kleine. Das Wort wurde erfunden, um uns zu beschreiben. Männer lieben es, sich in der Sünde zu wälzen, und wir sind die Sünde, in der sie sich wälzen.*

»Du hättest mich vorher fragen sollen«, murmelt sie und packt endlich den Schürhaken. Bald werden sie anfangen zu husten, und wenn der Rauch erst durchs Haus zieht, wird es Ärger geben.

Sophie sieht zu, wie die vertrauten Umrisse der Puppe dem feurigen Vergessen überantwortet werden. »Er gehört doch mir, Miss, oder?«, sagt sie mit bebender Unterlippe und blinzelt mit feucht glänzenden Augen. »Ich kann damit machen, was ich will.«

»Ja, Sophie«, seufzt Sugar, als die Flammen aufzüngeln und der grinsende Kopf langsam vornüber in die Asche seines Körpers rollt. »Er hat dir gehört.« Sie weiß, dass sie diesen Vorfall schnellstens ad acta legen und zum Unterricht zurückkehren sollte, doch mit einiger Verzögerung kommt ihr plötzlich eine Bemerkung in den Sinn, und sie ist zu schwach, der Versuchung zu widerstehen.

»Ein *armes* Kind hätte sich bestimmt über die Puppe gefreut«, sagt sie und stochert mit Nachdruck in der Asche. »Ein armes, unglückliches Kind, das überhaupt keine Puppe zum Spielen hat.«

Sofort bricht Sophie in Tränen und lautstarkes Geheul aus, so dass sich Sugar die Nackenhaare sträuben. Das Kind springt vom Stuhl, lässt sich aufs Hinterteil plumpsen und heult und schreit, ein Häufchen Elend in einem kleinen Teich aus Petticoat. Ihr Gesicht ist in Sekundenschnelle rot angeschwollen und glitschig nass von Tränen, Rotz und Speichel.

Sugar steht da und starrt sie an, die Heftigkeit des kindlichen Kummers trifft sie wie ein Schlag. Sie schwankt und wünscht sich, es möge alles nur ein Traum sein, dem sie entfliehen kann, indem sie sich einfach einmal im Bett umdreht. Sie wünscht sich, sie hätte den Mut, Sophie in die Arme zu nehmen, jetzt, wo sie hässlich und abstoßend ist, und eine solche Umarmung würde allen Schmerz und alle Gemeinheit aus dem bebenden kindlichen Körper vertreiben. Aber sie traut sich nicht; das greinende rote Gesicht ist ebenso angsteinflößend wie abstoßend, und wenn es etwas gibt, das Sugars Nerven an diesem Tag zum Zerreißen bringen würde, dann eine Zurückweisung von Sophie. Also steht sie stumm da, während das Heulen ihr in den Ohren gellt, und presst die Lippen fest aufeinander.

Es vergehen mehrere Minuten, bis die Tür des Zimmers geöffnet wird – vermutlich nach einem ungehörten Klopfen –, und Clara ihren strengen Kopf hereinsteckt.

»Kann ich irgendwie behilflich sein, Miss?«, übertönt sie den Lärm.

»Ich denke nicht, Clara«, sagt Sugar, als Sophies Gezeter plötzlich leiser wird. »Zu viel Aufregung zu Weihnachten, nehme ich an …«

Sophies Heulen verebbt zu abgehackten Schluchzern, und Claras Gesicht verhärtet sich zu einer kalkweißen Maske der Entrüstung und Missbilligung – wie kann dieses fürchterliche Balg es *wagen*, aus irgendwelchen nichtigen Gründen ein solches Geschrei zu veranstalten?

»Sagen Sie Mama, es tut mir Leid«, schluchzt Sophie.

Clara wirft Sugar einen Blick zu, als wollte sie sagen: *»Haben Sie dem Kind diese Dummheiten eingeredet?«*, und eilt zurück zu ihrer Herrin. Die Tür fällt ins Schloss, das Unterrichtszimmer ist von Rauch und Schniefen erfüllt.

»Steh jetzt bitte auf, Sophie«, sagt Sugar und hofft inständig, die Kleine möge ohne weiteres Theater gehorchen. Und das tut sie.

Der lange Rest des zweiten Weihnachtstages, einem Lied zufolge der Tag unverständlichen Turteltaubengezwitschers und unsichtbarer Reisevorbereitungen, vergeht wie ein Traum, der mit unergründlicher Weisheit beschlossen hat, doch kein Albtraum zu werden, sondern in einem Stadium gutmütiger Konfusion zu verharren.

Nach ihrem Heulkrampf ist Sophie ruhig und umgänglich. Sie richtet ihre Aufmerksamkeit ganz auf New South Wales, sagt die dort beheimateten verschiedenen Schafsrassen auf und lernt die Ozeane zwischen ihrem Zuhause in England und dem australischen Kontinent auswendig. Sie findet, dass Australien aussieht wie eine Brosche, die jemand dem Indischen und dem Pazifischen Ozean angesteckt hat; Sugar dagegen meint, es erinnere eher an den Kopf eines Scotchterriers mit einem Stachelhalsband. Sophie bekennt, noch nie einen Terrier gesehen zu haben. Ein Unterrichtsthema für die Zukunft.

Als die Dienstboten sich aus ihren Betten erheben und an die

Arbeit gehen, kehrt im Hause Rackham wieder Normalität ein. Das Mittagessen wird punkt ein Uhr im Unterrichtszimmer serviert – Roastbeef in Scheiben, Steckrüben und Kartoffeln –, und auch wenn es zum Nachtisch wieder Weihnachtspudding gibt und nicht etwas beruhigend Normales wie Gries- oder Reispudding, so ist er diesmal wenigstens warm, mit Vanillesoße und einer ordentlichen Prise Zimt. Offensichtlich entfernt sich das Universum vom Rande der Auflösung.

Auch Rose ist wieder auf ihrem Posten und öffnet die Haustür, wenn es klingelt, was erneut mit Beharrlichkeit geschieht, denn die seltsam gekleideten Leute, die am Morgen enttäuscht abzogen waren, unternehmen nun einen zweiten Versuch, sich ihre Weihnachtsgabe abzuholen. Jedes Mal gehen Sophie und Sugar zum Fenster und sehen hinaus, und jedes Mal sagt das Kind in dem zerknirschten Bemühen, sein vorheriges Benehmen wieder gutzumachen: »Wer ist das, bitte, Miss?«

»Ich weiß es nicht, Sophie«, sagt Sugar dann. Infolge dieser Eingeständnisse ihrer Ahnungslosigkeit verfestigt sich langsam der Eindruck, dass Miss Sugar ja vielleicht einiges über alte Geschichte und weit entfernte Länder wissen mag, aber hinsichtlich der Begebenheiten im Hause Rackham offenbar völlig im Dunkeln tappt.

»Heute Abend, nach dem Unterricht«, verkündet Sophie in einer Pause am Nachmittag, als sich der Kopf der Gouvernante müde brustwärts senkt, »werde ich mein neues Buch lesen, Miss. Ich habe mir die Bilder angeguckt, und ich bin sehr ... neugierig geworden.«

Hoffnungsvoll blickt sie hoch zum Gesicht ihrer Gouvernante, in der Annahme, es werde in freudiger Anerkennung erstrahlen. Doch stattdessen sieht sie nur ein müdes Lächeln auf trockenen Lippen, und das Weiße der Augen ist von kleinen roten Linien durchzogen. Werden die wieder weggehen, oder bleiben die jetzt für immer da? Und ist es schlecht, wenn man sich in einem Buch die Bilder anguckt, bevor man die Geschichte liest? Was sonst kann sie Miss Sugar bieten, damit alles wieder gut wird?

»Australien ist ein sehr interessantes Land, Miss.«

In der Nacht liegt Sugar allein und wach in ihrem Bett, geplagt von der Angst, zu allem Überfluss nicht schlafen zu können. Das wäre ihr Ende, ihr absolutes Ende. Mit einem unterdrückten Fluch schließt sie fest die Augen, aber die gehen gehässigerweise immer wieder auf und starren in die Dunkelheit. Es gibt eine natürliche Ordnung des Schlafens und des Wachens, und sie hat sich dagegen versündigt, und jetzt folgt die Rache.

Und wenn William zu ihr kommt, um sich ein letztes Mal in ihrer Bestätigung zu suhlen, bevor er am Morgen abreist? Womöglich fragt er sie mit der Miene eines geprügelten Köters, ob nicht sie so freundlich sein könne, Agnes eine ordentliche Dosis Laudanum zu verabreichen. Vielleicht wird er auch nur sein Gesicht im Busen seiner ihn liebenden Sugar vergraben wollen. Zum ersten Mal seit vielen, vielen Monaten empfindet Sugar Abscheu bei dem Gedanken, von William Rackham berührt zu werden.

Sie hat das Gefühl, schon eine Stunde oder länger wach zu liegen, bis sie schließlich eine Kerze entzündet und ein Tagebuch unter dem Bett hervorholt. Sie liest eine Seite, zwei Seiten, zweieinhalb Seiten, doch die Agnes Rackham, die sich ihr dort offenbart, ist eine unerträgliche Gans, eine eitle und nutzlose Kreatur, die, sollte sie verschwinden, der Welt nicht eine Sekunde lang fehlen würde.

Was wirst du also tun, wenn der gute Onkel Doktor mit seinen vier fröhlichen Gesellen auftaucht?, fragt sich Sugar. *Mit Sophie im Garten spazieren gehen, während Agnes um Hilfe schreiend von den Kerlen in eine schwarze Kutsche gezerrt wird?*

Im Tagebuch ist Agnes seit zwei Jahren verheiratet und beklagt sich über ihren Ehemann. Den ganzen Tag lang tue er nichts anderes, behauptet sie, als Artikel für *The Cornhill* zu schreiben, die *The Cornhill* nicht veröffentlicht, und Briefe an die *Times*, die die *Times* nicht abdruckt. Er sei in seinem eigenen Haus nicht halb so interessant, wie er in ihrem war. Und sein Kinn sei nicht halb so markant wie das seines Bruders, bemerkt sie, auch seien seine Schultern nicht so breit – überhaupt sei sein Bruder Henry sehr viel attraktiver und überdies furchtbar ehrlich, wenn er sich nur nicht kleiden würde wie ein Kurzwarenhändler aus der Provinz …

Sugar gibt auf. Sie verstaut das Tagebuch wieder unterm Bett, löscht das Licht und versucht einzuschlafen. Die Augen tun ihr weh und brennen – womit hat sie das verdient? Ach ja. Unruhig liegt das Haupt, das am Verrat einer schutzlosen Frau teilhat …

Und William? Kann *er* schlafen? Er hätte es verdient, sich schweißgebadet im Bett zu wälzen, und dennoch hofft sie, er möge friedlich schlummern. Wenn er ausgeruht erwacht, wird er seine Pläne für Agnes vielleicht rückgängig machen. Unwahrscheinlich. Aus Erfahrung kennt Sugar das Gesicht und die Umarmung von Männern, für die es kein Zurück mehr gibt.

Alles wird gut, das verspreche ich dir. Alles wird sich zum Besten wenden.

Das hat sie Agnes versprochen. Und könnte sich nicht tatsächlich alles zum Besten wenden, wenn Agnes in eine Anstalt geht? Ihr Verstand ist ohne Zweifel ein wenig aus den Fugen geraten – womöglich kann man ihn ja mit fachgerechter Behandlung wieder gerade rücken? Die Schreckensvision, die Sugar umtreibt, eine jammervoll kreischende Frau angekettet in einem Kerker mit strohbedecktem Fußboden – pure Hirngespinste aus Groschenromanen! Bestimmt ist es ein sauberes, freundliches Haus, dieses Labaube, wo die Ärzte und Schwestern aufopfernd für ihre Patienten sorgen. Und es liegt in Wiltshire … Und wer sagt überhaupt, dass die arme verwirrte Mrs Rackham sich nicht im Kloster zur guten Gesundheit wähnen und die Krankenschwestern für Nonnen halten wird?

Bald werde ich dir helfen, von hier zu verschwinden. Bald, das verspreche ich.

So hatte sie geredet, als sie der verängstigten Agnes ihren Arm geboten hatte, um sie zu stützen. Aber was ist ein Versprechen aus dem Mund einer Hure wert? Nicht mehr als der Speichel, mit dem sie einen Schwanz lutscht. Im Dunkeln reibt sich Sugar die Augen, sie verachtet sich selbst. Sie ist eine Hochstaplerin, eine Versagerin, eine, die sich Sachen über Australien ausdenkt … und gütiger Himmel, das grausige Grinsen der Negerpuppe, als ihr die Flammen um den Kopf züngelten!

Ein neuer Mensch, beruhigt sie sich selbst. *Agnes wird ein neuer Mensch sein, wenn sie nach Hause kommt.* So hatte William es ausgedrückt, und könnte er nicht Recht haben? Im Sanatorium wird Agnes geheilt werden, sie wird den Krankenschwestern beim Abschied die Wange küssen und den Ärzten mit tränenverhangenen Augen die Hand schütteln. Sie wird nach Hause kommen und in Sophie ihre Tochter erkennen …

Anstatt sie zu beruhigen, zeitigt dieser Gedanke jedoch den gegenteiligen Effekt – er jagt ihr einen frostig kalten Schauder über den Rücken. In den letzten wachen Sekunden, bevor ihr Bewusstsein in den Schlaf hinübergleitet, weiß Sugar endlich, was sie zu tun hat.

Es ist der Abend des siebenundzwanzigsten Dezember, und William Rackham sitzt mit einem Glas Whisky in der Hand in einem Gasthaus in Frome, Somerset, und wünscht sich, eine Zeitmaschine könnte ihn zwei Tage in die Zukunft versetzen.

Nun ist er so weit gereist und hat sich auf so mannigfaltige Weise den Tag vertrieben (wer hätte gedacht, dass die Besichtigung der hiesigen alten Wollfabrik ihn so gar nicht fesseln würde!), und noch immer hat er dreizehn, vierzehn Stunden vor sich, die herumgebracht werden müssen, bevor Doktor Curlew endlich in den Chepstow Villas eintreffen wird … In dieser Zeit kann *alles Mögliche* passieren – nicht zuletzt könnte er selbst einen Nervenzusammenbruch erleiden … Und wo Clara nicht im Haus ist und nur Rose und die dusselige Letty ein Auge auf alles haben, ist die Gefahr erschreckend groß, dass Agnes entkommt … das heißt, sich Gefahren aussetzt …

Wenn er sich doch nur ab und zu mit Zuhause in Verbindung setzen könnte, um sicherzugehen, dass Agnes gesund und wohlauf ist. Erst letzte Woche hat er in der *Hogg's Review* einen Artikel über einen Apparat gelesen, der in Amerika schon bald in Produktion gehen soll und mit dem die menschliche Stimme vermittels einer Vorrichtung aus Magneten und Membranen in elektrische Schwingungen umgewandelt wird, so dass man sie über große Entfernungen hinweg vernehmen kann. Wäre dieser Apparat doch nur schon im allgemeinen Gebrauch! Man stelle sich vor: Er könnte ein paar Worte in ein Kabel sprechen und würde die Antwort erhalten: »Ja, sie ist hier und schläft«, und dann wäre er frei von aller quälenden Ungewissheit.

Andererseits, vielleicht ist diese Geschichte vom wundervollen Sprechtelegraphen einfach blanker Unsinn, eine Zeitungsente, um die Seiten zu füllen, weil es gerade nichts Interessanteres zu vermelden gibt. Man denke nur an den Grund seiner Reise hierher nach Frome! Der Kerl mit der neuen Methode der Enfleurage war natürlich ein Schwindler, und nicht einmal ein gewiefter. William hatte erwartet, zumindest mit blubbernden Gasen, übel riechenden Parfüms und gezischten »Obacht!«-Rufen unterhalten zu werden, doch stattdessen wurden ihm die voll gekritzelten Notizbücher eines Studenten vorgelegt, der einen Gönner sucht, um seine Forschungen zu finanzieren. Gott schütze uns vor überspannten Jünglingen, die uns an den Geldbeutel wollen, um ihre Luftschlösser zu bauen!

»Ich verstehe das nicht«, sagte William zu dem Knaben und konnte nur mühsam seine Wut unterdrücken. »Wenn es funktioniert, warum können Sie es dann nicht vorführen? Ganz schlicht und einfach, mit ein paar Blütenblättern in einer Auflaufform?«

Woraufhin der junge Mann mit hilfloser Geste auf seine ärmliche Behausung deutete – als wäre in einer so schlichten Umgebung nicht einmal das bescheidenste aller Wunder zu vollbringen. Papperlapapp! Aber soll der Knabe sich nur in seinem Selbstmitleid suhlen, er würde sich ohnehin nicht davon kurieren lassen. William versprach, ihn nicht zu vergessen, wünschte ihm viel Erfolg bei seinen Forschungen und suchte das Weite.

Nach dieser unerquicklichen Begegnung und einer enttäuschenden Besichtigungstour zu allen Sehenswürdigkeiten der Stadt kehrte er in seine Pension zurück und verbrachte einige Zeit in seinem Zimmer. Auf einem fremden, zu weichen Bett liegend versuchte er, eine Abhandlung über Zibetkatzen und die Schwierigkeiten bei der Zucht derselben in nördlichen Gefilden aus der Sicht des Parfümherstellers zu lesen, musste jedoch feststellen, dass es ihm praktisch unmöglich war, irgendetwas aufzunehmen, und bedauerte es, keinen Roman eingepackt zu haben.

Überhaupt hatte die Pension eine ausgesprochen demoralisierende Wirkung auf ihn. Als die Wirtin ihn ins Gästebuch eintragen wollte, bat sie ihn, den Namen Rackham zu buchstabieren, und blickte ihm gerade ins Gesicht, ohne im Mindesten erkennen zu lassen, dass sie dieses Antlitz schon einmal gesehen hatte. Und natürlich war jedes Seifenstück im Bad von Pears.

Nicht eines trug ein geschwungenes R. Auf dem Rand der hässlichen, blaugeäderten Badewanne sitzend war William zum Heulen zumute.

Inzwischen ist ihm einiges klar geworden. In all den Monaten, seit er die Zügel der Firma in die Hand genommen hat, hat er sich von einem Motor des Optimismus antreiben lassen; Monat für Monat hat er sein Vermögen anwachsen sehen; und jene hochfliegenden nächtlichen Unterhaltungen mit Sugar in der Priory Close machten ihn glauben, dass sich ihm die Zukunft zu Füßen legen werde, dass der Aufstieg der Rackhams auf den höchsten Gipfel des Ruhmes eine historische Notwendigkeit sei. Erst jetzt beginnt er die Wahrheit zu ahnen, die ihm aus den Nebeln der Zukunft zuzwinkert. Er wird ein Reich ohne Erben gründen, er wird alt werden und im Herbst seines Lebens zusehen müssen, wie es zerfällt. Er ist der neue Ozymandias, und seine Verzweiflung wird groß sein, alldieweil das Gebäude seines Werkes zu einer kolossalen Ruine zerfällt – oder (schlimmer noch) von einem Konkurrenten geschluckt wird. Wie auch immer, in ein oder zwei Jahrhunderten wird der Name Rackham der Bedeutungslosigkeit anheim gefallen sein. Und der Same dieser Demütigung liegt genau hier, in einer Seifenschale in Frome, Somerset.

Er erträgt sein Elend nicht länger, flüchtet aus der Pension und sucht sich eine Taverne – *diese* Taverne, Zur Fröhlichen Schäferin, in der er nun mit einem Glas Whisky in der Hand sitzt. Weit davon entfernt, die gesellige Zuflucht zu bieten, die er sich davon erhofft hat, ist der Raum melancholisch und düster, der Holzfußboden von kränklicher Karamellfarbe und die Theke mit falschem Marmor verkleidet. Im Kamin flackert ein Feuer, aber darin erschöpft sich auch schon die Ähnlichkeit mit dem Fireside; neben dem Kamin liegt dösend ein alter, triefäugiger Hund, der bei jedem Krachen des Feuerholzes im Halbschlaf wimmert und zusammenzuckt. Auch die Gäste haben nicht die geringste Ähnlichkeit mit jenen lebenslustigen Landbewohnern, deren Redseligkeit ihn eigentlich auf andere Gedanken hätte bringen sollen; allein oder zu dritt trinken sie still ihr Bier und heben von Zeit zu Zeit träge das Kinn, um ein neues zu bestellen. Hinter der Theke machen sich zwei unansehnliche Frauenzimmer an irgendetwas zu schaffen – sie sind ganz offensichtlich zu beschäftigt, um den Neuankömmling an einen Tisch zu führen. Also sucht William sich selbst einen aus, in einer düsteren Ecke neben der Tür zum Waschraum.

Die Uhr über der Theke ist um Mitternacht stehen geblieben – Gott allein weiß, welche Mitternacht, vor wie langer Zeit –, verendet bei dem Versuch, die höchste Stundenzahl noch ein letztes Mal zu schlagen. William holt seine Taschenuhr hervor, um zu sehen, wie lange er noch ausharren muss, bevor er mit der berechtigten Hoffnung, einschlafen zu können, zu Bett gehen kann, und wird sofort von einem windig wirkenden Kerl angesprochen, der ihm für seine silberne eine goldene Uhr verkaufen will. Als William kein Interesse zeigt, setzt der Kerl ein anzügliches Grinsen auf und sagt: »Die werte Gattin hat doch sicher was für Ringe und Halsketten übrig, Sir?«

William ballt rechts und links des Whiskyglases die Fäuste und droht dem Kerl mit der Polizei. Das wirkt sofort, obwohl William feststellen muss, dass seine Hände auch dann noch zittern, als der Mann schon verschwunden ist. Er zieht die Stirn in Falten, schüttet den Whisky hinunter und bestellt sich per Handzeichen einen neuen.

Nichtsdestotrotz vergehen nur wenige Minuten, bis er erneut belästigt wird – diesmal ist es kein Gauner, sondern ein Langweiler. Der Kerl – eine traurige Gestalt mit buschigen Augenbrauen und einem Tweedmantel – fragt, ob sie sich nicht von irgendwoher kennen – von einer Pferdeauktion vielleicht oder einer Versteigerung alter Möbel –, und verweist mit Nachdruck darauf, dass William, sollte in dieser Hinsicht irgendein Bedarf bestehen, sehr gut beraten wäre, sich damit an ihn zu wenden. William schweigt. Vor seinem inneren Auge läuft die siebzehnjährige Agnes über den sonnenbeschienenen, saftiggrünen Rasen auf dem Anwesen ihres Stiefvaters und jagt mit wirbelnden weißen Röcken einem hüpfenden Reifen hinterher. »O Himmel, ich muss wohl langsam erwachsen werden, stimmt's?«, hatte sie danach keuchend hervorgebracht und damit auf ihren bevorstehenden Aufstieg in den Rang einer verheirateten Frau angespielt. Lieber Gott! Diese hauchzarte Röte auf ihren Wangen, als sie das aussprach! Und was hatte er geantwortet?

»Und was treiben *Sie* so?«

»Wie? Was?«, brummt er, als die Vision seiner jugendlichen Braut verblasst.

Der lästige Zeitgenosse beugt sich über den Tisch und lässt aus der Nähe eine feine Schuppenschicht in seinem großzügig geölten Haar erkennen. »In welchem Gewerbe sind *Sie* tätig?«, fragt er.

William macht den Mund auf und will ihm eine ehrliche Antwort geben, als ihn die Befürchtung überkommt, der Mann könne ihn für einen Lügner halten, könne gleich morgen seine fettige Nase in einen der Fromer Läden stecken und feststellen, dass es so etwas wie Rackhamsche Seifen überhaupt nicht gibt.

»Ich schreibe«, sagt William. »Ich bin Kritiker und schreibe für die besseren Monatszeitschriften.«

»Und lässt sich damit ordentlich Geld verdienen?«

William seufzt. »Man kommt über die Runden.«

»Und wie heißen Sie?«

»Hunt. George W. Hunt.«

Der Mann nickt und wirft den Namen unverzüglich in den Abgrund des Vergessens. »Ich heiße Wray. William Wray. Merken Sie sich den Namen, wenn Sie jemals ein Pferd brauchen.« Und weg ist er.

William lässt den Blick verstohlen durch die Gaststube schweifen, ob ihm weitere unerwünschte Gesellschaft droht, doch es sieht ganz so aus, als hätte er mit allen hauseigenen Nervensägen bereits Bekanntschaft geschlossen. Erst jetzt bemerkt er, dass außer den Frauen hinter der Theke und auf dem grausig schlechten Ölgemälde mit der Schäferin über dem Eingang kein weibliches Gesicht zu sehen ist. Die Thekenfrauen sind hässlich wie die Nacht und die gemalte Schäferin schielt – wohl kaum künstlerische Absicht, oder etwa doch? – und zeigt ein vulgäres, viel zu breites Lächeln. Ach, Agnes' Mund ist so klein und makellos, ihr Lächeln das Aufblühen einer Rosenknospe auf pfirsichzarter Haut … und doch, als er sie vor fünf oder mehr Jahren das letzte Mal küsste, waren ihre Lippen kalt wie gekühlte Orangenscheiben …

Er hebt das Glas, um noch einen Whisky zu ordern. Er war nie ein Freund hochprozentiger Getränke, aber das Bier hier ist von so erbärmlicher Qualität, dass Leute wie Bodley und Ashwell es im hohen Bogen verächtlich ausspucken würden. Doch wenn es ihm gelingt, seine wirbelnden Gedanken mit hartem Alkohol zu betäuben, kann er in seine Pension zurückkehren und trotz der frühen Stunde gesegneten Schlaf finden. Hämmernde Kopfschmerzen am nächsten Morgen wären ein geringer Preis für eine Nacht traumloser Bewusstlosigkeit.

Zwei Whiskys später ist er der Meinung, dass der Alkohol seine hirnbetäubende Wirkung getan hat und es an der Zeit ist zu gehen. Die Uhr über der Theke steht noch immer auf zwölf, und die Taschenuhr aus der Weste zu ziehen ist viel zu anstrengend, aber er ist sich sicher, wenn er jetzt sein Haupt auf ein Kissen bettet, wird er es nicht bereuen. Er erhebt sich ... und plötzlich wird ihm bewusst, dass er sich dringend übergeben und dringend urinieren muss. Er stolpert Richtung Waschraum, beschließt, die Anonymität einer Seitengasse vorzuziehen, und torkelt aus der Fröhlichen Schäferin hinaus auf die dunklen Straßen Fromes.

Sekunden später hat er eine enge Gasse gefunden, die bereits nach menschlichen Ausscheidungen stinkt: der ideale Ort für seine Bedürfnisse. Er schwankt vor Übelkeit, fummelt seinen Penis hervor und pinkelt in den Dreck; unglücklicherweise ist er noch nicht ganz fertig, als ihn die Übelkeit überkommt, er sich vorbeugen und einen Schwall Mageninhalt von sich geben muss.

»O Herzchen, Herzchen«, ruft eine Frauenstimme.

Noch immer speiend blickt er auf und sieht mit wässrigen Augen wie durch einen schimmernden Vorhang eine Frau auf sich zukommen – eine junge Frau mit dunklem Haar, ohne Kopfbedeckung, in einem schiefergrauen Kleid mit schwarzen Streifen.

»Armer Junge«, sagt sie, und ihre Hüften schwingen ausladend.

William winkt ab, noch immer würgend, und ist entsetzt, mit welcher Geschwindigkeit sich die Aasfresser sich auf einen hilflosen Mann stürzen.

»Armer Kleiner«, gurrt sie, »du brauchst ein weiches Bett.« Sie ist so nah, dass er die dicke Puderschicht auf ihrem Gesicht und den falschen Leberfleck auf ihrer knochigen Backe erkennen kann.

Wieder schwenkt er wütend den Arm durch die übel riechende Luft.

»Lass mich in Ruhe!«, brüllt er, woraufhin sie – Dank sei Gott für kleine Gnaden – einen Rückzieher macht.

Nur dreißig Sekunden später jedoch reißen mehrere kräftige, behaarte Hände William Rackham an Schultern und Manteltaschen, und als er sie abzuschütteln versucht, befördert ihn ein gewaltiger Schlag auf den Kopf ins Koma.

»Endstation!«

Der Zug kommt mit einem Ruck zum Stehen, schwingt die Türen auf und ergießt seine menschliche Fracht in das Gewimmel der Paddington Station. Das Zischen der Dampfloks wird fast augenblicklich übertönt von dem noch lauteren Getöse der Stimmen, als die einen, die ihr Gepäck vom Dach des Zuges holen wollen, sich gegen die anderen durchsetzen müssen, die nur eines wollen: von hier verschwinden.

Die dicht gedrängte Menge ist ein kunterbuntes Menschengemisch: Die wogenden bunten und sperrigen Röcke der Frauen heben sich ab von den Trauerfarben der Männerkleidung, hinter schwankenden Koffer- und Taschenbergen werden Kinder hergezogen. Wie süß die Kleinen doch sein können, wenn sie hübsch angezogen und zurechtgemacht sind! Ein Jammer, dass sie solchen Krawall veranstalten, wenn sie schlechte Laune haben! Aha: Da haben wir schon eines, das greint und die inständigen Bitten seiner Mutter ignoriert. Kind! – hör auf deine Mama, kleiner Satansbraten; sie weiß, was gut für dich ist, und du musst jetzt brav sein, den Korb wieder aufheben, der dir umgefallen ist, und weitergehen!

Die Frau, der beim Beobachten dieser Szene solche Gedanken durch den Kopf gehen, sieht nicht anders aus als die übrigen Myriaden von Unglücklichen, die man in London findet – sie ist ärmlich gekleidet, ohne Begleitung, und sie hinkt. Sie trägt ein zerknittertes Kleid aus dunkelblauer Baumwolle mit grauer Frontpartie – ein Stil, den die modebewusste Frau schon vor mindestens zehn Jahren abgelegt hat –, eine fadenscheinige Haube, einst weiß und jetzt eher ekrü, und einen blassblauen Umhang, den die Jahre derart aufgeraut haben, dass er schon wieder an das

Schaffell erinnert, aus dem er einmal gesponnen wurde. Sie kehrt dem Rummel den Rücken zu und reiht sich in die Schlange vor dem Fahrkartenverkauf ein.

»Ich möchte nach Lostwithiel«, erklärt sie dem Mann hinter dem Schalter, als sie an der Reihe ist. Der Schalterbeamte mustert sie von oben bis unten.

»Die Penzance Line hat keine dritte Klasse«, klärt er sie auf.

Da zieht sie eine nagelneue Banknote aus einem Schlitz ihres schäbigen Kleides. »Ich reise zweiter Klasse.« Und sie lächelt schüchtern, denn der Gedanke an dieses Abenteuer erfüllt sie mit aufrichtiger Freude.

Der Mann hinter der Glasscheibe zögert einen Moment und überlegt, ob er die Polizei rufen soll, damit sie herausfindet, wie eine Frau in so bescheidener Aufmachung zu einer Banknote gekommen ist. Aber hinter ihr stehen die Leute Schlange, und im Gesicht dieser armen, ausgehungerten Person liegt etwas Einnehmendes, so als hätte sie unter leichteren Lebensumständen zur süßesten kleinen Ehefrau aufblühen können, die ein Mann sich nur wünschen kann, statt sich wie jetzt notgedrungen allein durchs Leben zu schlagen. Und überhaupt, welche Anmaßung zu behaupten, eine Frau in ärmlicher Kleidung könne nicht rechtmäßige Besitzerin einer Banknote sein! Es gibt auf der Welt solche und solche. Es ist erst eine Woche her, da hat er eine Frau in Gehrock und Hosen bedient.

»Hin- und Rückfahrt?«, fragt er.

Die Frau zögert, dann lächelt sie wieder. »Ja, warum nicht? Man weiß ja nie …«

Der Mann kaut auf seiner Oberlippe, während er mit einem Federhalter die Fahrkarte ausfüllt.

»Siebzehn Minuten nach sieben, Gleis sieben«, sagt er. »In Bodmin umsteigen.«

Die ärmliche Frau nimmt den Fahrschein in die kleinen Hände und humpelt davon. Sie schaut sich um; beinah hat sie vergessen, dass sie allein ist, beinah hat sie erwartet, dass ihre Zofe hinter ihr herläuft und den Koffer mit ihren Kleidern zieht. Dann fällt ihr wieder ein, dass sie ja nie wieder eine Zofe brauchen wird; diese schäbigen Lumpen, die sie am Leib trägt, werden ihr letztes Gewand in diesem Leben sein, und sie dienen keinem anderen Zweck, als ihre Nacktheit zu verhüllen, während sie ihren alten Leib seinem letzten Bestimmungsort zuführt.

Sie atmet einmal tief durch, um ihren ganzen Mut zu sammeln, und bahnt sich dann vorsichtig einen Weg durch die Menge, immer auf der Hut, dass ihr niemand auf die Füße tritt. Sie ist noch nicht sehr weit gekommen, als sich ihr ein matronenhaftes Frauenzimmer in den Weg stellt. Nach einem kleinen Pas de deux, nach Art zweier Damen, die in einem schmalen Gang aneinander vorbei wollen, bleiben beide stehen. Das Gesicht der Älteren strahlt Mitgefühl aus.

»Kann ich Ihnen helfen, meine Liebe?«

»Ich denke nicht«, sagt Agnes. Sie ist ausdrücklich dazu angehalten worden, alle Angebote von Fremden zu ignorieren.

»Neu in London?«

Agnes antwortet nicht. Ihre Erinnerung an ihren Aufbruch heute Morgen mag ein wenig vage sein, schließlich war es dunkel und mitten in der Nacht, als sie vom Flüstern ihrer Heiligen Schwester geweckt wurde, doch an eines erinnert sie sich mit vollkommener Klarheit: an den Befehl ihrer Heiligen Schwester, niemandem irgendetwas über ihre Reise anzuvertrauen, ganz gleichgültig, wie freundlich diese Person erscheinen mochte.

»Ich führe eine christliche Herberge für Frauen, die neu in London sind«, fährt die matronenhafte Fremde fort. »Entschuldigen Sie, wenn ich Ihnen zu nahe trete, aber kann es sein, dass Sie erst seit kurzem verwitwet sind …?«

Auch darauf antwortet Agnes nicht.

»Verlassen …?«

Agnes schüttelt den Kopf. Kopfschütteln ist doch wohl erlaubt, so hofft sie zumindest. Bis jetzt hat sie ihrer Heiligen Schwester bei allen Einzelheiten ihrer Flucht gehorcht, auch wenn sie noch so hart waren – die schockierende Nachricht von dem bevorstehenden Verrat; die Verkleidung, die sie anlegen musste; die Schuhe, in die sie ihre wunden Füße zwingen musste; das Schleichen auf der Treppe, wie eine gemeine Diebin, in ihrem eigenen Haus; der würdevolle, wortlose Abschied an der Haustür, gerade nur ein kurzes Winken, als sie in die schneebedeckte Morgendämmerung hinaushumpelte – ja, all diesen Widrigkeiten hat sie sich mit dem ganzen Mut gestellt, zu dem ihre Heilige Schwester sie ermahnt hatte. Es wäre daher ein großes Unglück, wenn sie jetzt schwach werden und sich gegen sie versündigen würde.

»Sie sehen ja halb verhungert aus, meine Liebe«, bemerkt die hartnäckige Samariterin. »In unserem Haus gibt es reichlich zu essen, drei Mahlzeiten pro Tag, und ein ordentliches Feuer. Und Sie brauchen auch kein Geld; Sie können sich Ihren Aufenthalt bei uns mit Handarbeiten verdienen, oder was immer Sie gut können.«

Die Andeutung, ihre leibliche Gestalt könnte verschönert werden durch die Völlerei, welche die wulstige Kreatur vor ihr derart aufgeblasen hat, empfindet Agnes als Beleidigung, und sie richtet sich zu voller Größe auf. Mit nachlassender Höflichkeit sagt sie: »Sie sind sehr freundlich, Madam, aber im Irrtum. Ich erbitte mir nichts von Ihnen, nur dass Sie zur Seite treten. Ich möchte nämlich meinen Zug nicht verpassen.« Der Frau verschlägt es die Sprache, aus ihrem Gesichtsausdruck verschwindet alles Mitleid in hässlichen Falten, aber sie tritt beiseite, und Agnes eilt weiter, wobei sie all ihre Kraft zusammennimmt, um ihren Gang so anmutig wie möglich wirken zu lassen, als durchquerte sie einen Ballsaal. Der Schmerz ist unerträglich, aber sie hat ihren Stolz.

An Gleis sieben winkt der Stationsvorsteher die Passagiere mit dem Griff seiner Glocke, die er am Klöppel festhält, in den Zug nach Penzance. »Einsteigen bitte!«, ruft er und gähnt.

Ganz ohne Hilfe erklimmt Agnes ihren Waggon und sucht sich einen freien Platz. Die Sitze sind aus Holz, genau wie in der Kirche, nur ohne die üppigen Polster, an die sie gewöhnt ist, aber das Abteil ist recht sauber und ganz und gar nicht der Stall auf Rädern, den sie sich immer unter zweiter Klasse vorgestellt hat. Ihre Mitreisenden sind ein älterer Mann mit Bart, eine junge Mutter mit einem Säugling auf dem Schoß (der zum Glück schläft!) und ein schmollender Junge mit geschwollener Wange und Schulranzen. Eingedenk der Anweisungen ihrer Heiligen Schwester lässt sich Agnes auf ihrem Platz am Fenster nieder und schließt sofort die Augen, damit bloß niemand auf die Idee kommt, sie anzusprechen.

In Wahrheit ist sie auf einmal so erschöpft, dass sie vermutlich ohnehin kaum die Kraft aufbringen könnte zu sprechen; nach dieser Kasteiung pochen ihre Füße vor Schmerz – der ewig lange Marsch durch Notting Hill, bevor sie im Morgengrauen von einer Droschke erlöst wurde; das lange Warten vor Paddington Station, bis der Bahnhof endlich seine Tore öffnete; die Demütigung, von einem Polizisten zum Weitergehen aufgefordert zu werden; das unsittliche Angebot eines völlig betrunkenen Mannes. All diese Prüfungen hat sie bestanden, doch jetzt fordern sie ihren Tribut. Sie hat schreckliche Kopfschmerzen, wie immer an der gleichen Stelle direkt hinter dem rechten Auge. Gott sei Dank ist heute der letzte Tag, an dem sie diese Schmerzen wird ertragen müssen.

»Alle Personen ohne Fahrschein bitte aussteigen!«

Nur schwach dringt die Stimme des Stationsvorstehers durch das Hämmern des Blutes in ihrem Kopf, aber sie muss ihn auch gar nicht hören, schließlich hat sie seine Worte im Traum schon oft genug vernommen. Stattdessen ist es die Stimme ihrer Heiligen Schwester, deren Echo in ihrem fiebrigen Kopf widerhallt: »Vergiss nicht, wenn du an deinem Ziel ankommst und den Zug verlässt, sprich mit niemandem. Geh so lange, bis du dich weit draußen auf dem Land befindest. Klopf an einem Bauernhaus an oder bei einer Kirche und sag, dass du das Nonnenkloster suchst. Nenn es nicht Kloster zur guten Gesundheit, niemand kennt es unter diesem Namen. Bitte nur einfach darum, dass man dir den Weg zum Kloster zeigt. Lass dich mit nichts anderem abspeisen, sag niemandem, wer du bist, und lass dich von einem Nein nicht entmutigen. Versprich mir das, Agnes, versprich es mir.«

Die Lokomotive zischt, und ein Beben geht durch den Zug, als er sich in Bewegung setzt. Agnes öffnet ein Auge – das linke, das sich nicht so anfühlt, als würde es gleich zerbersten – und sieht aus dem Fenster; aller Wahrscheinlichkeit zum Trotz hofft sie, ihr Schutzengel möge dort auf dem Bahnsteig stehen und ihr mit einem würdevollen Nicken bestätigen, was für ein tapferes Mädchen sie ist. Aber nein, der ist andernorts beschäftigt, muss Seelen retten und Körper gesund pflegen. Agnes wird ihn schon bald wiedersehen, am Ende ihrer Reise.

Teil 5

Die weite Welt

Neunundzwanzig

Schwerelos und nackt treibt sie hoch, hoch über den Fabrikschornsteinen und Kirchturmspitzen der Welt, in den oberen Schichten der schwülwarmen Atmosphäre und streckt und rekelt sich dem warmen Himmel entgegen. Die Luft ist von betörendem Duft, ein mächtiges Gewoge aus sanften Windwellen und Wolkenkissen – ganz anders als die unbewegte transparente Leere, als die sie sich das Paradies immer erträumt hat. Es gleicht vielmehr einem Ozean, den man mit dem Atem in sich aufnehmen kann, und so paddelt sie mit den Füßen in der schwülen Luft, um den Abstand zwischen ihrem Körper und dem ihres neben ihr schwebenden Mannes zu verringern. Ganz dicht bei ihm spreizt sie die Schenkel, umschlingt ihn mit Armen und Beinen und öffnet ihre Lippen, um das Sinnbild seiner Liebe zu empfangen.

»Ja, o ja«, flüstert sie und umfasst seinen Hintern mit beiden Händen, um ihn noch tiefer in sich aufzunehmen; zärtlich küsst sie ihn; ihrer beider Geschlecht ist eins geworden; sie sind ein Fleisch. Ein Wolkenwirbel umhüllt ihre vereinten Körper wie ein Laken, und so treiben sie durch die linden Wogen der Ewigkeit, wie zwei Schwimmer getragen von den rhythmischen Strömungen und den eigenen, drängenden Stößen.

»Wer hätte geahnt, dass es so sein würde?«, schwärmt sie.

»Sag jetzt nichts«, seufzt er, während er seine Hände von ihren Schulterblättern hinunter zu ihren Pobacken gleiten lässt. »Immer redest du.«

Sie lacht. Recht hat er. Der Druck seiner Brust gegen ihren

Busen ist sanft und erregend zugleich; ihre Brustwarzen sind angeschwollen, ihr Geburtskanal zieht sich sehnsüchtig zusammen, gierig nach seinem Samen. Sie wälzen und winden sich auf einer großen Wolkenbank, bis die Leidenschaft wie ein Feuerstrahl durch ihren Körper tobt, bis sie den Kopf hin und her wirft und vor Verzückung nach Luft ringt …

»Emmeline!«

Trotz ihrer zuckenden Ekstase ist sie geistesgegenwärtig genug, um zu erkennen, dass dies nicht Henrys Stimme ist, denn sein wortloser Atem weht heiß durch ihre Haare, sondern eine andere, unsichtbare Quelle haben muss.

»Emmeline, bist du da?«

Seltsam, denkt sie, als die Wolken sich auflösen und sie rücklings durch die Himmelsschichten zur Erde stürzt. *Wenn Gott mich ruft, müsste ihm doch eigentlich bekannt sein, dass ich da bin, oder?*

»Emmeline, hörst du mich!«

Sie landet auf ihrem Bett – erstaunlich sanft, wenn man bedenkt, wie schwindelerregend schnell der Absturz vonstatten ging – und setzt sich schwer atmend auf, während es weiter gegen ihre Haustür hämmert.

»Emmeline!«

Gott steh ihr bei: ihr Vater. Sie springt aus dem Bett und wirft dabei Mieze auf den Rücken, alle viere von sich gestreckt. Hektisch hält sie nach etwas Ausschau, womit sie ihre Nacktheit verhüllen kann, findet aber nur Henrys Mantel und Hemd, Kleidungsstücke, die sie seit neuestem zusammen mit ein paar anderen von Henrys Utensilien aus der Tasche von *Tuttle & Son* als Trostspender mit ins Bett nimmt. Schnell wirft sie sich den warmen, zerknitterten Mantel wie ein Cape um die Schultern, bindet sich das Hemd wie eine Schürze um die Taille und rennt nach unten.

»Ja, Vater, ich bin hier«, ruft sie durch die Trennwand aus Holz und vereisten Glasscheiben. »E-es tut mir Leid, ich habe dich nicht gehört, ich habe … gearbeitet.« Die Sonne scheint recht hoch am Himmel zu stehen, es muss schon mindestens elf Uhr sein – viel zu spät, um zuzugeben, dass sie noch geschlafen hat.

»Entschuldige die Störung, Emmeline«, sagt ihr Vater, »aber es ist dringend.«

»Es … es tut mir Leid, Vater, aber ich kann dich nicht hereinbitten.« Was will er denn nur? Sie empfängt keinen Besuch mehr – das sollte er doch langsam wissen! »Soll ich nicht lieber nachher zu dir kommen, oder heute Nachmittag?«

Der verzerrte Umriss seines Kopfes mit dem schwarzen Hut nähert sich der Glasscheibe. »Emmeline …!« Sein Tonfall verrät, dass er alles andere als begeistert ist, da draußen vor aller Augen an die Haustür seiner Tochter hämmern zu müssen und sich derartig öffentlich zur Schau zu stellen. »Es geht um Leben und Tod einer Frau.«

Emmeline stutzt einen Moment. Melodramatik, weiß sie, liegt nicht im Wesen ihres Vaters, also ist es wohl tatsächlich so, wie er sagt.

»Äh … bitte, wenn du ein paar Minuten warten könntest … ich … ich komme sofort …«

Sie eilt die Stufen hinauf und zieht sich in Windeseile an – Pantalettes, Mieder, Kleid, Jacke, Strümpfe, Gamaschen, Schuhe, Handschuhe und Hut –, alles ungefähr in der gleichen Zeit, die Lady Bridgelow bisweilen dazu braucht, um über die richtige Platzierung einer Haarnadel nachzusinnen.

»Ich bin fertig, Vater«, keucht sie an der Haustür, »wir können los.« Sie sieht, wie er zurücktritt, schlüpft aus dem Haus, schließt ihr staubiges Durcheinander sorgfältig hinter sich ab und atmet tief die frische, kalte Luft ein. Als sie den Schlüssel im Schloss umdreht, spürt sie den Blick ihres Vaters auf sich ruhen, doch er verkneift sich einen Kommentar.

»Also dann!«, sagt sie munter. »Los geht's!«

Sie dreht sich um und sieht ihn an; seine Erscheinung ist makellos wie immer, doch sein Stirnrunzeln verrät, dass die ihre leider wieder zu wünschen übrig lässt. Ein gut aussehender, würdevoller älterer Herr, in der Tat, trotz der Sorgenfalten, die sein Gesicht durchziehen. So viel Krankheit auf dieser Welt, und nur ein einziger alter Mann mit einer Arzttasche, um dagegen anzukämpfen … Wenn in jenem mitleiderregenden Brief von Mrs Rackham etwas Emmeline davon überzeugte, dass die arme Frau gänzlich den Verstand verloren hatte, dann war es die Anspielung auf Doktor Curlews boshafte Natur; in Emmelines Augen ist ihr Vater nämlich die Verkörperung der Mildtätigkeit schlechthin, ein Knochenheiler und Wundenverbinder, während sie seinem philanthropischen Vorbild nicht anders nacheifern kann, als dass sie Briefe an Politiker schreibt und mit Prostituierten diskutiert.

All dies geht ihr im Bruchteil einer Sekunde durch den Kopf, während er in voller Größe auf der Schwelle ihres Hauses vor ihr steht; jetzt erst bemerkt sie seine Ungeduld, seine nervös die Straße auf und ab huschenden Blicke, und sie weiß, dass irgendetwas nicht stimmt.

»Was ist los, Vater? Was ist passiert?«

Mit einer Geste bedeutet er ihr, schnell loszumarschieren, um eine naseweise alte Klatschbase abzuschütteln, die, mit ausgestopften Blaumeisen und Fuchsfell herausgeputzt, ein paar Häuser weiter die Straße heraufkommt.

»Emmeline«, beginnt er, während sie ihre Schritte beschleunigen, um ihre Verfolgerin abzuhängen, »ich erzähle dir jetzt ein Geheimnis, auch wenn es nicht mehr sehr lange eines bleiben wird: Mrs Rackham ist verschwunden. Sie sollte gestern Morgen in ein Sanatorium gebracht werden. Als ich bei ihr zu Hause eintraf, um sie zu begleiten, war sie weg. Unauffindbar.«

Obwohl Emmeline aufmerksam zuhört, hält sie zugleich Ausschau, ob sie dem Himmel oder dem Verhalten der anderen Fußgänger entnehmen kann, wie spät es ungefähr ist. »Vielleicht besucht sie eine Freundin?«, wendet sie ein.

»Ausgeschlossen.«

»Wieso? Hat sie keine Freundinnen?« Der Himmel wird bereits dunkler: Ist es vielleicht schon Abend? Nein: Nur Regenwolken, die sich da oben sammeln, um gleich ihre Last abzuwerfen.

»Ich glaube, du hast den Ernst der Lage nicht begriffen. Sie hat sich mitten in der Nacht aus dem Haus geschlichen, in einem völlig derangierten Zustand. Ihre gesamte Kleidung – alle Kleider, Jacken, Mäntel und Blusen – sind noch da, nur ein paar Schuhe und etwas Unterwäsche fehlen; mit anderen Worten, sie ist halb nackt auf die Straße gegangen. Womöglich ist sie erfroren.«

Emmeline weiß, dass er Mitleid von ihr erwartet, doch ihre Lust am Argumentieren ist stärker. »Viele Frauen gehen im Winter halb nackt auf die Straße, Vater«, bemerkt sie, »und die sterben auch nicht.«

Noch einmal blickt er über beide Schultern den Weg zurück, um sicherzugehen, dass die bunte Menge aus Straßenfegern, Botenjungen und Damen mit Schoßhündchen außer Hörweite ist. »Emmeline, ich will nicht lange herumreden. In ihrem Brief an dich erwähnte Mrs Rackham einen Ort, den sie gern aufsuchen würde. Hat sie irgendwelche Andeutungen gemacht, wo sich dieser Ort befinden könnte? In geographischer Hinsicht?«

Emmeline weiß nicht recht, soll sie amüsiert oder peinlich berührt sein. »Nun, Vater, sie hatte gehofft, dass *ich* ihr das sagen könnte.«

»Und was hast du ihr gesagt?«

»Ich habe ihr gar nicht geantwortet«, sagt Emmeline. »Du hattest mir ja davon abgeraten.«

Doktor Curlew nickt, offensichtlich enttäuscht. »Gott steh ihr bei«, murmelt er, während ein Brauereipferd eine glockenbehängte Kutsche an ihnen vorüberzieht und dabei eine lange Spur von Pferdeäpfeln hinter sich legt.

»Ich wusste nicht, dass es schon so um Mrs Rackham stand«, sagt Emmeline. »Im Kopf, meine ich.«

Curlew hält nach dem Straßenfeger Ausschau, doch der Kerl hat sich nicht von der Stelle gerührt und offensichtlich ein anderes, spendabler aussehendes Paar ins Auge gefasst, das auf einen Exkrementhaufen zusteuert.

»An Heiligabend ist sie schon einmal weggelaufen«, erklärt er. »Bei den Rackhams war das halbe Haus bis zum Morgengrauen trotz Schnee und Eis damit beschäftigt, nach ihr zu suchen. Bis schließlich Miss Sugar, die Gouvernante, sie in der Remise gefunden hat.«

Emmeline horcht auf: ein ungewöhnlicher Name, dennoch könnte sie schwören, ihn erst kürzlich irgendwo gelesen zu haben. Aber wo?

»Wie schrecklich – ich hatte ja keine Ahnung!«, sagt sie. »Aber was ist mit ihrem Mann, William – hat er denn keine Vermutung, wo seine Frau sein könnte?«

Doktor Curlew schüttelt den Kopf.

»Unser Industriemagnat«, sagt er mit müdem Sarkasmus, »wurde erst heute Morgen aus einem Krankenhaus in Somerset nach Hause entlassen. Er ist in Frome von ein paar Rattenfängern überfallen worden.«

Emmeline schnaubt auf höchst undamenhafte Weise. »Überfallen von wem?«

»Rattenfängern. Von Räubern, die vor den Gasthäusern auf Betrunkene warten. Da verbringst du nun für den Frauenrettungsverein so viel Zeit in der Londoner Unterwelt und hast dieses Wort noch nie gehört?«

»Ich kenne andere, die *du* vermutlich noch nie gehört hast, Vater«, erwidert sie. »Aber wie geht es Mr Rackham?«

Doktor Curlew seufzt entnervt. »Er ist eine silberne Uhr, einen Mantel und einiges Bargeld losgeworden; außerdem hat er zahllose Prellungen, eine Gehirnerschütterung, Sehstörungen und ein paar gebrochene Finger. Anscheinend ist ihm einer der Kerle auf die rechte Hand getreten. Er kann von Glück sagen, dass man ihn nicht niedergestochen hat.«

Etwas weiter vor ihnen auf dem Weg liegt die Metzgerei, in der Emmeline inzwischen Stammkundin ist. Hätte sie nur ihr Portemonnaie dabei, dann könnte sie Mieze etwas zum Frühstück kaufen. Aber vielleicht lässt der Metzger sie ja anschreiben …

»Das scheint mir ein Fall für die Polizei zu sein«, sagt sie und verlangsamt ihren Schritt. Sie fragt sich, wie lange ihr Vater noch neben ihr herspazieren will, bevor er einsieht, dass sie ihm nicht weiterhelfen kann, und sie wieder sich selbst überlässt. Wenn sie doch nur, so ganz im Vertrauen, ein paar freundliche Worte mit dem Metzger wechseln könnte …

»Davon will Rackham nichts hören. Der arme Trottel fürchtet den Skandal.«

»Aber wenn doch seine Frau schon seit zwei Tagen vermisst wird …«

»Ja, natürlich wird er die Polizei verständigen müssen, und zwar bald. Aber nur, wenn er sich sonst keinen Rat mehr weiß.«

Emmeline bleibt vor dem Schaufenster stehen; die Lamm- und Ferkelkadaver darin sind an den Hinterbeinen aufgehängt, die klaffenden Bäuche mit Würsten garniert.

»Das heißt«, sagt sie, »wenn ich ihm nicht helfen kann.«

Doktor Curlew lässt seinen prüfenden Blick über die Frau an seiner Seite wandern, dieses nachlässig gekleidete, sorglos frisierte Klappergestell, das er dreißig Jahre zuvor gezeugt hat. Sie ist groß geworden seit damals, und nicht sehr schön – ihr Kopf ist eine missglückte Kombination aus seinem langen Gesicht und dem runden, unregelmäßigen Schädel seiner Frau. Wie ein Blitz durchfährt ihn die Erinnerung an den Tag ihrer Geburt und an den Tod ihrer Mutter – bluttriefende Ereignisse, die beide im selben Bett, in der selben Nacht stattfanden –, und plötzlich wird ihm klar, dass Emmeline trotz ihrer schlechten Gesundheit sehr viel älter geworden ist, als ihre Mutter bei ihrem Tod war. Ihre Mutter starb mit rosigen Wangen und ahnungslos, ohne diese Sorgenfalten auf der Stirn, ohne diese Krähenfüße um die Augen, ohne den Ausdruck müder Klugheit und stoisch erduldeten Leids.

Er senkt den Kopf, als sich der Himmel öffnet und schwere Regentropfen auf sie niederprasseln.

»Pax, Tochter«, seufzt er.

»Polizei«, sagt William. »Ich werde die P-P-Polizei v-verständigen müssen.« Verzweifelt stöhnt er auf: Dieses verdammte Stottern, das seine Zunge behindert, seit er den Schlag auf den Kopf bekommen hat. Als hätte er nicht genug Kummer!

Sugar ist bei ihm in seinem Arbeitszimmer, es ist der dreißigste Dezember und schon recht spät am Abend. Die Dienstboten werden sich gewiss das Maul zerreißen, dabei geschieht hier nichts, verdammt, was zu Klatschereien Anlass geben könnte: Nach ihrer regulären Arbeitszeit bietet die Gouvernante lediglich ihre Dienste als Sekretärin an, solange der Herr des Hauses in Folge seiner Verletzungen nicht in der Lage ist, seine Korrespondenz selbst zu erledigen. Allmächtiger, wieso kann er nicht auf die einzige belesene Frau im ganzen Haus zurückgreifen, ohne dass eine kleine Wichtigtuerin wie Clara ihn irgendwelcher Ausschweifungen verdächtigt? Soll sie doch, wenn sie es wagt, ihre neugierige Nase ruhig ins Zimmer stecken, dann wird sie feststellen, dass hier nichts anderes raschelt als Papier.

»Was denkst du darüber?«, fragt er Sugar quer durch den Raum. (Er liegt ausgestreckt auf der Ottomane, um den Kopf einen Verband, das geschwollene, purpurrote Gesicht mit schwarzen Flecken aus getrocknetem Blut gesprenkelt, die rechte Hand in einer Schlinge; Sugar dagegen sitzt aufrecht an seinem

Schreibtisch und hält ihre Feder über einen noch undiktierten Brief.) »Du bist heute ja verdammt schweigsam.«

Sugar denkt nach, bevor sie antwortet. Seit seiner Rückkehr aus Somerset ist er schrecklich reizbar, der Schlag auf den Kopf hat seine Stimmung verdüstert. Ihre anfängliche Begeisterung, auf seinem Stuhl am blank polierten walnusshölzernen Ruder der Rackham Perfumeries Platz nehmen zu dürfen, um seine Korrespondenz zu erledigen, wurde bald schon von seiner beängstigend sprunghaften Laune getrübt. Selbst ihr Stolz darüber, mit seinem Segen die Rackhamsche Unterschrift fälschen zu dürfen, nachdem beide erkannt hatten, dass dieses Manöver seinem kindlichen Gekritzel mit der linken Hand allemal vorzuziehen war, verging ihr fast, als er sie schalt, weil ihm das alles viel zu lange dauerte.

»Polizei? Du wirst es am besten wissen, William«, sagt Sugar. »Aber was mich angeht, ich kann mir nicht vorstellen, dass Agnes sehr weit gekommen ist. Eine Frau mit wunden Füßen, ohne ein Kleid am Leib, wenn Clara Recht hat …«

»Es ist d-d-drei Tage her!«, ruft er, als wäre damit irgendetwas bewiesen oder widerlegt.

Sugar überlegt hin und her, welche Lösung sie ihm vorschlagen könnte, doch leider bergen alle, manche mehr, andere weniger, die Gefahr, dass Agnes gefunden wird.

»Nun …«, hebt sie an, »statt Horden von Polizisten zu beauftragen und Anzeigen in allen Zeitungen zu schalten, könnte man vielleicht einen Detektiv engagieren.« (Sie weiß nichts über Detektive, nur das, was sie in *Der Monddiamant* gelesen hat, aber sie hofft, dass die trotteligen Seagraves den klugen Cuffs zahlenmäßig überlegen sind.)

»Egal w-w-was ich m-mache, es kann nur f-falsch sein!«, ruft er und führt die linke Hand zum Kopf, um sich die Haare zu raufen, stößt aber nur auf Verband.

»Wie meinst du das, Liebster?«

»W-wenn ich etwas über Agnes' Krisen an die Ö-Öffentlichkeit dringen lasse, ist sie u-u-unendlich bloßgestellt. Von hier bis … bis Tunesien wird ihr Name – und meiner – zum G-G-Gespött der Leute werden! Und wenn ich Diskretion wahre und noch ein Tag vergeht und s-s-sie in Lebensgefahr schwebt …!«

»Aber in welcher Hinsicht sollte sie in Gefahr schweben?«, fragt Sugar mit ihrer sanftesten, vernünftigsten Stimme. »Falls sie in der ersten Nacht der Kälte zum Opfer gefallen ist … nun, dann kann ihr jetzt nichts mehr passieren, und es bleibt nur, ihren Leichnam zu finden. Falls sie aber noch am Leben ist, kann das nur bedeuten, dass jemand sie aufgenommen hat. Und das wiederum heißt, dass sie auch noch ein Weilchen länger in Sicherheit ist, während diskrete Ermittlungen …«

»Sie ist meine F-F-Frau, verdammt!«, schreit er. »Meine *Frau*!«

Sugar senkt augenblicklich den Kopf und hofft, sein Zorn möge verfliegen, bevor die Dienstmädchen oder Sophie etwas merken. Auf dem Rackhamschen Briefbogen, der vor ihr liegt, steht: »Sehr geehrter Mr Woolworth« – mehr nicht. Unbemerkt ist etwas Tinte von ihrem Federhalter getropft und hat den Briefkopf verunziert.

»Es will dir einfach nicht in den Kopf, dass Agnes vielleicht dringend unserer Hilfe bedarf!«, schreit William und hebt drohend die unverletzte Hand gegen die Welt da draußen.

»Aber William, wie ich gerade sagte …«

»Es geht nicht nur um Leben oder T-T-Tod – es gibt Sch-Schlimmeres als den Tod!«

Verständnislos sieht Sugar ihn an.

»Spiel jetzt b-b-bloß nicht die Unschuldige!«, brüllt er. »Just in diesem Moment könnte irgendeine h-h-hässliche Alte wie deine M-M-Mrs Castaway sie in ihr d-d-dreckiges Bordell einführen!«

Sugar beißt sich auf die Unterlippe, wendet sich von ihm ab und mustert die nikotingelbe Tapete. Ihr Atem geht ruhig und gleichmäßig, und sie lässt ihre Tränen die Wangen hinab in den Ausschnitt ihres Kleides laufen.

»Ich bin sicher«, sagt sie, sobald sie darauf vertrauen kann, dass ihre Stimme sie nicht verraten wird, »dass Agnes zu schwach und zu krank ist, um … um dieser Verwendung zugeführt zu werden.«

»Hast du die *L-Londoner Lustbarkeiten* nicht gelesen?«, kommt seine Antwort schnell wie ein Peitschenhieb. »Mit t-todkranken Mädchen wird ein f-florierender Handel getrieben – weißt du das nicht mehr?« Er röchelt voller Abscheu, als wäre die Eierschale seiner Unschuld just in dieser Minute zerschlagen worden, als dränge ihm nun zum ersten Mal der widerliche Gestank menschlicher Verderbtheit in die Nase.

Sugar sitzt schweigend da und wartet auf die Fortsetzung seiner Rede, doch sein Wutausbruch scheint vorüber, er lässt die Schultern hängen, und nach ein paar Minuten hat sie das Gefühl, dass er eingeschlafen ist.

»William«, fragt sie schüchtern. »Wollen wir jetzt an Mr Woolworth schreiben?«

Also dann, Lebewohl, 1875.

Falls auf dem Rackhamschen Anwesen am einunddreißigsten Dezember in irgendeiner Weise gefeiert wird, so geschieht dies im Geheimen und unter bewusstem Ausschluss des Hausherrn. In den anderen Haushalten der ganzen Stadt – ja, der gesamten zivilisierten Welt – mag erwartungsvolle Sylvesterfreude einkehren, im Haus in den Chepstow Villas jedoch verblasst der Beginn eines neuen Jahres neben dem Ereignis, dem alle entgegenfiebern. Das Leben scheint zwischen zwei Epochen angesiedelt: der Zeit vor Mrs Rackhams Verschwinden und der Zeit danach – wann immer diese eintreten mag –, wenn ihr Schicksal bekannt wird und man im Haus endlich, endlich aufatmen kann.

Am ersten Januar 1876 gehen die Dienstboten wie an jedem anderen Tag auch ihren Aufgaben nach. Backformen werden eingefettet für Brot, das eventuell verlangt werden könnte; Laken werden gebügelt und den Stapeln überflüssiger Bettwäsche zugeführt; ein Stück Entenfleisch, in dem sich schon die Maden tummeln, wird Shears zum Kompostieren übergeben, doch ansonsten geht alles seinen gewohnten Gang. Selbst Clara läuft unbeirrt die Treppen hinauf und hinunter und aus Mrs Rackhams Schlafzimmer hinein und wieder hinaus, wobei sie die anderen Dienstmädchen stirnrunzelnd warnt, bloß keine Fragen zu stellen.

Hingegen wäre der Gouvernante gegenüber der Vorwurf unangebracht, nicht nützlich zu sein; die zweite Hälfte des Neujahrstages wird sie vollauf von ihren erweiterten Aufgaben beansprucht: Morgens unterrichtet sie Miss Sophie, und nach einem hastigen Mittagessen erledigt sie zwei Stunden Schreibarbeit für den Hausherrn in dessen Arbeitszimmer.

Sugar und William machen sich ohne große Umstände und Vorreden an die Arbeit. Die Zahnräder der Industrie drehen sich unaufhaltsam weiter; es hat keinen Sinn, über gebrochene Finger zu jammern oder über Kopfschmerzen und das Verschwinden der eigenen Ehefrau, denn es gilt Rechnungen zu bezahlen, unzuverlässigen Lieferanten hinterherzurennen, den Reinfall mit den Rackhamschen Millefleur-Duftkissen gelassen zu ertragen.

Sugar schreibt Briefe an zahllose sehr geehrte Herren, ermahnt William mit sanfter Stimme, den oftmals aggressiven und beleidigenden Ton seines Diktats zu mäßigen, und tut ihr Bestes, damit die Korrespondenz sich nicht in zusammenhanglosen Schwafeleien verliert. Fast automatisch übersetzt sie Sätze wie »Daran wird er zu knabbern haben, der Schuft« in »Mit freundlichen Grüßen« und korrigiert seine Abrechnungen, wenn ihm die Geduld mit Zahlen wieder einmal abhanden gekommen ist. Einen Wutausbruch gegen einen Produzenten von Farbruß in West Ham hat er heute bereits hinter sich und liegt jetzt, laut durch die geschwollene, blutverstopfte Nase schnarchend, auf seiner Ottomane.

»William?«, fragt Sugar leise, doch er hat sie nicht gehört, und sie weiß aus Erfahrung, dass er sehr wütend wird, wenn man ihn mit lauter Stimme weckt, einen hingegen in der Regel mit einem sanften Tadel entlässt, wenn man seinen Schlaf nicht stört.

Um die Zeit zu überbrücken, bis entweder William von seiner Pein geweckt wird oder sie wieder zu Sophie zurückmuss, blättert Sugar leise in den *Illustrated London News*. Sie weiß, dass die Polizei inzwischen von Agnes' Verschwinden in Kenntnis gesetzt wurde, doch Williams Bitte um äußerste Diskretion scheint man entsprochen zu haben, denn in der Zeitung ist die Sache mit Mrs Rackham mit keinem Wort erwähnt. Die Sensation des Tages ist vielmehr ein Unglück, das (wie bereits in die Annalen eingegangen) unter dem Namen »Great Northern Railway Disaster« firmiert. Ein Holzschnitt, »auf der Basis der flüchtigen Skizze eines Augenzeugen erstellt«, zeigt mehrere stämmige Männer in dicken Mänteln, die sich um einen umgestürzten Waggon des *Flying Scotsman* scharen. Mangelndes Talent des Künstlers oder vielleicht sein Übermaß an Feingefühl haben dazu geführt, dass die Retter aussehen wie Postboten, die ihre Briefsäcke abladen, und das Bild nichts von dem wahren Schrecken des Ereignisses vermittelt. Dreizehn Tote und vierundzwanzig Schwerverletzte sind die Folge einer furchtbaren Kollision bei Abbots Ripton, nördlich von Peterborough. Ein Signal, das bei »Fahrt« eingefroren war, wurde als Unglücksursache ausgemacht. Eine Katastrophe, wie dafür geschaffen, Colonel Leek in helle Aufregung zu versetzen!

Sugars erster Gedanke gilt Agnes; sie stellt sich vor, wie sie mit gebrochenen Gliedern und aufgeschlitztem Leib aus dem Wrack gezogen wird. Wäre es möglich, dass Agnes für den Weg von Notting Hill in die Stadt so lange gebraucht hat und in diesen Zug nach Edinburgh gestiegen ist? Sugar tappt völlig im Dunkeln, denn sie hat keine Ahnung, für welches Reiseziel sich Agnes nach ihrer Ankunft in Paddington Station entschieden hat – wenn sie denn überhaupt dort angekommen ist. »Lies die Fahrpläne, der richtige Ort wird sich dir von selbst enthüllen«, lautete die Anweisung ihrer »Heiligen Schwester« – eine andere hätte sie gar nicht geben *können,* da Sugar von Bahnstrecken und deren Zielen nicht den leisesten Schimmer hat. Vielleicht zog der fromme Klang von »Abbots Ripton« Agnes' Aufmerksamkeit auf sich, und ihre Wahl fiel auf diesen Ort.

Unter dem Artikel findet sich ein Kästchen mit der Überschrift »Über die Sicherheit der Eisenbahn«:

> *Im Jahr 1873 starben 17 246 Menschen eines gewaltsamen Todes, das entspricht einem Durchschnitt von 750 auf eine Million. Von diesen wiederum kamen 1290 bei Zugunglücken ums Leben, 990 bei Minenunglücken und 6 070 durch andere mechanische Ursachen; 3232 Menschen ertranken, 1519 wurden von Pferden oder anderen Beförderungsmitteln getötet, 1132 von Maschinen aller Art; die übrigen kamen durch Stürze, Brände, Ersticken und sonstige Gefahren um, denen wir im täglichen Leben ausgesetzt sind.*

Während der schnarchende William von unruhigen Träumen gequält wird, sieht Sugar Agnes vor sich, wie sie in einen tiefen Minenschacht stürzt, mit dem Gesicht nach unten in einem verdreckten Dorfteich schwimmt, schreiend in eine Dreschmaschine gerissen wird, unter den wirbelnden Hufen und mahlenden Rädern einer Kutsche verschwindet, kopfüber von einer Klippe stürzt, oder sich im Todeskampf windet, während ihr Körper von Flammen verzehrt wird. Vielleicht wäre sie im Labaube Sanatorium doch besser aufgehoben gewesen …

Aber nein. Agnes war nicht in jenem Zug, und sie ist keinen dieser grausamen Tode gestorben. Sie hat die Anweisungen ihrer Heiligen Schwester genau befolgt. Am Abend des achtundzwanzigsten Dezember war sie längst in Sicherheit, hatte ihr idyllisches Refugium längst gefunden. Stell dir einen Bauern auf seinem Acker vor beim … was auch immer ein Bauer auf seinem Acker macht. Durch das Getreide oder den Weizen oder was auch immer erspäht er eine fremde Frau, eine ärmlich gekleidete, humpelnde Gestalt, die aussieht, als würde sie bald zusammenbrechen. Was sucht sie? Das Nonnenkloster, sagt sie und sinkt ohnmächtig zu seinen Füßen nieder. Der Bauer trägt sie in sein Haus, wo seine Frau am Herd steht und im Suppentopf rührt …

»Nff! Nff!«, stöhnt William und wehrt mit der freien Hand vermeintliche Angreifer ab.

Sugar denkt sich noch eine weitere Geschichte für Agnes aus: Die verwirrte Mrs Rackham humpelt im Mondlicht aus einem ländlichen Bahnhofsgebäude auf einen düsteren Dorfplatz hinaus und wird augenblicklich von einer Horde übler Rabauken überfallen, die ihr das Geld abnehmen, das Sugar ihr zugesteckt hat, ihr die Kleider vom Leib reißen, ihr die Beine spreizen und …

Die Uhr schlägt zweimal. Zeit für Sophie Rackhams Nachmittagsunterricht.

»Entschuldige mich, William«, flüstert sie, und ein Zucken fährt durch seinen Körper.

Während die Tage ins Land gehen und das neue Jahr, das sich so gar nicht gut anlässt, seinen zweifelhaften Lauf nimmt, scheint Sophie im Rackhamschen Haushalt die Einzige zu sein, die Agnes' Abwesenheit unberührt lässt. Ohne Zweifel hegt auch das Kind Gefühle in dieser Angelegenheit, die sie irgendwo in ihrer kompakten, sorgfältig zugeknöpften Gestalt verbirgt, doch aus ihren Reaktionen, zumindest den mündlich geäußerten, spricht allein Neugierde.

»Ist meine Mama immer noch weggelaufen?«, fragt sie jeden Morgen mit etwas verquerer Grammatik und unergründlicher Miene.

»Ja, Sophie«, lautet die gebetsmühlenhafte Antwort ihrer Gouvernante, und der Unterricht kann beginnen.

In einer völligen Umkehr der Verhältnisse, die Sugar nicht entgangen ist, spricht aus Sophies Verhalten ruhige Beherrschung, Geduld und Reife, während William Rackham schmollt und stottert und schreit und bei der Arbeit einschläft wie ein Kind nach langem Quengeln. Sophie widmet sich dem Studium Australiens mit einer Ernsthaftigkeit, als würde sie in Kürze dort zu leben gedenken, und sie prägt sich die Überzeugungen alter englischer Monarchen so fest ein, als handelte es sich um für ein sechsjähriges Mädchen unverzichtbare Informationen.

Auch beim Spielen scheint sie darauf bedacht, ihr sträfliches Verhalten vom Weihnachtstag vergessen zu machen. Die französische Prachtpuppe, die vermutlich mit eifriger Beanspruchung gerechnet hat, muss nun die meiste Zeit in einer Ecke verbringen und über ihre Eitelkeit nachsinnen, während Sophie still an ihrem Schreibpult sitzt und mit Buntstiften Bilder von einem dunkelhäutigen Kuli auf einem Elefanten malt, eines liebevoller gezeichnet als das andere.

Außerdem arbeitet sie sich Kapitel für Kapitel durch *Alice im Wunderland*, wobei sie jede Episode so lange liest, bis sie sie entweder auswendig kennt oder wirklich verstanden hat. Es ist die seltsamste Geschichte, die sie je gelesen hat, aber es muss einen Grund geben, warum die Gouvernante ihr das Buch geschenkt hat, und je länger sie darin liest, umso mehr gewöhnt sie sich an all die gruseligen Szenen, bis ihr die Tiere *fast* so freundlich vorkommen wie die von Mr Lear. Nach den Abbildungen im noch ungelesenen hinteren Teil zu urteilen, scheint die Geschichte ein grausames Ende zu nehmen, aber das wird sie erfahren, wenn es so weit ist, und weil die letzten drei Worte »Sommertage voller Glück« lauten, kann es wohl nicht allzu schlimm kommen. Ein paar Zeichnungen gefallen ihr sehr gut, zum Beispiel die, auf der Alice zusammen mit der Maus im Teich der Tränen schwimmt (das einzige Mal, das sie nicht besorgt aussieht), und dann das Bild, bei dessen Anblick sie immer wieder laut lachen muss, denn es zeigt einen schrecklich dicken Mann, der durch die Luft fliegt. Dieses Bild muss von einem Zauberer gemalt worden sein – sein Muster aus Tintenstrichen übt eine magische Wirkung auf ihren Bauch aus und verursacht dort Lachzuckungen, die sie einfach nicht unterdrücken kann, so sehr sie sich auch bemühen mag. Und wenn Alice sagt: »Wer in aller Welt bin ich? Ja, *das* ist doch das große Rätsel!«, muss sie jedes Mal aufs Neue tief durchatmen, so beängstigend ist dieses Zitat ihrer eigenen, geheimsten Gedanken.

»Es freut mich sehr, dass dir dein Weihnachtsgeschenk gefällt, Sophie«, sagt Miss Sugar, als sie sie wieder einmal beim Lesen antrifft.

»Ja, es gefällt mir wirklich sehr, Miss«, versichert das Kind.

»Du bist ein braves Mädchen, die ganze Zeit über am Lesen und Malen, während ich deinem Vater behilflich bin.«

Sophie läuft rot an und senkt den Kopf. Nicht der Wunsch, brav zu sein, veranlasst sie, ihre unglückliche Negerpuppe auf dem Elefanten zu malen oder Alices Abenteuer zu lesen und leise, wenn niemand zuhört, »ISS MICH« und »TRINK MICH« zu flüstern. Vielmehr tut sie das alles, weil sie nicht anders kann, weil eine geheimnisvolle Stimme, wohl kaum die Stimme Gottes, sie dazu drängt.

»Kommt jetzt Neuseeland dran, Miss?«, fragt sie erwartungsvoll.

Am achten Tag nach Agnes' Verschwinden stellt Sugar fest, dass Sophie sich nicht mehr die Mühe macht zu fragen, ob ihre Mama noch immer weggelaufen sei. Anscheinend ist sie der Ansicht, dass kein Mensch länger als eine Woche von der Bildfläche verschwinden kann, ohne dass man ihn auffindet. Kein Versteckspiel kann so lange ausgedehnt werden, keine Untat so lange ungestraft bleiben. Mrs Agnes Rackham ist ausgezogen und lebt jetzt in einem anderen Haus, und damit basta.

»Tut meinem Papa noch immer die Hand weh?«, fragt Sophie stattdessen nach dem gemeinsamen Mittagessen, bevor Sugar ins Arbeitszimmer ihres Vaters huscht.

»Ja, Sophie.«

»Er muss sie erst küssen und dann so halten«, sagt das Kind

und steckt die rechte Hand in die linke Achselhöhle. »So mache ich es.« Sie sieht Sugar mit seltsam flehendem Blick an, als hoffte sie inständig, die Gouvernante werde dieses Geheimrezept ihrem dankbaren Vater pflichtschuldigst überbringen.

Selbstredend tut Sugar nichts dergleichen, als sie sich zum Diktat in Williams Arbeitszimmer einfindet. Seine sichtbaren Wunden heilen schnell, doch seine Laune ist schlimmer denn je, und zu seinem maßlosen Zorn macht sein Stottern keinerlei Anstalten zu verschwinden. An drolligen Ratschlägen seiner Tochter ist er derzeit nicht interessiert.

Die dritte und vierte Postlieferung stehen noch aus, und schon hat sich ein frustrierend hoher Briefstapel aufgehäuft, dennoch geht die Arbeit heute nur zäh voran, da William ständig vom Thema abkommt und sich in Klagen über die Tricks und Gemeinheiten seiner Geschäftspartner ergeht. Dann wieder ergeht er sich in Erinnerungen an Agnes – erklärt erst, ohne sie sei das Haus eine leere Hülle und er würde alles dafür geben, noch einmal das Trällern ihrer süßen Stimme im Salon zu hören, und gleich darauf, er habe sieben lange Jahre gelitten und jetzt endlich eine Antwort verdient.

»Was für eine Antwort, Liebster?«, fragt Sugar.

»H-h-habe ich eine F-F-Frau oder h-h-habe ich keine?«, ruft er. »S-s-sieben Jahre lang habe ich m-m-mir diese Frage gestellt. Du machst dir kein Bild von diesen Qualen! Ich wollte nichts sehnlicher sein als ein E-E-E-Ehemann, aber sie sah alles andere in mir: ein Monster, einen B-B-Betrüger, einen Tr-Tr-Trottel, einen Gefängniswächter, einen gut ge-ge-gekleideten Idioten, mit dem man sich in der S-S-Saison sehen lassen k-k-kann – dieses gottverdammte Sch-Sch-Stottern!«

»Wenn du dich aufregst, wird es nur schlimmer, William. Wenn du ruhig bleibst, ist es so gut wie verschwunden.« Ist diese Lüge zu dreist? Nein, er scheint sie geschluckt zu haben.

Abgesehen vom Stottern ist Rackham deutlich auf dem Weg der Besserung. Die Armschlinge hängt leer um seinen Hals, und er schläft nicht mehr laut schnarchend auf der Ottomane ein, sondern springt immer öfter hoch und marschiert auf und ab. Seine Sehkraft ist schon fast wiederhergestellt, und wenn er sich mit einem Taschentuch den reichlich fließenden Schweiß vom Gesicht wischt, lösen sich jedes Mal Stückchen getrockneten Blutes und offenbaren die frische rosafarbene Haut, die sich darunter gebildet hat.

»Wollen wir uns wieder an die Arbeit machen, Liebster?«, schlägt Sugar vor, woraufhin er zustimmend knurrt. Für einige kurze Minuten ist er konzentriert, brummt gönnerhaft, während sie ihm die Briefe vorliest, und gibt mit einem Nicken seinen Segen zu den Zahlen, doch sobald er irgendeine Formulierung als unglücklich empfindet, fühlt er sich persönlich angegriffen und die dünne Schale seiner Selbstbeherrschung birst erneut in tausend Stücke.

»Der K-K-Kerl soll sich an seinem eigenen F-F-Flachs erhängen!«, ruft er, und zehn Minuten später heißt es über einen anderen Händler: »Der d-d-dreckige Schuft, damit kommt er nicht durch!« Sugar hat gelernt, diesen Ausbrüchen eine lange, taktvolle Pause folgen zu lassen, bevor sie ihm eine freundlichere Formulierung vorschlägt.

Mögen Williams Reaktionen auf seine Geschäftskorrespondenten überzogen sein, so sind sie noch harmlos verglichen mit den Reaktionen auf Visitenkarten von Damen aus Agnes' Bekanntenkreis.

»Mrs Gooch? Die hat's grad nötig! Die Frau trägt in ihrer Fettschwarte mehr Gin und Opium mit sich herum als ein halbes D-D-Dutzend Cheapside-Nutten zusammen. Was will die hässliche Kuh, Agnes zu einer S-S-Séance einladen?«

»Es ist nur eine Visitenkarte, William«, sagt Sugar. »Sie hat sie aus Höflichkeit dagelassen.«

»Zur Hölle mit dem W-Weib! Wenn sie so h-h-hells-s-sichtig ist, dann müsste sie wissen, dass sie nicht herkommen und hier rumschnüffeln m-muss!«

Sugar wartet. Es liegen noch einige Visitenkarten auf dem silbernen Tablett, das Rose hereingebracht hat. »Ist es dir lieber, wenn ich nur das vorlese, was mit den Rackham Perfumeries zu tun hat?«

»Nein!«, schreit er. »Ich will a-a-alles wissen! Erzähl mir alles, hörst du!«

Am zehnten Tag nach Agnes' Verschwinden blinzelt die Sonne durch die Wolken, und Sugar beschließt, Sophies Nachmittagsunterricht in den Garten zu verlegen.

Der Garten ist zur Zeit nicht besonders schön und einladend – überall liegt dreckiger Schnee, es ist matschig und schlammig, und nur die winterfesten Pflanzen sind grün –, aber immerhin bietet er eine Möglichkeit, aus dem Haus zu fliehen, in dem wütende Stürme toben und böse Vorahnungen den Himmel verdunkeln, der Hausherr empyreische Blitze schleudert und im Untergeschoss böige Gewitter niedergehen.

Nun, da alle Hoffnungen auf Mrs Rackhams Unversehrtheit langsam schwinden, hat bei den Dienstboten eine Angst die andere verdrängt: Sie fürchten nun nicht mehr das Theater, das ihre Herrin veranstalten könnte, wenn sie nach Hause zurückgebracht wird, vielmehr hat sie die Angst vor der Entlassung gepackt. Denn wenn Mrs Rackham nicht wieder nach Hause kommt, hat der Rackhamsche Haushalt viel zu viel Personal. Clara wird das erste, aber gewiss nicht das einzige Opfer sein; Mr Rackham ist übelster Laune, stößt beliebige Drohungen aus und bezichtigt alle, die ihm seine Wünsche nicht von den Augen ablesen, der Unfähigkeit. Letty ist bereits des Öfteren in Tränen ausgebrochen, und die recht aufbrausende neue Küchenmagd hat sich gestern zu der Antwort hinreißen lassen: »Hab *ich* Ihre Frau vielleicht entführt«, woraufhin sie angewiesen wurde, sofort ihre Siebensachen zu packen, nur um Stunden später grummelnd begnadigt zu werden.

Ein unglücklicher Haushalt, von düsteren Vorahnungen überschattet. Also spazieren Miss Sugar und Miss Rackham, gut verpackt in warme Winterkleidung aus Serge, pelzbesetzte Stiefel und Handschuhe, ins Freie hinaus. Hinter den Rackhamschen Mauern wartet die weite Welt, man muss sich nur warm anziehen.

Als Erstes statten sie dem Stall einen Besuch ab, wo Sugar im Tausch für ein scheues Lächeln von Sophie, die einem Pferd die Flanke streicheln darf, Cheesmans unverfrorenes Glotzen über sich ergehen lässt.

»Passen Sie bloß auf Ihre Gouvernante auf, Miss Sophie, die wird sonst noch übermütig!«, ruft Cheesman munter, als sie wieder gehen.

Danach besichtigen sie unter Shears' wachsamem Blick die Gewächshäuser, wobei sie nichts anfassen dürfen. In den Glaskästen wird, unter einem Nebel aus Kondenswasser verborgen, außersaisonales Gemüse gezüchtet: die ersten Früchte von Shears' hochfliegendem Plan, »immer alles da zu haben, das ganze Jahr über«.

»Was steht denn heute auf dem Stundenplan, Miss Sophie?«, fragt der Gärtner mit einer Kopfbewegung zu dem Geschichtsbuch, das die Gouvernante an ihre Brust presst.

»Heinrich der Achte«, antwortet das Kind.

»Sehr gut, sehr gut«, sagt Shears, der Schulbildung allein deshalb für sinnvoll hält, weil man mit ihrer Hilfe die Anweisungen auf Giftflaschen lesen kann. »Man weiß nie, wozu es mal nützlich sein kann.«

Nachdem sie diese gesellschaftlichen Verpflichtungen absolviert haben, spazieren Sugar und Sophie zur Grenze des Rackhamschen Grundstücks und wandern am Zaun entlang – die gleiche Runde, die Sugar damals lief, als sie das Haus beobachtete, nur diesmal auf der anderen Seite des schmiedeeisernen Zauns. Wenn sie das Haus nun sieht, ohne die Barriere der Metallstäbe, erinnert sich Sugar daran, wie sehr sie sich damals danach sehnte zu erfahren, wie es innerhalb dieser Mauern zugeht, und jetzt weiß sie es. Soll Cheesman sie ruhig mit seiner Dreistigkeit belästigen: Sie ist weiter gekommen, als sie es sich jemals hätte träumen lassen, und sie wird noch weiter kommen.

Beim Gehen erzählt Sugar Sophie die Geschichte von Heinrich VIII. so spannend wie möglich und ohne die geringsten Skrupel vor wilden Ausschmückungen. Sie muss sich regelrecht beherrschen, um nicht allzu viele Einzelheiten aus den Gesprächen der Protagonisten wiederzugeben und Sophies scheinbar grenzenlose Leichtgläubigkeit nicht überzustrapazieren. Die Geschichte dieses gefährlichen Königs mit ihrer simplen Handlung und den sechs Episoden klingt so sehr nach Märchen, dass Katharina von Aragon, Anne Boleyn und Anne von Kleve genauso gut die drei kleinen Schweinchen oder die drei Bären sein könnten.

»Aber Miss, wenn Heinrich der Achte sich so doll einen Sohn gewünscht hat«, fragt Sophie, »warum hat er dann nicht eine Frau geheiratet, die schon einen hatte?«

»Weil der Sohn sein eigener sein musste.«

»Aber gehört der Sohn nicht ihm, wenn er die Dame heiratet?«

»Das schon, aber ein richtiger Erbe muss vom Blut des Königs stammen.«

»Werden so Kinder gemacht?«, fragt Sophie nun dort am Zaun des Rackhamschen Anwesens, am achten Januar 1876 um halb zwei Uhr nachmittags. »Aus Blut?«

Sugar will gerade zu einer Antwort ansetzen, da schließt sie schnell wieder den Mund.

Ein Spritzer Schleim vom Manne, ein fischiges Ei in der Frau, und siehe: Sie werden seinen Namen Immanuel heißen, springt Mrs Castaway hilfsbereit ein.

Sugar fährt sich mit der Hand über die Stirn. »Äh … nein, meine Liebe, Kinder werden nicht aus Blut gemacht.«

»Und wie werden sie dann gemacht, Miss?«

Einen Moment lang geistern Sugar wilde Herstellungsmethoden unter Einbeziehung von Elfen und Feen durch den Sinn. Sie verdrängt sie schnell, und als Nächstes fällt ihr Gott ein, doch die Vorstellung von einem Gott, der für das Leben jedes einzelnen Kindes verantwortlich sein soll, ohne sich danach um sein weiteres Wohlergehen zu kümmern, kommt ihr noch viel absurder vor. »Nun, Sophie«, sagt sie, »sie werden … äh … Kinder wachsen heran.«

»Wie Pflanzen?«, fragt Sophie und blickt über den Rasen zu den sargähnlichen Treibhäusern und den Gurkenstöcken in Shears' Reich.

»Ja, ein bisschen so wie Pflanzen.«

»Hat man Onkel Henry deshalb in die Erde gelegt, als er gestorben ist? Damit wieder neue Kinder wachsen?«

»Nein, nein, liebes Kind!«, sagt Sugar hastig und staunt über die Treffsicherheit, mit der die Kleine die Flaschengeister von Tod, Geburt und Zeugung gleich auf einmal entlässt. »Kinder wachsen in … sie wachsen in …«

Es hat keinen Sinn. Es will ihr einfach nichts einfallen, und wenn doch, könnte das Kind vermutlich nichts damit anfangen. Sugar überlegt, ob sie sich vorbeugen und Sophie eine Hand auf den Bauch legen soll, doch sie schreckt auch vor dieser Vorstellung zurück.

»*Hier* drin«, sagt sie und legt sich selbst eine Hand auf den

Bauch. Sekundenlang starrt Sophie sprachlos auf die fünf Finger, bevor sie die unausweichliche Frage stellt.

»Und wie geht das?«

»Wenn ich einen Ehemann hätte«, sagt Sugar zögernd, »könnte er … könnte er seinen Samen in mich pflanzen, und dann würde in mir vielleicht ein Kind heranwachsen.«

»Und wo kriegen die Ehemänner den Samen her, Miss?«

»Sie machen ihn selbst. Das können sie ganz gut. Nur Heinrich der Achte konnte das nicht so gut, wie es aussieht.« Womit die Unterhaltung wieder in die ruhigeren Fahrwasser der Geschichte der Tudors gelenkt ist – glaubt Sugar.

Doch Stunden später, als Sophie gebadet und gepudert im Bett liegt und Sugar sie bis zum Kinn zudeckt und ihr sanft das feine blonde Haar um das müde Gesicht streicht, gibt es, bevor das Licht gelöscht werden kann, noch eine Frage zu klären.

»Dann bin ich also aus Mama rausgekommen.«

Sugar versteift sich. »Ja«, sagt sie vorsichtig.

»Und Mama aus …«

»Aus ihrer Mama«, erklärt Sugar.

»Und ihre Mama aus ihrer Mama, und ihre Mama wieder aus ihrer Mama, und ihre Mama wieder aus ihrer Mama …« Die Kleine ist schon fast eingeschlafen und wiederholt die Worte wie einen Kinderreim.

»Richtig, Sophie. Und so geht's zurück durch die ganze Geschichte.«

Ohne zu wissen warum, hat Sugar auf einmal das Bedürfnis, zu Sophie ins Bett zu kriechen, sie fest an sich zu drücken und selbst auch fest gedrückt zu werden, Sophies Gesicht und ihre Haare zu küssen, ihren Kopf an ihre Brust zu schmiegen und sie sacht zu wiegen, bis sie beide eingeschlafen sind.

»Ganz zurück bis zu Adam und Eva?«, fragt Sophie.

»Genau.«

»Und wer ist Evas Mutter?«

Sugar ist zu dieser späten Abendstunde zu müde, um schnell eine Erklärung für dieses religiöse Mysterium parat zu haben, zumal William mit einem Stapel Rackhamscher Korrespondenz und weiteren Wutausbrüchen auf sie wartet. »Eva hatte keine Mutter«, seufzt sie.

Sophie antwortet nicht. Entweder sie ist eingeschlafen, oder diese Erklärung kommt ihr bei allem, was sie bislang über die Welt erfahren hat, glaubwürdig vor.

»Sag mal«, fragt William unvermittelt während des Diktats eines Briefs an Grover Pankey über die Brüchigkeit seines Ebenholzes, »hast du dich mit A-Agnes jemals angefreundet?«

Sugar hebt den Kopf und legt den tintenbewehrten Federhalter vorsichtig auf das Löschblatt. »Angefreundet?«

»Ja, angefreundet«, wiederholt William. »Als die Polizisten die Dienstboten befragt haben, haben sie sich besonders für F-Freundschaften interessiert.«

»Polizei? Hier im Haus? Wann war das?« Noch während sie die Frage stellt, erinnert sie sich, wie Sophie mit ihrem Fernrohr am Fenster des Unterrichtszimmers stand und berichtete, dass soeben noch ein paar »Geschäftsleute« das Haus verließen, nachdem sie sich mit einiger Verspätung ihre Weihnachtsgabe abgeholt hätten. »Mit mir hat niemand gesprochen.«

»Nein«, sagt William und wendet das Gesicht ab. »Ich h-hielt es für das Beste, dich in Ruhe zu lassen, du w-w-warst bei Sophie, und außerdem hätte es ja s-sein können, dass du – warum auch immer – der Polizei bereits bekannt bist.«

Sugar starrt ihn über den Schreibtisch hinweg an. Er ist für heute genug auf und ab gelaufen und liegt seit einer Stunde auf der Ottomane. Sie sieht nur den Turban aus Verbandszeug, die inzwischen recht schmutzige Schlinge und seine perspektivisch verkürzten Beine, die er andauernd von rechts nach links und von links nach rechts überschlägt. Kaum zu glauben, dass sie einmal seine Geliebte war, dass sie in der Priory Close unzählige Stunden damit verbracht hat, sich ausschließlich für ihn zu baden und zu parfümieren.

»A-Agnes hat s-s-seltsame Beziehungen zu F-F-Frauen u-unterhalten, die sie k-k-kaum kannte. W-Wir h-h-haben herausgefunden, dass sie an E-Emmeline Fox geschrieben und nach der Adresse des H-Himmels gefragt hat.«

»Ich habe deine Frau überhaupt nicht gekannt«, sagt Sugar ausdruckslos.

»Clara hat bei der Polizei ausgesagt, A-Agnes habe behauptet, ihr Schutzengel habe sie von der Remise zurückgebracht, er sei immer an ihrer S-S-Seite, ihr einziger F-F-Freund auf dieser Welt.«

Ein nervöses Schuldgefühl jagt Sugar einen kalten Schauer über den Rücken, und gleichzeitig überkommt sie das fast unkontrollierbare Bedürfnis zu kichern – eine Kombination, die sie trotz langjähriger Erfahrung mit abnormen körperlichen Empfindungen noch nie zuvor erlebt hat.

»Das Ganze hat höchstens fünf Minuten gedauert«, erzählt sie William. »Ich hörte sie rufen, fand sie in der Remise und brachte sie zurück ins Haus. Ich habe ihr weder gesagt, wer ich bin, noch hat sie danach gefragt.«

»Trotzdem hat sie dir vertraut?«

»Sie hatte keinen Grund, mir nicht zu vertrauen«, sagt Sugar. »Schließlich hatte sie mich noch nie gesehen.«

William dreht sich um und sieht ihr in die Augen. In aller Unschuld erwidert sie seinen Blick, ohne mit der Wimper zu zucken, und greift dabei auf die gleiche Fähigkeit zurück, mit der sie einstmals ihre Kunden davon überzeugen konnte, dass sie in lebendigem und willigem Zustand von größerem Nutzen für sie war als tot und starr.

Die Uhr schlägt halb elf, und William lässt sich erneut auf die Ottomane sinken.

»Ich will dich nicht länger aufhalten«, seufzt er.

Am nächsten Tag eilt Sugar wie gewöhnlich nach dem Mittagessen ins Arbeitszimmer, doch der Raum ist leer.

»William?«, fragt sie leise, als könnte er wie ein Springteufel aus einer Zigarrenkiste oder einem Aktenschrank schnellen. Aber nein: Sie ist allein.

So nimmt sie ihren Platz am Ruder der Rackham Perfumeries ein und wartet ein paar Minuten, ordnet Papierstapel und blättert in der *Times*. Ein neues Dampfschiff wirbt für eine Reise nach Amerika und zurück in fünfundzwanzig Tagen, einschließlich eines Landgangs in New York und einem Besuch der Niagarafälle, Abfahrt jeden Donnerstag von Liverpool. Sol Aurine produziert die viel bewunderte goldene Haarfarbe für nur fünf Shilling und sechs Pence. In einem Artikel mit der Überschrift

»Zahllose Unglücksfälle« sind, Colonel Leek lässt grüßen, sämtliche Explosionen, Brände und sonstigen Katastrophen der Woche zusammengefasst. In Spanien herrscht Bürgerkrieg, ebenso in der Herzegowina. Frankreich befindet sich in höchst prekärer Verfassung. Sugar ertappt sich bei der Überlegung, wie ein Wahlsieg der Republikaner sich wohl auf die französische Parfümindustrie auswirken würde.

Auf dem Tisch liegt ebenfalls ein kleiner Stapel noch ungeöffneter Briefe. Sollte sie sich die schon einmal ansehen, bevor William alles mit seiner schlechten Laune nur komplizierter macht? Sie könnte lesen, was seine Geschäftspartner mitteilen, eine angemessene Antwort vorbereiten und dann in Williams Beisein so tun, als öffne sie die Briefe zum ersten Mal, indem sie mit dem Brieföffner eine andere Seite des Umschlags aufschneidet …

Die Uhr tickt. Nach fünf Minuten Nichtstun spielt sie mit dem Gedanken, ein Dienstmädchen zu rufen, um sich nach Williams Verbleib zu erkundigen, doch sie bringt es nicht fertig, die Glocke zu betätigen. Stattdessen geht sie selbst nach unten, was ohne Sophie im Schlepptau nur selten vorkommt. Unter ihren Füßen bemerkt sie ausgebleichte Stellen im Teppich, die ihr noch nie aufgefallen sind. Flecken von Agnes' Blut. Nein, nicht Flecken: mühsam geschrubbte Stellen, wo einst Agnes' Blut war und jetzt strahlende Sauberkeit auf dem ansonsten leicht ergrauten Teppich herrscht.

Auf Zehenspitzen geht Sugar von Raum zu Raum, bis sie auf Rose trifft, die sehr erschrocken und schuldbewusst dreinblickt, weil sie vor dem Kamin im Salon einen Groschenroman liest, die Füße auf der Kohlenkiste. In Sekundenschnelle ist alle Vertrautheit, die zu Weihnachten zwischen ihnen aufgekommen war, verglüht wie eine Spitzenbordüre im Feuer, und sie sind wieder Gouvernante und Hausmädchen.

»Soweit ich informiert bin, hatte Mr Rackham keine Termine heute«, sagt Sugar steif. »Wissen Sie vielleicht …?«

»Mr Rackham wurde heute früh abgeholt, Miss Sugar«, sagt Rose. »Von der Polizei.«

»Von der Polizei«, wiederholt Sugar, als wäre sie nicht ganz bei Trost.

»Ja, Miss Sugar«, sagt Rose und drückt das Buch an ihren

Busen, wobei sie statt des grellbunten Titelblatts mit dem in Ohnmacht fallenden Sklavenmädchen die Rückseite präsentiert, auf der die Wunderwirkung von Beechams Pillen angepriesen wird. »Gegen neun Uhr haben sie ihn abgeholt.«

»Aha«, sagt Sugar. »Aber Sie wissen nicht vielleicht, warum?«

Rose fährt sich nervös mit der Zunge über die Lippen. »Bitte erzählen Sie niemandem, dass ich's gesagt hab, aber ich glaube, Mrs Rackham wurde gefunden.«

Mit unartikulierten Lauten und mehrmaligem Kopfnicken gibt William Rackham den beiden Polizeibeamten zu verstehen, dass sie ihn getrost loslassen können. Er ist wieder in der Lage, allein auf seinen zwei Beinen zu stehen; der kurze Schwindelanfall ist vorüber.

»Richten Sie, soweit möglich, Ihre Aufmerksamkeit auf die Körperteile, die am wenigsten versehrt sind«, rät ihm der Angestellte des Leichenschauhauses.

William tritt einen Schritt vor, sieht sich um und findet bestätigt, dass er in der Hölle gelandet ist – einem hallenden, zischenden, gleißenden Fabrikraum, der offensichtlich nur dem Zweck dient, Tote zu produzieren. Er atmet die schreckliche Luft – eine Mischung aus Essig und Kampfer bei eisigen Temperaturen – jetzt sehr viel flacher ein als zu Anfang, dann zwingt er sein Kinn, sich nach unten zu bewegen, und blickt auf die nackte Leiche auf dem Tisch.

Der Körper hat Agnes' Größe, er ist sehr dünn und weiblich: So viel kann er bestätigen. Die kürzlich erfolgte Dusche mit dem Schlauch hat ihn mit einer glasigen Schicht überzogen, die in dem unbarmherzig grellen Licht schimmert und glänzt.

Das Gesicht … das Gesicht ist halb verwest, der Mund steht offen; es hat nur vage Ähnlichkeit mit einem Menschenantlitz, eher mit einem rohen Hähnchen, aus dem jemand ein menschliches Gesicht hat schneiden wollen, eine kulinarische Geschmacklosigkeit, die letzten Endes doch nicht für den Ofen bestimmt war. Drei Löcher gähnen darin: ein Mund ohne Lippen und ohne Zunge, zwei Augenhöhlen ohne Augen; jede Öffnung ist halb mit Wasser gefüllt und reflektiert das Licht. William stellt sich vor, wie Agnes unter Wasser treibt, stellt sich vor, wie Fische zu ihren geöffneten Augen schwimmen und zaghaft am pflaumenzarten Fleisch ihrer porzellanblauen Iris nagen – er schwankt, und schon rufen links und rechts von ihm raue Stimmen: »Sachte! Sachte!«

Er versucht, den Ratschlag des Angestellten zu befolgen, und sucht nach einem Körperteil, der noch in einigermaßen gutem Zustand ist. Die Haare der Frau – oder des Mädchens – sind dunkel vor Nässe und völlig verfilzt; wären sie trocken und ordentlich gekämmt, könnte er vielleicht die richtige Farbe erkennen .... Sie hat recht große Brüste, wie Agnes, doch zwischen ihnen klafft eine tiefe Wunde, die von einem unter Wasser liegenden Fels stammt und die das Fleisch aufriss, das Brustbein freilegte und die Form des Busens veränderte. Es gibt nicht eine Stelle, auf der William seinen Blick ruhen lassen könnte, ohne blutige Knochen unter klaffendem Fleisch zu sehen oder grell leuchtende Fäulnis, wo einst alabasterfarbene Makellosigkeit war. Ein, zwei Finger der angenagten Hände sind intakter als die anderen, aber sie trägt keinen Ehering – was, wie der Inspektor ihm bereits mitgeteilt hat, nichts zu bedeuten hat, da keine der Leichen, die man aus der Themse zieht, irgendwelchen Schmuck trägt, wenn sie im Leichenschauhaus Pitchcott landet, ganz gleich wie viel sie zuvor getragen haben mag.

Vor Williams Augen verschwimmt alles, ihm ist, als würde sein Schädel gleich platzen. Was wollen diese Leute von ihm? Auf welche Antwort warten sie? Könnten andere Ehemänner angesichts eines derart entstellten Leichnams mehr sagen als er? Gibt es Männer, die ihre Frauen anhand von vier Quadratzentimetern unversehrter Haut identifizieren können – an der Rundung der Schulter, der Form des Fußknöchels? Und wenn, dann haben diese Frauen ihren Gatten wohl mehr Gelegenheit zur intimen Bekanntschaft gegeben, als Agnes ihm je gewährt hat! Wenn Sugar hier auf dem Tisch läge, dann vielleicht ...

»Wir verstehen sehr gut, Sir, wenn ...«, hebt der Inspektor an, und William stöhnt vor Entsetzen auf: Der Augenblick der Wahrheit ist gekommen, er darf nicht wanken! Ein letztes Mal lässt er den Blick über den Körper schweifen, und diesmal verharrt er bei dem Dreieck aus Schamhaar und dem Venushügel, auf dem es wächst, einem kleinen Hort pfirsichzarter Haut und feiner

Härchen, der auf wundersame Weise heil geblieben ist. Er schließt fest die Augen und ruft sich Agnes' Anblick in ihrer Hochzeitsnacht in Erinnerung, der einzigen Gelegenheit, bei der sie sich in ganz ähnlicher Pose seinen Blicken hingegeben hat.

»D-d-das ist sie«, erklärt er heiser. »Das ist meine Frau.«

Obwohl seine eigene Stimme diese Worte gesprochen hat, versetzen sie ihm einen Schock: Als das Gewebe seiner Vergangenheit und seiner Zukunft entzweireißt, verliert er den letzten Halt. Die Züge der Frau auf der Bahre verschwimmen, dann wieder werden sie plötzlich gestochen scharf wie eine Photographie in der Entwicklungslösung, bis es tatsächlich Agnes ist und er es nicht ertragen kann, sie so zu sehen. Seine Agnes, tot! Seine wunderschöne Braut mit der Engelsstimme, verfault, nicht mehr als Fleischereiabfall auf einer Schlachtbank. Wäre sie vor sieben Jahren gestorben, als er um sie warb, an jenem sonnigen Nachmittag, als er sie bat, mucksmäuschenstill vor seiner Kamera zu sitzen, und sie ihn ansah, als wolle sie sagen, *Ja, ich bin dein;* wäre sie damals eine Stunde nach dieser Szene in die Themse gefallen und er hätte seither sieben Jahre lang verzweifelt nach ihr gesucht, wäre immer und immer wieder in den Fluss getaucht und hätte soeben ihren leblosen Körper aus dem Wasser gezogen, er hätte nicht unglücklicher sein können als er jetzt ist.

Von Schluchzen geschüttelt und heftig fluchend, lässt William sich von den starken Armen der Männer aus dem Leichenhaus hinausführen: ein Witwer.

Dreissig

Wieder eine Tragödie im Hause Rackham

Mrs Agnes Rackham, Gattin des Parfümfabrikanten, dessen Produkte den gleichen Namen tragen, wurde am Freitag ertrunken in der Themse aufgefunden. Obwohl sie sich noch von den Folgen eines rheumatischen Fiebers erholte, hatte sie den langen Weg von ihrem Haus in Notting Hill auf sich genommen, um einem Konzert der Musikschule im Lambeth Palace beizuwohnen, wo sie durch ein Missverständnis von ihren Begleitern getrennt wurde. Starker Wind, der rutschige Untergrund am Lambeth Pier und Mrs Rackhams angegriffener Gesundheitszustand wurden von der Polizei als Grund für den tödlichen Unfall genannt. Die Tragödie ereignete sich nur vier Monate, nachdem Henry Rackham, Mrs Rackhams Schwager, bei einem Hausbrand ums Leben kam. Der Trauergottesdienst für Mrs Rackham findet am Donnerstag um elf Uhr in ihrer Gemeinde in St. Mark, Notting Hill, statt.

Sugar kniet vor dem Nachttopf, blickt in das schimmernde Porzellan und steckt sich drei Finger in den Hals. Es dauert eine Weile, bis sie den gewünschten Effekt erzielt, und sie kratzt sich mit den Fingernägeln die Kehle, bevor sie würgen kann. Doch außer Spucke kommt nichts zum Vorschein.

Verdammt! Seit einer Woche, oder noch länger – sagen wir, seit Agnes' Verschwinden – war ihr fast jeden Morgen übel und sie musste, eine Entschuldigung murmelnd, aus dem Unterrichtszimmer fliehen, sobald die Lektion begann, um ihr Frühstück wieder von sich zu geben. (Kein Wunder, bei ihrer panischen Angst davor, dass Agnes gefunden wurde und ihre Rolle in dem Spiel ans Licht kam, bei Williams schrecklichen Launen und bei der ungeheuren Erschöpfung nach einem Arbeitstag, der sich von Morgengrauen bis Mitternacht erstreckt!) Heute quält sie die Sorge, die Übelkeit könnte später, wenn sie sich nirgends verstecken kann, in aller Öffentlichkeit zuschlagen, falls sie es jetzt nicht schafft, sich heimlich zu übergeben.

Sie blickt zur Uhr hinauf; jede Minute werden die Beerdigungskutschen eintreffen; ihr Magen jedoch scheint fest entschlossen, das Frühstück zu behalten. Beim Aufrichten stellt sie mit Entsetzen fest, dass der schwere Crêpe ihres Trauerkleides bereits zerknautscht ist. Das schreckliche Zeug knittert bei der geringsten Bewegung, das Mieder sitzt so eng, dass es sie beim Atmen kneift, und die Doppelnaht zwischen Mieder und Rock scheuert ihr an der Hüfte. Sollte den Näherinnen bei Peter Robinson ein Fehler unterlaufen sein? Auf der Schachtel, in der das Kleid geliefert wurde, sind genau die Maße verzeichnet wie auf dem Bestellzettel, den William sie auszufüllen bat, und doch sitzt das Kleid nicht gut.

Sugar war noch nie auf einer Beerdigung, aber sie hat schon darüber gelesen. Die verstorbenen Prostituierten aus ihrem früheren Leben sind immer einfach verschwunden: Eines Tages lag ein Leichnam in einem abgedunkelten Raum, am nächsten Tag schon schien die Sonne auf eine unbedeckte Matratze, und auf den Wäscheleinen zwischen den Häusern war das Bettzeug zum Trocknen aufgehängt. Wo wurden die Leichen hingebracht? Niemand hat es Sugar je erzählt. Da fällt ihr ein, dass die arme kleine Sarah McTigue an einen Medizinstudenten verkauft wurde, aber das war doch gewiss eine Ausnahme! Vielleicht werden alle toten Huren einfach heimlich in die Themse geworfen. Eines jedenfalls stand fest: Beerdigungen waren für sie nicht vorgesehen.

»Muss Sophie wirklich mitkommen?«, wagte sie William zu fragen, als er zum ersten Mal darüber sprach. »Ist es nicht unüblich, dass ein Kind …«

»Es ist mir egal, ob sich die L-L-Leute das Maul zerreißen!«, entgegnete er mit hochrotem Kopf. »A-Agnes war eine Rackham. Und davon gibt es nur noch v-v-verdammt wenige, also sollten wir uns alle zusammenfinden, um ihr das letzte Geleit zu geben!«

»Vielleicht könnte sie nur mit in die Kirche kommen, aber nicht mit ans Grab?«

»Ich will, dass sie die ganze Zeit dabei ist, die ganze Zeit. A-Agnes war meine Frau, und S-S-Sophie ist m-meine Tochter. F-Frauen auf einer Beerdigung w-weinen angeblich m-meistens. Was ist so schlimm daran, auf einer B-B-Beerdigung zu weinen? Ein Mensch ist gestorben, gottverdammt! Also keine Diskussionen mehr und schreib e-endlich deine Maße auf …«

In dem zu engen Kleid kann Sugar nur flach ein- und ausatmen. Zum wiederholten Mal faltet sie den zerknitterten Zeitungsausschnitt auseinander und liest erneut den Artikel über Agnes' Tod. Zwar hat sich jedes einzelne Wort in ihr Gedächtnis eingebrannt, aber dennoch: Die Lügen sind unauslöschlich in die Fasern des Papiers eingeprägt. Die tragische Geschichte von der vom Fieber genesenden Dame, der ihre Liebe zur musikalischen Unterhaltung zum Schicksal wurde, ist in tausendfacher Ausfertigung im Umlauf, von den Druckmaschinen ausgespuckt und in Tausende von Häusern geschwemmt. Es ist wahr, die Feder ist mächtiger als das Schwert; sie hat Agnes Rackham getötet und sie der Geschichte überantwortet.

Um sich von Agnes' Todesanzeige abzulenken, nimmt Sugar einen Band der wunderbaren Shakespeare-Ausgabe in die Hand. Um ehrlich zu sein, hat sie seit dem Weihnachtsabend kaum einen Blick hineingeworfen, Schulbücher und gestohlene Tagebücher nahmen ihre ganze Zeit in Anspruch. Es wird höchste Zeit, dass sie ihre eher … *literarischen* Hirnwindungen übt.

Sie sucht nach *Titus Andronicus*, den sie immer für sträflich verkannt hielt – sie erinnert sich, wie sie gegenüber einem gewissen George W. Hunt bei ihrer ersten Begegnung im Fireside den Blutrausch darin verteidigte. Jetzt hat sie den *Titus* vor sich und kann ihm nichts mehr abgewinnen; sie muss verblendet gewesen sein. In jener ersten Nacht sagte William, sie werde einst den *König Lear* noch schätzen lernen – und er hat Recht behalten. Sie überfliegt die Seiten, liest hier und da ein Wort und hält nur inne, um die Illustrationen zu betrachten. Was ist bloß mit ihrem Verstand los? Hat der Umgang mit Sophie ihn aufgeweicht? Sie, für die einst die Wörterschwemme von *Clarissa* ein Hochgenuss war, die die neuesten Werke von Elizabeth Eiloart oder Matilda

Houston an einem einzigen Tag verschlang … sie sitzt jetzt da und starrt stumpfsinnig auf einen Holzschnitt der Lady Macbeth, kurz bevor diese von der Brüstung springt, so als wäre dieses ledergebundene Meisterwerk der Literatur ein Bilderbuch für Kinder.

Von draußen dringt das Geräusch von Pferdehufen und knirschendem Kies herauf: Die Beerdigungskutschen sind eingetroffen. Sie sollte schleunigst ins Unterrichtszimmer zurückkehren, um nun Miss Rackham beizustehen, doch zuvor wirft sie einen Blick aus dem Fenster, lehnt sich so dicht wie möglich an die Scheibe, drückt sich beinah die Nase platt. Gewiss tut Sophie in diesem Moment das Gleiche.

Zwei Vierspänner sind unten zu sehen. Eines der Pferde steht tänzelnd und schnaubend direkt unter ihrem Fenster. Früher, in einer schelmischeren Vergangenheit, hätte sie dem Tier sicher etwas auf den nickenden, federgeschmückten Kopf geworfen oder gar auf den Zobelhut des Kutschers gezielt. Mindestens sechs düster dreinblickende Würdenträger strecken einer nach dem anderen den Kopf aus den gardinengeschmückten Kutschfenstern. Alles hat die gleiche Farbe – Männer, Pferde und Geschirr, Holz, Räder und Polster, sogar der Kies auf der Auffahrt, nachdem der letzte Schnee geschmolzen ist: Alles ist schwarz. Gedankenverloren reibt Sugar mit dem Ärmel ihres Kleides über die beschlagene Fensterscheibe, als ihr mit Schrecken dreierlei einfällt: dass Crêpe nicht wasserfest ist, dass sie auf dem feuchten Glas einen grauen Schmierfilm hinterlässt und dass die Männer dort unten denken könnten, sie wollte ihnen zuwinken.

Sie tritt vom Fenster zurück, schiebt den Nachttopf zurück unters Bett, nimmt die Handschuhe aus der Schachtel von Peter Robinson und eilt zu Sophie.

Sophie steht am Fenster des Unterrichtszimmers und blickt durch ihr Fernrohr auf die Pferde und Kutschen hinunter. Die französische Puppe lehnt in der Ecke, das rosafarbene Ballkleid und die nackten Arme mehr schlecht als recht unter einem selbst gebastelten Cape aus schwarzem Seidenpapier verborgen, der Federhut mit einem Schal umwickelt, der eigentlich ein schwarzes Taschentuch ist. Sophies Trauerkleidung ist nicht ganz so nachlässig, ihr kleiner Körper ist wie von einem schwarzen Kokon umhüllt.

»Sie sind gekommen, um uns abzuholen, Miss«, sagt sie, ohne sich umzudrehen.

»Ich habe ein bisschen Angst, Sophie«, sagt Sugar, und ihre schwarz behandschuhte Hand hält neben Sophies Schulter in der Luft inne, senkt sich nicht, um sie zu streicheln. »Hast du auch ein bisschen Angst?« Seit sie vom Tod ihrer Mutter weiß, hat das Kind nicht ein einziges Mal geweint oder eine Szene gemacht, sie legt vielmehr einen Gleichmut an den Tag, der zu unbeschwert ist, um echt zu sein. Kann es sein, dass ein Mensch gar nichts fühlt, wenn er seine Mutter verliert?

»Meine Kinderfrau hat mir alles über Beerdigungen erzählt, Miss«, sagt Sophie und dreht sich um, um ihrer Gouvernante ins Gesicht zu sehen. Sie lässt das Fernrohr sinken und schiebt es mit einem öligen Klick zusammen. »Wir müssen gar nichts tun, nur zugucken.«

Sugar beugt sich vor, um die Bänder an Sophies Haube fester zu binden, und hofft, die Zärtlichkeit, mit der ihre Finger Sophies Hals berühren, möge der Kleinen bedeuten, dass Miss Sugar ihr auf das kleinste Zeichen von Kummer hin alles Mitgefühl und alle Zuneigung schenken wird, die sie braucht. Doch das übertrieben behutsame Binden einer Schleife scheint nichts dergleichen zu vermitteln: Es hat lediglich den Effekt, dass der Knoten zu locker sitzt, so als wäre die Gouvernante zu ungeschickt und ihre Finger zu schwach, um ein Kind ordentlich anzuziehen.

»Wie traurig dieses neue Jahr doch anfängt!«, seufzt Sugar, doch Sophie beißt auch auf diesen Köder nicht an.

»Ja, Miss«, sagt sie ergeben, denn ihre Gouvernante wird es wohl am besten wissen.

Eine Grube, gut einen Meter breit, einen Meter achtzig lang und einen Meter achtzig tief, wurde in die dunkle, feuchte Erde gegraben, und um dieses sauber ausgehobene Grab haben sich Agnes Rackhams Trauergäste nun versammelt. Sie stehen Schulter an Schulter, das heißt fast, denn der vom Anstand gebotene Mindestabstand zwischen den Körpern wird auch hier respektiert. Am Kopfende des Grabes steht Doktor Crane, der die Zeremonie mit laut tönender Trompetenstimme leitet. In der Kirche hat er bereits eine lange Predigt gehalten, und nun hat es den Anschein, als wollte er für alle, die sich erst jetzt zu Mrs Rackhams letztem Geleit eingefunden haben, das Ganze noch einmal wiederholen.

Der schmale, winzige Sarg, in schwarzen Samt gehüllt und mit weißen Blumen geschmückt, wurde von den Gehilfen des Bestattungsunternehmers zum Grab getragen (die Sargträger fungierten nur als Ehrengarde) und scheint nun auf das Zeichen des Pfarrers zu warten. Er hat etwas von einer Schwangeren, wirkt, als könnte er jeden Moment aufspringen und einen lebenden Menschen entlassen oder einen Leichnam offenbaren, einen anderen als den der Verstorbenen, wenn nicht gar einen Zentner Kartoffeln. Das sind die makabren Phantasien mehrerer Trauergäste – nicht nur der zwei, die Anlass haben zu bezweifeln, dass dieser Sarg die sterblichen Überreste von Agnes Rackham enthält.

(»War sie es? Bist du sicher?«, fragte Sugar William nach seiner Rückkehr aus dem Leichenschauhaus Pitchcott.

»Ich … ja, ich bin s-s-sicher«, antwortete er mit glasigen Augen und Schweißperlen im Bart. »So s-s-s … so sicher, wie ich mir nur sein kann.«

»Was hatte sie an?« Bitte, bitte sag jetzt nicht, ein schäbiges dunkelblaues Kleid mit grauem Vorderteil und einen hellblauen Mantel …

»S-Sie war nackt.«

»Hat man sie nackt *gefunden*?«

»Herr im Himmel, g-glaubst du, ich würde so etwas f-f-fragen? Gott, wenn du g-g-gesehen hättest, was ich heute gesehen habe …!«

»Was hast du gesehen, William? Was hast du gesehen?«

Doch er schüttelte sich nur, kniff die Augen fest zu und überließ den Zustand des Leichnams ganz Sugars Phantasie. »O Gott, hoffentlich ist es j-jetzt vorbei!«

Woraufhin sie ihn in die Arme schloss und den schrecklichen Geruch einatmete, der in seiner Kleidung hing. Sie streichelte seinen feuchtkalten Rücken und flüsterte ihm aufmunternde Worte ins Ohr, ja, ja, es war alles vorbei, es war tatsächlich Agnes, die er gesehen hatte, und Jahr für Jahr ertrinken Tausende von Menschen, auf diese Weise kommen mehr Menschen ums Leben als durch irgendeine andere Todesart, erst letzte Woche hat sie das in der Zeitung gelesen, und man bedenke, wie das Wetter in jener Nacht war, als Agnes davonlief, und ihren mehr als heiklen Zustand. Und so weiter und so fort, bis er aufhörte zu schluchzen und zu bibbern und endlich ruhig war.

Jetzt steht er aufrecht und würdevoll am Grab, wie eine Wachsfigur, und sein Gesicht, das sofort zu erkennende Wahrzeichen der Rackham Perfumeries, thront über der dunklen Säule des Traueranzugs. Die Wunden in seinem Gesicht sind von einer Schicht Rackhamscher Kosmetik verdeckt, von Sugar fachmännisch aufgetragen, und seine rechte Hand – der einzige Körperteil, den man beim besten Willen nicht in einen den Konventionen gemäßen schwarzen Handschuh stecken konnte – ruht in einem lockeren schwarzen Fäustling und einer schwarzen Schlinge. Sein Kopf unter dem engen Hut hämmert vor Schmerz.

Anders als Henrys Beerdigung, bei der es regnete, findet Agnes' Trauerfeier unter einem wolkenlosen Himmel statt, die Sonne scheint lauwarm, und es weht eine milde Brise. In den nackten Bäumen streiten zwei Vögel zwitschernd über den Verlauf des Winters und ihre Chancen, es bis zum Frühjahr zu schaffen. Um die Trauernden scheren sie sich wenig; die schwarzen Kreaturen, die sich dort unten zusammendrängen, sehen zwar aus wie wachsame, hungrige Krähen, aber diese Dummen suchen an der falschen Stelle: Da unten gibt es nichts zu fressen, nicht ein einziges winziges Körnchen.

Pure Neugier lässt uns fragen: Wer ist denn an diesem Tag gekommen? Welche Persönlichkeiten haben die beschwerliche Reise auf sich genommen, ihr gemütliches Heim verlassen, um dabei zu sein, wenn Agnes Rackham der Erde übergeben wird?

Nun, natürlich Lord Unwin – doch wie er sich entschieden hätte, wenn er nicht zufällig auf Urlaub in England wäre, sondern in seinen üblichen Refugien in Italien oder Tunesien, das steht in den Sternen. Doch wie auch immer, er ist da, genau wie seine wunderschöne Frau, auch wenn Mrs Rackham und sie bedauerlicherweise keine Gelegenheit hatten, einander kennen zu lernen.

Henry Calder Rackham, das Sippenoberhaupt von Williams Seite, wirkt weniger distinguiert als Agnes' Stiefvater, gewiss, doch er hält sich nicht schlecht für sein Alter. Armer Mann: Seine Hoffnungen auf einen Enkelsohn schwinden zusehends, je älter er wird; erst hatte er zwei Söhne, von denen der eine lediger Geistlicher und der andere lediger Leichtfuß werden wollte; dann war der eine tot und der andere mit einer Frau verheiratet, deren Schwangerschaft nicht von einem Sohn gekrönt war; jetzt ist auch sie verschwunden. Er hat allen Grund zur Trauer.

Wer ist sonst noch da? Weiblicherseits: Lady Bridgelow und zahlreiche Damen aus Agnes' Bekanntenkreis, darunter Mrs Canham, Mrs Battersleigh, Mrs Amphlett, Mrs Maxwell, Mrs Fitzhugh, Mrs Gooch, Mrs Marr – und ist das dort drüben nicht Mrs Abernethy? O Gott, dass man aber auch so *vergesslich* ist! Sie sieht zwar aus wie Mrs Abernethy, aber wollte Mrs Abernethy nicht nach Indien übersiedeln? Erst nach der Zeremonie wird es Gelegenheit geben, derlei kleine Geheimnisse zu klären.

Und das Kind? Wer ist dieses Mädchen, das da vor der bleichgesichtigen Vogelscheuche von Gouvernante steht? Sophie Rackham? Nicht allen der heute hier versammelten Damen ist bekannt, dass Mrs Rackham eine Tochter hatte. Neugierig starren sie die Kleine an und stellen fest, dass sie im Knochenbau nach ihrem Vater kommt, die Augen aber von der Mutter hat.

Eine seltsame Beerdigung! So viele Frauen und kaum ein Mann! Hatte Mrs Rackham denn keine männlichen Verwandten? Keine Brüder, Cousins, Neffen? Anscheinend nicht. Es soll da zwar mehrere Onkel geben, aber die sind ... nun, sie sind katholisch, und zwar nicht von der diskreten Sorte, sondern fanatische Spinner.

Und was ist mit Doktor Curlew, Mrs Rackhams Leibarzt? Hätte man nicht erwarten können, dass er sich blicken lässt? Ah ja, er weilt in Antwerpen, um bei einem Symposion seine Ansichten über Myxödeme beizusteuern. Dort drüben steht seine Tochter, Mrs Emmeline Fox, ganz unauffällig hinter allen anderen. Auch Witwe! Meine Güte, warst du je auf einer Beerdigung, die mehr Witwen und Witwer versammelt hat? Selbst Lady Unwin ist nicht die *richtige* Lady Unwin – nein, auch Agnes Rackhams Mutter war nicht die Erste –, es gab da noch eine, eine dritte, oder besser gesagt die erste Lady Unwin, die ganz kurz nach der Hochzeit verstarb, woraufhin Lord Unwin nur wenige Wochen später Violet Pigott kennen lernte, ebenfalls eine Witwe – kannst du mir noch folgen? Ein ausgewachsener Skandal war die Folge, doch lassen wir die Vergangenheit ruhen, zumal bei einer so feierlichen Angelegenheit wie der, zu der wir heute hier versammelt sind, wo Klatsch und Tratsch nun wirklich fehl am Platze sind, und deshalb sei nur ganz nebenbei erwähnt, dass Violet Pigott Lord Unwin schöne Augen machte, da war seine arme Frau noch nicht kalt, und wer kann ermessen, zu welchen falschen Entscheidungen sich ein Mann, der erst kurze Zeit Witwer ist, in seinem maßlosen Schmerz versteigen kann?

Wie auch immer, vergangen ist vergangen, und Schwamm drüber, zumal keiner von uns alle Umstände kennt, nicht einmal Mrs Fitzhugh, deren ältere Schwester mit der ersten Lady Unwin eng befreundet war. Sie ist die mit der schwarzen Federboa, und sie wird bestimmt morgen Nachmittag bei Mrs Barrs Fest zugegen sein, eine informelle Zusammenkunft ausschließlich für Damen.

Aber wo sind wir stehen geblieben? Ach ja, Mrs Fox. Sie sieht gut aus, nicht wahr? Vor einem halben Jahr stand zu befürchten, dass sie nur noch ihrer eigenen Beerdigung beiwohnen würde, doch seht sie euch jetzt an, der lebende Beweis, dass es doch immer anders kommt, als man denkt. Aber waren Mrs Rackham und sie denn besonders gut miteinander bekannt? In der Öffentlichkeit sind die beiden, so weit man sich erinnern kann, nie zusammen in Erscheinung getreten. Womöglich ist sie in Vertretung ihres Vaters hier. Ihr Blick ist traurig und – wenn man so sagen darf – auch ein klein wenig missbilligend. Sie ist eine starke Befürworterin der Feuerbestattung, wusstest du das? Doktor Crane ist sie ein Dorn im Auge, seit sie einmal mitten in seiner Predigt aufgestanden ist und gesagt hat: »Entschuldigen Sie, Sir, aber das ist so nicht richtig!« Man stelle sich vor! Ich wünschte, ich wäre dabei gewesen …

Wie dem auch sei, jetzt ist sie hier und behält, während Doktor Crane spricht, ihre Meinung für sich. Würdevoll und trockenen Auges steht sie da – genau genommen stehen alle Damen würdevoll und trockenen Auges da, dem Anlass angemessen. An einer Stelle wagt Mrs Gooch zu schluchzen, doch als sie bemerkt, dass niemand es ihr nachtut, lässt sie es bleiben.

Und die Männer? Wie bewältigen sie das Ganze? William Rackhams Miene verrät schmerzliche Verwirrung; ohne Zweifel hat der Tod seiner Frau eine Wunde in ihm geschlagen, deren Tiefe er noch gar nicht ermessen kann. Lord Unwin vermag seine

Trauer so gut zu verbergen, dass sie beinah wie Langeweile daherkommt. Henry Calder Rackham steht reglos und traurig da, seine Aufmerksamkeit gilt ganz dem Pfarrer, und seiner Brust entfährt jedes Mal, wenn eine Pause im Vortrag von einer neuen Wortsalve beendet wird, ein tiefer, stiller Seufzer.

Doktor Cranes Monolog scheint sich seinem Höhepunkt zu nähern: Soeben hat er eine vielversprechende Bemerkung über »Staub und Asche« gemacht, was vermuten lässt, dass der Sarg alsbald in die Grube hinabgelassen wird. Staub und Asche, ruft er der Trauergemeinde ins Gedächtnis, mehr bleibt von unserer äußeren Hülle nicht übrig, doch verglichen mit dem wiederum, was wirklich von uns bleibt, bedeuten sie gar nichts. Die unbarmherzige Aussicht, den körperlichen Tod zu erleiden, enthüllt unsere Seele als das wesentliche Element unseres Seins, von dem ein kleiner, fast bedeutungsloser Teil – der Leib – sich getrennt hat. Der Tod von Mrs Rackhams äußerer Hülle stellt keinen Verlust dar, denn sie selbst, ihr eigentliches Wesen, lebt fort, nicht nur in der Erinnerung an ihren Charakter und ihre guten Taten, von denen alle heute hier Versammelten gewiss Zeugnis ablegen können, sondern, was viel bedeutender ist, im Schoße unseres himmlischen Vaters.

Ewig im liebenden Andenken aller, die das Glück hatten, sie zu kennen – der Erde Verlust ist des Himmels Gewinn, lautet die Grabinschrift, fast wortgleich mit der auf Henrys Grabstein ganz in der Nähe, denn wer will von einem trauernden Ehemann auch noch erwarten, dass er schöne neue Verse schmiedet? Soll er etwa ein metaphysisches Gedicht komponieren, im Stile Herberts? Hätte einer der Anwesenden es an seiner Stelle besser gemacht? Der Tod ist zu grausam für schöne Verse.

William starrt auf den Sarg, als die Gehilfen des Bestattungsunternehmers ihn auf die Seile heben. Er beißt die Zähne zusammen, während er der Versuchung widersteht, sich den Schweiß von der Stirn zu wischen, da er fürchtet, damit die Schicht aus Rackhams Grundierung und Rackhams Pfirsichrouge zu entfernen und die Schrammen und Kratzer darunter freizulegen. Der Moment ist gekommen: Endlich wird die schmale, glänzend lackierte Kiste in die Grube hinabgelassen, und Doktor Crane intoniert dazu die passende uralte Formel. Für William it das kein

Trost: »Asche zu Asche, Staub zu Staub« mag ein wunderbares Gebet für eine Beerdigung sein, aus streng wissenschaftlicher Sicht jedoch hat Asche eher mit Einäscherung zu tun als mit Beerdigung. Der Leichnam in jenem Sarg ist in seiner Metamorphose bereits weit fortgeschritten, William konnte es mit eigenen Augen feststellen, doch das Endprodukt dieser Verwandlung wird keineswegs Asche, vielmehr von flüssiger oder bestenfalls von salbenartiger Beschaffenheit sein.

In Williams Phantasie ist der Verfall des Leichnams seit dem Zustand, in dem er ihn letzte Woche sah, noch weiter fortgeschritten, und so sieht er, während der Sarg behutsam zu Grabe gelassen wird, vor seinem inneren Auge das versehrte und verfaulte Fleisch wie Pudding darin wabbeln. Er schluckt, um ein entsetztes Stöhnen zu unterdrücken. Seltsam, er kann nicht glauben, dass von Agnes irgendetwas Festes geblieben ist, während er sich seinen Bruder Henry – der bereits seit Monaten in der Erde liegt und demnach in weit schlechterem Zustand sein müsste – mumifiziert vorstellt, fest wie ein Baumstamm. Noch im Grab widersetzt sich sein Bruder mit hölzerner Hartnäckigkeit und steifer Rechtschaffenheit dem Verfall, während Agnes' Flatterhaftigkeit, ihre typisch weibliche Labilität sie (in Williams Vorstellung) zu alchemistischer Auflösung verdammt.

Er wendet den Blick ab; er erträgt es nicht länger. In seinen Augen brennen Tränen; ist unter den Anwesenden auch nur ein Mensch, der nicht insgeheim glaubt, er habe seine Frau in den Selbstmord getrieben? Alle diese Frauen, all diese tratschenden »Busenfreundinnen« verachten ihn; in ihrem Herzen geben sie ihm die Schuld an diesem tragischen Tod; wo kann er auf Verständnis hoffen? Zu Sugar wagt er nicht hinüberzusehen, denn die steht neben Sophie, und er vermag sich nicht der Frage zu stellen, was aus Agnes' Kind werden soll, nun da all ihre Hoffnungen, jemals eine Mutter zu haben, zerronnen sind. Stattdessen blickt er in seiner Verzweiflung zu Lady Bridgelow hinüber und ist überrascht – und tief berührt –, dass auch deren Augen glänzen. *Sie tapferer, tapferer Mann*, bedeutet sie ihm. Sie spricht es natürlich nicht aus, zeigt es ihm aber auf jede andere erdenkliche Weise. Er schließt fest die Augen und schwankt, und er hört das Geräusch von Erde, die auf Erde fällt.

Bis er schließlich sanft am Ärmel gezogen wird. Er öffnet die Augen, halb in der Erwartung, ein weibliches Gesicht vor sich zu sehen, doch es ist einer der Sargträger.

»Hier entlang bitte, Sir.«

William starrt ihn verständnislos an.

Der Sargträger deutet mit schwarz behandschuhter Hand auf die Welt jenseits des Friedhofs. »Die Kutschen warten auf Sie, Sir.«

»Ja ... ich .... äh«, stottert er, um sofort wieder zu verstummen. Den ganzen Tag über hat er den Moment gefürchtet, wo er sprechen, sich rechtfertigen und die Gründe vorbringen muss, warum Agnes nicht mehr gesund und wohlauf war. Erst jetzt wird ihm bewusst, dass er gar nichts zu sagen braucht. Er ist wie befreit. Es werden keine Fragen gestellt. Es ist Zeit, nach Hause zu gehen.

Am nächsten Tag wird Clara Tillotson entlassen. Oder, diplomatischer ausgedrückt, sie erhält Rackhams Segen, sich eine neue Anstellung in einem Haushalt zu suchen, dessen Hausherr kein Witwer ist.

»Unter den veränderten Umständen«: Eine Phrase, die William benutzt, um ihr die Neuigkeit beizubringen. Natürlich war es im Grunde keine Neuigkeit, denn Clara wusste sehr wohl, was auf sie zukam. Hätte sie ihm in diesem Fall die lästige Pflicht nicht ersparen und einfach über Nacht verschwinden können, mitsamt ihrer Wespentaille und der gestrengen Miene? Ach ja, sie brauchte eine Referenz. Aber hätte er das Schreiben nicht einfach in der Eingangsdiele für sie deponieren können, an einem Band am Hutständer aufgehängt? Nein, natürlich nicht. So sehr er das Mädchen auch verachtet, einer letzten Begegnung mit ihr konnte er nicht ausweichen.

Allerdings hat Claras Benehmen an ihrem letzten Tag im Hause Rackham eine bemerkenswerte Wandlung erfahren: Sie ist freundlich wie ein Blumenmädchen und diensteifrig wie ein Schuhputzer. Fast hätte sie sich sogar ein Lächeln abgerungen! Früh am Morgen übt sie sich in der Fertigkeit, die man bei einer Zofe voraussetzen können sollte: Kleider und andere Habseligkeiten so in einen Koffer zu verpacken, dass sie knitterfrei und unversehrt am Bestimmungsort eintreffen. Ihr gesamtes Hab und

Gut füllt weniger Gepäck, als Agnes mit nach Folkestone Sands genommen hat, um genau zu sein: eine Truhe, einen kleinen Koffer mit Schottenmuster und eine Hutschachtel.

Rackham taucht nicht auf, um sie zu verabschieden, überhaupt kann, als ihre Kutsche eintrifft, nicht ein einziges Mitglied des Haushalts auch nur eine Minute erübrigen, um ihr zum Abschied zu winken. Nur Cheesman ist zur Stelle, hilfsbereit und fröhlich trägt er ihre Koffer hinaus, versichert ihr lautstark, dies sei der erste Tag eines neuen Lebens, und legt ihr, als sie in die Kutsche steigt, seine sehnige Pranke auf den Rücken. Clara schwankt zwischen dem Bedürfnis, sich an seine Brust zu werfen und zu weinen oder ihm voller Verachtung ins Gesicht zu spucken, also tut sie am besten gar nichts, erlaubt ihm nur, den Saum ihres Kleides aus dem Weg zu schnipsen, um die Kutschentür schließen zu können, und sitzt mit versteinerter Miene da, als das Gefährt sich mit einem Ruck in Bewegung setzt.

In dem Retikül auf ihrem Schoß liegt William Rackhams Empfehlungsschreiben, das sie noch nicht gelesen hat. Im Zusammenhang mit einer Bewerbung um eine neue Anstellung verlangt die Etikette, dass ein kleiner, aber entscheidender Vorteil darin liegt, den Umschlag versiegelt und jungfräulich zu überreichen und auf diese Weise die feste Überzeugung zu vermitteln, dass das Schreiben unmöglich etwas anderes enthalten kann als höchstes Lob. Sobald sie sich im Haus ihrer Schwester eingerichtet hat, wird sie Zeit genug haben, den Umschlag mit Dampf zu öffnen – und feststellen, dass Rackham sie als ein Mädchen von durchschnittlicher Intelligenz beschreibt, von bewundernswerter Loyalität gegenüber ihrer Herrin, wobei diese Eigenschaft gegenüber dem Herrn nicht ganz so ausgeprägt war, als eine kluge und geschickte Kammerzofe, deren Mangel an Sanftmut ihren loyalen Diensten bei einem passenden Arbeitgeber durchaus nicht im Wege stehen muss. Clara wird kochen vor Wut und über die verpasste Gelegenheit lamentieren, dem aufgeblasenen, gemeinen Kerl die Meinung zu geigen, und ihre Schwester wird artig zustimmen, obwohl sie im Grunde ihres Herzens genau weiß, dass Clara es in Wirklichkeit niemals gewagt hätte, den Mund aufzumachen, aus Angst, dass Rackham den Brief wieder an sich nahm und ihre Zukunft auf seiner Schwelle in Stücke riß.

»Die Pest über dieses Haus!«, wird Clara rufen. »Sollen sie alle verrecken und in der Hölle schmoren!«

Ja, das wird sie später herausschreien. Jetzt jedoch beißt sie sich auf die Unterlippe, zählt die Bäume, als die Kutsche Kensington Gardens passiert, und fragt sich, ob der Geist von Mrs Rackham sie heimsuchen wird, weil sie ein paar Schmuckstücke hat mitgehen lassen. Aber so ein paar Armreifen und Ohrringe können einem Geist doch nur gleichgültig sein, zumal Mrs Rackham sie ohnehin kaum trug und sie wahrscheinlich nicht einmal vermissen würde, wäre sie noch am Leben. Sofern es noch Gerechtigkeit gibt auf dieser Welt, wird aus diesem kleinen Diebstahl nichts anderes erwachsen als ein wenig dringend benötigtes Geld. Aber die Toten sind rachsüchtig, so heißt es … Clara hofft, Mrs Rackham, wo immer sie sein mag, erinnert sich an die langen Jahre, in denen ihre Kammerzofe ihre einzige Verbündete war gegenüber diesem verachtenswerten Ehemann, und sagt von ganzem ätherischen Herzen: »Gut gemacht, mein braves, treues Mädchen.«

Am Tag, als Sugar zwanzig wird, ist es für die Jahreszeit ungewöhnlich mild, und die Sonne scheint so hell, wie man es sich nur wünschen kann.

Obschon der 19. Januar mit Fug und Recht als Wintertag gilt, sind die letzten Schneematschreste schon von den Straßen verschwunden, in den Bäumen zwitschern die Vögel, und hoch über Sugars Kopf ziehen eierschalenweiße Wolken über den lavendelblauen Himmel, ein Wetter wie aus dem Bilderbuch. Das Gras unter ihren Füßen ist nass, nicht von Schnee oder Regen, sondern von getautem Raureif, der kaum ihre Stiefel benetzt. Der einzige unumstößliche Hinweis auf die Jahreszeit ist eine lange, opake Eiszunge aus dem Mund eines steinernen Drachens, der auf dem Rand des verwaisten Springbrunnenbeckens sitzt, doch auch diese Zunge schimmert und schwitzt und ergibt sich langsam, aber sicher der großen Eisschmelze.

An einem Tag wie diesem, denkt Sugar, *wurde ich geboren.*

Sophie blickt zu dem Steindrachen auf, dann zu ihrer Gouvernante, und in ihren Augen liegt die stumme Bitte um die Erlaubnis, das Ungeheuer aus der Nähe betrachten zu dürfen. Mit einem Nicken erteilt Sugar ihre Zustimmung, und so erklimmt

Sophie mühsam (ihre Trauerkleidung ist viel zu eng und steif) an der Hand der Gouvernante den Brunnenrand. Sie presst einen Fausthandschuh gegen die graue Flanke des Drachens und hält so das Gleichgewicht. Nicht sehr elegant, diese alten Strickfäustlinge, aber die winzigen Schweinslederhandschuhe, die ihr Vater ihr zu Weihnachten geschenkt hat, waren viel zu klein, und als Miss Sugar sie auf einen Handschuhweiter für Erwachsene ziehen wollte, ist einer von ihnen aufgeplatzt.

Sophie nähert ihr Gesicht dem steinernen Maul des Drachens und streckt dem glitzernden Eiszapfen schüchtern ihre rosa Zunge entgegen.

»Nicht, Sophie! Das ist schmutzig!«

Worauf die Kleine ihre Zunge so hastig zurückzieht, als wäre sie geohrfeigt worden.

»Weißt du, was wir machen: Wir brechen den Eiszapfen ab!« Sugar ist erschüttert, wie leicht man ein Kind erschrecken kann, und bemüht sich, Sophies Unbeschwertheit wiederherzustellen. »Na los, zieh mal dran!«

Zögernd streckt Sophie die fäustlingbewehrte Hand vor und packt den großen Eiszapfen, ohne Erfolg. Sugar feuert sie an, sie packt noch einmal kräftig zu, und jetzt bricht er. Ein dünner Strahl ockerfarbenen Wassers tröpfelt aus dem freigelegten Eisenrohr.

»Siehst du, Sophie!«, sagt Sugar. »Du hast es geschafft.«

Unter dem wachsamen Blick der Gouvernante balanciert das Kind über den Brunnenrand wie über ein Hochseil. Wegen der weiten Röcke ihres Trauerkleides kann sie kaum die eigenen Füße sehen, aber sie schreitet langsam und feierlich voran, die Arme wie Flügel zu beiden Seiten des Körpers ausgestreckt, um das Gleichgewicht zu halten.

Ist es in der Trauerzeit eigentlich erlaubt, dass sich die hinterbliebene Tochter nur wenige Tage nach der Beerdigung ihrer Mutter in die Öffentlichkeit begibt? Sugar hat nicht die leiseste Ahnung, aber wer sollte sie tadeln? Die Dienstboten im Hause Rackham wagen kaum einen Mucks von sich zu geben, und William vergräbt sich so standhaft in seinem Arbeitszimmer – ein trauernder Witwer, wie alle Welt sehen kann, oder eben nicht –, dass er wohl kaum weiß, was sie treibt, wenn sie nicht gerade in seiner Nähe ist.

Und was, wenn er es erfahren sollte? Muss sie dann mit Sophie in dem abgedunkelten Haus umherschleichen, in dieser erstickenden Atmosphäre, wo Lachen verboten ist und Schwarz vom Frühstück bis zur Schlafenszeit regiert? Nein! Sie weigert sich, sich unter einem Leichentuch zu verkriechen! Sophies Unterricht wird, wann immer möglich, im Freien stattfinden, in den öffentlichen Gärten und Parks von Notting Hill. Das arme Kind hat schon genug Lebenszeit im Verborgenen verbracht, versteckt wie ein schmutziges Geheimnis.

»Zeit für deine Geschichtsverse, meine Kleine«, kündigt Sugar an, und sofort hellt Sophies Miene sich auf. Wenn es etwas gibt, das sie dem Spielen vorzieht, dann ist es lernen. Sie schickt sich an, vom Brunnenrand zu hüpfen, doch als sie auf den Boden hinunterblickt, ist es doch einige Zentimeter zu tief, um den Sprung in ihren steifen Kleidern zu bewerkstelligen. Was tun?

Plötzlich macht Sugar einen Satz nach vorn, packt das Kind mit beiden Armen und wirbelt es mit einem einzigen schwindelerregenden, spielerischen Schwung durch die Luft. Es dauert nur wenige Sekunden, nicht länger als einen Atemzug, doch in diesem langen Augenblick empfindet Sugar ein größeres körperliches Vergnügen als je zuvor in ihrem an körperlichen Kontakten reichen Leben. Sophies baumelnde Füße streifen das feuchte Gras, und schon ist sie gelandet; Sugar lässt sie keuchend los. Gott sei Dank, Gott sei Dank, die Kleine blickt quietschvergnügt: Offensichtlich der Beweis, dass dieser Akt bei Gelegenheit noch einmal stattfinden darf.

In letzter Zeit ist Sugar sich mit Verwunderung, ja mit Verstörung darüber bewusst geworden, wie sehr ihre Gefühle für Sophie Teil von ihr selbst sind. Was bei ihrer Ankunft im Hause Rackham mit dem Entschluss begann, von ihrer Schülerin Schaden fern zu halten, ist von ihrem Kopf in den Blutkreislauf gesickert und pulsiert nun, verwandelt in einen vollkommen anderen Impuls, durch ihren ganzen Körper: das Bedürfnis, Sophie glücklich zu machen.

Und so steht Sugar an diesem neunzehnten Tag des Monats Januar, am Morgen ihres zwanzigsten Geburtstags, in einem öffentlichen Park, ihr ganzer Körper bebt noch von Sophies Umarmung, und sie sieht im Geiste vor sich, wie sie beide zusammen im

Bett liegen, beide im gleichen weißen Nachthemd, Sophie tief und fest schlummernd, den Kopf zwischen Sugars Brüste gebettet – ein Bild, das ihr noch ein Jahr zuvor vollkommen lächerlich erschienen wäre, nicht zuletzt, weil ihre Brüste so verschwindend klein waren. Heute jedoch fühlen sie sich größer an, als wäre sie aus einer überlangen Pubertät endlich zur Frau erwacht.

Sophie trottet langsam und in gewichtigem, feierlichem Rhythmus um den Brunnen und sagt dabei ihre Verse auf:

»Das Domesday Book ließ Wilhelm der Erste verfassen,
Eine Kugel ließ ein Böser Wilhelm Rufus verpassen,
Äsops Fabeln übersetzte Heinrich der Erste,
Doch seine Tochter zu krönen man ihm verwehrte.«

»Sehr gut, Sophie«, sagt Sugar und tritt beiseite. »Du kannst das auch alleine üben. Wenn du nicht weiterweißt, kommst du einfach zu mir.«

Sophie marschiert weiter und verleiht ihrem Vortrag instinktiv eine eigene Melodie – aus dem Gedicht wird jetzt ein Lied. Dazu hebt sie die Arme zu beiden Seiten des Körpers – in dem steifen Crêpe kann sie sie kaum bewegen – und gibt damit den Takt vor.

»Im Bruderkrieg, der zwischen Stephen und Matilda tobte,
Man erst im Jahr elf vierundfünfzig Frieden gelobte.
Heinrich, mit Namen Plantagenet,
Hatte Ärger mit Kindern und Thomas B'cket.«

Sugar nimmt auf einer schmiedeeisernen Bank in gut sechs Metern Entfernung vom Springbrunnen Platz. Sophies Gesang erfüllt sie mit Stolz, denn die Reime hat sie selbst verfasst, als Eselsbrücke für das Kind, das in den Geschichtsstunden Schwierigkeiten hatte, einen intriganten, blutrünstigen englischen König vom anderen zu unterscheiden, zumal die meisten Wilhelm oder Heinrich heißen. Diese kleinen Verse, so armselig sie auch sein mögen, sind Sugars erstes literarisches Erzeugnis, seit sie ihren Roman ad acta gelegt hat. Obwohl sie weiß, wie erbärmlich diese Verse sind, haben sie dennoch ein Flämmchen Hoffnung in ihr entfacht, dass es vielleicht doch mit einer Karriere als Schriftstellerin klappen könnte. Und warum nicht für Kinder schreiben? Solange diese jung sind, kann man ihre Seelen formen … Und hat sie wirklich jemals ernsthaft angenommen, ein erwachsener Mensch wollte ihren Roman lesen, könnte die Fesseln des Vorurteils ablegen und ihren gerechten Zorn teilen? Überhaupt, Zorn worauf eigentlich? Sie kann sich kaum erinnern …

»*Löwenherz war stets unterwegs im Land,*
Bis in elf neunundneunzig ein Pfeil ihn fand.
John war streitlustig, mörderisch und boshaft,
Doch in zwölf sechzehn trat die Charta in Kraft.«

Sugar lehnt sich zurück, streckt die Beine aus und bewegt die frierenden Zehen in den Stiefeln; ansonsten ist ihr warm. Sie lässt ihren Blick verschwimmen, so dass Sophie bei jeder Brunnenumrundung als schwarzer Fleck vorüberzieht.

»Braves Mädchen …«, flüstert sie, zu leise, als dass Sophie es hören könnte. Wie gut es tut zu hören, wie ein anderer Mensch die eigenen Worte singt, und seien es nur Knittelverse …

»*Das zweitlängste Reich gehörte Heinrich dem Dritten,*
Obschon in Geist und Gesundheit sehr umstritten.
Edward Longshanks hatte fast das Jawort gegeben,
Was den Schotten gerettet hätt' zahllose Leben.«

»Da haben wir ja die kleine Sophie Rackham!«, ruft eine unbekannte Frauenstimme, und Sugar schreckt auf, um zu sehen, wem die Stimme gehört. Am Tor des Parks steht Emmeline Fox und winkt sich die Seele aus dem Leib. Wie befremdlich, eine ehrbare Frau so heftig winken zu sehen! Noch dazu schwingen ihre üppigen Brüste dabei locker hin und her, was vermuten lässt, dass sie kein Korsett trägt. Sugar ist zwar keine Expertin, was die feineren Details des Anstands betrifft, aber sie zweifelt doch, ob das ganz *comme il faut* ist …

»Miss Sugar, wenn ich mich nicht irre?«, fragt Mrs Fox und kommt geradewegs auf sie zu.

»J-Ja«, sagt Sugar und steht auf. »Und Sie sind Mrs Fox, soweit ich weiß.«

»Ja, die bin ich. Sehr erfreut, Ihre Bekanntschaft zu machen.«

»Oh, die Freude ist ganz meinerseits«, antwortet Sugar etwa zwei oder drei Sekunden zu spät. Mrs Fox ist bis auf Armeslänge herangekommen und hat offenbar vor, dort zu verweilen; sofern sie Sugars Unsicherheit überhaupt registriert hat, lässt sie sich nichts davon anmerken. Stattdessen nickt sie Sophie zu, die ihren Gesang und die Brunnenumrundungen nach einer kurzen Pause wieder aufgenommen hat.

»Eine völlig neue Methode für den Geschichtsunterricht. Ich hätte gewiss auch mehr Spaß am Lernen gehabt, wenn man mir solche Verse gegeben hätte.«

»Die habe ich für Sophie geschrieben«, platzt Sugar heraus.

Mrs Fox blickt ihr erschreckend direkt ins Gesicht, die Augen leicht zusammengekniffen. »Hut ab«, sagt sie mit unergründlichem Lächeln.

Sugar spürt, wie sich in ihren schwarz gewandeten Achselhöhlen der Schweiß sammelt. Was zum Teufel will diese Frau? Hat sie nicht alle Tassen im Schrank, oder will sie sie auf den Arm nehmen?

»Ich … ich finde einige der Bücher für Kinder sterbenslangweilig«, sagt sie und sucht fieberhaft nach einem passenden Konversationsthema. »Sie töten jede Wissbegierde. Aber Sophie hat auch ein paar gute Bücher, die W … Mr Rackham angeschafft hat, auf meine Bitte hin. Wobei ich hinzufügen muss« (auf einmal kommt ihr eine Idee und kühlt den Schweiß auf ihrer Stirn), »dass Sophie noch immer viel Freude an einem Märchenbuch hat, das sie von ihrem Onkel Henry zu Weihnachten bekam, der, soweit ich weiß, ein enger Freund von Ihnen war.«

Mrs Fox blinzelt und wird eine Spur blasser, als hätte man sie soeben geschlagen – oder im Gegenteil: geküsst. »Ja«, sagt sie. »Das war er.«

»Die Widmung lautet: *Dein langweiliger Onkel Henry*.«

Mrs Fox schüttelt seufzend den Kopf, als wollte sie ein Gerücht widerlegen, das bei der Weitergabe von einem Klatschmaul zum anderen zur Gemeinheit wurde. »Er war nicht im Mindesten langweilig. Er war der reizendste Mann, den man sich vorstellen kann.« Und damit lässt sie sich unvermittelt und ohne jede Förmlichkeit schwer auf die Bank plumpsen.

Sugar setzt sich neben sie, hocherfreut über den Verlauf der Unterhaltung – denn obwohl diese leicht peinlich anfing, scheint sie jetzt die Oberhand gewonnen zu haben. Sie zögert einen kurzen Moment, dann beschließt sie, zwei Fliegen mit einer Klappe zu schlagen: ihre Vertrautheit mit Sophie Rackhams Büchern unter Beweis zu stellen, falls Mrs Fox ihre Kompetenz als Gouvernante in Zweifel ziehen sollte, und ihre Neugier zu befriedigen.

»Ich möchte nicht neugierig sein, Mrs Fox, aber gehe ich recht in der Annahme, dass Sie die ›gute Freundin‹ sind, von der Henry Rackham in seiner Widmung spricht? Die ihn gerügt hat, weil er Sophie eine Bibel schenkte, als sie erst drei Jahre alt war?«

Mrs Fox lacht bitter auf, aber ihre Augen leuchten, während sie Sugar unverwandt anblickt. »Ja, ich war der Meinung, drei sei doch ein wenig zu früh für das Deuteronomium und die Klagelieder«, sagt sie. »Und Lots Töchter und Onan und all das … nun, Kinder haben ein Anrecht auf ein paar Jahre Unschuld, meinen Sie nicht?«

»O ja«, sagt Sugar, die bei all den Einzelheiten ein wenig ins Schwimmen gerät, mit der Haltung an sich jedoch vollkommen einverstanden ist. Und für den Fall, dass ihr die Ahnungslosigkeit auf die Stirn geschrieben steht, fügt sie hinzu: »Aber ich lese Sophie schon ab und zu aus der Bibel vor. Die spannenden Geschichten: Noah und die Sintflut, der verlorene Sohn, Daniel in der Löwengrube …«

»Aber nicht Sodom und Gomorra«, unterbricht Mrs Fox und beugt sich vor, ohne zu blinzeln.

»Nein.«

»Gut so«, sagt Mrs Fox. »Ich wandere nämlich mehrere Tage die Woche durch die Straßen unseres Sodoms. Es verdirbt Kinder genauso wie jeden anderen.«

Was für ein wunderlicher Mensch, diese Mrs Fox, mit ihrem langen, hässlichen Gesicht und dem forschenden Blick! Hat sie Gefährliches im Sinn? Warum sieht sie sie so unverwandt an? Plötzlich wünscht sich Sugar, Sophie möge hier zwischen ihnen sitzen und die Unterhaltung in seichteres Fahrwasser lenken.

»Wenn Sie möchten, kann Sophie sich zu uns gesellen, schließlich kennen Sie sie schon so lange. Ich kann sie gerne rufen …«

»Nein, bitte nicht«, wehrt Mrs Fox in nicht unfreundlichem, aber auffallend bestimmtem Tonfall sofort ab. »Sophie und ich kennen einander nicht halb so gut, wie Sie annehmen. Damals, als Henry und ich im Hause Rackham verkehrten, haben wir sie nie zu Gesicht bekommen; es war, als gäbe es sie überhaupt nicht. Ich habe sie nur in der Kirche gesehen, und auch das nur bei Gottesdiensten, die Mrs Rackham nicht besucht hat. Dieser Zufall – oder vielmehr das Gegenteil von Zufall, wenn ich so sagen darf – war mit der Zeit doch sehr verwunderlich.«

»Ich verstehe nicht, was Sie meinen.«

»Ich meine, Miss Sugar, dass Mrs Rackham offensichtlich nicht sehr kinderlieb war. Oder, um es noch deutlicher zu sagen, dass sie sich offensichtlich weigerte, die Existenz ihrer eigenen Tochter anzuerkennen.«

»Es steht mir nicht an, zu beurteilen, was in Mrs Rackhams Kopf vor sich ging«, sagt Sugar. »Ich habe sie nur selten gesehen; sie war bereits kränklich, als ich ins Haus kam. Aber …« (Mrs Fox' hochgezogene Augenbrauen haben etwas Einschüchterndes: Sie legen nahe, dass eine Gouvernante, die eine derartige Unwissenheit vorschützt, entweder dumm oder verlogen sein muss.) »Aber ich denke, Sie haben Recht.«

»Und wie ist es mit Ihnen, Miss Sugar?«, fragt Mrs Fox und lehnt sich, die Hände auf den Knien, nach vorn – eine Haltung, die ausdrückt, dass sie langsam zum Punkt kommen will. »*Sie* mögen Kinder, nehme ich an?«

»O ja. Und Sophie habe ich ganz besonders gern.«

»Ja, das ist nicht zu übersehen. Ist sie Ihre erste Schülerin?«

»Nein«, antwortet Sugar mit gefasster Miene, und ihr Verstand beginnt zu wirbeln wie ein Feuerrad. »Vor Sophie hatte ich einen kleinen Jungen in meiner Obhut. Er hieß Christopher. Das war in Dundee.« (Dank Williams endlosem Kampf mit den Jutehändlern sind ihr zahlreiche Namen und Fakten über Dundee im Gedächtnis geblieben, die sie auf Nachfrage zitieren könnte; Gott möge ihr die Behauptung vergeben, sie hätte sich um Christopher gekümmert, wo sie den armen Jungen, statt für ihn zu sorgen, sozusagen in der Löwengrube zurückgelassen hat …)

»Dundee?«, wiederholt Mrs Fox. »Da haben Sie aber einen weiten Weg zurückgelegt. Und Sie klingen überhaupt nicht wie eine Schottin, eher wie eine waschechte Londonerin, würde ich sagen.«

»Ich bin viel herumgekommen.«

»Ja, da bin ich sicher.«

Es folgt eine unangenehme Pause, und Sugar fragt sich, was um alles in der Welt aus der Oberhand geworden ist, die sie gewonnen glaubte. Der einzige Weg, sie wiederzuerlangen, ist, so scheint ihr, in die Offensive zu gehen.

»Ich bin sehr froh, dass Sie just zur gleichen Zeit einen Spaziergang unternehmen wie Sophie und ich«, sagt sie. »Ich hörte, Sie seien in letzter Zeit bei schlechter Gesundheit gewesen?«

Mrs Fox legt den Kopf schief und lächelt müde. »Sehr schlecht, sehr schlecht«, sagt sie in singendem Tonfall. »Aber ich bin sicher, ich habe weit weniger gelitten als manch andere, die mich leiden sahen. Alle waren überzeugt, dass ich sterben würde, ich hingegen wusste, dass es noch nicht so weit war. Und jetzt sitze ich hier«, sie streckt die offene Hand aus, als wollte sie auf eine unsichtbare Menschenmenge deuten, die im Gänsemarsch an ihnen vorüberzieht, »und muss zusehen, wie scharenweise Unglückliche ihrerseits ins Grab stürzen.«

Sie haben ja keine Ahnung: Agnes ist am Leben!, denkt Sugar empört. »Scharenweise?«, wiederholt sie. »Natürlich ist es schrecklich, gleich zwei Verluste in einer Familie, aber dennoch …!«

»O nein, ich habe nicht von den Rackhams gesprochen«, sagt Mrs Fox. »Meine Güte, ich muss mich entschuldigen. Ich dachte, Sie wüssten, dass ich für den Frauenrettungsverein arbeite.«

»Den Frauenrettungsverein? Ich muss zugeben, ich habe noch nie davon gehört.«

Mrs Fox lacht mit einem seltsam kehligen Ton. »Ach, Miss Sugar, wie erschüttert, wie am Boden zerstört wären einige meiner Mitstreiterinnen, hätten sie das vernommen! Aber ich will Sie aufklären: Wir sind ein Verein von Frauen, der Prostituierte auf den rechten Weg führt oder zumindest versucht, sie auf den rechten Weg zu führen.« Wieder dieser erbarmungslos direkte Blick. »Verzeihen Sie mir, wenn meine Wortwahl Sie verletzt.«

»Nein, nein, ganz und gar nicht«, sagt Sugar und spürt, wie ihr die Glut in die Wangen steigt. »Bitte fahren Sie fort, ich würde gern mehr darüber erfahren.«

Mrs Fox wirft einen theatralischen Blick gen Himmel und ruft (ob spöttisch oder im Ernst, vermag Sugar nicht zu beurteilen): »Ah! Die weibliche Stimme der Zukunft!« Sie rückt noch näher an Sugar heran, deren Worte sie offenbar zu noch größerer Vertraulichkeit animieren. »Ich bete, dass bald eine Zeit kommen möge, in der alle gebildeten Frauen über dieses Thema zu sprechen wünschen, ohne Heuchelei und ohne Ausflüchte.«

»D-Das hoffe ich auch«, stottert Sugar und hofft inständigst, Sophie möge ihr zur Hilfe eilen, und sei es mit lautem Geheul nach einem Sturz. Doch sie trottet noch immer um den Springbrunnen, ist mit den Königen von England also noch lange nicht fertig.

»... Um Wycliffes Bibel und Wat Tylers Bauern
war Richard der Zweite zu bedauern.«

»Prostitution ist gewiss ein schreckliches Übel«, sagt Sugar, den Blick weiter fest auf Sophie gerichtet. »Aber können Sie – kann Ihr Frauenrettungsverein – tatsächlich hoffen, es jemals auszumerzen?«

»In *meinem* Leben sicherlich nicht«, antwortet Mrs Fox, »aber vielleicht in Sophies.«

Bei dieser abstrusen Vorstellung bricht Sugar beinahe in Gelächter aus, doch zum Glück stolziert da Sophie wieder in ihr Blickfeld und singt:

»Heinrich der Vierte ging zu Bett mit der Krone,
Indes Arundel die Lollarden nicht schonte.«

Und plötzlich steigt ihr der Duft der Unschuld mit einer solchen Heftigkeit in die Nase, dass sie schon halb überzeugt ist, Mrs Fox' Traum könnte eines Tages Wirklichkeit doch werden.

»Das größte Hindernis«, erklärt Mrs Fox, »ist die Langlebigkeit so mancher Lügen. Zuerst und vor allem die gemeine und feige Behauptung, die Wurzel der Prostitution sei die Verderbtheit der Frau. Ich habe das viele tausend Male gehört, sogar aus dem Mund vieler Prostituierten selbst!«

»Und was ist Ihrer Meinung nach die Wurzel? Die Verderbtheit des Mannes?«

Mrs Fox' grauer Teint wird von Sekunde zu Sekunde rosiger, so sehr erwärmt sie sich für ihr Thema. »Nur insofern, als Männer die Gesetze machen, die festlegen, was eine Frau tun darf und was nicht. Und mit Gesetzen meine ich nicht nur das, was schriftlich festgehalten ist! Die Predigt eines Geistlichen, der keine Liebe im Herzen trägt, auch das ist Gesetz; die Art und Weise, wie unser Geschlecht in den Zeitungen erniedrigt und in Romanen klein gemacht wird, selbst noch auf den Etiketten banalster Haushaltsgeräte, auch das ist Gesetz. Und, vor allem, *Armut* ist Gesetz. Wenn ein Mann vom rechten Weg abkommt, so kann er mit einer Fünf-Pfund-Note in der Tasche und einem neuen Anzug am Leib wieder gesellschaftsfähig werden, eine gefallene Frau jedoch …!« Sie schnaubt vor Entrüstung, ihre Wangen sind gerötet, so sehr hat sie sich in Rage geredet. Ihr Atem geht schnell, ihr Busen hebt und senkt sich, und bei jedem Luftholen zeichnen sich durch ihr Kleid die Brustwarzen ab. »Eine gefallene Frau hat in der Gosse zu bleiben. Wissen Sie, Miss Sugar, ich habe noch nicht *eine* Prostituierte getroffen, die nicht lieber etwas anderes getan hätte. Wenn sie nur *könnte*.«

»Aber wie«, sagt Sugar und erzittert erneut unter dem Blick der anderen, während sie vom Kragen bis zum Haaransatz hochrot anläuft, »wie stellt Ihr Frauenrettungsverein es denn an, eine Prostituierte zu … äh … zu retten?«

»Wir gehen in die Bordelle, in die anrüchigen Häuser, auf die Straßen … in die Parks … wo immer Prostituierte anzutreffen sind, und warnen sie – sofern man uns lässt – vor dem Schicksal, das sie erwartet.«

Sugar nickt eifrig und ist im Nachhinein heilfroh, dass sie sich niemals aus den Federn gequält hat, wenn die Damen vom Frauenrettungsverein früh morgens bei Mrs Castaway auftauchten.

»Wir bieten ihnen Zuflucht, obwohl uns leider nur herzlich wenig Häuser zur Verfügung stehen«, fährt Mrs Fox fort. »Wenn nur die halb leeren Kirchen dieses Landes endlich einer sinnvollen Verwendung zugeführt würden! Aber wie dem auch sei, mit den vorhandenen Betten tun wir, was wir können … Und dann? Nun, wenn die Mädchen irgendetwas gelernt haben, tun wir unser Bestes, sie wieder in Lohn und Brot zu bringen, mit Referenzschreiben. Ich habe selbst schon viele verfasst. Ansonsten sorgen wir dafür, dass sie etwas Sinnvolles lernen, Stricken oder Kochen beispielsweise. Einige der vornehmsten Häuser beschäftigen inzwischen Dienstmädchen, die wir mit dem Frauenrettungsverein dort untergebracht haben.«

»Meine Güte.«

Mrs Fox seufzt. »Natürlich ist es traurig, dass unsere Gesellschaft – will sagen, die englische Gesellschaft – einer jungen Frau keine andere respektable Stellung zu bieten hat als die eines Dienstmädchens. Aber wir können nur ein Übel auf einmal anpacken. Und die Not ist groß. Denn jeden Tag müssen Prostituierte sterben.«

»Aber woran denn?«, fragt Sugar neugierig geworden, obwohl sie die Antwort bereits kennt.

»Krankheiten, Geburten, Mord, Selbstmord«, antwortet Mrs Fox, wobei sie jedes Wort gebührend betont. »›Zu spät‹, das sind die schrecklichen Worte, die uns bei unseren Bemühungen verfolgen. Erst gestern habe ich ein Bordell besucht, das mir unter dem Namen Mrs Castaway bekannt war. Ich war auf der Suche nach einem bestimmten Mädchen, von dem ich in einer lasterhaften Publikation namens *Londoner Lustbarkeiten* gelesen hatte. Ich erfuhr, dass das Mädchen schon fort und Mrs Castaway tot war.«

Sugars Eingeweide versteinern; nur der schmiedeeiserne Sitz verhindert, dass ihr Körper seinen schweren Inhalt auf den Boden entleert.

»Tot?«, flüstert sie.

»Tot«, bestätigt Mrs Fox, und ihren großen grauen Augen entgeht auch nicht die kleinste Reaktion ihres Opfers.

»Tot … warum?«

»Das hat die neue Besitzerin mir nicht mitgeteilt. Unsere Unterhaltung wurde abrupt beendet, indem man mir die Tür vor der Nase zuschlug.«

Sugar kann Mrs Fox' Blick nicht länger standhalten. Sie senkt den Kopf, ihr ist schwindelig und übel, und sie starrt in das knittrige Schwarz in ihrem Schoß. Was soll sie tun? Was sagen? Wäre das Leben so wie einer von Roses Groschenromanen, dann könnte sie Mrs Fox jetzt einen Dolch ins Herz jagen und den Leichnam mit Sophies Hilfe verscharren; oder sie könnte sich vor

Mrs Fox auf die Knie werfen und sie anflehen, ihr Geheimnis nicht preiszugeben. Doch stattdessen starrt sie weiter in ihren Rockschoß, und ihr Atem geht flach, bis ihr auffällt, dass es sich in ihrer Nase ganz feucht anfühlt, und als sie sich mit dem Finger über die Oberlippe fährt, klebt an ihrem Handschuh etwas Hellrotes.

Da taucht vor ihren Augen ein weißes Taschentuch auf, gehalten von Mrs Fox' schmutzigem, zerknittertem Handschuh. Verstört nimmt Sugar es an und putzt sich die Nase. Sofort dreht sich ihr der Kopf, sie beginnt im Sitzen zu schwanken, und das Taschentuch verwandelt sich mit wundersamer Plötzlichkeit von einem weichen, warmen Stück weißer Baumwolle in einen klatschnassen kalten und blutroten Lumpen.

»Nein, lehnen Sie sich zurück«, ertönt Mrs Fox' Stimme, als Sugar sich nach vorn beugen will. »Es wird besser, wenn Sie sich zurücklehnen.« Und schon legt sie sanft und doch fest eine Hand auf Sugars Brust und drückt sie nach hinten, bis Sugars Kopf so weit wie möglich im Nacken liegt und hilflos im Raum baumelt, während ihre Schulterblätter schmerzhaft gegen die Eisenbank drücken und ihr Blick ins Blau des Himmels gerichtet ist. Das Blut läuft ihr in den Kopf, rinnt ihr die Kehle hinunter, sammelt sich an der Luftröhre.

»Versuchen Sie, ganz normal zu atmen, sonst werden Sie ohnmächtig«, sagt Mrs Fox, als Sugar zu keuchen und nach Luft zu schnappen beginnt. »Vertrauen Sie mir, ich kenne mich aus.«

Sugar tut, wie ihr geheißen, und starrt weiter hinauf in den Himmel, die linke Hand mit dem Taschentuch an die Nase gepresst, die rechte – unglaublich! – in Mrs Fox' Hand. Harte, knochige Finger drücken durch zwei Schichten Ziegenleder aufmunternd die ihren.

»Miss Sugar, bitte verzeihen Sie mir«, sagt jetzt die Stimme neben ihr. »Ich habe ja nicht geahnt, dass Sie Ihre ehemalige Bordellwirtin so ins Herz geschlossen hatten. In meiner Arroganz habe ich das wohl nicht für möglich gehalten. In der Tat habe ich vieles nicht für möglich gehalten.«

Sugars Kopf hängt inzwischen so weit nach hinten, dass sie die Fußgänger auf dem Pembridge Square hinterm Park sehen kann, wenn auch verkehrt herum. Eine auf dem Kopf stehende Mutter, die vom Dach der Welt herabhängt, zieht ihren auf dem Kopf stehenden kleinen Jungen hinter sich her und schilt ihn, weil er die Dame mit dem Blut im Gesicht so anstarrt.

»Sophie«, flüstert Sugar erschrocken. »Ich höre Sophie nicht mehr.«

»Alles in Ordnung«, versichert Mrs Fox. »Sie ist neben dem Brunnen eingeschlafen.«

Sugar blinzelt. Tränen kitzeln ihr in den Ohren und benetzen das Haar an ihren Schläfen. Sie fährt sich mit der Zunge über die blutigen Lippen und nimmt all ihren Mut zusammen, um zu fragen, was jetzt aus ihr werden soll.

»Bitte verzeihen Sie mir, Miss Sugar«, sagt Mrs Fox. »Ich bin ein Feigling. Wäre ich mutiger, hätte ich Ihnen dieses Katz-und-Maus-Spiel erspart und Ihnen unumwunden gesagt, für wen ich Sie hielt. Und wäre ich im Irrtum gewesen, hätten Sie mich als Spinnerin abgetan, und die Sache wäre erledigt gewesen.«

Sugar hebt vorsichtig den Kopf, das blutgetränkte Taschentuch noch immer an die Nase gepresst. »Und … und wie geht es jetzt weiter? Und für wen halten Sie mich?«

Mrs Fox wendet das Gesicht ab und blickt zu der schlafenden Sophie hinüber. Sie hat ein hübsches Profil mit festem Kinn, es stört lediglich ein zimtfarbener Klecks Ohrenwachs in einer Windung der Ohrmuschel, wie Sugar sogleich bemerkt. »Ich halte Sie für eine junge Frau«, sagt Mrs Fox, »die ihre Berufung gefunden hat und dieser Berufung treu bleiben will, egal, womit sie sich bisher ihren Lebensunterhalt verdient hat. Mehr kann sich der Frauenrettungsverein für die Mädchen, die er in gute Häuser bringt, nicht wünschen, und doch kehren viele von ihnen bedauerlicherweise auf die Straßen zurück. Sie würden nicht auf die Straßen zurückgehen, habe ich Recht, Miss Sugar?«

»Eher würde ich sterben.«

»Das wird gewiss nicht nötig sein«, sagt Mrs Fox und sieht mit einem Mal todmüde aus. »So blutrünstig ist Gott nun auch wieder nicht.«

»Oh! Ihr Taschentuch …«, ruft Sugar, als sie sich des blutbesudelten Fetzens in ihrer Faust erinnert.

»Ich habe noch eine riesige Schachtel Taschentücher zu Hause«, seufzt Mrs Fox und erhebt sich. »Das bleibt einem, wenn man doch nicht an der Schwindsucht stirbt. Auf Wiedersehen, Miss Sugar. Wir werden uns gewiss bald wieder treffen.« Und schon hat sie sich in Bewegung gesetzt.

»Das … das hoffe ich«, antwortet Sugar; eine bessere Antwort fällt ihr nicht ein.

»Natürlich werden wir das«, sagt Mrs Fox, dreht sich noch einmal um und winkt ihr sehr viel sittsamer als vorher zu. »Die Welt ist klein.«

Als Mrs Fox weg ist, versucht Sugar das getrocknete Blut von Wangen, Kinn und Lippen zu wischen. Sie will etwas Feuchtigkeit vom Gras aufnehmen, doch die Sonne hat den geschmolzenen Raureif bereits verdunsten lassen. Beim Anblick des blutgetränkten Taschentuchs fällt ihr etwas ein, das sie in den letzten Wochen nach Kräften verdrängt hat: die Tatsache, dass sie nun schon seit mehreren Monaten nicht einen Tropfen Menstruationsblut verloren hat.

Sie steht auf und schwankt, ihr ist immer noch schwindelig. *Sie ist tot*, denkt sie. *Verdammt, sie ist tot.*

Vergeblich versucht sie sich das Bild der toten Mrs Castaway vor Augen zu rufen. Ihre Mutter sah schon immer wie eine Leiche aus, die man für irgendeinen obszönen und frevlerischen Zweck wiederbelebt und grell geschminkt hatte. Wie hätte der Tod sie verändern können? Sugar fällt nichts anderes ein, als das Bild von Mrs Castaway in ihrem Kopf von der Vertikalen in die Horizontale zu drehen. Ihre roten Augen sind offen; die ist Hand ausgestreckt, die Handfläche nach oben gekehrt, um die Münzen entgegenzunehmen. »Kommen Sie, Sir«, sagt sie und schickt sich an, einen weiteren Gentleman dem Mädchen seiner Träume zuzuführen.

»Sophie«, flüstert sie, als sie beim Brunnen angekommen ist. »Sophie, wach auf.«

Die Kleine, die zusammengesunken wie eine Stoffpuppe daliegt, den Kopf schlaff auf einer Schulter, schreckt aus dem Schlaf hoch und reißt die Augen weit auf vor Entsetzen, dass man sie bei einem Nickerchen ertappt hat. Sugar beeilt sich, zuerst ihre eigene Entschuldigung vorzubringen: »Verzeih mir, Sophie, ich habe viel zu lange mit der Dame geplaudert.« Es ist sicher schon fast Mittag, sie sollten schnellstens nach Hause zurückkehren, sonst wird William wütend, weil er seine Sekretärin vermisst oder seine Geliebte oder sein Kindermädchen oder in welcher Kombination er sie heute auch immer benötigen mag. »Nun sag mir, meine Kleine, wie weit bist du mit den Königen von England gekommen?«

Statt einer Antwort starrt Sophie ihre Gouvernante verwundert an.

»Hat Sie jemand geschlagen, Miss?«

Sugars Hand fährt nervös zu ihrem Gesicht. »Nein, Sophie. Ich hatte Nasenbluten, das ist alles.«

Diese Enthüllung versetzt Sophie in helle Aufregung. »Das hatte ich auch mal, Miss!«, sagt sie in einem Ton, als handelte es sich um ein spannendes, schauriges Abenteuer.

»Wirklich, mein Schatz?«, sagt Sugar und bemüht sich, den Nebel ihrer zahlreichen Sorgen zu vertreiben und sich zu erinnern, von welcher Gelegenheit Sophie spricht. »Wann war das denn?«

»Das war vorher«, sagt das Kind, nachdem es einen Moment überlegt hat.

»Vor was?«

Sophie lässt sich von ihrer Gouvernante hochziehen; das Hinterteil ihres ausladenden schwarzen Kleides ist feucht und zerknittert und mit Erde, Zweigen und Gras übersät.

»Bevor mein Papa Sie für mich gekauft hat«, sagt sie, und Sugars Hand, die gerade ausgeholt hat, um Sophies Hinterteil sauber zu klopfen, hält mitten in der Bewegung inne.

Einunddreissig

Viel zu viele Menschen! Millionen zu viel! Und keiner von ihnen bleibt stehen! Herr, lass sie nur einen Moment lang aufhören, einander zu schubsen und zu drängen, frier sie ein wie ein Tableau vivant, so dass sie vorbeikommt!

Sugar drückt sich in den Eingang zu Lamploughs Apotheke in der Regent Street und wartet vergebens darauf, dass das Menschenmeer sich teilt. Das unbarmherzige, zermürbende Getöse des Verkehrs, die Schreie der Straßenverkäufer, das schwindelerregende Geplapper der Fußgänger, schnaubende Pferde, bellende Hunde: all diese Geräusche waren ihr einst vertraut. Nach nur wenigen Monaten Abwesenheit ist sie hier schon zu einer Fremden geworden.

Wie kommt es, dass sie jahrelang durch diese Straßen gewandert ist, in Gedanken bei ihrem Roman, und nicht ein einziges Mal umgerannt und niedergetrampelt wurde? Wie ist es möglich, dass so viele Menschen sich an einem Ort zusammendrängen, dass so viele Leben parallel zu ihrem verlaufen? Die plappernden Frauen in violetten, fein gestreiften Kleidern, die eitlen Stutzer, die Juden und Orientalen, die schwankenden Plakatträger, die zwinkernden Ladenbesitzer, die flotten Matrosen, die mürrischen Büroangestellten, die Bettler und Prostituierten – jeder Einzelne von ihnen will in gleicher Weise am Schicksal teilhaben wie sie selbst. Aus der Welt lässt sich nur eine begrenzte Menge Saft pressen, und eine gierige Masse rauft und balgt sich darum, so viel wie möglich zu erhaschen.

Und diese Gerüche! Sie hat sich so an das Rackhamsche Haus

und die sauberen Straßen von Notting Hill gewöhnt, dass sie zur Mimose geworden ist: Jetzt hält sie die Luft an, und ihre Augen tränen bei dem durchdringenden Gestank nach Parfüm und Pferdemist, frisch gebackenem Kuchen und altem Fleisch, verbranntem Hammelfett und Schokolade, gerösteten Kastanien und Hundepisse. Obwohl das Rackhamsche Haus einem Parfümfabrikanten gehört, riecht es so gut wie gar nicht, höchstens nach Zigarrenrauch im Arbeitszimmer und nach Porridge im Unterrichtsraum. Selbst die Blumenvasen – riesengroße, prätentiöse Nachbildungen klassischer Urnen – stehen jetzt, da die Sträuße von Agnes' Trauergästen den Weg alles Lebendigen gegangen sind, leer herum.

Ein hübsches junges Blumenmädchen scheint Sugars Zögern falsch zu deuten, denn es nimmt einen Strauß zerrupfter rosafarbener Rosen aus ihrem klapprigen Handkarren und schwingt sie auffordernd in Sugars Richtung. Dass sie einen Handkarren dabeihat und sich die Mühe macht, ihre Ware auch Frauen anzubieten, könnte heißen, dass sie tatsächlich ein Blumenmädchen ist und keine Hure, dennoch setzt sich Sugar entnervt in die andere Richtung in Bewegung. Ein tiefer Atemzug, und sie tritt hinein in den Menschenstrom, reiht sich ein in das Gedränge schiebender Körper.

Sie vermeidet es peinlichst, irgendjemandem ins Gesicht zu sehen, und hofft, dass die anderen den Gefallen erwidern. (Hätte sie nicht solche Angst, umgerannt zu werden, dann würde sie sich den schwarzen Schleier vors Gesicht ziehen.) Jeder Laden, den sie passiert, jede enge Gasse könnte unversehens jemanden ausspucken, der sie von früher kennt, der womöglich mit dem Finger auf sie zeigt und mit rauer Stimme Sugars Rückkehr in ihre alten Jagdgründe verkündet.

Dabei kommt sie selbst nicht umhin, die altbekannten Gesichter zu bemerken: Dort drüben vor Lockharts Kakao-Stube steht Hugh Banton mit seiner Drehorgel – hat *er sie* gesehen? Ja, er hat, der alte Schlawiner! Aber als sie an ihm vorbeigeht, lässt er sich nicht anmerken, ob er seinen »kleinen Leckerbissen« erkennt. Und dort kommt geradewegs Nadir, der Plakatträger, auf sie zu – doch als er bei ihr ist, schwankt er an ihr vorüber, ohne sie eines weiteren Blickes zu würdigen, vermutlich in der Annahme, dass eine Dame in Schwarz wohl kaum Lust haben dürfte, einen lebenden Gorilla – ›zum ersten Mal in England‹ – zu besichtigen.

In den Ladeneingängen und an den Droschkenständen lungern Prostituierte herum, die Sugar vom Sehen, nicht aber mit Namen kennt. Sie mustern sie mit teilnahmsloser Gleichgültigkeit: Sie ist ihnen ebenso fremd wie das Monster auf Nadirs Plakaten, nur nicht halb so interessant. Die schwarz gekleidete Fremde erregt nur durch ein Detail länger als einen kurzen Augenblick ihre Aufmerksamkeit: durch ihren verkrampften Gang.

Ach, wenn sie wüssten, warum Sugar heute so humpelt! Sie humpelt, weil sie sich letzte Nacht vorm Schlafengehen auf den Rücken gelegt und die Beine so weit angehoben hat, als wolle sie sich für einen Arschfick präsentieren; dann flößte sie sich eine Teetasse mit trübem Wasser, Zinkvitriol und Borax in die Vagina ein, wickelte sich in eine improvisierte Windel und ging in der Hoffnung schlafen, dass sich die Chemikalien trotz der langen Zeit, die sie ungenutzt in ihrem Koffer gelegen, noch etwas von ihrer Wirkung bewahrt hatten. Statt an diesem Morgen jedoch mit einer Fehlgeburt belohnt zu werden, fand sie beim Erwachen ihre Vulva und die Innenseiten der Oberschenkel knallrot und so wund vor, dass sie kaum in der Lage war, sich selbst anzukleiden, geschweige denn Sophie. Um neun Uhr wurde sie in Williams Arbeitszimmer vorstellig, die Zähne zusammengebissen vor Anstrengung, normal zu wirken, und bat so nonchalant wie möglich um ihren ersten freien Tag.

»Wozu?«, fragte er – nicht einmal misstrauisch, sondern vielmehr so, als könnte er sich nicht vorstellen, welcher ihrer Wünsche in seinen vier Wänden nicht zu erfüllen sei.

»Ich brauche ein Paar neue Stiefel, einen Globus für Sophie und noch das ein oder andere …«

»Und wer soll sich um das Kind kümmern, während du weg bist?«

»Sie ist, wie ich festgestellt habe, sehr selbstständig und verlässlich. Und Rose wird ab und an bei ihr hereinschauen. Ich bin um fünf zurück.«

William blickte sie ein wenig irritiert an und schob die Briefe auf seinem Schreibtisch vielsagend hin und her, die er bereits geöffnet und gelesen hatte, mit der bandagierten Hand jedoch nicht beantworten konnte. »Dieser Brinsmead hat mir wegen des Ambras geschrieben; er erwartet meine Antwort mit der dritten Post.«

»Es bringt dir überhaupt nichts, nach seiner Pfeife zu tanzen«, sagte sie mit gespielter Empörung. »Was glaubt der Kerl, wer er ist? Wer von euch beiden hat denn die Zügel in der Hand? Ein paar Tage Bedenkzeit werden ihn daran erinnern, dass *du ihm* einen Gefallen tust, und nicht umgekehrt.«

Zu ihrer Erleichterung erreichte sie damit, was sie wollte, und trat wenige Minuten später aus der Haustür, kalkweiß vor Anstrengung, nicht zu humpeln, bis sie sicher im Omnibus saß.

Der Schmerz ist inzwischen nicht mehr ganz so schlimm; vielleicht hat Rackhams Crème de Jeunesse geholfen, die sie großzügig auf ihren Unterleib verteilt hat. Was die Creme (trotz der unbescheidenen Behauptungen auf dem Etikett) im Gesicht nicht zu bewirken vermag, bewirkt sie vielleicht, heimlich, still und leise, auf unaussprechlichen Körperteilen. Die Wunde muss um jeden Preis schnellstens heilen, sonst muss sie William abweisen, wenn er fleischlichere Verrichtungen von ihr verlangen sollte als die Niederschrift seiner Korrespondenz.

Sugar humpelt in die Silver Street und hofft inständig, dass niemand ihren Namen ruft. Die Prostituierten hier sind von einer derberen Sorte als die auf der Regent Street, sie nehmen schamlos die Männer aus, die sich die höheren Tarife auf dem Stretch nicht leisten können. Sie sind grell geschminkt, ihre Gesichter Masken aus Leichenweiß und Blutrot; sie könnten Hexen aus einem Weihnachtsmärchen sein, die ausstaffiert wurden, um Kindern Angst einzujagen. Wie lange ist es her, dass auch ihr Gesicht so eingepudert war? Sie erinnert sich genau an den mehligen Geschmack des Puders und wie es jedes Mal stäubte, wenn sie die Quaste in das Döschen tupfte … heute hingegen ist sie sauber geschrubbt, und ihre Haut hat die Beschaffenheit einer ordentlich geschälten Apfelsine. Wenn sie sich nun vor den Spiegel stellt, gehört es nicht mehr zu ihren alltäglichen Pflichten, sich die Wimpern zu kämmen, die Wangen zu schminken, die eigensinnigen Augenbrauen zu zupfen, die Zunge zu inspizieren und trockene Haut vom Schmollmund zu pflücken; heute vergewissert sie sich nur noch mit einem kurzen Blick, ob sie nicht müde und besorgt aussieht, steckt ihre Haare hoch und macht sich an die Arbeit.

Mrs Castaways Haus ist schon in Sichtweite, doch Sugar verlangsamt ihre Schritte und wartet so lange, bis die Luft rein ist. Wenige Meter von der Tür entfernt steht ein Mann, der sie mehr als einmal mit ihren Freiern aus dem Fireside hat zurückkommen sehen. Ein fliegender Notenverkäufer, der gerade dabei ist, mit ungelenken, kantigen Bewegungen einen Tanz aufzuführen, dabei Akkordeon spielt, wie ein Verrückter Grimassen zieht und mit den Füßen aufs Kopfsteinpflaster stampft.

»*Gorilla Quadrille*!«, krächzt er erklärend, nachdem er geendet hat, und hält ein Notenblatt mit der Melodie in die Höhe. (Aus Sugars Blickwinkel weist die Abbildung auf dem Deckblatt eine erstaunliche Ähnlichkeit mit dem Kopf auf, der sämtliche Rackham-Produkte ziert.) Drei junge Gecken stolzieren auf ihn zu, applaudieren ihm und bedrängen ihn, seine Vorführung zu wiederholen, aber er zuckt ausweichend mit den Achseln; schließlich tanzt er nicht zum Spaß.

»Irgendwelche Damen in der Bekanntschaft, die Klavier spielen?«, krächzt er. »Meine Musik kost' so gut wie gar nix.«

»Hier ist ein Shilling«, lacht der geckigste der Gecken und schiebt dem Notenverkäufer mit schlanken Fingern die Münze in die Manteltasche. »Ihre schmuddeligen Zettel können Sie behalten, aber tanzen Sie noch mal für uns.«

Der Notenverkäufer beugt sich über sein Instrument und gibt erneut den Gorilla, die Zähne zu einem unterwürfigen Grinsen gebleckt. Sugar beobachtet die Szene, bis die Gecken genug haben und auf der Suche nach neuen Attraktionen von dannen ziehen; als sie weg sind, stürmt der Notenverkäufer in die andere Richtung davon, um seinen Shilling zu verjubeln, und Sugar kann sich endlich ihrem ehemaligen Zuhause ungestört nähern.

Das Herz schlägt ihr bis zum Hals, als sie die Stufen zu Mrs Castaways Tür hinaufgeht und die Hand hebt, um den alten eisernen Türklopfer zu ergreifen und das gewohnte Signal zu geben: *Sugar hier, allein*. Doch der alte gusseiserne Zerberus ist verschwunden, und die Löcher wurden mit Sägemehl und Schellack sorgfältig aufgefüllt. Eine Glocke gibt es nicht, also muss Sugar mit den Fingerknöcheln gegen die harte, lackierte Tür klopfen.

Das Warten ist eine Qual, und das Quietschen des Riegels ist noch schlimmer. Sie hält den Blick gesenkt, weil sie damit rechnet, gleich Christopher gegenüberzustehen, doch als die Tür sich öffnet, befindet sich dort, wo sie das rosige Gesicht des Jungen erwartet hat, der Schritt einer elegant geschneiderten Männerhose. Hastig hebt sie den Blick, lässt ihn über die stilvolle Weste und die seidene Krawatte schweifen, und öffnet den Mund, um sich vorzustellen, doch die plötzliche Erkenntnis, dass das Gesicht dieses Mannes in Wirklichkeit das einer Frau ist, verschlägt ihr die Sprache. Gut, das Haar ist kurz geschnitten und geölt und dicht an den Kopf gekämmt, dennoch lässt die Physiognomie keinen Zweifel.

Amelia Crozier – denn so heißt die Frau – taxiert ihre verwirrte Besucherin mit katzenhaftem Lächeln. »Ich glaube«, sagt sie, »Sie haben sich in der Tür geirrt.« Bei jedem Wort ringelt sich ihr eine Zigarettenrauchfahne aus Mund und Nase.

»Nein … nein … ich …«, stammelt Sugar. »Ich habe mich nur gefragt, was aus dem kleinen Jungen geworden ist, der sonst immer die Tür geöffnet hat.«

Miss Crozier hebt eine dunkle, sorgfältig gezupfte Augenbraue. »Hier gibt es keine kleinen Jungs«, sagt sie. »Nur große.«

Von drinnen – vermutlich aus dem Salon – dringt Jennifer Pearces Stimme: »Kleine Jungs will er? Gib ihm die Adresse von Mrs Talbot!«

Miss Crozier dreht Sugar mit gelassener Unhöflichkeit den Rücken zu. Das sorgfältig geschnittene Haar in ihrem Nacken sieht aus wie eingefettete Entenfedern.

»Es ist kein Mann, meine Liebe«, ruft sie. »Es ist eine Dame in Schwarz.«

»Oh, *bitte* nicht der Frauenrettungsverein«, ruft Miss Pearce in gespielter Verzweiflung von drinnen. »*Bitte* nicht!«

Sugar spürt, dass die beiden Sapphistinnen dieses Spiel noch beliebig lange fortsetzen können – und werden –, also beschließt sie, sich zu offenbaren, so sehr sie auch bedauert, den Heiligenschein der Tugend, den die beiden ihr so ohne Zögern zuerkannt haben, ablegen zu müssen.

»Mein Name ist Sugar«, verkündet sie laut, um Miss Croziers Aufmerksamkeit zu erregen. »Ich habe früher hier gewohnt. Meine M–«

»Sugar!«, ruft Amelia, und ein ganz und gar weibliches Strahlen belebt ihre Züge. »Ich hab dich ja überhaupt nicht erkannt! Du siehst ganz anders aus als beim letzten Mal!«

»Du auch«, entgegnet Sugar mit gezwungenem Lächeln.

»Ah, ja«, grinst Miss Crozier und streicht mit beiden Händen über ihren Anzug. »Kleider machen Leute, nicht wahr? Aber komm doch rein, Schätzchen, komm rein. Vor ein paar Tagen noch hat jemand nach dir gefragt. Du siehst, dein Ruf ist ungebrochen!«

Mit steifen Schritten tritt Sugar über die Schwelle und wird in Mrs Castaways Salon geführt oder vielmehr in den Salon, in dem Mrs Castaway einst residierte. Jennifer Pearce hat das, was einmal die umfangreiche Kuriositätensammlung einer alten Frau war, in ein Paradebeispiel moderner Nüchternheit verwandelt, eines teuren kontinentaleuropäischen Damenjournals würdig.

»Hereinspaziert, hereinspaziert!«

Mrs Castaways Schreibtisch ist verschwunden, und die kunterbunte Sammlung von Magdalenenbildern wurde von den frisch in Blassrosa tapezierten Wänden entfernt, so dass der Raum sehr viel größer wirkt. Statt der Bilder sieht man bis auf zwei Fächer aus Reispapier mit orientalischem Muster nur kahle Wände. Neben dem Sofa, auf dem sich Jennifer Pearce rekelt, thront eine stachelige grüne Zimmerpflanze, und eine zierliche Chiffonniere aus honigfarbenem Holz dient vermutlich (da es kein anderes passendes Behältnis gibt) als Kasse. Amelia Croziers qualmende Zigarette liegt auf einem silbernen Aschenbecher mit hüfthohem Ständer, und als die Tür zugeworfen wird, steigt ein dünner Rauchfaden zitternd in die Luft.

»Setz dich, Schätzchen«, säuselt Jennifer Pearce und schwingt in einem Wirbel aus Satinröcken die Beine vom Sofa. Sie mustert Sugar von Kopf bis Fuß und klopft mit der flachen Hand aufs Sofa. »Hier, ich hab schon für dich vorgewärmt.«

»Danke, ich stehe lieber«, sagt Sugar. An die zotigen Scherze, mit denen die Frauen sie traktieren würden, falls sie durchblicken ließe, dass sie zu wund ist zum Sitzen, möchte sie lieber gar nicht denken.

»Weil man so noch besser sieht, wie wir alles verändert haben, stimmt's?«, sagt Jennifer Pearce und macht es sich wieder auf dem Sofa bequem.

Jetzt wird Sugar klar, dass sich Jennifer von der Spitzenhure des Hauses Castaway zur Kupplerin desselben aufgeschwungen hat. Alles an ihr verrät den Status der Puffmutter, von dem aufwändigen Kleid, das aussieht, als bräuchte sie mindestens eine Stunde, um es auszuziehen, bis zu dem gelangweilt hochmütigen Gesichtsausdruck. Der deutlichste Beweis jedoch sind ihre Hände: Ihre Finger starren förmlich vor stacheligen, edelsteinbesetzten Ringen. Die Pornographie mag den Penis als Schwert, als Rute oder Knüppel beschreiben, doch nichts lässt das schwache Fleisch eines Mannes vor Angst so schnell zusammenschrumpfen wie eine Faust mit dornigem Schmuck.

»Kann ich mit Amy sprechen?«, fragt Sugar.

Mit einem leisen Klicken ihrer Ringe schließt Miss Pearce die Finger. »Nun, sie hat uns verlassen, genau wie Mrs Castaway.« Als sie den entsetzten Ausdruck auf Sugars Gesicht bemerkt, lächelt sie und bequemt sich ohne Eile, das Missverständnis auszuräumen. »Nein, nein, meine Liebe, ich meinte nicht auf die gleiche *Art* wie Mrs Castaway. Ich meinte, sie ist jetzt an einem besseren Ort.«

Amelia lacht – ein abstoßendes, nasales Wiehern. »So wie du's sagst, klingt's immer noch nach Tod, Jen.«

Jennifer Pearce zieht eine Schnute milden Tadels und fährt fort: »Amy war der Ansicht, dass unser Haus zu … zu *speziell* geworden ist für ihre Talente. Also bringt sie diese nun andernorts zur Geltung. Der Name des Hauses ist mir gerade entfallen …« (Sie seufzt.) »Es gibt so viele Häuser heutzutage, da muss man sich ranhalten, um auf dem Laufenden zu bleiben.«

Plötzlich verhärten sich ihre Züge, und mit einem leisen Rascheln ihrer zahlreichen Röcke lehnt sie sich nach vorn. »Um ganz offen zu sein, Sugar, jetzt, wo Amy fort ist und ich nicht mehr, sagen wir, auf der Fabriketage tätig bin, fehlen uns zwei Mädchen. Mädchen, denen es Freude macht, Männer so zu bestrafen, wie sie es verdienen. Du bist nicht zufällig auf der Suche nach einem neuen Zuhause?«

»Ich habe eines, danke«, sagt Sugar gelassen. »Ich bin hier, um … um nach meiner … um mich nach Mrs Castaway zu erkundigen. Wie ist sie gestorben?«

Jennifer Pearce lehnt sich wieder auf dem Sofa zurück und schließt halb die Augen.

»Im Schlaf, Kindchen.«

Sugar wartet, aber mehr kommt nicht. Amelia Crozier nimmt ihre Zigarette aus dem Aschenbecher, inspiziert sie, erachtet sie für zu kurz, um noch elegant zu sein, und lässt sie in den hohlen Ständer fallen. Es ist so still im Zimmer, dass der Aufprall des Papierstummels auf dem Metallboden zu hören ist.

»Hat … hat sie etwas für mich hinterlassen? Einen Brief, eine Nachricht?«

»Nein«, sagt Jennifer Pearce teilnahmslos. »Nichts.«

Wieder tritt Schweigen ein. Amelia zieht ein silbernes Zigarettenetui aus der Innentasche ihres Jacketts, wobei sie mit ihrem grazilen Handgelenk die Rundung ihres Busens unter der Weste streift.

»Und … was ist mit ihr geschehen?«, fragt Sugar. »Nachdem sie gefunden wurde, meine ich.«

Jennifer Pearces Augen werden glasig, so als würde sie über ein Ereignis befragt, das vor ihrer Geburt lag oder gar vor Beginn der Geschichtsschreibung. »Irgendein Bestattungsmensch hat sie abgeholt«, sagt sie zögernd. »War es nicht so, Liebste?«

»Ich glaube schon«, sagt Amelia und hält ein Streichholz an die Spitze der neuen Zigarette. »Rookes, Brookes oder so ähnlich …«

Sugar blickt von einer zur anderen und erkennt, dass es keinen Sinn hat, weitere Fragen zu stellen.

»Ich muss los«, sagt sie, und ihre Finger schließen sich um ihre Handtasche mit der giftigen Medizin.

»Bedaure sehr, dass wir dir nicht helfen konnten«, sagt die schläfrig dreinblickende Puffmutter, die in der nächsten Ausgabe der *Londoner Lustbarkeiten* gewiss als »Mrs Pearce« geführt werden wird. »Aber sei doch so nett und leg ein gutes Wort für uns ein, wenn du ein Mädchen triffst, das sich verändern will.«

Den ganzen Weg bis zum Regent Circus sagt Sugar auf, was ihr nun zu tun bleibt. Unter gar keinen Umständen darf sie aus der Stadt nach Hause zurückkehren, ohne ein Paar Stiefel gekauft zu haben und einen Globus oder was sonst noch William davon überzeugen könnte, dass sie ihren Tag sinnvoll verbracht hat. Doch die Vorstellung, ein Geschäft zu betreten und mit dem Inhaber über die Form ihrer Füße zu sprechen, scheint ihr ebenso abwegig wie eine Reise zum Mond. Sie starrt auf Schilder und Reklametafeln und bleibt vor dem einen oder anderen Schaufenster stehen, während sie überlegt, wie ein Hersteller von venezianischem Glas oder ein Musikprofessor oder ein Haardoktor ihr zu etwas Vorzeigbarem von ihrer Einkaufstour verhelfen könnte.

Ohne Unterlass strömen Menschen auf sie zu, weichen ihr aus oder tun so, als wären sie fast in sie hineingelaufen, und rufen: »Oh! Verzeihung!«, wenn sie in Wirklichkeit meinen: »Können Sie sich nicht entscheiden, ob Sie in die Papeterie reingehen wollen oder was!« Tränen brennen in ihren Augen; sie hatte gehofft, bei Mrs Castaway die Toilette benutzen zu können, jetzt droht ihre Blase zu platzen.

»Ooh! Aufgepasst!«, ruft eine dicke ältere Frau, ebenfalls in Trauerkleidung, aber darüber hinaus auch griesgrämig. Sie sieht ein bisschen aus wie Mrs Castaway. Ein bisschen.

Sugar bleibt vor dem Laden eines Koffermachers stehen. Im Schaufenster steht ein Reisekoffer, der von unsichtbaren Drähten weit offen gehalten wird, um sein prachtvoll gestepptes Innenleben zur Schau zu stellen. Und in dem Koffer nistet wie eine riesenhafte Perle – wohl ein Symbol dafür, dass sich dem Besitzer eines solchen Koffers die Welt wie eine Auster darbietet – ein Globus. Sie braucht nur noch hineinzugehen und zu fragen, ob der Besitzer gewillt ist, den Globus zu verkaufen; er könnte sich doch problemlos wieder einen neuen kaufen, für einen Bruchteil dessen, was sie zu zahlen bereit ist; die ganze Angelegenheit wäre in fünf Minuten erledigt, oder in fünf Sekunden, falls er nein sagt. Sie ballt ihre Hände zu Fäusten und schiebt das Kinn vor; die Sohlen ihrer Stiefel scheinen auf das Trottoir geleimt; es hat keinen Sinn. Sie geht weiter.

Als sie die Oxford Street erreicht, fährt ihr der Omnibus nach Bayswater vor der Nase weg. Und selbst wenn sie den Schaulustigen am Regent Circus den seltsamen Anblick einer Frau bieten wollte, die in Trauerkleidung hinter einem Bus herrennt – sie ist einfach zu wund zum Laufen. Sie hätte den Globus kaufen sollen oder hätte zumindest nicht wie eine Idiotin vor Zigarrenimporteuren und Hofschneidereien herumtrödeln sollen. Alles, was sie heute tut, ist verkehrt; sie scheint dazu verdammt, eine falsche Entscheidung nach der anderen zu treffen. Was hat sie erreicht, seit sie das Rackhamsche Haus verlassen hat? Gar nichts, nur bei Lamplough die Medizin gekauft, und für alles andere ist es zu spät, viel zu spät. Und während sie nicht im Haus ist, wird William vor Misstrauen verrückt werden, er wird ihr Zimmer durchsuchen und Agnes' Tagebücher finden … und, o Gott: ihren Roman. Ja, wahrscheinlich sitzt William just in diesem Augenblick auf ihrem Bett, beißt vor Zorn die Zähne zusammen und liest ihr Manuskript, einhundert Seiten in derselben Handschrift, in der sie seine taktvollen Antworten an die Geschäftspartner verfasst, nur dass sie hier das verzweifelte Flehen todgeweihter Männer beschreibt, denen eine rachsüchtige Hure namens Sugar die Eier abschneidet.

Amy sagt, dass du einen Roman schreibst, Kind.

Ich würde nicht alles glauben, was Amy sagt, Mutter.

Du weißt doch, dass kein Mensch auf der Welt ihn jemals lesen wird, nicht wahr, Herzchen?

Es macht mir Spaß, Mutter.

Gut. Mädchen brauchen Spaß. Also ab mit dir nach oben und schreib ein glückliches Ende für mich, ja?

Die Schmerzen in Sugars Blase sind mittlerweile unerträglich. Sie überquert den Circus, weil sie sich dunkel erinnert, dass es auf der anderen Seite eine öffentliche Toilette gibt, muss aber feststellen, dass sie nur für Männer ist. Sie blickt zurück zur Oxford Street und sieht einen zweiten Omnibus vorbeifahren. Die Crème de Jeunesse zwischen ihren Beinen ist unangenehm schleimig geworden, und ihr Fleisch pocht vor Schmerz, als würde sie von einer Horde Männer vergewaltigt, die einfach nicht aufhören und nicht gehen und nicht zahlen wollen. *O bitte, heul jetzt nicht rum*, zischt Mrs Castaway. *Du hast keinen blassen Schimmer, was leiden bedeutet.*

Weinend und schluchzend und zitternd steht Sugar auf der Straße. Hunderte von Menschen machen einen Bogen um sie, mustern sie voller Mitleid und Missbilligung und lassen sie durch ihre Mimik wissen, dass sie für diesen Gefühlsausbruch einen denkbar unpassenden Ort gewählt hat; All Souls' Church ist ganz in der Nähe, aber sie könnte sich auch in einen Park oder auf einen stillgelegten Friedhof zurückziehen, wenn sie nur bereit wäre, eine halbe Meile zu laufen.

Schließlich kommt ein Mann auf sie zu – ein außergewöhnlich dicker, drollig aussehender Mann mit Knollennase, abstehenden weißen Haaren und beängstigend buschigen Augenbrauen. Er nähert sich ihr schüchtern und ringt die Hände.

»Na, na«, sagt er. »So schlimm kann es doch nicht sein.«

Sugar antwortet nur mit einem hilflosen, schnoddernasigen Kichern, das sich trotz ihres Versuchs, es zu unterdrücken, rasch zu einem schluchzenden Lachen auswächst.

»So ist's recht«, sagt der alte Mann und zwinkert freundlich. »Schon viel besser.« Und mit einem Nicken watschelt er zurück in die Menge.

Der Leiter der Rackham Perfumeries, der sich nach seinem Mittagsschläfchen noch ein wenig wirr im Kopf fühlt, steht im Salon, starrt auf das Klavier und fragt sich, ob er jemals wieder hören wird, wie jemand darauf spielt. Er hebt schwermütig den Deckel und streicht mit der gesunden Hand über die Tasten, berührt mit den Fingerspitzen dieselben Elfenbeinoberflächen, auf denen zuletzt Agnes' Fingerspitzen ruhten: Es hat etwas Intimes. Doch sein Druck ist zu stark: Eine Taste hat bereits den verborgenen Hammer betätigt und schlägt einen einzelnen, hallenden Ton an; peinlich berührt tritt er zurück, für den Fall, dass ein Dienstmädchen hereinkommt, um nachzusehen, was hier geschieht.

Er geht zum Fenster und zieht an der Schnur, um die Vorhänge so weit wie möglich aufzuziehen. Es regnet: wie trostlos. Und Sugar ist irgendwo unterwegs, wahrscheinlich ohne Regenschirm. Wäre sie doch besser zu Hause geblieben und hätte ihm bei der Korrespondenz geholfen; die zweite Post ist schon eingetroffen, und offenbar kann Woolworth zweifelsfrei nachweisen, dass Henry Calder Rackham die geschuldeten fünfhundert Pfund nie bezahlt hat, was William in eine höchst unangenehme Position bringt.

Das Bild der nackten Frau in der Leichenhalle flackert vor seinem inneren Auge auf. Von Agnes, mit anderen Worten. Jetzt ruht sie in Frieden, ganz gewiss. Der Regen wird stärker, ein prasselnder Guss, der zu Hagel wird, an die Verandatür klackert und ins Gras zischt.

Er versucht, sich eine Zigarre anzuzünden. Die gebrochenen

Finger heilen nur langsam, einer ist leicht gekrümmt, eine Verunstaltung, die wahrscheinlich nur er und Sugar bemerken werden.

Von irgendwo im Haus sind undeutliche Geräusche zu vernehmen, nicht als Schritte und Stimmen zu erkennen, bei dem Geprassel des Platzregens kaum hörbar. Wird er jemals den geplanten Artikel über das Thema, dass Regenwetter Dienstboten nervös macht, für den *Punch* schreiben? Es sieht nicht danach aus: Im ganzen letzten Jahr hat er kein einziges Wort verfasst, das nicht direkt mit dem Unternehmen zu tun hatte. Alles Philosophische und Spielerische ist bis auf ungewisse Zeit verschoben. Ein Reich hat er gewonnen, doch um welchen Preis!

Leichter Schwindel zwingt ihn, sich im nächstbesten Sessel niederzulassen. Liegt es an der Gehirnerschütterung? Nein, er hat einfach Hunger. Rose hat ihn zur Mittagszeit nicht geweckt; er braucht nur nach ihr zu klingeln, und sie wird ihm etwas zu essen bringen. Sie könnte ihm auch die *Times* aus dem Arbeitszimmer holen, er hat bisher nur einen flüchtigen Blick hineingeworfen, um sich zu vergewissern, dass die wichtigste Schlagzeile von einem Gorilla handelt und nicht von Agnes Rackham, die lebendig aufgefunden wurde.

Unsinn. Erst wenn er nicht mehr von solch idiotischen Phantasien geplagt wird, wird er wissen, dass sich sein Kopf gänzlich von den Schlägen erholt hat. Agnes ist für immer fort, sie lebt nur noch in seiner Erinnerung, es gibt nicht einmal ein Photo von ihnen beiden, was alles noch trauriger macht, nur die paar Hochzeitsphotos, die dieser Halsabschneider von einem Italiener gemacht hat und auf denen Agnes' Gesicht unscharf wiedergegeben ist. Panzetta, so hieß der Kerl, und er besaß die Frechheit, dafür auch noch ein Vermögen zu verlangen …

William lehnt sich im Sessel zurück und starrt in den Regen hinaus. Durch den schimmernden Schleier der Jahre sieht er Agnes vor sich, wie sie, von einem sommerlichen Schauer überrascht, in einem Pavillon Schutz sucht; das rosafarbene Kleid und der weiße Hut betonen die gesunde Röte ihrer regennassen Wangen. Er erinnert sich, wie er neben ihr herlief und wie ihm der Kopf schwindelte vor Freude, diesen Moment mit ihr geteilt zu haben, stolz darauf, von all ihren Verehrern derjenige zu sein, der sie so sehen durfte, ein strahlend schönes Mädchen an der Schwelle zum Frausein, die Wangen rosig, glitzernde Regentropfen auf der Haut, schwer atmend wie ein Reh.

Nicht ein Mal hat sie ihn bloßgestellt, erinnert er sich jetzt. Nicht ein einziges Mal! Auch nicht, wenn sie von ihren anderen Verehrern umringt war, allesamt reiche junge Männer mit besten Beziehungen, die beim Anblick eines Industriellensohns für gewöhnlich nur verächtlich die Lippen verzogen. Doch bei Agnes hatten sie keine Chance, diese weibischen Trottel. Agnes schien ihre Anwesenheit nur sporadisch wahrzunehmen, tat, als könnte sie jederzeit davonspazieren und sie sitzen lassen wie ein Haustier, das jemand unvernünftigerweise in ihre Obhut gegeben hat.

Bei William Rackham war es jedoch etwas anderes, ihn ließ sie nie einfach so sitzen. Er war kein Langweiler: Das war der große Unterschied. Die anderen Kerle hörten sich selbst gerne reden; er hörte lieber ihr zu. Dabei war es nicht nur der melodische Klang ihrer Stimme, der ihn faszinierte; sie war weniger dumm als die anderen Mädchen, die er kannte. Natürlich hatte sie keine Ahnung von den üblichen Themen, die für Mädchen Bücher mit sieben Siegeln sind (also ungefähr alle Themen von Bedeutung), aber er spürte doch, dass sie einen außergewöhnlichen und originellen Verstand besaß. Vor allem hatte sie einen Sinn fürs Metaphysische, den ihre dürftige Bildung in keiner Weise kultiviert hatte; sie war tatsächlich in der Lage, »die Welt in einem Sandkorn zu sehen und den Himmel in einer wilden Blume«.

Während William sich in seinem Salon diesen Erinnerungen hingibt, der Regen langsam nachlässt und sein Kopf nach hinten auf Agnes' bestickten Lehnenschoner sinkt, muss er plötzlich niesen. Und auch das erinnert ihn wieder an die strahlende Agnes Unwin und daran, wie verstörend, nein, wie erfrischend abergläubisch sie war. Als er sie fragte, warum sie jedes Mal sofort – und so *laut* – » Helf Gott!« rief, wenn jemand niesen musste, erklärte sie, dass die unsichtbaren Dämonen, die überall um uns herum lauern, diesen kurzen Moment der Hilflosigkeit nutzen könnten, um Einlass in unseren Körper zu finden. Nur wenn ein aufmerksamer Mensch in der Nähe Gottes Hilfe für uns erflehe, während wir es vor lauter »Hatschi« nicht selbst tun können, hätten wir die Sicherheit, dass kein Dämon in uns eingedrungen ist.

»Dann verdanke ich Ihnen also mein Leben«, hatte er gemeint.

»Sie machen sich über mich lustig«, erwiderte sie sanft. »Aber Gott sollte uns immer helfen. Dazu ist er schließlich da, nicht wahr?«

»O Miss Unwin, seien Sie vorsichtig. Man könnte Sie beschuldigen, den Namen Gottes zu missbrauchen.«

»Das tun die Leute ja schon! Aber …« (und ein bezauberndes Lächeln umspielte ihre Lippen) »sie sagen es nur, weil sie Dämonen in sich haben.«

»Von all den Niesern ohne Gottes Hilfe.«

»Ganz genau.«

Worauf William laut aufgelacht hatte: verdammt, die Kleine hatte Humor! Es brauchte nur eine besondere Sorte Mann, um ihren feinen spitzbübischen Witz zu erkennen. Bei jedem Treffen gab sie etwas mehr davon zum Besten, stets in neckisch ernsthaftem Tonfall, bis sie schließlich hinter ihrem Fächer ein Lächeln nicht mehr unterdrücken konnte; und auf dem federleichten Fundament ihres Geplänkels bauten sie allmählich ihre Beziehung auf.

Natürlich begehrte er sie. Er träumte von ihr, vergoss beim Gedanken an sie seinen Samen. Und doch verspürte er im tiefsten Grunde seines Herzens, in den Tiefen seiner Lenden, kein dringendes Verlangen nach ihr; schließlich stand für derlei Zwecke eine ganze Schar von Frauen zur Verfügung. Wenn er sich ausmalte, mit Agnes verheiratet zu sein, ging es kaum je um Körperliches: Er stellte sich vor, wie sie beide in einem riesigen weißen Floß von einem Bett Arm in Arm schlummerten.

Als sie frisch verlobt waren, vertraute sie ihm an, wie sehr sie fürchtete, ihre Figur zu verlieren – durch eine Schwangerschaft, wie er sie verstand. Sofort beschloss er, Vorsichtsmaßnahmen zu treffen, um ihr diese Mühsal zu ersparen. »Kinder?«, erklärte er, und er freute sich an der Vorstellung, eine weitere Konvention zu brechen, denn in jenen Tagen scherte er sich einen feuchten Kehricht um die kleinbürgerlichen Erwartungen seines Vaters und anderer arbeitsamer Bürger. »Es gibt schon viel zu viele auf der Welt! Die Leute kriegen Kinder, weil sie sich nach Unsterblichkeit sehnen, aber sie machen sich selbst was vor, denn die kleinen Monster sind etwas anderes, nicht man selbst. Wer Unsterblichkeit will, soll sie sich selbst verdienen, aus eigener Kraft!«

Als er ihre Miene auf diese Eröffnung hin studierte, fürchtete er, seine Entschlossenheit, mit dem Schreiben ewigen Ruhm zu erlangen, könne ihr dünkelhaft erscheinen, aber sie blickte höchst zufrieden drein.

In seinen Träumen, bei Tag und bei Nacht, hatte er sich und Agnes Seite an Seite gesehen, nicht nur als Frischvermählte, sondern auch in reiferen Jahren, wenn ihr gemeinsamer Stern im Zenith stand.

»Da vorn gehen die Rackhams«, würden die Neider flüstern, wenn sie durch den St. James's Park spazierten. »*Er* hat gerade sein neuestes Buch veröffentlicht.«

»Ja, und *sie* ist soeben aus Paris zurückgekehrt, und ich habe gehört, dass sie sich dort dreißig Kleider hat nähen lassen, von fünf verschiedenen Schneidern!«

Ein typischer Tag in ihrer gemeinsamen Zukunft würde damit beginnen, dass er in einem Korbstuhl im sonnenbeschienenen Hof saß, die Druckfahnen seiner nächsten Veröffentlichung las und die Briefe seiner Leser durchging (die Bewunderer würden eine herzliche Antwort erhalten, die Mäkler würde er umstandslos mit Hilfe der Zigarrenspitze vernichten). Und es würde viele Mäkler geben, denn mit seinen furchtlosen Überzeugungen würde er zahllosen Leuten auf die Füße treten! Auf dem Rasen neben ihm würde ein Häuflein Asche glimmen – all die Langweiler, die sich die Mühe hätten sparen können, ihn mit ihren Nörgeleien zu belästigen. Gegen Mittag würde Agnes über den Rasen auf ihn zuschweben, in leuchtendes Flieder gehüllt, und ihn ausschimpfen, weil er dem Gärtner das Leben so schwer machte.

Jetzt, im Januar 1876, hockt William, ein Witwer, in seinem Salon und stöhnt auf vor Schmerz bei der Erinnerung an solche Träume. Was für ein Dummkopf er doch gewesen war! Wie wenig er sich selbst kannte! Wie wenig er Agnes kannte! Wie tragisch er die Rücksichtslosigkeit seines Vaters unterschätzt hatte, mit der dieser ihn in den zartesten Jahren seiner Ehe demütigte! Alle Vorzeichen hatten von Anfang an aufs Leichenschauhaus Pitchcott gedeutet und auf die arme Frau auf der Bahre!

Während er wieder einnickt, sieht er Agnes erneut vor sich, so wie sie in ihrer Hochzeitsnacht war. Er hebt ihr Nachthemd: Eine Schönheit, wie sie hat er noch nie zuvor gesehen. Doch sie ist starr vor Angst, und ihre makellose Blässe wird von Gänsehaut verunziert. Wie viele Monate hat er, zu ihrer unverhüllten Freude, damit verbracht, die Schönheit ihrer Augen zu preisen; doch so sehr er sich wünschen würde, zweihundert Jahre bei der Lobpreisung jeder ihrer Brüste zu verweilen und dreißigtausend Jahre beim Rest, so sehr sehnt er sich auch nach einer etwas spontaneren Vereinigung, einer gemeinsamen Feier ihrer Liebe. Soll er ihr ein Gedicht aufsagen? Sie sein Amerika nennen, seinen neu entdeckten Kontinent? Schüchternheit und Unbehagen lassen seine Zunge trocken werden; der Ausdruck sprachlosen Entsetzens im Blick seiner Frau lässt ihm keine andere Wahl, als schweigend fortzufahren. Nur sein eigener schwerer Atem ist zu hören, und er hofft, irgendein magisches Zusammenschwingen oder eine emotionale Osmose möge sie inspirieren, seine Ekstase zu teilen, dem Ausbruch seiner Leidenschaft möge der warme Balsam beidseitiger Erlösung folgen.

»William?«

Verwirrt schreckt er aus dem Schlaf hoch. Vor ihm steht Sugar, ihre Trauerkleidung glänzt vor Nässe, von ihrem Hütchen tropft das Regenwasser, ihr Gesicht blickt zerknirscht.

»Ich habe nichts erreicht«, bekennt sie. »Bitte sei mir nicht böse.«

Er setzt sich auf und reibt sich mit den Fingern der gesunden Hand die Augen. Sein Nacken ist steif, der Kopf tut ihm weh, und in seiner Hose schrumpft sein Penis im klebrigen, feuchten Schamhaarnest in sich zusammen.

»Macht nichts«, seufzt er. »Du musst mir nur sagen, w-was du brauchst, und ich lasse es besorgen.«

Als Sugar drei Tage später einen Brief an Henry Calder Rackham zu Papier bringt, den sie auf Williams zögernde Anweisung hin mit »Lieber Vater« begonnen hat, fragt dieser unversehens: »Kannst du mit einer Nähm-maschine umgehen?«

Sie blickt auf. Eigentlich hatte sie geglaubt, heute für alles gewappnet zu sein: Ihre wunde Schamgegend ist so weit verheilt, dass der Liebesakt in den Bereich des Möglichen gerückt ist, sofern er behutsam vollzogen wird; seit heute Morgen rebelliert ihr Magen nicht mehr gegen die Wirkung der Tinktur aus Wermut und

Rainfarn, und sie gewährt ihrem geschundenen Körper gerade die dringend benötigte Verschnaufpause, bevor sie es – die allerletzte Möglichkeit – mit Poleiminze und Bierhefe versuchen wird.

»Tut mir Leid«, sagt sie, »ich habe mich noch nie daran versucht.«

Er nickt enttäuscht. »Kannst du mit der H-Hand nähen?«

Sugar legt die Feder auf das Löschblatt und versucht an seiner Miene abzulesen, ob sie sich einen Scherz erlauben kann. »Der Umgang mit Nadel und Faden«, sagt sie, »hat noch nie zu meinen größten Talenten gehört.«

Er lächelt nicht, nickt nur abermals. »Du wärst also nicht in der Lage, ein Kleid von A-Agnes so zu ä-ändern, dass es dir passt?«

»Ich glaube nicht«, sagt sie, in höchstem Maße beunruhigt. »Selbst wenn ich Näherin wäre, würde … ich meine, unser Körperbau … wir sind doch sehr unterschiedlich … oder waren sehr unterschiedlich.«

»Schade«, sagt er und lässt sie minutenlang in ihrem Unbehagen schmoren. Worauf zum Teufel will er hinaus? Hat er irgendeinen Verdacht gegen sie? Gestern ist er zum ersten Mal seit der Beerdigung in der Stadt gewesen, und am Abend hat er mit keinem Wort erwähnt, wo er war … Bei der Polizei womöglich?

Schließlich reißt er sich aus seinen Gedanken und verkündet in klarem und bestimmtem Ton, fast ohne zu stottern: »Ich habe beschlossen, dass wir alle einen k-kleinen Ausflug machen werden.«

»Wir … alle?«

»Du, ich und Sophie.«

»Oh.«

»Donnerstag werden wir zusammen in die Stadt fahren und uns photographieren lassen. Auf dem Weg dorthin wirst du T-Trauerkleidung tragen müssen, aber bitte nimm außerdem ein fröhliches und hübsches Kleid mit, auch eines für Sophie. Bei dem Photographen gibt es einen Umkleideraum, das habe ich überprüft.«

»Oh.« Sie wartet auf eine Erklärung, aber er hat bereits den Kopf abgewandt, als sei die Sache damit erledigt. Sie nimmt den Federhalter von dem fleckigen Löschblatt. »Hast du an ein bestimmtes Kleid gedacht?«

»Es soll so hübsch wie möglich sein«, antwortet William, »aber d-dabei durch und durch anständig.«

»Wo fährt Papa mit uns hin, Miss?«, fragt Sophie am Morgen des großen Tages.

»Das habe ich dir doch schon gesagt: in ein Photostudio«, seufzt Sugar und versucht, sich ihr Missfallen über das aufgeregte Gehabe des Kindes nicht anmerken zu lassen.

»Ist es ein großes Studio, Miss?«

Oh, halt den Mund: Erspar mir dein dummes Geplapper. »Ich weiß es nicht, Sophie, ich war noch nie dort.«

»Darf ich meine neue Fischbeinhaarspange tragen, Miss?«

»Natürlich, Schatz.«

»Und soll ich mein Chamois-Täschchen mitnehmen, Miss?«

Der Klang deiner Stimme, meine Kleine, schaltete sich Mrs Castaway ein, *wird in höchstem Maße lästig.* »Ich ... ja, warum nicht.«

Ganz in Schwarz und mit Kleidern zum Wechseln in einem karierten Reisekoffer, der einst Mrs Rackham gehörte, treten Sugar und Sophie hinaus auf die Auffahrt, wo Kutsche und Pferd bereits auf sie warten.

»Wo ist Papa?«, fragt Sophie, als Cheesman sie in die Kutsche hebt.

»Wahrscheinlich muss er noch seine Spielsachen wegräumen, Miss Sophie«, antwortet der Kutscher zwinkernd.

Sugar steigt rasch ein, während Cheesman mit dem Koffer hantiert, so dass er keine Chance hat, sie zu betatschen.

»Von der schnellen Truppe, unsere Miss Sugar!«, sagt er und betont die Worte wie die Schlusszeile eines obszönen Liedes.

William tritt aus der Haustür und knöpft sich den dunkelgrauen Mantel zu, den er über seinem braunen Lieblingsjackett trägt. Wenn er fertig ist, wird man nur noch bei sehr genauem Hinsehen erkennen können, dass er nicht in strikter Trauer geht.

»Los geht's, Cheesman!«, ruft er, nachdem er zu seiner Tochter und Miss Sugar in den Wagen gestiegen ist – und sehr zur Freude der Tochter folgt seinen Worten die Tat auf dem Fuß: Die Pferde setzen sich in Bewegung, und die Kutsche rollt über den

Kies und die Auffahrt hinaus in die große weite Welt. Das Abenteuer beginnt: Wir sind auf Seite eins.

Drinnen mustern die drei Insassen einander so genau und so wenig offensichtlich wie möglich: ein schwieriges Unterfangen, schließlich sitzen sie fast Knie an Knie, der Mann auf der einen Seite, die beiden Vertreterinnen des weiblichen Geschlechts ihm gegenüber.

William fällt auf, wie bleich und beklommen Sugar aussieht, er sieht die blassblauen Ringe unter ihren Augen, das nervöse, gequälte Lächeln ihrer sinnlichen Lippen, das wenig schmeichelhafte Trauerkleid. Aber keine Sorge: Ist sie erst beim Photographen, wird sich das alles schlagartig ändern.

Sugar stellt fest, dass sich William, zumindest äußerlich, vollständig von seinen Verletzungen erholt hat. Zwei weiße Narben laufen über Stirn und Wange, seine Handschuhe sind ein kleines bisschen zu groß, ansonsten jedoch ist er so gut wie neu – besser sogar, denn in der Konvaleszenz hat sein Bauch abgenommen, und auch sein Gesicht ist schmaler geworden, plötzlich sieht man Wangenknochen, wo vorher keine zu erkennen waren. Es war wirklich unfair von ihr, sein Gesicht mit der Karikatur auf der »Gorilla Quadrille« zu vergleichen; er mag vielleicht weniger gut aussehen als sein Bruder, aber neuerdings hat er etwas Distinguiertes, was seinem Leid zu verdanken ist. Auch seine Launen und sein Stottern sind auf dem Weg der Besserung, und er lässt sie noch immer seine Korrespondenz schreiben, obwohl seine Finger so weit verheilt sind, dass er die Aufgabe allein bewältigen könnte. Also … also gibt es doch wirklich keinen Grund, ihn zu verabscheuen und zu fürchten, oder etwa doch?

Sophies körperliche Hülle sitzt reglos da, ihr Benehmen ist tadellos, weil das von Kindern so erwartet wird, in Wirklichkeit aber ist sie völlig aus dem Häuschen vor Aufregung. Zum ersten Mal sitzt sie in der Familienkutsche, zum ersten Mal fährt sie in die Stadt, noch dazu in Begleitung ihres Vaters, mit dem sie noch nie zuvor unterwegs war. Es gibt so vieles zu verarbeiten, dass sie kaum weiß, wo sie anfangen soll. Das Gesicht ihres Vaters kommt ihr alt und weise vor, wie das auf den Rackhamschen Etiketten, doch wenn er sich zum Fenster dreht oder sich mit der Zunge über die roten Lippen fährt, sieht er aus wie ein jüngerer

Mann, dem man einen Bart angeklebt hat. Auf den Straßen spazieren Herren und Damen, kein Passant gleicht dem anderen, und es sind Hunderte. Aus der Gegenrichtung fährt eine Kutsche an ihnen vorbei, ein Gefährt aus poliertem Holz und Metall, in dem geheimnisvolle Fremde sitzen, gezogen von einem Tier mit Hufen. Keine Frage, dass die beiden Kutschen in dem Moment, wo sie einander passieren, wie Spiegelbilder erscheinen: Für die geheimnisvollen Fremden in der anderen Kutsche ist *sie* das große Geheimnis, und *die anderen* sind die Sophies. Weiß ihr Vater das auch? Und Miss Sugar?

»Du bist wirklich groß geworden«, bemerkt ihr Vater unvermittelt. »In null Komma nichts in die Höhe gesch-schossen. Wie hast du d-das bloß angestellt, hm?«

Sophie hält den Blick auf die Knie ihres Vaters gerichtet; die Frage kommt ihr vor wie eine aus *Alice im Wunderland*: Sie ist unmöglich zu beantworten.

»Gibt Miss Sugar dir auch genug zu tun?«

»Ja, Papa.«

»Gut, gut.«

Wieder lobt er sie, genau wie an dem Tag, als die Frau mit dem Gesicht einer Cheshire-Katze an seiner Seite war!

»Sophie tut nichts lieber als lernen«, bemerkt Miss Sugar.

»Sehr gut«, sagt William und ringt die Hände im Schoß. »Und weißt du auch, w-wo der Golf von Biskaya liegt, Sophie?«

Sophie erstarrt. Das einzige wichtige Faktum im Leben, und niemand hat es ihr gesagt!

»Mit Spanien haben wir uns noch nicht beschäftigt«, erklärt ihre Gouvernante. »Sophie hat erst einmal alles über die Kolonien gelernt.«

»Sehr gut, sehr gut«, sagt William und wendet seine Aufmerksamkeit wieder dem Fenster zu. Sie fahren gerade an einem Gebäude vorbei, auf dem riesengroß eine Reklame von Pears' Seife prangt, und er zieht die Stirn in Falten.

Das Photostudio liegt im obersten Stock eines Hauses in der Conduit Street, per Luftlinie nicht allzu weit von Mrs Castaways Haus entfernt. Auf dem Bronzeschild steht *Tovey & Scholefield (A.R.S.A.), Photographen und Künstler*. Auf halbem Weg die düstere Treppe hinauf hängt die stark retuschierte Photographie eines halbwüchsigen Soldaten mit herzförmigen Lippen, der sein Gewehr im Arm hält wie einen Blumenstrauß. *Gefallen in Kabul, UNSTERBLICH in der Erinnerung aller, die ihn liebten*, lautet die Bildunterschrift. Darunter heißt es in angemessenem Abstand: *Nachfragen bitte im Büro.*

Dortselbst werden die Rackhams von einem groß gewachsenen, schnauzbärtigen Individuum im Gehrock mit »Guten Tag der Herr, die Dame« begrüßt.

Dieser Mann und William sind einander offenbar schon bekannt, so dass es Sugar überlassen bleibt zu erraten, wer Scholefield ist und wer Tovey – dieser Mann, der eher wie ein Impresario daherkommt, oder jener vogelartige, hemdsärmelige Bursche, der durch einen Spalt in der Tür des Empfangsraums dabei zu sehen ist, wie er eine farblose Flüssigkeit aus einer kleinen Flasche in eine größere gießt. An den Wänden hängen gerahmte Photographien von Männern, Frauen und Kindern, allein und im Familienverband, alle ohne Fehl und Tadel, sowie ein Gemälde von gewaltigen Ausmaßen, das eine beleibte Dame in einem Kleid nach der Regency-Mode zeigt, in Begleitung eines Jagdhunds und neben einem von Stillleben-Accessoires überquellenden Korb. In einer Ecke, über den Schwanzfedern eines toten Pfaus, leuchtet der Schriftzug *E. H. Scholefield, 1859.*

»Sieh mal, Sophie«, sagt Sugar. »Das Bild hat der Gentleman gemalt, der hier vor uns steht.«

»So ist es«, sagt Scholefield. »Aber ich habe meine erste große Liebe verlassen – und damit zahlreichen Aufträgen von Damen wie dieser entsagt –, um mich der Kunst der Photographie zu widmen. Denn es ist meine feste Überzeugung, dass jede neue Kunst, so sie denn eine werden soll, ein gewisses Maß an … künstlerischer Geburtshilfe benötigt.« Eine Sekunde zu spät wird ihm bewusst, dass er seinen Sermon vor einer Vertreterin des schwachen Geschlechts zum Besten gibt. »Wenn Sie mir meine Wortwahl nachsehen wollen.«

Ohne langes Vorgeplänkel werden Sugar und Sophie in einen kleinen Raum geführt, in dem sich eine Waschschüssel, zwei große Spiegel und eine reich verzierte gelbe Steinguttoilette befinden. Die Wände starren vor Kleiderhaken und Hutablagen. Ein einziges vergittertes Fenster geht auf das Dach hinaus, das die Räume von Tovey & Scholefield mit denen des Dermatologen nebenan verbindet.

Sugar öffnet den Reisekoffer und zieht seinen farbenprächtigen, seidenen, bauschigen Inhalt ans Licht. Sie befreit Sophie aus ihrem Trauerkleid und hilft ihr, in ihren schönsten blauen Traum mit den goldenen Brokatknöpfen zu schlüpfen. Ihr Haar wird frisch gebürstet und die Fischbeinspange hineingeschoben.

»Jetzt dreh dich um, Sophie«, sagt Miss Sugar.

Sophie gehorcht, aber wohin sie auch schaut, sieht sie in einen Spiegel, der sich in endloser Reihe in anderen widerspiegelt. Die Aussicht, Miss Sugar in Unterwäsche zu erblicken, ist ihr reichlich unangenehm, und so starrt sie in den Reisekoffer ihrer Mutter. Ein zerknittertes Flugblatt über *Psycho, die Sensation der Londoner Saison, zu bewundern exklusiv im Folkestoner Pavillon!* gibt ihr Anlass zum Grübeln, während sich überall um sie herum der Körper ihrer Gouvernante seiner Kleider entledigt. Wieder und wieder liest sie den Eintrittspreis, die Öffnungszeiten der Ausstellung und die Warnung an Damen von nervöser Disposition, während sie gegen ihren Willen den einen oder anderen Blick auf Miss Sugars Unterwäsche erhascht, auf die Rundung rosiger Haut im Ausschnitt des Unterhemdes, auf die nackten Arme, die mit einem schlaffen Gebilde aus grüner Seide kämpfen.

Sophie hält sich das Flugblatt vor die Nase und schnuppert daran, um zu erfahren, ob es nach Meer riecht. Sie glaubt, dass dem so ist, aber vielleicht ist es auch reine Einbildung.

Als Sugar und Sophie endlich so weit sind, erweist sich das eigentliche Studio von Torvey und Scholefield als nicht besonders groß – vermutlich ist es nicht größer als das Rackhamsche Esszimmer –, doch der vorhandene Raum wird auf raffinierte Weise genutzt, indem drei der Wände als Hintergrund für jedes erdenkliche Bedürfnis hergerichtet sind. Eine Wand ist eine Trompe-l'œil-Landschaft, vor der sich Männer gern in Pose stellen: Wälder und Berge, ein tief hängender Himmel und, auf Wunsch, bewegliche Säulen im klassizistischen Stil. Eine andere Wand ist nach neuester Mode tapeziert und fungiert als Rückwand eines

Wohnzimmers. Die dritte Wand ist in drei verschiedene Hintergründe geteilt: Ganz links zeigt sie ein wandhohes Bücherregal, aus dem der posierende Kunde einen ledergebundenen Band herausziehen und zu lesen vorgeben kann – sofern er nicht zu weit rechts steht, denn dann würde er über die Grenze der Bibliothek treten und sich vor dem Fenster eines Landhauses mit Spitzengardine wiederfinden. Doch auch dieses bäuerliche Idyll ist nur ein schmaler Ausschnitt des Lebens, kaum breiter als der Durchmesser einer altmodischen Krinoline, und wird von der nächsten Szenerie abgelöst, einem Kinderzimmer mit Rotkehlchen- und Halbmondtapete.

Vor diesem Hintergrund – offensichtlich ist er am wenigsten gefragt – stehen die meisten Requisiten: nicht nur Schaukelpferd, Spielzeuglokomotive, Kinderschreibtisch und Kinderstuhl mit hoher Rückenlehne, sondern auch ein Sammelsurium aus Accessoires für die Hintergründe daneben, zum Beispiel ein Wanderstock (für Künstler und Philosophen), eine große Vase aus Pappmaché auf einem Sperrholzpodest, verschiedene Uhren auf einem Messingständer, zwei Gewehre, ein riesiger Ring mit zahlreichen Schlüsseln, der um den Hals einer Shakespeare-Büste baumelt, ein Bündel Pfauenfedern, Fußbänke verschiedener Größe, die Fassade einer Standuhr und viele andere nicht so leicht zu identifizierende Utensilien. Zu Sophies entsetztem Staunen gibt es sogar einen ausgestopften, triefäugigen Spaniel, der ohne viel Aufhebens brav zu Füßen eines jeden Herrchens Platz nimmt.

Aus den Augenwinkeln beobachtet Sugar William dabei, wie er sie und Sophie begutachtet. Er scheint sich in seiner Haut ein wenig unwohl zu fühlen, als befürchtete er, unvorhergesehene Komplikationen könnten sein Vorhaben vereiteln, doch mit ihrer Aufmachung scheint er einverstanden, und sofern er überhaupt registriert hat, dass sie dasselbe Kleid trägt wie am Tag, als sie einander kennen lernten, so lässt er sich jedenfalls nichts anmerken. Der bislang nur von Ferne gesichtete Tovey nimmt seinen Platz hinter dem Kamerastativ ein und wirft sich den dicken schwarzen Stoff, der von dem sperrigen Apparat herunterhängt, über Kopf und Schultern. Bis zum Ende ihres Besuchs wird er in seinem Versteck bleiben, wobei er unter dem lichtundurchlässigen

Stoff von Zeit zu Zeit mit dem Hinterteil wackelt wie eine Bachstelze, die Beine ähnlich gespreizt wie die des Stativs.

Die Aufnahmen sind in wenigen Minuten gemacht. Scholefield hat William von dessen ursprünglichem Wunsch abgebracht, nur ein Bild schießen zu lassen; pro Sitzung sind vier Bilder möglich, die, sollten sie nicht zur vollsten Zufriedenheit ausfallen, nicht bezahlt oder vergrößert werden müssen.

Also stellt sich William vor dem gemalten Horizont auf und blickt in die von Scholefield gewiesene »Ferne«, die in der Enge des Studios nicht ferner ist als das Belüftungsgitter. Dann hebt Scholefield langsam die Faust in die Höhe und ruft: »Dort am Horizont, sie bricht durch die Wolken: die Sonne!« Unwillkürlich reißt Rackham die Augen auf, und diesen Moment fängt Tovey ein.

Danach wird William überredet, sich vor dem Regal aufzustellen, den Band *Grundlagen der Optik* aufgeschlagen in der Hand. »Ach, das berüchtigte Kapitel!«, bemerkt Scholefield, wobei er einen Blick in den Text wirft und das Buch sanft etwas näher zum Gesicht des Kunden schiebt. »Kein Mensch würde bei einem so trockenen Thema derart saftige Details erwarten!« Williams Augen, eben noch gelangweilt und ausdruckslos, schauen auf einmal interessiert, als er tatsächlich zu lesen beginnt, und wieder drückt Tovey genau im richtigen Moment ab.

»Kleiner Scherz meinerseits«, sagt Scholefield und lässt in gespielter Reue den Kopf hängen. Je länger er seine Kunden unter der Fuchtel hat. umso exzentrischer wird sein Gebaren; fast könnte man meinen, dass er heimlich Whisky aus einem Flachmann trinkt oder mit hastigen Zügen Lachgas einatmet.

Sugar sitzt derweil mit Sophie am Rand der Szene und wartet, bis sie an der Reihe sind. Sie fragt sich, ob es noch einen weiteren Raum gibt, eine geheime Kammer für pornographische Aufnahmen. Ob Tovey und Scholefield am Ende eines Arbeitstages, wenn sie endlich allein sind, nur ordentlich gekleidete Herren und Damen entwickeln, oder ob sie in ihren übel riechenden Entwicklerlösungen auch nackte Prostituierte zum Vorschein bringen und zum Trocknen aufhängen? Denn was wäre kunstvoller als ein Satz spielkartengroßer Photographien, die man in einem Päckchen mit der Aufschrift »Nur für Künstler« feilbietet?

»Und nun Ihre charmante kleine Tochter«, verkündet Scholefield und räumt mit tänzelnder Eleganz bis auf die Spielsachen alle Requisiten vor dem falschen Kinderzimmer fort. Nach kurzem Zögern schiebt er auch die Lokomotive beiseite, und nach weiterer Überlegung kommt er zum Schluss, dass Mr Rackham gewiss nicht zu den Vätern zählt, die ihr Kind gern im Damensitz auf einem Schaukelpferd sehen, also verschwindet auch dieses. Dann führt er Sophie an das zierliche Tischchen und zeigt ihr, wie sie daneben posieren soll; er tritt leichtfüßig einen Schritt zurück, begutachtet die Szene, springt wieder vor und räumt den überflüssigen Stuhl aus dem Bild.

»Und jetzt«, verkündet er und wirft mit großer Geste die Hände in die Luft, »werde ich einen Elefanten aus dem Himmel herabzaubern und ihn auf meiner Nasenspitze balancieren lassen!«

Sophie hebt weder das Kinn, noch reißt sie die Augen auf, sie denkt vielmehr an die Stelle in *Alice im Wunderland*, wo die Katze sagt: »Wir sind hier alle verrückt.« Ist ganz London voll von verrückten Photographen und Plakatträgern, die aussehen wie Spielkartenvasallen der Herzdame?

»Die Elefanten wollen einfach nicht zum Vorschein kommen«, sagt Scholefield bedauernd, als er bemerkt, dass Tovey nicht auf den Auslöser gedrückt hat. »Dann werde ich mir jetzt vor lauter Enttäuschung wohl den Kopf abschrauben müssen.«

Diese grausige Ankündigung, begleitet von einer übertriebenen Geste zu ihrer Verwirklichung, veranlasst Sophie lediglich zu einem Stirnrunzeln.

»Der Gentleman möchte, dass du das Kinn hebst, mein Liebes«, sagt Sugar leise, »und dass du die Augen offen hältst, ohne zu blinzeln.«

Sophie tut wie geheißen, und Tovey bekommt, was er wollte.

Für das Gruppenphoto werden William, Sugar und Sophie in der Kulisse des perfekten Wohnzimmers aufgestellt: William steht in der Mitte, Miss Rackham steht leicht nach links versetzt vor ihm, ihr Kopf ungefähr auf der Höhe seiner Uhrkette, und die namenlose Dame sitzt auf einem eleganten Stuhl zu seiner Rechten. Zusammen bilden sie mehr oder weniger eine Pyramide, deren Spitze aus Mr Rackhams Kopf besteht und das Fundament aus den Röcken von Miss Rackham und der unbekannten Dame.

»Perfekt, perfekt«, lobt Scholefield.

Sugar sitzt reglos da, die Hände brav im Schoß gefaltet, den Rücken kerzengerade, und starrt ohne zu blinzeln auf Scholefields erhobenen Finger. Das verhüllte Monstrum, bestehend aus Tovey und seiner Apparatur, hat jetzt sein Auge geöffnet; genau in diesem Moment reagieren unsichtbare Chemikalien auf den Einfall von Licht und die sich einprägende Abbildung von drei sorgfältig arrangierten Personen entsteht. Sie spürt, wie William über ihrem Kopf flach atmet. Er hat ihr noch immer nicht erzählt, warum sie hier sind; sie hatte damit gerechnet, dass er es ihr vorher sagen würde, aber er hat es nicht getan. Kann sie es wagen, ihn zu fragen, oder gehört auch dies zu den Themen, die ihn in Rage versetzen? Wie seltsam, dass dieser Anlass, der sie eigentlich mit Hoffnung auf eine gemeinsame Zukunft erfüllen sollte – ein Familienportrait, auf dem sie den Platz seiner Gattin einnimmt –, solch ungute Ahnungen in ihr weckt.

Was um alles in der Welt mag er mit diesem Photo bezwecken? Aufhängen kann er es nicht, was also will er damit anstellen? Sich im stillen Kämmerlein daran erfreuen? Es ihr zum Geschenk machen? Was in Gottes Namen tut sie hier, und warum fühlt sie sich elender, als wenn man sie gezwungen hätte, sich für nackte Demütigungen. »Nur für Künstler«, zur Verfügung zu stellen?

»Ich glaube«, sagt Scholefield, »wir sind fertig. Was meinen Sie, Mr Tovey?«

Sein Partner bringt mit einem Knurren seine Zustimmung zum Ausdruck.

Viele Stunden später, als sich die Nacht über Notting Hill gesenkt und alle Aufregung sich gelegt hat, begeben sich die Mitglieder des Rackhamschen Haushalts zu Bett, jeder in das seine. Sämtliche Lichter im Haus werden gelöscht, auch das in Williams Arbeitszimmer.

William schnarcht ruhig in sein Kissen, er ist im Land der Träume. Die größte von Pears' Seifenfabriken steht in Flammen, und er ist Zeuge der hoffnungslosen Bemühungen der Feuerwehrleute, es zu retten. Der durchdringende Geruch brennender Seife erfüllt die Szenerie, ein Geruch, der ihm gänzlich unbekannt ist und den er trotz seiner unverkennbaren Einzigartigkeit sofort nach dem Erwachen vergessen haben wird.

Auch seine Tochter schläft tief und fest, erschöpft vom Abenteuer des heutigen Tages und von Miss Sugars Vorwürfen, weil sie wieder einmal quengelig war, und von dem Malheur nach dem Abendessen, als sie nicht nur den Rindfleischeintopf, sondern auch noch Kuchen und Kakao aus Lockharts Kakao-Stube erbrochen hat. Die Welt ist erschreckend seltsam, viel größer und viel bevölkerter, als sie es sich je hätte träumen lassen, und voller Dinge, die offensichtlich selbst ihre Gouvernante nicht durchschaut, aber ihr Vater hat gesagt, sie sei ein gutes Mädchen, und der Golf von Biskaya liegt in Spanien, für den Fall, dass er noch einmal fragen sollte. Morgen ist ein neuer Tag, und sie wird so brav lernen, Miss Sugar wird kein bisschen böse mehr auf sie sein.

Nur Sugar ist wach. Mit beiden Armen umschließt sie den Nachttopf und spuckt eine üble Mischung aus Poleiminze und Bierhefe aus. Doch selbst mitten in einem Krampf, als Mund und Nase vom Gift brennen, kommt der körperliche Schmerz ihr harmlos vor im Vergleich zu den Worten, mit denen William sie an diesem Abend aus seinem Arbeitszimmer geschickt hat und die wie ein Stachel in ihrem Fleisch stecken: *Kümmere dich um deine eigenen Angelegenheiten! Wenn es dich was anginge, hätte ich es dir ja wohl schon erzählt. Was glaubst du eigentlich, wer du bist?*

Sie krabbelt ins Bett, hält sich den Bauch und wagt nicht zu wimmern, aus Angst, der Laut könnte durch die Wände dringen. Von all den Krämpfen tun ihr die Bauchmuskeln weh, sie hat gewiss nichts mehr in sich behalten. Außer …

Zum ersten Mal, seit sie schwanger ist, stellt sich Sugar das Kind vor als … ein Kind. Bis jetzt hat sie vermieden, es als ein menschliches Wesen zu betrachten. Am Anfang war es nicht mehr als eine unbegründete Sorge, das Ausbleiben der Menstruation; dann war es ein Wurm in einer Knospe, ein Parasit, den sie bald wieder loszuwerden hoffte. Und selbst als es sich weigerte, sah sie darin noch kein Lebewesen mit dem Drang, am Leben zu bleiben; es war ein mysteriöses Etwas, das mehr oder weniger apathisch heranwuchs, ein Klumpen fleischähnlicher Substanz, der sich in ihren Eingeweiden eingenistet hatte und ausbreitete. Doch als sie jetzt in dieser gottverlassenen mitternächtlichen Stunde wach daliegt und sich mit beiden Händen den Bauch hält, wird ihr auf einmal bewusst, dass ihre Finger auf etwas Lebendigem ruhen: Sie trägt ein menschliches Wesen in sich.

Wie ist es, dieses Kind? Hat es ein Gesicht? Ja, gewiss hat es ein Gesicht. Ist es ein Er oder eine Sie? Hat es eine Ahnung davon, wie Sugar bisher mit ihm umgesprungen ist? Liegt es gekrümmt vor Angst, die Haut verbrannt von Zinkvitriol und Borax, der Mund nach sauberer Nahrung hungernd, inmitten der Gifte, die in Sugars Eingeweiden treiben? Verflucht es den Tag seiner Geburt, auch wenn dieser noch fern ist?

Sugar nimmt die Hände von ihrem Bauch und hält sie an die fiebrige Stirn. Sie muss diese Gedanken verbannen. Dieses Kind – diese Kreatur – dieser hartnäckige Fleischklumpen – darf nicht leben. Ihr eigenes Leben steht auf dem Spiel; wenn William herausfindet, dass sie es auf Ehe und Familie abgesehen hat, wäre es das Ende, das Ende von allem. *Sie würden nicht auf die Straße zurückgehen, habe ich Recht, Miss Sugar?*, hat Mrs Fox sie gefragt. Und: *Eher würde ich sterben,* hat sie geantwortet.

Sugar zieht die Decke über sich, sie will schlafen; die Übelkeit ebbt langsam ab, und sie kann endlich einen Schluck Wasser trinken, um den Geschmack von Poleiminze und Galle von der Zunge zu spülen. Ihr Bauch tut von den Rippen bis zur Leiste noch immer weh, als hätte sie selten benutzte Muskeln einer grausamen Strafübung unterzogen. Sie legt eine Hand auf ihren Bauch und spürt einen Herzschlag. Ihren eigenen Herzschlag natürlich; der gleiche wie in ihrer Brust und an den Schläfen. Jenes Etwas in ihr kann doch noch gar kein Herz haben. Oder vielleicht doch?

Auch Scholefield und Tovey sind noch wach; trotz der späten Stunde haben sie ihre Räume in der Conduit Street noch nicht verlassen. Sie arbeiten an den Photographien der Rackhams und versuchen, Wunder zu vollbringen.

»Der Kopf ist zu klein«, murmelt Tovey beim Anblick des glänzenden weiblichen Gesichts, das in dem schwachen Licht soeben sichtbar wird. »Findest du nicht, dass der Kopf zu klein ist?«

»Ja«, sagt Scholefield. »Aber er ist ohnehin völlig ungeeignet, viel zu hell; sie sieht ja aus, als hätte sie eine Laterne im Kopf.«

»Wäre es nicht einfacher, die drei noch einmal draußen im hellem Sonnenschein zu photographieren?«

»Ja, Liebster, einfacher wäre es«, seufzt Scholefield, »aber es ist unmöglich.«

So arbeiten sie weiter bis in die frühen Morgenstunden. Der Auftrag von Rackham ist eine weit größere Herausforderung als die übliche Montage eines Jungengesichts auf den Körper eines Soldaten, um den trauernden Eltern eine fast authentische Erinnerung an den militärischen Ruhm des verlorenen Sohnes zu geben. Er stellt sie vor praktisch unlösbare Probleme: Es gilt, ein Gesicht auf einer Photographie, die bei strahlendem Sonnenschein von einem Amateur mit maßlos übersteigerter Selbsteinschätzung aufgenommen wurde, abzuphotographieren, um ein Vielfaches zu vergrößern und auf die Schultern einer Frau zu montieren, die von Profis in einem Studio abgelichtet wurde.

Gegen drei Uhr haben sie das beste Ergebnis erzielt, das ihnen in Anbetracht des Materials möglich ist. Rackham wird sich damit zufrieden geben müssen, und wenn nicht, soll er die unmontierten Bilder von sich selbst und seiner Tochter bezahlen und auf das unzulängliche Gruppenphoto verzichten.

Die Photographen lassen es dabei bewenden und begeben sich in einem kleinen Zimmer neben dem Studio zu Bett; es ist viel zu spät, um eine Droschke zu ihrem Haus in Clerkenwell zu nehmen. An einer Schnur in der Dunkelkammer baumelt ihr Tagewerk: eine erstklassige Photographie von William Rackham, wie er in die romantische Ewigkeit eines Berggipfels hinaufschaut, eine erstklassige Aufnahme von William Rackham, in das Studium eines Buches vertieft, eine erstklassige Photographie von Sophie Rackham, die sich in ihrem Kinderzimmer Tagträumen hingibt, und eine höchst seltsame Aufnahme von der versammelten Familie Rackham. Seltsam, weil der aus einem längst vergangenen Sommer stammende Kopf von Agnes Rackham unnatürlich strahlt wie eine jener mysteriösen Gestalten, bei denen es sich nach Angaben von Spiritisten um Geister handelt, welche auf die Gelatineschicht des Films gebannt wurden, obwohl sie für das bloße Auge überhaupt nicht zu erkennen waren.

Zweiunddreissig

Sophie Rackham steht am Fenster auf einem Stuhl und wackelt leicht mit dem Po, um zu prüfen, ob der Stuhl auch nicht kippen wird. Ja, ein bisschen kippelt er schon. Langsam, denn ihre Röcke verstellen ihr die Sicht, verschiebt sie die Füße, bis sie die Balance gefunden hat und sicher steht.

Ich werde größer als meine Mama, denkt sie, gar nicht trotzig oder wetteifernd, sondern weil sie erkannt hat, dass die Natur ihren Körper anders geplant hat als den ihrer Mutter, nicht zierlich jedenfalls. Gerade so, als hätte sie als Säugling einen Krümel von Alices Wunderlandkuchen zu sich genommen und würde nun, statt wie diese in Sekundenschnelle zur Zimmerdecke aufzuschießen, in jeder Minute ihres Lebens nur ein winzig kleines Stückchen wachsen und nicht aufhören zu wachsen, bis sie riesig groß ist – so groß wie Miss Sugar oder gar wie ihr Vater.

Bald wird sie diesen Stuhl nicht mehr brauchen, um in die Welt hinauszuschauen. Bald wird Miss Sugar – oder sonst jemand – dafür sorgen müssen, dass sie neue Schuhe bekommt, neue Unterwäsche, alles neu, weil sie dann so groß geworden ist, dass ihr so gut wie nichts mehr passt. Vielleicht wird sie dann wieder mit in die Stadt dürfen, wo es Geschäfte gibt, in denen nur eine einzige Ware verkauft wird, und denen es dank der wundersamen Menschenmassen, die endlos durch die Straßen strömen, dennoch gelingt, jeden Tag ein Stück davon zu verkaufen.

Sophie hebt ihr Fernrohr und legt die Finger um die Ränder der ausziehbaren Teile. Sie zieht es auf seine volle Länge von vierzehn Zoll aus und blickt auf die Chepstow Villas hinaus. Nur wenige Fußgänger sind zu sehen, und überhaupt geschieht hier nicht viel. Nicht wie in der Stadt.

Hinter ihr quietscht die Türklinke. Kann das schon Miss Sugar sein? Aber sie ist doch gerade erst weggegangen, um Papa bei seinen Briefen zu helfen! Sophie kann sich nicht schnell umdrehen, sonst fällt sie vom Stuhl herunter, und wenn ihr Fernrohr kaputtgeht, wird sie siebenhundertsiebenundsiebzig Jahre Pech haben, das weiß sie genau.

»Hallo, Sophie«, sagt eine tiefe männliche Stimme.

Sophie ist fassungslos, ihr Vater steht in der Tür. Als er sie das letzte Mal hier besucht hat, war Beatrice noch ihre Kinderfrau, und Mama war an der See. Sie überlegt, ob sie ihn mit einem Knicks beeindrucken könnte, aber der wackelige Stuhl hält sie davon ab.

»Hallo, Papa.«

Er schließt die Tür hinter sich, geht durch den Raum und wartet ab, bis sie auf den Teppich heruntergeklettert ist. Noch nie zuvor ist etwas auch nur entfernt Vergleichbares geschehen. In seinem Schatten stehend blinzelt sie zu seinem faltigen, bärtigen, lächelnden Gesicht auf.

»Ich habe hier etwas für dich«, sagt er, die Hände hinter dem Rücken versteckt.

Sophies freudige Erwartung wird von Angst gedämpft; unweigerlich kommt ihr der Gedanke, ob ihr Vater wohl gekommen sein mag, um ihr mitzuteilen, dass sie in ein Heim für ungezogene Mädchen geschickt wird, so wie ihr die Kinderfrau früher immer prophezeit hat.

»Sieh her.« Er reicht ihr einen Bilderrahmen im Format eines großen Buches. Hinter dem Glas steckt die Photographie, die der Mann von ihr gemacht hat, der angeblich Elefanten auf der Nasenspitze balancieren konnte. Die Sophie Rackham, die er eingefangen hat, ist vornehm und farblos, ganz in Grau und Schwarz, wie eine Statue, aber schrecklich würdevoll und erwachsen. Der falsche Hintergrund hat sich in einen echten Raum verwandelt, und die Augen der jungen Dame sind ausdrucksvoll und sehr lebendig, mit kleinen Lichtern, die darin glänzen. So ein schönes Bild! Hätte es noch Farben, dann wäre es ein Gemälde.

»Danke, Papa«, sagt sie.

Ihr Vater lächelt sie an, es hat den Anschein, als würde er die beim Lächeln beteiligten Muskeln nur selten bewegen. Wortlos zieht er ein zweites gerahmtes Photo hinter dem Rücken hervor: eine Aufnahme von sich selbst, bei der er vor einer Kulisse aus gemalten Bergen und Himmel steht und in die Zukunft blickt.

»Wie findest du es?«, fragt er.

Sophie traut ihren Ohren kaum. Noch nie zuvor hat ihr Vater sie bei irgendetwas nach ihrer Meinung gefragt. Hat sich die Welt in ihr Gegenteil verkehrt? Er ist alt und sie ist jung, er ist groß und sie ist klein, er ist ein Mann und sie ein Mädchen, er ist der Vater und sie nur seine Tochter.

»Es ist sehr gut, Papa, nicht wahr?«, sagt sie. Ihr liegt auf der Zunge, ihm zu sagen, dass es täuschend echt aussieht, wie er vor diesen Bergen steht, aber sie fürchtet sich zu verhaspeln und an ihrem kläglichen Wortschatz zu scheitern. Doch er scheint ihre Gedanken zu erraten.

»Seltsam, nicht wahr, wir w-wissen beide, dass dieses Photo in einem Dachzimmer an einer verkehrsreichen Straße aufgenommen wurde, und doch stehe ich hier mitten in der f-freien Natur. Aber genau das ist die Aufgabe, die wir täglich zu erfüllen haben, Sophie: uns im besten Licht zu präsentieren. Das ist d-der Sinn und Zweck der K-k-kunst. Und der Geschichte.« Je geringer seine Fähigkeit, sich auf ihr begrenztes Vokabular einzulassen, desto mehr beginnt er zu stottern. Sie spürt, dass er am liebsten wieder gehen würde.

»Und was ist mit dem anderen Bild, Papa?«, fragt sie ihn, als er schon einen Schritt zurücktritt. »Dem von uns dreien?«

»Es … es ist nicht gut geworden«, sagt er mit gequältem Blick. »V-Vielleicht gehen wir irgendwann noch einmal hin und versuchen es noch mal. Aber das k-k-kann ich nicht v-versprechen.«

Und damit dreht er sich ohne weiteres Geplänkel oder ein Wort des Abschieds auf dem Absatz um und geht mit steifen Schritten aus dem Raum.

Sophie starrt auf die geschlossene Tür und drückt ihr Photo an die Brust. Sie kann kaum erwarten, es Miss Sugar zu zeigen.

Später am Abend, als Sophie schon lange schläft und auch die Dienstboten ihre Schlafzimmer aufgesucht haben, sitzen Sugar und William noch immer bei Lampenlicht im Arbeitszimmer und besprechen Geschäftliches. Ein unerschöpfliches Thema, das immer verwickeltere Komplikationen gebiert, ohne Rücksicht darauf, dass sie schon viel zu müde sind, um sie noch weiter zu diskutieren. Hätte man Sugar vor einem Jahr gefragt, was alles zur Herstellung von Parfüms gehört, so hätte sie geantwortet: Blumen anpflanzen, ernten, zu einem Brei vermischen, die Essenz einer Flasche Wasser oder einem Seifenstuck beigeben, ein Etikett draufkleben und alles körbeweise in die Geschäfte karren. Heute dagegen können solch verzwickte Probleme wie die Frage, ob man dem Kostenvoranschlag des Schwindlers Crawley für die Aufrüstung einer Dampfmaschine von zwölf auf sechzehn Pferdestärken trauen kann oder ob es sinnvoll ist, noch mehr Geld zu investieren, um sich die Hafenbehörden in Hull gewogen zu machen, gut und gern zwanzig Minuten in Anspruch nehmen, bevor der erste unbeantwortete Brief vom Stapel genommen wird. Sugar ist zu dem Schluss gelangt, dass es sich wohl mit allen Berufen so verhält: Was für den Außenstehenden einfach aussehen mag, ist für den unmittelbar Beteiligten von größter Komplexität. Schließlich tauschen sich selbst Huren stundenlang über ihr Gewerbe aus.

William ist heute Abend in einer seltsamen Stimmung. Nicht einfach schlecht gelaunt wie sonst; nein, er wirkt vernünftiger und doch zugleich melancholisch. Die Herausforderungen des Wirtschaftslebens, denen er sich anfangs mit impulsiver Begeisterung und zuletzt mit kämpferischer Hartnäckigkeit gestellt hatte, scheinen seine Lebensgeister plötzlich erschöpft zu haben. »Sinnlos«, »vergebens«, »müßig«: Diese drei Worte führt er ständig im Mund, begleitet von tiefen Seufzern, die eine Aufforderung an Sugar sind, sein Selbstbewusstsein zu stärken. »Meinst du wirklich?«, fragt er, wenn sie ihm versichert, dass der Rackhamsche Stern seinen Zenit noch lange nicht erreicht hat. »Du bist doch eine unverbesserliche Optimistin.«

Obwohl Sugar weiß, dass sie dankbar sein sollte, weil er nicht wütend auf sie ist, überkommt sie das perverse Bedürfnis, ihm über den Mund zu fahren. Neben allem, was sie heute mit Sophie durchgemacht hat, hat sie ihre eigenen Sorgen, und es fällt ihr schwer, für ihn den tapferen Engel zu spielen. Wann wird irgendjemand *ihr* sagen, dass alles gut wird?

Ich trage dein Kind unterm Herzen, William, liegt ihr auf der Zunge. *Einen Jungen, ganz sicher. Den Erben, den du dir so sehr wünschst, für die Rackham Perfumeries. Niemand muss erfahren, dass es dein Sohn ist, das wissen nur wir beide. Du könntest behaupten, ich sei dir vom Frauenrettungsverein vermittelt worden und du habest nicht gewusst, dass ich schwanger war. Du könntest sagen, dass ich Sophie eine gute Gouvernante bin und dass du es nicht übers Herz bringst, mich wegen der Sünden meines früheren Lebens zu verdammen. Du hast immer gesagt, es kümmere dich nicht, was die Leute denken. Und in ein paar Jahren, wenn dein Sohn dir immer ähnlicher wird und Gras über die Sache gewachsen ist, könnten wir heiraten. Es ist ein Geschenk des Himmels, siehst du das nicht?*

»Ich denke, du solltest es dabei belassen«, rät sie ihm und zwingt sich, wieder zu den Realitäten der Dampfmaschine zurückzufinden. »Um die Investition wieder reinzuholen, müsstest du zehn Jahre lang gute Ernten einfahren und deine Konkurrenten dürften nicht wachsen. Das Risiko ist zu groß.«

Die Erwähnung seiner Konkurrenten verdüstert Williams Stimmung nur noch mehr.

»Ach, Sugar, ich stehe da und muss tatenlos zusehen, wie sie mit fliegenden Röckschößen an mir vorbeirauschen«, sagt er und macht, zusammengesunken auf der Ottomane, eine resignierte Handbewegung. »Das zwanzigste Jahrhundert gehört Pears und Yardley, das spüre ich ganz deutlich.«

Sugar beißt sich auf die Unterlippe und unterdrückt einen entnervten Seufzer. Wenn sie ihm jetzt nur auftragen könnte, ein Bild von einem australischen Känguru zu malen, oder irgendeine leichte Rechenaufgabe zu lösen! Ob er sie dafür mit einem Lächeln belohnen würde?

»Kümmern wir uns doch zuerst einmal um das, was von unserem Jahrhundert verbleibt«, schlägt sie vor. »Schließlich leben wir im Hier und Jetzt.« Und um zu betonen, wie wichtig es ist, die Briefe einen nach dem anderen in der Reihenfolge ihres Eingangs zu erledigen, nimmt sie den nächsten Umschlag vom Stapel und liest den Absender vor. »Philip Bodley.«

»Vergiss den«, stöhnt William und rutscht noch tiefer in die Horizontale. »Der hat nichts mit dir zu tun. Mit Rackham, meine ich.«

»Doch hoffentlich nichts Schlimmes?«, flüstert sie mitfühlend, um ihn auf diese Weise wissen zu lassen, dass er seinen geheimsten Kummer mit ihr teilen kann, dass sie ihn wie die beste aller Ehefrauen aufrichten wird.

»Ob schlimm oder nicht, er betrifft dich nicht«, sagt er, weniger streitlustig denn resigniert. »Vergiss nicht, Liebste, dass ich auch noch ein Leben jenseits dieses Schreibtisches habe.«

Sie nimmt das Kosewort für bare Münze oder versucht es zumindest. Schließlich bringt es zum Ausdruck, wie unverzichtbar sie inzwischen für sein Unternehmen geworden ist, oder etwa nicht? Sie nimmt den nächsten Umschlag zur Hand.

»Finnegan & Co., Tynemouth.«

Er schlägt die Hände vors Gesicht.

»Das Schlimmste zuerst«, stöhnt er.

Sie liest den Brief laut vor und hält nur inne, wenn Williams ärgerliches Schnauben und sein skeptisches Gemurmel ihn daran hindern, sie zu verstehen. Während er die Nachricht verdaut, sitzt sie schweigend am Schreibtisch, atmet ganz flach, spürt, wie ein unheimlicher Druck sich auf ihren empfindlichen Magen legt und wie der längst verdrängte verletzte Stolz wieder in ihr aufsteigt.

»Sophie war heute unmöglich«, platzt sie heraus.

William, der sich gerade mit der salomonischen Frage herumschlägt, ob tatsächlich die kreuzfaulen Dockarbeiter in Tynemouth für die Verzögerungen beim Löschen der Schiffsladung verantwortlich sind oder ob sein Lieferant ihm wieder Lügen aufgetischt hat, sieht sie verständnislos an.

»Sophie? Unmöglich?«

Sugar atmet tief durch, und die Nähte ihres Kleides schneiden ihr in den gerundeten Bauch und die voller gewordenen Brüste. Sie ruft sich Sophies Aufregung nach dem Besuch ihres Vaters in Erinnerung, ihren eitlen Stolz auf die Photographie, ihre plappernde Glückseligkeit und die flatterhafte Unaufmerksamkeit, die im Lauf des Nachmittags in tränenreiche Verzweiflung umschlug, als sie ihre Rechenaufgaben falsch löste und sich keinen einzigen Blumennamen merken konnte; dann ihr schwacher Appetit beim Abendessen und später das hungrige Quengeln zur Schlafenszeit; überhaupt ihr ganzes Gebaren, als habe man ihr eine fremdartige Substanz eingeflößt, die sie nicht verdauen kann.

»Sie behauptet, du hättest gesagt, wir würden bald wieder alle zusammen zum Photographen gehen«, sagt Sugar.

»I-ich ... das habe ich nicht gesagt«, widerspricht William und zieht die Stirn in Falten, als er erkennt, dass das Leben ein Morast aus Missverstänissen und Treulosigkeiten ist: Selbst das eigene Kind bringt einen in die Bredouille, kaum dass man sich ihm gegenüber großzügig erweist!

»Sie behauptet, du hättest es ihr versprochen«, sagt Sugar.

»Nun, d-da irrt sie sich.«

Sugar reibt sich die müden Augen. Ihre Finger sind so rau und ihre Augenlider so gereizt, dass sie fürchtet, sich zu verletzen.

»Ich denke«, sagt sie, »wenn du vorhast, Sophie mehr Aufmerksamkeit zu widmen, solltest du vielleicht darauf achten, dass ich dabei bin.«

William stemmt sich mit den Ellbogen hoch und starrt sie ungläubig an. Erst Sophie und jetzt selbst Sugar! Frauen sind doch eine wahre Brutstätte an Komplikationen und Unannehmlichkeiten!

»Willst du mir etwa vorschreiben«, fragt er verkniffen, »w-wann und unter w-welchen Umständen ich meine e-eigene Tochter sehen d-darf?«

Unterwürfig senkt Sugar den Kopf und antwortet mit der sanftesten Stimme, die ihr zu Gebote steht. »O nein, William, das darfst du nicht denken. Du bist ein phantastischer Vater, und ich bewundere dich dafür.« Sein Blick ist noch immer böse; Herr im Himmel, was soll sie denn noch sagen? Soll sie den Mund halten, oder wird es ihr gelingen, ihn irgendwie sinnvoll einzusetzen? *Ja, ja, da hast du nun ein ganzes Lexikon voller Wörter im Kopf*, verspottet Mrs Castaway sie aus der Vergangenheit. *Doch nur zwei werden dir in diesem Leben irgendetwas nützen: »Ja« und »Geld«.*

Noch einmal atmet Sugar tief durch. »Agnes' Bedürfnisse haben dir so viel abverlangt«, bemitleidet sie ihn, »so viele Jahre lang, und jetzt ist es schwer für dich, ich weiß. Und Sophie ist so unendlich dankbar für deine Aufmerksamkeit, genauso wie ich. Ich habe mich nur gefragt, ob du vielleicht … ob wir vielleicht … etwas öfter zusammen sein könnten. Als … als Familie. Sozusagen.«

Sie schluckt, in der Befürchtung, dass sie zu weit gegangen ist. Aber war nicht schließlich er es, der ein Photo von ihnen dreien haben wollte? Was sonst hätte das Photo bedeuten sollen?

»Ich t-t-tue, was ich k-k-kann«, warnt er, »um diesen v-v-verfluchten Haushalt am L-L-Laufen zu halten.«

Sein Selbstmitleid reizt sie zu einer giftigen Entgegnung, aber sie schafft es, der Versuchung zu widerstehen; er hat die Hände zu Fäusten geballt, seine Knöchel zeichnen sich weiß ab, sein Gesicht ist blass vor Wut. Sie hätte es besser wissen müssen, gleich wird ihre gemeinsame Zukunft zerschellen wie ein Glas, das man an die Wand schleudert, Gott möge ihr jetzt nur die richtigen Worte eingeben, und sie wird nie wieder irgendetwas verlangen. Ihre Röcke rascheln, als sie vom Schreibtisch aufsteht, sich neben ihn kniet und sorgenvoll die Hand auf seine legt.

»O William, nun sag doch so etwas nicht. Du hast so viel erreicht im letzten Jahr, so *unglaublich* viel.« Mit klopfendem Herzen schlingt sie die Arme um seinen Hals, und, welche Erleichterung!, er stößt sie nicht zurück, seine Wut scheint sich gelegt zu haben. »Was Agnes zugestoßen ist, ist eine Tragödie, natürlich«, fährt sie fort und streichelt seine Schulter, »aber in gewisser Weise ist es doch auch ein Segen, meinst du nicht? All der Kummer und … und das Gerede, die ganzen Jahre über, und jetzt, endlich, bist du frei.« Die Spannung weicht aus seinem Körper, und er legt ihr erst die eine, dann die andere Hand auf die Hüfte. In letzter Minute gerettet! »Und schließlich haben die Rackham Perfumeries ein phantastisches Jahr hinter sich!«, fährt sie fort. »Die Hälfte der Schwierigkeiten, mit denen wir zu kämpfen haben, sind auf das Wachstum zurückzuführen, das dürfen wir nicht vergessen. Und es ist ein *glücklicher* Haushalt, dem du hier vorstehst, wirklich. Alle Dienstboten sind so freundlich zu mir, und nach allem, was ich so mitbekomme, sind sie insgesamt sehr zufrieden und halten große Stücke auf dich …«

Verwirrt, bedrückt und bedürftig wie ein herrenloser Hund blickt er ihr ins Gesicht. Sie küsst ihn auf den Mund, streichelt die Innenseite seiner Oberschenkel, presst ihr knochiges Handgelenk gegen die weiche Wölbung seiner Genitalien.

»Und denk daran, was ich dir bei unserer ersten Begegnung gesagt habe«, flüstert sie. »Ich mache alles, was du von mir verlangst. *Alles.*«

Sanft hält er ihren Arm fest, als sie sich anschickt, ihre Röcke hochzuraffen.

»Es ist schon spät«, seufzt er. »Wir sollten längst im Bett sein.«

Sie nimmt seine Hand und führt sie durch die Schichten aus warmer Baumwolle zu ihrer nackten Haut. »Das meine ich auch.« Wenn er nur eine Sekunde lang fühlen würde, was da zwischen ihren Beinen ist, dann hätte sie ihn. Mehr als alles andere sind es die Säfte einer Frau, denen er nicht widerstehen kann.

»Nein, ich meine es ernst«, sagt er. »Sieh auf die Uhr.«

Gehorsam kommt sie seiner Aufforderung nach, und während sie den Kopf abwendet, löst er sich aus ihrer Umarmung. Es ist halb zwölf. Bei Mrs Castaway war halb zwölf die Hauptgeschäftszeit. Und selbst in der Priory Close hat William sie gelegentlich um Mitternacht besucht und Leben und Lärm in ihre stillen Räume gebracht, wenn er von der Straße hereingeplatzt kam, der Mantel feucht vom Regen, die Stimme tief und rau vor Verlangen. Zu jener Zeit waren sie so gut aufeinander eingespielt, dass sie schon bei der ersten Umarmung wusste, auf welche Körperöffnung er es abgesehen hatte.

»O Gott, bin ich müde«, stöhnt er, als die Standuhr die halbe Stunde schlägt. »Keine Briefe mehr, bitte. Morgen geht's in alter Frische weiter, ja?«

Sugar gibt ihm einen Kuss auf die Stirn.

»Ganz wie du möchtest, William«, sagt sie.

Am nächsten Morgen kümmert sich Sugar wie gewohnt um Sophie. Sie hilft ihr beim Ankleiden, frühstückt mit ihr und setzt sie an ihr Pult. Wenige Minuten nach Unterrichtsbeginn zwingt sie eine plötzliche Übelkeit, aus dem Raum zu laufen und nach Luft zu ringen, die auf einmal erstickend schwer ist vom Geruch nach süßlichem Porridge und Chlor. Auf dem Flur bleibt sie stehen; ihr ist so elend, dass sie fürchtet, es nicht mehr ins Schlafzimmer zu schaffen, bevor sie sich übergeben muss, doch plötzlich scheint die Beschaffenheit der Luft sich zu verändern, und der Brechreiz lässt nach.

Sie bleibt reglos am Geländer stehen. Die Treppe verharrt da, wo sie ist, doch Wände und Decke beginnen sich langsam zu drehen. Eine optische Täuschung. Das Licht heute Morgen ist schwach, und die Spuren von Agnes' Blut sind mittlerweile völlig verwischt. Wie viele Stufen hat diese Treppe? Viele, sehr viele. Die Empfangsdiele ist weit, weit unten. Ohne eine Regung steht Sugar da, die Hände über der Rundung ihres Bauches gefaltet. Sie zwingt sich, sie von ihrem Körper zu lösen. Das Haus atmet ein und aus. Es will ihr helfen, denn es weiß um ihre Verzweiflung und es weiß, was ihr gut tut. Als sie einen Schritt nach vorn macht, merkt sie, dass sie sich erneut den Bauch hält. Sie spreizt die Arme weit wie Flügel, und das Blut in ihrem Kopf pulsiert so kräftig, dass die Gaslampen im Gleichtakt flackern. Sie schließt die Augen und lässt sich fallen.

»Mr Rackham! Mr Rackham!« (*Bumm, bumm, bumm* macht es an der Tür seines Arbeitszimmers.) »Mr Rackham! Mr Rackham!« (*Bumm, bumm, bumm!*)

William springt hinter seinem Schreibtisch hervor und öffnet so plötzlich die Tür, dass Letty ihm fast gegen die breite Brust hämmert.

»O Mr Rackham!«, kreischt sie in heller Aufregung. »Miss Sugar ist die Treppe runtergefallen!«

Er stößt sie zur Seite, läuft auf die Treppe zu und blickt die endlos langen Reihen teppichbelegter Stufen hinunter. Ganz weit unten liegt Sugar in einem Durcheinander aus schwarzen Röcken und weißen Unterkleidern, das rote Haar völlig aufgelöst, die Glieder von sich gestreckt. Sie liegt reglos da wie eine Puppe.

Die eine Hand auf das Geländer gelegt, springt William zwei bis drei Stufen auf einmal nehmend die Treppe hinunter, damit ein ähnliches Unglück nicht auch ihn ereilt.

Kurze Zeit später endet Sugars Sturz in die Bewusstlosigkeit mit einem sanften Klaps auf ihre Wange. Sie liegt auf ihrem Bett, neben ihr steht William. Das Letzte, woran sie sich erinnert, ist, wie sie in panischer Angst durch einen leeren Raum flog.

»Wie bin ich hierher gekommen?«

Williams Gesicht ist voll Sorge, aber nicht wütend. Tatsächlich entdeckt sie sogar ein schwaches Glimmen liebevoller Zuwendung darin – oder ist es nur die Müdigkeit?

»Rose und ich haben dich hierher getragen«, sagt er.

Sugar sieht sich nach Rose um, aber nein, sie ist allein mit ihrem Geliebten … ihrem Arbeitgeber … was auch immer er in diesem Augenblick ist.

»Ich bin gestolpert«, beteuert sie.

»A-a-anscheinend zieht dieses Haus Unfälle geradezu an«, witzelt er freudlos.

Sugar versucht, sich auf die Ellbogen zu stützen, doch sofort fährt ihr ein stechender Schmerz wie ein Messer in die Rippen und zwingt sie, hilflos liegen zu bleiben. Sie hebt den Kopf, das Kinn auf die Brust gedrückt, und stellt zweierlei fest: Ihr Haar hat sich aus den Nadeln gelöst und fällt ihr unordentlich ins Gesicht, und ihre Röcke sind hochgeschoben, so dass ihre Unterwäsche zu sehen ist.

»Die Dienstmädchen«, sagt sie. »Haben sie mich so gesehen?«

William entfährt wider Willen ein Lachen. »Über w-was du dir Sorgen m-machst, Sugar.«

Sie lacht ebenfalls, Tränen steigen ihr in die Augen. Welch eine Erleichterung, ihren Namen aus seinem Mund zu hören. Sie stellt sich vor, wie er vor wenigen Minuten ausgesehen haben mag, als er sie die Treppe hinauftrug – bis ihr einfällt, dass er es aus eigener Kraft nicht geschafft hat und das Ganze aller Wahrscheinlichkeit nach in ein höchst unwürdiges Gezerre ausartete.

»Es tut mir so Leid, William. Ich … ich bin gestol–«

»Doktor Curlew ist schon auf dem Weg.«

Gerade jener Doktor Curlew, den sie nur aus Agnes' Tagebüchern kennt – bei dem Gedanken läuft es ihr kalt über den Rücken. Sie malt sich aus, wie er mit übernatürlicher Geschwindigkeit durch die Straßen schwebt, die Augen funkelnd wie zwei Kerzen, die knochigen Hände in Handschuhen verborgen, die schwarze Tasche voller Maden. Da Mrs Rackham, die er zu seinem Opfer erkoren hatte, ihm genommen wurde, muss er jetzt damit vorlieb nehmen, Sugar zu quälen.

»I-ist das denn wirklich nötig?«, fragt sie. »Sieh doch, es geht mir schon wieder gut.« Sie hebt Arme und Beine an, schüttelt sie leicht und schnappt vor Schmerz nach Luft, woraufhin William sie mit einer Mischung aus Mitleid und Abscheu anblickt, als wäre sie eine riesige Kakerlake oder eine hoffnungslos Verrückte.

»Rühr dich bloß nicht aus dem Bett«, befiehlt er mit eisiger Kälte in der Stimme.

Sugar liegt da und wartet, sie atmet nur flach, um die Schmerzen in Grenzen zu halten. Welchen Schaden hat sie in jenem Moment des Wahnsinns angerichtet? Ihr rechter Fußknöchel ist steif und wund, sie spürt den Puls ihres Herzens darin klopfen; es fühlt sich an, als hätte sie sich mehrere Rippen gebrochen und als würden scharfe weiße Knochensplitter die zarten roten Membranen ihrer Organe durchbohren. Und wozu das Ganze? Hat sie je von einer Frau gehört, die eine Fehlgeburt einleitete, indem sie sich die Treppen hinunterstürzte? Es sind Legenden, Märchen, die Huren einander erzählen ... Harriet Paley hatte eine Fehlgeburt erlitten, nachdem sie grün und blau geschlagen worden war, aber das steht auf einem anderen Blatt: Es ist wenig wahrscheinlich, dass William sie in den Magen boxen und treten wird. (Andererseits hat er manchmal so einen Blick, dass sie sich fragt, ob er womöglich darüber nachdenkt ...)

Es klopft an der Tür, der Knauf dreht sich, und ein hochgewachsener Mann betritt ihr Schlafzimmer.

»Miss Sugar, richtig?«, sagt er in freundlichem, geschäftsmäßigem Ton. »Ich bin Doktor Curlew: Wenn Sie erlauben ...«

Während er die Tasche wie ein hochoffizielles Mitbringsel vor sich hält, tritt er auf sie zu, mit abgewetzten Lederschuhen ohne Beschläge, glanzlosen Augen und graumeliertem Bart. Weit davon entfernt, der Teufel persönlich zu sein, sieht er vielmehr aus wie Emmeline Fox, wobei sein langes Gesicht besser zu ihm passt als zu ihr.

»Erinnern Sie sich«, fragt er mit respektvoller Zurückhaltung und kniet sich neben ihr Bett, »wie weit Sie gefallen und wo am Körper Sie aufgeschlagen sind?«

»Nein, leider nicht«, sagt sie und führt sich jene unheimliche, gedämpfte Sekunde vor Augen, als ihr Geist, losgelöst von ihrem

Körper, frei in der Luft schwebte, und eine leblose Puppe aus Fleisch und Kleidern die Stufen hinunterpurzelte. »Es ging alles so schnell.«

Doktor Curlew öffnet seine Tasche und holt ein scharfes Metallinstrument hervor, das sich als Stiefelknöpfer erweist. »Wenn Sie erlauben, Miss«, murmelt er, und sie nickt folgsam.

Mit schwieligen und doch sanften Händen macht sich Doktor Curlew an die Untersuchung seiner Patientin und zeigt sich dabei demonstrativ uninteressiert an allem, was über den Zustand der Knochen unter ihrem Fleisch hinausgeht. Schicht für Schicht legt er das jeweilige Körperteil frei, um es gleich wieder zu bedecken, nur den rechten Stiefel zieht er ihr nicht wieder an. Als er ihre Pantalettes herunterzieht und ihr die Hände auf den nackten Bauch legt, läuft Sugar hochrot an, doch er presst nur seine Daumen in ihren Unterleib, um sich zu vergewissern, dass sie dort schmerzfrei ist, und wandert weiter zu den Hüften, wobei er sie in leidenschaftslosem Ton auffordert, diese und jene Bewegung auszuprobieren.

»Sie hatten Glück«, verkündet er zum Abschluss. »Manche Leute brechen sich den Arm oder sogar den Hals, wenn sie nur vom Stuhl fallen. Sie sind eine Treppe hinuntergestürzt, und alles, was Sie davongetragen haben, sind zwei gebrochene Rippen, die mit der Zeit von selbst heilen werden, und einige Prellungen, von denen sie bisher vielleicht noch nichts bemerkt haben, doch das wird sich bald ändern. Und Sie haben sich den Knöchel verstaucht, jedoch nicht gebrochen. Morgen früh wird er auf die Größe meiner Faust angeschwollen sein …« (er hält seine locker geballte Faust in die Höhe, damit sie weiß, was sie erwartet), »und ich gehe davon aus, dass Sie ihn dann nicht mehr so bewegen können wie jetzt. Aber das sollte Sie nicht weiter beunruhigen.«

Curlew greift in seine Tasche, holt eine große Rolle mit dickem weißen Verbandmull hervor und entfernt die Papierklammer, die sie zusammenhält.

»Ich werde Ihren Knöchel fest verbinden«, erklärt er, während er bereits ihr Bein anhebt und über sein Knie legt, ohne ihrem Stöhnen Beachtung zu schenken. »Ich muss Sie bitten, den Verband nicht abzunehmen, egal, wie sehr es Sie danach verlangt. Der Verband wird immer enger werden, je mehr der Knöchel anschwillt, und vielleicht werden Sie das Gefühl haben, dass er bald platzen wird. Aber ich versichere Ihnen, das ist ausgeschlossen.«

Als er fertig ist, zieht Doktor Curlew ihr das Kleid wie ein Laken oder ein Leichentuch über die Beine.

»Und keine Dummheiten«, sagt er beim Aufstehen. »Bleiben Sie so viel wie möglich im Bett, dann werden Sie sich bald erholen.«

»Aber ... aber ich habe doch Pflichten«, protestiert Sugar schwach und hievt sich hoch.

Mit einem Zwinkern in seinen dunklen Augen schaut er auf sie hinab, als hege er die Vermutung, dass die Pflichten, die sie für William Rackham zu erfüllen hat, ebenso gut in der Horizontalen zu erledigen sind.

»Ich werde dafür sorgen«, erklärt er feierlich, »dass man Ihnen eine Krücke zur Verfügung stellt.«

»Danke. Vielen Dank.«

»Keine Ursache.«

Und mit einem Klicken seiner Tasche wünscht ihr der Mann, der in den Tagebüchern unter Sugars Bett als Dämonischer Inquisitor beschrieben wird, als Herr der Blutegel, als Belial und Gebieter über die Maden, freundlich einen guten Tag, bleibt noch einmal stehen, um ein *Nicht vergessen, keine Dummheiten* andeutend mit dem Finger zu wedeln, und lässt sie allein.

Genau wie Doktor Curlew prophezeit hatte, empfindet Sugar am nächsten Morgen, sobald sie wach ist, den dringenden Wunsch, den Verband an ihrem Fuß abzunehmen. Sie gibt ihm nach, und gleich geht es ihr viel besser.

Doch nicht lange, und der Fuß schwillt auf die anderthalbfache Größe des unverletzten an, so dass sie ihn nur noch unter heftigsten Schmerzen auf den Boden setzen kann, von Laufen ganz zu schweigen. Nicht einmal hinkend kann sie sich fortbewegen, und das Hüpfen auf einem Fuß verbietet sich von selbst, denn abgesehen von der damit verbundenen Würdelosigkeit schmerzen sämtliche Prellungen bei jeder Anstrengung nur noch mehr. Mit reiner Willenskraft schafft sie es, sich durchs Zimmer zu schleppen, und muss schließlich einsehen, dass sie in dieser Verfassung unmöglich als Sophies Gouvernante fungieren kann.

Bevor ihre Angst sich jedoch zu Panik auswächst, wird sie von einem Geschenk ihres Herrn gemildert, das Rose an ihrer Tür abliefert: eine dunkel lackierte Kiefernholzkrücke. Ob William das Stück bereits besaß oder eigens für sie besorgt hat, wagt sie nicht zu fragen. Als sie auf drei Beinen auf und ab humpelt, staunt sie, wie ein so simples Hilfsmittel die Welt verändern kann, einen Lichtblick in die Dunkelheit zaubert und Katastrophen in bloße Unannehmlichkeiten verwandelt. Ein Holzstab mit einem Querstück oben, und sie kann wieder aufrecht gehen! Ein Wunder. Kurz nach dem Mittagessen – Sophies Unterricht ist nur für einen halben Tag ausgefallen – tritt sie mit ihren Büchern unter dem einen und der Krücke unter dem anderen Arm aus ihrem Zimmer, um ihren Pflichten nachzukommen.

Sie kennt Sophie inzwischen gut genug, um ohne große Verwunderung zur Kenntnis zu nehmen, dass die Kleine so geduldig an ihrem Pult im Unterrichtszimmer sitzt, als seien vier Minuten und nicht vier Stunden vergangen, seit Rose sie hier abgeliefert hat. Sophies Aufmachung trägt unübersehbar Roses Handschrift: diese gewisse Art, ihr das Haar zu bürsten und hochzustecken – ganz anders als Sugar es macht –, so dass Sophie Ähnlichkeit mit Agnes gewinnt. Auf dem Pult liegen die einzigen Beweisstücke dafür, dass sie den Vormittag verbummelt hat: Zeichnungen von blauen Häusern mit roten Fenstern und grauem Rauch, etwa ein halbes Dutzend davon. Sophie deckt sie mit den Händen zu, als habe man sie bei einer Missetat erwischt, wo sie sich doch eigentlich intensiv mit den Maurenkriegen hätte beschäftigen müssen.

»Entschuldigung, Miss.«

»Kein Grund, sich zu entschuldigen, Sophie«, seufzt Sugar und stützt sich enttäuscht auf ihre Krücke. So unsinnig es war, hatte sie doch gehofft, mit Freudenschreien und kindlichen Küssen begrüßt zu werden. »Hier, Sophie«, sagt sie und hebt die Schulter. »Bitte nimm mir die Bücher ab. Ich kann sie nicht mehr lange halten.«

Gehorsam springt Sophie vom Stuhl auf, ohne sich auch nur im Geringsten anmerken zu lassen, dass sie die Verletzung ihrer Gouvernante überhaupt wahrnimmt. Sie reckt die Arme, um die

Bücher unter Sugars Arm zu ergreifen, und berührt mit den Fingern Sugars Brust, streift durch den Stoff hindurch ihre Brustwarze. Sugar verlagert ihr Gewicht und schnappt – die Schmerzen im Fuß – nach Luft.

»Danke«, sagt sie.

Zurück an ihrem Platz wartet Sophie auf Anweisungen, offensichtlich fest entschlossen, so zu tun, als sei bei ihrer Gouvernante alles beim Alten. Als Sugar mit ihrer Krücke zum Stuhl hinüberschwankt und sich ungelenk auf ihm niederlässt, schaut das Kind diskret weg, um nicht Zeugin dieses wenig eleganten Manövers zu werden.

»Meine Güte, Sophie«, ruft Sugar, »bist du denn kein bisschen neugierig zu erfahren, was passiert ist?«

»Doch, Miss.«

»Ja, und warum fragst du dann nicht?«

»Ich …« Sophie zieht die Stirn in Falten und blickt in ihren Schoß. Sie hat das Gefühl, von einem cleveren Gegenspieler ausgetrickst, im Namen der Erziehung in eine Logikfalle gelockt worden zu sein. »Rose hat mir erzählt, dass Sie die Treppe runtergefallen sind, Miss, und dass ich Sie nicht anstarren soll …«

Sugar kneift die Augen zu, bemüht, die Kräfte zu sammeln, die sie brauchen wird, um diesen Nachmittag zu überstehen. *Bitte halt mich fest, Sophie*, denkt sie. *Halt mich fest.*

Doch was sie wirklich sagt, ist: »Der Doktor meint, ich werde bald wieder wohlauf sein.«

»Ja, Miss.«

Sugar lässt ihren Blick über die Zeichnungen auf Sophies Pult gleiten. Neben jedem der stark vereinfachten Häuser stehen drei menschliche Gestalten: eine kleine und zwei große. Selbst für Sugar, aus deren Perspektive die Bilder auf dem Kopf stehen, ist der Mann in dunklem Anzug und Hut unverkennbar William, das puppengroße Mädchen mit zu wenig Fingern ist Sophie. Aber wer ist die Mutter? Die dritte Gestalt hat ein herzförmiges Gesicht und blaue Augen wie Agnes, doch sie ist groß, so groß wie William, und ihr wallendes Haar ist in Rot gemalt. Eine Sekunde ist Sugar ganz aufgeregt, dann stellt sie fest, dass auf dem Tisch kein gelber Buntstift liegt, nur rot, blau und grau. Und wer weiß, ob für Sophie nicht alle Erwachsenen gleich groß sind?

»Also gut«, erklärt Miss Sugar und klatscht in die Hände. »Rechnen.«

An diesem Nachmittag erledigt William Rackham seine Korrespondenz selbst, in sorgsam gemalter, ungelenker Schrift, aber immerhin. Indem er den gekrümmten Ringfinger über den Mittelfinger legt, vermeidet er, mit der Fingerspitze die Tinte zu verschmieren, und indem er den Federhalter zwischen Daumen und Zeigefinger hält, gelingt ihm fast so etwas wie ein flüssiges Schriftbild.

Ich habe Ihren Brief erhalten, schreibt er. *Und jetzt können Sie sich auf eine Antwort gefasst machen*, denkt er. Die direkte Verbindung zwischen Denken und Stift ist wiederhergestellt, wenn auch unter Qualen.

Doch diese Widrigkeiten sind ihm gleichgültig. Welch ein Segen, keine Hilfe mehr zu benötigen – und welche Erleichterung, diesem Gauner Pankey Bescheid geben zu können, wie der Hase läuft, ohne dass Sugar seinen Worten den Stachel nimmt. Manche Leute brauchen starke Worte! Ganz besonders Grover Pankey! Wenn die Rackham Perfumeries im nächsten Jahrhundert und noch darüber hinaus existieren wollen, braucht es eine feste Hand am Ruder – einen Mann, der sich nicht an der Nase herumführen lässt. Wie kann Pankey es wagen zu behaupten, dass Elfenbein bricht, wenn es so dünn geschliffen wird, wie es für die Rackhamschen Cremetöpfe erforderlich ist?

Möglicherweise haben Sie in letzter Zeit die Dienste einer minderwertigen Sorte Elefanten in Anspruch genommen, kritzelt er. *Die Töpfe, die Sie mir in Yarmouth gezeigt haben, waren tadellos. Ich schlage vor, dass Sie wieder auf Tiere dieses Stammbaums zurückgreifen.*

Mit freundlichen Grüßen …

Na, vielleicht sind die Grüße diesmal nicht gar so freundlich. Es gibt außer Ihnen noch andere Elfenbeinhändler auf der Welt, Mr Grover Hanky-Pankey!

William unterzeichnet und zieht die Stirn in Falten. Die Unterschrift sieht irgendwie falsch aus, eine kindliche Nachahmung seines alten Schriftzugs, ungelenker als Sugars verschlafenste Fälschung. Na, wenn schon! Bevor er an die Spitze der Rackham

Perfumeries gelangt ist, war seine Unterschrift anders als danach, und die auf den Briefen, die er als Schuljunge schrieb, weist kaum noch Ähnlichkeit auf mit der auf seinem Trauschein. Das Leben geht weiter. Wie sagte der Premierminister? Das einzig Beständige ist der Wandel.

Als er den Brief versiegelt, packt ihn plötzlich das Verlangen, ihn unverzüglich zur Post zu bringen, schnell zur Portobello Road zu laufen und ihn in den nächstbesten Briefkasten zu werfen, damit Sugar nicht vielleicht hereinschneit und ihn hier liegen sieht. Etwas frische Luft würde ihm ohnehin gut tun. Seit dem Trubel gestern ist er ruhelos, sucht nach einem Vorwand, um das düstere Haus zu verlassen und schwungvoll durch die Straßen zu spazieren. Soll er, oder soll er nicht?

Je länger er zögert, desto mehr verfliegt die Befriedigung, Pankey in Stücke gerissen zu haben, wie Tuberose-Essenz auf einem Taschentuch. Er denkt darüber nach, welch langen, steinigen Weg er zurückgelegt hat, seit er die Parfümfabrik von seinem Vater übernommen hat. Und wieder hat er die quälende Vision von William Rackham als Autor und Kritiker, und Trauer überfällt ihn, Trauer um jenen Mann, den es nie gab, jenen Mann, dessen Feder gefürchtet und zugleich verehrt wird und der langweilige Korrespondenz mir nichts dir nichts mit der Zigarrenspitze in Brand setzt. Dieser Mann hatte perfekt geformte Finger, langes goldenes Haar, eine strahlend schöne Frau und eine gute Nase – nicht für verdorbenen Jasmin, sondern für die große Kunst, die Literatur der Zukunft. Stattdessen sitzt er nun hier, ein stotternder Witwer, der vor Anstrengung stöhnt, wenn er nur den Brief an einen Kaufmann, den er insgeheim verachtet, unterschreiben soll. Die Bande zu seiner Familie, zu denen, die er einst zu seinen Freunden und Weggefährten zählte: bis zur Unkenntlichkeit verändert. Unwiederbringlich verändert? Wenn er jetzt, da er noch die Chance hat, nicht versucht, alte Fehler wieder gutzumachen, wird manch eine ehemals innige Beziehung in Entfremdung und vielleicht sogar in Feindschaft umschlagen.

Also schluckt er seinen Stolz hinunter, verlässt das Haus, bittet Cheesman, ihn in die Stadt zu fahren, lässt sich in Torrington Mews, Bloomsbury, absetzen, und hofft, Mr Philip Bodley zu Hause anzutreffen.

Fünf Stunden später ist William Rackham ein glücklicher Mann. Zum ersten Mal seit Agnes' Tod, oder ja – warum es nicht zugeben? – seit noch längerer Zeit, ist er wirklich glücklich. Eine Reise von weniger als fünf Stunden hat ihn vom Abgrund der Mutlosigkeit an die Ufer der Zufriedenheit befördert.

Er spaziert nach Sonnenuntergang leicht angetrunken durch eine enge Straße in Soho und wird auf Schritt und Tritt von Hausierern, Gassenjungen und Huren belästigt, die für schmuddeliges Zeug, das keine zwei Penny wert ist, Geld von ihm verlangen. Jagen ihm die grinsenden Gesichter mit den Zahnlücken und die wild gestikulierenden Arme denn keine Angst ein? Schließlich ist es noch gar nicht lange her, dass er in den dunklen Gassen von Frome von genau dem gleichen Gesindel halb totgeschlagen wurde. Doch William hat keine Angst vor einem Überfall, denn er hat diesmal seine Freunde an seiner Seite. Nicht nur Bodley, auch Ashwell! Nichts, rein gar nichts auf dieser Welt tut so gut wie die Gesellschaft von Männern, die man von Kindesbeinen an kennt.

»Wir sind dabei, einen eigenen Verlag zu gründen, Bill«, erzählt Ashwell und wendet sich neugierig um, als ein Hausierer mit zwölf Hüten auf dem Kopf und zwei weiteren, die er auf den Fingern kreisen lässt, an ihnen vorbeiläuft.

Bodley zielt spielerisch mit dem Knauf seines Gehstocks auf eine Prostituierte, die ihnen aus einem Hauseingang zuwinkt. Ein kleiner erschöpfter Junge mit einem Karren voller wertloser Krüge und Töpfe, die er an den Mann bringen muss, zuckt zusammen vor Angst, bei dem Gehstock könnte es sich um ein Geschoss handeln, das auf seine rotzverkrustete Nase abzielt.

»Wir haben einfach niemanden gefunden, der unser neues Buch veröffentlichen wollte …«, erklärt Bodley.

»– *Kunst in den Augen der arbeitenden Klasse* –«

»… also werden wir es verdammt noch mal selbst veröffentlichen.«

»*Kunst in …*? Selbst veröffentlichen …? Aber wieso …?«, fragt William und schüttelt in staunender Belustigung den Kopf. »Der Titel klingt nach einem weniger … einem weniger strittigen Thema als eure vorherigen …«

»Da sei dir mal nicht zu sicher!«, kräht Ashwell.

»Es ist eine genialisch simple Idee!«, erklärt Bodley. »Wir sind an eine große Bandbreite der arbeitenden Bevölkerung – Schornsteinfeger, Fischhändler, Küchenmägde, Tabakverkäufer, Streichholzhändler und so weiter – herangetreten und haben ihnen Teile aus Ruskins *Anmerkungen zur Royal Academy* vorgelesen …«

»… und ihnen Stiche der entsprechenden Gemälde gezeigt …«

»… und sie nach ihrer Meinung gefragt!« Bodley zieht ein Gesicht, das einen eselsgleichen Intellekt vermuten lässt, und tut so, als würde er einen Stich in Augenschein nehmen, den er auf Armeslänge von sich hält. »Was, hamse gesacht, soll das sein? Afrodiete?«

»Eine griechische Dame, Sir«, erklärt Ashwell, der auf der Stelle in die Rolle des Gegenspielers von Bodleys Idioten schlüpft. »Eine Göttin.«

»Griechin? Herr im Himmel, und wo is der schwarze Schnäuzer?«

Woraufhin Bodley seine Gesichtszüge neu ordnet, um jetzt einen nachdenklicheren Menschen darzustellen, unschlüssig kratzt er sich am Kopf. »Tjaaa, ich hab ja vielleicht keine Ahnung – aber diese Afrodiete hat janz schön komische Titten, würd ich sagen. Die kleben anner Stelle, wo ich se auf *meiner* Straße noch bei keiner Frau gesehen hab, und ich hab n paar davon gesehen.«

Rackham bricht in lautes Gelächter aus – ein richtiges Lachen aus dem Bauch heraus, wie er es nicht mehr genossen hat, seit … nun, seit er zum letzten Mal mit seinen Freunden unterwegs war.

»Aber warum um alles in der Welt«, fragt er, »wollen eure Verleger das nicht veröffentlichen? Sie werden genauso viel Geld damit verdienen wie mit den anderen Büchern, da bin ich mir sicher.«

»Genau das ist das Problem«, feixt Bodley.

»Jedes Einzelne unserer Bücher war ein Verlustgeschäft!«, verkündet Ashwell stolz.

»Nein!«, ruft William.

»Doch!«, schreit Ashwell. »Und zwar nicht zu knapp!« Er keckert wie eine Hyäne.

William schwankt zur Seite; er ist auf dem Kopfsteinpflaster umgeknickt, Bodley kann ihn gerade noch auffangen. Er ist doch ein wenig betrunkener, als er dachte.

»Verlust gemacht? Das kann nicht sein!«, beharrt er. »Ich kenne so viele Leute, die eure Bücher gelesen haben …«

»Na ja, wahrscheinlich kennst du dann alle, die sie gelesen haben«, sagt Ashwell unbekümmert. Keine fünf Meter vor ihnen versetzt ein gintrunkenes altes Weib ihrem zart gebauten, hühnerbrüstigen Gatten einen Hieb auf sein spärlich behaartes Haupt. Unter vereinzeltem Gelächter der Passanten fällt er um wie ein Kegel.

»*Das große soziale Übel* wird mit der Zeit seine Kosten einspielen«, meint Bodley, »dank masturbierender Studenten und frustrierter Witwen wie Emmeline Fox …«

»Aber *Vom Nutzen des Gebets* hat kein Mensch gekauft außer den armen alten Einfaltspinseln, die wir darin zitiert haben.«

William grinst noch immer, doch sein Verstand, von der Erfahrung eines langen Jahres als Geschäftsmann geschärft, kämpft mit den Zahlen.

»Ich weiß nicht, ob ich euch richtig verstanden habe«, sagt er. »Statt das Geld eines Verlegers zu verschleudern, wollt ihr also lieber euer eigenes …«

Doch mit einer identischen Bewegung der Hände bedeuten Bodley und Ashwell ihm, dass sie diesen Aspekt sorgfältig durchdacht haben.

»Wir werden auch Pornographie herausbringen«, erklärt Ashwell, »um die Verluste unserer hochwertigeren Bücher auszugleichen. Pornographie billigster Sorte. Die Nachfrage ist enorm, Bill; ganz England verlangt nach Sodomie!«

»Ja, wir werden tierisch viel Geld verdienen«, witzelt Bodley.

»Und für den Mann von Welt wollen wir einen Stadtführer herausbringen, der monatlich aktualisiert wird!«, fährt Ashwell, die Wangen vor Begeisterung gerötet, fort. »Nicht wie diese lausigen *Londoner Lustbarkeiten*, wo man schon beim Lesen einen Ständer kriegt, und wenn man dann loszieht, um ein bestimmtes Mädchen zu treffen, feststellen muss, dass sie entweder tot oder der Puff vor die Hunde gegangen ist, oder es dort von religiösen Spinnern nur so wimmelt!«

Williams Grinsen erstirbt. Der Hinweis auf die *Londoner Lustbarkeiten* ruft ihm einen weiteren Grund für seine Entfremdung von Bodley und Ashwell ins Gedächtnis: Beide kannten eine Prostituierte namens Sugar, eine Hure, die urplötzlich vom Markt verschwand. Was würden sie denken, wenn sie dem Hause Rackham einen Besuch abstatteten und aus dem Mund eines Dienstmädchens den Namen »Miss Sugar« hörten? Reichlich unwahrscheinlich, dennoch wechselt William schnell das Thema.

»Wisst ihr«, sagt er, »ich war so lange an meinen Schreibtisch gefesselt, dass ich mich riesig freue, endlich wieder mit meinen alten Freunden die Stadt unsicher machen zu können.« (Sein Stottern, stellt er fest, ist vollkommen verschwunden: Es braucht nur ein bisschen Alkohol und die richtige Gesellschaft!)

»*Fidus Achates*!«, schreit Bodley und schlägt William kräftig auf den Rücken. »Weißt du noch, wie die Bullen uns einmal von Parker's Piece bis zu unserem Haus gejagt haben?«

»Und wie der Proktor Lizzy, die kleine Schlampe, schlafend im Zimmer des Rektors gefunden hat?«

»Glückliche Zeiten, glückliche Zeiten«, sagt William, obwohl er sich an die Geschichte nicht erinnert.

»So ist's recht«, sagt Ashwell. »Aber *diese* Zeiten können genauso glücklich sein, Bill, du musst es nur zulassen. Dein Parfümgeschäft ist die reinste Lokomotive, wie ich höre. Da muss man vielleicht nicht jede Minute Kohle nachlegen, oder?«

»Ach, du machst dir keine Vorstellung«, seufzt William. »Alles steht ständig kurz vorm Zusammenbruch. Alles. Ständig! Nichts auf dieser verdammten Welt erledigt sich von selbst.«

»Nun mal langsam, Freund, ganz langsam. Ein paar Dinge auf dieser Welt sind doch ganz herrlich unkompliziert. Man stecke nur einen x-beliebigen Schwanz in eine x-beliebige Möse, und der Rest läuft wie von selbst.«

William grunzt zustimmend, doch tief in seinem Herzen ist er nicht ganz so sicher. In letzter Zeit fürchtet er Sugars Liebesofferten, denn sein Gemächt ist gerade dann schlaff geblieben, wenn er sich seinen Einsatz am meisten gewünscht hätte. Ist es überhaupt noch funktionstüchtig? Bei den unpassendsten Gelegenheiten wird es hart, vor allem im Schlaf, doch kaum ist der Moment gekommen, lässt es ihn im Stich. Wie lange wird er Sugar noch verheimlichen können, dass er allem Anschein nach kein ganzer Mann mehr ist? Wie viele Nächte kann er noch Erschöpfung vorschützen oder auf die späte Stunde verweisen?

»Wenn ich nicht aufpasse«, sagt er, »werden die Rackham Perfumeries bei Anbruch des neuen Jahrhunderts nicht mehr existieren. Mal ganz davon abgesehen, dass es niemanden gibt, dem ich sie vermachen könnte.«

Ashwell bleibt stehen, um einem Mädchen, das ihm gefällt, einen Apfel abzukaufen. Er gibt ihr sechs Pence, viel mehr, als sie verlangt hat, und als sie sich verbeugt, schüttet sie um ein Haar die restlichen Äpfel aus ihrem Korb.

»Vielen Dank, Kleine!«, sagt er und zwinkert ihr zu, beißt in die feste Frucht und geht weiter. »Also …«, fragt er an William gewandt, den Mund voller Apfel, »also willst du Constance wohl nicht ehelichen, sehe ich das richtig?«

Verwirrt bleibt William auf der Stelle stehen.

»Constance?«

»Unsere liebe Mrs Bridgelow«, sagt Ashwell und spricht den Namen überdeutlich aus, als beruhe Williams Verwirrung allein auf einem Verständnisproblem.

William schwankt nach vorn und betrachtet das Pflaster, das vor seinen Augen abwechselnd verschwimmt und wieder scharf wird. Ein pelziger Haufen klebt auf dem Kopfsteinpflaster, entweder Pferdemist mit einem hohen Anteil an Disteln oder die platt getrampelten Überreste eines zermatschten Hundefells.

»Ich … ich wusste gar nicht, dass Constance den Wunsch hegt, mich zu heiraten.«

Bodley und Ashwell geben ein gutmütiges Stöhnen von sich, und Bodley packt ihn bei der Schulter und schüttelt ihn in gespielter Verzweiflung.

»Mein Gott, Bill, soll sie sich vor dir auf die Knie werfen und um deine Hand anhalten? Sie hat ihren Stolz.«

Beim Weitergehen muss William diese Information erst einmal verdauen. Sie biegen in die King's Street ein, eine etwas breitere Durchgangsstraße. Auf beiden Seiten stehen Prostituierte und winken ihnen in dem festen Vertrauen zu, dass der Dienst habende Schutzmann mit Taschendieben und Raufbolden bereits alle Hände voll zu tun hat.

»Hier gibt's den besten Fick in ganz London«, ruft eine angesäuselte Hure.

»Geröstete Haselnüsse«, brüllt ein Mann vom Bürgersteig gegenüber.

Bodley bleibt stehen, jedoch weder wegen der Haselnüsse noch wegen der Hure, sondern weil er soeben auf etwas Matschiges getreten ist. Er hebt den rechten Fuß, späht unter die Sohle und versucht auszumachen, ob es sich bei dem Objekt – das sich mit dem öligen Matsch auf dem Kopfsteinpflaster vermischt hat – um Kot handelt oder nur um ein Stück verfaultes Obst.

»Wie sieht's aus, Philip?«, fragt Ashwell und lächelt dem trunkenen jungen Ding, das ihnen noch immer Kusshände zuwirft, über die Schulter zu. »Bereit für den vergnüglichen Teil des Abends?«

»Immer, Edward, immer. Wie wäre es mit der lieblichen Apollonia?« An William gewandt erklärt er: »Wir haben einen echten Knaller von einem Mädchen aufgetan, Bill, einen echten Knaller – eine Afrikanerin mit Haaren wie Wolle. Sie gehört zu Mrs Jardines Haus. Ihre Möse ist dunkelviolett wie eine Passionsfrucht, und sie haben ihr beigebracht, wie eine Debütantin aus Belgravia zu sprechen: zum Schreien komisch!«

»Du musst sie ausprobieren, solange noch Zeit ist, Bill: Über kurz oder lang wird irgendein Diplomat oder Botschafter sie wegschnappen, und dann verschwindet sie in den Eingeweiden von Westminster!«

Bodley und Ashwell stehen Hutkrempe an Hutkrempe nebeneinander und beraten nach einem Blick auf ihre Taschenuhren kurz die Möglichkeit, zu Mrs Jardine zu gehen, vermuten aber beide, dass Apollonia um diese Uhrzeit wohl kaum frei sein wird. William gewinnt den Eindruck, dass die beiden, allen Lobeshymnen auf ihre exotischen Reize zum Trotz, sie erst kürzlich gekostet haben und es sie nun nach etwas anderem gelüstet.

»Was schwebt dir vor?«, fragt Ashwell. »Mrs Terence ist ganz in der Nähe ...«

»Es ist halb zehn«, sagt Bodley. »Bess und ... wie heißt sie noch, die Waliserin, sind sicher im Einsatz, und die anderen interessieren mich nicht. Und du kennst ja Mrs Terence: Wenn man erst einmal drin ist, lässt sie einen nicht mehr weg.«

»Mrs Ford?«

»Zu teuer«, schnaubt Bodley, »für das, was einem geboten wird.«

»Ja, aber prompt.«

»Das schon, aber sie sitzt in der Panton Street. Wenn wir schnelle Bedienung wollen, können wir auch um die Ecke bei Madame Audrey reinschauen.«

Als er sie so reden hört, wird William klar, dass seine Ängste völlig unbegründet waren: Die beiden haben Sugar bereits vergessen, sie gänzlich aus ihrem Gedächtnis getilgt. Sie ist Geschichte, ihr Name wurde bereits von Hunderten neuer Namen ausgelöscht; das Mädchen, das einst wie ein Leuchtfeuer über die finsteren Weiten Londons zu strahlen schien, ist nur noch ein glimmender Lichtpunkt von der Größe eines Stecknadelkopfes unter unzähligen anderen. Das Leben geht weiter, und unendlich ist die Zahl der Menschen, die es durchfluten.

»Wie wär's mit den dreien da drüben?«, fragt Bodley. »Die machen doch einen ganz fröhlichen Eindruck.« Er nickt in Richtung eines Hurentrios, das kichernd im Schein eines Kerzenladens steht. »Zickereien oder irgendwelches Gejammer kann ich heute Abend nicht ertragen.«

Die beiden Männer gehen zu den winkenden Frauen hinüber, und aus Angst, allein und schutzlos zurückzubleiben, trottet William hinter ihnen her Er versucht, den Blick auf die dunkle Straße rechts und links der Frauen zu heften, fühlt sich jedoch unwiderstehlich angezogen von der vulgären Zurschaustellung des lampenbeschienenen Tafts und der rosigen Brüste. Ein freches Trio, gut, wenn auch viel zu elegant gekleidet, mit dichtem Haar, das unter den aufdringlichen Hüten hervorquillt. William hat das unangenehme Gefühl, den dreien schon einmal begegnet zu sein.

»Schönes Wetter heut, nich?«, lächelt die eine.

»So eine wie mich hattet ihr noch nie, Jungs«, sagt die andere.

»Und ich erst«, meint die dritte.

Sind das dieselben Weiber, die ihn im Fireside belästigt haben, damals, als er Sugar zum ersten Mal sah? Sie wirken jünger und schlanker, und ihre Kleider sind ein wenig schlichter, aber irgendetwas an ihnen ... Gütiger Himmel, kann das Schicksal allen Ernstes solch grausame Zufälle erzeugen? Werden diese gepuderten Dirnen es fertig bringen, ihn als Mr Hunt zu begrüßen und ihn nach seinen Büchern zu fragen oder nach dem Ausgang seines Stelldicheins mit Sugar?

»In den Mund, wie viel?«, fragt Bodley die Frau mit den vollsten Lippen. Sie lehnt sich vor, legt ihm sanft die Arme auf die Schultern und flüstert ihm etwas ins Ohr.

Sekunden später ist das Geschäft perfekt. Ashwell, Bodley und der unwillige William haben sich in eine dunkle Sackgasse begeben, kaum breit genug für ein Gespann aus kniender Frau und stehendem Mann. Ashwell sieht zu, wie Bodley bedient wird, fummelt derweil unter den Röcken der zweiten Frau herum, die ihm wiederum den entblößten Schwanz massiert, der in Größe und Härte, wie William auf einen Blick feststellt, dem seinen auf geradezu einschüchternde Weise überlegen ist. Die dritte Frau steht mit dem Rücken zu William, das Gesicht zur Straße hin, und hält Ausschau nach unerwünschtem Besuch. Inzwischen ist sich William sicher – so sicher er sich sein kann –, dass er diese drei Frauen noch nie im Leben gesehen hat. Er starrt auf den Rücken der Wache schiebenden Frau, und versucht sich vorzustellen, wie er ihre Turnüre hebt, ihr die Unterhose herunterzieht und sie nach Strich und Faden vögelt, doch in seinen Augen fehlt es ihr an jeglichem erotischen Reiz, sie wirkt wie eine der angegilbten Wachsfiguren bei Madame Tussaud mit ihrem lieblos genähten Kleid, der Turnüre aus Pferdehaar, dem zu dicken Hals, dem Rücken mit seinen glitzernden Knöpfen, von denen einer ärgerlicherweise lose herabbaumelt. Seine Männlichkeit ist schlaff und feucht; er hat seine besten Jahre hinter sich und wird den Rest seines Lebens damit verbringen, sich über die Rackham Perfumeries den Kopf zu zerbrechen; seine Tochter wird heranwachsen, hässlicher werden und unverheiratet und undankbar bleiben, die Witzfigur seines schwindenden Freundeskreises; und dann, eines Tages, während er gerade mit verkrüppelter Hand einen nutzlosen Brief schreibt, wird er sich ans Herz fassen und sterben. Wann ist sein Leben aus der Bahn geraten? Es ist aus der Bahn geraten, als er Agnes geheiratet hat. Es ist aus der Bahn geraten, als …

Auf einmal vernimmt er Bodleys erregtes Stöhnen. Die Frau ist fast fertig mit ihm, und während er auf den Orgasmus zusteuert, wedelt seine zitternde Hand durch die Luft, um die Hure am Hinterkopf zu packen. Doch sie stoppt ihn mitten in der Bewegung, packt seinen Arm am Handgelenk und verschränkt dann ihre Finger mit den seinen – eine eigentümliche Geste der Kontrolle, des Kräftemessens, die zugleich von größter Zärtlichkeit und gegenseitigem Verlangen zu künden scheint. Ebenso plötzlich wie machtvoll ist William erregt, und was ihm noch vor einer Minute unmöglich schien, ist auf einmal unerlässlich.

»O Gott«, schreit Bodley, als er kommt. Das Mädchen lässt ihn nicht los, drückt fest seine Hand und legt die Stirn an seinen Bauch. Erst als Bodley sich nach hinten gegen die Wand fallen lässt, gibt sie ihn frei, wirft den Kopf in den Nacken und leckt sich die Lippen.

Jetzt! Der Moment ist gekommen! William tritt vor und packt seine angeschwollene Männlichkeit aus.

»Jetzt ich«, befiehlt er mit heiserer Stimme. Angstschweiß überzieht prickelnd seinen ganzen Körper, denn er spürt bereits, wie das Blut wieder aus seinem prall gefüllten Organ entweichen will. Zum Glück zögert die Prostituierte kaum einen Wimpernschlag lang, bevor sie es in den Mund nimmt und ihm die Hände auf den Hintern legt. William schwankt, verliert einen kurzen Moment das Gleichgewicht; o Gott, in diesem Augenblick zu versagen wäre sein Ende! Aber es ist alles in Ordnung, sie hat ihn im Griff, ihre Finger graben sich in seinen Hintern, ihr Mund und ihre Zunge sind erfahren.

»Kommen Se, Sir, stecken Se ihn rein«, sagt eine weibliche Stimme hinter ihm an Ashwell gewandt. »Sie können's sich doch leisten, Sir, und Sie werden's nich bereuen.«

»Ich hab kein Gummi dabei.«

»Ich pass schon auf, Sir. Ich war erst letzte Woche beim Doktor, Sir, und der sagt, ich bin sauber wie ein junges Kätzchen.«

»Egal …«, sagt Ashwell keuchend. »Lass es spritzen …«

»Ich hab 'ne schöne, seidene Fotze, Sir. Eine Fotze für Kenner.«

»Egal …«

William, dem vor wachsender Erregung schwindelt, kann Ashwells Bedenken nicht verstehen. Vögel die Kleine, und dann ist Ruhe! Vögel alle Frauen dieser Welt, solange es geht! Er hat das Gefühl, unversiegbar zu sein wie ein Geysir, eine Frau nach der anderen füllen zu können, in den Mund, in die Fotze, in den Arsch, als könne er Horden von Weibern zerzaust und befriedigt hinter sich lassen … Ah!

Nur wenige Sekunden später liegt William Rackham bewusstlos auf dem Boden, und fünf Menschen sind um ihn versammelt.

»Wir müssen ihm Luft zufächeln«, sagt Ashwell.

»Was ist denn los mit ihm?«, fragt eine Hure ängstlich.

»Zu viel gesoffen«, sagt Bodley, aber es klingt nicht allzu überzeugt.

»Er ist vor kurzem von üblen Rabauken furchtbar verdroschen worden«, sagt Ashwell. »Soweit ich weiß, hamse dabei seinen Schädel erwischt.«

»Oh, der Ärmste!«, gurrt die Frau mit den vollen Lippen. »Wird das jetzt immer so gehen mit ihm?«

»Los, Bodley, heben wir ihn hoch.«

Die beiden Männer packen ihren Freund unter den Achseln und hieven ihn ein paar Zentimeter in die Höhe. Die Wortführerin der drei Huren fürchtet, in Vergessenheit zu geraten, und zupft sie am Ärmel, um sich in Erinnerung zu bringen, bevor die Gentlemen zu sehr abgelenkt sind.

»Ich hab erst für einen Geld gekriegt«, erinnert sie die beiden. »Wo bleibt die Gerechtigkeit?«

»Und ich hab noch gar kein Geld gesehen«, blökt die dritte, die Schmiere gestanden hat, als sei von den dreien gerade sie am zügellosesten missbraucht worden. Die zweite zieht die Stirn in Falten und rätselt, wie sie in das Heulen und Wehklagen einstimmen könnte, denn schließlich wurde Ashwell unterbrochen, bevor er die Befriedigung erlangen konnte, für die er gezahlt hat.

»Hier … hier …« Ashwell kramt eine Hand voll Münzen aus der Tasche, hauptsächlich Shillings, und drückt sie ihr in die Hand, woraufhin die anderen die Hälse recken, um zu sehen, wie viel er rausgerückt hat. »Aufteilen könnt ihr's hoffentlich selbst.« Inzwischen macht er sich ernsthaft Sorgen um den bewusstlosen Rackham und hat keine Lust mehr zu feilschen. Mein Gott, erst Henry, dann Agnes … Sollte es noch einen Todesfall in dieser unglückseligen Familie geben …?! Und welch grausamer Schlag des Schicksals, wenn die stadtbekannten Stutzer Philip Bodley und Edward Ashwell ihre vielversprechende Karriere als Verleger damit beginnen müssten, auf der Suche nach der nächsten Polizeiwache einen Leichnam durch halb Soho zu schleppen!

»Bill! Bill! Hörst du mich!«, ruft Ashwell und schlägt William unsanft auf die Wange.

»Ich … ich höre dich«, antwortet Rackham, worauf fünf Kehlen – ja, selbst den Kehlen der Huren, die es nicht über sich gebracht haben, sich still und heimlich davonzustehlen – ein tiefer und ganz und gar aufrichtiger Seufzer der Erleichterung entweicht.

»Na dann …«, sagt die Älteste, rückt ihren Hut zurecht und wirft einen Blick auf die flackernden Lichter der Straße. »Also gute Nacht allerseits.« Spricht's und führt ihre Schwestern hinaus aus der Dunkelheit.

Bodley und Ashwell bleiben noch eine Weile in der Gasse, säubern sich die Kleider und kämmen sich das Haar, wobei einer dem anderen als Spiegel dient. Du wirst sie nicht wiedertreffen, also sieh sie dir jetzt ein letztes Mal gut an.

»Bringt mich nach Hause«, stöhnt eine Stimme ungefähr auf Höhe ihrer Hosenaufschläge. »Ich will ins Bett.«

Dreiunddreissig

Mit Schimpf und Schande in ihr Zimmer hinaufgeschickt, kann Sugar endlich ihrer Wut freien Lauf lassen. Sich einem einsamen, stillen, nichtsdestotrotz echten Wutanfall in der Abgeschiedenheit ihrer düsteren kleinen Kammer hingeben.

Wie kann William es wagen, ihr zu sagen, es ginge sie nichts an, wann er nach Hause kommt! Wie kann er es wagen, ihr zu sagen, der Dreck auf seinen Kleidern sei seine Sache und er schulde ihr keine Erklärungen! Wie kann er es wagen, ihr zu sagen, dass er durchaus in der Lage sei, seine Briefe selbst zu schreiben, und dass er ihre Schmeicheleien und ihre Betrügereien nicht länger ertrage! Wie kann er es wagen, ihr zu sagen, sie solle lieber schlafen, statt darauf zu lauern, wann er von einem harmlosen Besuch bei Freunden nach Hause kommt, denn ihre Augen seien ohnehin schon ständig rot und die Augenringe auch nicht gerade attraktiv!

Sugar kniet im Kerzenschein neben ihrem Bett, Williams teures Weihnachtsgeschenk, Shakespeares *Tragödien*, auf dem Schoß, und reißt mit beiden Händen die Seiten heraus, samt Illustrationen und allem, gräbt ihre trocknen, rissigen Fingernägel in das feine Papier. Wie dünn und glatt die Seiten sind, wie die der Bibel oder eines Wörterbuchs, als wären sie aus glasierter Stärke oder aus dem Material gemacht, das für Zigaretten verwendet wird. Sie zerknüllt die Seiten in der Faust, *Macbeth, Lear, Hamlet, Romeo und Julia, Antonius und Cleopatra,* alle zerreißen unter ihren Nägeln, nutzloses Gewäsch über längst vermoderte Adlige. Und sie hatte geglaubt, William habe die Bücher in

Anerkennung ihres Intellekts – sozusagen als *Ehrerbietung* – gekauft, eine den Dienstboten unverständliche, verschlüsselte Botschaft, mit welcher er sein Wissen darum zum Ausdruck brachte, dass ihre Seele aus sehr viel feinerem Stoff gemacht ist als die seiner Bediensteten. Blödsinn! Ein hohlköpfiger vulgärer Trottel ist er, ein Riesenidiot, der ihr ebenso gut einen vergoldeten Elefantenfuß oder einen juwelenbesetzten Nachttopf hätte schenken können, wäre ihm nicht zufällig diese »handgearbeitete« Shakespeare-Ausgabe in die Hände gefallen. Verfluchter Kerl! Er wird noch sehen, was sie von seinen schleimigen Versuchen hält, sich ihre Dankbarkeit zu erkaufen!

Während sie das Buch in Stücke reißt, wird ihr Körper von kindlichen Schluchzern geschüttelt, einem unaufhörlichen, starken Beben, und Tränen laufen ihr über die Wangen. Hält er sie eigentlich für blind und ihre Nase für empfindungslos? Er hat nicht nur nach Dreck gerochen, als er ins Haus gestolpert kam, rechts und links von Bodley und Ashwell gestützt; nach billigem Parfüm hat er gestunken, von der Sorte, wie Huren es benutzen. Nach Sex hat er gestunken – vermutlich würde er wieder sagen (neuerdings seine Lieblingsformulierung), »das geht dich nichts an«! Verfluchter Mistkerl, der jetzt in jenem Schlafzimmer, in das sie nie gebeten wurde, seinen Rausch ausschläft! Eigentlich sollte sie mit einem Messer in der Hand losrennen, ihm den Bauch aufschlitzen und mit ansehen, wie sich der blutige Inhalt über ihn ergießt!

Nach einer Weile wird ihr Schluchzen schwächer, und ihre Hände sind es allmählich müde, die Seiten herauszureißen. Sie lässt sich gegen die Kommode fallen, um sich herum Papierknäuel, unter denen ihre nackten Zehen verschwinden. Und wenn William hereinkommt und sie so sieht? Sie krabbelt auf den Knien durchs Zimmer, sammelt das Papier ein und wirft es in den Kamin. Es verbrennt auf der Stelle, ein kurzes Aufflammen, und schon ist es zu Asche zerfallen.

Sie täte allerdings besser daran, Agnes' Tagebücher zu verbrennen, als sich an Williams Weihnachtsgeschenk zu vergreifen. Die Shakespeare-Bände sind harmlos, die Tagebücher jedoch könnten ihr heimliches Spiel jederzeit auffliegen lassen. Wozu sie weiter unter dem Bett verstecken, wenn sie ohnehin schon alles erfahren hat, was sie wissen wollte, und sie ihr nur noch Ärger verursachen können? Agnes wird nicht wiederkommen, um sie zurückzuverlangen, so viel steht fest.

Sugar kramt eines der Tagebücher hervor. Über die Monate hin sind sämtliche Reste getrockneter Erde abgefallen, so dass der elegante Band nicht mehr aussieht, als sei er einem feuchten erdigen Grab entrissen worden, sondern einfach nur alt, das Relikt eines längst vergangenen Jahrhunderts. Sugar schlägt ihn auf, und die korrodierten Überreste des lachhaft zierlichen Schlosses und der Silberkette legen sich wie Schmuck über ihre Fingerknöchel.

Liebes Tagebuch,
ich hoffe, wir beide können gute Freunde werden.

Sugar überfliegt die Seiten und wird erneut Zeugin vom Kampf der Agnes Pigott, sich mit ihrem neuen Namen vertraut zu machen.

Letztendlich ist dies, wie meine Gouvernante sagt, nicht mehr als eine Anrede, um es der WELT leichter zu machen. Es ist dumm von mir, so viele Gedanken daran zu verschwenden. GOTT kennt meinen wirklichen Namen, nicht wahr?

Sugar legt das Tagebuch zur Seite; sie wird alle Bände vernichten außer diesem, dem ersten, der klein genug ist, um ein sicheres Versteck zu finden. Sie muss immer wieder daran denken, dass es … *treulos* wäre, Agnes' erste Worte an die Nachwelt zu zerstören. Damit würde man so tun, als habe sie niemals gelebt; oder vielmehr: als habe sie erst angefangen zu existieren, nachdem ihr Tod Nahrung für einen Zeitungsnachruf lieferte.

Sugar zieht ein weiteres Tagebuch unter dem Bett hervor. Es ist der letzte Band der Abbots Langley Chronik, geschrieben von der fünfzehnjährigen Agnes, die sich innerlich darauf vorbereitet, nach Hause zurückzukehren und ihre Mutter gesund zu pflegen. Getrocknete Blütenblätter fallen aus den Seiten zu Boden, karmesinrot und weiß, federleicht. Agnes Unwins Abschiedsgedicht lautet wie folgt:

Aus ist die frohe Zeit der Schwesternschaft,
Die Sonne rüstet sich zu ihrem Gang.
Der kleine Lauf der Bildung ist geschafft –
Denn niemand wehrt der Zukunft Vorwärtsdrang!

Sugar presst die Lippen zusammen und überantwortet das Tagebuch den Flammen. Es zischt leise und fängt an zu schwelen. Sie wendet den Blick ab.

Ein weiteres Tagebuch wird aus seinem Versteck geholt. Der erste Eintrag berichtet, dass von der »schweizerischen Post« keine Antwort gekommen sei bezüglich der Anfrage, wohin die Skizzenbücher mit den Katzenkindern von Miss Eugenie, zukünftige Schleswig, zu schicken seien. Auch dieser Band wird in die Flammen wandern, sobald der erste verbrannt ist.

Sugar nimmt ein viertes Buch zur Hand. *Liebes Tagebuch …* steht dort auf Deutsch auf der ersten Seite. Noch eins fürs Feuer.

Sie zieht das fünfte unter dem Bett hervor. Es stammt aus den ersten Jahren der Ehe von Agnes und William und beginnt mit einer unleserlichen Halluzination dämonischer Bedrängnis, die Seitenränder sind mit hieroglyphenartigen Augen aus geronnenem Menstruationsblut verziert.

Ein paar Seiten später überlegt eine genesende Agnes:

In der Schule habe ich gedacht, mein altes LEBEN würde für mich warm gehalten werden, wie ein Lieblingsgericht, das unter einer silbernen Haube wartet, bis ich zurück nach HAUSE komme. Ich weiß jetzt, dass das eine tragische Illusion war. Mein Stiefvater hat die ganze Zeit geplant, meine geliebte Mutter langsam mit seiner Grausamkeit zu töten und mich arme SEELE an den erstbesten Mann zu verkaufen, der mich nehmen würde. Er hat William mit Absicht ausgesucht, das wird mir jetzt klar! Hätte er einen meiner Verehrer aus einer höheren Gesellschaftsschicht erwählt, er hätte mich ständig überall dort angetroffen, wo die OBEREN ZEHNTAUSEND zusammenkommen. Aber er wusste, dass William mich aus diesen Höhen hinabziehen würde, und dass er mich nie wieder würde sehen müssen, wenn ich erst einmal so tief gesunken wäre, wie ich es jetzt bin!

Nun, ich bin froh! Ja, froh! Er war ohnehin nicht mein Vater. Eine Einladung zum wichtigsten Ball der Saison wäre nicht genug Entschädigung, meinen Ekel ob seiner Anwesenheit zu mäßigen.

Seit Jahrhunderten ist es so: Frauen sind das Unterpfand männlicher Verlogenheit. Doch eines Tages wird die WAHRHEIT ans Licht kommen.

Der Geruch von parfümiertem Papier, das sich langsam in Kaminfutter verwandelt, legt sich über den ganzen Raum. Sugar blickt zum Feuer hinüber. Das Tagebuch ist noch immer intakt, nur an den Ecken glüht es hellorange. Sie holt ein weiteres unter dem Bett hervor und schlägt es willkürlich irgendwo auf. Sie landet bei einem Eintrag, den sie noch nicht gelesen hat, er ist undatiert, aber die Tinte ist dunkelblau und sieht recht frisch aus.

Liebe Heilige Schwester,
ich weiß, dass du über mich wachst, und bitte halte mich nicht für undankbar. Wenn ich schlafe, versicherst du mir, dass alles GUT werden wird, und ich werde ganz ruhig und ruhe friedlich an deinem Busen; doch wenn ich erwache, kommt die Angst zurück und deine Worte schmelzen dahin wie Schneeflocken, die über Nacht gefallen sind. Ich sehne mich nach unserem Wiedersehen, einem körperlichen Wiedersehen in der Welt jenseits meiner Träume. Wird es bald so weit sein? Bald? Bitte hinterlasse ein Zeichen auf dieser Seite – die Berührung deiner Lippen, einen Fingerabdruck, irgendein Zeichen deiner Anwesenheit – und ich werde die Hoffnung nicht aufgeben.

Mit einem gequälten Aufschrei wirft Sugar das Tagebuch ins Feuer. Der Aufprall jagt einen Funkenschauer in die Luft. Es landet auf dem noch immer schwelenden Einband des vorigen, bleibt jedoch aufrecht stehen. Was gemäß dem wissenschaftlichen Prinzips des Verbrennens die weitaus günstigere Position darstellt: Die Seiten gehen auf der Stelle in Flammen auf.

Sie langt noch einmal unters Bett, doch was jetzt zum Vorschein kommt, ist kein Band von Agnes' Tagebüchern, sondern ihr eigener Roman. Bei dem Anblick stockt ihr fast das Herz! Dieses abgegriffene Etwas, das da aus seinem steifen Pappeinband hervorquillt: der Inbegriff der Vergeblichkeit. All die durchgestrichenen Titel – *Straßenszenen, Ein Aufschrei aus den Straßen, Ein Zornesschrei aus einem namenlosen Grab, Frauen gegen Männer, Tod im Bordell, Wer ist hier der Stärkere?, Der Phönix, Die Krallen des Phönix, Die Umarmung des Phönix, Die ihr hier eingeht, Der Preis der Sünde, Komm, küss den Mund zur Hölle,* und schließlich: *Sugars Fall und Erhebung* – tragen die Handschrift ihrer jugendlichen Illusionen.

Sie balanciert das Papierbündel auf seinem zerschlissenen und zerfransten Rücken und lässt es aufklappen, wo es will:

»*Aber ich habe Kinder!*«, bettelt einer der todgeweihten Männer im Roman und kämpft hilflos gegen die Fesseln an, welche die Heldin ihm um Handgelenke und Fußknöchel gelegt hat. »*Ich habe einen Sohn und eine Tochter, die zu Hause auf mich warten!*«

»Daran hättest du früher denken sollen«, sagte ich und durchschnitt sein Hemd mit meiner rasiermesserscharfen Schneiderschere. Ich widmete mich ganz meiner Arbeit, führte die Schere über seinem behaarten Bauch hin und her.

»Schau!«, sagte ich und hielt ein weiches Stück weißer Baumwolle in Form eines Schmetterlings hoch, dessen zwei Hälften von seinem Hemdknopf zusammengehalten wurden. »Ist das nicht süß?«

»Haben Sie Erbarmen, denken Sie doch an meine Kinder!«

Ich beugte mich über ihn, drückte ihm die Ellbogen, so fest ich konnte, in die Brust und sprach ihm direkt ins Gesicht, so dicht, dass er unter meinem heißen Atem blinzelte. »Es gibt auf dieser Welt keine Hoffnung für Kinder«, teilte ich ihm zischend vor Wut mit. »Die Jungen werden zu dreckigen Schweinen heranwachsen, wie du eines bist. Und die Mädchen werden von dreckigen Schweinen wie dir benutzt werden. Das Beste für Kinder ist, gar nicht erst geboren zu werden; das Zweitbeste, zu sterben, solange sie noch unschuldig sind.«

Beim Lesen dieser Rasereien ihres alten Ich stöhnt Sugar vor Scham auf. Sie sollte sie ebenfalls den Flammen übergeben, doch sie bringt es nicht fertig. Die beiden als Brandopfer dargebrachten Tagebücher von Agnes brennen noch immer gemächlich vor sich hin; sie geben einen beißenden Geruch ab und überziehen die Kohlen mit einem Mantel aus versengter schwarzer Pappe. Es gibt hier schlichtweg zu viele unerlaubte Schriften; es würde Stunden, ja Tage dauern, alles zu verbrennen, und der Rauch und der Gestank würden das ganze Haus aufscheuchen. Mit einem resignierten Seufzer schiebt Sugar den Roman und die Tagebücher, die sie bereits der Vernichtung geweiht hatte, wieder zurück unters Bett.

Mitten in der Nacht legt sich aus dem Herzen der Dunkelheit eine Hand auf Sugars Oberschenkel und rüttelt sie sanft aus dem Schlaf. Ängstlich stöhnt sie auf in Erwartung der Worte ihrer Mutter: »Du brauchst nicht mehr zu frieren ...« Doch ihre Mutter bleibt stumm. Stattdessen dringt das Flüstern einer tiefen männlichen Stimme durch die Finsternis.

»Es tut mir Leid, Sugar«, sagt er. »Bitte verzeih mir.«

Sie öffnet die Augen, muss aber feststellen, dass sie sich vollständig unter den Laken vergraben hat, den Kopf in Leinen gewickelt, die Arme um den Bauch geschlungen. Nach Luft schnappend taucht sie auf und blinzelt in das Licht einer Öllampe.

»Was? Was?«, flüstert sie.

»Verzeih mir mein unmögliches Benehmen«, wiederholt William. »Ich war nicht ich selbst.«

Sugar setzt sich auf und fährt sich mit der Hand durchs wirre Haar. Ihre Handfläche ist heiß und verschwitzt, und ihr versteckter Bauch fühlt sich auf einmal kalt an, weil ihre Hände ihn nicht mehr schützen. William stellt die Lampe auf ihrem Toilettentisch ab und setzt sich ans Fußende des Bettes, Augenbrauen und Nase werfen beim Sprechen dunkle Schatten über Augen und Mund.

»Ich bin in der Stadt ohnmächtig zusammengebrochen. Ich hatte zu viel getrunken. Du musst mir verzeihen.«

Trotz der gebieterischen Worte klingt seine Stimme flach und düster, als ginge es darum, sie zu warnen, nichts Schlechtes von den Toten zu denken.

»Aber natürlich, Liebster‹, antwortet sie, lehnt sich vor und ergreift seine Hand.

»Ich habe über deine Worte nachgedacht«, fährt er mit matter Stimme fort. »Dass es gut wäre für Sophie, wenn sie … wenn sie öfter rauskäme mit … mit uns beiden.«

»Ach ja?«, sagt Sugar. Sie wirft einen Blick auf die Uhr über seinem Kopf: halb drei Uhr nachts. Was in Gottes Namen will er um diese Uhrzeit? Eine Rundfahrt in der Kutsche, alle drei im Nachthemd, und die gaserleuchteten Straßen der Vorstadt bewundern, während Cheesman ein obszönes Liedchen trällert?

»Also h-h-habe ich …«, sagt William, zieht seine Hand aus der ihren und fingert sich am Bart herum, als sein Stottern einsetzt. »I-ich habe einen B-B-Besuch in der S-Seifenfabrik arrangiert. Für dich und S-Sophie. Morgen N-Nachmittag.«

Einen Moment lang wird Sugars Laune von einer Welle schwindelerregenden Optimismus gehoben, ein Schwindel, der von ihrer morgendlichen Übelkeit kaum zu unterscheiden ist. Alles wird gut! Endlich hat er das Licht am Ende des Tunnels gesehen! Hat begriffen, dass sie dem Elend nur dann ein Stückchen Glück werden entreißen können, wenn sie zusammenbleiben und sich nicht darum scheren, was der Rest der Welt von ihnen denkt! Der Moment ist gekommen, sich in seine Arme zu werfen, seine Hände auf ihren gerundeten Bauch zu legen und ihm zu sagen, dass die Unsterblichkeit des Namens Rackham – seine eigene Unsterblichkeit – gesichert ist. *Du glaubst, es gibt nur uns beide hier im Zimmer*, könnte sie sagen. *Aber wir sind zu dritt!*

Die Worte wollen aus ihr heraus, liegen ihr auf der Zunge, und sie sucht im dunklen Schatten seiner Braue nach seinen Augen, sieht jedoch nur ein flüchtiges Glitzern. Dann dringen ihr seine letzten Worte in den langsam erwachenden Verstand.

»Morgen Nachmittag …«, sagt sie. »Du meinst … heute?«

»Ja.«

Sie blinzelt. Es fühlt sich an, als wären Staubkörner unter ihren Lidern. »Könnten wir das nicht auf einen anderen Tag verschieben?«, schlägt sie vor, ganz leise, um ihrer Stimme ein sanftes Timbre zu verleihen. »Du brauchst Ruhe, meinst du nicht auch, nach deinem … nun, nach dieser Nacht.«

»Ja«, räumt er ein, »aber der Besuch wurde b-bereits vor ei-ei-einiger Zeit a-arrangiert.«

Sugar blinzelt noch immer und bemüht sich, ihm zu folgen. »Aber hast nicht *du* zu entscheiden …«

»Es k-k-kommt noch jemand mit. J-J-Jemand, d-d-dem ich nicht absagen möchte.«

»Ach.«

»Ja.« Er bringt es nicht fertig, ihr in die Augen zu sehen.

»Ich verstehe.«

»Das … das hatte ich gehofft.«

Er streckt die Hand aus, um sie zu berühren. Der Geruch von Alkohol dringt noch immer aus seinen Poren, entsteigt in einem Schwall seiner Achselhöhle, als er sich über das Bett beugt, um ihr eine Hand auf die Schulter zu legen. Seine kurzen Finger riechen nach Sperma und dem Parfüm der Straßenhuren.

»Ich h-h-habe dir nicht o-oft genug gesagt«, sagt er mit heiserer Stimme, »w-w-was für ein Schatz du bist.«

Sie seufzt, drückt kurz seine Hand und lässt sie los, bevor er die Möglichkeit hat, seine Finger um ihre zu legen.

»Dann sollten wir jetzt wohl besser schlafen«, sagt sie, wendet ihr Gesicht ab und drückt die Wange ins Kissen. »Wie du schon sagtest, sind meine Augen rot und hässlich.«

Sie liegt reglos da, täuscht unüberwindliche Erschöpfung vor und starrt auf seinen Schatten an der Wand. Sie sieht die riesigen schwarzen Konturen seiner Hand, die über ihr schwebt und zitternd den Impuls unterdrückt, allen Zorn aus ihrem Körper zu streicheln. Die stickige Luft in ihrer kleinen Schlafkammer, bereits schwer von verbranntem Papier, verbranntem Buchbindergarn und dem Gestank des Betrugs, wird unter dem Druck seines Verlangens, sich mit ihr zu versöhnen, schier unerträglich. Wenn sie sich nur dazu aufraffen könnte, sich für eine Sekunde aufzusetzen, ihm das Haar zu zausen und ihm einen Kuss auf die Stirn zu drücken, wäre die Sache wahrscheinlich gelöst. Doch sie presst die Wange tiefer ins Kissen und ballt die Faust darunter.

»Gute Nacht«, sagt William und steht auf. Sie antwortet nicht. Er nimmt die Lampe, trägt das Licht aus dem Zimmer und schließt vorsichtig die Tür hinter sich.

Am nächsten Tag spaziert Sophie kurz nach dem Mittagessen gestiefelt und gespornt aus dem Unterrichtszimmer, um ihren Vater und Miss Sugar in die Fabrik zu begleiten, wo Seife gemacht wird. Ihr Gesicht ist heute Morgen mit just dieser Seife gewaschen worden, und zwar von Rose (denn Miss Sugar ist zurzeit ein ganz klein bisschen zu behindert, um irgendjemanden zu waschen und anzuziehen). Rose hat eine andere Art, Sophie die Haare zu kämmen und festzustecken, und als Miss Sugar sie sieht, scheint sie am liebsten die Spangen wieder herausnehmen und von vorn anfangen zu wollen. Aber das geht nicht, denn Rose guckt zu und Vater wartet und Miss Sugar kämpft mit ihrer Krücke und tut so, als bräuchte sie die eigentlich gar nicht, nehme sie nur mit für den Fall, dass sie müde wird.

Sophie hat in letzter Zeit viel über Miss Sugar nachgedacht. Sie ist zu dem Schluss gekommen, dass Miss Sugar neben ihren Pflichten als Gouvernante und als Vaters Sekretärin noch ein anderes Leben haben muss und dass dieses Leben reichlich kompliziert und unglücklich ist. Diese Erkenntnis kam ihr ganz plötzlich, vor ein paar Tagen, als sie durch den Türspalt aus ihrem Unterrichtszimmer spähte und sah, wie ihre Gouvernante von ihrem Vater und Rose die Treppe heraufgetragen wurde. Einmal, vor langer Zeit, als Sophie den Befehl der Kinderfrau missachtete und aus ihrer Zimmertür spähte, sah sie, wie Mama die gleiche Treppe heraufgetragen wurde und dabei eine bemerkenswerte Ähnlichkeit mit Miss Sugar aufwies: ganz undamenhaft, mit zerknitterten Röcken, schlaffen Gliedern und Augen, von denen nur das Weiße sichtbar war. Sophie entschied, dass es zwei Miss Sugars geben müsse: die gestrenge Hüterin allen Wissens und das übergroße Kind, das Kummer hat.

Als der Moment gekommen ist, die Treppe hinabzusteigen, versucht Miss Sugar zwei oder sogar drei Stufen mit der Krücke zu bewältigen, dann reicht sie sie an Sophie weiter und stützt sich für den Rest des Weges am Geländer ab. Ihr Gesicht ist ausdruckslos bis auf ein halbes oder vielleicht ein viertel Lächeln (Sophie hat gerade mit dem Bruchrechnen begonnen), und sie kommt ohne sichtbare Anstrengung unten an, nur auf ihrer Stirn perlt der Schweiß.

»Nein, es geht mir gut«, sagt sie zu ihrem Vater, der sie von oben bis unten mustert. Er nickt und lässt sich von Letty in den Mantel helfen, dann marschiert er ohne einen Blick zurück aus der Tür.

Ihr Vater sitzt in der Kutsche, bevor man auch nur piep sagen kann. Sophie und Miss Sugar kommen etwas langsamer voran, die Gouvernante humpelt mit dem stets gleichen Viertellächeln auf dem sich rötenden Gesicht über die Auffahrt. Cheesman starrt sie an, den riesigen Kopf auf die Seite gelegt, die Hände in den Manteltaschen. Sein Blick trifft den von Miss Sugar, und Sophie begreift auf der Stelle, dass Miss Sugar den Mann nicht ausstehen kann.

»Hallo, Miss Sophie«, sagt Cheesman, als sie auf Armeslänge herangekommen ist. Er packt sie, hebt sie mit einem einzigen Schwung seiner starken Arme hoch und hievt sie durch die Kutschentür auf ihren Sitz.

»Wenn Sie erlauben, Miss Sugar«, sagt er grinsend, als wollte er auch sie durch die Luft schwingen, doch er streckt nur eine Hand aus, um ihr Halt zu geben, während sie in die Kutsche klettert. Sie ist fast im Innern, als sie nach hinten zu kippen droht – und schon liegen Cheesmans Pranken auf ihrer Taille, um sodann unter ihrem Hinterteil zu verschwinden. Miss Sugars Rosshaarturnüre gibt ein raschelndes Geräusch von sich, als der Kutscher sie nach oben schiebt.

»Vorsichtig, Cheesman«, zischt Sugar, als sie sich am Polster der Kutsche festhalten kann und sich hochzieht.

»Aber immer doch, Miss Sugar«, gibt er zurück und verbeugt sich, so dass sein hochgeschlagener Mantelkragen sein Grinsen verdeckt.

Im Nu sind sie unterwegs, mit klirrendem Pferdegeschirr, und die Kutsche wird hin und her geschüttelt. Bis nach Lambeth werden sie fahren! Miss Sugar hat ihr den Ort auf einer Karte gezeigt (zugegeben, keiner besonders guten und übersichtlichen Karte; anscheinend interessiert die Schulbuchmacher das alte Mesopotamien zur Zeit des Assurbanipal mehr als das heutige London). Wie auch immer, Lambeth liegt auf der *anderen* Seite der Themse, dort, wo es das Rackhamsche Haus nicht gibt, und auch nicht die Kirche und den Park und den Brunnen und Mister Scofield & Tophies Photogeschäft und Lockhearts Kakao-Stube, wo sie den

Kuchen gegessen hat, von dem ihr schlecht geworden ist, und den ganzen Rest der bekannten Welt.

»Du siehst heute sehr hübsch aus, Sophie«, sagt ihr Vater. Vor Freude läuft sie rot an, auch wenn Miss Sugar die Stirn in Falten legt und auf ihre Schuhe guckt. Ein Schuh ist ganz eng und verformt von dem verletzten Fuß, der darinsteckt. Das Leder spannt und glänzt wie ein Schinken. Miss Sugar braucht dringend neue Schuhe, wenigstens einen neuen Schuh. Auch Sophie braucht neue Schuhe; ihre Füße sind ziemlich gequetscht, auch wenn sie nicht die Treppe runtergefallen ist oder sonst was: Sie ist nur gewachsen, das liegt am Alter. Wäre es nicht praktisch, wenn Miss Sugar nach dem Besuch in Papas Seifenfabrik einen Abstecher zu einem Schuhgeschäft vorschlagen würde? Wenn nicht viel Zeit ist, wäre das doch vernünftiger, als wieder in so eine Kakao-Stube zu gehen, schließlich ist Essen, schwupp!, weg, kaum dass man es runtergeschluckt hat, während ein Paar gut sitzende Schuhe ein bleibender Segen für die Füße ist.

»Und wenn du meine Fabrik gesehen hast, gehen wir zu Lockhearts Kakao-Stube«, sagt Vater und nickt Sophie mit übertrieben weit aufgerissenen Augen zu. »Das gefällt dir doch, oder?«

»Ja, Papa«, sagt Sophie artig. Allein von ihm angesprochen zu werden ist ein Privileg, das jede Enttäuschung wettmacht.

»Ich habe dem Idioten Paltock gesagt, dass er sich die Sache bis zum einunddreißigsten dieses Monats überlegen soll«, fährt er fort. »Es war höchste Zeit, meinst du nicht?«

Sophie grübelt einen Moment nach, bis sie begreift, dass ihre Rolle in der Konversation beendet ist.

Miss Sugar atmet tief ein und schaut aus dem Fenster.

»Ich bin sicher, Sie wissen am Besten, was zu tun ist«, sagt sie.

»Wenn ich ›dem Idioten‹ sage, habe ich ihn im Brief nicht so genannt, versteht sich.«

»Nein, das bleibt zu hoffen.« Sugar hält inne und schabt mit den Zähnen kleine Stückchen trockener Haut von ihren Lippen. Dann: »Er wird sein Vertrauen ohne den leisesten Skrupel auf Ihre Mitbewerber übertragen, ganz sicher, und das zu einer Zeit, zu der es Ihnen ganz besonders ungelegen kommt.«

»Umso wichtiger, ihm bereits jetzt, vor der Saison, einen Rüffel zu erteilen.«

Sophie dreht den Kopf zum Fenster. Sollte ihr Vater noch einmal das Bedürfnis verspüren, mit ihr zu sprechen, wird er sie das bestimmt wissen lassen.

Die Reise durch die Stadt ist herrlich aufregend. Abgesehen von Kensington Gardens und Hyde Park, deren Bäume sie im Vorüberfahren erkennt, und dem großen Marmorbogen ist alles neu für sie. Cheesman hat die Anweisung bekommen, dafür zu sorgen, »dass wir nicht im Verkehr stecken bleiben«, und so lenkt er die Kutsche durch alle möglichen unbekannten Straßen und kehrt nur, wenn es unvermeidlich ist, auf die Oxford Street zurück. An dem so genannten Circus, wo Sophie bei ihrer ersten Ausfahrt enttäuscht feststellen musste, dass dort weder Löwen noch Elefanten zu sehen waren, biegt er nicht nach rechts ab, in Richtung des hell erleuchteten Treibens, sondern fährt weiter geradeaus.

Bald sehen die Gebäude und die Geschäfte gar nicht mehr prächtig und fröhlich aus – sie sind schäbig und heruntergekommen, genau wie die Leute auf dem Trottoir. Alle Männer haben eine seltsame Ähnlichkeit mit Mr Woburn, dem Scherenschleifer, der gelegentlich das Haus der Rackhams aufsucht, und alle Frauen sehen ein bisschen aus wie Letty, nur weniger sauber und ordentlich, und niemand singt oder schreit oder pfeift oder ruft, dass er irgendetwas für einen halben Penny zu verkaufen hat, obwohl es in Wahrheit eine halbe Krone wert ist. Die Leute bewegen sich wie müde Gespenster durch die graue Kälte, und wenn sie das Gesicht heben und einen Bick auf die vorüberfahrende Kutsche der Rackhams werfen, sind ihre Augen schwarz wie Kohlen.

Das Pflaster unter den Rädern der Kutsche wird immer holperiger und die Straßen immer enger. Die Häuser sind jetzt in einem beängstigenden Zustand, halb zusammengestürzt, fallen sie beinah auseinander, und dazwischen sind lange, in der Mitte durchhängende Leinen mit Unterwäsche und Betttüchern gespannt, für alle Welt sichtbar, als schäme sich hier kein Mensch dafür, ins Bett zu machen. Es liegt ein ganz schrecklicher Geruch in der Luft, wie von dem Zeug, das Shears benutzt, um das Wachstum der Pflanzen anzuregen oder sie abzutöten, und die Frauen und Kinder haben kaum Kleider am Leib.

Als sie durch die bislang schlimmste Straße rattern, bemerkt Sophie ein kleines Mädchen, das barfuß neben einem großen Eiseneimer steht. Das Kind trägt eine Bluse ohne Knöpfe, die so lang ist, dass der ausgefranste Saum die Fußknöchel berührt, und stupst gelangweilt mit einem Stock gegen den Eimer. Und obwohl das Mädchen sich auf diesen ersten Blick so sehr von Sophie unterscheidet wie die Trolle in Onkel Henrys Märchenbuch, weisen ihre Gesichter – das Gesicht des Mädchens und das von Sophie – doch eine derart verblüffende Ähnlichkeit auf, dass Sophie gebannt den Kopf aus dem Kutschfenster streckt und das Mädchen anstarrt.

Sobald es merkt, dass es Gegenstand lästiger Gafferei ist, steckt das Gassenkind seine Hand in den Eimer und schleudert unverzüglich ein kleines Wurfgeschoss Richtung Kutsche. Sophie zieht den Kopf nicht schnell genug zurück; sie kann nicht recht glauben, dass das dunkle Etwas, das da durch die Luft geflogen kommt, in derselben Welt existiert wie ihr Körper und die Kutsche, in der sie sitzt; vielmehr ist sie entzückt vom Ausdruck trotziger Gehässigkeit im Gesicht ihrer Zwillingsschwester ... aber nur für einen winzigen Moment. Dann trifft das Geschoss sie genau zwischen den Augen.

»Was zum Teufel ...!«, ruft William, als seine Tochter rücklings auf den Kutschboden fällt.

»Sophie!«, schreit Sugar und wird heftig nach vorn geschleudert, als Cheesman die Kutsche zum Stehen bringt. Sie zieht das Kind in ihre Arme und ist erleichtert, nur Bestürzung auf seinem Gesicht zu sehen, kein Blut. Gott sei Dank ist nichts Schlimmes passiert: ein matschbrauner Fleck prangt auf Sophies Stirn, und bei ihrem Rudern um Gleichgewicht hat sie (mit dem unvermeidlichen Pech, das derlei kleine Missgeschicke begleitet) den Hundekot zwischen ihrer Hand und der linken Schuhspitze ihres Vaters zerquetscht.

Instinktiv greift Sugar nach dem nächstbesten Stück Stoff – dem bestickten Lehnenschoner vom Sitz neben William – und reibt Sophies Gesicht damit ab.

»Hast du denn kein Taschentuch!«, bellt William aufgebracht. Die Fäuste geballt, die Brust vor Zorn bebend, reckt er sein wütendes Gesicht aus dem Fenster, aber das Gossenmädchen hat sich schon längst wie eine Ratte davongemacht. Dann bemerkt er, dass an Sophies Hand noch immer Hundekot klebt, und drückt sich schnell gegen die Kutschwand, um nicht noch mehr beschmiert zu werden.

»Hör auf, so um dich zu schlagen, du dummes Gör!«, schreit er. »Sugar, zieh ihr den Handschuh aus! Herr im Himmel, siehst du denn nicht …!« Frau und Kind, von seiner Wut eingeschüchtert, sind eifrig bemüht, seinem Befehl nachzukommen. »Was hast du dir nur dabei gedacht«, schilt er Sophie, »den Kopf aus der Kutsche zu strecken wie ein Kretin? Dir hat man wohl den Verstand geklaut!«

Er zittert, und Sugar weiß, dass sein Ausbruch zu einem Gutteil mit seiner Erschöpfung zu tun hat; seine Nerven haben sich noch immer nicht von der Prügelei erholt. Sie säubert Sophie, so gut es geht, während William aus der Kutsche springt und sich mit Hilfe eines Lappens, den Cheesman ihm schnell gereicht hat, den Schuh reinigt.

»Ein Schluck Bier is hier die beste Medizin, Sir«, zwitschert der Kutscher. »Ich hab immer 'n bisschen was zur Hand für solche Zwecke.«

Solange die Männer beschäftigt sind, nimmt Sugar Sophies Gesicht unter die Lupe. Die Kleine schluchzt beinah lautlos, ihr Atem geht flach und schnell, doch es fließen keine Tränen, und nicht einmal die Andeutung einer Klage kommt über ihre Lippen.

»Bist du verletzt, Sophie?«, flüstert Sugar, leckt sich über den Daumen und reibt einen letzten winzigen Fleck von Sophies blasser Haut.

Sophie reckt das Kinn vor und blinzelt mehrmals hintereinander.

»Nein, Miss.«

Den Rest der Reise sitzt Sophie versteinert da wie eine Wachsfigur oder ein Postpaket und reagiert nur auf das Rumpeln der Kutschräder. Als sein Wutanfall vorüber ist, wird William bewusst, was er angerichtet hat, und mit Sätzen wie – »D-D-Das ist ja g-grade noch mal g-gut gegangen, nicht w-w-wahr, Sophie?« und »W-Wir werden d-d-dir neue H-Handschuhe kaufen müssen, w-was meinst du?« –, allesamt geäußert in einem aufgesetzt-fröhlichen Tonfall, der ebenso erbärmlich wie ärgerlich ist, versucht er seine Zerknirschung zum Ausdruck zu bringen.

»Ja, Papa«, sagt Sophie brav, wie um ihre gute Kinderstube zu beweisen, aber mehr auch nicht. Ihr Blick ist leer, oder vielmehr auf einen Teil des Universums gerichtet, das sich grobschlächtigen Kreaturen wie William Rackham nicht offenbart. Noch nie war ihre Ähnlichkeit mit Agnes so augenfällig wie in diesem Moment.

»Guck mal, Sophie!«, sagt William. »Gleich fahren wir über die Waterloo Bridge!«

Gehorsam schaut Sophie nach draußen, den Kopf in sicherem Abstand vom Fenster. Nach ein oder zwei Minuten jedoch entfaltet – zu Williams spürbarer Erleichterung – die Magie des breiten, tief unter ihnen dahinströmenden Flusses ihre Wirkung, und Sophie lehnt sich, einen Ellbogen auf der Fensterbank, vor.

»Na, was siehst du, hm?«, fragt William mit lächerlich übertriebener Neugier. »Lastkähne, hab ich Recht?«

»Ja, Papa«, sagt Sophie und starrt auf die weite, fließende, graugrüne Fläche hinunter. Sie hat kaum etwas gemein mit dem sauberen blauen Band, das Miss Sugar ihr am Morgen auf der Karte gezeigt hat, aber wenn die Brücke, die sie gerade überqueren, die Waterloo Bridge ist, dann müssen sie ganz in der Nähe der Waterloo Station sein, wo ihre Mama sich auf der Suche nach der Musikschule verlaufen hat. Sophie schaut tief hinunter aufs Wasser und fragt sich, wo genau die Stelle ist, an der ihre Mutter in den Wellen versunken ist und mehr Wasser geschluckt hat, als ein lebender Körper aufzunehmen vermag.

Vor dem Eisentor der Rackhamschen Seifenfabrik in Lambeth wartet eine Kutsche, vor die zwei geruhsame graue Pferde gespannt sind. In dieser Kutsche, sieh an: Lady Bridgelow. Wie behaglich sie sich in dem polierten Gefährt eingerichtet hat! Gleich einer aquamarinblauen Perle in einer vierrädrigen Muschel zieht sie, noch bevor sie ausgestiegen ist, alle Blicke auf sich.

»Gott, dieser Qualm …«, sagt William, als er seiner Kutsche

entsteigt und bedauernd zum Himmel blickt, der von den trüben Ausstößen von Doulton & Co, Stiff & Söhne und zahlreichen weiteren Töpfereien, Glasereien, Brauereien und Seifenfabriken in der Nachbarschaft verdunkelt ist. Schuldbewusst sieht er prüfend zu seinen eigenen Schornsteinen hinauf und stellt beruhigt fest, dass der Rauch, der aus ihnen aufsteigt, fein und sauber ist.

»O William, da sind Sie ja!« Ein leichtes Zucken fährt durch den blassen Seestern ihrer schweinsledernen Finger.

William bedeutet dem Pförtner, die Tore weit zu öffnen, und geht dann unter Vorbringung umständlicher Entschuldigungen für alle Unannehmlichkeiten, die er ihr bereitet haben mag, auf Lady Bridgelow zu, woraufhin diese beteuert, es sei ganz allein ihr Fehler gewesen, vor der vereinbarten Zeit einzutreffen.

»Ich habe mich ja so sehr auf diesen Besuch gefreut«, trällert sie und lässt sich von ihm auf das Trottoir helfen.

»Das kann ich kaum glauben«, sagt William und deutet mit vager Geste auf die utilitaristische Hässlichkeit der unmittelbaren Umgebung seiner Fabrik, die so vollkommen anders ist als die prächtigen Lustgärten, die er für Lady Bridgelows natürlichen Lebensraum hält.

»Ach, Sie zweifeln also an meinen Worten!«, neckt sie ihn und spielt die Beleidigte, indem sie eine matte, winzig kleine Hand auf ihre satinblaue Brust legt. »Nein wirklich, William, Sie müssen mich nicht für rückständig halten. Ich habe nicht vor, den Rest meiner Tage damit zu verbringen, Dingen nachzutrauern, die bald der Geschichte angehören. Im Ernst, können Sie sich vorstellen, dass ich einer Horde vertrottelter alter Adliger durch Wald und Wiesen folge, während sie Fasane schießen und das Übel der Reformgesetze beklagen? Das wäre ja schlimmer als der Tod!«

»Nun«, sagt William und vollführt eine übertriebene Verbeugung, »wenn ich Sie vor diesem Schicksal bewahren kann, indem ich Ihnen meine bescheidene Fabrik zeige …«

»Nichts wäre mir eine größere Freude!«

Und damit schreiten sie durchs Tor.

(Und was ist mit Sugar, fragst du dich? Ja natürlich, sie geht ebenfalls durchs Tor, humpelnd und auf Krücken, Sophie dicht an ihrer Seite. Merkwürdig, dass Lady Bridgelow, ihrer spielerisch zur Schau gestellten Ablehnung des adligen Snobismus zum Trotz, die Existenz der Gouvernante nicht einmal zur Kenntnis genommen zu haben scheint – aber vielleicht verbieten es ihr ja auch ihre angeborene Würde und der Takt, das Elend einer körperlichen Behinderung wahrzunehmen. Ja, das muss es wohl sein: Sie möchte die unglückliche Gouvernante sicher nicht auch noch mit der Frage beschämen, wie es zu dem unschönen Hinken gekommen ist.)

Sugar sieht fassungslos zu, wie William und Lady Bridgelow sich Seite an Seite einen Weg durch die Menge der Speichellecker und Arschkriecher bahnen, die zurückweichen, um ihnen Platz zu machen. Hingegen drängen just dieselben Angestellten sofort wieder vor, als Mr Rackham und die feine Dame vorüber sind, so, als habe man sie angewiesen, alle Eindringlinge, die sich womöglich heimlich in deren Gefolge einreihen wollen, vom Gelände zu vertreiben. Sugar versucht so gut sie kann, aufrecht und erhobenen Hauptes das Tor zu passieren und sich dabei möglichst wenig auf die Krücke zu stützen, aber zu allem Überfluss wird sie jetzt auch noch von einer schmerzhaften Verdauungsstörung geplagt und muss sich beherrschen, nicht wimmernd eine Hand vor den Bauch zu halten.

Die Gruppe betritt nun das grell erleuchtete Innere der Fabrik, die vollkommen anders ist, als Sugar erwartet hatte. Sie hatte sich ein riesiges Gebäude vorgestellt, das in seinen gewaltigen Ausmaßen einem Bahnhof oder einer Kirche gleicht, voller monströs brummender und glänzender Maschinen. Sie hatte sich ausgemalt, dass der Herstellungsprozess unsichtbar bliebe und im Innern von Röhren und Tanks erfolgte, die einander mit Flüssigkeit speisen, während zwergenhafte menschliche Gestalten die beweglichen Teile ölen. Doch die Rackhamsche Seifenfabrik hat mit ihrer Vision nichts gemein; sie ist eine eher heimelige Angelegenheit, mit Decken, die so niedrig sind wie die einer Taverne, und stellt so viel poliertes Holz zur Schau, dass sie es fast mit dem Fireside aufnehmen könnte.

Klein gewachsene Mädchen mit verkniffenen Gesichtern und roten Händen arbeiten – gleich dutzendweise, wie konfektionierte Repliken von Janey, der Scheuermagd – in einer Luft, die schwer ist von den vermischten Aromen von Lavendel, Nelke, Rose und

Mandel. Sie tragen bäuerliche Holzpantinen mit aufgerauten Sohlen, denn der Steinfußboden ist mit einer wächsernen, transparenten Seifenschicht überzogen.

»Achtung, Rutschgefahr!«, sagt William, als er die Besucher in sein duftendes Reich führt. Im Schein der hellen Lampen ist sein Gesicht kaum wiederzuerkennen; seine Haut wirkt golden, die Lippen silbern, während er in die Rolle des Zeremonienmeisters schlüpft. Seine Scheu ist vergessen, das Stottern verschwunden, er zeigt hierhin, zeigt dorthin und ergeht sich in Erklärungen.

»Was Sie hier sehen, ist natürlich keine Seifenfabrikation im engeren Sinne – das ist ein schmutziges Unterfangen, eines Parfümeurs nicht würdig. Der korrekte Begriff für unser sehr viel duftenderes Verfahren ist Schmelze.« Er spricht das Wort mit übertriebener Deutlichkeit aus, als erwarte er, dass seine Gäste es auf einem Schreibblock mitnotieren. Lady Bridgelow legt mit höflichem Staunen den Kopf zur Seite, Sophie blickt von ihrem Papa zu Lady Bridgelow und wieder zurück zu ihrem Papa, verwirrt von den geheimnisvollen Schwingungen, die die Luft zwischen den beiden erfüllen.

Die Seifenstücke, von denen Sugar angenommen hatte, sie würden am Ende einer komplizierten Maschine fix und fertig geformt von einer Rutsche oder aus einer Tülle purzeln, existieren hier nur in Form von gelatineartigem Brei, der glänzend in hölzernen Formen ruht. Über der aromatischen, gallertartigen Masse hängen Drahtgestelle, die sie wie mit einer Guillotine in rechteckige Stücke schneiden, sobald sie fest wird. Jede Form enthält einen andersfarbigen Brei mit einem anderen Geruch.

»Das gelbe hier ist – beziehungsweise wird – Rackhams Honeysuckle, mit Geißblatt«, verkündet William. »Eine Seife, die gegen Juckreiz hilft, die Nachfrage danach hat sich im letzten Jahr verfünffacht.« Er taucht den Finger in die glänzende Paste und zeigt, dass sie aus zwei unterschiedlichen Schichten besteht. »Der Rahm, der sich hier abgesetzt hat, wird abgeschöpft. Es ist reines Alkali; zur Zeit meines Vaters durfte man es noch in der Seife belassen, doch hat es bei empfindlicher Haut oft Reizungen ausgelöst.«

Er geht weiter, zu einer anderen Form, deren süßlich riechender Inhalt von bläulicher Farbe ist.

»Und das hier wird Rackhams Puressence, eine Mischung aus

Salbei, Lavendel und Sandelholzöl. Und hier« (er geht wieder ein Stück weiter) »haben wir Rackhams Jeunesse Eternelle. Die grüne Farbe entsteht durch die Beigabe von Gurken; Zitrone und Kamille dienen als Adstringens, sie sorgen dafür, dass die Gesichtshaut wieder glatt wird.«

Als Nächstes führt er sie in die Trockenkammer, wo Hunderte von Seifenblöcken auf Unterlagen aus Metall und Eichenholz ruhen.

»Hier liegen sie volle einundzwanzig Tage und nicht einen Tag weniger!«, verkündet Rackham, als hätten böse Zungen Gegenteiliges behauptet.

Im Packraum sitzen zwanzig Mädchen in lavendelfarbenen Kitteln um einen massiven Tisch, zehn auf jeder Seite, beaufsichtigt von einem wolfsähnlichen Kerl, der, die rot behaarten Hände in den Taschen vergraben, langsam um sie herumschleicht. Die Mädchen beugen sich wie im Verband über die Tischplatte; fast stoßen sie mit den Köpfen zusammen, während sie die Seifen in Wachspapier einwickeln. Jedes Päckchen zeigt das gutmütige Gesicht von William Rackham und enthält außerdem einen winzig kleinen Text, den Sugar eines späten Abends im Mai verfasst hat, als William und sie Seite an Seite im Bett saßen.

»Guten Morgen, Mädchen!«, ruft William, und sie antworten im Chor: »Guten Morgen, Mr Rackham.«

»Oft singen sie bei der Arbeit«, teilt William Lady Bridgelow und den anderen Besuchern mit einem Zwinkern mit. »Aber sie genieren sich ein wenig vor uns.«

Er stellt sich an den Tisch und lächelt den Lavendelmädchen aufmunternd zu. »Lasst uns doch ein Liedchen hören, Mädels. Meine kleine Tochter ist auf Besuch hier, und außerdem eine ganz feine Dame. Nur keine falsche Scham; wir gehen jetzt in die Versandhalle hinüber und werden euch nicht weiter stören, aber wenn wir eure süßen Stimmen hören könnten, das wäre wirklich famos.« Dann flüstert er ihnen in verschwörerischem Ton zu: »Gebt heute euer Bestes für mich«, und rollt die Augen bedeutungsvoll in Sophies Richtung, um an die kollektiven Muttergefühle der Mädchen zu appellieren.

Und weiter geht's in eine große Halle im hinteren Teil der Fabrik, wo sehnige Männer in Hemdsärmeln wackelige Stapel fertiger Seife in dünne Holzkisten verpacken. Und tatsächlich, kaum haben Lady Bridgelow, Sugar und Sophie die Schwelle überschritten, ertönt aus dem Raum, den sie soeben verlassen haben, ein melodiöser Gesang: erst eine schüchterne Stimme, dann drei, dann ein Dutzend.

»Lavendel ist blau, diddel diddel,
Rosmarin grün, diddel diddel,
Wenn ich König bin, diddel diddel,
Bist du Königin …«

»Und hier«, sagt William und deutet auf zwei riesige Tore, die durch einen Spalt ein Stück von der Welt draußen freigeben, »hier hört die Fabrik auf, und der Rest der Geschichte beginnt.«

Sugar, die mit der dreifachen Herausforderung zu kämpfen hat, so unauffällig wie möglich zu humpeln, ein Stöhnen zu unterdrücken, obwohl ihr Leibschneiden immer schlimmer wird, und der Versuchung zu widerstehen, Lady Bridgelow in ihr einfältiges Gesicht zu schlagen, fühlt ein vorsichtiges Zupfen an ihren Röcken.

»Ja, Sophie, was ist?«, flüstert sie und beugt sich mühsam vor, damit die Kleine ihr ins Ohr flüstern kann.

»Ich muss Pipi, Miss«, sagt das Kind.

Kannst du's nicht noch ein bisschen aushalten?, denkt Sugar, doch im selben Moment wird ihr bewusst, dass auch ihre Blase zum Bersten gefüllt ist.

»Verzeihung, Mr Rackham«, sagt sie. »Gibt es hier auf dem Gelände auch einen Raum mit … mit einer Waschmöglichkeit?«

William blinzelt ungläubig: Soll das eine hirnrissige Frage zum Thema Seifenproduktion sein oder ein ungeschickter Versuch, an ihre Leistungen auf seinen Lavendelfeldern zu erinnern, oder bittet sie vielleicht um eine offizielle Führung durch die fabrikeigenen Toiletten? Dann, Gott sei's gedankt, begreift er und gibt einem Angestellten die Anweisung, Miss Sugar und Miss Sophie den Weg zu den Toiletten zu zeigen, während Lady Bridgelow plötzlich ein überwältigendes Interesse an der Liste weit entfernter Bestimmungsorte heuchelt, die mit Kreide auf die Auslieferungstafel gemalt sind.

Seit ich hier bin, diddel diddel,
Will mir wohl scheinen,
Dass du und ich, diddel diddel,
uns einst vereinen …«

Lady Bridgelow übergeht den Fauxpas des Kindes mit der Würde einer Frau, deren Herkunft sie von den Niederungen des Körpers erlöst hat. Schnell nimmt sie ein Stück Seife in die Hand und liest den seltsamen Text auf der Verpackung.

Die Toilette der Angestellten wirkt in Sophie und Sugars Augen, viel moderner und fortschrittlicher als der Rest der Seifenfabrik. Eine Reihe identischer weißer Sockel aus Steingut, jeder mit einer an der Decke hängenden, glänzenden Metallzisterne verbunden, stellt sich zur Schau wie eine Phalanx futuristischer Maschinen, die allesamt stolz den Namen ihres Herstellers tragen. Die Sitze sind dunkelbraun und glänzend lackiert, nagelneu, scheint es, und die Adresse auf den Wasserbehältern verrät, dass Doultons Fabrik nur ein paar hundert Meter die Straße runter gelegen ist.

Die Toiletten sind so hoch, dass Sophie, nachdem sie eine mühsam erklettert hat, mit den Füßen in der Luft baumelt, mehrere Zoll über dem blassblauen Fliesenfußboden. Sugar wendet sich ab, geht ein paar Schritte weiter und betrachtet eingehend die Wandfliesen, während Sophies Pipi in die Schüssel rinnt. Der Schmerz in ihren Eingeweiden ist inzwischen so heftig, dass sie zitternd um Atem ringt; sie sehnt sich danach, sich zu entleeren, doch die Aussicht, es vor dem Kind tun zu müssen, hält sie zurück, und sie überlegt, ob sie es mit übermenschlicher Willenskraft noch weiter aufschieben kann.

In Sophies Beisein nur zu pinkeln wäre halb so wild: eine Vertraulichkeit, die den Verlust an Würde in gewissem Maß wieder ausgleichen könnte. Doch das Stechen in ihren Gedärmen ist beängstigend, und sie hat keinerlei Verlangen danach, geräuschvoll eine Duftwolke in den Raum zu entlassen, denn damit wäre das Bild von Miss Sugar als weise Hüterin allen Wissens ein für alle Mal erledigt und in Sophies Gedächtnis (und ihre Nase!) würde die bittere Wahrheit über Miss Sugar als … als krankes Geschöpf unauslöschlich eingebrannt.

Sie schlingt die Arme um sich, beißt sich auf die Lippen, um die Krämpfe zu unterdrücken, und starrt auf die Wand. Eine aufgebrachte Angestellte hat versucht, eine Botschaft in die Keramik zu kratzen:

W. R.
ist

doch die harte Oberfläche hat sich als zu widerstandsfähig erwiesen.

Plötzlich muss sie sich – es hilft alles nichts mehr – hinsetzen. Ihr Magen krampft sich in höllischer Qual zusammen, und kalter Schweiß überzieht ihre Haut; ihr Hintern, den sie mit verzweifelter Hast entblößt, indem sie sich die Röcke über den gekrümmten Rücken wirft und die Pantalettes herunterreißt, ist nass und glitschig wie ein geschälter Pfirsich. Sie lässt sich schwer auf einen Sitz fallen und beugt sich mit einem erstickten Schmerzensschrei vor, wobei ihr das Hütchen auf den gefliesten Boden fällt und das Haar sich in seinem Gefolge löst. Blut und noch etwas anderes, Heißes, Glitschiges bricht zwischen ihren Schenkeln hervor.

»O mein Gott!«, schreit sie. »Der Allmächtige steh mir bei …!«, und eine Welle der Übelkeit übermannt sie, bevor sie das Bewusstsein verliert.

Einen Moment später – doch gewiss nur einen Moment später? – erwacht sie auf dem Fußboden, auf den kalten, feuchten Fliesen, mit verschmierten Schenkeln, einem pochenden Herz, das ihren ganzen Körper zu erschüttern scheint, und einem Fußknöchel, der pulsiert, als sei er in ein Fangeisen geraten. Sie dreht den Kopf und sieht Sophie in einer Ecke kauern, das Gesicht weiß wie das Porzellan, die Augen vor Entsetzen weit aufgerissen.

»Hilf mir, Sophie!«, ruft sie, die Stimme zu einem ängstlichen Zischen verzerrt.

Das Kind springt auf wie eine Marionette, einen Ausdruck von Hilflosigkeit im Gesicht. »Ich … ich geh und hol jemanden, Miss«, stottert sie und deutet auf die Tür, hinter der all die starken Männer und dienstbaren Frauen warten, mit der die Fabrik ihres Papas so reich gesegnet ist.

»Nein! Nein! Sophie, bitte nicht!«, flüstert Sugar panisch und streckt dem Kind die Hände entgegen, weil sie sich im Gewirr ihrer Röcke verfangen hat. »Du musst es versuchen.«

Wieder blickt Sophie einen Moment Hilfe suchend zur Welt da draußen. Dann stürzt sie nach vorn, packt ihre Gouvernante bei den Handgelenken und zieht mit all ihrer Kraft.

»Nun«, sagt William, nachdem man sich verabschiedet hat und Lady Bridgelow hinausbegleitet wurde. »Wie hat dir *das* gefallen, Sophie?«

»Es war ganz erstaunlich, Papa«, entgegnet das Kind mit tonloser Stimme.

Sie sitzen in der Rackhamschen Kutsche, fast Knie an Knie, und ihre Kleider überziehen die Kabine mit dem süßen Duft von Seife, während Cheesman sie von Lambeth gen Heimat kutschiert. Der Besuch war ein voller Erfolg, zumindest für Lady Bridgelow, die William anvertraut hat, dass sie nie zuvor etwas derart alle Sinne Anregendes erlebt habe, und sie sich sehr gut vorstellen könne, wie dies einer Person von weniger robuster Gesundheit zusetzen mochte. Jetzt sitzt er hier mit Sugar, die in der Tat um die Nase reichlich grün aussieht, und Sophie, die dreinblickt, als habe sie eine Tortur hinter sich und nicht die Attraktion ihres Lebens.

William lehnt sich in seinem Sitz zurück und reibt sich voller Reue die Fingerknöchel. Dass seine Tochter aber auch so schwierig ist! Ein falsches Wort, und sie schmollt für den Rest des Tages. Es mag zwar entmutigend sein, sich das einzugestehen, aber höchst wahrscheinlich hat sie doch Agnes' nachtragende Ader geerbt.

Und Sugar, sie ist im Sitzen eingenickt – allen Ernstes eingenickt! Ihr Kopf hängt nach hinten, ihr Mund steht leicht offen, wahrlich kein angenehmer Anblick. Ihr Kleid ist zerknittert, ihr Haupt von gelösten Locken umkränzt, der Hut sitzt schief. Sugar täte gut daran, sich eine Scheibe von Lady Bridgelow abzuschneiden, die von dem Moment an, dem sie ihrer Kutsche entstieg, bis zu ihrem Winken beim Abschied makellos und quietschfidel war. Was ist Constance doch für ein außergewöhnlicher Mensch! Ein Vorbild an Würde und Haltung, und doch so voller Leben! Eine Frau, wie man sie unter Millionen nicht findet …

»Da kommt wieder Waterloo Bridge, Sophie«, sagt William und bietet seiner Tochter damit zum zweiten Mal an diesem Tag das Wunder des größten Flusses der Welt.

Sophie schaut aus dem Fenster. Wieder legt sie ihr Kinn auf die Unterarme und blickt in das turbulente Wasser hinunter, in dem selbst große Boote nicht besonders sicher aussehen.

Dann sieht sie auf und erblickt ein echtes Wunder: einen Elefanten, der durch die Lüfte gleitet, einen Elefanten, der reglos wie eine Statue dahinschwebt. *SALMONS TEE* steht auf seiner runden Flanke, und er treibt ganz langsam über die Dächer und Schornsteine auf die Teile der Stadt zu, in denen all die Menschen sind!

»Was meinst du, Sophie?«, fragt William und blinzelt zu dem Ballon hinauf. »Sollte Rackham sich auch so einen zulegen?«

Am Abend macht sich William über die aufgelaufene Korrespondenz des Tages her, während der Rest des Haushalts bemüht ist, sich so normal wie möglich zu verhalten.

Wenige Türen vom Arbeitszimmer entfernt hat Sugar mit der ihr zu Gebote stehenden Würde Roses Angebot abgelehnt, Sophie zu Bett zu bringen. Vielmehr hat sie darum gebeten, man möge ihr eine Wanne mit heißem Wasser ins Schlafzimmer bringen, eine Bitte, die Rose sofort einleuchtet, denn Miss Sugar sieht aus wie rückwärts durch eine Hecke gezogen.

Es war ein langer, langer, langer Tag. Mein Gott, wie kann ein Mann so blind sein für die Bedürfnisse anderer? Auf grausame Weise gleichgültig gegen Sugars und Sophies dringenden Wunsch, nach Hause zurückzukehren, hat William den Ausflug ins Unerträgliche ausgedehnt. Zuerst: Mittagessen in einem Restaurant an der Strand, wo Sugar in der sauerstoffarmen Hitze beinahe ohnmächtig geworden wäre; er zwang sie, halbgare Lammkoteletts zu essen, die William von früher her kannte und als göttlich anpries. Dann: ein Abstecher zu einem Handschuhmacher; danach ein Abstecher zu einem weiteren Handschuhmacher, da beim ersten kein Ziegenleder auf Lager war, das für Sophie weich genug gewesen wäre; danach ein Abstecher zu einem Schuhmacher, wo William endlich mit einem Lächeln seiner Tochter belohnt wurde, als sie in ihren neuen Stiefeln aufstand und drei

Schritte bis zum Spiegel machte. Hätte er es nur dabei belassen! Aber nein, von ihrem Lächeln ermutigt, nahm er sie noch mit zu Berry & Rudd, den Weinhändlern auf der James Street, um sie auf deren großer Waage wiegen zu lassen. »Sechs Generationen zweier königlicher Familien, der englischen und der französischen, sind auf diesen Waagen gewogen worden, Sophie!«, erzählte er ihr, während die Eigentümer sich im Hintergrund über sie lustig machten. »Nur ganz bedeutende Personen dürfen da drauf!« Und als letztes Vergnügen der versprochene Höhepunkt des Nachmittags: ein Besuch in Lockharts Kakao-Stube.

»Was für ein fröhliches Dreiergespann wir heute doch sind!«, lobte er, für einen Moment das perfekte Abbild seines an Weihnachten vom Gas der Bonhomie gefährlich aufgeblasenen Vaters. Und während Sophie mit dem ernsten Studium der Dessertkarte in der Größe ihres Oberkörpers befasst war, beugte er sich vor und flüsterte dicht an Sugars Ohr: »Glaubst du, sie ist jetzt glücklich?«

»Sehr glücklich, da bin ich sicher«, antwortete Sugar. Und erst als sie sich vorbeugte, wurde ihr mit einem stechenden Schmerz bewusst, dass ihr Schamhaar in dem getrockneten Blut an ihren Pantalettes festklebte. »Aber ich glaube, sie hatte genug.«

»Genug wovon?«

»Genug Abenteuer für einen Tag.«

Doch selbst nach der Rückkehr ins Rackhamsche Haus war die Tortur noch nicht vorüber. In einer virtuellen Wiederkehr der Geschehnisse nach ihrem ersten Besuch in der Stadt einige Wochen zuvor wurde Sophie von heftiger Übelkeit gepackt, erbrach die gleiche Mischung aus Kakao, Kuchen und unverdautem Abendessen, und dann, zu guter Letzt, gab es die unvermeidlichen Tränen.

»Sind Sie sicher, Miss Sugar«, sagte Rose zur Schlafenszeit und blieb zögernd in der Tür zu Miss Rackhams Zimmer stehen, »dass Sie nicht doch meine Hilfe brauchen?«

»Nein, vielen Dank, Rose«, sagte sie.

Woraufhin Sophie und Sugar – endlich: sieben Stunden und vierzig Minuten nach Sugars Sturz von einer blutbespritzten Toilettenschüssel auf den Boden des Waschraums der Rackhamschen Seifenfabrik – zu Bett gehen dürfen.

Sugar schafft es nicht, mehr zu tun, als Sophie ihr Nachthemd zu reichen; sie lehnt sich schwer gegen das Bett, während die Kleine sich auszieht und hineinklettert.

»Ich bin dir sehr dankbar, Sophie«, sagt Sugar mit heiserer Stimme. »Du bist meine kleine Retterin.« Kaum sind die Worte ausgesprochen, verachtet sie sich selbst dafür, den Mut des Mädchens derart heruntergespielt zu haben. Dies ist genau die Sorte herablassender Bemerkungen, die William von sich gibt, wenn er Sophie wie ein cleveres kleines Hündchen behandelt, das ein amüsantes Kunststück vollführt hat.

Sophie legt den Kopf aufs Kissen. Ihre Wangen sind gefleckt vor Erschöpfung, die Nase knallrot. Sie hat noch nicht einmal ihr Nachtgebet gesprochen. Ihre Lippen zucken, sie will eine Frage stellen.

»Was ist ein Kretin, Miss?«

Sugar streichelt Sophie übers Haar, streicht es ihr aus der heißen Stirn.

»Das ist ein sehr dummer Mensch«, antwortet sie, und auch ihr brennen so einige Fragen auf der Zunge – *Hast du ins Klosett geschaut, bevor du den Abzug betätigt hast? Und was hast du dort gesehen?* –, doch es gelingt ihr, sie für sich zu behalten. »Dein Vater hat das nicht so gemeint«, sagt sie. »Er war wütend. Und es ging ihm nicht gut.«

Sophie schließt die Augen. Sie will nichts mehr hören von Erwachsenen, denen es nicht gut geht. Es ist allerhöchste Zeit, dass das Universum wieder in normale Bahnen gerät.

»Du musst dir keine Sorgen machen, meine Kleine«, sagt Sugar und blinzelt die Tränen aus den Augen. »Alles wird gut.«

Sophie dreht den Kopf zur Seite und drückt die Wange tief ins Kissen.

»Sie werden nicht wieder hinfallen, oder, Miss Sugar?«, fragt sie in einem seltsamen Ton zwischen Missmut und Sentimentaliät.

»Ich werde von jetzt an ganz vorsichtig sein, Sophie. Versprochen.«

Sie berührt Sophie sanft an der Schulter, eine verzagte Geste, bevor sie sich abwendet, um zu gehen, doch da springt das Kind auf einmal im Bett auf und wirft ihr die Arme um den Hals.

»Bitte nicht sterben, Miss Sugar! Sie dürfen nicht sterben!«, heult sie, während Sugar um ein Haar das Gleichgewicht verliert und kopfüber ins Bett der Kleinen zu stürzen droht.

»Ich werde nicht sterben«, versichert sie taumelnd und küsst Sophie aufs Haar. »Ich werde nicht sterben, das verspreche ich!«

Keine zehn Minuten später schläft Sophie tief und fest, und Sugar sitzt in einer großen Wanne mit dampfend heißem Wasser vor dem Kamin. Im Zimmer riecht es nicht länger nach verbranntem Papier und Leim, sondern nach Lavendelseife und feuchter Erde: Rose, Gott segne sie, hat es tatsächlich geschafft, das mit hartnäckigem Lack versiegelte Fenster aufzureißen.

Sugar wäscht sich sorgfältig, gründlich, verbissen. Sie drückt den Schwamm über ihrem Rücken und ihrem Busen aus und lässt sich das Wasser über den Körper laufen, sie presst das poröse Skelett des Meerestiers, bis es sich anfühlt wie eine feuchte Puderquaste, und zuletzt legt sie es sich auf die Augen. Die sind schon ganz wund vom Weinen, sie muss endlich damit aufhören.

Ab und an blickt sie nach unten, voller Furcht vor dem, was dort zu sehen sein könnte, doch auf dem Wasser liegt ein gnädiger Film aus Seifenschaum, der die rote Färbung des Wassers verdeckt, und alle Blutklumpen sind entweder auf den Wannenboden gesunken oder in der Lauge verborgen. Ihr verletzter Fuß ist stark geschwollen, das weiß sie, aber er ist unsichtbar, und sie bildet sich ein, dass er weniger wehtut, als er müsste. Die gebrochenen Rippen (sie streicht mit seifiger Hand darüber) sind schon fast verheilt, die Prellungen lila verfärbt. Das Schlimmste ist vorüber, die Krise überwunden.

Sie sinkt so tief in die Wanne, wie deren Größe es erlaubt, und fängt wieder an zu schluchzen. Sie beißt sich auf die Unterlippe, bis sie pulsiert vor Schmerz, und endlich hat sie ihre Trauer unter Kontrolle; das wirbelnde Wasser kommt zur Ruhe und wird ganz still – oder zumindest so still, wie Wasser sein kann, wenn sich ein lebendes Wesen darin befindet. In dem dunkel schimmernden Graben zwischen ihren Beinen bringt jeder Herzschlag das Wasser zum Zittern wie die letzten Ausläufer einer Flut.

Ein paar Türen weiter öffnet William, während Sugar zu Bett geht, einen Brief von Doktor Curlew, der folgendermaßen beginnt:

Sehr geehrter Mr Rackham,
ich habe lange und intensiv darüber nachgedacht, ob ich Ihnen schreiben oder besser schweigen soll. Ich habe keinen Zweifel, dass Sie meine »Einmischungen« längst satt haben. Doch gibt es da etwas, das ich nicht umhin kam zu bemerken, als ich die Gouvernante Ihrer Tochter nach deren Missgeschick behandelte, und mein Entschluss, meine Lippen zu versiegeln, hat mich seither nicht wenig geplagt …

Die Einleitung ist länger als die Geschichte selbst, die in einem einzigen Satz erzählt ist.

In Sugars Bett, im Dunkeln, tummeln sich viele Menschen mit ihr unter der Decke und reden im Schlaf mit ihr.

Erzähl uns eine Geschichte, Shush, mit deiner künstlichen Stimme.

Was für eine Geschichte denn?, fragt sie, blickt hinab in die gesprenkelten Wasser ihres Traums und versucht, den darunter verborgenen Gesichtern Namen zu geben.

Irgendwas mit Rache drin, kichern die heillos gewöhnlichen Stimmen, die dazu verurteilt sind, ihr Leben in der Hölle zu fristen. *Und mit schweinischen Worten. Schweinische Worte hören sich witzig an, wenn du sie sagst, Sugar.*

Das Kichern wird von einem Echo wieder und wieder zurückgeworfen, eines türmt sich auf das andere zu einer gewaltigen Kakophonie. Sugar schwimmt fort von diesen Stimmen, schwimmt durch die Straßen der Unterwasserstadt, was ihr selbst im Traum merkwürdig vorkommt, denn sie hat nie schwimmen gelernt. Und doch kann sie es, ohne dass man es ihr beigebracht hat, sie kann es, ohne ihr Nachthemd auszuziehen, sie schraubt ihren Körper durch schmale, Abwasserkanälen gleiche Gänge und leuchtende, durchsichtige Passagen. Wenn dies London ist, dann wurde die Bevölkerung wie Abfall davongeschwemmt und treibt nun irgendwo weit oben an der Oberfläche, eine Schicht menschlichen Treibguts, die den Himmel verdunkelt. Wie es scheint, sind nur die Menschen, die für Sugar von Bedeutung sind, unten geblieben.

Clara?, ruft eine Stimme ganz in der Nähe, die lieblichste und melodiöseste Stimme, die Sugar je gehört hat.

Nein, Agnes, antwortet sie und biegt um eine Ecke. *Ich bin nicht Clara.*

Wer bist du dann?

Schau mir nicht ins Gesicht! Ich werde dir helfen, aber schau mir nicht ins Gesicht!

Agnes liegt rücklings auf dem Kopfsteinpflaster einer engen Gasse, nackt, die Haut weiß wie Marmor. Einen dünnen Arm hat sie über ihre Brüste gelegt, der andere zeigt nach unten und verdeckt mit kindlicher Hand das Dreieck aus Schamhaar.

Hier, sagt Sugar, streift ihr Nachthemd ab und deckt Agnes damit zu. *Das muss unser Geheimnis bleiben.*

Gott segne dich. Gott segne dich, sagt Agnes, und auf einmal löst sich die Wasserwelt Londons in nichts auf, und beide liegen zusammen in einem Bett, warm und trocken, nah und gemütlich wie zwei Schwestern, und blicken einander ins Gesicht.

William sagt, *du bist eine Phantasie*, flüstert Agnes und streckt die Hand aus, um Sugar zu berühren und ihre Zweifel zu vertreiben. *Nichts weiter als meine Einbildung.*

Kümmere dich nicht darum, was William sagt.

Bitte, liebe Schwester, sag mir, wie du heißt.

Sugar spürt, wie sich eine Hand sanft auf die Wunde zwischen ihren Beinen legt.

Ich heiße Sugar, sagt sie.

Vierunddreissig

Auf keinem der beiden Umschläge, die Sugar am nächsten Tag auf dem Fußboden vor ihrer Tür vorfindet, steht ein Name; der eine ist gänzlich leer, auf dem anderen steht: »Dem Empfänger«.

Es ist halb eins. Sugar ist soeben vom Vormittagsunterricht zurückgekehrt; Sophie hat sie heute von Anfang an wissen lassen, dass sie keine Unterbrechung, keine Ablenkung und keine Untätigkeit wünscht, die das ernste Geschäft des Lernens verderben könnten. Gestern war ein sehr interessanter Tag, aber heute muss alles anders sein – oder vielmehr, heute muss alles so sein wie immer.

»Das fünfzehnte Jahrhundert«, sagte Sophie mit einer Miene, als würde sie die alleinige Verantwortung dafür tragen, diese Epoche dem sträflichen Vergessen zu entreißen, »hat fünf große Ereignisse erlebt: Der Buchdruck wurde erfunden; die Türken haben Konstantinopel erobert; in England gab es einen Bürgerkrieg, der dreißig Jahre dauerte; die Spanier haben die Mauren zurück nach Afrika getrieben; und Amerika wurde entdeckt von Christoph … Christoph …« An diesem Punkt blickte sie zu Sugar auf, verlangte nicht mehr und nicht weniger als den Namen eines italienischen Seefahrers.

»Kolumbus, Sophie.«

Den ganzen Vormittag über war Sugar – obgleich sie ein Dutzend Mal kurz davor war, in Tränen auszubrechen, und obgleich ununterbrochen Blut in die behelfsmäßige Binde sickerte, die sie an ihren Pantalettes festgesteckt hatte – die perfekte Gouvernante und spielte ihre Rolle genau so, wie ihre Schülerin es verlangte. Und als krönenden Abschluss vormittäglichen Fleißes haben Sophie und sie soeben ein Mahl aus Gemüsemus und milchigem Reispudding genossen, das fadeste Mittagessen, das ihnen je vorgesetzt wurde; offensichtlich hat irgendjemand das Küchenpersonal über Miss Rackhams Verdauungsprobleme in Kenntnis gesetzt. Der enttäuschte Blick, den Sugar und Sophie tauschten, als Rose die dampfende Pampe vor sie hinstellte, war der bei weitem vertraulichste Moment des Tages.

Jetzt kehrt Sugar in ihr Zimmer zurück und freut sich darauf, das blutgetränkte Stück Stoff zwischen ihren Beinen endlich durch ein sauberes ersetzen zu können. Bedauerlicherweise ist die Wanne von letzter Nacht weggeräumt worden, aber im Grunde war auch nicht damit zu rechnen gewesen, dass Rose sie stehen ließ: kaltes Wasser mit klebrig rotem Bodensatz.

Sie schiebt ihre körperlichen Bedürfnisse für einen Moment auf und bückt sich mühselig nach den Umschlägen. Der ohne Aufschrift, denkt sie, ist gewiss eine Nachricht von Rose, die ihr mitteilen will, falls sie es noch nicht bemerkt haben sollte, dass das Fenster wieder geöffnet werden kann. Sugar macht den Umschlag auf und findet eine Zehn-Pfund-Banknote und eine Mitteilung ohne Unterschrift, auf einfaches Papier gekritzelt. In kindlicher Schrift aus Blockbuchstaben, vermutlich mit der linken Hand geschrieben, steht dort zu lesen:

Mir ist zur Kenntnis gelangt, dass du ein Kind erwartest. Daher kannst du unmöglich als Gouvernante meiner Tochter hier verbleiben. Dein Lohn liegt bei; bitte mache dich bereit, dein Zimmer mit all deinem Hab und Gut am ersten März dieses Jahres zu verlassen (1.3.76). Ich hoffe, das Referenzschreiben (siehe zweiten Umschlag) kann dir in Zukunft von Nutzen sein. Du wirst feststellen, dass ich mir bezüglich deiner Identität eine Freiheit erlaubt habe. Tatsache ist, dass du meiner Meinung nach ohne einen richtigen Namen im Leben nichts erreichen wirst. Also habe ich dir einen gegeben.

Mehr gibt es zu diesem Thema nicht zu sagen. Versuche nicht, mit mir zu sprechen. Sei so freundlich, in deinem Zimmer zu bleiben, wenn Besuch im Haus ist.

Sugar faltet das Blatt entlang der bereits vorhandenen Knicke wieder zusammen und hat einige Schwierigkeiten, es zurück in den Umschlag zu stecken, denn ihre Finger sind kalt und starr geworden. Dann öffnet sie den lavendelfarbenen Umschlag mit der Aufschrift »Dem Empfänger«, indem sie den Daumen unter der Klappe entlangführt, um ihn nicht zu beschädigen. Das scharfe Papier schneidet ihr ins Fleisch, doch sie spürt nichts; sie befürchtet lediglich, den Umschlag oder seinen Inhalt zu beschmutzen. Sie stützt sich auf ihre Krücke und leckt sich alle paar Sekunden über den Daumen, bevor die haarfeine Linie aus Blut die Chance hat, sich zu einem Tropfen auszuwachsen, zieht den Brief aus dem Umschlag und liest ihn. Mit aller Sorgfalt ist er auf Rackhamschem Briefpapier geschrieben und mit Williams Namen gezeichnet, so sauber wie nur irgendeine ihrer Fälschungen.

Zeugnis

Ich, William Rackham, freue mich, Ihnen Miss Elizabeth Sugar vorstellen zu dürfen, die fünf Monate lang, vom 3. November 1875 bis zum 1. März 1876 in der Funktion einer Gouvernante für meine sechs Jahre alte Tochter in meinen Diensten stand. Ich hege keinen Zweifel, dass Miss Sugar ihren Pflichten mit höchster Kompetenz, Einfühlungsvermögen und Begeisterung nachgekommen ist. Unter ihrer Führung ist meine Tochter zu einer jungen Dame erblüht.

Miss Sugars Wunsch, aus meinen Diensten zu scheiden, ist, so wurde mir berichtet, der Krankheit einer engen Verwandten geschuldet und tut meiner Zufriedenheit mit ihrer Leistung keinerlei Abbruch. Vielmehr kann ich sie wärmstens empfehlen.

Hochachtungsvoll,
William Rackham

Auch diesen Brief faltet Sugar entlang der ursprünglichen Knicke zusammen und steckt ihn in den Umschlag zurück. Sie saugt ein letztes Mal an ihrem Daumen, aber der Schnitt schließt sich bereits. Dann legt sie beide Briefe auf den Toilettentisch und humpelt zum Fenster, wo sie ihr Gewicht von der Krücke auf die Fensterbank verlagert. Unten auf dem Rackhamschen Grundstück ist

Shears fröhlich dabei, an den jungen Bäumen herumzuwerkeln, die den Winter überlebt haben. Mit dem Klapp-Klapp seiner metallenen Gartenschere durchtrennt er einen Bindfaden, der einen schlanken Stamm an einen Stock band: Er braucht solchen Kinderkram nicht mehr. Mit sichtlichem Stolz tritt er einen Schritt zurück, die Hände in die ledergeschürzten Hüften gestemmt.

Nach einiger Überlegung kommt Sugar zu dem Schluss, dass es ihr lediglich Ärger einbrächte und ihren Schmerz nur für einen flüchtigen Moment linderte, wenn sie mit der Faust durch die Fensterscheibe stoßen würde. Stattdessen holt sie Stift und Papier hervor und zwingt sich, noch immer stehend und die Fensterbank als Schreibpult benutzend, vernünftig zu sein.

Lieber William,
bitte verzeih mir meine Offenheit, aber du bist im Irrtum. Ich habe eine Weile an einer schmerzhaften Kolik gelitten, doch jetzt habe ich meine monatlichen Blutungen, wovon du dich gern zu deiner Zufriedenheit überzeugen kannst, wenn du zu mir kommst
Deine dich liebende Sugar

Sie liest die Nachricht wieder und wieder und horcht auf den Klang, der in ihrem Kopf widerhallt. Wird William sie richtig verstehen? Wird er vor lauter Panik in der Wendung »wovon du dich gern zu deiner Zufriedenheit überzeugen kannst« eine unterschwellige Bissigkeit hören, oder kann sie sich darauf verlassen, dass er das eindeutige Angebot dahinter versteht? Sie holt tief Luft, denn sie ist sich darüber im Klaren, dass von allem, was sie je zu Papier gebracht hat, gerade dieses Schreiben sein Ziel nicht verfehlen darf. Wird der anzügliche Humor deutlicher, wenn sie zwischen »deiner« und »Zufriedenheit« das Wort »vollsten« einfügt? Andererseits, ist Anzüglichkeit an dieser Stelle überhaupt angebracht, oder sollte sie besser einen beruhigenderen, sanften Tonfall wählen?

Bald merkt sie, dass sie viel zu aufgelöst ist, um eine zweite Nachricht zu verfassen, und dass sie, bevor sie eine Dummheit begeht, diese besser schnellstens überbringen sollte. Also faltet sie das Blatt in der Mitte zusammen, humpelt auf den Flur hinaus, geht stracks zu Williams Tür und schiebt die Nachricht unter dem Schlitz durch.

Am Nachmittag befassen sich Gouvernante und Schülerin mit Rechnen, entreißen die Ereignisse des fünfzehnten Jahrhunderts dem drohenden Vergessen und widmen sich den Grundzügen der Mineralogie. Die Uhrzeiger bewegen sich Stückchen für Stückchen vorwärts, während die Sonne, die über den Himmel wandert, nach und nach die Weltkarte bescheint. Ein fensterförmiger Fleck Sonnenlichts leuchtet auf den pastellblauen Meeren und den herbstfarbenen Kontinenten, lässt die einen erstrahlen und hüllt die anderen in dunkle Schatten.

Sugar hat das Thema Mineralogie willkürlich aus Mangnalls *Fragen* ausgewählt, da sie es für ein sicheres, unverfängliches Thema hielt, das Sophies Bedürfnis nach begreifbaren Tatsachen befriedigen würde. Sie zählt die wichtigsten Metalle auf, und Sophie spricht ihr nach: Gold, Silber, Platin, Quecksilber, Kupfer, Eisen, Blei, Zinn, Aluminium. Gold ist das schwerste, Zinn das leichteste, Eisen das nützlichste.

Als Sugar die nächste Frage liest: *Welches sind die wichtigsten Eigenschaften der Metalle?*, wünscht sie bereits, sie hätte die Stunde wie üblich vorbereitet, und gibt ein verzweifeltes Stöhnen von sich.

»Ich brauche einen Moment, das hier in eine Sprache zu übersetzen, die du verstehen kannst, Liebes«, erklärt sie und wendet sich von Sophies erwartungsvollem Gesicht ab.

»Ist es nicht Englisch, Miss?«

»Doch, aber ich muss es für dich etwas einfacher formulieren.«

Ein Ausdruck der Kränkung huscht über Sophies Gesicht. »Lassen Sie mich doch versuchen, es zu verstehen, Miss.«

Sugar weiß, sie sollte diese Bitte mit einer sanften, taktvollen Antwort ausschlagen, aber ihr fällt auf die Schnelle keine ein. Also liest sie mit trockener, dozierender Stimme laut vor: »Brillanz, Lichtundurchlässigkeit, Gewicht, Verformbarkeit, Leitfähigkeit, Porosität, Löslichkeit.«

Es folgt eine Pause.

»Gewicht ist, wie schwer etwas ist, Miss«, sagt Sophie.

»Richtig, Sophie«, antwortet Sugar und beginnt zerknirscht,

die Erklärungen nachzuliefern, die ihr zuvor nicht einfallen wollten. »Brillanz bedeutet, dass etwas glänzt; Lichtundurchlässigkeit, dass man nicht hindurchgucken kann; Verformbarkeit bedeutet, dass man etwas in jegliche erwünschte Form bringen kann; Leitfähigkeit ... ich weiß selbst nicht, was das bedeutet, aber ich werde es in einem Wörterbuch nachschlagen. Porosität bedeutet, dass kleine Löcher drin sind, obwohl sich das für mich nicht richtig anhört, Löcher in Metall? Löslichkeit ...«

Sugar schweigt, als sie mit einem Blick feststellt, dass diese zögerliche Form des improvisierten Unterrichts ganz und gar nicht nach Sophies Geschmack ist. Also springt sie vor zu dem Absatz, wo Mrs Mangnall von der Entdeckung einer schier unerschöpflichen Menge Goldes in Australien berichtet, was Sugar Gelegenheit gibt, aus dem Stegreif eine Beschreibung eines armen Goldgräbers zu liefern, der auf den steinharten Boden einhackt, während seine hungrige Frau und die Kinder verzweifelt daneben stehen, bis eines Tages ...!

»Warum gibt es so lange Wörter auf der Welt, Miss?«, fragt Sophie, als die Mineralogiestunde vorüber ist.

»Ein langes schwieriges Wort ist das Gleiche wie ein ganzer Satz mit kurzen einfachen Wörtern, Sophie«, sagt Sugar. »So spart man Zeit und Papier.« Als sie sieht, dass die Kleine nicht überzeugt ist, fügt sie hinzu: »Wenn Bücher so geschrieben wären, dass jeder Mensch, ganz gleich wie jung oder alt er ist, alles verstehen kann, dann wären das unglaublich lange Bücher. Würdest *du* gern ein Buch lesen, das tausend Seiten hat, Sophie?«

Sophie antwortet, ohne zu zögern.

»Ich würde tausend Millionen Seiten lesen, Miss, wenn nur Wörter drin sind, die ich verstehen kann.«

Als Sugar in der Pause zwischen der letzten Unterrichtsstunde des Tages und dem Abendessen in ihr Schlafzimmer zurückkehrt, stellt sie mit Entsetzen fest, dass sie auf ihre Nachricht keine Antwort erhalten hat. Wie ist das möglich? Ihr fällt keine andere Erklärung ein, als dass William besänftigt ist und in seiner Selbstbezogenheit keine Eile sieht, sie das wissen zu lassen. Also greift sie wieder zu Papier und Feder und schreibt:

Lieber William,
bitte – jede Stunde, die ich auf eine Antwort von dir warte, ist eine Qual – bitte gib mir die Sicherheit, dass in deinem Haushalt alles weiterlaufen kann wie bisher. Wir alle brauchen Beständigkeit – die Rackham Perfumeries nicht weniger als Sophie und ich. Bitte denk daran, dass es mein größter Wunsch ist, dir zur Seite zu stehen und dir alle Unannehmlichkeiten zu ersparen.
Deine dich liebende Sugar

Beim nochmaligen Lesen zieht sie die Stirn in Falten. Ein »bitte« zu viel, vielleicht. Und womöglich wird William den Hinweis, dass er sie quält, nicht besonders gut aufnehmen. Doch auch diesmal hat sie nicht die Kraft, eine zweite Version zu verfassen. Wie zuvor eilt sie zu seinem Arbeitszimmer und schiebt den Brief unter der Tür hindurch.

Das Abendessen für Sugar und Sophie besteht aus gnadenlos passierter Rhabarbersuppe, pochiertem Lachsfilet und einem Schälchen mit recht wässrigem Gelee. Die Köchin ist offensichtlich noch immer in Sorge um eine ausgeglichene Verdauung der kleinen Miss Rackham.

Danach bringt Rose eine Tasse Tee, um die Mahlzeit runterzuspülen – schwarz für Miss Sugar, mit zwei Dritteln Milch für Miss Rackham –, und nachdem sie den ersten Schluck genommen hat, entschuldigt sich Sugar für einen Moment. Während der brühheiße Tee abkühlt, kann sie einen Blick in ihr Zimmer werfen, um zu sehen, ob es ihr endlich gelungen ist, William aus seiner Selbstbezogenheit zu reißen.

Sie geht aus dem Unterrichtszimmer, eilt über den Flur, öffnet die Tür zu ihrem Schlafzimmer. Nichts drin, was nicht schon vorher drin war.

Sie kehrt zum Unterrichtszimmer zurück und trinkt weiter ihren Tee. Ihre Hände zittern kaum merklich; sie ist überzeugt, dass William kurz davor ist – oder jedenfalls war –, ihr zu antworten, aber von unerwarteten Pflichten davon abgehalten wurde, beziehungsweise von der lästigen Aufgabe, sein Abendessen zu verspeisen. Sie muss nur die nächste Stunde rasch hinter sich bringen, dann kann sie sich eine Menge nutzloser Grübeleien ersparen.

Sophie ist zwar ausgeglichener als am Morgen, zeigt sich jedoch, seit der Unterricht vorüber ist, trotzdem nicht übermäßig gesellig; sie hat sich mit ihrer Puppe in die hinterste Ecke des Zimmers zurückgezogen und versucht mit Hilfe von Papierknäueln, die aus der Mode gekommene Krinoline des Ballkleides in eine Turnüre umzugestalten. An ihrer ernsthaften Konzentration ist abzulesen, dass sie bis zum Schlafengehen in Ruhe gelassen werden möchte. Was also soll Sugar tun, um die Zeit totzuschlagen? In ihrem Zimmer Däumchen drehen? Die Überreste von Shakespeare lesen? Sich auf den morgigen Unterricht vorbereiten?

Plötzlich kommt ihr eine Idee, und sie nimmt Teller, Besteck und Teetassen, stapelt sie, so gut sie kann, aufeinander und humpelt damit aus der Tür, wobei sie die Krücke am Türpfosten stehen lässt. Sie hat reichlich Zeit, und niemand wird zusehen, wie sie im Schneckentempo die Treppe hinuntersteigt.

Sie packt das Geländer mit einer Hand und stützt den Unterarm fest auf das polierte Holz; mit der anderen Hand hält sie den Geschirrstapel und presst sich den dünnen Rand der Teller unter der Brust in die Rippen. Dann arbeitet sie sich Stufe um Stufe nach unten, wobei auf jedes schmerzhafte Auftippen des verletzten Fußes ein schwerer, schmerzloser Tritt mit dem anderen folgt. Bei jedem zwanzig Zentimeter tiefen Satz klappert das Geschirr, doch sie schafft es, den Stapel aufrecht zu halten.

Sicher im Erdgeschoss angelangt, durchquert sie bedächtig die Halle und freut sich über den steten, wenn auch wenig eleganten Rhythmus ihres Vorwärtskommen. Ohne Missgeschick passiert sie mehrere Türen, bis sie endlich die Schwelle zur Küche überschreitet.

»Miss Sugar!«, sagt Rose entgeistert. Sugar hat sie auf frischer Tat dabei ertappt, wie sie sich ein übrig gebliebenes Stückchen gebutterten Toast in den Mund schob, obwohl ihr rechtmäßiges Abendessen erst in einigen Stunden auf dem Plan steht. Die Ärmel aufgerollt, lehnt sie an dem großen Tisch, der mitten im Raum steht und einer Bahre ähnelt. Harriet, die Küchenmagd, steht weiter hinten und bereitet Ochsenzunge vor, die in Gelee eingelegt werden soll. Durch die Tür zur Spülküche sind der schlichte Rock, die nassen Schuhe und die geschwollenen Fußknöchel von Janey zu sehen, die an der Spüle Töpfe schrubbt.

»Ich dachte, ich bringe das mal zurück«, sagt Sugar und deutet auf das schmutzige Geschirr. »Um Ihnen Arbeit zu ersparen.«

»Vielen Dank, Miss Sugar«, sagt sie und schluckt das halb gekaute Brot hinunter.

»Bitte, nennen Sie mich Sugar«, sagt Sugar und reicht ihr die Teller. »Wir haben doch schon oft zusammen gearbeitet, stimmt's?« Sie überlegt, ob sie Rose ausdrücklich an Weihnachten erinnern soll, als sie beide bis zu den Ellbogen mit Mehl bestäubt waren, kommt aber zu dem Schluss, dass das etwas zu anbiedernd wirken könnte.

»Ja, Miss Sugar.«

Harriet und Rose tauschen nervöse Blicke. Die Küchenmagd weiß nicht recht, ob sie in Habachtstellung bleiben, die Hände über der Schürze gefaltet, oder weiter die Ochsenzungen in Form bringen soll, von denen sich eine bereits entrollt hat und sich in gänzlich falscher Haltung zu verfestigen droht.

»Wie hart Sie alle arbeiten!«, bemerkt Sugar, fest entschlossen, das Eis zu brechen. »Wi-, wie Sie hier alle rund um die Uhr bei der Arbeit sind, davon macht sich Mr Rackham bestimmt kein Bild.«

Rose sieht mit großen Augen zu, wie die Gouvernante in die Küche gehumpelt kommt und sich ungelenk auf einem Stuhl niederlässt. Rose und Harriet sind sich nur allzu bewusst, dass sie seit Mrs Rackhams Tod und dem Ende aller Tischgesellschaften alles andere als »rund um die Uhr« beschäftigt sind; vielmehr wird der Hausherr, sofern er sich nicht in nächster Zukunft wieder verheiratet, sicher bald zu dem Schluss kommen, dass er mehr Personal in Diensten hat, als er wirklich benötigt.

»Wir haben keinen Grund zur Klage, Miss Sugar.«

Eine Pause tritt ein. Sugar sieht sich in der grellen Leichenhausbeleuchtung der Küche um. Harriet hat die Hände gefaltet und lässt die Ochsenzunge tun, was ihr beliebt. Rose rollt ihre Ärmel bis zu den Handgelenken hinunter, die Lippen zu einem unsicheren schiefen Lächeln verzogen. Janey wackelt beim Tellerschrubben mit dem Hinterteil, so dass ihr faltiger Rock hin und her schwingt.

»Nun«, sagt Sugar so leutselig wie möglich, »was werden Sie denn heute Abend essen? Und wo ist die Köchin? Und essen Sie alle hier, an diesem Tisch? Ich kann mir vorstellen, dass immer in den unpassendsten Momenten geklingelt wird.«

Rose verschwimmt mehrmals der Blick, während sie den Löffel dieser vier unverdaulichen Fragen zu schlucken versucht.

»Die Köchin ist oben und … und wir essen heute Aspik, Miss. Und es ist noch Roastbeef übrig von gestern, und … Und hätten Sie gern ein Stück Pflaumenkuchen, Miss Sugar?«

»O ja«, sagt Sugar. »Wenn was übrig ist.«

Der Pflaumenkuchen wird geholt, und die Dienstmädchen stehen da und sehen zu, wie die Gouvernante isst. Janey hat inzwischen die Teller an ihrem Platz verstaut und kommt zur Tür, um zu sehen, was im Rest der weiten Welt so vor sich geht.

»Hallo, Janey«, sagt Sugar zwischen zwei Bissen Pflaumenkuchen. »Wir haben uns seit Weihnachten nicht mehr gesehen, stimmt's? Ist es nicht eine Schande, dass der eine Teil des Haushalts den anderen so selten zu Gesicht bekommt?«

Janey läuft so rot an, dass ihre Backen fast zur Farbe ihrer hummerroten Hände und Unterarme passen. Sie deutet einen halben Knicks an, und ihre Augen treten hervor, aber sie gibt nicht einen Laut von sich. Sie hat sich schon zweimal Ärger eingehandelt mit zwei Mitgliedern des Rackhamschen Haushalts, mit denen sie eigentlich nichts zu schaffen haben sollte – erst mit Miss Sophie, damals, als die ihre blutige Nase hatte, und dann mit der armen, verrückten Mrs Rackham, die eines Tages in die Spülküche spazierte und ihre Hilfe anbot –, daher ist sie fest entschlossen, diesmal auf der Hut zu sein.

»Nun«, sagt Sugar fröhlich, als sie den letzten Krümel Pflaumenkuchen verspeist hat und die Dienstmädchen sie noch immer misstrauisch und verwundert anstarren. »Ich geh dann mal wieder. Sophie muss gleich ins Bett. Auf Wiedersehen, Rose; auf Wiedersehen, Harriet; auf Wiedersehen, Janey.«

Und sie stemmt sich auf die Füße und wünscht sich, sie könnte ohne Schmerzen und ganz plötzlich durch die Luft davonschweben wie eine Seele vom Schauplatz ihres körperlichen Ablebens; oder der Küchenfußboden würde sich auftun und sie gnädigerweise verschlucken.

Bei der Rückkehr in ihr Schlafzimmer findet sie endlich einen Brief von William vor. Sofern »Brief« das richtige Wort ist für die Notiz mit dem einfachen Inhalt:

Keine weitere Diskussion.

Sugar zerknüllt den Zettel in der Faust und ist erneut versucht, Fenster zu zertrümmern, sich die Lunge aus dem Hals zu schreien oder gegen Williams Tür zu hämmern. Doch sie weiß, dass das nicht der Weg ist, seine Meinung zu ändern. Stattdessen setzt sie ihre Hoffnung jetzt auf Sophie. William hat die Rechnung ohne seine Tochter gemacht. Er hat nicht die leiseste Ahnung von der Bindung, die zwischen Gouvernante und Kind entstanden ist, aber er wird es bald herausfinden. Sophie wird ihn umstimmen: Kein Mann kann es ertragen, wenn ein weibliches Wesen seinetwegen weint!

Zur Schlafenszeit bringt Sugar Sophie wie immer zu Bett und verteilt ihr feines, goldenes Haar auf dem Kissen, bis es aussieht wie eine Kinderbuchzeichnung von der Sonne.

»Sophie?«, fragt sie, und ihre Stimme ist vor Unsicherheit ganz heiser.

Das Kind blickt zu ihr auf. Sie begreift sofort, dass es um Wichtigeres geht als um ein neues Puppenkleid, das genäht werden soll.

»Ja, Miss?«

»Sophie, dein Vater … Dein Vater hat dir wahrscheinlich etwas mitzuteilen. Schon bald, wie ich glaube.«

»Ja, Miss«, sagt Sophie und blinzelt, damit der Schlaf sie nicht übermannt, bevor Miss Sugar zum Punkt gekommen ist.

Sugar fährt sich mit der Zunge über die Lippen, die trocken und rau sind wie Sackleinen. Es kostet sie einige Mühe, Williams Ultimatum laut zu wiederholen, aus Angst, ihm damit eine unauslöschliche Wirklichkeit zu verleihen, wie wenn man mit Tinte über Bleistift schreibt.

»Wahrscheinlich«, zögert sie, »wird er dich zu sich bringen lassen … Und dann wird er dir etwas erzählen.«

»Ja, Miss«, sagt Sophie verwirrt.

»Nun …«, fährt Sugar fort und ergreift Sophies Hände, um neuen Mut zu schöpfen. »Nun, wenn er das tut, möchte ich … ich möchte, dass du ihm auch etwas sagst.«

»Ja, Miss«, verspricht Sophie.

»Ich möchte, dass du ihm sagst …«, schluchzt Sugar und blinzelt gegen die Tränen an. »Ich möchte, dass du ihm sagst … was du für mich empfindest!«

Anstelle einer Antwort streckt Sophie die Arme aus und umschlingt sie, genau wie gestern, nur dass sie heute zu Sugars Erstaunen in einer kindlichen Imitation mütterlicher Zärtlichkeit auch das Haar ihrer Gouvernante streichelt und tätschelt.

»Gute Nacht, Miss«, sagt sie schläfrig. »Und morgen: Amerika.«

Sugar kann nicht mehr tun als warten, also wartet sie. William hat schon zuvor einen felsenfesten Entschluss zurückgenommen – mehrmals. Er hat gedroht, Swan & Edgar zum Teufel zu schicken; er hat gedroht, zu den Ostindiendocks zu fahren und einen gewissen Kaufmann beim Kragen zu packen und ihn zu schütteln, dass ihm Hören und Sehen vergeht; er hat gedroht, Grover Pankey zu sagen, er möge gefälligst bessere Elefanten für seine Tiegel verwenden. Leeres Gerede. Wenn sie ihn in Ruhe lässt, wird seine aufgeblasene Entschlossenheit zusammenschrumpfen und sich in nichts auflösen. Alles, was sie dazu aufbringen muss, ist … übermenschliche Gelassenheit.

Der Morgen des nächsten Tages verläuft ereignislos. Alles ist genau wie immer. Die Pilger sind auf amerikanischem Boden gelandet und haben mit den Wilden Frieden geschlossen. Bäume werden gefällt und Siedlungen gebaut. Das Mittagessen, das ihnen gebracht wird, ist weniger zerkocht als gestern: Reis mit geräuchertem Schellfisch und wieder Pflaumenkuchen.

Als Sugar am Mittag in ihr Zimmer zurückkehrt, findet sie ein Paket vor, das dort auf sie wartet: ein langes, dünnes Paket, in braunes Papier verpackt und mit Bindfaden zusammengebunden. Ein Versöhnungsgeschenk von William? Nein. Eine kleine Carte de visite ist mit einem Band daran befestigt; Sugar hält sie dicht an die Augen, um zu lesen, was dort geschrieben steht.

Liebe Miss Sugar,
mein Vater hat mir von Ihrem Unglück berichtet. Bitte nehmen Sie dies als Zeichen meiner besten Wünsche entgegen.

Sie brauchen ihn nicht zurückzugeben, ich habe keine Verwendung mehr dafür und hoffe, dass Sie bald in der gleichen Lage sein werden.

Mit herzlichen Grüßen,

Emmeline Fox

Sugar wickelt das Papier ab und fördert einen polierten, kräftigen Gehstock zu Tage.

Bei Sugars Rückkehr ins Unterrichtszimmer, wo sie Sophie stolz ihre neue Errungenschaft zeigen will, die ihr einen sehr viel würdevolleren Gang ermöglicht als die Krücke, findet sie die Kleine auf ihrem Schreibpult liegend vor, hemmungslos weinend und schluchzend.

»Was ist denn passiert? Was ist los?«, fragt sie, und der Stock stampft auf den Holzfußboden, als sie durch den Raum humpelt.

»Sie sollen *wä-wä*-weggeschickt werden«, heult Sophie in beinah vorwurfsvollem Ton.

»War William – war dein Vater … gerade hier?« Sugar kann die Frage nicht zurückhalten, dabei liegt der Duft seines Haaröls noch in der Luft.

Sophie nickt, und glitzernde Tränen tropfen von ihrem glänzend nassen Kinn.

»Ich hab's ihm erzählt, Miss«, jammert sie mit schriller Stimme. »Ich hab ihm *erzählt*, dass ich Sie li-li-lieb habe.«

»Ja? Und?«, fragt Sugar und streicht Sophie mit wirkungsloser Geste über die Wangen, bis die salzigen Tränen in den Rissen ihrer Haut brennen. »Was hat er gesagt?«

»E-er hat gar nichts gesagt!«, schluchzt die Kleine, und ihre Schultern zucken. »Aber er sah ga-ga-ganz böse aus auf mich.«

Mit einem wütenden Aufschrei zieht Sugar Sophie an ihre Brust, bedeckt ihr Gesicht mit Küssen, murmelt unverständliche Worte des Trostes.

Wie kann er es wagen, denkt sie, <u>mein</u> *Kind so zu behandeln*!

Als sich Sophie ausreichend beruhigt hat, kann sie die ganze Geschichte erzählen, und die geht so: Miss Sugar ist eine sehr gute Gouvernante, aber es gibt ungeheuer viele Sachen, die eine

Dame können muss und die Miss Sugar nicht kann, Tanzen zum Beispiel, Klavier spielen, Deutsch, Aquarell malen und andere Fähigkeiten, an deren Namen Sophie sich nicht erinnert. Wenn Sophie eine richtige Dame werden will, braucht sie eine andere Gouvernante, und zwar bald. Lady Bridgelow, eine Dame, die sich mit diesen Dingen bestens auskennt, hat das bestätigt.

Für den Rest des Nachmittags schwebt eine erdrückende Wolke der Trauer über Sugar und Sophie. Sie widmen sich wieder dem Unterricht – dem Rechnen, den Pilgervätern, den Eigenschaften von Gold –, jedoch in dem tieftraurigen Bewusstsein, dass all das nicht zu dem gehört, was von einer angehenden Dame erwartet wird. Zur Schlafenszeit kann keine von beiden der anderen in die Augen sehen.

»Mr Rackham hat mich gebeten, Ihnen mitzuteilen«, sagt Rose, als sie zur Abendbrotzeit in der Tür zu Sugars Schlafzimmer steht, »dass Sie morgen früh nicht aufzustehen brauchen.«

Sugar fasst ihre Kakaotasse fester, damit nichts überschwappt. »Nicht aufstehen?«, wiederholt sie tumb.

»Sie brauchen vor dem Nachmittag nicht aus dem Zimmer zu kommen, sagt er. Miss Sophie wird am Vormittag keinen Unterricht haben.«

»Keinen Unterricht?«, wiederholt Sugar erneut. »Hat er gesagt, warum nicht?«

»Ja, Miss«, sagt Rose, die das Gespräch schnellstens hinter sich bringen möchte. »Miss Sophie wird in ihrem Unterrichtszimmer Besuch bekommen. Ich weiß nicht, von wem und wann genau, Miss.«

»Ich verstehe. Danke, Rose.« Sugar lässt das Dienstmädchen gehen.

Wenige Minuten später steht sie schwer atmend in der unbeleuchteten Stille des Flurs vor der Tür zu Williams Arbeitszimmer. Durch das Schlüsselloch dringt schwaches Licht, und als sie ihr Ohr an die Tür hält, ist durch das dicke Holz das Rascheln einer Bewegung zu vernehmen (oder bildet sie sich das ein?).

Sie klopft.

»Wer ist da?« Seine Stimme.

»Sugar«, sagt sie und versucht, in diese zwei Silben sämtliche

Zuneigung, sämtliche Vertrautheit, sämtliche Kameradschaft, sämtliche Verheißungen erotischer Erfüllung zu legen, die ein einziges geflüstertes Wort überhaupt in sich vereinen kann: tausendundeine Nacht fleischlicher Glückseligkeit, niemals irgendein Mangel, bis er ein alter, alter Mann ist.

Keine Antwort. Stille. Zitternd steht sie da und ermahnt sich, noch einmal zu klopfen, noch überzeugender an ihn zu appellieren, noch geschickter, noch nachdrücklicher. Wenn sie anfängt zu schreien, muss er sie hereinlassen, damit die Dienstboten sich nicht das Maul zerreißen. Sie öffnet den Mund, ihre Zunge windet sich wie bei einer Schwachsinnigen, die auf der Straße zerbrochenes Porzellan feilbietet. Dann geht sie barfuß zurück zu ihrem Schlafzimmer, ihre Zähne klappern, ihre Kehle ist wie zugeschnürt.

Vier Stunden später, im Schlaf, befindet sie sich wieder in Mrs Castaways Haus, ist fünfzehn Jahre alt, aber in ihren Körper ist bereits ein ganzes Buch fleischlichen Wissens eingeschrieben. In der Stille nach Mitternacht, als der letzte Mann nach Hause getorkelt ist, geht Mrs Castaway ihre neueste Lieferung religiöser Traktate durch, die sie eigens aus Providence, Rhode Island, kommen lässt. Bevor ihre Mutter zu sehr in ihre Schnippeleien vertieft ist, nimmt Sugar ihren ganzen Mut zusammen, um eine Frage zu stellen.

»Mama ... Sind wir jetzt *sehr* arm?«

»O nein«, grinst Mrs Castaway. »Uns geht es *ziemlich* gut.«

»Wir werden nicht auf die Straße gesetzt oder so was?«

»Nein, nein, nein.«

»Warum muss ich dann ... warum muss ich ...« Sugar schafft es nicht, die Frage zu Ende zu bringen. Angesichts des durchtriebenen Sarkasmus von Mrs Castaway vergeht ihr der Mut, im Traum nicht weniger als im Leben.

»Also wirklich, Kind: Ich kann doch nicht zulassen, dass du der *Faulheit* verfällst. Damit wärest du allen Versuchungen des Lasters schutzlos ausgeliefert.«

»Mama, *bitte*: Ich mein's ernst! Wenn wir nicht in einer Notlage sind, warum muss ich ...?«

Mrs Castaway sieht von ihren Traktaten auf und fixiert Sugar mit einem Blick purer Bösartigkeit; ihre Augen scheinen vor Gehässigkeit zu leuchten.

»Kind: sei vernünftig«, lächelt sie. »Warum sollte *mein* Niedergang *dein* Aufstieg sein? Warum sollte *ich* in der Hölle schmoren, während *du* dich im Himmel vergnügst? Kurz gesagt, warum sollte das Leben für *dich* besser sein, als es für *mich* ist?« Und mit schwungvoller Geste taucht sie den Pinsel in den Leimtopf, rührt um und setzt eine durchsichtige Perle Klebstoff auf ein Blatt, das bereits von Magdalenenbildern überquillt.

Am nächsten Morgen drückt Sugar die Klinke einer Tür herunter, die sie noch nie zuvor berührt hat, und Gott sei Dank, die Tür ist offen. Sie schlüpft hinein.

Dieses Zimmer hat Sophie einmal bezeichnet als »das Zimmer, in dem kein Leben ist, Miss, nur Sachen«. Mit anderen Worten, ein Abstellraum, direkt neben dem Unterrichtszimmer gelegen und mit staubigem Kram voll gestopft.

Agnes' Nähmaschine ist hier, das glänzende Metall mit der feinen Staubschicht des Vergessens überzogen. Dahinter stehen seltsame Apparate, die Sugar erst nach genauer Prüfung als Geräte von irgendwie photographischer Natur erkennt. Außerdem Kisten mit Chemikalien – weitere Beweise Williams einstiger Leidenschaft für diese Kunst. An der entgegengesetzten Wand lehnt eine Staffelei. Gehörte sie William oder Agnes? Sugar ist sich nicht sicher. Ein Geigenbogen hängt mit seiner Saite an einer Flügelmutter der Staffelei: eine Laune von Agnes, die sie nicht weiterverfolgte, weil sie sich dann doch zu schwach fühlte. Ein Ruder mit der Aufschrift *Downing Boat Club 1864* ist auf den Teppich gefallen. Vor den übervollen Bücherregalen stehen Bücher in Stapeln auf dem Fußboden: Bücher über Photographie, Bücher über Kunst, Bücher über Philosophie. Und über Religion: sehr viele über Religion. Überrascht nimmt Sugar eines vom Stapel – *»Winter vor der Ernte« oder Wie die Seele an Gnade gewinnt*, von J. C. Philpot – und liest das Vorsatzblatt.

Lieber Bruder, ich bin sicher, dies wird dir gefallen,
Henry

Auf der Fensterbank, mit Spinnweben überzogen, ein weiterer Bücherstapel: *Alte Weisheit verständlich erklärt*, von Melampus Blyton, *Wunder und ihre Hintergründe*, von Mrs Tanner, *Der Spiritismus als Erbe des Urchristentums*, von Dr. Crowell, mehrere Romane von Florence Marryat und zahlreiche dünnere Bändchen, darunter *Das Schönheitshandbuch der Dame*, *Das Elixir der Schönheit*, *Wie erhalte ich mein gutes Aussehen* und *Gesundheit, Schönheit und Toilette: Briefe einer Ärztin an die Damen*. Sugar schlägt den letzten Band auf und stellt fest, dass Agnes Bemerkungen wie: *Völlig unnütz! Bringt gar nichts!* und: *Schwindel!* an den Rand geschrieben hat.

Tut mir Leid, Agnes, denkt Sugar und legt das Buch auf den Stapel zurück. *Ich hab's versucht.*

Ein großes hölzernes Monstrum, das einem überdimensionierten Kleiderschrank ähnelt, jedoch hinten offen ist, steht direkt an der Wand und dient als hölzernes Mausoleum für Agnes' seltener getragene Kleider. Als Sugar die Türen öffnet, schlägt ihr der Geruch von Lavendelmottenkugeln entgegen. Dichter als in diesem Kleiderschrank, da ist Sugar sicher, kommt sie an die Wand des Unterrichtszimmers nicht heran. Sie atmet tief durch und steigt hinein.

Das prächtige Sortiment von Agnes' Kleidern hängt unberührt und stinkend da. In diesem Schlaraffenland kostspieliger Garderobe, diesem blühenden Dickicht aus Ärmeln, Miedern und bauschenden Röcken, kann keine Motte die Hoffnung haben zu überleben, und tatsächlich liegt da eine tot auf dem Boden, nur wenige Zentimeter von einem durchscheinenden, seifenähnlichen Stück Gift entfernt, das, wer hätte das gedacht, mit dem Rackhamschen R versehen ist.

Alle Agnese, an die Sugar sich erinnert, sind hier versammelt. Sie hat diese Kostüme – mit Agnes' kompaktem kleinen Körper darin – durch überfüllte Theaterfoyers, durch sonnige Parks und laternenerleuchtete Pavillons verfolgt. Jetzt hängen sie hier, sauber, makellos und leer. Instinktiv vergräbt Sugar die Nase in dem am nächsten hängenden Mieder, um neben dem dominanten Geruch des Gifts einen schwachen Rest von Agnes' persönlichem Duft zu erhaschen, aber dem schwindlig machenden Aroma des Mottenschutzes ist nicht zu entkommen. Aus Sugars Griff befreit, schwingt das Kleid mit einem Quietschen des Kleiderbügels zurück.

Sugar steigt tiefer in den dunklen Kasten und bleibt mit den Füßen in weichen, raschelnden Stoffen hängen. Sie bückt sich, um der Sache nachzugehen, hebt einen voluminösen Bausch purpurfarbenen Samtes auf und stellt mit Verwunderung fest, dass ihre Finger durch zahllose Löcher darin stoßen. An zehn, zwanzig, dreißig Stellen ist das Kleid mit einer Schere zerschnitten, verstümmelt worden, als hätte man Stofftiere für ein samtenes Tableau von Noahs Arche daraus fertigen wollen. Die anderen Kleider, die darunter liegen, sind ähnlich zerschnippelt. Warum? Sie kann es sich nicht erklären. Es ist zu spät, Agnes zu begreifen. Zu spät, irgendetwas zu begreifen.

Am hinteren Ende des Schrankes setzt sich Sugar hin, den verletzten Fuß vorsichtig ausgestreckt, das Hinterteil auf ein Kissen aus Agnes' ruinierten Kleidern gebettet, Wange und Ohr an die Wand gelehnt. Sie schließt die Augen und wartet.

Eine halbe Stunde später, als sie schon am Einnicken ist und ihr vom Gestank des vergifteten Lavendels beinahe übel wird, hört sie, was sie hören wollte: die Stimme einer fremden Frau im Unterrichtszimmer, im Wechsel mit der von William.

»Steh gerade, Sophie«, befiehlt er in halbwegs gütigem Ton. »Du bist kein …« Kein was? Nicht zu verstehen, dieses letzte Wort. Sugar drückt das Ohr fester an die Wand, so fest, dass es wehtut.

»Nun erzähl mir doch mal, Kind, ganz ohne Scheu«, drängt die Stimme der Frau, »was hast du die ganze Zeit über gelernt?«

Sophies Antwort ist zu leise, als dass Sugar irgendetwas verstehen könnte, aber (Gott segne die Kleine!) sie ist ziemlich lang.

»Und lernst du auch Französisch?«

Ein paar Sekunden herrscht Stille, dann schaltet sich William ein: »Französisch gehörte nicht zu Miss Sugars Qualifikationen.«

»Und was ist mit dem Klavier, Sophie? Weißt du, auf welche Tasten man die Finger legt?« Sugar stellt sich ein Gesicht vor, das zu der Stimme passt: ein Gesicht mit spitzer Nase, krähenschwarzen Augen und einem Raubtiermund. Die Vorstellung ist so lebendig, dass sie sieht, wie ihre eigene Faust auf die spitze Nase trifft und sie in ein blutiges Gematsche zersplitterter Knochen verwandelt. »Und kannst du tanzen, Kind?«

Wieder meldet sich William zu Wort und berichtet von Miss Sugars Unkenntnis in diesen Dingen. Verfluchter Kerl! Wie gern würde sie ein Messer in sein – Aber was ist das? Zu guter Letzt ergreift er doch noch Partei für sie. Er wagt die Frage vorzubringen, ob Sophie nicht vielleicht ein wenig zu *jung* ist, um in die Geheimnisse des Klavierspielens und des Tanzens eingeweiht zu sein. Sind die nicht erst dann von Nutzen, wenn sie sich dem heiratsfähigen Alter nähert?

»Das mag sein, Sir«, räumt die neue Gouvernante mit süßlicher Stimme ein, »aber ich bin der Überzeugung, dass sie auch an sich wertvoll sind. Manche Lehrerinnen unterschätzen, wie viel ein Kind zu lernen imstande ist und wie früh es lernen kann. *Ich* bin der Meinung, wenn ein kleines Mädchen dazu angehalten werden kann, ein paar Jahre früher zu erblühen als die anderen … nun, umso besser!«

Sugar beißt sich auf die Unterlippe und klammert sich an die Vorstellung, diese Frau in blutige Stücke zu zerhacken.

»Hast du Lust, eine kleine Melodie auf dem Klavier zu spielen, Sophie? Es ist viel einfacher, als du vielleicht denkst. Ich kann dir in fünf Minuten eine beibringen. Möchtest du das, Sophie?«

Diese Frau spielt sich ganz schön auf: Sie gibt mit allem an, was sie zu bieten hat, und bettelt darum, dass William sie einstellt. Sophies Antwort ist nicht zu verstehen, aber was kann das Kind anderes sagen als Ja? William, Sophie und die neue Gouvernante gehen jetzt aus dem Unterrichtszimmer und die Treppe hinunter. Der Pakt ist geschlossen, es gibt kein Zurück mehr; genau wie in dem Moment, in dem ein Mann eine Hure bei der Hand nimmt.

Eine Minute später steht Sugar an der Tür des Abstellraumes und horcht, was als Nächstes geschieht. Sie muss nicht lange warten: Aus dem Salon dringt ein ungewohnter Klang herauf – eine einfache Zweifingermelodie. Zuerst in sicherer, besonnener Manier vorgetragen, drei -oder viermal hintereinander, dann stockend und ungenau nachgespielt, von Händen, die zweifelsohne Sophies sind.

Die Melodie? Nun, es ist nicht »Eichenkern sind unsre Schiffe«, könnte es aber sein. So sicher, wie Sugar wusste, dass es an der Zeit war, das Fireside zu verlassen, wenn »Eichenkern sind unsre Schiffe« gesungen wurde, so sicher weiß sie, dass diese Melodie, die Sophie da auf dem Klavier spielt, ihr Stichwort ist, das Rackhamsche Haus für immer zu verlassen.

Sugar kehrt in ihr Schlafzimmer zurück und fängt unverzüglich an zu packen. Warum auf den ersten März warten, bis der Hammer fällt, wo die winzigen Hämmerchen des Klaviers im Salon bereits gefallen sind? Jede Stunde, die sie noch bleibt, bietet William sechzig Gelegenheiten, sie zu erniedrigen und zu quälen; jede Minute, die sie Sophie unter dem drohenden Schatten der bevorstehenden Trennung unterrichten muss, ist unerträglich.

Sie wird überleben, sie wird einen Weg finden, nicht auf die Straße zurückzumüssen. Die zehn Pfund, die William ihr gestern hat zukommen lassen, waren eine Beleidigung, ein Affront angesichts dessen, was sie für seine Tochter getan hat, doch in ihrer Frisierkommode hat sie jede Menge Geld gehortet. Jede Menge! In einem Wust aus Strümpfen und Unterwäsche stecken die zerknüllten Umschläge, die sie in ihrer Zeit in der Priory Close angesammelt hat. Damals war William so großzügig und sie so wenig geneigt, Geld auf etwas anderes zu verschwenden als auf den Versuch, seine Liebe zu gewinnen, dass sie nur einen Bruchteil des Lohnes, den seine Bank ihr pünktlich wie ein Uhrwerk zustellte, ausgegeben hat. Sie wühlt in den frivolen Unaussprechlichkeiten, die sie seit Monaten nicht getragen hat, und zieht Umschläge ans Licht, von denen die meisten ungeöffnet sind und in denen ein Vermögen knistert, das die Phantasie eines Dienstmädchens übersteigt. Schon die Münzen, die sie lose in die Schubladen geworfen hat, ergeben mehr, als jemand wie Janey in einem Jahr verdient.

Sie verstaut ihren Bargeldschatz an sicheren Orten – die Münzen in der Geldbörse, die Banknoten in einer Manteltasche –, und zum ersten Mal wird ihr bewusst, dass sie in ihrer ganzen Zeit im Hause Rackham weniger Geld ausgegeben hat als in den ersten achtundvierzig Stunden in der Priory Close. Für die Prostituierte, die sie damals war, waren das alles keine großen Summen, sondern ein freigebiger Geldstrom, der jederzeit vom Erwerb eines besonders luxuriösen Kleides oder von zu vielen Restaurantrechnungen aufgezehrt werden konnte. Jetzt sieht sie dieses Geld mit den Augen einer achtbaren Frau, und sie begreift, dass sie wohlhabend genug ist, sich jede Zukunft zu ermöglichen, für die sie sich entscheidet, wenn sie nur sparsam lebt und Arbeit findet. Sie hat genug Geld, um bis ans Ende der Welt zu reisen.

Während sie ihre Sachen packt, ringt sie mit ihrem Gewissen. Soll sie, kann sie Sophie die Wahrheit sagen? Ist es gnädig oder grausam, die Umstände ihres Verschwindens nicht zu erklären? Wird Sophie sehr darunter leiden, wenn sie ihr die Möglichkeit nimmt, Lebwohl zu sagen? Sugar grübelt hin und her, fast glaubt sie selbst daran, dass sie bereit wäre, ihren Entschluss rückgängig zu machen, doch tief in ihrem Innern weiß sie, dass sie nicht vorhat, die Wahrheit zu sagen. Stattdessen packt sie ihre Sachen, getrieben von einem animalischen Instinkt, und die Stimme der Vernunft geht unter wie das Piepsen eines Spatzes im Sturm.

Einen Reisekoffer, mehr braucht sie nicht. Die Kleidertruhen, die William bei Mrs Castaway hat abholen lassen, stehen noch immer irgendwo verstaut, er hat es versäumt, ihr mitzuteilen, wo genau. Nicht, dass es eine Rolle spielte: Sie will die Kleider nicht mehr. Es ist die Garderobe einer Hure, das verschwenderische Gefieder einer Halbweltdame. Das Kleid, das sie am Leib trägt, und ein oder zwei andere (das dunkelgrüne, ihr Lieblingskleid), mehr braucht sie nicht. Einige Unterhemden, ein Paar saubere Pantalettes, Strümpfe, ein zweites Paar Schuhe: Ein Koffer ist schnell gefüllt. Ihren erbärmlichen Roman und Agnes' Tagebücher stopft sie in eine Reisetasche mit Schottenmuster.

Sie nimmt den Koffer in die Hand – auf der gesunden Seite – und hängt sich die Tasche über die Schulter des Armes, der den Gehstock hält. Sie macht drei oder vier Schritte und schwankt wie ein Zirkuspferd, das mit der Peitsche gezwungen wird, auf den Hinterbeinen zu laufen. Dann lässt sie den Kopf hängen, setzt die viel zu große Last auf dem Fußboden ab und weint.

»Wir wollen heute den Nachmittagsunterricht draußen abhalten«, teilt sie nicht sehr viel später Sophie mit. »Im Haus ist es stickig, und draußen weht eine frische Brise.«

Sichtlich erfreut springt Sophie von ihrem Pult auf. Hastig zieht sie sich für den Spaziergang um; Unterricht *en plein air*, das mag sie am liebsten, vor allem, wenn sie dem Brunnen einen Besuch abstatten kann oder Enten, Saatkrähen, Hunde, Katzen oder sonst irgendeine nicht menschliche Kreatur zu Gesicht bekommt.

»Ich bin fertig, Miss«, verkündet sie kurz darauf, und in der

Tat, nur Sitz und Knoten ihrer Haube bedürfen einer kleinen Nachbesserung.

»Geh schon nach unten, Kleine, ich komme gleich nach.«

Sophie tut, wie ihr geheißen, und Sugar verharrt noch eine Weile im Unterrichtszimmer, packt zusammen, was sie für die Lektion benötigt, sowie das eine oder andere darüber hinaus und stopft alles in ihre Ledermappe. Dann steigt sie die Treppen hinunter, wobei ihr Stock gegen das Geländer klappert.

Draußen geht ein rauer, aber nicht sehr scharfer Wind. Der Himmel ist trüb und stahlgrau, getaucht in ein Licht, das alles, den Rasen, das Kopfsteinpflaster, einen Eisenzaun oder menschliche Haut, als Nuancen derselben Farbe erscheinen lässt.

Sugar hätte es vorgezogen, durchs Haupttor zu gehen, doch wie der Zufall es will, steht dort Shears und verpflanzt einen Rosenbusch, damit die Passanten nicht länger ihre Arme durch den Zaun stecken und die Blüten seiner Arbeit stehlen können. Er steht mit dem Rücken zu Sugar und Sophie, aber er ist ein geselliger Mensch und wird sich ohne Zweifel umdrehen und sie ansprechen, wenn sie an ihm vorbeigehen, und das möchte Sugar vermeiden. Also zieht sie Sophie sanft an der Hand, schlägt einen Bogen und geht um das Haus herum.

»Fahren wir mit Cheesman aus, Miss?«, erkundigt sich Sophie, eine logische Frage, da sie geradewegs auf die Auffahrt zu marschieren. Kutscher und Pferd sind nicht in Sicht, doch die Kutsche steht draußen vor ihrem kleinen Schuppen und glänzt vom Seifenwasser, bereit für eine weitere Ausfahrt in die schmutzige, rauchige Welt jenseits des Rackhamschen Grundstücks.

»Nein, meine Liebe«, antwortet Sugar, ohne nach unten zu sehen. Ihr Blick ist auf das Kutschentor neben dem Stall gerichtet. »Dieser Weg ist schöner, das ist alles.«

Das Tor ist verriegelt, aber nicht verschlossen; das Vorhängeschloss baumelt zum Glück nur lose an seinem Bügel. Ungeschickt, weil ihr Gehstock und Sophies Hand sie behindern, nimmt Sugar das Schloss ab und zieht den langen Eisenriegel durch den Schaft.

»Guten Tag wünsch ich, Miss Sugar.«

Sugar fährt heftig zusammen und wirbelt auf dem gesunden Absatz herum, wobei das Gewicht ihrer Taschen sie fast aus dem Gleichgewicht bringt – die Reisetasche über der einen Schulter, die Schulmappe über der anderen. Ganz dicht vor ihr steht Cheesman; sein stoppeliges Gesicht ist ausdruckslos bis auf ein unverschämtes Leuchten in den Augen. In dem trüben Licht und ohne seine elegante Staffage aus Hut und Mantel sieht er schäbig und dürr aus; der kalte Wind hat ihm mehrere ölsteife Locken in die glänzende Stirn geweht, und auf seiner Hose sind die kreisrunden Abdrücke von Bierkrügen zu sehen.

»Guten Tag auch *Ihnen*, Cheesman«, sagt Sugar mit essigsaurer Stimme und nickt abweisend.

»Ich kann das Tor für Sie aufmachen, Miss«, bietet er an und streckt seine dicht behaarte Hand vor. »Wenn Sie und Miss Rackham sich v'leicht zur Kutsche begeben mög'n.«

Einen Moment lang denkt Sugar darüber nach, sein Angebot anzunehmen. Eine Fahrt in der Kutsche wäre leichter als zu laufen, und nun, da Cheesman sie ohnehin schon ertappt hat, kann sie auch einen Nutzen daraus ziehen. Er könnte sie im nächsten Park absetzen, und von dort aus könnten sie … Ja, einen Moment lang denkt Sugar wirklich darüber nach, doch als sie sich den Mann noch einmal anschaut, sieht sie den schwarzen Dreck unter den Fingernägeln seiner vorgestreckten Hand und erinnert sich, wie er vor gar nicht langer Zeit diese Finger in ihrer Taille und ihrer Turnüre vergraben hat.

»Ich werde Sie nicht brauchen, Cheesman«, sagt sie entschlossen und zieht Sophie an sich. »Wir machen nur einen kleinen Spaziergang.«

Cheesman zieht den Arm zurück, legt die Hand in den behaarten Nacken und mustert Sugar mit übertrieben nachdenklicher Pose von Kopf bis Fuß.

»Ganz schön schweres Gepäck ham Se dabei, Miss«, bemerkt er und blickt auf die unförmige Reisetasche. »Wenn ich mal so sagen darf. Ganz schön viel Zeugs dabei für 'nen kleinen Spaziergang.«

»Ich kann mich nur wiederholen, Cheesman«, beharrt Sugar, und ein ängstliches Zittern nimmt ihrer Stimme die Schärfe. »Wir haben lediglich beschlossen, uns ein wenig die Beine zu vertreten.«

Cheesman senkt den Blick auf Sugars Röcke und grinst. »Sieht mir nicht so aus, als müssten *Ihre* Beine vertreten werden, Miss Sugar.«

Die Wut verleiht Sugar neuen Mut. »Sie sind unmöglich, Cheesman«, faucht sie. »Sobald ich zurück bin, werde ich mit Mr Rackham über Sie sprechen.«

Doch so sehr sie auch gehofft hat, ihn mit dieser Drohung einschüchtern zu können, er bewegt sich nicht – nur seine Augenbrauen.

»Mit Mr Rackham sprechen? Wenn Se zurück sind? Und wann genau wird das sein, Miss Sugar?«

Cheesman tritt einen Schritt vor und steht jetzt so nah bei ihr, dass sie seine Alkoholfahne riechen kann; er versperrt das Tor, durch das sie so unendlich gern auf die Straße treten würde.

»Sieht mir ganz so aus, Miss Sugar«, sagt er, verschränkt die Arme vor der Brust und blickt in den trüben Himmel hinauf, »bei allem Respekt … aber es sieht mir so aus, als würd's jeden Moment zu regnen anfang'n. Diese Wolken da …« Er schüttelt argwöhnisch den Kopf. »Übel, find'n Se nich auch?«

»Worauf wollen Sie hinaus, Cheesman?«, fragt Sugar und nimmt die Hand von Sophies Schulter, um der Kleinen in ihrer Angst nicht wehzutun. »Gehen Sie aus dem Weg!«

»Na, na, Miss«, beschwichtigt sie der Kutscher in besonnenem Tonfall. »Was würde Mr Rackham sagen, wenn *Miss* Rackham hier«, er deutet mit freundlichem Nicken auf Sophie, »mit 'ner Erkältung nach Hause kommt? Oder meinen Se, dazu wird es nich kommen?«

»Zum letzten Mal, Cheesman: Gehen Sie zur Seite«, befiehlt Sugar und weiß, wenn er jetzt nicht nachgibt, wird sie nicht noch einmal die Kraft haben, einen so herrischen Ton anzuschlagen. »Sophies Wohlergehen fällt in *meine* Zuständigkeit.«

Doch Cheesman kaut nachdenklich auf der Unterlippe und blickt zur Kutsche hinüber.

»Na ja«, sagt er. »Die *andre* Gouvernante, die heut Morgen hier war, wär da vielleicht nich ganz Ihrer Meinung.«

Ohne die Wirkung seiner Worte lange auszukosten, hebt er die Hände gen Himmel und fragt mit dramatischer Geste: »Na, war das nicht grad 'n Regentropfen?« Dann untersucht er stirnrunzelnd seine Handflächen. »Ich frag mich ehrlich, ob es Mr Rackham recht wär, dass seine Tochter im Regen draußen rumspaziert. Und warum is eine Gouvernante, die wegen ihrer schlechten Gesundheit ausgetauscht werden muss, so versessen drauf?«

Als sie ihn so dastehen sieht, die Handflächen geöffnet für alles, was hineinfallen könnte, glaubt Sugar zu wissen, was er will.

»Lassen Sie uns unter vier Augen darüber sprechen«, sagt sie und hofft, dass ihre Stimme nicht allzu sehr nach Niederlage klingt. Wenn Sophie nicht gerade daneben steht, während das Geld den Besitzer wechselt, wird sie hoffentlich nichts ahnen. »Ich bin sicher, wir können diese Angelegenheit zu unserer beiderseitigen Zufriedenheit klären.«

»Daran hab ich nie gezweifelt, Miss«, stimmt der Kutscher fröhlich zu und springt vom Tor weg. »Wär's hinter der Kutsche recht?«

»Warte hier einen Moment, Sophie«, sagt Sugar und setzt die Taschen ab, ohne die Kleine anzuschauen.

Hinter der Kutsche, wo Sophie sie nicht sehen kann, wühlt Sugar hastig in ihrer Manteltasche und holt eine zerknüllte Banknote hervor.

»So langsam verstehn wir uns, Miss Sugar«, flüstert Cheesman zustimmend, und seine Augen leuchten.

»Hier, Cheesman«, sagt Sugar und drückt ihm das Geld in die ausgestreckte Hand. »Zehn Pfund. Für Sie ein kleines Vermögen.«

Cheesman knüllt den Schein in der Faust zusammen und stopft ihn in die Hosentasche.

»O ja«, stimmt er zu. »Dafür kriegt man schon ein, zwei Bierchen. Oder drei …«

»Gut«, seufzt Sugar und wendet sich zum Gehen. »Viel Spaß dabei …«

»… aber ehrlich, Miss Sugar«, fährt er fort und legt ihr einen Finger auf die Schulter, »Geld nutzt mir nich viel. Ich mein, Mr Rackham weiß, was er mir zahlt, und er weiß, was ich dafür krieg und was nich. Ich kann nich gut in schicken Kleidern hier auftauchen oder mit 'ner Goldkette für meine Uhr. Deshalb sind zehn Pfund für mich … na ja … im Grunde nich viel mehr als 'ne ganze Menge Bier, nich?«

Ganz schwach vor Abscheu starrt Sugar ihn an. Wenn es einen Mann gibt, den sie gern ans Bett ihrer mörderischen Romanheldin gefesselt sehen würde, wo er um sein Leben fleht, während sie ihn aufschlitzt wie einen Fisch, dann diesen.

»Also lassen Sie uns nicht gehen?«, sagt sie mit heiserer Stimme.

Mit einem breiten Grinsen wackelt Cheesman mit dem Zeigefinger wie ein gutmütiger Lehrmeister, der einen unaufmerksamen Schüler tadelt.

»Das hab ich nich gesagt, oder?«

Ohne sich darum zu kümmern dass sie vor Angst zurückweicht, packt er sie bei den Armen und zieht sie dicht an sich, so dass ihre Wange an seinen kantigen Kiefer stößt.

»Alles, was ich will«, sagt er leise und mit übertrieben deutlicher Aussprache, »ist ein bisschen *mehr* als Geld. Damit ich dich nich so schnell vergesse.«

Sugars Magen krampft sich zusammen, als wäre er in Eiswasser getaucht; ihr Mund wird trocken wie Asche. *Was denken Sie von mir?*, will sie ihn zurechtweisen. *Ich bin eine Dame, eine Dame!* Doch die ersten Worte, die aus ihrer zugeschnürten Kehle dringen, lauten: »Wir haben keine Zeit.«

Cheesman lacht, schiebt sie rückwärts gegen das Rad der Kutsche und hebt mit einer Hand ihre Röcke hoch.

Als das Tor sich hinter ihnen schließt, marschieren Sugar und Sophie ungehindert und unbeobachtet davon und sind bald außer Sichtweite des Hauses.

»Wohin gehen wir, Miss?«, fragt Sophie, während sie dem engen Weg folgen, der den Stall mit der Hauptstraße verbindet.

»Dorthin, wo es schön ist«, sagt Sugar keuchend. Die Reisetasche und die Schulmappe baumeln hin und her, während sie über das Kopfsteinpflaster humpelt und den Gehstock mit solcher Kraft aufsetzt, dass die Spitze bereits zu splittern beginnt.

»Soll ich eine Tasche tragen, Miss?«

»Die sind zu schwer für dich.«

Sophie runzelt die Stirn und schaut besorgt, dann blickt sie zurück zum Haus, aber das ist schon nicht mehr zu sehen. Der Himmel ist ziemlich dunkel geworden, und große Regentropfen fallen aus den Wolken und klatschen wie kleine Kieselsteine auf den Boden – und auf Sophies Haube. Sophie sucht das Universum nach irgendwelchen Hinweisen auf Sinn oder Unsinn dieses Ausflugs ab. Obwohl sie es nicht in Worte fassen kann, meint sie doch, ein Gespür für kosmische Mitteilungen zu haben, die anderen verschlossen bleiben.

Im Garten eines Nachbarn (kann man überhaupt von Nachbarn sprechen, wenn man die Leute noch nie gesehen hat?) gräbt ein Mann ein Loch; er hält einen Moment inne und winkt Sophie zu, ein strahlendes Lächeln auf dem Gesicht. Etwas weiter erwartet der Mischlingshund, der sie schon des Öfteren angebellt hat, mit aufmerksamer Gelassenheit ihr Näherkommen. Gute Omen. Noch ein gutes Omen, und, wer weiß?, der Himmel könnte sich aufklaren.

Ein Omnibus rollt ins Blickfeld, er fährt auf der Kensington Park Road Richtung Stadt.

»Schneller, Sophie«, sagt Miss Sugar schwer atmend. »Lass uns… lass uns eine Runde Omnibus fahren.«

Gehorsam beschleunigt Sophie ihre Schritte, obwohl es zweifelhaft ist, dass Miss Sugar selbst schneller gehen kann. Die unförmigen Taschen über ihrer Schulter schaukeln höchst unelegant hin und her, während Miss Sugar vorwärts stapft und ihre Faust auf dem Gehstock zittert.

»Lauf vor, Sophie, damit der Fahrer sieht, dass wir mitfahren wollen!«

Sophie rennt los, und einen Moment später gerät Sugar auf einem losen Kopfstein ins Stolpern und schlägt um ein Haar hin. Die Reisetasche fällt zu Boden und verteilt ihren gesamten Inhalt auf dem Fußweg: Agnes' Tagebücher purzeln in mehr Richtungen davon, als wissenschaftlich möglich erscheint, die Seiten blättern auf wie der Schaum überkochender Milch, ein aufgewehtes Papiergestöber, aus dem getrocknete Blütenblätter und verblasste Gebetszettel wie Konfetti davonflattern. Sugars Roman platzt aus seinen Pappdeckeln und verteilt sich auf einer Strecke von drei oder mehr Menschenlängen über die ganze Straße, woraufhin die dicht beschriebenen Seiten in unglaublich schneller Abfolge vom Wind in die Luft hochgerissen werden.

Einen Augenblick lang streckt Sugar die Hand nach dem flatternden Desaster aus, dann wendet sie sich ab und humpelt Sophie hinterher.

Sugar und Sophie sitzen in dem überfüllten Omnibus, sie sprechen nicht, atmen nur. Es kostet Sugar einige Mühe, nicht zu keuchen und nach Luft zu schnappen. Immer wieder tupft sie sich mit einem seidenen, weißen Taschentuch das hochrote, schweißbedeckte Gesicht. Die anderen Passagiere – die übliche Mischung aus unscheinbaren älteren Frauen, gutmütigen, schulmeisterlich dreinblickenden Männern mit Zylindern auf dem Kopf, modischen jungen Damen mit reinrassigen Schoßhündchen, Künstlern mit wirren Bärten und dösenden Matronen, die halb unter Strohkörben, Schirmen, aufwändigen Hüten, Blumensträußen und schlafenden Kindern verborgen sind – verhalten sich, als wären Sugar und Sophie gar nicht vorhanden, als wäre niemand vorhanden und der Omnibus ein leeres Transportmittel, das zur eigenen Belustigung gen London unterwegs ist. Sie schauen in ihre Zeitungen oder auf die gefalteten Hände in ihrem Schoß oder, wenn das alles nichts hilft, auf die Reklameschilder über dem Kopf des gegenüber sitzenden Passagiers.

Sugar hebt das Kinn, aber sie wagt es nicht, Sophie anzusehen. Über dem Federschmuck auf dem Hut einer betucht aussehenden Witwe ist auf einem zweifarbigen Reklamezettel William Rackhams Gesicht zu erkennen, eingerahmt von anderen Werbezetteln, die Tee und Hustenpastillen anpreisen.

Jetzt prasselt der Regen gegen das Fenster, und der Himmel wird grau wie zur Dämmerstunde. Sugar späht durch die Lücke zweier Köpfe auf das regennasse Glas. Draußen auf der Straße eilen Fahrgäste, die gleich einsteigen wollen, durch das silbrige Zwielicht.

»Ecke High Streeet!«, schreit der Fahrer, doch niemand steigt aus. »Platz für einen frei!« Und er hilft einem halb durchnässten Passanten an Bord.

Den ganzen Weg bis zur Bayswater Road nimmt Sugar sämtliche Fußgänger in Augenschein, die aussehen, als gingen sie auf den Omnibus zu. Kein Polizist, Gott sei Dank. Aber seltsam, wie sie – nur eine Sekunde lang – jedes Gesicht, das sich ihr zuwendet, zu erkennen glaubt! Ist das nicht Emmeline Fox, die da unter einem Regenschirm die Straße entlangtrottet? Nein, natürlich ist sie es nicht … Aber da, das ist doch Doktor Curlew! Wieder falsch. Und die beiden Stutzer dort drüben, die sich gegenseitig auf die Schulter klopfen, sind das etwa Ashley und Bodwell – oder wie immer sie heißen? Nein, die beiden sind jünger, kaum aus der Schule. Doch da! Sugar krallt die Hände zusammen vor Angst, als sie einen wütend aussehenden Mann erblickt, der durch den Regen auf sie zugerannt kommt, wobei sein widerspenstiges, wolliges Haar auf dem unbedeckten Kopf grotesk hin und her wippt. Aber nein: William hat sich ja schon vor langer Zeit das Haar ganz kurz schneiden lassen, und dieser Mann stürmt über die Straße auf die andere Seite.

Ein Stück weiter, zwischen den Reitpfaden des Hyde Park und dem Friedhof St. George, eilt eine Frau auf den Omnibus zu; sie gleitet über den Bürgersteig, als wäre auch sie auf Rädern unterwegs. Ihr Kopf ist zwar unter ihrem Regenschirm verdeckt, dennoch wirkt sie auf Sugar wie die Verkörperung von Agnes. Ihr Kleid ist rosa – vielleicht ist das der Grund –, rosa wie Rackhams Nelkencremeseife, doch der Regen hat dunklere Rinnsale auf ihre Röcke gemalt, so dass sie wie eine gestreifte Süßigkeit aussehen.

»Wollen Sie mitfahren, Ma'am?«, ruft der Fahrer, doch dieses Angebot, sich der gewöhnlichen Masse zuzugesellen, scheint sie in ihrer zarten Empfindsamkeit zu verletzen, und sie verlangsamt den Schritt, bleibt stehen und macht eine Pirouette in die andere Richtung.

»Wo soll der Unterricht denn stattfinden, Miss?«, fragt Sophie leise.

»Ich habe mich noch nicht entschieden«, sagt Sugar. Sie starrt weiter aus dem Fenster und hütet sich, Sophie ins Gesicht zu sehen, so wie sie sich davor hüten würde, an den Rand eines Abgrunds zu treten.

Am Marble Arch steigt ein Mann in den Omnibus, der bis auf die Haut durchnässt ist. Er lässt sich auf einem Platz zwischen zwei Damen nieder, peinlich berührt, dass er diesen vollkommen trockenen Frauen seine tropfende Gegenwart aufnötigen muss, und zieht in dem vergeblichen Bemühen, mit seinem großen, breitschultrigen Körper weniger Raum einzunehmen, die Schultern hoch.

»Verzeihung«, flüstert er, und sein schönes Gesicht glüht wie eine Lampe.

Das ist Henry Rackham, denkt Sugar.

Den ganzen Weg bis ins Zentrum starrt der durchnässte Mann

wie versteinert vor sich hin, die Röte schwindet kaum von seinen Wangen, nervös trommelt er mit den Händen auf seine Knie. Als der Omnibus am Oxford Circus hält, hält er es nicht länger aus: Von seinen Schultern steigen inzwischen feine Dampfschwaden auf, und er weiß es. Wieder murmelt er eine Entschuldigung, steht ruckartig auf und flieht zurück in den Regen. Sugar sieht ihm nach, wie er in der Sintflut verschwindet, und trotz aller Sorgen, die sie plagen, wünscht sie ihm von Herzen, dass er sein Ziel, wo immer es sein mag, schnell erreichen möge.

»Hier müssen wir aussteigen, Sophie«, sagt sie eine Minute später und erhebt sich. Das Kind tut es ihr nach und hält sich Schutz suchend an einer Falte ihres Kleides fest, während Sugar aus dem Omnibus in den wirbelnden Regen hinaushumpelt.

Ist das ein Park da vorn? Nein, es ist kein Park. Kaum haben sie wieder festen Boden unter den Füßen, winkt Miss Sugar eine Droschke heran, ruft dem Kutscher Anweisungen zu und schiebt Sophie hastig in das nach Zigarrenrauch riechende Innere. Der Kutscher, obwohl bis auf die Knochen durchnässt, ist ein fröhlicher Kerl und lässt seine Peitsche auf das pitschnasse Hinterteil seines widerstrebenden Pferdes knallen.

»Du kannst wählen, alter Gaul«, ruft er. »Zum Abdecker oder nach King's Cross Station!«

»Werden wir zum Abendessen wieder zu Hause sein?«, fragt Sophie, als die Kutsche sich in Bewegung setzt.

»Hast du Hunger, Liebes?«, fragt Sugar.

»Nein, Miss.«

Sie weiß, dass sie es nicht länger hinausschieben kann, und wagt es, Sophie für einen kurzen Moment ins Gesicht zu sehen. Die Kleine sitzt mit großen Augen da, leicht verwirrt, unverkennbar besorgt – aber, soweit Sugar das beurteilen kann, nicht auf dem Sprung, die Flucht zu ergreifen.

»Warte, ich gebe dir dein Fernrohr«, sagt Sugar und nimmt die Schulmappe auf den Schoß, damit die Kleine nicht hineinsehen kann. Sie beugt sich vor, um ganz sicherzugehen, dass Sophie den Inhalt der Mappe nicht zu Gesicht bekommt – ein Geschichtsbuch, ein Atlas, saubere Unterwäsche, die gerahmte Photographie von Miss Sophie Rackham mit dem Schriftzug *Tovey & Scholefield*, eine bunt gewürfelte Sammlung aus Kämmen und Haarbürsten, Stiften und Buntstiften, *Alice im Wunderland*, die Gedichte von Mr Lear, ein zerknüllter Schal, eine Dose mit Talkumpuder, ein brauner Briefumschlag mit Sophies selbst gebastelten Weihnachtskarten, das Märchenbuch mit den besten Wünschen ihres »langweiligen« Onkels und, ganz unten, das Fernrohr.

»Hier«, sagt sie und reicht Sophie den metallenen Zylinder, den das Kind ohne Zögern entgegennimmt und ohne einen Blick in den Schoß legt.

»Wohin fahren wir, Miss?«

»An einen sehr interessanten Ort, das verspreche ich dir«, sagt Sugar.

»Werden wir zum Schlafengehen rechtzeitig zu Hause sein?«

Sugar legt Sophie einen Arm um den schmalen Körper und lässt die Hand auf der Hüfte der Kleinen ruhen.

»Wir haben eine sehr, sehr weite Reise vor uns, Sophie«, antwortet sie, und ein Stein fällt ihr vom Herz, als Sophie sich entspannt, näher rückt und Sugar eine Hand auf den Bauch legt. »Aber wenn wir am Ziel sind, werde ich dafür sorgen, dass du ein Bett hast. Das wärmste, sauberste, weichste, trockenste und schönste Bett auf der ganzen Welt.«

FÜNFUNDDREISSIG

William Rackham, Leiter der Rackham Perfumeries, steht in seinem Salon, leicht angetrunken nach den zahlreichen doppelten Brandys, die er sich genehmigt hat, seit die Polizisten das Haus verlassen haben, starrt in den Regen hinaus und fragt sich, wie viele Blätter noch nicht gefunden wurden, wie viele noch durch die Abendluft flattern oder an den Fenstern seiner Nachbarn in Notting Hill kleben oder von entgeisterten Passanten gelesen werden, die sie aus Hecken und von Zäunen klauben.

»Das ist alles, was wir finden konnten, Sir«, sagt Letty mit lauter Stimme, um den heulenden Wind und das Prasseln des Regens zu übertönen. Sie legt eine Hand voll dreckiger Blätter auf den durchnässten Papierhaufen mitten auf dem Teppich des Salons, richtet sich auf und fragt sich, ob ihr Herr wirklich vorhat, die pitschnassen Seiten trocknen zu lassen und zu lesen, oder ob er nur bemüht ist, die Straßen seiner Nachbarschaft sauber zu halten.

William macht eine Geste, mit der er sich widerwillig bedankt und sie zugleich entlässt. Dieses letzte Fragment aus dem Werk, das Sugar so voller Gehässigkeit in alle Winde verstreut hat, kann nach allem, was er bereits gelesen hat, nichts Neues mehr bieten.

Vor der Salontür verrät das singende Flüstern weiblicher Stimmen, dass Letty beim Hinausgehen mit Rose zusammengestoßen ist beziehungsweise beinah zusammengestoßen wäre. Was für ein Haushalt! Ein ganzer Stab weiblicher Dienstboten, die sich oben und unten im Haus zu schaffen machen, und niemand, dem sie dienen können, nur William Rackham, ein Mann, der gramgebeugt um einen Haufen nasser, schmutziger Papiere schleicht. Ein Mann, der sich in nur einem Jahr einen Berg ungeheurer Verantwortung aufgeladen, aber seine Frau verloren hat, seinen Bruder, seine Geliebte und jetzt – gebe Gott, dass es nicht wahr ist! – seine einzige Tochter. Kann er in dieser Lage wirklich nichts Sinnvolleres tun, als die Straßen nach den verlorenen Seiten einer Geschichte abzusuchen, in der Männer zu Tode gefoltert werden?

Vielleicht war es ein Fehler, Sugars Ergüsse nicht der Polizei gezeigt zu haben, aber er hielt es in so einem dringenden Fall für Zeitverschwendung, die Suche auch nur um eine Minute zu verzögern. Überhaupt, eine absurde Vorstellung: dass da Polizisten in seinem Salon sitzen, die kaum lesen und schreiben können, und konzentriert und ernst über den fiebrigen Phantasien einer Verrückten brüten, wo sie *dort draußen* sein könnten, auf den Straßen Londons, um die Frau selbst zu jagen!

William lässt sich in einen Sessel fallen, und durch den Windstoß schwebt einer von Agnes' aufwändig bestickten Schonern von der Armlehne. Er hebt ihn vom Boden auf und legt ihn zurück an seinen Platz, auch wenn er noch so nutzlos ist. Dann nimmt er eine Seite von Sugars Werk in die Hand, diejenige, die er als allererste las, als ihm die erste Ladung dieser bizarren Hinterlassenschaft ins Haus gebracht wurde. Sie war schlaff und hauchdünn, triefend nass und kurz davor, in seinen Händen zu zerreißen, doch in der Wärme des Salons ist sie inzwischen getrocknet und knistert jetzt in seinen Fingern wie Herbstlaub.

Alle Männer sind gleich, verkündet die schmale, böse aussehende Handschrift. *Wenn es etwas gibt, das ich in meiner Zeit auf dieser Erde gelernt habe, dann dies. Alle Männer sind gleich.*

Wie ich das mit solcher Überzeugung behaupten kann? Wo ich doch unmöglich alle Männer gehabt haben kann, die es gibt? Vielleicht irrst du dich, lieber Leser, vielleicht habe ich sie alle gehabt.

Wieder verzieht William angewidert die Lippen, als er dieses Eingeständnis von Sugars Promiskuität liest. Wieder legt er die Stirn in Falten über die Anschuldigung, die nun folgt, wo er als *verruchter Mann* verunglimpft wird, als *ewiger Adam*. Dennoch liest er weiter, vom billigen Zauber der Verleumdung gebannt.

Wie selbstgefällig du bist, Leser, sofern du dem Geschlecht angehörst, das sich eines Stückchen Knorpels in der Hose rühmt! Du glaubst, dieses Buch wird dich amüsieren, dir einen Kitzel verschaffen, dich von der Qual der Langeweile befreien (der schlimmsten Qual, die dein privilegiertes Geschlecht überhaupt je zu ertragen hat), und du glaubst, wenn du es verschlungen hast wie eine süße Leckerei, wirst du die Freiheit haben, so weiterzumachen wie zuvor! Genau so habt ihr es immer getan, seit Eva im Garten Eden zum ersten Mal betrogen wurde! Aber dieses Buch ist anders, lieber Leser. Dieses Buch ist ein MESSER. Behalt einen klaren Kopf, du wirst ihn brauchen!

O Gott, o Gott, wie konnte es dazu kommen, dass seine Tochter in den Würgegriff dieser Schlange geraten ist? Hätte er es schon früher merken müssen? Wäre ein anderer Mann schneller zu Verstand gekommen? Jetzt ist es so offenkundig, so erschreckend eindeutig, dass Sugar verrückt ist: ihr abnormer Intellekt, ihre sexuelle Verderbtheit, ihr männlicher Geschäftssinn, ihre reptilienartige Haut ... O Gott, und was war damals, als sie wie ein Krebs auf ihn zugekrochen kam und mit ihrer Möse Wasser verspritzte ... Was hat er sich bloß dabei gedacht, als er das für eine aufreizende Alberei hielt, einen erotischen Jux, wo jeder Idiot darin die animalischen Rasereien eines Ungeheuers erkannt hätte!

Wie nur ist es möglich, dass Gott es für gut befunden hat, gleich *zwei* verrückte Frauen in den Schoß seines Hauses zu pflanzen, während andere Männer von derlei vollkommen verschont bleiben? Womit hat er das verdient? Aber nein, solche Fragen triefen nur vor Selbstmitleid und helfen kein Stückchen weiter. Seine Tochter ist entführt worden und sieht höchstwahrscheinlich einem grausamen Schicksal entgegen. Selbst wenn es Sophie gelingen sollte, den Fängen ihrer Entführerin zu entkommen, wie lange kann ein schutzloses, unschuldiges Kind im ruchlosen Labyrinth Londons überleben? Wo an jeder Straßenecke räuberische Gestalten lauern ... Nicht eine Woche vergeht, ohne dass die *Times* einen Bericht über ein anständig gekleidetes Mädchen bringt, das von einer freundlich aussehenden Matrone in eine Gasse gelockt und »gehäutet« wurde – seiner Stiefel und Kleider entledigt und dem Tod überantwortet. Da wäre es doch weitaus besser, Sugar würde Sophie festhalten, um Lösegeld von ihm zu erpressen; was auch immer sie verlangt, soweit es ihn nicht gänzlich ruiniert, wird er es mit Freuden zahlen!

William presst sich die Daumen auf die Augen und drückt fest zu. Wie ein grausiges Bild, das mit der Laterna Magica an die Wand geworfen wird, leuchtet in seinem Gehirn die Erinnerung an seine weinende Tochter auf, an ihr vor Kummer verzerrtes Gesicht, als sie ihn anflehte, Miss Sugar nicht wegzuschicken. Ihre kleinen Hände, die es nicht wagten, sich an ihn zu klammern, und sich stattdessen an den Kanten ihres kleinen Schreibpults festklammerten wie an einem wackeligen Boot, das auf kabbeliger See treibt. Wird *dies* das Bild von Sophie sein, das er mit ins Grab nehmen wird? Die Photographie, die bei Scholefield & Tovey aufgenommen wurde und die er den Polizisten für das Vermisstenplakat übergeben wollte, ist nicht aufzufinden – offensichtlich hat Sugar sie gestohlen. Stattdessen machte er sich mit einer Schere am »Familienportrait« zu schaffen und schnitt Sophies Gesicht heraus, obwohl er aus eigener Erfahrung als Photograph weiß, dass ein so winziges Bild, von gleichgültigen Fremden vergrößert und retuschiert, vermutlich wenig Ähnlichkeit mit seiner Tochter aufweisen wird …

Doch wie auch immer, dies sind nutzlose Grübeleien, Kleinigkeiten und Ablenkungen, die um das grausige Zentrum seines Elends kreisen. Gestern war seine Tochter noch in Sicherheit und wohlauf, hat schüchtern eine Melodie auf dem Klavier geklimpert, hat erste zögernde Anstrengungen unternommen, ihm zu vergeben und zu verstehen, dass er in seinem Herzen nur ihr Bestes wollte; und heute ist sie fort, und in seinem Schädel hallt stets von neuem die Erinnerung an ihr Weinen wider.

Es ist nicht zu fassen, wie mühelos Sugar dieses Verbrechen begehen konnte! War denn wirklich *niemand* da, der sich ihr in den Weg hätte stellen können? Er hat den gesamten Haushalt befragt, hat seine Bediensteten, darauf könnte er wetten, gewiss nicht weniger gründlich befragt als die Polizisten. Die weiblichen Dienstboten wissen von nichts, haben nichts gesehen und nichts gehört und schwören, dass sie mit ihren jeweiligen Aufgaben zu beschäftigt waren, um die Entführung zu bemerken. Woher nehmen sie die Frechheit, die Unverfrorenheit, ihm das aufzutischen? Das Haus ist praktisch menschenleer, nur bevölkert von Horden von Dienstboten – was tun sie den ganzen Tag, wenn nicht in den Sesseln rumlungern und vor dem Küchenfeuer Groschenromane lesen? Hätte nicht *eine* von ihnen dieser anstrengenden Tätigkeiten enthoben werden und dafür sorgen können, dass die letzte Rackham nicht von einer Verrückten entführt wird?

Die Männer waren nur wenig hilfreicher. Shears hat bestätigt, dass Miss Sugar nicht durch das Haupttor gegangen ist: Tausend Dank, Mr Shears, für diese lebenswichtige Auskunft! Cheesman sagte, er habe Miss Sugar und Miss Sophie von weitem beim Spaziergang gesehen, habe sich aber nichts dabei gedacht, weil sie das nachmittags schon des Öfteren getan hätten. Als William das hörte, war er schwer versucht, den Kerl für seinen Mangel an Phantasie zu beschimpfen, zumal Cheesman ganz genau wusste, dass diese Gouvernante alles andere als eine Gouvernante war. Doch genau das ist der Punkt: Cheesmans verbotenes Wissen. Als einziger Angestellter im Hause Rackham, der über Sugars wahre Herkunft Bescheid weiß, könnte Cheesman ihm reichlich unangenehm werden, wo jetzt die Polizei eingeschaltet ist. Statt anzudeuten, dass jeder Mann mit einem Funken Verstand Sugar die eine oder andere bohrende Frage gestellt hätte, begnügt er sich damit, Cheesman zu fragen, ob er zufälligerweise bemerkt habe, wie die Gouvernante gekleidet war und ob sie Gepäck dabeihatte.

»Ich guck nich so drauf, was 'ne Frau anhat, Sir«, antwortete Cheesman und kratzte sich das Reibeisenkinn. »Und Gepäck … hab nichts dergleichen gesehen, Sir.«

Die Durchsuchung von Sugars Schlafzimmer bestätigte die Aussage des Kutschers: Ein gepackter Koffer stand verlassen neben der Tür Der Inhalt, den ein wütender William auf dem Fußboden ausschüttete, umfasste alles, was eine Frau so benötigen mochte, wenn sie auf Reisen ging: Frisierutensilien, ein Nachthemd, Unterwäsche, Toilettenartikel (Marke Rackham), das grüne Kleid, das sie bei ihrer ersten Begegnung getragen hatte. Kein Hinweis darauf, wohin die Reise gehen sollte.

Williams Hand hat zu zittern begonnen, er hört das Knistern des Papiers in seinem Schoß – die Titelseite von Sugars Manuskript, die er noch immer in den Fingern hält. Er wirft sie beiseite und legt den Kopf nach hinten an die Sessellehne. Noch eine von Agnes' bestickten Unsinnigkeiten – ein Lehnenschoner mit Rotkehlchen und geschwungenen Rs zu Ehren ihres frischgebackenen Ehemannes – rutscht von ihrem Platz und ihm auf die Schulter. Gereizt schleudert er den Schoner von sich; er landet auf dem Deckel des Klaviers und gleitet über das glänzend polierte Holz. So eine hübsche Melodie, die gestern auf diesem Klavier gespielt wurde – doch heute ist der Körper, der dort auf dem Hocker saß, in ein furchterregendes Vakuum gesogen worden.

Er beißt die Zähne zusammen und kämpft gegen die Verzweiflung an. Sugar und Sophie sind *irgendwo* da draußen. Könnte er doch – und sei es nur für eine Stunde – sehen, was Gottes Auge sieht, könnte er doch nur in die Luft aufsteigen, sich weit über die Dächer der Stadt erheben, aber noch unterhalb der Wolken; und trüge Sugar doch unwissentlich einen Lichterkranz der Schuld, ein weiß glühendes Zeichen des Verbrechens, so dass sie dort unten wie ein Leuchtfeuer lodern würde und er aus dem Himmel herab auf sie deuten könnte und rufen: *Da! Da ist sie!*

Aber nein, das sind Phantasien, so ist die Welt eben nicht gemacht. Eine unbestimmte Anzahl von Polizeibeamten durchkämmen die Straßen und sehen nicht weiter als bis zur nächsten Ecke, abgelenkt von prügelnden Hausierern und Dieben auf der Flucht, während sie mit einem Auge nach einer Dame mit einem kleinen Kind Ausschau halten, die es, anders als Hunderte von unschuldigen Damen mit kleinen Kindern, die in der Hauptstadt unterwegs sind, zu verhaften gilt. Ist das alles, was sie tun können, wenn die Tochter von William Rackham in Lebensgefahr schwebt?

Er springt auf, zündet sich eine Zigarette an, zieht den Rauch ein und wandert im Zimmer auf und ab. Sein Zorn und seine Unruhe werden noch von der Erkenntnis verstärkt, dass ihn in dieser Situation nichts von anderen Männern unterscheidet: Er tut genau das, was andere auch tun würden, er raucht, läuft auf und ab und wartet darauf, dass ihm irgendjemand eine Nachricht überbringt, die vermutlich keine gute Botschaft sein wird, und wünscht sich, nicht ganz so viel Brandy getrunken zu haben.

Der Haufen durchnässten Papiers auf dem Teppich fängt an, einen feinen Dunst abzusondern. Mit angewidertem Grunzen nimmt er die oberste Seite, stellt fest, dass sie vom Regen bis zur Unleserlichkeit verwischt ist, und greift nach einer anderen.

»Aber ich habe Kinder!«, ist der Satz, auf den sein Blick fällt. *»Ich habe einen Sohn und eine Tochter, die zu Hause auf mich warten!«*

»Daran hättest du früher denken sollen«, sagte ich und durchschnitt sein Hemd mit meiner rasiermesserscharfen Schneiderschere. Ich widmete mich ganz meiner Arbeit und führte die Schere über seinem behaarten Bauch hin und her.

In Williams behaartem Bauch dreht sich vor Entsetzen der Magen um, und er kann nicht weiterlesen. In seinem Hirn lodert ein Bild auf von Sugar, wie sie war, als sie einander kennen lernten, eine sanft lächelnde Fürsprecherin blutigster Racheakte. »*Titus Andronicus, das* ist ein gutes Stück«, flüsterte sie ihm über den Tisch im Fireside hinweg zu, und taub für die Alarmglocken hielt er das für bloße Konversation. Von ihrem frühreifen Intellekt bezaubert, nahm er an, dass noch viel mehr in ihr steckte – hielt sie für eine sanfte Seele, geschlagen mit Einsamkeit, aufrichtig darauf bedacht zu gefallen. Hat er sich gänzlich geirrt? Gebe Gott, dass *nicht alles*, was er in ihr sah, falsch war; gebe Gott, dass sie einen Funken Barmherzigkeit in sich trägt, oder Sophie ist verloren!

William lässt das Blatt Papier fallen und starrt auf die Verandatür hinaus, über deren Scheiben der prasselnde Regen rinnt. Durch eine Fuge tröpfelt Wasser ins Zimmer und zittert am Rand der Fußbodendielen. Der Schreiner hatte hoch und heilig versprochen, dass das nie wieder passieren würde! Die Fenster, sagte er, sind »versiegelt wie das Medaillon einer Dame«, der verdammte Mistkerl! William hat noch die Karte dieses Gauners; er wird ihn noch einmal rufen lassen und dafür sorgen, dass er seine Arbeit ordentlich erledigt!

»Entschuldigung, Sir«, sagt Letty und reißt ihn aus seinem ohnmächtigen Zorn. »Werden Sie zu Abend essen wollen?«

Zu Abend essen? *Zu Abend essen?* Wie kommt diese dumme Gans auf die Idee, dass er an einem Abend wie diesem etwas essen kann? Er macht den Mund auf, um sie zu schelten, um sie wissen zu lassen, dass es just ihre hirnlose Unfähigkeit ist – sie begreift nicht einmal, dass es auf dieser Welt noch anderes gibt als Pflaumenkuchen und Kakao –, der diese Katastrophe zu verdanken ist. Doch dann sieht er den verängstigten Ausdruck auf Lettys Gesicht und erkennt ihren aufrichtigen, hündischen Wunsch, ihn zufrieden zu stellen. Armes Mädchen: Sie ist nicht allzu aufgeweckt, aber sie meint es gut, und die Verderbtheit von Frauen wie Sugar ist nicht ihr anzulasten.

»Danke, Letty«, seufzt er und reibt sich das Gesicht. »Ein wenig Kaffee vielleicht. Und etwas Brot und Butter. Oder ... oder Spargel auf Toast, wenn das möglich ist.«

»Aber gern, Mr Rackham«, trällert Letty und läuft rot an vor Dankbarkeit, dass hier – endlich – etwas verlangt wird, das sie zu erfüllen imstande ist.

Am nächsten Morgen bringt Rose das Silbertablett mit der Post, und er geht schnell die Umschläge auf der Suche nach einem Erpresserbrief durch. Neben der Geschäftskorrespondenz gibt es nur drei Briefe ohne Absender auf der Rückseite. Zu ungeduldig, um sich mit einem Brieföffner abzugeben, reißt er sie mit dem Fingernagel auf.

Der erste ist ein Spendenaufruf für Leprakranke in Indien, die laut einer gewissen Mrs Eccles in Peckham Rye vollständig geheilt werden können, wenn jeder Geschäftsmann in Großbritannien, der mehr als eintausend Pfund per annum verdient, nur ein einziges Pfund davon an das unten angegebene Postfach sendet. Der nächste kommt vom Kaufhaus William Whiteley in Bayswater und drückt die Zuversicht aus, dass inzwischen jedem Einwohner von Notting Hill bekannt sein dürfte, dass Whiteley zu seiner Fülle an Abteilungen nun auch eine für Eisenwaren eingerichtet hat und dass Damen, die ohne männliche Begleitung zum Einkauf unterwegs sind und die es nach einem zweiten Frühstück gelüstet, ein solches künftig in der neu eingerichteten Restauration einnehmen können. Der dritte stammt von einem Herrn, der in wenigen hundert Metern Entfernung in den Pembridge Villas lebt, und enthält ein verschmutztes Blatt Papier, mit malvenfarbenen Emblemen und einem ornamentalen Briefkopf verziert, der von matschigen Fußtritten bis zur Unlesbarkeit verschmiert wurde. In nachempfundener Frakturschönschrift steht dort folgende Liste:

Menuett: 10
Gavotte: 9 1/2
Cachucha: 8 1/2
Masurka: 10
Tarantella: 10
Haltung beim Auffordern/Verabschieden: 10
Haltung in den Pausen: 9 1/2
Gut gemacht, Agnes!

Wozu der Gentleman aus den Pembridge Villas auf einem beiliegenden sauberen Blatt vermerkt hat:

Meine Frau ist der Meinung, dass dies vielleicht Ihnen gehört hat.

Als Rose ihrem Herrn die zweite Post bringt, trifft sie ihn zu ihrer Bestürzung mit Kopf und Armen auf seinem Schreibtisch liegend und in die Hände heulend an.

»Wo ist sie, Rose?«, schluchzt er. »Wo hat sie sich versteckt?«

Das Dienstmädchen, das eine solche Vertraulichkeit von ihm nicht gewohnt ist, ist völlig überrumpelt.

»Womöglich ist sie nach Hause gefahren, Sir?«, schlägt sie vor und befingert nervös das leere Silbertablett.

»Nach Hause?«, wiederholt er und nimmt die Hände vom Gesicht.

»Zu ihrer Mutter, Sir.«

Er starrt sie mit offenem Mund an.

Verschwitzt und außer Atem, nachdem er ab Regent Street, wo Cheesmans Kutsche im Verkehr stecken blieb, gerannt ist, klopft William Rackham an die Tür des Hauses in der Silver Street – jenes Hauses, das entgegen der Behauptung in den *Londoner Lustbarkeiten* niemals wirklich in der Silver Street lag.

Nach längerer Wartezeit, in der er tief durchatmet und sein klopfendes Herz zu beruhigen versucht, wird die Tür einen Spalt breit geöffnet. Ein schönes braunes Auge, der Blickfang in einer langen, schmalen Vignette aus alabasterfarbener Haut, gestärktem weißen Hemd und kaffeebraunem Anzug, fixiert ihn.

Die seidenweiche Stimme einer Frau fragt: »Haben Sie einen Termin?«

»Ich m-möchte zu Mrs Castaway.«

Das Auge klappt halb zu und zeigt seine üppigen Wimpern. »Ob Sie zu ihr können oder nicht«, antwortet die Stimme und trieft dabei vor Herablassung, »hängt davon ab, was für ein böser Junge Sie waren.«

»Was!«, schreit William. »Machen Sie die Tür auf, Madam!«

Die seltsame Frau öffnet den Spalt so weit, dass die Türkette straff gespannt ist. Ihre mit Öl heruntergekämmte Männerfrisur, ihr Jackett und die Hosen – die in Eleganz denen eines echten Stutzers in nichts nachstehen – sowie ihr Mornington-Hemdkragen mit Krawatte jagen William einen Schauder des Abscheus über den Rücken.

»I-Ich möchte m-mit Mrs Castaway sprechen«, wiederholt er.

»Sie sind nicht auf dem Laufenden, Sir«, sagt die Sapphistin, hebt eine Zigarettenspitze ins Blickfeld und nimmt einen Zug, schnell wie ein Kuss. »Mrs Castaway ist tot. Die neue Inhaberin ist Miss Jennifer Pearce.«

»Eigentlich … eigentlich s-suche ich nach Sugar.«

»Sugar ist weg, genau wie die anderen Mädchen von letztem Jahr«, entgegnet die Frau, und aus ihrer Nase dringt Rauch. »Raus mit dem Alten, rein mit dem Neuen, das ist unsere Philosophie.« Und in der Tat, soweit Rackham einen Blick auf die Einrichtung erhaschen kann, ist das Haus bis zur Unkenntlichkeit umgestaltet worden. In der Salontür erscheint ein unbekanntes Gesicht, gefolgt vom Körper: eine exquisit gekleidete Gestalt in blauer und goldener Algerinewolle.

»Es ist von h-h-höchster Wichtigkeit, dass ich Sugar finde«, beharrt er. »Sollten Sie irgendeine Vermutung haben, wo sie sch-sch-stecken könnte, flehe ich Sie an, es mir zu sagen. Ich z-z-zahle, w-w-was Sie wollen.«

Die Puffmutter schwebt herbei und schwingt dabei lässig einen geschlossenen Fächer, als wäre er eine Peitsche.

»Ich habe Ihnen zwei Dinge zu sagen, Sir«, erklärt sie, »und Sie müssen nicht einmal dafür bezahlen. Erstens, das Mädchen, das Sie Sugar nennen, hat, soweit ich weiß, dem leichten Leben den Rücken gekehrt: Sie sollten besser in den Heimen des Frauenrettungsvereins nach ihr suchen. Zweitens haben Ihre Seifen und Cremes unserer Meinung nach nicht unbedingt dadurch gewonnen, dass sie jetzt Ihr Bildnis tragen. Gott gebe uns wenigstens *einen* Ort, an dem wir vor einem männlichen Gesicht verschont bleiben. Schließ die Tür, Amelia.«

Und die Tür wird geschlossen.

Nach dieser Unverschämtheit denkt William für ein paar Sekunden daran, noch einmal anzuklopfen und unter Androhung einer Polizeieskorte eine anständige Antwort zu verlangen. Doch er hält sich zurück, da diese verderbten Kreaturen womöglich die Wahrheit über Sugar erzählten. Sie ist nicht *hier*, so viel ist sicher; aber wenn nicht hier, wo dann? Wäre es denkbar, dass sich Sugar tatsächlich der Barmherzigkeit des Frauenrettungsvereins anbefiehlt? Wie sonst wäre der seltsame Zufall zu erklären, dass Emmeline Fox Sugar erst vor wenigen Tagen ein Paket geschickt hat? Ist dies ein weiteres Beispiel für eine unverfrorene Absprache zwischen zwei tragisch missgeleiteten Frauen? Fest entschlossen, sich von seiner Wut nicht den Verstand rauben zu lassen, wendet er sich von Mrs Castaways Haus ab und taucht in das Getümmel der Silver Street.

»Spielt die werte Gattin Klavier, Sir?«

Nach einer grauenhaften Busfahrt, die er einer breit lächelnden Witwe gegenüber verbracht hat – sie mit einer Reklametafel für Rackhams Damaszenerrosendrops über dem Kopf, er mit einer für Rimmels Eau de Benzoin über seinem –, steigt William in Bayswater aus und marschiert stracks auf die lange Reihe bescheidener kleiner Häuser am Caroline Place zu. Dort wappnet er sich für den nächsten Kampf gegen die sich zuziehende Schlinge der Tragödie.

Nachdem auf das erste Klopfen hin niemand erschienen ist, hämmert William lauter und nachdrücklicher an die Tür von Mrs Fox. Die vorderen Fenster sind mit Vorhängen verhängt, doch er hat zwei Auren – Auroren? – einer Lampe durch die verschiedenen Schichten verblasster Spitze schimmern sehen. Henrys Kater, vom Lärm geweckt, ist auf die Fensterbank gesprungen und stupst jetzt mit seiner pelzigen Schnauze gegen das mit Spinnweben verzierte Querstück des Fensterrahmens. Er sieht mindestens doppelt so groß aus wie damals, als Mrs Fox ihn aus dem Hause Rackham holte.

»Wer ist da, bitte?« Durch die hölzerne Barriere dringt Mrs Fox' Stimme, sie klingt verschlafen, obwohl es bereits zwei Uhr nachmittags ist.

»Hier ist William Rackham. Kann ich mit Ihnen sprechen?«

Es folgt eine Stille. Ungeduldig tritt William, vom Wind zerzaust und für alle Augen sichtbar, von einem Fuß auf den anderen; er ist sich darüber im Klaren, dass ein solcher Besuch – ein einzelner Mann bei einer allein stehenden Frau – allen Regeln des Anstands zuwiderläuft, aber sollte nicht gerade Mrs Fox bereit sein, derlei Regeln zu brechen?

»Ich bin noch nicht gesellschaftsfähig«, lautet die Antwort.

William starrt wie vom Donner gerührt auf die Messingzahl an der Tür. An der Ecke jault ein Hund fröhlich einem Bastardkumpel auf der anderen Straßenseite zu, und ein Junge in Hemdsärmeln beäugt misstrauisch den unrasierten Mann mit dem wütenden Gesicht.

»Könnte ich nicht lieber *Sie* aufsuchen«, fährt Mrs Fox fort, »etwas später am Vormittag? Oder heute Nachmittag?«

»Es ist eine Angelegenheit von größter Dringlichkeit!«, beharrt William.

Erneut tritt eine Pause ein; Henrys Kater streckt sich an der Fensterscheibe zu voller Länge aus und zeigt dabei einen beachtlichen Körperumfang und zwei flaumige Eier.

»Bitte warten Sie einen Moment«, sagt Mrs Fox.

William wartet. Was zum Teufel tut sie? Sugar und Sophie zur Hintertür hinausverfrachten? Sie im Kleiderschrank verstecken? Jetzt, wo er sich die Mühe gemacht hat, hierher zu kommen, hat sich sein anfänglicher Verdacht, Mrs Fox könnte womöglich etwas über Sugars Aufenthaltsort wissen, zu der festen Überzeugung gesteigert, dass sie selbst die beiden Flüchtigen beherbergt.

Nach einer Ewigkeit öffnet Mrs Fox die Tür, und er tritt ein, bevor sie Einwände erheben kann.

»Was kann ich für Sie tun, Mr Rackham?«

In einem Atemzug erfasst er den Zustand ihres Hauses – den modrigen Geruch, die feine Staubschicht überall, das eiserne Bettgestell, das an der Wand lehnt, die Bücherstapel auf der Treppe, den Leinenbeutel mit der Aufschrift »HANDSCHUHE FÜR IRLAND«, der den Zugang zum Besenschrank verstellt. Mrs Fox betrachtet ihn nachsichtig, nur leicht beschämt angesichts des verwahrlosten Zustands ihres Hauses, und wartet auf eine Begründung für sein ungehobeltes Eindringen. Sie trägt einen wadenlangen Wintermantel mit schwarzem Fellkragen und Muff, den sie bis zum Brustbein zugeknöpft hat. Darunter ist statt einer Bluse oder eines Mieders ein Männerhemd zu sehen, das nicht übertrieben sauber und viel zu groß für sie ist. Ihre Stiefel sind gerade so weit zugeknöpft, dass sie nicht wie schwarze Bananenschalen um ihre nackten Fußknöchel baumeln.

»Meine Tochter ist entführt worden«, verkündet William. »Von Miss Sugar.«

Mrs Fox reißt die Augen auf, jedoch nicht halb so weit, wie es bei einer solch schockierenden Nachricht eigentlich angezeigt wäre. Genau genommen sieht sie reichlich verschlafen aus.

»Wie … seltsam«, sagt sie.

»Seltsam!«, wiederholt er, entrüstet über ihre Seelenruhe. Warum zum Teufel fällt sie nicht in Ohnmacht oder wenigstens auf die Knie, die Hände an die Brust gepresst, oder hebt die schwache Faust an die Stirn und ruft: »Oh!«?

»Sie machte auf mich den Eindruck eines netten, wohlgesinnten Mädchen.«

Ihre freundliche Nachsichtigkeit bringt ihn in Rage. »Sie wurden getäuscht. Sie ist verrückt, eine bösartige Verrückte, und sie hat meine Tochter in ihrer Gewalt.«

»Die beiden schienen sich gern zu haben …«

»Mrs Fox, ich möchte mich nicht mit Ihnen streiten. I-ich …« Er schluckt und überlegt, ob er sein Begehr auf eine Art und Weise vorbringen kann, die ihn nicht als vollkommenen Barbaren dastehen lässt. Nein, kann er nicht. »Mrs Fox, ich möchte mich vergewissern, dass Sugar … dass Miss Sugar und meine Tochter nicht in Ihrem Hause sind.«

Emmeline öffnet verwundert die Lippen.

»Das kann ich Ihnen nicht erlauben«, murmelt sie.

»Verzeihen Sie mir, Mrs Fox«, entgegnet er heiser, »aber es bleibt mir nichts anderes übrig.« Und bevor ihr missbilligender

Blick ihn entmutigen kann, stapft er an ihr vorbei in die Küche, wo er mit einem Stapel von Henrys Stühlen kollidiert. Der Raum, ohnehin recht klein, ist auf absurde Weise mit Küchengeräten in doppelter Ausführung voll gestellt: Es gibt zwei Herde, zwei Geschirrregale, zwei Eiseimer, zwei Kessel und so weiter und so fort. Des weiteren gibt es einen Laib Brot mit einem Messer darin und fünfzehn, zwanzig Dosen Lachs und Corned Beef, wie Soldaten aufgereiht auf einer Bank, die zwar sauber gewischt wurde, aber immer noch rosig-gelbe Blutflecke aufweist. Es gibt kaum Platz zum Stehen, geschweige denn, um eine groß gewachsene Frau und ein kräftiges Kind zu verstecken. Der Garten, der durch das regengepeitschte Küchenfenster zu sehen ist, ist ein Dickicht aus üppigem, nicht essbarem Grünzeug.

Bereits in diesem Moment weiß William, dass er auf dem Holzweg ist, aber er kann nicht mehr zurück, also taumelt er aus der Küche und inspiziert die anderen Räume. Henrys Kater folgt ihm auf dem Fuß, begeistert über so viel Treiben in einem Haus, dessen Rhythmus gewöhnlich eher einschläfernd ist. William drückt sich an den Aufbauten staubiger Möbel vorbei und gibt sich alle Mühe, nicht gegen Kisten, Bücherstapel, sorgfältig adressierte Pakete, denen nur noch die Briefmarke fehlt, und prall gestopfte Säcke zu rempeln. Mrs Fox' Salon trägt die Zeichen ihrer wohltätigen Geschäftigkeit: Dutzende von Umschlägen liegen gefüllt und versandfertig da, auf dem Schreibpult ist ein Stadtplan von London ausgebreitet, daneben zahlreiche Behältnisse mit Leim, Tinte, Wasser, Tee und einer dunkelbraunen Substanz mit milchigem Schaum darauf.

Er poltert die Treppe hinauf und läuft vor Scham wie vor Anstrengung rot an. An der Tür zum Schlafzimmer steht ein Karton mit Katzenkot. Mrs Fox' Bett ist zerwühlt, und auf der Tagesdecke liegt, lang ausgestreckt, eine mit Katzenhaaren bedeckte Männerhose. An einem Hutständer hängt eine makellos saubere und sorgfältig gebügelte Kombination aus Mieder, Jacke und Kleid in den nüchternen Farben, die Mrs Fox am besten stehen.

William erträgt es nicht länger; die Vorstellung, einen Schrank aufzureißen und Sugar und seine verängstigte Tochter mit einem triumphierenden Schrei ans Licht zu zerren, ist zu einem Nichts zerbröselt. Er geht wieder nach unten, wo Mrs Fox auf ihn wartet, das Gesicht zu ihm erhoben, die Augen vorwurfsvoll blitzend.

»Mrs Fox«, sagt er und fühlt sich schmutziger als der Inhalt des Kartons auf dem Flur im ersten Stock. »I-ich… Wie … Diese Verletzung Ihrer Pr-Pri-Privatsphäre. Wie können Sie mir jemals v-v-verzeihen?«

Sie verschränkt die Arme vor der Brust, und ihr Kinn wird hart.

»Es ist nicht an mir, Ihnen zu verzeihen, Mr Rackham«, sagt sie kühl, als wollte sie ihn lediglich daran erinnern, dass der christliche Glaube, den sie nominell teilen, nicht der katholische ist.

»Ich war … ich war n-nicht ich s-selbst«, bringt William vor und schiebt sich auf die Haustür zu, wobei er fürchtet, zu allem Überfluss noch auf Henrys Kater zu treten, der ihm um die Beine streicht und in seine Hosen beißt. »K-kann ich i-irgendetwas tun, um m-m-mein Ansehen bei Ihnen w-wiederherzustellen?«

Mrs Fox sieht ihn an und verschränkt die Arme fester vor der Brust. Ihr langes Gesicht besitzt, wie William erst jetzt bemerkt, eine eigentümliche Schönheit, und – gütiger Gott, ist das möglich? – ist das ein *Lächeln*, das da in ihren Mundwinkeln zuckt?

»Ich danke Ihnen, Mr Rackham«, sagt sie höflich. »Ich werde über Ihr Angebot ernsthaft nachdenken. Ein Mann mit Ihren Mitteln ist natürlich wie geschaffen für all die wichtigen Dinge, die es auf dieser Welt zu tun gibt.« Sie deutet auf das philanthropische Chaos ihres Hauses. »Ich habe mir mehr Arbeit aufgebürdet, als ich bewältigen kann, wie Sie sicherlich bemerkt haben. Also … Ja, Mr Rackham, ich freue mich auf Ihre zukünftige Unterstützung.«

Und unorthodox wie sie nun einmal ist, öffnet sie – nicht er – die Tür und wünscht ihm einen guten Tag.

»Miau!«, stimmt Henrys Kater zu und streckt sich zufrieden zu Füßen seiner Herrin aus.

So weit ernüchtert, dass er froh und dankbar wäre über eine Möglichkeit, im Erdboden zu verschwinden – wenn sich die Erde vor ihm auftäte –, kehrt William nach Hause zurück. War die Polizei schon da? Nein, die Polizei war noch nicht da. Möchte er das Mittagessen aufgewärmt haben? Nein, er möchte sein Mittagessen nicht aufgewärmt haben. Kaffee, man bringe ihm Kaffee.

So unerträglich die Anspannung auch ist, er hat keine andere Wahl, als sie zu ertragen und weiterzumachen wie jeden Tag. Es ist noch mehr Post eingetroffen, doch kein Brief hat mit Sugar oder seiner Tochter zu tun. Einer stammt von Grover Pankey, Esquire, in dem er William einer schlechten Kinderstube bezichtigt und alle Geschäftsbeziehungen zu ihm abbricht. Williams Gemütsverfassung ist dermaßen derangiert, dass er kurz mit dem Gedanken spielt, Pankey zum Duell zu fordern: Der hässliche alte Mistkerl ist wahrscheinlich ein guter Schütze und würde William mit einem Peng aus seiner Pistole von seinem Elend erlösen. Aber nein, er muss einen kühlen Kopf bewahren und sich bei diesem Cheadle in Glamorgan anbiedern. Cheadles Elfenbeintöpfe sind leicht wie Muscheln und dennoch so stark, dass man sie nicht in der Faust zerdrücken kann. William weiß das: Er hat es ausprobiert.

Er öffnet einen Brief mit einem unbekannten Absender auf dem Rücken: Mrs F. De Lusignan, 2, Fir-street, Sydenham.

Lieber Mr Rackham, begrüßt ihn die gute Frau,

mein Haar war von Kummer und Krankheit ergraut, doch eine Flasche Ihres Rabenöls hat es wieder glänzend schwarz gefärbt und so schön gemacht, wie es in meiner Jugend war. Alle meine Freundinnen gratulieren mir. Sie können diesen Brief ganz nach Ihrem Belieben verwenden.

William blinzelt dümmlich auf das Blatt und schwankt zwischen Lachen und hemmungslosem Weinen. Dies ist genau so ein überzeugtes Bekenntnis, wie er und Sugar es für die Rackhamsche Werbung immer aus der Luft gezaubert haben, allerdings hundertprozentig echt. Mrs F. De Lusignan, die ihr gefärbtes Haar in einem Spiegel in Sydenham bewundert, Gott segne sie! Sie hat sich einen ganzen Karton mit Rabenöl verdient – womöglich hat sie es auch genau darauf abgesehen.

Der Rest sind Geschäftsbriefe, doch er beißt sich durch, und jeder geschriebene Brief ermüdet ihn ein wenig mehr, so als müsste er einen Löffel mit Asche nach dem anderen hinunterwürgen. Doch dann, mitten in einem Antwortschreiben an Miss Baynton von Harrod's Kosmetikabteilung, wird ihm blitzartig klar, wo er Sugar suchen muss und wo just in diesem Moment seine Tochter bebend ihrem Schicksal entgegenbangt.

Als William endlich Mrs Leeks Haus in der Church Lane, St. Giles, erreicht, steht die Sonne tief am Himmel und wirft einen unpassenden goldenen Schimmer auf die alten, baufälligen Gebäude. Das verschlungene Außenskelett aus Eisenröhren schimmert wie monströse Halsketten, die Stuckbandagen an den Wänden sind buttergelb, und die Wäscheleinen schwingen ihre zerlumpte Last wie Wimpel bei Hofe. Selbst die zerbrochenen, windschiefen Dachbodenfenster erstrahlen im Widerschein des Lichts – eines Lichts, das in wenigen Minuten verblassen wird.

Wie auch immer, William hat wenig Lust, das Panorama zu bewundern. Ihm geht es einzig und allein darum, ob die Adresse, bei der vor langer Zeit ein Kutscher einen alten Mann im Rollstuhl für die Weiterreise zum Rackhamschen Lavendelgut in Mitcham abholen sollte, die gleiche ist wie die, vor deren Tür er nun steht und mit der Faust gegen das verwitterte Holz hämmert. Schließlich hat er nur Sugars Wort, dass der alte Mann wirklich hier gelebt hat, und diese Straße gehört zu denen, wo ein gut gekleideter Herr besser nicht nach einer Adresse fragt.

Nach einer Ewigkeit geht die Tür auf, und dort im Halbdunkeln sitzt Colonel Leek und blinzelt durch einen nicht sehr sauberen Kneifer.

»Was vergessen?«, fragt er, weil er William für einen Kunden hält, der erst kürzlich das Haus verlassen hat. Dann: »Oh, *Sie* sind es.«

»Kann ich reinkommen?«, fragt William, den die Sorge plagt, Sugar könnte vielleicht just in diesem Moment Sophie durch das verdreckte Haus zu einem Hinterausgang führen.

»Oh, unbedingt, unbe*dingt*«, erklärt der alte Mann mit übertriebener Politesse. »Es wäre uns eine Ehre. Ein so hoch stehender Mann wie Sie, Sir. Mr Vierzig Morgen! Märchenhaft, märchenhaft …« Und er dreht sich um die eigene Achse und rollt über einen schmutzigen Läufer, der vor Feuchtigkeit quietscht. »1813: Aussichten für die Bauern besser als je zuvor! 1814, 1815, 1816: Winterfröste von bis dahin ungekannter Härte vernichten die Ernten von einer Küste zur anderen, die Folge zahllose Pleiten! Adam Tipton aus South Carolina, 1863 berühmt geworden als der Baumwollkönig, 1864 nach der Rüsselkäferplage mit einer Kugel im Kopf aufgefunden!«

»Ich bin gekommen, weil ich Sugar suche«, erklärt William und folgt ihm. Wenn er sein Anliegen unumwunden vorträgt, als eine todernste Forderung, kann er den alten Halsabschneider vielleicht dazu bringen, mehr auszuplaudern, als er sollte.

»Sie hat mich nie wieder holen lassen, die Schlampe«, schnauzt Colonel Leek. »Wenn 'ne Frau was verspricht, ist das so viel wert wie 'ne Waffenruhe mit den Pathanen. Ich hab meinen Schnupftabak nie gekriegt und hab nie wieder einen Blick auf Ihre *märchenhaften* Lavendelfelder werfen dürfen, Sir.«

»Ich dachte, es hätte Ihnen nicht gefallen«, bemerkt William und blickt kurz die schlecht erleuchtete Treppe hinauf, bevor er über die Schwelle des Empfangsraums tritt. »Ich meine mich erinnern zu können, dass Sie sich beschwerten, man habe Sie praktisch ... *entführt.*«

»Och, es war 'ne nette Abwechslung«, erklärt der alte Mann und zeigt sich weder peinlich berührt noch geneigt, nach dem Köder zu schnappen. Er hat sich in eine behagliche Ecke des Zimmers verzogen und sitzt nun inmitten des ganzen Haufens von altmodischem Porzellan und militärischem Plunder. »Mein erstes Lavendelgut! *Ungemein* bildend.« Er bleckt seine tabakdunklen Zähne zu einem einschmeichelnden Lächeln.

Eine Frau ist die knarrende Treppe heruntergekommen und steckt ihren Kopf ins Zimmer. Sie ist ein hübsches Ding, kein junges Küken mehr, aber gut erhalten, mit herzensgutem, freundlichem Gesicht und wohlproportioniertem Körper, auch wenn sie in Farben herumläuft, die vor zwei Jahren modern waren.

»Wollten Sie zu mir, Sir?«, fragt sie den Fremden verwundert. Kommt die Kundschaft jetzt zu ihr, statt dass sie sie holen muss?

»Ich wollte zu Sugar«, sagt William. »Sie ist doch ein regelmäßiger Gast in diesem Haus, soweit ich weiß.«

Die Frau zuckt traurig mit den Schultern. »Das is lange her, Sir. Sugar hat 'nen reichen Mann gefunden, der für sie sorgt.«

William Rackham strafft sich und ballt die Fäuste. »Sie hat meine Tochter gestohlen.«

Caroline denkt einen Moment darüber nach, ob dieser Mann

tatsächlich meint, was er sagt, oder ob »meine Tochter gestohlen« zu diesen seltsamen Sätzen gehört, die gebildete Leute benutzen, wenn sie irgendetwas Hochgestochenes sagen wollen.

»Ihre Tochter, Sir?«

»Meine Tochter ist entführt worden. Von Ihrer Freundin Sugar.«

»Wussten Sie«, schaltet sich Colonel Leek mit sadistischer Begeisterung ein, »dass von zehn Ertrunkenen in England und Wales sechs Kinder unter zehn Jahren sind?«

Caroline sieht, wie der gut gekleidete Fremde entrüstet die Augen aufreißt, und gerade, als sie denkt, wie sehr er sie an jemanden erinnert, den sie einst kannte, wird ihr bewusst, dass dieser Mann der Parfümeur Rackham ist, der Bruder ihres sanftmütigen Pastors. Die Erinnerung an diesen milden Mann versetzt ihr einen heimtückischen Schlag in die Magengrube, denn sie war nicht darauf gefasst, und Erinnerungen können grausam sein, wenn sie aus heiterem Himmel kommen. Sie zuckt zurück, legt sich schützend eine Hand auf die Brust und kann dem vorwurfsvollen Blick des Mannes, der vor ihr steht, nicht begegnen.

»Ich lasse mich nicht für dumm verkaufen!«, schreit Rackham. »Sie wissen mehr, als Sie zugeben, dass sehe ich doch!«

»Bitte, Sir ...«, sagt sie und wendet den Kopf ab.

Als hätte jemand den Deckel von einem Fass genommen, steigt William der unverkennbare, schwindelerregende Gestank eines Geheimnisses in die Nase, das nicht länger verborgen bleiben kann. Endlich ist er auf der richtigen Spur! Endlich strebt die Geschichte ihrem explosiven Höhepunkt entgegen, den er ersehnt hat – der Aufklärung, der Auflösung der Spannung, die das Universum noch einmal kräftig durchschütteln wird, damit alles wieder an seinen angestammten Platz zurückfallen kann und die Normalität wiederhergestellt wird! Mit einem entschlossenen Knurren hastet er an der Frau vorbei, marschiert aus dem Wohnzimmer und poltert die Treppe herauf.

»Jäärreh! Sieben Pence!«, schreit Colonel Leek und streckt die Hand hinter ihm in die leere Luft.

»Passen Sie auf, wo Sie hintreten, Sir!«, ruft Caroline. »Manche Stufen ...«

Doch es ist schon zu spät.

Die Nacht hat sich über St. Giles, über London, über England, über einen guten Teil der Welt gesenkt. Nachtwächter wandern durch die Straßen und entzünden feierlich wie eine Armee katholischer Gläubiger unzählige Votivkerzen in viereinhalb Meter Höhe. Ein magischer Anblick für jeden, der von hoch oben herabsieht, was leider niemand tut.

Ja, die Nacht hat sich herabgesenkt, und nur Kreaturen ohne Bedeutung sind noch bei der Arbeit. Billige Wirtshäuser erwachen zum Leben, die armen Taglöhnern Ochsenbacken und Kartoffeln servieren. In den Tavernen, Bierkneipen und Destillen floriert das Geschäft. Die respektablen Ladenbesitzer verrammeln ihre Lokale, lassen Eisenstangen und Riegel einrasten; sie pusten die Lichter aus und verurteilen die unverkauften Waren für eine weitere trostlose Nacht dazu, mit sich selbst allein bleiben zu müssen. In den unteren Schichten der Gesellschaft arbeiten in ihren Häusern ärmere, schäbigere Gestalten, kleben Streichholzschachteln, nähen Hosen, stecken bei Kerzenlicht Blechspielzeug zusammen, ziehen die Wäsche der Nachbarn durch die Mangel und hocken über Zubern, die Röcke bis zu den Schultern hochgeworfen. Lass sie schuften, lass sie sich plagen, lass sie in die Dunkelheit entschwinden, du hast keine Zeit, genauer hinzusehen.

Die feinere Gesellschaft erfreut sich dank Gas und Paraffin an einer warmen Atmosphäre, und die Dienstboten schüren die Feuer für die Behaglichkeit jener Geschöpfe, die sich nun die Stunden bis zum Schlafengehen mit Stickereien, Abendessen, Sammelalben, Briefe schreiben, Romane lesen, Gesellschaftsspielen und Gebeten vertreiben werden. Formelle Besuche vertraulicher Natur enden mit dem Läuten einer Glocke, und die auf diese Weise unterbrochenen Gespräche, wie fesselnd sie auch immer gewesen sein mögen, können unmöglich vor dem nächsten Tag zur vereinbarten Zeit fortgesetzt werden. Wohlerzogene Kleinkinder werden von den Kinderfrauen zu ihren Müttern geführt, um ein oder zwei Stunden lang getätschelt zu werden, bevor man sie wieder nach oben in ihre wartenden Betten verfrachtet. Ledige Herren wie Bodley und Ashwell sind nicht im Mindesten benachteiligt, weil sie nicht über eine Ehefrau verfügen, sondern breiten sich im Café Royal eine Serviette über die Knie oder ruhen mit einem Sherry in der Hand in den tiefen Sesseln ihres

Clubs. In den prächtigsten Häusern bereiten Köchinnen, Küchenmädchen und Lakaien sich auf die heikle Aufgabe vor, kochend heißes Essen durch lange, zugige Gänge genau zum richtigen Zeitpunkt in die Speisezimmer zu tragen. In bescheideneren Haushalten finden sich kleinere Familien mit dem ab, was ihnen vorgesetzt wird, und danken Gott dafür.

In der Church Lane in St. Giles, wo keinem Gott gedankt wird und keine Kinder gebadet werden, Gaslampen rar gesät sind, wird William Rackham durch die fast schwarze Nacht geführt und humpelt stolpernd über das nasse, kotige Kopfsteinpflaster. Er hat einen Arm um die Schulter einer Frau gelegt und stöhnt bei jedem Schritt vor Schmerz und Scham auf. Ein Hosenbein ist zerrissen und triefend nass von Blut.

»Es geht mir gut!«, schreit er und macht sich von der Frau los, nur um sofort wieder nach ihr zu greifen, als das verletzte Bein ihn nicht tragen will.

»'s is nur noch 'n Stückchen, Sir«, keucht Caroline. »Wir sind gleich da.«

»Rufen Sie mir eine Droschke«, sagt William und stolpert nach vorn in eine Wolke seines eigenen Atems. »Ich brauche nur eine Droschke.«

»Hier fahren keine Droschken, Sir«, sagt Caroline. »Noch 'n Stückchen weiter.«

Ein plötzlicher Windstoß schleudert ihm Hagel ins Gesicht, der ihm die Wangen nadelt. Seine Ohren sind geschwollen und pochen, als hätte ein wütender Vater ihn geohrfeigt.

»Lassen Sie mich los!«, stöhnt er, dabei ist er derjenige, der sich festklammert.

»Sie brauchen 'nen Arzt, Sir«, sagt Caroline, ohne weiter auf seine Gereiztheit einzugehen. »Sie werden doch zu einem Arzt gehen, nicht wahr?«

»Ja, ja, ja«, stöhnt er und kann es noch immer nicht fassen, dass eine verrottete Treppenstufe ihn dermaßen außer Gefecht setzen konnte.

Vor ihm leuchten die Lichter der New Oxford Street. Gedämpfte Stimmen werden vom Wind herangetragen, müdes Geschwätz der Arbeiter der Horseshoe-Brauerei, die in die Nacht hinausströmen. Im Regen sind nur ihre klapprigen Silhouetten zu erkennen, als sie die Grenze zwischen Bloomsbury und dem Viertel, in das sie hingehören, überqueren.

»Hoi, Pasder!«, ruft einer, und raues Gelächter ertönt.

Caroline führt William Rackham bis zur großen Durchgangsstraße unter eine Straßenlaterne und hält ihn fest, damit er nicht in die Gosse stolpert.

»Ich werd bei Ihnen blei'n, Sir«, sagt sie nüchtern, »bis 'ne Droschke kommt. Sonst wer'n Se mir hier noch abgemurkst.«

In dem helleren Licht nimmt William sein Hosenbein in Augenschein – zerrissen und ekelerregend blutig –, dann die Frau an seiner Seite. Ihr Gesicht ist ausdruckslos, eine Maske; sie hat allen Grund, ihn zu verachten, und doch steht sie hier und ist gut zu ihm.

»Hier … nehmen Sie das«, sagt er, zieht mühselig eine Hand voll Münzen aus der Tasche – Shillings, Sovereigns, Kleingeld – und hält sie ihr hin. Sie nimmt das Geld wortlos entgegen und steckt es in einen Schlitz in ihren Röcken, weicht aber nicht von seiner Seite.

Beschämt versucht er, auf beiden Füßen zu stehen, doch da fährt ihm ein Schmerz durchs Bein, als hätte ihm ein rachsüchtiger Erdgeist eine Kugel durch die Ferse direkt ins Herz gejagt. Er schwankt und spürt den festen Griff der Frau um seine Hüfte.

Tränen treten ihm in die Augen; die Lichter der New Oxford Street verschwimmen zu einem ektoplasmatischen Flirren. Auch sein Körper zittert angesichts der möglichen Verletzungen: In welcher Verfassung wird er sein, wenn das alles vorüber ist? Ist er dazu verurteilt, als Krüppel zu enden, als Witzfigur, die lahm von einem Sessel zum nächsten humpelt, schreibt wie ein kleines Kind und stottert wie ein Kretin? Was ist aus dem Mann geworden, der er einmal war? Auf der anderen Straßenseite geht ein gespenstischer Schatten vorüber, zielgerichtet schnell, leichenträgerschwarz.

Er kneift die Augen zusammen, doch die Erscheinungen hören nicht auf: eine hochgewachsene, schlanke Frau in grüner Seide, die ohne Hut oder Schirm durch den Regen eilt. Als sie unter einer Straßenlaterne vorbeiflaniert, glüht ihr üppiges, übervolles Haar einen Moment lang auf, orangefarben wie eine Flamme, und er stellt sich vor, wie der Wind ihren Geruch zu ihm trägt, ein Aroma, wie es kein Zweites gibt auf dieser Welt. Als sie vorübergeht, hat sie eine Hand nach hinten gestreckt und wackelt mit den Fingern, als wollte sie ihn auffordern, ihre Hand zu nehmen. *Vertrau mir*, scheint sie zu sagen, und Gott im Himmel, wie er sich danach sehnt, ihr wieder zu vertrauen, sein fiebriges Gesicht zwischen ihren Brüsten zu vergraben. Aber nein: Es ist Sophie, der ihr Winken gilt – seiner Tochter, schmutzig bis zur Unkenntlichkeit, in Lumpen gehüllt, ein barfüßiges Gossenkind aus einer warnenden Bilderfolge für die Laterna Magica. Ruhig, ganz ruhig – es ist nur eine Vision, seine Phantasie geht mit ihm durch: Er wird sie zurückbekommen, wird sie in den sicheren Schoß der Familie zurückholen.

Als Nächstes spaziert ein grausiges weibliches Phantom vorüber, ein nackter Körper mit weißer Haut, die von blutroten Wunden und lavendelfarbenen Prellungen verunstaltet ist. Ihr Brustkorb klafft offen und entblößt zwischen ihren vollen Brüsten das schlagende Herz, anmutig tanzt sie über das schmutzige Kopfsteinpflaster. Obwohl seine Augen geschlossen sind, wendet er das Gesicht ab und vergräbt es an der weichen Schulter an seiner Seite.

»Schlafen Se mir jetz bloß nich ein, Sir«, mahnt Caroline ihn freundlich, verlagert ihr Gewicht und verstärkt ihren Griff, bis er den Kopf hebt. Er sieht ihr noch einmal ins Gesicht; es ist nicht mehr ganz so ausdruckslos, vielmehr entdeckt er darin ein müdes, schiefes Lächeln. Ihr Schal ist verrutscht, und der Schweiß der Anstrengung glänzt in den Mulden an ihrem Schlüsselbein; ihre Haut, obwohl noch fest, weist am Hals ein paar Falten auf. Über der Rundung ihrer linken Brust zeichnet sich deutlich eine Narbe ab, eine alte Verbrennung oder Verbrühung in Form einer Pfeilspitze. Gewiss könnte sie, wenn sie wollte, eine Geschichte zu dieser Narbe erzählen.

Aber ach, wie warm sie ist, und wie fest ihre Hand auf seinem Rücken liegt! Wie dicht und glänzend ihr Haar ist für eine nicht mehr ganz junge Frau! Jetzt, wo sie hier für einen Moment ausruhen, spürt er, wie ihr Körper neben seinem atmet – wie göttlich sie atmet! Hilflos passt er den Rhythmus seines Atems dem ihren an. Gemeinsam stehen sie so unter der Straßenlaterne, gehüllt in eine sacht wirbelnde Säule aus Licht, und ihre kurzen Schatten verschmelzen ineinander, eine seltsame schwarze Chimäre auf dem Kopfsteinpflaster, weiblich auf der linken Seite, männlich auf der rechten.

»Sie sind w-w-wirklich z-z-zu freundlich«, sagt er und sehnt sich nach einem gemütlichen Bett. »Ich weiß gar nicht, wie ich …«

»Da is Ihre Droschke, Sir!«, sagt Caroline munter und tätschelt ihm den Hintern, als endlich Rettung naht. Und bevor er die Chance hat, ihr Leben unnötig zu komplizieren, windet sie sich geschickt aus seiner Umarmung und eilt zurück in die Church Lane, aus seiner Reichweite und aus deiner.

»Wiedersehen!«, singt ihre Stimme, und ihr Körper ist bereits entschwunden, aufgelöst in die unergründliche Dunkelheit.

Und auch dir: Auf Wiedersehen.

Ein plötzlicher Abschied, ich weiß, aber ist es nicht immer so? Du bildest dir ein, es könnte immer so weitergehen, und auf einmal ist es vorüber. Dennoch bin ich froh, dass deine Wahl auf mich gefallen ist; ich hoffe, ich habe alle deine Wünsche erfüllt oder dich zumindest gut unterhalten. Wir waren so lange zusammen und haben so viel miteinander erlebt, und dennoch kenne ich nicht einmal deinen Namen!

Doch jetzt ist es Zeit, dass du mich gehen lässt.

Danksagung

In den siebziger Jahren des 19. Jahrhunderts war ich viel zu jung, um alles mit der gebührenden Aufmerksamkeit wahrzunehmen, so dass diese Erzählung zweifelsohne voller Irrtümer steckt. Tatsächlich wäre *Das karmesinrote Blütenblatt* reines Phantasieprodukt geworden, hätte ich bei meinen Recherchen nicht auf die Hilfe sehr vieler Menschen zählen können. Ich danke ihnen allen, dass sie ihre Erinnerungen mit mir geteilt haben, und übernehme die Verantwortung für alle Fehler, die trotzdem geblieben sind. Manche, zum Beispiel die Umdatierung des Eisenbahnunglücks von Abbots Ripton und die schamlose Anlehnung an Le Petomane, sind mit voller Absicht geschehen, andere aus purer Unwissenheit, aus der auch die folgenden hochgebildeten Menschen mich nicht zu erlösen vermochten:

Chris Baggs, Clare Bainbridge, Paul Barlow, Francis Barnard, Lucinda Becker, Cynthia Behrman, Gemma Bentley, Alex Bernson, Marjorie Bloy, Nancy Booth, Nicola Bown, Trev Broughton, Arthur Burns, Jamie Byng, Rosemary Campbell, Roger Cline, Ken Collins, Betty Cortus, Eileen M. Curran, Frederick Denny, Patrizia di Bello, Jonathan Dore, Gail Edwards, K. Eldron, Marguerite Finnigan, Holly Forsythe, Judy Geater, Grayson Gerrard, Sheldon Goldfarb, Kerryn Goldsworthy, Valerie Gorman, Jill Grey, Lesley Hall, Beth Harris, Kay Heath, Sarah J. Heidt, Toni Johnson-Woods, Ellen Jordan, Iveta Jusova, Katie Karrick, Gillian Kemp, Andrew King, Ivo Klaver, Patrick Leary, Paul Lewis, Janet Loengard, Margot Louis, Michael Martin, Chris Ann Matteo, Liz

McCausland, Hugh MacDougall, Kirsten MacLeod, Deborah McMillion, Terry L. Meyers, Sally Mitchell, Ellen Moody, Barbara Mortimer, Jess Nevins, Rosemary Oakeshott, Judy Oberhausen, Jeanne Peterson, Siân Preece, Angela Richardson, Cynthia Rogerson, Mario Rups, Herb Schlossberg, Barbara Schulz, Malcolm Shifrin, Helen Simpson, Carolyn Smith, Rebecca Steinitz, Matthew Sweet, Ruth Symes, Carol L. Thomas, George H. Thomson, Maria Torres, Audrey Verdin, Trina Wallace, Robert Ward, Stephen Wildman, Peter Wilkins, Perry Willett, Chris Willis, Michael Wolff und Karen Wolven.

Ich danke Patrick Leary, der im Internet das phantastische VICTORIA-Diskussionsforum eingerichtet hat, und Cathy Edgar, die mich darauf aufmerksam machte.

Mit Rücksicht auf die Notwendigkeit, dieses Buch schön dünn zu halten, kann ich nicht alle Werke aufzählen, die ich konsultiert habe, doch Jennifer Davies' *The Victorian Kitchen* verdient besondere Erwähnung. Dank an alle, die über diese Zeit geschrieben haben, und besonders an jene, die sie photographiert und gemalt haben.

Zahlreiche tapfere Seelen haben sich anerboten, das Manuskript zu lesen. Kenneth Fieldens kundige Hinweise haben mir schon sehr früh viele Sackgassen und Fallgruben erspart und mich in die richtige Richtung gelenkt. Mary Ellen Kappler hat den Text in wöchentlichen Fortsetzungen gelesen, die ich ihr durch den Äther geschickt habe, und sie hat sehr viel intensiver daran gearbeitet, als ich je das Recht hatte zu erwarten. Ihre außergewöhnliche Kombination aus Bildung und Einfühlungsvermögen war nicht nur nützlich, sondern inspirierend.

Dank geht auch an meine Lektorin Judy Moir, die das Manuskript mit der gleichen Sorgfalt und Hingabe und dem gleichen Humor unter die Lupe nahm, die sie schon beim Lektorat meiner früheren Bücher bewies.

Vor allem möchte ich meiner Frau Eva für ihre scharfsinnige Kritik an *Das karmesinrote Blütenblatt* in seinen vollkommen verschiedenen Entwürfen über die Jahre hinweg danken. Ihre hohen Erwartungen und ihre Fähigkeit, mir ihre Vorstellung vom Potential dieses Buches zu vermitteln, haben es über die Maßen bereichert.

Michel Faber,
April 2002